KB100094

한국 불교서사의 세계

지은이

김승호 金承鎬 Kim Seung-ho

충남 홍성(洪城)에서 태어나고 자랐다. 동국대 국문과와 동 대학원을 졸업했으며 동국대 국어교육과 교수, 사범대 학장을 지낸 후 현재 명예교수로 있다. 물려받은 고전작품이 풍성한 데 비해 상세한 안내, 이론적 천착이 미흡하다는 인식 아래 전기·전승문학, 불교문학, 여성문학 등에 주로 관심을 갖고 살펴왔다. 특히 불교전기(傳記), 불교전승(傳承), 불교소설의 발굴과 함께 미학적 특성을 찾는 데 공을 들인 편인데 과거 정신문화의 중층(中層)에 위치한 불교, 불교문학의 탐색이 뒷받침될 때 비로소 한국문학사의 전경(全景) 확보가 가능하다고 생각해왔다. 그간의 성과물로는 『한국 승전(僧傳)문학의 연구』, 『한국서사문학사론』, 『고전의 문학교육적 이해』, 『한국사찰연기설화의 연구』, 『경일(敬一)의 삶과 문학세계의 이해』, 『삼국유사 서사담론연구』, 『중세 불교인물의 해외전승』, 『동계집(東溪集)』(번역서), 『절따라 전설따라』 등의 단독 저서와 함께 「달문가, 광문자전, 달문 각편의 서사유형적 고찰」, 「불교전기소설의 유형 설정과 그 전개양상」, 「이안중(李安中)의 산문에 나타난 소설화 경향」, 「고부기담(姑婦奇譚)의 연구」, 「당승(唐僧) 혜상(惠詳)의 채록으로 본 신라 불교설화」, 「고기(古記)와 삼국유사에 나타나는 사화적 동질성과 의미」 등 100여 편의 논문이 있다.

한국 불교서사의 세계

초판인쇄 2023년 10월 10일 **초판발행** 2023년 10월 31일

지은이 김승호 **펴낸이** 박성모 **펴낸곳** 소명출판 **출판등록** 제1998-000017호

주소 서울시 서초구 사임당로14길 15 서광빌딩 2층

전화 02-585-7840 **팩스** 02-585-7848

전자우편 somyungbooks@daum.net **홈페이지** www.somyong.co.kr

ISBN 979-11-5905-816-5 93810

The World of Korean Buddhist Narrative Literature

한국 불교서사의 세계

김승호 지음

머리말

이 책은 그동안 지은이가 써온 불교문학 관련 글 가운데 불교전기傳記, 불교설화, 불교소설에 관한 논의를 중심으로 엮었다. 사실 불교문학에 대한 시선은 그리 호의적이지 않았다. 불교문학이란 교리, 전교를 위한 기능적 담론에 불과하다는 시각과 무관하지 않은 현상일 것이다. 실상대로라면 불교문학으로 말미암아 우리 문학사가 한결 풍성해지고 다채로운 색채를 지니게 되었다고 해야 마땅한데도 그에 의의를 부여하려는 이는 드물었다.

불교문학에 대한 지은이의 관심은 우연히 접한 승전僧傳에서 비롯되었다. 승전연구를 계기로 빈약한 불교문학 연구의 실태를 확인한 셈인데 미력이나마 이쪽 연구에 힘을 보태야겠다는 결심으로 이어진 것이다. 30여 년의 연구생활을 요약하자면 불교문학 영역에 속하는 작품, 작가의 발굴, 소개, 그리고 한국 불교문학의 독자성, 미학의 발견을 위한 여정이었다 해도 될 듯하다. 이 때문에 불교문학의 개념, 문학사, 양식 분류 등 원론적인 문제들은 물론이요 개별단위의 작품, 작가들에 대한 성숙한 안내자 역을 기대할지도 모르겠다. 하지만 불교시가는 제대로 살필 겨를이 없었고 불교서사에 있어서도 깊이 있는 안목을 갖추었다고 말하기 어렵다. 그럼에도 책 간행에 나선 것은 한국 불교문학에 관심을 가진 이들, 특히 불교서사 전공자들에게 연구의 선행사례로 참고가 되지 않을까 하는 생각 때문이다. 우선 독자들의 편의를 위해 수록된 글의 성격과 내용을 영역별로 간추려 제시해본다.

제1부 '한국 불교문학의 흐름과 갈래'는 문학사적 시각에서 불교문학의 한국적 전개양상과 더불어 장르적 갈래와 특성을 살펴보는 것에 주안점을 두었다. 앞서 '불교문학'에 대한 개념 풀이가 있어야 구색 갖춘 목차구성일 것이나 불교문학의 개념과 정의란 표제를 따로 내세우지 않았다. 추상적이고 지리멸렬한 진술로 이어질 거란 염려 때문인데, 대신에 불교문학의 사적 흐름, 갈래, 작가, 작품에 걸친 윤곽을 제시함으로써 한국 불교문학에 대한 전체상을 우선 마련하기로 했다. 이는 거칠지만 한국 불교문학사의 지형파악에 도움을 주면서 이어지는 2, 3, 4부에 대한 이해력을 높이는 단초로 작용할 수 있을 것이다.

제2부 '불교전기'는 자기 자신 혹은 타자에 의해 지어진 승려의 일대기들을 논하고 있다. 논고에서 다루는 대상은 삼국시기부터 조선후기까지 출현한 승전僧傳, 그리고 불가의 자전自傳들인데 이들 승전, 자전이야말로 나름의 서사성과 미학을 갖춘 서사체임을 입증하는 데 초점을 두었다. 지은이는 이미 『한국승전문학의 연구』를 통해 고려시대 승전의 서사적 성격을 밝힌 바 있거니와 여기서는 범위를 넓혀 승전의 개념, 장르적 성격, 조선시대의 승전, 자전의 특성과 함께 시대를 관통하는 불가전기의 서사문법이 무엇인지를 모색했다. 다소 이질적으로 보이나 승비僧碑관련 논문을 포함시킨 것은 금석문일지라도 그것 역시 전기물의 영역에서 논의가 이루어져야 옳다고 본 때문이다.

제3부 '불교설화'는 불가의 구전, 문헌설화들에 대한 논의들이다. '설화' 대신 '전승'을 쓰기도 했는데 구전, 기록물을 통괄하는 논의이니만큼 이

용어가 보다 적합하다고 판단했다. 불교인물전승담은 분포 면에서 유학승 전설, 사찰연기, 고승전설의 비중이 높다. 유학승의 해외 전승담은 이제까지 서사적 검토가 이루어지지 못했다. 그 점에서 중일中日 문헌에 오른 사례들을 발굴하고 전승담의 전파경로, 모티브, 주제의식 등을 유의 깊게 살폈다. 지금까지 사찰연기 논의는 『삼국유사』 중심으로 이루어졌다 해도 과언이 아니다. 이는 사찰연기의 전체상을 포착하기 어렵게 만들뿐더러 사찰연기의 개념을 왜곡할 여지를 남기게 된다. 본서에서는 구비, 문헌자료는 물론 금석문 소재 사찰연기까지 포괄함으로써 기존연구의 한계를 탈피하고자 했다. 일반설화와 대비되는 사찰연기담의 변별성이란 무엇인가. 이런 의문을 갖고 여기서는 종교담론, 지역전설, 사중寺衆 등 3요소에 주목했다. 고승의 인물전승은 불교서사에서 큰 비중을 점하는 또 하나의 영역이다. 유학승, 사찰 관련 전승이 문헌에 정착된 반면에 고승담은 민중, 사중 사이에서 구비전승된 경우가 대부분이다. 이야기 속 주인공은 범접하기 어려운 경지에 도달한 각자이자 화자들의 결핍을 채워주는 구원자로 형상화된다. 담당층에 따른 약간의 차이는 보인다. 즉 주인공의 설정에 있어 사중들은 불교적 덕성을 갖추었는지를 따지며 민중들은 천도, 풍수, 전쟁 등 그들의 당면 문제를 해결해줄 수 있는지를 기준으로 삼는다. 불교전승은 불교적 상상력을 바탕에 두고 호기심과 흥미를 불러올 장치 혹은 기법, 모티브를 수용하는데 적극성을 보이는데 이는 수용층을 사중은 물론 민중까지 확대하는 결과를 가져왔다. 이 장에 수록된 글들은 불교전승의 사상, 주제의식의 검증보다는 그것이 구축한 서사적 미학과 독자성을 확인하는데 비중을 두고 있다.

제4부 '불교소설'은 소설사에서 불교소설이 차지하는 위상과 미학적 특성을 밝히는 자리이다. 먼저 전기소설에서 불교전기소설을 하위 갈래로 설정할 필요가 있음을 제기하였다. 이어 불교소설을 에워싸고 있는 형성과 기원, 캐릭터, 사상, 시대사적 의의에 대해 밝혔다. 불교전기, 소설의 배경, 인물들은 불교사의 맥락과 연결시킬 때 발화의 동기와 캐릭터의 성격이 분명해진다. 불교 정착기의 전기傳奇에 그려진 불승은 신격神格, 무인巫人들에게 조종당하거나 수모를 당하기도 하는데 불교계와 민간신앙 간의 불편한 관계를 말해준다. 『수이전』이 말해주듯 나말여초는 전기, 지괴가 발화한 시기로 불교계열의 전기傳奇가 적지 않았던 것으로 나타난다. 고려시대는 전기에서 소설로의 전환을 엿볼 수 있는 이행기이다. 『삼국유사』 소재 일부 작품의 경우, 전기의 영역을 넘어 불교전기소설의 영역에 진입했다고 보아도 좋은 것이다. 하지만 조선시대에 들어서면서 상황이 돌변한다. 숭유의 분위기에다 억불책의 시행은 불교소설의 발아와 발전을 가로막는 장애물이 아닐 수 없었다. 그렇다고 불교소설에 대한 관심과 창작 의지가 온통 사라졌다고 단정 지어서는 곤란하다. 억불숭유의 환경에서도 창작 열의를 버리지 않고 나름의 서사 미학적 성취를 이루었던 작가, 작품이 확인되기 때문이다. 조선시기 불교소설이 어떻게 독자성을 확보하고 양식적 명맥을 이어갔는지 그 징표는 주제, 캐릭터에서 찾을 수 있겠다. 불교사상 대신 삼교습합三敎習合을 표방한 것을 두고는 유자층의 반불적 시각을 누그러뜨리고 독자층을 넓히려는 시도로 파악했다. 주인공으로 희생정신이 남다르고 자비심과 보살행이 충만한 여성을 앞세우는 것도 불교소설의 특징일 터인데 곤고한 삶을 벗어나 열락의 세계에 이르는 주인공의 자취는 전교와 함께 여성독자층을 확장하는데 효과적이었다.

조선 후기에도 불가에서는 위정층, 유자들의 횡포, 폄시를 고발하고 불교가 인륜도덕과 유리된 종교가 아님을 알리는 데 힘써야 했는데 불교소설에는 그 같은 당대 상황인식이 농후하게 투영되고 있다.

지은이가 이나마 책을 낼 수 있게 된 것은 여러 인연의 덕이라 생각한다. 선학으로서 권상로, 사재동, 인권환 같은 분들이 계셔 연구의 초발심을 유지할 수 있었고 불서를 넉넉히 갖춘 모교도서관이 있어 큰 발품 없이 열람의 기회를 맘껏 누릴 수 있었다. 음덕과 용기를 불어넣어준 인연들은 이외에도 적지 않다. 그저 고마울 뿐이다. 늦었으나마 연전에 돌아가신 어머님 영전에 책 한 권 올리며 극락왕생하시길 발원한다. 끝으로 지루한 작업 견디며 정갈한 장본으로 탈바꿈시켜준 소명출판의 편집진에 감사드린다.

2023년 10월 10일

梨水서재에서 지은이 쓰다.

차례

제3부_ 불교설화

제4부_ 불교소설

제1부

한국 불교문학의 흐름과 갈래

제1장

불교문학에 다가서기

인도를 발상지로 하고 있지만 불교는 남아시아는 물론 한중일을 포함한 동아시아권에서 중심 종교로 일찍부터 자리 잡게 된다. 현재에 이르러서는 유일신 신앙에 길들여진 서구인들에게도 개인적 각성과 성찰을 촉발하는 종교, 혹은 철학으로서도 그 의미를 넓혀가고 있다. 불교는 유교와 더불어 특히 한국민의 사상, 철학, 관념에 심대한 영향을 끼쳤다고 할 것인데 이는 유구한 불교신앙의 전통에서 비롯된 것이다. 삼국에서 시차를 달리하면서 불교를 수용한 이래 고려시대를 거치면서 그것은 모든 계층을 망라하는 신앙체로 국교 못지않은 지위를 차지하였다. 조선건국과 함께 시작된 억불숭유책으로 불교가 큰 위기에 봉착했지만 유교적 이데올로기가 득세하는 속에서도 불교는 생을 지탱해주는 종교로서 역할을 수행해왔다. 곧 불교는 풍파와 굴곡이 많은 삶을 헤쳐나가는 용기를 주었으며 궁극적으로는 열반의 세계에 이를 수 있다는 희망을 안겨주면서 한민족의 곁을 지켜준 정신적 동반자이자 의지처로서의 몫을 포기한 적이 없었다. 1,500여 년에 이르는 불교 신앙의 역사를 돌아볼 때 한국인의 삶과 정신세계를 좌우하는 이념, 철학, 종교로서 불교의 영향력을 간과하기 어렵다. 같은 맥락에서 불교문학이 한국문학에서 차지하는 지분은 크고 넓다고 생각할 수밖에 없다.

그럼에도 한국문학사에서 불교문학에 위상과 의의를 부여하는 데 인색했으며 그에 대한 논의 역시 미약한 수준을 넘어서지 못하는 것이 현실이었다. 따라서 여기서는 한국 불교문학의 정체성과 지평을 밝히는 것이 시급하다는 입장에서 불교문학의 개념과 함께 한국 불교 문학사의 특성을 점검해보기로 하는 바, 불교문학의 영역, 전개과정, 대표작가, 작품 등을 먼저 점검해 나가기로 하겠다.

그동안 불교문학이 무엇인지 그에 대한 논의가 부재한 것은 아닌데 누구나 공감할 만한 논의에까지 도달한 경우는 찾기 어려웠다. 이는 일본, 중국의 경우에도 크게 다르지 않다고 보거니와 불교 혹은 문학 어느 한 편에 시각을 고정시킨 논의가 대부분이어서 불교문학에 대한 균형감 있는 정의를 접하기가 쉽지 않았다. 기 논의에서는 불교문학의 정의를 놓고 불교 〉 문학, 혹은 문학 〉 불교 중 한편에 시선이 기울어지는 경우가 많았다. 불교 중심적 시각을 앞세우는 경우, 불교문학이란 문학구조물이기 이전에 교리의 전수를 앞세울 수밖에 없다는 당위성이나 목적 지향성을 앞세워 수행의 방편이 아니면 성불成佛의 촉매 정도로 받아들이는 경향으로 흘러가게 마련이었다. 이런 식이라면 불교경전 자체가 이상적인 문학영역으로 귀속됨은 물론 십이분교十二分敎 가운데 어느 것 하나도 문학 아닌 것이 없게 된다. 그리하여 경經, 율律, 소疏 등 부처님의 가르침에 대한 선도를 앞세운 기술물까지도 불교문학에 포괄되기에 이른다. 이에 반해, 문학 중심적 시각을 앞세우는 경우, 불교의 종지, 가르침을 부정하지는 않더라도 '불교'를 '문학'에 대한 수식어로 여긴 나머지 마땅히 문학을 중추에 놓고 보아야 한다는 입장을 고수한다. 즉, 언어 구조물로서 미학성을 확보하느냐가 관건인데 창작 정신 내지 미학에 의거한 언어의 고도한 구조화, 운용을 중시하게 되는 것이다.

이 논의는 두 대립적 주장 중 어느 편을 성급히 추종하거나 옹호하자는 입장, 혹은 나름의 확고한 안목이 있어 시작하는 것이 아님을 밝힌다. 불교문학과 비불교문학의 경계를 성급히 획정하기보다는 한발 물러선 채로 이미 제기된 견해들을 경청, 점검해 보는 것이야말로 불교문학의 정의를 위해 먼저 필요한 일이라 본다. 흔히 불교문학을 정의하는 데 있어 내용적 요소, 가령 불교적 인물, 혹은 불교적 소재, 제재를 고민 없이 앞세우는 경우를 쉽게 본다. 이외에 사찰 등의 배경을 앞세워 불교문학의 유무를 가리는 단순한 접근도 어렵지 않게 목도한다. 하지만 이는 불교문학의 정의나 정리를 혼란스럽게 할 뿐 고양된 논의로 나아갈 수 없게 한다. 이미 공감대가 형성된 대로, 불교문학이란 불교 교리의 주제화 및 종교로서 불교사상의 정수를 미학적으로 형상화한 일련의 언어 구조물을 함의한다고 보는 것이 필자가 택하고자 하는 너른 불교문학 정의이다. 여기서 중요한 것은 시든 서사든, 불교사상 혹은 교리의 핵심을 주제로 포괄해야 한다는 점이다. 이렇게 말하면 경전이야말로 이상적인 불교문학이 될 터인데, 이에 대해 전적으로 동의하는 이는 그리 많지 않다. 불교문학이 성립되기 위해서는 무엇보다 언어 구조물로서 미적 조건을 충족시켜야 한다. 전자가 내용적 측면이라면 후자는 언어 운용의 영역에 해당될 터이다. 설사 시든 서사든 언어예술로서 언어 자체가 지닌 미학성을 외면하고 불교사상, 정신의 주입만을 우선시한다면 문학이라 불러주기 난감해진다.

불교와 문학은 상호 자리다툼을 위한 대결적 입장을 버릴 때 오히려 불교문학의 테두리가 어렴풋하게나마 경계를 드러낼 것이다. 문학이 사고의 형상적 구조물이면서 동시에 불교의 지향대로 인간의 본질과 삶을 성찰하기 위해 목적을 같이하는 이체동행異體同行임을 염두에 두고 문학과 불교의 교집합적 지점을 부단히 궁리할 때 우리가 바라는 불교문학의 상像이 마련될 것이다.

문학적 실상을 도외시한 채 불교문학을 정의할 수는 있겠으나 구체적인 작품에 즉할 때 한층 선명한 불교문학의 상이 도출된다는 생각에서 이후부터는 역사적 맥락에서 이 땅에 등장했던 불교 관련 문학 작품을 일별함으로써 불교문학의 개념, 문학사적 흐름, 위상, 현재적 의미를 짚어보는 자리를 갖고자 한다. 불교 역사가 천여 년에 이르는 만큼 이 역시 수월한 일이라 말하기 어려우나 기 논의를 통해 검증된 불교 문학작품들의 시대적 특색, 범위, 갈래 등을 살피다보면, 한국 불교문학의 특성과 개별성이 드러나지 않을까 하는 기대를 갖는다.

제2장

한국 불교문학의 사적 흐름

1. 신라의 불교문학 개관

한국 불교문학의 특성을 살피고자 한다면 초기 불교사를 잠깐이나마 환기해야 할 것이다. 삼국 가운데 불교가 먼저 유입된 국가는 고구려였다. 중국과 인접한 탓에 종교, 문화의 유입이 빨랐던 것인데 제17대 왕인 소수림왕 2년372 전진의 부견苻堅이 입국하는 승려 순도順道 편에 불상과 경문을 보낸 것이 한반도 불교 전래의 기원이 된다. 백제는 이보다 13년 늦은 15대 침류왕 원년384 마라난타摩羅難陀가 서진으로부터 입국하여 불법을 전한다. 신라는 삼국 중 가장 뒤늦은 시기인 눌지왕417~458 재위 시 고구려의 중 묵호자墨胡子가 일선군으로 들어와 홍교를 시작한 것이 불교전래의 기원이 되었다고 전한다. 신라가 반도 끝에 위치한 탓에 불교전래는 뒤늦었으나 불교 신앙적 열기와 문화에의 접맥이란 점에서 앞의 두 나라를 훨씬 앞지르며 불교국가로서의 면모를 명실상부하게 드러냈음은 충분히 주목할 만하다.

삼국에서 어느 나라보다 불교신앙이 돈독했던 신라는 불교문학에서도 높은 성취를 보여주었다. 우선 불교서사부터 보자. 신라의 불교수용에는 이차돈의 순교라는 극적인 사건이 핵심적 역할을 한 것으로 전한다. 하지만 토속 신앙의 저항이 의외로 강했던 신라는 불교공인을 두고 험난한 통과의례를 거쳐야만 했다. 불교공인을 이끌어낸 이차돈의 순교담은 역설적으로 문학과 불교가 얼마나 긴밀하게 얽혀있는지를 되새기게 하는 사례라 할 것이다. 고구려 백제가 벌써 불교를 공인한 마당에 일부 대신들의 강력한 반발에 부딪치자 이차돈은 스스로의 순교 이외에 다른 탈출구가 없음을 깨닫는다. 참수와 함께 그가 직전에 예언한대로 목에서 흰 피가 솟는 이적이 나타났고 이 소문은 왕과 대립하던 반불자의 입지를 난처하게 만들었음은 물론 불교공인에 결정적으로 기여했다는 점을 『삼국유사』는 전해주고 있다. 신라 불교수용과정에서부터 설화의 힘이 절대적이었음을 일러주는 대목이 되거니와 불교 설화는 수용과정에서나 교리 전파의 측면에서 아주 유용한 방편으로 애초부터 그 의의를 검증받은 셈이다. 삼국시기 불교설화가 얼마나 다양하게 창작 전파되었는지 『삼국유사』 소재 이야기들이 소상히 일러주고 있다. 그에 따르면 신라시대에는 승려, 신자중심으로 불교적 감화력을 증언해주거나 논리적 화법으로 감당하기 어려운 체험을 담고 있는 승전, 사찰연기, 사적기, 영험담, 성불담, 출가담 등이 폭넓게 퍼져 있었음이 확인된다.

신분과 문식력 등의 차이에 따라 불교문학 담당층 안에서도 구비문학, 기록문학 어느 한 편을 택하는 경향이 나타났다고 해야 할 것이다. 문자해독력을 갖춘 지식인층은 아무래도 공식적이고 정연한 형식을 갖춘 찬술물에 기울어지는 경향이 강하다. 승전이 바로 이런 예에 속한다. 불교신앙의 역사가 깊어진 데다 고승 존숭의 분위기에 편승하여 원효, 의상, 자장 등 고승들의 삶이 불가 내에서 정리되는 전통이 자리 잡기 시작한 것이다. 사찰의 빈번한 건립과 중창의 과정이 또한 사적기, 사적비를 통해 기록되었는데 지식층에 의한 찬술임에도 사찰의 영험함을 확보하기 위해서 민중간에 떠돌던 설화조차도 적극적으로 개입시키는 현상이 나타난다.

전반적으로 삼국 신라시대를 기록문학보다 구비문학이 월등하게 전파된 시기로 규정하지만 신라 말에 이르면 규범적인 불교 기록문학의 창작 사례가 늘어난다. 예컨대, 최치원에 의해 국내외 고승들의 전기, 승비, 사적비를 포함하는 『사산비명四山碑銘』, 그리고 각종 기記와 불교 시 등이 지어짐으로써 불교문학에 대한 지식인들의 높은 관심과 함께 성취 수준을 가늠해 볼 수 있게 한다.

신라시대에는 신도나 민중 사이에 찬불 가요가 널리 불려졌으며 향가 가운데도 이 같은 사례가 보인다. 〈도천수관음가〉, 〈풍요〉, 〈산화공덕가〉의 경우, 민중 불자에게서 발원한 노래로 민요적 요소가 강하다면 〈제망매가〉는 낭승인 월명사가 빼어난 비유법으로 불교시가의 높은 품격을 내외에 알린 향가라 할 것이다. 이외에 원효가 「보살계」, 「본지범요기」, 「판비량론」, 「금강삼매경론」 등의 말미에 붙여놓은 게송, 그리고 시詩로서 그 의미가 다시 새삼스럽게 밝혀진 의상의 「일승법계도一乘法界圖」는 단지 교리적 주소註疏로서만이 아닌 불교가요의 영역에서 거듭 주목해야 할 작품들이다. 원효, 월명사, 충담사 등 승려들이 수행과 더불어 시적 형상화에 빼어난 능력을 지닌 향가 작가였음을 재인식할 필요가 있겠다. 특히 원효스님과 같은 경우, 경전에 주소注疏를 달아 놓는 등 학승의 역할을 넘어 대중교화를 위해 연희활동을 마다하지 않았으니 〈무애가無㝵歌〉가 이를 말해준다. 신라의 불교 시가의 연구가 향가에만 초점이 맞추어져 있으나 문예승으로서의 신라승들의 역할 및 불교연희, 희곡에 대한 검토도 요구된다고 하겠다.

2. 고려의 불교문학 개관

고려시기에 들어서 먼저 주목할 작품은 혁련정赫連挺이 지은 『균여전均如傳』이다. 앞서 등장했던 신라 승전僧傳을 계승하고 있는 이 작품은 설화적 상상에 의한 인생의 재구라는 전통을 수용했을 뿐더러 최치원이 찬술한 「의상전義湘傳」과 같이 10과科로 생을 재단하는 방식을 택하고 있어 주목된다. 생을 그같이 분절한 까닭은 10을 영수盈數로 여기는 화엄적 사고 때문인데 내용전개에서도 최치원崔致遠의 승전에 보이던 유교적 찬술방식과 달리 허구, 환상적 요소를 적극적으로 수용하고 있다. 설화를 통한 감각적 생을 표방하고 있다는 점에서 『균여전』은 김대문의 『고승전』 이래 단절되다시피한 승전 찬술에 기폭제가 되었다 할 만하다. 고려 중기에 이르면 각훈覺訓에 의해 종합적 체재의 승전이라 할 『해동고승전海東高僧傳』이 탄생한다. 『해동고승전』은 삼국 이래 승사僧史의 정리라는 취지를 앞세우지만 외세 침탈에 처해있는 당대 현실에서 민족적 정체성을 고취하고자 하는 의지가 강하게 투영되고 있다. 『해동고승전』보다 70년 후에 찬술된 『삼국유사三國遺事』는 누구나 인정하듯, 『삼국사기』에서 외면한 사료, 자료를 폭넓게 수용함으로써 유가적 역사기술이 갖는 한계를 극복하고 있다. 즉 정통사료에 미치지 못한다는 인식에 개의치 않고 구비, 민중간의 전승물을 적극 수용하는 방식으로 불교문화사뿐만 아니라 삼국시대의 일반사를 겨냥하고 있다. 전기문학으로 시각을 좁힐 경우, 『삼국유사』 편목 중 의해, 감통, 신주 등은 고승들의 일화, 역사를 흥미롭게 교직함으로써 이전 승전들이 이르지 못했던 높은 서사성과 미학성을 창출해 내고 있음이 드러난다. 고승들의 삶에 대한 관심과 찬술에 비할 때 미미했던 불전적 관심이 고려 말 운묵雲默에 의해서 『석가여래행적송釋迦如來行蹟頌』으로 개화된다. 이는 기존 전기들과 달리 서사시를 통해 석가의 일대기를 노래한 것인데 조선 초 국문활용의 시험적 대상으로 알고 있는 『월인석보月印釋譜』도 기실 이 작품의 전통을 계승한 것이 아닌가 하는 추측마저 가능케 한다.

다음 고려 불교시가의 윤곽을 살펴보자. 균여의 〈보현십원가普賢十願歌〉는 고려시기 향가라는 점에서 불교시가뿐만 아니라 향가문학으로서의 의의를 확인시켜주는 작품으로 꼽힌다. 『삼국유사』 소재 향가와 달리 11수의 노래들은 마지막 한 중생을 인도할 때까지 자신의 몸을 다 바치겠다는 다짐을 보현보살의 말로 풀어냄으로써 불찬가의 전형적인 사례임을 보여준다. 이외에 고려 불교노래로 문헌에 직접 등재된 것은 드물다. 다만 한문으로 기록된 데다 그 숫자도 많지 않으나 조선시대 찬집된 『악학궤범』 소재 〈미타찬〉, 〈본사찬〉, 〈관음찬〉, 〈관음찬가〉나 『악장가사樂章歌詞』 소재 〈능엄찬〉, 〈영상회상〉 등으로 미루어본다면 고려시기 얼마나 많은 찬불가가 불렸는지 추단해보는 일이 어렵지 않다.

익명으로 남아있는 몇 편의 불찬류에서 느꼈던 아쉬움을 덜어주는 것이 선시禪詩이다. 선종이 도입되던 신라 말을 선시의 출현기로 보아야 할 터이다. 하지만 선승들의 이목을 집중시킨 때는 고려시대이다. 즉 고려시기에 들어와 불교지성들의 인식세계를 지배하더니 고려 말에 이르러서는 혜심慧諶을 필두로 선적사유와 문학적 상상력을 기반으로 선시의 창작 열기가 고조된다. 혜심이 「선문염송」을 엮었다면 지눌知訥은 그의 어록에 200편 이상의 선시를 남겨 앞선 선시 창작의 토대를 한층 공고히 하게 된다. 고려 선시에 대한 당대적 정황은 친불적 유자들의 각종 시화집으로도 대변되는 바, 이규보李奎報, 이인로李仁老, 최자崔滋, 이제현李齊賢 등은 시화를 통해 선승들의 시를 소개하거나 유가의 시 문법과 다른 지점을 확인시켜 주게 된다. 고려중기 이래 불교시 혹은 선시에서 빼어난 시적 성취를 보여준 불승으로는 혜심, 지눌을 포함하여 일연一然, 충지冲止, 경한景閑, 보우普愚, 혜근慧勤 등의 선사를 더 포함시킬 수 있다고 본다. 이중 혜근은 〈서왕가西往歌〉, 〈낙도가樂道歌〉, 〈승원가僧元歌〉, 〈수도가修道歌〉 등의 불교가사를 지음으로써 불교문학에서 뿐만 아니라 우리나라 가사문학의 서장을 연 선승으로 평가되고 있다.

3. 조선의 불교문학 개관

조선 초기는 억불숭유라는 정책 강령이 무색하게도 불교문학이 번성했던 시기로 볼 여지가 크다. 예컨대 국문서사인 『석보상절釋譜詳節』과 불찬가요인 『월인석보月印釋譜』등이 대표적인 경우이다. 한글 창제 이후 그 사용 여부를 시험하기 위함에 목적을 두고 이루어진 찬술사업이긴 하나 『석보상절』은 국문서사 문학의 가능성을 먼저 확인시켜주었다. 『석보상절』이 한글의 서사적 가능성을 점검하기 위한 산물이었다면 불경계 국문소설은 이후 국문소설의 시대가 도래할 것임을 확인시켜주는 대상으로서 의미를 지닌다. 『녹모부인전鹿母夫人傳』에서 보듯 대체로 불경 소재 설화를 바탕으로 소설화 작업이 이어지는데 경우에 따라서는 「안락국태자전」과 같이 불경 의존적 태도를 버리고 소설적 독창성을 발휘한 작품도 눈에 띈다. 선초에 들어서 시작된 불경의 소설화는 한 시기의 현상으로 그치지 않았다. 조선 후기 등장하는 『토끼전』, 『적성의전』, 『금송아지전』, 『흥부전』, 『별주부전』, 『두

껍전』 등도 살펴보면 불경이나 사찰연기설화를 근원으로 삼고 있음이 드러난다. 이외 『심청전』, 『부설전』, 「보덕각시전」, 그리고 개인 창작이지만 불교적 주제를 성숙되게 형상화한 『구운몽』, 『당태종전』, 『최척전』, 『옹고집전』 등도 직간접적으로 불경, 혹은 불교 전승담에 의거하여 탄생된 것들로 여길 수 있다. 작가가 알려지지 않아 불교계열의 소설들은 현실적으로 작품론적 논의를 기대하기 어려운 게 사실이지만 몇 작품은 예외이다. 즉 『왕랑반혼전王郎返魂傳』, 『부설전浮雪傳』, 『가야진용왕당기우록伽倻津龍王堂奇遇錄』 등은 작가론적 논의가 가능한 사례이다. 『왕랑반혼전』을 지은 것으로 전해지는 보우普雨, 『부설전』을 지은 영허暎虛, 『가야진용왕당기우록』을 지은 경일敬一 등에 대한 관심과 그 작가적 위상이 시급히 마련될 필요가 있다.

유가와 마찬가지로 조선시대 불가 문단에서도 시가 핵심 양식으로 여겨졌던 것은 분명하다. 현전하는 불승들의 문집은 기화己和, 보우普雨, 유정惟政, 해안海眼, 선수善修, 태능太能, 언기彦機, 수초守初, 의순意恂 등등 시대를 넘어 수행과 시작을 병립해온 승려들이 존재했음을 보여주고 있다. 승려들은 바깥세상에서 내건 억불숭유 기치에 구애되지 않은 채 시선일여詩禪一如 의식 안에서 시작에 골몰했다. 이들 시에 나타나는 오도의 경지, 선정 끝에 맞이하는 선열의 기쁨, 자연 합일적 존재로서의 내적 충만은 시인 개인의 벅찬 울림을 넘어 주변인들에게도 불교적 각성을 끌어낼 수 있는 요긴한 방편으로 작용하였다. 불교가사는 대중을 포교하고 회향하는데 높은 효용성을 인정받으며 널리 지어졌다. 불교가사에서 흔히 채택된 형식은 일반 가사와 다를 바 없이 4·4조로 길게 늘려 부르는 것이었다. 예로 침굉枕肱화상의 〈귀산곡〉, 〈태평곡〉, 학명선사의 〈원적가〉, 〈왕생가〉, 기성화상의 〈염불환향곡〉, 명암처사의 〈입실가〉 등을 들 수 있다. 적잖은 작품들이 작가를 알 수 없으나 불교시와 달리 쉽고도 편한 노랫말과 단순한 형식 탓에 대중 교화에서 적잖은 힘을 발휘할 수가 있었다. 불교민요로는 〈염불요〉, 〈찬불요〉 등이 있는 바, 여타 불교시가에 비해 작품 수가 적고 담당층이 제한적이어서 전승력이 약했던 것으로 나타난다.

억불정책에 편승해 승려를 비하하는 흐름이 여전한 가운데서도 하층민을 중심으로 하여 고승의 전설이 민중과 사중 사이에서 관심이 높았다. 특히 임란 중 왜군을 상대로 큰 공을 세운 서산대사와 사명당에 대해서 민중들의 호의 어린 시선이 집중되었을 뿐더러 이들의 고일한 자취를 주 내용으로 삼은 이야기들이 전국적 분포의 광포설화로 자리 잡는다. 한편 풍수의 시조격인 도선道詵을 앞세운 풍수風水설화가 민중들의 높은 관심 속에서 연면히 이어졌으며 신라승이지만 원효, 의상 등에 대한 이야기는 조선시대에도 대중들 사이에서 광포설화로 수용되었다. 승려 중에도 특정 지역에 편중되어 이야기되는 사례도 찾을 수 있는데 범일梵日대사, 운묵雲默대사의 경우, 이들의 출신지역 연고에 따라 관동지방, 김제지방에서 강한 전승력을 보여주고 있는 것이다.

불교설화와 관련, 사찰의 역사기록물이라 할 사지寺誌도 주목할 대상이다. 삼국 이래 사지의 찬술이 이어졌으나 17세기 이후부터 간행의 열기가 고조된다. 사지의 본령은 사찰의 역사에 있음이 분명하지만 단순히 건조한 연혁에 그치기보다 신성성의 확보를 염두에 두고 허구적인 채색이나 윤색까지 마다하지 않는 서사의 모습을 보여준다. 이 때문에 소설성을 보여주는 사지도 적잖은데 관음사, 기림사, 월명암, 홍법사 연기는 소설과 같이 높은 서사성을 발휘하고 있는 대표적인 경우이다.

제3장

한국 불교문학의 범위와 갈래적 특색

1. 불교시가

1) 선시

선시는 크게 보면 불교시의 영역에 해당된다. 하지만 선적 통찰력이나 깨달음의 경지에 오른 이들의 내면의 외적 발화라 할 선시는 어록語錄, 혹은 게송偈頌 등과 마찬가지로 불교적 상상, 개인의 종교적 체험을 바탕에 두고 있다. 선의 세계에 침잠한 끝에 도달한 각성을 바탕으로 한 시작이라는 점에서 선시의 담당층은 제한적일 수밖에 없다. 견성을 향해 발분한 끝에 마침내 얻게 된 깨달음의 세계, 그것을 언어로 발설한 것이 선시일 터인데 거기에는 궁극의 경지에 도달한 끝에 얻게 되는 각자의 희열과 감동이 발견된다. 하지만 언어도단言語道斷, 불입문자不立文字의 경구가 말해주듯 선가에서는 오도의 방편인 언어의 기능을 두고 회의감을 거두지 못한 것이 사실이다. 하지만 결국은 절대적 진리를 매개하는 데 있어 언어를 넘어서는 매개체가 달리 없다는 인식에 이른다. 특히 일상적 언어나 논리로는 감당이 안 되는 진리의 세계를 그나마 투사시켜주는 것이 시어詩語로 인식되면서 고려 이래 적잖은 불승들이 선시 창작에 눈을 돌리게 된다.

고려 말 중국에서 들어온 『조주록趙州錄』, 『임제록臨濟錄』, 『벽암록碧巖錄』,

『무문관無門關』 등은 이 땅에 선시가 발아되는 데 큰 영향을 미쳤다. 혜심慧諶, 1178~1234은 고려 선시를 개척한 인물답게 『선문염송집禪門拈頌集』 30권, 『심요』 1편, 『무의자시집無衣子詩集』 2권, 『선문강요禪門綱要』 등을 남겼다. 일연一然, 1206~1289은 별도로 전하는 선시집은 없으나 『삼국유사』 소재 찬시만으로도 그의 시승적 위상을 충분히 가늠해볼 수 있겠다. 충지冲止, 1226~1292는 『원감록圓鑑錄』에서 선리적禪理的 특성과 함께 순수시의 서정성을 양립시킴으로써 고려를 대표하는 선시승으로서의 면모를 내외에 알렸다. 이들을 이어 등장한 경한景閑, 보우普愚, 혜근慧勤도 고려 후기 선시 문단에서 눈여겨 보아야 할 시승들이라 할 것이다.

조선시기 선시의 전통은 기화己和에서 출발한다고 보아야 할 것 같다. 그의 저술로는 「함허당득통화상어록涵虛堂得通和尙語錄」을 비롯해 「원각경소」, 「반야경오가해설의」, 「현정론」, 「유석질의론」 등이 있다. 이중 선시가 집중적으로 실린 것은 「함허당득통화상어록」인데 나머지 저술은 억불책의 부당성을 설파, 변증하는 데 초점이 맞추어져 있다. 선수善修는 지엄智嚴과 영관靈觀의 맥을 이은 인물로 누구 못지않게 선시를 풍부하게 남겼으니 부휴당대사집浮休堂大師集 5권 중 시가 4권이나 이르는 것에서 시승적 면모가 입증된다. 보우普雨는 『왕랑반혼전』의 지은이로 소설사에서 자주 거론되어온 바 있으나 『허응당집』에 수록된 선시들로 볼 때, 조선 중기 선시 논의에서도 주목해야 할 시승으로 여겨진다. 조선 후기에 들어서도 선시 창작의 맥은 그대로 지속된다. 제월경헌霽月敬軒, 1544~1633, 청매인오靑梅印悟, 1548~1623, 소요태능逍遙太能, 1562~1649, 편양언기鞭羊彦機, 1581~1664는 휴정의 문하에서 활동한 시승들이고 취미수초翠微守初, 1590~1668, 백곡처능白谷處能, 1617~1680, 무용수연無用秀演, 1651~1719은 선수의 문하에서 배출된 시승들이다. 이외에도 허백명조虛白明照, 1593~1661, 침굉현변枕肱懸辯, 1616~?, 월저도안月渚道安, 1638~1715, 운암추붕雲巖秋鵬, 1651~1706 등이 17세기 불가 시단을 화려하게 꽃피웠다. 18세기 들어와서는 환성지안喚醒志安, 1664~1729, 천경해원天鏡海源, 1691~1770, 묵암최눌 默庵最訥, 1772~1795의 활약이 주목된다. 19세기 이후 대표적인 시승으로는 초의의순艸衣意恂, 1786~1866, 경허鏡虛, 1849~1912를 앞서 꼽을 수 있겠다.

2) 불교한시

여기서는 불교시의 영역을 선시와 불교한시로 이분해 살피고자 한다. 이 같은 분류에 이론이 있을 수 있겠지만 불가시가의 범위가 매우 넓고 그 중에는 불승이 아니면서도 선리 및 선취적 내용을 담고 있는 유자들의 시가 적지 않으므로 두 편으로 갈라 파악하는 것이 실상에 더 부합한다는 것이 필자의 생각이다. 물론 불교한시는 불교적 사상과 그 상상적 환유를 통한 시화로서 미학적 기반 위에 축조된 언어적 응축물이므로 선시와 그리 큰 편차가 느껴지지 않는다. 하지만 선시에 비해, 선적 각성의 시적 승화만을 고수하지 않고 불교적 사변과 깨달음에 있어서 어느 정도의 융통성을 보이는 시라고 해야 할 듯하다. 담당층이 불승으로 한정되지 않는 데서 나타나듯 깨달음에서 오는 법열이나 공안과 같은 역설적 발화만이 시를 재배하는 것으로 규정할 필요가 없다. 즉 선시에서 배제된 지식인 혹은 유자들의 시라 할지라도 불교적 교리나 취의성을 반영하고 있다면 이를 일컬어 불교한시라고 말할 수 있지 않을까 한다.

최치원이 동방 유교의 조종으로 일컬어지고 있으나 그에게 불가 기록문학의 개척자라는 영예를 부여해도 큰 무리가 없겠다. 그의 시 가운데 『동문선東文選』에 오른 「제가야산독서당題伽倻山讀書堂」이나 『동국이상국집東國李相國集』에 올라있는 「와송능엄유작이수」, 「승통우화복답지」, 「십월십일사일」, 「간능엄방치금탄지인우유작」 등은 불교시의 맛을 능숙하게 구현해 낸 것들이다. 고려에 들어서면서 문인, 지식층의 점증현상과 맞물려 불교 한시에 대한 관심이 높아지게 되었으며 불교한시 창작은 소양의 한 요소가 되다시피했다. 여러 승비를 찬술할 만큼 불교에 밝았던 최유청崔惟清, 그리고 이자현李資玄, 1061~1125, 김부식金富軾, 1075~1155, 이규보李奎報, 1168~1241, 이장용李藏用, 1201~1272, 이승휴李承休, 1224~1300, 이제현李齊賢, 1287~1367, 채홍철蔡洪哲, 1262~1340, 이색李穡, 1328~1396 등은 명성을 떨친 유자이면서도 다수의 불교한시를 남긴 인물들이라 할 수 있다.

조선시대를 억불시기로 규정하는 것이 일반적이지만 불교 한시의 창작적 열기만큼은 어느 때보다 고조되었던 시기이다. 불가에서는 한시가 심상적 매개이면서 동시에 입신양명의 도구가 된다는 유가의 인식에 찬동하지 않았다. 그럼에도 조선 중기 이후부터 불가의 시단도 한층 풍성해지는 현상을 보게 된다. 시승의 증가와 함께 산문 내에서도 문집의 간행의 열기가 고조된 것이다. 시문집을 남긴 불승으로 한정하더라도 청허清虛, 유정惟政, 청매青梅, 백곡白谷, 동계東溪, 환성喚醒, 남악南岳, 천경天鏡, 오암鰲巖, 괄허括虛, 인악仁岳, 징월澄月, 혼원混元 등은 유자들의 시관, 언어미학과 뚜렷하게 구분되는 불교적 심상과 선적 이미지를 구축한 시승들이라 할 수 있겠다.

조선시대는 고려시대에 비해 불교시에 대한 관심이 약해질 수밖에 없었던 환경이었다. 설사 호불유자라 할지라도 공식적으로는 반불적 입장을 견지해야 하는 상황이 말해주듯 불교시의 창작은 유자들에게는 조심스러운 일이었다. 하지만 재가거사, 유자불자들이 불교한시의 한 축을 형성했던 고려시대와 비교할 수는 없다 하더라도 불교시에 대한 관심은 꾸준히 이어졌다. 김시습金時習은 유불 모두에 깊은 식견을 가졌으며 이를 바탕으로 불교시 창작에 전념한 대표적인 인물이다. 이외 서거정徐居正, 김수온金守溫, 허균許筠, 이정귀李廷龜, 장유張維, 이안눌李安訥, 정두경鄭斗卿, 남용익南龍翼, 김석주金錫胄, 채제공蔡濟恭, 홍계희洪啓禧, 이유원李裕元, 여규형呂圭亨 등에서 불교시 창작에 남다른 관심을 발견하게 되는 바, 불교를 외도로 경계하는 시각 대신 불교적 종지, 가르침에 대한 경외 의식이 이들이 남긴 불가문집의 서발序跋에 잘 드러나고 있다.

3) 불교가사

불교가사는 가사형식을 빌려 불교 사상을 고취하고 궁극적으로는 깨달음의 세계로 인도한다는 목적성을 앞세우는 장편 시가로 대략 정의할 수 있다. 포교적 기능을 중시하는 이 시가형식은 특히 무지한 대중들을 대상으로 불교의 신념이나 사상을 알리는데 유용한 수단이 되었다. 담당자의 대부분은 승려들로 이미 고려 말에 출현한 이래 조선 후기까지 불교의 전교, 부처말씀을 대용하는 방편으로 긴 생명력을 유지할 수가 있었다.

최초의 불교가사로 고려 말 나옹懶翁화상이 지었다고 전하는 〈서왕가〉, 〈승원가〉, 〈낙도가〉 3편을 꼽는다. 이뿐 아니라 그는 연경에 체류하는 동안 포교의 수단으로 강창문학이 활용되는 것을 보고 〈완주가〉, 〈백납가〉, 〈고루가〉 등을 지어 고려 말에 가사문학을 탄생시키는 위업을 달성한다. 나옹 이후 소강상태를 보이던 불교가사가 16세기에 이르면 청허淸虛, 1520~1604의 〈회심곡〉으로 맥이 이어진다. 그러나 가사가 보다 활발하게 유통되기 시작하는 시기는 아무래도 17세기 이후이다. 침굉枕肱, 1616~1687은 〈귀산곡〉,

〈태평곡〉, 〈청학동가〉의 창작을 통해 단순한 불교적 교리의 주입을 벗어나 자신의 수행체험을 바탕으로 세상의 명예 권력이 얼마나 헛된 것인지를 깨우쳐 주는 데 힘을 쏟았다. 유자로서 불교가사에 관심을 둔 대표적 인물로 김창흡金昌翕, 1653~1722이 있는 바, 명문출신이자 성리학의 대가로서는 특이한 사례가 아닐 수 없다. 이외 용암龍巖대사의 〈초암가〉, 인혜신사 지형智瑩의 〈전설인과곡〉, 〈수선곡〉, 〈권선곡〉, 〈참선곡〉은 인과응보, 탈속적 삶, 염불공덕의 권면, 금생보은 등의 불교적 교훈과 가르침을 내용으로 하고 있다. 19세기는 불교가사가 원숙기에 들어서는 시기이다. 이미 근대기로 접어든 때이지만 모든 부면이 그러했듯 개화적 분위기에서 가사의 교훈적 활용도를 새삼 인식하게 되는 단계이다. 작품으로는 경허鏡虛, 1849~1912의 〈참선곡〉, 〈가가가음〉, 〈법문곡〉, 학명鶴鳴, 1867~1929의 〈원적가〉, 〈왕생가〉, 〈신년가〉, 〈참선곡〉, 〈해탈곡〉, 〈망월가〉 등이 있으니 이 작품은 개화가사에 해당된다고 볼 수 있다. 이후에도 월재 김정혜의 〈대구동화사 포교당 기념식창가〉, 최취허의 〈귀일가〉, 이윤섭의 〈석존일대기〉, 권상로權相老의 〈열반가〉, 〈성탄경축가〉, 〈성도가〉, 〈학도권면가〉 등 다수의 작품이 출현하였다.

4) 어록

여기서 말하는 어록은 고승의 말을 기록한 것을 뜻한다. 대개 선종단에서 깨우침의 방편으로서 교도에 목적을 둔 말인데 문도나 시자들이 스승의 법문을 채록하여 편찬한 것으로 테두리를 지어볼 수 있겠다. 스승과 제자가 특별한 형식 없이 문답한 것이지만 이는 당대뿐만 아니라 참구의 길에 들어선 후학들에게 길을 열어주고 견성의 방편으로 요긴하게 받아들여졌다. 형식적으로 시가라 부르기는 애매하나 상징, 은유을 동원하는데

다 함축된 언어를 앞세우고 있다는 점에서 불교시와 매우 흡사한 면이 있다. 특히 탈일상적이고 생경한 언어를 동원하고 있는 시게詩偈는 불교시에 편입시키더라도 큰 무리가 없다.

어록 찬술은 고려 말에 활발히 이루어지는데 혜심慧諶의 「조계진각국사어록曹溪眞覺國師語錄」, 경한景閑의 「백운화상어록白雲和尙語錄」, 보우普愚의 「태고화상어록太古和尙語錄」, 혜근惠勤의 「나옹화상어록懶翁和尙語錄」, 기화己和의 「함허당득통화상어록涵虛堂得通和尙語錄」 등이 그에 해당하는 대표적 사례이다. 그러나 이 경우 '어록'이란 고승들의 시문, 잡문을 포괄하는 명칭으로 시집문의 다른 이름이라 하겠는데 수록 작품이 모두 시가형식을 취하고 있는 것은 아니다. 이들 중에는 게송 이외에 법어는 물론 잡문으로서 서序, 소疏, 방榜, 탑명塔銘, 행장行狀, 제문祭文까지 다양하게 혼재해 있으므로 시가로서의 어록과는 구별할 필요가 있다.

5) 현대불교시

불교한시가 한문을 매개로 한 전시대의 산물인데 비해 현대불교시는 국문으로 지어진 근대 이후의 불교시를 일컫는다. 이는 과거 한시에서 자유시로 시가 형식이 전환되는 시가사적 전환과 흐름을 같이하는데 불교적 사유, 사상을 근저에 둔 현대시라 말할 수 있다. 현대불교시는 과거 불교한시, 선시가 감당하던 시적 기능을 현대시기에 들어와 대신 수행하는 것으로 받아들일 수 있다.

시사詩史에서 근대불교시의 정체성을 앞장서 일러준 이는 만해 한용운韓龍雲이다. 시도 시대변화의 산물에서 벗어날 수 없음을 간파한 인물답게 만해는 불교 한시에 집착하기보다 불교현대시를 궁리한 끝에 『님의 침묵』을 펴냄으로써 내외간의 눈길을 단번에 사로잡는다. 『님의 침묵』으로 말미암아 만해는 근대시단의 대표적 인물로 자리를 굳히게 된다. 이 시에 대해서는 많은 연구가 이루어졌거니와 주제정신으로 사람들은 반야공般若空사상을 짚는다. 곧 만해는 반야바라밀般若波羅蜜을 성취하기 위한 철학으로서 공사상을 체득시키는 데 주력하고 있다는 것이다. 시적 화자가 님을 떠나보내고 무無의 상태에 처하지만 끝내 님의 진여眞如한 면모를 새롭게 자각하게 된다는 사실을 반드시 환기할 필요가 있다. 만해에게 무는 단순한 이별이나 없음에 대한 원망 같은 세속적 차원의 절망감에서 토해내는 탄식과는 엄격하게 구분되는 것이라 할 것이다. 오히려 절대 무로서 그가 받아들이는 '님의 부재'는 시공의 초월 끝에서 만나는 절대 무나 공의 경지와 다를 바 없는 것으로 이해된다.

만해시의 주제를 불교사상과 연관짓는 일은 당연하다 하겠다. 『님의 침묵』의 주제지향을 『유마경維摩經』이나 『십현담十玄談주해』에서 찾으려는 시도는 큰 무리가 없을 것이다. 만해는 거사로서 공사상의 가장 심오한 면을 각성시킨 유마거사의 삶과 흡사한 데가 많겠는데 역설적인 어법으로 신민지 치하에서나마 장엄 불국토의 실현을 꿈꾸고 있는 시인의 면모가 발견된다.

현대시사에서 최남선崔南善는 신체시를 선보인 인물로 알려졌으나 불교시와 관련해서도 주목할 자취를 남긴 인물이다. 시조집 『백팔번뇌百八煩惱』와 수필집 『심춘순례尋春巡禮』는 그가 평소 지녔던 불국토 의식 혹은 이 땅에 대한 정토화 의식이 투영되고 있다. 가령 〈붕鵬〉에서는 거대한 활개를 드리우고 우주간을 비상하는 새를 떠올리고 세상의 번뇌와 티끌로 가득한 이 땅이 거대한 붕에 의해 불순함이 다 가시고 순일한 세상으로 변한다는 상상이 펼쳐진다. 이는 타락한 세상에서 영일 없이 살아가는 중생이 유일하게 구원받기 위해서는 천상천하 유일의 각자 불타에게 의지해야 된다는 점을 함의하고 있음이 분명하다. '불타송佛陀頌'은 이미 제명아래서 드러나듯 호사를 누릴 왕자이면서도 고뇌와 번민 끝에 해탈을 찾아 나선 청년 석가의 고뇌, 그리고 길고 긴 고행과 방황, 참구 끝에 마침내 열반의 세계에 이르는 성적聖跡을 석탄일을 즈음해 노래한 것이다. 이밖에 『백팔번뇌』에 실린 「동청나무」 연작, 「그늘에」 연작, 「안겨서」, 「궁거워」, 「떠나서 어쩔가」 등 도합 36편의 시조 역시 불타의 자비, 불심에의 귀의, 님에 대한 회억과 만남 및 이별을 노래한 것으로서 불자로서의 번뇌와 인간고에 시달리는 세사의 초극 의지를 밝히고 있다.

근대 소설의 개척자로 알려진 이광수李光洙는 불교 시인으로서의 면모도 보여주었다. 그의 불교적 세계관, 운명관이 잘 구현된 시 작품으로는 「촟불」, 「무소구」, 「멧새」, 「맘」, 「나」, 「흐린샘」, 「술회」, 「사랑해주신 이」, 「나는」, 「럼비니 송」, 「인과응보」, 「부처나라」, 「과향피고」, 「윤회무진」, 「생과무상」 등이 있고 이 같은 주제의식을 바탕으로 다수의 불교시조를 남기기도 했다. 미당未堂 서정주徐廷柱는 불교정신을 시적으로 승화시킨 대표적 시인으로 인식되고 있다. 일찍이 박한영朴漢永 스님과의 만남, 그리고 중앙불전의 입학은 뒷날 미당이 어떻게 불교적 사유를 통한 시적 승화에 익숙한 시인이 되었는지를 말해준다 하겠는데 일생 동안 그는 불교의 시적 형상화라는 화두를 멀리하지 않았다. 『신라초』는 그의 초기 작품으로 이에 든 모든 작품들은 숙명적인 갈등과 고뇌의 제시와 함께 윤회라는 불교 종지의 시적 형상이 두드러지게 나타나는데, 그중에서도 「신라의 상품」, 「구름다리」, 「이냇길」, 「숙영이의 나비」, 「두 향나무사이」, 「인연설화조」 같은 것이 불교시로서의 특징을 강하게 담지하고 있다. 시집 『동천』 역시 과거와 현재, 미래에 대한 불교적 시간관념에 따라 각각 파편화된 자연적 흐름의 차원이 아닌, 연기 혹은 윤회의 수레바퀴처럼 시공의 연속성으로 나와 타자, 과거와 현대의 접맥성에 유의하고 있다. 서정주가 전통 사상과 정서를 시적 형상화의 추동 인자로 채택하고 있음은 이미 널리 알려져 있다. 한데, 미당이 한국의 전통적 정서를 극적으로 포착하고 시화하는데 누구보다 능숙했던 까닭을 두고 우리는 누구보다 그가 불교적 상상력이 풍부했던 시인이었다는 점을 환기할 필요가 있겠다.

현대 불교시인의 사례를 더 보탠다면 조지훈趙芝薰을 들어야 될 것이다. 대표작으로 알려진 「승무」에서 보듯 그는 어느 시인보다 선리禪理, 선취禪趣적 분위기를 잘 살려냈다. 이 같은 경향은 청년기부터 외전강사로 출발하여 불교사상에 깊이 들어가 있었던 이력, 그리고 한시에 대한 깊은 이해와 무관한 일이 아닌 듯싶다. 불교시 범주에 넣을 수 있는 시편으로는 「파초우」, 「고사1」, 「승무」, 「아침」, 「정야1」, 「첫기도」, 「관선곡」, 「참선곡」, 「고사2」, 「산방」, 「산2」, 「대금」, 「거문고」, 「가야금」 등을 앞서 거론할 수 있을 것이다.

근대 이후 등장한 시인 위주로 불교시의 현대적 전개를 개괄해보았으나 현재도 현대적인 감각과 불교적 사유 및 상상력을 갖춘 시인들이 불교시의 맥을 이어가기 위해 나름의 힘을 기울이고 있음을 기억해야겠다. 가령 황동규, 김지하, 정현종, 조정권, 최승호, 황지우, 이성복 등은 앞세대 시인에 이어 불교시의 새 국면을 개척한 시인들이라 할 수 있겠다.

2. 불교서사

1) 불교설화

우리가 알고 있는 설화란 기억에 의존하여 입에서 입으로 전해지는 이야기를 가리킨다. 범주를 좁혀 불교설화라고 할 때는 불교적 내용을 포함한 구승담으로서 시대를 넘어 폭넓게 전승되어온 이야기를 말하는 것이다. 불교설화의 발원지는 어렵지 않게 인도로 지목할 수 있겠고 동양은 물론 세계 각국으로 전파되어 나름의 변이담이 발생한 것으로 대략 전승적 흐름이 정리된다. 좁혀 볼 때 불교설화의 진앙지는 불경으로 귀결될 수밖에 없다. 기원으로서 불교설화는 사부대중에게 불교적 철리와 깨달음을 견인하는데 무엇보다 효용성을 발휘함으로써 불경에 풍성히 갈무리될 수 있었던 것이다.

한국의 불교설화는 불전에 기원을 두고 전파된 외래설화와 삼국 이래 이 땅의 불교적 풍토에서 자생적으로 발원한 설화로 이분화시켜 살펴 볼 수 있겠다. 본생설화, 비유설화, 인연설화로 나누어볼 수 있는 불전 소재 설화는 불전 결집 후 불교의 포교에 결정적으로 기여하였다. 특히 한역된 『본생경』, 『육도집경』, 『선집백연경』, 『잡보장경』, 『현우경』, 『백유경』 등의 한반도 유입과 더불어 삼국에도 불교설화의 창작과 전승의 토대가 마련되었다.

이 땅에서 자생적 불교설화의 여러 양상을 살피는 데 있어 『삼국유사』는 빠뜨릴 수 없는 문헌이다. 여기서 설화의 범위와 그 내용적 특색을 구분점으로 삼자면, 전설과 종교적 기사나 이적담으로 대별되고 전설은 다시 사원연기전설, 고승 이승 성도전설, 성체 성구전설로, 그리고 종교적 기사 이적은 비공, 치병, 축사逐邪, 기양기복祈禳祈福, 환생還生, 신인神人, 기타 등으로 나뉠 수 있다. 불교의 신비체험적 증언에 가까운 『삼국유사』 소재 설화들은 민중설화와는 또 다른 지점에서 삼국, 고려 시기 구전문학이 얼마나 풍성했으며 다채로웠는지 엿볼 수 있게 하는 통로가 되고 있다.

불교에서 삼보로 일컫는 불佛, 법法, 승僧 삼보三寶은 불교설화의 내용적 가름에 적용시켜도 무난하다고 생각된다. 부처님, 불교의 가르침, 승려, 이 요소를 크게 벗어나지 않은 것이 불교설화의 특징이라 하겠는데 인물적 분포로 보면 부처, 보살, 불자 등이 등장인물로 출입이 빈번하다. 이들의 등장에다 종교적 초월과 신이성을 드러내는 현응, 변신 등의 모티브를 적극 삽입시키는 것도 불교설화의 특징이다. 하지만 이는 단순히 흥미를 겨냥한 것이 아니다. 풀어 말한다면 불법佛法, 혹은 부처의 가르침이라 할 보시, 지계, 인욕, 정진, 선정, 지혜 등이 중생에게 쉽게 와 닿지 않으므로 추상과 관념의 난해함을 덜어줄 설화를 앞세우게 된 것이다.

부처, 보살은 물론 설화에 등장하는 고승들은 대체로 사부대중을 견성시키기는 역을 충분히 인지하고 있다. 가령 자장, 원효, 의상, 도선 등은 화자, 청자들에게 익숙한 인물로 한결같이 이적과 신성함을 현시함으로써 범인과 다른 지점에 서 있음을 각인시키게 된다. 낙산사洛山寺 창건설화에 원효, 의상 등의 친불 행각이나 부석사浮石寺 창건설화에서 의상이 선묘善妙의 갈애를 초극한 뒤 대보리의 세계로 인도하는 것 등은 그런 예에 속한다. 불교설화는 승사僧史, 불교사상, 서사미학의 세 요소를 바탕으로 구축되는 것으로 복합적 성격의 서사구조물임을 유념해야 한다. 겉에 드러난 지향점이야 사찰의 역사이지만 부처의 심오한 가르침을 부지불식간에 터득하도록 하는 것이야말로 서사의 목표라 할 것이다. 그렇다고 해서 이들이 설화 일반의 서사적 원리를 벗어나는 나름의 독특한 화법을 고수한다고 보기는 어렵다. 역시 불교설화도 설화문학의 일반적 서사문법에 귀속되는 제 요소를 그대로 간직하고 있음을 부정해서는 안 된다.

불교설화는 무지한 대중을 교화하고 흥미를 촉발하기 위한 데서 출발한 구술문학에 불과하지만 소설 같은 세련된 장르를 탄생시키는 단초 구실을 한다는 점에서 특히 서사문학적 의의를 과소 평가할 수가 없다. 즉 승전이나 소설문학의 원동력으로 작용한 사례는 얼마든지 있거니와, 『삼국유사』의 조신調信 전설은 『구운몽』이나 근대기 이광수李光洙의 『꿈』을 파생케 한 설화이고 부설浮雪 전설은 명월암明月庵 연기설화이자 승전적 불교소설 인 『부설전』의 정착에 핵심으로 작용했다. 하지만 불경으로부터의 근원한 것과 자생적인 것 사이의 구체적 검증을 아직 거치지 못한 채 『삼국유사』 중심의 설화적 조명에 머물러 있다고 해도 지나친 말이 아니다. 그만큼 불교설화의 문학적 가치와 그 파급효과는 밝혀진 것보다 드러나지 않은 면이 더 많은 영역이라고 할 것이다.

2) 승전

승전僧傳은 간략하게 말해 승려의 일생을 다루는 전기傳記문학이다. 불교문화의 융성과 함께 싹트고 널리 읽혀지고 지어졌다가 시대의 변화에 따라 위상이 약화된 전기물에 해당된다. 승려의 생애를 기록한다는 것은 그 배경에 불법과 승려를 존숭하고 따르는 사회적 합의를 전제하는 것이겠는데, 역사상 삼국, 고려시기에 숱한 승전이 지어진 것은 이런 현상과 무관한 것이 아니었다. 처음 이 땅에 등장한 승전은 7세기 김대문이 찬술한 『고승전高僧傳』이다. 초기 고승들의 일생을 총집하려는 열의에서 나온 결과물로 삼국시대에는 사전私傳적 승전도 적지 않았던 것으로 보인다. 즉, 삼국시기 승전 찬술은 그것으로 그치지 않았다. 『삼국유사』에는 『보덕전普德傳』, 『개심전開心傳』, 『보명전普明傳』, 『양지전良志傳』, 『자장전慈藏傳』, 『왕화상전王和尙傳』, 『효사행장曉師行狀』, 『오진전悟眞傳』, 『지통전智通傳』, 『표훈전表訓傳』, 『진정전眞定傳』, 『진장전眞藏傳』, 『도융전道融傳』, 『양원전良圓傳』, 『상원전相源傳』, 『능인전能仁傳』, 『의적전義寂傳』, 『의상전義湘傳』 등 유사 찬술에 동원된 다수의 승전 서목이 보이는데 삼국시대 찬술물이라 할 이들은 불교사를 증거하면서 승사를 복원하는데 핵심적 근거가 되고 있다. 신라 승전 가운데 그 면모를 온전히 살필 수 있는 것은 최치원이 찬한 『법장화상전法藏和尙傳』일 것이다. 당나라 법장화상의 일생을 10과科 형식으로 기술한 것으로 실증 위주의 전기라는 특성이 어렵지 않게 포착된다. 종교적 영이성을 위주로 기술하는 승전 찬술의 경향성을 쫓기보다 춘추필법春秋筆法, 편년철사編年綴史적인 태도를 앞세웠다고 하겠는데 최치원이 불가에 친연적인 인물이었으나 유가적 전의식을 바탕에 두고 찬술에 임했음을 알 수가 있다. 최치원은 『법장화상전』 이외에도 『의상전』이나 『석순응전釋順應傳』, 『석이정전釋利貞傳』 등을 찬술함으로써 신라를 대표하는 승전 작가로서의 위상을 점하게 된다.

승전 찬술이 불가의 전통으로 자리잡게 되는 때는 고려시대이며 그 서막을 연 것이 『균여전』이다. 이는 승전의 담론적 기능과 의미를 꿰뚫고 있던 혁련정赫連挺이 찬술한 작품으로 신라말 최치원의 승전 찬술적 전통을 이어받고 있다고 할 수 있다. 혁련정은 균여에 대한 남다른 숭앙심을 지니고 있었던 인물답게 설화적 일화까지 과감하게 삽입시키고 있는데 유가의 시각에서 크게 벗어나는 것이다. 한동안 소강 상태였던 승전 찬술은 중기에 이르러 각훈覺訓선사에 의해 『해동고승전』으로 부활한다. 종합적 체재의 이 승전은 『균여전』과 달리 유교열전적 서술방식을 좇아 허구나 상상의 여지는 가능한 자제하고 확인 가능한 고승들의 생을 재구하고 있는 바, 현재 밝혀진 입전 승려만 해도 33명에 이른다. 『해동고승전』은 단순히 승사만을 염두에 찬술이 아니었다. 원의 지배 하에서 불사佛史를 통해 민족의식을 고취하겠다는 불교지성으로의 당대적 사명감에서 탄생한 전기물에 해당된다.

이후 70년이 지나 일연에 의해 삼국 불교의 역사와 함께 승려들의 생애가 다시 조명된다. 이미 기 연구를 통해 드러난 바와 같이 『삼국유사』는 혜교慧皎의 『고승전』 체재에 따라 편목을 구성하였다. 물론 승사를 포함, 일반사를 지향하고 있음이 분명하지만 감통感通, 신이神異, 신주神呪 등 편목에서 나름의 성격을 감지하게 된다. 기 승전인 『해동고승전』은 일연에게 탈피의 대상으로 지적된다. 즉 『해동고승전』에 보이는 불확실한 고증과 자료적 착종을 비판하는 데서 한 걸음 나아가 그는 승려들의 삶과 아울러 이 땅의 불교 역사 및 신이한 이적이나 상상적 공간까지 적극 담론으로 수용함으로써 이른바 감각적 생을 마련할 수 있었다. 이 때문에 『삼국유사』 소재 승전들은 불佛과 문文과 사史가 아주 교묘하게 배합된, 이전에도 이후에도 다시 접하기 어려운 독특한 불가의 전기물로 남게 되었다.

조선의 개국과 더불어 시작된 불교 억압의 분위기는 승전 찬술의 전통에 부정적 영향을 미쳤다고 할 터이다. 조선시기 불가문집에는 여전히 승려의 행장 및 승전 찬술물이 올라있는 것은 분명하지만 승전이 차지하는 전기적 위상은 과거에 미치지 못했다. 하지만 『동국니승전東國僧尼錄』과 『동사열전東師列傳』이 말해주듯 조선 후기까지 불가에서 승전 찬술의 전통은 끊이지 않고 이어졌다

3) 불교고소설

고소설의 출발점인 『금오신화金鰲新話』가 이전의 서사적 전통에 기반하여 등장했듯이 불교소설 역시 신라, 고려시기에 활발히 전승된 불교설화가 자양분이 되어 조선시대에 이르러 불교사상과 세계관을 반영한 다수의 소설이 출현할 수 있었다. 『석보상절』이 국문의 활용여부를 점검하기 위한 산물로 인정되듯, 한글창제는 불교서사의 편폭을 확장하는 계기로 작용하였다. 불교소설은 민중과 부녀층의 홍교나 경전의 이해에 부차적 방편이 될 수 있다고 본 나머지 선초에는 불경 소재 불교설화를 근원담으로 한 국문소설 창작에 관심이 높았다. 예로 『안락국태자전安樂國太子傳』, 『목련전目連傳』, 『선우태자전善友太子傳』, 『사리불항마기舍利佛降魔記』, 『인욕태자전忍辱太子傳』, 『녹모부인전鹿母夫人傳』, 『왕랑반혼전』 등은 이런 시각에서 출현한 것들이다. 이른바 불경계 국문소설은 불경 소재 설화의 산물로 불교서사의 전기적傳奇的 특성이 어떤 것인지를 이른 시기에 보여주었다. 예로 『왕랑반혼전』을 잠깐 보기로 하자. 옛날 길주지방에 부처님이라면 질색하는 왕사궤王思机라는 이가 있었다. 어느 날 10년 전에 죽은 아내 송씨의 혼이 꿈에 나타나서는 "당신이 부처님을 비방한 탓에 내일 아침 명부의 염라대왕이 보낸 사자가 당신을 잡으러 오기로 되었습니다. 화를 면하고 싶으면 내일 아침 불상을 차려놓고 불경을 염송하고 있으시오"라고 말한 뒤 사라졌다. 과연 다음날 사자가 나타나 다짜고짜로 그를 잡아갔다. 그런데 사자가 염라왕에게 그날 아침에 왕사궤가 불경을 열심히 외우고 있더라는 체포시의 모습을 알리자 염왕이 오히려 크게 기뻐하며 왕랑王郎의 죄를 사면해주었음은 물론 그의 처와 함께 다시 인간세계로 돌아가도록 했다. 그런데 죽은 지 며칠 안 된 왕랑은 현세로 돌아갈 수 있으나 육체가 이미 썩어 없어진 송씨는 그럴 수가 없다. 하지만 송씨도 죽어가는 월지국 공주의 육체에 붙어서 세상에 다시 환생하여 왕랑과 현세의 부부지연을 이어갈 수 있었으니 신실한 불자로 살다가 둘이 극락세계로 들어간다.

이와 흡사한 이야기가 『아미타경阿彌陀經』에 보이기는 하지만 직접 영향을 준 근원설화는 확인되지 않는다. 전래설화에도 이 같은 명부체험을 통한 회향과 선업고취의 내용이 많았으므로 이를 적절하게 변용, 창작한 것으로 진단해보는 것이 무리가 없겠는데 흥미를 불러일으키는 초월적 배경이나 신불의 영험을 전하는 주제로 볼 때 불교전기소설의 전형적 사례에 속한다.

한글창제는 국문소설의 출현을 가능케 했으며 한편으로 독자층을 확대시키는 데 크게 기여했다. 입에서 입으로 전해지던 구비전승이 한글로 보다 쉽게 정착시킬 수 있게 된 것이다. 『심청전』은 구전 설화가 기록을 거쳐 소설로 정착된 경우로 파악된다. 불교소설의 대표적 사례이기도 한 이 작품은 내용으로 보아 옥과현玉果縣 관음사觀音寺 연기설화에서 유래했다고 볼 여지가 크다. 관음사 연기설화의 대강은 이렇다. 충청도 대흥현에 앞을 보지 못하는 원량元良이 어린 딸 홍장洪莊과 힘겹게 살고 있었다. 어느 날 그가 외출했다가 길에서 마주친 홍법사 주지스님으로부터 공양미 50석을 바치면 개안한다는 말에 솔깃해져서 엉겁결에 시주를 약속하게 된다. 때는 중국의 황제가 현몽을 근거로 새 황비를 찾기 위해 사신들을 동국에 보낸 시점이었다. 이들은 나라 안 곳곳을 헤매다가 홍장이야말로 바로 몽중에서 점지한 그 여인임을 직감하게 된다. 아비의 개안을 위해 한몸 바치기로 결심한 홍장은 중국 사신들을 좇아 중국에 들어가게 되고 원량은 큰 슬픔에 빠진다. 중국에서 황비가 된 홍장이 부친에 대한 그리움을 대신해서 동국에 관음상을 보내기로 하는데 불상을 실은 배가 옥과군 성덕산 앞에 정박하게 된다. 불상은 옮겨져서 관음사에 봉안된다. 이후 원량은 눈을 뜨게 되었으며 행복하게 살다가 극락왕생한다. 『심청전』에서는 아비와 딸이 심청, 심학규로 바뀌어지고 전기적 사건, 상황이 덧보태지지만 관음사연기와 『심청전』에 보이는 서사의 중심축은 상당히 유사하다. 더구나 『심청전』이 옹정 7년1729에 기록된 『성덕산관음사사적聖德山觀音寺事蹟』보다 앞서 나온 사례가 없음을 주목할 때 관음사 연기설화를 『심청전』의 근원설화로 지정하는 데 별 무리가 없다. 사중寺衆 사이에 전승되던 설화가 소설로 이행되었다 보는 것들로는 이외 『부설전』, 『보덕굴사적습유록』, 『옹고집전』, 『사명대사전』 등을 더 보탤 수 있을 것이다.

불교소설의 다른 한 부류로 작가가 불교에 대한 깊은 이해를 바탕에 두고 창작된 경우가 있다. 대표적인 예가 『구운몽九雲夢』이다. 흔히 유불선儒佛仙 삼교를 사상적 배경으로 하여 진중한 주제의식을 끌어낸 작품으로 매김하지만 현생에서 부귀영화를 다 누렸으나 이에 만족감보다는 삶의 허무감에 사로잡혀 결국 애초 수행자인 성진으로 돌아간다는 주인공의 환원적 궤적에 비추어 주제적 지향점이 불교사상에 놓여있음을 간파하기 어렵지 않다. 수준은 그에 미치지 못하지만 『적성의전』, 『장국진전』, 『정해룡전』, 『유문성전』, 『옹고집전』 등도 인과응보와 권불교적 권선징악을 그 주제로 포괄한다는 점에서 불교 소설의 테두리에 편입시켜 무리가 없는 작품들이다.

4) 현대불교소설

불교소설은 아주 거칠게 말하면 불교적 주제를 포함한 소설이 될 것이다. 이는 사성제四聖諦, 연기緣起, 업業 등 대중에게 쉽사리 와닿지 않는 철학, 사상의 용해를 외면해서는 불교소설이라 부르기 힘들 것이다. 불교소설은 부나비같은 삶으로 일관할뿐 겨를 없이 살아가는 인간의 몽매함을 지적하면서 삶의 궁극적 지점이 무엇인지를 깨닫게 한다. 이렇게 본다면 불교소설은 과거 한때의 장르가 아닌, 현대적 의의를 충분히 갖춘다하겠는데 일찍이 근대기 작가들도 불교소설이 지닌 의의를 자각하고 있었다. 우선 이광수를 보자. 그는 『삼국유사』에 올라있던 조신, 이차돈, 원효대사 등의 인물전설을 바탕으로 삼아 『꿈』, 『이차돈의 사』, 『원효대사』 등의 불교소설을 창작해냈다. 이외 『사랑』, 『유정』 의 내용을 보면 출생 이후 성장기의 방황과 평탄하지 않았던 체험을 겪은 작가가 불교에 의지해 곤한 심신을 달랬던 것이란 추측을 낳고 있는데 특히 불교의 범애汎愛사상이 작품들에 투영되었다고 보고 있다.

이광수의 작품 중 가장 탁월하게 불교적 사유를 형상화하고 있는 작품으로 대개 『무명』을 택하곤 한다. 세상은 고해라는 말같이 여기서는 삶의 부침을 지탱하지 못하는 군상들에 초점을 두고 탐욕과 병리로 얼룩진 이 세상에서 그들이 어떻게 구원될 수 있는지를 화두로 삼고 있다. 지옥은 멀리 있는 것이 아니다. 허망한 꿈과 이기심에 사로잡혀 있으며 자기 존재에 대한 성찰을 거부하는 사람들로 가득한 곳이 바로 지옥이다. 그렇다면 낙토란 다다를 수 없는 곳인가. 아상我相을 깨닫지 못하고 미망, 애욕, 집착에 매달려 있는 세계로부터 탈피한다면 세상은 달라질 수 있음을 작품은 은연중 내비친다. 『무명』은 먼저 세상과 자신을 자각하는 것이야말로 자기구원 혹은 고해로부터의 탈출임을 제시한 작품이라 하겠다.

이광수에 이어 불교소설에서 주목할 작가는 김동리金東里이다. 무엇보다 『등신불』은 과거 불가에서 중시되던 승전僧傳의 소설적 변용에 성공한 사례로 꼽이 부족함이 없다. 이 작품의 대강은 다음과 같다. 일본 타이쇼 대학에

다니던 조선인 유학생 '나'가 학병으로 끌려가 중국의 남경에 도착한다. 목숨을 부지하기가 거의 불가능한 동남아 전쟁터로 끌려가기 전 극적으로 탈출에 성공한 나는 진기수의 소개로 양자강 북쪽의 정원사로 도망쳐 그곳에 은거한다. 진기수는 나에게 호의를 보이지 않다가 혈서로 '원면살생 귀의불은願免殺生 歸依佛恩'이라고 써보이자 그때부터 나에게 여러 가지 편의를 제공해준다. 그곳에 머무는 동안 나는 금불각에 안치된 등신불에 대해 여러 의문을 가지고 있다가 원혜선사에게서 그동안 누구에게서도 듣지 못했던 등신불의 조성 연유를 듣게 되는데 불상에 얽힌 비사를 털어놓은 후 대사는 나의 식지를 들어보라고 하곤 아무 말 없이 한동안 이를 바라보기만 한다.

『등신불』은 단순히 토목으로 빚어낸 조각상이 아님을 밝혀주고는 끝을 맺는다. 원혜선사는 등신불이란 소신공양한 만적선사의 유해임을 밝히는 것으로 더 이상의 말을 덧붙이지 않는다. 작가는 원혜선사가 무슨 말을 할 법한 상황을 잠깐 보여주는 것에서 서둘러 이야기를 종결지음으로써 수동적 읽기에 급급하던 독자들을 당혹스럽게 만든다. 만적선사의 소신공향과 내 물어뜯은 식지는 비교하기 어렵지만 희생의 한 징표로서 일말의 유사성이 인정될지 모른다. 그러나 앞의 경우는 자신의 몸을 불살라 세상 구원에 이르고자 하염없는 원력이 아닐 수 없다. 때문에 원혜선사는 나의 식지를 바라만 볼뿐 끝내 말을 아낌으로써 역설적으로 무언중에 숨은 칼처럼 예리하게 그 이상의 무엇을 말해주는 것이다.

일제 강점기 이후에도 불교의 세계관, 교리를 기저에 둔 소설 창작의 사례는 꾸준히 이어졌다. 대표적인 경우로 우리는 김정한의 『수라도』, 김원일의 『파라암』, 김성동의 『만다라』, 한승원의 『포구의 달』, 고은의 『화엄경』, 조정래의 『대장경』을 꼽을 수 있을 것이다.

3. 불교수필

언어의 응축을 통한 사상, 감정의 표출이라는 운문과 이야기의 치밀한 구성과 구조화의 산물이라 할 서사문학 이외에도 전통적으로 불교사상을 저변에 둔 글쓰기로서 불가의 수필을 주목하지 않을 수 없다. 현재적 장르 인식을 앞세울 경우, 수필은 문학 논의에서 배제되기 십상인 바, 도리어 불가문학의 고유성이나 예외성을 잘 드러내는 것이 수필이 아닌가 싶다.

수필은 과거시기의 산문 중 서書, 기記, 발跋, 표表, 설說, 행장行狀, 소疏, 논論, 제문祭文, 찬贊, 명銘, 방榜, 권선문勸善文, 사적기事蹟記, 기도문祈禱文, 축문祝文등을 포함하며 현재에도 여전히 씌어지는 일기, 기행문, 편지 등을 수렴하는 것으로 이해되고 있다. 하지만 이들은 문학 논의에서 배제되는 일이 흔했다. 문학 논의의 중심 대상으로 인정하지 않으려는 태도는 이 양식들이 실용적 목적에서 출발했다는 점과 무관하지 않은데 불교수필도 이런 시각 때문에 문학 논의에서 소외되는 일이 흔했다. 하지만 실용을 목적으로 한 글임에도 문학성을 구비한 불교수필이 적지 않았음을 상기할 필요가 있다고 본다. 가령 혜초慧超의 『왕오천축국전』, 천책天頙의 『호산록湖山錄』에 포함된 여러 편의 잡문과 산수기山水記, 이색李穡의 『서천제납박타존자부도명西天提納薄陀尊者浮屠銘』, 함허涵虛의 『유석질의론儒釋質疑論』과 『현정론顯正論』, 남붕南鵬대사의 『분충서난록奮忠紓亂錄』 등은 우리가 쉽게 떠올릴 수 있는 대표적인 불교수필들이다.

근대기를 기점으로 불교수필에도 변화가 일기 시작한다. 개인의 체험과 사고를 중시하되 그 불교적 사유를 바탕에 깔고 있는 글쓰기가 지식인과 승려를 중심으로 널리 번지게 된다.

초기 불교수필을 개척한 인물로는 이광수, 최남선, 만해, 일엽 스님, 박종화, 이은상, 노자영, 청담 스님 등이 있다. 이들도 보통 붓 가는 대로 쓰이는 것이 수필이라는 생각에서 출발하지만 단순히 신변의 표백을 넘어 불교적 가르침과 철학적 사유를 드러낸다는 특징을 보여준다. 불교적 소양과 식견을 갖춘 이들이 불교수필의 기반을 닦았다. 하지만 현 단계에서 불교수필은 우리들에게 또 다른 과제를 남기고 있음을 유념해야 할 것이다. 숨 가쁘게 변해가는 세계에 휩쓸려 존재적 의미와 삶의 지향점을 잃고 있는 현대인들에게 불교수필의 양식적 소임은 오히려 전보다 클 수 있다 하겠다. 현대 불교수필은 시, 소설에서 찾기 힘든 또다른 의의를 지니고 있는 것이다. 법정 스님의 수필들은 오래 전부터 사람들의 필독서로 자리잡은 지 오래이고 근래 현각 스님이나 원성 스님 등의 수필 역시 대중의 관심을 고조시키고 있는 바, 죽비와 다를 바 없이 무지와 미망에 사로잡힌 대중에게 불교적 깨우침을 전해주고 있는 것이다.

4. 불교금석문

삶의 자취를 후대에 남기고픈 인간의 소망은 예나 지금이나 달라진 것이 없다. 시대를 넘어선 불멸의 증언으로서 금석문은 일찍부터 주목의 대상으로 여겨졌으며 불가에서도 이에 대한 관심이 높았다. 삼국 이래 불가비문 중에서도 높은 비중을 차지하는 것이 승비僧碑로 문도나 제자들이 사승의 생을 정리한다는 의무감이 승비건립으로 이어진 것이다. 하지만 승비건립은 불가 내의 사업으로만 의미를 좁혀볼 수 없다. 그것은 왕, 권선가, 유자들의 후원과 관심까지 요구하는, 불가를 넘어서는 과업의 성격을 띠고 있었다.

유가의 비문과 승비僧碑는 한결같이 한 인물의 생평을 기록하는 공통점을 보인다. 한데 유가의 비명을 보면 유교적 가치관을 반영하듯 입신양명과 생전의 벼슬과 활약상을 유난히 강조하는 경향이 나타난다. 반면에 승려의 비명은 이른바 불교적 인간으로서의 전형을 마련하는 데 초점을 맞춘다. 즉 태몽으로 상징되는 탄생의 신이함, 기이한 출가의 계기 및 이후의 각성 과정, 대중 구원의 활약, 그리고 태연자약하게 맞이하는 임종은 승비에서 폭넓게 채택되는 내용 단위이다. 형식면에서 특기할 것은 비문의 끝에 가송 형태의 시를 부언하여 앞에 기술된 전기적 사실을 다시 휘갑한다는 점이다. 엄밀하게 말해 비명은 문과 시가 결합된 기록물이라 할 것이다.

불가 금석문에서 먼저 주목되는 이는 최치원이다. 신라 말엽에 활동한 그는 불가 금석문의 개척자라 해도 과언이 아니다. 『사산비명四山碑銘』이라 불리는 『진감선사비명眞鑑禪師碑銘』, 『지증선사비명智證禪師碑銘』, 『대숭복사비명大崇福寺碑銘』, 『낭혜화상비명朗慧和尙碑銘』 등은 최치원의 문재가 마음껏 발휘된 것으로 당에서 유행했던 사륙변려문四六騈儷文을 채택하고 있는 것에서 보듯 문장이 화려할뿐더러 전고가 다양한 문체적 특징이 한눈에 드러난다. 신라의 승비 찬술 전통이 고려로 이월되면서 승비의 사례는 크게 증가하게 된다. 서산의 『보원사법인국사보승탑비普願寺法印國師寶乘塔碑』, 해주의 『보월승공탑비寶月乘空塔碑』, 양평의 『보리사대경대사탑비菩提寺大鏡大師塔碑』, 영월의 『흥녕사징효대사탑비興寧寺澄曉大師塔碑』, 봉화의 『태자사낭공대사백월서운탑비太子寺朗空大師白月栖雲塔碑』 등은 고려초의 대표적 승비이다. 이외 『반야사원경왕사비般若寺元景王師碑』, 칠곡의 『선봉사대각국사비僊鳳寺大覺國師碑』, 수원의 『창성사진각국사대각원조탑비彰聖寺眞覺國師大覺圓照塔碑』 등은 12세기에서 고려 말에 걸쳐 세워진 승비 중에서도 빼어난 것으로 일컬어진다. 한편 고려시기의 비문 찬술가를 들라면 최언위崔彦撝, 김정언金廷彦, 채충순蔡忠順, 김거웅金巨雄, 최충崔冲, 김부식金富軾 등 한두 사람에 그치지 않고 있는데, 당대 뛰어난 사대부, 문인들이 왕명에 따라 고승의 비문 찬술에 임했다는 공통점을 지니고 있다.

억불의 정책, 임란 등 불사를 가로막는 상황 속에서도 조선시대에 들어와서도 불가 금석문의 찬술과 건립의 전통은 지속되었다. 다만 조선시대 불가 금석문에서는 이전과 달리 종교담론 특유의 설화적이고 영험적인 내용보다는 사실 위주로 건조하게 기록하는 현상이 뚜렷해지는 것을 목도한다. 보사물補史物로서 금석문의 본령을 보다 유의한 결과가 아닐까 생각된다. 하지만 건조한 기술에다 종교적 영험성을 기피하는 내용으로 선회하면서 불가 금석문이 지닌 종교서사적 특성이 전보다 약화된 것만은 숨길 수 없는 사실이다.

금석문이 과거를 어떻게든 증언하기 위해 등장한 양식이지만 시대가 바뀌면서 그것이 지닌 담론적 의의는 약화될 수밖에 없었다. 하지만 그것은 역사 복원이란 측면에서 문헌자료를 넘어서는 신뢰성을 갖춘 증언이자 기록이 아닐 수 없다. 불가 금석문은 특히 복원이 쉽지 않은 초기 불교설화, 인물전승의 제 국면을 살펴볼 수 있게 하는 결정적인 통로가 되고 있다 하겠다.

제2부

불교전기

제1장

승전僧傳의 서사미학적 성격

1. 들어가며

승전僧傳은 불교 신앙과 병행하여 지속적으로 쓰여 온 전기의 하나이다. 불교 신앙의 흥성과 함께 승려를 경외시하고 존숭하던 분위기가 낳은 서사로 이해할 수 있다. 승전은 불교신앙의 변동과 맥을 같이했던 양식으로 이해할 만한데 삼국, 고려시대가 승전 찬술의 열기가 고조되었다면 조선시대는 승전에 대한 관심과 찬술이 식어간 때라 할 것이다. 하지만 억불책이 지속되는 상황에서도 승사僧史, 불가의 존재감을 드러내는 양식으로서 그 찬술의 전통이 끊긴 적이 없었다.

승전이 승사를 본령으로 하는 담론이라는 데는 이의를 달 수 없다. 불교사 연구에서 승전은 중요 사료로 채택되고 있는 터이다. 하지만 사료가 아닌 서사문학으로 보는 데는 인색했으며 문학 논의 대상에서 배제시켜왔다고 해도 과언이 아니다. 이는 문제가 아닐 수 없다. 승전이 유가 계열의 전, 전기물 못지않게 문학적 의의를 지닌 전기 서사체라는 인식이 필요하다.[1] 따라서 본 논의는 승전이 지닌 서사문학사적 위상과 서사미학적 특

1 김승호, 『한국승전문학의 연구』, 민족사, 1992.

성을 거칠게나마 밝혀보고자 하는 데 초점이 모아질 것이다.

전기서사체로서 승전의 핵심적 특징이라면 입전대상을 불승佛僧으로 한정한다는 점이다. 하지만 이는 겉에 드러나는 표징일 뿐이다. 승전 양식의 속성을 이해하기 위해서는 불교적 인간관을 잠깐이나마 살펴보는 일부터 시작해야 할 듯하다.

불교는 모든 존재가 불성을 갖추고 있고 보살도를 실천한다면 성불의 경지에 이를 수 있다고 본다. 물론 소승불교가 개인적인 해탈을 더 중시하고 대승불교가 일체중생 모두가 해탈하는데 무게를 둔다 하나 보살정신의 실천에 따라서는 해탈의 길이 열려있음을 공통적으로 강조한다. 이렇게 유일한 신을 숭배, 신앙하는 대신 불교는 개인의 성불 가능성을 믿고 중생을 부처의 길로 안내한다. 하지만 개유불성皆有佛性이라는 전제에도 불구하고 성불은 중생들에게 여전히 막막하고 험난한 과제로 비쳐질 수밖에 없다. 따라서 성불의 표본이 절실해진다. 석가는 사람들이 앞서 떠올린 불교적 인간의 완성형이라 할 만한데 불전佛傳에 드러난 석가의 생은 불자들에게 궁극의 길에 이르는 교본적 구실을 하게 된다.[2] 불전은 불교적 영웅의 자취이자 불교적 삶을 견인하는 이정표가 된다.

---

2 불교에서는 물론 불(佛)만 강조하는 것은 아니다. 아는 것처럼 불(佛), 법(法), 승(僧)을 불교에서 가장 중요한 요소로 본다. 이를 삼보라 부르듯 그 중요성은 아무리 강조해도 부족하지 않다하겠는데 세 요소가 삼발의 솥처럼 균형을 이룰 때만이 신불의 기운이 왕성해질 수 있는 조건이 되기 때문이다. 그 점에서 불, 법, 승은 각각 불전(佛傳), 경전(經典), 승전(僧傳) 등으로 담론적 영역을 확보하게 되었고 이는 불교인들에게 필수불가결한 대상으로 여겨지지 않을 수 없게 된 것이다. 불(佛)의 가르침이 경전이므로 불(佛)과 법(法)은 그 경계가 그리 명확치 않을 수 있으나 승(僧)은 조금 다르다. 불교적 인간을 층위화시킨다면, 승이란 아직도 갈 길이 아득하기만 한, 지상의 한 인간이기에 그러하다. 그렇다고 해서 승의 존재의의가 흐려지는 것은 물론 아니다. 도리어 그들은 미망에 덮인 대중을 선도하여 광대 심오한 불법의 세계로 끌어줄 동반자이자 스승으로서 그 존재의미는 아무리 강조해도 지나칠 것이 없다. 여기서 승전의 입전 요청이 자연스럽게 제기된다 하겠다.

승전이 지닌 전기적 지향점도 불전과 다르지 않다고 보아야 할 것이다. 범속한 인간에서 각자의 반열에 든 인물의 자취를 추적하여 결과적으로 불교적 믿음을 공고하는 데 이바지하고 있기 때문이다. 물론 승전의 주인공이 부처와 동일 지점에 서 있다고 하기는 어렵다. 궁극의 세계에 들어선 부처에 비한다면 승전의 주인공들은 여전히 미완성의 단계에 있다고 말하는 것이 옳다. 하지만 승전에 오른 승들은 한결같이 성불을 위해 발분하는 수행자이자 대중을 불해의 세계로 인도하는 선도자의 상을 간직하고 있다. 따라서 승전은 불자를 포함, 대중들에게 불교철학과 불교적 인간관을 제시하는 텍스트로서 받아들여질 수 있었다. 온전히 전하는 승전이 많지 않지만 김대문金大問의 『고승전高僧傳』, 최치원崔致遠의 『법장화상전法藏和尙傳』, 혁련정赫連挺의 『균여전均如傳』, 각훈覺訓의 『해동고승전海東高僧傳』, 일연一然의 『삼국유사三國遺事』 등은 과거시기 승전 문학의 창작과 소통이 얼마나 활기차게 이루어졌는지를 짐작케하는 가늠자가 된다.

2. 서사미학적 기반–불佛, 법法, 승僧, 그리고 대중

승전도 서사체의 하나이므로 창작자와 독자의 영역에서 그 양식적 특성을 살펴볼 수 있겠다. 창작자찬술자는 승려인 경우가 대부분이고 독자는 승려, 신자를 포함하는 사중으로 경계를 지어보는 것이 어렵지 않다. 찬술의 첫 과정은 입전 대상을 선별하고 일대기에 필요한 개인의 역사를 최대한 수습하는 일이 될 것이다. 이후에 수습된 생의 파편을 선별, 구성하게 되는데 이때 사중寺衆은 제일의 독자가 될 것이다. 따라서 결코 얼굴을 드러내는 법이 없으나 사중을 의식한 선에서 승전의 서사미학이 마련되었을 것으로 여겨진다.

불전도 마찬가지이지만 독자의 관심을 끌지 못하는 승전은 서사체로서 의미를 곧 잃어버리게 된다. 불과 법이 사뭇 철학적이고 현학적 관념의 나열에 가깝다면 승전은 출가의 곡절 및 고일한 지경에 이르기까지의 구체적으로 행적을 제시함으로써 독자적 흡입력을 증폭시켜야 한다. 승전의 서사적 효용성은 불전이나 다를 바 없으나 불佛, 법法, 승僧이란 내용적 요소를 용해시켜 입전화立傳化해야 한다는 만만치 않은 과제를 안고 있다.

그런데 삼보, 곧 불佛, 법法, 승僧이 불교신앙의 기본 요소이기는 하지만 그 뒤에는 중생이 있음을 환기할 필요가 있다. 승僧은 물론이고 불佛이나 법法마저 사부대중 없이는 의미를 잃어버린다고 해도 과언이 아니다. 한편 삼보는 불교 담론의 갈래적 경계가 되기도 한다. 넓게 보아 불법승의 담론은 부처님의 가르침을 약간씩 다르게 전하고 있음을 알게 되는 바, 미망에 덮여있어 본질을 찾지 못하는 중생이 의지해야 할 담론이 아닐 수 없다. 경전經典이 관념적, 추상적 언설이라면 불전, 승전은 성불에 이른 존재, 혹은 성불의 도정에 있는 인간의 생에 초점을 맞춘 서사라 하겠다. 그렇다고 경전, 불전, 승전 간에 담론적 지향점이 전혀 다르다고 단언하는 것은 성급하다. 이들은 불교정신, 불교적 인간관의 제시라는 공통의 명제를 내걸고 있으며 양식적 차이에도 불구하고 주제, 소재면에서 불법승적 요소가 혼재되는 경우가 흔한 것이다. 가령 불과 법은 주제지향의 근거가 되고 승이 그것을 구현해줄 현실적 사례로 지정된다는 식이다.

승전으로 범위를 좁힐 때, 여기에는 승僧만이 아니라 불佛과 법法의 요소가 깊이 잠재되어 있음을 인정해야 할 것이다. 승전 이전에 불전이 출현했다고 보면 승전의 전기傳記적 특성을 헤아리는 데 있어 불전을 외면하기 어렵다. 불전은 불교적 인간의 완성형을 제시해 놓았다. 세속 인간이던 석가가 마침내 부처의 경지에 올라선 장엄한 자취는 절로 숭배심으로 이어지게 한다. 그런데 석가에는 미치지 못하나 신자, 대중들의 표상으로 삼을 만한 인물들의 생을 수습해야 한다는 생각들이 싹트는 단계를 맞게 된다. 승전 출현의 원인을 수용자적 측면에서 찾을 수도 있을 터이다. 불전이 불교적 인간의 완벽한 상을 제시했으나 독자들에게 석가의 세계야말로 범접하기 어렵다는 인식을 심어주지 않았을까 싶다. 다시 말해 천상천하 유아독존적 존재로 전제된 석가, 거기다 8상으로 구성된 성적聖迹은 중생들로서 전례로 삼기에는 벅차다고 여겼을 법하다. 대신 승전 속의 승들은 대중들에게 그다지 위압적으로 비쳐지지 않는다. 그들의 자취는 불교적 감화력과 견성으로 이끌어줄 범례가 되기에 충분하다. 이는 승전이 어떻게 대중들에게 흡입력을 갖춘 전기문학이 되었는지, 그리고 왜 승전의 찬술이 시대를 넘어 지속적으로 진행되었는지 해명해주는 단서로 삼을 수 있다.

3. 주제의식과 불·법의 삼투적 호응

종교의 하나이지만 불교는 우상을 정해놓고 정형된 상을 추종하는 여타 종교와 다르다. 하지만 이른바 불교적 인간이란 무엇인가 그 점을 전하기 위해서는 구체적 사례가 필요하다는 인식에 이른다. 석가의 일대기에 해당되는 불전이 불가에서 일찍부터 주목된 까닭을 헤아리기란 어려운 일이 아닌 셈이다. 석가 시멸 후 그를 추모하는 정신이 비등했고 우상이 아니라 그의 가르침을 반추한다는 의미에서 불상은 물론이요, 8상八相의 일대기로 정비되는 단계를 맞게 되었다. 불교이론의 정수로서 그의 가르침은 경전을 통해 빠짐없이 갈무리되었다면 그 삶 자체 역시 불교사상을 농축한 문학적 대상으로 자리 매김되는 것은 전혀 이상한 일이 아니었다. 풍송諷頌, 중송重頌, 연기緣起, 본사本事, 본생本生 등은 석가의 생 자체가 모티브가 되어 후대에 창작동기를 불러일으키는 원동력으로 작용한 것이라 보면 될 터이다.

그런데 우리시대 유일무이한 부처인 석가가 문학을 통해 찬양과 존경의 전범이 되었듯 어느 때부턴가는 보살과 승려들로 그 입전대상이 대체되는 계기를 맞게 된다. 석가만을 입전대상으로 고정시켜 보는 관행에 변화가 일어나기 시작한 것이다. 그렇다고 해서 승전의 출현이 석가의 불교 영웅적 자취를 훼손된다거나 이로써 석가의 가르침이 약화되는 일로까지 번지지는 않았다. 도리어 부처에 대한 의식은 좀체 지워지지 않았으니 불승의 일대기 중에도 우리는 빈번하게 석가에 대한 반추를 목도하는 것이다.[3] 구체적 형상을 결여한 채 관념적 종지를 앞세우더라도 사부대중에게

---

3 * 慧皎 撰, 『高僧傳』 序. "부처님의 훈계에 이르러 그 업과(業果)의 유미함을 상고해 본다면 3세를 순환하였고 그 지극한 이치의 높고 묘함을 말한다면 백령(百靈)을 꿰뚫었다. 만약 무릇 10지(地)의 경지를 열어 지혜의 대종을 말한다면 2체(諦)를 밝힘으로써 지부(智府)를 가려냈고 정신을 다하고 천성을 다한 종지는 중추적이고 그 극치의 한 대롱을 뚫었다. 그밖의 나머지 가르침도 마치 수많은 흐름이 거대한 골짝으로 돌아가고 수많은 별들이 북극성 주위를 받드는 것과 같으니 멀고도 아득하도다. 참으로 말로는 아직도 그 경지에 이르기가 어렵다."(至若能仁之爲訓也 考業果幽微 則循復三世言至理高妙 則貫絶百靈 若夫啓十地以辯慧宗 顯二諦以詮智府 窮神盡性之旨 管一樞極之致 餘敎方之猶群流之歸巨壑 衆星聖之共北辰 悠哉邈矣 信難得以言尙至)

* 覺訓, 『海東高僧傳』, 流通 一之一, 論.
"논하여 이르기를 무릇 불타의 교리는 성상이 항상 머물러 있고 비원이 크고 깊어 삼제를 다 궁구하고 시방을 두루 통하며 비와 이슬로 만물을 윤택케하고 우뢰와 천둥으로 만물을 고동케 하며 가지 않아도 이르고 달리지 않아도 빠르다. 다섯 눈으로도 잘 보지 못하며

설득력 있는 가르침이 수용될지 극히 의문스러워진다. 그렇다고 해서 세사世事 중심으로의 생을 심상하게 전개하는 것도 각성 및 감동을 자아낼 단초가 된다고 장담하기는 어렵다. 특히 후자의 경우, 이를 극복하기 위해 찬자들이 궁리한 것이 불전을 부단히 의식한 승전의 서사화였다. 다른 말로 승전의 찬자들은 의도적이라 할 정도로 석가의 생을 승전에 주입시키게 되었다는 것이다.

원효는 처음에 압량군의 남쪽 불지촌 북쪽 율곡의 사라수밑에서 태어났다. 그 마을의 이름은 불지인데 혹은 발지촌이라고도 한다. 사라수에 대해 속언에는 이렇게 말한다. 스님의 집이 본래 이 골짜기 서남쪽에 있었다. 그 어머니가 태기가 있어 이미 만삭인데 마침 이 골짜기에 있는 밤나무 밑을 지나다가 갑자기 해산하였으므로 몹시 급한 때문에 집에 돌아가지 못하고 남편의 옷을 나무에 걸고 그 속에 누워 낳았기 때문에 이 나무를 사라수라 했다. 그 나무의 열매가 이상하여 지금도 사라율이라 한다. 옛날부터 전하기를 옛적에 절을 주장하는 자가 절의 종 한 사람에게 하루 저녁 끼니로 밤 두 알씩을 주었다.

사변(四辯)으로도 그 모습을 말하지 못한다. 그 체(體)를 말하면 감도 없고 옴도 없으며 그 용(用)을 말하면 생이 있고 멸이 있다. 그러므로 석가여래께서 도솔천으로부터 전단누각을 타시고 마야의 태속으로 드셨다가 주나라 소왕 갑인 사월 초여드렛날 마야의 오른쪽 옆구리를 트고 정반왕의 궁중에서 탄생하셨다. 그날 밤에 오색찬란한 기운이 태미성을 꿰뚫어 서쪽 지역까지 뻗쳐났다. 소왕은 태사소유에게 '큰 성인이 서쪽 지역에 났으니 우리나라에 이해가 어떤가' 하고 물으니 태사가 대답해 아뢰기를 '지금은 별다른 이해가 없으며 일천년이 지난 뒤에는 그 성인의 감화의 덕이 이 나라에도 미쳐올 것입니다'하였다."(論曰 夫佛陀之爲敎也 性相常住 悲願洪深 窮三際 遍十方 雨露以潤之 雷霆以鼓之 不行而至 不疾而速 五目不能覩其容 四辯莫能談其狀 其體也無去無來 其用也有生有滅 故我釋迦如來 從兜率天 乘栴檀樓閣 入摩耶胎 以周昭王甲寅四月初八日 遂開右脇 生於淨飯王宮 其夜五色光氣入貫大微 通於四方 昭王問太史蘇由 曰有大聖人 生於西方 問利害曰此時無他 一千年後 聖敎被此土焉)

종이 적다고 관청에 고소하니 관리는 괴상히 여겨 그 밤을 가져다가 검사해 보았는데 한 알이 그릇에 가득차므로 도리어 한 알씩만 주라고 판결했다. 이런 때문에 율곡이라고 했다. (初時生于押梁郡南 佛地村北 栗谷裟羅樹下 村名佛地 或作發智村 裟羅樹者 諺云 師之家本住此谷西南 母旣娠而月滿 適過此谷栗樹下 忽分産 而倉皇不能歸家 且以夫衣掛樹 而寢處其中 因號樹曰裟羅樹 其樹之實亦異於常 至今稱裟羅栗 古傳 昔有主寺者 給寺奴一人 一夕饌栗二枚 奴訟于官 官吏怪之 取栗檢之 一枚盈一鉢 乃判給一枚 故因名栗谷)[4]

속언에서 취했다고 했으니 탈락시켜도 그만인 이야기일 수 있으나 일연은 향전鄕傳의 전언을 의미 있는 것으로 수용하고 있다. 무엇보다 평소 미심쩍은 정보는 협주 처리로 돌려버리는 습성과 달리 향전의 것을 고스란히 승전의 기록으로 대체시키고 있음은 주목할 점이다. 향전에 따르면 당시 사람들 사이에는 원효를 마치 석가와 같은 존재로 여기는 시각들마저 존재했던 것으로 보인다. 우선 석가의 탄생담이나 원효의 탄생담이 유사한 것이 이를 말해준다. 무엇보다 밤나무 아래에서 원효가 탄생했으며 그 나무에 엄청난 밤이 열려 사부대중들에게 혜택이 돌아갔다는 내용이 주목되는데 이를 석가적 삶과 원효의 삶을 동일시했던 신라인들의 생각과 연결시켜 보게 되는 것이다. 이 같은 예는 원효로 국한되지 않는다. 자장慈藏의 생일을 사월 초파일이라 밝히는가 하면 어릴 적 그를 선종랑善宗郎이라 불렀던 것이 예사롭지 않다. 이외 그가 훌륭한 가문의 수성을 외면한 채, 처자식을 버리고 출가를 감행했다는 전기적 증언도 석가의 경우와 비

4 『三國遺事』, 卷第4, 元曉不羈.

견되는 것이 아닐 수 없다. 이외에 노힐부득 달달박박에게 미녀가 나타나 심지를 실험해보는 일화는 그대로 고행과 악마의 유혹에 시달리던 수행 시 석가의 상황과 다를 바가 없다.

위와 같이 석가의 자취와 그대로 겹쳐지지는 않더라도 승전에서는 이른바 팔상적八相的 전개를 의식하고 가능하면 그와 부합되도록, 대상의 생을 재구하는 일이 빈번하게 나타나는 것이다. 왜 그렇게 석가의 생과 그리 대응시키려 들었는가. 필자는 다음의 이유에서가 아니었겠나 생각해본다. 즉 석가는 누구나가 감응하고 반추하는 전형적 상으로 받아들여졌고 승전에서 주인공의 삶 또한 그런 서사적 효과를 가져올 수 있다는 믿음에서 비롯되었다고 보는 것이다.

승전은 여하간에 중생 안에서 불교적 인간의 전형을 선별한다는 의식이 깔려 있다. 석가의 삶을 추종하는 선에서 대상의 생을 추적한다고는 하지만 역사가 각기 다른 주인공들안에서 이른바 불교적 덕성을 추출하고 이를 서사적으로 성형成形해 보이는 일이 수월하다고 보기는 어렵다. 개인의 삶과 불교적 교의를 어떻게 양립시키느냐가 관건일 터인데 인연관因緣觀, 연기관緣起觀의 반영, 나아가 시공관時空觀 및 생사관生死觀의 승전적 변용을 눈여겨보기로 하겠다.

전기물에서 시공은 다른 무엇보다 중요한 요소로 자리를 잡는다. 일대기란 한 인간이 태어나 죽기까지의 시간적 흐름에 밀착되어야 할뿐더러 그가 활동했던 어느 특정 공간을 벗어날 수 없다. 일반의 전기에서는 서사적 시공이란 지상에서의 물리적 시간, 장소로 그 마디가 이루어진다. 하지만 승전에서는 현실적이고 일반적인 삶의 공간과 시간을 초탈하고자 하는 열의가 대단하다. 이는 물론 불교적 시공관에 기초하겠는데 삶의 출발과 끝에 해당하는 탄생과 죽음이외 또 다른 시간을 서사적 대상으로 삼고 있어 다른 전기와 큰 차이를 빚어낸다. 물론 승전 아닌 일반 전기물에서도 입전대상의 탄생과 죽음은 각별한 단위로 그려진다. 그런데 승전만큼 생과 사를 독특하게 다루는 전傳은 없다. 보통 삶은 탄생과 죽음으로 짜여진 일회적 단위에 속한다. 하지만 승전에는 현생이 전생과 연관되고 죽음은 후생으로 편입된다는 생각이 자리 잡고 있다. 지상적 삶에 연연하는 인식을 허물고 삶과 죽음이란 격절이 아닌 돌아가는 원판 위에 찍힌 한 점임을 깨우치고 순환의 흐름에서 예외가 될 수 없다는 점을 각성시키기도 한다. 따라서 주인공이 죽음의 실제 형상이란 잠시 머물렀다 어디론가 다시 떠나는 나그네와 다를 바 없이 비친다.[5] 시간을 원형 순환으로 보게 되니 현생의 바로 앞, 전생마저 전기적 단위로 편입될뿐더러 당연히 현생 뒤에 붙는 후생도 서사시간에 편입된다.

이승의 업을 보려면 전생을 보고 내세는 이승의 업으로 판가름난다는 삼생관三生觀이 잘 구현되고 있는 이야기 중의 하나는 『삼국유사』의 「대성효이세부모大城孝二世父母」 조인데 이처럼 불교적 윤회관이 선명하게 형상화

---

5 균여가 세상을 뜬 후 김해부사가 아래와 같은 기사를 왕에게 상주한 것으로 되어있다. "올해 몇월 며칠에 어떤 이상한 스님이 머리에는 종려 삿갓을 쓰고 바닷가에 닿았습니다. 그의 이름과 거주지를 물으니 자칭 비파시보살이라고 하면서 '일찍이 오백겁 전에 이 나라를 우연히 지나가다가 여기와 인연을 맺었다. 이제 보니 삼한이 통일되긴 했으나 불교가 아직 홍성하지 않는지라, 그리하여 오래된 인연을 갚을까 해서 잠시 송악산 아래에 이르러 여(如)자로 불법을 폈는데 이제는 일본으로 갈까 한다'하고는 사라졌습니다."(今年月日 有異僧頂載椶笠子到海邊 問其名居 自稱毘婆尸 曰 曾於五百劫前 會經此國 締緣焉 今見三韓一統 而佛敎未興 故爲酬宿因 暫至松嶽之下 以如字洪法 今欲指日本 言訖則隱)(『均如傳』, 第十 變易生死分者)
이 설화는 한곳에서 잠시 머물렀다가 또 다른 행선지를 위해 길을 나서는 나그네의 형상으로 죽음을 대신하고 있다 하겠는데 죽음을 이처럼 심상하게 처리하는 것은 승전류에서 그리 이상한 일이 아니다.

된 것도 찾기 어렵다. 현생에서 대성은 가난 속에서 고용살이로 간신히 연명하는 형편이었으나 주인의 시주광경을 접하고는 유일한 재산인 밭을 점개 스님에게 시주하고 오래잖아 숨진다. 그의 죽음과 동시에 국상 김문량의 집에서는 손에 대성이란 금간자를 쥔 아이가 태어났으니 곧 대성의 환생이었다. 말미만 보면 석불사石佛寺와 불국사佛國寺의 유래를 좇는 사찰연기로 성격이 바뀌는 듯싶지만 기실 이승에서의 선업이 후생 발복의 단초가 되며 삶이란 유전하는 삼생적 흐름에 얹어 있음을 보여주는데 본의가 실려있다. 욱면郁面의 경우도 같은 예일 것이다. 그녀는 팔진八珍의 한 무리였으나 축생도에 떨어지는 바람에 부석사浮石寺의 소 — 귀진貴珍의 여종 — 극락왕생으로 윤회하게 된다. 욱면이 겪는 현실의 곤고함은 물론 축생도에 떨어졌다 끝내 극락왕생하는 순환은 불교사상의 서사적 환기가 아닐 수 없다.

공간 확장과 유영의 의미 또한 불교적 깨우침의 구체적 형상이라고 할만하다. 불교적 상상력에 힘입은 것이겠으나 지상을 벗어난 다양한 공간 제시는 지상에 갇혀있는 대중들이 접할 수 없는 경험영역이어서 불승의 비범함과 신비감을 더해주고 있다. 수중계, 천계, 지하계 등으로 공간 영역은 다양하지만 가장 빈번히 나타나는 곳이 용궁이다. 중국유학을 마치고 귀국길에 오른 고승들이 용궁체험의 주인공으로 잡혀있음은 흥미를 더해준다. 예로 현광玄光, 명랑明朗, 원효元曉, 진표眞表, 연광緣光, 보양寶壤 등을 꼽을 수 있는데 부처의 가르침이란 인간을 넘어 미물에까지 이르러야 한다는 점을 실천해보인 사례라 할 것이다. 하지만 독자들은 초월적 공간을 자유자재로 교통할 수 있는 고승의 법력, 그것에 대한 놀라움이 우선한다. 용궁이란 세계의 차용이 워낙 설화성을 농후하게 지니지만 방편적 공간 차용이란 점에서 보면 이 땅은 물론이요, 불음을 간절하게 갈구하고 있는 이계에 대한 홍교의 상징적 행위가 될 것이다. 하여간 불승이 이계를 자유자재하게 유영하고 불법에 어두운 미물을 감득하게 하는 그 조력자로서의 활약이 신성한 전교자의 상으로 이동하게 된다. 이런 점에서 승전을 이적현시의 초현실담으로 단정해서는 곤란하다. 서사의 핵심은 불승의 초월적 활약과 함께 불교적 시공관을 드러내는 데 놓여져 있다 하겠다.

4. 독자지향성과 구비전승의 수용

승전을 단지 전의 한 하위갈래로만 귀속시켜서는 그 양식적 특징이 잘 드러나지 않게 된다. 물론 승전도 보통 전이 추구하는 바, 개인 역사나 공업을 추구하게 된다. 유교열전에서 보듯 객관적 입전의식이 강하게 구현되는 담론적 성격에서 벗어나 있지 않다. 경우에 따라서는 무책임할 정도로 간략한 서술이나 인정기술로 채워진 의례적 일대기로 그치기도 한다. 하지만 승전 찬술자들은 입전에 임해 불교적 덕성으로 충만한 인간의 역사, 그리고 그를 통한 승사의 복원이라는 목표를 가능한 실현시키고자 한다. 유교열전에 익숙한 사람일수록 승전에서 느끼는 당혹감이 커지게 마련이다. 유교열전의 시각에서 보면 그것은 타기할 것투성이의 이야기가 아닐 수 없다. 적잖은 유자들이 고승의 전기물을 썼거니와 그들은 입전 대상이 신성적이며 초월적 존재로 비쳐지지 않을까 이점을 염려하는 기색이 역력했다.[6] 하지만 불교신앙적 차원에서 이해할 때 유자들이 타기한 바로 그 부분이야말로 승전에서 수습하고 전해주어야 할 서사적 단위로 변한다. 신이한 현상, 신비 체험적 요소는 입증된 사실만을 고집하는 유교 사관과 충돌을 빚게 되지만 그런 것은 신앙사, 승사를 보여주는 제재이자 종교 현상으로서 외면해버릴 수 없는 징표라 하겠다. 아래 말들은 승전의 내용적 특성과 관련해 주목할 만하다.

> 나는 괴이한 것을 좋아하는 사람은 아니지만 부처의 위신 자취를 나타내어 만물을 이롭게 하는 것이 이처럼 바른 것을 보고 어찌 불자가 된 사람으로 잠자코 말하지 않을 수 있으랴(余非好怪者 然見其佛之威神 其急於現迹利物如此 爲佛子者 拒可默而無言耶).[7]

> 멀고도 멀구나. 참으로 말로써 오히려 이르기 어렵고 가르침은 삼천에 가득하고 모습은 육도에 널려 있다. 대체로 유혼의 세계를 끌어내는 것은 큰 이익을 위해서이다(悠哉 邈矣 信難得以言尚至 乃敎彌三千 形遍六道 皆所以接引幽昏 爲大利益).[8]

이런 비유적 자기논리는 괴력난신怪力亂神이요, 황탄한 담론일 뿐이라는

---

6 『동문선』 권제117, 선각국사(先覺國師)비명. "도를 행하는 데 감응이 있어 신기한 자취가 자못 많았으나 요긴치 않은 것은 기록하지 않는다.(道行所感 神奇之迹頻多 然非要者不錄)"
『동문선』 권제117, 보소국사(普炤國師)비명. "근원을 찾아 때론 법을 얻은 상서가 나타난 일이 두어 가지 있었으나 말하자면 번잡하므로 싣지 않는다.(沿尋窮源 時有得法瑞祥相數事 語繁不載)"
『동문선』 권제118, 진각국사(眞覺國師)비명. "포상하고 존숭하고 하사의 은총을 받은 것은 갑자기 다 헤아릴 수도 없다. 또 사의 찌꺼기에 불과한 것이다. 그런 까닭에 쓰지 않는다.(與夫褒崇錫賜之寵 蓋不可遽數 而又師之糟粕也 故不書)"

7 『三國遺事』, 卷第 4, 塔像, 五臺山文殊寺石塔記.

8 慧皎, 『高僧傳』序.

유자들의 비판에 맞선 방비의 의미도 없지 않겠으나 필자로서는 승전이 추구하는 서사적 방향을 암시받는데 어느 정도 유효한 대목이 아닌가 생각된다. 큰 이익, 다시 말해 부처의 말씀을 제대로 알아듣게 하는 것이야말로 가치 있는 일이므로 굳이 세속에서 말하는 '사실'이나 '역사'만 고집하는 것은 이치에 맞지 않는다. 그런 강박관념을 떨치고 나면 구비전승은 엄연히 기록해야 할 가치를 갖는다. 실제로 혜교慧皎 이래 찬술자들은 구전전승의 승전 편입에 매우 적극성을 보였다. 속가의 전언수용을 서사미학적 관점에서 고려할 때 이 같은 서사적 통로의 확장은 다분히 독자들의 입장을 배려한 것으로 보아도 무리가 없다. 여기서 말하는 독자란 민중을 포함해 흔히 단월이나 사중, 혹은 사부대중 등으로 범칭되는 호불자를 총칭한다.

그런데 우리가 알기로 중세기 담론에서 독자란 거의 의식되지 못한 존재들로 파악된다. 특히 유교계열의 전기물일수록 해석과 전수라는 본의는 사라지고 권위적 자세로 몽매함을 깨우친다는, 위로부터의 목적의식을 앞세우게 된다. 유교열전으로 한정한다면, 수용적 측면을 배려하지 않은 채 공식화된 위대한 활약상을 보여주어야 한다는 찬자의 열의가 대단하다. 그에 비한다면 승전에서는 이른바 담론의 대화성이랄까. 하여간, 수용자 입장을 일찍부터 의식했던 것으로 보인다. 물론 이런 조짐은 승전이외 난해한 불교의 교의를 전파하기 위해 강창, 변문, 변상도 등을 고안해낸 전통[9]과 맥이 닿는다.

수용자적 측면을 고려하면서 승전의 입전에 속가의 전언이 적극 수용한

9 사재동, 「불교계 강창문학의 형성, 유통」, 『한국문학유통사의 연구』 2, 중앙인문사, 1999 참조.

까닭을 헤아릴 수 있었거니와 식자들에 의한 공식적 기록과 달리 구전적 담론은 생동감 있고 감각적인 형상으로 인물을 부조하는 데 있어 많은 장점을 제공할 수 있었다. 특히 위로부터의 해석과 전수가 아니라 아래로부터의 해석이라는 데서 독자들의 관심을 사로잡는데 더없이 기여했다. 그리고 그것은 예상과 달리 특정인의 자의적 인물해석에 머물지 않았으니 오랫동안 적층화된 인물전설이라는 데서 연유한 것이었다.

이렇게 본다면 사서의 사실 지향적 서사물을 표방하면서도 속가의 전언을 청취, 차용하는 것은 모순된 태도가 아닐 수 없는데, 어쩌면 바로 거기에 승전의 서사미학적 핵심이 숨어있다고 본다. 요컨대 기록문학으로서의 엄격성이 보이지 않고 사실추구의 시각과는 거리 있는 서술적 혼란으로 보이지만 서사물의 주체인 독자의 관심과 흥미를 끌고 나아가 사부대중의 인물해석까지 수용하는 적극성을 발견하게 된다. 역대 승전 중에서 특히 『균여전』, 『삼국유사』가 이 같은 점을 여실히 드러낸다.[10]

세속 인간이 험한 과정을 감내하여 각자에 이른 행적은 현창될 만하지만 지나치게 초월적이고 기인한 자취 위주로 생이 편재된다는 우려가 따를 수 있다. 이는 우선 신이관을 허여하는 불교사상적 의식이 바탕한 데

---

10 『均如傳』은 승전이면서도 기이성을 동반한 설화수용에 거리낌이 없다. 특히 불교적 영웅으로서의 균여가 지닌 초인적 면모 혹은 이인으로부터 그 법력의 과인함을 증거받는 사례는 아래와 같다.
* 대목황후(大穆皇后)에게서 다시 의순공에게 옮겨붙은 역신(疫神)을 괴목으로 쫓아 두 사람을 구하다. *송나라 사신 앞에서 장맛비를 멈추게 하다. *이인이 출현하여 균여가 의상대사의 화신임을 증언하다, *균여의 안광(眼光)이 무지개빛 같아서 임금이 놀라다. *염주 일습이 공중에 떠서 대사의 둘레를 세 번 돌다가 멈추다. *불일사(佛日寺)에 내리는 벼락을 막아내다. *오현철달(悟賢徹達)이 균여를 시기하다가 신인으로부터 경계를 받다. *공중에서 광종에게 균여가 장차 올 것을 예언해주다.
『삼국유사』의 경우에는 어느 불승이든 신이한 이적담이 한둘은 반드시 따라 붙어 일일이 예거한다는 것이 번거로울 정도이다.

있겠으나 다른 면에서는 신자 위주의 독자를 의식한 결과라고 말할 수 있겠다. 사실 범속한 인간의 자취로는 대중의 기대 지평을 맞출 수 없다. 이미 불전이 흡입력 높이는 서사적 요소를 보여준 선례가 되거니와 초월적 존재의 등장과 현실계를 넘어선 시공의 차입은 독자의 관심과 호기심의 증폭 요소로 작용한다.

이미 민가에서 자리 잡은 승의 불가해한 행적이 있다면 그것은 승전에서 선호되는 삽화로 받아들여지게 된다. 이 같은 성향을 선명하게 확인시켜 주는 이가 일연一然이다. 가령 원효불기元曉不羈 조는 『당고승전唐高僧傳』, 『송고승전宋高僧傳』은 물론이고 이 땅의 사전史傳, 아울러 민중 간의 일화 모음에 해당하는 향전도 입전의 근거로 거리낌 없이 받아들인다. 이는 사관으로서 일연의 역사관과 결부시킬 때 의문이 풀릴 것 같다. 일연은 다른 사료들에 비해 향전이 덜 알려졌기에 이를 인용했다고 밝혔다. 모호한 그 답변 이외 더 이상의 설명을 들을 수 없다. 짐작컨대 민중취향성이 강한 이야기들로 채워진 향전이야말로 친 민중적인 원효의 상을 드러낸 자료라 여겼기 때문이 아닌가 싶다. 어쨌든 『삼국유사』는 승의 형상화에 있어 인물전승의 담론적 효용성을 적실하게 보여준 사례에 해당한다.

승전에서 설화 수용은 당연히 전적傳的 서사물의 특질 대신 설화문학이 일반적으로 간직한 제 특징을 드러내는 결과가 된다. 구전문학은 모든 것이 기억에 의존하는 만큼 복잡다단한 현실을 단순화, 단편화시켜 전승력을 높이는 방식을 택한다. 물론 객관적 거리는 깨어지고 화자의 감정이입이나 자기중심적 태도가 나타나고 인물에 대한 과장과 편견으로 도식화되는 일도 흔하다. 뿐만 아니라 선과 악, 승자와 패자, 주인공과 보조자 등으로 인물대비가 극명하게 표출되며 현실 초월적 세계의 수용마저 거부하지 않는다.

인물의 대조적 형상이 잘 드러난 경우로 우리는 『삼국유사』 중 남백월 이성南白月二聖 노힐부득努肹不得 달달박박怛怛朴朴 조의 성도담을 꼽을 수 있겠다. 이름들부터가 복선적 의미를 담고 있거니와, 성격이 유하고 부드러운 노힐부득과 고지식하게 규율에 매인 채 자비심을 외면하는 달달박박은 명음名音대로 여인에 대한 처신이 달라지고 있다. 이중 먼저 서방정토에 이르는 이는 낯선 여인에게 잠자리를 챙겨주고 해산까지 도와준 노힐부득이었다. 대신 지계持戒를 수행의 전부로 알고 자비에 인색했던 달달박박은 뒤늦게 겨우 서방정토 길에 오르게 되는데 노힐부득의 도움이 없이는 불가능한 일이었다. 인간적 대비를 통해 불교의 가르침이 잘 현시된 예이다. 원효와 의상도 현실과 달리 빈번하게 도력이나 법력의 정도를 겨루는 경쟁적 관계로 등장한다. 한 예로 낙산이대성 관음, 정취, 조신洛山二大聖 觀音, 正趣, 調信 조에서는 의상과 원효 앞에 관음친견이라는 결코 쉽지 않는 과제가 부과된다. 그런데 의상이 동해 해변 동굴에 들어가 일념으로 용맹정진한 끝에 관음친견에 성공하고 그 지성에 감동된 천신으로부터 여의주까지 얻지만 원효는 소복의 여인에게 농짓거리를 당하는가 하면 관음이 현응하는 동굴에 들어서는 데 실패하고 발길을 되돌려야만 했다. 의상이 친불 경쟁의 승자라면 원효는 패자이다. 이 뚜렷한 구도는 승전적 구도라기보다는 '겨루기' 혹은 '이기고 지기' 따위로 구조화되는 인물설화적 유형이 개입된 탓이라고 해야 할 것이다.

승전은 유교열전처럼 사실의 객관적 서술이나 객관적 판단의 엄격성을 내세우지 않는다. 그렇다고 대상에 대한 전수轉授와 해석解析이라는 전기의 본령을 저버리고 상상 차원의 서사로 추락해 버렸다고 폄하하기는 이르다. 승전은 불교적 종지의 환기에 초점을 맞추지만 한편으로는 수용자를 의식하면서 서사로서의 몫을 소홀히 하지 않은 것으로 나타난다.

제2장

고려 불가의 자전적 글쓰기와 그 양상

서신 및 비명을 중심으로

1. 들어가며

이규보李奎報가 『백운거사전白雲居士傳』을 짓고 150년 뒤에 다시 최해崔瀣가 『예산은자전倪山隱者傳』을 지은 것이 전부라고 할 정도로 작품 수는 미미했으나, 고려말 자전[1]의 양식적 의의 및 문체적 특성 등에 대해서는 적잖은 관심과 연구가 뒤따랐다. 일반적으로 고려 말 무신정권하에서 새롭게 부상한 일군의 신흥사대부들이 자신의 존재를 세상에 드러냄과 아울러 자기 성찰을 위한 방편으로서 이 양식에 주목하게 된 것으로 파악해왔다. 그

1 '자술(自述)', '자서(自敍)', '자서(自序)' 등도 전통적으로 화자가 스스로의 과거를 밝히는 글의 뜻을 함의하고 있으나 전기문학적 장르의 개념을 포괄하는 용어로는 '자전(自傳)' 혹은 '자서전(自敍傳)'이 널리 쓰이고 있는 것이 현실이다. 근래 서구문학이론의 영향 때문이라고 짐작되지만 아래의 논문들에서 보다시피 '자서전(自敍傳)'이란 용어의 사용이 최근 빈번해지고 있다. 이은식, 「고려시대 자서전연구」, 경상대 박사논문, 1997; 김경남, 「자서전으로서의 한듕록연구」, 동국대 석사논문, 1991; 양미숙, 「백운거사전과 예산은자전의 자서전적 성격연구」, 동국대 석사논문, 1999.
그러나 이 글에서는 '자전(自傳)' 혹은 '자전적(自傳的)'이란 용어를 취하기로 하는 바, 자서전이란 용어는 아무래도 우리의 고전적 전통과는 거리가 있다고 보는 것이 타당하다. 범박하게 말하더라도, '자서전'은 동양에서 쓰인 용어가 아닐뿐더러 서구적 전기문학의 한 갈래로 비교적 정연한 이론이 구축된 양식이라면, '자전'은 동양 고래의 서사적 전통을 계승한 양식이기는 하나 양식사적, 문체적 특성 등에 걸쳐 여전히 구명의 여지를 남기고 있는 영역이라고 하겠다.

러나 자전과 신흥사대부 간의 긴밀성을 지나치게 강조함으로써 고려시기 자전의 전반적 면모를 되돌아보는 데는 오히려 장애로 작용한 면도 없지 않다. 무엇보다 자신을 의탁한 변격적 서술방식이 단순히 기법만의 문제가 아닌, 세계관적 인식의 변화를 드러내는 징표라면, 유가 지식인들에만 초점을 맞추는 것은 편향된 시각이 아닐 수 없고 고려의 시대적 정황으로 보아 승려들 또한 지식집단에 속하는 만큼 불가의 자전적인 글에도 마땅히 주목해야 한다는 것이다. 가령, 『대각국사문집大覺國師文集』 소재 표表, 장狀, 서書, 진정眞靜국사의 서신, 그리고 지공指空선사의 비명 등은 그 대표적 사례로서, 고려시대 자전적 글쓰기의 실상과 그 이면적 의미, 유불간 서사의 거리를 확인시켜주는 요긴한 대상으로 채택할 수 있는 것들이다. 이 글에서는 이들 자료를 축으로 불가 자전의 흐름과 그 범위, 유가 자전과 비교하여 불가의 자전적 글쓰기가 내재한 서사적 특성과 변별점을 밝혀나가고자 한다. 이로써 외면당했던 불가의 자전적 면모가 밝혀짐과 동시에 그 문학사적 의의도 합당하게 매김 되기를 기대한다.

2. 유불간 자전적 글쓰기의 변별적 거리

내용적인 측면은 차치하더라도 자전에서 1인칭의 '나'가 화자로 나서 자신의 과거를 이야기를 한다는 점은 화법의 일대 전환을 의미하는 것이었다. 화자와 대상의 거리를 염려하지 않아도 좋은 자전自傳의 탄생[2], 그것은

---

2 단어의 짜임이나 의미가 autobiography와 일치하는 자전(自傳)이라는 중국어는, 서구보다도 무려 1,000년이나 일찍 서력 800년 전후, 왕조로 말하면 당대의 중엽을 넘어선

타자에 의한 사실 중심적 기술에 대한 회의와 부정의 산물로, 자신의 정체성을 밝히는 더 없는 출구라는 점엔 공감하면서도 포褒의 여지가 높아 정작 고려 말까지는 출현이 유보되고 있었다.[3] 뒤늦게 출현한 『백운거사전』과 『예산은자전』을 두고는 주로 특히 문학 사회학적 시각에서 여러 견해들이 표출되었거니와 대표적으로 박희병 교수는 고려 말 자전의 출현에 있어 사회 정치적 변동 및 신흥 사대부들의 부상에서 이 양식의 출현동인을 찾고자 했다. 즉 "구체적으로 말하면 주체성 혹은 자아정립이 절실히 문제시되던 정신사적 단계에 있어 신흥사대부들은 자기존재를 세계에 대해 객관화시킬 수 있는 장치를 필요로 했고 이런 내면적 요구로 인해 자전이 출현하게 되었다"[4]고 추론한 바가 있다. 조동일 교수도 고려 무신정권 하에서 갑자기 부상한 신흥사대부로서 자신들의 존재를 세상에 천명하고 스스로 자아를 확립할 필요성이 있었으므로 이제껏 무심했던 자전에 눈을 돌렸고 시간이 지나면서 "자기 자신의 진실된 삶을 되돌아보아야 한다는 생각이 절실해지면서 자전이 쓰여지게 되었다"[5]는 견해를 밝혔다. 어떻게 보든 신흥사대부인 이규보와 최해에게 있어 자전은 자신에 대한 발견과 성찰을 가능하게 해준 통로가 되었다는 데 이의를 달 수 없을 것이다.[6]

이른바 중당의 시기에 출현하였다. 가와이 코오조오, 심경호 역, 『중국의 자전문학』, 소명출판, 2002, 17쪽.

3 조수학, 『한국의 가전과 탁전』, 영남대 출판부, 1987, 47쪽.

4 박희병, 「고려후기-선초인물전의 정신사적 검토」, 『한국고전인물전연구』, 1992, 17쪽.

5 조동일, 『한국문학통사』 2, 지식산업사, 1994, 117쪽.

6 기존 연구들은 이규보와 최해의 자전의 주제적 대망을 주인공의 개인적 성찰에서 찾고 있는 공통점을 보인다. 조동일의 경우, 고대 사회를 거치면서 집단 무의식과 국가, 민족의 전체라는 관념에서 개인에 대한 관심, 특히 작자 자신에 대한 관심과 성찰을 보여주고 개인 의식의 성장이라는 측면에서 파악하고 있는데(조동일, 『한국문학의 갈래이론』, 지식산업사, 1992, 202쪽) 이는 여증동, 『한국문학사』, 형설출판사, 1983, 215쪽; 조수학, 앞의 책, 47쪽; 박희병, 앞의 책, 17쪽에서도 대동소이하게 나타난다.

하지만 같은 자전적 접근이라 하더라도 불가에서는 이런 결함이 상당 부분 극복되고 있음을 보게 된다. 분석 전의 진단이긴 하나, 몇몇 불가의 자전적 글은 현대적 개념의 자서전[7]에 오히려 근접해 있다고 하겠다. 불가의 글들은 탁전托傳에서 흔히 보듯, 엉뚱한 명명법으로 독자를 혼란에 빠뜨리는 법이 없고 당당하게 화자가 1인칭 '나'로서 등장하여 과거의 삶을 구체적으로 보여주고 거기서 생의 의미를 부여해 나가는 데 각별한 주의를 기울인다. 또한 생애 가운데 과거와 현재간의 전변을 드러낼 수 있는 마디를 골라 편력 및 방황의 자취를 가능한 생생하게 부각시키려 한다. 상대적 비교라는 한계가 있기는 하나, 의천의 서신, 천책의 『답운대아감민호서』, 이색李穡의 「지공비명」은 고려시기 불가에서 이룩한 자전적 글쓰기의 대표적 사례로서 실상은 유가의 자전보다 보다 더 '자전'다운 글쓰기였음을 드러내고자 했다 하겠다.

3. 고려시대 불가의 자전적 사례

1) 의천의 서신

대각국사 의천1055~1101이 찬술한 『대각국사문집』은 천, 지 두 책으로 서序, 기記, 표 表, 사辭, 장狀, 서書, 소문疏文, 제문祭文, 시詩 등 다양한 양식을

---

7 자서전에 대해서는 숱한 정의가 내려졌으나 여기서는 필립 르죈의 견해대로 "한 인물이 자기 자신의 존재를 소재로 하여 개인적인 삶, 특히 자신의 인성의 역사를 중심으로 이야기한, 산문으로 쓰인 과거회상형의 이야기(필립 르죈, 윤진 역, 앞의 책, 17쪽)" 정도로 범주화하여 사용하고자 한다.

포함한다. 이 가운데서 비교적 자서전적 성격을 상대적으로 많이 띤 자료는 장, 표, 서, 시인데 특히 눈여겨볼 것은 장과 표이다.[8] 표가 주로 송나라의 황제에게 보낸 글들이라면 장은 송宋이나 요遼의 고승들에게 보낸 것들이다. 먼저 장에 나타난 자서전적 기록은 유학 중 그에게 베풀어준 송나라의 은공에 대한 사은의 말속에 빈번히 삽입되고 있다. 의천은 서신에서 자신을 낮추고 곡진하게 삶을 요약한 후에 상대에 대한 안부를 묻고 용건 및 감사의 말을 전한다. 과거 혜은에 대한 치사가 중심을 이루지만 그는 빈번히 출가와 유학의 동기를 밝히고 있는데 왕자의 몸으로 왜 출가를 단행했는지 당연히 제기될 법한 물음을 앞서 해명함으로써 서신의 자전적 성격이 높아지는 결과가 나타난다. 출가의 변을 통해, 그는 시끄러움을 싫어하고 한가하게 지내기를 바라는 성품 때문에 대궐의 영화를 사양하고 굳이 출가를 간청했고 유학은 지식과 도량이 넉넉하지 못한 탓에 택한 길이었음을 밝히고 있다.

> 엎드려 생각하옵건대 신은 경계는 구슬을 보호하기에 부족하고 행실은 옥을 깨끗이 하기에 부족한데 속세의 인연이 지극히 두터워 외람되이 왕족의 피를 나누어 받았으나 지식과 도량이 넉넉하지 못하니 어떻게 불법의 바다의 깊이를 헤아릴 수 있겠습니까. 그러나 마음을 오로지 하여 도를 찾고 생각을 간절히 하여 사방에 유학하려 서쪽으로 장안에 들어가서는 비록 원을 이루었지만 동쪽으로 본국에 돌아와서는 두려움과 걱정이 깊이 쌓였습니다. 이에 용서를 비는 글을 올리며 하명을 들으려 귀를 기울입니다. (…중략…) 신은

8 이 글에서는 동국대 출판부, 『한국불교전서』 제4책, 567~828쪽의 『대각국사문집』(잔간 24권)을 기본 텍스트로 삼아 논의하기로 한다.

이 두려운 길을 멀리 떠나간 것은 교관을 구하기 위해서 임을 살피고 또한 신이 어려서 치복을 입은 것은 국가의 복을 받들기 위해서라 말씀하시면서 갑자기 윤언을 내리시고 못난 자질을 은총으로 부르시어 허물을 좋게 덮어 주시는 은택을 보이시고 또 분에 넘치는 칭찬을 더하시어 도리어 겸양하고 살피며 포옹하시니 다만 경사롭고 다행함을 더할 따름입니다.[9]

자전이 자신의 과거역사를 토로하는 글이라면, 대각국사의 편지 삽입글에서 이에 정확하게 대응되는 글은 많지 않다. 그러나 탄생과 성장, 그리고 초년기 품었던 불승으로서의 꿈과 포부의 일단을 살피는 데는 퍽 유효하다. 위의 글은 송나라 유학을 마치고 돌아와 문왕文王에게 감사의 마음을 전하는 게 목적이므로 장황하게 자신의 이력을 펼칠 여지가 없으나 출가 및 유학시의 정황만은 어느 정도 짚어볼 수 있다.[10] 『대각국사문집』에 들어있는 42편의 표와 17편의 장을 보면, 생의 전경화를 충족시키는 경우는 드물다 해도 생애의 큰 분기점에 대해서는 상세한 기술이 뒤따르고 있음을 알 수 있다. 특히 출가와 함께 유학부분이 핵심이 된다. 부왕

9 『大覺國師文集』 卷8, 〈謝放罪表〉. "伏念臣 戒乏護珠 行虧潔癖 宿緣之厚 叨分派於天潢 識量非優 恳鉤深於佛海 心專訪道 念切遊方 當西入於長安 雖諸志願 及東還於震域 罕積兢憂 乃陳乞罪之章 傾扣聽卑之耳 察臣遠涉畏途 爲求教觀 爲臣早被緇服 奉福邦家 忽降綸言 寵招瑣質 示之以棄瑕之澤 加之以踰衷之褒 退揣包容 但增慶幸."

10 위의 책, 〈謝賜金香爐香合表〉. "伏念臣 覺苑微流 祇林末葉 慶三寶勃興之世 値四方靜謐之朝 爰念前修 常思遊學 想玉華之茂範 始愧當仁 顧浮石之遺風 終慙策蹇 往者無貪性命 不憚艱危 涉萬里之洪波 參百城之善友 攸尋眞教(엎드려 생각하건대, 신은 부처님 동산의 미미한 무리이며 기림의 말단으로서 삼보가 성하게 일어나는 세상을 기뻐했고 사방이 평온한 조정을 만났습니다. 이에 나아가 수도하기를 마음먹고 항상 유학하기를 원하였습니다. 그런데 중국의 훌륭한 모범을 생각함에 비로소 당인을 부끄러워하고 부석의 끼친 교화를 돌아보고는 마침내 절름발이에 채찍질함이 부끄럽습니다. 지난번에 목숨도 탐하지 않고 위험도 꺼리지 아니하여 만 리의 큰 파도를 건너고 백성이 좋은 벗에 나아가서 참다운 가르침을 갖추어 찾는데)."

인 문종은 4왕자 가운데 국법에 따라 한 아들을 출가시켜야 했는데 이때 의천이 부왕의 뜻을 좇아 자발적으로 출가 의사를 밝힌다. 따라서 일반 승려들의 경우와 달리 출가를 단행하기까지의 진통이 드러나지 않는다. 도리어 자발적인 출가에 대해 선왕의 격려와 함께[11] 문종의 외삼촌으로 당시 왕사이자 화엄종의 고승인 경덕景德왕사 난원爛圓에게 투신함으로써 낮선 세계에 대한 불안이나 공포 따위에서 벗어날 수 있었다. 그 대신 송나라로의 유학은 그의 의지대로 되지 않았다.[12] 국사는 「입송구법표入宋求法表」를 올렸으나 결국 받아들여지지 않자, 주위의 만류를 뿌리치고 선종 2년 밀항으로 입송을 단행한다. 이후 황제 철종의 융숭한 예우 속에서 화엄, 유식, 법상종, 율종, 선종의 고승 대덕 53을 참방하며 불법의 세계를 전수받는다.

현전하는 서신들은 유학에 관한 한 그의 행적을 밝혀주는데 긴요한 자료적 가치가 있다. 내용상 그가 유학할 당시 융숭하게 대해준 송나라 철종哲宗, 그리고 여러 선지식에 대한 감사의 말 혹은 이후 그곳의 안부를 목적으로 한 것임을 알 수 있다. 하지만 이들 서신은 일상적이며 실용적인 송수신의 수단으로 머물지 않고 자아의 발전 단계, 혹은 인성의 변화를 감지

11 위의 책 권13, 〈與內侍文冠書〉. "雖稟性之愚 早歲幸蒙先君恩度爲僧 賴以宿因(나의 사람됨은 비록 타고난 성품이 지극히 아둔하나 어린 나이로 다행히 선왕의 은덕을 입어 중이 되었으며 숙세의 인연을 힘입어)."

12 위의 책 권9, 〈與大宋知密州狀〉. "竊念 某爰自輕身重法 每思負笈尋師 請於君 君其若矣 告於親親 亦從之 風聽爭臣 雷同奪志 輒乃韜形去國 潛服放洋 四顧無隣 唯見 滄浪之水 孤征有路(그윽히 생각하건대 의천은 이에 몸을 가벼이 여기고 법을 중하게 여겨서 책상자를 지고 스승을 찾기를 매양 원하였던 바, 임금님께 청함에 임금님이 승낙하시고 어버이에게 아뢰에 어버이도 따라주셨으나 요상한 소문이 다투는 신하들의 귀에 들어가 뜻을 이룰 수 없게 되므로 문득 몸을 감추고 고국을 떠났으며 행장을 숨기고 바다에 몸을 띄웠으니 사방을 돌아보아도 이웃은 없고 오직 아득한 물결만 보였으며 외로운 나그네의 길에는 바다에 배뿐이었습니다)."

하게 하는 내용을 다른 한편에 예비하고 있었던 것이다. 그렇다면 갖가지 난관을 무릅쓰고 의천이 그토록 집요하게 유학을 결행하고 나선 까닭은 무엇 때문이었을까. 19세 때 의천은 이미 「대세자집교장발원소代世子集敎藏發願疏」에서 3장에 대한 해설서, 연구서인 교장들을 수집할 대포부의 원을 세워[13] 불교적 인간으로서 조숙함을 드러낸 바가 있다. 부처가 설사 진리를 깨닫고 영원불멸의 경지에 들어갔다 해도 사부대중들에게 있어 불교적 진리란 묘연하기만 한 것이어서 어떻게든 이를 극복해보자는 뜻을 품게된다. 따라서 유학을 선택했고 마침내 위험과 고충 끝에 천하의 교장을 한데 모아 『속장경續藏經』 간행의 결심을 거두게 된다.[14]

유가의 자전이 자취를 보이기 훨씬 전에 불가에서 자신이 걸어온 '길'을 토로하는 고백체의 글이 등장했다는 것은 충분히 주목에 값한다. 서술의 특징이라면 시공을 초월해 선지식을 찾고자 발분한 승려답게 송나라 황제와 고승을 상대로 답을 구하되, 겸양의 예로서 자신의 생을 피력하다보니, 자전적 성격에 가까워졌다는 점이다. 표에서 그는 특히 왕자로 태어나 출가하기까지의 사정과 유학의 체험의 기록을 통해 남다른 삶의 전변 및 삶에 대한 통찰력과 불교적 세계관의 확립, 선각자로서 불법수호를 위해 초지일관 용맹정진하는 과정을 밝히고 있어 이른바 '편력' 내지 방황의 이면사를 부분적으로 충족시켜주고 있다. 하지만 의천의 표와 장을 그대로 자전에 편입시키기에는 아직 한계가 많다. 지나온 생을 스스로 진술하고는 있으나 생의 역정이 파편화된 채 생의 전경화를 충족시키지 못하고 있을 뿐더러 여기저기 단편적 서신의 속성이 아직 강하게 남아있는 것이다.

---

13 심재열, 「대각국사」, 『한국불교인물사상사』, 민족사, 1992, 169쪽.
14 위의 글.

2) 천책의 「답운대아감민호서」

「답운대아감민호서」는 13세기 인물 진정眞靜국사 천책1206~?의 『호산록湖山錄』[15] 중에 수록된 서간의 하나이다. 「답운대아감민호서」는 엄연히 서신으로 명명되고 있으나 내용 중심의 너른 안목으로 볼 때, 분명 이 글은 자서전적[16] 속성이 두드러지게 반영된 사례이다. 우선 서신의 초점을 단순한 안부에 두지 않고 개인의 생평을 포괄적으로 드러내자는 의도가 전면을 지배하고 있음을 지적하지 않을 수 없다. 제명에서 보듯 아운대감亞芸大監 민호閔昊가 천책에게 앞서 편지를 보냈었고 이에 천책이 자신의 가계, 탄생, 출가는 물론 스님이 된 이후 현재 사정까지를 순차적으로 밝히고 있는 답신이다. 천책은 단편적 안부를 넘어 장황한 내용으로 전개될 것임을 서두에서 전제하고 있다.

> 그러므로 지금 삼교의 요점을 들어서 출가한 까닭을 갖추어 진술하고 아울러 인세가 허환하며 부실하다는 것과 불법의 인과가 분명하다는 것을 밝히고자 하니 제가 어찌 변론을 좋아해서 이겠습니까. 오직 각하가 상세히 살펴보십시오.[17]

---

15 현전하는 천책의 산문은 『호산록(湖山錄)』 234권 중 4건에만 수록되었고 이지암본 송광사본 만덕사본에서 중복된 것을 뺀다면 17편이 전해지고 있다. 『호산록』 하권 권3에는 시가(詩歌) 51종 178수에 비해 그 양이 절대적으로 부족한데 산문을 유형별로 보면 25편의 완문과 부분 인용문으로 나누어지고 소(疏)가 13편, 서(書)가 8편, 기(記)와 종명(鐘銘)이 각각 1편으로 나타난다. (허흥식, 『진정국사와 호산록』, 민족사, 1995, 44~45쪽) 『호산록』의 글 중 8편의 서(書)는 자신의 삶을 진지하게 진술하고 있어 자전, 자서전과 연관지어 논의하더라도 전혀 무리가 없다고 생각했다. 이후 인용은 『한국불교전서』 권12에 들어있는 『호산록』에 의거한다.

16 여기서 돌연히 '자전' 혹은 '자전적' 대신 '자서전', 혹은 '자서전적'이란 말로 전환한 이유는 민호답서가 고래의 동양적 전통을 유지하고 있는 자전양식으로서 보다는 지나온 과거 삶과 현재의 나를 비교하여 성찰과 반성의 계기를 삼고자하는 현대적 의미의 자서전에 훨씬 근접해 있다는 판단 때문이다.

17 천책, 『호산록』 권4, 「답운대아감민호서」. "故今略引三教之緒餘 具陳所出家之往因 幷敍人

두 사람은 한때 동문수학한 사이로서 막역하기 이를 데 없었으나 처지가 달라진 만큼이나 상대를 의식해서 공손하게 말문을 열고 있다. 이후 글에서 천책은 불자든, 유자든, 불제자라면 각국 방언과 명수를 겸하여 배워야 하며 상대가 지금 유자로 고관임에도 불문에 든 것이야말로 최선의 선택이었음을 주지시키고 있다. 출가에 대한 그의 해명은 답신에서 핵심 부분이고 결국 편력과 방황의 역사를 중시하는 자서전으로서의 면모를 새삼 되새기게 하는 부분으로 주목된다. 자서전에서는 화자나 주인공이나 동일인이므로 제삼자에 의해 재구화되는 개인의 역사와 다르게 시간적, 물리적으로 자연스럽게 자신의 과거를 표출하는 데 있어 서신의 장점을 십분 활용하고 있는 것이 바로 「답운대아감민호서」이다. 고려가 불교를 국교로 삼다시피한 국가라 하더라도, 명망 있는 유가의 후예가 입신의 길을 벗어나 사회로부터 엄폐되고자 할 때 선뜻 동의할 사람은 없었을 것이다. 이제 와서까지 출가를 재고하라는 옛 친구의 말이 그를 증명한다. 하지만 출가한 지 14년이나 지난 상태에서 여전히 의아심을 갖고 있는 민호의 태도는 제 삼자가 보기에도 엉뚱하게만 비친다. 한데, 상대의 의도가 어디에 있든, 천책은 출생과 성장에서 시작하여 37세에 이른 현재까지의 생을 찬찬하게 들려주는 등 묻는 이의 기대치를 훨씬 넘어 장편의 해명을 준비하고 있다. 서신에 나타난 서사적 시간은 탄생 이후 현재까지 37년간의 세월이며 4,000여 자의 장문 가운데 절반정도에서 자전적 성격이 강하게 드러난다. 내용 중 골자가 유, 불, 선 삼교三敎의 가르침, 성장과정과 출가의 동기, 불교적 특성 및 천태종의 특성 등으로 나누어지지만 역시 성

世之虛幻不實 佛法之因果不昧 予豈好辯哉 惟閣下詳察焉".

장과정과 출가의 동기부분이 가장 눈길을 끈다. 젊은 날, 진정은 사대부가의 자제가 그런 것처럼 유학을 업業으로 입신을 꿈꾸지만 곧 그것이 자기가 나아가야 할 궁극적인 '길'이 될 수 없다는 인식에 도달한다. 유학은 양명의 도구일 뿐 영속하는 생명력을 부여해주는 데는 쓸모가 없었고 고작 허명을 부축하는 도구라는 것이 그의 입장이다.[18] 이미 유교적 교양을 품수하여 사대부로서의 자질을 닦고[19] 국자감시에 합격한 이후로 민호와 더불어 막역하게 지내며 유학에 전념하기도 했건만 삶에 대한 회의를 거둘 수 없었던 그는 축경竺卿에게서 "불경에 큰 돌을 하나를 갈기 위해서 작은 소한 마리를 부리면 공을 크게 들이고도 성과는 심히 작은 법입니다. 세간의 배우는 재주꾼들이 정성들여 부지런히 공부하는 것도 이와 마찬가지다聖典有之 比如磨一大石 作一小牛 用功旣重 所期甚輕 世間才學 精勤勞苦 亦復如是"라는 말을 듣고 충격을 받아 곧 출가를 단행한다. 그가 생각한 출가는 자신만을 위한 도피가 아니었다. 그는 "본업을 배워서 황제의 은혜와 부처님의 은혜를 한꺼번에 모두 갚고자 하는 마음을 간절히 지니고學法 皇恩佛恩 一時報畢矣" 있었다. 그러나 집안의 반대가 만만찮았다. 특히 백부가 그의 결심에 가장 반대가

---

18 앞의 책 권4, "自古業儒之士之心 出月脇作爲章句 綺或騈四儷六 之乎者也 著成文集 誇耀於世 旣是流湯之心 綺飾之辭 厥罪不少 何益之有(예로부터 유학에 종사하는 선비의 마음이 몸밖에 나와 억지로 글귀를 만들면 그것이 혹은 병사(騈四)와 여육(儷六)의 글 장난에 불과할 것이다. 문집을 저술하여 세상에 과장되게 빛내면 이미 이는 방탕한 마음이고 번지르르하게 꾸미는 그 죄가 적지 않으니 무슨 도움이 있겠는가)."

19 앞의 책 권4. "予自七八時 始事讀書 及予十有五 濫嘗禹夏尙周之書 灝爾 믈 爾 淖 爾 至於風騷之作 屈宋班馬 王楊盧駱 甫白蘇黃 凡曰 文章之體 切欲滑稽多識 盖髣髴古人之胸中(나는 칠팔 세부터 독서하기 시작하여 십오 세에 외람되게도 우하상주(禹夏尙周)의 책을 가리지 않고 읽었는데 넓고 멀고 엄숙하고 아주 깊은 맛을 보았으며 『시경』의 국풍과 이소에 이르렀고 굴원(屈原),송옥(宋玉), 반고(班固), 사마천(司馬遷), 왕발(王勃), 양형(楊炯), 노조린(盧照隣), 낙빈왕(駱賓王), 두보(杜甫), 이백(李白), 소식(蘇軾), 황정견(黃庭堅) 등의 문장과 체재를 매우 매끄럽게 익히고 많이 알고자 하였으니 대개 옛 삶의 흉중을 닮아 보고 싶어서였습니다)."

심했는데 그가 얼마나 화려한 핏줄로 태어났는지를 밝히며 유업의 계승과 청운의 꿈을 실현하길 간절히 권하고 나섰다. 그에 대해 모노드라마식으로 스스로 묻고 답하는 가운데 세상에서의 부와 명예 혹은 가문의 계승이란 세속의 그림자일 뿐이고 설사 임금과 같은 즐거움을 누린다 하더라도 찰나적 시간에 그칠 뿐 영원한 출세간적 깨달음과 기쁨에는 미칠 수 없다[20]며 자신이 택한 길을 포기하지 않는다. 당대 상황 또한 그의 염세적 태도를 굳히게 만드는 요인이 된다. 즉 흉노가 침입하여 가뜩이나 어려운 상황인데도 현실을 직시하지 못하고 하루살이 삶과 다를 바 없으니, 특히 고관대작들은 병란이 미치지 않는 곳을 찾아 달아날 궁리에 급급하고 졸부의 자제들은 위난의 시기임은 아랑곳없이 무리 지어 유흥에 탐닉하고[21] 있다는 사실을 적기하고 있는 것이다. 그에게 비추어진 세상의 삶은 '환幻'의 그림자일 뿐인데 중생은 그것을 깨닫고 있지 못한다. 따라서 '환세幻世'에서 '환생幻生'으로 살고 있는 세인들에게 그는 연민의 정을 느낀다. 마찬가지로 여항 간 사람들이 한 푼의 돈에 목숨을 걸 듯, 인륜 도덕은 안중에 없이 악다구니 속에서 서로를 헐뜯는 것[22]도 '환세'의 음울한 풍경의 하나

---

20 앞의 책, 권4. "予具聞其說 退而心言 雖內外紫纓甲乙紅牋 先人外出 甲科紅牌 吾及見之 已是鬼錄於我何有乎 況世間虛幻 無堅牢久遠之足恃 雖乾城之起滅蝸國之戰爭 石火水泡 霜蕉風槿不足爲喩(내가 말씀을 갖추어 듣고 물러나 마음속으로 자신에게 물었습니다. "비록 친가와 외가의 조상이 자줏빛 갑을 홍패가 있더라도 돌아가신 아버지께서 갑과 홍패를 꺼냈고 나도 이를 본 적이 있다." 이미 이는 뜬 기록이라 나에게 어떤 이익이 있겠습니까. 하물며 세속은 그림자와 같아서 멀리 오랫동안 만족하게 의지할 굳은 울타리가 없으니 그것은 신기루의 일어나고 사라짐과 와국(달팽이 나라) 전쟁에서의 돌과 불과 물거품과 파초를 시들게 하는 서리와 무궁화를 떨어뜨리는 바람일지라도 비유하기에는 부족합니다)."

21 앞의 책, 권4. "若夫衆富之兒 生年不讀一字書 惟輕驕遊俠是事 徒以月杖星毬 金鞍玉勒 三三五五 翱翔乎十字街 頭罔朝昏 額額南來北去 觀者如堵(저 부잣집의 아이들은 태어나 한 자도 읽지 않고 오직 경박하고 교만한 유협을 일삼으며 무리지어 달마다 막대기로 성구(격구)를 치며 금 안장과 옥 허리띠를 두루고 삼삼오오 무리지어 십자로를 휘저으며 밤낮을 모르고 떼지어 남북으로 몰려다니니, 구경하는 사람들이 담처럼 둘러서 있습니다)."

이다. 출가란 그러므로, '환'으로 뒤덮인 세상에 대한 환멸과 함께 진실되고 영원한 삶에 여하히 이를 것인지 고민 끝에 내린 선택인 셈이다.[23] 인세에 대한 염증은 그의 고시관이었던 청하淸河 상국相國을 만나 석가, 제불이 이 세상에 어떻게 인연을 맺고 오셨는지를 알게 되면서 더 이상의 회의 없이 불문에 드는 것으로 종결된다. 만덕산에 투신한 날의 기억은 오랜 세월이 지나도 조금도 흐려지지 않은 듯 천책은 이때의 자취를 어느 곳에서 보다 구체적으로 기술해 놓고 있다.[24]

자서전은 일반적으로 형식적 조건은 물론 내용도 주인공만이 드러낼 수 있는 개별적인 정보를 담아야 한다. 「민호답서」의 경우, 형식적으로는 아직 자서전으로의 조건을 온전히 충족시키지 못하고 있다 해도 스스로의 방황, 편력의 역사를 밝혀줌으로써 자서전의 목표치에 근접하고 있음이 확인된다. 그 가운데서도 출가를 둘러싼 젊은 날의 번민과 고뇌, 그리고

---

22 앞의 책, 권4. "或經過市廛 見坐商行賈 只以半通泉貨 皆哆哆譁譁 罔爭市利 何異百千蚊芮 在一甕中 啾啾亂鳴 或屠兒魁膾惟事刀 是恣酷殺他身 販養自口 腥羶遍體 黑業崢嶸 但顧目前之利 不思身後之殃 雖馬面牛頭 何以加此(혹 시장을 지나다가 좌상과 행상을 보면 다만 조금 통하는 돈으로써 모두가 퍽 시끄럽게 떠들며 쓸데없이 이익을 다투니 백천 마리 모기 파리가 독안에서 어지럽게 우는 것과 어떤 차이가 있겠습니까. 혹은 백정이 고기회를 크게 만들 때에는 오직 칼 날로 일을 하지만 제멋대로 잔혹하게 짐승을 죽여서 판매하여 스스로의 입을 기르는 것이므로 비린내가 몸에 두루 퍼져 악업이 산같이 쌓입니다. 다만 눈앞의 이득만 돌아보고 죽은 후의 재앙을 생각치 않으니 비록 말과 소의 가죽을 쓰더라도 이보다 심하겠습니까)."

23 앞의 책 권4. "若我突涕冒泣 强作言曰 則眞名敎場一罪人耳 安能鬱鬱 久居此乎(나는 갑자기 눈물을 떨구고 울음을 삼키면서 억지로 말을 잇기를 '참으로 나는 명예와 배움이란 하나의 죄인의 구실일 뿐입니다. 어찌 불평이 가득 차면서 이곳에 오래 머물겠는가'라 하였습니다)."

24 앞의 책 권4. "幸得同志者二人 潛發啓行於千里 道途艱險 備嘗之矣 計月餘旬日始叅 所謂萬德山 地僻人稀 寂無來往 但見雲岑烟島 掩映乎蒼茫間 脩竹淸溪 可遨可賞(다행히 동지 두 사람을 얻어 조용히 천리길에 올랐는데 어려움과 험난함을 두루 맛보았습니다. 한 달 열흘만에야 비로소 도착하였습니다. 만덕산이란 곳은 구석지고 사람이 드물어 고요하여 내왕이 없었습니다. 다만 구름 낀 산줄기와 안개 낀 섬에 햇빛이 비치는 것이 보였습니다. 길게 자란 대와 맑은 시내는 노닐며 즐길만 하였습니다)."

주인공의 장래를 우려하는 주변상황을 상세하게 밝히고 있는데. 이는 단순히 한 개인의 자취를 넘어 불교적 인간으로 탈바꿈하기까지의 내면의 역사를 밝히고자 하는 작자의 의도와 맞닿아 있다. 「민호답서」는 특정 상대를 염두에 둔 서신의 하나에 불과하지만 서사적 지향점은 이른바 인성의 역사의 한 표본을 구현해 내고자하는데 두고 있으며 상당부분 이를 실현시키고 있다. 전통적으로 많은 승비, 승전 등에 불승의 역사가 갈무리되어 있으나 설화 내지 운명적 사건으로 처리하던 서사관행을 탈피하지 못했던 것에 비해 「민호답서」에 구현된 자서전적 역량은 시대적으로 퍽 성숙한 수준에 도달해 있다고 하겠다.

3) 이색의 지공비명

불교가 난만했던 신라, 고려시기에는 고승의 죽음과 함께 이름 높은 유학자에게 비명을 청하는 것이 관행이 되다시피 했다. 인도의 고승으로 고려에도 큰 자취를 남긴 지공대사의 비명을 이색李穡, 1328~1396이 찬술한 것은 이 점에서 이상할 것이 없다. 그러나 이 비명이 시선을 사로잡는 까닭은 다른 데 있다. 무엇보다도 화법의 변화가 눈에 띈다. 「지공비명」[25]은 승비 일반과 같이 삼인칭 화자의 진술부위가 있는가 하면 일인칭 화자의 진술부위도 들어있어 서사기법의 혼재 현상이 나타난다는 것이다.

비문은 ① 이색의 진술서언분, ② 지공의 자술전기부, ③ 이색의 진술해설부, ④ 명銘 등으로 4개의 이야기 덩어리가 모여 지공의 생을 전체화하도록 구성되어있다. 하지만 일목요연하게 생의 전체성을 마련해주는 데 효과적인 구

25 정식 명칭은 「西天提納薄陀尊者浮屠銘幷序」이나 여기서는 약해서 쓰기로 한다.

성은 아니다. 서언부분과 찬자적 해설부분은 그중에서도 생의 형상이 이루어지지 못하고 있는 바, 단일한 일화들을 나열한 탓에 내용적 응집력이 흐려지고 통일된 전기적 상을 마련하는데 장애가 되는 것이다. ②에 들어서면 연대기적 흐름을 유지하면서 지공 자신의 목소리로 과거역정을 밝히고 있어 앞의 기술부분과 화법이 변했을 뿐더러 내용도 정돈이 된다.[26] 화법상 작자 스스로 과거를 회술하되, 삼자의 진술과 같이 전기적 행적을 포괄하여 비명이나 승전에서 요구하는 전기적 단위, 곧 ① 가계 ② 성장·유년기, ③ 출가의 동기, ④ 청익請益, ⑤ 하산下山의 내용적 순차를 좇고 있다. 자신의 과거를 회억, 자술하면서 여러 장점이 나타나는데 스스로 언명하는 자신의 과거인 만큼 의역사적이고 설화적인 이야기 따위를 자의적으로 주입시킬 필요가 하등 없게 된다. 「지공비명」의 경우, 삼인칭 진술의 전기물에서 상투적으로 개입되던 이상탄생 모티브 혹은 태몽 따위가 사라진 것도 화자가 타자에서 체험적 자아로 바뀐 결과와 무관하지 않다고 해야겠다.[27] 체험적 자아의 발화는 설화적 요소에 크게 의존하는 담론에서 사실적 정보를 보다 강화하는 쪽으로의 이행을 촉발시키는데 출가의 인연담[28]을 제외하고는 가

---

26 1과 2의 사사적 경계를 보이면 아래와 같은데 바로 // 부분에서 삼인칭 화법에서 1인칭 화법으로 서사주체가 달라지게 되는 것이다. "얼마 후 천자께서 북방으로 순수한 틈을 타 중원의 군사들이 들어와 북평부를 세웠다. 선사의 언동이 어찌 우연이었겠는가. 선사께서 몸소 말씀하셨다. // 내 증조부의 이름은 사자협이며 내 조부의 이름은 각반으로 모두 가비라국의 왕이었다(旣而天子北狩 中原兵入城 立府曰北平 師豈偶然者哉 師自言//吾曾祖諱師子脇 吾祖諱斛飯 皆王迦毘羅國)."
이후 이 글에서는 河正龍, 「西天提納薄陀 尊者浮屠銘竝書」, 『삼대화상연구논문집』, 1996의 원문 대교 및 교감에 따라 인용, 제시할 것이다.

27 지공의 비명에는 이 같은 의례적 전개가 결부되어있지 않고 다만 부친이 중병에 들었을 때 효성이 지극한 지공이 출가하기를 결심하기에 이르렀다고 했는데 지공에게 있어 출가란 운명적 선택이 아니라 어린 나이에 불가의 길을 택하고자 하는 주인공의 의지에 따른 결심이라는 점에서 이전의 불승담과 변별된다.

28 하정룡 교감, 앞의 책, 75쪽. "父病醫莫效 筮者曰 嫡子出家王病可痊 吾父詢三子吾卽應 父

문과 탄생 이후 성장기에도 이런 점은 변함없다. 그는 8세부터 곳곳을 전전하며 청익에 힘을 기울였으며 19살 때에는 보명三曼多毘提을 만나 그동안의 배움에 대해 인가를 받고 의발을 전수받는다. 하산할 때 남긴 "나아가면 허공이 모두 사라지고 물러나면 만법이 모두 잠긴다進則虛空廓落 退則萬法俱沈"는 게송은 운수납자로서 두타행의 성숙함을 그대로 보여준다. 불승에게 있어 인성의 대표적 자취 가운데 가장 큰 비중을 차지하는 것은 출가와 청익을 중심한 이야기이다. 세속적 삶을 누리던 화자가 전혀 다른 삶으로 편입되는 분기점으로서 출가가 당사자는 물론 주위 사람들에게도 의문과 충격을 가져다주는 사건이라면, 청익[29]은 출가 이후 득도의 한 과정으로 비명에서 이 두 사실은 퍽 상세히 밝혀지고 있다.

그 밖에 비명에서 장황하게 부언되는 것을 찾는다면 외도에 현혹되어 헤어나지 못하는 사람들과 아울러 불법을 거부하는 나라들에 대한 방문과 전법이라 하겠다.[30] 일단 인도 제 소국들의 행력이 서사축을 이루는 만

大喜 呼吾小子曰 婁恒囉哆婆乃 能如是耶 母以季故 初甚難之 割愛願捨 父疾立愈(부친이 병이 들었는데 어떤 의술도 소용 없었다. 점치는 자가 말하기를 '적자가 출가해야 왕의 병환이 나을 수 있습니다' 했다. 이에 부친께서 세 아들을 불러 의향을 물으시자 내가 얼른 응낙하였다. 부친이 몹시 기뻐하면서 내 아명을 부르시면서 말씀하시기를 '누항라다파야 네가 정말 해줄 수 있겠느냐'라고 하셨다. 어머니는 내가 막내라 처음에는 난처하게 여겼으나 애정을 끊어버리고 불가에 희사하기를 원하시니 부친의 병이 곧 나았다)."

29 문면에서는 가계와 성장부분을 거쳐 청익(請益)의 시기를 분명히 밝히는 대목에 이르러 "이전에 내가 내 스승을 찾아다닐 때의 일(初吾之尋吾師也)"이라는 전제를 확실히 한 다음 일화를 나열하고 있음이 주목된다.

30 발췌부분이 장황해 일일이 적시하기는 어렵고 몇 군데만 제시하여 그의 행록이 얼마나 전교와 관련이 깊은지를 살펴보기로 한다. "내가 대갈일성 하였더니 비구니가 크게 깨닫고는 '바늘귀로 코끼리의 왕이 지나가신다'라고 게송하였다."(앞의 책,90쪽.) "나타박국(陀羅縛國)은 정법인 불교와 사법인 외도를 함께 믿고 있었다. 내가 법좌에 앉아 설법하자 한 비구니가 묵묵히 계합하였다." (앞의 책, 90쪽.) "말라파국(末羅婆國)에서는 부처님을 섬기되, 근실하지 않아 외도와 정법이 뒤섞여 있었다. 내가 삿된 논의들을 깨뜨려 버리니 이에 외도들이 정법에 귀의하였다." (앞의 책, 92쪽.) "계율과 경전을 설법해달라고 청하기에 정수리와 팔에 연비하니 관민이 모두 따라 하였다." (앞의 책, 95쪽.) "나라

큼 각국의 민속 보고를 겸한 기행의 성격을 띠게 되는데, 뒤에는 티벳, 중국, 그리고 고려에 입국하기까지 광대한 영역이 서사공간으로 포함된다. 인도의 소국을 포함하여 티벳에 도착하기 전 방문한 나라만 해도 아래와 같다. 라라허국, 향지국, 가릉가국, 릉가국, 우지국, 좌리국, 사자국, 마리야국, 다라박국, 가라나국, 신두국, 적리라아국, 차릉타국, 말라파국, 아욕달국, 조파국, 적리후적국, 녜가라국. 이 소국들은 지공에게 단순하고 순탄한 공간이 아닌, 다양한 체험의 공간으로 각인된다. 지공은 숱한 위기를 만나지만 임기응변과 담력 혹은 조력자의 등장으로 절체절명의 위기를 벗어나는 일이 반복되어 모험적 기행담으로 오해되는 경우도 흔하다.[31] 당연히 독자에게는 초조감을 안겨주며 긴장을 조성하는데 달리 생각하며 희극적 모티브 개입으로 말미암아 긴장감이 떨어지고 골계담으로 전환한다고도 하겠다.[32] 그러나 아무리 혼미하고 위험한 순간도 담대하게 극복하는 지공의 행적은 전도를 죽음보다도 소중히 여기는 불교적 믿음이 있

(羅羅)사람들은 본디 부처와 승려를 몰랐으나 내가 오자 모두가 발심하여 나는 새까지도 염불을 하게 되었다." (앞의 책, 95쪽.)

31 지공이 인도를 거쳐 중국에 이르는 여정의 고단함은 차치하고 이교와 삿된 무리로부터 수모를 당하기 일쑤이고 때로는 생명을 위협당하는 일이 비일비재하게 발생한다. 아래에 한 예를 보기로 한다.
"신두국(神頭國)에서는 사막이 끝없이 펼쳐져 어디로 가야할 지 알 수 없었다. 한 나무에 복숭아 같은 열매가 있기에 배가 몹시 고파서 두 개를 따 먹었는데 미처 다 먹기도 전에 공신이 나타나 공거광전(空居廣殿)으로 잡아갔다. 노인이 정좌하여 말하기를 '도둑놈아 왜 절하지 않느냐' 했다. 노인은 내가 말하기를 '나는 불도인데 어떻게 그대에게 절하겠는가'라고 하였다. 노인은 꾸짖기를 '이미 불도가 됐다면 어째서 남의 과일을 훔칠 수 있느냐'했다. 내가 말하기를 '굶주림에 시달려서 어쩔 수가 없었다'라고 했다. 노인이 말하기를 '주지 않는 것을 가지면 도둑이다 지금은 잠시 너를 풀어줄테니 앞으로는 계율을 잘 지키도록 하여라' 라고 하고는 두 눈을 감게 했다. 잠깐 사이에 이미 건너편 언덕에 와 있었다. 쓰러진 나무 위에서 차를 끓여 먹었는데 알고보니 큰 구렁이였다." (앞의 책, 90쪽.)

32 김승호, 「고려산문의 일고찰－이색의 불교산문을 중심으로」, 『불교어문론집』 3집, 1998, 123쪽.

기에 가능했다는 복선이 깔려 있다. 비유하자면, 천축국을 향한 여정 속에서 모험과 웃음을 한데 선사하는 『서유기西遊記』와도 방불한 데가 있는 바, 절대 위기조차도 낭만적으로 처리되는 것하며 극한 상황을 극복하고 종국에는 불력으로 악당을 물리친다는 서사 전개가 흡사하다.[33] 특이한 체험과 어우러져 지공의 신승적 면모도 빈번히 대입되는데, 운남성 용천사龍天寺에서 식수가 모자라자 용에게 명하여 물을 길어와 대중을 구제한 것,[34] 라라국 사람들이 불교에 대해 몰랐으나 범어로 기도하여 풍랑을 잠재웠다[35]는 등의 이적담은 지공의 법력을 환상적으로 보여주는 부분들이다. 마지막 부분은 고려에서 중국으로 입국한 뒤의 활동상에 속하나, 인도 내 체험에서 보여주었던 기상천외한 묘사와 달리 단순히 결론적 보고에 그치고 있어 서사성은 앞부분에 미치지 못한다.

대략 내용과 화자, 그리고 내용의 층위에 따라 자서전적 특징을 살펴보았지만 세부적 사항에 대해서는 많은 논의거리가 남는다. 도대체 「지공비명」에서 자전적 글쓰기의 주체는 누구인가, 그 문제부터가 예사롭지 않다. 공식적으로 찬자가 이색으로 되어있는 만큼 그가 지공의 말을 경청한 후에 다른 자료들과 함께 비명에 삽입시켜 놓은 것으로 유추가 가능하다. 단순한 구성의 산물같지만 서사적으로는 앞서 살핀 것처럼 파격을 감수한 서사적 전향이다. 새로운 시도였던 만큼 찬술적 부담이 컸을 것이다. 물론 지공의

33 위의 글, 200쪽.

34 "용천사(龍天寺)에서 하안거(夏安居)를 결제하면서 범자로 된 『반야경(般若經)』을 썼다. 대중이 많이 모여 식수가 모자라기에 나는 龍에게 명하여 물을 길어오게 하여 대중을 구제하였다." (하정룡, 앞의 책, 94쪽).

35 "동정호(洞庭湖)에서는 신령스런 이적이 매우 많아 자주 비와 바람이 일어났다. 내가 지날 때도 풍랑이 있었다. 삼귀의계(三歸依戒)와 오계(五戒)를 일러주고 중국어와 범어를 번갈아 외어 풍랑을 잠재웠다." (앞의 책, 95쪽).

구술을 채록한 기록이 앞서 있었고 이에 의거하여 이색이 찬한 것이므로 이색은 단순히 채기자 및 정리자 이상의 의미를 부여받기가 어려울 수 있다. 그러나 이색이 동시대 승비 찬술의 관행을 좇지 않고 파격적인 1인칭 화법을 구사하여 이른바 비명의 자전화自傳化를 꾀했음은 주목할 일이 아닐 수 없다. 이 같은 실험적 글의 이면에 불가적 글쓰기의 전통이 확고하게 자리 잡고 있었던 것 또한 외면해서는 안될 것이다. 다시 말해 고래로 불가는 유가에 비해 '여시아문如是我聞'이란 경전적 투어와 더불어 직접화법에 익숙했음을 감안할 필요가 있고, 상대적으로 불가에 친연적이었던 이색 역시 그런 화법처리에는 퍽 익숙했을 것이란 추측이 가능하다.[36] 결론적으로 유가에서 사회적 존재로서 자화자찬적 이력담을 거부한데 비해 불가에서는 출가적 체험 및 내면의 자발적 고백을 전교 및 자기 찾기의 한 방편적 대상으로 여겼을 뿐더러 수용에 있어서도 역시 훨씬 관용적이었던 불가적 풍토가 있었기에 「지공비명」같은 파격적 글쓰기가 가능했던 것이다.

4. 불가 자전류의 서사적 의의

대각국사의 서신은 그가 왕실의 기대를 받으며 출가한 이래 험난한 유학까지 단행하는 등 여러 면에서 색다른 삶을 엿볼 수 있게끔 해준 대상이다. 의천은 송나라 황제 및 고승들에게 자신이 걸어온 길을 상기시키며 불교적 인간으로서의 과거와 현재를 빈번히 반추한다. 서신이므로 온전히

---

36 김용덕, 『한국전기문학론』, 민족문화사, 1987 참조.

자서전에 대응되지는 않는다 해도 제3자가 갖게 마련인 의문들, 가령 영화를 극한 왕자로서 왜 출가를 단행했는가, 출가 이후 왜 그토록 험한 유학길을 자청하고 나섰는가 등에 대해 비교적 친절하게 해명하고 있다고 볼 수 있다. 결국 자신의 생을 말하는 동안 우리는 그가 불가에 귀의하게 된 내력은 물론 불교가 우리 삶에 있어 어떤 의미를 지니는가에 대하여도 상세하게 인도 받을 수 있게 된다. 따라서 이 서신은 단순한 안부의 용도를 넘어 치열하게 살았던 인간의 이면까지 헤아리게 해준다. 대각국사의 서신이 갖는 보다 큰 의미는 11세기에 이미 자신의 생을 통해 불교적 인간으로서의 자신을 뚜렷하게 응시하고 객관적 안목으로 자아의 존재의의를 부각시켰다는 데 있다.

불가의 개인적 성찰을 동반한 자신의 역사 쓰기를 승계하는 또 다른 인물로 천책을 들 수 있었다. 그의 서신은 한 개인의 구체적인 이력에 무게가 실려 있으며 그만큼 자서전적 성격이 농후하게 반영되고 있다. 사대부가의 후예로서 오히려 왕족이었던 의천보다도 출가 전 장애가 많았던 인물이었다. 「답운대아감민호서」는 그가 초년시절 주위의 반대를 무릅쓰고 출가하기까지의 곡절이며 구도求道를 위해 발분하던 젊은 날의 자취를 소상하게 적시하여, 이른바 인성의 역사가 될 수 있게끔 배려하고 있다. 유가에서 엄숙주의에 눌려 자신을 구체적으로 드러내지 못한 채 이름조차 가탁하여 우회적으로 일생을 보여준 것에 비할 때, 이 서신은 서문, 탄생, 유년기, 장년기 순으로 자신만이 전할 수 있는 내면의 세계와 행적을 당당하게 표백하고 있는 것이다. 고려 신진사대부들이 치솟는 자부심과 우월감을 표출하는 도구로서 자전, 혹은 자탁전을 문학사에 편입시켰으나 불가도 이에 못지않게 현대적 의미의 자서전과 흡사한 작품을 남긴 셈이다.

「답운대아감민호서」야말로 불가의 자서전적 글쓰기의 전범으로 거듭 주목되어 마땅한 작품이 아닐 수 없다.

마지막으로 이 글은 이색이 찬술한 『지공비명』에서 자전적 요소를 찾았다. 여느 비명과 달리 주인공이 자신의 과거를 이야기하는 식으로 전개하고 있어 자전적 글쓰기의 대상으로 지목해도 어색하지 않다. 자서전적 내용 중에서도 주목되는 부분은 인도 중국을 거쳐 고려에 이르는 지공의 파란만장한 여정부분인데, 단순히 기행문의 범주에만 귀속시킬 필요가 없다고 보았다. 그것은 1인칭의 진술에 의한 자전적 기술과 긴 여정을 생에 대응시키는 식의 상징적 서술로 이해되기 때문이다. 생의 한 부분에 속하는 역정, 곧 인도의 여러 소국을 거쳐 티벳을 거쳐 운남 연도에 이르는 과정을 역사의 중요부분으로 취택함으로써 기행문에 중생의 제도로 일관하는 그 자신의 전체적 삶을 대응시키는 데 성공한다. 거시적 시각을 포기하고 한때의 여정을 지나치게 부각시킨 것을 주목한다면, 기행문의 테두리에 넣어야 마땅하다고 하겠다. 그러나 여행체험 중의 돌발적 상황과 사건이 긴 생애에 비해 극히 지엽적인 시간대라 해도 전법을 위해 대륙을 동서로 가로지르는 역정 자체는 수도승의 고행에 비견되며 지공의 전체 생과도 환치가 가능하게 짜여있음을 간과할 수 없다. 거칠게 살피더라도 『지공비명』의 서사기법은 이전의 비명과 뚜렷하게 변별된다.

5. 나가며

고려 시기 자신에 대한 성찰은 유가와 불가 양쪽에서 자전적 글쓰기로 표출되었음에도 불가 쪽에 초점을 맞춰 논의한 일은 없었다. 하지만 앞에서 살핀 것처럼 의천 · 천책의 서신, 그리고 지공의 비명은 명명된 양식의 테두리를 넘어 자전적 성향을 강하게 내재하고 있음을 확인할 수 있었다. 원래 주목의 대상이 되는 승려의 삶이라고 하지만 당사자의 직접적 고백에 기초한 3편의 서신과 비명은 승려들의 내밀한 세계, 인성과 편력의 자취를 고스란히 내재하고 있다는 점에서 퍽 값진 사례가 아닐 수 없었다.

서술자가 직접 체험적 자아로 나서 출가의 변과 불교 신앙적 믿음을 설파하고 있는 의천의 일부 서, 천책의 「답운대아감민호서」, 그리고 이색 찬의 「지공비명」 등은 명명된 양식과 상관없이 자서전적 요소를 강하게 함축하고 있는 자전적 사례임을 확인했다. 화자이자 주인공이기도 한 인물의 세속적 번민, 출가, 그리고 중생구원에 이르는 자취는 물론 내면의 세계까지 절실하게 표백함으로써 불교적 인간의 삶을 곡진하게 드러내고 있었던 것이다. 이는 유가의 자전이 형식과 내용에 걸쳐 전통적 규범을 추종함으로써 구체적 생의 재구 및 성찰의 기회를 제대로 누리지 못하는 것과 퍽 대조되거니와, 불가에서도 나름의 자전적 글쓰기가 활성화 되어 있었음을 증거하는 자리가 되었다. 이후 고려 불가의 자전적 글쓰기에 대한 폭넓은 연구는 물론 실상에 부합되는 문학사적 자리매김이 병행되어야 한다고 본다.

제3장

조선 후기 승전僧傳의 변이양상

18세기 유자의 작품을 중심으로

1. 들어가며

승전은 승려의 일생을 기록하는 전기물로 불교신앙이 홍성했던 삼국, 고려시대에 가장 활발히 전개되었다. 이 시대 승전들은 불교적 인간의 전범에 해당되는 인물을 골라 그 생애를 조명함으로써 불교신앙을 고취하는 것과 아울러 각자의 길이 무엇인지를 제시하는 데 목적을 두었다. 억불숭유의 기치를 내건 조선시대에도 찬술의 전통은 유지되었으나 몇 가지 점에서 뚜렷한 변화가 나타난다. 우선 승전의 찬술열기가 그전만 못해졌다는 점이며 승전 자체의 서술방식에 있어서도 전과 다른 변모 양상이 감지된다는 점이다. 특히 조선 후기에 유자儒者들이 지은 승전은 과거 승전과 심한 층위를 드러내고 있어 주목된다. 여전히 승려의 생애를 초점화하지만 유교적 덕성을 잣대로 삼아 대상을 선별하여 인간됨을 천양하려는 시각을 앞세움으로써 일종의 탈승전 현상이 초래되었다고도 할 수 있다.

이 글은 아직까지 승전적 논의가 없었던 18세기 작품 가운데 신광수申光洙, 1712~1775의 「검승전劍僧傳」, 「호승전虎僧傳」, 정범조丁範朝, 1723~1801의 「이화암노승전梨花庵老僧傳」, 이옥李鈺, 1760~1812의 「부목한전浮穆漢傳」을 대상으로 유자儒者 찬술 작품에서의 찬의식, 세계관의 반영양상, 전언의 정착과정을 상세히 검토하고자 한다. 이는 아직 그 면모가 밝혀지지 않은 조선시기 승전의 성격을 밝히는 데 일조할 것으로 생각된다.[1]

2. 전통 승전의 작법과 내용구성

불교 신앙이 지배적이었던 삼국, 고려시대의 고승高僧은 이의 없이 위인偉人의 전형으로 지목되었다. 당연히 불가에서는 이들의 삶을 전기로 남기는 전통이 자연스럽게 자리를 잡게 되었으며 사승의 입멸과 동시에 문도, 제자는 승전 찬술에 착수하였다. 여기에는 승전만큼 사승師僧의 삶을 먼 후대까지 전할 수 있는 담론이 없다는 인식이 자리하고 있었다. 나려羅麗시대에는 유자일지라도 고승의 덕성을 후인에게 전수시키고자 열의가 팽배해 있었다. 신라 말 최치원이 찬술한 의상의 전기는 물론 당나라 고승 법장法藏대사의 전을 지은 것이나 고려 초 혁련정이 평소 흠모하던 균여均如대사의 행적을 모아 자발적으로 전을 지은 것은 대표적 사례에 속한다. 이들의 공통점이라면 유자로서 불교에 대한 높은 식견과 아울러 승전만이 지닌 담론적 특성을 충분히 숙지하고 있었다는 점이다. 이들에게 입전은

1　문학사에서 존재 자체가 매몰되었던 승전은 김승호의 『한국승전문학의 연구』, 민족사, 1992를 통해 그 문학적 의의가 처음 조명되었다고 할 수 있다. 이후 사재동, 「한중 고승전의 문학적 전개」, 『설화문학연구』 상, 단국대 출판부, 1998; 조동일, 『하나이면서 여럿인 동아시아문학』, 지식산업사, 1999; 정천구, 「〈삼국유사〉와 중일 불교전기문학의 비교연구」, 서울대 박사논문, 2000 등을 통해 그 문학적 실상이 점차 밝혀지게 된다. 하지만 기존 연구는 한결같이 『삼국유사』를 중심으로 한 고려 이전의 승전에 치우쳐 있어 한국승전의 전모를 파악하는 데는 한계가 보인다 하겠다.

단순히 후인에게 한 승려의 자취를 전한다는 목적성으로 한정되지 않았다. 호불 유자인 그들에게 의상, 법장, 균여의 삶은 불교적 인간으로서 전형典型이 될 수 있다는 믿음이 깔려있었다.

불교적 인간의 이상을 제시하는 것이 승전의 인물적 형상작업이라면 그런 작업의 적절한 전범으로 우선 지목할 수 있는 것이 불전佛傳이었다. 오랜 불교 신앙의 전통 속에서 석가의 행적을 팔상八相이라는 계기적이며 핵심적 단위로 나누는 구성방식은 후대 승전 찬술에 영향을 미쳤다.

『법장화상전』, 『균여전』은 불교적 덕성德性을 열 마디로 나누어 일생을 정리하는 등 불교적 인간의 덕성을 체현할 수 있도록 내용, 형식에 걸쳐 격식을 갖춘 대표적 사례이다. 균여의 생은 화엄학에서 영수盈數로 여기는 10을 기준으로 생을 나누어 정리하고 있는데 불전에 보이는 팔상을 대상 인물에 맞게 응용한 결과로 보는 것이 타당할 것이다. 『해동고승전海東高僧傳』의 찬자 각훈覺訓, 『삼국유사』의 찬자 일연一然은 차지하더라도 최치원, 혁련정, 최행귀崔行歸 등은 불승 못지않게 승전 담론의 기능과 의미를 꿰뚫고 있었던 유자들에 속했다.

승전은 크게 세간世間과 출세간出世間으로 자취가 이분되겠으나 세간의 행적을 적시한다 해도 세속적 일화나 반불적反佛的 자취는 소거하거나 희미하게 처리되는 것이 관행처럼 보인다. 다시 말해 승전은 불승의 전형을 구축하도록 구성과 내용이 재편된다는 것이다.

우선 태몽만 보더라도 불연佛緣에 해당하는 상징적 대목이 자주 주입된다. 천체나 신물의 등장이 흔하지만 서역, 중국의 승려가 불현듯 나타나 산모에게 아이가 장래 승려가 된다는 점을 주지시키게 되며 유년기의 행동거지를 보더라도 탑을 쌓으며 놀거나 어느 아이들과 달리 고기를 기피하는 식성을 보인다. 홀로 사색하기를 즐기고 생로병사에 일찍 눈을 뜨는 성숙함은 그가 과연 아이인지 의심케 만드는데 유한한 존재로서 생로병사에 이르는 무상한 삶을 풀길 없어하다가 온갖 번뇌와 망상으로부터 벗어날 길을 찾아 길을 떠나게 된다.[2]

서사맥락에서 출가는 일종의 통과제의로 수용된다. 세간을 벗어나고자 탈속을 결행하지만 주인공의 앞길은 모든 것이 불확실하다. 출가가 곧 득도와 직결된다는 보장은 없기 때문이다. 따라서 청익請益, 고행 등 또 다른 단계를 밟으며 세속간의 티를 벗으려 한다. 출가 이후 승전에서 보다 극적으로 형상화되는 것은 아무래도 수행의 과정이라고 할 수 있다. 수행이 없이는 깨달음이란 얻을 수 없다는 점을 인식한 주인공들은 스스로를 탈각하려 어떤 고통도 마다하지 않는 것을 보게 된다. 한 예로 무상無相의 경우를 보기로 하자.

> 그는 한번 좌선을 하기로 하면 5일을 기한으로 했으며 홀연 눈이 많이 내려 깊어지자 맹수 두 마리가 내려왔는데 무상은 스스로 몸을 씻고 맨몸으로 맹수 앞에 누워 먹잇감이 되고자 하였다. 두 맹수는 머리에서 발끝까지 샅샅이 냄새를 맡은 후 물러갔다. (…중략…) 이미 산에 머문 지가 점점 오래되자 옷이 낡고 머리가 산발이 되어 사냥꾼이 이상한 맹수로 의심하고 쏘려다 다시 그치기도 하였다.[3]

---

2 김승호, 위의 책, 110쪽.

3 贊寧, 『宋高僧傳』 卷19, 感通 第六之二, 無相傳. "每入定 多是五日爲度 忽雪深 有二猛獸來 相自洗拭 躶臥其前 願以身施其食 二獸從頭至足 臭匝而去 (…중략…) 旣而山居稍久 衣破髮長 獵者疑是異獸 將射之 復止."

사람의 감각마저 절연시킨 듯 무상은 고행에 몰두하고 있으며 인간 본능인 삶마저 안중에 없는 듯하다. 도를 이루지 못할 바에야 차라리 맹수의 먹이가 되는 것이 오히려 부처의 가르침에 다가가는 것이라는 생각도 해보지만 그마저 여의치 않자 무상은 다시 수행정진으로 자신을 몰아넣는다. 그가 어떤 경지에 올라섰는가를 상세히 밝히지는 않았다. 이후 무상이 어떤 인물로 탈바꿈했을지는 앞의 형상만으로도 충분히 유추가 가능하기 때문이다.

고행이란 각자의 반열에 올라서기 위한 통과의례적 단계로서 현재의 자신을 넘어 새로운 자신으로 태어나기 위한 지난한 과정의 표본에 해당된다. 그렇다면 세상사의 번민과 망상을 헤치고 각자에 올라섰다면 그 다음 생은 어떤 지표를 향할까. 각성 이전이 자신을 향한 시간대였다면 그 이후는 타자를 위한 시간대로 설정된다하겠는데 일단 각자의 반열에 선 그에게는 갖가지 일이 기다리고 있다. 세간을 떠나 각자가 된 그를 더욱 간절히 원하는 층은 특정 신분이나 계층으로 한정되지 않는다.

불교적 영웅으로서의 전형으로 일컬어도 좋을 균여를 보자. 『균여전』 「감통신이분感通神異分」[4]에 들어있는 행적은 크게 치병治病과 양재禳災로 대분

4 赫連挺, 『均如傳』 第六, 感通神異分者. "乾祐二年四月晦 大成大王大穆皇后 玉門生瘡 不可以示之於醫 召師之師順公 請以法藥救之 順公因能代苦 使皇后立差 順公代病其病 病革七日不自免焉 師奉香爐呪願 瘡自移著於槐樹之西柯 槐在師房東隅 因爾而枯 至淸寧中 株杌尙存 廣順三年 宋朝使至 將封大成大王 王命有司 各揚厥職 三月葳事 方臨受策 會愁霖不止 禮命阻行 西使謂 東國必有聖人者在 何不使之祈請 天若晴明 吾以爲聖賢之驗 光宗聞之 愁座輟寢 有空聲唱言 大王且莫愁惱 明日必聞海幢說法 上卽出庭仰睇 溟蒙無迹 詰旦 欲索聖賢僧以邀法席 緇班彦碩悉辭避焉 時國師謙信奏薦師 師時年少 受國請 象步安詳 升師子座 圓音一演 雷電潛藏 須臾之間 雲卷風帖 天明日出 是時萬乘珍敬 禮加九拜 因問師之誕所 黃州北鄙遁臺葉村 是比丘桑梓也 上以爲 龍蛇之生 非大澤 忠臣寧無十室 尋封師爲大德 兼勅俗眷十有餘人 人賜田二十五頃 臧獲各五人 俾徒居于黃州城內 現德五年 佛日寺內 有霹靂 所欲禳怪 須憑大法 講師講演 緜晝貫夜約三七日 於其問對 以當仁不讓爲意 會中有悟賢徹達 (徹達現今之僧統) 作

되는데[5] 인간이 지닌 가장 간절한 원이지만 범인의 힘으로는 어찌 해볼 수 없는 지난한 일을 관철시킴으로써 균여의 법력의 정도를 확인시켜주는 데 유효하다. 광종의 비 대목황후의 옥문에 병이 났으나 용한 의원을 불러 갖가지 치성을 바쳐도 차도가 없었으나 균여가 향로를 받들어 주원呪願을 한번 올리자 병이 씻은 듯 사라졌다. 송나라 사신이 광종을 책봉하려는 즈음에 억수같이 내리는 비로 책봉을 거행할 수 없어 난처한 지경에 빠진 일도 있었는데 송사신이 "성인이 있다면 비를 그칠 수 있을 것"이라며 기대와 조롱이 섞인 말을 던짐으로써 광종이 안절부절못하는 상황에 처한 적이 있다. 한데 하늘에서 해당海幢비구의 설법을 들 수 있다는 말이 왕에게 들렸으며 다음날 균여가 기청祈晴설법을 행하자 순식간에 하늘이 맑아지는 이적이 일어난다. 승은 단지 현세의 난제를 풀어주는 것으로 그 소임이 끝나지 않는다. 고승들은 사부대중의 소망을 앞서 헤아리는 것은 물론 그들의 궁극적인 희원인 서방정토 행을 주선하는 것까지 마다하지 않는다. 당 숙종 건원 무자년 건봉사의 주지로 있던 발징發徵대사는 불자들을 인도하여 연회를 만들고 만일 동안 염불공양을 올린 끝에 신라 원성왕 3년 7월 17일 폭풍우 속에서 아미타불이 반야선을 몰고 그들을 데리러 오는 신비를 체험하기에 이른다.

하지만 발징은 최초의 반야선에 오르지 못했다. 발징이 다른 절에 머물다 돌아왔을 때는 미처 반야선에 오르지 못한 930명의 향도들이 선발대

如是念 講主雖敏 猶是後生 余雖不才 尙爲先輩 何於問話之間 不顧謙辭之禮 旣是生慊 殆欲興謗 無何 有居士至止 謂曰 你不須嫉恨 今日講師 是你先祖義相第七身也 爲欲弘宣大敎故 復來人間耳 悟賢聞已驚愕 乃傳言於衆海 懺之曰 吾知過矣 師赴內道場 夜半有逸光 自房內射外 如流虹之未滅者 上望其光 命侍人往尋之 報云 師之眼光也 上幸師所 問曰 修行底法 獲致如此 答曰 貧道無勝行 于時 經几上有珠一索 自然騰空 遶師三匝 上乃敬重 寵絶古今."

5 이현수, 「「균여전」의 설화문학적 성격」, 『김기동박사회갑기념논문집』, 1986.

에 오르지 못한 절망감을 토로하고 있었다. 이들을 달래며 정진에 든 발징은 다시 아미타불이 배를 몰고 나타나는 기회를 얻어 무리 중 18명을 서방정토로 떠나 보낼 수 있었다. 처음에는 발징도 서방정토 행을 누구보다 원했으나 양무良茂의 원성을 듣고 난 후 사양지심이 발동한 발징은 아미타불이 그를 위해 세 번째 나타났을 때에도 도무지 반야선에 오를 생각을 하지 않았다. 마지막 승선기회를 제공한 아미타불도 이 대목에서는 어쩔 줄 몰라 했다. 아미타불의 끈덕진 설득이 있은 후에야 발징은 겨우 반야선에 올랐는데 서방정토에 이른다는 기쁨보다 승선 못한 대중들에 대한 측은지심으로 그의 서방행은 결코 기쁘지 않았다.[6]

삼세三世관념 때문인지 불교 인물설화에는 현세적 삶이 마무리된 사후를 배경으로 한 고승의 일화가 적지 않다. 물론 이 경우에도 주인공의 위대한 면모를 강조하는데 초점이 맞춰져 있다. 가야산 해인사의 창건을 일찍이 예언하고 나선 이는 양나라 보지공寶誌公이었다. 그는 임종시에 답산기를 문도들에게 건네면서 자신이 죽은 후에 신라에서 두 승려가 올 터이니 그들에게 주도록 하라는 말을 남기고 숨진다. 과연 얼마 후에 순응順應과 이정利貞대사가 중국에 들어왔다가 보지공의 유지를 전해 듣게 되었으며 그에 따라 장지를 찾아 칠일칠야 입정한 상태에서 법을 청한다. 그러자 묘문이 열리고 보지공이 나타나 설법을 해주는 것은 물론 의발과 함께 망피蟒皮 신발을 전해주었다. 그리고 "너희 우두산牛頭山 서쪽에는 불법이 크게 일어날 터가 있으니 고국으로 돌아간다면 보비대가람인 해인사를 세울 수 있을 것이다"라고 말한 다음 홀연히 사라진다.[7]

---

6 趙秉弼, 「大韓國杆城乾鳳寺萬日蓮會緣起」, 『乾鳳寺及乾鳳寺末寺史蹟』, 1928, 39~40쪽.

7 『伽倻山海印寺古蹟』. "昔梁朝 寶誌公 臨終 以踏山記 囑門徒曰 吾歿後 有高麗二僧求法而來

승려가 상구보리 하화중생上求菩提 下化衆生을 새기고 살아가는 존재라고 할 때 득도 이후 승려의 삶은 하화중생으로 요약 할 수 있을 터이다. 극한의 상황으로 몰고 가는 무상의 고행이야 스스로의 깨우침을 얻기 위한 것이라 차치하더라도 균여, 보지공, 발징은 과인한 능력으로 이타행利他行을 빈번하게 현시해나간 대표적 사례에 속한다. 주위 사람들의 간절한 염원을 실현시켜주는 이들의 자취는 자신의 소원충족이 아니라 철저히 타인을 구원하거나 원망을 충족시켜준다는 점에서 성적聖跡의 테두리에서 벗어나지 않는다. 그런데 일일이 점검해보지 않았을 뿐이지 어느 승전에서도 이런 자취를 발췌하기란 어려운 일이 아니다. 승전은 탄생에서 시멸에 이르는 현생 속에서 불교적 덕성에 해당되는 마디를 선별하여 홍교나 교화의 기능을 감당할 수 있도록 편재한 서사담론이라 보면 무리가 없을 것이다.

3. 조선 후기 승전의 변모양상

1) 유교적 덕성의 제시

조선시대에 들어와 승전에 대한 관심과 열기가 식기는 했으나 일부 유자들 사이에서는 여전히 승려를 대상으로 입전이 이루어졌다. 특히 조선 후기에 이르러서는 전통적 의미의 위인뿐만 아니라 평민, 일민逸民, 나아가 천민까지 전기적 대상으로 떠올랐는데[8] 그중에는 승려도 다수 포함되

以此記 付之 後果有順應利貞兩大士入中國求法 誌公門徒見之 以踏山記付之 幷說臨終時語 應貞聞而問法師葬處 而往尋之 云人有古今 法無前後 七日七夜入定 請法 墓門自開 誌公出 爲之說法 以衣鉢傳之 又贈蟒皮鞋(衣鉢與鞋 至今傳爲寶) 仍囑曰 汝國牛頭山 西有佛法大興處 汝等還國 可創立別裨補大伽藍海印寺 言訖還入.”

어 있었다. 찬자들은 승려가 사회적 냉대와 비판적 시각에도 불구하고 타인에게 본보기가 되는 덕성을 갖추고 있다는 점에서 그들의 삶에 주목했는데 다만 서사적 지향점에 있어서는 과거 승전과 판이하였다.

다시 말해 과거 승전의 찬자들은 세간에서 출발하여 스스로 발분한 끝에 각성의 자리에 이르는 자의 역정에 초점을 두었다면 조선 후기 유자 찬술자들은 유교적 덕성의 구현여부를 따졌다. 그 점에서 승려라는 신분이 입전에 걸림돌로 작용하지는 않았다. 과거 승전이 불교적 인간의 전범을 염두에 두었다면 조선 후기 유가찬술 승전은 유교적 인간의 전범을 제시하기에 부심한 셈인데 그런 의도에 부응하는 사건, 상황이 제시되며 주인공에 대한 품평 역시 현실주의적 관점이나 세속적 가치관에 따라 이루어지는 특징을 보인다. 이제 사례 중심으로 그 특성을 짚어나가기로 한다.

(1) 진충보국盡忠報國

유교에서는 남성에게 자신과 가정을 다스린 다음에는 국가와 천하를 경영하는데 힘써야 한다고 가르쳤다. 한마디로 자신에게 함몰됨이 없이 국가, 사회와의 관계망을 구축하거나 그에 관심을 두라는 것이 유교의 가르침이라 할 수 있다.[9] 입전에 임하여 유자들이 중요한 덕성으로 꼽는 것이 바로 이런 점이었는데 일부 승려 가운데도 진충보국[10]의 본보기가 될 만

---

8 影印『里鄉見聞錄』, 아세아문화사, 1974.

9 『孟子』, 盡心章 下. "君子之守 修其身而天下平(군자가 지키는 것은 자기의 몸을 닦아서 천하가 태평하게 되는 것이다)." 『管子』, "天下者國之本也 國者鄉之本也 鄉者家之本也 家者人之本也 人者身之本也 身者治之本也(천하는 국가의 근본이요 국가는 마을의 근본이요, 마을은 가정의 근본이요, 가정은 사람의 근본이요, 사람은 몸의 근본이요, 몸은 다스림의 근본이다)"등은 개인과 국가 관계를 강조한 언급들이다.

10 『宋史』, 岳飛傳. "飛裂裳以背示鑄 有盡忠報國四文字 深入膚理."

한 이가 없지 않았거니와 특수한 신분 때문에 더 주목되는 바가 있었다.

먼저 볼 것이 정범조가 지은 「이화암노승전」[11]이다. 이야기는 현재 이화암에 의탁하고 있는 노승의 출가 전 이력이 중심내용이 되고 있다. 출생, 가계는 생략된 채 이야기는 청년시절부터 시작된다. 주인공은 호란의 피해를 몸소 겪은 젊은이라 할 터인데 17세에 심양으로 잡혀가는 처지가 되고 만다. 그곳의 군대에 배속된 그는 뛰어난 각희角戱 실력으로 대장의 총애를 한 몸에 받게 된데다 대장을 급습하는 호랑이를 사살한 공로로 재산을 모으고 청淸 여인과 결혼하여 부러울 것 없는 생활을 한다. 하지만 처자식을 뒤로 하고 얼마 후 고국에 돌아온다. 이후 농사를 짓고 아전 일을 해보기도 하지만 어느 것에도 전념하지 못하다가 한양을 왕래하는 조세선租稅船의 책임을 맡게 된다. 하지만 세곡을 전용하여 음주가무와 여색의 비용으로 탕진함으로써 치죄의 위기에 몰리자 야밤을 틈타 가야산으로 달아나기에 이른다. 절로 숨어들어 계戒를 받은 그는 여러 곳을 전전하다

11 정범조, 「이화암노승전」, 『해좌선생문집』 권지39. "僧歡州人 世爲州掾吏 仁祖丙子 清胡薄京城 進圍南漢 縱兵四掠 俘虜男女老弱 僧年十七 被虜赴瀋 隷卒伍 胡中 皆虜奴遇也 一日胡酋下令軍中 試角觝戲 有三胡最勇壯 善角觝 莫有敵者 僧與之戲連踣三胡 胡酋喜賜善馬騎之 嘗大雪 獵醫巫閭 有猛虎騰赴 人莫敢近 僧躍馬射一發而殪 胡酋爲氣奪 立超爲隊長 日益親幸 於是瀋中富胡嫁以女 僧蓄貲産自豪 日馳騁射獵寧塔狼山間甚適居 久之 清順治帝入據燕京 我人之被虜留瀋者 咸得贖金遣還 僧感念故國 棄孥帑東還 既至歡州産業 親黨蕩亡畧盡 無所寄托 操刀筆爲吏役 意悒悒不樂 會州守遣僧 領漕船往京師 僧行至漢津 挾冶女善唱者 酒酣 使倚瑟爲曼聲 立散所漕米數百斛 爲纏頭費 自度法當死 迺跳夜抵伽倻山絶頂 刲闍梨 剃頭髮爲僧 自是手瓶錫 遍遊域內名山 登 漢拏上長白 歷妙香頭 流金剛俗離諸山 倦而歸 至梨花庵 將托死焉 海左生曰 僧奇男子也 方弱齡 束縛入强虜中 能以勇力見使 奮跡行間 乘時進取 則富貴可立致 而顧不忍去父母國 陷身夷狄 脫屣東歸 其志奇 以格虎之氣 而屈之雁間 非所以處豪傑也 俠娼酣歌 豈眞迷戀女色 盖欲少洩 其鬱塞耳 其氣奇 其犯法當死 不北逃胡南遁粤 而歸質空門 與木石俱晦 其跡奇盖三變節 而事益奇 是不可使黮昧無傳也 崔先輩杜機翁 自言少日游梨花庵見僧 時年九十五 狀貌魁梧 兩目爍爍射人 時轉喉高唱 響振林木 因就詰其事蹟顚末甚詳 爲作梨花庵老僧詩 行于世 翁名成大 自號杜機 君子人也 僧不錄其姓名 豈詩故晦之耶."

가 이화암에서 노년을 의탁하고 있는 중이었다.

주인공의 생애가 보통 사람에 비해 유달리 기구하다는 것은 두말할 나위가 없다. 청년시절에 병자호란의 와중에서 인질로 잡혀 심양瀋陽으로 들어간 대목이 특히 그러하다. 하지만 곧 각희를 잘하는 장기를 지닌 덕에 대장의 신임을 독차지하는가 하면 대장을 공격하는 호랑이를 단 한발의 화살로 명중시키면서 대장의 두터운 신임과 아울러 명성을 얻게 된다.

그는 더 이상 조선에서 온 이방인이 아니었다. 이후 부호집안의 여인과 결혼을 하여 이국에서의 기반은 더 단단해지는데 부귀영화를 누리게 되면서 사냥으로 소일하며 유유자적하게 생활한다. 그러나 망향지정望鄕之情을 떨치지 못하던 그는 비용을 부담하면서까지 귀국행을 택한다. 하지만 귀국 이후의 삶은 이전과 너무 동떨어지게 펼쳐졌다. 고향으로 돌아와 농사를 지는 것은 허울뿐 무리들과 어울려 재산을 탕진하기에 몰두하는가 하면 아전직도 게을리 하다가 회주會州 수령의 추천으로 한양을 왕래하는 조세선의 책임을 맡는다. 그러나 음주가무로 세곡을 축내면서 쫓기는 신세로 전락하게 된 것이다. 그가 승려가 된 것은 추격을 피하기 위한 것이었지 애초부터 자발심에 따른 것이 아니었다.

전체적으로 주인공의 생은 자기중심적으로 전개된 것을 알 수 있으며 그가 불문에 들었다 하나 고승들이 염세관이나 무상감을 이길 수 없어 택한 길이었던 것과 달리 전곡을 전용한 후 포위망이 좁혀오자 불가피하여 산사에 숨어들었다가 택한 길이었을 뿐이다. 출가 전 생활만 해도 상식에 어긋나는 부도덕한 행위를 벗어나지 못한다. 이국에 처자를 남겨두고 멋대로 귀국한 것은 인간적 정리로 볼 때 도리가 아니다. 귀국 후 여색을 탐하고 음주가무에 빠져 나라의 세곡을 축낸 행위는 더구나 용서할 수 없는 짓이다. 출가 이전 그의 행적은 불교에서 금기시하는 파계적 자취로 얼룩져 있다고 해도 지나칠 것이 없다.

찬자가 전통적 의미의 승전을 염두에 두지 않았다 하더라도 이런 인물을 입전의 대상으로 택한 것은 선뜻 이해되지 않는다. 만약 승전의 효용성을 상기했다면 출가 전의 속된 행위를 이처럼 샅샅이 나열하여 덕성이라고는 찾아볼 수 없는 인물로 형상화하지는 않았을 것이다.

그렇다면 정범조는 왜 노승을 전기적 대상으로 택했으며 평을 통해 긍정적 해석을 밝히고 있는 것일까. 정범조가 노승에게 호의적인 평을 내리게 되기까지에는 유자적 가치관이 크게 작용했다고 보는 데 누구도 이의를 달기 어려울 듯하다. 평결評決 부위를 보면 이 점이 확실하게 밝혀지는 바, 유교적 가르침에서 강조하는대로 용맹성과 애국심이야말로 찬자가 강조하는 덕목이다. 이런 덕목을 준거로 삼을 때 노승의 청년기를 부정적 시각으로 단죄하기란 힘들다.

일찍이 주인공은 청나라 군사와의 각희 대결에서 최후의 승자로 떠올랐으며 대장이 호랑이에게 해코지를 당할 찰나에 단발의 화살로 대장을 죽음에서 구해낸 적이 있었다. 이는 특출난 완력과 용맹성을 과시한 대표적 사건에 속하는데 평자評者는 타지에서 이인들과 겨루어 최후의 승자가 되었다는 점에 매료된 나머지 호걸로 치켜세운다. 평자는 포로가 된 암담한 상황을 떨쳐버리고 숱한 청 군사들과 대력을 펼쳐 각희의 승자가 된 것이야말로 적국에 대한 설욕을 상징하는 사건이 될 수 있다고 믿었음에 틀림없다.

강토를 침탈한 청인을 압도한 용력도 눈길을 끌지만 노승의 삶에서 더 큰 의미를 부여할 수 있는 것은 진충보국의 정신이다. 청에서 언제까지나 호의호식할 수 있는 처지임에도 모든 것을 마다하고 귀국한 것이야말로 평소 보국, 애국을 강조하는 유자들의 시선을 사로잡을 만한 선택이다. 사실 그는 대장의 총애를 받으면서 부와 명예를 일거에 얻게 되었음은 물론 부호집의 여인과 결혼하여 자식까지 있었음에도 과단성 있게 조국행을 택했던 것이다. 처자식을 한 순간에 내쳐버린 그를 두고 비정하다는 평評이 따를 수 있으나 보국을 우선시하는 시각은 널리 알릴 만한 미덕이라는 것이 유자들의 생각이다. 그러기에 유자인 정범조는 승려임에도 그의 과거를 소상히 전하는 것은 물론 호의적인 평을 아끼지 않았다.

하지만 「이화암노승전」을 일별한 사람이라면 국가, 남성위주의 테두리에 갇혀있는 정범조의 시각에 온전히 동조만 해 줄 수는 없을 듯 하다. 특히 귀국이후 주인공의 행태를 감안할 필요도 있다. 청에서 귀국한 뒤 불량한 무리들과 작당을 일삼았다든가 음주와 여색에 빠져 전곡마저 훼손한 행동 등은 군자의 길과는 너무나 다른 패덕한 행위이다. 그런데도 평자는 이에 대해 평소의 답답함을 씻고자 한데서 온 작은 실수였다며[12] 치부를 덮으며 그를 감싸고 있어 의아한 느낌을 증폭시키고 있다. 이는 결국 찬자가 노승의 생애 중 다른 것은 외면하고 진충보국한 덕성에만 초점을 맞추고 있다는 뜻이 될 것이다.

노승이 입전의 주인공이 될 수 있었던 것은 승려라는 그 신분과는 무관한 것이라고 보는 것이 옳다. 찬자가 만약 승전 격식을 유지하고자 했다면 속가의 이야기에 전념할 것이 아니라 출가 이후 불교적 행적에 초점을 맞추어 그 안에서 덕성을 발굴하고 현창해 내는 것이 마땅한 일이었다.

「이화암노승전」에서 승전과 통하는 유일한 대목이 있다면 "공문에 든 이

---

12 위의 책. "俠娼酣歌 豈眞迷戀女色 盖欲少洩其鬱塞耳."

래 목석과 더불어 숨어지냈다而歸質空門 與木石俱晦"라는 대목 정도일 것이다. 그러나 그것이 전부일 뿐 그가 어떻게 은일자중하며 전날의 과업을 참회하며 치열하게 수행했는지 승려의 삶에 대해서는 철저히 함구하고 있다. 전반적으로 「이화암노승전」은 불교적 덕성이 아니라 유교적 덕성만을 발휘한 일대기에 속한다. 이점은 서사시간을 재속시로 한정시키고 있으며 용력과 애국심이 남달랐음을 유난히 강조하는 서술에서 분명하게 드러난다.

(2) 사사여친事師如親

유가에서는 사제 관계를 군신 혹은 부자와 대등한 것으로 가르쳤다.[13] 스승과 제자 사이의 긴밀함을 강조한 것은 불가에서도 마찬가지이다. 특히 도의 추구를 최종의 목표를 삼고 있는 불가에서는 사승의 역할[14]이 한층 중요하다고 볼 수 있다.

그러나 「호승전」[15]에 나타난 사제관계는 불가 내 사제관계를 보여주기

13 『論語』 先進. "回也視予猶父也."

14 韓愈, 「師說」. "師者所以傳道授業解惑也."

15 신광수, 「호승전」, 『석북선생문집』 16권. "虎僧爲人 愿而多力 事其師甚勤 其師甚愛之 嘗與西游妙香 歷塞上諸山 轉入深峽小庵 留月餘 虎僧常出販 與其師約歸日 未嘗一失期 至期師必出門候 與俱歸 一日赴遠市 約三日當反 及暮 其師又出門 庵僧止之曰毋 山多虎 日入不可出 又市遠路确 未必今日反也 師曰 徒弟出 未嘗失期我者也 缺 出 昏黑不反 庵僧火往視之弗見 石有血點滴 駭而呼 然夜黑不可蹤 明日羣伐 缺三字 山 得半體而歸 日晡虎僧至 負重 缺五字 戶齊 與衆僧相勞苦畢 問吾師 缺六字 曰 老師往鄰庵 病數日矣 虎僧驚憂曰 吾 缺 出當還 吾師必出門候我 始吾與師約 以昨日反 負重塗遠 後期一日 師必苦遲我矣 果然吾師病矣 卽欲走視 衆不可終諱 告以虎 虎僧絶而復甦 大哭曰 師乎我罪也 師乎我罪也 嚮者 吾固疑之 噫 虎食之矣 復絶良久起 哭告衆僧曰 吾師已矣 所不報師讐 吾不獨生 請與諸師約 虎食吾師弗盡 今夕必來索餘 吾赴虎搤其腰 師能以刃左右之乎 衆曰 諾 請爲客報讐 其夜虎果來 大吼墻外 攫沙擿兩闔雨落 虎僧闔發躍直前 虎吼而人立搏 虎僧就勢入頸拄虎頷 則乂手搤虎腰大呼 虎亦吼 衆僧伏不敢出 虎僧益奮力縮虎皮 入握且盡 益大呼 虎膨急喘 引鑢益吼動地 衆僧益伏不敢出 人與虎可十易 腹背輾地 赭十餘席廣 兩竭而斃 虎墜於崖 人半其上 天明大寺僧數輩至 問夜何虎甚吼也 審知狀 切責庵僧 上其事于官 官乃爲斃庵僧數人 於是旁郡邑聞者 莫不哀且壯虎僧 而快庵僧之斃也 後上之三十三年 光洙寓疾鳳棲菴 菴僧性圓言其師在山中 得其事 虎僧年可二十

보다는 유가적 시각이 반영된 사제 이야기로 보는 것이 더 어울린다고 하겠다. 「호승전」에서 스승이 제자를 아끼게 된 까닭은 제자가 힘이 세고 부지런한데다 자신을 더없이 살펴 준다는데 있었다. 자연히 스승도 그에 대해 각별한 애정을 쏟게 되는데 물건을 사러 나간 제자가 3일 후에 돌아오기로 약속했음에도 행방이 모호해지자 주위의 만류를 뿌리친 채 밤에 마중을 나섰다가 호환을 당해 세상을 뜨고 만다. 뒤늦게 돌아와 사정을 알게 된 제자는 자신의 잘못을 책하더니 호랑이를 죽여서 스승의 한을 풀겠다고 다짐한다.

너그럽게 보아주더라도 여기서 승전의 일반적 모형을 떠올리기는 아무래도 힘들다. 불법을 준수하는데다 각성을 명제로 해 혼신의 힘을 다하는 모습이 아니라 호랑이를 죽이고자 하는 일념에 불타는 제자의 모습만이 부각되었을 따름이다. 불교에서도 사제간 정을 강조하고 청익 모티브를 설정하여 스승이란 존재가 깨달음의 길에서 얼마나 중요한 것인지를 퍽 강조하는데 견성 해탈을 지향하는 주인공의 역정에서 사제 간 관계를 전하는 청익담請益談을 쉽게 누락시킬 수 없다. 그러나 세속간 정리로 얽혀진 사제관계, 보은을 위해 호랑이를 죽이고자 무모하게 대적하는 제자의 모습은 불교적 인간의 형상을 모색하는 이전의 승전과는 매우 다른 것을 알 수 있다.

한편 「호승전」은 보은을 지고의 과제로 삼고 있는 제자와 달리 신의를

長可七尺餘 不知何方僧 蓋摻南音 亦不知其名 以死於虎 稱虎僧 其寺則聞諸師 忘其名 圓師名覺靈 舒川僧 善治鬼 嘗病食肉而死

外史氏曰 夫世益衰薄 鄉曲小人 有父母兄弟之讐 蓋致死者鮮矣 又因利而貨居者 往往有之 彼浮屠氏 夷狄之敎也 其所稱師弟子者 非以義合者乎 虎僧不憚以其身 爲肉投虎口 肉薄力竭 卒與虎俱斃 以報其師 曾夷翟之敎而斯人也哉 噫 虎僧匪死而求名者 性圓能道其事 不能傳其名 又何不幸也 然彼摻南音 要之兩南産也 余嘗游湖南 湖南百濟舊俗也 挾詐喜鬪訟陵上 聞嶺南其人大抵質樸悃愊 有新羅遺風 異時朴堤上 金郎幢寶 用黃昌之流 以男子 近代大丘朴孝娘姊妹無論 如晉陽妓介德 善山香娘 以女子俱節義卓卓 焜燿人耳目者也 抑虎僧 亦嶺南人耶."

함부로 팽개치는 중승衆僧에게 준열한 비판을 가한다. 곧 호랑이와 대적하기 전 호승은 중승에게 자신이 호랑이의 허리를 조를 때 좌우에서 칼로 찔러 달라는 부탁하게 된다. 하지만 정작 그가 발악하는 호랑이와 맞서 허리를 조였음에도 중승들은 땅에 얼굴을 박은 채 나갈 엄두를 내지 못한다. 둘이 10여 차례 엎치락뒤치락하며 땅바닥이 피로 널따랗게 물들 정도로 호승과 호랑이가 죽을 때까지 싸웠으나 그들은 끝내 몸을 드러내지 않았다. 쟁투현장을 손에 잡히듯 구체적으로 그려내는 데는 이유가 있다. 중승들이 호승과 달리 자신의 몸을 보호하는데 얼마나 급급한 소인배들인가를 비춰주기 위함이었다. 그러므로 부정적 존재는 호랑이가 아니라 중승들로 판명난다고 하겠는데 관에서 사건의 전말을 접하고 중승들을 사형에 처하는 것은 의리를 중시하는 유교적 가르침에 따른 당연한 귀결이다.

신광수는 평결에서 왜 「호승전」을 쓰게 되었는지 우회적으로 답을 내놓고 있다. 부모 형제를 해코지한 원수가 살아있다고 하더라도 자신의 목숨을 버리면서까지 복수를 다지는 일이 드문 것이 현실임을 그는 개탄하고 있는 것이다. 그러면서 불승이란 오랑캐의 가르침을 신봉하는 자로 스승과 제자라 해도 의리로 합친 것이 아니지만 호승은 호랑이 입에 들어갈 각오로 싸우다가 호랑이와 더불어 죽었으니 보은의 미담으로 널리 현창할 대상이 되는 것이다.

찬자 신광수가 주목한 것은 정작 주인공이라기보다는 적병을 관용적으로 대하고 그들에게 검술까지 가르쳐주었다는 그 스승이 아닐까 여겨진다. 그는 3,000명의 정예군을 대적하여 한순간에 거의 몰살시킬 정도로 뛰어난 검술을 지니고 있었다. 신광수가 평결에서 “그 검사劍士는 아마 협객으로서 숨어 지낸 자인 듯하나 임란을 당하여 저 초야에서 일어선 용사로서 홍계남, 김응서 같은 이들이 모두 용감히 나서 왜군을 물리치고 기이한 공로를 세웠으니 이 검사는 몸을 숨긴 채 공명으로서 스스로 몸을 드러내지 않으려 했으니 어찌된 일인가? 그는 아마도 기이한 술법을 가졌으나 실로 임란의 사변이야말로 천운이요 구구한 인력으로써 어찌 할 수 없음을 알고 있던 인물이 아니었을까"[16]라며 그의 초인적 활약과 은일한 자취에 감탄을 터트리는 것은 당연한 일일 것이다.

그러나 주인공이 서사의 초점에서 벗어난다고 보기는 어렵다. 주인공은 비록 왜병의 일원으로 이 땅을 유린한 적이 있으나 스승에 대한 존숭심만은 누구에게도 지지 않았음을 알 수 있다. 다시 말해 그는 유일한 동포이자 전우인 동료가 배은망덕하게 스승을 시해하자 주저 없이 그를 처단하는 결단력을 발휘한다. 「검승전」에서 신광수는 스승처럼 눈에 드러나게 주인공의 덕성을 천양하지는 않고 있다. 그러나 주인공의 사사여친의 면모가 행간 사이에 은근하게 부각되고 있음을 부정하기 어렵다.

2) 운명론적 세계관의 반영

승전은 구성상 성장소설과 유사하게 진행되어 가는 것을 알 수 있다. 전체적으로 주인공은 원래의 세계를 벗어나 또 다른 세계로 편입해가는 구조인데, 생로병사로 점철된 사바를 넘어 고통과 번민을 온전히 떨쳐버릴 수 있는 세계를 귀착점으로 삼는다. 이른 시기에 찾아온 번민이 주인공을 불문佛門으로 인도해 나간다는 점을 승전의 서두는 빠뜨리지 않고 선명히

16 신광수, 「검승전」, 『석북선생문집』 권16.
"劒師俠而隱者乎 當壬辰之難 草埜勇 缺二字 如洪季男 金應瑞輩 多奮起捍賊 立奇功 劒師伏而弗出 不欲以功名自顯 何哉 彼有異術 誠知壬辰之變 天數也 非區區智力可弭."

보여준다. 보통 서사물에서는 내면세계와 외적세계 간 갈등을 절실하게 드러낼수록 서사성이 높아지게 마련이다. 승전에서도 이런 작품일수록 완성도가 높다고 할 만한데, 그 전범은 오래전의 『석가보釋迦譜』에서 제시해 놓았다 하겠다. 석가일대기 중에서도 전기문학적 명성이 높은 『불본행집경佛本行集經』을 잠깐 살펴보자. 본기에 해당하는 재속기는 수하탄생품樹下誕生品, 종원환성품從園還城品, 상사점간품相師占看品의 탄생기, 이모양육품姨母養育品, 습학기예품習學技藝品, 유희관촉품遊戲觀矚品 등의 수학기, 각술쟁혼품桷術爭婚品, 상식납비품常飾納妃品 등의 결혼담으로 이어진다.

하지만 여기까지만 선택된 인간으로서 세속에서의 즐거움을 말하고 있을 뿐 세상을 행복하게 보는 시선은 더 이상 이어지지 않는다. 청년시절 이후 삶과 세계를 바라보는 석가의 시각이 어떻게 바뀌는지를 알고자 한다면 공성권염품空聲勸厭品, 출봉노인품出逢老人品, 정반왕몽품淨飯王夢品, 도견병인품道見病人品, 노봉사시품路逢死屍品 등을 접해보면 된다.[17] 이들 대목에서는 석가가 왜 담보된 세상의 안락에 만족하지 못했는지를 분명하게 적시해 놓고 있다. 석가는 인간사 생로병사를 넘어설 수 없는 한계를 절감한 뒤부터 더 이상 궁 안에 머물 뜻이 없었는데 출궁사건의 전말은 사궁출가품捨宮出家品, 체발염의품剃髮染衣品, 차익등환품車匿等還品 등에서 상세히 밝혀진다. 그리고 이야기는 성도에 들어서기 위한 지난한 역정이 제시되다가 마침내 자신은 물론 갖가지 유혹을 넘어서 성도의 길에 도달하는 국면으로 일단 마무리된다.

석가의 생에 있어서 출궁, 고행, 그리고 열반까지도 석가 자신의 의지력

17 『佛本行集經』, 東國大 附設 譯經院, 1990, 5쪽.

에 따라 관철된 것으로 생각하는 게 옳을 것이다. 죠셉 켐벨에 의하면 석가는 번뇌와 고통에 시달리다 결국 세사의 시련에서 온전히 해방되는 존재로서 "삶은 더 이상 도처에 도사린 재앙의 가혹한 단죄와 시간에 의한 마손磨損이나 막막한 공간의 두려움 앞에 무방비로 고통받는 일"[18]을 겪지 않는 인간으로 재탄생한다. 정도의 차이는 있을지 모르나 이같이 의지적이고 주체적인 인간의 자취는 승전의 주인공들에게서도 어렵지 않게 발견된다.

그런데 「부목한전」이나 「호승전」에서는 석가의 그 같은 잔영을 기대하기 어려운 편이다. 주인공이라 할지라도 주체적이며 자립적 의지력과는 무관한 인물들로 보이는 것이다. 자신의 의지력에 따라 각자의 길을 걷는 인물들이라기보다는 주어진 운명대로 흘러가는 것을 능사로 아는 인물이라고 보면 타당할 듯하다.

「부목한전」에는 수좌, 상좌 그리고 부목한 세 승려가 등장한다. 수좌와 부목한은 술친구이며 상좌는 그들을 위해 열심히 술을 빚어 제공할뿐 두 사람 간의 이야기를 알아듣지 못한다. 그러나 수좌와 부목한이 평범한 호주꾼이 아님을 알게 된 사건이 일어난다. 상좌가 은밀히 이들의 말을 살피니 부목한이 곧 수좌가 죽을 것이라면서 그 날짜마저 일러주는 것이었다. 그런데 수좌가 놀라기는커녕 "이 산에 들어올 때부터 이미 정해진 일이었다"며 그 운명을 담담하게 받아들이며 헤어지는 것을 지켜본 것이다. 과연 두 사람 간 예측했던 날이 오자 수좌는 갑자기 들이닥친 호랑이에게 물려 숨지게 되었으며 부목한이 다시 찾아오겠노라 약속한 바로 그날 부목

18 죠셉 켐벨, 이윤기 역, 『세계의 영웅신화』, 대원사, 1989, 345쪽.

한은 수좌의 화장현장을 지켜보다가 사라진다. 전날 스승과 부목한의 만남과 그 후의 사건을 목도한 상좌는 새삼 두 사람의 혜안에 놀랐으며 서둘러 사라지는 부목한을 쫓아 제자가 되기를 간청한다.

하지만 부목한은 좀체 제자로 받아들이지 않으려 했다. 뒤에 알게 된 일이지만 상좌의 목숨이 3년 밖에 남지 않아 그 가르침을 전해주기 어려웠기 때문이었다. 부목한이 상좌에게 권한 것은 입산수도가 아니라 남은 생애 동안 속세로 돌아가 술 마시며 고기 먹고 인간으로서 좋아하는 것을 따르다가 남은 생애를 마치라는 것이었다. 서운하기도 했으나 이미 예지력을 경험한 터이므로 상좌는 중속한重俗漢으로 저잣거리를 돌아다니며 그가 겪은 일을 상세히 이야기하고 죽을 날을 발설하였다. 허튼 소리라 여기는 이도 있었으나 상좌는 부목한이 예언한 바로 그날 세상을 떴다.

성명을 밝히는 법이 없이 홀연히 출현했다 사라지는 부목한, 그리고 그와 막역한 도반이었던 수좌는 야담에 등장하는 이인과 흡사한 데가 있다. 인세에서의 인연이나 수명은 이미 하늘에서 정한 것이므로 인력으로 어찌할 수 없다는 체념, 아울러 이를 묵묵히 받아들이는 순명의식은 이들을 한데 묶는 공통점으로 여겨진다.

이옥李鈺이 부목한을 입전하게 된 또 다른 원인으로는 부목한의 은인자중한 면모였다. 이는 아래의 글을 통해 명백히 밝혀진다.

> 이인이 세상에 초탈하기 전에는 속인과 서로서로 섞여서 저 부목한과 같을 것이니 그때에는 비록 얼굴을 마주쳤다 해도 알지 못했을 것이다. 그러면 저 밭 속에 나타나는 여인이 어찌 백의관음이 아닌 줄을 알 수 있으며 호수 위의 과객이 어찌 임금님이 아닌 줄을 알 수 있겠나. 나는 진천 중의 일에서 이미

그 말이 진실임을 알았으니 김삼연이 남궁두를 만난 것도 모두 믿을 수 있는 일이라고 생각되는 것이다.[19]

정확히 말해 수좌와 부목한은 세간에서 보기 드물게 은인자중과 순명의식을 간직한 사람들이었다고 할 수 있다. 수좌는 자신이 어느 날 어떤 일을 겪고 죽을지를 알고 있는 터이므로 충분히 이를 방비할 수도 있었는데 운명을 피해갈 생각이 없노라 말함으로써 순천자順天者의 모습을 역력히 표출한다. 「부목한전」의 등장인물들은 방술을 자유자재로 구사하는 야담 속의 이인을 떠올리게 하는가 하면 달관의 경지에 오른 신선神仙을 연상시킨다. 자신의 지향점을 설정하지 않고 그저 점지된 운수에 스스로를 맡기는 태도는 일반 승전의 주인공들이 치열하게 정진의 길을 걸으며 득도에 전념하는 것과는 퍽 다른 형상화라고 해야 할 것이다.

3) 야담 기술記述의 전용

조선 후기 승전은 서술방식에 있어서도 이전의 승전과 사뭇 다르다. 전통적으로 승전은 갖가지 문헌과 전기적 자료를 토대로 작성하는 것이 일반적이었다. 주인공이 생전에 남긴 전기적 자료와 문도들이 기록한 문건들을 총체화하는 과정을 거쳐 일생단위로 이를 편년철시編年綴事하여 비로소 하나의 승전이 생산된다. 하지만 조선 후기승전은 문헌적 자료보다는 찬자와 친분이 있는 제3자의 구술을 채록한 것이 대부분이다. 이는 조선

---

19 이옥, 「부목한전」, 『담정총서』 권21. 梅花外史. "此異人之未出世也 塵光相混 若火頭陀之爲 則亦未知當而 而幾錯過矣 田間之女 未必非白衣觀音也 湖上過客 安知不宮無上也 余於鎭川 僧一事 旣得其眞傳 則若金三淵南宮斗之逢 謂皆可信而 噫 安得逢如此人 知之耶."

후기 사대부 간에 폭넓게 수용되던 야담의 창작방식과 매우 방불한 것으로 이해할 수 있다. 「검승전」, 「호승전」, 「부목한전」의 작자들은 한결같이 누군가에게서 이야기를 들은 후 그것을 바탕으로 입전했음이 밝혀지고 있다. 「검승전」에서 검승의 생을 전해주고 있는 이는 나그네客로 호칭되고 있을 뿐 그가 어떤 인물인지 신상에 대해서는 전혀 언급이 없다. 신광수가 화자를 밝힐 수 없었던 것은 그가 그를 대면한 적이 없기 때문이었을 것이다. 오대산에서 검승과 함께 머무르다 검승의 기구한 이력을 듣고 세상에 전한 인물이 객客이지만 그는 「검승전」 찬술 당시 생존해 있을 인물이 아니다. 신광수는 그 객에서 이야기를 들은 것이 아니라 세간에서 그 객이 퍼뜨린 이야기를 다시 구연한 누군가의 전언을 귀담아 들었다가 기록한 것이었으니 신광수가 「검승전」을 쓰기까지는 몇 차례의 전승단계가 있었다고 보는 것이 타당할 것이다. 이로 보면 「검승전」은 사대부들이 향유했던 야담의 채록 방식과 방불하다고 하겠다. 승전의 서술방식이 야담과 흡사하다는 것은 사실적 정보만을 전한다는 전의식에 비추어 치명적인 약점으로 지적될 만하다. 야담은 구비전승에 의존하고 있는 기록물로 벌써부터 그 사실성에 대해 의심을 받아왔기 때문이다. 승전의 찬자들이 내용에 대한 세간의 의혹에도 불구하고 전승단계나 채록상황을 구체적으로 제시하지 않은 것은 분명 불신을 살 만한 요소가 된다. 하지만 찬자들은 내용에 대한 신뢰성에 앞서 주인공의 덕성을 천양해야겠다는 목적성에 더 큰 의미를 부여했다고 하겠다. 즉 교화적 방편으로서의 기능을 강조하다보니 사실 검증의 단계를 소홀히 했다는 것이다. 「호승전」 역시 전언을 토대로 지어진 승전이다. 일차적으로 전해 듣기가 있었고 이를 바탕으로 한 기록하기가 이어졌다고 할 때 신광수에게 전해 듣기를 가능케 해준 인물은 봉서암의 승려 성원性圓으로 밝혀진다. 각령이란 이름을 가진 그는 서천 출신으로 신광수가 병으로 봉서암에 머물고 있을 때 호승의 이야기를 전해주었던 것이다. 성원이 산사의 스승으로부터 호승 이야기를 처음 전해 들었으며 들은 대로 다시 신광수에게 전한 것이니 각령은 제 2의 전언자가 되는 셈이다. 앞서 본 「검승전」과 달리 「호승전」에서 내용적 진실성이 높아지는 것은 바로 전언자에 대한 정보가 훨씬 구체적이기 때문이다. 아울러 성원이 전해들은 것이지만 호승이란 인물에 대한 구체적 형용을 첨언해놓고 있는 것도 주목할 만하다. 마치 듣는 이가 바로 호승의 모습을 곁에서 보는 듯 그의 신체적 특징, 목소리를 구체적으로 그려놓음으로써 신뢰성을 담보해주는데 기여한다. 하지만 여기서도 사실적 정보 여부를 놓고 의문이 온전히 사라지지 않는데 호승의 이름을 언급하지 않고 있는 것은 결정적인 약점이다. 세인들은 물론 관에 보고되어 의리를 망각한 죄가 발각되고 여러 승려가 죽임을 당했던 대형 사건임에도 주동인물인 호승의 이름을 밝히지 않고 있는 것은 전찬술 의식에 비추어 이해하기 어려운 대목이다.

「이화암노승전」은 전언자와 채록의 정황이 가장 소상하게 드러나 있는 작품이다. 정범조에게 노승의 일생을 들려준 이는 최성대崔成大, 1691~?이다. 그는 어렸을 때 이화암에 놀러갔다가 노승을 만난다. 그가 본 노승은 95세였으나 얼굴이 커다랗고 강렬한 눈빛으로 상대를 쏘아보는 데다 목소리가 커서 산이 울릴 정도였다. 그 같은 외형은 젊은 날 청나라로 끌려가 그곳 군사들과 각희 실력을 겨루어 승자가 되었다거나 후에 화살 한 발로 호랑이를 사살했다는 용맹스러운 전과를 충분히 떠올릴 수 있게 하는 것이었다. 증언이 아주 구체적인 것으로 보아 노승의 이력이 가감 없이 추슬러진 것으로 보아도 좋을 것인데 여러 단계를 거치지 않고 최성대 자신이 직접 당사자에게서 들은 이야기라는 점에서 전언의 신빙성이 높은 편이다. 최성대가 일차적 전언자라는 점이 노승전의 정보적 가치를 높여준다 할 수 있다. 다만 주인공과 최성대의 나이 차가 많아 대면 가능성에 대한 의문이 없지 않다. 그러나 최성대가 노승을 만났을 때 나이가 95세였으므로 다행스럽게도 당사자의 과거를 청취할 수 있었던 것으로 판명된다.

사실 찬자가 직접 주인공을 대면한 상태에서 지은 전이 아닐 경우 내용에 대한 독자들의 불신은 의외로 커질 수밖에 없다. 그 점에서 찬자들은 독자에게 전언자와 전언현장을 밝히려 든다. 정범조가 최성대의 신상을 밝히며 그를 군자라 평하는 것은 단순하게 넘길 일이 아니다. 다시 말해 정범조는 평소 군자다운 행동거지를 지니고 있던 이가 들려준 이야기이므로 충분히 믿어도 좋다는 점을 전하고 싶었던 것이다. 여기서 우리는 신뢰할만한 전언자를 제시함으로서 노승의 행적에 신뢰감을 얻고자하는 찬자 정범조의 뜻을 읽게 된다.

약간의 차이는 있으나 「검승전」, 「호승전」, 「부목한전」, 「이화암노승전」은 문헌적 자료가 아닌 구전을 바탕으로 지어진 작품이기에 야담적 특성이 의외로 강하게 돌출된다. 인물전승이란 여러 사람들의 전언을 통해 유통되는 동안 본래의 사실적 정보가 훼손되거나 변형되어 어느 단계에서는 사실로서의 가치를 상실할 수 있다. 전에서 인물전승을 마구잡이로 수용할 수 없는 이유가 여기에 있을 것이다.

이 장에서는 내용상의 허구, 사실의 문제에 관심을 두기보다는 화자의 신뢰성을 확보하기 위해 독자들에게 전언과 채록에 대한 현장성을 어떻게 전하는지를 주목해 보았다. 그 결과 「검승전」, 「호승전」, 「이화암노승전」 순으로 내용의 신뢰성이 높아지고 있는 것을 알 수가 있었다. 그러나 전언 위주로 찬술된 승전들인 만큼 사실정보에 대한 독자의 의문을 풀기에는 여러모로 한계를 보인다. 전 찬술에 남다른 식견을 가진 이들 유자들이 야담식의 서술방식을 취한 것은 유자답지 못한 태도라 하겠는데 자신들의 세계儒家가 아닌 외부 세계 인물에 대한 전인만큼 흥미본위의 전개를 앞세워도 좋다는 폄하의식이 전언채록 중심의 기술로 흘러가게 한 것으로 보인다.

4. 나가며

조선 후기 승전에서는 불교적 인간으로서의 전형적 특성이 발견되지 않고 있으며 자신의 생을 의지적으로 확장해나가는 면모도 기대하기 어려운 편이다. 전통적 승전과 비교할 때 조선 후기 승전은 일민전 혹은 일사전의 테두리를 넘어서지 않는다. 유자들은 굳이 불교적 시각으로 이들의 삶을 설명하려들지 않았던 것이다.

이런 맥락에서 이 글에서는 조선 후기 승전의 변이상을 살펴보는 데 초점을 두었다. 문학사상 이른 시기에 출현하여 지속적으로 창작, 수용된 승전은 형식과 내용에 있어 일단 유가의 전과는 뚜렷한 차이를 드러냈다. 유자가 쓴 승려의 전기일지라도 규범적 담론으로서의 성격에서 벗어나지 않았다. 그러나 신광수의 「검승전」과 「호승전」, 정범조의 「이화암노승전」, 이옥의 「부목한전」 등 18세기 활약한 문인의 작품들은 탈격적 승전이 아닐 수 없다.

18세기 유자들의 승전은 승려를 주인공으로 하고 있기는 하나 유가의 가르침을 얼마나 잘 구현하고 있는지에 관심이 집중되었다. 승전이라면 당연히 승려가 된 이후의 삶에 초점을 맞추어야 마땅한 일이겠으나 이들 작품전에서는 재속 시의 애국심, 스승에 대한 지극한 존경심 등의 덕성을 발굴, 제시함으로써 올바른 길이 무엇인지를 보여주는 데 치중한다. 아울러 견성을 목표로 삼아 용맹정진하는 주인공 대신 운명에 몸을 맡긴 채 하늘의 뜻에 따라 살아가고자 하는 순명주의적 인물을 입전 대상으로 택하는 데 거부감이 없다. 기술적 특징으로는 실증적 안목을 유보한 채 전언에 의존하여 이야기를 전하는 방식이 흥미롭게 여겨진다. 야담과 전의 경계를 무색하게 하는 이런 서술태도는 어느 정도 승전에 대한 유자들의 폄하의식과 무관치 않은 것이라 생각한다.

아직 승려를 하천민으로 대하며 그들을 전기적 대상으로 수용하기를 꺼리는 풍조가 남아있는 현실에서 승려의 삶을 전기화한 것은 그 자체로 의미를 지닌다. 그러나 승전이란 표제를 내걸고 자신들의 이념만을 강조하는 것은 아무래도 담론적 횡포임을 부정할 수 없다 하겠다.

제4장

불가 자전自傳의 성격과 서술유형의 고찰

유일有一, 초엄草广, 범해梵海의 자전을 중심으로

1. 들어가며

전傳은 소설이 출현하기 훨씬 이전부터 활발하게 지어진 사람 그리기의 전형적인 양식으로 자리 잡았으나 그 서사적 의의가 조망되기 시작한 것은 최근의 일이다. 이 글에서 논의의 대상으로 삼고자 하는 불가의 자전自傳에 대해서는 그나마 전혀 논의가 이루어지지 못했다고 해도 과언이 아니다.[1] 물론 유자들의 자전에 대해서도 논의가 심도 있게 이루어진 적이 없음을 감안한다면 이에 대한 무관심을 어쩔 수 없었던 것으로 받아들일 수도 있다.

그런데 불가에서의 자전은 좀 더 각별한 의미를 지녔다고 보는 것이 필자의 입장이다. 세간世間에서 나와 출세간出世間과 출출세간出出世間을 지향하고

1 불가의 자전은 차치하고 유가의 자전에 대한 논의도 퍽 빈약한 편이다. 자전 쓰기를 기피하는 동양적 전통 때문에 작품의 출현이 희귀했다는 점을 감안한다면 불가피한 면이 없지 않다. 자전 혹은 자서전 논의와 관련된 기왕의 논저를 들면 아래와 같다. 여증동, 「최졸옹과 예산은자전고」, 『행정 이상헌선생회갑기념논문집』, 진주교대, 1968; 조수학, 『한국의 가전과 탁전』, 영남대 출판부, 1987; 이은식, 「고려시대 자서전 연구」, 경상대 박사논문, 1997; 김경남, 「자서전으로서의 한듕록 연구」, 동국대 석사논문, 1992; 김승호, 「고려 불가의 자전적 글쓰기와 그 양상」, 『고전문학연구』 23집, 한국고전문학회, 2003.

있는 불승의 궤적은 속인들에게 우선 주목의 대상이 될 수밖에 없는 것이다. 특히 출가出家, 각성, 전교傳敎 등의 자취는 충분히 대중적 호기심을 불러일으킬 만하고 불교적 인간이 나아가야 할 길을 제시하는 방편으로서의 몫마저 지니고 있어 교화적 텍스트라 말하더라도 어려움이 따르지 않는다.

그러나 불가 내 자전은 결코 풍성한 편이 아니다. 고려 이전에도 자전적 글쓰기에 속하는 사례는 적지 않으나 자전으로 제명한 작품은 아직 출현하지 않았다. 유가 쪽도 그렇지만 불가에서도 '여시아문'적 발화에는 익숙할지언정 '여시아언如是我言'적 발화는 어색하게 여기거나 금기시하는 분위기가 압도하고 있었다. 자신을 버리고 도道를 찾아 나선 불자에게 애초부터 자전은 쉽게 창작될 수 없는 양식으로 이해되었던 것이다.

불가에서 자전을 하나의 양식으로 개념화하고 의미 있게 수용하게 되는 것은 조선 중기 이후의 일이다. 예컨대 유일의 「자보행업自譜行業」, 초엄의 「삼화전三花傳」, 범해의 「자서전自序傳」은 불가 자전의 조선 후기적 전통을 보여주는 대표적 사례로 꼽을 만하다. 이에 따라 이 글에서는 고려 이래 불가의 자전적 글쓰기를 잠깐 훑어본 뒤 위에 적시한 세 자전의 내용, 형식, 서술적 특성을 밝혀내봄으로써 조선 후기 불가 자전의 윤곽이나마 드러내보고자 한다.

2. 불가 자전의 전통과 서사적 성격

스스로 유한한 존재임을 자각하는 인간은 일찍부터 전기문학의 전통을 마련해 놓았다. 실제적이고 도구적인 목적을 지닌 전기傳記문학은 대체로 위대한 인물이 찬술의 대상으로 우선시되었으며 제3자의 시각으로 그 탄생과 함께 고일한 자취는 물론 이면의 세계까지 포착하는 것을 염두에 두었다. 그러나 전기의 이상적인 작가를 찾기란 쉬운 일이 아니었다. "대상을 가까이 아는 사람에 의해서 담당될 수 있으며 대상이 살아있던 시대와 과히 격리되어 있지 않은 시대에 씌어져야 한다"[2]고 주장하지만 제3자가 찬술하는 전기는 대상의 진면목을 포착하는데 일정한 한계를 지닐 수밖에 없었다. 그런 점에서 화자와 주인공이 일치하는 자전이야말로 전기의 이상에 다가가는 글쓰기라는 인식이 생겨날 수밖에 없었다.

화자와 주인공이 일치하는, 다시 말해 화자가 자신의 생애를 기술하되, 편력, 방황을 드러내며 자신을 만들어가는 변용의 과정이 생생하게 표출되는 글쓰기를 일컬어 자서전自敍傳이라 불러왔다. 그러나 동양에서는 이 용어 대신 '자전自傳', '자서自序', '자술自述', '자보自譜' 등을 사용해왔으며 서양의 자서전과 달리 인생의 경험을 통해 자기를 추적한다는 성격이 희박하며 대체로 고정된 자기의 상을 묘사해 나갈 뿐이었다.[3] 그렇지만 불가의 자전은 서양의 자서전과는 여러모로 흡사하다 하겠는데 불교적 인간으로서의 "자신의 인성의 역사를 중점적으로 이야기하고 있는, 산문으로 씌어진 과거 회상형의 이야기"[4]라는 자서전의 서구적 정의와 매우 근접해 있다고 하겠다. 다시 말해 불승의 자리에서 과거를 회억하는 화자는 탈속하여 승단에 몸을 담기까지 정신적 세계의 변화를 고백함으로써 읽는 이에게 주인공의 정체성 제시는 물론 참회, 성찰의 기회까지 제공해줄

2 알렌 셀스톤, 이경식 역, 『전기문학』, 서울대 출판부, 1979, 49쪽.
3 가와이 코오조오, 심경호 역, 『중국의 자전문학』, 소명출판, 2002, 89쪽.
4 필립 르죈, 윤진 역, 『자서전의 규약』, 문학과지성사, 1998, 17쪽.

수 있게 되는 것이다.[5]

불교의 전래와 함께 불교적 인간으로서 면모를 스스로 드러내는 불승들의 글쓰기 역시 면면히 이루어졌을 터이나 고려조에 들어와서야 자전적 글쓰기의 구체적인 사례들을 접하게 된다. 가령 의천義天, 1055~1101, 천책天頙, 1206~?은 고려 승려 가운데서도 서찰을 통해 적극적으로 자신의 과거를 전해준 고승이다. 그중 천책이 남긴 「답운대아감민호서答芸臺亞監閔昊書」는 자전이란 표제를 달지 않았을 뿐 어느 기록보다 자서전에 가장 근접해간 작품으로 알려졌다.[6] 천책은 「민호답서閔昊答書」를 통해 기득권을 충분히 향유할 귀족의 가문을 벗어나 출가를 택하게 된 사정을 상세히 전한다. 출가를 재고하라는 옛 친구의 말에 천책은 굳이 출가를 단행할 수밖에 없었던 절박한 사정뿐만 아니라 출세간 이후의 내면적 고뇌와 지향점이 무엇인지 절실하게 토로하며 오히려 무명에 휩싸인 상대방을 측은히 여긴다. 「민호답서」는 개인의 역사는 물론이려니와 화택에 든 줄 모른 채 영일없이 사는 속인들에게 깨우침의 몫까지 기대할 수 있게 만든다.

조선시대 들어와서도 자전적 글쓰기가 성행하지만 온전한 의미의 불가 자전은 쉽게 등장하지 않는다. 불가 자전이 출현하는 것은 조선 중기라고 보는데 이의 서장을 연 인물은 휴정休靜이다. 그가 남긴 「완산 노부윤에게 올리는 글上完山盧府尹書」을 서찰의 범주에 귀속시켜서는 곤란할 듯싶다. 휴정은 서찰 속에서 자전을 일컬어 '삼몽록'이라고 밝히고 있다.[7] 삼이란

---

5 불가의 자전은 과거를 술회하되 방황과 편력의 자취를 보여주며 이를 통해 성찰의 기회를 제공한다는 점에서 자서전과의 근친성을 지적하기란 어렵지 않은 일이겠는데 유가의 자전이 가계 및 조부, 자신의 탄생, 유년기, 관리로서의 경력 등(가와이 코오조오, 앞의 책, 29쪽)을 통해 현실 속의 자아를 현시하는 데 치중하는 것과는 달리 각자를 향한 수행의 여정을 서사적 초점으로 삼는 것이 불가 자전의 특성이다.

6 김승호, 앞의 글, 130쪽.

조, 부, 그리고 자신의 삼대를 말하는 것이며 몽이란 불승의 입장에서 바라본 인간세상을 말하는 것이다. 삼몽록이 가계, 조, 부의 내용을 포함하고 있으나 역시 서사축은 휴정 자신에 맞춰있다. 이를 보면 37세에 이르기까지 생을 비교적 상세히 밝히고 있는바, 9세에 부모를 잃고 난 뒤의 충격, 고을 원의 주선으로 상경하여 과거 공부에 전념한 일, 고찰과 승지를 유람하다가 불가에 투신하게 된 사정, 참학參學 중에 얻게 된 오도의 경지, 운수승으로서의 행각 등 전체적으로 견성見性을 위해 안간힘을 다했던 행적을 회고하며 생의 전반부를 손에 잡히듯 술회해 놓았다. 특정 인물에게 전하는 생의 피력이며 서찰이라는 형식상 한계가 있기는 하지만 조선시대 불가 자전의 전통을 확립해 놓은 첫 사례로 꼽더라도 이의를 달 수 없는 내용이라 할 것이다.

조선 중기를 지나면서 불가에서도 이제 자전을 표제로 내세우고 그 양식적 의의에 부합하는 글쓰기의 전통이 점차 자리를 잡기에 이른다. 과문한 탓인지 모르나 조선시대 불가의 자전의 서장을 연 인물은 연담 유일蓮潭有一이 아닐까 싶다. 그는 자전에 대한 관심이 미미한 불가 안에서 「자보행업」을 비롯하여 자서, 자찬 등 자아를 응시한 글을 적지 않게 남기고 있다. 그는 자신을 대상으로 한 글쓰기에 호의를 보이지 않던 불가적 전통에서 특이한 사례가 아닐 수 없다. 유일 이후에도 불가의 자전적 글쓰기가 진작된 것은 아니다. 혹 치능致能의 「자찬自贊」, 김대현金大鉉의 「자전自傳」 등을 거론할 수 있으나 짧은 서사로 간결하게, 혹은 상징적으로 처리된 일대기여

7 휴정, 「上完山盧府尹書」, 『청허집』 권7.
"攀仰之中 伏承令書 伏悉令意 小子之先祖行蹟 及少年行蹟 及出家因緣 及雲水行蹟 一一勿隱纖毫事 再再垂問 其敢嘿嘿 略擧三夢錄呈上 伏惟令監."

서 온전한 의미의 전통적 자전으로 본다거나 위에 든 자전들과 동위적 시각에서 논의하기는 적절치 않은 것으로 여겨진다.

이런 흐름 속에서 초암과 범해는 유일 이후 조선 후기 불가 자전의 맥을 잇는 주목할 불승으로 지목된다. 유일이 전 생애를 연차순으로 세분화시켜 그 자취가 무엇이든 누실 없도록 적기한 것과 달리 범해는 거시적 안목으로 불교사를 일별하는 한편 자신의 생을 전교, 유람 두 영역으로 갈라놓고 있어 선별과 집중의 방식에 의거하여 기술했음을 엿볼 수 있다. 아울러 시간의 흐름보다는 숱한 공간 속에 대응된 운수납자로서의 모습을 응시하는 데 익숙했던 것도 그의 서술에 나타난 특징으로 지적된다.

초엄은 유일이나 범해와 또 다른 방향에서 자전 쓰기를 시도하였다. 「삼화전三花傳」에서 초엄은 자신의 이름 대신에 삼화三花란 이름을 내걸어 일단 화자와 주인공, 저자 사이의 동일성[8]에 의문과 혼란을 자초하고 있는 듯하다. 이 같은 처리 때문에 「삼화전」은 고려시대 잠깐 등장했다가 사라진 자탁전自托傳을 승계하고 있다는 생각마저 갖게 한다. 하지만 조선 후기 활동한 불승이라는 점을 고려한다면 그 연원을 고려시대 유자들에게서 찾는 것은 지나친 것으로 여겨진다. 그렇다면 왜 자신은 얼굴을 숨기고 꽃을 전면에 내세운 것일까. 자전이라 하더라도 수행자의 입장에서 바라본 과거란 몇 번의 전변을 거친 또 다른 '나' 일 수 있으니 고정된 상으로의 '나'를 부정하고 엉뚱한 사물에 자신을 투사하는 것이 오히려 정의내리기 난감한 '나'를 보여주는 데 더 적합한 방식이 될 수 있다고 여긴 것은

8 여기서 말하는 동일성이란 저자-화자-주인공 간의 동일성을 말하는 것으로 이야기 속에서 화자-주인공이 스스로를 부르는 이름이 저자의 이름과 동일하여 명백하게 주어지는 경우를 일컫는다. (필립 르죈, 앞의 책, 38쪽.)

아닐까. 저자는 「삼화전」의 출현에는 이처럼 근본적인 까닭이 숨어있다고 본다.

3. 「자보행업」과 편년중심의 서술

18세기 승려인 연담 유일은 자전에 누구보다 관심을 가졌던 인물로 여겨진다. 「자보행업」을 비롯하여 자찬, 자서를 찬술함으로써 그는 자신을 대상으로 한 글쓰기 자체가 희귀했던 승단에서 예외적인 인물로 남게 된다.[9] 「자보행업」은 유일이 78세 때 찬술한 것으로 전 생애를 되돌아보는데 적절한 시점의 저술이다. 하지만 노경에 이른 불승답지 않게 찬술에 임해서는 매우 신중한 자세를 견지한 것 같다. 「자보행업」이 문도들이 권하는 바에 따라 지은 것이라는 술회, 혹은 대혜大慧, 감산憨山대사처럼 자신의 연보를 찬술한 전례가 있기에 자신도 이를 원용하여 자전을 찬술하게 되었다는 변[10]이 그 같은 점을 일러주는 것이다.

불승의 일대기는 주인공의 자취를 좇아 세간, 출세간, 출출세간의 전변을 내재화하는 것으로 서사내용을 단계화하더라도 큰 무리가 없다. 유일의 「자보」도 이와 같이 불승이 거쳐가는 3단계의 정신적 궤적을 드러낼 수 있도록 구성적인 배려를 하고 있다. 세간의 기록에서는 가계, 생장기의

---

9 자보란 명칭을 붙이고 있으나 「자보행업」을 단순한 연대기로만 볼 것은 아니다. 내용적인 면에서 모친과 은사를 회억하며 속가의 자취를 상세히 전하고 있는 것이나 형식적인 면에서 서사, 본사, 결사에 이르는 전의 형식을 따르는 점 등으로 볼 때 자전으로 보아 전혀 무리가 없다.

10 유일, 「연담대사자보행업」, 『연담대사임하록』 권4. "故請余自譜 余觀大慧憨山 皆自述年譜 旣有例可援 乃平生件錄如是."

일화, 그리고 학창시절 공부에 전념한 일들이 핵심을 이룬다. 그는 9세에 부가 세상을 떴으나 자식 교육에 열성인 어머니의 희생으로 공부를 계속할 수 있었으니 12세 때까지 독선생에게서 『통감通鑑』과 『맹자孟子』를 공부하고 이후 한양에서 온 오시악 선생 문하에 들어 공부에 매진할 수 있었다. 편모슬하의 자식이 혹여 잘못되지 않을까 노심초사한 어머니는 갖은 고초 속에서도 아들이 공부할 환경만은 갖추길 원했던 것이다. 그만큼 유일에게 어머니는 지울 수 없는 존재로 각인되어있다. 불승으로서 생의 끝자락에 서서도 여전히 모정을 상기하고 있는 것은 오히려 당연한 일로 여겨진다. 그러나 13세 때 어머니가 돌아가시면서 순식간에 앞길이 막막해지고 마는데 그의 재능을 눈여겨 본 고을 수령의 호의에 힘입어 책방冊房으로 일하면서 과거 공부를 계속할 수 있게 된다. 그러나 18세 때 법천사 은로와 만나면서 그는 예기치 못하게 출가의 길에 들어선다.

사실 출가의 동기 및 계기를 전하는 대목이야말로 불승의 삶에서 가장 인상 깊게 읽히는 부분이라는 생각을 갖게 하는 바[11] 독자들도 유일有一의 생에서도 이 부분에 당연히 눈길이 모아질 것으로 본다. 그러나 그의 출가담은 불교적 인간으로서의 전형적 자취와는 거리가 있다. 무엇보다도 출가가 그의 자발심에 근거한 것이 아니었다는 점이 실망감을 자아낸다. 그는 책방으로 있으면서 오로지 과거 시험에만 뜻을 두고 있었을 뿐 한 번도

---

11 불승의 전기 서술에서 출가, 청익, 전교 부분은 가장 핵심적 단위가 아닐까 하는 생각이 든다. 완산 노부윤이 휴정에게 행적을 들려달라고 부탁하는 아래의 말을 통해 불승의 일생에서 속인들이 무엇을 알고 싶어 하는지를 가늠할 수 있다.
"우러러 사모하던 차에 마침 주신 편지를 받고 물으신 뜻을 다 잘 알았습니다. 소자의 **선조의 행적과 소자의 젊은 때의 행적과 집을 떠난 인연과 운수의 행적**을 하나하나 숨기지 말라 하시고 자세한 일까지 거듭 물어주시니 어찌 잠자코 있겠습니까(攀仰之中 伏承令書 伏悉令意 小子之先祖行蹟 及少年行蹟 及出家因緣 及雲水行蹟 一一勿隱纖毫事 再再垂問 其敢嘿嘿)." (휴정, 앞의 책.)

출가를 염두에 둔 적이 없었다. 문면에 보이는 다음의 고백은 읽는 사람들을 당황스럽게 만들 정도이다.

> 장차 집으로 돌아가려 했는데 돌아갈 즈음에 장애가 있어서 결국 돌아가지 못했으니 승려가 되는 운수가 되었다. 만약 집으로 돌아갔다면 승려가 되는 것으로 운명이 결정되지는 않았을 것이다.[12]

불승의 출가 동기를 두고 많은 행장이나 전은 이른바 내면의 울림에 대한 자발적 행위임을 의도적일 정도로 강조하려는 경향이 짙다. 그런 점에 비출 때 유일의 증언은 불승들의 출가담에서 쉽게 보듯 자발적으로 탈속하게 되었다는 일화의 제시하고는 사뭇 다른 양상을 보인다. 사소한 외적 사건 때문에 엉뚱하게 전개된 미래를 탓하는 것에서 보듯 출가의 계기를 내적 세계가 아닌 환경적 조건에서 찾고 있다고 해야겠다.

전통적으로 승전은 출가 이전부터 형식적, 내용적 전형성을 고수하려는 경향이 짙게 나타난다. 승전에서는 하나같이 서두에서부터 불연적佛緣的 예화를 적극적으로 주입시키려는 태도를 지닌다. 하지만 근기적根機的 화소를 「자보행업」에서 발견하기는 어렵다. 다시 말해 출가를 암시하는 복선적인 태몽, 아동기 훈채葷彩들을 기피하는 습성, 불사를 모방하며 노는 성향 등 출생과 생장기에 나타나는 불연적 자질 중 어느 것도 「자보행업」에서는 거론하지 않고 있다.

아직 출가를 단행하기 이전 세간 내 삶은 주인공마다 각양각색으로 형

---

12 유일, 앞의 책. "將欲率歸 臨歸有障未果 亦爲僧之數也 若從彼而去 爲僧不可定也"

상화된다. 그러나 출가와 함께 출세간으로 삶이 편입되면서 불승의 전형적 형상을 가능케 하는 행적이 적극적으로 개입된다. 어떤 불승이든 그의 궤적은 '상구보리 하화중생'을 지향하는 것으로 그려지는데 유일의 자전에서도 불자로서의 전형적인 상이 포착되는 것이다. 19세에 출가한 이래 유일의 행적은 스승 찾기, 곧 청익의 과정에 초점이 맞추어진다. 특히 그에게 오래도록 잊을 수 없는 이가 호암虎岩사주이다. 그는 유일이 28세 되던 때 특별한 언질[13]을 주며 일찌감치 후사로 그를 지목했다. 하지만 사주가 갑자기 입멸하는 탓으로 부자斧子를 전해받지 못했으나 젊은 승려인 그가 승단에서 얼마나 촉망을 받았는지 짐작하는 데 어려움이 없다.

출가한 뒤 숱한 스승을 찾아 득도에 발분했던 자취는 「자보행업」에서 거의 30년에 걸친 서사시간으로 수렴이 되지만 일일이 구체적인 사건을 열거하는 식으로 서술되지는 않는다. 주로 단형의 문장으로 거칠게 윤곽만을 전해주는데 그치고 있어 서사문학으로서 논의의 대상으로 삼기는 힘들다. 이 같은 결과는 기본적으로 유일이 철저하게 편년체編年體를 추종한 데 기인한다고 본다. 「자보행업」은 5세부터 시작되어 78세에 이르기까지가 서사 범위가 되고 있으며 그 일생이 다시 1년 단위로 세분화되어 세사細事까지도 상세하게 기록되어있다. 이를 본다면 유일이 지향한 것은 특정부위를 통한 생의 상징적 표출이 아니라 단편적 사실일지라도 누실없이 기록하여 생生 전체를 전수해나가는데 있었다 할 수 있다. 「자보행업」은 그러니까 사실의 기록에 대해 남다른 관심을 고스란히 반영한 결과

13 위의 책. "가업을 잇는 것은 우리를 보호하는 것이니 너는 학문을 부지런히 하고 행업을 삼가 우리 불가의 대를 이어야 한다. 이번에 가면 1년이 걸릴 터인데 1년 뒤에 돌아오면 너에게 나의 부자를 주겠다(紹箕裘吾保 汝能勤學問 勤行業 以世吾家 此行當期 期而還付汝礎斧子)."

물이며 아울러 타자에 대한 감계나 불승의 삶이 갖는 변별성을 드러내기보다는 주인공의 행적을 수습, 정리하는 데 진력한 기록에 해당된다.

유일의 자전에서 드러나는 또 다른 특징은 자신의 평가에 인색하지 않다는 점이다. 물론 유자들의 전과 같이 '태사공왈太史公曰', '찬자왈撰者曰' 따위의 상투어를 동반하여 별행으로 처리한 것은 아니지만 여기저기서 자신에 대한 평결을 수시로 내리고 있는 것을 어렵지 않게 보게 된다. 자전이라면 어쩔 수 없이 자기본위의 시각이나 자기애적 술회에서 자유롭지 못한 것이 사실이고 따라서 객관성이나 균형적 시각과 거리가 있다는 난처한 비판에 직면하게 될 수 있다. 사실 유일도 그런 면에서 완전히 자유롭다고 하기에는 주저스러운 면이 적지 않게 발견된다.[14] 하지만 그는 포술이 갖는 폐단을 외면하지 않았으며 자기중심적 시각을 견제할 목적에서 평결評決의 기능을 십분 활용하였다. 본사本詞에서 과거 행적에 지나치게 의미를 부과하거나 속가의 시선으로 삶을 미화하는 일이 일어나더라도 평결에서는 좀 더 엄격한 시선으로 생을 재단해 보일 필요가 있음을 그

---

14 「자보행업」 중의 다음 대목들은 자신에 대한 애정, 자부심, 우월감이 강하게 반영되고 있어 꼼꼼하게 재구된 생으로서 연보적 서술이 갖는 장점을 일거에 함몰시키고 있다는 우려마저 불러올 정도이다.

–"내가 입실한 뒤 늘 새벽부터 저녁까지 경을 외우고 주문을 외웠으며 부처님께 예불하고 불경을 강론하였으며 항상 전의를 입고 맑은 새벽에 일찍 일어나 향불도 피우지 않은 채 몰래 칠불 팔보살에게 절하였다(自入室之後 每香晨昏 誦經誦呪 禮佛講經 常着田衣 淸晨早起 不點香燭 暗拜七佛八菩薩)."

–"가히 법시가 멀리 적셔졌고 교해가 은미하게 유행했다고 할 만하다. 두 구절로 나의 평생을 말한다면 거의 어머님과 두 노인의 권장하신 뜻을 저버리지 않았다고 할 수 있다(可謂法施之遐霑敎海之微流也 右二節可以蔽 余平生庶幾乎 無負慈恩二老勸奬之意也)."

–"심지어 문과 시를 잘한다는 칭찬에 이르러서는 법문에서 드문 사람이었으니 어찌 말할 것이 있겠는가. 만약 평생 심술을 논할 것 같으면 원래 억지로 겉을 꾸밈이 없었고 하는 말은 다 가슴 속에서 나온 말만 했으니 사람들은 다 한번 보고는 질박하고 소탈한 사람이라고 했다(至若能文能詩之稱 乃法門之闃也 何足道也 若論平生心術 元無疆作外飾 凡所云爲罔非由中 人皆一見而謂之質直踈蕩也)."

는 깨닫고 있었던 것이다. 다음 대목은 그런 점을 적나라하게 보여준다.

> 단지 성정이 조급해서 어떤 일에 임해서 자세히 살펴보지 못해서 늘 실수가 많았고 남의 허물을 보면 용서하지 못했기 때문에 빨리 말하고 당황하여 얼굴색이 변하는 것을 피할 수 없었다. 비록 화를 냈다가도 곧 가라앉아 뒤끝이 없었다. 사람들은 이 때문에 자주 성화를 내면서 이것이 단점이라고 했다. 종합해서 평론하면 어리석음과 교활함이 상반된 사람이지 두루 인격을 갖춘 사람이라고 할 수 없으니 애석한 일이다.[15]

화자와 주인공이 일치하므로 「자보행업」은 자전에 속하는 것이 분명하나 주인공의 내면표출, 깨달음을 향한 구도자로서의 시련, 그리고 각자가 마침내 도달한 경지 등 정작 불가 자전에서 핵심적 내용단위라 할 것들에 대해서는 별 배려가 없다. 이는 「자보행업」이 지닌 한계임에 틀림없겠는데 다만 다음과 같이 긍정적인 추론을 해볼 따름이다. 즉 불승이 걸어가는 독특한 삶의 이면을 응시한다는 생각보다는 과거의 궤적만은 무엇이든 갈무리해야 한다는 편년철사編年輟事식 의도가 앞서다 보니 선택과 집중적 서술에 의한 생의 형상화까지는 아직 손길이 미치지 못했던 것이라고.

---

15 유일, 앞의 책.
"但性情燥急 臨事不能詳審 每多失處 見人有過 不能容恕 未免疾言遽色 雖卽時放下 不留胸中 而人多以嗔怒數起 此其短也 合而論之 癡黠相半 未能爲周備之人 可惜."

4. 「삼화전」과 자탁自托중심의 서술

초엄의 「삼화전」은 자탁전 형식의 작품으로 불가에서는 그 전례를 찾기가 어렵다. 초엄이 고려 말 이규보李奎報, 최해崔瀣 등 유자들이 지은 자탁전[16]을 모방하여 이 같은 형식을 취했는지는 알 길이 없으나 자신의 이름을 직접 드러내지 않고 사물을 빌려 우의한 예는 그 이전 혹은 이후에도 찾아보기 어려웠던 것이 불가 내 현실이었다.

그런데 자탁전이라 하더라도 자신의 존재감, 정체성을 드러내기 위한 의도에서 출발하는 만큼 자전에서 기술하는 내용들과 별다른 편차가 발생하지 않는다. 그런데 서사의 본의를 자신에 대한 현창에 둔다고 할 수 있는 「삼화전」의 주인공이 자신의 정체를 흐리는 것은 쉽게 이해되지 않는다. 「삼화전」에서 우리가 먼저 궁금해 하는 것은 도대체 삼화가 무엇을 뜻하느냐 하는 점이다. 초엄은 독자의 궁금증을 헤아리고 있었던 것처럼 이 말의 연원을 밝혀놓고 있다.

> 화花가 여산에 있을 때 꿈속에서 한 대인大人이 삼화선사三花禪寺라는 4글자를 주었는데 화가 그것이 무엇을 뜻하는지 몰랐다가 시우산시施愚山詩를 읽는데 이르러 소림사에서 지은 것으로 아득히 아지랑이 사이 늙은 나무에 세 송이 꽃이란 시구가 있음을 알았다. 매우 기이하게 여기고는 스스로 삼화라 칭하였다.[17]

---

16 우리나라 자탁전의 성격과 역사적 전개에 대해서는 조수학, 앞의 책, 47쪽에서 상세히 밝히고 있다.

17 초엄, 「삼화전」, 『한국불교전서』 권12, 동국대 출판부, 304쪽. "花住廬山時 夢一大人 以三花禪寺四字贈之 花不知其爲旨 及讀施愚山詩 見小林寺作 有古樹三花杳靄間之句 甚奇之 自

이를 보면 원관념은 초엄 자신이며 보조관념은 삼화가 되는 셈인데 초엄이 자신의 이름을 숨기고 삼화三花라 칭하게 된 사정을 겨우 알 수 있다. 그러나 이런 일화도 전의 마지막 부분에 세주細注 형식으로 붙여 놓았을 따름이고 정작 본문에서는 역사인물로서 자신의 존재를 선명히 드러내려는 의지를 찾아보기가 어렵게 되어있다.

보통 자전의 서두는 가계, 자신의 이름과 자, 호를 밝힘으로써 주인공의 정체성을 확인시키고자하는 배려의 입장을 보이는 것이 일반적이다.[18] 그렇지만 일반적으로 가계를 정확하게 기록하는 것과 비교할 때 「삼화전」의 서두는 부실하기 짝이 없다. 출생지와 성씨조차 밝히지 않는 것이야말로 무엇보다 큰 문제점이다. 「초엄유고서草广遺稿序」에도 초엄의 출생을 두고 헌종, 철종사이 영호남의 경계에서 태어났다는 사실[19]만을 전하고 있어 속가의 이력을 찾아볼 여지를 남기지 않고 있다. 혹 초엄 스스로도 자신의 출생 내력에 대해서는 제대로 알지 못했을 개연성도 없지는 않으나 그것보다는 초엄이 의도적으로 기록을 회피한 것으로 보아야 할 것이다.

형식면에서 보더라도 「삼화전」은 전통적인 전의 체재에 의거하여 기술되었다고 말하기는 어려울 것 같다. 전傳들이 대체로 연대기를 의식하여 생을 순차적으로 기록하려 들지만 「삼화전」은 시간의 경과와 그대로 병행하여 기록한다는 느낌을 주지 않는다. 탄생과 유년기에 대한 보고대신 서

稱三花."

18 불승이 속가를 떠나온 존재이므로 가계, 선대에 대한 언급을 소홀히 할 것이라고 예단해서는 안 된다. 한 예로 휴정은 '삼몽록'이란 제명을 붙일 정도이며 여기서 그는 자신의 자취는 물론 할아버지와 아버지 대에 대해서도 상세하게 언급하여 속가 인연에 상당히 유의하고 있음을 보여주고 있다.

19 石顚 鼎鎬, 「草广遺稿敍」, 『草广遺稿』, 304쪽. "當於憲哲朝之際 復初上人 生於湖嶺間 草广其號也."

두부터 자신의 성격, 취향을 드러내는 것에서 이런 특성을 우선 읽게 된다. 그는 세간에서의 체험과 득도에 대한 역정에 대해서는 구체적인 언급을 피하고 자신의 심성적 특성을 전해주는데 안간힘을 다한다. 스스로의 고백에 의하면 그는 고매한 성품을 지닌 사람으로 다른 이들과 담론하되 상대방을 굴복시키려 들지 않았으며 책읽기는 싫어하면서도 글에 능한 사람들을 보면 좌우에 붙어 다닐 정도로 존경을 표시했다. 반면 자신을 이기는 사람이 있으면 화를 내거나 그를 뒤쫓아가기를 마다하지 않았다.[20]

「삼화전」에도 불승의 삶에서 주목되는 분기점인 출가 동기 및 인연에 대해서도 그다지 성의 있게 드러내는 편이 아니다. 다만 구도 행각에 대한 자취는 비교적 선명하게 드러난다. 20세에 그는 발분하여 지리산을 찾았다. 그곳에서 글을 지어 산신에게 고하여 결맹한 뒤 돌아와 사람들에게 말하길 "이곳은 명산이 아니라서 머물 수 없다"며 그곳을 떠나기로 한다. 그러다 잊을 수 없는 스승인 현학관玄鶴館 선생을 만나게 된다. 현학관 선생은 삼로수三路帥로서 백성들로부터 부처로 받들어졌으며 재사나 바닷가의 은자조차 명망을 듣고 그를 추종할 정도였다. 삼화는 황매黃梅로부터 왔다가 마침 스승의 제자인 소금공小琴公을 연화봉 아래에서 만나 더불어 수일간 머물게 되었는데 소금공이 삼화를 이끌어 주는 바람에 같이 휘장 아래로

20 초엄, 앞의 책, 304쪽. "어릴 때 산사에 가서 글을 읽었는데 이를 좋아하여 돌아가지 않았다. 그러나 그 재주와 생김새가 다른 사람보다 나은 것은 아니었으나 다만 성품이 고매하여 늘 사람들과 더불어 담론하되 다른 이를 굴복시키려 하지 않았다. (…중략…) 또한 책읽기를 좋아하지 않았으나 글에 능한 사람을 보며 반드시 좌우에 붙었으며 또한 자신을 이기는 사람을 보면 문득 화를 내며 그를 뒤쫓아 가기를 원했다. 부처님의 미묘한 말을 읽는데 이르면 비록 자신의 생각과 합치가 되지 않더라도 기뻐하면서 반드시 통달하고자 했다. (時讀書山寺 因喜而不返 然其爲才貌不過人 但性高 每與人談論不屈人 (…중략…) 又不好讀 然見有能文者 必左右隨之 又見有勝己者 輒發憤 要有以追之 至讀佛祖微言 雖不能契 然喜而必欲達也)"

선생을 알현하게 되었다.[21] 이후 삼화와 현학관 선생은 단순한 사제지간으로 그치지 않는다. 삼화가 스승을 숭앙하는 만큼 현학관 선생도 다른 사람들에게 장차 팽불팽조烹佛烹祖할 사람이라며 삼화의 그릇됨에 대해 칭찬을 아끼지 않는다. 선생과의 인연이 계기로 작용하여 삼화는 향농香農 선생, 청간靑竿 선생 등과 더불어 시를 주고받거나 현리를 터득하게 된다. 불승의 삶에서 득도를 위해 스승을 찾아 나서는 청익담은 자연히 길어질 수밖에 없다. 따라서 숱한 스승들과의 자질구레한 일화를 생략하고 연대기적으로 건조하게 기술하는 것이 일반적이라면 「삼화전」은 이른바 그의 생에 심대한 영향을 끼친 도반들과의 만남에서부터 동숙과정에서 일어났던 은일한 일화까지 두루 포착해 놓는 것을 잊지 않는다. 그럼에도 그의 스승, 혹은 도반들과의 접촉에 대한 술회가 물리적 시간에 따라 선명하게 서술된다는 생각이 쉽게 들지는 않는다.

「삼화전」에는 여러 도인이 거론되지만 화자는 또 다른 자아라 할 자신을 초점화하고 있다고 보아야 한다. 즉 화자인 초엄은 스스로 이야기의 중개자이자 주인공으로서의 몫을 행사하고 있는 것이다. 비유한다면 삼화가 중간에 위치해 있고 그를 에워싸고 있는 검은 학, 향기, 대나무 사이에서 생겨난 일화가 차례로 소개된다. 사건위주로 기술하고 있음에도 어느새 이야기는 초엄의 성격 혹은 심성이 자연스럽게 부각되며 마침내 견성발분見性發奮하는 인물로 그의 상이 맺혀진다. 연대기적 증언에 의한 짧고 건조하게 메모식으로 일관했다면 초엄은 자신의 성향과 내면을 전해주기

---

21 위의 책, 304쪽.
"方二十時 走至智異山中 以平日之爲文 以告知山神而結盟 歸而言於人曰 非名山 無以留我住矣 時玄鶴館先生 爲三路帥 威德百姓 百姓奉之爲佛 士之有才 而隱於海者 亦得而效之 三花自黃梅來 適遇公之嗣小琴公於蓮花峰下 爲之留數日且去 被小琴公 引而與之 俱謁公帳下."

힘들었을 것이다. 그런 점에서 앞서 본 유일의 자전과는 극적인 대조를 이룬다고 할 수 있겠다. 유일이 자기 체험의 총체화를 앞세워 촘촘하게 연대기를 마련한 경우라면 초엄은 연대기적 순차에 구애받지 않고 오로지 득도와 견성의 치열함을 이리저리 탐조하는 데 서사의 대부분을 소진시키고 있다.

「삼화전」은 일반적인 전의 기술방식처럼 물리적 시간의 순차에 구애받지 않고 자신을 삼화로 대체함으로써 독자들 역시 혼몽한 상태에서 오로지 득도에 몰입하는 주인공과 대면한다.[22] 독자들마저 흐릿하고 몽환적인 세계를 유영하는 듯한 착각에 사로잡히게 되는 까닭은 역시 삶의 외피보다는 화자 자신의 내면을 서사의 핵심적 대상으로 삼았을 뿐더러 가탁 방식을 동원하는 독특한 서술방식 때문이다.

자탁전의 기법을 수용하고 있는 「삼화전」은 어떤 작품으로부터 영향을 받은 것일까. 불승의 자전이지만 이의 출현을 두고 우리는 조선중기 유가들 사이에서 한동안 인기를 모은 의인소설을 떠올릴 수 있다고 본다.[23] 성리학적 담론으로서 문학적 수사나 서사를 수용하여 탄생한 의인소설과 내용상 수심, 득도의 역정을 절실하게 포집하고 있는 「삼화전」은 여러 모

---

22 위의 책, 304쪽. "그해 겨울에 호계의 옛 절에 머물며 원각경을 읽었다. 밤이 깊어져서 바람과 눈이 창으로 들어오고 등불이 가물거리면 꽃은 바야흐로 화로를 안고 잠이 들었다가 갑자기 정신이 돌아오면 큰 소리로 혹은 작은 소리로 읽었는데 미륵장(彌勒章)에 이르러서는 초당을 찾아 각주를 세심하게 달았다. 또한 몸에서 누린내가 나는 것을 보면 더욱 윤회를 깊이 믿었다. 산이며 저자거리며 가고 머무는 것이 정해지지 않았다. 혹 길에 나서면 걷다가도 읊조리곤 하니 사람들이 미쳤다고 비웃었다(其年冬住虎溪古寺 讀圓覺經 時夜將半 風雪入窓 燈火如豆 花方擁爐睡 忽料撤情神 高聲讀 低聲讀 讀至彌勒章 尋草堂密註脚 覺得身臊 亦信輪回深矣 山巖城市 行止無定 或在途中 且行且吟 人笑以爲狂)."

23 의인소설의 사적전개와 문학적 성격에 대해서는 김광순, 『한국의인소설연구』, 새문사, 1987, 10~91쪽을 참조할 수 있다.

로 상통한다는 점을 주목할 필요가 있겠다.

「삼화전」에서 불승인 작가는 자신을 꽃으로 대체하고 있어 "가상의 제3자에게 자신의 심회나 인생관 등을 의탁하여 자신을 관조하고 찬미하기도 하여 이를 세상에 알리고자 하는"[24] 자탁전의 장르적 성격에서 벗어나지 않는다. 삼화는 온전히 득도행각에 몰입하고 있는 존재로 나타난다. 꽃은 도교道交의 궤적과 현리玄理를 추구한 과거를 속속들이 보여주는 초엄의 또다른 모습이다.

유가의 전통에서 보면 행장과 전은 한 개인의 삶을 총괄하는 서사물로 형식을 비교적 엄정하게 갖추고 있는 개인의 역사물이라고 말할 수 있다. 이 형식들은 무미건조한 신상명세로 전락할지라도 과거자신을 재구한다는 명제를 가장 앞세운다. 그런데 「삼화전」은 불승으로서 전형을 마련한다는 생각을 염두에 두고 불리佛理 찾기에 발분하는 자신의 형상 이외의 것은 군더더기로 치부하고 서술에서 배제시키는 경향을 띠고 있다. 초엄은 선명하기보다는 불투명한 상으로 자신의 과거를 그려낸 것처럼 보이는데 득도의 여정은 보이지만 공간, 주변인물 역시 흐릿하게 그려냄으로써 내내 불투명하게 비쳐졌던 자아自我와 오히려 서사적 층위를 같이하는 결과로 이어진다.

불승의 삶에서 핵심적 지향점에 속하는 청익請益, 전법傳法 행적이 거론되기는 하지만 현실적 시공간을 배경으로 하여 뚜렷하게 부각되지 않고 있다. 현실적 체험은 부차적으로 기록될 뿐이고 불법의 진리를 터득해나가는 내적 성찰의 계기와 변화를 응시하는 것에 보다 더 골몰하고 있는 것으

24 조수학, 앞의 책, 67쪽.

로 보아야 한다. 그러나 자신의 진면목에 의문을 버리지 않았던 휴정의 또 다른 고민을 「삼화전」에서 환기할 수 있게 된 것은 색다른 체험이 아닐 수 없다. 「삼화전」을 불가 자전의 독특한 경지를 일군 작품으로 매거하더라도 크게 어긋나지 않는 것은 이런 특성 때문이다.

5. 「자서전自序傳」과 기행중심의 서술

범해는 널리 알려진 대로 『동사열전東師列傳』을 찬술한 조선 후기의 승려이다. 『동사열전』 찬술에서 눈길을 끄는 대목은 삼국 이래 고승들의 일대기를 망라하는 가운데 자전을 그에 포함시키고 있다는 사실이다. 스스로 자전을 집필하고 더구나 이를 종합적인 승전에 수록한 것은 그의 자신의 생에 대한 남다른 자부심을 보여주는 것이겠으나 한편으로 자전을 통해 서序의 기능을 동시에 수행할 수 있다고 판단한 때문이 아니었던가 싶다. 『동사열전』 권4에 실린 「자서전」의 내용과 구성의 순차를 보면, ① 불교사 및 『동사열전』의 찬술동기 ② 가계, 출가 ③ 청익 ④ 열전을 통한 교화 ⑤ 불교역년의 기록(찬민贊敏의 청請) ⑥ 유람의 자취(찬민의 청) ⑦ 전법의 역사(찬민의 청) ⑧ 평결評決 등으로 짜여져 있음이 드러난다.

범해가 「자서전」을 쓴 시기는 광서 20년1894으로 그의 나이 75세 되던 때이지만 기실 서사범위는 61세까지로 한정되고 있을 뿐이다. 말년에 대한 기술이 없다는 것이 한계로 남는다. 「자서전」은 자서自序와 자전自傳의 두 가지 기능을 겸하고 있는 작품이다. 하지만 각각의 기능이 같은 것은 아니다. 자서의 기능은 한정적일 뿐이고 전체적으로 범해 자신의 생에 대한 서술이 압도적인 것으로 나타난다. 따라서 자전으로 보더라도 전혀 무리가 생기지 않는다. 자전에 속하는 범해의 「자서전」은 화자가 자발적으로 술회하는 방식의 특이한 형식을 취해 제자인 찬민이 질문을 하면 그를 이어 받아 답하는 식으로 자신의 과거를 술회해 나가고 있다. 위에서 ⑤, ⑥, ⑦은 바로 찬민이 범해의 생에서 궁금한 것을 묻고 답하는 대목인 것이다. 찬민의 질문으로 견인되는 이 대목에서 범해는 한국불교사의 역년과 함께 자신의 전법, 유람의 자취에 대해 각각 상세한 풀이를 시도한다.

범해의 「자서전」은 또한 편년철사적인 방식을 추종하기보다는 주제의 선별 및 그에 맞는 이야기의 주입이라는 방식을 통해 일대기를 마련하고 있다. 하지만 유람의 자취를 전하는 부분 이외에는 서사성이 높다고 하기는 어렵다. 말을 바꾸자면 「자서전」에서 가장 변별성이 강한 부분이 바로 유람의 서술부분이라는 것이다. ⑥의 유람 행적제시를 보면 범해의 20대부터 60대까지의 행적이 잘 드러나는데 운수납자로 주류한 산천, 명찰, 명소가 찬찬하게 기록되어 있어 기행문으로 삼더라도 전혀 어색하지 않을 정도이다. 그 내용을 약간 일별한다면 25세 되던 해 지리산을 유람하고 나서 섬진강을 따라 내려가다가 하동 진주에 도착하여 김천일金千鎰, 황진黃進, 최경회崔慶會, 논개論介 등과 인연 있는 유허지를 찾아 조문한 끝에 익일하는 감정을 시로 담아내기도 하였다.[25] 이후 가야권과 동래를 차례로 순례하고

---

25 범해, 「자서전」, 『동사열전』 권4, 동국대 출판부, 1048쪽.

矗石樓中三壯士	촉석루 안의 세 장사
一杯笑指長江水	한잔 술 들고 장강을 가리킨다
長江之水流滔滔	장강의 물 도도하게 흐르니
波不渴兮魂不死	물결 마르지 않고 혼 죽지 않으리

일생을 산문으로만 기술할 필요는 없다. 자서시(自敍詩)도 얼마든지 예상할 수 있겠는데 실제 그런 예는 흔치 않다. 다만 자전에 시를 삽입하는 경우는 드물지 않게 보인다. 한 예로 휴정의 삼몽록(三夢錄)은 시를 빈번히 삽입하고 있으며 이를 통해 세간과 출세간이 얼

양산 통도사를 포함하는 경남권역을 거쳐 현재의 전남지역의 불적을 빠짐없이 살피며 지나간다. 54세 되던 고종 10년에는 바다 건너 제주도로 유람의 권역이 한층 확장되기에 이른다. 제주에서도 역시 그의 관심은 역사적 인물들의 자취에 집중된다. 곧 제주의 독특한 풍광과 유적을 소개하고 있으나 김정희金正喜, 초의草衣, 만휴萬休, 영호靈湖선사가 머물던 곳이 특히 그의 시선을 사로잡고 있는 것으로 보인다. 56세가 되던 해 그는 다시 중부권으로 올라와 한양과 근기 주변의 사찰을 두루 찾고 이후 금강산의 유명 사적을 두루 섭렵해 나간다. 수많은 승지를 소개하다보니 성글게 기록될 수밖에 없으나 흥미로운 설화를 소개함으로써 겉핥기식의 노정기와 다른 면모도 보여준다. 영원암靈源庵에 얽힌 설화를 보면 다음과 같다.

> 영원암에 이르렀는데 입구에 신라 경순왕의 왕자가 고려의 군대를 피해 석성을 쌓았던 터가 있다. 그 안에는 업경대業鏡臺와 황천강黃泉江이 있고 또 청황이사굴靑黃二蛇窟이 있다. 전설에 금화錦和란 중이 죽어 뱀이 됐는데 그 제자 영원조사가 설법으로 천도하여 용으로 화하여 날아갔다 하였다. 가운데 영원암이 있으니 영원조사가 도를 얻은 곳이다.[26]

영원암연기는 금강산 소재 사찰 설화 가운데서도 가장 흥미진진한 내용을 포함하고 있다.[27] 널리 알려진 금사보金蛇報설화[28]를 보면 제자인 영원

마나 격리된 공간인지를 날카롭게 조응시키고 있다.

26 위의 책, 1049쪽. "至靈源 洞口有新羅敬順王子 避高麗兵 築石城之址 其內有業鏡臺黃泉江 又有靑黃二蛇窟 傳說云 昔者 錦和僧 死爲蛇 其弟子靈源祖師 說法遷度 化龍而去 中有靈源庵 卽靈源祖師得道處."

27 김승호, 「사찰연기설화의 소설적 조명－소위 붕학동지전과 보덕각시전을 중심으로」, 『고소설 연구』 13집, 한국고소설학회, 2002, 199쪽.

조사가 거꾸로 명학明學이란 스승을 제도하여 뱀의 몸을 벗어나 인간으로 다시 환생하여 마침내 득도의 경지에 올랐다는 내용을 담고 있는데 확인되지는 않으나 『붕학동지전朋學同知傳』이란 소설이 있었다는 증언마저 나온 적이 있다.[29] 어쨌든 위 전언은 우리가 아는 영원암 설화와는 딴판이다. 즉 영원조사의 스승이 명학이 아니라 금화라 한 것이 그렇고 영원이 천도하여 용으로 변하여 등천했다는 것도 아주 색다른 점이다.

어느 곳보다 빼어난 풍광을 자랑하며 고래의 불적을 숱하게 간직하고 있는 금강산의 유람을 끝낸 후 범해의 발길은 다시 철원을 거쳐 중부권의 수원, 그리고 충청남도를 거쳐 전라남도로 들어서는 것으로 긴 긴 유람의 역정이 마무리된다.

위에 대략을 소개한 것처럼 범해의 「자서전」에서 산천유람의 체험은 그 어떤 것보다 높은 비중을 차지하며 또한 상세하게 기록하고 있는 편이다. 불승에게 있어 산하주류의 행각이 특별한 체험일 수는 없다. 하지만 불승이 운수행각을 자임한다하더라도 범해의 경우는 수행과 청익 등 불승의 삶에서 가장 핵심적 단위라고 여겨지는 부분을 간략하게 기술하는 대신에 유람의 편력에 대해서는 구체적이고도 성의 있게 노정기를 마련함으로써 불가 자전의 독특한 사례를 만들어 놓았다 할 수 있다.

범해의 국토 편력을 통해 우리는 앞서 시간과 공간에 구애받지 않고 자유의지에 기초하여 산천을 주류하고픈 화자의 욕구를 읽어내게 된다. 시간적 계기성에 편승하여 생을 펼쳐나가는 것이야말로 자전에서 흔히 동원하는 상투적인 수법일 터인데 범해는 유람기를 일대기에서 빠뜨릴 수

---

28 『불교』 55집, 1929, 96~98쪽.
29 김태준, 『조선소설사』, 학예사, 1939, 32쪽.

없는 내용적 단위로 수용하는 파격을 선보인 셈이다. 일대기 기술이 결국은 기억의 재생이라면 「자서전」에서 범해가 머물렀던 각각의 공간은 지워졌던 과거를 재생하고 환기하게 해주는 촉매공간으로 수용되고 있음을 확인할 수가 있다.

유람의 역정을 자전의 중요한 서서부위로 주입시키는 것은 확실히 흔한 일이 아니다. 그런 발상이 어디서 연유했는지 궁금하거니와 혹 조선 후기 지식인들 사이에서 새롭게 일어났던 국토관념이 암암리에 불승들에게도 전염되었던 것은 아닐지 조심스럽게 유추해 본다. 그러나 그에게 국토순례는 민족의 얼과 전통을 상징하는 대상으로서 의미보다는 유구한 불교의 역사를 묵묵히 증언하는 인연의 터, 숱한 불적을 간직한 불국토로서의 의미를 추출해 보여주고자 하는 의도와 무관한 것으로 여길 수 없을 것 같다.

마지막으로 그의 평결이 지닌 특이한 면을 거론하기로 한다. 근대기로의 편입을 눈앞에 둔 시기에 출현한 작품이지만 범해의 「자서전」은 서사序詞, 본사本詞, 결사結詞의 전통적 전 양식 체재를 여전히 묵수해나간 경우에 속한다. 그런데 그의 평결을 읽다보면 그가 자신의 초상과 아울러 타자가 자신을 어떤 인물로 기억해주기를 바랐는지 헤아려 보는 일이 어렵지 않다.

> 부지런히 배우고 널리 물어 지식은 넓고 문장은 쉽다. 사람은 보지 않아도 들어 알고 벗은 기약하지 않아도 스스로 온다. 사람들의 문답을 주고받으면 반드시 입속으로 흉볼 것이고 사람들과 시를 창화하면 응당 대부분 마음속으로 못마땅해 할 것이다. 옛사람이 말하되 시는 정의 꽃이고 글씨는 마음의 마디라고 하였다. 정이 안에서 움직였는데 손뼉치고 발을 구르는 것은 바깥에 꽃핀 것이니 이는 이백과 두보의 문장이다. 마음속에서 피어나 가로 세로로

> 씌어진 것은 겉에 마디가 난 것이니 이는 왕희지와 조맹부의 글씨인 것이다. 어찌 감히 선현에 비길 수 있겠는가. 때때로 읊은 것은 속태가 과다하고 기록한 것은 속어가 난잡하다. 알면서도 고치지 않은 것은 또한 남들이 허물하는 것을 두려워하지 않겠다는 의미를 내포한 것이다.[30]

타자가 보는 '나'의 모습과 내가 보는 '나'의 모습은 얼마든지 상충되거나 불일치할 수가 있을 것이다. 타자의 눈에 비친 '나'의 모습은 이른바 불승이라면 거개 지닐 법한 전형적인 상으로 형상화될 개연성이 높다. 적어도 피상적인 전기물로서의 몫은 기대할 수 있겠으나 도대체 전기의 주인공이 어떤 생각을 하고 살았으며 스스로 어떤 상으로 기억되기를 바랐는지 제3자가 찬술자로 나서는 승전에서는 감당하기가 어려운 면이다. 설사 주인공의 의도를 간취했다고 하더라도 바란 만큼 충족시켜주는 일은 불가능하다. 범해는 청익과 전교를 필생의 업으로 하며 살다간 존재로 형상화되는 불승의 상에 만족하지 못했음이 틀림없다. 따라서 그는 평결에서 스스로 바란 상을 제시한 것이다. 그는 각자의 길을 추구한 불승이면서 동시에 남다른 경지에 도달한 시승詩僧으로 기억되기를 바라는 마음을 비교적 과감하게 털어놓았다 할 수 있다.

---

30 범해, 앞의 책, 1049쪽.
"勤學博訪 知廣交易 人不見而聞知 朋不期而自至 所與人問答者 必有口呸 所有人唱和者 應多心非 古人曰 詩者 情華 筆者 心節 情動於內 而抃之蹈之 華於外也 此李杜之文章也 心發於衷 而縱者橫者 節於表也 王趙之筆法也 何敢擬於先賢也 有時所吟者 俗態夥多 所記者 俚語雜환 知而不改者 亦含於不畏人之效尤也."

6. 나가며

고려 이래 불가에 집적된 자전적 글쓰기의 사례는 적지 않으나 자아 관념을 앞세우고 자기 자신이 서술의 주체로 나선 자전은 조선 중기에 이르러서야 만날 수 있다. 휴정의 「삼몽록」은 불가 자전의 전형으로 보아 무리가 없다. 형식은 유가의 전과 다를 바 없으나 세속에서의 일화, 출가 전후의 상황, 수행과 득도를 향한 자취 등 불승의 삶에서 빠뜨릴 수 없는 내용을 상세히 전하고 있기 때문이다. 조선 후기에 이르면 「자보행업自譜行業」, 「삼화전三花傳」, 「자서전自序傳」 등 「삼몽록」을 승계하는 자전이 등장한다. 그런데 이들은 '상구보리 하화중생'의 주지를 포괄하면서도 불승의 전형에 구애받지 않고 자의적인 생을 부각시킨다는 점에서 주목된다.

유일의 「자보행업」은 간단명료한 서술로 연대기를 지향하고 있다. 지리멸렬한 서사가 아니라 일어났던 사실을 결락 없이 채록하여 편년식의 찬술방식을 택하고 있는 것을 보게 된다. 부실한 서사 때문에 자전일 수 있는가 하는 의문이 따르기도 하지만 유년기 어머니에 대한 회억, 그리고 출가 이후 사제 간의 인연을 상세히 전하고 평결 부분을 소홀히 하지 않은 점 등에서 불가 자전의 테두리에 넣어 큰 무리는 없을 것이다.

초엄이 찬술한 「삼화전」은 불가에서는 유례를 찾기 어려운 자탁전 형식을 취하고 있다. 그러나 「삼화전」은 화자 자신이 꽃으로 의탁되고 인물과 사건에 대한 주변적 설명이 부족한 탓에 현실감을 부여하는 데 실패하고 있다. 이는 초엄이 불교적 시각으로 자신의 과거를 바라보고자 한 것과 무관치 않다. 세상사는 한낱 몽중에 불과한 것이며 자아 역시 실체가 없는 것 아닌가하는 의문이 마침내 스스로를 꽃으로 환치하고 행적조차도 환몽 중의 일처럼 불명확하게 처리하도록 했다고 본다. 하지만 세사는 거두절미하고 깨달음의 노정만은 꼼꼼하게 수습함으로써 구도자로 일관한 삶만은 상대적으로 부각되고 있다고 해야겠다.

범해의 「자서전」은 자전과 자서 두 가지 기능을 염두에 둔 작품이다. 범해는 제자가 던지는 세 가지 질문, 곧 불교의 역년, 유람의 자취, 전법의 역사에 대하여 답변하는 것으로 찬술의 동기와 자신의 이력을 대신해주고 있다. 이런 중에 특색이라면 조선 산하를 주유한 끝에 남긴 기행문이 큰 비중을 점한다는 사실이다. 「자서전」에서 주류 행각에 특별히 비중을 높이고 있음은 의도적이라 하겠는데 이 땅을 불국토로 여기는 나름의 시선 혹은 조선 후기 지식인 사이에 비등한 국토 관념이 잠재되어 있는 것으로 여겨진다.

이상 조선시대 등장한 세 불가 자전을 통해 우리는 불가의 자전이 퍽 자의적 서술방식을 보여주고 있음을 엿볼 수 있었다. 유가에서는 자전 자체가 드물었으며 혹 있다 해도 규범적 서술 형태를 보이는데 비해 불가의 자전은 상대적으로 개방적 서술방식을 크게 용인한 셈이 되었다. 주변을 크게 의식하지 않고 나름의 방식대로 도를 추구해나가는 불승들의 평소 태도가 이런 서술적 특성으로 이어지게 한 것이 아닐까 그런 추론을 던져본다.

제5장

승가僧家문학에 있어 자아표출과 그 문학사적 의의

1. 들어가며

모든 담론은 발화자와 수신자를 전제로 이루어진다. 의도적이든 아니든 문학담론에서 발화자는 1, 2, 3인칭 가운데 화자시점을 택해 수신자에게 자신의 정서, 감흥, 주장을 전하는 방식을 택하고 있는 것을 보게 된다. 그러나 시대와 환경에 따라 발화의 방법은 상당한 차이를 드러낸다고 말할 수 있다. 동양에서는 아득한 시기부터 1인칭 화자가 등장하여 이야기를 끌어나가는 방법을 꺼리는 경향이 완연했는데 자신을 직접 내세워서는 곤란하다는 유교적 가르침이 관습으로 굳어져 자전류自傳類의 출현을 지연시켰다고 볼 수 있다.

그렇다면 승가에서는 어떠했을까. 앞서 말해 승가에서는 유가보다 담론의 주체를 자아의식이 투철한 인물로 배치하는 경향이 있다. 유가와 승가 문학간 변별적 자질을 여러 가지로 추출할 수 있겠으나 담론주체로서 자아의 현시 여부는 과거 시기 유가, 승가문학을 가름하는 유력한 잣대의 하나로 보더라도 무방하다는 것이 저자의 생각이다.

'여시아문如是我聞'을 투어로 동반하며 부처님의 가르침을 중계하는 것에 불교문학의 본령을 두고자 하는 것이 일반적인 시각이라고 보지만 승가 문학이 딱히 그런 선입견 속에만 머물지는 않는다. 즉 담론의 주체로서 자아를 전제로 보고, 선험, 몽유의 주체로서 '나'를 내세우는 승려의 글쓰기가 일찍부터 확인된다는 점을 상기할 필요가 있는 것이다.

따라서 이 글은 승려가 자아표출에 얼마나 능동적이며 표출양상이 얼마나 다양하게 나타나는지를 혜초慧超, 704~?의 『왕오천축국전往五天竺國傳』, 의천1055~1101의 『대각국사문집』, 천책의 『호산록』, 휴정1520~1604의 『청허집』에 수록된 자료를 토대로 살펴볼 터인데 이로써 승가 문학의 특성이 좀 더 구체적으로 드러나리라 생각한다.

2. 승려자아 표출의 배경과 동인

불교담론의 대표적 영역에 속하는 경·율·론經·律·論을 문학 장르적으로 보면 교술에 속할 것이다. 간략하게 말해 경율론은 이미 각자에 오른 존재가 중생에게 전하는 진리의 말일 수 있겠는데 '여시아문'이란 투어가 말해주듯 부처님의 말을 대신 전하는 특이한 투어를 취하게 된다. 하지만 불가의 글쓰기가 중생에게 내리는 교술적 담론만이 전부라고 생각하는 것은 실상에 어긋난다. 불보살의 가르침만 전하는 매개자가 아닌, 자신의 체험, 생각, 삶을 직접 토로하는 형식의 자전이 출현했음을 상기할 필요가 있다. 불전과 비긴다면 승려가 스스로 들려주는 자신의 일생담은 경외심과 신비감이 떨어진다고 말할 수밖에 없다. 하지만 승려의 자전은 단숨에 사람들의 이목을 집중시키게 한다. 왜 그럴까. 사문학私文學에 포괄된다고 보는 승려의 자전 중에는 화자가 자신의 처지, 견해, 내면세계를 투명하게 펼쳐 보이는 사례가 적지 않다는 점을 생각할 필요가 있다. 화자이면서 서사적 자아이기도 한 승려는 누구도 알 수 없는 삶의 자취와 내면을 드러낼 수 있다. 제3자가 나서 엮어놓은 타자의 생, 다시 말해 일반적인 전기가 누릴 수 없는 장점을 간직하고 있다고 할 만한데 승려 자신이 서사세계를 주동하고 있는 서술자임을 보여주는 동시에 그 자신이 주인공임[1]을 말해 주는 것이다.

우리 역사에서 이 같은 사례로 혜초의 『왕오천축국전』, 의천의 『대각국사문집』 소재 서신들, 천책의 『호산록』 소재 「답운대아감민호서」, 휴정의 「삼몽록」 등을 우선 꼽을 수 있겠다. 이들 작품은 서술적 주체로서 일거수일투족을 선명하게 고백하고 있는 대표적 사례들이다. 물론 유교담론에서도 1인칭 시점을 앞세워 '나'가 담론을 견인하는 일이 적지 않다는 것은 분명한 사실이다. 하지만 실제로 서술의 주체로서 자신의 내면과 외면을 구체적으로 적시한 예는 그리 많지 않다. '수신제가 치국평천하修身齊家 治國平天下'란 자아상을 강조했지만 유가에서는 개인의 돌출을 허용하지 않으려 들었다. 개인사를 구체적으로 드러내는 일이야말로 군자가 경계해야 할 일이라고 보았던 것이다.[2] 스스로 자신을 알리는 것이야말로 부덕의 소치라는 전통적 훈계, 혹은 명성이란 타인에 의해 마지못해 얻어지는 것이어야 한다는 생각이 지배하는 상황에서 자아표출의 담론은 위축될 수밖에 없었다.

그렇다면 승가僧家에서는 자아표출의 글쓰기에 어떤 반응을 보였을까.

1 제럴드 프린스, 이기우 외역, 『서사론사전』, 민지사, 1992, 116쪽.
2 조수학, 『한국의 탁전과 가전연구』, 영남대 출판부, 1987, 65쪽.

'무아'의 진정한 세계를 지향하는 것이 승가의 과제이기는 하지만 '나는 누구인가'라는 질문에 답하듯 승가에서는 '자아'를 표출하는 데 보다 적극적이었다고 말할 수 있다. 불가에서 핵심 용어로 쓰이는 '무아無我'를 두고 자력을 떠난다든지 자기의 계획을 버린다는, 나를 부정하는 뜻으로 받아들이는 것이 일반적이다. 한데 자의字意에 바탕을 둔 이 같은 풀이를 가지고 승려의 자아 현시적 태도를 공박하는 것은 심층적 의미를 도외시한 자세라 할 수 있다. 만약 자의대로 나를 부정하는 것이 '무아'라면 '자아'를 서술적 주체이자 화자로 내세우고 있는 작품들은 한결같이 반불적 속성을 지닌 것들로 비판의 대상이 되어야 할 것이다. 하지만 무아는 자아의 반대 개념이 아니다. 마찬가지로 자아현시도 무아적 사유의 대극적 위치에 서는 것이 아니다. 대승大乘에서 무아는 곧 무별지無別智 반야바라밀로서 이 지智야말로 참된 주체라 해도 될 것이다. 왜냐하면 이 지는 일체의 대상이 되는 것을 제거해버린 데서 성립되기 때문이다.[3]

이렇게 말한다면 유가에서 자아 현시를 기피하게 된 것은 피아彼我로 구분해 각각을 대상화한 데서 나온 결과일 뿐이다. 한데 승가에서는 사물의 진실성을 안다는 것은 사물을 자기에 대한 대상으로 보아서는 곤란하며 있는 그대로 보는 것이라 가르친다. 『법구경法句經』을 보더라도 "자기를 죽여라, 자기를 포기하라, 자기를 망각해라" 등의 말을 발견할 수가 없다. 그러기는커녕 자기의 인간형성을 위해 자기의 모든 노력을 집중하고 자신의 의지처는 자기 외에는 어디 없다는 점을 환기시키려 애쓴다.[4] 그런 점에서 불교문학에서 빈번하게 등장하는 '자아'는 1인칭 시점을 넘어서는

3 우에다 요시부미, 박태원 역, 『대승불교의 사상』, 민족사, 1989, 174쪽.
4 마스타니 후미오, 이원섭 역, 『불교개론』, 현암사, 1991, 103~104쪽.

그 이상의 의미를 내포한 것이 된다. 즉 서술적 주체들은 자신을 드러낸다는 것이 곧 자신을 대상화하지 않고 자신을 아는 것이면서 동시에 절대적 주체를 자각하는 길임을 일찍부터 자각하고 있었음을 드러내는 징표가 될 수 있다는 말이다.

다음으로 승려들의 자아표출을 사회적 분위기에서도 찾을 수 있겠다. 승려들은 유교적 세계관이나 이데올로기에 길들여져 있는 유자에 비해 소수이자 약자인 위치를 벗어나기 어려웠으므로 자신들의 존재 의미를 스스로 천명할 필요성이 남달리 요구되지 않았나 싶다. 하지만 그것이 본질적인 요인은 될 수 없다. 뒤에서 살펴보겠으나 승려들의 자아표출은 오히려 불교적 인간으로서의 전변을 생동감 있게 보여주거나 교리전파의 방편적 의미를 드러내기 위한 것과 무관치 않다. 존재감을 드러내고 상대를 설득시키는 데 있어 승려들은 자신에게 초점을 맞춰 생을 펼쳐보이는 것이 담론의 기능적 측면으로 볼 때 가장 효과적인 서술방식이 된다고 보았던 것 같다.

3. 서술 주체로서 자아의 표출 양상

'여시아언如是我言'적 발상의 글쓰기가 어느 때부터 출현하는지 정확히 알 수는 없다. 하지만 유자들보다 앞서 담론의 주체로서 승려가 자아를 현시했던 사례로서 통일삼국시대 혜초의 『왕오천축국전』, 고려 초 의천의 『대각국사집』, 고려말 천책의 『호산록』, 조선중기 휴정의 『청허집』 등을 지목해보는 일은 어렵지 않다. 이들 작품에서 우리는 유학자들의 의식 안

쪽을 지배하는 양명의식揚名意識은 찾아보기 어렵다. 형식은 제각각이지만 상기 자료들은 자아찾기에 발분하는 '나'의 모습이 공통적으로 들어있다.

불교문학에 투영된 자아는 각 서술자의 모습만큼이나 다양한 세계관, 사상으로 버무려진 하나의 상을 형성해놓게 된다. 따라서 네 작품 속의 자아를 뭉뚱그려 살펴보기보다는 작품 내 자아를 가능한 세분화시키는 것이 필요하다고 보았다. 여기서는 각 작품에 내재된 자아를 보고적 자아報告的 自我, 선험적 자아先驗的 自我, 몽유적 자아夢遊的 自我로 나누어 각 작품 속의 '나'를 점검해보기로 하겠다.

1) 보고적 자아

『왕오천축국전』은 혜초704~787가 8세기 인도 다섯 나라의 순례 역정을 기록한 글로 무엇보다 당대 천축의 문화, 풍속을 보여준다는 점에서 역사 사료로서의 가치를 우선시하는 경향이 많았다. 그러나 여기서는 문학사상 어떤 작품보다 앞서 서술적 주체를 선명하게 드러낸 자아 현시의 담론이란 입장에서 주목하고자 한다. 기행문이란 으레 체험적 자아인 서술자가 보고 느낀 바를 두루 기술하는 1인칭의 글로 심상하게 받아들이지만 적어도 문학사상 이 작품 이전에 자아의 체험을 이처럼 적나라하게 표명한 일이 없었음을 감안해야겠다는 것이다. 혜초는 인도 권역을 두루 순례하는 자아로서 여정旅程, 견문見聞, 감상感想을 내용적 축으로 하여 낯선 곳에 처한 자신을 전하고 있다.

일반 여정과 다른 점이라면 서술자가 목숨을 걸면서까지 극악한 여행길을 택했다는 것이다. 신라에서 태어나 당에 유학한 것도 쉬운 결정이 아니었는데 이에 더해 천축의 제국으로 또 다시 순례를 떠날 수 있도록 한 것은 불교의 발상지를 직접 목도하겠다는 열의와 함께 이방에 무지한 현실을 어떻게든 개선해보고자 하는 선각자다운 사명감이 크게 작용한 것이 아니었을까 여겨진다.[5] 험난한 지형, 불순한 일기, 호시탐탐 목숨을 노리는 도둑 떼 등 갖가지 악조건 속의 결행이었던 만큼 목적지에 이르렀을 때 그 모든 것이 한층 혜초의 눈길을 사로잡았던 것을 알 수가 있다.

그러나 체험의 주체인 혜초가 전하는 증언은 한결같이 단문으로 처리되며 대상에 대한 묘사, 설명도 단조로운 편이어서 문학성을 기대하는 이에게는 실망감을 자아낼 정도이다. 지리지적地理誌的 성격에 더 가까워 보이는 것도 사실 서술자로 나선 그의 재량권을 너무 고지식하게 행사한 탓이 아닐까 생각된다. 상세한 묘사와 사생을 위해서는 대상의 선별과 함께 피사체에 최대한 가까이 다가가는 것이 요령일 터인데 그는 시종일관 먼 거리에서 대략적인 윤곽만을 드러내는 것으로 그치고 마는 것이다.

『왕오천축국전』의 서술이 묘사가 거칠고 소박한 것으로 나타나는데 그렇게 진행된 데는 나름의 원인이 있다고 보아야 할 듯하다. 인도의 전반적 풍속과 역사들을 채집하기 위해 들어간 것이 아니라 승려로서 석가의 훈향을 캐고자 하는 열의가 과잉된 상태였다고 봄이 옳다. 불적佛蹟이 아닌 대상에 대해서는 대상을 조망하는 정도에서 그치고 만 것도 이 때문이다. 이른바 '행동의 중심부와 가장 밀접하고 논평적인 나'[6]가 해설자로서의 위치에서 벗어나 단순 목격자로서의 역할에 그치고 마는 현상은 이외에

5 16세가 되기 전 중국에 들어간 것으로 알려진 혜초는 광주에 머물고 있던 중 서인도의 중 금강지와 不空을 만나 공부하다가 금강지의 권유로 약관의 나이에 인도 구법여행길에 오른다. 금강지의 권유가 여행의 단초가 되었으나 불교 발생지를 찾아 부처의 유훈을 체득해보고자 하는 열망에 따라 그는 구법 인도여행길에 오른 것이다.

6 이재선, 『한국단편소설연구』, 일조각, 1975, 175쪽.

도 서사적 주체인 자신이 대상에 함몰되는 것을 경계한 때문이 아닌가 하는 점도 예상해 보게 된다. 민속, 박물, 역사가로서의 소임을 달성하고자 하는 데 있지 않았던 만큼 석가의 자취를 살펴보다가 주변의 풍물, 민속적 특성을 부수적으로 포착했다고 보더라도 크게 어긋나지 않을 것이다. 풍습을 전하더라도 삼보三寶에 대한 믿음, 사찰과 승려의 유무, 그리고 식육, 살생 등에 대해서만은 답답할 정도로 치밀하게 점검해나가는 결벽성을 보인다. 이는 그가 답사, 여행가로서보다는 불교순례자로서의 목적 지향성을 간직하고 있음을 암시해주는 대목이 아닐 수 없다.

북천축국의 나가다라나 절에 들렀을 때 그는 그곳으로 들어온 중국승이 귀향하지 못하고 병사했다는 애절한 소식을 접하게 된다. 이를 두고 그는 다음과 같이 읊었다.

고향 집의 등불은 주인을 잃고	故里燈無主
객지에서 보물나무 꺾였구나	他方寶樹摧
신성한 영혼은 어디로 갔는가	神靈去何處
옥같은 얼굴 이미 재가 되었구나	玉貌已成灰
아. 생각하니 애처로운 마음 간절하고	憶想哀情切
그대의 소원 못 이룸이 못내 섧도다	悲君願不隨
누가 고향으로 돌아가는 길을 알 것인가	孰知還國路
부질없이 흰 구름만 돌아 가네	空見白雲歸

그가 처연한 심사를 억누를 수 없었던 이유는 명백하다. 중국승에게서 그는 자신의 모습을 발견한 것이다. 구법의 열의에 들떠 몇 천 리 밖에서

들어왔다가 결국 고향으로 돌아가지 못하고 만 그를 떠올리면서 감정이 받쳐 올라 마침내 시로 이어지게 된 것이다. 평상시의 자아와는 크게 다른 모습을 보이고 있어 보고적 자아의 역할이 흐려지는 것이 아닌가 우려가 따를 만한 대목이라고 해야 할 것 같다.

하지만 타국을 전전하다가 불현듯 객수에 빠져드는 나그네의 심사 그 이상으로 발전하지는 않는다. 객관적 태도를 견지하는 관찰자임을 잠시 잊고 낯설고 생소한 이역의 풍토아래에서 감정에 지배당하는 것이야말로 여행자의 처지에 오히려 어울리겠는데, 드물지만 이때 혜초는 산문이 아닌 시를 통해 내면을 투사시키는 방법을 택하고 있다.[7] 이는 자신에의 몰입을 가능한 엄폐하던 자아가 끝내 여행자로서의 본모습을 드러내는 대목으로 이해된다고 하겠다.

기행문에 삽입된 시를 제외한다면 『왕오천축국전』에서 서술적 자아는 객관적 시각을 꿋꿋하게 유지하고 있으며 이국체험이 거의 없는 사람들에게 불교발상지의 풍경과 그곳의 낯선 문화, 풍속을 전달한다는 보고자로서의 사명감을 잊지 않는다. 그는 전방위적 안내자를 자처하며 결코 자기 감상과 느낌에 함몰되는 법이 없이 보고적 자아로서 불적과 천축의 문화를 전하는 데 성의를 다한다.

통일 신라에서 고려중기에 이르는 동안 적잖은 기행문이 출현했을 것으로 유추되지만 현재 전하는 고려 승려가 쓴 첫 자료는 고려 말 천책의 「유사불산기遊四佛山記」라고 할 수 있다. 유가, 승가를 통틀어 국내기행문으로

---

7 慧超, 『往五天竺國傳』. "달 밝은 밤에 고향 길을 바라보니 / 뜬 구름은 너울너울 고향으로 돌아가네 / 나는 서신을 봉하여 구름 편에 띄우려하나 / 바람은 빨라서 내 말 듣지 않고 돌아보지도 않네 / 내 나라는 하늘 끝 북쪽에 있고 / 다른 나라는 땅 끝 서녘에 있네 / 해가 뜨거운 남녘에는 기러기 없으니 / 누가 고향 신라로 내 소식을 전할까"

는 최초로 등장한다는 점에서 벌써 그 의의가 드러나지만 아쉽게도 이에 대한 본격적 조망이 이루어진 적이 없었다.

성지를 샅샅이 살피고 난 다음 그곳을 알지 못하는 이들에게 간접적으로나마 동행의 의미를 깨우치는 것도 기행문의 한 특성으로 삼을 수 있다. 하지만 「유사불산기」는 여러 면에서 『왕오천축국전』과는 차이를 보인다. 우선 서술적 자아의 모습이 여기서는 보다 적극적으로 표출된다는 점이다. 천책은 대상에 대한 피상적 소개나 결과담을 전하는 소극적인 자아로서 만족할 수 없었다. 서술적 자아는 단순한 소재나 관찰자에 머물지 않는다. 물론 규모가 작은 사불산을 유람의 대상으로 택했기에 그런 서술이 가능했다고도 하겠는데 서두에서는 동백련사東白蓮社의 역사적 전말을 밝힌 다음 주변 지식인들 증언 역시 수시로 삽입시켜 산과 절의 법화도량으로서의 인연이 얼마나 도타운가를 제시한다. 아울러 자신이 동백련사의 주지로 오게 된 전후 사정을 밝혀나간다. 종국에는 서술적 자아와 동백련사가 얼마나 강한 인연으로 엮어져 있는지가 밝혀진다.

혜초가 『왕오천축국전』에서 홀로 낯선 이국을 떠도는 이방인이었던 데 비해 천책은 사불산을 중심으로 그 지역과 인연을 맺고 있었던 인물이다. 「유사불산기」에는 여행의 주체로서 천책 이외에도 적잖은 인물이 등장하여 사불산 혹은 동백련사에 대한 안내, 증언의 몫을 부차적으로 수행하고 있어 발화의 다양성을 엿볼 수 있게 한다.

> 다행히 지금 대사는 고향에 몸을 머무시며 동백련사의 시조가 되어 법화도량을 갖추고 계시니 대승 법화의 남은 향기가 오랫동안 빛어지다가 지금 비로소 나타난 것을 알겠습니다. 어찌 이 사적을 기록하여 후인이 보도록 남

기지 않으시렵니까.[8]

인간 세상의 묘함을 갖추어 사토를 열게 하였으니 이곳이 곧 화장의 세계가 아니겠습니까. 이미 몸소 유람하여 충분히 확인하셨으니 원컨대 빠짐없이 기록하여 듣지 못한 이들이 듣도록 하십시오.[9]

위 대목을 통해 찬술이 당시 주변인들의 청에 의해 이루어졌으며 동백련사가 명실상부하게 근방사람들에게 성지로 각인되어 있었음을 어렵잖게 알 수가 있다. 호불자들의 청으로 지어진 유산기인 만큼 작품에서 서술적 자아가 그 전언의 본분을 잃어버리고 주정적 묘사로 일관할 가능성은 상대적으로 미약한 것으로 보인다.[10]

유력의 범위가 달랐을 뿐 『왕오천축국전』과 「유사불산기」는 차이점 못지 않게 공통점도 적지 않다. 앞서 살핀 대로 두 작품은 천축의 다섯 나라, 혹은 사불산을 관찰, 보고의 대상으로 삼고 있다. 감상의 평을 처리하는데 있어서 전자가 시를 통해 내면의 심리를 표출했다면 후자는 산문을 통해 감정을 배설하는 것으로 나타난다. 다만 「유사불산기」에 삽입된 두 편의 시는 고래 불교역사를 일별하는 것으로 흔히 시를 자기중심적 발화의 통로로 삼는 관행과는 차이를 보인다.

혜초나 천책 두 승려는 유자들에 비해 이른 시기에 기행문이 지닌 담론

---

8 천책, 『호산록』 권4.
"幸今師寓迹維桑 爲東白蓮之鼻祖 恒峙法華道場 焉知大乘蓮舌之餘香 醞釀千古 今始發揚 盖記斯迹以貽後觀耶."

9 위의 책. "豈人境俱妙撥開莎土卽華藏耶 旣躬遊目覩 厭飫不違 願記之無遺 令未聞者聞."

10 그러나 몇 군데에서는 사불산의 풍광과 사찰풍수를 통해 그 절이 지닌 변별성과 장점을 의도적이라 할 정도로 드러내고 있어 주목된다.

적 의의를 숙지한 인물들이었음에 틀림없다. 그들이 택한 서술의 대상이 천축이냐 사불산이냐 하는 차이가 있을 뿐 기행문을 통해 불교의 역사와 인연을 드러내고자 고민했다는 점만은 한결같다. 승려라면 누구든 불적에 대한 관심과 이해가 남다르다고 보지만 이들은 의례적 차원을 넘어 불적의 역사와 의미를 되새기기 위해 갖가지 기록을 접하고 인물들을 대상으로 취재를 벌인 것으로 보인다. 그리하여 한 사람은 일신의 위해를 무릅쓰고 중국, 그리고 인도로 떠났으며 다른 한 사람은 너무 근접해 있어 오히려 의미를 놓치기 쉬운 이 땅의 산과 절에서 불교적 영험성을 추출해내는 데 고심하였다.

해외, 국내기행문으로서 각각 남상이 되는 이 두 작품은 시간적 상거에도 불구하고 승려의 신분을 견지하며 자신의 체험이 많은 사람들의 불교 인연으로 확장되어 나가길 바라는 마음으로 불적 자취를 추적하는데 전념하였다. 각각 활동기가 다른 승려들이었으나 두 사람은 유력의 체험을 전하는 데 있어 자신의 내면이나 벅찬 감정에 크게 지배되지 않고 보고적 자아로서의 몫을 잘 수행한 것으로 보여진다.

2) 선험적 자아

앞서 본 대로 『왕오천축국전』과 「유사불산기」는 여행의 체험을 사적 기억에 국한시키지 않고 보고적 자아의 시선으로 외적대상을 다수에게 천명하는 글쓰기를 지향하고 있다. 그렇다면 서술적 자아가 자신을 서사 대상으로 삼아 이를 본격적으로 수행하기 시작한 때는 언제일까. 역사상 이런 조건에 잘 부합되는 예는 고려 말 천책의 「답운대아감민호서」가 아닌가 생각된다. 비록 표제는 서신이라 했지만 천책은 여기서 거울 속의 자신을 들여다보듯 그의 생 전반부를 장면별로 상세히 보여준다. 아직 자전이 출현하지 않았던 현실을 감안할 때[11] 그 작업이 갖는 의의는 상당하다 하겠는데 출가를 결행하기까지의 번민, 출가 이후 승가 생활에서 오는 자족감, 아직 화택火宅에 갇혀 궁극의 진리를 모르고 있는 이들에 대한 연민 등을 차분히 진술하고 있어 서구적 의미의 자서전에 비견하더라도 부족함이 없다는 판단에 이르게 되는 것이다.[12]

그렇다면 이와 같이 자신의 생과 내면세계를 섬세하게 드러내는 글쓰기가 과거에는 없었던 것일까. 그렇지는 않다고 본다. 승려의 글, 특히 편지글에서 유년의 삶, 출가의 계기 및 깨달음에의 추구 등을 통해 자신의 생을 반추하는 사례가 발견되기 때문이다. 천책 이전에 승려로서 자전적 글쓰기의 전례를 남긴 대표적 인물로는 의천을 꼽아야 할 것이다.

의천은 널리 알려진 것처럼 문종文宗의 4남으로 태어나 출가를 단행한 탓에 당시 이미 내외간의 이목을 집중시키고 있던 터였다. 무엇보다 영화를 누릴 수 있는 처지를 마다하고 출가를 단행했다는 점 때문에 세간의 호기심이 더 클 수밖에 없었다. 출가 해명의 필요성을 느꼈는지는 알 수 없으나 마치 의식하고 있었던 것처럼 남아있는 서신 곳곳에는 출가 동기, 출가 전

11 논자에 따라서 고려 말 이규보의 「백운거사전」과 최해의 「예산은자전」을 자전의 범주에 넣고 있으나 자탁전, 곧 탁전의 영역에 귀속시켜야 마땅하다고 본다(조수학, 앞의 책, 47쪽). 주체성, 혹은 자아정립의 여지가 있기는 하지만 이들 작품은 화자 자신의 노출을 꺼리고 있으며 작자와 화자가 일치한다는 점을 명료하게 밝히지 않고 있어 자전으로서 한계점이 노정된다. 하지만 거의 동시대에 출현한 천책의 「답운대아감민호서」는 주인공이면서 동시에 화자로서의 모습을 가리거나 우의적으로 처리하는 유자들의 글쓰기와 달리 서술자아를 곧장 노출시키고 있다는 점에서 자전에 값한다 하겠으며 서구적 의미의 자서전에 귀속시키더라도 그리 어색하지 않다.

12 김승호, 「고려 불가의 자전적 글쓰기와 그 양상」, 『고전문학연구』 23집, 한국고전문학회, 2003, 131쪽.

후, 송으로의 출국 상황 등이 빈번히 등장하고 있는 것을 보게 된다. 의천의 서신 중에서도 송나라로의 구법여행을 앞두고 일어났던 궁내 분분한 여론, 송나라로의 유학 결심, 돌발적 유학에서 오는 불안감 등을 전하는 부분에 이목이 집중된다. 다음 대목은 출가 동기를 엿보는 데 도움이 된다.

> 의천은 일찍이 묘한 불도 배우기를 바라고 외람되이 출가의 무리에 참여하여 승려를 연구함에 상계의 불법을 거듭 빛내고자 했으며 성상을 도와 동방의 이 나라를 길이 보필하고자 기약했습니다. 그런데 불타는 화택의 번거로운 고난에 갇힘을 어찌하며 머리에 붙은 불을 끄는 재액에 시달림을 어찌하겠습니까.[13]

의천은 화택에 갇힌 채 세간의 명리에 골몰하는 중생의 삶에 절망감을 느끼면서 출가하게 되었다며 내면을 밝혀놓고 있다. 하지만 주변사람들에게는 승려가 되어 부처의 교리를 설파하는 것도 나라를 위해 값진 일이 된다는 점을 내세워 출가의 당위성을 설파한 기록도 찾을 수 있다. 다행히 그는 부왕의 호불적 성향에 힘입어 출가의 길에 들어설 수가 있었다고 전한다. 하지만 경전결집을 위해 송나라로 들어가기까지에는 우여곡절이 적지 않았다. 송나라로의 구법여행을 두고 대신들이 강경하게 반대하는 바람에 결국 암암리에 출국을 단행하게 되는데 아래 기사는 상선에 편승하여 어렵사리 구법여행길에 올랐던 과정을 잘 증언해주고 있다.

---

13 의천, 『대각국사문집』 권15, 般若道場疏. "某甲希妙道 叨齒眞流 研味佛乘 擬再光於商季 匡毘聖旦 期永贊於仁方 其奈火宅之煩籠 或有燃頭之逃厄 今者 敢延緇侶 恭啓淨場 轉玆殊勝之銓 表我焚勤之素 庶憑威於三寶 冀免撓於四魔 伏願衆聖垂光 用致穰穰之福 諸天降鑑 盡祛種種之災."

> 그윽히 생각하건대 의천은 이에 몸을 가벼이 여기고 법을 중하게 여겨서 책상자를 지고 스승을 찾기를 매양 원하였던 바 임금님께 청함에 임금님이 승낙하시고 어버이에게 아룀에 어버이도 따라 주셨으나 요사한 소문이 다투는 신하들의 귀에 들어가 뜻을 이룰 수 없게 되므로 문득 몸을 감추고 고국을 떠났으며 행장을 숨기고 바다에 몸을 띄웠으니 사방을 둘러보아도 이웃은 없고 오직 아득한 물결만 보였으며 외로운 나그네의 길에는 바다에 배뿐이었습니다.[14]

신변을 걱정하는 신하들이 유학을 반대하자 의천은 몰래 상선에 편승해서라도 송나라에 들어가야겠다는 결심을 내리고 그 뜻을 관철한다. 하지만 스스로 택한 그 길이 얼마나 고난의 길인지는 금방 드러나거니와 도해渡海과정에서 겪은 불안감과 고독감은 구법의 길이 얼마나 지난한 것이었는지를 실감 있게 전한다.

현재 남은 의천의 편지는 송나라 왕족, 승려, 관료들과 나눈 것으로 의천의 생을 정연하게 정리하기에는 어려울 정도의 단문이다. 그러나 의천은 상대가 무엇을 궁금해 하는지 앞서 알아채기라도 한 듯 출가 동기와 유학의 목적을 간결한 문장으로 요령껏 전하고 있다. 천책 이전에 이처럼 생의 역정과 승려로서의 전변에 대해 상세하게 밝힌 이는 의천이 유일하지 않을까 생각한다. 하지만 의천의 서신이 서술의 주체로서 자신의 생에 대해 구체적 정보를 제시함은 물론, 특히 주인공의 인성人性의 역사를 중심으로 한 산문으로 쓰인 과거회상형의 이야기로 개념화하는 자서전[15]에 도

14 위의 책 권9, 狀, 與大宋知密州狀. "竊念 某爰自輕身重法 每思負笈尋師 請於君 君其諾矣 告於親親亦從之 風聽淨臣 雷同奪志 輒乃韜形去國 潛服放洋 四顧無隣 唯見滄浪之水 孤征有路 獲航朝夕之池 厚緣幸到於仁封 鄙抱聊陳於禮牘 如蒙外護 勉索前塗."

15 필립 르죈, 앞의 책, 17쪽.

달해 있는지는 자신하기가 어렵다. 정확히 말한다면 의천의 경우, 자기 술회나 삶의 역정제시가 서사의 수준에 이르지 못하고 있다고 해야 할 것이다. 다시 말해 단문 위주의 결과론적 기술을 앞세움으로써 생을 구체적으로 포집하는 데는 많은 한계를 남기고 있다는 것이다.

고려이전에도 유가, 승가를 막론하고 스스로 삶과 인성의 역사를 밝혔던 자서전류의 글이 존재했을지 모르나 확인되는 것이 드물다. 이런 상황에서 「답운대아감민호서」가 차지하는 의미는 더욱 각별할 수밖에 없다. 「답운대아감민호서」에는 승려의 전기라면 반드시 포함되어야 할 일생의 단락이 계기적으로 등장하며 47세까지 생애를 일별한다. 그렇다고 각 시간대가 균등하게 엮어진 것은 아니다. 민호가 직전에 천책에게 어떤 편지를 보냈는지 그 내용은 알 길이 없으나 불문에 들어선 친구에 대한 우려가 대단했던 것 같다. 그에 대해 천책은 "대개 유자를 만나면 유학을 말하고 불자를 대해서는 불학을 의논하며 문답을 매끄럽게 하여 보고 들은 것만으로도 믿는 마음을 일으키고자 한다"[16]고 했던 바, 민호閔昊가 유학자이므로 상대를 배려하는 입장에 서서 답신을 마련하기로 한다. 그런 다음 출가동기 및 계기, 친가와 외가의 분위기, 백부伯父의 출가 반대, 외란 중에도 부박하기 이를 데 없는 속가의 풍경 등을 하나하나 짚어가며 끝내 출가할 수밖에 없었던 사정을 피력한다. 그는 자신이 택한 승가로의 입문이 즉흥적이고 돌발적인 행동의 결과와는 차원이 다름을 말하려는 데 주안점을 맞춘다. 그리고 가끔은 생의 전체 조망에서 벗어나 특정한 날의 심사를 끄집어내 정밀하게 소개하기도 한다. 가령 만덕산萬德山 백련사白蓮社에 들어

16 『호산록』 권4. "盖欲逢儒說儒 對釋論釋 使問答如流 見聞發心也."

선 날의 기억이 그런 것이다.

> 다행히 동지 두 사람을 만나 조용히 천리길에 올랐는데 길 위에서 어려움과 험란함을 모두 맛보면서 한 달 열흘만에야 비로소 이르렀습니다. 만덕산이란 곳은 땅이 구석지고 사람이 드물었으며 고요한데다 내왕이 없었습니다. 다만 구름 낀 산줄기와 안개 낀 섬이 보일 뿐이고 나뭇잎은 하늘을 가리고 길다란 대나무와 맑은 시내는 구경할만했습니다. 눈썹이 크고 늙은 스님 너댓분이 문으로 나와 웃으며 맞이하니 마침내 전답에 살며 장소를 변역하게 되면서 물가의 수풀아래 오랫동안 성태를 기르고 세상 밖의 장소에서 도를 보는 눈을 갈고 닦았습니다.[17]

출가의 첫날은 바로 그에게 새로운 세계가 열렸음을 시사하는 상징적 시간으로 남아있을지언정 익숙한 세계에서 생경한 세계로 편입하는 자가 느끼는 불안감 따위는 전혀 찾아볼 수가 없다. 그가 오래전의 일이지만 그 날을 행복하게 회억할 수밖에 없었던 것은 그가 그토록 끌어안고 있던 염세, 무상감을 일시에 해소해주는 자득의 시간이 그때부터 열린 것으로 보고 있기 때문이었다. 아울러 그 이후 자신의 삶이 어떻게 변화되었는지도 밝히고 있다.

> 비록 총명함이 전보다 떨어지긴 했으나 오히려 면벽을 부지런히 하여 애오

17 위의 책. "行得同志者二人 潛發啓行於千里 道途艱險 備嘗之矣 計月餘旬日始參 所謂萬德山地僻人稀 寂無來往 但見雲岑烟島 掩映乎蒼茫間 脩竹淸溪 可遨可賞 唯厖眉老衲四五輩 出門笑迎 遂居稻田 傳相譯述 水邊林下 長養聖胎象外壺中 楷磨道眼."

라지 벽을 마주한 듯 캄캄하다는 꾸지람을 면하게 되었으며 마음의 바탕이 뒤엉키지 않아 그물같은 장애가 없어지고 날날이 진실하므로 다행스럽게 여깁니다.[18]

「답운대아감민호서」의 서두는 편지로서의 본령보다는 젊은 날 자신이 겪었던 번민과 갈등, 그리고 도피처로서 불문을 택하게 된 내력을 밝히는 것으로 시작하여 14년간의 수행과 정진을 보여준 다음 민호閔昊에게 불교의 이치를 설파하며 그런 이해의 바탕을 마련한 뒤에 천태종에 귀의할 것을 청하는 것으로 매듭된다. 장문의 답서를 짓게 된 것은 민호에게서 받은 그전의 편지 때문이었다. 동문수학했던 민호는 편지에서 천책의 처지를 애휼하게 여기며 출가한 지 14년이 지난 시점에서 환속을 종용하고 나선다. 하지만 민호를 애틋하게 생각하긴 천책도 마찬가지였다. 따라서 천책은 내용의 차순을 정해 논리적으로 이를 설득해나갔던 것이고 편지를 매듭지을 단계에 이르러서는 도리어 민호에게 천태신앙으로의 귀의를 간절히 청하게 된다.

사람의 초심은 참되므로 부처와 더불어 둘이 아닙니다. 그러나 미묘한 뜻은 도를 같이해야 겨우 알 수 있으므로 부처의 말씀에 지혜가 없는 사람들 가운데서는 이 경을 말하지 않도록 부탁했습니다. 바라건대 각하는 마음을 쏟아 신앙심을 가지십시오.[19]

---

18 위의 책. "雖聰明不及於前時 尙勤耳壁之間 聊免面牆之誚 心地不蓬 似無罣碍 眞箇自慶."

19 위의 책. "初心能信與佛不二 然此妙旨 同道方知 故佛言無智人中 莫說此經 伏惟閣下 留神生信焉."

왜 유학자와 승려 사이에 소통이 되고 있지 않은지 천책은 「답운대아감민호서」를 통해 소상하게 일별해준다. 출가한 지 14년이 흐른 뒤에도 환속을 바라는 친구의 청에 어떤 불쾌감도 드러내지 않은 채 장문의 편지를 통해 천태사상의 심오함을 알지 못하는 친구에게 교리의 핵심을 전한다. 그리고 끝내 결사 참여를 권한다. 아주 정연하게 짜인 설득의 글임이 밝혀진다.

천책은 상대의 설득에 있어 불교적 교설보다는 자아를 직접 보여주는 것이 보다 효과적임을 직시하고 있었다. 불교적 인간으로서의 전변에 속하는 구체적 사례로 자신을 서술적 대상으로 삼고 있음은 주목할 일이다. 화법에서 2인칭과 3인칭은 객관적이며 전지적 시각을 확보할 수 있다는 장점을 지니지만 서사적 기교의 하나로 가면 속 인물의 발화처럼 비칠 수 있으므로 진실과 사실을 담보하는 데는 한계가 있다고 해야겠다. 하지만 역사적 인물로서 천책이 자신의 과거를 낱낱이 고백해나간 「답운대아감민호서」는 어떤 의구심이나 왜곡된 정보가 끼어들 틈이 없는 있는 그대로의 자아가 등장하게 된다. 그것은 서술적 주체가 나이며 내용 또한 온전히 나의 고백이기에 담론에 대한 어떤 혐의도 물리칠 수가 있다.

고려 말에 이르면 유가들 중의 일부가 자의식을 갖고 이를 문학적으로 표출하는 움직임을 보이게 된다. 대표적 사례가 이규보와 최해인데, 이들이 남긴 「백운거사전」과 「예산은자전」은 고려 말 신흥사대부들의 등장과 더불어 그들의 주체성 혹은 자아 정립이 절실하다는 내면적 요구에 편승해 출현한 것으로 진단한 바[20]가 있다. 하지만 이들에게는 자신을 직접 노출시키는데 대한 주저스러움이 보이는 바, 결국 우회적인 방식으로 자신

20 조동일, 『한국문학통사』 2, 지식산업사, 1984, 177쪽; 박희병, 「고려후기 선초인물의 정신사적 검토」, 『한국고전인물연구』, 1992, 17쪽.

의 생을 간접적으로 그려내는 데 그치고 만다.

조선 전 시기를 보더라도 자아를 서술적 대상으로 삼아 절실하게 내면 심리까지 포착하여 인성의 변화를 보여준 사례는 거의 없다. 자기노출에 거부감을 보이는 유교적 성향이 탓에 이른바 사문학私文學의 출현은 거의 기대할 수 없는 분위기가 내내 지속된 것이다. 이에 비해 승가에서는 그 같은 유교적 풍토에서 일단 벗어나 있었다. 의천이나 천책은 신분이나 지위로 보아 현세에서 부귀영화를 누릴 수 있는 기득권층으로 고단함과 덧없음을 애써 외면하고 살아도 좋을 정도였다. 하지만 이들은 한결같이 속세란 화택에 불과한 것이며 아무리 영화를 누리는 삶일지라도 조로朝露와 같음을 절실히 깨달았으며 유년기를 지나면서부터 속가로부터의 일탈을 꿈꾸고 있었다. 그들에게 출가는 당위적인 것으로 수용된다. 그러나 많은 사람들은 여전히 이 같은 인식에 도달하지 못하고 있었으며 불가로의 입문 또한 특별한 취향의 소산으로 이해되기도 하였다.

의천과 천책의 서신은 사부중생들에게 마냥 입을 다물 수만은 없다고 보아 자신들의 삶을 서술적 대상으로 삼아 불교적 인간으로서의 전변을 펼쳐 보이는데 주저하지 않았다. 주인공이자 서술의 주체로서 나를 내세우는 두 작품에서 서술자는 선험적 자아의 상에 가까우며 스스로의 삶을 증거하는 자리였던 만큼 당당한 어조로 승려로서의 삶이 왜 당위적인 것인지를 설득력 있게 제시하였다. 문학사적 시각에서 본다면 의천에게서 발화된 자아표출의 글쓰기가 천책의 「답운대아감민호서」에 이르러 온전히 개화되었다고 해도 과언이 아니다.

3) 몽유적 자아

휴정은 천책 이래 자신의 생을 가장 상세히 써내려간 대표적 인물로 꼽을 수 있다. 그는 조선 초에 활약한 벽송碧松, 부용芙蓉, 경성慶聖 세 고승의 전기에 해당되는 『삼로행적三老行蹟』을 찬술했을 뿐만 아니라 완산부윤의 청에 따라 자신의 가족사라 할 「삼몽록三夢錄」을 짓기도 한다. '삼몽三夢'이란 표제가 붙은 까닭은 조부, 부친, 자신 삼대에 걸친 전기임을 드러내기 위해서였는데[21] 전기문학적으로 주목할 대상이 아닐 수 없다. 조선시대 어떤 승려도 자신의 가계와 삶의 역정을 이렇듯 상세히 기록한 바가 없으며 유가 쪽으로 눈을 돌리더라도 자신의 집안 내력을 이처럼 정연하게 진술하고 있는 경우는 찾아보기가 어렵다.

그렇다면 「삼몽록」에 비친 휴정의 자아는 어떤 성격을 드러내고 있는지를 밝혀보기로 하자. 「삼몽록」에서 그는 문학적 의도에 의해 선택된 1인칭 화자가 아니라 스스로 생의 전반을 계기적으로 진술해나가는 주체임을 명백히 한다. 역사적 시간을 조부 대까지로 올려 잡고 있는 점도 주목되는데, 출가를 경계로 하여 이전 속가의 삶을 허망하기 이를 데 없는 시간대로 형상화하는 데 주저함이 없다. 특히 태종 대에 친가와 외가가 창화昌化에 정착하게 된 내력, 외조인 김우金禹가 연산군 대에 들어와 귀양살이를 하게 되고 연좌에 걸려 상민으로 전락하기까지 집안사를 찬찬히 훑어 보이는 것이 예사롭게 보이지 않는다. 부모에 대한 정은 그들의 따뜻한 성품, 행동거지를 통해 반추된다. 아버지 최세창崔世昌은 부지런하고 강한 지조를 지녔으며 남의 허물을 입 밖에 내지 않는 인덕의 소유자였다. 하지만

21 휴정, 『청허집』 7권, 上完山盧府尹書 . "攀仰之中 伏承令書 伏悉令意 小子之先祖行蹟 及少年行蹟 及出家因緣 及雲水行蹟 一一勿隱纖毫事 再再垂問 其敢嘿嘿 略擧三夢錄呈上."

가문을 불러일으키고자 하는 열의 대신 술 마시고 풍월하는 벽을 극복하지 못하고 초야에 묻힌 삶으로 일관하였다. 그러나 그에게 아버지는 영전影殿을 관리하는 미관직마저 거부하면서도 근방 사람들의 분쟁을 조정하는 구실에는 발벗고 나서는 등 인덕있는 향관으로 회억된다. 휴정에게 어머니는 지아비에 대한 순종 그리고 후덕한 인심을 지닌 이타적인 여인이다. 태몽을 소개하면서 어머니가 몽중에서 한 노파로부터 대장부를 잉태할 것이라는 말을 들은 뒤 자신이 태어났음을 밝히는 대목도 흥미로운데 그같은 예시몽은 그게 전부가 아니다. 가령 아버지가 꿈속에서 어떤 노인이 범어와 같은 말을 중얼거리더니 휴정의 머리를 어루만지면서 운학雲鶴이라는 두 글자로 네 이름을 삼으니 부디 진중하라는 말과 함께 운학은 아이의 일생, 행지行止가 바로 구름 속의 학과 같다는 의미라고 풀이해주었다는 몽담을 소개하고 있는 것이다. 이 밖에 휴정이 승려로서의 운명을 타고났음을 확인시키듯 유년기에 탑을 쌓거나 기와를 가져다 절을 세웠다는 행동거지를 나열하여 숙세에 이미 불연을 갖추고 있었던 운명이 아닌지 묻고 있다. 하지만 행복한 추억은 거기서 그치고 만다.

> 소자가 불행하여 겨우 아홉 살에 갑자기 어머니가 돌아가시고 또 한 봄을 지나 아버지마저 돌아가시니 백년의 생계가 하루아침에 무너지고 말아 천지가 망극하여 여막에 엎드려 슬퍼하고 또 슬퍼할뿐이었습니다.[22]

이 증언은 어린 그에게 닥친 충격과 비탄이 얼마나 강했던지 미루어 볼 수

22 휴정, 위의 책. "小子不幸年纔九歲 母忽先敗 又過一春 父亦繼逝百年生計 一朝瓦裂 天地罔極 伏廬哀哀而已."

있게 한다. 이후 휴정은 뛰어난 문학적 재주로 고을 원인 이사중李思重의 사랑을 받게 되고 12세에 그의 추천으로 성균관에 입학하게 된다. 또한 부친의 친구가 배려해준 덕에 서당에서 뜻 맞는 친구들과 과거 준비에 전념하기도 한다. 하지만 처음 응시한 과거에 실패하고는 호남 지방으로 내려가는 스승을 따라나서게 된다. 휴정의 삶을 조망할 때 스승과 더불어 남방으로 내려갔던 것이 결과적으로는 출가의 계기로 작용하게 된다. 삶이란 자기 의지와 상관없이 얼마든지 변전할 수 있음을 엿보게 하는 대목이기도 하다.

하지만 궁극적으로 휴정이 왜 출가를 할 수 밖에 없었는지 절실한 동기는 따로 있을 법하다. 유년기, 청년기에 중첩된 행불행이 그로 하여금 세상에 대한 무상감과 허무감을 일깨워 주었다고도 볼 수 있다. 좀 더 유심히 들여다보면 ① 외아들로 출생幸, ② 10세 이전 부모의 죽음不幸, ③ 이사중과의 결연, 선친 친구의 학문 독려幸, ④ 과거낙방 및 스승과의 결별不幸 등 행불행이 거듭해서 그에게 닥쳐왔음을 알 수 있다. 종잡기 어려울 정도로 펼쳐지는 삶의 구비에서 그가 찾은 곳이 지리산이었고 거기서 한 노숙과 조우한다. 노숙이 "그대를 보니 기골이 맑고 결코 보통 사람이 아니다. 뜻을 심공급제에 두고 세상의 명리를 좇는 뜻을 아주 끊으라. 서생의 업이란 아무리 온종일 애쓴다 해도 백 년 동안의 소득은 다만 하나의 빈이름뿐이니 참으로 애석한 일이다"[23]라 하자 의심 없이 이 말에 따라 출가를 결심하기에 이른다.

생의 전반기에 국한된 기록이기는 하지만 출가의 배경, 계기가 서사량의 3분의 2 이상을 차지하고 있음은 「삼몽록」의 서사적 지향성이 어디에

23 휴정, 위의 책. "觀子氣骨淸秀 定非凡流 可回心於心空及第 宜永斷乎世間名利心也 書生之業 雖終日役役 百年所得 只一虛名而已 實爲可惜云."

있는지를 충분히 엿보게 한다. 승려의 일대기 중 독자들이 가장 궁금해 하는 것이 바로 출가의 동기라는 점을 고려할 때 휴정은 적절한 안배를 한 셈이다. 출가를 단행하게 된 동기는 대체로 외부적인 요인에서보다 내면적 요인에서 찾는 것이 순리일 터인데 서술적 자아로서 내가 나서지 않는다면 그 복잡미묘한 생의 이면을 전할 수 없으므로[24] 휴정은 스스로 화자話者로 나섰던 것이다.

그렇다면 휴정의 「삼몽록」에 반영되고 있는 그의 자아는 생에 대해 어떠한 시각을 가지고 있을까? 생의 전반부만을 훑어보더라도 휴정의 삶이 안온했다고 볼 수는 없으며 자신의 체험으로부터 세계를 바라보는 눈이 어느덧 무상감으로 가득 차게 되었음을 짐작하기 어렵지 않다. 따라서 완산 노부윤盧府尹에게 자신의 집안과 그 때까지의 이력을 밝히면서 제명을 「삼몽록」이라 한 것은 바로 속세를 바라보는 시각을 상징적으로 대변한다. 세상살이를 허망하다고 보고 있는 그에게 꿈은 세상에 대한 비유로 가장 적절한 것이 된다. 그의 편지에서는 삶이 곧 꿈이라는 인식을 쉽게 접할 수 있다.

> 그동안 굶주리기도 하고 혹은 추운 일도 많았으나 칠팔년을 깨닫지 못하고 꿈속에서 지냈으니 그때 나이는 서른 살이었습니다.[25]

> 그동안 혹 괴롭기하고 영화롭기도 한 일이 많았으나 역시 오륙 년을 깨닫

24 스스로 밝힌 생의 자취야말로 무엇보다 신빙할 수 있는 전기라는 인식은 휴정의 문도들이 마련한 휴정의 행장을 통해서도 분명하게 드러난다. 편양언기가 찬한 普濟大師 淸虛堂 行狀을 보면 거의 「삼몽록」의 기록에 의거하여 휴정 생애의 전반부를 마련해놓고 있는 것이다.
25 위의 책. "其間或飢或寒者 幾何而不覺 夢過七八年矣 時年亦三十秋也."

> 지 못하고 꿈속에서 보냈습니다. 그 때 내 나이는 서른일곱 살이었습니다.[26]

> 아 하나의 붓으로 지나간 자취를 늘어놓은 것도 하나의 꿈입니다. 삼가 잘 살펴주시기를 바라나이다.[27]

이뿐만 아니라 휴정은 '다시 완산 노부윤에게 답하는 글'에 이르면 생과 세상, 그리고 꿈이 경계 없이 서로 뒤엉켜 혼재된 것으로 그리다가 삼매에 드는 것을 통해 그 꿈을 자재하는 지경에 이를 수 있다는 점을 환기시키게 된다.

> 소자의 아버지는 한 꿈에 늙은이에게서 운학이란 이름을 얻었고 어머니는 한 꿈에 어떤 노파에게서 장부를 얻었으며 소자의 일생이 구름처럼 노니는 것 또한 부모의 한 꿈이었습니다. 나타나기는 그처럼 광대하였으나 베갯머리를 떠나지 못하였고, 변하기는 오직 잠깐 동안이었으나 이미 백 년이 되었으니 꿈인지 환상인지 경각과 영원이 거침없이 통하고 진실과 거짓이 같은지 다른지 걸림이 없습니다. 한 찰나는 능히 무량한 겁을 거두어 잡고 한량없는 겁 또한 능히 한 찰나를 거두어 잡습니다. 그러한즉 일상도 진실이 아니며 꿈도 허망한 것이 아닙니다. (…중략…) 그러므로 삼가 아뢰오니 참현 대상공께서는 한단과 화서객을 웃지 마십시오. 마땅히 눈앞의 경계를 수습하여 꿈을 자재하는 삼매에서 노니시길 바랍니다.[28]

---

26 위의 책. "其間或苦或榮者 幾何而亦不覺 夢過五六年矣 時年政三十七歲矣."

27 위의 책. "噫 一筆陳迹 乃一夢也 伏惟令監."

28 위의 책. "小子也 父之一夢 得老翁之雲鶴 母之一夢 得老婆之丈夫 小子之一生雲遊 亦父母之一夢也 所現者如許廣大而未移枕上 所變者 只在須臾而已作百年 夢耶幻耶 頃久融通 眞耶妄

이 서신을 주고받을 때 휴정의 나이는 40세를 막 넘기고 있었다. 출가한지 25년을 넘어서고 있는 때이다. 당시 그동안의 삶을 통해 그가 내린 결론은 세상사는 꿈속과 같다는 것이다. 이에 대해 완산의 노부윤은 왜 그렇게밖에 볼 수 없는지 설명을 요청했고 휴정은 경전의 인용이 아닌 자신의 삶을 통해 이를 풀어나가기로 하였다. 휴정이 스스로 몽중을 유희하는 나그네임을 밝히고 있으나 사실은 현상계를 고정불변한 것으로 보고 일상이 얼마나 허망한 것인가를 깨닫지 못하고 있는 뭇사람들을 배려한 것이니 그 자신이 미몽에 사로잡혀 있음을 시사하는 것은 아닐 것이다.

이뿐 아니라 "풍운으로서도 법을 보일 수 있고 사죽絲竹으로도 마음을 전할 수 있다. 극락의 불국에서는 나뭇가지에 부는 바람 소리를 들어도 다른 생각이 이루어지고 향적 세계에서는 향기로 밥을 먹어도 삼매三昧가 나타난다"[29]는 고인의 말을 인용한 것도 대중들이 허망한 꿈에 불과한 세상에서 벗어나 각성의 길로 들어서도록 하기 위함이었다.

휴정은 삼대에 걸친 가문과 자신의 삶을 상세하게 토로했으나 서술자로서 그 자신 역시 몽중을 거니는 나그네임을 부정하지 않고 있다. 하지만 그는 엄연히 역사적 자아이면서 동시에 삼매를 관하며 환세幻世에서 탈피하고자 하는 각성된 자아임이 점차 밝혀진다. 그는 곧 몽중과 한 몸인 세속이 얼마나 허망한 것인지를 익히 알고 있다는 점 때문에 타자들로부터 신뢰감을 확보하는 데 어려움이 없다. 삶이 꿈에 불과한 것임을 선연히 알아채고 있는 이른바 자재한 자아는 몽중에서 한 걸음 더 나아가 노부윤과

耶 一異無碍 一剎那也 能攝無量劫 無量劫也 能攝一剎那 然則 常者非眞 夢者非妄(…중략…) 謹白參玄大相公 莫笑邯鄲華胥客 宣收攝乎目前境界."

29 위의 책, 再答完山盧府尹書. "風雲可以示法 絲竹可以傳心 極樂佛國 聽風柯以正念成 香積世界 湌香飯而三昧顯 絶思議之深義 未嘗碍於言念超視聽之妙法 無不恒通於見聞."

자신이 또 다른 꿈을 꾸는 사람으로 그 상이 모호해지는 단계가 나타나기도 한다. 휴정이 노부윤의 답서 끝에 붙인 「삼몽사」[30]는 바로 꿈꾸는 자가 꿈속에서 보는 세속의 풍경에 다름 아니다. 속세를 몸으로 인식하는 것은 전통적 상념이므로 색다른 시각이라 할 것이 없으나 자신의 체험을 논증적 대상으로 삼아 철저하게 현상적 시각을 부정하고 있다는 것이 「삼몽록」의 특징이다. 한시적인 세상의 삶에 연연하는 것도 그렇지만, 바로 그 주체가 몽중의 자기임을 인식하는 것은 매우 중요한 일이다. 휴정은 꿈을 자제하는 세계가 엄연히 존재한다는 점을 들어 꿈속의 몽유자로 머물지 않겠다는 다짐을 드러낸다. 여기서 휴정은 「삼몽록」에서 몽중을 안내하고 있는 동시에 꿈 밖에서 세상을 관觀하고 있는 진술자로서의 이중적 역할을 수행하고 있다.

4. 나가며

서구의 경우와 달리 과거 동양에서는 자아표출의 글쓰기가 활발하게 이루어지지 못한 것이 사실이다. 고래로 자아의 직설적 표출을 자제하는 유가적 전통이 깊이 뿌리내린 것과 무관하지 않은 것으로 보인다. 하지만 불가의 경우는 이와 달랐던 것으로 보인다. 즉 불승들은 유자들에 비해 자아표출에 대한 거부감이 약했다할 수 있겠는데 자아를 모호하게 감추고 우

30 위의 책, 再答完山盧府尹書. "주인은 손과 더불어 제 꿈을 이야기하고(主人夢說客) / 손은 주인에게 제 꿈을 이야기하도다(客夢說主人) / 이제 두 꿈을 이야기하는 나그네(今說二夢客) / 이 또한 꿈속의 사람일레라(亦是夢中人)."

회적으로 존재적 의미를 드러내는데 만족했던 유가의 경우와 다른 양상을 보여주고 있는 것이다. 이 점에 주목하여 이 글은 서술적 자아와 체험적 자아가 일치하는 승려의 작품을 선별하고 그에 나타난 자아 표출의 제 특징을 살펴보고자 하였다.

요약컨대, 혜초의 『왕오천축국전』, 천책의 「유사불산기」에 등장하는 서술자는 자신이 접한 세계와 공간을 객관적으로 전하고 있다는 점에서 보고적 자아라 할 수 있다. 또한 의천, 천책의 서신에 등장하는 화자는 자신의 체험을 중심에 두고 불교적 인간으로서 진면목이 무엇인지를 깨우쳐 주는 선험적 자아에 해당한다. 끝으로 청허의 「삼몽록」의 서술자는 생을 꿈으로 치환시켜 자신의 생을 돌아보는 몽유적 자아로 규정할 수가 있다. 물론 조선 후기에 이를수록 사대부는 물론 평민, 여성조차도 자전적 글쓰기를 통해 자신들의 체험과 내면을 드러내게 되지만, 상기 작품들로 볼 때 승려야말로 이른 시기에 자아표출의 서사를 개척한 계층이라 말할 수 있겠다.

제6장

청허清虛 휴정休靜의 전기문학 연구

『삼로행적三老行蹟』과 「삼몽록三夢錄」의 서술방식을 중심으로

1. 들어가며

나려시대 불교의 성행은 자연스럽게 승전 찬술의 전통으로 이어져 사전적私傳的 승전은 물론 김대문의 『고승전』, 각훈의 『해동고승전』과 같이 종합적 체재의 승전이 등장하게 되었다. 하지만 조선조에 들어와서는 그 같은 열기가 점차 식어가게 되었고 승전류도 눈에 띄게 줄어든다. 그렇다고 조선시대 이후 승에 대한 관심과 그에 대한 전기화 작업이 단절된 것은 아니었다. 억불숭유적 분위기에서도 나름으로 승전이 지어지고 이를 판각하여 사중寺衆사이에 폭넓게 유통시킨 사례까지 확인되기 때문이다.

16세기 이후 승전의 의의를 새롭게 부각시킨 인물로 우리는 청허 휴정1520~1604을 지목하는 게 마땅할 것이다. 그는 불교의 깨우침과 더불어 불교통사와 법맥을 전하는 승전의 담론적 가치를 직시하고 있었으며 선사들의 생과 함께 자신의 행적까지 수습하여 전기화하는 데 남다른 열의를 보였던 것이다. 그럼에도 청허의 전기작가적 면모에 대해서는 어떤 논의도 이루어지지 못한 것이 사실이다.[1] 이를 직시하면서 이 글에서는 벽송당碧松堂, 1464~1534, 부용당芙蓉堂, 1485~1570, 경성당敬聖堂, 1488~1567 삼사三師의

승전인 『삼로행적』, 그리고 청허의 자전에 속하는 「삼몽록」[2]을 대상으로 구성, 서사시간, 몽유자적 화자 등에 걸친 서술적 특성을 밝히고 이로써 청허 승전의 변별성을 밝히고자 한다.

2. 『삼로행적』의 서술적 특성

『삼로행적』은 휴정의 『청허집淸虛集』에 들어있던 벽송당, 부용당, 경성당 3사의 행적을 따로 묶어 별본으로 간행한 승전을 일컫는다. 숭정 3년의 용복사판본, 간행년 미상의 보현사普賢寺 판본[3] 등이 전하며 이중 1630년 판각된 용복사龍腹寺 본이 선본에 해당한다.[4] 『삼로행적』은 명종 15년1560에 찬한 벽송당행적, 선조 1년1568에 찬한 경성당행적, 선조 10년1577에 찬한 부용당행적 등 3승전을 합한 것으로 『청허집』에 올라있기도 하지만 별본으로 간행되어 승단 내에 폭넓게 유통되어 오기도 했다.[5]

---

1 학계에서도 이제는 승전이 초기 서사문학에서 큰 의미를 간직한 서사체라는 점을 이의없이 동의하는 분위기가 되었다. 그럼에도 이에 대한 연구는 아직 미흡한 편이다. 김승호, 『한국승전문학연구』(민족사, 1992)에서 나려시대의 승전을 중심으로 유교 전과의 차이, 서술방식, 서사미학적 특성을 밝힌 바 있으나 조선시대 이후 승전에 대해서는 아직 전체적인 조망조차 서지 않은 것이 사실이다. 그 점에서 청허의 『삼로행적』과 「삼몽록」에 대한 논의는 조선시대 승전의 개별적 특성과 함께 그것이 차지하는 문학사적 의의를 드러내기 위한 전초적 작업의 성격을 띤다고 보면 될 것이다.

2 원래 제명은 「완주의 노부윤에게 올리는 서신(上完州盧府尹書)」인데 청허 스스로 할아버지, 아버지, 그리고 자신에 이르는 3대의 행적을 전한다는 뜻에서 「삼몽록」으로 별칭하고 있다.

3 동국대 소장 『청허집』 4권 본지 권3에 실린 것과 동일판본임.

4 별본에 따라서는 『벽송행략』, 『벽송집』 등으로 표제된 것도 있으나 내용은 『삼로행적』과 다르지 않다.

5 『삼로행적』처럼 특정 승려들의 전기가 거듭 판각되어 별본으로 유통된 것은 전례가 없는 일인데 찬자가 청허라는 사실이 무엇보다 크게 작용했을 것이다. 간행사항을 도식화하면 다음과 같다.

청허는 발跋에서 제자들의 청에 따라 삼사의 전『삼로행적』을 짓게 되었음을 밝히고 있다. 덧붙여 그는 여말선초 시기 고승으로 원감圓鑑국사나 함허涵虛화상이 있었음에도 삼사를 입전 대상으로 택한 까닭을 두고 이렇게 말했다.

> 휴정의 행장行裝은 일정한 곳이 없어 두류산에서 벽송의 행적을 지었고 풍악산에서는 부용의 행적을 지었으며 묘향산에서는 경성의 행적을 지었으니 세상 납자들의 청을 막을 수 없음이다. 더구나 법으로 갈래를 말한다면 벽송은 할아버지요, 부용은 아버지이며 경성은 아저씨라 하겠으니 휴정이 어찌 소홀히 하겠는가.[6]

청허가 3사師를 입전 대상으로 택한 까닭은 무엇보다 이들에 대한 정보를 충분히 지니고 있었기 때문이라고 하겠다. 사실 승단 내 위상으로 말한다면 원감이나 함허 등의 전기화가 더 시급했을 지도 모른다. 하지만 작가가 생전에 대면한 대상, 혹은 멀지 않은 시기의 인물일수록 전기화에 적합하다는 측면[7]을 상기한다면 여말선초麗末鮮初의 불승들보다는 동시대의 불승을 전기적 대상으로 삼는 것이 이상적이라는 판단이 나온다. 이런 점에서 찬자 청허와 가까운 시기에 활동한 3사를 찬술의 대상으로 삼은 이유

승전명	입전승려	간년	간행처
이로행적	벽송당, 경성당	융경3년(1569)	묘향산 보현사
	벽송당, 경성당	강희29년(1690)	울산 운흥사
삼로행적	벽송당, 경성당, 부용당	숭정3년(1630)	용복사
	벽송당, 경성당, 부용당	미상	묘향산 보현사
기타	벽송당	미상	광명산 대법주사
	경성당	미상	미상

6 휴정, 박경훈 역, 『청허당집』, 동국대 역경원, 1987, 304쪽.

7 알렌 셀스톤, 이경식 역, 『전기문학』, 서울대 출판부, 1979, 14쪽.

가 설명되어질 수 있다.

또한 우리는 『삼로행적』의 찬술과 관련하여 승단의 중진으로서의 청허의 시대적 의무감을 상기해볼 수 있다. 억불환경을 조성하고 있는 밖을 향해 불평을 터뜨리기보다 자중의 태도로 선사들의 생을 수습, 정리는 일이야말로 자신이 감당할 과업으로 되새겼을 것이라는 점이다. 하지만 입전 구상 단계에서 청허는 다소 막막했을 것으로 여겨지는데 찬자로서 그의 곁에는 본보기로 삼을 만한 입전적 사례가 없었다. 추측건대 휴정은 입전에 임해 적잖은 궁리의 시간이 필요했을 것으로 여겨진다. 하지만 역설적으로 그런 조건 때문에 휴정은 조선시대 대표적 승전 작가로 떠오를 수 있지 않았나 생각된다. 이제 『삼로행적』에 나타나고 있는 서술적 특성을 몇 가지 측면으로 나누어 논의해보기로 한다.

1) 설화적 일화의 배제

나려羅麗의 승전들은 신이성을 동반한 화소나 초월적 세계를 동반하는 전기적 일화를 서사단위로 편입시키는 것에 대해 저항감이 없었으며 오히려 신이한 화소나 일화를 적극 주입하려는 경향이 농후한 편이었다.[8] 『균여전』과 같이 유자가 찬술한 전기물에서도 이점은 예외가 아니어서 출생부터 벌써 신성성을 고양시키기 위한 신화소神話素의 개입이 빈번한 것으로 나타난다.[9] 신비 체험적 요소가 반드시 종교서사에서나 요구되는 것은 아니지만 초월적 능력과 신성성을 극대화시켜야 한다는 의무감이 작용하여 설화위주의 자취가 적극적으로 수습되었을 뿐만 아니라 이런

8 김승호, 앞의 책, 61쪽.

9 김승호, 「신화소의 전기문학적 수용양상」, 『동악어문론집』 25호, 동악어문학회, 1991, 55쪽.

것을 바탕으로 생의 전경화를 모색했던 것이다. 이는 나려시대 승전들을 관통하는 요소로 꼽을 수 있다.

삼조고승전三朝 高僧傳 가운데서도 혜교慧皎의 『고승전高僧傳』은 우리나라 승전 출현에 큰 영향을 끼쳤다. 김대문金大問의 『고승전』은 일실되었으므로 논외로 하더라도 『수이전殊異傳』 소재 승전, 『균여전』, 『삼국유사』 소재 승전들은 혜교의 『고승전』과 여러 점에서 공유지점을 확인할 수 있다. 우선 문헌적 자료에 의거하여 기술하기보다 구비전승을 적극 수용하여 이를 전기의 바탕으로 삼고 있음을 지적할 수 있다. 실증이 어려운 초현실적인 내용의 설화가 개인의 역사를 매개하는 통로가 되는 것이다. 『삼국유사』의 경우, 형식적 틀은 물론 제 편목에 개인의 전기를 이루는 데 설화, 일화를 풍성하게 주입시키는 것까지 『고승전』의 서술방식과 방불한 면이 드러난다.

『삼국유사』 이혜동진二惠同塵 조는 혜숙惠宿과 구감공과의 교유, 혜숙의 영적, 혜숙과 원효와의 해학 등을 합성시켜 혜숙의 생을 그려놓고 있다. 화랑출신인 혜숙이 국선 구감공과 더불어 사냥을 하고 난후의 일화를 보면 혜숙이 인인仁人이라 생각했던 구감공이 육식을 선호하는 것을 보고는 자신의 다리 살을 베어 주는 것으로 깨우침을 충격적으로 전하고 있다. 혜공의 죽음이 지상을 벗어나 구름을 타고 사라지는 것으로 처리되고 있는 것도 그가 예사 승려가 아님을 밝혀주거니와 사람들이 의심쩍어 무덤을 파보았으나 눈에 띄는 것은 짚신 한 짝뿐이었다고 한다.

이혜二惠 중 다른 인물인 혜공惠空의 남다른 행적도 몇 가지 기이한 일화로 소개되고 있다. 혜공은 천진공 집에서 고용살이를 하던 노파의 자식이었다. 태생은 미천했으나 출가 전 이미 신통력이 남달랐는데 출가 후에는 우물 속에 들어가 몇 달씩 머물렀으며 밖으로 나올 때마다 청의동자가 수행하는가 하면 옷에 물이 젖는 법이 없어 사람들을 놀라게 했다. 때로는 막역하게 지내던 원효와 물고기를 잡아먹고는 이를 살려내며 희희낙락하는 일도 있었다. 그의 신이한 행적은 임종까지 이어졌다. 구감공이 산길을 내려오다가 혜공의 시체가 썩어가는 것을 목격했는데 성안에 들어와 보니 혜공이 술에 취해 노래하고 춤추고 있는 것을 보게 된 것이다.[10] 죽었으되 죽지 않은 것으로 비쳐지는 그의 행적은 생과 사의 경계마저 손쉽게 허물어버리는 초탈의 경지에 서 있었음을 상징하고 있다. 이외의 불승에 대한 전기도 대표성을 지닌 몇 개의 인물설화를 축으로 하여 대상의 생을 직접적으로 혹은 우회적으로 형상화해내고 있다. 이같이 설화가 견인해 나가는 전기적 글쓰기는 이미 삼국시대부터 시작되었으리라 추측되며 나말여초, 그리고 고려 중기에 이르기까지 승전 찬술에 큰 영향을 미치게 된다. 즉 『삼국유사』는 물론이고 『수이전』의 「아도전阿道傳」, 「원광법사전圓光法師傳」, 그리고 『균여전』 등에서는 설화적 형상화를 통한 전기화 방식을 공통적으로 채택하고 있는 것이다.

하지만 청허의 승전에 이르면 설화중심적 서술이 점차 퇴조하는 현상이 역력해진다. 청허의 서사적 특성은 설화적 서사단위를 가능한 한 배제하는 대신 실증적인 안목으로 '가계家系-태몽胎夢-근기根機-출가出家-청익請益-오도悟道-임종臨終-다비茶毘' 등의 서사 덩어리를 연계시켜 생을 형상화하게 된다. 그리고 마지막 부위에서 전개부의 내용을 운문으로 압축한 찬시讚詩를 부연하여 전을 종결하는 것으로 되어있다. 『삼로행적』은 승전임에 틀

10 『三國遺事』, 권5 의해, 二惠同塵.

림없으나 설화기술 중심의 전통적 쓰기에 연연하기 보다는 사실적이고 합리적인 시선으로 대상의 생을 응시하며 생의 전경화를 모색해나감으로써 어느 부분에서는 유교적 전찬술의 경향성마저 감지되는 것을 보게 된다.

『삼로행적』에서 설화적 화소의 요소가 확인되는 부분이 아주 없는 것은 아니다. 태몽, 근기 부분 등 설화개입 단위에 속하는 부분을 발견할 수 있다. 벽송당의 경우, 어떤 스님이 예배하면서 어머니에게 기숙하기를 청하는 태몽이 있었다고 했으며[11] 경성당의 어머니는 꿈에서 명주明珠를 삼키고는 임신에 이른다.[12] 이외 부용에게는 동네사람들이 두려워하던 신룡을 어린 그가 쫓아냈다는 이적담도 소개되고 있다.[13] 그럼에도 불구하고 전대 승전에서 필수사항으로 요구되던 태몽담을 부용에게서는 찾아볼 수가 없다. 태몽을 의미 있는 서사부위로 여겼다면 결코 일어날 수 없는 일일 터인데 이런 추세는 유년기에 부여하던 근기 모티브의 약화 추세와 더불어 설화가 당위적인 서술단위[14]에서 밀려나고 있음을 말해준다. 영험성을 동반한 설화적 일화를 포기하는 대신에 청허는 사실에 즉하여 생을 재구하고 주관적 평을 통해 대상의 삶을 재단하는 것을 보게 되는 것이다. 벽송의 출가의 계기를 본다면 과거 승전처럼 선험적이고 영험적 차원에서 출가 계기를 찾는 것이 아니라 청허의 내면세계에 주목하여 주인공의 의지에 따른 것으로 되어있다. 즉 벽송이 외적에 대항하는 병사로 용맹을 날리고 있었던 청년이었으나 무공을 얻은 뒤로는 "대장부 세상에 나서 심지를 지키지

11 청허, 「벽송당행적」, 『삼로행적』. "母曰王氏 夢一梵僧 設禮寄宿 因而有娠 以天順八年甲申三月 十五日 生焉."

12 앞의 책, 「경성당행적」. "母曰朴氏 一日假寐 夢呑明珠 覺而有娠."

13 위의 책, 「부용당행적」. "家近神龍之窟 雲蒸檻外 樂出虛堂 父老 相傳曰 此蟄龍之管絃也 師以杖擊床 則樂聲忽止 有時 龍出水面 鱗鬣耀日 人不敢近 師 擧頭一喝 則龍形忽沒 以是里人 稱奇童."

14 김승호, 앞의 책, 159쪽.

않고 허덕이고 달리면 비록 한마의 공을 얻는다 해도 이름만을 숭상할 뿐" 이라는 자탄과 함께 28세의 늦은 나이에 출가를 단행했다는 것이다.[15] 사실 불승의 삶에서 출가가 획기적인 분기점이 된다는 점에서 보다 상세한 기록이 요구하는 부위에 해당할 것이다. 하지만 과거 승전들은 상투적 설화를 삽입하는 데 급급함으로써[16] 개별적이고 감각적인 출가담을 제공하는 데 한계를 보인다. 이에 비해 청허는 설화 의존적 서술을 지양하고 개인의 내면의 갈등이나 변화까지 포착하고자 했다.

한편 청허의 찬술에서 두드러진 특성으로 주석적 서술註釋的 敍述[17]을 또한 거론할 수 있겠다. 벽송의 행적 기술에서 28세에 불문에 든 다음부터 이런 특징이 두드러지는 바,[18] 아래에서 보는 것처럼 입전대상의 생에 대한 논평을 적극적으로 달게 된다.

> ① 아아 대사는 동방 사람으로서 500년 종파를 비밀히 이었으니 마치 정주자程朱子가 천년 뒤에 나서 멀리 공맹孔孟의 실마리를 이어받은 것과 같으니 유자이거나 불자이거나 도를 전하는 데 있어서는 같다.[19]

---

15 앞의 책, 「벽송당행적」. "弘治四年辛亥 五月 野人寇朔方 殺鎭將 成宗大王 命許琮 帥師二萬討之 師亦仗劍從之 擧鞭一揮 大豎戰功焉 旣罷征 喟然嘆曰 大丈夫 生斯世也 不守心地 役役馳勞 縱得汗馬之功 徒尙虛名耳 卽拂衣 入鷄龍山 上草庵 參祖澄大師 投簪落髮 時年二十八矣."

16 불승마다 출가의 연유가 달라지는 것으로 그려진다 해도 서사적 마디는 몽중계시, 이승의 권고, 자발적 결단 등 몇 가지 일화를 상투적으로 안치하려는 의도를 분명히 하고 있어 전기의 개별화를 서사적 지향점으로 삼는데 소극적이지 않은가 하는 우려가 생기는 것도 사실이다. 이런 점은 특히 나려시대 승전에서 쉽게 발견되는 특성이다.

17 여기서 주석적 서술이란 화자가 독자에게 직접 말하거나 그 나름대로 행위에 개인적 논평을 첨가함으로써 진술된 사건들로부터 거리를 유지하는 기술을 말한다.(폴 헤르나디, 김준오 역, 『장르론』, 1983, 89쪽.)

18 앞의 책. "爲人 骨相奇秀 雄武過人 幼好書劍 尤善將鑑 弘治四年辛亥 五月 野人寇朔方 殺鎭將 成宗大王 命許琮 帥師二萬討之 師亦仗劍從之 擧鞭一揮 大豎戰功焉."

19 앞의 책. "吁 師以海外之人 密嗣五百年前宗派 猶程朱輩 生乎千載之下 遠承孔孟之緖也 儒也

② 인사人事를 닦지 않았으므로 세상에 아첨하지 않았고 세상에 아첨하지 않았으므로 불법을 천하에 팔지 않았으며 무릇 선학에 참여하는 자들은 언덕을 바라보고 물러서고 거만하다고 비방하는 사람이 많았으니 옛사람들이 말하기를 고기가 아니면 어찌 고기를 알겠느냐 라고 함이 바로 이것을 이름이다.[20]

③ 또 대사는 때로는 교教의 혀로 큰 바다의 물결을 뒤집고 때로는 선정禪定의 칼로 여우들의 정령을 베었으니 그 교화의 문을 열고 닫는 것은 참으로 불가사의하였다.[21]

①은 불교사적 맥락에서 벽송당의 승사적 위상을 말하되 유가에서의 정주자程朱子와 같이 법맥을 승계하여 불가를 일신한 인물로 평하고 있다. ②는 선교일치적禪教一致的 수행자세를 말하고 있으며 ③에서는 불승으로서 본업에만 충실할뿐 세사 혹은 주변과의 관계를 의식하고 있는 승단의 풍토와 거리를 두고 있음을 주목한다. ①, ②, ③은 행적의 마무리 부분에 삽입된 진단들이 아니라 행적에 삽입된 논평들에 속하며 왜 그가 칭송의 대상이 되어야 하는 지를 세분화시켜 주는 풀이에 속한다. 찬자가 자기 진단을 앞세우는 주석적 서술은 부용당의 행적에서도 그대로 수용된다.

① 인하여 곧 구천동에 들어가 손수 초암을 짓고 9년을 지낼 때는 언제나

釋也 傳道則一也."

20 앞의 책. "不修人事 不修人事故 不諂於世 不諂於世故 不賤賣佛法 不賤賣佛法故 泛參禪學者望崖而退 多以倨慢譏之 古人云 非魚 安知魚 此之謂也."

21 앞의 책. "師有時以敎舌 翻大海之波瀾 有時以禪劍 斬群狐之精靈 化門舒卷 實不可思議也."

앉고 눕지를 않았으니 어찌 자리에 누워 편안히 잠을 잤겠으며 지팡이가 산을 나간 일이 없었으니 어찌 술집의 문인들 지났겠는가. 교리의 뜻을 논할 때에는 만 이랑의 물결이 멀고 넓었으며 선정의 뜻을 굴릴 때에는 천 길의 벼랑이 높고 험하였다.[22]

② 그리하여 3년 동안 모셨는데 지엄은 세상을 떠났다. 아아 스승이 다스리고 그 제자가 따랐으니 그 주석柱石이 아니었다면 누가 동량이 되었겠는가.[23]

③ 스님은 그 성품이 우아하고 사랑하거나 미워하는 정이 끊어졌으므로 생각이 오로지 평등하여 한 숟가락의 밥이라도 남을 보면 평생 나누어 주었으니 전생에 심은 자비의 종자를 여기서도 볼 수 있다.[24]

①에서는 부용당이 누구도 따를 수 없을 정도로 수행과 정진에 전력을 다한 것으로 정리하고 있으며 ②에서는 사자상승師資相承하는 사제간의 모습과 스승의 유지를 고스란히 승계하여 승단의 중추로 자리잡게 된 점을 말해주며 ③에서는 부용이 평등하고도 자비로운 마음으로 사람들을 대하는 성품을 지니고 있었음을 밝히되 이생에서 비롯된 것이 아니라 전생으로부터 지니고 있었던 자질임을 밝히고 있다.

전기적 자료나 일화가 풍성하게 남아있는 인물에게까지 굳이 주석적 서

22 앞의 책, 「부용당행적」. "因入九泉洞 手結茅庵 已度九春秋 長坐不臥 詎脅安眠之席 笻無出山 寧過酒肆之門 論教義則洋洋焉 波瀾萬頃 轉禪旨則嶷嶷然崖岸千尋."

23 위의 책. "執侍三年 嚴 亦厭世 吁 厥師經之 厥資營之 非斯柱石 孰此棟樑哉."

24 위의 책. "師 平生叶性溫雅 情絶愛憎 念專平等 至於一匙之飯 見人則分之 其夙植慈悲之種亦可見矣."

술을 앞세울 필요가 없다고 여겨지는데 전기적 일화가 풍성한 편인 부용에 대해서도 청허는 여전히 논평적 서술을 거두지 않고 있다. 이는 전기의 본령이 포폄을 가하는데 있다는 유가적 찬술의식과 무관치 않은 것으로 보인다.

경성당은 임금의 만수무강을 항상 기원하는 등 사은을 갚기를 특히 강조한 승려였다.[25] 그를 두고 청허는 "증득證得하기 어려운 지혜를 증득한 것이 이와 같았고 불충의 구덩이에 떨어지지 않음이 이러했으니 가히 승려 가운데 직계稷契라 하겠다"[26]며 불승의 업으로서 깨우침에 진력한 것이야말로 충의 진정한 실천이라며 찬송하고 있다. 또한 경성당이 선사들의 유지를 깊게 새기는 한편 후학 양성에 열성이었던 점을 들어 "비록 중국을 사모하였으나 항상 연방을 갈망하였으며 늘 후학들에게 얽매였으나 선조를 등한히 하지 않았다. 아아, 부처 바다의 더러운 앙금이 오늘날보다 심한 때가 없는데 스님의 큰 자비의 그물이 아니었으면 누가 인천人天의 고기를 건져 열반에 올려 놓았겠는가"[27]라며 찬탄으로 논평을 대신하였다.

청허는 평결부에 이르러서야 논평을 내리는 관행에 구애받지 않고 전개부에서도 수시로 논평내리기를 주저하지 않았다. 그런 점에서 『삼로행적』은 찬자 중심적 서술을 앞세운 전기물로 성격을 요약할 수 있겠는데 부언하자면 설화적 서술을 앞세워 생을 감각적으로 해석하던 나려시기의 승전과 달리 찬자의 존재감을 부각시키는 데 효과적인 기술이었다 말할 수 있겠다.

---

25 위의 책, 「경성당행적」. "師欲報四恩 未嘗輟懷 恒曰 男兒處世 爲子則死孝 爲臣則死忠 然出家人 不能兼行者 矛楯相觸 功不雙勝故也."

26 위의 책. "則其能證難證之智 旣如此 其不墮不忠之坑 又如此 可謂僧中之稷契也."

27 위의 책. "然則雖繆綢於支那 而常玩愒於蓮邦 有䙰縷於後學 而無蘙苴於先祖也 嗚呼 佛海穢滓無甚今日 微師大悲之網 則孰攡人天之魚 置於涅槃之岸哉 末世宜乎佛之棟樑 而法之麟角者歟."

2) 서사시간의 폭넓은 적용

승전에서는 출가 이후의 행적에 초점을 맞추어 내용을 전개하는 것을 관행으로 여겼다. 출가를 단행하면 이전의 세속 행적은 간략한 기술에 그치는 대신 청익, 대중교화, 정진 등 이른바 출가 이후의 성자적 자취에 해당되는 서사단위를 골라 계기적으로 배치하게 된다. 특히 불승의 삶이란 깨달음에 있는 만큼 견성 혹은 각성체험은 가장 중요한 서술단위가 될 것임은 말할 것도 없다. 출세간적 시간대에 속하는 출가 이후의 자취가 수습된 탓에 전의 종결부위에 이르면 완벽한 고승의 상을 확보할 수 있었다 보아도 과언이 아니다.

하지만 『삼로행적』은 출가 이후의 행적만이 의미 있다고 보지 않으며 불승으로서의 행적에 못지않게 세속간의 자취에도 적잖은 비중을 두고 있는 것으로 나타난다. 삼로 중에서도 특히 부용당의 행적은 이런 점을 잘 보여준다. 전 찬술의 관행에 따른다면 미천하기 그지없는 혈통에다 예의 범절과는 동떨어진 성장환경을 거론한 것은 선뜻 이해가 되지 않는다. 하지만 그 같은 설명 뒤에 따오는 일화는 그의 선근善根적 바탕을 한층 돋보이게 한다.

부용은 성화 을사년1485 7월 7일에 태어났다. 나이 겨우 8세에 아버지가 데리고 나가 고기를 낚고는 고기망태를 들고 가게 하였더니 산 것을 골라내 모두 놓아주었다. 이에 아버지가 크게 성내며 때리자 부용은 절하고 울면서 "사람이나 고기나 받은 목숨은 같고 아픈 것을 참는 것도 또한 같습니다. 용서하시기 바랍니다"라고 하였다. 아버지는 이 말을 듣고 화를 풀었다.[28] 부용이 훗날 고승의 반열에 오른 것은 신분이나 환경에 비추어 뜻밖의 일이다. 아비가 물고기를 잡는 일은 미천한 사람으로 지극히 자연스러운 일이지만 부용은 미물도 역시 생명 있는 존재임을 직시하고 아버지의 명을 거스르며 매 맞기를 자처했다. 이미 그에게는 불교적 가르침이 체화되어 있었던 것으로 보인다. 아이가 아버지에게 "살아있는 모든 존재는 미물일지라도 목숨이 소중한 것은 다를 바 없으며 아픈 것을 참는 것도 다를 것이 없다"고 설득한 것에서 보듯 출가와 상관없이 세속에서도 불계佛戒를 벗어난 적이 없었다.

출가 이후의 행적은 일반 승전과 다를 바 없이 청익과 수행, 그리고 대중교화의 면모가 순차적으로 제시된다. 그러다 어느 시점에서 귀향 일화가 삽입되어 짧으나마 속세의 경험이 극적 구성으로 실감있게 형상화된다. 이는 청허의 다른 전기에서는 볼 수 없는 파격적 전개라 하지 않을 수 없다. 가능한 성적 자취를 수렴하는 것을 관행으로 여기는 담론에서 세속담을 대상에 포함시키려는 것은 분명 어떤 의도가 있기 때문일 것이다. 우선 간략하게나마 귀향담을 정리해보기로 한다.

부용이 30여 년의 세월이 지난 뒤 고향마을에 당도해서 맨 처음 만난 이는 소를 몰고 가는 촌로였다. 부용은 서둘러 그에게 부모에 대한 설명과 함께 안부를 묻는다. 부의 이름이 원연袁演이며 아이 때 이름이 구언九彦임을 확인한 부용은 회한과 설움을 참지 못하고 부와 길에서 대성통곡한다. 출향 후 30여 년이 흐른 뒤였으므로 적잖은 일들이 일어났음을 짐작하였으나 부용의 출가로 말미암아 누이는 두문불출한 채 지냈으며 그를 밤낮으로 따르던 개조차 해만 바라보고 앉았다가 7일 밤 만에 죽었다는 말에 감정을 가누기 어려워진다. 더 기막힌 일은 자신을 기다리다가 어머니도 10년 전

28 위의 책. "師 成化乙巳 七月 初七日 生焉 年纔八歲 父携而釣魚 使負魚籃 則擇其生命者 而盡放之 父大怒 撻之 師拜而泣曰 人與物 愛命則同 忍痛則一也 伏望垂恕 父聞而弛怒."

세상을 뜬 것이었다.[29] 찬자는 감정을 표출하지 않은 채 부용의 귀향 시 정황만을 전하고 있으나 부용이 속세의 인연들에게 안겨준 한스러움이 충분히 짐작된다. 부용은 세상의 덧없음과 번뇌를 떨치고자 출가했으나 세간에 남은 사람들에게는 또 다른 고통과 슬픔을 안겨주었던 것이다.

그렇지만 『삼로행적』에는 부용이 세사에 흔들리지 않을 만큼 자아를 정립하고 있는 존재임을 알리는 예화가 이어진다. 산문을 나서 옛집에 당도하자마자 부용은 불승이 아닌 종살이 시절의 아들로 돌아간다. 숱한 세월의 간격에도 부용은 여전히 주인을 섬기고 있는 늙은 아버지를 통해 주종의 관계가 여전히 유지되고 있음을 환기하게 된 것이다. 그런데 부용의 옛 주인은 세속적 계약과 상관없이 불승이 된 그의 처지를 인정하면서 평소에 지니고 있었던 궁금증을 풀어보려는 듯 '부모와 옛 주인에게 그대는 어떻게 은혜를 갚을 수 있는지'를 물었다. 그는 담담한 어조로 다음과 같이 밝혔다. "안으로는 천륜의 무거움에 이지러지더라도 그 효도에는 어긋나지 않고 밖으로는 주인을 받드는 예를 빠뜨리지마는 그 공경은 잃지 않습니다." 이에 주인은 유학을 숭상하는 입장에 선 사람답지 않게 "사문은 세상 밖의 사람이라 마땅히 세상의 예의는 버려야 한다"며 불자가 걸어가야 할 길을 정확히 제시해준다.[30] 주인은 과거의 주종관계에 개의치 않았

29 위의 책. "庚寅秋 忽然反省 思報罔極之恩 引故國而遐想 望白雲而太息 爰發南行 漸向本城 漸近家山 丘陵林樹 一一如昨 夕陽江村 悵然而立 忽見一老翁 牽牛而出 師拜而問曰 此晉村耶 翁怪而問曰 何故問之 師曰 此我所生之地也 不知我父母存沒故 當欲問之 翁曰 汝父姓名 誰耶 汝之兒名 亦誰耶 師曰 我父姓名袁演 我之兒名九彦也 翁忽放牛執手曰 今日父子 的矣 汝名我子 我名汝父 汝捨我逃走 三十餘年 求索不得 憂愁年邁 今忽自來 甚適我願 定父子後 各不堪悲欣 一場痛哭 翁 良久 拭淚曰 汝母 十年前 棄世 汝主 七年前 喪室 惟汝之田宅 猶在爾 師曰 袁氏 安在 翁曰 汝妹 從汝出家之夕 閉門而臥 汝狗子 亦視日而坐 至七日 袁與狗俱死 葬於德山之西麓爾."

30 위의 책. "明朝 父携 覲於老主 主驚曰 此九彦耶 不覺潸然 俄而主進席 許坐 師逡巡辭退曰 小

는데 베개를 나란히 하고서 자고 가기를 청하는 태도를 보면 편벽된 사고의 소유자가 아니었음이 한층 분명해진다.

귀향담은 부용이 무례하고도 미천한 피를 이어받았음에도 불성을 싹틔워 고승의 자리에 올라섰음을 증언하는 것 이상의 의미를 간직하고 있다. 즉, 불성에는 빈부, 상하의 차이가 없으며 유불儒佛간 지향하는 바도 크게 다르지 않다는 주지가 스며있음을 깨달을 수 있다. 불승들이 택한 세간 밖으로 나간 삶이 통상적 시각과 달리 본래 진면목을 찾기 위한 힘든 결정이었음을 주인에게 전하는 부용의 어조는 차분한 편이다. 옛 주인과의 대화이기는 하나 출가자를 불경스럽게 여기는 세상의 시선에 대한 출가자의 변으로 보아도 된다. 부용은 대중들이 하나같이 우려하는 대로 혈연을 외면하고 나라조차 거들떠보지 않는 무리가 아님을 정확하게 밝히기도 한다. 귀향과 관련된 일화가 승전의 찬술에서 필수적인 부위에서 멀다고 여길 수 있을지 모르나 청허는 그런 선입견을 말끔히 씻어놓는다.[31]

승전에서 불승이후의 행적에 초점을 두는 것은 그 시간대야말로 성적 흔적에 속한다고 보기 때문일 것이다. 하지만 그것조차 고식적 안목의 소산이 아님을 부정하기 어렵겠는데 청허는 승속 간 시간의 구분함이 없이 자신의 삶을 통해 선리에 이르는 길을 현시해주고자 했다. 이른바 승속불이僧俗不二적 관점에 따라 선대의 역사, 환향 사건까지 핵심 내용으로 택한

賤 背主背親 罪不容天 今欲盡納田宅以贖身 出家修道 以報恩也 主曰 出家 何能報恩耶 師引古答曰 出家者 遁世以求其志 變俗以達其道 變俗則不與世典同禮 遁世則宜高尙其迹 達三乘開人天 拯五族 拔六親 猶如反掌也 是故 雖內乖天屬之重 而不違其孝 雖外闕奉主之恭 而不失其敬也."

31 위의 책. "師引古答曰 出家者 遁世以求其志 變俗以達其道 變俗則不與世典同禮 遁世則宜高尙其迹 達三乘 開人天 拯五族 拔六親 猶如反掌也 是故 雖內乖天屬之重 而不違其孝 雖外闕奉主之恭 而不失其敬也 云云."

것은 이런 점에서 이해해야 할 것이다.

3) 결말의 극적 형상화

불교적 인간으로서 전형을 마련하기 위한 것이야말로 승전의 최종 목표일 것이다. 따라서 전의 말미에 다가갈수록 주인공은 이상적인 상을 갖추게 마련이다. 그런데 주인공을 이상적으로 처리하는 마지막 단계가 임종이라는 점을 주목할 필요가 있다. 어떤 면에서는 탄생, 활약기의 자취보다 극적으로 형상화되는 부분이 임종이다. 지상의 삶을 전부라고 본다면 임종전후에 서사적 비중을 둘 필요가 없을 것이다. 유가의 전은 단선적單線的 시각을 바탕에 깔고 간략하게 보고한 뒤 이를 이어 가문의 영광을 다져간 후손들의 자취를 열거하는 것이 일반적이다. 유불의 전기에서 형상화 방식이 다를 수밖에 없게 된 연유는 아무래도 시간관의 차이에서 비롯된다고 할 터이다.

유교와 달리 불교에서는 순환적 시간관을 앞세우고 있는 탓에 죽음이란 생의 종결로 여기지 않는다. 불교적 시간관에서 죽음은 삶으로부터의 단절이라기보다는 다음 생으로 넘어가는 문턱 정도로 이해될 수 있다고 생각한다. 유가에서처럼 단선적인 시간관을 앞세운다면 종말이나 소멸을 뜻하는 죽음 이후의 서사는 무의미해지고 말 것이다. 그러나 불교적 시간관이 바탕에 깔린 승전류에서 죽음이란 지상적 삶을 마무리하는 자리로 그치지 않고 다음 생으로 이어지는 편입의 시간대로 수용된다. 임종은 생을 순환적으로 바라보는 불교적 시간관 때문에 자연스럽게 서사적 비중이 높아질 수밖에 없다.

『삼로행적』에서 임종부분의 서사는 임종 진전의 기미, 문도와의 영결永

訣, 임종계臨終戒, 다비중의 영이, 사리 영응, 평결의 순서로 짜여져 있다. 『삼로행적』은 이외에도 진영眞影 찬시를 3사에 모두 덧붙이고 있어 여타 승전과 구별된다. 3사는 평생을 수행과 구도에 전념한 불승들답게 시멸의 시각을 훤히 꿰뚫고 동요없이 생生의 정리에 들어간다. 제자들은 평소와 다를 바 없이 부름에 따라 집결했으나 곧 영결永訣의 시간임을 간파하게 된다. 비탄에 젖는 이도 있으나 죽음을 통해 적멸상을 깨우치려는 스승의 뜻을 알아채고는 경건하게 일거수일투족을 응시한다. 그리고 경각의 시간 안에서 제자는 묻고 스승은 이에 답한다. 이때 스승이 터뜨리는 임종게는 선사의 유지이자 제자들이 여전히 되새겨야 할 법어法語로 남는다. 임종담은 『삼로행적』에서 빠뜨릴 수 없는 서사 단위가 되고 있는데 불교적 인간으로서 보다 완결된 상이 이로써 가능해진다.

3. 「삼몽록」의 서술적 특성

1) 가장家狀과 자전自傳의 기능적 결합

청허가 전기작가로서 위상이 돋보이는 것은 조선 전기 승려 가운데 누구보다 앞서 자전적 글쓰기를 시도했다는 점에 있다. 「삼몽록」은 서신이지만 3대에 걸친 가전家傳이면서 30대 중반까지의 자기 이력이 상세하게 기술하고 있는 자전으로 승단 내에서 유례를 찾기 힘든 작품이다. 「삼몽록」에서 삼이란 조, 부, 자신에 걸친 3대를 의미하며 서사진행상 완주 노부윤의 청에 따라 "선조의 생적, 청허의 젊은 때의 행적, 집을 떠난 인연과 운수의 자취" 등의 순서로 엮어져 있다. 타인의 청에 의해 지은 것이기는 하지만 1인칭 시점이 누릴 수 있는 장점을 적절히 살려내 자신의 삶과 체험을 고백하고 있는데 스스로의 행적과 뿐만 아니라 당사자가 아니고서는 드러낼 수 없는 내면세계마저 노정할 수 있었다.

그런데 승단에서 이런 글쓰기가 익숙하게 받아들여지는 것은 아니었다. 가문 혹은 자신을 현시, 미화하는 쪽으로 흘러갈 여지가 높다는 점 때문에 동양에서는 자전적 글쓰기에 경계하는 분위기가 자리 잡고 있었고 이는 불가에서도 예외가 아니었다.[32] 불가에서 출가와 함께 세상과 절연하는 것은 물론 과거를 망각하고 나의 진면목을 찾는 데 골몰할지언정 과거로 돌아가 사변私邊적 고백을 드러내는 일에 호의적 반응을 보일 것이라 예상하기는 쉽지 않다.

추측건대 타인의 요청이 없었더라면 「삼몽록」은 출현하기 힘들었을 것이다. 다행히 청허는 노부윤의 청을 명분으로 가문의 역사와 함께 자신의 이력을 공개할 수 있었던 것이다. 노부윤이 왜 청허의 생에 관심을 보이게 되었는지 정확한 까닭은 알 수 없다. 추측한다면, 명망 있는 유가의 후손으로서 명리를 버리고 불문에 들었는지 그 연유가 궁금했다고 보거니와 승단에서 주목받고 있는 승려에게 삶의 본질적 의미를 캐보자는 의도도 있었던 것 같다. 노부윤의 물음이 진지했던 만큼 청허는 출가 전, 출가 후의 행적으로 이분화시켜 성의껏 자신의 과거를 밝히고자 하였다.[33]

「삼몽록」은 '인성의 역사를 중점적으로 이야기한 산문으로 쓰인 과거 회상형의 이야기'라는 자서전적 정의[34]를 어느 정도는 충족시키고 있으나 현

32 김승호, 「고려 불가의 자전적 글쓰기와 그 양상」, 『고전문학연구』 23집, 한국고전문학회, 2003, 123쪽.

33 청허, 『청허집』, 「상노부윤서」. "攀仰之中 伏承令書 伏悉 令意 小子之先祖行蹟 及少年行蹟 及出家因緣 及雲水行蹟 一一勿隱纖毫事 再再垂問 其敢默默 略擧三夢錄呈上 伏惟 令鑑"

재적 의미의 자서전 정의와 반드시 일치한다고 보지는 않는다. 3대에 걸친 가장의 기능을 보여주고 있으며 생을 회고하기에는 이르다 할 37세에 지어졌다는 점을 한계로 지적할 수 있을 것이다. 그런데 애초 설계한 「삼몽록」의 전기적 구상을 살펴본다면 이 작품이 내재한 문학적 의미가 새롭게 드러날 수 있다고 본다. 무엇보다 「삼몽록」은 한 작품으로 가전과 자전의 기능을 한꺼번에 수행하고자 하는 생각에서 창안된 전기물임을 직시하는 것이 필요하다.

「삼몽록」의 전반부는 조부, 외조부, 그리고 부모 대에 이르는 가문의 역사에 무게를 두고 있다. 친가, 외가는 6대에 걸쳐 문무과에 합격할 정도로 영광스런 시절이 있었지만 외할아버지 현윤 김우가 연산군 시절 안릉으로 귀양가게 되고 부모 역시 연좌에 걸려 역사에서 상주하며 일하는 천역의 신분으로 강등되고 만다. 이후 어렵게 상민의 지위를 얻게 되면서 패가의 충격에서 벗어나지만 전대의 충격 때문인지 부는 무욕적 삶을 지향했다. 평판이 좋아 지방 관리로 천거되기도 했으나 향촌사람들의 어려움을 해결해주는 향관 이외 어떤 자리도 마다하고 유유자적하게 지냈다. 청허가 기억하고 있는 부는 처사의 전형이다. 사람들이 기성箕城에 있는 영전의 미관으로 부를 추천하자 "구산의 부연한 달빛과 한 병의 막걸리와 처자들의 환심, 이것이 내분에 족하지 않은가"라면서 일사逸士로 살기를 원했다. 청허의 기억 속에서 어머니는 남편을 지극하게 섬기고 주변사람들에게도 인심과 자비심을 넉넉히 베푸는 여인이다. 그녀는 평생 동안 속으로도 성내는 일이 없었으며 늘 온화한 낯빛을 지니고 가난한 이에게 무언

34 필립 르죈, 앞의 책, 17쪽.

가를 주어 보내고서야 마음이 놓이는 정도로 인정이 깊었다. 뿐만 아니라 지아비에게는 항상 세독의 술을 빚어 자주 번갈아 내어 가옹으로 하여금 손님과 함께 취하는 일이 하루도 끊이지 않게 일을 마다하지 않았다. 가난한 형편 때문에 혹여 남편이 기가 죽을지 모른다는 생각에서 "부군께서는 다정한 친척이나 친우를 만나 행여 집이 가난하다고 박정하게 하지 마십시오. 설사 쌀광에 곡식이 없다면 관채야 없겠습니까"라며 빈한한 살림 속에도 남편의 위신을 살리는데 소홀한 면을 보이지 않았다.[35]

전반부의 가전이 전언이나 기록에 의존하여 엮어진 것이라면 후반부의 자전은 스스로의 체험을 증언한다는 점에서 전기적 자료의 결핍을 염려할 필요가 없는 부분이다. 그만큼 삶이 촘촘히 포착되고 있다. 청허가 불승이 되리라는 기미는 어머니의 태몽을 통해 앞서 현시된다. 부부가 50세에 이르러 이제 후손을 기대하기 어려운 상황 아래에서 어머니가 대장부를 얻게 될 것이란 현몽을 얻는다. 꿈속에서 노인은 작은 사문沙門을 찾아왔다면서 어린 휴정을 쓰다듬더니 운학雲鶴이란 이름을 지어주고 사라졌다. 청허가 9살이 되던 해 어머니가 세상을 뜨고 다음 해 아버지마저 세상을 떠나면서 그의 고립감과 무상감은 더 커지게 된다. 다행히 주위 사람들의 도움으로 공부를 지속하게 되는데 고을의 원이 성균관에 들어가 공부할 수 있도록 주선해주었는가 하면 성균관에서 만난 학사는 그가 본격적

---

35 청허, 앞의 책, 「상노부윤서」. "父崔君諱世昌性自勉强 知有好飮好詠之癖 欲改之而未能也 所能者 惟平生口不出人之是非也 年登三十 有人 擧爲箕城影殿之微官 官人 來而請行 卜日以告父笑曰 舊山烟月 一壼白酒 妻子歡心 分亦足矣 卽解帶 南首而臥 長嘯數聲 官人卽退 凡鄕邑 有疑者則決 有訟者則止故 遂任鄕官者 十三年 而邑人 猶號曰德老云 父之行蹟 只此而已 母金氏 性本幽閒 居常出言 未能盡善 所善者 惟平生面不現心之慍色也 見貧人則厚賚之 見尊執則誠敬之 釀酒三甕 數數相遞 使家翁 無一日不與客 同其醉也 雖門外人馬騈闐 連夜沈湎之際 只含笑添樽而已 實莫逆於心 常謂家翁曰 先生如見情親故友則萬 莫以家貧爲薄之也 妾之黃裳猶可典也 況一廩之粟 何可吝也 設無一廩之粟 可無官債耶 家翁 聞之 常常怡悅 母之行蹟 只此而已."

으로 과거공부에 매진할 수 있도록 배려를 아끼지 않았던 것이다.

가문에 대한 기술은 이전의 승전과 변별되는 「삼몽록」의 서술적 특성으로 보아도 무방할 터인데 가문을 중시하는 유가의 전의식과 방불한 면도 보인다. 출가 전까지 그는 과거를 위해 진력하여 공부했으니 입신양명을 목표로 삼은 유자의 모습에서 벗어나지 않았다. 하지만 그는 우연한 기회에 정해진 길을 포기하고 불가에 귀의하게 된다. 곧 그가 과거에 낙방하고 스승이 가신 남녘으로 여행을 하던 중에 어느 산사에서 '심공心空 급제가 오히려 서생의 업보다 본질적인 일'이라는 숭인崇仁장로의 말을 듣게 된 것을 기화로 그는 속에서 승으로 길을 바꾼 것이었다. 불승으로의 투신은 운명적 요소가 강하다하겠는데 과거 낙방 후 스승을 쫓아 호남으로 갔었으나 돌연 스승이 한양으로 복귀하는 바람에 친구들은 돌아가고 그만 남아 불문에 귀의하게 된 것이었다. 그러나 불승이 되기로 작정한 이후에도 그가 지녔던 여러 의문과 회의감이 사라지지 않았다. 그는 궁금함을 풀기 위해 청익에 나서게 되었고 그 과정에서 영관靈觀대사를 만나 비로소 심공 급제가 무엇인가에 대한 의문을 풀 수 있었다.

「삼몽록」의 핵심 부위가 청허의 행적에 놓여있다는 점은 분명하다. 하지만 불승이 되기 전의 행적에 대해서도 세심하게 기록하고 있음을 살펴볼 수 있었다. 「삼몽록」에서 청허는 속가적 인연들, 곧 친인척과 부모에 대해서도 기억할 수 있는 범위 내에서 모든 것을 털어놓음으로서 가장家狀으로의 기능을 충족시킨다. 그런데 전생은 모르되 자신의 혈통, 가문사에 대한 고백이 승전에서 필수사항은 아니다. 하지만 현재의 '나'를 증거하기 위한 경우라면 사정은 달라진다. '나'를 밝히는 자리인 만큼 선대까지 이야기가 확장되지 않을 수가 없는 것이다. 거기다 출가 동기를 해명해줄 유년기의 자취에 대해서는 보다 소상한 이야기를 제공하는 것이 옳다. 「삼몽록」은 적어도 이와 같은 요구조건을 상당부분 작품에 수용하고 있는 것으로 보이거니와 특히 자전만으로 드러나지 않는 '나'의 존재적 의미가 가전을 통해서 보다 선명해지는 보완적 효과도 누릴 수 있었다고 생각한다.

2) 몽유자적 과거 술회

「상노부윤서」가 몽유적 시각을 동반한 전기물이라는 점은 「삼몽록」으로 별칭된 데서 앞서 밝혀진다. 그것은 삶을 꿈으로 등치시키고자 하는 의도를 말해주는 것으로 유가적인 생의 해석과는 큰 편차를 드러낼 수밖에 없게 된다. 삶을 몽중사夢中事와 대응시키는 태도는 청허의 여타 시문에서도 빈번히 도출되는 것으로[36] 「삼몽록」의 서발序跋격이라 할 「재답완산노부윤서」를 보면 왜 그가 몽유자적 입장[37]에 서 있는지, 그의 시간관, 세계관이 무엇인지가 상세히 드러난다.

청허는 우선 서사제재로서 몽夢에 의미를 부여하고 있는데 이는 태몽에 대한 관심과 무관해 보이지 않는다. 청허가 태어나기 전 아버지는 한 꿈에서 어느 늙은이에게서 운학이란 이름을 얻었으며 어머니는 어떤 노파에게서 장부를 얻었다 하였는데 몽중 체험에 불과하지만 이후의 일생과 부합되는 징험으로 이어졌다고 보고 있다. 몽과 현실은 다를 게 없다는 인식

36 『청허집』에서 몽을 제재로 한 시는 일일이 열거하기 어려울 정도이다. 여기서는 대표적 사례로 몇 편만 든다. 二十年前夢/昏昏一枕中/人間生死苦/西去聽柯風 〈哭兒〉, 石火光陰走/紅顏盡白頭/山中十年夢/人世是蜉蝣〈嘆世〉, 雲嶽猶歸路/風塵未脫人/悠悠方入夢/鐘鼓報新春〈立春〉, 兩身一夢却/松月冷相照/白髮却紅顏/千年鶴自老〈讚裁松道者〉.

37 「삼몽록」을 몽중몽의 구조를 의식한 과거 술회담의 성격으로 볼 여지는 많다. 「재답완산노부윤서」에 들어있는 삼몽사에서 청허는 직접 이점을 밝히고 있다. "주인은 손과 더불어 제 꿈을 이야기하고 / 손은 주인에게 제 꿈을 이야기하누나 / 이제 두 꿈을 이야기하는 나그네 / 이 또한 꿈 속의 사람일세(主人夢說客 / 客夢說主人 / 今說二夢客 / 亦是夢中人)."

적 바탕이 가능한 체험일수도 있겠는데 어쨌든 청허는 '생이 몽인지 환상인지를 구분할 수 없을뿐더러 경각과 영원이 거침없이 통하고 진실과 거짓이 같은지 다른지 걸림이 없다'는 인식을 지니게 된다.[38]

보통 몽을 무상이나 허무와 동격의 말로 수용한다는 점은 「삼몽록」에서도 예외가 아니다. 세월이 흐른 뒤 떠올려보는 가문의 몰락, 부모의 죽음, 그리고 출가 등은 꿈속에서 일어난 듯 아득해 보이지만 아직 그는 꿈속을 벗어나지 못한 채 방황하는 자신을 발견한다. 그 같은 인식은 자전 속에서 예외없이 반영된다.

> ① 그동안 굶주리기도 하고 혹은 추운일도 많았으나 칠팔년을 깨닫지 못하고 꿈속에서 지냈으니 그때 나이는 서른 살이었습니다.[39]

> ② 그동안 혹 괴롭기도 하고 영화롭기도 한 일이 많았으나 역시 오륙년을 깨닫지 못하고 꿈속에서 보냈습니다. 그때 나이는 서른 일곱 살이었습니다.[40]

> ③ 아 이 하나의 붓으로 지난 자취를 늘어놓은 것도 하나의 꿈입니다.[41]

오도송을 터뜨리는 일은 혼곤한 몽중에서 벗어나 진정한 자아와 대면하

---

38 앞의 책, 「재답완산노부윤서」 "小子也 父之一夢 得老翁之雲鶴 母之一夢 得老婆之丈夫 小子之一生雲遊 亦父母之一夢也 所現者 如許廣大而未移枕上 所變者 只在須臾而已作百年 夢耶幻耶 頃久融通 眞耶妄耶 一異無礙 一刹那也 能攝無量劫 無量劫也 能攝一刹那 然則常者非眞 夢者 非妄."

39 앞의 책. "幾何而不覺 夢過七八年矣 時年 亦三十秋也."

40 위의 책. "幾何而亦不覺 夢過五六年矣 時年 政三十七歲矣."

41 위의 책. "噫 一筆陳迹 乃一夢也 伏惟 令鑑."

는 경험에 속한다. 그러나 각성은 찰나에 그칠 뿐 청허는 해탈이나 열반에 이르지 못하고 여전히 방황하고 있는 자신의 모습을 발견한다. 자전을 쓰고 있는 현재까지도 몽유의 상태에 있음은 ③을 보면 알 수가 있다. 위 구절들은 이 깨달음의 시간은 한정되었는데 해탈에 이르는 길은 막막하고 시간은 덧없이 흘러가 버렸다는 심정에서 나온 것이다.

그러나 「삼몽록」을 꿈에 대한 무상감 혹은 허무감만을 노출하는 회고담으로 취급해서는 곤란하며 청허의 꿈도 더불어 드러내는 담론임을 유의해야 할 것이다.[42] 그는 스스로 몽과 다를 바 없는 자신의 인생사를 밝히고 있는데 이것을 꿈에 대한 허망함을 드러내는 인식으로 곧장 받아들여서는 안 된다. 참으로 그가 염려하는 것은 사람들이 몽중을 헤매는 것이 아니라 몽중에서 깨어난 것을 마치 영원한 진실에의 당도로 여기는 착각이다. 그는 '꿈 안'과 '꿈 밖'으로 이원화시켜 보는 시선을 넘어서야 한다고 강조한다. 허상으로 치부하는 꿈이 실은 실상이 될 수 있고 실상이라 여긴 것이 꿈일 수 있다고 본 그의 주지는 "마땅히 눈앞의 경계를 수습하여 꿈을 자재하는 삼매三昧에서 유희"[43]하라는 말에 담겨 있다.

「삼몽록」는 한 개인의 과거를 증거하는 전기물 이상의 담론적 의미를 내재한 것으로 보인다. 몽유자로 분한 청허가 몽중의 일을 전하는 방식이라는 점에서 몽유록의 수법을 떠올리기도 하지만 그는 각몽에 의미를 두지 않는다. 대신 몽과 등가적인 자신의 삶을 짚어주면서 현상적 경계를 넘어서 몽중과 각몽 같은 분별에 괘념치 않고 장애가 없는 법에 이를 것을

42 위의 책. "能攝無量劫 無量劫也 能攝一刹那 然則常者 非眞 夢者 非妄(한 찰나는 능히 무량겁을 거두어 잡고 한량없는 겁 또한 능히 한 찰나를 거두어 잡습니다. 그러한 즉 일상도 진실이 아니며 꿈도 허망한 것이 아닙니다.)"

43 위의 책. "謹白參玄大相公 莫笑邯鄲華胥客 宜收攝乎目前境界 常遊戱於夢自在三昧歟."

권면한다. 대중은 영원과 찰나, 거짓과 진실, 허상과 진상 등 이분법적 도식에 익숙해 있어 자재한 세계에서 노닐 줄을 모른다. 이에 청허는 자신의 생을 들어 미망과 아상我相을 떨구고 삶의 진정한 구경에 이르도록 하는 방편을 염두에 두고 몽유자적인 '나'로 자전에 등장하고 있다고 하겠다.

4. 나가며

이 글은 『삼로행적』과 「삼몽록」의 서술적 특성을 살펴봄으로써 청허 휴정의 전기작가적 면모를 점검하는데 목적을 두었다. 청허의 승전은 나려시대의 승전전통에서 벗어나 새로운 형식, 내용, 서사방식을 추구하는 것으로 밝혀진 바, 설화적 서술단위에 의존하여 생을 재구하던 서술을 체험중심의 서술로 대체하고 있음이 우선 주목된다. 『삼로행적』은 속가에서의 자취와 더불어 임종 전후를 서사시간에 적극 편입시키고 있는데 순환적 시간관에 의거해 삶의 도정을 드러내려는 의도를 반영한다. 일화중심의 전개 대신 찬자의 주석적 진술을 반복적으로 주입하여 생을 평결 짓는 것도 『삼로행적』의 특징이다.

「삼몽록」은 가전과 자전의 기능을 겸하고 있는 특이한 사례로 가전은 이후 자전 속의 자아를 이해하는 적절한 전거적 구실을 하도록 구성되어 있다. 청허는 자신의 삶을 몽으로 규정하는 것은 물론 몽유자의 시선으로 선대와 자신의 삶에 드러나는 삶의 무상성을 들춰 보인다. 하지만 「삼몽록」에서 핵심적으로 밝히고자 하는 바는 꿈과 현실의 분별을 넘어 자재하게 진실을 바라볼 수 있는 안목을 찾는 일이다. 이런 점에서 「삼몽록」은 선리를 향한 방편적 글쓰기의 의미를 지닌다고 생각된다. 요컨대 『삼로행적』과 「삼몽록」은 관성적으로 이어온 승전쓰기의 경계를 넘어 나름으로 승전의 성격과 기능을 확장시킨 전기로 그 의의를 부여할 수 있겠다.

제7장

김유신 전기에 나타난 영웅화 방식과 유불儒佛사상의 개입

『삼국사기』와 『삼국유사』를 중심으로

1. 들어가며

고대는 영웅담이 각광을 받던 시기로 생각된다. 출중한 능력과 권위를 갖춘 인물이 역사를 추동한다는 사고는 영웅담의 창작과 전파를 촉매하는 적절한 토양으로 작용할 수 있었음을 예상할 수 있다. 삼국이 병립하여 각축을 벌이는 환경 또한 자연스럽게 영웅담의 출현을 부축했다고 보겠는데[1] 지배계층에서는 국가공동체의 자긍심과 애국심을 다지는 데 효과적이라는 판단에서 장려한 면도 없지 않을 것이다. 전기와 전승 속에 등장하는 삼국시기의 걸출한 용장, 지장, 병사가 한둘이 아니지만 김유신金庾信만큼 영웅성을 대응시킬 수 있는 조건을 두루 갖춘 이는 보기 힘들다. 그만큼 그의 전기, 전승물이 풍성하게 전해져 오고 있으며 이에 대한 논의

1 삼국 시대 영웅담의 실상을 재구해보기는 어렵다. 그러나 한 예로 『삼국사기』의 입전(立傳) 분포를 보면 영웅이야기가 삼국시기에 얼마나 폭넓게 창작, 전승되었는지를 미루어 볼 수 있다. 『삼국사기』에서 다른 신분계층과 달리 을지문덕, 흑지상치, 장보고, 사다함, 온달, 관창, 비녕자, 죽죽, 계백 등 무장, 병사들의 전기가 큰 비중을 차지할 수 있었던 요인은 신라를 포함, 삼국에 영웅담이 폭넓게 창작, 전파되었던 사정과 무관치 않은 것으로 보아야 할 것이다.

역시 다른 경우를 압도한다.[2]

김유신 자료 가운데 『삼국사기』와 『삼국유사』는 김유신 논의에서 1차 자료라 할 수 있다. 『삼국사기』는 열전의 3분의 1을 오로지 김유신에게 할애할 만큼 상세하게 일대기를 지향하고 있으며 『삼국유사』는 설화를 통해 삼생에 걸쳐 김유신의 다양한 전변을 전한다. 여기서는 김유신 전기를 영웅담의 측면에서 살펴보되 『삼국사기』, 『삼국유사』를 근거로 유불적儒佛的 영웅화 양상과 사상적 층위에 초점을 맞추고자 한다. 양 사서는 많이 다루어졌으나 유교와 불교사상의 관점에서 접근한다면 영웅화의 특성, 영웅의 형상 등에 걸친 서사적 층위를 한층 상세히 드러낼 수 있다고 생각한다.

---

2 김유신의 전기, 전승 연구의 대표적 사례를 들면 다음과 같다.
윤영옥, 「『삼국사기』 열전-金庾信고」, 『동양문화』, 14 15집, 영남대 동양문화연구소, 1974.
김열규, 「무속적 영웅고-김유신전을 중심으로」, 『진단학보』, 제43집, 진단학회, 1977.
주명희, 「전의 양식적 특성과 소설로의 수용양상」, 서울대 박사논문, 1990.
김진영, 「문헌소재 金庾信설화고」, 『한국소설문학의 연구』, 일조각, 1978.
김영화, 『金庾信 설화의 변이와 수용 연구』, 건국대 박사논문, 1994.
김동협, 「홍무왕연의에 대하여」, 『국어교육연구』 25집, 경북대 국어교육연구회, 1993.
안영훈, 「金庾信설화의 소설화 양상에 대한 일고찰」, 『경희어문학』 17집, 1997.
조석문, 『金庾信 전승의 서사 유형적 고찰』, 동국대 석사논문, 2003.
김선풍, 「설화를 통해 본 김유신장군」, 『강원민속학』 20집, 2006, 9~24쪽.
김영주, 「김유신 이야기의 기능 유형에 따른 특징과 그 의미」, 『문학과 언어』 30집, 2008, 51~74쪽.
이정훈, 「삼국유사 소재 김유신 설화 고찰」, 『국어문학』 49집, 2010, 253~273쪽.

2. 영웅상의 시대적 추이와 김유신전

영웅이 사회 문화적인 산물임은 의심의 여지가 없다. 애초부터 영웅이 존재했다기보다 시대적 요구와 맞물려 표상화된 존재로 여길 수 있다는 것이다. 고대에 유달리 영웅을 동경하고 기렸던 데는 까닭이 분명하다. 자연에 외경심이 강한 대신 아직은 정복의 의지가 미약했던 이 시기의 사람들은 신 혹은 영웅의 힘에 의지하여 문제를 해결한다는 생각부터 가졌을 터이다.[3] 이는 건국신화 속에 범속한 인물 대신 신 혹은 영웅들만 득세하는 데서 충분히 이해가 된다.[4]

위대한 존재에 대한 의존성을 반영하는 영웅담도 시대에 따라 다양한 양상을 보였던 것으로 보인다. 상고로 거슬러 올라갈수록 영웅성이 보다 강한 인물과 마주칠 가능성이 높다. 그러다 시대를 내려오면서 신적 속성보다는 인간적 속성을 구비한 인물로 바뀌는 현상이 두드러진다. 건국신화의 영웅을 삼국시대 서사에서 더 이상 발견하기 어려운 것도 그 때문이다. 시대가 흐르면서 건국보다는 호국이 보다 절실한 과제가 되는 시대로 접어들면서 전 시대의 영웅이 퇴장한 자리에 새 얼굴의 영웅이 들어섰다고 해야 할 것이다.

김유신은 신화시대를 지나 건국영웅이 사라진 때 등장한 인물이다. 그럼에도 신라 이래 서사들이 한결같이 그를 대표적인 영웅으로 꼽고 있다.

---

3 전인초 외, 『중국신화의 이해』, 아카넷, 2002, 222쪽.

4 나라를 세우는 일은 신적 존재가 아니면 감당하기 힘든 과제임이 틀림없다. 그러기에 사람들은 범인의 능력범위를 훨씬 뛰어넘는 인물을 내세울 수밖에 없게 되는데 주몽을 보면 잘 알 수 있다. 주몽은 신에 버금가는 능력을 현시하면서 끝내 건국의 대업을 완수하는데 탄생에서 죽음에 이르기까지 온통 비범한 일생단위를 보여준다.

왜 고래로 김유신을 영웅의 전형으로 꼽았는지 당대 상황이 잘 말해준다. 김유신의 초년기 신라의 형세로 말하면 삼국 중 가장 늦게 건국한데다 문물과 문화의 유입이 늦어있던 약소국이었다. 언제라도 고구려, 백제에 패퇴당할 위기의 상황이 이어졌다. 어린 나이에도 불구하고 김유신은 이를 심각하게 받아들이게 된다. 그는 고구려나 백제의 틈바구니에서 살아남기 위해 자강해야 하며 한편으로는 당唐과의 교류를 통해 외교력을 높여야 한다고 보았다. 과연 7세기에 이르면서 신라는 대외 공세에 보다 적극적으로 맞서는 한편 당병과 합세하여 백제, 고구려 군을 위협할 정도로 국력이 커진다. 신라의 목표는 이제 자기방위를 넘어 삼국통일로 바뀌게 된다. 643년 김춘추金春秋가 아들 김인문金仁問과 당에 들어가 백제를 협공하자고 한 제안은 삼국통일을 위한 포석의 하나였다. 이후 나당羅唐연합군이 계백階伯장군이 지휘하는 5,000여 명의 백제군과 황산벌에서 대결 끝에 백제정벌의 숙원을 이루게 되며 고구려 정벌이 다음 과제가 된다. 이후 연개소문淵蓋蘇文과의 전투에서 신라군은 고구려군의 기세에 눌려 일단 후퇴할 수밖에 없게 된다. 하지만 연개소문의 사후 그 자식들 간에 분란이 발생해 남생이 당으로 망명한 가운데 문무왕, 김유신의 신라군이 평양으로 진격하기에 이른다. 고구려는 오래 버티지 못하고 다음해 나당연합군에게 멸망하게 된다. 하지만 아직 신라가 삼국통일을 쟁취한 것이 아니었다. 이후 신라는 한반도 전역을 강점하려는 당군唐軍에 시달리는 처지가 되고 19군데에서 당군과 교전해야만 하는 상황에 들어가게 된다. 그러다 676년 기벌포에서 신라군이 설인귀薛仁貴의 수군을 격퇴하면서 나당전쟁은 신라의 승리로 막을 내린다.

고구려, 백제, 당을 차례로 격파하고 신라가 삼국 중 패권을 차지하게 된 것은 부국강병의 기치를 내걸고 신라인들이 혼연일치의 자세로 매진한 결과가 아닐 수 없다. 그러나 강국과 통일의 기치를 앞세우고 전쟁터에서 혹은 조정에서 무리를 이끌고 왕을 도왔던 김유신의 추동력이 있었기에 신라 공동체의 숙원을 이룰 수가 있었다. 이제까지 등장한 김유신의 전기, 전승물들은 국가적 위난과 난세를 극복하고 신라가 삼국통일을 이룰 수 있었던 결정적 요인으로 한결같이 김유신을 꼽는다. 이는 사서류, 시문학에서도 마찬가지이다. 따라서 전승물과 전기들이 위인의 반열을 넘어서 영웅 혹은 신격으로 김유신을 대하는 것은 어쩌면 당연한 일이었다 하겠다.

3. 『삼국사기』의 영웅화 방식

1) 신화소神話素의 수용과 새 영웅상의 모색

『삼국사기』 열전에서 41권에서 43권까지는 온전히 김유신의 일대기에 속한다. 그처럼 많은 분량을 한 인물에게 할애한다는 것은 곧 김유신에 대해 남다른 관심과 애정을 보였다는 뜻이 될 것이다.[5] 하지만 김부식이 전傳 후미에 밝혔듯이 김장청金長淸의 『행록行錄』이 있었기에 상당한 정도의 분량으로 김유신의 생애를 엮어낼 수 있었다고 본다.[6] 이 때문에 '김유신전'의 논의에서 행록과의 관련성을 빠뜨려서는 곤란하다고 본다. 김장청의

5 김장청과 달리 김부식은 일단은 엄정한 전기를 추구했다고 해야 할 터이다. 김유신에 대한 친연성 때문에 일부 신화소를 남겨둔 것이 사실이지만 대체로 『행록』에서 문제가 될 만한 부분은 삭제하고 신뢰할만한 내용 위주로 취사선택하여 일대기를 구성한 것으로 나타난다.

6 『삼국사기』 卷第四十三 列傳 第三, 金庾信. "故刪落之 取其可書者 爲之傳."

『행록』이 어떤 내용을 포함하고 있었는지 정확히 알 수는 없다. 그럼에도 찬자가 김유신의 후손임을 고려할 때, 김유신의 출장입상적 면모를 다양하게 보여주면서 한편으로는 왕과의 관계, 집안사람들의 자취까지 비중있게 다룬 전기물로 파악된다. 더불어 상대적으로 허구나 과장의 여지가 높았을 것으로 보는데 몰락의 길에 접어든 김유신 가家의 신원伸冤이야말로 『행록』을 짓게 된 동기였다는 진단[7]을 주목할 필요가 있다.

그렇다면 당시 김장청은 입전이 무엇을 전기적 전범으로 삼았을까. 사마천司馬遷의 『사기史記』 열전은 과거 전기 작가들에게 지나칠 수 없는 전범으로 인식되어 왔으므로[8] 김장청의 『행록』도 『사기』와의 관계성 위에서 점검해 볼 수 있을 것이다. 하지만 『행록』은 조상의 위업을 가능한 널리 천양해야 한다는 의식의 산물로 여겨지는 만큼 영웅 신화적 요소가 상대적으로 많았을 것이라 유추된다.

결과적으로 객관적이고 합리적 시각의 소유자인 김부식으로서는 『행록』에 보이는 신화적 요소를 상당 부분 걷어내지 않으면 안 되었다고 본다. 다만 열전에서 온전히 신화소를 배제하지 못한 것은 한편으로 김유신에 대한 개인적 외경심, 그리고 신화속의 영웅에 못지않은 불멸의 존재였음을 강조하고 싶은 욕구 때문이 아닌가 한다. 김장청이나 김부식은 전혀 다른 시대에 활동한 사람들이지만 김유신을 영웅의 표상으로 내세운다는 공통점을 지닌다. 김유신의 영웅화를 맨 처음 시도한 김장청에게 건국신화는 여러 가지로 전범 구실을 했다는 것이 필자의 생각이다. 건국신화는 신격에 다가

7 이기백, 「김대문과 김장청」, 『한국사 시민강좌』 2집, 1988, 99~100쪽.

8 사기에서 입전대상들의 초인적 면모는 과장된 부분이 있다하더라도 사실적 증언에서 크게 벗어나지 않는다. 역사서로서 실증성을 고수함으로써 신격에 다가간 인물은 만나기 어렵게 되었다.

선 인물들을 등장시킨다. 하지만 김유신전이 지어진 신라 중대 시기는 건국영웅이 아닌 호국영웅이 활약하던 시기였다. 이 시대 영웅은 전대의 영웅에 비해 약화된 상으로 나타난다고 보는 것이 옳을 것이다.[9]

상고시기 영웅담을 보면 비범한 생을 구성하기 위해 갖가지 배려를 한다. 주몽朱蒙을 보면, 탄생부터가 예사롭지 않으며 흔히 말하는 '영웅의 일생'[10]의 틀에 대체로 부합된다. 그에 비하면 김유신의 일생은 상대적으로 평범한 편인데 이상탄생, 기아 모티브 등 신화소가 상당 부분 탈락되어있다. 그렇다면 영웅화의 대상으로 그를 우선적으로 지목하면서 영웅의 일생 단위를 왜 부여하지 않을까. 이는 그의 위업이 약해서가 아닌, 신화시대를 지난 후에 등장한 인물이라는 점에서 찾아야 할 듯싶다. 김유신은 건국신화에 보이는 영웅상을 고스란히 덧붙이기에는 지나치게 후대의 인물이다. 아무리 당대인들이 김유신을 영웅의 표본으로 치켜세우더라도 그는 당대적 영웅담의 관습 밖으로 나갈 수는 없었던 것이 아닌가 여겨진다.

그럼에도 전기작가, 전승자들이 김유신을 퍽 예외적인 대상으로 바라보았다는 점만은 분명하다. 『삼국사기』에 의하면 그는 청소년기에 이미 신라와 자신을 동일시하면서 국가의 안위를 고민하기에 이른다. 그리고 입산하여 조력자를 만난다. 그가 중악에서 만난 이는 호국 산신이었다.[11] 하

---

9 이상탄생, 기아 등의 신화소가 빠졌다고는 하나 『삼국사기』에서 김유신은 천상, 혹은 신과 수시로 소통하며 그에게 닥친 위기와 시련을 담대하게 극복하는 영웅성을 과시한다.

10 조동일, 「영웅의 일생, 그 문학사적 전개」, 『동아문화』 10집, 서울대 동아문화연구소, 1971, 169쪽.

11 앞의 책, 卷第四十一 列傳 第一, 金庾信 上. "真平王建福二十八年辛未 公年十七歲 見高句麗百濟靺鞨侵軼國疆 慷慨有平寇賊之志 獨行入中嶽石崛 齊戒告天盟誓曰 敵國無道 爲豺虎 以擾我封埸略無寧歲 僕是一介微臣 不量材力 志清禍亂 惟天降監 假手於我 居四日 忽有一老人 被褐而來曰 此處多毒蟲 猛獸 可畏之地 貴少年爰來獨處 何也 答曰 長者從何許來 尊名可得聞乎 老人曰 吾無所住行止隨緣 名則難勝也 公聞之 知非常人 再拜進曰 僕新羅人也 見國之讎 痛心疾首 故来此 冀有所遇耳 伏乞 長者憫我精誠 受方術 老人默然無言 公涕淚懇請不倦 至于六七 老人乃言曰 子幼而有并三

지만 무턱대고 찾아온 유신을 선뜻 받아주지 않았다. 어린 나이에도 불구하고 국가에 대한 충렬의식이 남다른 것을 확인하자 비로소 신라를 보위할 비결을 그에게 전한다. 서사진행상 '유신의 청원–산신의 경청–산신의 인가' 등의 계기성을 보이는 이 대목은 어느 부분보다 신화성이 강하다. 산신이 유신에게 "비법을 함부로 쓰면 앙화를 받들 것"이라 말한 것을 보면 지상의 누구도 알지 못했던 비책을 유신에게 전해주었음이 틀림없다. 그 자리는 천상과 지상을 매개하는 인물로 유신을 점지한 사건이지만 영웅되기에서의 입사入社의례로 보아 무리가 없다.[12] 이는 죠셉 켐벨에 따르면 영웅이 모험에 대응하기 위해서 초월적 능력을 겸비하는 단계라 하겠는데 김유신이 산신과의 만남을 통해 유년의 심상으로부터 분리되는 단계이다. 중악에서 신라 호국신과 조우하고 장차 호국 간성으로 점지 받은 그 이듬해 김유신은 다시 열박산咽薄山을 찾는다. 이때는 전과 달리 검을 지닌 채 "천관신은 빛을 내려 보검에 영험을 내려주소서"라며 영검으로 바꾸어 주길 천도관에게 간구한다. 3일에 걸쳐 간절한 청을 올리자 허성과 각성 두 별에서 빛이 내려와 검으로 파고드는 이적이 일어났다.[13] 그것은 천상의 영험한 기운이 스며들어 영검으로 바뀌는 숨 막히는 순간이 아닐 수 없었다. 사실 태몽을 돌아보면 유신이 명검의 소유자가 되는 것은 당연한 일로 보인다. 그가 태어나기 전 아버지 서현舒玄은 꿈에서 한 동자가 황금으로 만든 갑옷 차림으로 집안으로 들어오는 것을 본 터였기 때문이

國之心 不亦壯乎 万以秘法曰 愼勿妄傳 若用之不義 反受其殃 言訖而辭行二里許 追而望之 不見 唯山上有光 爛然若五色焉."

12 죠셉 켐벨, 이윤기 역, 『세계의 영웅신화』, 대원사, 1989, 99쪽.

13 앞의 책, 金庾信. "建福二十九年 鄰賊轉迫 公愈激壯心 獨携寶劒 入咽薄山深壑之中 燒香告天祈祝 若在中嶽誓辭 仍禱 天官垂光 降靈於寶劒 三日夜 虛角二星 光芒赫然下垂 劒若動搖然."

다. 태어날 때 이미 무장으로 운명 지어진 유신이 영검을 지니게 되었다는 것은 그가 본격적으로 영웅적 활약상을 펼칠 수 있게 되었음을 시사한다.

16, 17세에 신성지역에서 두 번에 걸쳐 접신하는 체험을 통해 유신은 이후 신라를 선도할 무사로서 인증을 받았다고 해도 과언이 아니다.

비책과 영검의 획득으로 말미암아 유신은 장차 어떤 시련과 장애가 있더라도 신라를 위해 적들과 맞서 싸울 수 있다는 용기와 자신감을 갖추게 된다. 영웅이란 신비로운 모험에서 거대한 힘을 가지고 돌아와 자신의 무리에게 은혜를 안겨주는 존재[14]라면 이제 유신도 나무랄 데가 없을 정도로 그 자격을 구비한 셈이다. 두 번에 걸친 신과의 조우는 건국영웅이 거치는 입사의례에 해당되는 것이었는데 이 의식은 사람들에게 어떤 고난과 위기가 닥치더라도 유신이 최후의 승자로 올라설 것임을 확인시키는 관문이었다.

2) 충군보국忠君報國적 자기헌신

영웅화의 한 단계인 입사의례를 거친 후에도 영웅에게는 난해한 과제들이 기다린다. 유럽 영웅담들에서는 곧 바로 방랑, 혹은 적과 대적하는 상황으로 이어진다. 노한 해신 포세이돈이 보낸 바람에 밀려 지중해로 밀려 나가거나 악의적인 세력과 대적해야 하는 오디세우스의 처지가 그러하다.[15] 하지만 김유신이야기는 입사의례담 이후 신화에서 전의 구도로 선회하는 경향을 보인다. 지략과 무술을 앞세워 악마나 괴물과 맞서는 신화 대신에 성년 이후 김유신이야기에서는 신라를 보우하고 강국으로 개조해

14 로버트 시걸, 이용주 역, 『신화란 무엇인가』, 아카넷, 2017, 176쪽.
15 위의 책, 80쪽.

나가는 역사이야기만이 따라붙는다. 조숙한 나이에 나라 지킴이를 자처했던 유신에게는 장차 풀어야 일들이 산적해 있는 듯했다. 고구려, 백제로부터 신라를 보위하는 일은 물론이고 삼국통일에 대한 열망도 그가 아니면 성취할 수 없었다는 것이 중론이었다.

그런데 김유신의 비범함이 타인을 압도하는 것은 분명하다 해도 영웅신화의 주인공과 같은 초월성과 신성성을 김유신에게 기대하기는 힘든 일이었다. 건국영웅들은 천상의 피가 흐르며 누구의 간섭이나 지시 없이 건국과 정도定都마저 스스로 주관하고 결단하는 권능을 보여준다.[16] 그에 비해 호국 영웅인 김유신의 재량권은 제한적일 수밖에 없으며 왕의 명을 받들어 나라를 방위하고 인민을 보호하는 일에 머물게 된다.

건국영웅이 환경을 압도하는 존재라면 호국영웅은 그에 종속된 존재라 말해도 좋을 것이다. 그 점에서 김부식이 김유신을 왜 오륜五倫의 실천자로 내세웠는지 어느 정도 헤아려 진다하겠다. 김부식은 유교의 오륜[17] 가운데도 군신유의君臣有義의 덕목을 가장 상세히 언급하고 있는 것으로 보인다. 『삼국사기』에서 이에 대응되는 기사는 한두 군데에 그치지 않는다. 그가 정계에 나아가 보필한 왕만 하더라도 선덕여왕, 무열왕, 진성여왕, 문무왕 등 4명에 이른다. 이 왕들을 차례로 섬기면서 그는 신라를 강국으로 바꾸는 데 진력했는데 그의 군신유의의 덕목은 어떤 왕에게나 동일하게

---

16 죠셉 캠벨이 영웅의 과제와 활약상의 정도에 따라 거인영웅과 인간영웅으로 분리한 바가 있거니와(죠셉 캠벨, 앞의 책, 328쪽) 영웅의 임무와 역할이 시대에 따라 달라진다는 의미에서 여기서는 건국영웅과 호국영웅으로 구분해 사용하고자 한다. 건국영웅은 나라를 세우는 등 대역사를 스스로 성취해나간다면 호국영웅은 이미 정한 목표를 명에 따라 수행하는 존재 정도로 구분이 가능할 터이다.

17 『孟子』, 滕文公 上. "聖人有憂之 使契爲司徒 敎以人倫 父子有親 君臣有義 夫婦有別 長幼有序 朋友有信."

적용된 것으로 나타난다. 유신은 공훈이 쌓이고 숭앙하는 시선에 휩싸여 자만해질 법도 했으나 제왕의 자리는 범접할 수 없다는 생각을 갖고 있었고 말년까지 왕을 높이고 자신은 낮추는 태도를 취했다.[18] 이 같은 겸양지덕의 처신이야말로 오히려 왕들로 하여금 그에게 의지하지 않을 수 없게 만들었다. 유신이 언제나 관심을 두었던 대상은 왕과 국가이며 그는 마치 그것을 위해 태어난 것 같았다. 그의 행동 범위는 "어질면서 충성스럽지 않으면 그 은혜를 사적으로 베풀게 된다"는 것이나 "지혜롭고 충성스럽지 못하면 거짓되기 쉬우며 용맹스럽되 충성스럽지 못하면 어지러워지기 쉽다"[19]는 말을 환기시키기에 충분했다. 그는 단지 충직한 신하를 넘어서 지략과 용기를 두루 갖춘 무장의 모습을 잃지 않는다. 예컨대 천도天道와 인도人道를 환기하며 진덕여왕을 끝까지 보필한다.[20]

유신과 춘추는 후에 군신지간君臣之間으로 관계가 설정되지만 신의를 나누었던 붕우시절의 연이 지속된다. 국사처리에 있어 한 사람은 외교관으로 한 사람은 지략을 겸비한 장군으로 그 역할을 나누어 수행했던 것이다. 한 예로 막강한 군사력의 백제를 견제하기 어렵게 되자 김춘추가 나서 당에 구원병을 청하는 사이 유신은 적을 이완시킬 요량으로 미치광이 행세를 하는가 하면 부하들이 물새가 군막을 지나는 것을 패배의 징조라며 상실감에 빠졌을 때 간첩이 올 것으로 풀이하고 대비시켜 승리를 거둔다.[21]

---

18 이를 두고 김유신이 나라에 멸사봉공하는 것 이외 다른 선택이 없었을 것이라 진단하기도 한다. 가야계의 후손인데다 성골만이 왕위를 계승할 수 있는 상황에서 충성심을 보임으로써 그의 입지는 확고히 다져지게 된다. 나라와 왕을 향하는 충직함을 통해 그는 약점과 장벽을 무화시켰다고 보는 것이다.

19 『忠經』, 辨忠篇. "仁而不忠 則私其恩 知而不忠 則文其詐 勇而不忠 則而其亂."

20 앞의 책, 金庾信.

21 위의 책. "於是 屯於道薩城下 歇馬餉士 以圖再擧 時有水鳥 東飛過庾信之幕 將士見之 以爲不祥 庾信曰 此不足怪也 謂衆曰 今日必有百濟人來諜 汝等佯不知 勿敢誰何 又使徇于軍中曰

뿐만 아니라 조비압을 간첩으로 활용하여 백제의 상황을 염탐한 후 공세를 취해 최소의 병력으로 대승을 거둔 일도 있다. 어느 경우나 불세출의 검술과 용역을 갖추고 있는데다 지략과 임기응변에 능한 지장으로 그려진 점은 주목할 만하다.

유신은 김춘추를 왕위에 올리는 데 결정적으로 기여했을 뿐 아니라 뒷날까지 보좌에 매진하였다. 한 때 춘추가 백제와의 전투에서 딸과 사위인 품석을 잃은 뒤 절망감에 빠진 적이 있었다. 유해마저 적중에 놓여있어 춘추공의 근심은 한층 깊을 수밖에 없었다. 중과부적의 상태로 백제군과 대량주에서 맞서 싸우게 된 유신은 훈련으로 다져진 신라군을 이끌고 치고 빠지기를 거듭한 끝에 백제 장군 8명을 생포하고 1,000여 명의 군사를 죽이는 기대 이상의 전과를 거둔다. 이어 백제 장군 8명과 품석과 그 아내의 유해를 맞바꾸자 해서 이를 성사시킨다. 이를 본 신라군의 사기가 높아져 악성 등 12성을 빼앗고 2만 명의 적을 죽이는 큰 전공을 얻게 된다. 사위와 딸의 유해 송환이 이루어지면서 유신과 춘추의 우의는 한층 깊어졌음이 틀림없겠는데 이 대목에서도 유신은 "이것이 모두 하늘이 주신 행복으로 된 것이지 내가 무슨 힘쓴 것이 있겠습니까"[22]라며 겸양의 태도를 보일 뿐이었다. 유신과 춘추의 이 같은 관계는 붕우유신朋友有信의 덕목을 나무랄 데 없이 구현한 예로 삼아 부족함이 없다. 김유신전은 유교적 윤리규범 안에서 김유신의 영웅성을 끌어내고 있음을 보여준다.

김춘추와 유신은 얼마든지 정적 관계로 돌변할 수 있는 사이였다. 하지만 이 둘은 젊은 시절 피로 맹약했던 대로 신의를 지키며 동지관계를 유지

堅壁不動 待明日援軍至 然後决戰."

22 위의 책. "此皆天幸所致也 吾何力焉."

하였다. 유신은 춘추를 위해 어떤 희생도 감수하며 춘추를 도왔을 뿐더러 특히 그가 왕위에 오를 수 있게 여건을 조성하였다. 동지로 대하던 춘추가 왕위에 오르자 신하의 예로 보필에 전심한 것을 두고는 붕우유신에서 군신유의로 덕목이 옮겨갔다 말해도 좋을 것이다.

3) 제가齊家와 가문의 명예현창

김유신전의 후반부는 가계에 상당한 비중을 두고 있다. 보통 전이 서두에서부터 종결 부위까지 주인공의 생애로 채워지는 것과 구성방식에서 차이를 보이는데 김유신 이외 가문 내 여타 인물까지 부조하겠다는 의도로 파악된다. 사실 김유신의 생전에는 왕들조차 앞장 서 김유신 가의 위업을 칭송하곤 했다.[23] 그러나 유신의 사후 시간이 흐르면서 그 영광이 점차 퇴색되기에 이른다. 김장청의 활동기에는 이 가문은 몰락의 지경에 처해 있었다. 조상인 김융이 혜공왕 6년770에 반란을 일으켰다가 복주되면서 유신 가에 가해지는 핍박의 정도가 높아졌던 것으로 진단하고 있다. 따라서 가문의 명예를 되찾기 위해 김장청이 신원적 글쓰기에 나섰으며 그 결과물이 『행록』이라는 것이다.[24]

『행록』의 중심내용은 김유신에 쏠려 있어야 하지만 신원의 효과를 극대화하기 위해서는 가문 구성원들의 면면까지 밝힐 필요가 있다고 보았던 것 같다. 지소부인, 김암, 원술 등을 더불어 거론함으로써 이 가문의 위국

---

23 문무왕의 다음 말은 김유신 가문이 얼마나 선망의 대상이 되었는지를 잘 대변해준다. "이제 유신이 할아버지와 아버지의 유업을 이어 사직을 맡을 만한 신하가 되어 나아가서는 장군이 되고 들어와서는 재상이 되어 공적이 뛰어났었소. 만약 유신 가문에 힘입지 않았다면 나라의 흥망을 알 수 없었을 것이요."(앞의 책)

24 이기백, 「김대문과 김장청」, 『한국사 시민강좌』 2집, 1988.

충절爲國忠節의 전통이 선명해졌다. 후손들의 자취 역시 선조와 다름없이 나라에 봉헌하는 것으로 요약되는데, 결과적으로 제가까지 소홀하지 않았던 유신의 또 다른 면을 새롭게 부각시키는 데도 도움이 되었음은 물론이다.

김유신전은 부부유별夫婦有別과 부자유친父子有親의 도덕률을 두고서 가족 구성원들 개개의 관계를 예시하기보다 국가와의 관계성을 지적하는데 더욱 집중한다.[25] 과거 남성들에게는 동정서벌하는 장부丈夫의 상을, 여성에게는 가정 내 현모양처의 상을 학습시켰다. 김유신 부부는 그런 전형으로 채택되었다고 보아도 무리가 없다. 지소부인은 부부유별의 덕목을 가정 내에서 구현하고 있는 구체적인 예에 해당한다고 보았다. 지아비를 지극히 섬기고 가문의 누가 되지 않게 자식 교육에 힘쓰는 지소부인의 덕행은 타인의 귀감이 되기에 충분했다. 김유신이 세상을 뜬 뒤 문무왕이 "지금 서울과 지방이 편안하여 임금과 신하가 베개를 높이 베고 근심 없이 지냄은 태대각간의 덕택이니 오직 부인이 그 집안을 잘 다스리고 경계하여 도와 뒤에서 도운 공이 뛰어났었소"라는 말로 지소부인을 칭양했다. 또한 해마다 벼 1,000섬을 하사함으로써 그 덕성을 가능한 널리 알리려 했다. 지소부인이 부덕에 그치지 않고 남성 못지않게 충일한 국가관의 소유자였음이 이로써 분명해진다.

그렇지만 가정보다 국가를 우선시하는 김유신 부부에게도 결단하기 쉽

25 유교에서는 나의 출발지점을 가(家)로 설정한 다음 가족 구성원과 나와의 이상적인 관계 설정에 대한 처방으로서 부부유별, 부자유친 등 가족 구성원들 간의 관계성에 대한 규범을 제시해 놓고 있다. 하지만 김유신전은 가문 구성원들 간의 사적인 예화에 그치지 않는다. 즉 김유신전의 후반부는 가문 사람들 간의 사적인 범주를 벗어나 국가와 가문의 관계성을 드러내는 데 비중을 두고 있다.

지 않은 문제가 발생한다. 즉 문무왕 시 당나라의 장창부대와 전투를 벌이는 중에 신라 장군 효천曉川, 의문義文 등이 전사하자 유신의 아들 원술元述이 죽기를 각오하고 이들과 맞서고자 한다. 하지만 담릉淡凌의 거듭된 만류로 퇴각하고 만다. 이후 노병 아진함阿珍含 역시 원술의 참전을 가로막은 채 아들과 함께 당군과 맞서 싸우다 전사하게 된다.[26] 후에 이 사실을 알게 된 유신은 왕에게 "원술은 임금의 명령을 욕되게 했을 뿐만 아니라 또한 가정의 훈계도 저버렸으니 목을 베어야 한다"고 상소하기에 이른다. 국가제일주의자 유신으로서는 혈육이지만 퇴각해 목숨을 부지한 것으로 여겨지는 원술을 묵과하는 것이야말로 부자유친父子有親의 도리에 반한다고 생각했다.[27] 부에게 끝내 외면당하던 원술元述은 유신의 사후에야 지소부인을 뵙기로 하는데 부인 역시 냉정한 태도로 대면하기를 거부한다. 그녀는 부父에 대해 자식노릇을 못했으므로 자신도 원술을 자식으로 대할 수 없다는 이유를 댔다. 참작의 여지가 충분한데도 불구하고[28] 지소부인은 원술이 가정의 법도를 따르지 않았다면서 냉혹하게 모자간의 인연을 끊고 만다. 그녀는 남편 못지않게 사사로운 정을 뿌리치고 위국충절을 최고의 가치로 내세운 셈이다. 지소부인은 부부유별의 가르침을 실행으로 옮

26 『삼국사기』卷 第四十三, 列傳 第三 .

27 당나라 군사에 대적하다가 장창부대가 패퇴한 후 비장으로 있던 원술이 치욕을 씻기 위해 일전을 벌이고자 했으나 담릉이 승산이 없다며 출전을 막고 나섰다. 원술이 물러난 뒤 노병인 아진함과 그 아들이 중과부적의 군사를 이끌고 맞서 싸우다 죽게 되자 원술의 비겁함을 보다 못한 유신이 왕에게 아들의 목을 베어달라고 참소하게 된다.(『삼국사기』卷 第四十三, 列傳 第三)

28 문면에서 보면 원술은 일신을 도모하려 애쓴 것도 아니고 공포심 때문에 전장을 벗어난 것도 아니었다. 그도 적과 싸우다 죽을 각오가 되어 있었으나 담릉과 아진함이 원술을 밀치고 싸우기를 고집하는 바람에 의도와 달리 살아 돌아올 수 있었다. (『삼국사기』卷第四十三, 列傳 第三)

겼을 뿐만 아니라 남편이 남긴 부자유친의 유훈을 실천으로 옮긴 여인이었다. 간략하지만 유신의 적손인 윤중允中, 윤문允文의 활약상도 삽입된다. 이들이 조부에 이어 당나라 군사와 합세하여 발해를 격퇴한 점을 환기하며 다시 김암金巖의 활약상을 제시하는 것으로 나타난다. 천성이 총명하고 민첩한데다 방술에 뛰어났던 김암은 패강지역으로 충해가 번지자 산꼭대기에 올라가 향불을 피우고 천상에 기도하여 병충을 박멸시키는 이적을 행한다. 이는 위기국면마다 천상에 기도하여 감응력을 이끌어내던 유신의 신통력과 방불한 데가 있다. 이렇듯 후손들도 충정어린 자취를 남겼으나 유신 가문은 점차 망각되고 나아가 홀대까지 당하게 된 것이 당시의 상황이다. 조상령祖上靈으로서 유신은 이를 보고만 있을 수 없었다. 곧 779년 김유신의 무덤에서 일어난 회오리바람이 미추왕의 능 안으로 옮겨간 뒤 갑자기 그곳에서 탄식하는 소리가 터져 나와 사람들이 놀라게 되었다는 것인데 김유신령이 미추왕에게 가문과 후손을 홀대하는 현왕의 처사에 울분을 터뜨린다. 이는 『삼국사기』, 『삼국유사』에 공통적으로 발견되는 일화로 김장청이 조상령인 김유신의 입을 빌려 가문에 대한 보훈을 호소한 것이라 하겠다.

김유신전에서 여타 가족 구성원들은 결국 김유신을 돋보이게 하는 소품적 기능으로 전락할 가능성이 다분하다. 그러나 전傳의 후반부는 지소부인, 원술, 김암, 윤중, 윤문 등의 행적과 위업을 개별단위로 상세히 나열함으로써 유신의 유지가 후손들에게 변함없이 이어졌음을 확신시키는 효과가 있다.

4. 『삼국유사』의 영웅화방식

1) 삼생관三生觀의 적용과 업業의 제시

『삼국유사』는 역사를 지향하면서도 서사적 가능성도 간과하지 않는다. 사서史書라면 사실성의 부족을 탓하며 소거시켰을 내용들이 『삼국유사』에 오면 도리어 비중 있는 서사단위로 바뀐다. 김유신의 일생만 하더라도 『삼국유사』에서는 문헌적 사료보다는 구비전승적 자료가 한층 의미 있게 받아들여진다. 『삼국사기』를 참조, 내지 이기하는 방법을 택할 수도 있으나 『삼국유사』는 이를 좇지 않았다. 애초 『삼국사기』에서 누락된 역사를 갈무리한다는 취지도 맞지 않거니와 일생을 바라보는 시각 자체가 다른 사람들과 달랐던 때문이 아니었을까. 유교적 시각으로 보아서는 허탄하기 이를 데 없는 삽화들을 집중해 끌어들이고 있어 유가적 찬撰의식에 길들여져 있는 이들에게 '김유신'조가 주는 당혹감은 적지 않다. 확실히 이는 통상적인 전기를 넘어선다.

『삼국사기』의 김유신이 유교적 세계관을 바탕에 둔 영웅이라면 『삼국유사』의 '김유신'은 불교적 세계관을 바탕으로 구현된 영웅에 해당될 터인데 민중들이 유신을 어떻게 바라보고 있었는지, 불교적 세계관을 개입시킬 때 영웅상이 어떻게 달라지는지를 보여준다. '김유신'은 『삼국사기』 열전에서와 같이 김유신의 일대기를 염두에 둔 것이 분명하나 현생 대신 전생을 대입함으로써 인과응보, 윤회관념이 돌출되고 있는 바, 전기의 전통적 관념을 전복시키고 있다고 해도 과언이 아니다.

일단 내용을 따라가 보자. 서현舒玄과 만명萬明 사이에서 태어난 유신은 어릴 때부터 동량지재로 신라인의 기대를 받으며 성장하다가 화랑의 무리에 들어간다. 화랑도 중에 백석이 유난히 그에게 접근해 고구려를 정탐하러 가자는 제안을 해왔다. 평소 고구려의 정세가 궁금했던 유신이 흔쾌히 이를 받아들여 길을 떠난다. 그러다 갑자기 나타난 세 여인이 유신에게 백석이 실은 고구려의 첩자이며 유신을 고구려로 유인해 죽이려는 음모이니 속지 말라 했다. 서둘러 핑계거리를 대 신라로 복귀한 유신이 치죄 끝에 받아낸 내막은 다음과 같았다. 원래 유신은 고구려에서 점쟁이로 이름을 날렸던 추남이었다. 그런데 왕이 추남에게 국경의 역류현상에 물었을 때 왕비의 음행 때문에 그렇다는 풀이를 내놓자 앙심을 품은 왕비가 함안에 든 쥐의 수를 맞히지 못했다는 죄를 씌워 그를 죽인다. 원한이 사무쳤던 추남은 미래세에 신라의 장수로 태어나 고구려를 멸망시키겠다는 유언을 남겼다. 추남이 저주한 대로 사태가 진행되자 당황한 고구려에서 백석白石을 신라로 밀입시켜 유신을 유인한 뒤 죽이려 했던 것이다.[29]

내용으로 보아 구비전승의 가능성이 농후한 사례로 보아 무리가 없을 듯하다. 인과응보, 삼생관을 축으로 전개한 것으로 보면 불교적 세계관을 주입하고자 하는 화자의 뜻이 드러난다. 자타카에서 보듯 불교서사는 삼생三生의 구도에 친숙하다. 열반에 이르지 못한 존재라면 전생, 현생, 후생으로 이어지는 윤회의 굴레에서 벗어날 수 없다고 보는데 '김유신'도 삼세양중三世兩重 사고[30]를 기저에 깔고 있다.

29 『삼국유사』 卷 第一, 紀異 第一, 김유신.

30 과거세로부터 현재세, 다시 미래세에 이르는 삼세에 걸친 인과 관계를 말하는 것으로 대소승 불교에서 오랜 기간 동안 관념해온 사고이다(水野弘元, 김현 역, 『원시불교』, 지학사, 1988, 122쪽).

불교적 세계관을 반영하는 데 있어 먼저 떠올릴 수 있는 것이 인과법칙의 주입이다. 사실 『삼국유사』의 김유신 조는 유신의 이야기이면서 고구려와 신라 두 국가의 흥망성세의 이면사로 볼 여지가 없지 않다. 김유신은 고구려, 신라의 국운이 갈리는 지점에 서 있다. 추남秋南을 죽음으로 내몬 장본인은 왕비라 할 수 있으니 그녀가 업보를 받는 것이 순리에 맞는 일이다. 죗값대로 축생도 혹은 지옥에 떨어지거나 미물로 태어나는 등의 업보를 받아야 마땅한데 이 경우는 고구려 전체가 응보를 당하는 식으로 전개되었다.

추남의 죽음은 당장 단시간 내 인간관계를 보여줄 수도 있으나 여기서는 다생다세多生多世의 흐름으로 구조화되어있다.[31] 왕비의 무명과 행으로 추남의 죽음이 촉발되었는데 죽음과 동시에 그가 만명의 품으로 들어가는 기이함이 고구려 왕의 몽으로 시현된 것이다. 이 몽은 추남에서 유신으로 이어지는 전후생의 전변을 보여주면서 업보의 엄중함을 다그친다. 업사상과 삼생관을 밀도 있게 적용시키고 있다는 점에서 사중寺衆에서 발원한 이야기일 것이다.

현세도 그렇지만 과거세와 미래세는 사람들의 호기심을 증폭시킨다. 생이 어디서 흘러왔으며 어떻게 흘러갈지를 누구도 알지 못하지만 불교적 인과응보의 원리는 미래세에 무엇으로 태어날지를 가늠해볼 수 있게 한다. 추남이 억울하게 죽은 것은 인因에 속하고 추남이 김유신으로 환생하여 고구려를 멸망시키는 일은 과果에 속한다. 이는 우연이 아니라 필연의 결과이다.

---

31 위의 책, 56쪽.

그렇다면 고구려의 멸망과 신라의 부흥이란 인과론적 진행이 김유신의 영웅성을 약화시키지 않을까 하는 의문을 피할 수 없다. 삼국 간 흥망을 다루는 거대 담론으로 본다면 김유신의 존재적 의미는 부차적인 것으로 바뀔 수 있다. 거기다 김유신조차 삼생유전의 흐름에 갇혀있는 것으로 비치고 있는 만큼 영웅성의 약화는 피할 수가 없다.[32] 그러나 그 때문에 유신의 영웅성이 훼손되지는 않는다. 무엇보다 추남의 환생에 의해 신라인이 된 유신이 호국의 선봉에 섰음을 직시할 필요가 있다. 무장으로, 재상으로 어느 곳에 위치해 있든 신라와 백성에 대한 애정과 희생은 변함이 없었다. 그의 호국과 애민은 현생을 넘어 내생으로까지 이어진다는 특징이 있다.

석가는 무상도無上道를 추구한 끝에 열반에 들어감으로써 스스로 불교적 영웅임을 현시하였다.[33] 그에 비할 때 김유신을 불교적 영웅으로 명명할 수는 없다.[34] 윤회의 굴레에서 벗어나지 못한 일은 결정적인 결함이다. 그러함에도『삼국유사』에서 김유신이 주술사에서 출발하여 신격의 지위에 들어선 것은 주목할 일이 아닐 수 없다.[35] 열반 적멸의 세계를 추구하는 대신 신라 보위만을 전부라 여겼던 유신은 지상의 삶을 마감한 뒤에도 신라 수호의 임무에 매달려 있는 수호령守護靈으로 부활한다.[36] 신라공동체의 시각이 아

---

32 범인이라면 피할 수 없는 것이 윤회이므로 불교에서는 현생만을 주목해야 한다고 고집하지 않는다. 세상에는 고정된 것이 없다는 제법무아적 시각이 김유신의 일생담에도 들어있다고 보아야 한다.

33 죠셉 켐벨, 앞의 책, 39쪽.

34 김승호,「불교적 영웅고」,『한국문학연구』12집, 한국문학연구소, 1989, 329~354쪽.

35 김유신의 생 역시 윤회적 굴레에서 벗어나지 못한다고 해서 영웅성을 부정하는 건 옳지 않다. 그는 환생을 거듭하지만 자유의지에 따라 신라 수호의 중심에 서게 되며 결국 신격의 위치로까지 비상했음을 주목할 필요가 있다. 그는 숙명에 갇힌 채 생을 수동적으로 받아들이는 것이 아니라 스스로 세계를 열어나가려 한다.

36『삼국유사』에서 김유신의 생이 과거세, 현세, 미래세로 구분지어진 것으로 볼 때 불교적 인과 윤회사고의 서사적 대응이라 하겠다. 그러나 해탈이나 열반에 든 것이 아니기에 김

니더라도 호국영웅으로 인정하는 데 어떤 이의도 따르지 않을 것이다.

2) 호국 신격神格으로의 윤회

『삼국유사』에서 김유신의 미래세를 전하는 것으로는 미추왕죽엽군味鄒王竹葉軍 조와 만파식적萬波息笛 조를 들 수 있다. 우선 미추왕죽엽군 조를 살펴보기로 하는데 줄거리를 요약하자면 이렇다. 어느 날 김유신의 무덤에서 회오리바람이 일어난 후 미추왕릉으로 거세게 옮겨가는 광경이 펼쳐진다. 그 후에 분노한 김유신이 미추왕에게 하소연하는 소리를 듣게 되는데 평생토록 어지러운 나라를 구하고 삼국통일을 이루었음에도 경술년770에 자신의 후손이 무고하게 죽음을 당했다며 더 이상 신라를 진호하지 않겠다는 것이었다. 김유신의 분노는 미추왕이 자신과 유신이 나라를 지키지 않는다면 신라 백성들이 위태로운 지경에 빠질 수 있다며 호국령으로서의 사명감을 상기시키는 것으로 일단 가라앉는다.[37] 어쨌든 이 대목을 통해 우리는 김유신과 미추왕이 사후에 호국 영령으로 동거하고 있음을 알 수 있다. 미추왕과 유신은 설사 사후의 세계일지라도 조우의 가능성을 상정해보기 어려울 정도로 활동시기가 다르다. 그럼에도 이들이 동거의 짝이 된 까닭은 미추왕과 김유신이 동일하게 김씨라는 점에서 찾아야 할 것이다.[38]

유신 이야기를 불교적 영웅담으로 삼기는 어렵다. 그렇지만 불교적 시간관을 적용시킨 사례임은 분명하다. 김유신의 현생이 생각 이상으로 미미하게 처리된 점은 눈길을 끌기에 족하다. 연대기적으로 현생을 촘촘하게 재구하는 것도 의미가 있으나 시각을 확장해 삼생을 아우름으로써 인과윤회의 의미가 한층 선명히 다가온다.

37 『삼국유사』 卷 第一, 紀異 第一, 未鄒王 竹葉軍.

38 미추왕과 더불어 무덤에서 조우하는 일화는 『삼국사기』의 열전 말미에도 삽입된 것으로 보아 이 역시 김장청의 『행록』에서 따왔을 여지가 높다. 김장청은 김씨 성을 가진 유신과 미추왕을 동시에 등장시키는 것이 가문의 공업을 알리는 데 유리하다는 판단을 했을 터이다.

김유신의 미래세를 보여주고 있는 또 다른 예가 만파식적이다. 핵심 부분만 소개하면 이렇다. 신문왕이 선왕을 위해 감은사를 세운 그 이듬해 작은 산이 물결을 따라 감은사 쪽으로 다가오는 일이 벌어진다. 일관이 이르기를 수호룡이 된 문무왕과 33천[39]의 한 아들이 되어 다시 인간세상으로 내려와 대신이 된 김유신이 신라 성을 지킬 수 있는 보물을 전해주려는 기미라 했다. 그에 따라 신문왕이 감은사에 이레를 머물며 기다린 끝에 용으로부터 옥대를 받게 된다.[40] 산과 대나무가 갈라지는 기이한 일을 두고 신문왕이 의문을 품자 대나무란 합쳐져야 소리가 나는 것이므로 소리로 천하를 다스리게 될 징조라는 일관의 풀이가 소개되고 있는데, 이 조는 신라의 화평함을 위해 신문왕과 김유신이 용을 시켜 신문왕에게 피리를 건네준 기연을 풀어놓은 것이다. 여기서 눈길을 사로잡는 것은 김유신이 사후에 33천의 하나가 되었다는 것, 그리고 문무왕이 감은사를 지어 왜병을 진압하려다 이루지 못한 채 죽어 동해의 용이 되었다는 점이다. 33천이란 불교에서 물리적 공간이 아닌 천신을 가리키므로 사후 김유신은 천상의 신이 되었음이 밝혀진다. 천신은 하늘에서 부처님을 보좌하고 천인을 교화하는 것은 물론 경우에 따라서는 지상으로 내려와 자비와 시혜를 아낌없이 베풀어주는 존재이다.

만파식적에 보이는 김유신은 불교적 영웅으로 탈바꿈해 있다. 생전에 이미 그는 호국의 상으로 새겨졌던 터이므로 신라를 외호하는 영원불사의 존

---

39 33천은 육욕계의 하나로 수미산의 정상에 위치한 하늘을 가리킨다. 그 중앙에는 제석천이 있으며 제석천을 포함, 사방에는 8인이 있다. 만파식적에서는 김유신이 천신의 아들이 되었다고 했으나 어쨌든 미래세의 그는 신격이 아닐 수 없다(『불교용어사전』, 경인문화사, 778~779쪽).

40 『삼국유사』 卷 第二, 紀異 第二, 萬波息笛.

재로 설정하기에는 더없이 적절한 조건을 갖춘 존재였다. 불교신앙과 통일의 염원으로 뭉쳐진 신라인의 염원을 반영하듯 그는 미래세에 신라를 진호하는 천신으로 좌정되었다. 김유신을 33천 중 하나로 정좌시킨 것은 만파식적이 불교적 천관을 기저에 두었음을 말해준다. 천신은 하늘을 관장하는 존재이므로 그곳의 권속들을 살피고 부처를 보위하는 것이 주 임무라 할 수 있다. 하지만 그는 천상에 머물면서도 때로는 지상에 강림하여 사부대중의 고초와 번민을 해결해주는데 앞장선다.[41] 따라서 사후 김유신을 33천의 하나로 설정한 것은 이상한 일이 아니다. 신라인들은 구국의 선봉에 섰던 생전의 유신을 잊지 못한 나머지 그가 죽자 33천의 하나로 모시고 위안을 받으려 했다. 신라인들은 김유신이야말로 국태민안으로 인도하고 신라를 존속시키는 수호신이라 여겼다.

5. 나가며

서사문학사상 최고의 영웅은 건국을 추동했던 인물들이었다고 보겠는데 시대가 바뀌면서 호국에 앞장선 이들을 영웅으로 대하게 된다. 삼국 중 뒤늦게 등장한 신라가 초반의 열세를 만회하여 삼국통일의 위업을 이룰 수 있었던 가장 큰 요인으로 김유신의 등장을 꼽곤 했다. 그에 대해 신라

41 김유신의 사후를 제석천에 비유해도 어색하지 않을 것 같다. 제석천은 환인으로 불리기도 하며 천상에서는 부처를 호위하는 것이 주 임무임에도 천하 사부대중들에게서 눈을 떼지 못한다. 환웅이 홍익인간의 이념을 실현하고자 할 때 적극 고조선의 건국을 후원했으며 홍륜사가 화재로 잿더미가 되자 우왕좌왕하는 사중들을 대신해 절을 세워주고 천상으로 복귀한 것도 제석천이다(『삼국유사』 卷 第三, 第四 塔像).

인들이 얼마나 큰 관심과 애정을 보였는지는 그에 부연된 숱한 전승, 일화들이 말해준다. 김유신 전승들은 주몽담과 같이 영웅의 일생 구도와 일치하지 않는다 해도 신라인들이 관념한 영웅상이 다채롭게 투사되고 있는바, 이 글에서는 범위를 좁혀 『삼국사기』와 『삼국유사』에 구현된 김유신의 영웅적 형상을 유교, 불교사상과 연관시켜 검토해 보았다.

김부식의 『삼국사기』는 10권의 열전 가운데 3권 분량을 김유신전에 할애하여 어떤 인물보다 그 존재적 의미를 부각시키려 했다. 그는 선행했던 김장청의 『행록』을 비판적으로 수용하여 전으로 편성하였는데 『행록』을 일차 사료로 삼되, 윤리규범인 오륜에 유념하여 김유신의 영웅성을 밝히고자 하였다. 물론 김유신전에는 천우신조의 입사의례를 보여주거나 수시로 천상과 소통하는 주술가의 능력이 제시되기도 하지만 기본적으로 그의 영웅성은 유교적 도덕규범을 포용하는 선에서 구현된다. 이에 반해 『삼국유사』는 현생 이전으로 거슬러 올라가 전생부터 들여다보길 주저하지 않는다. 현생은 과거세에 지은 업의 결과라는 사고에서 출발하여 순환하는 생을 계기적으로 보여주려는 의도가 감지되거니와 삼생의 추적이 교화와 성찰의 여지를 높인다고 여긴 것이다. 『삼국유사』에는 전생 못지않게 여러 군데에서 불교의 천신이 되어 여전히 신라를 수호하고 있는 미래세의 김유신을 증언해주고 있다. 이로써 전생, 현생, 후생 안에서 단절없이 신라 호국에 앞장서는 호국영웅의 상을 각인시킨다. 신라인들은 진충보국하던 김유신의 생전 모습을 사후까지 투사시켜 미래세까지 그의 보호 속에 안주하기를 소망하였다.

『삼국사기』와 『삼국유사』는 유가, 불가를 떠나 김유신에 대한 영웅화의 열기가 대단했음을 증명한다. 그럼에도 두 문헌은 유불사상을 개별적으로 적용시킴으로써 영웅화 방식에서 상당한 편차가 생기게 되었다. 유가를 대변하는 『삼국사기』가 김유신의 지상적 삶에 시각을 고정한 채 유교의 실천 덕목을 문제 삼았다면 불가를 대변하는 『삼국유사』는 삼생을 일생 단위로 수용하여 인과응보와 함께 윤회 속에서도 호국의지를 다지고 있는 김유신의 내세까지 주의 깊게 들여다보라는 주문을 담고 있다.

제8장

중세 금석문 소재 불교설화의 통시적通時的 연구

승비僧碑의 핵심 모티브를 중심으로

1. 들어가며

한국의 초기 문학이 구비중심으로 전개되었다고 보는 데 이론이 없으나 구체적으로 문학사적 정황을 추적해보기란 생각만큼 수월한 일이 아니다. 과거시기를 보여주는 설화자료의 부재가 무엇보다 큰 장애라 할 수 있겠는데 그나마 이런 연구적 한계를 보완해 줄 수 있는 자료가 있다면 중세 금석문이 아닐까 한다.

초기 서사 자료가 충분치 못함에도 삼국 시기 설화 연구의 성과는 그리 빈약해 보이지 않는다. 여기에는 『삼국유사』란 초기 불교설화 자료가 무엇보다 큰 역할을 했다. 그러나 13세기 찬출된 『삼국유사』 소재 설화는 삼국 시기의 원형담이 아닌 고려 후기까지 잔존했던 전승담의 일부라는 사실을 직시할 필요가 있다. 따라서 초기 불교설화의 본 모습을 살피기 위해서는 가능한 설화출현과 근접한 자료에 다가가는 일이 선행되어야 할 것이다. 이후에 삼국시대 설화를 총체적으로 천착하는 작업이 뒷받침되어야 마땅한 일이다.

이 글에서 논의대상으로 삼는 승비에는 단편적이나 설화가 풍부하게 실려 있어 여타 금석물과 비교된다. 설화에서 근원을 유추하고 전승의 후대적 양상을 계기적으로 추적하기가 힘든 것이 사실이나 승비들은 이 같은 난점을 다소나마 해소시켜줄 설화 채록물이라 해도 과언이 아니다. 설화채기의 시점을 명료하게 제시해줌으로써 근원설화의 유무와 출현시기, 전승 담당층, 후대의 변이양상 등에 대한 정보를 제공받을 수 있음은 큰 장점이 아닐 수 없다. 이 같은 점에서 불교금석문을 논의 대상으로 정했거니와 특히 모티브에 초점을 맞추어 설화의 근원과 후대적 변이양상을 밝힘으로써 윤곽조차 모호한 중세시기 설화사의 한 국면을 드러내고자 하는 것이 이 글의 의도이다.

2. 중세 불교금석문의 설화수용 특성과 논의대상

본 논의에서는 신라 말부터 고려 말까지의 금석문을 살피기로 한다. 6~8세기에도 불교금석문이 없지는 않으나 사례가 많지 않아 주로 언급될 대상들은 9~14세기의 것에 몰려있다. 현재 한국 금석문을 가장 폭넓게 수록하고 있다 할 『한국금석전문』[1]에는 659개의 중세 금석문이 수록되어있다. 이들 비문들은 다양한 기능과 목적을 가지고 있으나 가장 큰 비중을 점하고 있는 비는 역사인물의 행적을 전하는 전기 목적의 비문이다. 이들은 역사인물이나 특정시대를 보여주는 데 결정적인 준거가 되기 때문에 역사 연구 영역에서는 소중하게 인식되어 왔다. 반면 서사문학영역에서는 단편적인

1 허홍식 편저, 『한국금석전문』 상·중·하, 아세아문화사, 1984.

사실의 나열에 불과한 기록일 뿐인데다 허구성이나 서사성이 약하다는 인식이 작용하여 이를 서사적 대상으로 삼는 데 소극적이었다.[2]

하지만 그런 선입견을 넘어서는 사례도 있음을 직시할 필요가 있는데 유가의 금석문이 연대기적 나열에 불과한 것과 달리 불교금석문은 설화적 요소의 수용에 거부감이 적은 것으로 밝혀진다. 물론 불교금석문이 모두 설화적 서사단위를 갖추었다 하기는 어렵다. 하지만 신앙의 영험, 초월적 이사마저 포괄하고 있어 일부 승비는 초기 설화의 근원과 전파의 흐름을 살피는데 긴요하게 활용될 수 있다.

고승의 일생을 기리는 승비 제작은 고승들의 출현과 맞물려 대두되었을 것이다.[3] 현전 최고의 설화수용 승비라 할 「서당화상비誓幢和尙碑」는 8세기에 출현했다. 하지만 이때까지는 승비건립이 드물었던 것으로 보인다. 승비에 대한 관심이 점차 늘어나는 때는 신라 말이라 할 수 있으며 고려 시기에 들어서면서부터 승비의 건립이 두드러지게 된다. 나려시대에 세워진 73개의 승비 중 62개가 고려조의 것이라는 사실이 이를 말해준다. 사실 승비의 건립은 승단만의 사업으로 그치지 않았다. 적잖은 유자들이 비문의 찬술을 주선해주고 왕과 호불유자들이 재정적 후원자를 자처함으로써 승비건립이란 목표가 실현될 수 있었다.[4]

---

2 그러나 문학사에서 금석문이 소홀히 취급된 까닭에 대해 조동일은 중국, 일본 문학사를 따른 결과라는 색다른 견해를 제시하고 있어 주목된다(조동일, 『동아시아문학사비교론』, 서울대 출판부, 1993, 335쪽).

3 일반적으로 765~780년 사이에 세워진 「고선사 서당화상탑비」가 현전 최고의 승비로 알려져 있으나 그 이전에도 건립사례는 적지 않았다고 보아야 옳다. 가령 진흥왕 5년 갑자(544)에 벌써 「아도화상비」가 건립된 것으로 『삼국유사』는 전하고 있다.

4 이지관 역주, 『역대고승비문』 고려1, 가산문고, 1994, 508쪽. "문하의 스님들이 대사의 기념비를 세워 길이 빛날 수 있도록 윤허를 청하였다. 왕이 허락하였으나 석판을 구하기가 매우 어려워 남해의 해변인 여미현에서 채취하여 선편으로 운반해 오도록 하였지만

이후 논의과정에서 주목할 승비를 포함, 신라 말부터 고려 말 시기에 등장한 승비 가운데 일정한 정도로 서사성을 갖추고 있거나 설화 모티브를 수용하고 있는 사례를 제시해본다.

번호	금석문명	승명	법호	생존연대	모티브유형	기록연대
1	高仙寺 誓幢和尙塔碑文	元曉	誓幢和尙	617~686	태몽, 진화구중	765~780
2	斷俗寺 神行禪師碑文	金□□	神行禪師	704~779	임종	813
3	大安寺 寂忍禪師淸淨塔碑文	朴慧徹	寂忍禪師	785~861	진화구중, 임종	872
4	寶林寺 普照禪師彰聖塔碑文	金體澄	普照禪師	804~880	태몽	884
5	雙磎寺 眞鑑禪師大空塔碑文	崔慧昭	眞鑑禪師	774~850	호랑이 호위	887
6	鳳巖寺 智證大師碑文	金道憲	智證大師	824~882	이인 조언	924
7	鳳林寺 眞鏡大師寶月凌空塔	金審希	眞鏡大師	855~923	태몽	924
8	廣照寺 眞澈大師寶月乘空塔碑	金利嚴	眞澈大師	870~936	태몽	937
9	瑞雲寺 了悟和尙眞原塔碑文	朴順之	了悟和尙	?	태몽	937
10	菩提寺 大鏡大師塔碑文	金麗嚴	大鏡大師	862~930	태몽	939
11	毘盧庵 眞空大師普法塔碑文	金□運	眞空大師	855~937	태몽	939
12	普賢寺 朗圓大師悟眞塔碑文	金開淸	朗圓大師	835~930	태몽, 임종	940
13	興法寺 眞空大師塔碑文	金忠湛	眞空大師	869~940	태몽	940
14	鳴鳳寺 境淸禪院 慈寂禪師陵雲塔碑文	金洪俊	慈寂禪師	882~939	태몽	941
15	淨土寺 法鏡大師慈燈塔碑文	李玄暉	法鏡大師	879~941	태몽	943
16	興寧寺 澄曉大師塔碑文	□折中	澄曉大師	826~900	태몽	944
17	無爲寺 先覺大師遍光塔碑文	金道詵	先覺大師	827~898	태몽	946
18	大安寺 廣慈大師碑文	□允多	廣慈大師	864~945	도둑퇴치	950
19	太子寺 郎空大師塔碑文	崔行寂	郎空大師	832~916	태몽, 문수감응	954
20	鳳巖寺 靜眞大師圓悟塔碑文	王兢讓	靜眞大師	878~956	태몽, 호랑이 호위	965
21	高達寺 元宗大師慧眞塔碑文	金燦幽	元宗大師	869~958	태몽	975
22	普願寺 法印國師寶乘塔碑文	高坦文	法印國師	900~975	태몽, 임종	978
23	智谷寺 眞觀禪師碑文	安釋超	眞觀禪師	912~964	태몽, 이물감응	981
24	淨土寺 弘法國師實相塔碑文	?	弘法國師	?~?	태몽	1017
25	靈巖寺 寂然國師碑文	金英俊	寂然國師	932~1014	태몽, 기아, 이물보호	1023

그 노비를 계산하니 천만 냥(千萬兩)만 드는 것뿐이 아니었다. 다시 재가를 받아."

번호	금석문명	승명	법호	생존연대	모티브유형	기록연대
26	居頓寺 圓空國師勝妙塔碑文	李智宗	圓空國師	930~1028	태몽, 몽중조언	1025
27	浮石寺 圓融國師碑文	金決凝	圓融國師	964~1053	태몽, 강수이적	1054
28	七長寺 慧炤國師碑文	李鼎賢	慧炤國師	972~1054	태몽, 강우이적	1060
29	法泉寺 智光國師玄妙塔碑文	元海鱗	智光國師	984~1070	태몽, 문수감응	1085
30	靈通寺 通炤僧統智稱墓誌名	尹智偁	通炤僧統	1113~1192	어로금지	1193
31	斷俗寺 大鑑國師碑文	孫坦然	大鑑國師	1069~1158	강우이적	1172
32	玉龍寺 先覺國師碑文	金道詵	先覺國師	827~898	태몽, 왕위 예언	1150
33	鉢淵藪 眞表律師藏骨碑文	眞表	眞表律師	742~780	투신정진, 이물감응	1199
34	松廣寺 普照國師碑文	鄭知訥	普照國師	1158~1210	출가인연	1213
35	寶鏡寺 圓眞國師碑文	申承逈	圓眞國師	1171~1221	문수감응, 강우이적	1224
36	月南寺址 眞覺國師碑文	崔慧諶	眞覺國師	1178~1234	태몽, 치유이적	1250
37	佛臺寺 慈眞圓悟國師碑文	梁天英	慈眞國師	1215~1286	태몽, 건탑이적	1286
38	麟角寺 普覺國師碑文	金一然	普覺國師	1206~1289	태몽, 문수감응	1295
39	桐華寺 弘眞國尊碑文	康惠永	弘眞國尊	1228~1294	사리영응	1298
40	松廣寺 圓鑑國師碑文	魏沖止	圓鑑國師	1226~1293	호랑이 호위	1314
41	檜巖寺址 禪覺王師碑文	牙惠勤	禪覺王師	1320~1376	임종, 몽중감응	1377
42	神勒寺 普濟尊者石鐘碑文	牙惠勤	普濟尊者	1320~1376	사리영응	1379
43	太古寺 圓證國師塔碑文	洪普愚	圓證國師	1301~1382	태몽, 다비영이	1385
44	彰聖寺 眞覺國師圓照塔碑文	□千熙	眞覺國師	1307~1382	태몽	1386

위에 제시한 44개의 승비는 신라 중기에서 고려 말까지 세워진 73개의 승비 가운데 일부에 속한다. 승비는 무엇이든 서사물의 테두리에 들어가지만 모든 승비가 설화의 논의 대상이 된다고는 할 수 없다. 문헌에 비해 금석 찬술물은 한층 엄격성과 공식성이 요구되는 탓에 문헌기록보다 형식, 내용면에서 제한이 따른다고 보는 바, 특히 유자가 찬자로 나서는 경우 설화적 일화는 가능한 배제해야 할 요소로 지목하는 일을 흔히 목도하게 된다.[5]

5 이규보, 「진각국사원소탑비문」, 1250. "스님께서 평생동안 신이를 감득한 것으로는 거북이 수계한 것, 두꺼비가 수계한 것, 까마귀가 꽃을 물어온 것, 황소가 길에서 꿇어 앉은

그럼에도 찬자들이 대체로 호불자였던 까닭에 불교적 영험이나 불법세계의 오묘함을 드러내는 데 어느 정도는 수긍하는 편이었다. 세속적 세계관에 의거하여 생을 재단하는 일반 비문과는 근본적으로 다른 서사 국면이 발견되는 것은 이 때문이다. 범인과 구별되는 궤적, 비범한 능력 등을 보여주되 불교적 세계관을 구현하는 행적의 초점화야말로 승비의 지향점으로 자리를 잡게 된 것이다. 탄생, 대중구원, 이물지감, 사찰건립 등 유가적 시선으로 이해하기 힘든 흥미롭고도 놀라운 내용과 모티브일지라도 승비에서 적극 수용한 것은 불교 나름의 인물 해석 방식이 작동하고 있었다는 뜻으로 새길 수도 있다.

승비는 대체로 일생의 전모를 밝히는 데 목적을 두기에 특정 부위의 행적만 두드러지게 강조되는 법은 없으나 종교적 영이성을 강조하기 위해서는 이적이나 신비체험 위주의 이야기가 요구될 수밖에 없었다. 그러나 승비에 반영된 설화들은 서사전개 형식, 모티브 삽입 양상 등에 걸쳐 시대별 특성을 노정하게 된다. 이글에서는 승비에 삽입된 모티브 중 근원을 밝힐 수 있으며 후대적 영향관계를 보여주는 태몽, 공주치유, 진화구중鎭火救衆, 호랑이 호위, 축룡건사逐龍建寺 등 다섯 모티브[6]에 시선을 집중함으로써 일부 불교설화의 형성 시점과 후대적 변이상을 구체화시킬 수 있다고 보았다.[7]

것 등등의 사실은 세인의 입으로 전하는 바이며 문도들이 기록한 바이다. 그러나 유자가 말할 바가 아니므로 여기는 자세히 기록하지 않는다(其平生 冥感神異 則有龜受戒 蟾聽法 慈烏合籌 特牛跪途等事 皆世所傳 門徒所記 又非儒者所說 故於此 不詳云)."

6 위 승비 목록은 현전하는 금석물만을 제시한 탓에 공주치유, 축룡건사 모티브를 각각 삽입하고 있는 아도화상비, 신라고비 등은 주요 논의대상이 빠져 있음을 밝힌다.

7 금석문을 주 논의대상으로 삼은 것은 사실이지만 후대적 전승사를 밝히는 것도 이 글의 목적이므로 중세 이후 문헌설화도 논의대상으로 포괄될 것이다.

3. 핵심 모티브의 삽입과 통시적 변이양상

1) 태몽

나려시대 불교금석문에서 태몽담이 처음 보이는 자료는 「서당화상탑비」 765~780이다. 이를 보면 모가 별에 감응한 뒤 원효를 잉태하게 된다. 천체 현응의 태몽은 고승 출생담에서 흔히 보이는 것으로 별 출현 태몽은 이외에 「정진대사원오탑비문靜眞大師圓悟塔碑文」965에서도 보인다. 별은 천체의 하나로 비범한 인물의 탄생에 어울리는 신표로 쉽게 떠올릴 수 있으나 아무래도 빈도 면에서는 해에 미치지 못한다. 일광회임형日光懷妊型 태몽담은 「보조선사창성탑비문普照禪師彰聖塔碑文」884, 「보각국사비문普覺國師碑文」1295, 「원증국사탑비문圓證國師塔碑文」1385 등에 보이며 「혜소국사비慧炤國師碑」1060에서처럼 달이 출생을 징험하는 태몽담도 눈에 띈다. 이 밖에 사물류가 출생을 현시해주는 예도 있다. 가령 유리구슬洞眞大師寶雲塔碑文, 958, 도장朗圓大師悟眞塔碑文, 940, 책상先覺大師遍光塔碑文, 946, 거울圓融國師碑文, 1054, 자물쇠眞覺國師大覺圓照塔碑文, 1386 등 생활물품에 속하는 것까지도 고승 출현의 상징물로 등장하는 것이다.

동식물이 출생을 상징하는 예도 물론 드물지 않다. 흰쥐洞眞大師寶雲塔碑文, 958, 금색조禪覺王師碑文, 1377, 백학眞覺國師大覺圓照塔碑文, 1386, 용大覺國師碑文, 1125, 용圓應國師, 1147이 출현하는가 하면 익모와 청련眞澈大師寶月乘空塔碑, 937이 탄생의 징조물로 현시되기도 한다. 그러나 사물이나 동식물을 비추는 것으로 출생자의 미래를 구체화하기란 쉬운 일이 아닐 듯싶은데, 그런 상징물은 고승의 태몽담에만 국한되지 않기 때문이다. 일반 태몽에서도 얼마든지 천체, 사물, 동식물이 등장할 수 있으니 유가 혹은 역사인물들의 태몽담과 변별될 여지가 없었다. 그를 통해 불교적 인간을 점지하는 일은 불가능한

일이었다.[8]

그렇지만 일반 태몽과 구별되는 고승 특유의 태몽이 비교적 이른 시기에 자리를 잡았다는 점을 주목할 필요가 있다. 앞선 예는 「적인선사비寂忍禪師碑」872이다. 해당 부분을 보자. "어머니의 꿈에 어떤 호승胡僧이 나타났는데 위의와 모양이 엄숙하고 우아하였으며 법복차림으로 향로를 들고 서서히 침상에 앉았다. 모는 꿈에서 깨어나자 반드시 법을 지킬 아들을 얻어 마땅히 국사가 될 것이라 확신하였다."[9]

고승의 태몽을 통시적으로 살필 때 「적인선사비」는 전승사에서 분기점이 된다고 할만하다. 유자들은 물론 범인들의 태몽담에 흔히 영험적 징표로 제시되는 천체나 사물, 동식물 대신에 내자가 등장하고 그것도 승려가 나타나 잉태를 고지하게 되는 바 이전의 태몽들과 뚜렷하게 대비되는 점이다.

승려가 태어날 자의 앞길을 징험해주는 사례는 「적인선사비」872 이후 지속적으로 이어진다. 예컨대 「진감선사대공탑비문眞鑑禪師大空塔碑文」887, 「진철대사보월승공탑비문眞澈大師寶月乘空塔碑文」937, 「낭원대사오진탑비문朗圓大師悟眞塔碑文」940, 「법경대사자등탑비문法鏡大師慈燈塔碑文」943, 「선각대사편광탑비문先覺大師遍光塔碑文」946, 「낭공대사백월서운탑비문郎空大師白月棲雲塔碑文」954, 「법인국사보승탑비문法印國師寶乘塔碑文」978, 「홍법국사실상탑비문弘法國師實相塔碑文」1017, 「원공국사승묘탑비문圓空國師勝妙塔碑文」1025, 「원융국사비문圓融國師碑文」1054, 「진각국사대각원조탑비문眞覺國師大覺圓照塔碑文」1386 등을 꼽을 수가 있다. 몽중에

8 박상란은 태몽이 태몽 주체의 새 생명에 대한 기대뿐 아니라 그것을 매개로 그의 욕망, 자연관, 세계관을 드러내는 통로가 된다고 하였는데(박상란, 「비극적 태몽담과 죄의식의 문제」, 『한국어문학연구』 55집, 2010, 200쪽) 초기 고승의 태몽은 그 같은 기표적 기능과는 거리가 멀었다.

9 이지관 역주, 『역대고승비문』 신라편, 가산문고, 1993, 81쪽.

서 승려 중에서도 호승, 범승이 등장하는 것을 두고는 외래승이 갖는 신비함 내지 불교전래의 역사를 주지시키는 데 효과적이라는 생각이 깔려있었다고 본다. 이밖에도 탄생의 전언자를 이승, 신승으로 설정하는가 하면 육환장을 짚은 승圓融國師碑, 1054 눈썹이 흰 승圓空國師碑, 1025 등으로 외래승의 외모를 상세히 밝히기도 한다.

승 등장 태몽은 「적인선사비」872에서 선보인 이래 나말여초 시기에 이르면 고승출생임을 곧바로 통지하는 내용으로 꿈의 줄거리가 변화한다. 물론 이 시기에 이르러서도 불가 밖의 태몽과 다를 바 없이 천체, 혹은 동식물이 잉태를 징험하는 것이 사실이나 나말여초에 들어서면서 승 등장 태몽의 비중이 갑자기 높아졌음에 유의할 필요가 있다. 이는 태몽이 출생의 계시에 그치지 않고 태어날 자의 미래를 구체화하는 통지의 장으로 그 기능이 구체화되는 것이라 해도 좋다. 후대로 갈수록 승려 출현 태몽담은 단순한 상징몽을 벗어나 탄생후의 인물됨을 구체화하려는 경향이 농후해진다. 가령 「진각국사비眞覺國師碑」1386에서는 "어머니는 최씨이니 최씨가 꿈에 큰 배를 보았는데 많은 스님들이 범패를 하고 있었고 그 물이 대문 앞에까지 밀려드는 태몽을 꾸고 임신하였다. 만삭에 이르러 또한 백학이 어머니의 복부를 쪼자 청첩靑帖가사를 입은 한 스님이 뛰어나오는 꿈을 꾸더니 대덕 정미 5월 21일 태어났다"[10]며 구체적으로 탄생할 아기의 미래를 징험해준다. 이는 앞으로 태어날 아이가 승려의 길에서 결코 벗어나지 않으리란 믿음을 심어주며 청자들은 기대를 갖고 그의 성장을 지켜보게 만든다. 임신계시 몽과 더불어 출생 몽을 중첩시킨 것도 특이한데 한 무리

10 李穡撰, 「眞覺國師大覺圓照塔碑文」, 1386. "卑崔氏 崔氏夢見大艦 群僧梵唄 水漲之門 因而有身 彌月又夢白鶴啄其腹 青帖袈裟 一僧躍出 以大德丁未 五月二十一日 生"

의 승들이 큰 배를 타고 대문 앞에 이르는 것을 보고 임신했으며 영조가 모의 복부를 쪼자 스님이 뛰어나오는 몽현이 따르자 아이가 태어났다고 했다. 장차 아기가 불승이 될 것임을 거듭 환기시키는 경우에 해당된다.

2) 공주치유

고승이 공주를 치유시켰다는 이야기는 먼저 「아도화상비」544에서 확인된다.[11] 초기 승사를 보면 유달리 대중의 질고를 치유했던 승려의 탁월한 능력을 주목하고 있는데 전교의 방편으로 치유능력이 그만큼 효과적이었음을 반증하는 것이라 할 수 있다. 아도의 경우, 불교가 아직 공인되지 못한 상황에서 갖가지 협박과 고초에 시달려야 했는데 미추왕의 딸 성국공주를 치유해주는 것을 계기로 바라던 대로 천경림에 흥륜사를 건립할 수 있게 된다.[12]

삼국 시기의 불교 공인과 홍법의 후원자로서 왕실과의 결연이 공고했던 것이 사실이고 보면 아도 이외에도 고승과 왕실과의 결연을 상징하는 공주, 왕녀 치유담이 후대까지 승비에 올랐을 것으로 추측할 수가 있겠다. 하지만 아도 이외 다른 승비에서는 공주치유담이 발견되지 않는다. 대신 후대 문헌 전승물에 이르러서야 이 모티브가 목격된다. 아도비 이후에 이 모티브를 수용하고 있는 문헌으로는 「해인사고적海印寺古蹟」943, 『송고승전宋高僧傳』988, 『균여전均如傳』1075, 「해인사유진팔만대장경인유海印寺留鎭八萬大藏經因由」1098 등을 지적할 수 있다. 이중에서 「해인사고적」943, 「해인사유진

11 조선총독부 편, 『조선금석총람』 上, 부록 25쪽.

12 위의 책, 부록 25쪽. "時成國公主疾 巫醫不效 勅使四方求醫師 率然赴闕 其疾遂理 王大悅問其所須 對曰 貧道百無所求 但願創佛寺於天境林 大興佛敎 奉福邦家爾 王許之."

팔만대장경인유」1098의 공주치유公主治癒 모티브 수용과 내용 전개를 간단하게나마 살펴보기로 하자.

「해인사고적」943은 순응順應과 이정利貞이 어떻게 해인사를 창건하게 되었는지를 밝히는 창사연기담에 해당된다. 신라 말 순응과 이정이 구법을 위해 중국에 들어갔다가 무덤에서 나온 보지공寶誌公에게서 답산기를 건네받는 것은 물론 해인사를 지을 터를 점지받게 된다. 이후 귀국하여 공의 권고에 따라 산중을 헤매며 절터를 찾기에 부심한다. 그러다 병중의 공주를 치유시키기 위해 명의를 수소문하던 신하들이 순응, 이정과 조우하게 된다. 두 고승에게서 치유의 비법을 얻은 사신이 공주의 환부와 궁전의 배나무를 오색 실로 연결하여 공주의 병을 낫게 해준다. 이후 왕은 이승의 청을 경청하여 해인사 창건의 적극적 후원자로 나서게 되었으니 큰 어려움 없이 해인사 건립이란 대원을 달성할 수 있었다.

「해인사유진팔만대장경인유」1098는 해인사의 사간대장경私刊大藏經 조성 경위를 전하는 사찰문헌의 하나이다. 하지만 서사수법이나 구성을 주목할 때 불교전기소설의 영역에 귀속시키더라도 부족함이 없는 작품으로 여겨진다.[13] 잠깐 내용을 짚어보자면 이렇다. 주인공 이거인은 신라 말 직분에 충실했던 서리이자 버려진 삼목구를 지성으로 보살펴줄 만큼 자비심이 강했던 인물인데 갑자기 죽어 염부에 끌려가고 만다. 한데 거기서 생전 보살펴 주었던 삼목구三目狗가 염왕임을 알게 되고 그의 시혜로 재생의 기회를 얻게 된다. 이후 병든 공주자매의 청에 의해 왕실로 불려간다. 그리고 비로소 자신을 부른 공주가 다름 아닌 명부에서의 삼목왕임을 알게

13 김승호, 「「해인사유진팔만대장경인유」의 출현 시점과 소설사적 위상검토」, 『한국문학논총』 42집, 한국문학회, 2006, 15~16쪽.

된다. 대장경조성의 화주인 이거인을 돕기 위해 삼목왕이 공주로 바뀌어 세상에 나온 것이었다. 아무튼 이거인과 해후하게 되자 공주들은 곧바로 치유되었는데 공주의 청에 따라 왕은 치유의 은인인 이거인이 대장경조성사업을 원활히 진행할 수 있게끔 후원을 아끼지 않게 된다.[14]

「해인사고적」과 「해인사유진팔만대장경개간인유」는 『아도화상비我道和尙碑』 소재 공주치유 모티브가 삽입되었으며 내용도 유사하게 전개되고 있음을 보게 된다. 비슷한 사례가 『송고승전』의 원효元曉의 전에도 보이는데 왕비치유 모티브를 통해 주인공의 위엄과 비범성을 내외에 천양하고 있다. 하지만 공주나 왕비의 치유 이후 그 대가로 고승에게 사찰을 건립해주었다는 식의 전개로 고정되어 있지는 않다. 즉 왕비의 머리에 종기가 났으나 어떤 무당, 의원도 이를 치료하지 못하다가 용왕이 일러 준대로 원효에게 『금강삼매경소金剛三昧經疏』를 짓게 한 뒤 이를 강설케 하여 왕비가 곧 질고에서 벗어났다는 것이다.[15] 원효의 전기를 염두에 둔 소개이다 보니 불사수행보다는 학승으로서 원효의 비범성을 강조하는 데 초점이 맞추어진 전개라 할 것이다.

『균여전』에도 고승의 치유능력으로 왕비가 고질에서 벗어나는 일화가 포함되어있다. 광종의 비 대목황후大穆皇后의 생식기에 고치기 힘든 부스럼이 났다. 여러 의원조차도 고칠 수 없게 된 이 병질을 의순공이 법약으로 고치는데 성공한다. 하지만 그 고질이 의순공에게 감염되는 바람에 그의 목숨이 위태로운 지경에 빠졌다. 보다 못한 균여가 주문을 걸자 부스럼이 달아나 홰나무로 옮겨가면서 의순공은 치유되었다.[16] 왕비를 치유시킨 것

14 「海印寺留鎭八萬大藏經開刊因由」, 『朝鮮寺刹史料』上, 496~499쪽.

15 贊寧, 『宋高僧傳』 卷4, 唐新羅國黃龍寺元曉傳.

은 의순공이지만 스스로 병에 감염됨으로써 그의 치유능력은 불완전한 것임을 드러내고 말았다. 의순공을 위기에서 구해낸 것은 그의 제자 균여였다. 이야기는 균여의 치유능력이 스승을 훨씬 앞지르고 있다는 청출어람적인 내용 전개를 앞세워 균여의 법력을 한층 폭넓게 전파시킬 수 있었다.

불교유입 초기 불교서사들은 신승 아니면 이승의 면모를 강조하면서 고승의 생을 표징할 핵심 모티브를 궁리했던 것 같다. 아주 이른 시기의 승비인 아도화상비에 삽입된 공주치유담은 그 첫 예로 삼을 만하다. 성국成國공주를 치유시킴으로써 아도가 왕실과의 인연을 맺을 뿐만 아니라 감당하기 힘든 창시創寺란 역사役事도 달성할 수 있었던 것이다. 이처럼 공주치유 일화는 고승의 위대함을 현시할 수 있을 뿐 아니라 대중을 불교세계로 인도하는데도 크게 기여했다. 공주치유 모티브는 6세기 「아도비」에 벌써 삽입되었으나 이후 금석문적 전승관계는 확인되지 않는다. 후대 이 모티브를 적극 수용하고 있는 쪽은 오히려 승전 등 문헌자료들이라 할 수 있겠는데 이 경우 금석문의 소략한 기술을 넘어서 보다 복잡한 서사, 다층적 시공간을 투입함으로써 고승의 영험함과 법력을 한층 흥미롭게 구현해내고 있음이 드러난다.

3) 진화구중

불교서사에서 진화 모티브는 대중 구원적 삶을 살아가는 고승의 행적과 매우 잘 어울린다. 그런데 고승들의 자비심과 이타심을 보여주는 진화구

16 赫連挺, 『均如傳』, 第六 感通神異分. "大成大王大穆皇后 玉門生瘡 不可以示之於醫 召師之師順公 請以法藥效之 順公因能代苦 使皇后立差 順公代病其病 病革七日 不自免焉 師奉香爐呪願 瘡自移著於槐樹之西柯槐在師房東隅 因爾而枯."

중담이 언제 출현했으며 여하히 전승되어왔는지에 대해서는 밝혀진 게 없다. 하지만 「서당화상비」765~780를 통해 진화구중담이 원효로부터 시작되었다는 점을 확인할 수가 있다. 아울러 원효에게 다양한 전승담이 전하지만 사후 멀지않은 시기까지는 진화구중담 중심의 전승이 이어지다가 8세기 이후 그 외의 다양한 이적담이 따라붙었던 것을 볼 수 있다. 이제 원효의 진화구중 서술부분만 발췌하면 아래와 같다.

> 어느 날 열심히 경을 강설하고 있다가 갑자기 물이 가득 담긴 병을 찾아 서쪽을 향해 뿜으면서 말하되 내가 당나라의 성선사聖善寺가 불에 타고 있음을 보고 (결락) 물을 뿜어 진화하였는데 이때 사용한 물웅덩이가 바로 고선사 원효화상의 방 앞 자그마한 못이 그것이다.[17]

화재가 발생해 급박한 상황인데도 정작 현장에 있는 사중들은 위기에 빠진 줄을 모르고 있을 때 강설중의 원효가 물을 뿜어 화재를 진압했다는 증언이다. 보통 사람은 엄두를 낼 수 없는 사건이다. 화재 현장이 국내가 아니라 외국으로 설정된 점을 주목하지 않을 수 없다. 화재가 중국의 성선사에서 발생했다고 했으니 천리 투시의 능력을 갖추지 않고서는 사태를 파악할 수 없었을 것이다. 한데 그 급박함을 알아챘다고 하더라도 그곳까지 물을 뿜어 불을 끈다는 것도 상정하기 어렵다. 구원의 대상이 신라 사중寺衆이 아닌 당나라 사중으로 설정된 것은 그의 명성의 정도가 이미 신라를 넘어 중국에까지 파급되었음을 말해준다. 한때 구법의 의지를 다지

17 이지관 역, 『역대고승비문』 신라편, 「경주고선사서당화상탑비문」, 가산문고, 1993, 51쪽.

고 당 유학을 결행하기도 했으나 원효는 스스로 교리를 천착하고 저서에 힘써 내외에 그 이름을 떨쳤다. 당에서조차 그에게만은 호의적 평을 내리며 경외시했던 것이 사실이고 보면 그곳 사중들을 신통력으로 살렸다는 설화적 전개는 결코 이상하지 않다. 어쨌거나 금석기록으로 말미암아 원효의 진화구중담이 광포설화의 하나로 자리 잡았음이 드러난다.

진화의 이적으로 원효의 신통력을 알리던 것이 8세기의 전승적 흐름이라면 10세기 정도에 이르면 그밖에도 여러 신이행적이 추가되었음이 『송고승전』의 기록으로 밝혀지게 된다. 여기서는 진화 이적 이외에도 쟁반을 던져 대중을 구했으며 여러 곳에 동시에 모습을 드러냈으며 여섯 방향에 죽음을 고하는 기이한 행동을 했다는 등 시대가 흐르면서 원효의 이적담이 다양하게 분화되었음을 말해준다.[18]

여러 이적 모티브 중에서도 원효 전승에 폭넓게 수용된 것은 척반구중擲盤救衆 이야기이다. 이는 진화담과 같이 순간적으로 기지와 신술을 발휘하여 대중들의 목숨을 구해낸다는 데에 주지가 놓여있다. 중국의 사찰이 붕괴조짐을 보이자 쟁반을 던져 대중을 탈출시켰다는 척판구중담은 원효설화 중 가장 먼저 출현한 진화구중담과 동일한 구조에 속한다. 시대를 달리하지만 원효의 기능[19]은 바뀐 게 없다. 8세기 널리 퍼져있던 진화구중담이 10세기에 이르면 같은 기능의 척판구중으로 각편이 분화되며 이외에 다른 신이담을 파생시키는 촉매구실을 했다 하겠다.

『삼국유사』에서는 원효가 송사에 휘말리자 몸을 바꾸어 100그루의 소

---

18 贊寧, 『宋高僧傳』 卷4, 唐新羅國黃龍寺元曉傳. “初曉示跡無恒 化人不定 或擲盤而救衆 或噀水而撲焚 或數處現形 或六方告滅 亦盃渡 誌公之倫歟.”

19 카트린 푀게 알더, 이문기 역, 『민담, 그 이론과 해석』, 유로, 352쪽.

나무로 탈바꿈했다는 수처현형數處現形의 둔갑술만 거론하고 있다.[20] 그러나 이 모티브는 이후 크게 주목을 받은 것 같지 않다. 후대까지 선호된 것은 아무래도 진화구중, 척반구중 모티브로 여겨진다. 「견암사사적見巖寺事蹟」에서 관련부분을 보면 원효가 경주 단석산 척반대에서 입정 중에 중국 법운사法雲寺가 붕괴 직전의 위급한 상황에 처한 것을 알 수 된다. 그 곳의 한 중이 죄를 저질렀고 이를 벌하기 위한 것이었다. 수륙재 준비에 분주한 이들을 절에서 끌어내지 않으면 안 된다고 본 원효가 홀연 쟁반에 '원효구중'이라 쓰고 허공을 향해 던졌다. 이리하여 중국 승들은 무사할 수 있었으며 대사의 은공을 새기기 위해 많은 승들이 척반대를 찾게 된다.[21]

구중救衆이란 어느 승려든 생에서 외면할 수 없는 과제라 한다면 구중 모티브가 원효 이외의 승에게 전이될 개연성은 얼마든지 있다고 해야겠다. 조선 후기의 채록 가운데 척판의 주체가 나옹懶翁으로 탈바꿈한 경우를 보자.

> 나옹화상이 묘적암에 들어가 요연了然화상에게 머리를 깎은 후 항상 옆에서 시중을 들었다. 어느 날 멀리 해인사에 불이 난 것을 보고 물을 뿌려 그것을 껐는데 그 못은 아직도 온전히 그대로 남아있다.[22]

원효의 진화구중과 거의 동일하다. 다른 점이 있다면 나옹이 구원한 대상은 중국 스님들이 아니라 해인사로 바뀌어졌다는 점 정도이다. 신통력

---

20 일연, 『삼국유사』 권4, 元曉不羈. "又嘗因訟 分軀於白松 故 皆謂位階初地矣."

21 「牛頭山見巖寺事蹟」, 『朝鮮寺刹史料』 上, 603쪽. "時在於鷄林府斷石山擲盤臺 入定觀想矣 中原大都法雲寺所居徒將行水陸 以一僧犯罪之故 以至衆人被陷死之境矣 大師乃題名一盤 擲而救之 則中原人千餘輩前因尋來."

22 「大乘寺沿革」. 위의 책, 448쪽. "懶翁和尙入山於妙寂 祝髮于了然禪師 常侍左右 一日望見海印寺法堂入于火中 以水灑熄之 井今尙完存."

을 비교한다면 나옹은 원효에 미치지 못한다는 뜻이 되겠는데 명성의 정도에 따라 이처럼 소소한 내용적 변이는 얼마든지 가능하다. 불교적 덕성으로 충만한 자만이 고승의 반열에 들어간다고 보면 구중 모티브는 시대를 넘어 어떤 고승에게도 대입될 수 있다 하겠는데 구중이란 기능이 중요할 뿐 누가 주체가 되며 어떤 소품을 사용하느냐 따위는 부차적인 문제일 뿐이다.[23]

4) 호랑이 호위

호랑이가 고승들을 보호하거나 그 제자로서 교화에 순종하는 이야기는 고승의 위엄을 높여주는 데 큰 역할을 한다. 중세의 승비에서도 이 사례는 적잖은데 모티브 수용 양상을 보면 전파의 시점을 비교적 정확히 유추할 수 있다. 성불에 도달한 승이라 할지라도 보통 사람들의 안목으로는 이를 간파하기란 쉬운 일이 아닐 것이다. 때문에 고일한 경지에 오르고서도 하잘 것 없는 범승으로 비치거나 비하되거나 배척되는 일을 얼마든지 예상할 수 있다. 그런데 호랑이들이 상대의 진면목을 직시하는 것은 물론 고승들의 적극적 수호자를 자처한다는 이른바 호랑이 호위담이 승비에 오르게 된다. 앞선 경우로 「진감선사비」887를 들 수 있다.

> 형편이 어려워 드디어 보행으로 진주의 지리산에 이르렀다. 호랑이 몇 마리가 포효하면서 앞을 인도하여 위태로운 곳을 피해 평탄한 곳으로 가게 하니 앞에서 이끄는 기병과 다름이 없었다. 따라가는 사람도 두려워하는 바가

23 블라디미르 프로프, 유영대 역, 『민담형태론』, 새문사, 1987, 25쪽.

없어 집에서 기르는 개가 그러한 즉 선 무외삼장無畏三藏이 영산에서 여름 결제를 할 때 맹수가 길을 인도하여 깊이 산속의 굴로 들어가 석가모니의 입상을 보았다는 사적과 꼭 같았다.[24]

이는 9세기부터 승의 전승에 호위 모티브가 널리 삽입되었음을 말해준다. 호랑이가 여기서는 불보살을 외호하거나 불자로서 전법을 위해 애쓰는 호불자의 테두리에 들어가는 예이다. 통시적으로 보아 호랑이를 고승 수호의 캐릭터로 폭넓게 받아들이게 된 것은 신라 말이란 점이 분명해졌다. 「진감선사비」를 거쳐 호랑이 호위 모티브는 10세기 「정진대사비」965에 수용되었다가 한동안 승비에서 자취를 감춘 뒤 14세기 「원감국사비」1314에 다시 비친다. 그렇다면 11~12세기 동안에는 호랑이 호위 고승담이 없었던 것일까. 그렇지는 않다고 본다. 고려시기는 오히려 이물의 지감능력을 전제로 고승의 진면목을 현시하는 호랑이 호위담이 높은 전승력을 보이며 널리 파급되었으리라고 보아 마땅하다. 이 점을 우회적으로 보여주는 것이 승단 밖에서 퍼졌던 강감찬姜邯贊·948~1031의 전승담이다. 강감찬은 키가 작은데다 볼품없는 외모 때문에 실제 능력과 상관없이 폄하되었으나 호랑이들만 그를 경외하고 하명을 군말없이 좇았다는 신이담이 여러 각 편으로 전해온다. 그중의 하나를 보자.

한양 판관이 되었을 때 주경府境에 호랑이가 많았다. 강감찬은 편지를 써서

24 崔致遠 撰, 「眞鑑禪師 大空靈塔碑文」, 887. "遂步至康州知理山 有數於菟 哮吼前導 避危從坦 不殊兪騎 從者無所怖畏 豢犬如也 則與善無畏三藏 結夏靈山 猛獸前路 深入山穴 見牟尼立像 宛同事跡."

> 관리에게 북쪽 골짝의 노승에게 건네주도록 했다. 그리고 꾸짖어 말하길 "네가 비록 금수지만 역시 영물인데 어찌 사람들을 이처럼 해치느냐. 5일의 말미를 줄 것인즉 너의 무리는 다른 곳으로 떠나라" 다음 날 늙은 호랑이와 작은 호랑이 수십 마리가 강을 건너 사라졌다. 처음에 유수는 두 호랑이가 고개를 숙이고 있는 것을 보고는 '판관이 망령이 들어 승을 호랑이라 말한다'고 했다. 강감찬이 승을 가리켜 말하길 '잠시 본모습을 드러내봐라' 하니 두 승이 가사를 벗자마자 두 마리의 대호로 변하여 계단 난간위로 뛰어올라 큰 소리로 으르릉거리니 마치 천둥치는 것 같았다. 유수가 혼이 나가고 기절하자 강감찬이 속히 사라지라 했다.[25]

강감찬은 호랑이 호위담을 통해 영험성을 검증받았던 정진靜眞대사878~956와 거의 동시대 인물이란 점에서 애초 강감찬 전승담에 호랑이 호위 모티브가 부연되었을 것으로 보는 것은 무리가 아니라고 본다. 고려의 강감찬 전승은 위 문헌설화와 같이 호랑이 호위 모티브를 관성적으로 수용하는 데서 나아가 호랑이들을 통제, 경계하는 주체로서 형상화하는 데까지 나갔다. 호랑이 호위 모티브는 한명회韓明澮·1415~1487 전승담에서도 확인된다. 한명회가 젊어서 산사에서 글을 읽을 때 밤길을 나서면 호랑이가 길을 호위해주는가 하면 고마움의 표시로 머리를 숙이며 감읍했다는 것이다.[26] 9세기 승비에 등장하는 호랑이 호위 모티브는 이물의 지감知鑑능력

25 정명기 편, 『한국야담자료집성』 10권, 계명문화사, 1987, 125쪽. "爲漢陽判官 府境多虎患 邯贊書紙帖 囑吏招北洞老僧 勅曰 汝須禽獸亦是有靈之物 何害人至此 與汝約五日 其變醜類移他境 明日老虎與少虎數十渡江去 初留守見二僧 稽首笑曰 判官妄矣 謂僧爲虎 公指僧曰 汝可暫露本身 二僧脫袈裟變成 兩大虎超躍上階攀檻 大虎聲若大雷 留守昏倒垂絶 公曰 可速去."

26 위의 책 6권, 「기문총화」, 812쪽. "韓上黨明澮少時讀書山寺 一日暮夜行山谷中 有虎擁護而行 公語之曰遠來 相送 且見厚誼 俯首跪伏之形 天明乃去."

을 통해 고승의 면모를 드러낼 수 있어 후대에도 거듭 승비에 삽입되었다. 아울러 고승이 아닌 장군이나 고관들의 인물됨을 보여주는 데 있어서도 빈번히 수용되었음이 드러나고 있으니 신라에서부터 조선 후기까지 호랑이 호위담의 전승적 연원은 퍽이나 깊은 셈이다.

5) 축룡건사逐龍建寺

용은 불교와 유난히 관련이 깊은 동물로 인식되어 왔다.[27] 불보살을 지성으로 호위하거나 불제자로서 불사공덕을 앞서 수행하는 희생적 존재로 형상화하는 일은 불교서사에서 아주 흔한 편이다. 그러나 그와 정반대로 그려지는 일도 많다는 점에 유의해야 할 것이다. 천상천하 중생을 구원하고 제도하는 고승에게 순종하기는커녕 오만하게 굴면서 고승의 권위에 도전하는 사태가 발생하는 것이다. 이 같은 축룡건사의 모티브를 앞서 확인시켜주는 것으로는 신라 때 세워진 불영사 창건비를 거론할 수 있다.[28] 홍무 3년1370 유백유柳伯儒가 지은 「불영사시창기佛影寺始創記」에 따르면 불영사의 창건주는 의상이다. 650년 의상이 경주에서 동해안을 따라 단하동 해운봉에 올랐다가 골짜기 위쪽으로 오불의 그림자를 목격하게 된다. 놀라워 찾아가보니 공교롭게도 독룡이 터잡고 있는 연못이었다. 의상이 터를 양보 받아보려 하지만 용은 거부의 의사를 분명히 했다. 하는 수 없어 의상이 퇴치의 주문을 외우니 용은 버티지 못하고 자리를 뜨게 되었는데 산을 구멍내고 바위를 깨뜨리는 등 화풀이가 대단했다. 이후 법사는 못을

27 박용식, 『고소설의 원시종교사상연구』, 고려대 민족문화연구소, 1986, 69쪽.
28 유백유는 불영사 창건 내력을 소개하면서 그것이 원래는 신라고비에 기록된 것임을 밝히고 있다.

메우고 절을 세울 수 있었다.[29]

신라 말 풍수사상의 고조[30]와 맞물려서 사중들이 지녔던 사찰풍수 관념이 창사연기에도 반영되기 시작했다고 본다. 창사의 연유를 밝히는 연기설화에서 사지 점정寺址點定 모티브는 필수적 단위가 될 정도라고 말해야 할 것 같다. 흔히 서두는 용의 주처에 고승이 나타나 그곳을 사지로 선포함으로써 갈등이 고조된다. 그런데 용에게 터를 요구하는 것은 이기적 행동이 아니라 불홍을 위해 불가피하다는 불가적 논리를 전제한 까닭에 아무리 용이 맹렬하게 저항하더라도 결국 고승 앞에 굴복할 수밖에 없는 존재로 처리되고 마는 것이 이들 유형의 특징이다. 결국 축룡건사담은 창사의 당위성을 확보하는 차원에서 구안된 이야기인 셈이다.

신라고비古碑에서 용을 추방하고 불영사를 지었다는 내력이 확인되지만 금석물을 통해서는 더 이상의 축룡건사 모티브가 발견되지 않는다.[31] 하지만 이후의 문헌설화 속에서는 창사담의 핵심적 요소로 굳건히 전승력을 유지하게 된다. 고려시기의 축룡건사담과 연관시켜 먼저 살펴볼 것이 민지閔漬1248~1326가 찬술한 「금강산유점사사적金剛山楡岾寺事蹟」1297이다. 내용을 잠깐 훑어보면 남해왕南解王 원년서기4년 고성의 한 포구로 53불이 탄 종선이 정박한다. 53불이 그리 온 까닭은 자신들이 머물 사찰을 건립하기 위한 것이었는데 순식간에 금강산 속으로 몸을 감추어 사람들을 당황케

29 유백유, 「불영사시창기」. “新羅古碑云 唐永徽二年 義湘法師自東京沿東海入丹霞洞 登海雲峰 北望歎曰 西域天竺山形髣髴 移於海表也 又見澗上 生五佛影 益奇之 尋流而下及登金塔峰 則下有毒龍湫也 以龍說法請施地 欲建刹 龍尙不順法師 强以神力呪之 於是龍忽發憤穿山裂石去 而法師卽塡湫而建刹焉.”

30 서경수, 「도선－불교와 풍수지리의 가교」, 『고려조선의 고승11인』, 신구문화사, 1976, 53쪽.

31 이에 대해 용 축출담이 문헌보다 주로 구비전승되었던 데 그 원인이 있다고 보는 견해도 있다(이준곤, 「용신창사설화의 형성과 의미」, 『구비문학연구』 3집, 1996, 315쪽).

한다. 현재縣宰인 노춘盧春은 일행을 대동하고 곧 이들의 추적에 나선다. 이들을 쫓느라 기진맥진한 상태에서 노춘 무리는 마침내 큰 연못가의 느릅나무 밑에 53불이 정좌한 것을 발견하게 된다. 53불은 금강산을 종횡으로 누비며 절터를 찾다가 그곳을 착점으로 지목한 것이었다. 이후 사람들이 못을 메우고 53불을 봉안할 절을 세웠으니 그것이 유점사이다. 유점사터가 원래는 연못임을 알 수 있는데 여타 창건담과 달리 여기서는 용이나 이교도들의 저항이 없이 절을 지은 것으로 이야기된다.[32]

고려시대를 지나서도 여전히 창건담에서는 축룡건사 모티브가 핵심적 요소로 작동하고 있음이 확인되는 것을 보게 된다. 『범우고梵宇攷』1799 수록의 「쌍계사기략雙溪寺記略」1799, 청은지수淸隱知守의 「견암사사적약요鳳巖寺事蹟略要」, 호월존사浩月尊師의 「도솔산대참사고사兜率山大懺寺故事」1844 등에서 관련부분을 발췌해 보면 다음과 같다.

> 머물고 있는 스님에게 묻기를 "왜 연못의 이름이 그러합니까" 스님이 말하길 "이 연못을 메워 절을 짓는다면 삼재가 미치지 않을 것인즉 만대萬代가 되어도 멸하지 않으며 불법이 중흥하고 국가가 안녕安寧될 것이다"하고는 즉시 불어佛語 한 부를 베껴 연못 가운데 던지니 그날 밤 광풍이 갑자기 일어나고 미친 듯 비가 내려 산기슭이 무너지고 큰 바위가 절로 굴러 내렸다. 아침에 보니 연못이 절로 메워져 평지로 바뀌어 마침내 그곳에 큰 절을 짓고 그 산을 덕용德龍이라 불렀다.[33]

---

32 김승호, 『한국사찰연기설화의 연구』, 동국대 출판부, 2005, 143쪽.

33 『범우고』, 「쌍계사기략」, 1799.
"問居僧曰 此池何名 曰龍池也 曰前此池建伽藍 則三災不到 萬代不滅 佛法重興 國家安寧 則寫佛語一符 投池中 是夜 狂風忽作 怪雨如注 山麓盡崩 大石自走 及朝視之 池水自塡 宛然平

> 사람들 사이에 전하는 말로는 절터는 옛날에 큰 연못이었고 신물이 항상 몸을 숨기고 있었다 한다. 지증智證대사가 절을 지을 때 그들을 내쫓았는데 신물이 달아나 산 사이에 숨었다고 한다.[34]

> 이날 밤 의운대사의 꿈에 금인이 나타나 "나는 우전국의 왕으로 불상을 봉안할 곳을 찾고자 해동의 여러 산천을 편력하다가 도솔산에 대참의 기이한 기운이 하늘에 드리워있어 이곳에 왔다. 청하건대 절을 지어 불상을 안치해 달라" 했다. 이에 대사가 절을 지었으며 진흥왕이 시주했다. (…중략…) 이윽고 용담의 위에다 상암上庵을 지어 나한을 봉안하고 감재사監齋使에게 명하여 여룡驪龍을 징벌하여 홍성의 방등산으로 쫓아버리게 했다. (…중략…) 용이 화가 나 뛰쳐나간 까닭에 기출암起出庵이란 이름이 붙었다.[35]

영물로 알려진 용이라 할지라도 위력을 지닌 고승과의 대결에서 물러날 수밖에 없었다는 식의 전개는 중세 금석문뿐만 아니라 조선 후기까지 창사담에서도 규격화된 방식이 되다시피 한다. 그런데 용이 신격을 지닌 존재로까지 인식되었음에도 불보살에게 한결같이 패퇴당하거나 뒤늦은 참회 끝에 불제자로 새롭게 태어나는 것으로 그려지는 까닭은 나름의 의도가 있다.[36] 즉 용의 퇴출은 창사 주체로서 고승의 초월적인 힘을 천명할 뿐더러

陸 遂建大伽藍 稱其山曰德龍."

34 청은지수, 「봉암사사적약요」, 1783.
"人傳寺基 古爲大澤 神物常淹育 智證創寺時 驅而出之 神物去隱此間云."

35 호월존사, 「두솔산대참사고사」, 1844.
"是夜義雲之夢 金人謂曰 我是于闐國王也 欲覓奉像之處 遍海東諸山川望見兜率山 有大懺奇氣之橫空故 來此 請築而安鎭之 師遂建寺而眞興王施之....乃作上庵於龍潭上而奉羅漢 乃命監齋使者 鞭驪龍 懺龍 出之於興城之方等山 (…중략…) 以龍起出故 因以名庵曰起出云."

36 조석래, 「삼국유사소재 용설화와 용의 호불」, 『논문집』 21, 진주교대, 1980, 287쪽.

사찰 터가 지닌 풍수적 영험성을 환기시켜주는 데 그 목적이 놓여있다. 조선 이후에 접어들면서 축룡건사 모티브를 삽입한 승비는 거의 찾아볼 수 없게 되는데 이전 시기와 달리 사실 기록적 측면을 더욱 강화한 탓으로 이해하면 될 것 같다.

4. 불교금석문 소재 모티브의 서사적 의의

앞의 논의에서는 주로 승비를 바탕으로 그에 소재한 핵심 모티브의 출현시기 및 후대적 전승양상을 주목하였다. 찬자들은 기본적으로 대상을 현양하고자하는 입장에 서 있음은 물론 불교적 인간으로서의 전형을 구축하기 위해 부심하고 있는 것으로 나타난다. 한데 이는 연대기적 나열이나 파편적 기사로 충족되는 것이 아니었다. 과거시기의 신화소에 대한 관심도 따지고 보면 그것이 신성성의 발현에 촉매역할을 담당한다는 믿음에서 비롯된다. 가령 「적연대사비」1023가 11세기에 세워졌음에도 영웅의 일생담에서 동원되던 대로 기아, 이물보호 모티브를 삽입시킨 것이나 주몽의 탄생을 징험해주던 일광회임 모티브가 「보조선사창성탑비문」884, 「낭공대사백월서운탑비문」954, 「보각국사비문」1295, 「원증국사탑비문」1385 등에 삽입하고 있는 것이나 공히 신화담론이 내재한 성현성을 추종한 결과라고 보는 것이 타당한 것이다.

하지만 불교적 영웅[37]이라 할 고승의 생을 건국 영웅들의 일생담에 의존

37 이는 죠셉 켐벨이 말한 동양적 영웅을 보다 좁혀 명명한 것이다. 그는 동양적 영웅을 삼라만상을 뒤덮고 조화시키는, 절대적인 법을 견지하는 존재로 규정하고 있다(죠셉 켐벨, 박

해 기술하는 것이 능사일 수만은 없다. 신화담론에 회의하는 분위기가 조성되었으며 무엇보다 불교 전기 나름의 내용과 구조를 갖춘 서사가 필요해지는 중세시기에 접어든 것이다. 따라서 신화가 영웅의 일생이란 계기적 단위로 신성성을 확보하듯 사중들은 고승의 일생을 구조화하지 않을 수 없게 되었던 것으로 여겨진다. 즉 승의 일생을 아우르는 계기적 마디라 할 탄생, 출가, 청익, 수행정진, 오도, 대중구원, 불사공덕, 임종 등의 핵심적 서사마디를 정하고 보다 세부적으로는 불교적 영이성를 동반하고 있는 모티브를 통해 생을 미화하거나 현창하는 데 골몰했다고 볼 수 있는 것이다. 일생 단위에서 태몽, 진화, 공주치유, 호랑이호위, 축룡건사 등의 모티브가 빈도 높게 개입된 데는 단순한 생의 자취를 넘어서 이들 모티브가 불교적 성현을 드러내기에 보다 적합하다는 인식 또한 크게 작용한 것 같다.

앞에서 다섯 모티브를 기준으로 고승설화의 근원설화 및 후대전승으로의 분화와 파생 현상을 엿보았다. 후대 전승물과의 관련성이 높은 모티브 중심으로 살핀 결과, 몇몇 고승설화의 출현시점과 후대적 변이와 파생양상을 규명할 수 있게 되었다. 태몽은 임종의 영이현상과 함께 고승행적에서 애초부터 필수 단위가 되다시피 했으며 특히 8세기부터는 고승 특유의 태몽담이 형성되어 고려 말까지 이어졌다. 진화구중 모티브는 원효로부터 발원했음이 분명해졌다. 후대에 오면서 척판, 척반 등으로 구원행위에 변화가 따르고 나옹 등 다른 승으로 주인공이 변하지만 구중이란 기능은 변함이 없었으며 그 때문에 조선 후기까지 법력현시의 서사단위로 선호된 것으로 밝혀진다. 공주치유 모티브는 6세기 「아도비」에서 처음 확인되

경일 역, 『불타시대의 인도』, 동국대 역경원, 1993, 17쪽).

었다. 그러나 후대에는 문헌자료를 통해서만 잔존여부가 확인된다. 고려 시기에 불사의 내력과 관련하여 이 모티브가 삽입되는 것을 볼 수 있으며 순응, 이정, 이거인, 의순, 균여 등이 활약한 나말여초 시기에 공주치유설화가 폭넓게 전승된 것으로 확인된다. 이 모티브는 전교 방식으로 치유 능력이 얼마나 큰 파급력을 발휘하는지를 비추어 줄 뿐만 아니라 불사 후원자로서 왕실이 차지한 비중을 헤아려 보게 한다. 호랑이 호위 모티브를 포함하고 있는 첫 사례는 「진감선사비」887였다. 동물들이 주인공의 진면목을 앞서 간파하고 구원, 조력자로 나서는 신화 전개[38]의 불교적 이식이라 생각할 수 있다. 신라 말의 「정진대사비」965, 고려 말의 「원감대사비」1314는 「진감선사비」 이후의 승계양상을 밝혀준다. 호랑이 호위 모티브는 불교서사의 영역을 벗어나 여타 역사인물의 진면목을 밝히는 데도 기여한 것으로 나타난다. 즉 강감찬, 한명회 등은 이 모티브에 힘입어 그 인물됨을 내외에 떨칠 수 있게 되거니와 강감찬은 단지 호위를 받는 입장을 넘어 호랑이 무리를 자유자재로 통어, 제재하는 것으로 비범성이 한층 확장된 경우이다. 축룡건사 모티브는 사찰창건과 관련하여 갖가지 장애가 엄존했음을 시사해주는데 결국 상황 극복의 주체는 고승일 수밖에 없음을 보여준다. 신라고비古碑에서 의상이 못의 용을 추방시키고 절을 지었다고 했으니 신라시대 이미 이 유형담이 전파되었다고 하겠다. 신라 고비 이래 금석자료에서 확인되지 않던 축룡건사 모티브는 한동안 공백기를 거쳐 조선 후기의 여러 문헌에 다시 등재된다. 가령 청은지수의 「봉암사사적약요」1783, 『범우고』 수록의 「쌍계사기략」1799, 호월존사의 「도솔산대참사

38 장덕순, 『한국설화문학연구』, 서울대 출판부, 1978, 101쪽.

고사」1844 등이 그런 자료들이다. 이들 소재 설화들은 독룡을 제압하고 사지를 확보하는 고승의 위력에 초점을 맞춘다는 줄거리를 공유하고 있다. 축룡건사 모티브는 당대적 영험성은 물론 후대까지 성소로서의 의미를 유지해 갈 수 있게 하는 내용 요소라는 점 때문에 초시대적 효용성을 누릴 수 있었다.

승비 소재 몇 가지 모티브를 중심으로 살펴보면서 승비는 근원 설화를 복원하고 변이상을 보다 통시적으로 체계화할 수 있는 긴요한 자료임을 밝힐 수 있었다. 게다가 불교 인물설화가 승단 내에서 폐쇄적으로 구축된 산물이 아니라 주변서사와 영향을 주고받은 결과물이며 모티브의 기능적 조건에 동의할 경우 그것은 한 시대의 서사징표로 끝나지 않고 길게 전승력을 확보한다는 점도 간파하게 되었다. 적잖은 불교금석문이 『삼국유사』보다 앞서 설화를 채기해 놓았음에도 이를 소홀하게 대한 점은 시정되어야 옳다. 승비를 포함, 중세 금석자료가 가진 자료적 의의를 인정하고 그 인식 위에서 문학적 연구 지평을 넓혀가는 것이 과제로 남는다 하겠다.

제3부

불교설화

제1장

당승唐僧 혜상의 채록으로 본 신라 불교설화

1. 들어가며

문학사적으로 삼국시대는 기록문학이 미미한 대신 구비문학이 활발하게 창작 전파되던 시기로 규정하는 것이 일반적이다. 대표적으로 『삼국사기』, 『삼국유사』 등은 삼국시대에 얼마나 많은 설화가 창작, 유통되었는지를 가늠해 볼 수 있게 한다. 하지만 현 시점에서 문학사의 형성기에 속하는 삼국시대의 서사문학적 실상이나 구비문학적 실상을 조망하기란 버겁기만 한데 무엇보다 자료의 부족에 기인하는 것이다.

그런 점에서 당나라 승려로서 삼국 혹은 신라 설화를 다수 채록한 혜상의 채록 활동과 그가 기록한 다수의 설화 각편에 대해 눈여겨 볼 필요가 있다. 혜상이 남긴 불서를 보면 『홍찬법화전弘贊法華傳』, 『법화전기法華傳記』에는 8세기 초까지 채집된 법화영험 설화가 채록되어있으며 『석문자경록釋門自鏡錄』에는 승가에서 경계로 삼아야 할 승려들의 사례가 다양하게 제시되어있다. 대체로 698~714년 사이에 찬술된 것으로 유추되는 상기 찬술들을 보면 수隋, 당唐 시기 불가 내 일화, 영험담들이 비중이 높기는 하지만 『삼국유사』에도 보이지 않는 신라, 백제승의 이야기를 수록하고 있어 6~7세기 백제, 신라의 불교 설화의 면모를 헤아릴 통로 구실을 해준다. 따라서 이 글은 모호한 점이 없지 않은 찬술자로서 혜상의 신상身上을 살피는 한편 『석문자경록』, 『홍찬법화전』, 『법화전기』 소재 신라 설화를 차례로 점검함으로써 신라 불교설화의 전파양상, 유형, 그 후대적 변이 양상을 주목하고자 한다. 이는 초기 서사문학의 모호성을 줄이면서 초기 신라 불교 설화의 실상에 좀 더 다가가는 기회가 될 것이다.

2. 혜상의 찬술활동과 설화인식

혜상은 당의 승려이면서도 삼국, 혹은 신라의 불교설화를 기록하는 데 남다른 열의를 보였다. 그의 찬술서 가운데는 『석문자경록』에 3편, 『홍찬법화전』에 6편, 『법화전기』에 2편 등 모두 11편의 삼국 불교설화가 발견된다. 8세기 초에 이처럼 삼국의 불교설화에 관심을 보인 해외 인물은 찾기 어렵다. 그럼에도 설화사에서 그를 눈여겨 본 경우는 없었다. 일차적으로 설화연구가 주로 구조, 서사미학적 시각에 치우쳐 진행된 탓에 혜상 같은 인물이 망각된 것이 아닐까 생각해 볼 수 있다. 설화 간 발생시점과 그 계통성 마련에 초점을 맞추었다면 채록시기가 선명한 해외문헌 소재 설화에까지 관심이 미쳤을 것이고 그에 따라 혜상의 존재적 의미도 부각되었을 것이다. 혜상에 대한 관심이 부재했던 데는 그의 신상이 모호했던 점도 한몫 했다고 본다. 학계에서조차 『석문자경록』, 『홍찬법화전』, 『법화전기』, 『구청량전舊淸凉傳』에 대해 각각 다른 인물이 찬술한 것으로 받아들이는 것이 최근까지의 관행이었다.

혜상의 생몰연대를 정확히 밝히기 어려우며 심지어 법명法名조차도 정리되지 않은 채 다양하게 불리거나 표기된 것으로 나타난다. 찬술물과 주변 기록을 통해 재구한 그의 생은 대체로 12세에 구족계를 받고 당 고종 건봉 2년667부터 당 현종 개원 4년716까지 약 50여 년에 걸쳐 어떤 사찰보다 『법화경』의 송지자誦持者들이 많았던 남전藍田의 오진사悟眞寺를 중심으로 저술활동을 펼치다가 당 현종 시에 70여 세에 세상을 뜬 것으로 파악된다.[1] 그의 찬술물로 인정되는 문헌으로는 『석문자경록』, 『홍찬법화전』, 『법화전기』, 『구청량전』 등이 있으나 저자명이 제각각으로 알려져 있어 찬술자 연구를 가로막는 한 요인으로 작용하였다. 불학연구에서 대표적인 텍스트라 할 『신수대장경新修大藏經』만 보더라도 『석문자경록』은 남곡사문회신술藍谷沙門懷信述, 『홍찬법화전』은 남곡사문혜상찬藍谷沙門惠詳撰, 『법화전기』는 당승상공唐僧祥公, 『고청량전古淸凉傳』은 당조남곡사문혜상찬唐朝藍谷沙門慧祥撰으로 저자 표기가 제각각이다. '남곡藍谷'이 공통적으로 명기된 것으로 보아 찬술자는 남곡에 주석했던 승려인 것만은 분명하지만 회신懷信, 혜상僧祥, 혜상慧祥 등으로 찬술자를 달리 표기함으로써 결코 이들이 동일 인물이라는 생각을 떠올릴 수 없게 되었다.

하지만 애초 잘못된 판독과 이기移記 때문에 빚어진 일일 뿐 혜상慧祥, 승상僧祥, 회신懷信을 동일 인물로 보는 것이 타당하다는 견해가 나왔다. 원래 '혜惠'는 전통적으로 '혜慧'와 섞어 사용하는 일이 빈번했으며 '상詳'과 '상祥'도 공히 '상서롭다'는 뜻을 지니고 있어 섞어 써도 무방한 것으로 여겼다는 것이다. 이렇게 볼 때 '혜상惠詳'과 '혜상慧祥'이 글자가 다르다 해도 동일인을 지칭하는 것으로 받아들여야 하며 '승상僧祥' 역시 '승려 혜상僧侶

1 小笠原宣秀, 『藍谷沙門慧詳に就いて』, 『龍谷學報』 第315號, 1936, 237~241쪽.
藍吉富, 『隋代佛敎史述論』, 臺灣商務印書館, 1998, 203쪽.

慧祥'을 줄여 쓴 것이므로 결국 혜상을 칭하는 것으로 정리된다. 남는 문제는 '회신'과 '혜상'의 관계이다. 「승화오년입당구법목록承和五年入唐求法目錄」과 같이 혜상을 『석문자경록』의 찬자로 명기[2]했다면 상관이 없다. 하지만 『속장경續藏經』의 『석문자경록』에서는 찬술자를 회신懷信이라 했으며 심지어 회인懷仁으로 적기한 경우도 보인다.[3] 따라서 조심스럽게 접근할 필요가 있겠는데 『석문자경록』의 「신라국선사할육수시주사新羅國禪師割肉酬施主事」와 『홍찬법화전』의 「당신라국석연광唐新羅國 釋緣光」에서 우리는 회신과 혜상이 둘의 관계를 파악할 단서를 발견하게 된다.

> 신라의 달의達義스님은 나이가 80세에 가까운데 곧고 간절한 마음으로 이 산에 자취를 의탁하였다. 나는 그의 그 덕을 존중하여 이따금 옷과 약을 주었는데 달의 스님이 나를 보고 슬프게 울면서 이 유래를 상세하게 말해주면서 다음과 같이 말하는 것이었다. "나도 내생에 나의 살을 베어내 스님께 돌려줄 것이다."[4]

> 신라의 연의連義스님은 나이가 바야흐로 80세인데 낡은 옷에다 하루에 한 끼를 먹었으며 인내력이 남달랐는데 나와 같이 지내면서 이 일을 이야기해주었으므로 기록하게 되었다.[5]

---

2 湯用彤, 『隨唐佛敎史話』, 中華書局, 1982, 95쪽.

3 鎌田茂雄, 『中國佛教史』, 岩波書店, 1979, 238쪽.

4 『석문자경록』, 懈慢不勤錄 七, 新羅國禪師割肉酬施主事 新錄.(『大正藏』 第五十一冊) "有新羅僧達義 年將八十 貞誠懇到託迹此山 余敬其德 時給衣藥 義對余悲泣 具述此由云 餘來亦割肉還師也."

5 『홍찬법화전』 卷第三 講解 第三, 唐新羅國 釋緣光. (『大正藏』 第五十一冊) "有新羅僧連義 年方八十 弊衣一食 精苦超倫 與余同止 因說此事 錄之云爾."

3앞의 것은 『석문자경록』 소재 도안道安 전승의 채록 경위, 다음 것은 『홍찬법화전』 소재 연광 전승의 채록 경위에 해당한다. 채록자 혜상이 만난 화자는 신라에서 온 80세 가량의 노승으로 청빈함과 수행력이 남달랐다고 증언한다. 혜상과 같은 절에 머물기도 했던 이 신라승은 분함과 탐욕을 멀리해야 할 수도자가 범부적 욕망을 다스리지 못하다가 뱀으로 환생한 경우를 들려준다. 물론 그것은 중국에 오기 전에 그가 신라에 있을 때 들었거나 견문한 일이었다. 서로 다른 자료에 삽입된 별개의 대목이지만 내용상 두 자료에 등장하는 청자나 화자는 동일인으로 인정할 수밖에 없다. 혜상은 『석문자경록』과 『홍찬법화전』을 지으면서 신라승에게 들었던 설화를 각각 하나씩 끼워 넣은 것이다. 회신, 혜상의 주석처가 동일하게 남곡으로 된 것도 이들을 동일인으로 볼 단서가 된다. 남곡은 당대 장안에서 동남쪽 옹현雍縣에 위치한 남전현藍田縣의 남전산藍田山을 일컫는 것으로 혜상은 그곳 오진사에서 주석했으므로 '남곡사문'이라 밝혔던 것이다.[6] 화자가 달의達義와 연의連義로 달리 되어있기는 하지만 한 사람으로 보아야 한다는 견해도 이미 나온 바 있다.[7] 즉, '달達'과 '연連'의 자체가 유사하다보니 이기 과정의 오류로 야기된 일이라는 것이다. 이에 따라 저자명으로 오른 회신이나 혜상을 한 사람으로 보아야 하며 화자에게 신라 설화를 전해주었다 하는 달의와 연의 역시 동일인으로 볼 수밖에 없다는 결론에 이른다.[8]

---

6 小笠原宣秀, 앞의 글, 231~250쪽.

7 周語彤, 『弘贊法華傳持經感應研究』, 雲林科技大學漢學資料碩士班畢業論文, 2008, 9~14쪽.

8 위의 책, 9~14쪽에서 『석문자경록』과 『홍찬법화전』의 찬술자를 혜상으로 보아야 한다고 주장하는 반면 석덕율(『古清涼傳成書的時代背景與撰著動機』, 印順文教基金會獲獎文章, 11~12쪽)은 『석문자경록』의 찬술자를 혜상으로 보는 데 의문을 제기하고 있다. 하지만 신라 설화의 채록 경위를 검토할 때 회신(懷信)은 곧 혜상의 또 다른 이름으로 볼 수밖에 없다. 이 책에서는 앞서 등장한 『석문자경록』의 표기대로 신라승을 달의(達義)로 통일한다.

혜상이 상기 찬술물의 저자임을 확인한 만큼 이제 각 찬술물의 서사지향성과 함께 혜상의 설화인식을 엿보기로 한다. 승려, 혹은 승가에 대해 경책이 될 만한 이야기만을 선별해 엮은 것이 『석문자경록』이다. 항목을 보면 업계장원業繫長遠, 발역천제勃逆闡提, 경훼교법輕毁敎法, 투현질회妬賢嫉化, 분에탐비忿恚貪鄙, 속학무비俗學無裨, 해만불근懈慢不勤, 해물상자害物傷慈, 음담비법飮噉非法, 간손승물慳損僧物 등의 파계적 행위가 다양하게 열거되어있다. 혜상의 눈에 비친 일부 승려들은 탐욕, 나태, 투기 등 일탈행위를 자행하고 있으면서 이에 대해 어떤 자각도 없었다. 시선을 신라 쪽으로 향하더라도 이런 병폐는 흔했다. 『석문자경록』 분에탐비록 5의 「당신라국흥륜사승변작사신사唐新羅國興輪寺僧變作蛇身事」, 「유일니有一尼」와 같은 책 해만불근록 7의 「신라국선사할육수시주사新羅國禪師割肉酬施主事」 등은 신라에서도 정도를 벗어난 승려들이 적지 않았음을 전해준다. 『홍찬법화전』은 도상圖像, 번역飜譯, 강해講解, 수관修觀, 유신遺身, 송지誦持, 전독轉讀, 서사書寫 등 총 10권에 법화신앙적인 8덕성을 제시하고 그에 부합되는 영험담을 배치함으로써 복덕福德과 선근善根으로 이어진 법화공덕의 사례를 환기시킨다. 이 가운데 신라 설화에 해당하는 것은 「당신라국석연광唐新羅國釋緣光」 「당신라국사미唐新羅國沙彌」 「당여주양현유로唐汝州梁縣劉老」 「당낭장오씨唐郎將吳氏」 등이다. 『법화전기』도 『홍찬법화전』의 덕성을 따르되 다만 두 가지 덕성을 더하여 부류증감部類增減, 은현시이隱顯時異, 전역년대傳譯年代, 지파별행支派別行, 논석부동論釋不同, 제사서집諸師序集, 강해감응講解感應, 풍송승리諷誦勝利, 전독멸죄轉讀滅罪, 서사구고書寫救苦, 청문이익聽聞利益, 의정공양依正供養의 12 항목으로 나눈 뒤 그에 부합한 영험적 사례를 나열한다. 여기에 보이는 삼국관련 설화로는 「수신라연광隋新羅 緣光」 「조주 관음도량도인趙州 觀音道場道人」이 있는데 각각 6

세기에 오吳나라에서 유학 중 천상과 해중으로부터 강설 요청을 받은 연광의 체험과 30년을 머물다 고국으로 돌아가는 길에 월주에서 발정이 겪었던 체험이 들어있다.

혜상이 불교 설화에 그토록 관심을 갖게 된 것은 권교와 홍교의 방편으로서 그만 한 매개체가 없다는 인식에 바탕을 두고 있다. 흥미적 대상으로 여겨지는 설화에서 방편적 효용성을 절실하게 깨달은 사람으로 보아야 할 것이다. 무지와 무명에 사로잡힌 사람들을 깨우치는 데 그보다 나은 도구가 없다는 생각은 다음 대목에서 잘 드러난다.

> 문득 혜상은 전생의 선행을 모아서 묘한 인연을 불러일으키고 성불의 요체로 유통시켜 참된 글을 찬송하고 읊조린다. 눈으로는 들리지 않던 것이 들리고 귀로는 보이지 않던 것이 보인다. 오래전 요진姚秦의 도 찾은 일부터 우리 대당大唐에 이르기까지 유통의 이익됨이 있었으니 선대에는 그것이 없어 감응을 헤아릴 수 없었으며 셈하여 추측할 수 없었으며 묘리가 막히고 아득하니 또한 그 법을 알겠는가. 지금 애오라지 귀와 눈으로 듣고 본 것을 찬집하여 후배들의 믿음을 권장하는 것이다.[9]

대중에게 단순히 교설만을 내세워서는 바란 만큼 불법을 터득시키기가 어렵고 신불의 세계로 인도하는 것 역시 수월치 않다는 점을 혜상은 지적하면서 설화야말로 그런 장애를 넘어서 진정한 믿음으로 인도해줄 수 있

---

9 『법화전기』 卷1(『大正藏』 第五十一冊). "抑祥宿殖所資 妙因斯發 流通一乘 讚詠真文 目聞未聞 耳見未見. 昔始自姚秦訪道 暨于我大唐之有天下 流通之益 先代無之 感應無謀 非籌算能測 妙利凝邈 亦繩準所知乎 今聊撰集耳目見聞 動勵後輩信心."

다고 본다. 『석문자경록』 소재 설화가 반면교사의 지침이 된다면 『홍찬법화전』과 『법화전기』 소재 설화는 참된 법화 신앙적 전례로서 의미가 있다고 그는 보았던 것이다. 혜상에게 있어 설화란 생경하게 마련인 경전의 가르침을 무엇보다 수월하게 전달해주는 매개로 인식되었음을 알 수 있다.

3. 채록 설화의 범위와 소재별 의미 검토

여기서는 찬술자를 혜상으로 단정 짓고 차례대로 그의 찬술서에 수록된 신라 설화의 특성을 점검해보기로 한다. 『석문자경록』에서 발견되는 신라승은 도안道安, 일선사一禪師, 일니승一尼僧, 순경順璟 등 4인이다. 이중 도안, 일선사, 일니승 이야기는 혜상이 직접 발굴한 것이어서 한층 주목된다. 순경이야기는 애초 『석문자경록』에 들어있지 않다가 후인들이 보집을 추진하면서 『송고승전』에 올라있던 순경전을 이기한 것이다. 『석문자경록』은 제명이 말해주듯 승려들일지라도 자신의 성찰과 수행에 힘써야 함을 강조하는데 찬집의 목적을 두고 있다. 출가자란 수행과 대중구원을 지표로 삼아 그 길을 걸어가겠다고 다짐한 부류이다. 하지만 출가 전후의 굳은 결심도 막상 승가생활에 익숙해지면서 초발심이 퇴색되기에 이른다. 따라서 혜상은 설화를 방편으로 대중의 사표가 되기는커녕 지탄의 대상으로 변해버린 승려가 적지 않았던 당대 불가의 현실을 드러내면서 한편으로는 자기반성을 유도할 목적에서 충격적인 예화까지 마다하지 않고 받아들여 『석문자경록』을 엮었다.

이에 반해 『홍찬법화전』에 등재된 설화들은 법화공덕을 대변할 만한 것들로만 가려졌다고 할 것이다. 그의 설화적 경사는 단순한 흥미의 차원과는 다른 것이었다. 그가 그토록 설화 채록에 몰입했던 까닭은 "비록 기록한 것이 허탄한 것이지 사실인지 두렵기는 하지만 내가 의도한 것은 후인들의 믿음을 권면해주기 위한 것"[10]이라는 말에서 읽을 수 있다. 『홍찬법화전』은 총 10권으로 엮어졌으며 법화신앙적 덕성을 여덟 가지로 나누어 각각에 속하는 인물을 배치하였는데 이 중에는 다른 불서에서 이기한 것을 포함, 6편의 삼국 관련 영험담을 찾을 수 있다. 이 중 주목되는 것이 신라승인 연광緣光, 김과의자金果毅子, 그리고 당나라 두 병사의 신비 체험담이다. 이들 이야기는 모두 7세기에 전파된 것으로 승담을 넘어 나당 전쟁에 종군했던 당 병사 2명의 신비 체험담까지 수습되어있다. 『법화전기』도 『홍찬법화전』의 설화 분류에 준하여 체재를 구성하고 있다. 다만 덕성을 두 가지 더 추가하여 12덕성으로 설계한 뒤 그에 적합한 영험적 사례를 배치하였다. 『법화전기』는 『홍찬법화전』을 찬술하고 나서 6년 뒤에 출현한 것으로 짐작된다. 따라서 일부는 이전 자료의 것과 겹친다. 연광과 혜현 이야기는 각각 『홍찬법화전』, 『속고승전』의 것을 요약하거나 그대로 이기한 것에 불과하다. 이에 비해 발정發正과 관련된 「조주 관음도량도인趙州 觀音道場道人」만은 혜상이 새롭게 발굴한 것이라 할 수 있다.[11]

1) 『석문자경록』 소재 각편

『석문자경록』을 통해 혜상은 승가 내 치부를 거침없이 폭로해놓고 있는데 왜 굳이 반불적 설화들만을 포집했는지 서序에 그 이유가 들어있다. 비

---

10 『법화전기』 10권(『大正藏』 第五十一冊), 96쪽. "雖恐本紀虛實 意在勸後信矣."

11 이는 후에 등장하는 『觀世音應驗記』에 다시 수록된다.

교적 길게 서술된 『석문자경록』의 서는 이외에도 혜상이 간직한 승려관, 당대 불교계의 상황, 민중의 대 불교인식 등 여러 사항도 더불어 살필 수 있게 해준다. 7세기 당나라는 문화, 문물이 풍요로웠던 시기였다. 하지만 사찰경제의 풍요로움과 함께 승려에 대한 존숭감이 높아지는 세태가 도행을 추구하는 승려들에게는 달갑게 여겨지지 않았다. 전에 없이 속물화 경향이 높아가는 승가의 풍토를 두고 혜상은 경계하지 않을 수 없었다. 청빈함을 자족하며 치열하게 수행에 몰두해도 부족할 판에 일부 승려는 초발심을 팽개친 지 오래고 세속적 안락에 몸을 맡긴 채 본분을 망각하고 있는 것이 혜상의 눈에 비친 풍경이었다. 그의 우려가 다음에서 충분히 감지된다.

> 그 높은 문, 깊숙한 집, 푸른 섬돌, 붉은 기둥, 수레를 끄는 종의 무리, 궤, 책상, 침구 같은 것에 소비하는바 또한 끝이 없다. 혹 다시 무명이 가만히 일어나고 삿된 지견이 횡으로 생겨 법 아닌 것을 망녕스럽게 쓰고 때 아닌 때에 마시고 먹는 것은 또한 헤아리기 어렵다. 이것은 다 다른 이의 힘으로 생겨난 것으로 내가 쓸 수 있게끔 도와주어서 가능한 것이다. 대개 급히 위로 더불어 어찌 내 또래의 괴롭고 즐거움을 비교할 수 있겠는가 (…중략…) 그러므로 발우를 들고 집에 들어가면 봉해 놓았던 음식을 급히 열고 석장을 떨쳐 거리에 나가면 뽐내던 사람들이 엄숙히 공경하니 고인이 한번 먹은 은혜라도 오히려 능히 절개를 이루고 한 말로 돌볼지라도 오히려 혹 몸을 잊을 것인데 하물며 머리로부터 발굽에 이르기까지 다 여래께서 기르신 바, 이 생으로부터 죽음에 이르기까지 다 여래께서 덮어 주심이겠는가.[12]

12 「釋門自鏡錄序」(『大正藏』 第五十一冊). "爾其高門邃宇 碧砌丹楹 軒乘僕竪之流 机案床褥之類 所費又無涯矣 或復無明暗起 邪見橫生 非法棄用 非時飲噉 所費又難量矣 此皆出自他力 資

물론 승려로서의 본분을 자각하고 정도를 다시 찾는가 하면 이전의 불찰을 참회하게 되지만 그러나 그 같은 자성과 성찰은 일회성으로 그칠 뿐이다. 타고난 탐욕과 오만함이 분별력을 상실하게 한다. 성색에 집착하다가는 화탕지옥에 떨어져 상상할 수 없는 고통에 시달릴 것이라는 엄중한 경고조차 잊은 채 현실에 안주해 있는 승려들을 어떻게 할 것인가. 혜상의 개탄은 깊어진다.

> 혹 다시 법당에 올라가 예배하게 되면 부처님 보기가 부끄러워 비오듯 눈물 흘리고 격문을 떨치고 대하면 성교가 부끄러워 눈물 흘린다. 혹 헤진 옷, 거친 음식으로 곤욕을 다스리며 재물을 덜고 벗을 버려 외롭고 쓸쓸한 고통이 있더라도 마침내 능히 아만의 산을 굴복하고 욕심의 부를 밝혀 추폐의 성색을 버리고 확탕지옥의 깊은 벌을 면하도록 하지 않으니 어찌 마음이 아프지 않으랴. 그러므로 항상 근심과 울음의 쓰라림이 그치지 않으니 허공장보살과 지장보살도 어떻게 할 수가 없다.[13]

흔히 접하는 불교설화는 불보살의 영험과 견성에 이른 이의 체험을 그 내용으로 삼게 마련이다. 하지만 『석문자경록』의 설화는 불교와 승려에 대한 자각과 성찰을 유도할 수 있는 것으로만 선별되었다고 해도 좋다. 이들 설화는 승려의 일탈이 어떤 결과로 이어지는 지를 빠짐없이 제시함으

成我用 與夫汲汲之位 豈得同年而較其苦樂哉 (…중략…) 所以提盂入室 緘封之饍遽開 振錫登衢 弛慢之容肅敬 古人以一飡之惠猶能効節 以一言之顧尚或亡軀 況從頂至踵 皆如來之養乎 從生至死皆如來之蔭乎."

13 위의 글. "或復昇堂致禮 恥尊儀而雨泣 對格披文 慚聖教而垂淚 或鶉衣木食 困辱以治之 損財去友 孤窮而苦之 竟不能屈慢山 清欲火 捨麁弊之聲色 免鑊湯之深誅 豈不痛哉 豈不痛哉 所以常慘常啼酸辛而不極 空藏地藏救接而無方."

로써 무엇보다 업보業報, 삼세양중인과三世兩重因果 사고를 뚜렷하게 드러낸다. 현생에서 지은 악업이 있다면 다음 생에는 그에 따른 보응이 수반된다. 단지 승가에 몸을 담은 것으로 업이 사라지지는 않는다. 도리어 설화들은 승려들이기에 악업에 대해 더 큰 징치가 있다는 경고를 앞세운다. 본업을 각성시키고 종풍을 새롭게 하는 것이야말로 『석문자경록』에서 기도하는 핵심이다. 그리하여 단순한 계고나 훈계를 넘어 속죄의 계기를 충분히 마련할 만큼 다양한 응보의 사례로 74화를 배치하였다. 각 편들은 흥미소를 그 바탕에 두고 있는 이야기이므로 경직된 훈계담이나 잠명 못지않게 감계를 불러오게 된다. 줄거리의 차이에도 불구하고 지위고하를 떠나 누구도 업보 윤회의 굴레에서 벗어날 수 없다는 주지가 각 편에 공통으로 포함되었다.

신라 설화 3편도 사람들을 교화하고 선업을 왜 쌓아야 하는지를 증거하기 위해 동원한 것임에 틀림없다. 분에탐비록 5에 실린 「당신라국흥륜사승변작사신사」는 도안의 현생과 후생을 동시에 보여준다. 흥륜사 도안은 짧은 승력僧歷에도 불구하고 젊은 나이에 스승으로부터 종장직을 부여받게 된다. 누구보다 경론에 해박했던 탓이다. 하지만 그는 먹는 것에 애착이 심하고 편식이 유별났다. 음식이 맛이 없다 싶으면 일쑤 성을 내고 매질을 하는 등 아침저녁으로 사람들을 못살게 했다. 사람들이 하나같이 그 성미를 걱정했으나 그는 아랑곳하지 않았다. 병이 들면서부터는 물건을 집어 던지는 등 행동이 더 과격해졌으나 종장의 지위에 있는 그를 제지할 수 없었다. 얼마 후 그는 죽었다가 뱀의 몸으로 다시 태어났다. 길이가 100여척이나 거대한 뱀의 몸으로 바뀐 그는 울부짖으며 방에서 나와 숲속으로 몸을 숨겼는데 이를 보고 상심하지 않는 이가 없었다고 한다.[14]

부록으로 덧붙여진 「일니승一尼僧」도 도안과 같이 분에탐비의 범주에서 다뤘다. 생전 화를 잘 내던 승이 죽은 후 스승에게 악처의 독사가 되어 성의 남쪽에 머문다고 밝힌 뒤 사라진다. 그 후로 한 말 크기의 머리에다 세 장 길이의 뱀이 인가에 나타나 사람들을 쫓아내거나 마주치는 사람을 죽게 만드는 등 공포감을 고조시켜 사람들을 길에 나설 수 없게 만들었다.[15] 승려임에도 함부로 화를 내다가 금사보金蛇報를 받았으며 참회하지 못한 채 내세에서도 악업을 행한다는 점에서 도안의 전후생과 다를 바 없다.

신라는 불교신앙의 열기가 남다른 국가였으므로 호불적인 내용의 설화가 상대적으로 비중이 높았으리라 짐작하더라도 무리가 없다. 『삼국유사』 소재 설화만 하더라도 고승들의 덕성을 전하는 일화 중심이라 할 터인데 승가의 자기 검증이나 비판에 초점을 맞춘 이야기는 그만큼 드문 편이다. 그에 비해 『석문자경록』 소재 3편은 뱀업을 다루는 등 응보의 내용을 충격적으로 전한다.[16]

현생에서의 죄가 고스란히 다음 생의 과보로 이어진다는 생각은 원시적 사고 안에서도 발견되지만 이들 설화는 끔찍하고도 생생하게 인과의 전변과정을 제시하고 있다. 한 편에서는 승려가 되면 업장이 소멸된다는 믿

---

14 『석문자경록』 卷上, 分恚貪鄙錄 五, 唐新羅國興輪寺僧變作蛇身事(一尼附錄).(『大正藏』 第五十一冊) "新羅國大興輪寺第一老僧 厥名道安 自小出家 卽住玆寺 又薄解經論 爲少長所宗 然於飯食 偏好揀擇 一味乖心 杖楚交至 朝夕汲汲 略無寧舍 衆雖患之 莫能救止 後因抱疾 更劇由來 罵詈瞋打 揮擲器物 內外親隣 不敢覘視 經數日 遂變作蛇身 長百餘尺 號吼出房 徑赴林野 道俗見聞 莫不傷心 而誡矣"

15 위의 책, "彼又有一尼 性亦多瞋 死後數日現形 告師云 生惡處作毒蛇身 居在城南 泣涕辭去 後果於城南數里有一蛇 頭大如斗 身長三丈 行則宛轉 逢人必逐 遇之多死 希有免者 人畜往來 深以爲誡矣."

16 『석문자경록』 소재 뱀 환생담은 도안(道安)의 경우 말고도 5화가 확인된다. 7~8세기 한중에서 널리 퍼진 설화유형이었다 할 수 있다. 이외 생전 업행의 보응으로 소나 용으로 태어나는 사례도 몇 화가 확인된다.

음도 있지만 도안과 일니승은 축생도에 떨어져 고통에 시달리는 상황에서 이야기를 종결한다. 「신라국선사할육수시주사」에서 일선사는 전의 단월이 도와주어 살이 베어져 나가는 고통만은 면할 수 있게 되었으나 나무의 업에서 벗어났다는 호종이 발견되지 않는다. 업보란 원인과 결과의 연쇄가 반드시 동일 인격 내에 한정되는 것으로 오로지 자신이 행한 대로 결과가 나타난다[17]는 점을 절실하게 환기하고 있음을 보게 된다.

혜상이 채록한 신라 불교설화는 업보 설화의 통시적 흐름을 짐작할 수 있도록 해준다. 업보인과 설화가 8세기 이전에 형성되었다는 점을 이로써 확인하게 되는 것이다. 국내에 전승된 뱀업 설화는 적지 않으나 형성시기를 가늠하기는 쉽지 않았던 게 사실이다. 가령 승려 혼원混元의 「금강록金剛錄」에 올라있는 명학동지 업보 설화는 전파시점이 19세기로 나타나지만 그 형성 시점을 지정하기가 힘들었다. 하지만 그것 역시 7세기에 전파되던 뱀 설화의 한 유형에 속하는 것으로 진단해도 무리가 없을 듯하다. 이렇게 보는 이유는 『석문자경록』 소재 신라 설화들과 줄거리, 내용적 요소가 일치하고 있기 때문이다. 계통성의 확인 차원에서 잠깐이나마 명학동지 업明學同知 業설화와 이 유형에 속하는 후대의 구비전승을 살펴볼 필요가 있다고 본다.

영원靈源조사가 명학동지 문하로 출가해 상좌가 되었으나 스승이 수행과 참선대신 재물만 탐닉하는 데 환멸을 느낀다. 설득에 지친 나머지 그는 스승의 곁을 떠난다. 그 후 명학동지가 갑자기 죽어 뱀으로 변한다. 스승을 측은하게 여긴 영원조사가 그 응보를 풀어주기 위해 자진과 동시에 참회

17 水野弘元, 김현 역, 『원시불교』, 지학사, 1985, 43쪽.

를 권한다. 제자 말대로 한 결과, 명학동지는 뱀업에서 풀리게 된다. 그 다음 생에서 명학동지는 촌가의 아들로 태어나서 다시 출가를 단행한다. 상좌와 사승의 위치가 바뀌어 명학동지의 사승이 된 영원조사는 혹독한 수행과 정진으로 명학동지를 다그쳐 마침내 활오한 대오각성의 세계로 인도하게 된다.[18]

조선 후기 채록된 명학동지전은 그에 앞서 등장한 뱀업 설화에 근거해서 형성된 사례에 해당된다. 출가승으로서 탐욕의 늪에 빠져서 수행과 정진을 밀치고 재물 모으기에 혈안이 되었던 승려의 끔찍한 말로에 초점을 맞추고 있다는 점에서 「당신라국흥륜사승변작사신사」나 「일니승」과 통한다. 이들은 한결같이 구렁이로의 변신을 앞세워 충격과 공포를 불러일으키면서 반면교사로서 윤회 업보에 대한 직시와 참회를 유도한다.

그런데 앞서 본 「당신라국흥륜사승변작사신사」는 악행으로 인한 다음 생의 끔찍한 제시에 초점을 맞추고 있을 뿐 어떻게 살아야 하는 지 언급이 없다. 서사적 결함이라 볼 수도 있는 이 점을 보완해주는 것이 명학동지 전승담이 아닌가 싶다. 동일한 뱀설화 유형에 속하지만 명학동지 전승은 불교적 구원의 가능성이 열려있다. 즉, 명학동지가 악행 때문에 뱀으로 환

---

18 混元, 「金剛錄」, 『韓國佛教全書』 11권, 동국대 출판부, 728쪽.
"靈源祖師 嘗爲明學同知之上佐 而其師富饒 財寶溢庫 錢穀腐敗 心甚樂着 告師入名山修善道 師許而從之 不忍捨着 還言曰 汝先去修道 則吾從此治產而去 仍欲還本 至懇不許 故獨入此庵 明心悟道矣 一日非夢間 忽聞治罪之聲 自十王峯來 卽于閻王問之 則人間有明學同知 徒貪無善 多造衆惡 今捉來治罪 愕然驚悟 卽去本寺 師已逝矣 哀號流涕 老少諸衲 同聲責之曰 汝爲人上佐 何處奔走 而十年不來 今始歸來 其意在財 卽欲逐出 萬端謝罪 先以湯粥一器 設壇庫前 虛懷請魂 有一大蟒 自庫中出 垂淚食粥 仍 告之曰 哀哀師乎 四大虛假 非可愛惜 願自盡脫殼蟒 打頭自盡 觀者大驚也 引魂與人家曰 明年必生 貴子 愛以養之 與吾爲僧 答曰若如師言 必如約其年 果然生男 容貌端正 其人異之愛育 十年與師 師使兒穿窻窺牛 兒常如言 晝宵端坐 期至數月 悟前生事 曰我則汝師 汝則吾佐也 經曰騎牛更覓牛 非外牛而乃心牛也 以靈源薦師之地 故庵號靈源."

생했으나 영원조사의 회향공덕에 힘입어 다시 인간으로 태어나는 윤회의 또 다른 궤적이 부연되는 것이다. 그것은 단순한 또 한 번의 윤회와 다르다. 다시 인간이 된 전생의 명학동지는 출가를 단행할 뿐더러 치열한 정진 끝에 오도의 경지에 올라서는, 이상적인 불교적 생을 반영하기 때문이다. 거기다 복선적 구성, 치밀한 묘사 등을 갖추고 있어 소설성이 농후한 설화라는 주장마저 그리 어색하지 않게 되었다.[19]

「구렁이가 된 스님」[20]은 명학동지 설화가 단순히 사중들의 범위에 머물지 않고 민중들 사이에 들어와 널리 구비전승되었음을 확인시켜 준다. 이 각 편은 별다른 변이적 특색을 드러내지 않은 채 「금강록」 소재 명학동지전을 반복하고 있는 것을 보게 되는데 다만 굶주림에 시달리던 대망大蟒을 애처롭게 여긴 나머지 사중들이 죽을 쑤어주자 허겁지겁 받아먹고 달아나는 장면의 확대가 눈에 띈다. 이 모티브는 여타 금사보 이야기에도 핵심 요소로 작용하는 것을 보여준다. 이외 「구렁이가 된 중」[21]은 승려의 뱀 환생에 관한 이야기라는 점은 동일하나 보응의 단초가 된 죄악을 색탐으로 바꾸고 있다는 차이가 발견된다. 다시 말해 사승이 뱀으로 바뀌게 된 사연을 보면 상좌와 동행하던 사승이 길가는 여인의 미모를 탐한 결과, 응징이 따랐다는 것인데 그릇된 의업意業에 속하는 사견邪見, 간음姦淫의 파계가 빚어낸 결말로 처리한 것이다.

불가에서 발원한 뱀업 이야기가 사하촌이나 민가로 퍼져 나가면서 원형담을 허물고 다양한 변이담이 생겨났다. 얼른 눈에 띄는 변화는 징치의 장

---

19 김승호, 「사찰연기설화의 소설적 조명」, 『고소설연구』 13집, 한국고소설학회, 2002, 207~213쪽.

20 「구렁이가 된 스님」, 『口碑文學大系』 7-8, 367~369쪽.

21 「구렁이가 된 중」, 위의 책 8-5, 719~720쪽.

본인이 승려에서 속인들로 대체된 것이 아닐까 싶다. 도리와 분수를 잊고 함부로 굴었던 대감, 처녀 등이 다음 생에 구렁이로 태어났다는 식의 전개는 흔히 보는 것이다.[22] 민중설화에서도 악하게 살면 반드시 내세에 응보가 있으며 고스란히 업장으로 이어진다는 점만은 빠뜨리지 않는다. 일탈승에 대한 지계의 엄정함을 다그치기보다 민중 간에 전승된 구렁이 환생담은 도덕과 윤리적 기준을 지키며 살아갈 때 복을 누릴 수 있으며 그렇지 않을 때는 죽어서라도 벌을 받게 된다는 민중들의 소박한 윤리관, 내세관도 엿보인다. 하지만 여기서 불교서사의 고유성을 찾기는 어렵다. 그에 비할 때 명학동지 이야기는 단순한 윤리관이나 세계관을 제시하는 데서 한 걸음 더 나가 불교 사상적 요체를 강조하는 담론으로 생각된다. 「당신라국흥륜사승변작사신사」은 가장 이른 시기에 등장한 불가의 업보 설화에 귀속시킬 수 있다. 후대 그것은 불가, 민가를 포함해 또 다른 업 설화를 추동하는 근거가 되었음을 점검했는데 여전히 모티브가 지닌 기괴성에 집착하는 구비전승[23]이나 논리적 관념론에 바탕을 두고 불교적 인간의 상을 제시하고 있는 명학동지 이야기나 모두 신라의 업業 설화에 근원을 두고 있다고 본다.

---

22 「구렁이가 된 대감」, 위의 책 8-1, 165~166쪽; 「구렁이가 된 처녀」, 위의 책 6-2, 764~765쪽.

23 변신이라는 환생구조는 그대로 두되 후대 구비설화들은 악행의 주체를 대감이나 처녀 등 속가의 인물 정도로 대체하는 정도의 변이에서 크게 나아가지 못한 채로 이야기를 종결하게 된다. 명학동지전에서와 같이 오도와 갱생으로서의 환생을 구성력있게 보여주지 못한 채 초기 뱀업 설화의 언저리를 벗어나지 못한 것은 구전 뱀업 설화들이 지닌 서사적 한계로 지적될 수 있을 것이다.

2)『홍찬법화전』 소재 각편

누구보다 법화신앙의 공덕과 영험을 신뢰했고 이를 전파시키는 데 열정을 바친 인물이 혜상이었다. 그 점에서『홍찬법화전』을 찬술한 것은 그로서 퍽 자연스러운 일이 아닐 수 없다. 여기 실린 영험담 가운데 우리의 눈길을 사로잡는 것이 강해편講解篇의 연광緣光 이야기이다.[24] 뒤에 살펴볼 터이나 이 이야기에 부언된 채록 후일담은 7세기 신라 불교설화의 양상은 물론 나당 간 설화의 전승을 증언해준다는 점에서 적잖은 의미를 갖는다.

연광은 인수 연간601~604에 오나라로 들어가 천태종의 개조인 지의智顗 문하에서 공부하게 된다. 수년간 공부 끝에 주변의 추천으로『법화경』을 강설하게 되는데 천태별원에 머물며 묘관妙觀을 궁구하던 중에 천상으로부터 강설 요청을 받게 된다. 연광이 응낙하고 10여 일 동안 혼절한 일이 있었는데 바로 천상에서 강설하던 시간에 해당되었다. 귀국길에는 해신이 파견한 사자로부터 강설의 요청을 받고 일행과 더불어 바다궁전으로 들어가 며칠을 머물며 불법을 간구하는 이물들에게『법화경』을 강설해준 뒤 신라로 귀환하기도 했다. 80여 평생을 숭덕하게 살았던 연광은 세상을 떠난 후에도 신이한 현상이 끊이지 않는다. 다비를 끝냈음에도 그의 혀만은 타지 않았으며 그 혀가『법화경』을 염송하는 이적을 두 누이가 목격하기도 했다.[25]

---

24 『홍찬법화전』에는 백제승 혜현의 전승도 들어있으나 이는『홍찬법화전』보다 앞서 출현한『속고승전』 소재 혜현전을 이기한 것이어서 혜상이 채록한 설화와는 구분해 볼 필요가 있다.

25 『홍찬법화전』 卷第三 講解 第三 唐新羅國 釋緣光. (『大正藏』 第五十一冊) "釋緣光 新羅人也 其先 三韓之後也 按梁員職圖云 其新羅國 魏曰斯盧 宋曰新羅 本東夷辰韓之國矣 光世家名族 宿敦淸信 早遇良緣 幻歸緇服 精修念慧 識量過人 經目必記 遊心必悟 但以生居邊壤 正敎未融 以隋仁壽年間 來至吳 會正達智者 敷弘妙典 先伏膺朝夕 行解雙密 數年之中 欻然大悟 智者卽令就講妙法華經 俊郎之徒 莫不神伏 後於天台別院 增修妙觀 忽見數人 云天帝請講 光默而許

앞에서 언급했지만 연광의 이야기를 들려준 이는 신라에서 온 노승 달의達義이다. 영험담을 수소문하던 혜상에게 달의는 먼저 신라 설화를 매개해주는 전승자로서 의미가 더 컸던 것으로 보인다. 그런데 이는 원래 중국에서 발원했던 이야기가 중심을 이룬다. 무엇보다 천신과 해신이 모두 연광의 법화강설을 주문하고 이에 응했다는 신이담은 오나라에서 발원한 것으로 연광의 귀국과 더불어 신라 안에 퍼졌음을 예상할 수 있다. 그러니까 달의는 연광 주변의 사람들이 전승시켰다고 보는 중국내 신이담과 연광 사후의 설강설담舌講說談을 한데 모아 혜상에게 들려주었다. 혜상이 달의를 통해 들은 신라 설화는 「당신라국흥륜사승변작사신사」, 「당신라국석연광唐新羅國 釋緣光」 2편뿐이다. 하지만 『홍찬법화전』 소재 「당신라국사미唐新羅國 沙彌」나 「당신라국흥륜사승변작사신사」도 달의를 통해 수습한 것으로 파악해도 무리가 없다고 하겠다.

「당신라국사미」는 법화신앙 가운데에서도 전독의 영험에 관한 것이다. 잠시 줄거리를 보면 어려서 출가한 김과의의 아들이 출가해서 지성으로 『법화경』을 읽다가 18세에 이르러 세상을 떠난다. 다음 생에서 그는 또 다른 김과의의 아들로 태어나게 되고 출가 후 역시 『법화경』 송독에 몰두한다. 하지만 유독 한 글자만 빠뜨리곤 하였다. 그러다 전생에 『법화경』을 읽다가 한 글자를 태우는 바람에 그렇게 된 것이라는 몽중인의 설명을 듣

之 於是 奄然氣絶 經于旬日 顏色如常 還歸本識 旣而器業成就 將歸舊國 與數十人 同乘大船至海中 船忽不行 見一人乘馬凌波來 至船首云 海神請師暫到宮中講說 光曰 貧道此身 誓當利物 船及餘伴 未委如何 彼云 人並同行 船亦勿慮 於是 擧衆同下 行數步 但見通衢平直 香花遍道 海神將百侍從 迎入宮中 珠璧焜煌 映奪心目 因爲講法花經一遍 大施珍寶 還送上船 光達至本鄉 每弘玆典 法門大啓 實有功焉 加以自少誦持 日餘一遍 迄於報盡 此業無虧 年垂八十 終於所住 闍維旣畢 髏舌獨存 一國見聞 咸歎希有 光有妹二人 早懷淸信 收之供養 數聞體舌自誦法花 妹有不識法花字處 問之皆道."

는다. 환생한 김과의의 집에 남았던 『법화경』을 확인한 결과, 2권에 한 글자가 태워져 있었다. 이 일로 말미암아 전생과 후생의 내력을 소상히 알게 된 두 집안이 우의를 나누게 되었음은 물론 윤회로 이어지는 두터운 인연에 감사하게 되었다한다.[26]

말미에 보면 이 이야기의 발생 시점을 정관 연간627~649이라 했다. 처음에는 주현州縣에서만 전해지다 점차 신라 전역으로 퍼져 나갔던 것을 알 수 있다. 전후 생에서 주인공이 동명이인의 부모 아래 태어난다는 줄거리를 통해 윤회적 흐름에서 벗어날 수 없는 것이 인간임을 직시해준다는 점에서 『삼국유사』의 「대성효이세부모大城孝二世父母」[27]와 동일 유형의 설화라 할 터이다. 다만 사미 이야기가 7세기에, 김대성 이야기가 8세기에 발생한 것으로 여겨지는 만큼 신라사미 환생담이 대성환생담의 출현에 영향을 미친 것으로 보아야 할 것이다. 「당신라국사미」는 과거의 업은 어쩔 수 없다 해도 숙선宿善하다 보면 내세에 다른 생으로 바뀔 수 있다는 희망과 함께 윤회의 엄정함을 사람들에게 선명하게 각인시켜 주는 예화이다. 신라 불교설화 가운데서도 이 같은 업보 윤회담이 다른 무엇보다 높은 비중을 점하고 있었다는 사실 또한 『홍찬법화전』 소재 신라 설화를 통해 밝혀진다.

혜상의 설화 채록에서 발견되는 또 다른 특징은 수습의 통로가 다양하다는 점이다. 혜상은 다양한 신분 계층에까지 눈길을 돌려 설화를 발굴하

---

26 『홍찬법화전』 卷 第九 轉讀 第七, 唐新羅國 沙彌.(『大正藏』 第五十一冊) "新羅國 有金果毅生一男子 從小出家 樂讀法華經 至第二卷 誤燒一字 年十八 忽從夭喪 還生別處 金果毅家 又得出家 卽偏愛讀法華經 至第二卷 每於一字 隨問隨忘 夢有人云 小師前生 向其鄕某金果毅家生亦得出家 在彼生時 讀誦法華 誤燒一字 是以今生隨得忘 彼舊經現存 往彼自看 此小師 依夢向彼尋覓 果得其家 借問投宿 前生父母 依俙欲識 尋訪舊經 乃見第二 實燒一字 小師及前父母悲喜交幷 二家遂爲親好 彼此無二 當卽言及州縣 州縣奏聞 擧國傳詠 于今不息 卽貞觀時也."

27 『삼국유사』 卷 第五, 第9 孝善.

려 했으며 사부대중 누구라도 전승의 주체가 될 수 있다고 보았다. 이런 측면에서 관심을 끄는 것이 나당전쟁에 참가했던 두 당병에게서 채록한 이야기인데 『홍찬법화전』권10 서사書寫 항목에 들어있는 「당여주양현유로唐汝州梁縣劉老」와 「당낭장오씨唐郎將吳氏」를 가리킨다.

먼저 유로劉老의 아들이 들려준 이야기를 보자. 이는 당군의 도움에 힘입어 신라가 삼국을 통일하는 듯 했으나 당이 약조를 어기고 신라 정벌에 나선 때를 배경으로 하고 있다.[28] 679년 나당전쟁이 막바지에 이르렀을 즈음, 유로의 아들은 신라의 포로병 신세로 요동해변에서 말사육의 고역에 시달렸다. 그런 차에 낯선 승으로부터 꿈을 꿀 때마다 무조건 바다에 뛰어들라는 조언을 듣게 된다. 처음에는 두려워 엄두를 내지 못하다가 그는 용기를 내 바다에 몸을 던졌다. 얼마 후 물 속에서 허우적거리던 병사의 손에 국화 한 단이 잡혔고 이에 의지하여 망망대해를 떠돌다가 해안에 이를 수 있었다. 뭍에 올라오자마자 그는 자신을 구해준 국화 단을 풀었고 그 안에서 『법화경』을 발견하게 된다. 귀향 전까지 그는 『법화경』이 왜 거기에 들었는지 금방 알아챌 수가 없었다. 그 의문은 집에 돌아와서야 풀렸는데 전쟁에 나가 신라군의 포로가 되었다는 소식을 접한 아버지가 그의 무사귀환을 위해 『법화경』을 서사했다는 사실과 국화단 속의 『법화경』이 바로 그것임을 확인한 것이다.[29] 「당여주양현유로」는 『법화경』 서사書寫에

---

28 반도의 동쪽에 위치한 지형학적 조건과 문물의 뒤늦은 유입으로 삼국 중 약소국이던 신라가 통일의 대업을 이룰 수 있었던 데는 당의 후원이 있었다. 648년 나당연합을 결성하고부터 신라는 패자로 올라선다. 660년 사비성을 함락시켜 백제를 멸망시키고 이후 648년에는 평양성을 함락시켜 고구려마저 멸망시켰던 것이다. 그런데 당이 옛 백제 땅에 웅진도독부를 비롯하여 5개의 도독부를 설치하고 신라마저 병합하려 들면서 삼국을 통일한 직후부터 신라는 당과 결전을 치러야만 했다. 668년에서 676년까지 이어진 나당전쟁은 당의 야욕에서 출발한 것이기는 하나 「당여주양현유로」를 통해 종군했던 당나라 병사들의 고통과 애환을 엿보게 된다.

초점이 있다. 유로는 포로의 처지가 된 자식을 위해 할 수 있는 일은 『법화경』의 서사뿐이라고 믿었다. 오로지 『법화경』의 위력에 의지해 지성으로 간구한 부친 때문에 아들은 몸을 보전하고 부모의 곁에 돌아올 수 있었음을 강조하고 있다.

「당낭장오씨」는 나당전쟁 중에 일어난 신이한 사건을 전하고 있다. 전쟁 초기에는 당군의 기세가 신라군을 압도했던 것이 사실이다. 고간의 군사 1만과 이근행의 3만 병사가 평양에 주둔한 채 8영을 만들어 한시성과 마읍성을 공략하는가 하면 병사들을 진격시켜 백수성 5백 보 거리에 병영을 설치하게 된다.[30] 당군은 성을 함락시킨 후 가옥이며 절까지 불사르고 파괴를 일삼았는데 그 무리에 끼여있던 낭장 오씨가 별안간 흰 띠 같은 것이 솟구쳐 구름 속으로 들어갔다가 풀 섶으로 떨어지는 것을 목격하게 된다. 추락 장소로 달려간 오씨가 발견한 것은 『법화경』 제7권이었다. 그런데 막사로 돌아와 지붕에 올려놓았던 그 경전이 밤중에 내린 폭우에도 조금도 젖지 않은 채 멀쩡했다.[31] 안위를 보장할 수 없는 전장의 긴박감 속에서 『법화경』이 발하는 영험은 병영 안에서는 물론 귀향 후 오군의 고향

29 『홍찬법화전』, 卷第十 書寫 第八, 唐汝州梁縣劉老.(『大正藏』 第五十一冊)
"儀鳳年 汝州梁縣北 有梁村劉氏男 失名 先因從征東討高麗 沒爲奴 於遼海東岸牧馬 因而寢睡 屢夢有一僧 喚令入海 共海歸家 若此非一 劉氏子自惟 漂落與死莫殊 頻感斯夢 逐投身海浦 於水中 抱得菊草一束 隨波漂流 浮渡西 至于岸上 行餘一里 思念 此草能濟吾身命 劫迴取草 解束曝之 乃於其中 得法花經第六卷 遂持還家 其父劉老 先緣子沒蕃 遂爲造法花經一部 書寫清淨 每事嚴潔 及見子到 相持悲慶 怪問所由 劉氏子 具說前事 父子遂共於精舍中 開視經函 乃欠第六 一卷 驗其子於海中得者 果是其父爲子所造之經 部軸具足."

30 安鼎福, 『東史綱目』 第4下 壬申年 文武王 12年.(唐高宗 咸亨3년, 672)

31 『홍찬법화전』 卷第十 書寫 第八.(『大正藏』 第五十一冊) "郞將吳氏 忘名 東征高麗 破馬邑城 焚燒屋宇 延及寺舍 城外望見 煙雲直上 中有一物 如白帶 高飛入雲 須臾飄墮城東草中 郞將吳君 走馬往視之 見黃書展在地上 就而觀之 乃是法花經第七卷也 於是 將至營中 夜安幕上 忽逢暴雨 明旦收之 一無霑濕."

에서도 화제거리로 부각되었을 것이다. 혜상은 승려였으나 당군, 신라군 어느 한 편을 옹호하는 시각을 벗어나 『법화경』이 지닌 공덕의 신비함에 주목하여 이야기를 소개했다. 주인공은 주변인의 남다른 법화 신앙적 공덕이 영험함을 불러온 것으로 밝히고 있으나 낭장 오군은 정작 독실한 믿음이 없던 인물이었다. 이 이야기는 법화신앙과 거리가 먼 사람을 체험의 주체로 내세움으로써 법화 공덕이 불러온 신비함을 더욱 증폭시키고 있는 것으로 보인다.

3) 『법화전기』 소재 각편

『법화전기』에는 삼국승인 연광緣光, 혜현慧顯, 발정發正의 이야기가 보인다. 『홍찬법화전』에 실려 있던 연광의 법화영험담은 『법화전기』에 다시 등장한다. 하지만 『홍찬법화전』과 달리 『법화전기』 소재 연광담은 대폭 축약되어 있어 서사논의의 대상으로 삼기는 어렵다. 혜상은 선행 문헌에 이미 상세한 연광전이 소개된 터이므로 잠시 환기해 본다는 정도에 그치고 있다. 혜현의 경우도 이와 사정이 다르지 않은 것 같다. 백제승 혜현을 처음 기록에 올린 것은 『속고승전』이었다. 백제승을 대표하는 만큼 후인들의 관심이 여전했으나 더 이상 부언적 정보를 찾기 어려운 상황에 봉착한다. 따라서 이후에 등장하는 승전류들은 『속고승전』을 그대로 이기하는 수준에 그칠 수밖에 없었고 『법화전기』도 이전의 혜현전을 반복하는 선에서 더 나아가지 못했다. 따라서 신라 설화와 연관 지어 주목되는 것은 발정의 신비체험을 전하는 「월주관음도량오인」이라 할 수 있다.

백제 출신 발정은 삼국 승려 중에서도 상당히 이른 시기에 중국으로 유학했다. 그는 천감 연간502~519에 양나라에 들어간 후 30여 년을 머물다 백제로 귀환하여 관음신앙을 전파한 승려로 알려져 있다. 「월주관음도량오인」을 간략하게나마 살펴보자. 수행에 뜻을 둔 기인其人과 차인此人이 두 사람이 양나라 월주 경계의 산에 들어가 일정기간을 정해놓고 각각 『화엄경』과 『법화경』의 송독에 들어가게 된다. 기인은 기한 내에 먼저 『화엄경』의 송독을 끝냈으나 차인은 『법화경』을 도무지 외울 수 없었다. 못마땅하게 여기던 기인이 차인에게 『화엄경』 대신 『관세음경』만을 외우라며 과제를 줄여준다. 하지만 차인이 그것조차 해결하지 못하자 기인은 홀로 하산하겠노라 윽박지른다. 그런 후 안간힘을 다해 차인이 『관세음경』 외우기를 마치자 하늘에서 꽃비와 향기가 골짝을 가득 메우는 일이 벌어진다. 그제야 차인은 곁에서 자신을 보살펴준 노인이 바로 관세음보살이었음을 깨닫게 된다.[32]

「월주관음도량오인」은 소의所依경전을 달리하는 두 도반의 송독에 대한 일화가 소개되어있다.[33] 독송여부를 승패의 잣대로 삼고 있기는 하지만

---

32 『법화전기』 卷第六 諷誦勝利 第八之四.(『大正藏』 第五十一冊) "百濟沙門釋發正 梁天監中負笈西渡 尋師學道 頗解義趣 亦修精進 在梁三十餘年 不能頓忘桑梓 歸本土 發正自道聞他說越州界山有道場 稱曰觀音 有觀音堵室 故往視之 榱椽爛盡 而堵牆獨存之 尙有二道人 相要契入山 一人欲誦華嚴經 一人欲誦法華經 各據一谷 策作堵室 其誦華嚴者 期月可畢 心疑其伴 得幾就往候之 曾無一卷 其人語曰 期已將盡 糧食欲絶 宜及至期竟之 若不能念誦一部 正可誦觀世音經也 便還其室 於是此人 心自悲痛 宿因鈍根 乃至心讀誦 晝夜匪懈 諳得略半 後數日 其人復來者爲此人以實告之 其人語曰 我已誦華嚴矣 奈何如此觀世音之初 況逕兩三日而不諳乎 我若捨汝而去 則負所要 若待汝 竟精食欲盡 旣於三日不竟 理不得相待耳 將以明復來者矣 子其免云 此人至到悲痛倍前 至心誦念 纔得竟畢 明旦其人復來者語曰 如此觀世音之初 尙不能誦 無可奈何 我時捨汝而去也 此人跪曰 昨暮纔得竟耳 於是其人大喜 欲以相試 乃坐床誦之 三十卷經 一無遺落 次復此人上床誦之 始得發聲 卽於空中 雨種種華香 華溢堵室 香聞遍谷 氣氳滿天 不可勝計 於是誦華嚴者 卽下地叩頭 頭面流血 懺悔謝過 事畢欲別去 此人止曰 常有一老翁饋我食 子可少待與 久久不來 相到與者 此人欲汲水 如向老翁擔食參休於草下 此人怪而問曰 我伴適來 望得共食 有何事竄伏不饋 翁答 彼人者 輕我若此 豈忍見乎 於是始知是觀世音菩薩 卽五體投地 禮拜甚至 須臾仰視 便失所在 此人所縣堵牆 至今猶存哉 發正親所見焉."

33 백제승 발정이 전해준 이 이야기는 『관세음응험기』에도 실려 있다. 이는 혜상보다 앞서 활동했던 제나라 육고(459~532)가 찬한 것으로 초고에는 「월주관음도량오인」이 들어

민담의 경쟁담으로 분류가 가능할 듯하다. 민담에서 흔히 보는 것처럼 누가 빨리 경전을 외우느냐를 경쟁의 기준으로 삼는다면 『화엄경』 송독자인 기인이 승자가 된다. 그런데 그들 뒤에는 노인으로 변신한 관세음보살이 있었다. 관세음보살은 재빨리 화엄경을 외운 기인을 편들기보다 명석함에는 뒤지지만 관음보살을 경건하게 대하고 공력을 다해 진정으로 송독에 임하는 차인 편에 서게 된다. 차인이 어렵사리 『관세음경』을 외우자 하늘에서 꽃비가 내리고 향내가 계곡에 진동했던 것도 기실 노인으로 분한 관세음보살이 베풀어준 축하의식이었다. 「월주관음도량오인」은 『화엄경』보다 『법화경』이 우위에 있다는 점과 함께 관음신앙의 위력을 입증하는데 초점을 맞춘 것으로 보인다. 혜상은 관세음영험에서 더 나아가 법화영험을 현시하기 위해 두 도인의 이야기를 『법화전기』에 포함시키고 있다. 차인이 암송능력이 부족해 겨우 『관세음경관세음보살보문품』을 외우는데 그쳤으나 그는 송독 그 자체를 도행의 전부로 알고 있는 기인에 앞서 진정한 수행자임을 판정받는다. 차인을 통해 관세음보살의 응험을 증거하고자 하는 데 이야기의 핵심이 있다 하겠는데 발화 현장은 양의 월주이지만 발정이 귀국한 뒤 이를 전파시켰을 것으로 본다면, 백제 안에 널리 퍼졌던 영험담으로 보는 것도 어렵지 않다.[34]

있지 않았다. 후인들이 『관세음응험기』에 부기를 붙이면서 『법화전기』 소재 이 이야기가 도입된 것이다.

34 김영태, 『삼국시대 불교신앙 연구』, 불광출판사, 1990, 213쪽.

4. 나가며

이 글은 먼저 혜상의 찬술 면모에 주목하였다. 동시대에 출현했다고 볼 수 있는 『석문자경록』, 『홍찬법화전』, 『법화전기』 등에서 정작 찬술자가 모호하게 처리되었으나 검토 결과, 이들은 모두 혜상의 찬술로 인정되었다. 혜상은 설화만큼 후인들에게 신심의 촉매가 되며 법화공덕과 바른 신앙을 환기하는 데 유용한 담론이 없다고 생각하였다. 당나라 승려임에도 그의 설화채록 범위가 불가, 속가는 물론 해외로까지 미쳤던 까닭이 여기에 있다. 『석문자경록』, 『홍찬법화전』에 보이는 채록 후일담은 단순히 당승과 신라승의 조우를 넘어 8세기 초 나당 간 설화 운반자, 유통경로 등의 정보를 담고 있었다. 7세기 신라에서는 업보, 설화 유형이 비중이 높았던 것으로 보이며 승려라 할지라도 응보가 면책되지 않는다는 뱀업 설화가 특히 널리 회자된 것으로 파악된다. 신라시대로 소원되는 뱀업 설화는 최근까지 전승력을 유지하고 있음도 드러난다.

『홍찬법화전』에서는 나당전쟁 때 과거 고구려 권역에 종군했던 당나라 병사가 화자로 등장하기도 한다. 전쟁 체험 안에서 『법화경』의 서경書經이 가져온 이적을 통해 법화공덕의 위력을 밝히고 이로써 법화신앙으로 인도하고자 하는 혜상의 의지를 우회적으로 읽게 해주었다. 『법화전기』에는 백제승 발정이 제보한 관음영험의 사례가 들었는데 관음신앙의 백제 내 전파, 그리고 신라 내 영험담의 형성에도 영향을 끼친 예화로 추정된다.

혜상의 찬술물은 고래 한국의 법화신앙을 앞서 권면했던 선행 서사로서의 위상을 점하는 것으로 여겨도 될 것이다. 한 예로 고려 말 요원了圓이 찬한 『법화영험전』에 오른 107화를 살펴보면 『홍찬법화전』에서 인용한 것이 65화를 차지하고 있는 것으로 표지되어있다. 특히 고려 말에 채록이 불가능했던 신라의 연광이나 김과의의 자 이야기가 『법화영험전』에 수록될 수 있었던 것은 신라 설화에 관심을 갖고 수 세기 앞서 이를 채록해놓은 혜상의 노고가 있었기 때문에 가능한 일이었다.

제2장

해외문헌을 통해 본 삼국시대 승려의 인물전승 양상

1. 들어가며

이글은 삼국시대 승려들의 해외 인물전승을 조망하고 그것이 갖는 서사적 특성을 살펴 모호할 수밖에 없었던 이 시기의 구비문학적 특성을 밝혀보는 데 초점을 맞춘다.[1] 사실 삼국시대의 구비문학 연구는 어느 시대보다 미진한 편이라 하겠는데 당대의 구비문학적 실상을 보여주는 자료가 절대적으로 부족하다는 점에서 불가피한 면이 없지 않았다. 『삼국유사』에 대한 의존성이 높을 수밖에 없었던 것도 이를 대신할 자료가 전무하다는 현실적 조건과 무관한 현상이 아니었다. 그러나 국외로 시야를 돌릴 때 우리는 자료의 결핍에서 오는 연구적 한계를 조금은 덜 수 있다 하겠는데 중국과 일본의 일부 문헌에서 삼국의 승사와 삼국승려의 인물전승을 다수 발견하게 되는 것이다.

물론 해외문헌 자료가 삼국 승려전승의 전체상을 밝히는 최적의 자료라

1 여기서 인물전승이란 "실제로 있었던 인물에 관한 이야기"(조동일, 『인물전설의 의미와 기능』, 영남대 출판부, 1979, 6쪽)를 가리키는 '인물전설'과 그 의미역이 크게 다르지 않다. 그럼에도 '인물전승'을 논의의 핵심어로 택한 것은 인물 이야기의 통사성, 변이성을 드러내는 데 '전설'보다는 '전승'이 함의의 폭이 크다고 생각하기 때문이다.

고 단언하는 것은 적절치 않다. 이국에서 찬술된 문헌인 만큼 삼국불교에 대한 전반적인 기록을 기대하기 힘들 뿐더러 중국이나 일본에 진출한 삼국의 일부 승려에만 관심을 두고 있어 삼국시대 구비의 전반적 면모를 기대하기는 어렵기 때문이다. 그러나 우리 문헌에 전혀 언급되지 않은 승려들을 포함, 상당수의 승려전승을 채록하고 있다는 것만으로도 서사문학적 의미는 각별하다고 생각된다. 이 논의를 통해 해외문헌의 가치와 의미가 새롭게 부각되며 거칠게나마 승려전승의 서사적 특성이 밝혀지기를 기대한다.

2. 해외문헌 소재 전승의 범위와 대상

고구려, 백제, 신라는 중국의 불교문화를 수입하는데 한결같이 높은 열의를 보였으며 불교문화의 역량이 축적되자 일본 측에 이를 전하는 중개자로서의 역할에도 소홀함이 없었다. 현재까지 중국으로 구법유학을 떠난 승려 가운데 실명이 확인되는 경우만 해도 261명이나 되며 일본으로 진출한 승려는 70여 명의 이름이 문헌으로 확인되고 있어 승려층이 불학과 문화적 역량을 높이는 데 얼마나 기여했는지 가늠해보기란 어려운 일이 아니다.[2]

『삼국유사』에서도 확인이 가능하지만 삼국 시기 입당 구법승의 자취를 보다 선명히 추적하기 위해서는 중국 측 자료들[3]을 살펴보는 것이 필요하

2 唐阿美, 「新羅入唐求法僧에 관한 연구」, 동국대 석사논문, 1994, 20쪽.
3 呂聖九, 「신라 중대의 입당구법승연구」, 국민대 박사논문, 1997, 12쪽.

다. 그만큼 국내 문헌에 해외진출승에 대한 기록이 영성하다고 보겠는데 일본진출승의 경우는 정도가 더 심해 일본 문헌에 의존하지 않고서는 그들의 명단조차 작성하기가 어려울 정도이다. 그렇다면 중일中·日에서 삼국승의 행적을 갈무리했던 까닭은 무엇인가. 특별히 삼국의 승려를 선호했다거나 숭앙하기에 그랬다고 보기는 어렵다. 현전하는 문헌들은 내용상 승전류僧傳類, 영험류靈驗類, 공안류公案類 등이 비중이 높은데 이런 글들은 대상의 출신국에 상관없이 불교적 인간으로서의 전형을 갖추고 있다면 이를 소개하는데 주저하지 않았음을 알 수 있는데 특히 사해 평등주의적 시각을 비교적 강하게 견지하는 불교적 가르침이 이국의 승려들일지라도 폭넓게 문헌에 등재하게 한 원동력으로 작용했다고 본다. 이제 차례대로 중국과 일본의 문헌에 수록된 승려들의 명단을 훑어보고 전승의 범위와 성격에 대해 논의해보기로 한다.

	문헌명	삼국 승려
傳記類	『高僧傳』(519)	고구려－僧朗, 曇始
	『續高僧傳』(645)	고구려－實法師, 印法師, 波若, 智晃 / 백제－慧顯 / 신라－慈藏, 圓光
	『大唐西域求法高僧傳』(唐)	고구려－玄遊 / 신라－阿離耶跋摩, 慧業, 玄太, 玄恪, 慧輪
	『宋高僧傳』(988)	고구려－元表 / 백제－眞表 / 신라－圓測, 順璟, 義湘, 元曉, 玄光, 無相, 地藏, 無漏
	『新修科分六學僧傳』(元)	고구려－波若, 靈照 / 백제－眞表 / 신라－慈藏, 義湘, 玄光, 地藏, 道育, 圓測, 圓光, 元曉, 無相
	『神僧傳』(1417)	백제－眞表 / 신라－玄光, 金師, 無相, 地藏, 無漏
	『高僧摘要』(淸)	백제－眞表 / 신라－圓光, 慈藏, 元曉, 義湘
天台, 法華類	『佛祖統紀』(1269)	고구려－寶雲 / 신라－玄光, 無漏, 金禪師
	『觀世音應現記』(齊)	백제－發正
	『弘贊法華傳』(唐)	백제－慧顯 / 신라－沙彌, 緣光
	『法華傳記』(唐)	백제－慧顯, 發正 / 신라－緣光
	『釋門自鏡錄』(唐)	신라－興輪寺僧, 一禪師, 順璟
	『三寶感應要略錄』	신라－僉

<table>
<tr><th></th><th>문헌명</th><th>삼국 승려</th></tr>
<tr><td></td><td>『佛祖歷代通載』(宋)</td><td>신라－無漏</td></tr>
<tr><td rowspan="5">禪宗史類</td><td>『祖堂集』(925)</td><td>신라－靈照, 玄訥, 道義, 慧徹, 洪直, 玄昱, 梵日, 無染, 道允, 金大非, 順之</td></tr>
<tr><td>『景德傳燈錄』(1004)</td><td>고구려－令光, 慧炬, 靈鑒 신라－無相, 迦智, 大茅, 順支, 淸院, 臥龍, 瑞巖, 泊巖, 大嶺, 靈照, 雲住, 龜山, 金大悲</td></tr>
<tr><td>『歷代法寶記』(766~779)</td><td>고구려－智德 / 신라－無相</td></tr>
<tr><td>『指月錄』(1602)</td><td>신라－元曉, 大茅</td></tr>
<tr><td>『林間錄』(1107)</td><td>신라－元曉</td></tr>
</table>

제시한 중국문헌들은 519년에 찬술된 『고승전』에서부터 1602년 찬술된 『지월록指月錄』에 이르기까지 출현 시점의 편차가 퍽 크다. 그 반면에 내용적으로는 전기류, 법화 천태류, 사지 등 세 영역을 벗어나지 않는다. 이 중에서 전기류에 수용된 승려들은 삼국의 불교역사를 대표하는 승려집단이라고 해도 과언이 아니다. 전승적 자취가 희박한 것은 아무래도 선종관련 문헌들이다. 『조당집祖堂集』 등을 비롯한 이들 몇몇 자료는 설화적, 전기적 줄거리를 배제한 채 공안公案에 더 큰 비중을 두고 있기 때문에 연구적 대상으로 삼기 위해서는 각 편을 선별하는 안목이 필요하다.

상기 제시한 것 중에서도 승전류는 이 땅의 불서 편찬에 결정적으로 기여한 것으로 밝혀진다. 『삼국유사』보다 앞서 찬술된 것들로 일연조차도 유사찬술의 참고자료로 긴요하게 활용했던 것이다. 그뿐만 아니라 『수이전』, 『해동고승전』에서도 위 중국 승전을 적극 참고함으로써 해외자취가 묘연한 승려들의 일생을 가늠할 수가 있게 되었다. 그런데 중국 자료라고 해서 역사 사실적 정보로서 그 신뢰성을 그대로 담보하는 것은 아니었다. 사대주의적 자세를 거부하며 정보에 변증을 가하고 때로는 실수나 오기임을 지적하면서[4] 그에 대한 맹신을 지적한 일도 있었으나 그럼에도 이들

자료는 삼국 승려들의 전승을 폭넓게 수록한 탓에 우선적으로 채택되는 문헌일 수밖에 없었다. 그뿐만 아니라 위 중국 문헌들은 삼국 내에 승려 전승을 촉발시키는 원 텍스트로서의 의미를 지니기도 하였다.

중국 문헌은 우리에게만 영향을 끼치지 않고 중국 내에서도 구비, 문헌적으로 전승을 널리 유통시킨 것으로 보인다. 가령 무상無相은 5개 문헌[5]에 등장하며 무루無漏는 4개 문헌[6]에 등장하고 자장慈藏, 원효元曉담은 3가지 문헌에 중복되어 있어 중국 내 전승이 활발히 이루어졌음을 입증하고 있다. 이외에 이들 문헌은 삼국뿐만 아니라 일본에까지 영향을 미쳤을 것이다. 문헌에 정착된 전승이므로 문면 그대로의 이기를 넘어서지 못하는 경우도 있으나 경우에 따라서는 구비전승으로 바뀌지고 상당한 정도의 재창조나 변개까지 나타났다고 본다. 다음은 일본 문헌에 올라 있는 삼국승려의 전승을 보기로 한다.

	문헌	삼국 승려
傳記類	『三國佛法傳通緣起』(1311)	고구려－慧灌 / 백제－觀勒, 慧觀 / 신라－智鳳, 智鸞, 智雄, 審祥, 智平
	『元亨釋書』(1322)	고구려－慧灌, 慧慈, 慧便 曇徵, 法定, 僧隆, 雲聰 백제－義覺, 道寧, 道藏, 曇慧, 道深, 慧聰, 觀勒, 道欣, 法明尼, 曇慧, 道深, 日羅 신라－審祥, 義林, 觀常, 雲觀, 行心, 智隆, 詮吉, 義法, 明神
	『本朝高僧傳』(1702)	고구려－慧灌, 慧便, 慧慈, 道顯 / 백제－曇慧, 觀勒, 道藏, 義覺, 多常, 慧彌, 慧聰 日羅, 豊國, 道寧, 圓勢, 放濟 / 신라－審祥, 義林, 智鳳, 明神
	『三論祖師傳集』	고구려－道朗, 慧灌
	『三論祖師傳』	고구려－慧灌
	『佛法傳來此第』	고구려－慧灌, 慧慈 / 백제－日羅, 觀勒, 法明 / 신라－智鳳
	『僧網補任抄出』	고구려－惠灌 / 백제-觀勒, 法明尼 / 신라－智鳳
	『華嚴祖師繪傳』(1173~1232)	신라－元曉, 義湘

4 一然, 『三國遺事』 卷第4, 義解, 圓光西學. “唐傳云 告寂皇隆寺 未詳其他 疑皇龍之訛也 如芬皇作王芬寺之例也.”

5 『宋高僧傳』, 『歷代法寶記』, 『神僧傳』, 『新修科分六學僧傳』, 『景德傳燈錄』이 그것이다.

6 『宋高僧傳』, 『神僧傳』, 『佛祖統紀』, 『佛祖歷代通載』이 그것이다.

	문헌	삼국 승려
寺志類	『興福寺寺緣起』	백제－法明尼
	『善光寺緣起集註』(1785)	백제－日羅
史記類	『日本書紀』(720)	고구려－惠便, 慧慈, 僧隆, 雲聰, 曇徵, 法定, 得志, 觀常, 靈觀, 福嘉 / 백제－曇慧, 日羅, 慧聰, 觀勒, 道藏, 常輝, 法藏 / 신라－行心, 智隆, 明聰, 觀智, 詮吉
	『扶桑略記』	고구려－惠慈, 道登, 行善 / 백제－日羅, 惠聰, 觀勒, 義覺, 尼法明, 道藏 / 신라－道行, 義法, 義基, 摠集, 慈定, 淨達, 觀智
	『帝王編年記』	고구려－惠慈 / 백제－惠聰, 觀勒, 尼法明 / 신라－道行

위 도표에서 우리는 삼국의 불교사를 신라중심으로 기술하는 일은 무책임하다는 질책이 나올 정도로 백제승려의 활약상이 두드러진 것을 보게 된다. 이들 자료는 『삼국유사』 등에서 거론하지 않은 백제승려는 물론 고구려 신라승의 일본 내 활약상과 자취를 채록하고 있어 잊혀 버린 일본 진출승의 행적을 추적, 재구하는 데 기초적 단서를 제공한다.[7] 그러나 중국 전승에 비해 전승적 자료로서의 가치는 높다하기는 어렵다. 애초 승려의 전기를 지향한 것이 아니라 하더라도 각 전승단위가 지나치게 짧아 서사적 논구의 대상으로 삼기에는 부적절한 경우가 많다는 것이 하나의 이유이다. 또한 중국 전승에 비해 훨씬 후대에 채록된 것으로 원형적 전승을 추적하는 데는 여러 가지로 무리가 따른다는 점도 들 수 있다. 그럼에도 불구하고 일본 문헌에 올라있는 삼국의 승려 기록이 지닌 의의를 부정할 수 없다. 변방에 위치하여 수혜를 누리지 못하는 일본에 불교문화를 전하는 중간 매개자로서의 그들의 위상이 확인되는 바, 구법을 위주로 한 중국 진출승의 경우와 또 다른 면에서 일본에 홍법의 기틀을 다지게 한 전파자로서의 흔적을 여실히 전해주기 때문이다. 일본인에게 삼국의 도일渡日승은 정말 고마운 존재가 아닐 수 없었는데 삼국승려는 그들의 불교사를 재

7 황패강, 『신라불교설화연구』, 일지사, 1975, 55쪽.

구하는 데 있어서도 결코 빠뜨릴 수 없는 존재로 여겨졌다.

위에서 중일의 관련 문헌을 훑어보았으나 자료간의 층위가 적지 않다는 점에서 선입견이 생길 수도 있고 서사성의 결핍으로 인물의 전승자료로 활용하는 데 주저하게 만드는 것도 사실이다. 그러나 파편적 자료조차 인물 활동시기와 근접한 시대에 기록된 것이므로 『삼국유사』에서 증언하는 것보다 더 역사적이고 사실적 정보를 내포할뿐더러 보다 근원적인 이야기로 여겨도 부족함이 없다.

이 글에서는 일단 전승으로서 서사성이 강하고 미학적 특성을 운위할 만한 대상을 선별하여 논의하고자 하는 바, 그것은 논의의 범위를 제한하지 않을 수 없는 연구적 조건에 기인하는 것이라 해야겠다. 일부 자료가 서사성의 부족으로 논의 대상에서 제외되었으나 역사, 불교사적 대상으로서의 의미마저 부정되는 것은 아니다.

3. 승려 인물전승의 담당주체

삼국 승려들의 유학이나 전법의 목적지를 보면 양梁, 수隋, 진陳, 당唐 등으로 몰려있으나 이외 인도나 일본으로 진출한 승려도 상당수 확인된다. 인물전승의 측면에서 보면 이들은 모두 국내외에 삼국의 승려이야기를 전파한 전송자이면서 동시에 수신자로 여겨도 무리가 아닐 것이다. 승려가 아니라도 국제교류에 이바지한 사람들로 학자, 상인, 사신들을 떠올릴 수 있으나 전승의 당사자가 승려였던 만큼 승려들이야말로 일차적인 화자이자 청자의 위치에 서 있었다고 생각된다.

가령 『홍찬법화전』 소재 「연광전」은 해외전승의 주체와 경로에 대해 구체적인 정보를 제공해준다. 「연광전」은 승전의 찬출방식이 그러하듯 역사적 사실과 전승을 교직하여 승려의 삶을 엮어놓고 있다. 연광緣光이 용궁의 초청으로 용궁에서 『법화경』을 강설했으며 시멸 후 다비를 거행했음에도 혀만은 타지 않고 남아 두 누이가 절로 법화경을 강독하는 그 혀의 도움으로 불도를 깨우쳤다는 등 기이한 내용으로 채워있다. 그렇다면 혜상惠詳은 이를 어떻게 채기했을까. 연광이 귀국한 이후에 벌어진 일이므로 찬자가 직접 목도하고 기록했다고 보기는 어려운 내용들로 보이는데 다행스럽게도 언제 어떻게 해서 채록되었는지를 전의 말미에 밝혀놓아 당시 사정을 헤아릴 수 있다. 곧 채록자 혜상은 신라에서 중국으로 들어와 수행하던 당시 80세의 노승 연의連義로부터 직접 이야기를 듣고 기록한 것임을 밝혀놓았다.[8]

『석문자경록』에 올라있는 「흥륜사승興輪寺僧」이나 「신라선사」도 모두 중국에 들어왔던 신라승려를 통해 전파된 이야기들이다. 「신라선사」를 보면 생전에 불심 깊은 단원에게서 시주를 분수 넘치게 받고서도 도행에 소홀했던 선사가 죽은 뒤 살이 돋아나는 나무가 되어 단월에게 살을 시주하는 것으로 속죄한다는 내용이다. 이는 신라에서 온 승려 달의가 채록자 회신懷信에게 들려준 것을 『석문자경록』에 실은 것이다.[9]

『법화전기』 소재 백제승려 「발정전」은 전승을 좀 색다르게 활용하고 있는 경우이다. 승전인 만큼 발정의 자취에 초점을 두어야 하나 오히려 관세

---

8 惠祥, 『弘贊法華傳』, 緣光傳. "有新羅僧連義 年方八十 弊衣一食 精苦超倫 與余同止 因說此事 錄之云爾."

9 懷信, 『釋門自鏡錄』. "有新羅僧達義年將八十 貞誠懇到託迹此山 余敬其德時給衣藥 義對余悲泣具述此由云 餘來亦割肉還師也."

음영험설화를 소개하는 데 치중하고 있어 주목된다. 이야기에 따르면 『법화경』과 『화엄경』을 각각 송독하는 두 사람이 송독 겨루기를 한 결과, 법화경 송독자가 화엄경 송독자를 굴복시킨다. 평소 법화경 송독자에게 먹을 것을 가져다주는 노인이 있었는데 그날따라 나타나지 않았다. 뒤에 관음보살로 드러나는 그 노인은 『화엄경』을 외운 사람이 불쾌하여 이들 앞에 나타나길 꺼렸다고 『법화경』 송독자에게 실토하고는 사라진 것이다. 『법화전기』의 찬자 승상僧詳은 발정이 친히 본 것이라며 그에게 들려준 것을 채기[10]했다고 말한다. 「발정전」이라 했으나 이는 발정에 대한 이야기가 아니라 발정이 보고들은 이야기라 하는 것이 옳다. 그러니까 발정은 중국에 체류하면서 전승의 담당자로서의 역할도 아울러 수행한 셈이 된다.

문헌 내 승려전승이 일반적인 인물전승과 차이가 있다면 우선 전승의 담당주체, 전파 경로가 다르다는 것이다. 전송, 수신의 역을 한결같이 승려나 사중이 맡는다는 것, 문헌을 통한 전승인 만큼 내용이 구체적이며 어느 정도까지는 전승의 경로파악이 가능하다는 것은 분명 일반전승에서는 찾기 어려운 특성이라고 해야 할 것이다.

4. 유통의 제 경로와 그 양상

전승은 특정지역에 머무르기도 하지만 대체로는 여러 지역으로 퍼져나가는 일이 허다하다. 더구나 대상이 해외체험이 있는 승려인 경우, 그에

10 僧詳, 『法華傳記』 卷6 諷誦勝利. "此人所安堵墻至今猶存哉 發正親所見焉."

대한 전승은 국내외로 폭넓게 번져나갈 가능성이 한층 높아진다. 승려 가운데는 해외로 진출하기 전 이미 국내에서 전승의 대상으로 입에 오르내린 경우가 많았는데 해외에서도 그들에 대한 별도의 이야기가 발생해 전파되고 혹은 기록으로 남게 되고 승려들이 귀국하면서 그 전승이 국내로 유입되기도 했을 것이다. 이렇게 전승공간과 승려들의 행적을 대응시켜 본다면 삼국시대 해외진출 승려의 전승은 몇 가지의 경로를 통해 전파 재창조, 변이되었다고 하겠다. 한중일의 지정학적 위치 및 승려들의 해외진출 분포를 고려한다면 중국 내 전파, 중국에서 삼국으로의 전파, 삼국에서 중국으로의 전파, 일본 내 전파, 삼국에서 일본으로의 전파 등으로 전승의 유통경로가 밝혀지는 셈이다.

1) 중국 내 전파

전승의 전파에 있어 중국 내에서만 이루어지고 삼국이나 일본으로 전파되지 않은 경우를 말한다. 당연히 중국 쪽 문헌에서만 확인할 수 있다. 가령 지장地藏, 현광玄光, 무상無相, 무루無漏 등에 부언된 전승의 전부 혹은 일부분은 『삼국유사』 등 국내 문헌에 전혀 오르지 않고 오로지 중국에서만 확인되는데 지장처럼 이 땅에서는 그 존재가 거론된 적이 없는 반면 중국에서는 다양한 통로로 전승이 활발하게 전개된 인물도 있다.

삼국승려들의 중국 내 전승의 발화시기는 유학 기간 중으로 집중된다. 구법 유학승들은 짧다 해도 1, 2년, 보통은 5년 이상씩 중국에 체류했는데 이역에서 온 만큼 내국인들보다도 전승의 대상으로서 훨씬 눈길을 끌게 마련이었다. 이미 국내에서도 명성이 높았던 담시曇始, 원광圓光, 자장, 의상, 진표眞表, 범일梵日, 혜현 같은 승려는 입중 이후 중국 내에서 또 다른 전승의 주인공으로 떠올랐음을 알 수 있다. 삼조고승전을 비롯하여 숱한 중국의 문헌들이 삼국승려들의 행적과 활약상을 파악하게 해주는 바, 서사범위는 대체로 중국 내 활약상에 기울어져 있다. 이중 일부가 국내로 유입되어 『수이전』, 『해동고승전』, 『삼국유사』 등의 찬술 시 참고되거나 직접 인용되곤 하였다.

『고승전』에 오른 담시의 기사는 훨씬 뒤에 등장하는 『해동고승전』의 것과 다를 바 없어 『고승전』을 그대로 이기한 것임을 알 수 있다. 곧 인정기술적인 서두를 빼고는 행적이 몇 가지의 단편적 예화로 구성되어 있으며 서사시간도 수나라에 체류할 때로 국한되고 있다. 신승적 면모와 신통력을 보여준다고 했으나 이단의 눈에 거슬려 죽임을 당할 찰나에 백족白足의 소유자임이 드러나 방면되었다든가 도羆가 군법에 따라 여러 번 머리를 베었으나 오직 붉은 줄 자국만 남았으며 호랑이들도 그를 함부로 대하지 못했다는 전승[11]은 중국에서 발원한 것으로 이 땅의 문헌에 오르게 된 것은 『고승전』의 덕분이었다. 결국 『해동고승전』을 비롯해서 많은 문헌 속에 오른 해외전승은 중국문헌이 유입되면서 비로소 가능해진 일로 보아야 한다.

찬녕贊寧이 송 태종의 명으로 988년 완성한 『송고승전』은 흥미진진한 전승 자료를 폭넓게 갈무리하고 있는 데다 삼국 승려가 다수 입전되어 있어 이목을 집중시킨다. 가장 눈길을 사로잡는 이야기는 아무래도 의상과 선묘善妙와의 비련담[12]일 듯하다. 이야기는 유학기간 중 의상과 선묘 간의

11 道宣, 『續高僧傳』 卷第10, 神異. “羆大怒 自以所佩劍斫之 體無餘異 唯劍所著處有痕如布線焉 時北園養虎子檻 羆令以始餧之 虎皆潛伏 終不敢近.”

12 贊寧, 『宋高僧傳』 卷第4, 義解, 唐新羅國義湘傳.

이루어질 수 없는 사랑, 의상의 수호룡으로 바뀌는 선묘의 변신에 치중하고 있어 이 땅의 의상전승담과 딴판이다. 알다시피 의상은 원효와 650년 당 유학을 결행했다가 실패한 후 661년 2차 시도 끝에 산동성 등주登州에 들어가는 데 성공한다. 그러나 그곳 처녀 선묘가 한눈에 반하여 그를 유혹하는 일이 벌어진다. 의상이 냉담한 반응을 보였음에도 그녀는 장안에 들어간 의상을 위해 기물을 장만하면서 그가 돌아올 날만을 고대한다. 등주 혹은 명주는 대당對唐 유학승이 거쳐 가는 경유지였음을 감안할 때[13] 이 전승이 오로지 상상의 발로일 뿐이라고 치부해 버릴 수는 없다. 한데 『송고승전』은 이 전승에 대해 지나칠 정도의 의미를 부여하고 있으며 어떤 면에서는 선묘를 전승의 주인공으로 삼고 있는 듯해 흥미롭다. 신라로 떠난 의상과 제대로 이별을 나누지도 못한 데 상심한 그녀가 그동안 마련한 기물과 함께 스스로 바다에 투신한 이후에도 여전히 선묘 중심으로 이야기가 펼쳐지니 곧 수호룡으로 변한 뒤 귀국선을 호위하여 돌아오게 된다. 그녀는 불법수호자이면서 동시에 의상 앞에 돌출하는 장애를 제거하는 데 앞장서는 인물로 탈바꿈한 것이다. 부석사의 창건은 악한 이단을 축출하고 끝내 부석사를 창건하는 선묘의 활약상에 큰 비중을 두고 있다. 시공간적으로 보아 선묘전승은 산동성 등주지역에서 발원한 것으로 보이며 지역민 사이에 유전하다가 의상이 창주로 나선 부석사浮石寺 창건담과 자연스럽게 결합된 것이라고 본다.[14] 애초부터 그런 것은 아니었겠으나 찬녕이 『송고승전』을 찬술할 즈음에는 한중을 서사공간으로 삼는 한편 완결된

---

13 권덕영, 「견당사의 왕복행로」, 『고대한중외교사』, 일조각, 1997, 220쪽.

14 부석사와 선묘의 인연이 고려이래 사대부들의 시문에서 산견되는 것으로 보아 의상과 선묘 전승은 이른 시기 국내에 들어와 구비 전파되었다 보는 것이 옳을 것이다.

형태의 이야기가 다시 중국으로 퍼졌을 개연성이 농후하다. 그런데 『삼국유사』에도 이 전승은 발견되지 않고 있으며 『송고승전』에 앞서 이를 수록한 국내문헌도 없다.

『삼국유사』에서 숱하게 의상 전승을 수습하고 있음에도 고일한 의상의 상에 자칫 손상이 갈지 모른다는 우려 때문에 일부러 외면하지 않았을까 헤아려 보게 하는 대목이다.[15]

중국 내에서 문헌으로나마 전승이 단절되지 않고 활발히 이어진 인물로는 무상도 있다. 『송고승전』988, 『역대법보기歷代法寶記』766~779, 『신승전神僧傳』1417, 『신수과분육학승전新修科分六學僧傳』, 『경덕전등록景德傳燈錄』1004 등은 앞선 나온 내용을 거의 그대로 차용하고 있으며 그만큼 전승력이 강했음을 보여준다. 하지만 문헌전승만 남아서인지 파생담의 출현이나 창조적 재화로의 변이상이 확인되지 않는다. 아울러 현광玄光도 『송고승전』에서 시작하여 『신수과분육학승전』, 『신승전』, 『불조통기佛祖統紀』 등으로 그 전승이 승계되었으며 이외에도 삼국 승려인 연광, 지장의 자취가 중국 내 널리 전파되었다.

중국 내 전파의 사례를 보았으나 반드시 유학승만으로 한정 지어지지는 않았다. 가령 원효가 무덤에서 기숙하던 중 해골물을 마신 후 대오각성했다는 전승[16]은 원래 중국에서만 전파되었던 것으로 볼 수 있다.

---

15 『삼국유사』를 보면 다른 승려들과 다르게 의상에게만은 호의적 시선을 거두지 않고 있다. 원효, 자장 등 대외적 명성을 간직한 승려조차 여지없이 공박의 대상이 되는 데 비해 의상만은 전형적인 '고승'으로서의 긍정적인 상을 벗어나지 않는다.

16 慧洪覺範, 『林間錄』 권상. "唐僧元曉者 海東人 初航海而至 將訪道名山 獨行荒陂 野宿塚間 渴甚引手掬水 宇穴中得泉甘凉 黎明視之髑髏也 大惡之盡欲嘔去 忽猛省嘆曰 心生則 種種法生 心滅則 髑髏不二 (…중략…) 卽日 還海東."

2) 중국에서 삼국으로의 전파

일찍부터 중국의 불사, 승사에 수록된 삼국 승려이야기는 삼국 내 사람들에게 주목의 대상으로 떠올랐을 것이니 상호 내왕의 어려움에도 불구하고 중국 내 전승은 삼국으로 활발하게 유입되었다고 본다. 유입된 전승은 구비 중심으로 전해지다가 세월이 지나면서 문헌에 정착되었을 것인데 현재 우리가 보는 전승은 바로 이에 속하는 것이다. 대표적인 예를 보기로 하자.

원광은 중국체류 중의 전승이 국내로 유입되어 이 땅에서 거듭 이야기되어진 승려이다. 그의 전기적 행적은 『수이전』, 『삼국사기』, 『해동고승전』, 『삼국유사』, 『신승전』 등 여러 곳에 실려 있으나 중국 내 그의 행적을 정리해놓은 『속고승전』의 기록을 반복하는 선에서 크게 벗어나지 않는다. 다음은 『속고승전』에 전하는 신이한 예화 중 하나이다.

> 그 때에 수나라 황제가 천하를 거느리게 되자 그 위세가 남방에 떨쳐지니 진나라의 달력은 그 수를 다하게 되고 수나라 군대가 양도揚都로 들어오게 되었다. 이에 원광은 마침내 난병亂兵들에게 붙잡혀 곧 참혹한 죽임을 당하게 되었다. 그런데 한 대주장大主將이 있어 사탑寺塔이 불에 타는 것을 바라보고 달려가 이 불을 끄려 하였는데 불의 형상은 조금도 없고 오직 원광이 탑 앞에 있었으며, 그 곳에서 포박당하여 곧 살해당할 처지에 있는 것만 보였으니 이미 그 기이함이 유별나다고 생각하여 곧 포박을 풀고 그를 놓아주었다.[17]

17 道宣, 앞의 책, 卷第13 義解, 新羅國皇隆寺釋圓光傳. "會隋后御宇 威加南國 曆窮其數 軍入揚都 遂被亂兵 將加刑戮 有大主將望見寺塔火燒 走赴救之 了無火狀 但見光在塔前 被縛將殺 既怪其異 卽解而放之."

국내문헌들이 위 기사를 별다른 검증 없이 이기해야 했던 까닭은 자명하다. 무엇보다 유학중의 행적은 삼국 내에서 수습할 수 없었다는 것이다. 적어도 원광圓光의 전기적 단위에서 유학체험 위주로 수습된 중국의 문헌 전승은 이 땅에서 일차적으로 수용할 수밖에 없는 텍스트로 여겨졌던 것을 알 수 있다

3)삼국에서 중국으로의 전파

홍법의 기운이 동아시아 권역에 퍼져나가는 상황은 삼국 고승들의 전승이 내외에 전파되는 적절한 풍토를 조성하였다. 그러나 중국 쪽에서 전승적 대상으로 호기심을 보이는 쪽은 아무래도 중국체류 경험이 있는 유학승들이었다. 삼국 내에서도 얼마든지 고일한 덕성을 보이고 대인적 면모를 천양한 승려가 있으나 비유학파라는 점 때문에 인명록에서 배제되었으며 전승의 대상으로 부각되는 데 어려움이 따랐다.

그러나 중국유학체험이 없음에도 중국으로 전승이 역전파된 사례로 원효, 혜현 같은 인물도 있음을 잊지 말아야 한다. 『송고승전』의 찬자 찬녕은 특히 원효의 불기不羈한 행동거지와 함께 용궁에서 권한대로 『금강삼매경소金剛三昧經疏』를 찬술하여 왕비의 뇌질을 치유시키게 되었다는 사건을 핵심내용[18]으로 부각시키고 있다. 단순히 원효를 신승의 상으로 형상화하기보다 불서의 찬술가로서의 위대함을 동아시아 권역에 널리 알려야 한다는 의지마저 엿보인다. 이외에 신라 땅에 진작 퍼졌던 척판구중擲板救衆, 분수박분噀水撲焚, 수처현형數處現形 전승담[19]은 10세기 전에 중국으로 전해

18 贊寧, 앞의 책, 卷第4 義解, 唐新羅國黃龍寺元曉傳.

19 贊寧, 앞의 책, 卷第4 義解, 唐新羅國黃龍寺元曉傳. “初曉示跡無恒化人不定 或擲盤而救衆

져 구승되었던 것이 확실하다.

혜현 역시 원효와 같이 중국유학 체험이 없으면서도 당에 그 명성을 드높였다. 그의 전승은 『속고승전』, 『신수과분육학승전』, 『홍찬법화전』, 『법화전기』 등 네 가지 문헌에 동시에 들어있는데 『삼국유사』의 혜현 기사[20]도 『속고승전』과 거의 일치하고 있어 중국의 문헌전승이 역유입된 것으로 추론하게 된다.

4) 일본 내 전파

이에 해당되는 것은 일본 문헌 가운데서도 『삼국불법전통연기三國佛法傳統緣起』, 『원형석서元亨釋書』, 『본조고승전本朝高僧傳』 등이 대표적이다. 이들 문헌 중에는 고구려, 백제, 신라 출신 승려 70여 명이 확인되며 간략하나마 일본 내에서의 그들의 명성과 자취를 확인해볼 수가 있다. 물론 승전적 체재를 염두에 둔 것이 아니고 일화중심으로 간략하게 서술한 것이어서 전체적 생을 살피는 데는 적합하지 않다. 이 가운데 혜관慧觀, 혜자慧慈, 도장道藏, 일라日羅, 명신明神, 심상審祥 등이 거듭해서 여러 문헌에 올랐으며 역시 본국에서의 자취보다는 일본 내에서 발생한 신이한 일 위주로 채집되었다. 그러나 이들은 일본불교사에서 혁혁한 자취를 남겼으며 높은 명성을 쌓았음에도 국내로의 전승유입이 단절된 승려들이라는 공통점을 가지고 있다. 국내 유입의 부재에 대해 두 가지 정도의 원인을 진단할 수 있다. 즉 『일본서기日本書紀』를 빼고는 주로 11세기 이후에 찬술된 문헌이라는 것, 그리고 상대적으로 일본 문헌을 신뢰하지 않는 이 땅의 문화적 풍토와도

或噀水而撲焚 或數處現形 或六方告滅 亦杯渡誌公之倫歟."

20 일연, 앞의 책, 卷5, 惠現求靜.

무관하지 않은 것으로 여겨진다.

5) 삼국에서 일본으로의 전파

이에 해당되는 사례는 그리 많지 않은 것 같다. 다만 일본 승으로 고구려에 유학했던 행선行善의 전승은 눈여겨 볼만하다. 이야기는 행선이 고구려에 구법유학을 하던 때를 배경으로 한다. 홍수로 다리가 끊기는 바람에 휩쓸려 갈 위기에서 행선이 끊어진 다리 위에서 속으로 관음보살에게 기도를 올렸더니 갑자기 한 노인이 배를 저어와 그를 태워 건너편 언덕에 내려주고는 금세 사라졌다는 신비체험[21]을 전하고 있다. 삼국을 배경으로 하는 전승은 앞머리에 약술하는 데 비해 일본을 배경으로 전개된 이야기는 기이한 행적, 신통력, 지인지감, 방광放光의 모티브를 포함해 구체적으로 펼쳐지는 것이 일본 문헌에서 확인되는 전승적 특징이다.

일본 문헌 소재 삼국 전승 가운데는 중국에서 직접 유입된 것도 발견된다. 가령 의상, 원효의 전승을 전하는 고산사高山寺 연기[22]가 그런 경우이다. 이는 『송고승전』의 의상전을 수용한 다음 이를 그들의 처지에 맞게 나름으로 변이시켜 사찰연기로 편입시킨 예라 하겠다.

---

21 『元亨釋書』(『日本佛教全書 第』 147冊). “釋行善 入高麗求法 養老二年來歸 善在高麗行逢洚水橋絶無舟 立斷橋上潛念觀音 須臾老翁棹舟而來載善行 行著岸之後老翁俄隱 舟又不見”

22 『高山寺緣起』(위의 책 147冊).

5. 전승의 핵심적 모티브

1) 용궁강설 모티브

해외진출승의 전승에 흔히 대입되는 것 중의 하나가 용궁강설龍宮講說 모티브인데 이는 원래 신비적 요소를 강조하는 종교서사에 썩 어울리는 바가 있다. 이야기를 요약하자면 불법의 진리를 완성하고 귀국길에 오른 승려가 불법이 전파되기를 발원하던 용왕의 뜻에 따라 설법을 행함으로써 해중海中 이물들이 불교의 진리를 접하게 된다는 것이다. 사실 용궁강설 모티브의 개입은 귀국과 더불어 이제 보다 높은 경지에 오른 불교적 인간으로서의 면모를 드러내려는데 본의가 두어진다 하겠는데 여기에 전래하던 용궁설화가 섞여들어 이제껏 불음의 시혜를 누리지 못하던 수부세계가 불국토로 화하는 상황을 보여준다. 승려들의 해외 체험의 서사 시간은 떠날 때, 해외에 체류할 때, 돌아올 때 등으로 나누어지며 고승들의 용궁강설은 중국이나 일본을 오가는 과정이나 유학을 마치고 돌아오던 때로 집중된다.[23] 이제 현광, 연광의 예를 각각 일별해 보기로 한다.

현광이 대당유학을 끝내고 돌아오는 시점을 기준으로 용궁에서는 그의 설법을 듣기 위해 갖은 묘안을 짠다. 이리하여 현광이 탄 배가 포구를 떠난 지 오래지 않아 하늘에서 "천제가 해동의 현광선사를 부르신다"라는 소리가 들렸으며 곧이어 천의 동자가 배전에 나타나 그를 용궁으로 인도해 가는 일[24]이 발생한다. 이계에서 불법 강설에 얼마나 목말라했던지는

---

23 김승호, 「구법여행과 그 부대설화의 일 고찰」, 『한국승전문학의 연구』, 민족사, 1992, 290쪽.

24 贊寧, 앞의 책, 卷第18 感通, 陳新羅國玄光傳. "屬本國舟艦附載灘岸 時則綵雲亂目雅樂沸空 絳節霓旌傳呼而至 空中聲云 天帝召海東玄光禪師 光拱手避讓 唯見靑衣前導 少選入宮城 此

천제가 현광보다 앞서 와서 기다리고 있었다는 것만으로도 곧 입증된다.

연광도 30여 년의 구법유학을 끝내고 돌아오는 중에 서해상에서 기이한 체험을 한다. 곧 말을 탄 사람이 뱃머리에 나타나 그를 용궁으로 초청하였으며 이에 연광은 자신과 같이 배를 타고 있었던 일행과 더불어 용궁으로 들어가 불법을 전하게 된다. 연광은 그전에도 천제의 청에 따라 강설한 적이 있었는데[25] 불법전파의 사명감으로 충만한 그는 강설의 청이 있다면 어떤 세계도 기꺼이 응해줄 각오가 되어 있었다.

용궁강설 모티브는 국내 전승에서도 즐겨 수용한 것으로 보이는데『삼국유사』소재 명랑明朗과 보양寶壤 이야기가 바로 그런 사례이다. 두 승려는 모두 구법유학의 경험이 있으며 귀국 시에 용궁으로부터 초청을 받는다. 그런데 명랑은 이인들의 초청으로 용궁에 들어가 설법을 해주었다는 점에서 중국전승과 차이가 없으나 강설의 대가로 황금 백 냥을 받은 뒤 배편으로 들어오지 않고 땅속 물길을 타고 오다가 자기 집 우물로 나왔다고 했다.[26] 일반적인 용궁 모티브가 일부 변개되어진 것이 아닌가 싶다. 보양의 이야기도 약간의 변개를 발견할 수 있다. 다시 말해 용궁강설 후 감사의 표시로 용왕이 그 아들을 보내 보양을 시중들도록 한 점, 작갑에 절을 짓도록 적극 배려해준 점[27]은 중국전승 소재 용궁강설 모티브가 삼국 내로 유입되어 다소간 변이된 것으로 유추가 가능하다고 하겠다.

非人間官府 羽衛之設也."

25 『弘贊法華傳』卷3, 緣光傳. "後於天台別院 增修妙觀 忽見數人 云天帝請講 光默而許之 於是奄然氣絶 經于旬日 顔色如常 還歸本識 旣而器業成就 將歸舊國 與數十人同乘大舶 至海中船忽不行 見一人乘馬凌波來 至船首云 海神請師暫到宮中講說 (…중략…) 因爲講法花經一遍大施珍寶 還送上船 光達至本鄕."

26 一然, 앞의 책, 卷第5, 神呪 明朗神印.

27 위의 책, 義解, 寶壤梨木.

용궁강설 모티브가 중국 내 전승에서는 상투적일 정도로 빈번하게 개입되지만 일본 문헌전승에서는 오히려 찾아보기가 어려울 정도이다. 바닷길로 오갔던 승려들의 이야기임에도 불구하고 왜 일본 전승에서는 용궁 초청 모티브가 보이지 않는 걸까. 그것은 중일 진출승들의 목적이 애초 상이한 데서 나타난 결과가 아닌가 한다. 시련과 고통 끝에 초지를 관철한 중국유학승들은 누구에게나 존경과 경외의 대상으로 떠올랐던 것이 사실이다.[28] 어쩌면 용궁 내 미물조차도 그들을 초청해 설법을 듣고자 했으리라는 상상마저 어색하지 않다. 그러나 일본으로 진출한 승려들은 달랐다. 그들은 이미 떠나기 전에 위대한 승려로서 각인되어 있었으며 일본인들에게 불교문화를 전달하는 중개자로서 역할이 한정되어 있었다.

용궁강설 모티브가 발견되지 않을 뿐이지 일본 전승에서도 서사공간을 해상海上으로 한 신이담을 찾아볼 수가 있다. 『삼국불법전통연기』 중 명신明神의 이야기를 보면 용궁강설 모티브와의 유사성이 감지된다. 즉 명신은 신라의 신으로서 일본승 원진圓珍이 당에서 귀국할 때 노옹의 모습으로 뱃머리에 나타나 그에게 불법을 전하는 것은 물론 부처님이 세상에 오도록 하겠다고 말한 뒤[29] 어려운 일이 닥칠 때마다 출현하여 그에게 도움을 베풀었다 한다. 명신을 신사에 모시고 숭배한 일본인들의 모습에서 우리는 의상에게 나타나 온갖 도움을 베푼 끝에 신격으로 변한 선묘를 떠올리게도 된다. 선묘 역시 부석사의 사당에 모셔졌을 뿐더러 후인에게 경배의 대상이 되었다는 점에서 두 전승은 방불한 데가 있다.

---

28 위의 책, 卷第4 義解, 慈藏定律. "旣至 泊擧國欣迎 命進芬皇寺 (…중략…) 又於黃龍寺演 (…중략…) 天降甘澍 雲霧暗靄 覆所講堂 四衆咸服其異."

29 『元亨釋書』 卷18. 江州新羅明神. "新羅明神者 天安二年 圓珍歸自唐 洋中忽有老翁 現禦舷上 曰我新羅之國神也 誓護持師教法 至慈氏下生 珍將傳來經論."

2) 방광 모티브

승려에 대한 숭앙심은 다양한 전승을 퍼뜨리는 추동력으로 작용하며 후세사람들은 그를 통해 승려에 대한 상을 간직할 수 있게 되었다. 그렇다면 위대한 승려에게는 어떤 징표를 부여하는 게 좋을까. 비범한 승려를 표지하는 데 있어 방광 모티브만큼 빈번히 개입하는 것도 드문 것 같다. 여기서는 대략 4가지 경우를 살펴보기로 한다.

신라승 낙인樂安화상 도윤道允은 누대 벌족으로서 영광을 누린 집안에서 태어났다. 그가 태어나기 전 어머니는 이상한 광채가 방안에 가득 찬 태몽을 꾸었으며 태기가 있은 뒤 16달 만에 출생하여 주위를 놀라게 했다. 유년기에도 꽃을 따다가 불공을 올리는가 하면 탑 쌓기를 즐기는 등 행동거지가 이미 불교와는 뗄 수 없는 듯했다. 어릴 적 근기대로 훗날 승단의 큰 인물이 된 그는 시멸의 현장에서도 예사롭지 않은 모습을 보여준다. 즉 제자들에게 유지를 전하고 열반에 들자 오색의 광명이 선사의 입에서 나와 서려 있다가 하늘로 흩어지는 장엄상이 펼쳐진 것이다.[30] 승려의 위대한 징표로 방광의 이적을 적용시키는 것은 오히려 일본전승에서 한층 빈번하게 목도된다. 여기서는 일라, 의각義覺을 예로 들어본다.

> 처음 민달 12년 백제승 일라가 일본으로 왔는데 몸에서 빛이 나오고 그 신이함을 헤아릴 수 없었다. 성덕태자가 허름한 차림으로 몇 아이들과 객관에 들어가 그를 보니 일라가 태자를 가리키며 "이분은 신인이다"라고 했다. 태자가 옷을 바꾸어 입고 나가자 일라가 태자에게 무릎을 꿇고 "세상을 구하실 관

---

30 『祖堂集』 卷17, 雙峰和尙傳. "語畢怡然遷化 報年七十有一 僧臘四十四霜 五色之光從師口出 蓬勃而散漫于天伏."

세음보살에게 예를 올립니다. 동방의 속산국粟散國에 불법을 전해주십시오"라 했다. 태자가 조용히 감사하다고 말했는데 태자 역시 미간에서 빛을 뿜어내며 좌우에 말했다. "내가 진나라 있을 때 저 사람은 내 제자로서 늘 해와 하늘에 예를 올려 빛을 발하게 되었다" 했다.[31]

일라가 덕성과 법력이 아무리 높았다 해도 막 이역에 도착한 상황에서 자신을 알리기는 수월치 않다. 그러나 방광 사건은 왜인들 사이에서 그를 신승으로 각인시키는 계기가 될뿐더러 주변인들에게 놀라움과 신비를 가져다주는 전기가 된다. 뿐만 아니라 일라는 지인지감知人之鑑의 능력을 지닌 인물로서 그 통찰력을 보여준다. 여기서 지인지감의 대상은 성덕태자聖德太子인데 태자가 본색을 감추고 허름한 차림에 아이들을 데리고 나타났음에도 당장 상대가 누구인지 꿰뚫어 봄으로써 주위 사람들로 하여금 경탄을 자아내게 하였다.

백제승 의각도 방광 때문에 폭넓은 지혜와 선리의 깊이를 지닌 인물로 인식되었다. 백제가 신라에게 멸망당할 위기에 처하자 그는 일부 군사와 함께 일본에 들어와 난파 백제사百濟寺에 머물고 있었다. 그는 키가 7척이요, 불법에 밝았음에도 늘 반야심경을 지니고 다니며 독송하길 멈추지 않았다. 그런데 같은 절에 있던 혜의慧義가 한밤중에 의각의 방에서 환한 빛이 쏟아지는 것을 본다. 곧 다가가 창틈으로 안을 들여다 본 혜의는 의각이 단정히 앉아 경을 읽는 중인데 그의 입에서 빛이 쏟아지는 것을 보고

31 『元亨釋書』, 卷第15, 方應. "初敏達十二年 百濟日羅來 身放光神異不測 太子微服從諸童子入館見之 羅指太子曰 是神人也 太子走去易衣而出 羅再拜跪地曰 敬禮救世觀世音 傳燈東方粟散國 太子從容而謝之 羅放光 太子亦眉間出光謂左右曰 我在陳彼爲弟子 常禮日天故有光耀."

크게 놀란다.[32] 의각의 신승적 면모를 보여주는 한편으로 천안을 얻게 된 연유를 첨언하고 있는데 이적이란 절로 얻어지는 것이 아니라 지성으로 『반야경般若經』을 지송한 의각만이 도달할 수 있었던 묘용의 경지임을 밝히고 있다.[33] 중국전승보다도 특히 일본전승에서 방광이야말로 승려의 비범함을 밖으로 드러내는 유력한 징표가 된다. 여하튼 일본 승려담에서는 방광을 초월적 경지와 도력을 입증하는 핵심모티브로 받아들였다 하겠다.

3) 치병治病 모티브

승려의 신출귀몰한 능력은 치병治病과 결부되어 드러나는 일이 흔하며 이는 그대로 전승의 중요한 단위로 수용된다. 치병 모티브는 해외진출 승려의 전승에서 고르게 널리 적용된다고 할 수 있다. 가령 『유마경維摩經』을 평소에 지성으로 독송하던 백제 비구니 법명法明이 대신인 겸지鎌子가 병환으로 위중하다는 것을 목격한다. 일본의 황제마저도 이를 보고 걱정하고 있던 중에 법명法明이 "『유마경』으로 병을 묻고 대법을 설하라"는 조언을 내려준다. 황제가 그 말대로 법명에게 경을 외우도록 하니 한 권을 송독하기도 전에 겸자는 치유되는 영험을 얻는다. 병을 앓던 당사자는 물론 황제도 크게 기뻐했다.[34] 누구나 『유마경』을 독송한다고 해서 병이 치유될 수

---

32 師蠻, 『本朝高僧傳』 卷第46, 百濟國沙門義覺傳. "釋義覺 百濟國人也 此方征彼國時伴軍士來詔住難波百濟寺 覺長七尺 搏綜梵學 持般若心經 同寺慧義 夜半見室覺 光明熾曜 窓隙窺之 覺端坐誦經 光從口出義 以驚怵."

33 일본의 불교전승을 보면 영험한 존재임을 표지해주는 방광이 불승은 물론 불상의 영험함을 확인시키는 모티브로 채택되는 경우도 나타난다. "추고 천황 24년 병자 가을 칠월 신라의 왕이 사신 편에 보낸 불상에서 방광이 있었으니 한두 번에 그치지 않고 수시로 벌어졌다. 이 일로 말미암아 태자가 불상을 청정당에 안치하도록 이른다."(『山城州 廣隆寺來由起』)

34 『元亨釋書』, 齊明皇帝條, 百濟尼法明. "二年冬 比丘尼法明誦維摩詰經 二年 內臣鎌子連疾 帝憂之 百濟尼法明奏曰 維摩詰經因問疾說大法 乞試誦之 勅明誦 未終卷疾愈 鎌子感伏 帝大悅."

있는 것은 아니다. 평소에 『유마경』을 지성으로 송독하던 법명이 독송했기에 치유의 이적이 일어났다고 보아야 할 터이며 따라서 전승의 초점은 법명의 초인적 능력이 어디에서부터 발원했는가에 맞춰져 있다하겠다.

일본 화주 법기산法器山의 승려 다상多常 역시 치병의 능력자로 전한다. 본디 신라 출신인 그가 기산시器山寺에 머물며 독송에 전념한 경은 대승경신주였다. 그가 독송하면 죽었던 사람마저 소생한다는 소문이 퍼져나가면서 병자들로 문전이 북새통을 이루었다.[35]

신라의 자장도 중국 체류 시 치병 능력으로 이름을 떨쳤다. 장안 송광사에서는 태어날 때부터 앞을 보지 못하는 자가 그에게 참회를 하고는 눈을 뜨게 되었으며 종남산終南山 운제사에 머물 때는 마침 홍역이 근처에 횡행했으나 그에게서 수계를 받은 이는 아픈 곳이 없어지고 말끔하게 병이 치유되는 일[36]이 벌어졌다.

왕족들도 승려가 베푸는 치유의 시혜에서 벗어나지 않는다. 원효의 대표적 업적으로 꼽히는 『금강삼매경론소』는 원래 신라 왕비의 병을 고치기 위해 갖가지 비법을 찾다가 출현하게 된 내력을 지닌다. 다시 말해 용왕으로부터 왕비의 머리에 난 종창을 고치기 위해서는 원효를 발탁해서 산경의 소를 지어야만 한다는 말을 듣게 되었으며 그에 따라 원효에게 경소經疏를 짓도록 한다. 소 5권이 완성된 후 원효는 황룡사에서 대대적인 강설행사까지 갖는데 왕비가 고질에서 벗어났음은 물론 신라 불교학의 수준을 내외에 고창하는 전기가 되었다.[37]

---

35 師蠻, 앞의 책, 卷第 46, 和州法器山沙門 多常傳. "釋多常 百濟國人也本朝太皇后天皇御宇 慕聖化來 住和州高市法器山寺 誦大乘經神呪 專事度生 應死之人承驗再蘇 病者盈門奇異甚多."

36 道宣,앞의 책, 卷第24 護法, 唐新羅國大僧統釋慈藏傳. "便授其戒 有患生盲 詣藏陳懺後還得眼 由斯祥應 (…중략…) 時染少疹 見受戒神爲摩所苦 尋卽除愈."

이외에도 해외 전승담에서 비교적 폭넓게 수용되는 모티브에는 기우와 강우의 능력, 천우신조를 통한 난제 해결, 초인적인 고행정진 모티브 따위가 있는데 나라마다 선호하는 특정 모티브가 별도로 있다는 느낌을 갖게 한다. 가령 치병 모티브처럼 중일문헌에 공통적으로 수용되는 것도 있지만 용궁강설 모티브는 중국문헌에, 방광 모티브는 일본 문헌에만 집중적으로 수용되는 것이다. 하지만 어느 모티브든 삼국승려들의 비범한 자취를 구현해내는 데 그 본래적 기능이 있다고 하겠다.

6. 전승자의 의식세계

동일한 승려의 이야기라 하더라도 전승지역에 따라 내용적 편차가 발생한다. 현재와 같이 국가적 정체성이 강하지는 않은 시대라 하지만 양, 진, 당, 원, 왜의 시각에서 볼 때 삼국의 승려는 배울 것이 많아 변방에서 유입된 자들로 인식될 여지가 컸다. 여기에 민족 감정이나 선입견까지 가세함으로써 삼국에서는 고승으로 숭앙되었음에도 턱없이 폄하되거나 조롱의 대상으로 격하되는 현상이 일어났다. 삼국승의 초월성이나 비범성을 외면하고 대상을 악승, 절도범 등으로까지 부조하는 것은 전승공간이 이국인데다 전승자가 이국인이라는 사실에서 찾아야 할 것이다. 이제 타자의 시각에서 부정적 비판적 시각이 강하게 반영된 각 편을 살펴보기로 한다.

『송고승전』에서 순경順璟은 포褒와 폄貶 양극단으로 갈라져 있는 인물로

37 贊寧, 앞의 책, 卷第4 義解, 唐新羅國黃龍寺元曉傳. "良以此經合行世間 復願士安曉公神異乃使夫人之疾爲起敎之大端者也."

눈길을 사로잡는다. 역학譯學과 성교聲敎를 중시한 그는 태어날 때부터 지혜로웠으며 그 근기처럼 성장한 후에는 인명학因明學의 대가가 된다. 그는 결정상위부정량의 이론을 세우고 건봉 연간666~667 입공 사신 편에 현장에게 자신의 견해를 밝히는 편지를 전하기도 했다. 현장이 죽는 바람에 전해지지는 못했으나 규기窺基는 "신라의 순경은 당과 주변에 이름을 떨치고 대소를 아우르는 학문을 이루었으며 가섭을 존숭하며 오로지 두타행頭陀行에만 전념하는 인물"이라 상찬[38]하기까지 한다. 그러나 이와 정반대의 이야기도 전하고 있어 어리둥절할 따름이다.

규기가 생각하기를 '(순경이) 변방에서 들어와 이혜利慧가 약간 있다 해도 현장대사에 거역하여 삼장의 뜻을 어떻게든 이루려 하니 애석한 일이다' 하였다. 그는 신라에서 적잖은 책을 지었으며 역시 중국에 전하고 있는데 법상대승요의교法相大乘了義敎가 중심을 이룬다. 그는 『화엄경』 가운데 '발심으로부터 출발하여 문득 성불을 이룬다는 것'을 보고는 훼방하며 믿지 않았다. 혹자는 손과 발을 벌린 채 제자들에게 자신을 부축해 땅 밑으로 내려가도록 했는데 땅이 서서히 갈라지고 순경의 몸이 순식간에 떨어졌다고 한다. 이때 현생의 몸이 지옥으로 떨어진 것이다. 지금까지 구덩이가 있으며 그 폭이 한 길 이상 된다. 그런 까닭에 구덩이를 순경나락가順璟捺落迦라고 부른다.[39]

---

38 贊寧, 앞의 책, 卷第4 義解, 唐新羅順璟傳. "新羅順璟者 聲振唐蕃學包大小 業崇迦葉 唯執行於杜多."

39 위의 책. "基師念 遠國之人有玆利慧 搪突奘師 暗中機發善成三藏之義 惜哉 順在本國稍多著述 亦有傳來中原者 其所宗法相大乘了義敎也 見華嚴經中始從發心便成佛已 乃生毁謗不信 或云 當啓手足命弟子輩扶掖下地 地則徐裂璟身俄墮 時現生身陷地獄焉 于今有坑 廣袤丈餘實 坎窞然號順璟捺落迦也."

순경을 덕성과 혜지를 갖춘 인물로 부각시킨 반면에 전승에 따라서는 자신의 불학적 아집이 대단하여 『화엄경』을 비방하고 불신함으로서 결국 제자들을 잘못된 길로 인도한 부정적인 인물로 처리된 것이다. 불교에 배교적 입장을 취하던 그가 어떤 최후를 맞을지는 쉽게 짐작된다. 결과적으로 후일담은 순경이 극락 대신 지옥에 떨어지는 몸이 되고 말았음을 전하고 있다. 찬녕은 뒤의 전승이 마냥 호기심에 편승해 생겨난 이야기가 아님을 입증시키겠다는 듯 순경이 추락한 구덩이가 아직도 엄연히 존재한다는 점을 상기시키기까지 한다.

사실 후인들로서는 두 가지 전승 사이에서 무엇을 취해야 할지 난감하다. 그러나 찬녕은 순경의 부정적 면모를 한층 부각시키는 데 심혈을 기울이고 있다. 다시 말해 순경이 『화엄경』을 불신하는 등 불자로서의 몫을 제대로 수행하지 못해 지옥에 떨어졌다는 점을 전승 이후 부기된 계왈系曰에서 다시금 반복하고 있다.[40] 계왈 이하가 찬자의 개인적 소회를 드러내는 부분으로 신중하게 평을 다는 것이 일반적인데 반해 여기서는 악업을 들추어내 순경이 악승의 전형임을 반복해 비판하는 자리로 삼고 있다.

문헌전승이 구비전승과 별 차이가 없다는 진단에 따를 때 우리는 중국 승단에서 순경이 악인으로 회자되었음을 유추하는 동시에 전승담당자들의 비판적 혹은 질시의 시선을 읽어낼 수 있다. 그런데 순경의 악행이 유독 강조되는 것은 그 전승 공간이 국내가 아닌 중국이라는 점과 무관치 않다. 즉 동국출신의 승려라는 점에서 촉발되었을 법한 비하적 시선, 동아시아의 패자로 군림한다는 중국인의 우월의식 등이 부정적 형상을 지어내

40 위의 책. "順怒心尤重 猛利業增 如射箭頃墮在地獄 列高僧品次起穢以自臭耶 (…중략…) 君不見尼犍外道一一謗佛 而獨使提婆生陷 後於法華會上受記作佛 靜言思之."

는데 일조했을 것이다. 순경의 전승은 담당 주체의 의식을 투영되는 대상으로 역사적 사실과 별도로 담화 주체의 태도에 따라 얼마든지 변개될 수 있음을 보여준다.

삼국 승려에 대한 비판적 시각은 일본의 문헌에서도 예외가 아니다. 일본 전승자의 의식 역시 중국 쪽에 못지않게 자국 우월주의적 성향이 강하게 배여 있다고 본다. 이런 점을 살펴볼 적절한 사례로는 『원형석서元亨釋書』에 전하는 도행道行의 비행담이 아닐까 싶다.

> 도행은 일찍부터 남달리 칼에 관심이 많아 풀 모양을 본떠 칼을 깎곤 했다. (…중략…) 일본에 들어온 그는 절의 문밖에 있다가 검이 영험하다는 말을 엿듣고는 그것을 갖고 싶어 했다. 그 후 신사에 들어가 일백일을 지송한 끝에 칼을 훔친 뒤 장삼 안에 이를 숨기고 축자築紫에 밀입했다가 신라로 도망가려 했다. 그런데 갑자기 바람이 거세게 불고 파도가 심해서 떠날 수가 없었다. 그 후에도 3번이나 검의 절도를 기도했으나 뜻을 이루지 못하다가 7일 동안 지송을 하고서야 검을 지니고 나올 수가 있었다. 그런데 그때 갑자기 허공의 검은 구름의 띠가 내려와 검을 빼앗아 신사로 돌려보냈다. 도행은 이 사건으로 검의 신령함을 더욱 흠모하게 되었다. 그리고 50일간 지송한 후 다시 검을 탈취하여 근천近川 포생군葡生郡에 이르렀는데 검은 구름이 먼저처럼 내려와 검을 빼앗아 갔다. 이렇게 되자 백 일간 지념持念하고 멀리서 축자에 오기는 했으나 마침내 뜻을 이룰 수가 없었다. 어찌 도행을 도둑이라고 일컫지 않겠는가. 이렇게 훔쳤는데 도둑이라 하지 않겠는가. 그가 승려라는 것이 의아스럽다. 그는 승려라 할 수 없다.[41]

불교우위의 국가였던 일본에서 승려에 대한 존경심은 남다른 데가 있었다. 그러나 위 전승은 도행에게서 절도자로서의 모습만 비추어줄 뿐이다. 자칭 영검에 대한 일본 내 경외감과는 극명하게 대조된다. 승려로서 간절히 지송함으로써 검을 손에 넣을 수는 있었으나 도행이 칼을 신라로 가져가는 데 번번이 실패했다는 증언은 실제 일어난 일일 수도 있다. 하지만 검 절도 사건을 큰 사건인 양 대대적으로 기록하고 천우신조 현상으로 부풀려 검의 영험함을 극도로 부각시키는 이면에서 이국승에 대한 왜인들의 편향된 자세를 읽어내는 것이 어렵지 않다. 결국 이 전승은 도행의 사적 사안에 머물지 않고 신라 승단 전체에 대한 비판적 시선마저 안으로 응축시키고 있다 하겠다. 이로써 우리는 인물전승에서 전승집단이 누구냐에 따라 화제의 선별, 내용에 있어 얼마든지 다양한 변이양상이 나타날 수 있음[42]을 확인해보게 된다.

7. 나가며

해외문헌에 수록된 다수의 승려 전승담이야말로 삼국 내 인물 전승과 더불어 한, 중, 일 세 나라를 넘나들었던 동 아시아적 전파 양상을 가늠해 볼 수 있는 불이의 자료이다. 전승대상을 승려로 한정한 만큼 문헌전승의

41 『元亨釋書』. "新羅道行擬草薙劍 (…중략…) 新羅沙道行門聞劍靈欲之 乃入神祠持誦一百日竊取劍裏僧伽梨 携至築紫赴本邦 忽海風起波怒船簸不得去 凡行取劍三回皆不得始持誦七日取劍而出 俄黑雲一帶自空下奪劍送到神祠 行益欽劍靈 又持誦五十日取劍至近州蒲生郡 黑雲下奪如先 至此持念百日遠至築紫而遂不得 曷爲不族道行 盗也 旣是盗曷爲不曰盗 沙門也 擬何 不得之謂也."

42 조동일, 앞의 글, 10쪽.

담당층은 승려층으로 밝혀지며 이들은 신비적이며 초월적 신앙심을 전제로 승려들에 부연된 갖가지 이야기를 구승시켰음은 물론 일부는 문헌에 등재해 후인들이 볼 수 있도록 하였다. 승려들의 해외체험이 전승의 결정적 계기로 작용했으며 전승의 문헌적 정착은 삼국승려의 전승이 동아시아 권역으로 퍼져나가는 발판이 되었다. 한중일 간 활발히 교섭된 승려전승은 중국-일본 안에서의 발생한 것, 삼국, 중국 간 교섭한 것, 삼국에서 일본으로 전파된 것 등 최소한 5가지 경로를 거쳐 전파된 것으로 파악된다.

한편 승려전승에 삽입된 모티브는 유형성을 보이는 바, 중국 문헌에서는 용궁설법 모티브를 선호하는 반면에 일본 문헌에서는 방광모티브를 무엇보다 선호한 것으로 나타나고 있어 흥미롭다. 그러나 삼국 내에서 수습된 승려의 전승과 달리 중일 문헌에서는 삼국 승에 대한 비판적 시각이 내면화되었다는 것도 외면할 수 없는 사실이다. 전승이란 담당층의 사고와 의식을 반영하게 마련이라는 특성이 아득한 과거에 형성, 전파된 승려담에서도 예외없이 나타나고 있음을 보았다.

제3장

전승집단에 따른 기억의 투사양상

진표眞表전승을 중심으로

1. 들어가며

이 글은 진표 이야기에 나타나는 전승적 특징을 살펴보는 데 그 목적이 있다. 알다시피 신라가 삼국을 통일하면서 인물전설도 신라인 위주로 진행된 것이 전승사적 실상이다. 그런 점에서 백제권의 인물이면서도 후대까지 전승력을 유지한 진표는 특이한 사례이다. 진표 이야기는 백제권을 넘어 신라권, 그리고 당唐·송宋까지 퍼졌으며 전승집단의 다양성만큼이나 숱한 전승담이 출현하기도 했던 것이다. 이런 점에서 진표전승만큼 연구적 대상으로 주목되는 과제도 달리 없다고 본다.

그동안 몇 논자에 의해 진표전승에 대한 논의가 이루어진 바 있으며 나름의 성과가 도출되었다. 일반적인 인물전승들과는 달리 성현을 지닌 존재로 형상화해 나가는 불교 특유의 발화방식을 밝히고자 하는 시도는 큰 의미가 있다고 본다.[1] 하지만 지나치게 불교적 인간으로서 진표를 규정하

1 전승시기, 전승층의 편폭이 두터운 데 비해 진표전승 연구는 깊이 있게 이루어지지 못했다. 불교 전승문학적 측면에서 주목할 논문으로는 고석훈, 「진표·진묵문학의 특질과 전승양상」, 동국대 석사논문, 2001, 9~30쪽; 서철원, 「진표 전기의 설화적 화소와 성자의 형상」, 『시민인문학』 16호, 2009, 165~186쪽을 먼저 들 수 있을 것이다. 그에 비해 진표

고 접근한 나머지 이 전승담이 지니고 있는 다층적이고 다의적인 특성이 제대로 부각되지 못한 한계를 남기고 있었다.

저자는 진표 이야기의 가장 큰 특징을 수용층의 다양함에서 찾으려 한다. 그리하여 전승집단을 불가佛家, 유가儒家, 속가俗家로 3분해서 이를 기준으로 각 집단 내 전승이 지닌 내용, 형식, 사상, 미학적 특성 등을 변별해 나가는 방법을 택하기로 한다. 이 작업은 주로 통시적 관점에서 이루어지는 전승의 연구적 시각을 전승자 중심으로 돌려 이제까지 드러나지 않았던 진표전승의 폭과 지점을 확인하는 데 의미가 두어질 것이다.

2. 진표전승의 범위와 전승자 집단

삼국시기에 활약한 인물의 전승은 전달 매개에 따라 구비전승, 문헌전승 두 가지로 분류가 된다. 진표는 삼국시기에 활동한 인물로는 드물게 일화, 전설을 풍성하게 남기고 있는 편이다. 『송고승전』, 『발연수석기鉢淵藪石記』, 『삼국유사』 등은 불교 지식인들에 의해 기록된 것으로 진표의 초기전승을 담고 있다. 문헌전승이라 해도 이들 또한 당시 구전되던 이야기에서 유입된 것임은 물론이다.

진표의 초기전승부터 후기전승까지 총체적으로 살펴보고 계통성을 마

의 전기, 불교사적 위상, 미륵신앙과 관련한 논의는 상대적으로 풍성하다 하겠다. 대표적인 업적을 보면 다음과 같다. 김영태, 「점찰법회와 진표의 교법사상」, 『신라불교연구』, 민족문화사, 1990, 381~404쪽; 김남윤, 「진표의 전기 자료성격 검토」, 『국사관논총』 78, 국사편찬위원회, 1997; 박광연, 「진표의 점찰법회와 미륵신앙」, 『한국사상사학』 26, 한국사상사학회, 2006, 1~32쪽; 조인성, 「미륵신앙과 신라사회－진표의 미륵신앙과 신라말 농민봉기의 관련성을 중심으로」, 『진단학보』 82, 1996.

련하는 것이 논의의 중심은 아니지만 전승자 중심으로 진표전승을 살펴보기 위해서라도 진표전승의 자료를 일별해 보지 않을 수 없다. 문헌, 구전자료를 두루 포함하여 진표의 전승적 자료를 예시해보면 다음과 같다.

전승집단	채록자	채록시기	서사형식	출처
佛家	贊寧	송(10세기)	승전	『宋高僧傳』, 眞表傳
	瑩岑	고려(12세기)	비명	『三國遺事』, 楓嶽山 鉢淵藪石記
	一然	고려(13세기)	승전	『三國遺事』, 眞表傳簡
	自優	조선(19세기)	민담	『韓國佛教全書』 9卷, 雪潭集
儒家	李奎報	고려(13세기)	유산기	『東國李相國集』, 南行月日記
	南孝溫	조선(15세기)	유산기	『秋江集』 5卷, 遊金剛山記
	申楫	조선(17세기)	유산기	『河陰先生文集』 7卷, 關東錄 下
	尹宣擧	조선(17세기)	유산기	『魯西先生遺稿續』 3卷, 巴東紀行
	李溦	조선(18세기)	유산기	『弘道先生遺稿』 卷 5, 東遊錄
	魚有鳳	조선(18세기)	유산기	『杞園集』 卷20, 再遊金剛內外山記
	吳瑗	조선(18세기)	유산기	『月谷集』 卷10, 遊楓嶽日記
	宋煥箕	조선(18세기)	유산기	『性潭先生集』 卷12, 東遊日記
	趙秉鉉	조선(19세기)	유산기	『成齋集』, 金剛觀敍
	李裕元	조선(19세기)	유산기	『林下筆記』 37卷, 蓬萊秘書
俗家	金堤郡史편찬위원회	최근(1978년)	설명전설	『金堤郡史』, 1978, 865쪽.
	金堤市史편찬위원회	최근(1995년)	설명전설	『金堤市史』, 1995, 1598~1603쪽.

전승 계층을 갈래의 지표로 삼아 자료들을 범주화해 본 것이다. 대다수의 자료들이 문헌에 속하는 것이어서 자칫 진표전승이 식자층 위주로 전개되었다는 선입견을 낳을 수 있다. 하지만 실상은 그렇지 않을 것이다. 문헌전승물이라 하더라도 그에 앞서 등장했던 구비전승물을 채록하여 올린 것이므로 엄격하게 문헌, 구비전승 간의 경계적 특성을 나눈다는 것은 불가능하다.

진표 이야기의 전승자 집단은 신분, 삶의 지향성, 현실인식 등에 따라 불가, 유가, 속가 등 세 집단으로 갈라볼 수 있을 것이다. 진표전승의 연원은 진표가 활동하던 당대로 거슬러 올라갈 수 있겠고 전승의 진원지로는 김제지역, 특히 그의 고향인 만경현 대정촌을 먼저 떠올릴 수 있다. 처음 이야기를 견인한 사람들 역시 그 지역의 민중들로 설정해보는 것이 무리가 없을 듯한데 백제지역에서 전승이 발생하여 그 후 신라지역으로 범위가 확장되어 간 것으로 유추가 가능하다. 한마디로 진표는 광포설화의 주인공으로 탈바꿈하는 것이다.

삼국시대를 지나서도 진표는 여전히 전승의 대상으로 선호되었으며 다양한 신분 계층들이 그 이야기의 전승 담당층으로 나섰다. 즉 승려, 민중층은 물론 반불적 의식이 몸에 배어 있는 유자층까지도 진표 이야기에 큰 관심을 보였던 것으로 확인되는 것이다. 아득한 시공간을 넘어 진표전승이 전승력을 유지할 수 있었던 까닭은 아무래도 그 삶 자체가 승속僧俗 각각의 관심과 호기심을 견인하는 요소를 풍성하게 간직하고 있었기 때문이 아니었을까 전제해 볼 수 있다.

전승을 매개하는 집단의 기억 속에 특정 부분은 의도적으로 선택되고 의미있는 것으로 규정되고 해석된 이야기로 남는다.[2] 아울러 이야기는 삶의 문화 습관 본보기에 따라 그 결과가 달라질 뿐 아니라 설사 문화나 교육이 같더라도 그 일을 하게 된 동기, 목적에 따라 서로 다른 결과가 나온다.[3] 이 같은 관점에서 본다면 진표전승에서 전승자 중심의 논의는 반드시 필요하다는 생각을 갖지 않을 수 없다.

전승자, 전승시기, 전승지역 등 어떤 점을 기준으로 삼느냐에 따라 진표전승이 지닌 성격은 달리 나타날 수가 있다고 보거니와 이 책에서는 초점

---

2 D. M. 라스무센, 장석만 역, 『상징과 해석』, 서광사, 1991, 32쪽.
3 주네트, 석경징 역, 『현대 서술 이론의 흐름』, 솔, 1997, 124쪽.

을 분명히 하면서 진표전승이 지닌 서사적 편폭을 효과적으로 살피기 위해 전승자의 신분계층을 근거로 진표전승에 나타나는 기억적 범위, 내용 전개, 주제구현 방식을 다루고자 한다.

3. 불가, 존숭의 시선과 성적聖跡

진표는 경덕왕때 활약한 고승으로 완산주完山州 만경현萬頃縣에서 태어나 점찰경占察經과 189개 간자를 이용한 점찰교법을 마련하는 등 미륵신앙을 진작시키는데 심혈을 기울인 인물이다.[4] 그가 마련한 점찰교법은 이후 영침永琛 등 많은 제자에게 계승되었으니 당대 교단에서 차지했을 위상을 충분히 헤아릴 만하다. 따라서 그를 추종하는 제자들은 물론 신자, 호불자들은 누구보다 적극적으로 진표의 신성함과 위대함을 드러내는 데 자발적으로 참여한 전승자라 할 것이다.

불가 내 진표의 전승을 가장 먼저 확인시켜주는 것은 998년 찬녕이 찬술한 『송고승전』 소재 「당백제국금산사진표전唐百濟國金山寺眞表傳」이다. 이는 처음부터 일대기를 지향하고 쓴 승전이다. 따라서 순수한 전승물로 보기는 어색할 수도 있겠으나 그 내용조건으로 보면 전승적 검토를 외면해서는 안 된다는 생각을 갖게 한다. 출가 동기를 전하는 서두부터가 세속간의 전승이 유입된 것으로 보이기 때문이다. 이에 따르면 진표는 대대로 사냥으로 업으로 고민 없이 살아가던 터에 뜻밖의 경험으로 행로가 달라진다.

4 고익진, 『한국고대불교사상사』, 동국대 출판부, 1989, 77쪽.

어느 날 사냥 나갔던 길에 개구리를 잡아 버들가지에 꿰어 물속에 넣어둔 채 귀가한 일이 있었다. 그는 이를 완전히 잊고 말았다. 그러다 다음 해 근처를 지나다 개구리 우는 소리에 물가를 찾게 되었고 거기서 30마리의 개구리들이 몸이 꿰어진 채 울고 있음을 보고 충격을 받는다. 그는 서둘러 개구리들을 풀어주고 고통 속에 미물들을 방치했던 자신을 책하면서 출가를 결심한다.[5]

이는 불연적 근기根機를 앞세워 출가를 숙명으로 돌리는 대부분의 불승담과는 판이한 내용이다. 성자적 전기화를 포기한 내용전개로 비춰질 정도이다. 진표가 사냥을 업으로 삼았다는 점은 불교적 시각으로 볼 때 누구보다 악업을 많이 쌓았다는 뜻이 될 것이다. 보통 승전들에서 태어나고 자라는 과정에서의 불연적 일화를 동원하고 그를 통해 불승으로서의 근기를 드러내는 것[6]과는 거리가 크다. 하지만 승전적 성격에서 벗어나는 내용일지는 모르나 이를 통해 재속시를 배경으로 진표전승의 윤곽을 살필 수 있는 여지가 생겼다.

『송고승전』이 불가적 시각 이외 속가의 전승이 유입되었다고는 하나 여타 승전 찬술방식과 같이 주인공의 성스러운 자취를 우선해서 수습하며 그것을 바탕으로 생을 구성해나가는 관행을 벗어나지 않는다. 출가 이후의 행적부터는 불퇴 전의 결심으로 성자적 단계에 오르는 과정을 가능한 밀도 있게 나열해 보인다. 금산사에서 계를 받은 후 진표는 미륵보살에게

5 찬녕, 『송고승전』, 唐百濟國金山寺眞表.
"眞表者百濟人也. 家在金山世爲弋獵 表多蹻捷 弓矢最便 當開元中 逐獸之餘 憩於田畎間 折柳條貫蝦蟆成串 置於水中 擬爲食調 遂入山網捕 因逐鹿 由山北路歸家 全忘取貫蟆歟. 至明年春 獵次聞蟆鳴 就水 見去載所貫三十許蝦蟆猶活 表於時嘆惋 自責曰 苦哉 何爲口腹 令彼經年受苦 乃絶柳條 徐輕放縱. 因發意出家."

6 김승호, 「불교적 영웅고」, 『한국문학연구』 12집, 1989, 329~354쪽.

계법을 전수받고자 발분하다가 뜻대로 되지 않자 전신을 내던지는 것으로 발원의 정도를 표시하게 된다. 그 행동은 보살마저 놀라게 만들었으니 미륵보살로부터 계법을 구하는 그 열의를 칭찬받은 것은 물론 삼법의三法衣와 발우, 그리고 첨대 등의 물건까지 하사받기에 이른다. 특히 미륵보살은 108개의 첨대를 주면서 사람들이 계법을 구하려 하면 반드시 먼저 죄를 참회하고 나서 점을 치라 가르쳐준다.[7]

지장, 미륵보살을 친견한 일은 통과제의적 사건으로 규정할 수 있다. 그 후로 진표는 장소를 옮기며 대중, 미물들을 구원하고 신불의 세계로 인도하는 주체가 되고 있기 때문이다. 민중 설화 속에 투영된 진표는 타자를 향하는 구원자로 각인된다. 이는 용, 물고기, 호랑이 등 미물들에게까지 불법의 세계를 증험하고 그들로부터 감화를 이끌어내는 데서 쉽게 확인되는데 두 마리의 호랑이가 진표를 좌우에서 엄호하고 다녔다는 이야기도 소개되고 있다.

『송고승전』에서 그리고 있는 진표의 행적은 "수렵－지장 미륵의 친견과

---

7 위의 책, 唐百濟國金山寺眞表. "眞表者自思惟曰 我若堂下辭親室中割愛 難離欲海莫揭愚籠 由是逃入深山以刀截發 苦到懺悔 擧身撲地志求戒法 誓願要期彌勒菩薩授我戒法也 夜倍日功 繞旋叩磕 心心無間念念翹勤 經於宵 詰旦見地藏菩薩手搖金錫梁爲表策發敎發戒緣作受前方便 感斯瑞應嘆喜遍身勇猛過前 二日滿有大鬼現可怖相 而推表墜於岩下 身無所傷 匍匐就登石壇上 加復魔相未休 百端千緖 至第三日質明 有吉祥鳥鳴曰 菩薩來也 乃見白云若浸粉然 更無高下山川平滿成銀色世界 兜率天主逶迤自在 儀衛陸離 圍繞石壇 香風華雨 且非凡世之景物焉 爾時慈氏徐步而行 至於壇所 垂手摩表頂曰 善哉大丈夫 求戒如是 至於再至於三 蘇迷盧可手攘而卻 示心終不退 乃爲授法 表身心和悅 猶如三禪 意識與樂 根相應也 四萬二千福河常流 一切功德 尋發天眼焉 慈氏躬授三法衣 瓦鉢復賜名曰眞表 又於膝下出二物 非牙非玉 乃簽檢之制也 一題曰九者 一題曰八者 各二字 付度表云 若人求戒當先悔罪 罪福則持犯性也 更加一百八簽 簽上署百八煩惱名目 如來戒人 或九十日 或四十日 或三日 行懺苦到精進 期滿限終將九八二簽參合百八者 佛前望空 而擲其簽 墮地外驗罪滅不滅之相 若百八簽飛逗四畔 唯八九二簽卓然壇心而立者 卽得上上品戒焉 若衆簽雖遠 或一二來觸九八簽 拈觀是何煩惱名 抑令前人重覆懺悔已 正將重悔煩惱簽和九八者 擲其煩惱簽 去者名中品戒焉 若衆簽埋覆九八者則罪不滅 不得戒也 設加懺悔過九十日 得下品戒焉 慈氏重告誨云 八者新熏也 九者本有焉."

신표 수수-중생포교 및 구원-사찰건립” 등 중요 사건이 축을 이룬다. 이 중에서도 단연 주목되는 것이 재세담在世談이다. 승전의 서사시간은 대체로 출세간에 몰리게 된다. 하지만 『송고승전』에서는 그런 관행을 무시하고 사냥꾼으로 살생을 밥 먹듯 하던 과거사를 숨김없이 발설한다. 국내 문헌전승에서는 소개되지 않는 이 이야기는 국내에서 폭넓게 전파되다 중국까지 흘러들어갔던 것으로 보인다.

대당對唐유학 체험조차 없었던 진표가 중국의 문헌전승에 오른 것을 보면 그의 명성이 얼마나 높았는지를 알 수 있거니와 한중 간 인물전승이 얼마나 활발하게 교류되고 있었는지 가늠해 볼 수가 있다. 그러나 국외전승이다 보니 진표의 출가 시기, 고향, 사승師僧 등 기본적 정보들마저 명확하지 않은 한계가 드러나기도 한다.

『발연수석기鉢淵藪石記』는 고려시대 진표의 전승을 엿볼 수 있는 앞선 자료이다. 영잠瑩岑이 진표의 유골이 흩어진 채로 방치되고 있음을 안타깝게 여긴 나머지 장골탑를 세우면서 쓴 글이다. 비문이 그렇듯 여기에는 진표의 일생이 그대로 기록되고 있다. 그 내용은 “가계-출가-구족계-불보살로부터의 계법수수-불사의방에서의 수행, 양성친견, 천안통획득-간자획득-중생교화-금산사 창건” 등이 계기적으로 기술되어 있는 것을 보여준다. 구성으로 보면 거의 『송고승전』을 따르고 있으나 재세담은 여기서 제외시키고 있어 주목된다. 가문, 출생, 성장, 출가 동기 등을 전하는 진표의 재세담在世談이 부주의로 누락된 것이라 보기는 어렵고 생을 성스럽게 구조화하자는 의도에서 비롯된 결과로 보는 것이 전승적 특성에 맞다고 본다.[8]

영잠의 『발연수석기』는 비명형식의 글이므로 탄생에서부터 시멸까지의 일생을 서사시간으로 수용하는 것이 당연하지만 그렇다고 연대기적 관점에서 접근하는 것은 아니다. 여기에서 중요하게 여겨지는 서사 지표는 시간이 아니라 공간으로 보이는데 진표의 일생은 몇 군데 장소를 축으로 짜여진다. 가령 불사의방, 발연수, 금산수 등은 이른바 진표가 신성한 자질을 예비하거나 혹은 성현을 드러내는 장소로 기억되고 있는 것이다.

불사의방不思議房은 진표에게 통과의례적 의미가 강한 곳이다. 『송고승전』대로라면 이제까지 악업만을 지은 그가 곧장 이곳을 찾게 되는데 망신亡身조차 개의치 않는 의지를 보인 끝에 미륵보살로부터 대장부라는 찬탄과 함께 견성의 인가를 얻는다. 불사의방에서 지장·미륵보살을 친견하고 그들로부터 신물을 건네받음으로써 진표는 속적인 요소를 탈색한다. 그곳에 머물면서 진표는 불보살에 버금가는 위력을 갖추고 성현의 주체로 탈바꿈한다. 발연수와 금산수는 성자적 위치에 오른 진표가 본격적으로 대중은 물론 미물들까지 교화하고 구원하는 대표적인 성소로 기능한다.

『발연수석기』는 『송고승전』, 『삼국유사』와 다르게 미륵보살이 건네 준 점찰경이나 간자에 대해서 상대적으로 설명이 소략한 편이다. 하지만 국외 자료인 『송고승전』보다 더 많은 전기적 사실을 제공해야 한다는 열의만은 분명히 짚어진다.[9] 진표 무덤 위의 소나무가 살고 죽기를 반복한 일, 사람들의 무관심 속에 방치되던 진표의 유골을 수습하여 장골탑을 건립

---

8 『발연수석기』, 『삼국유사』 등은 진표의 일생을 지향하고 있는 전기이면서도 출가 이전의 상황에 대해서는 구체적인 설명이 없다. 같은 전기라 할지라도 『송고승전』에서의 唐百濟眞表傳에서는 진표의 출가 전 행적은 물론 출가 동기를 전승담을 끌어들여 흥미롭게 전하고 있는 것과 대조된다. 반면에 영잠이나 일연은 재속시 이야기를 누락시킨 채 진표의 고일하고 성스런 자취만을 선별해서 나열하고 있는 것을 보게 된다.

9 『송고승전』에서 불투명하게 처리된 사실들이 선명하게 보완된 것은 『발연수석기』가 지닌 장점의 하나이다. 일례로 진표의 고향을 전주 벽골군 도나산촌 대정리, 출가 시기를 12세, 구족 사승을 숭제법사로 분명히 밝히고 있는 것이다.

한 일[10]등 서사 주체로서 영잠의 자기 체험의 증언이 보태져 전승내용이 풍성해지는 것은 주목할 만하다. 『삼국유사』 진표 간자簡子의 서사지향점은 역시 앞서 등장한 『송고승전』이나 『발연수석기』와 마찬가지로 진표의 숭고한 자취를 전하는 데 맞추어져 있다. 다른 문헌에 비해 출현이 늦었던 탓에 가장 상세한 내용을 담을 수 있었다. 그렇다고 앞선 문헌 자료를 무비판적으로 반복하는데 그치는 것이 아니다. 일연 특유의 사실적 검증, 전승의 선별 안목이 발견되는 것이다. 한 예로 진표의 출생지를 두고 일연은 『발연수석기』를 따르지 않고 완산주 만경현 두내산현豆乃山縣 혹은 나산현那山縣이라 했으며 부모의 이름을 각각 진내말眞乃末, 고보랑吉寶娘, 성을 정井이라 변증해내고 있다. 그리고 구족계를 받은 은사에 대해 『발연수석기』에서 순제順濟스님이라 했던 것을 여기서는 숭제崇濟스님으로 정정하고 있다.[11]

진표가 양성兩聖으로부터 인가를 받는 대목에 비중을 두고 있는 것은 선행서사와 마찬가지이다. 속俗에서 성聖으로의 이행부위가 바로 그 사건이라는 점을 강조한 것이 틀림없겠는데 점찰, 간자와 관련해 상세한 설명을 부연하는가 하면 서사의 말미에서도 점찰경과 관련한 비평을 덧붙일 정도로 미륵신앙을 진작시킨 진표의 위업에 경외감을 보이고 있다. 이와 함께 진표전간은 진표의 성자적 자취에 주목하면서도 한편으로는 그가 차지했던 사회적 위상에 대해 주목하고 있다. 즉 그는 대중구원자를 넘어 경

10 瑩岑, 『關東楓岳鉢淵藪石記』. "師遷化時 登於寺東大巖上示滅 弟子等不動眞 而供養 至于骸骨散落 於是以土覆藏 乃爲幽宮 有靑松卽出 歲月久遠而枯 復生一樹 後更生一樹 其根一也 至今雙樹存焉 凡有致敬者 松下覓骨 或得或不得 予恐聖骨 滅 丁巳九月 特詣松下 拾骨盛筒 有三合許 於大 上雙樹下 立言安骨焉."

11 『三國遺事』, 眞表傳簡. "釋眞表 完山州(今全州牧)萬頃縣人(或作豆乃山縣 或作那山縣 今萬頃 古名豆乃山縣也 貫寧傳釋□之鄕里 云金山縣人 以寺名及縣名混之也) 父曰眞乃末 母吉寶娘 姓井氏 年至十二歲 投金山寺崇濟法師講下 落彩請業."

덕왕에게 보살계를 주는 등 상층과의 결연 또한 두터웠음을 밝힌다. 여기에 영침과의 일화를 포함, 8명의 제자와의 인연을 열거함으로써 그 법맥과 승단 내 위상이 객관적으로 드러나고 있다.[12]

고려시기 불가에서 출현한 위 세 가지 문헌자료는 일상의 논리나 합리성을 넘어서는 세계를 보여주며 교리상의 예외적 합법성을 추구한다고 하겠다.[13] 출가, 청익, 교화 및 제도, 열반 등은 진표의 일대기를 이루는 단순한 사건이 아니라 성자적 궤적을 엮어내는 구성단위가 되고 있다. 불보살에 의해 신성한 존재임을 인가받고 이후 대중과 미물을 교화, 구원하는 진표의 신성한 자취를 확인해주는 것이야말로 불가 내 전승자들이 무엇보다 유념할 핵심적 사항으로 여겨진다.

불가 내 진표전승을 증거하는 또 하나의 사례로 주목되는 것이 자우自優, 1769~1830가 남긴 『설담집雪潭集』 소재 몽행록이다. 자우가 용집 계미년1823 백제, 호남권의 산과 사찰을 두루 편람한 끝에 남긴 기록이다. 유산기임에도 이 자료가 주목되는 이유는 노정의 기록에 그치지 않고 사중, 민중들 사이에 전해지던 19세기 진표전승을 삽입했기 때문이다.

이에 따르면 진표는 부풍扶風 대정촌大井村 출신으로 사냥을 하면서 살던 가난한 총각이었다. 어느 날 큰 자라 한 마리를 잡아 부엌에 두고 나서부터 아침마다 진수성찬이 차려진다. 이윽고 자라가 색시로 변해 그리 해놓은 것을 알아챈 진표가 여인에게 청혼 끝에 부부가 된다. 행복하게 살던

---

12 위의 책, 眞表傳簡. "景德王聞之 迎入宮 受菩薩戒 租七萬七千石 椒庭列岳皆受戒品 施絹五百端 黃金五十兩 皆容受之 分施諸山 廣興佛事 其骨石今在鉢淵寺 卽爲海族演戒之地 得法之袖領 曰永深 寶宗 信芳 體珍 珍海 眞善 釋忠等 皆爲山門祖 深則眞表簡子 住俗離山 爲克家子作壇之法 與占察六輪稍異修 如山中所傳本規."

13 카트린 퇴게 알더, 앞의 책, 66쪽.

중 자라각시가 출산을 빌미로 진표에게 자리를 비켜줄 것을 청하게 된다. 하지만 진표가 출산현장을 몰래 지켜본 바람에 그때 낳은 7용자龍子는 모두 죽고 자라각시는 홀연히 사라지고 만다.[14]

몽행록의 자라각시이야기는 우렁각시 민담과 전반부가 일치한다.[15] 진표에게 기적같이 다가온 행복이 지속되지 못한 것으로 처리된 것은 금기위반 모티브를 토대로 하는 우렁각시류의 이야기 중에서도 비극형을 차용한 때문일 것이다. 우렁각시 이야기의 총각이나 진표는 한결같이 금기를 위반하여 비극에 빠진다. 우렁각시에서 금기모티브를 삽입한 까닭은 도덕적 윤리적 필요, 혹은 사회적 보편적 가치의 실현이라는 측면에서 해석하여 금기 위반 시에는 그에 상응하는 대가가 따른다는 점을 보여준 것으로 풀이한다.[16] 하지만 진표전승의 경우는 그 뒤의 부언담으로 보아 도덕적 윤리적 차원에서 금기를 보기보다 고苦에서 벗어날 길이 없는 민중의 현실을 드러낸 것으로 보는 게 타당하다고 본다.

진표는 자라각시와의 결혼이 행복을 영원히 담보해주는 것으로 알았을

---

14 『雪潭集』 卷 下 (『韓國佛敎全書』 9卷, 746쪽). "眞表律師 扶風大井村人也 在家無產 以釣爲事 一日終不釣一魚 暮得巨鱉 還無人買 懸厨飢臥 朝看滿盤珍饌在側 因進食之 明朝亦然 心怪之 潛窺得一美姬 從鱉出 雖乏蹇脩 與結縭星期因成好 烟交霧壓 雨濃風撓 居化大廈 鳥革翬飛 宛然官廨 僮僕成隊 駿驄列廐 榮富赫然 詩書不閑 以射爲業 一夕姬言 我已當產 小避出云 恠其伉儷 間間忌權依 從夜潛還縱觀 果誕七子 鱗角崢嶸 洗浴於雲霧中 姬知窺 呼入七龍子 見已立死 姬不憤其甚剝 夜撤飛去 唯餘空墟 眞似사女 已歸宵漢去 獸郎猶在火邉 栖其地 俗猶傳七龍墓 從此落托 唯持弓矢 射禽獸爲業 一日射廢 踵鮮血入佛宇 像乃帶矢也 大驚悔 却弓矢山有却弓矢爲名地 因剃染 結社修禪 終得大惺悟."

15 우렁각시의 기본형은 기점－상봉－밥상－처녀의 변신－금기제시－결혼－결말 등 7개의 단락소로 구성된다(배도식, 「우렁각시 설화의 구조와 의미」, 『동남어문논집』 23집, 2007, 40쪽). 진표전승에서는 결혼이후에 금기제시, 결혼파탄이 이어져 기본형과 차이가 있지만 금기를 위반해 비극적 결말을 맞는다는 비극형 우렁각시 이야기와 전반부가 유사하게 처리되고 있다.

16 박완호, 「우렁각시를 통한 한중 양국 문화의 보편성과 특수성 고찰」, 『중국인문과학』 40집, 2008, 521쪽.

지 모른다. 하지만 그것은 금기의 위반과 함께 사라지는 행복이었다. 아내의 정체를 확인하고픈 욕구를 억제하지 못하고 출산현장을 엿본 탓에 원래 하층민의 처지로 되돌아가고 만 것이다. 몽행록의 자라각시이야기는 하층민에게 현실이란 얼마나 고통스러우며 그것을 벗어나기 역시 쉬운 일이 아니라는 사실을 선명하게 보여준다고 할 수 있다.

몽행록은 속가에서 전해지던 우렁각시 이야기가 자라각시이야기로 어떻게 변이되어갔는지를 가늠해 볼 자료인데 우렁이 대신 자라로 인물만 바꾼 것으로 자라각시이야기를 이해해서는 곤란하다. 자라각시이야기를 통해 불가에서는 인간사의 고통과 허무를 드러낸 것으로 보아야 한다. 이는 자라각시이야기의 종결부위에 눈을 돌리면 이해가 된다. 대단원에 이르면 자라각시와 헤어진 후에도 사냥을 업으로 삼던 진표가 부처의 응신을 통해 그 동안 지은 악업이 얼마나 큰지를 깨닫는다. 그리고 출가를 단행한다. 포괄적 시각으로 보면 자라각시이야기나 부처의 사슴 응신담은 진표의 출가 동기를 전하기 위해 불교설화 중의 한 예화를 끌어들였다고 할 수 있다.[17]

몽행록의 자라각시이야기는 우렁각시 이야기와 같은 내용이지만 민중의 세계관을 반영하기보다는 미미한 한 인간이 고해의 세계를 뒤로하고 구도의 길에 들어서게 되는 까닭을 해명해주기 위해 동원된 것으로 보아

17 사냥꾼이 살생을 참회하고 불가에 귀의하는 내용 전개는 불교설화에서 어렵지 않게 만날 수 있다. 한 예로 민지(閔漬)가 찬한 「寶蓋山石臺記」를 들어본다.
"古記云 昔有獵士順碩等二人 射一金猪則所射之穴 鮮血點地 而從歡喜峰而去 獵士追至 望其所止之處則不見金猪 但見石像 在泉源中 而頭而已出 其身尙隱 左肩中有所射之箭 故 二人大驚 卽拔其箭而欲出其體 則體不動如泰山 二人愕然 俱立誓云 大聖旣而哀憐我等 爲欲度脫 現此神變 若明日出坐泉邊之石上 我等當出家修道 已而退 翌日來見之 像出坐于石上 二人卽出家于唐開元八年庚申 率其徒三百餘人 刱是蘭若 二人於林下 累石爲臺 當坐臺上精進故 因名石臺."(閔漬, 「寶蓋山石臺記」)

야 할 듯하다. 속세에서의 비극적 상황, 사건을 체험한 진표가 궁극의 길을 모색하다가 출가를 모색하게 된다는 이 이야기는 속가의 민담에서 불가의 민담으로 그 속성이 바뀐 경우이다.

4. 유가, 외도外道에서 발견한 효행

유가에서는 되도록 승려를 전승의 대상으로 삼으려 들지 않았다. 어린 나이에 이미 탈속적 경향을 보이다가 혈연을 등지고 출가를 단행하는 행위만큼 인륜에 반하는 일은 없다는 생각이 지배하고 있었던 것이다. 그럼에도 불구하고 일부 승려는 유가에서조차 전승의 대상으로 선호하는 경향을 보였다. 그중의 한 예가 진표이다.

진표전승에 맨 먼저 관심을 드러낸 이는 고려시대의 유자 이규보李奎報이다. 영잠이나 일연보다 앞서 활동했던 그는 지방관으로 전주에 부임했다가 임지에서 멀지 않은 변산의 불사의방을 답사했다. 그리고 기행문을 지으면서 진표의 전승을 소개했다. 이를 간추리면 다음과 같다. 미륵보살을 친견하고 계를 받고자 불사의방을 찾았으나 뜻을 이룰 수 없게 된 진표는 절망감을 못이겨 절벽 아래로 몸을 던진다. 두 청의동자가 몸을 받아주어 간신히 살아난 그는 동자들의 조언대로 정성을 더 바친 끝에 지장, 미륵보살을 친견하고 경과 간자를 건네받는다.[18]

---

18 『東國李相國集』 卷第二十三, 南行月日記. "遂入焉 敲石取火 焚香禮律師眞容 律師者 名眞表 碧骨郡大井村人也 年十二 來棲賢戒山不思議巖 賢戒山者 卽此山是已 眞心宴坐 欲見慈氏地藏 踰日不見 乃投身絶壑 有二靑衣童子以手奉之曰 師法力微小 故二聖不見也 於是努力益勤 至三七日 巖前樹上 有慈氏地藏現身授戒 慈氏親授占察經二卷 幷與一百九十九栍 以爲導往

전후 맥락으로 보아 불보살과의 친견 및 신물의 인수는 곧 속에서 성으로의 전변을 의미할 터인데 이규보가 감동한 것은 불보살 친견에 자신의 몸마저 과감하게 포기하는 발원의지라 할 수 있을 것 같다. 진표의 망신亡身을 주저하지 않는 친불의지는 조선시기에 들어와서도 외면해버릴 수 없는 행적으로 지목된다. 신즙申楫의 관동록은 진표가 변산의 불사의방에서의 불보살 친견을 위해 발분한 자취와 더불어 발연암과 장안사를 창건한 장본인임을 전하고 있으며[19] 윤선거尹宣擧는 발연의 치폭에서 결가부좌한 채 폭포로 미끄러져 들어가면서도 선정을 유지했다고 밝혀 정심定心 공부에 대한 그의 치열함에 감탄하고 있다.[20]

그러나 진표를 바라보는 조선시대 유자들의 눈길이 초인적인 수행력에 고정되어 있지는 않았다. 유자들이 가장 주목한 것은 진표의 효심이었다. 이서李漵, 어재봉魚在鳳, 송환기宋煥箕는 진표가 머물렀던 발연사鉢淵寺, 장안사長安寺, 원통암圓通庵 등 금강산 내 제 사찰을 거론하면서 어머니의 수발을 거들며 봉양으로 일관한 진표의 자취를 주목한다. 그리고 발연사를 중심으로 근처의 기암, 고개 들에 진표의 효행 흔적을 따라 효양대孝養臺, 효양치孝養峙 등의 이름이 붙게 되었음을 전한다.[21] 적잖은 유적에 진표를 결부시켰으며 불승들은 물론 속인들까지도 진표를 효친의 표상으로 인식하고 있었음을 보

之具."

19 『河陰先生文集』 卷之七, 關東錄 下. "新羅法興王時 有眞表律師者入邊山 寓不思議庵 奉眞栍簡子 入此山到鉢淵 龍王獻可居之地 於是創鉢淵庵 又創不思議上中下三庵 復以其簡子 又創此寺."

20 『魯西先生遺稿續』 卷之三 雜著 巴東紀行 甲辰. "盤石平鋪 狀如鉢淵 故馳瀑之戲 僧徒效嚬 玉明老師言鉢淵昔有名僧眞表者 爲定心工夫 加趺坐馳于瀑布 終日不輟 若數珠面壁之意 秖今馳瀑 倣而爲之云 師言有徵矣 午還三 和寺 飯訖 卽踰小峴 入于看藏庵 庵之上 舊有黑岳寺云."

21 『弘道先生遺稿』 卷之五 東遊錄. "午飯訖 乃發向鉢淵寺 歷登萬象臺 臺之一名億景臺 一名孝養臺 一名孝養高峙 所謂孝養爲名者 昔有高僧眞表栗師者 置其母於安心地 日日越此峙孝養 故峙因以名云."

여준다. 효행중심으로 진표전승이 강한 전승력을 유지한 데 대해서는 이서의 진단이 주목된다. 대체로 승려라면 윤기를 거역하기 일쑤인데 진표만은 그 덕행 가운데서도 효행을 지키며 천성을 지켜냈다는 점을 그는 상기시키고 있는 것이다.[22]

유자들은 수도의 어려움 속에서도 승들에게 유희적 여유를 즐길 수 있게 만들어준 인물이 진표라는 사실도 잊지 않았다. 치폭馳瀑은 원만한 거석이 포개진 자리에 폭포가 형성된 탓에 승들의 유희처로 이목을 끌었으며 유람객들의 놀이터로 변한 곳이다. 유자들은 한결같이 치폭이란 명칭이 진표로부터 유래한 것으로 보고 있는데 다만 진표의 수행과 연관시키느냐 효행과 연관시키느냐 그 차이만 있을 뿐이다. 전자를 증언해주는 이는 윤선거, 이유원李裕元이며 후자를 증언해주는 이는 어유봉, 송환기이다.

송환기의 채록에 따르면 진표는 어머니에게 드릴 국그릇을 든 채 바위 위를 미끄러져 내려가는 것으로 효성의 정도를 가늠하였는데 국그릇을 든 채 쏜살같이 활강하면서도 국을 엎지르지 않았다고 한다.[23] 이는 진표가 더없는 효자라는 초기 전승이 확장된 것임에 틀림없다. 이런 전승이 자리 잡고부터 사람들은 진표의 효양을 더욱 기리는 것은 물론 치폭은 승들이 긴장에서 벗어나 해방감을 맛보며 나체로 장난치는 장소로, 나아가 속인은 물론 유자들도 끼어들어 그들과 더불어 즐기는 장소로 인식되기에 이른다.[24]

---

22 위의 책. "盖僧道以絶倫紀爲能事 今此僧不棄倫紀而孝養 秉彜之性 不泯而存 於此亦可見矣 沉吟良久."

23 『性潭先生集』 卷之十二 雜著 東遊日記. "以爲昔律師踰嶺往徠 供養其親 欲自驗其誠孝淺深 持羹盂走石上 羹不覆 後人慕效之 遂成此戲云."

24 『秋江集』 第5卷 遊金剛山記. "庵上少許 有瀑布橫垂數十丈 左石皆白石 滑如磨玉 可坐可臥 余解裝掬水漱口 飮蜜水 鉢淵故事 釋子遊戲者乃於瀑布上 折薪而坐其上 放於水上 順流而下 巧者順下 拙者倒下 倒下則頭目沒水 久乃還出 傍人莫不酸笑 然其石滑澤 雖倒 下體不損傷 故人不厭爲戲 余令雲山先試之 繼而從之 雲山八發而八中 余八發而六中 及出巖上 拍手大笑."

초기 전승에서부터 진표는 부친을 극진히 섬긴 효자로 등장한다. 이는 고려 조선시기에 이르러도 변하지 않는 사실로 남았으며 특히 유자들이 진표전승을 입에 올리게 하는 결정적인 근거가 되었다. 조선시기의 유자들이 진표를 신라의 승려로 보고 부친이 아닌 모친을 봉양한 것으로 잘못 알고 있기는 했으나[25] 그를 효행승으로 보고자 하는 태도는 후대로 갈수록 한층 강화된 것으로 나타난다.

유자들이 전하는 진표전승은 단편적 일화가 대부분이다. 그것도 효행담의 테두리를 크게 벗어나지 못한다. 이는 유자들이 진표의 일대기에는 관심이 없었으며 그들이 접한 전승 중 유가적 사고나 가치에 부합되는 덕목만을 기억에 담아두려 했음을 보여준다. 수행력과 효행이란 덕성만을 응시하는 유자들의 시각은 진표에게 각자, 구원자로서의 상을 끊임없이 부여하려는 불가의 시각과 자연히 괴리감을 보일 수밖에 없었다. 유자들이 전하는 진표전승은 불승으로서의 면모를 되새기거나 부처의 가르침을 교시하는 식의 전승단위를 오히려 외면했다고 할 수 있다. 유가에서는 불승인 진표에게서 유가적 지향성과 덕성을 찾아내는데 골몰한 것으로 나타난다.

25 진표의 초기 전승을 담고 있는 불가의 문헌 자료들은 진표가 홀로 계신 아버지를 대동하면서 수행생활을 한 것으로 밝히고 있으나 조선 이후 전승에 오면 어머니를 봉양한 것으로 내용이 바뀐다.

5. 속가, 민중 꿈의 실현과 좌절

진표를 전승적 대상으로 지목하고 있는 또 다른 집단으로 우리는 속가의 민중들을 외면할 수 없다. 민중들은 삼국 이래 최근까지 진표전승에서 가장 핵심적인 담당층이었다 해도 과언이 아닐 것이다. 그러나 그들이 남긴 이야기는 있는 그대로 문헌에 오르지 못한 채 대부분 사라져 버림으로써 그들의 진표전승이 갖는 고유성을 파악하기가 어렵게 되었다. 그나마 최근 채록된 2종의 용자칠총 이야기가 있어 속가俗家 내 진표전승의 특성을 헤아릴 수 있게 된 것은 다행이라 하겠다.

민중들은 출가 이후 고승으로서의 자취는 외면한 채 출가하기 전 속인俗人으로서의 진표에만 관심을 두었다. 민중들은 진표의 성적을 채집하고 전해야 한다는 의무감과 상관이 없을뿐더러 역사에 대한 강박감이 없다. 아무리 중요한 인물, 사건일지라도 민중의 기억 속에서는 그리 오래가지 않는다.[26] 민중들은 진표의 사실史實을 재구하거나 불교적 전형으로 그를 미화하려 하지 않았다. 도리어 그들은 진표를 고승이나 역사인물로 기억하기보다 자신들의 사고와 처지를 투영하는 공감적 투사체로 받아들이는 경향이 한층 농후했던 것으로 보인다.

속가에서 번진 진표전승을 보여주는 자료로는 앞서 살핀 바 있는 몽행록의 자라각시와 김제지역의 용자칠총龍子七塚 이야기를 들 수 있다. 전자는 불가 유산기에 실려 있는 관계로 불가 전승의 논의에서 다루었으므로 여기서는 김제지역에서 채록된 2종의 용자칠총龍子七塚 이야기를 중심으로

26 미르치아 엘리아데, 심재중 역, 『영원회귀의 신화』, 이학사, 2009, 55쪽.

살피도록 하겠다.

『김제군사金堤郡史』 소재 용자칠총담을 보면 가난한 총각 진표가 자라에서 변신한 각시와 결혼하여 노모를 모시고 행복하게 살게 된다. 그러나 10달 동안 떨어져 지내자는 아내의 약속을 어기고 기한 전에 돌아오고 아내와 용자가 노는 것을 훔쳐본 탓에 7용자는 죽고 아내는 사라진다. 이에 좌절한 진표가 봉래산에 들어가 수도 끝에 석불이 된다.[27]

『김제시사金堤市史』 소재 용자칠총 이야기 역시 이와 다르지 않다. 병중의 홀어머니를 봉양하던 진표가 어머니를 위해 물고기를 잡으러 나섰다가 자라를 잡아 부엌에 두었는데 이후로 늘 진수성찬이 차려졌다. 자라각시

---

27 김제군사편찬위원회, 『金堤郡史』, 1978, 865쪽.
"옛날에 진표라는 고승이 있었는데 어려서 편모를 모시고 살았다 한다. 그는 효성이 지극하여 매일 물고기를 낚아다가 모친의 찬을 해드렸는데 하루는 큰 자라를 한 마리 잡게 되었다. 진표는 기뻐서 이 자라를 집안에 있는 항아리에 넣어두고 다시 낚시를 하러 나갔다. 그날 석양에 낚시질을 마치고 집에 돌아온 즉 부엌에 난데없는 진수성찬 두 상이 차려져 있는 것이었다.
괴이한 일이라고 생각하면서도 그날 저녁을 배불리 먹은 진표는 다음날도 낚시질을 나갔다. 그런데 그날 저녁에 돌아와 봤더니 전날과 똑같이 상이 차려져 있는 것이 아닌가. 진표는 낚시질을 나가지 않고 하루 종일 부엌을 엿보고 있었다. 그랬더니 자라를 넣어둔 항아리에서 묘령의 처녀가 나오더니 부엌으로 들어가려고 하는 것이었다. 진표는 재빨리 뛰어나가 처녀를 붙들고 사연을 물은 후 인연을 맺을 것을 간청하였다. 처녀가 이를 쾌히 승낙하므로 이날부터 부부의 연을 맺어 편모를 극진히 모시면서 단란하게 살아가게 되었다. 그러던 어느 날 부인은 남편 진표에게 앞으로 10달 동안만 떨어져 살자고 하였다. 진표는 부인이 하자는 대로 그날부터 각지를 떠돌며 유랑생활을 하게 되었는데, 한 달 남짓 지나자 아내가 그리워 참을 수가 없었다.
진표는 약속을 지키지 못하고 집에 돌아오고 말았다. 그가 집안에 이르러 아내를 부르며 방안을 들여다보자 방안에서는 한 마리 용이 일곱 마리의 새끼용을 데리고 놀고 있었다. 진표는 너무도 놀라운 일을 보고는 감히 방에 들어가지 못하고 밖에 서서 자기가 돌아왔음을 알렸다. 그러자 아내의 목소리가 들리는데, '나는 본시 용녀(龍女)로서 당신의 지극한 효성에 감복하여 부부의 인연을 맺었던 것입니다. 그러나 이제 당신이 약속을 지키지 않았으니 절연해야겠습니다' 하더니 홀연히 사라져 버렸다.
용녀가 사라져 버리는 바람에 어린 용자 일곱 명도 마저 잃게 된 진표는 그만 미쳐 버렸고 산천을 헤매고 다니던 끝에 봉래산 월출암(月出庵)에 들어가 수도하여 후에 석불로 환위했다고 한다."

의 선행임을 알게 된 진표는 그녀를 아내로 맞아 행복하게 산다. 하지만 10달 동안 떨어져 있자는 아내의 말을 지키지 못하고 기한 직전에 돌아오는 바람에 용녀와 용자를 잃고 실의에 빠졌다가 월출암에 들어가 수도하며 평생을 보내게 된다.[28]

두 자료는 같은 내용으로 되어있다. 다만 전자와 달리 후자에서는 노모가 병중에 있는 것으로 처리하고 있어 흥미롭다. 이는 진표의 효행을 한층 각인시키기 위한 복선적 의미를 갖는다. 고래 효행고사를 보면 병중의 부나 모를 공양하는 상투적 상황이 설정된다. 그와 같이 진표도 병석의 노모를 위해 한겨울에 물고기를 잡으러 강에 나갔다가 자라를 잡았다고 되어 있다. 진표의 효심에 감복한 용녀가 얼음을 깨고 물에서 나와 스스로 잡혀준 결과였다. 어쨌든 동일한 줄거리를 포함한 두 용자칠총 이야기는 19세기 채록된 자라각시이야기를 그 원형으로 삼은 것이라 하겠다. 다만 속가에 퍼진 용자칠총 이야기로 오면 가족공동체 안에서 발생하는 갖가지 문제점을 비중있게 거론하는 방향으로 서사의 성격이 바뀌게 된다.

그렇다면 용자칠총 이야기에서 자라각시의 남편을 진표로 설정한 까닭은 무엇일까. 이는 진표가 세간을 벗어나 출세간에 든 고승이었다는 역사적 사실과 상관없이 그에 따라 붙어다니던 효자로서의 명성을 유의한 데서 나타난 결과가 아닐까 싶다. 역사적 인물이라 할지라도 시간이 지나면서 역사적 실상과 판이한 기억 위에서 전승이 재구축되는 일은 얼마든지 예상할 수 있다. 불가의 전승자인 영잠이나 일연이 외면해 버렸던 진표의 출가 전 이야기가 도리어 구비담당층의 관심을 끈 까닭은 진표가 처한 속

---

28 김제시사편찬위원회, 『金堤市史』, 1995, 1598~1603쪽.

가의 삶이 자신들의 처지와 다를 게 없다는 인식이 작용한 때문이라고 보는 것이 무리가 없을 것 같다.

진표는 용자칠총 이야기에서 민중의 꿈과 좌절 두 가지를 투사하는 인물이다. 이야기의 전반부는 속인의 소망이 실현되는 부분이라 하겠는데 효행의 덕으로 자라각시가 나타나 그가 바라던 모든 것을 실현시켜주는 것이다. 재물이 넉넉하고 노모가 원기를 회복하고 부부에게 아들이 일곱이나 태어났으니 진표는 더 이상 바랄 것이 없게 된다. 세간을 벗어나려는 구도자나 백성을 제도하려는 통치자와 달리 진표의 시계는 가정에 머물러 있으며 그 안에서 충분히 자족감을 누리고 있음을 전반부는 잘 보여주고 있다.

용자칠총 전승의 후반부는 행복했던 진표의 가정이 붕괴되는 과정과 다를 바 없다. 진표가 바란 대로 미녀와 결혼하고 영화를 누릴만한 단계에서 금기를 위반한 탓에 과거로 회귀하는 처지가 된다. 사실 아내가 그리워 기한을 못 채우고 돌아왔다는 것을 죄로 진표의 삶을 망가뜨리는 것은 수긍할 수 없는 일이다. 하지만 삶이란 얼마든지 그렇게 작동할 수도 있음을 말해주는 전개라 할 수 있다. 진표는 비극적 체험을 겪고서야 비로소 주어진 조건과 운명을 감수할 수밖에 없는 존재임을 자조적으로 깨닫게 되는 것으로 이야기가 마무리 된다.

우렁각시에서 총각의 금기위반에 대해서는 도덕성에 대한 책무의 방기, 곧 아내의 말을 지키지 않아 불행을 자초했다는 것으로 풀이하는 것이 일반적이었다.[29] 그러나 용자칠총 이야기에서 잠깐의 행복을 맛보게 한 뒤

29 주재우, 「조선족 우렁각시 설화의 변이양상과 의미」, 『어문논집』 50집, 2012, 321쪽.

진표를 과거로 복귀시켜 좌절감 속에 빠뜨리는 것은 주어진 조건을 벗어나기 어렵다는 민중의 현실인식이 투사된 것이라고 보아 어색하지 않을 것 같다.

용자칠총 전승이 칠용자의 묘에 대한 내력을 염두에 두고 출현된 것임을 환기한다면 우렁각시 이야기와 같이 민담의 영역에 넣을 수는 없다. 그것은 설명전설로 보는 게 타당하다. 기본적으로 이 전승은 신빙성을 제공하는 유적으로서 용자칠총이 존재하고 지역민들에게 성스러운 장소로 관념되고 있음을 보여준다. 여기에 전승담의 말미에 한결같이 용자칠총의 구체적인 위치가 제시되는 것이나 화자들이 이야기를 전해주면서 용자묘의 내력담임을 주지시키는 것[30]을 보면 전설의 성격에 부합한다고 하겠다.

6. 나가며

이 글은 진표전승에서 무엇보다 중요한 요소가 전승자의 태도 및 관점이라는 입장에서 불가, 유가, 속가로 전승자 집단을 대별하고 각 집단에서 발생, 유통된 전승담의 변별성에 주목하였다.

불가는 진표를 불교적 인간의 전형으로 삼으려는 태도를 적극적으로 드러낸다. 당연히 일생단위 중에서도 불교적 덕성에 부합되는 서사부위만을 선별하여 진표의 생을 구성한다. 추종해야 할 상을 전제로 한 이야기이

30 김제군사편찬위원회, 앞의 책, 865쪽. "전설이 있으며 아울러 前記 七龍子를 당시에 매장한 곳이었다고 하는 地帶는 現 龍池面 孝亭里 金堤 全州 伊西線 도로변 仙人洞 후에 지금도 큰 塚墓가 뚜렷이 있는데 이는 세칭 龍子七塚이라 전해지고 있다."

다 보니 진표는 자연히 성현聖顯의 주체로 부각되기에 이른다. 유가는 기본적으로 반불적 성향을 견지하는 집단이지만 진표에게는 상당히 호의적 시선을 보낸다. 이는 진표가 효행의 본보기가 된다고 믿었기 때문이다. 이외 진표의 수행력을 높이 평했는데 그들이 기억하고 전하는 진표의 이야기는 이 두 권장 사항의 범위를 벗어나지 않는 것을 보게 된다. 고승인 진표에게서 그들이 찾고자 했던 것은 군자의 상이었으며 그것만을 화젯거리로 삼고자 했다. 속가에서 지어지고 퍼진 진표전승에는 역사적 인물인 진표가 아닌 상상, 환상을 통해 자의적으로 창조된 진표가 등장한다. 진표는 민중의 소망과 현실인식을 투영하는 대리인이다. 속인으로서 그는 행복을 누리기도 하지만 곧 주어진 현실을 벗어날 수 없는 존재임을 자각하기에 이른다. 속가 이야기에 등장하는 진표는 민중이 그려낸 자신들의 또 다른 모습이 아닐 수 없다.

진표전승이 폭넓고 다채롭게 전개될 수 있었던 것은 진표를 잊지 않는 다양한 신분, 계층, 욕망의 전승자들이 시대를 넘어 존재했기 때문이었다. 그들은 진표의 역사를 재구하기보다는 그를 매개물로 삼아 자신들의 입장, 환경, 욕망 등을 표출하고 이를 기억의 대상으로 남기려 했다.

제4장

박연朴淵의 노힐부득 달달박박과 설화이주移住의 양상과 의미

1. 들어가며

『삼국유사』에 실린 노힐부득努肹夫得 달달박박怛怛朴朴 이야기[1]는 서사성이 높은 성불담으로 일찍부터 주목의 대상이 되었다. 민녀로 현응한 관음보살觀音菩薩이 야밤에 나타나 노힐부득, 달달박박의 기량을 시험한 뒤 근기에 따라 성불로 인도했다는 내용은 흥미유발과 함께 불교의 종지宗旨를 잘 구현한 서사라는 호평을 끌어냈다.[2] 그런데 높은 문학적 성취와는 별개로 담론의 기능은 창원 백월산白月山남사南寺의 창사유래를 밝히는 연기담의 테두리를 벗어나지 않는다. 이야기의 말미에 노힐부득과 달달박박을 기리기 위해 백월산남사가 세워지고 그곳에 이성二聖의 상이 각각 안치되었음을 분명히 밝히고 있기 때문이다.[3] 백월산, 백월산남사, 그리고 그에 봉

---

1 일연, 『삼국유사』 卷第三, 塔像 第四, 南白月二聖 努肹夫得 怛怛朴朴.

2 권상로, 『조선문학사』, 1949, 169쪽; 황패강, 『신라불교설화연구』, 일조각, 1986, 66쪽; 사재동, 『불교계 서사문학의 연구』, 중앙문화사, 1996, 552쪽; 차용주, 『한국한문소설사』, 아세아문화사, 1989, 35쪽; 박희병, 『한국 전기소설의 미학』, 돌베개, 1997, 69쪽.

3 『삼국유사』의 여러 편목 중에서 남백월이성, 노힐부득 달달박박 이야기가 탑상 조에 있다는 사실을 주목할 필요가 있다. 탑상 편목은 법당, 불상, 탑, 사리 등 31개의 불교 유적, 유물에 대한 연혁과 유래를 밝히는 것에 목적을 두고 있다. 각 편들에 불보살, 승려, 사부대중의 등장과 함께 흥미롭고 기이한 사건이 개입되고 있으나 결국 불교 유적, 유물의 내

안된 미륵불, 아미타불은 남백월이성담의 내용과 대응된 현실 공간 내 증거물인 셈인데 노힐부득과 달달박박의 성불로 말미암아 이들 불적은 남다른 신성성과 성소성을 부여받을 수 있었다.

하지만 전설의 발화처와 동떨어진 개성의 박연에 노힐부득·달달박박의 석불이 등장함으로써 백월산남사의 창사 의미가 퇴색되는 현상이 발생한다. 평소 사람의 출입이 잦은 곳에 그들의 상을 세운 것은 그런대로 납득할 수 있다. 하지만 건립 지점이 엉뚱하다. 백월산이 자리한 창원권이라면 몰라도 연고가 없는 개성에 노힐부득·달달박박이 들어선 것은 의문을 불러일으킨다. 본고는 설화가 발화 지점을 벗어나 연고가 없는 지역에 이성상二聖像이 조성된 까닭을 궁리해 보는 데 뜻을 둔다. 이를 위해 가능한 박연과 그 주변의 설화를 총집하여 박연과 이성과의 설화적 연관성 유무를 점검할 것이다. 이외 논의점을 인근 설화의 배경적 특성, 불교 설화 특유의 인용과 부착방식, 이성담의 민담적 속성 등에 맞춤으로써 이성담의 개성이주 현상이 지닌 설화 전승의 이면과 특성을 해명하고자 한다.

2. 박연설화의 범위와 특성

노힐부득·달달박박의 상이 원래 전설의 발화처를 벗어나 박연 위에 세워진 점을 두고 먼저 의문을 제기했던 이는 근대기 미술사가로 명성이 높았던 고유섭高裕燮이다. 그는 노힐과 달달의 상이 성불 현장을 멀리 이탈하

력을 천명한다는 취지가 퇴색되지는 않는다. 노힐부득·달달박박 이야기도 마찬가지이다. 이 이야기의 최종 목표는 백월산남사의 창건 기원을 밝히는 데에 맞춰져 있다.

여 개성의 박연 바로 위에 있음에 주목하여 이성二聖과 박연을 매개하는 설화에 근거하여 박연에 이성상이 세워졌다고 예상했다.[4] 개성권의 역사물, 유물감식에 조예가 깊었던 이의 진단이므로 경청할 여지가 적잖은데 보다 면밀한 검토가 따라야 할 것이다. 본고에서는 본격적인 논의를 위해 박연이 부연된 설화들, 특히 노힐과 달달이 개입된 설화를 폭넓게 추적하고자 한다. 제 문헌에 등장하는 박연, 박연폭포, 노힐부득·달달박박 석불 관련 기록을 통사적으로 짚어보면 아래와 같다.

㉮ 박연에 제하다: 옛날 박 진사란 사람이 못가에서 피리를 부니, 용녀가 그 피리 소리에 반하여 저의 본 남편을 죽이고 박 진사에게 시집갔으므로, 이 못을 박연이라 이름했다 한다.(昔有朴進士者 吹笛於淵上 龍女感之 殺其夫引之爲壻 故號朴淵)

龍娘感笛嫁先生　　피리 소리에 반한 용녀 선생께 시집오니
百載同歡便適情　　오랜 세월 그 정열 즐겁기만 하였겠지
猶勝臨邛新寡婦　　그래도 임공의 새 과부가
失身都爲聽琴聲　　거문고 소리에 미쳐 달려온 것보다는 나으리[5]

㉯ 人言神物之所托　　사람들 말하길, 이곳은 신물이 의탁한 곳이라고
宏蓄淸深瀉石壁　　맑고 깊은 한가득의 물을 석벽에 쏟아 붓네
壁立斷崖千仞飛流懸　　석벽 깎아지른 천길 낭떠러지에 폭포가 걸렸으니
有如銀漢來靑天　　마치 은하수가 푸른 하늘에서 내려온 것 같구나

4 高裕燮, 『松都의 古蹟』, 열화당, 1988, 184쪽.
5 李奎報, 『東國李相國全集』 제14권, 古律詩, 〈題朴淵瀑布〉.

隱空似聽水龍吟	창공을 울리는 소리 용의 읊조림을 듣는 듯하고
珠舂玉碎飇颸兮萬尋	진주 찧고 옥을 부숴 쏴쏴 만길 높이로다
龍應抱寶潛其淵	용이 보물을 품고 그 못에 잠겼으니
陰壑白日常雲煙	음침한 골짜기엔 대낮에도 늘 구름 연기 자욱하네
嘗聞玉輦此經過	일찍이 들으니 임금 수레 이곳을 지나갔다니
朴人定是考槃阿	박씨는 정말 은사였던가 보다
至今名字傳不記	지금까지 이름은 전해지지 않는데
二賢緩急說神異	이현의 득도 순서 신비로운 설화로세[6]

㉰ 그 위에 용추가 있어 이름은 박연인데, (…중략…) 반공의 벽을 내리 흘러 고담姑潭으로 떨어지자 흩어져 만 필의 베와 숲이 되어 골짝에 뿌리고, 땅덩이를 뒤흔들어 마치 은하수가 휘어져 땅에 꽂은 것 같으니 놀랍고도 무서워 가까이 하지 못하겠다. 못의 중심에 돌이 있어 반쯤 나왔는데, 형상은 거북이 엎딘 것 같으며, 정상에는 3, 4명이 앉을 만하다. 역사에 이르기를, "고려 문종文宗이 올라 앉았는데, 풍랑이 갑자기 일어나며 용이 나와서 돌을 흔들기로 이영간李靈幹이 글을 써서 던지어 용을 내리쳤다" 하였다. (…중략…) 다시 백여 보를 올라가니 좌우 양쪽 비탈에 각각 돌부처 하나가 있는데, 속담에 전하기를, 부득박박夫得朴朴이라 한다.[7]

6 白文寶, 『淡庵逸集』 제1권, 詩, 〈朴淵瀑布行〉.

7 兪好仁, 『續東文選』 제21권, 錄, 〈遊松都錄〉. "上有龍湫曰朴淵 (…중략…) 瀉壁半空而墜于姑潭 散而爲萬匹練 濺洒林巒 掀撼坤軸 若銀河折而揷于地 可驚可愕 殆不可近 淵心有石 半出伏如曝龜 頂可用三四人 史傳 高麗文宗嘗登 風浪忽起 有物掀犢之 李靈幹投文鞭龍云 (…중략…) 更上百步 左右兩崖 各安石佛一軀 俗傳夫得朴朴."

㉣ 옛날 전설에 박 진사가 못 위에서 피리를 부니 용녀가 감동하여 데려다 남편을 삼았으므로 박연이라 이름하였다 한다. (…중략…) 그 어머니가 와서 울다가 못으로 떨어져 죽어서 고모담姑母潭이라고 이름하였다. 못 위에 신사가 있는데 가물 때 비를 빌면 매양 영험이 있다. 고려조의 문종이 일찍이 이곳에 와서 놀다가 도암 위에 올라갔는데, 문득 풍우가 갑자기 일어나고 돌이 흔들리니 문종이 놀라고 두려워하였다. 그때 이영간이 호종하였다가 글을 지어, 용의 죄목을 들어 책망하며 못에 던지니 용이 곧 그 등을 드러내므로 매를 때리니 못물이 다 붉어졌다 한다. 못 위 양쪽 언덕에 석불이 있는데, 동쪽의 것은 달달박박이라 하고, 서쪽의 것은 노힐부득이라 한다.[8]

㉤ 관음굴을 지나 물이 4, 5리 사이에 맑은 물에 백석이 여기저기 널려 있었다. 동서 양편으로 석불 하나씩 안치했는데 동쪽 것을 노힐부득, 서쪽 것을 달달박박이라 했다. 지난 병인년에 개성의 유생儒生이 박박을 깨뜨려 오직 부득만이 남았다. 십여 리를 내려가면 곧 박연이다. (…중략…) 옛날 고려 문종이 이곳에 올랐는데 갑자기 바람과 우레가 바위를 흔드는 변괴가 일었는데 이견간李堅幹이 축법祝法으로 용을 때려쳤다 한다.[9]

8 『新增東國輿地勝覽』 제42권, 黃海道, 牛峯縣 山川, 靈鷲山. "世傳昔有朴進士者 吹笛淵上 龍女引之爲夫 故名朴淵 朴之母來哭 墜死下潭 遂名姑母潭 (…중략…) 其母來哭墮死下潭 遂名姑姆潭 淵上有神祠 遇旱禱雨輒應 高麗文宗嘗遊此登島巖上 忽風雨暴作石震動 文宗驚怖 時李靈幹扈從 作書數龍之罪 投于淵 龍卽出其脊 乃杖之 淵水爲之盡赤 淵上兩崖有石佛 東曰怛怛朴朴 西曰努肹夫得."

9 林芸, 『瞻慕堂先生文集』 卷之二, 錄, 〈遊天磨錄〉. "北折趨下 過觀音窟 沿流四五里間 淸川白石 比比可坐 東西兩岸 安石佛各一軀 東曰努肹夫得 西曰怛怛朴朴 往在丙寅 開城儒生 擊破朴朴 惟夫得存焉 下十餘步 卽朴淵也 (…중략…) 昔高麗文宗登此 忽有風雷振石之變 李堅幹用祝法鞭龍云."

㉯ 대흥사大興寺를 지나 관음굴에 당도하니, 굴 앞에 마치 방실房室처럼 생긴 바위가 있고 두 석인이 서 있는데 관음이라 하였다. (…중략…) 지세가 평평한 곳에서는 물이 깊고 검푸르며 지세가 험준한 곳에서는 물이 거품을 일으키고 희니, 바로 청심담이니 기담妓潭이니 마담馬潭이니 귀담龜潭이니 하는 것들로, 갖가지 자태가 모두 기절하다. 이것이 바로 대흥동의 천석이다. 이른바 박연이란 곳에 이르니, 두 산의 중간이 갈라져 마치 거령巨靈이 쪼개어 놓은 듯하고 천문이 입을 떡 벌려 만고의 신택을 이루고 있으며, 마치 항아리를 갈라놓은 듯한 모양의 큰 바위가 있는데, 그곳에 용이 산다고 하였다. (…중략…) 세상에 전해지는 얘기로는, 박씨 성을 가진 사람이 상담에서 젓대를 불자 용녀가 감동하여 그를 끌고 물속으로 들어가다가 그 어머니가 슬피 우니 하담에 떨어뜨렸다고 한다. 그래서 상담을 박연이라 하고 하담을 고모담이라 한다고 하니, 또한 기이한 일이다.[10]

㉰ 박연은 천마天摩와 성거聖居 양산 사이에 있는데 절벽을 따라 수백 장 아래로 물이 떨어져 큰 폭포를 이루고 아래 위 물이 모여 맑고도 푸르다. 전하는 말로는 옛날 박 선비가 박연 위에서 피리를 불자 용녀가 유혹하여 못으로 데리고 들어간 뒤 돌아오지 않았다 한다. 그 처가 통곡하다가 절벽에 몸을 던져 죽었으니 위 못을 박연이라 하고 아래 못을 고모담이라 한다. (…중략…) 박연 위에 있는 바위굴에는 석불이 있으니 동쪽을 달달박박, 서쪽

10 李廷龜, 『月沙集』 제38권. 記下, 「遊朴淵記」. “歷大興寺 至觀音窟 窟前有巖如屋 二石人立號爲觀音 (…중략…) 平者深黑 峻者沸白 其曰淸心潭 妓潭 馬潭 龜潭者是 而殊狀異態 皆奇絶 此卽大興洞泉石也 至所謂朴淵 則兩山中拆 若劈巨靈 天門呀然 爲萬古神宅 大石如剖甕 有龍居之 (…중략…) 世傳朴姓人吹笛於上潭 龍女感而攬之入 其母哭之 墜於下潭 以故上爲朴淵 下爲姑姆潭云 亦異矣.”

을 노힐부득이라 한다.[11]

박연설화, 노힐부득·달달박박 상에 대한 증언의 사례들을 제 자료에서 발췌하여 제시하였다. 이성과 연관된 구비전승이 달리 없으므로 유람객들이 남긴 상기 기록은 박연과 노힐부득, 달달박박 간의 관계성을 입증하는 데 있어 단서로 삼을 만하다.

박연설화를 처음으로 알린 인물은 이규보1168~1241이다. 그의 고율시 「제박연폭포題朴淵瀑布」에 "옛날 박 진사란 사람이 못가에서 피리를 부니 용녀가 그 피리 소리에 반하여 저의 남편을 죽이고 박 진사에게 시집갔음으로 이 못을 박연이라 이름했다"고 한 설명이 충격적이다. 사랑하는 외간 남자를 차지하기 위해 남편 살인도 불사했다는 전언은 남녀관계가 한층 자유로웠던 고려시기의 분위기를 반영하는 것이 아닌가 싶다. 어쨌든 '박연'의 유래를 밝히는 가장 앞선 자료라는 의미를 지니고 있으나 이성에 대한 언급은 등장하지 않는다.

고려 말 문인 백문보白文寶, 1303~1374도 박연폭포를 제재로 삼아 ㉯ 「박연폭포행」을 남겼다. 그의 시구 가운데 "二賢緩急說神異이현 득도 순서 신비로운 설화로세"는 같이 수행에 집중했음에도 노힐부득이 앞서 미륵불이 되고 그 후에 달달박박이 아미타불이 된 것을 가리킨다. 백문보가 노힐부득, 달달박박의 성불 과정을 알고 있기 때문에 가능한 표현이었다 할 수 있다. 박연폭포를 구경한 후 박연 위에 당도하여 이성상을 대하는 순간, 설화를 새삼

11 李萬敷, 『息山先生別集』 卷之四, 地行附錄, 〈天摩, 聖居〉. "朴淵 在天摩聖居兩山間 從絶壁數百丈直下落空 爲大瀑 上下水積澄碧 諺傳古有朴儒 吹笛其上 爲龍女所誘 入潭不返 其妻號泣投崖死 故上曰朴淵 下曰姑母潭 (…중략…) 淵上巖竇 有石佛 東曰怛怛朴朴 西曰弩肹夫得."

스럽게 떠올렸을 것이다. 그렇지만 그가 환기했던 설화가 남백월이성담인지 아니면 개성 근역에 퍼져있던 변이담인지는 알 수가 없다. 어쨌든 박연과 관련된 여러 증언 가운데 노힐·달달의 성불담을 지엽적으로나마 확인시켜주고 있는 드문 사례이다.

조선시대에 들어와서도 박연폭포는 시문 창작의 제재로 널리 수용된다. ㉰ 유호인兪好仁, 1445~1494의 「유송도록遊松都錄」은 박연과 그 주변 풍경을 상세히 밝힌 다음 문종 관련 이적담과 이성像의 존치 사실을 보고한다. 다른 곳과 달리 '노힐부득'과 '달달박박'을 '부득박박'으로 줄여 불렀다는 사실을 전하고 있어 흥미롭다.

㉲는 임운林芸, 1517~1572의 「유천마록遊天摩錄」 중의 한 대목이다. 노힐부득, 달달박박 상은 관음굴을 거쳐 계곡을 따라 내려오다 계곡의 동쪽에 선 것을 노힐부득, 서쪽에 선 것을 달달박박이라 했다. 그런데 병인년1566에 개성에 사는 어느 유생이 서쪽의 달달박박을 깨뜨리는 바람에 임운이 목격한 것은 노힐부득 석불 하나뿐이었다. 유생이 왜 달달박박을 파괴했는지 그에 대해서는 아무런 설명을 달아놓지 않았으나 일부 유자들 사이에서 이성상을 대하는 시각이 매우 부정적이었음이 드러난다.[12]

㉳ 이정귀李廷龜, 1564~1635의 「유박연기遊朴淵記」는 임운의 「유천마록」에 이어 등장한 기행문이다. 「유박연기」에는 박연 위에 위치한 관음굴의 주변에 대한 설명이 상세하게 펼쳐진다. 그중에서 특기할 것은 관음굴 앞에 두 관음불상이 서 있더라는 증언으로 인근에 있는 노힐부득·달달박박 두 상과

12 임운(林芸)이 박연을 찾은 때는 중종 재위기간에 해당한다. 이 시기에도 억불책의 기조는 바뀌지 않았으니 요승, 무가를 추방하는가 하면 사찰 건립을 일절 금하는 조치가 시행되었다. 달달박박 상의 파괴는 이런 사회적 분위기에 편승한 유자의 일탈행위가 아닐까 여겨진다.

어떤 연관이 있지 않을까 하는 의문이 든다. 예부터 박연에 용이 산다고 믿어온 까닭을 밝혀주려는 듯 박연은 물론 그 주변에 대한 묘사도 빠뜨리지 않았다. 박연설화는 다른 소개들과 크게 다르지 않다. 다만 자식을 볼 수 없게 된 박생의 모를 용녀가 못으로 밀쳐서 죽이는 것으로 내용적 변이가 일어난다. 박연을 찾았던 이라면 누구나 마주쳤던 노힐부득과 달달박박을 「유박연기」에서는 거론하지 않았다. 임운은 하나 남은 노힐부득 상이나마 볼 수 있었으나 그것마저 사라져 버린 것인가, 의문이 가시지 않는다.

이만부李萬敷, 1664~1732는 이정귀보다 한 세기 늦게 박연을 찾은 인물로 이성상의 종적과 관련하여 그가 쓴 ㉳ 「지행부록地行附錄 / 천마 성거天摩 聖居」을 눈여겨 볼 필요가 있다. 추측한대로 여기서도 박연의 명칭 유래가 소개된다. 즉 "박 선비의 피리소리에 감동한 용녀가 그를 유혹해 못으로 데려갔으며 이에 비통해하던 박 선비의 아내가 못에 몸을 던졌으므로 박연이라 했다"는 것이다. 앞서 임운의 소개에 따르면 박생의 어머니를 죽인 사람은 용녀였다. 그런데 이만부에 이르면 박 선비의 아내가 스스로 목숨을 끊은 것으로 내용적 변이가 발생한다. 「지행부록 / 천마 성거」에 수록된 이성 관련 증언은 여러 점에서 관심을 끈다. 앞서 임운이 말한 대로 노힐부득상이 여전히 존재하는지, 아니면 두 석상이 모두 사라졌는지를 확인해볼 수 있기 때문이다. 그런데 이만부는 노힐부득과 달달박박이 여전히 존속하고 있음을 확인시켜준다. 이를 보면 파괴된 달달박박의 석불이 복원되지 않았나 여겨지기도 한다.

이제까지 노힐부득, 달달박박 석상과 근접해 있는 박연, 고모담에 얽힌 설화의 특징을 살펴보았다. 그 결과, 이규보, 백문보, 유호인, 『동국여지승람』, 임운, 이정귀, 이만부의 기록 어디에서도 박연과 이성이 결부된 사례를 찾아볼 수가 없다. 박연설화는 박연, 고모담의 명칭 유래위주로 전개되었으며 한결같이 용이 개입하고 있다는 특징을 지닌다. 노힐부득·달달박박의 석불이 박연에 위치하고 있어 이성과 박연을 매개하는 설화를 염두에 두었으나 그 예상은 빗나갔다. 설화적으로 이성상은 박연과는 무관하다는 결론을 얻을 수 있다. 노힐부득, 달달박박 석불의 존치사실을 전하면서도 유람객들은 왜 노힐부득, 달달박박이 개성에 세워지게 되었는지 그에 대한 답변을 내놓지 않고 있다. 노힐부득·달달박박이 존재한다는 것은 그에 상응하는 전설이 있다는 뜻이 되겠으나 이제까지 본 바는 그렇지가 않다.

고유섭이 추정한 대로 박연과 이성을 포괄하는 설화는 존재하지 않은 것으로 나타나지만 왜 개성지역에 이성설화가 정착되었는지 그가 내놓은 원인분석은 되새길 필요가 있다. 그는 창원의 백월산과 개성의 성거산, 대흥동 계곡이 지형, 입지 면에서 많은 유사점을 지닌다고 했다. 곧 박연폭포 아래 운거사雲居寺는 백월산의 동령 뇌석시磊石寺 아래, 즉 물이 흐르는 곳에 위치했던 부득의 수행 암자에 비견되며 성거산 북쪽 아래 개성암 팔척방은 백월산 북령 사자암獅子巖 아래 박박의 판옥 팔척방板屋 八尺房 터와 배합됨을 지적하였다.[13] 원래 설화에서 묘사하고 있는 백월산 내 이성의 수도처가 개성 대흥동 주변의 못, 사찰과 상당히 유사하다는 점을 주목한 것이다. 이외에도 그는 어음, 어의의 측면에서 박박에서 박은 '붉'으로 해석할 수 있으므로 박연은 '밝淵' 즉 미타가 된 박박의 '연淵'이라 했으며 부득이 산모를 목욕시켰던 욕조가 '조연槽淵'으로, 이것이 다시 '박연'으로 이동했을 가능성도 내놓았다.[14] 박연폭포가 위치한 천마 성거산 인근의 지형에 누구보다

13 고유섭, 앞의 책, 186쪽.

14 위의 책, 186쪽.

밝은데다 답사를 거친 끝의 진단이라는 점에서 경청할 점이 적지 않다.

하지만 이로써 박연과 이성을 에워싼 의문이 전부 해소되었다고 보지는 않는다. 노힐부득·달달박박의 석불은 존재하는데 비해 그 부언담의 정체가 여전히 모호하기 때문이다. 결국 이 지점에서 우리는 박연과 이성상에 얽힌 별도의 설화는 존재하지 않았다는 판단을 내릴 수밖에 없다.

백월산의 이성 이야기가 두 수도자의 성불화 과정을 담은 불교설화에 속하지만 살핀 것처럼 박연에 부연된 이야기들은 불교설화와는 거리가 먼 민중설화뿐이다. 따라서 노힐부득, 달달박박의 개성 이주 현상을 설명하기 위해서는 시선을 보다 넓힐 필요가 있다고 본다. 박연에만 머물지 말고 천마·성거산, 관음굴, 원통사圓通寺 등으로 검토 대상을 넓힌다면 좀 더 수긍할만한 진단이 나올 수 있다고 본다.

3. 이성二聖설화의 이주와 부착양상

박연 이외에도 이성과 결부시켜 논의할 설화적 대상들이 적잖은 것으로 보인다. 가령 허목許穆, 1595~1682과 이만부는 성거산에 대해 다음과 같이 소개한다.

> 성거산은 고구려의 구룡산九龍山으로 혹은 낙랑의 평나산平那山이라고 말하는데 산정에 국조사國祖祠가 있어서 성거산으로 부른다. 산의 남북으로 두 성거가 있으며 산의 북, 거, 남쪽으로 세 상령桑靈이 있으니 모두 절 이름이다.[15]

> 성거산에는 두 개의 성거사가 있으며 세 개의 상령사가 있으니 다섯 개의 절이 있다. 북성거산 위에는 법달굴法達窟이 있으니 쇠고리를 잡고 산 정상에 오를 수 있다. 정상의 북쪽에 국조사당이 있으며 북성거사 아래로 원통사가 있다.[16]

천마·성거는 개성에서 오십 리 쯤 떨어진 곳에 위치하며 '이성거'로서 북성거사, 남성거사가 있음을 밝히고 있다. 애초 성거는 국조신이 머무는 곳이라는 뜻을 가지고 있으니 부처나 보살, 혹은 각자를 뜻하는 것이어서 백월산의 이성과는 함의하는 바가 다르다. 이성을 포함하여 3상령의 유래를 살피는 데는 다음 자료가 도움이 될 듯 싶다.

> 바위에는 볕을 가린 흔적이 있었다. 사식思湜이 말하길 "이곳은 5성聖이 모였던 장소입니다"라 했다. 내가 "5성이란 어떤 사람들이요"라 묻자, 사식이 말하길 "옛날 다섯 성인으로 이 산 정상에 초막을 짓고 거기서 마음을 다해 도를 닦았으나 오래되어 그 이름은 알지 못합니다. 단지 5성으로 그 암자 이름을 삼았으니 지금의 남쌍련, 서성거, 북쌍련, 남성거, 북성거 등의 암자가 그것입니다. 이 산 이름이 성거라는 것이 미심쩍지만 역시 이 때문입니다"라 했다. 이때 서쪽 끝으로 남북 성거암聖居庵이 내려다 보였다.[17]

---

15 許穆, 『記言』, 〈聖居天摩古事〉. "聖居者 句麗之九龍山 或曰 樂浪之平那山 山有國祖祀 號曰聖居山 山南北二聖居 北西南 三桑靈 皆蘭若名."

16 李萬敷, 『息山先生別集』, 卷之四, 行附錄, 〈天摩聖居〉. "聖居有二聖居 三桑靈 五蘭若 北聖居上法達窟 有鐵鉤攀登絶頂 絶頂北國祖祠 南聖居下圓通寺."

17 南孝溫, 『秋江集』, 秋江先生文集卷之六, 雜著, 〈松京錄〉. "巖有遮日跡 思湜曰 此五聖會處 余曰 五聖者何人耶 思湜曰 古之五聖人 上此山頂結艸廬 精盡化道於此 歲久不知其名 但以五聖號其庵 今之南雙蓮 西聖居 北雙蓮 南聖居 北聖居等庵是也 此山之名爲聖居 疑亦以此故也 時西邊俯視南北聖居二庵."

이는 몇 사람을 대동하고 송도松都 유람에 나섰던 남효온이 성거산의 명칭유래를 묻자 승려가 답해주는 대목이다. 남효온은 허목이나 이만부보다 앞서 개성을 찾았다. 그 때문에 그의 기록은 한층 주목을 받을 수밖에 없다. 이를 보면 '성거聖居'란 그 산에 올라 용맹정진했던 5수행자를 일컫는다. 조선 초까지 '성거'란 국조신과는 무관한 용어로 밝혀진다. 성거산이 속세를 벗어난 수행자들이 모여들어 정각을 이루고 마침내 성불한 터라는 점에서 노힐·달달의 수행처였던 백월산과 동일하게 성소聖所로 받아들여졌다 하겠다.

남백월이성 설화의 말미에 이르면 두 수행승을 성불로 인도한 이가 관음보살로 밝혀진다. 노힐부득과 달달박박이 속세와 결연하고 수행과 지계로 다그쳤다 해서 성불을 쟁취했을 것이라 단정하기는 어렵다. 관음보살이 연민의 정을 갖고 이들의 조력자가 됨으로써 이승은 바라던 대로 부처가 되었음을 상기해야 한다. 그 점에서 노힐부득, 달달박박과 함께 관음보살에 부연된 유적이 마련되는 것이 이치에 합당하다. 하지만 백월산의 불적은 노힐부득과 달달박박에만 초점을 맞추고 있다 해도 과언이 아니다. 그에 비할 때 개성 인근으로는 관음의 공덕을 기리는 사찰이 많다 하겠는데 이성담과 관련해 이들의 연기담을 검토해 볼 필요가 있을 것 같다.

노힐부득·달달박박 설화와의 연관성을 검토할 말한 사찰로는 관음굴과 원통사를 꼽을 수 있다. 사찰명으로서 '관음觀音'이나 '원통圓通'이란 용어[18]부터가 이성의 조력자로 나선 관음보살을 떠올리게 한다. 관음굴은

---

18 『불교용어사전』, 경인문화사, 1998, 1261쪽.
"'圓通'은 '관음'을 가리키는 말이다. 楞嚴會에 있어서의 25보살 가운데 관음의 耳根圓通이 가장 뛰어나다고 한 데서 전하여 '원통'이 '관음'의 별칭이 되었다."

고려 광종 11년1271에 법인法印국사가 개산한 사찰로 관음의 공덕과 자비심을 기리기 위해 건립된 사찰이다.[19] 한데 그곳에서 멀지 않은 박연에 노힐부득·달달박박 석불이 위치하고 있어 그들을 성불로 인도한 관음보살을 잊지 않기 위해 지은 절이라는 추측이 얼마든지 가능하다. 원통사圓通寺의 경우는 이성의 성불담과 관련해 한층 주목되는 바, 허목의 「성거천마고사聖居天摩古事」에 원통사의 창건내력이 소개되고 있다.

> 남쪽 성거산 아래에는 원통사가 있다. 원통은 옛 심적사尋跡寺의 승려이다. 사람들이 전하는 말로는 옛 사람이 관음보살의 자취를 얻어서 부처로 변했기 때문에 이런 이름圓通을 얻게 되었다고 한다. 후세 사람들이 원통사를 지었는데 산속 가장 깊은 곳에 있다.[20]

원통사 연기는 개성권의 어떤 사찰연기보다 창원 백월산남사 창사담과 강한 근친성이 엿보인다. 무엇보다 관음이 응현하여 수행자를 부처가 되게끔 이끌었다는 내용 때문이다. 본래 이야기는 남백월이성 담談과 같이 처녀로 현응한 관음보살이 두 수행승을 인도하여 해탈의 세계에 이르게 했다는 정도에서 크게 벗어나지 않았을 것이다. 심적사의 원통이 치열하게 정진, 수행을 이어나갔다고는 하나 관음보살의 도움이 없이도 바란 대로 성불에 이를 수 있었을지 불투명하다. 그런 점에서 조력자로서 관음보살의 공덕을 기리는 일은 당위적이다. 특히 사명寺名을 '원통'으로 한 것은

19 전등사, 『전등사본말사지』, 1932, 195쪽.
20 許穆, 『記言』, 〈聖居 天摩古事〉. "南聖居下 圓通寺 圓通者 古尋跡寺浮屠 人相傳古人得觀音佛跡 化爲佛 有此名云 後人作圓通寺 最在山中."

그 점에서 퍽 적절하다 하겠는데 원통 스님의 발원 의지와 함께 관음보살의 응현을 동시에 환기시킬 수가 있는 것이다. 추론을 더 밀고 나간다면 원통사, 그리고 박연의 이성상은 남백월이성담의 등장인물들을 기리기 위한 대응물로 여길 수가 있다. 현전 자료로 볼 때 원통사 연기는 남백월이성담과 가장 유사한 내용 요소를 갖추고 있다.[21] 원통사가 고려 초에 창건된 절임을 감안한다면 원통사 창건연기가 남백월이성의 영향을 받아 형성된 것으로 보아도 큰 무리가 없을 것이다.

4. 이성설화의 광포화 현상과 그 원인

설화자료를 일별해본 결과, 개성의 박연과 이성이 연관된 설화는 찾을 수 없었다. 원통사 등 일부 절의 연기나 사명寺名[22]이 이성담二聖談의 내용과 부합되기는 하지만 박연의 이성의 석불을 해명할 근거로 삼기에는 한계가 있다. 이는 결국 남백월이성 담이 어느 단계에서 광포설화로 이행한 것으로 이해할 수밖에 없게 한다. 앞에서 잠시 본 백문보의 「박연폭포행朴淵瀑布行」을 다시 상기하자면, 거기서 말하는 '이현완급二賢緩急'이 『삼국유사』 노힐부득, 달달박박 조의 내용에 따른 것인지 개성권에 퍼져 있던 또 다른

21 원통사와 백월산남사의 연기는 수행자 앞에 관음보살이 현응하여 수행자를 성불로 이끌어주었다는 핵심내용을 공유하고 있다. 신라시기에 퍼진 백월산남사 연기가 고려 초 건립된 원통사 연기형성에 원류역할을 하지 않았나 생각된다.

22 가령 성거산의 남쪽에 있던 金身寺, 金身窟은 충분히 남백월이성 談과 연계시켜 볼만하다. 즉 '金身'이 관음이 시키는 대로 노힐이 욕조 물에 몸을 담근 뒤 金佛로 먼저 변하고 뒤이어 달달이 또한 金佛로 변한 것을 환기하기 충분하기 때문이다. 하지만 그 附帶설화는 확인되지 않는다.

이성담에서 나온 것인지는 알 수가 없다. 하지만 이제까지의 검토를 종합한다면 신라 성덕왕 시절 백월산 권역에서 발원한 이성담이 전승권을 개성으로까지 확장한 것으로 받아들이는 것이 자연스럽다. 백문보는 사람들이 노힐, 달달의 성불담을 누구나 알고 있기에 굳이 별다른 부언없이 '이현완급'의 표현으로 그친 것이다.

이쯤해서 사찰연기 전승에 나타나는 공유화, 혹은 자기화 현상을 살펴보기로 한다. 이는 노힐부득, 달달박박 이야기가 개성에 정착한 까닭을 해명하는데 또 다른 시사점을 제공할 수 있다는 생각 때문이다. 가령 미황사美黃寺 연기설화는 해남海南권에서 이른 시기에 형성된 사찰연기인데 뒤에 등장하는 사찰들의 창사연기로 돌변하는 것을 보게 된다.[23] 천축에서 출발한 돌배가 불상과 경전 등을 가득 싣고 대해를 표랑한 끝에 달마산에 불성이 농후한 것을 보고 정박하게 된다. 그런 후 불상을 옮기던 소가 무릎 꿇은 자리에 절을 세워 불상을 봉안했다는 것인데 해남권의 신생사찰이라 할 법장사法藏寺, 대둔사大芚寺, 관음사觀音寺 등의 창사유래에도 그와 흡사한 내용이 따라 붙는다. 미황사 창사연기가 석선石船이란 역설적 모티브를 삽입한데다 소에 의한 절터 점지라는 흥미를 끌 만한 요소를 지니고 있어 후발 사찰들이 이를 모방하는데 거리낌이 없었다. 사중들은 기존의 연기에 편승하는 것이 절의 영험성을 확보하는데 유리하다는 판단이 작용했음을 알 수 있다.

사명을 근거로 선행 창사연기에 편승하는 경우도 보인다. 서산瑞山 부석사浮石寺에서는 창주創主를 의상義湘으로 알고 있다. 아울러 대사를 사모했으

---

23 김승호, 「해안권 창사연기담의 일고찰 – 문헌소재 석선설화를 중심으로」, 『한국문학연구』 57집, 동국대 한국문학연구소, 2018, 55~56쪽.

나 결연을 이루지 못한 채 죽은 선묘善妙 처녀가 등장한다. 죽은 뒤 의상의 보호룡이 된 선묘가 훼방꾼을 물리치고 세운 절이 부석사라는 것이다.[24] 아울러 절 앞 10km 지점의 돌출된 바위섬이 절 창건 당시 선묘가 몸을 바꿔 악당을 물리쳤던 그 바위임을 환기시킨다. 증거물을 제시하고는 있으나 이를 부석사연기로 즉각 받아들이는 이는 많지 않을 것 같다. 건립시기가 앞서는 영주榮州 부석사의 창건내력과 크게 다를 바가 없기 때문이다. 특히 영주 부석사 경내에는 횡으로 누운 거석과 선묘각善妙閣 등『송고승전』[25]소재 선묘설화를 뒷받침하는 증거물이 존재함으로써 선묘등장 창건담의 연고권은 영주 부석사에 있다고 할 수 있겠다.

하지만 불교설화, 그 중에도 창사연기의 담론적 속성을 주목한다면, 타연기의 인용과 부착을 무조건 타기시하기는 어렵다. 무엇보다 창사연기라면 사찰의 기원을 포함, 깊은 연원을 구비한 담론이 되지 않으면 안 된다는 생각이 굳게 자리하고 있기 때문이다. 사중들은 사격寺格을 높이고 부처의 가르침을 선양할 수만 있다면 기존 연기담에 편승하는 것마저 주저하지 않는다. 물론 인용과 모방의 대상으로서 연기담을 선택하는 데도 기준이 있었다. 대중의 눈높이에 맞는 내용과 호기심을 유발하는 모티브 등을 갖추고 있을수록 차용 대상으로 지목될 가능성이 높아졌다고 본다. 남백월이성 담은 그 기준을 충족시키는 대표적인 사례로 보인다. 이는 사중이나 민중 모두의 호감을 얻으며 전승력을 유지해나갔던 바, 원통사 연기에서 보듯 개성권 사찰들의 창사연기를 추동하기에 이르렀던 것이다. 설화의 광포화는 물론 당대의 분위기와도 연관될 터인데 관음신앙에 대

---

24 이고운·박설산,『명산고찰 따라』上, 운주사, 1993, 350쪽.

25 贊寧,『宋高僧傳』, 唐新羅國義湘傳.

한 고려시대의 높은 열기가[26] 이성과 관음설화의 전승력을 한껏 뒷받침해 주었다고 할 수 있겠다.

이성담이 개성권에서 널리 전승되었던 또 다른 요인으로 그 주제의 심오함을 들 수 있을 것 같다. 곧 이성담은 흥미적 요소를 갖추었으면서도 한편으로는 불교적 인간이란 무엇인지를 실감나게 구현하고 있는 설화이다. 이성담은 왜 두 사람은 부처가 되기 위해 안간힘을 다하는가. 개유불성이라는 말에도 불구하고 대부분의 사람들은 왜 부처가 되지 못하는가. 어떤 사람이 먼저 부처가 될 수 있나 등등 사람들의 궁금증을 전제하고 대조적인 성향을 가진 두 인물을 통해 진정한 부처의 길이 무엇인지 넌지시 알린다. 동반성도同伴成道로 끝맺는 호종의 처리며 수순중생隨順衆生이 부처의 길에 다름 아님을 강조하는 주제는 사람들의 이목을 집중시키는 요소라 하지 않을 수 없다.[27]

이밖에도 서사 구조적 측면에서 이성담의 개성 이주 현상을 설명할 수도 있다고 생각한다. 남백월이성의 협주夾註는 이 이야기가 민담적 성격이 강하다는 점을 일깨워준다. 즉 '노힐부득'과 '달달박박'을 가리켜 각각 심성을 뜻하는 순 우리말이라 하면서 "두 선비의 마음과 행동이 등등騰騰하고 고절苦節하다는 두 가지 뜻에서 이렇게 이르는 것"이라는 해설이 들어있는 것이다. 노힐부득을 '등등'하다고 했는데 이는 '완만緩慢'과 통한다.[28] 즉 심성이 부드럽고 너그럽다는 뜻이다. 달달박박을 '고절'하다고 했는데 이는 '역경의 상황에서도 지조를 지켜냄'을 가리킨다.[29] 협주의 해설 같이

26 이만, 「고려시대의 관음신앙」, 『한국 관음신앙 연구』, 동국대 출판부, 1988, 157쪽.
27 김승호, 「남백월이성의 창작저변과 서사적 의의」, 『열상고전연구』 37집, 열상고전연구회, 2013, 511~514쪽.
28 중문대사전편찬위원회, 『중문대사전』 10권, 1973, 387쪽. "騰騰 : 緩慢貌"

노힐부득과 달달박박이 특정인을 지칭하는 것이 아니라 각각 대조적인 품성을 말해주는 일반 명사로 보는 것이 적절하다.[30] 남백월이성담은 따뜻하고 부드러운 성향의 노힐부득, 차갑고 쌀쌀맞은 성향의 달달박박을 대조적으로 배치하고 둘 중에서 누가 먼저 목표를 달성하는지를 보여주는 것으로 진행되는데 이는 민담의 구도와 상통하는 것이 아닐 수 없다.[31] 남백월이성담은 여러 정보 단위를 부연시켜 내용의 진실성을 확보하고는 있으나 대조적인 품성제시, 성불을 전제로 한 겨루기 방식을 서사의 핵심축으로 삼음으로써 민담의 속성이 강하지게 되었다고 본다. 남백월이성담의 민담성은 왜 이 이야기가 지역전설에서 광포설화로 이동했는지를 해명하는 단서로 여겨도 좋을 것이다.

5. 나가며

이 글은 노힐부득과 달달박박 석불이 서사적 공간인 창원의 백월산을 벗어나 개성의 박연에 자리 잡게 된 연유를 밝히는 데 초점을 맞추었다. 박연 곁에 위치한 노힐과 달달의 석불은 고려 말 이래 문인, 유람객들이 한결같이 기록에 남길 만큼 세간의 이목을 집중시켰다. 하지만 박연을 에워싼 이야기의 대부분이 용龍설화로 밝혀짐에 따라 박연과 이성 간의 설화적 연계성이 없음이 확인된다. 그럼에도 이성상이 박연에 조성하게 된

29 위의 책 7권, 1426쪽. "苦節 : 於逆境之中 仍守節義之謂也"

30 김현룡, 『한국고설화론』, 새문사, 1984, 114쪽.

31 모우는 민담의 서사적 속성으로 명료성, 단순화, 실제적 개연성이 부재한 논리, 대비와 양극성, 후반부의 중요성 등을 제시한 바가 있다. (카트린 푀게 알더, 앞의 책, 376~377쪽.)

까닭을 세 가지 갈래로 타진해 보았다. 우선 천마, 성거산, 그리고 대흥동의 계곡과 박연 등의 입지가 백월산 이성의 수행처와 흡사한 탓에 외래전설인 노힐부득, 달달박박 이야기가 개성권에 거부감 없이 정착될 수 있었다고 본 것이다. 이성담의 개성 정착현상은 신성성과 영험성을 담보한다면 선행서사일지라도 편승하기를 마다하지 않는 불가 특유의 설화 수용태도와도 무관하지 않을 것이다. 관음보살의 응현으로 말미암아 원통이 성불에 이를 수 있었고 때문에 절이 세워졌다는 원통사 창건연기는 남백월이성담을 답습한 적절한 사례로 꼽을 만하다. 또 다른 요인으로는 전설보다는 민담성을 강하게 갖춘 남백월이성담의 양식적 속성과 결부된 것으로 보았다. 관용적이며 너그러운 심성, 엄격하고 까다로운 심성을 돌출시키고 성불의 선후를 가르는 전개는 사찰연기담에서 상당부분 민담으로 이행했음을 말해주는 것이 아닐 수 없다. 그런 양식적 특성 때문에 이성담은 신라에서 고려로, 창원권에서 개성권으로의 전이가 수월하게 진행되었다 하겠다. 박연에 세워진 노힐과 달달 상은 호기심을 자극하는 조형물, 그 이상의 의미를 지닌다. 그것은 신라시대 발원하여 조선시대까지 이어진 남백월이성담의 전승양상을 보여주는 기표가 아닐 수 없다.

제5장

도선 - 선사, 왕사, 풍수장이, 그 다면적 형상

1. 들어가며

역사와 문학은 인간과 그들의 살림살이를 관찰하고 기술하고 해석해나가는 일련의 과정을 반복해왔다고 할 수 있다. 그런데 서사문학은 역사 서사물과 겹치는 경우가 더욱 많아 역사물과의 차이를 짚어낸다는 것 자체가 무의미해지는 때가 빈번하게 나타났다. 이 같은 문文과 사史의 섞임은 중세 동양문학에 오면 한결 두드러진 특색이 되고 있는데 중세적 의미의 문과 근대적 의미의 문은 동음이의적 관계로 여겨질 때도 흔하다.

전기의 대표적 양식이라 할 열전列傳만 해도 찬자는 객관성을 바탕에 두고 특정인의 극명한 생애 표출 및 뒷세대에 대한 전범구실로 이해했으면서도 실제는 이에서 빗나가곤 했는데 감동, 흥미, 그리고 교훈적 측면을 포기할 수 없다는 생각이, 역사이자 문학의 이중성을 피할 수 없게 만들었다고 할 수 있다.

시대가 내려오면서 역사와 문학은 각각의 테두리를 만들고 아예 갈라지는 듯 싶었다. 하지만 역사와 이야기가 각각의 영역을 구체적으로 설정하고 개념을 튼실히 해나가고자 애썼으나 원래 동질적 성격을 부정할 수 없었다. 가령 사실을 규명하고 역사의식을 고취한다는 의식에서 자유롭다

할 구전설화, 고소설, 문헌설화 등에서도 역사적 사실을 내용적 요소로 택하는 경우가 많은 것이다. 하지만 그것은 분명한 사실도 아니기에 현실과 사실을 왜곡시키고 포장한 것, 아니면 우중의 호기심과 욕망에 편승해 지어낸 의미 없는 풍설에 불과하다는 비판에 몰리는 경우가 나타났다. 특히 역사학 쪽에서 주관적 주물에 의해 역사가 훼손되는 점을 들어 이에 불쾌감을 드러내기도 했다.

그러나 역사적 사실을 왜곡, 변질시킨다는 비난에도 불구하고 특정시기의 인물과 상황을 부각하거나 부정하는 재구방식을 통해 역사의식 혹은 민중의 의식을 드러낼 수 있는 등 나름의 장점이 있다고 보고 역사의 재질화를 긍정하는 시각도 있었다.

이글은 역사와 문학 간의 거리를 확인하되 한참 거슬러 올라가 나말여초의 문학공간을 택해 역사와 문학 간의 거리감이 중세기에 어떻게 벌어지며 어떻게 좁혀질 수 있는지. 그리고 그것이 근대적 의미의 문학논의와 어떻게 조우하는지 가설을 던지며 역사문학의 특징을 살펴보는 것을 목적으로 삼는다.

역사인물 가운데 다면적 형상으로 나타나는 사례는 참으로 많지만 이글에서는 도선道詵으로 이야기를 좁혀 그의 전승담이 지닌 역사문학적 특성에 다가가 보기로 한다. 역사, 사실적 시각을 앞세울 때 도선의 삶은 선승禪僧의 범주를 넘어서지 않는다. 하지만 그동안 등장한 도선道詵의 전승담傳承談에 그려진 형상은 대덕大德, 수도자修道者는 물론 신승神僧, 풍수승風水僧, 창업공신創業功臣, 술사術士 등 인물적 기능이 다채롭게 펼쳐지고 있어 흥미를 촉발시킨다. 한데 도선 이야기는 역사기록과는 편차가 심해 일종의 소문에 의한 사화史話 정도로 그 의미를 폄하시키고 있는 예도 흔하다. 그러나 하나의 문학적 현상으로 이해한다고 하면, 도선의 인물현상은 또 다른 함의를 지니는 게 아닌가 생각된다. 다시 말해 그를 에워싼 여러 모습과 기능적 서사 구조적 변이는 결국 도선을 거듭 이야기하지 않을 수 없는 어떤 곡절이 있었음을 암시해주며, 한편으로 이야기 담당층의 욕구와 무관하지 않은 그만의 인물적 유효성이 있었음을 말해주는 것이 아닌가 한다.[1]

따라서 이 글에서는 도선 이야기의 담당층과 시대적 상황을 가능한 한 고루 살피면서 다양하게 거듭 이어진 그의 인물담, 그에 보이는 도선상道詵像의 이면적 의미를 궁리해보도록 하겠다.

1 도선의 활동기를 전후해 감여의 능력을 가진 이는 여럿 존재했던 것으로 보인다. 도선이 세상을 떠난 10여 년 후 왕건은 당시 패권을 잡고 있던 궁예의 부하장수로서 도선의 출생지로 전해지는 영암에 주둔하던 중에 감여에 밝은 학자 최지몽, 동진대사 경보 등을 만난 일이 있었고 왕위에 오르자 다시 이들을 개성으로 불러들여 극진하게 대우한 것으로 전해지고 있다. 지몽은 천문, 지리, 복술에 달통했으며 도선과 한 고향 사람이었던 경보는 도선이 머물렀던 백계산 왕룡사의 중이었다. 그러나 이들은 도선의 명성에 가려져 그 존재가 제대로 부각되지 못한 느낌이 없지 않다. 중세시기 풍수지리에 대한 사람들의 관심이 고조되면서 신라 말 도선 이후에도 여러 풍수가가 등장하게 되는데 고려조의 김위탄, 묘청 그리고 조선조의 박상의, 남사고 등도 한 시대를 풍미한 명풍으로 회자되었던 인물들이다. 흥미롭게도 이들은 도선의 계승자임을 내세우게 되는 바, 대중들도 별 이의 없이 이를 그대로 받아들였던 것으로 여겨진다.
이로 보건대 애초 도선이 선승이었다는 역사적 사실과는 상관없이 시간이 흐르면서 선승으로서의 색채가 탈색되고 대신에 풍수, 술사로서의 형상이 굳건히 자리 잡았다 할 수 있다. 특히 민중 사이에서 전해진 도선의 전승담은 명풍으로서의 도선의 위상과 기능을 밝히는데 집중적인 관심을 보인다. 도선은 당대 이름 높은 선사였으나 후대 전승에 이를수록 그의 역사적 자취는 모호해지면서 친민중적 인물로 탈바꿈하게 된다.

2. 도선의 사실적 면모

구비전승에 속하는 도선 이야기는 거개 대중들의 상상에 바탕을 두었다 할 수 있다. 때문에 정작 그가 어떻게 살다간 인물인지 밝히려는 일은 상대적으로 힘들어질 수밖에 없다. 그나마 사실에 입각해 생애를 어느 정도 수습하고 있는 기록으로는 고려 의종 4년1150 최유청崔惟淸이 의종毅宗의 명을 받들어 찬술한 백계산白溪山 옥룡사玉龍寺 증시선각국사비명병서贈諡先覺國師碑銘幷序가 있을 뿐이다. 도선의 입적 후 252년 만에 이루어진 이 전기물 역시 서사적 층위가 심한 편이어서 구체적으로 그의 생애를 발라내는 데 한계가 있겠으나 비명의 서두 부분은 그런대로 도선이 행적을 밝히는 데 도움이 될 수 있다. 이에 근거할 때 신비화되기 전의 도선은 수행과 높은 학덕에 이른 선승일 뿐 이외 특이점은 드러나지 않은 것으로 되어있다. 거칠게나마 생애를 발라내 정리해 보기로 한다.

도선의 속성은 김 씨이며 영암 사람이다. 그의 조상과 아버지에 대해서는 알려진 바가 없다. 그가 태종대왕의 서손이라는 설이 있지만 확인된 것은 아니다. 가계의 모호함 때문에 인물의 전승력이 크게 약화된다고 보기는 어렵다. 도리어 약화된 사실 부위를 벌충하듯 신이한 모티브가 적극 수렴되는 경우도 얼마든지 보게 되는 것이다. 그의 성씨가 최씨, 강씨 혹은 박씨 등으로 섞여 퍼진 것을 두고는 가계가 남의 입에 오를 만큼 큰 벌족에 해당되지 못했던 때문이 아닐까 하는 추론도 가능해진다. 최유청이 지은 비명에서는 탄생을 두고 고승의 탄생이면 늘 따라다니는 전형적 이야기, 곧 몽중에서 이인을 만나 자식을 점지받았다는 태몽담을 그대로 답습하고 있다. 그의 어머니 강 씨는 낯선 사람한테 구슬 한 개를 받고는 이를 삼켰다 했는데 그러자마자 태몽을 얻고 임신의 기미를 느끼기 시작한 것이다. 그로부터 어머니는 자세를 바로하고 냄새나는 훈채를 멀리하는 것은 물론 독경과 염불에 마음을 다한다. 불심이 돈독한 어머니 못지않게 도선도 불교적 친연성만은 타고난 듯했다. 다른 아이들과 달리 불경을 공경하고 두려워하는 모습을 잃는 법이 없었다. 15세가 되자 그는 출가를 결심하고 월유산 화엄사에 들어가 몸을 의탁하게 된다. 그가 지닌 불교적 근기根器는 놀라워 청익請益에 들어선지 한 해도 못 되어 화엄의 대의를 꿰뚫었으며 문수文殊의 미묘한 지혜와 보현의 법문을 깊이 깨달았다. 20세가 되던 문성왕 8년864에는 "대장부가 마땅히 법을 따라서 고요히 살아야 할 것인데 어찌 문자에만 종사할 것인가" 자책하며 동리산으로 자리를 옮겨 법석을 연다. 추측건대 그가 동리산을 찾은 것은 서당지장西堂地藏 대사에게서 심인心印을 받고 중국에서 돌아온 혜철惠哲대사로부터 배움을 얻고자 하는 바람과 결코 무관한 일은 아닌성 싶다. 혜철로부터 23세 때 구족계를 받은 이후 그는 이곳저곳을 떠돌며 중생제도와 설법에 힘을 다하다가 마침내 의양현 백계산의 옥룡사에 자리를 잡았다고 한다. 이미 폐사가 되다시피 한 절을 중수하여 그는 동리산문의 법맥을 이어나가는 데 심혈을 기울였다. 도선이 주석하던 때를 기준으로 옥룡사에는 제자가 수백이었고 신도는 헤아릴 수 없었다 했으니 당시 사찰의 번창한 규모를 익히 헤아릴 만하다. 주변에서의 명성은 물론이려니와 헌강왕까지 사신을 보내 전라도 궁벽한 곳에 머물던 그를 경주궁궐로 맞아 법문을 듣고자 발분했고 국사로 모셔 존숭하였으니 내외 간 그에 대한 존숭의 열기는 대단했던 셈이다. 임종에 즈음에서 그는 제자들을 불러 모은 뒤 "나는 장차 갈 것이다. 대저 인연을 타고 이 세상에 왔다가 인연이 다하면 가는 것은 이치의 떳떳한 것이니 어찌 싫어하겠는가"라는 말을 남기고는 입적했다. 그의 나이 72세, 때는 신라 효소왕 1년 898년 3월 10일이었다.[2]

간략한 개인의 신상에 그치고 있는 것 같지만 도선의 생애를 가르는 몇 번의 분기점이 잘 나타나 있다. 하지만 도선 개인의 일대기를 벗어나 한편으로는 당대 불교계의 사상적 변화나 정치적 상황을 살펴보는 자료로 삼을 수 있다고 하겠다.

도선이 15세에 출가하여 월유사 화엄사로 들어가 먼저 배운 것은 화엄의 교학이었다. 그러나 그는 곧 방향을 선회한다. 이때 출가승들은 화엄교학으로 들어섰다가 곧 방향을 바꾸어 선종으로 돌아서는 경우가 흔했다고 하는데 도선 역시 그런 예의 하나로 보면 될 것이다.[3] 이 같은 방향선회는 무엇보다 당대 사회, 사상의 변화와 떼어서 이해할 수 없다 하겠다. 신라 말의 불교계 동향을 두고 교종을 대표하는 화엄종이 관념과 현학성, 고답성에 치우쳐 있고 중앙의 정치 권력자들이 주로 기울어져 있던 만큼 교종은 더 이상 세를 확장하지 못하고 그 자리를 선종에 내주어야 했다고 보는 것이 일반적이다. 이는 도선의 행적에서도 확인된다. 선종이 신라 말 득세할 수 있었던 배경에는 중앙정부에 비판적 의식을 키워오던 지방 호족이나 민중들의 욕구에 그나마 부응하는 측면을 지니고 있었기 때문이었다. 중앙 집권층이 화엄학으로 기울어지고 있는데 대한 반감을 반영이라도 하듯 선종은 대단한 기세로 커나갔고 그 추세 속에서 적잖은 승려가 발걸음을 돌려 선종에 편입했다. 도선이 활약한 곡성 태안사泰安寺를 근거로 한 동리산파桐裏山派를 예로 하더라도 혜철惠哲을 1조祖로 하여 여선사如禪

2 『동문선』, 권117, 白溪山玉龍寺諡號先覺國師碑銘.

3 서윤길, 「도선국사」, 『한국불교인물사상사』, 민족사, 1990, 134쪽.

師, 도선道詵, 경보慶甫, 기적琪寂 등의 출중한 선승들이 큰 맥을 이루며 등장했다. 혜철에 이어 동리산파의 2조가 된 도선이 혜철의 휘하를 벗어나 독자적으로 옥룡사玉龍寺를 개창하자 그 밑에는 수백 명의 승려와 숱한 신자들이 무리를 지어 모여들었다. 최유청崔惟淸이 찬술한 비명의 첫머리를 찬찬히 검토하면, 도선은 이렇듯 선사로서의 면모만 보일 뿐 다른 모습과 기능은 부각되지 않고 있다. 최유청 찬술의 비명이 도선의 진면목을 드러낸다고 보는 것은 성급할 수 있으나, 도선 자신이 "절을 세우고 탑을 세워 얻는, 국가 이익과 공덕이 선리禪利의 정묘함에는 미치지 못한다"라고 한 바를 다시 유념한다면 그를 신라 말 선가의 고승으로 이해하는 것은 결코 확대 해석이 아니다. 비명 속의 도선은 어디까지나 풍수와 거리가 먼 선승이었던 것이다.

3. 도선 전설의 출현배경

도선에서 파생된 이야기는 앞서와 같이 비교적 사실에 가까운 것도 있으나 대부분은 그를 풍수의 대가 아니면 도참설圖讖說의 조종으로 고정하는 경향을 보인다. 그를 선사, 국사, 신승『도선국사실록(道詵國師實錄)』, 천인『도선국사실록』, 진인『도선국사실록』 등으로 부르기도 하나 이야기 내적 기능에 비추어 보아 감여가堪輿家만큼 그에게 어울리는 칭호는 없는 성 싶다. 감여란 풍수風水의 다른 말에 불과할 수 있으나 보다 신성을 부연해주는 용어일 뿐더러 『도선국사실록』에서도 이 용어를 쓰고 있다.[4] 감여가로서 그가 이룩한 공적은 널리 알려졌으나 무슨 연유로 풍수를 시작했고 동시대 많은 선승을 제치고 그만이 명풍의 반열에 올라 명성과 상징성을 확보하게 되었는지는 별로 알려진 게 없다.

그의 다양한 형상과 직접 관련되는 핵심적 사항으로 우리는 그가 격변기를 겪어온 인물이라는 점을 지적해야 할 것이다. 도선이 태어나 죽을 때까지 어느 시기든 평온한 것과 거리가 멀었다. 그의 활약기는 궁예弓裔, 견훤甄萱, 왕건王建이 각축을 벌이기 바로 전으로 궁궐 안에서는 심각한 권력투쟁이 잇따랐으며 지방에서는 경주권을 중심한 중앙세력에 반발하는 호족과 군적들이 이반된 민심을 업고 각처에서 난을 일으켜 영일한 날이 없었다.

836년 흥덕왕이 죽자 균정均貞과 제융悌隆이 왕위 다툼 끝에 김명金明 등이 균정을 살해하고 제융을 왕으로 세웠으나 김명 등이 다시 희강왕을 자진시키고 김명 자신이 민애왕에 올랐다. 이때 청해진을 중심으로 성장한 김양金陽과 김우징金祐徵은 무정부상태나 다를 바 없는 조정에 반기를 들고 난을 일으켰으며 달구벌에서 정부군 10만 명을 격파해 마침내 경주를 함락시키기도 하였다. 839년 4월 김우징이 신무왕이란 이름으로 왕권을 차지하지만 이제 모든 부분에서 정통성은 사라지고 오직 무력에 의한 왕권탈취와 피비린내나는 투쟁만이 전부인 세상으로 변해버렸다. 887년 진성여왕이 즉위했으나 여러 주군州郡이 공부를 거부하고 국정이 고갈되자 중앙에서는 사자를 보내 징세를 독촉했으나 불붙은 불만에 기름을 끼얹은 격이 되어 889년 원종元宗 애노哀奴의 사벌주沙伐州의 농민봉기 등 걷잡을 수 없을 정도의 저항만을 가져왔을 따름이다. 이후 견훤, 양길梁吉, 궁예, 왕건 등 지방 각처의 걸출한 호족들 간의 세력쟁투가 심해지면서 신라의 운명

4 『道詵國師實錄』, "謂之玉龍子秘訣 而推爲堪輿家"

은 한 치 앞도 내다볼 수 없는 상황으로 치달아 가고 있었다.

도선의 생애 내내 지속된 말세적 징후는 민심을 흉흉하게 만들었을 뿐만 아니라 그 사태에 편승하여 이단적 사상과 소문이 꼬리에 꼬리를 물고 일어났음은 조금도 이상한 일이 아니었다. 바깥세상으로부터 전해오는 불안감이 높아질수록 이상세계를 갈구하는 사람들이 늘어나는 것은 당연한 일이었다. 점차 불교 이외의 것, 혹은 불교의 새로운 면을 부각시켜 나가야 한다는 생각이 몇몇 사람들 중심으로 일어날 수밖에 없었다. 민중의 단순한 소망이나 불만에 편승해 배태성을 키우는데 그치거나 우중을 잠시 현혹시키는 데 그칠 뿐이었으니 불교에 거는 기대감이 높아졌음에 틀림없다. 이를 먼저 간파한 사람이 바로 여기서 말하는 도선, 그리고 궁예가 아닌가 한다.

도선의 경우를 중심으로 이해하자면 이미 쇠잔한 신라정권에 대한 비판적 시각을 드러내지 않으면서 풍수도참설風水圖讖說을 퍼뜨리면서 민중의 의식을 한순간에 돌려놓는데 성공했다 할 것이다. 그는 더 이상 교종이 호응받지 못하는 현실을 날카롭게 꿰뚫고 현재의 재난을 일거에 물리치면서 희망에 찬 미래를 보장하는 방법이 무엇인가에 대한 대안으로 풍수도참설을 들고 나왔던 것이다. 도선 개인의 발상이었는지 아니면 이미 상당히 널리 퍼져있던 풍수설에 단지 편승한 것인지 분명치 않으나 택지법擇地法에다 불교적 색채를 가미한 그의 도참설圖讖說은 단순한 미신이나 개인적 발원과는 다른 것으로 이해되면서 금세 큰 반향과 함께 대단한 기대감을 불러일으키게 된다.

4. 감여술의 터득과 주변인

1) 일행一行

초기 풍수지리설風水地理說의 한국적 전개를 보여주는 전승담을 보면, 중국과의 결연이 대단히 강조되는 현상이 나타난다. 도선설화道詵說話는 도선의 개별적 능력을 칭송하면서도 중국에 들어가 유학한 사실, 그곳 고승 일행一行 선사와의 인연을 비중 있게 전하고 있다. 중세 시기 사대주의적 풍조가 미만해 있던 환경을 감안한다면 당승 일행을 중심인물로 삽입시킨 까닭을 어느 정도 헤아릴 수 있겠다. 또한 서사성의 강화, 신비감과 흥미적 요소의 부여, 당시 일반화된 고승 유학설화의 개입 등을 포함한 서사전개를 궁리한 끝에 중국 배경 중심의 전승담을 비중 있게 안치한 것이 아닌가 추측된다. 어쨌든 이국의 고승이자 비범한 풍수가인 일행과의 인연을 의도적으로 개입시킴으로써 도선 술법의 신비감이 한층 부각되는 효과를 가져왔다고 하겠다.

원래 참위서讖緯書가 나타난 때는 중국 진대晉代였다. 참위설의 기원은 미개사회로까지 소급될 것이지만 인류가 주거관념을 갖게 되면서 나타난 이른바 인문지리학과 이것이 합해져 신앙차원으로 변했고 나중에는 음양오행설까지 가세하여 산세와 지형, 인체의 조직을 본떠 땅과 인간의 운명을 분석하는 학문적 차원으로까지 격상했다고 본다.[5]

이반된 민심위에서 강력한 흡입력으로 대중을 끌어당겼던 궁예의 용화龍華세계 그리고 도선의 풍수도참설은 다 같이 불교와 관련시켜 전개한 것

5 서경수, 「불교와 풍수지리의 가교」, 『고려조선의 고승11인』, 신구문화사, 1976.

들이라는 공통점에 주목할 필요가 있다. 비보裨補를 통해 분란을 치유해 평화롭고 풍요한 이상세계로 인도한다는 것이 도선의 생각이다. 법상종法相宗의 승려였던 궁예가 스스로 이 땅을 구원하고자 온 미륵불이라 천명한 것도 혼란한 사회가 낳은 현상이 아닐 수 없었다.

불교적 입장에서 생각하면 도참설의 횡행, 도선 추종의 풍조는 정상적인 현상과는 거리가 멀지만 아무튼 대중들에 의해 도선은 술사, 감여가로서 자리를 잡게 된다. 전승담을 따르자면 도선이 감여술의 대가에 오르는데 결정적 영향을 미친 이는 당승唐僧 일행一行이다. 삼교三敎뿐 아니라 천문, 음양, 산수까지 섭렵하고 있던 일행은 수제자로서 신라승 도선을 지목한 것으로 되어있다. 결과적으로 두 인물 사이에는 역사적 사실여부를 떠나 인물기능 간 처음부터 동질적 요소가 짙게 깔려 있다고 하겠는데 도선전승을 살피기 위해서는 일행의 전승담도 주목할 필요가 있겠다.

「일행선사발록一行禪師跋錄」에 따르면 일행은 현묘한 여러 법을 도선에게 전수한 뒤 도선이 신라로 떠날 때 "나와 고려는 인연이 있다네. 들으니 고려산천은 대부분 본래의 주인을 배반할 형이어서 구한과 삼한 안팎으로 역적이 일어나고 연이어 그런 일이 끊이지 않는다네. 이것은 천지의 혈맥이 부조화해서 생긴 병이라네. 고려의 백성이 역질 기근 전쟁으로 많이 죽은 것도 이 때문일세. 참으로 애석한 일일세. 이제 내가 산수의 병을 조화해서 고려땅을 태평스런 땅으로 만들어 두고자 하네"[6]라면서 도선이 그린 지도에 3,800개의 점을 곳곳에 찍으며 "사람이 위급할 때 혈의 맥을 찾아

6 「高麗國師道詵傳」, 『朝鮮寺刹史料』 하, 377쪽. "我於高麗有緣 聞高麗山川多背逆 本主 故作九韓三韓內逆敵外逆賊綿綿不絶 天地穴泳不調之病也 麗民多死疾疫饑饉刀兵者 以此也 可惜可惜 今我志願欲調山水病 使高麗爲太平地."

침을 놓거나 뜸질을 하면 곧 낫는 것처럼 산천의 병 역시 그런 이치니 지금 내가 낙점한 곳에 절이나 불상이나 탑이나 부도를 세우면 침이나 뜸 같은 효험을 얻을 것인 즉 이를 비보라 하는 것일세 (…중략…) 비보를 믿지 않고 불상과 절을 허물면 반드시 나라가 망하고 백성이 죽을 것이다"[7]라는 충고 및 경고를 전한다. 아울러 그는 봉서封書 한권을 도선에게 주면서 "고려 푸른 솔 밑에 왕륭이란 사람이 살 것이니 반드시 그를 찾아가 이 책을 주면서 내년에 그대가 필히 귀한 자식을 낳을 것이고 그 아이가 장차 삼한의 주인이 되어 삼한의 백성을 구할 것이라고 전해주게. 그렇지 않으면 일을 이룰 수 없으니 거듭 명심하라" [8]고 했다. 일행과의 결연을 도선의 비범성 약화로 연결 지을 수 있으나 이국체험이 풍수승으로서 도선에게 신비감을 보태주는 데는 도움을 주는 대목에 해당한다고 본다. 그러나 어떠하든 이는 사대적 발상이 깔린 호가호위狐假虎威적 대면이라는 점에서 비판받을 여지가 다분한 것도 사실이다. 이는 여러 서사물에서 흔히 볼 수 있는 대목으로 사대부 등 상층 계급의 정신적 허약성을 말해주는 것일 수도 있다.

그런데 민중층은 이 서사물을 어떻게 수용했을까. 지식인, 상층이 규정한 도선의 상像과는 달라졌을 수도 있으며 도선과 일행의 관계 역시 주종의 관계로 규정하지 않았을 수도 있다. 전승집단의 분화에 따라 이야기의 구성요소로서 인물은 얼마든지 변화가 가능하다는 설화적 가변성이 여기에도 적용될 것이라는 생각이다. 이러한 점은 뒷장에서 다시 살펴볼 기회가 있을 것이다.

---

7 위의 책, 377쪽. "人若有病急 卽尋血脉 或針或灸 則卽病愈 山川地病亦然 今我落點處 或建寺立佛立塔立浮圖 則如人之鍼 名曰補裨也 (…중략…) 不信補裨破佛刹 則國破民死亦必矣."

8 위의 책, 378쪽. "汝高麗靑木下 有王融者據焉 須尋訪付此書曰 明年汝必生貴子此子將爲統三韓主 必據三韓民也 不然則 事不成謹之謹之."

2) 당唐 황제

도선이 감여술을 터득하게 된 까닭을 밝혀주는 설화 중에는 일행과의 결연을 보다 더 환상적으로 전개한 것도 있으니 당나라 황제가 도선의 도움을 받아 선대황제의 궁을 찾았다는 이야기는 그 대표적인 경우가 아닐 수 없다. 당황제와의 결연담을 간추리면 이렇다.

도선이 출가한 도갑사道岬寺에서 수륙재水陸齋를 열 때 사중들이 그의 영오함을 높이 여겨 그에게 숟가락을 관리하는 일을 맡겼다. 이럴 즈음 당나라 황제는 꿈속에서 금인을 만나 대행 유궁幽宮의 묘책을 얻는바 "동국 낭주朗州人인 도선이란 자가 황제의 유궁을 점지할 수 있을 것입니다"라는 계시가 내려진다. 황제는 곧 동쪽으로 사신을 보내 그 인물을 데려오도록 했다. 사신 일행이 명랑산덕진교明朗山 德津橋에 배를 대고 월암산에 이르니 숱한 사문과 불자들이 모여 수륙재를 열고 있는 중이었다. 이때 승려들이 어린 도선에게 "어서 숟가락을 가져오너라" 하고 시켰는데 이를 중국 사신들이 눈여겨보고 있었다. 이후 도선이야말로 황제가 찾는 인물임을 직감한 사신들은 도선을 데리고 당나라로 돌아가게 된다. 영문을 모른 채 중국까지 오게 된 도선은 나중에야 자신이 유궁의 점지자로 지목되었다는 사실을 깨닫게 된다. 사실 풍수에 대해 전혀 아는 바가 없는 도선은 전말을 알고 나자 불안하기 짝이 없었다. 한동안 쩔쩔매고 있는데 갑자기 나타난 빈원의 부엌 심부름꾼이 "천자께서 너를 이곳까지 오게 한 것은 선황제의 유궁을 고르려 한 때문이다. 너는 다만 왕자께 청하여 마긋간에 있는 병든 백마를 타고 가다가 말이 머뭇거리거든 그곳이 좋은 곳인 줄 알고 또 말이 넘어져 다시 일어나지 못하거든 그 자리가 최상의 길지인 줄 알아라"라고 귀띔해주었다. 이에 어린 도선은 어렵잖게 황제가 바라는 유궁터를 잡아

줄 수 있었다. 이를 지켜보던 사람들은 어린 도선의 신통력에 그저 놀랄 뿐이었으며 이 사건이 있고 나서부터 당대 고승인 일행까지 그를 천인天人으로 대하기 시작했다. 또 일행은 그를 아주 훌륭한 도반으로 여기고 그와 더불어 풍수도참을 보다 깊이 있게 궁구하고 싶다고 제안하였다. 도선이 일행과 이별하고 신라로 돌아왔을 때 그는 이제 자타가 공인하는 풍수의 대가로 변해있었다.[9]

황제와의 결연담 속에는 미묘한 대외의식이 엿보인다. 변방의 어린 도선이 중국황제의 유궁을 점지했다는 전제부터가 중국에 대한 폄하의식이 작동했음을 말해준다. 이야기의 마지막 부분에 그려진 일행과의 결연담 역시 이쪽에서 일방적으로 매달려 배움을 청한 것이 아니라 당의 고승 일행이 먼저 도선의 비범함을 알아채고 동등한 입장에서 풍수도참설을 궁구한 것으로 그리고 있다. 전체적으로 도선이 일행에 예속된 인물이라기보다는 도리어 황제 유궁을 점지함으로써 당의 결핍을 해소해주는 종결자임을 드러내는 데 서사의 초점이 맞추어져 있다하겠다.

3) 이인

도선을 두고 여러 갈래로 이야기가 퍼져 나가면서 실상 전기에 보이는 정보는 거개 탈락하고 흥미적 요소나 민중의 욕구에 부응하는 이야기 부분만이 의미 있게 처리되는 현상은 설화일반에서 이상한 일이 아니다. 도선이 어떻게 감여堪輿의 대가가 되었을까 하는 물음은 사실 논리성을 추구하는 입장에서는 빼놓을 수 없는 계기적 부연이 될 만하나 후대 전승담에

9 「道詵國師實錄」, 앞의 책, 202~204쪽.

서는 일생의 사실적 추적보다는 택지, 감여를 에워싼 비범한 능력에 초점을 맞추는 경향이 압도적이다.

전승담은 도선이 풍수로 이름을 떨치게 된 이유에 대해 중국 상인들의 눈에 띄어 당나라로 들어가게 되었고 거기서 일행을 우연히 만나 술법을 터득6-34, 487[10]한 데서 찾는다.[11]

그러나 최유청은 「옥룡사증시선각국사비문玉龍寺贈諡先覺國師碑文」 마지막에서 중국과의 결연과는 상관없는 일임을 전제하며 도선의 감여술을 이땅에서 자생적으로 터득한 것으로 그리고 있어 흥미롭다. 처음 대사가 옥룡사를 중건하기 전 지리산 암자에서 거처할 때 한 이인이 찾아와 "제가 세상 밖에서 숨어산 지가 거의 수백 년이 됩니다. 조그만 술법이 있어 대사에게 바치려 하니 천한 술법이라 비루하게 여기지 않으신다면 뒷날 남해의 물가에서 드리겠습니다. 이것도 역시 대보살이 세상을 구제하고 제도하는 법입니다" 하며 몸을 숨겼다. 의아해했으나 도선은 이인이 말한 대로 그곳에 나가 그로부터 이 땅 산천 순역順逆의 형세를 자세히 듣고 난 뒤 홀연히 하늘과 땅의 이치를 한순간에 깨우치게 된다. 후에 그곳을 사도촌沙圖村이라 부르게 된 데는 이런 연유가 있다.

도선에게 감여술을 전한 사람을 신선이라고 한 데도 있는데 도선이 장성하여 집을 떠나 입산수도하던 중 하늘에서 신선이 하강하여 천문 지리 음양의 비법을 전해주었다는 것이다.[12] 이것보다 더 기이하고 흥미로운

---

10 이 숫자는 한국정신문화연구원 간행 『한국구비문학대계』의 도선 이야기가 소재한 권수와 쪽수를 각각 가리킨다. 앞으로의 논의는 특히 이 자료를 바탕으로 이어질 것이다.

11 이외에도 수업기간을 10년으로 못 박고 있거나(위의 책), 그의 출신국을 고구려, 백제, 신라 가운데 대중없이 말해주는 데 사실검증을 의식할 필요가 없는 전승담의 특징을 보게 된다.

12 『大東野乘』 권1, 「筆苑雜記」.

모티브가 개입되기도 한다. 즉 도선이 감여의 이치를 얻은 것으로 그려지는 것이다. 본래 도선은 전라도 어느 섬에서 살았었다. 그 섬에는 두 마리의 용이 있었는데 사이가 나빠 늘 으르렁거리다시피 했고 이를 보다 못한 천상의 황태자가 화해시키기 위해 2개의 여의주 중 하나를 버리도록 했다. 곁에서 이를 지켜보던 도선이 그것을 줍게 되었고 몸에 이를 지니자마자 감여의 이치에 통달하게 되었다고 한다.5-5, 403

배경과 모티브, 그리고 등장인물들에 변화가 있을지언정 도선이 명풍名風이 되기까지 다른 사람들의 역할은 크지 않다. 민중의 염원과 자긍의식이 가세했는지는 단언하기 어려우나 중국결연이나 이를 통한 조력 모티브를 거두고 순전히 신라 공간만을 내세워 도선을 초점화하는 데 부심하게 된다. 『신증동국여지승람新增東國輿地勝覽』 구례현求禮縣조 지리산智異山이나 광양현光陽縣조 옥룡사玉龍寺 설명에서 보면, 도선이 설봉산雪峯山 아래에 동굴을 파고 좌선하고 혹은 태백암 앞에 초막을 짓고 여름 내내 정진을 거듭한 나머지 신령한 존재로 탈바꿈한 것으로 되어있다.[13] 말하자면 스스로 수행을 통해 비법을 터득하였음에 무게를 싣고 있다. 초기 문헌기록에서 중국을 의식하는 조력자 출현 모티브가 많고 이인출현의 의례적 신성 부연이 태반이었던 데 반해 후대로 올수록 이 땅을 배경삼아 도선의 개인적 수행을 강조하는 방향으로 전승변이가 일어나는 현상을 보게 된다.

---

13 『新增東國輿地勝覽』 卷5 求禮縣, 卷5 光陽縣條.

5. 고려창업과 도선

전기물에 올라있는 도선의 생애 가운데 유년기의 비범함과 근기의 강조는 실상 그에게만 붙여진 변별적 내용은 아니다. 어느 고승에게든 흔히 붙어 다니는 관습적 서술일 수도 있다. 오히려 그가 풍수의 대가로 자리 잡을 수 있었던 것으로는 당 유학, 황제유궁의 점지, 일행과 접촉 등을 들 수 있겠다. 이렇게 본다면 중국은 도선에게 비범함을 온축시키는 공간으로 표상되고 그가 복귀한 신라 땅은 이국에서 쌓은 능력을 마음껏 펼쳐보이는 무대로 상징되기에 이른다. 설화가 전하는 대로 그가 걸어간 길을 훑어보면 중국에서 돌아와 그는 참으로 많은 곳을 돌아다니며 산수의 기운을 살피고 이를 풀이하는 일에 몰두한 것으로 되어있다. 그 같은 행적은 난세에서 감여를 통해 발복하자는 생각과 맞물려 삽시간에 그를 선사에서 이름 높은 지관으로 바꾸어 놓았는데 물론 언중 가운데는 이에 이의를 다는 이도 있었다.

도선은 풍수설이 개인영달의 수단이 되는 것을 용납하지 않았다. 그럼에도 자신이 머무르고 있는 땅도 길지라는 확신에 사로잡힌 호족이 등장하는가 하면 정부와 구별지어 자기 기반을 정당화시킬 수 있는 이론적 근거를 도선의 풍수설에서 찾고자 하는 호족도 늘어났다. 왕건도 이런 풍조속에서 도선에게 남다른 관심을 보이게 된다. 지방 호족 사이에 벌어진 쟁투에서 승자가 된 왕건이 한낱 지관에 불과한 도선에게 주목한 것은 도선이 그의 정치적 야망을 실현하는 조력자로 여겨졌기 때문이었다. 이에 대해 우리는 몇 가지로 나누어 생각해볼 수 있을 것이다. 첫째, 도선이 선종의 승려라는 점. 둘째, 도선은 필연적으로 신라는 붕괴를 맞을 수밖에 없고 왕건이 삼한三韓을 통일한다는 일행의 예언과 그가 준 비서祕書를 받은 장본인이라는 점, 셋째, 도선은 마법의 화원처럼 일반의 의식을 지배하는 강한 감염력을 지닌 사상을 촉발했으며 또한 이를 상징하는 대표적 인물이라는 점 등에 주목했던 것은 아니었을까 추측해본다. 도선은 왕건에게 신라 고토故土를 잃고 난세에 시달릴 대로 시달린 민중의 마음을 보듬어주는 위무자이자 통치자인 왕건의 포부를 실현시켜주는 조력자이기도 했다.

이런 사정을 보여주듯 일행과 도선, 도선과 왕건 간의 결연은 이야기들에서 빼놓을 수 없는 것이다. 실제 도선은 왕건을 대면한 적도 없었다는 상황분석이나 왕건세가王建世家 설화의 비논리적 결연 관계를 보아도 도선과 왕건의 결연은 조작된 것임이 금방 드러난다. 전승담에 따르면 일행이 도선에게 신라 말의 혼란상을 진정시키기 위해서는 3,800곳의 혈점에 사찰을 세워야 한다고 주장하게 된다. 하지만 이 말을 신라왕조의 패망과 새 왕조의 출현을 알리는 참언으로 보기는 이르다. 그런데 일행이 다시 봉서를 주면서 왕건의 출현을 예언하고 그가 삼한 통일의 주가 될 것임을 부연한 대목도 보인다. 이야말로 왕건에게 더없이 용기를 불어넣어주는 대목이다. 어쨌든 왕건은 도선의 도참圖讖을 앞세워 민심을 자신이 원하는 쪽으로 돌리는데 적잖은 도움을 받았던 것으로 이해된다.

그말을 난들 왜 모르겠나. 그러나 우리나라는 산수가 신령스럽고 기이한데 편벽된 지역에 있으므로 백성들의 성품이 부처나 신을 좋아함으로써 행복과 이익을 구하려 한다.지금은 전쟁이 쉬지않고 안위를 결정하지 못해 밤낮으로 두려워하면서 어찌 할 바를 모른다. 그리하여 부처와 신의 비밀한 도움과 산의 영험에 혹 잠시 안정시키는 효과가 있을까 생각할 뿐인데 어찌 이것으로 나라를 다스리고 백성을 얻는 큰 법을 삼겠는가. 세상이 안정되고 편안히 살기를 기다려 풍속을 바꾸고 교화를 아름답게 할 수 있을 것이다.[14]

상기 언급 중에 나오는 '부처'는 이제까지 정통으로 삼아온 불교를 가리키는 것이고 '신'이란 그 밖의 잡다한 종교 특히 그 가운데 풍수도참설을 의식하고 한 말로 비친다. 불교보다 오히려 민간신앙이 더욱 관심을 끌던 시대에 이 둘을 포괄할 만한 위치에 서있던 이가 바로 도선이었다. 도선이란 인물의 기능이 갖는 효용성 즉 선사이면서 지관이었던 그는 사상의 편견이나 신분의 울타리를 넘어 누구에게나 호감을 주는 인물로 자리잡는다. 왕건의 고백을 보아도 그가 차지했을 당대적 비중은 쉽게 이해된다. 김관의金寬毅가 지은 『편년통록고려세기編年通錄高麗世家』에서 도선 관련 부분은 다음과 같다.

그때에 동리산의 조사인 도선이 당에 들어가 일행의 지리법을 숙지하고 돌아와서 백두산에 올라갔다가 곡령鵠嶺에 이르러 세조가 새로 지은 집을 보고서 말하기를 "메기장을 심어야 할 땅에 어째서 삼을 심었는가"라는 말을 마치고는 가버렸다. 부인이 이 말을 듣고 알리니 세조가 신발을 거꾸로 신은 채 그를 좇아가서 만나보니 전부터 알던 사이 같았다. 마침내 함께 곡령에 올라가 산수의 맥을 짚어보고 위로는 천문을 보고 아래로는 시수를 살피고서 "이 지맥이 북방의 물의 근원이요, 나무의 줄기인 백두산으로부터 와서 말머리 모

14 『補閑集』 卷上. "斯言朕豈不知之 然我國山水靈奇 介在荒僻 土性好佛神欲資福利 方今兵革未息 安危未決 旦夕恓惶不知所措 唯思佛神陰助 山水靈應 儻有效於姑息耳 豈以此爲利國得民之大經也 待定亂居安 正可以移風俗美敎化也."

양의 명당에 떨어졌는데 그대가 또한 수명이니 마땅히 물의 대수大數를 따라 육육六六으로 지어 36구區로 하면 천지의 대수에 부응하여 명년에는 반드시 성자를 낳을 것이오. 마땅히 이름을 왕건이라고 지으시오"라고 하고서 실수實樹를 만들어 그 겉에 쓰기를 "삼가 글월을 받들어 백번 절하고 미래에 삼한을 통합할 임금이신 대원 군자의 족하에 올리나이다"라고 하였다. 그때가 당 희종 건부乾符 3년 4월이었다. 세조가 그 말대로 집을 짓고서 살았는데 그 달에 위숙왕후가 임신하여 태조太祖를 낳았다.[15]

세가의 맨 끝에 나타나는 도선과 왕건의 결연담은 그만큼 강한 인상을 남기게 하지만 그 앞부분 기술과 너무 심한 서사적 거리감을 지니고 있어 왕건이 도선의 인물적 기능을 고려해 그를 부언시켰으리라는 생각이 앞선다. 그러나 도선이 명성을 얻게 된 것은 분명 왕건과의 결연이 가장 직접적 원인이었음을 부정하기 어렵다. 특히 왕건이 공식적으로 거론한 「훈요십조訓要十條」는 다른 어느 것보다 도선의 명성을 후대로 이어가게 하는 데 큰 힘이 될 수 있었다. 아는 것처럼 「훈요십조」는 왕건이 삼한을 통일하고 7년 만에 대광 박술희朴述熙, ?~945를 불러 친교한 일종의 유지이다. 후세에 경계하여 고려의 왕업이 무궁하게 이어지기를 염원한 개국왕의 뜻 가운데 풍수설과 관련한 대목이 3조항에 이른다는 점은 퍽 인상깊다. 특히 2조에서는 도선의 말을 인용해 무분별한 사찰 건립이 어떤 폐해를

15 『高麗史』, 卷首. "時桐裏山祖師道詵 入唐得一行地理法而還 登白頭山 至鵠嶺 見世祖新舊第曰 穄穧之地 何種麻耶 言訖而去 夫人聞而告 世祖倒屣追之 及見 如舊識 遂與登鵠嶺 究山水之脈 上觀天文 下察時數 曰 此之脈 自壬方白頭山水母木幹 來落馬頭明堂 君又水命 宜從水之大數 作字六六 爲三十六區 則符應天地之大數 明年 必生聖子 宜名曰 王建 因作實樹 題其外云 謹奉書百拜獻書于未來統合三韓之主大原君子足下 時唐僖宗乾符三年四月也 世祖從其言築室以居 是月威肅有娠 生太祖."

낳고 있는지 경고하고 있다.

> 둘째로 모든 사원은 다 도선이 산수의 순역을 가리고 점쳐서 개창한 것이다. 도선이 말하기를 "내가 점쳐서 정한 외에 함부로 더 사원을 창건하면 지덕이 엷게 감손시켜서 왕업이 길지 못하게 되리라"고 하였으니 후세의 왕 공후 후비 조신들이 각각 원당이라 일컬으면서 혹시 더 세운다면 크게 우려할 일이라고 짐은 생각한다. 신라말기에 부도를 다투어 짓더니 지덕을 쇠퇴하고 줄어들게 만들어 나라가 망하기에 이르렀으니 경계하지 않을 것인가.[16]

도선의 이름을 직접 거명하며 그의 비기에 실린 원리에 따라 절을 짓도록 하라는 왕건의 가르침은 경제 사회적 측면에서 보면 여러 다른 의미로 풀이가 가능하다. 여기서 그것을 따질 겨를이 없으나, 다만 설화에만 무성하던 풍수승으로서의 면모가 공식적으로 인정된 것이어서 주목된다 하겠다. 즉 공식적인 자리에서 도선을 지명함으로써 도선의 풍수설은 권위를 인정받은 것이 된다. 지배층이나 피지배층의 간격을 넘어 이제 풍수와 명당설화 속의 도선이 나라를 제도하고 민생을 도모하는 불세출의 예언가이자 선지자로 등장하는 것은 우연한 일이 아니다.

---

16 앞의 책, 卷2, 太祖 23년 4월. "其二日 諸寺院 皆道詵推占山水順逆而開創 道詵云 吾所占定外 妄加創造 則損薄地德 祚業不永 朕念後世國王公侯后妃朝臣 各稱願堂 或增創造 則大可憂也, 新羅之末 競造浮圖 衰損地德 以底於亡 可不戒哉."

6. 조선창업과 도선형 인물

한 나라가 새로 들어설 때 집권층은 새나라를 미화하고 합법화시키는 갖가지 상서롭고 그럴듯한 명분의 이야기를 퍼뜨리는데 골몰할 것이다. 이는 건국과 이해를 달리하고 반감조차 가진 이들을 달래고 반감을 누그러뜨리기 위한 방책의 하나에 속한다. 조선 창업 시에도 다양한 이야기가 지어지고 널리 퍼졌는데 민간의 구비물만이 아니라 『용비어천가龍飛御天歌』처럼 정연한 형식의 찬가가 등장하기도 했다. 표적은 태조와 그의 가계를 미화시킨다든가 태조의 위대한 생을 가능하게 해준 주변 인물들의 비범함을 형상화하는 데 맞추어져 있었다. 그런데 흥미롭게도 민중들 사이에서 이성계李成桂와 무학無學의 결연담이 상당히 널리 유포되었음이 확인된다. 이는 고려창업에서 왕건이 도선이란 인물을 통해 고려의 신성함과 정통성을 고취해나간 사실을 떠올리게 하거니와 그 역사적 사실에 있어서나 설화적 기능으로 해서나 무학의 위치가 도선과 너무나 방불하여 그를 또 다른 도선으로 불러도 어색하지 않을 정도이다.

그러나 무학의 전기자료를 보면 이성계와의 자취는 매우 희미하게만 그려지고 있다. 즉 그의 속성은 박씨朴氏이니 삼기三岐군 사람이고 아버지는 숭정문하시랑을 지냈으며 어머니는 고성 채씨蔡氏이다. 18세에 출가해 소지선사에게서 구족계를 받고 혜명, 법장국사 등에게 차례로 청익請益을 구하고 공민왕 2년1353 원나라로 들어가 지공선사를 만나는 한편 돌아와서는 나옹懶翁을 통해 그 법기를 인정받고 왕사王師로 활약하다 79세로 열반에 든다.[17] 그가 고승의 명성을 얻게 된 것은 이성계와의 인연 때문이 아니라 나옹의 법손이었다는 데서 찾아야 할 듯하다. 하지만 설화에 그려진 무학은 노비집안 출신으로 되어있을 뿐더러 선승으로서의 자취는 흐려진 채 이성계와의 결연이 유달리 강조되고 있다. 한마디로 고승으로서의 명성까지도 이성계와의 인연이 큰 힘이 되었다는 식의 전개가 주목된다.

무학의 설화 내 기능은 이미 고려 도선의 예에서 보듯, 새로 탄생한 왕과 국가에 대한 일반인의 신뢰와 신성함을 끌어내는 데 있다고 해야 할 것 같다. 하지만 관련 설화들이 한결같이 무학을 주인공으로 내세우는 것은 지나치다는 생각을 갖게 한다. 당대 현실에서 고려라는 나라가 없어지고 갈 곳을 잃은 고려의 신하들을 생각해보자. 우리는 정몽주鄭夢周를 위시하여 끝까지 고려의 신하임을 고집하며 새 왕조에의 협조를 거부한 이들이 적지 않았음을 안다. 이양소李陽昭 같은 이는 태종太宗과 동년생이고 그와 교분이 두터웠으나 조선이 건국하자 연천 도당陶唐계곡에 몸을 숨긴 나머지 왕의 거듭된 출세 청도 마다한 채 고려신하로서의 지조를 지켰다. 유사한 예로는 원천석元天錫, 남을진南乙珍, 서견徐甄 등이 있었으니 이들을 4처사로 불러주며 그 지조에 성원을 보내는 이들이 많았다.[18] 이 같은 상황을 경계했던 새 집권층에서는 조선건국의 당위성을 하루바삐 전파하고 새 나라의 정통성을 다져나가지 않을 수 없었을 것이다. 설화가 일반 언로의 구실을 하는 가장 강한 요소로서 작용한다면 조선 창업시기 설화들이 내용, 전승방식, 전승집단에 걸쳐 나름의 특이성을 간직하리라 예상해보는 일은 어렵지 않다 하겠다.

이성계의 태조太祖 등극의 기미는 수수께끼 풀이식의 해몽에서 비롯된

17 卞季良, 「妙嚴尊者塔碑銘」(『東文選』 卷117).

18 『青邱野談』(김기동 편, 『한국문헌설화전집』 권2, 1981), 185쪽. "有元天錫南乙珍 徐甄與陽昭俱逐世不屈 時人謂之 高麗四處士."

다. 곧 이성계가 북도北道의 만호萬戶로 있을 때, 어느 날 밤 동네 닭이 일시에 울고 절구소리가 나면서 허물어진 집에서 3개의 서까래를 지고 나오는 꿈을 꾸었다. 이상하다 싶어 수소문한 끝에 설봉산雪峯山 아래서 9년째 정진중인 무학대사를 찾는다. 그는 천집의 닭이 일시에 울어댄 것은 높은 자리에 오를 징조이며 만가의 절구소리가 일시에 난 것은 바람을 일으킬 징조, 곧 임금 자리에 오를 것이라 했으며 무너진 집에서 서까래 3개를 지고 나오는 것은 왕씨王氏를 지고 나오는 것이니, 이 역시 임금될 조짐으로 풀이해주었다.[19] 이성계는 이를 마음에 새기게 되었고 왕위에 오르게 되자 무학대사를 자신을 보필하는 왕사로 삼는다.

이성계의 왕위 등극과 연관된 이야기는 이외에도 적지 않다. 『오산설림五山說林』의 일화로 말하면, 조상인 환조桓祖의 묘터를 고를 때, 이성계는 발복發福을 위해 나옹과 어울려 다니는 무학에게 사정하다시피하여 왕혈王穴을 지닌 터를 얻게 된다. 또 천도遷都를 결심하고 택지시에도 우선 무학의 의견을 들었다. 무학은 한양을 두고 인왕산仁王山을 진산으로 하고 백악과 남산을 청룡백호로 삼으라고 일렀다. 정도전이 발끈하며 "자고로 제왕은 모두 남면을 다스렸다는 말은 들었어도 동향東向하였다는 말은 듣지 못했습니다" 하니 무학이 "내 말을 듣지 아니하면 200년을 지나서 내 말을 생각할 것입니다"라고 경고했다. 결과는 정도전의 뜻대로 되었으나 차천로車天輅는 "무학의 신통한 능력을 조금도 의심하지 않았을 뿐더러 무학은 우리나라의 일을 마치 불 보듯 하거니와 밝게 알았으며 신승이라 할 만하다. 정도전이 무학의 말이 옳음을 알지 못한 게 아니었다. 그는 다른 마음이

19 『東稗』(정명기 편, 『한국야담자료집성』 권1, 236쪽). "我太祖降誕于永興."

있어서 나라에 틈이 있게 되면 빼으려 했기 때문에 듣지 아니한 것이다"[20] 라며 정도전鄭道傳의 불순한 생각과 행위에 도리어 혐의를 두고 있었다. 이는 무학에 대한 믿음이 뒷세대에게서도 훼손되지 않고 있음을 보여주는 야사이다.

무학은 그저 궁터나 집터 묘터를 점지하는 술사나 풍수승으로 그치지 않았다. 왕위에서 물러나 함흥에 은신해 있던 말년의 이성계는 대단히 노하여 그를 달래러 오는 사신들을 예사로 죽였다. 누구의 말도 듣지 않자 하는 수 없이 태종은 무학을 사신으로 보내 노기를 풀고자 하였다. 분기가 충천한 이성계에게 무학은 "전하 사랑하시는 아들은 다 이미 돌아갔습니다. 단지 태종만이 남아 있는데 만일 끊어 버리신다면 전하께서 평생 신고辛苦하신 대업은 앞으로 누구에게 부탁할 것입니까"[21] 라며 정곡을 찔러 태조의 허락을 끌어내는 데 성공한다.

무학의 면모는 선사나 왕사에 그치지 않았다. 그는 탁월한 풍수 안목으로 상하층의 고통을 해결하고 소망을 이루어주는 조력자이기도 했는데 이는 앞에서 본대로 선배승先輩僧인 도선의 인물기능과 그대로 겹쳐진다. 이는 고려시대 마련된 '풍수승'이 조선시대에도 여전히 유효한 인물기능으로 인정되었음을 말해주는 바, 도선과 무학을 역사적 존재가 아닌 서사적 기능성을 같이 공유하는 존재로 받아들였다고 할 것이다.

---

20 車天輅, 『五山說林論草藁』. "無學亦知我國之事 若觀火 亦可謂神僧也 鄭道傳非不知無學之言之爲是也 以其有異心 欲國之有釁而幸之也."

21 위의 책. "然殿下愛子盡已殲矣 只有此人 若棄絶之 殿下平生辛苦之大業 將托之誰也."

7. 민중의 도선 수용양상

단순한 차이에 불과한 것이라고 할 수도 있으나 이야기 전달방식, 곧 문헌이냐 구전이냐 하는 것은 이야기 간에 상당히 심한 차별성을 드러내는 요소로 작용한다. 한자로 기록된 설화들이 주로 기득권층의 욕망과 세계관, 대외의식 심지어 하층민에 대한 우월의식을 내포하기 일쑤이나 구비전승담에 오면 그 점이 상대적으로 미약하다. 구비전승 등에서는 도리어 그와 정반대의 전개를 보여주는 것이다. 도선 이야기는 그 전달 방식과 전승집단의 의식변화에 따라 줄거리와 캐릭터에 있어 편차가 심하게 나타나는 사례로 꼽아도 좋을 것이다.

앞서 논의가 주로 사대부나 집권층에 비쳐진 도선 형상에 관한 것이었다면 이제부터는 민중들이 도선을 어떻게 해석하고 그려 나갔느냐하는 점에 유의할 것이다. 특히 여기서는 그 대상으로 『구비문학대계口碑文學大系』에 올라있는 각편으로 한정하여 민중의 도선 수용양상과 후대의 도선상의 변화에 주목하기로 한다. 논의대상을 『구비문학대계口碑文學大系』의 각편으로 좁히는 것은 이 자료가 야담 등 기록 문헌보다 민중의 의식이나 그 세계관을 엿보는데 유효하다는 판단 때문이다.

1) 비범의 강조와 이상탄생

전승담에서 도선의 가계를 보면 선대가 모호하며 특히 어머니 성씨는 각 편마다 달라지는 것으로 나타난다. 한데 처음부터 그의 전기가 정연하게 마련되었다면 그를 에워싼 명풍적 전승은 오히려 약화되었을 가능성이 높다고 하겠다. 부실하거나 다소 애매한 전기만 전하는 상황이 도선에게 다양한 설화가 부연되는 조건으로 작용했다고 보는 것이다. 이제 탄생과 관련된 각편을 제시해 본다.

① 어머니 최씨가 한겨울 조암에서 빨래를 하다가 떠내려오는 푸른 오이 한 개를 먹고 난 뒤 임신이 되었다. 이렇게 해서 사내아이를 낳으니 그가 도선이었다. 그러나 아비 없이 태어난 일이 있을 수 있는가하여 사람들이 곧 숲속의 반석에 아이를 버리게 되었다. 이를 본 산비둘기 떼가 날아와 날개로 아이를 감싸주어 수일이 지나도 무사할 수가 있었다. 그의 부모가 신의 뜻으로 여기고 거두어다 키웠다.[22]

② 속설에 신라 사람 최씨의 집 뜰 안에 열린 오이 하나가 길이가 한 자가 넘어 온 집안 사람들이 이상하게 여겼다. 그런데 최씨의 집 딸이 몰래 그것을 따 먹었더니 임신이 되어 배가 불러왔고 마침내 얼마 후에 아이를 낳았다. 그의 부모는 그녀가 사람과 관계도 없이 태어난 것이 불경스러워 대숲에다 아이를 버리게 했다. 두어 주가 지나 딸이 그 자리에 가보니 비둘기와 수리가 와서 날개로 아이를 덮고 있었다. 돌아와 이를 부모에게 전하니 그들도 다시 가서 보고 이상히 여기며 데려다 길렀다.[23]

③ 일찍이 도선의 어머니가 처녀로 천택川澤근처에서 놀다가 큰 오이를 얻어서 먹었을 때 갑자기 아이가 밴 것을 알았다. 아기를 낳으니 부모들은 상서롭지 못한 일이라며 냇가에 버리도록 했다. 바야흐로 추울 때인데 갈매기

22 「道詵國師實錄」, 앞의 책, 202~203쪽.
23 『新增東國輿地勝覽』, 卷35, 靈巖郡 昆湄廢縣.

가 수천 마리가 날아와서 뉘인 채로 싸고 덮어 십여 일이 지나서도 죽지 않았으므로 부모가 이상하게 여겨서 아이를 거두어다 길렀다.[24]

모두 문헌설화에서 발췌한 것으로 오이를 먹고 도선을 임신하게 되었다는 사실을 강조하고 있는 바, 이상탄생 모티브가 무엇보다 인상 깊게 채택되어 전승축으로 기능해왔다고 볼 수 있다. 이들은 대체로 유사담에 넣어도 어색하지 않을 듯하다. 가령 ①에서는 겨울철에 빨래하러 개울가에 갔던 도선 모가 난 데 없이 떠내려 오는 오이를 먹고 임신했다고 한다. 그러나 ②에서는 오이밭에서 유난히 크고 아름다운 오이를 몰래 따먹은 후, 그리고 ③에서는 물가에서 놀다가 큰 오이를 얻어먹은 후 임신하게 되었다고 했으나 전승담의 특성에서 보면 그리 큰 변이라 하기 어렵다. 다만 기아의 처지가 된 도선을 보호해준 조류와 관련해서는 각편 간 변별성이 커진다하겠는데 이는 지역적 차이에서 연유하는 것이 아닌가 한다. 즉 ①, ②에서는 비둘기나 수리 등 산새로 되어있으며 ③에서는 기아처로 바다를 제시하며 보호 새도 갈매기로 바뀌고 있다. 이상탄생과 기아의 줄거리만은 갖춘 채 나머지 사소한 정보는 언제나 바뀔 수 있음을 알 수 있다. 어느 경우에는 도선을 배밭에 버렸고 학이 날아와 그를 보호해주었다는 것으로 바뀌기도 한다.[25]

아무튼 아비 없이 태어났고 더구나 기아의 상황에서 간신히 조수의 보호로 살아났다는 도선의 탄생담은 영웅신화의 틀과 크게 다를 게 없다. 이는 도선을 영웅 신화속의 주인공들처럼 불세출의 인물로 새겼으며 신화

24 「筆苑雜記」, 卷1.
25 앞의 책 6-10, 622쪽.

소까지 동원하더라도 무리가 없는 문화영웅으로 기억했음을 반증해준다.

2) 도선의 보답과 민중의 욕구실현

지관으로서 도선의 명성은 초기 문헌설화에서도 나타나는 것이기는 하나 후대로 내려올수록 그것은 보다 굳어지게 된다. 역사상 가장 출중한 지관으로서 그를 떠올리는 것은 따라서 조금도 어색한 것이 아니었다. 경우에 따라서는 '도선'이 지관地官, 명풍名風을 대칭하기도 했다. 일종의 보통명사화 현상이 도선을 에워싸고 벌어진 것이다.

① 도선이가 자릴 잡아주면 어디든 다 좋아.[26]

② 도선이라는 중이 이 지리를 아주 박사예요.[27]

③ 우리나라 생긴 이후에는 가장 지리에 밝은 분이다. 이렇게 전해지는 분인데 그랬는데[28]

④ 참… 예전이 지리박사가, 참… 도선이 박생(상)이 두 분이 중국서 나오셔서, 참[29]

⑤ 도선이 남상궁이 모두 유명한 지리박산데, 도선이 그 양반이 지리박사라는데[30]

⑥ 옛날에 우리나라 풍수의 시조가 누군고 하니 이는 도선대사 전라도 영암 출신이제[31]

---

26 위의 책 1-2, 65쪽.
27 위의 책 2-4, 500쪽.
28 위의 책 2-8, 526쪽.
29 위의 책 3-4, 349쪽.
30 위의 책 4-3, 545쪽.
31 위의 책 6-3, 486쪽.

구비전승의 서두만을 몇 개 골라본 것이다. 첫머리에서부터 도선의 명성을 단정적으로 설명해놓음으로써 이미 결론은 뻔한 것이 되다시피 하고 있다. 이야기에서는 이런 명제를 얼마나 감칠맛나게 전해주느냐 하는 문제만 남게 된다. 물론 민중의 도선수용은 양반과 같은 상층들의 수용양상과는 크게 다를 수 있다. 민중의 욕망은 대체로 단순한 것이어서 양반과 같은 지위에 올라서고 싶다든가 가난을 떨치고 호의호식하며 대대로 자손을 많이 갖고 싶다든가 등으로 이어져갈 공산이 크다. 이런 욕망의 실현과 도선의 출현은 서로 맞물려 있다고 해야겠다. 즉 민중은 도선이야말로 그들의 결핍된 부분을 채워줄 수 있는 당대발복當代發福과 금시발복今時發福의 능력을 갖춘 자로 보고 있다. 도선이 그들의 바람을 일거에 실현시켜줄 수 있다는 기대치에 바탕하여 다양한 이야기가 파생하게 된 것이다.

『구비문학대계』 2-2, 739에 있는 도선 이야기는 이런 민중이 욕망이 잘 드러나 있다. 즉 산골에 살던 두 내외가 밤길을 가다 들른 도선을 잘 대접한다. 사정을 모르는 사람은 느닷없이 나타난 도선에게 그리 융숭한 접대를 하는 게 도무지 믿어지지 않을 지경이었다. 그러나 까닭이 있었는데, 벌써부터 도선을 만나 아버지의 묘자리를 찾아 발복하려 벼르고 있던 참이었다. 3-4, 349나 4-4, 1024의 이야기도 줄거리가 유사하다. 당대, 금시발복에 대한 바람은 삶이 고된 민중일수록 더 간절했다고 볼 수 있다.

도선이 지관일로 온종일 돌아다니다 피곤함과 배고픔에 겨워 어느 참외밭에 들렀다. 그 밭에 한 청년이 있었는데 그를 보자 온갖 정성으로 대접해주는 것이었다. 먼저 참외 3개를 깎아드리고 자기의 저녁밥까지 그에게 차려주는가 하면 마지막으로 잠자리까지 살펴주었다. 송구스럽게 대접받은 터라 도선은 그 총각이 바라는 바를 물었고 이에 총각은 아직 묘터를 정하지 못했는데 아버지를 발복할 땅에 묻어드리고 싶다고 했다. 도선이 여기에 흔쾌히 보답했음은 물론이다. 그후 도선이 점지해준 묘터가 발복 효험을 내 총각의 집안은 두고두고 부와 자손이 번성할 수 있었다.

발복할 땅을 얻게 되기까지의 내력을 보면 반드시 착한 행위가 전제되어있다. 그러니까 발복을 얻은 것은 그 착한 일에 대한 당연한 보답이라는 당위적 논리에서 벗어나지 않는다. 도선은 말하자면 그런 삶의 이상적인 실현을 중간에서 도모해주는 신적 기능인이자 매개자라고 할 수 있다. 민중들의 의식과 욕망을 보여주는 한편으로 이 이야기들은 민중들안에 흐르고 있는 따뜻한 정과 인내심, 그리고 정직하고 착하게 살아간다면 어느 땐가 복이 돌아올 거란 낙관적 세계관을 동시에 보여주고 있다.

3) 사대의식의 거부

민중의 도선 수용양상 중 특기할 것 중의 하나는 철저히 반사대적 태도를 표방하면서 도선을 앞세워 중국과의 대결에서 통쾌한 승리를 거두는 줄거리를 설정하고 있다는 점이다. 일행一行을 스승으로 삼고 당 황제에게서 감여술 터득의 공증을 받는 따위의 중국 종속적 전개에 불만을 느낀 전승집단은 도선을 통해 일행을 골탕 먹이고 오만한 중국인의 자존심을 여지없이 추락시키는 이야기를 만들어 갔던 것으로 보인다.

『구비문학대계』 2-8, 526~527에는 스승보다 앞선 도선의 능력에 관한 것이다. 중국 곤룡산에서 일행에게 수업한 도선이 귀국할 때에 그의 스승 일행은 고려로 돌아가는 대로 산천의 혈穴을 모두 자르라고 시킨다. 영문을 모르고 있던 도선은 일행이 시키는 대로 몇 군데의 혈을 자르다가 일행이 조선의 인물을 없앨 속셈에서 그리 시킨 것이라 깨닫고 당장 보복을 결심한다. 그길로 중국에 들어간 그는 곤룡산 꼭대기에서 박달나무 방아를 찧어 중국 사람을 죽이기 시작했다. 중국 조정에서는 갑작스런 변고에 발만 동동 구를 뿐 그 까닭을 알지 못했는데 다만 일행만이 연유를 알고 있었다. 그는 서둘러 곤룡산에 올라 도선을 찾았다. 제자로서 그렇게 배은망덕 할 수 있는가 꾸짖었으나 도선은 주눅들기는커녕 한반도의 혈을 자르라고 시킬 수 있는가 대들며 스승의 음흉함을 따졌다. 일행은 자기 잘못이 더 컸으므로 사과할 수밖에 없었고 그제야 도선은 방아찧기를 그쳤다.

결과는 같지만 약간 다르게 퍼진 것도 있다. 6-3, 487이 그 예이다. 중국에 들어와 정진하여 풍수의 원리를 터득한 도선이 고려로 돌아오기 전 점을 치니 당의 도사 하나가 조선에서 인물이 나지 말라고 조선 지도를 펼쳐놓고 그 혈을 자르고 있었다. 이를 보고 화가 치민 도선 역시 중국지도를 펼치고 정맥의 혈을 잘라 버렸다. 그러자 순식간에 당나라 사람들은 죽어나갔고 당 태종이 신하를 불러 진상을 살피라 급하게 명을 내렸다. 한 신하가 이르기를 당의 한 도사가 조선의 혈을 자르는 데 대한 보복으로 도선이란 조선의 중이 중국산의 혈을 자르는 바람에 생긴 일이라 했다. 이에 황제는 도선을 모셔오도록 했다. 도선에게서 자초지종을 들은 황제는 백배사죄하였다. 도선은 황제로부터 다시는 그런 일을 하지 않겠다고 확약받고 나서야 슬그머니 중국지도에서 손을 뗐다.

특히 위의 이야기에서는 다른 전승담에서 그렇게 자주 거론되던 일행의 이름도 거론하지 않은 채 도선의 행적만을 주목하여 그를 초점화하는 경향이 강하다. 종래부터 뿌리내린 중국에 대한 사대적 발상에 거부는 물론 중국과의 대등의식 혹은 대결 의식이 고조되고 있다는 인상을 받게 된다. 상층에서 정리하고 수습한 설화에서는 찾기 어려웠던 반사대주의 사고가 도리어 민중의 의식 속에서 먼저 치밀어 올라오고 있었다는 것은 유의할 일이다. 여기서 중국만이 대결과 비판의 대상으로 부각된다고 보는 것은 단견일지 모른다. 그러나 억압의 처지에 있던 민중들로서는 상상을 통해서나마 속박을 강요하던 중국에 대해 설욕하고자 했음을 알 수 있겠는데 다른 한편으로는 상대적으로 사대주의적 속성이 강했던 상층, 지배층에 대한 비판적 시선을 아울러 포함하고 있는 것으로 보인다. 민중들은 사대적 사고에 묻혀 자기존재를 잊고 있는 당대 위정자들을 아주 못마땅하게 여겼으며 그런 불만을 풀어내기 위해 이런 이야기를 짓고 전승해 온 것으로 파악된다 하겠다.

4) 도선에 대한 회의와 부정적 형상

도선을 통해 구원을 받고자 하는 민중의 바람은 그토록 어려운 삶을 이어가고 있으나 언젠가 희망찬 미래가 도래할 수 있다는 낙관적 세계관과 무관하지 않은 일일 것이다. 그러나 수용자들의 의식이 일치하는 것만은 아니다. 이를 테면 명성으로만 존재하고 더구나 초기설화에서 나타나듯, 기껏 상층의 권력에 기생하는 도선의 모습도 있으니 민중들에게는 자신들의 처지와 의식과는 유리된 인물이 아닐 수 없다. 이상적 인물은 커녕 한낱 망신과 실수만을 거듭하는 인물로 추락하면서 긍정적 인물로만 도선을 바라보던 사람들에게는 적잖은 당혹감을 안기기도 했다. 도선의 부정적 형상은 두 가지로, 대체로 도선의 실수담, 그리고 패배담으로 나누어진다. 구체적으로 말해 중국을 배경으로 삼아 그곳에서 일행한테 풍수 수업을 하고 그의 사주에 따라 우리나라의 산의 혈을 끊거나 민간을 떠돌아다니며 발복을 해주되 주변의 일을 챙기지 않고 천기를 함부로 발설하여 불화를 조장하는 부정적 인물, 실패한 인물로도 등장한다. 앞의 경우야 중간에서 일행의 음모에 속은 것을 도선 스스로 자각하고 중국에 보복한다는 반전이 따르나 뒤의 경우는 그가 철저히 수모를 당한 나머지 아예 풍수를 포기하는 것으로 그렸다. 철저하게 실패한 도선의 이야기인 셈이다.

대계 1-2의 도선 이야기를 보기로 한다. 어떤 사람에게 3형제가 있었다. 그러나 힘든 살림에 얼른 부자가 되고 싶었던 이들은 은밀히 상의한 끝에 아버지를 빨리 돌아가시게 하고 묘터를 잘 써 부자가 되자고 했다. 결국 형제들은 아버지를 생으로 굶겨 죽게 만들었다. 이를 알지 못했던 도선은 형제들의 청에 따라 발복할 땅을 골라 장사를 치르게 한다. 그러나 갑자기 나타난 한 노인이 패륜의 자식들에게 함부로 발복할 땅을 일러줄 수 있느냐며 도선을 심하게 꾸짖고 나선다.

거의 같은 내용이 2-4, 500~502 '묘자리 잡아주다 망신당한 도선 이야기'편에 올라 있다. 한 상제가 발복할 요량으로 도선을 보자마자 산소를 쓸 땅을 봐 달라 떼를 썼다. 맨 처음 정승 판사 할 자리를 골라 주었으나 더 좋은 자리를 요구해 왕후자리로 바꾸어 주었다. 그 자리에 묘를 쓴다면 3대 만에 왕이 태어날 것이라 일렀건만 상제는 만족하지 못하고 그보다 더 나은 터를 찾아달라 조른다. 꾸짖어 마땅할 일이지만 도리어 도선은 더 나은 장소를 찾아줄 수 있다고 허풍을 떨며 상제의 욕심을 부채질하고 나선다. 바로 그때부터 도선은 갑자기 발을 옮길 수 없는 지경이 된다. 이는 산신이 도선에 내린 벌이었다. 산신은 지리地理를 좀 안다고 해서 두서없이 아무한테나 발복을 남발한 것을 꾸짖으면서 만약 이 일을 반복하면 더 큰 재앙을 내리겠노라 했다. 지관으로서 명성이 높던 도선은 일거에 풀이 꺾이는 것은 물론 누가 길지를 청하더라도 함구하기로 다짐한다.

3-4, 828~838은 도선의 이야기 내 기능이 더욱 약화된 경우에 속한다. 가난한 상제喪制 아내가 오랜 여행으로 기갈에 빠져 기진한 이승을 발견하고는 자기 젖을 먹여 살려준다. 그뿐 아니라 집으로 데려가 숙식까지 베풀며 지성으로 대접했다. 가난한 상제 내외의 친절이 너무 고마워 이승은 헤어지기에 앞서 발복할 땅을 일러주었으며 그의 말에 따라 내외는 이제까지 임시로 모셨던 아버지를 명당에 산소를 마련할 수 있었다. 그즈음 중국승僧인 정도선이 조선에 입국하여 자리를 살피고 다녔다. 그러다 그 가난한 상제의 산소를 보고 의아해했다. 왜냐하면 그 자리는 습지로 거기에 산소를 쓴다면 대대로 집안이 흉하게 되는데 이 경우는 반대로 이전보다 더 잘 살게 되었다는 말을 들었기 때문이었다. 의문을 풀길 없어 고민하던 그가 마침내 눈을 뽑아 자신의 무능함을 대신하려는데 이승異僧이 나타나 명풍名風은 지리뿐만이 아니라 천리天理까지 알아야 하는데 도선은 지리만 알고 있을 뿐이라며 허명에 도취된 도선을 여지없이 나무란다. 이름 없는 이승에게 망신당한 도선은 뉘우치지 않을 수 없었을 뿐더러 더 이상 재주를 자랑하지 못하게 되었다.

찬찬히 언급할 겨를이 없는 게 아쉽지만 '도선이 이야기'(1-2, 65~67) '명풍 이 도선의 실수'(2-2, 739~743), '묘자리 잡아주다 망신당한 도선'(2-4, 500~502) '도선보다 용한 사람'(2-7, 413~414), '명당의 천리도 모르는 도선'(3-4, 828~838) '산신령의 도움으로 위기 넘긴 도선'(5-5, 403~408), '도선 이야기'(1)(8-5, 243~245), '도선이 이야기'(8-5, 489~496) 등에서 도선을 미덥게 여기지 못하고 비판하고, 부정하는 민중들의 의식을 엿보기란 어렵지 않다. 이처럼 도선의 모습 간에는 상관성이 내재한다. 이제까지의 논의를 간추린다면 아래와 같이 말할 수 있겠다.

설화구조로 보아도 추락하는 도선은 성스러운 도선 이야기와는 결을 달리한다. 초기 문헌설화가 이상탄생, 기아 모티브를 개재하고 활동공간도 중국을 배경으로 삼고 한결같이 나라와 백성을 위하고 고려의 창업을 돕는 영웅으로 새기고 있으나 그런 형상이 점차 사라지고 개인의 발복이나 도모하는 사소한 인물로 혹은 동네 이야기의 주인공 정도에 머물다 어느 단계에 이르면 그나마의 명성도 유지하지 못하고 부정되는 모습으로 바뀐다. 초기 이야기가 구원자로서의 도선이었다면 후대의 이야기는 세속화된 도선에 비중을 두고 있다고 할 만하다.

도선의 추락과 반비례하여 산신령 혹은 이승의 인물기능이 높아지는 점도 도선 이야기에서 발견되는 특징의 하나였다. 도선이 알려진 것과 달리 풍수의 묘책을 내지 못하는 단계에서 산신, 이승이 앞서는 안목으로 위기극복의 처방을 내놓음으로써 이제까지 쌓아온 도선의 권위를 무너뜨리게 되는 것이다. 산신, 이승은 민중과 도선 사이에 위치한 존재로 오히려 민중을 편들게 되는데 아마도 기능이 약화된 도선을 대신하여 민중 구원역을 맡게 된 이인 부류라 하겠다. 도선에 대한 회의와 부정은 전승 담당층의 의식변화와 함께 정치, 사회 변동에 따라 발생한 자연스러운 현상이라 할 터인데 풍수사상에 대한 신비감의 퇴색과 함께 한 인물의 풍수능력이 일시에 모든 욕구를 채워줄 수 있다는 중세기의 소박한 믿음조차도 흔들리고 있음을 확인하게 된다.

8. 나가며

도선만큼 생존시를 넘어 끈질기게 이야기되고 다양한 해석, 형상을 남긴 인물은 많지 않다. 그 까닭을 문학과 역사의 테두리에 걸쳐 동시에 살펴보자는 것이 글을 쓰게 된 계기가 되었다. 이제까지의 논의를 정리하는 것으로 결론을 삼으려 한다.

우선 도선이란 인물이 역사와 전승 속에서 그 형상적 거리감이 생기게 된 것은 신라 말의 혼란스런 사회상황과 무관하지 않다고 보았다. 도선의 명성에 기대어 위안을 구하고자 하는 민중과 위정자들의 생각이 겹쳐 그를 일거에 풍수의 대가로 탈바꿈 시킨 것으로 보인다. 그를 당의 고승 일행의 제자로 설정한 일이나 황제의 인증을 받도록 하여 역사와 상관없이 초월적 인물로 만들어간 것이 이를 입증한다. 이런 민중적 사고와 달리 일단 신비화된 도선을 빌려 국가창업에 이용하려한 인물도 나타났으니 왕건은 도선을 왕사로 올려줌으로써 한껏 오른 그의 명성을 이용하여 나말여초의 민심을 자신에게 유리하게 몰고 갈 수가 있었다. 고려까지 도선은 어떻게 보든 선사禪師와 왕사王師 그 사이를 오가는 인물로 새겨졌다고 보아야 할 것이다.

그러나 조선에 들어오면서 도선은 감여堪輿의 대가로서 규정된다. 물론 그것은 신성함과 존숭의식에서 비롯된 형상이었다. 하지만 이와 대척적인 전승담도 파생되는 시기를 맞는다. 터무니없는 실수를 저지르거나 경거망동하게 처신함으로써 민중에게조차 믿음과 권위를 상실하는 인물로 추락한다. 사실 민중이 그려낸 도선의 형상은 퍽 다양한데 사대의식에 젖어있고 위정자편에 서 있는 간교한 인물 아니면 감여의 능력을 무기로, 최대한 중국인들을 골탕을 먹이고 가난하지만 선량한 조선민중을 구원하는 이상적 인물로 부각되기도 한다. 어쨌든 후대에 올수록 도선의 역사적 자취는 탈색이 심해지고 풍수기량을 따지는 데 서사의 초점이 모아지게 된다. 결론적으로 말해 도선의 형상은 선사에서 출발하여 왕사가 되었다가 다시 감여가로 뒤바뀌어 나갔음을 알 수 있는데, 한 인물에 대해 이렇듯 다양한 상을 앞세우고 담당층의 의식을 투영한 사례는 흔치 않다고 하겠다.

제6장

금동金同전승의 시대성과 대결유형 고찰

1. 들어가며

이 글은 금동金同전승傳承의 인물 캐릭터와 시대적 변이양상을 살피는 것을 목표로 삼는다. 금동전승이란 금강산金剛山 유람에 나섰던 문인, 사대부가 산중에서 견문한 바를 문헌에 올림으로써 현재까지 전해진 금동의 이야기를 일컫는다. 금동전승은 현전자료가 적지 않음에도 문헌 위주여서 연구대상으로는 주목을 받지 못했다. 하지만 채록시기, 화자, 청자 등에 대한 구제적 사항이 잘 드러나 있으며 무엇보다 시대별로 채록물이 비교적 고르게 분포되어 있어 전승사적 흐름을 확인할 수 있다는 장점을 갖추고 있다.

금동전승에서 일반 인물전승담과 비교해 두드러진 차이점은 불가佛家 공동체의 문제를 다루고 있다는 것이다. 즉 이야기의 전승범위가 금강산으로 한정되며 외도형外道型 인물과 명승과의 대립, 갈등을 심각하게 표출하고 있는 것이다. 따라서 금동캐릭터의 출현과 시대적 변이상, 그리고 금동 / 명승 간의 대결담의 유형적 분류와 서사 성격 등을 밝히는 게 시급하다. 금동전승을 단지 금강산 내 제 지형, 지물, 유적의 내력, 연혁과 연관된 서사로만 보아서는 곤란하다 하겠다. 이 점에서 금동캐릭터의 출현배경, 명승 / 금동 간의 대결과 갈등의 원인, 금동에 대한 응징방식을 구체적으로 살펴보려하거니와 이는 이제껏 가려졌던 금동전승의 서사적 특성을 밝히는 기회가 될 것이다.

2. 금동전승의 범위와 자료적 특성

금동전승에서 화자는 승려들이며 이를 채록한 이들은 문인, 혹은 승려이다. 반불적 성향이 강하고 설화에 냉소적이던 유가 지식인들이 금동전승의 채록에 나선 점은 의외가 아닐 수 없다. 비일상적 공간에서 접한 이야기인데다 명승과 대결을 마다않는 캐릭터가 이들의 이목을 사로잡았던 것이 아닌가 생각된다. 어쨌든 금동전승의 채록 사례는 남효온南孝溫을 필두로 고른 간격을 유지하면서 조선 후기까지 이어진다. 문헌 자료의 시기별 출현 현황과 그에 나타난 금동캐릭터의 신원을 보면 다음과 같다.

각편	채록자	금동의 신원				출처
		인명 표기	호칭	국적	성향, 장기	
1	南孝溫 1454~1492	金同	×	고려인	義捐, 外道추종	『秋江先生文集』卷之五 記 遊金剛山記
2	李冑 1468~1504	金同	×	×	외도추종	『忘軒遺稿』拾遺 金骨山錄
3	裵龍吉 1556~1609	金同	×	×	×	『琴易堂先生文集』卷之五 記 金剛山記
4	柳夢寅 1559~1623	金同	×	×	절경탐닉	『於于集』卷之四 序 贈涅槃山奇奇菴沙彌敬允序
5	상동	金同	×	×	외도추종	『於于集』卷之六 墓道文 副正柳公神道碑銘竝序

각편	채록자	금동의 신원				출처
		인명 표기	호칭	국적	성향, 장기	
6	申翊聖 1588~1644	金同	×	고려인	경쟁심	『樂全堂集』卷之七 記 遊金剛內外山諸記
7	申楫 1580~1639	金同	×	×	×	『河陰先生文集』卷之七 錄 關東錄下
8	崔有海 1588~1641	金同	×	×	시기질투	『嘿守堂先生文集』卷之十八 記 嶺東山水記
9	許穡 1610~1690	金同	長老	고려인	×	『水色集』卷之五 [詩]
10	楓溪 1640~1708	金同	×	×	×	『楓溪集』 卷中 [詩] 白花寺
11	李世龜 1646~1700	金同	×	×	×	『養窩集』冊十二 雜著[上] 東遊錄
12	李玄錫 1647~1703	金同	×	×	환술부리기	『游齋先生集』卷之九 東遊錄[下] 獅子峯次
13	金楺 1653~1719	金仝	×	고려인	석불조성	『儉齋集』卷之二十 記 游楓嶽記 己丑
14	李萬敷 1664~1732	金同	長者	신라인	석불조성, 소승추종	『息山先生別集』卷之三 地行錄[六] 金剛山記
15	魚有鳳 1672~1744	金同	×	×	시기질투	『杞園集』卷之二十 記 遊金剛山記
16	法宗 1670~1733	金同	×	고려인	외도추종	『虛靜集』 卷下 遊金剛錄
17	朴泰茂 1677~1756	金同	居士	×	×	『西溪先生集』 卷之一 詩 遊金剛山記行
18	李夏坤 1677~1724	金同	×	×	外道禪추종	『頭陀草』冊十四 [雜著] 東遊錄
19	申光洙 1712~1775	金同	居士	×	×	『石北先生文集』卷之四 詩 黃鶴歌
21	金龜柱 1740~1786	金同	居士	×	시기질투	『可庵遺稿』卷之十七 記 東遊記
22	徐有本 1762~1822	金同	×	×	석불조각	『左蘇山人文集』卷第一 詩 金剛一萬二千峯應製代舍仲
24	洪敬謨 1774~1851	金童	居士	×	외도추종/ 시기질투/ 석불조각	『冠巖全書』冊二十 記○海嶽記[二] 山川二 內山下
25	李源祚 1792~1871	金同	×	×	×	『凝窩先生文集』卷之二 詩○[續金剛錄] 鳴淵

각편	채록자	금동의 신원				출처
		인명표기	호칭	국적	성향, 장기	
26	申佐模 1799~1877	金同	×	×	정법무시	『澹人集』卷之二 詩○海嶽遊賞 鳴淵
27	李震相 1818~1886	金同	×	×	×	『寒洲先生文集』卷之二 詩 地藏庵
28	李象秀 1828~1882	金同	居士	×	석불조각	『峿堂集』, 권13 東行山水記
29	宋秉璿 1836~1905	金同	居士	×	시기질투	『淵齋先生文集』卷之二十 雜著 東遊記
30	許薰 1836~1907	金同	×	×	×	『舫山先生文集』卷之十四 雜著 東遊錄
31	混元 1853~1889	金東	×	×	시기질투	『混元集』 卷之二

금동의 각편을 일별해 보면 문인, 사대부의 채록담 28편, 승려의 채록담 3편의 분포를 보인다. 이들은 대부분 사대부들이 금강산에 들렀을 때 산중 승려들로부터 전해들은 것이다. 그런 점에서 승려들은 산중답사의 실질적 안내자이자 금강산과 결부된 기담奇談, 명칭연기名稱緣起를 산 밖으로 전파한 핵심적 전송자였다고 하겠다. 금강산 인근에서만 들을 수 있었던 금동전승은 외방객들에게 요긴한 한담閑談거리이자 시적 상상력을 북돋우는 제재로 남다른 관심을 불러일으키게 된다.

각편에서 금동의 신원적 특징을 보면 인명은 거개 '금동金同'으로 표기했으며 '금동金童', '금동金東'의 예가 하나씩 보인다. 금동에 대한 호칭으로는 '거사居士'가 6편, '장자長者', '장로長老'가 각각 1편씩 나타나고 있어 거사居士가 가장 선호된 호칭이었음을 알 수 있다. 초기 전승에서는 별다른 호칭이 없다가 17세기부터 호칭이 붙기 시작한 것도 흥미롭다. 금동의 국적國籍을 두고서는 5 각편에서 고려인이라 했으며 단지 각편 14에서만 신라인이라 했다. 금동의 심성에 대해서는 시기, 질투, 경쟁심이 남다르다고 보고 있다. 예외적으로 각편 1, 4에서 아낌없이 보시하는 선행과 절경 탐닉자로의 면모가 보이지만 각편을 종합할 때 그는 반동적 인물로 분류될 수밖에 없다.

금동의 면모는 시대에 따라 분화되는 현상이 나타난다. 각편 1, 2, 5에서 보듯 초기 각편들은 금동을 외도 추종자로 못 박고 있다. 그는 지공指空과 나옹懶翁이 정법을 무시하고 외도外道나 외도선外道禪을 추종한다고 지적해도 참회를 하기는커녕 이들 명승에게 적대적 자세로 나온다. 이후 각편들에 이르면 금동의 행태는 조각, 환술 겨루기를 통해 스스로를 과시하는 것은 물론 명승에 대한 능멸凌蔑로 나타난다. 외도의 전형典型으로 등장했던 금동은 다시 명승名僧의 조각품을 시기한 나머지 그것을 도괴倒壞하려들기도 하고 자신의 신술을 과신하면서 명승과의 일전마저 마다하지 않는 캐릭터로 변한다. 대략 금동전승 자료의 범위와 함께 금동캐릭터를 이루는 신상 요소를 살펴보았거니와 이는 금동전승의 시대사적 흐름과 대결담의 성격을 밝히는 단초에 해당한다.

3. 금동 / 명승의 대결유형과 의미지향

금동 전승담은 대부분 금동의 비극적 죽음으로 종결된다. 이는 그가 평소에 한 행위에 비추어 당연한 결말이라 하겠는데 못된 심성에다 자기중심적인 행동으로 일관하고서도 전혀 죄책감을 느끼지 않았던 것이다. 특히 정법을 좇기보다 외도를 추종하면서 정법正法과 승단僧團을 우습게 알고

안하무인격으로 구는 행동은 명승들로 하여금 금동의 응징을 불러오는 요인으로 작용했다. 명승들은 응징의 한 단계로 금동에게 대결을 신청하게 되는 데 이후 이야기는 금동 / 명승의 대결 구도에 의거해 전개된다. 명승 / 금동 간의 대결구도를 채택한 이유는 악을 발본색원한다는 취지를 선명하게 드러낼 수 있다는 판단에서 나온 것이라 하겠다. 금동전승에 나타나는 대결담의 특징을 정리하면 다음과 같은 도표가 마련된다.

대결양상	대결조합		응징주체		
	금동/지공	금동/나옹	천상	명승	기타
정법대결	1, 14, 31	9, 18, 26, 28	1, 9, 14, 26, 28	9, 18	–
조각대결	8, 13, 31	6, 15, 16, 23, 29	16	–	21
환술대결	12, 25, 31	24	–	12, 24	28, 31

사실 파사현정破邪顯正의 구도는 고전 서사에서 낯선 것이 아니다. 이 같은 주제를 달성하기 위해 흔히 대결담對決談 형식을 채택하게 되며 이는 금동전승에서도 발견되는 특징이다. 금동전승에서는 외도外道를 추종하는 금동, 정법을 수호하는 지공나옹 사이에 대결이 펼쳐지며 대체로 천상天上이 나서서 승패를 결정한다. 정법正法이외에도 금동전승에서는 조각, 신술의 능력을 다투기도 한다. 전승사적 흐름에서 보면 초기 각편일수록 정법 대결담이 큰 비중을 차지하다가 후대로 내려오면서 조각, 환술 대결의 비중이 높아지는 현상이 벌어진다. 그리고 응징膺懲의 실행 역시 초기에는 천상에서 관장하다가 후기 전승담에 오면 명승이 직접 나서거나 화룡火龍, 석마石馬, 석봉石蜂 등이 대신 응징에 나선다. 이에 따라 이후부터는 정법, 조각, 환술 대결담으로 유형화해서 논의할 생각이다.

1) 정법正法 대결담

금동전승 가운데 가장 앞선 채록담은 남효온南孝溫이 기록한 각편 1이다. 이는 후대 채록의 전거로 활용되었을 뿐만 아니라 변이 양상을 검토하는 기준으로서의 의미가 있다. 아울러 이는 금동전승이 애초부터 대결담 형식을 취하고 있었음을 보여준다. 「유금강산기遊金剛山記」에 들어있는 금동전승은 다음과 같다.

> 금동은 고려시대 부자로 평생을 부처에게 아첨하면서 울연鬱淵 위에다 암자를 짓고 모든 바위에 불상을 새겼다. 부처에 공양하고 승려들을 먹였는데 쌀을 짊어진 말들이 개성까지 이어졌다. 지공이 이산에 들어와 금동을 외도라 했으나 금동은 굴복하지 않았다. 지공指空이 맹세하기를 "네가 옳고 내가 그르면 오늘 네가 천벌을 받고 내가 옳고 네가 그르면 오늘 내가 천벌을 받을 것이다"라 했다. 이에 금동이 그러자고 했다. 지공이 마하연摩訶衍에 들어가 자는데 밤중에 갑자기 뇌성벽력이 일어나 금동의 절이 물과 돌에 부딪쳤다. 그래서 금동은 그 절, 부처, 승려들과 동시에 울연으로 빠져버렸다고 한다. 울연 위의 1리쯤에 금동사金同寺 터가 있다.[1]

상기 각편 1은 금동이 지공의 훈계를 거부하다가 정법대결에서 패한 끝에 천상의 응징을 받아죽는 것으로 되어있다. 지공은 금동과의 첫 만남에서 금동을 외도外道로 규정하면서 정법대결의 요구를 통해 금동을 압박한

1 南孝溫, 『秋江先生文集』 卷之五, 記, 「遊金剛山記」. "金同者 麗時富人 平生佞佛 作庵鬱淵上 諸巖面皆刻佛像 供佛齋僧 米馱連屬開京 指空入此山 以同爲外道 同不服 指空作誓曰 汝是我非則今日我蒙天禍 我是汝非則今日汝受天禍 同曰然 空入宿摩訶衍 夜 雷雨果作 金同寺爲水石所亂擊 同與寺佛 寺鍾 寺僧等同時陷入鬱淵云 鬱淵上里許 有金同寺基."

다. 하지만 별도의 대결 없이 밤새 쏟아진 폭우에 휩쓸려 금동이 사라지게 된다. 사실 금동은 금강산 중에 머물면서도 개성의 승려들에게 수십 마리의 말에 쌀을 보내준 단월이었다. 또 주위로부터 거사居士, 장자長者, 장로長老로 불렸다. 이런 것을 보면 그는 승가僧家에서 환영받았던 단월檀越이자 지방민으로부터 존경받았던 유지로 보는 것이 옳을 것이다. 그럼에도 지공은 그를 외도로 지목하는 데 망설임이 없었다. 지공이 보기에 금동은 사도邪徒, 이단異端에 불과했기 때문이다. 그를 그냥 둘 수 없어 정도를 걷도록 채근하지만 순응할 기미가 없자 지공이 금동에게 제안한 것이 정법대결이었다.

금동전승이 선악 대결식의 형식을 취하고 있다든가 천상을 응징자로 내세운 것을 보면 민담적 전개에 해당된다. 하지만 대결의 초점이 정통正統/이단異端에 맞추어져 있다는 점에서 민중들의 일회적 흥미나 낙관적 세계관을 투영시키는 민담의 내용과는 차이가 있다. 특히 금동캐릭터에서 우리는 불교신앙적 폐해의 현장을 떠올릴 수 있다. 불교신앙이 난만한 풍토 속에서 정법을 외면한 채 외도에 현혹된 승려, 신자들이 등장했던 것이 현실인데 금동은 사이비 불자로서 기존 교단을 긴장시켰던 인물과 흡사한 속성을 보여준다.[2]

각편 1을 보면 금동은 부자이면서 돈독한 불자이자 지역 유지에 해당된다. 그의 고향은 밝혀지지 않았으나 시주 쌀을 개성에 보내고 있는 것으로 보아 과거 그쪽에 연고를 두었다고 해야겠다. 다시 말해 금동전승이 한때

2 문제는 금동을 어떻게 볼 것인가 하는 것이다. 역사인물 가운데 금강산에 은거했으며 명승들과 불화 관계에 있었던 이는 찾기 어렵다. 그런 점에서 금동은 가공의 인물이라 할 수 있다. 하지만 온전히 상상으로 탄생되었다고 보지는 않는다. 고려 내내 지속된 불교 신앙의 열기 속에서 우리는 금동류에 속하는 이들을 접할 수 있기 때문이다.

고관으로 지내다 금강산으로 은거했던 어떤 호불유자好佛儒者에 대한 이야기일 수도 있다는 것이다. 그렇다면 과연 역사인물 중에 금동金同과 동일시할 만한 이가 있는지 찾아보자.

신실한 불자로서 산중은거山中隱居를 택한 인물로는 이승휴李承休, 1224~1300, 정선鄭僐, 채홍철蔡洪哲, 1262~1340 등을 앞서 거론할 수 있다. 이승휴는 파면된 뒤 옛 집에 가서 은거생활을 하고 따로 용안당容安堂이란 집을 짓고 불교서적을 보았으며 지위도 명예도 재산도 요구하지 않았다.[3] 정선鄭僐도 치사한 뒤 부화한 세상을 외면하고 매일 불교서적 읽기와 계율을 지키는 것으로 세월을 보내다가 75세에 세상을 떠났다.[4] 이들은 고려시대 호불유자 가운데도 이상적 본보기가 아닐 수 없다. 사실 금동에게서도 이런 면모가 아주 없는 것은 아니다. 하지만 이들과 금동 사이에는 유사점보다 차이점이 더 크다.

이 외에도 사서史書에는 물욕物慾적 호불유자, 사이비似而非 승려, 이교도異敎徒 등 이른바 금동류金同類 인물이 여럿 거론되고 있다. 먼저 이자현李資玄, 1061~1125을 주목해 보자. 『고려사高麗史』에 보면 그에 대해 "청평산에 들어가 문수원文殊院을 짓고 살면서 거친 것을 먹고 베옷을 입고 불도 닦는 것을 낙으로 삼았다. (…중략…) 65세에 죽었는데 성품이 인색하여 재산을 많이 모으고 물건과 곡식을 축적했다. 그래서 그 지방 농민들이 그를 미워했다"[5]는 극단의 평이 등장한다. 세속의 권세를 뒤로 하고 신행을 위해 입산

3 『高麗史』 권105, 열전 권제18, 「李承休傳」. "由是 怨讟頗興 尋貶東州副使 自號動安居士 頃之 徵拜殿中侍史 條陳十事 又上疏極論利害 忤旨罷歸龜洞舊隱 別構容安堂 看佛書 著帝王韻記內典錄 居十年 (…중략…) 二十六年卒 年七十七 性正直 無求於世 酷好浮屠法."

4 위의 책 권105, 열전 권제18, 「鄭僐傳」. "字去非 初名賢佐 草溪人 弘文公倍傑七世孫也 元宗末 擢魁科 調全州司錄 忠烈朝 累遷吏兵二部摠郎 歷宰三州 皆有聲績 後爲右常侍知內旨 王以僐正直 命管齋醮都監 忠宣時 以僉議評理致仕 屏浮華 日以閱釋典持戒爲事 卒年七十五."

을 택하기란 쉬운 일이 아니다. 청평산淸平山에 문수원을 짓고 검박한 생활 속에서 선도禪道를 즐기는 이자현의 삶은 거사의 표상이 되기에 부족함이 없다. 하지만 그는 입산 이후에도 축재蓄財의 습성만은 버리지 못하고 있었다. 지방민들이 그를 존경하기는커녕 증오했다는 것을 보면 그가 얼마나 수탈收奪에 열을 올렸는지 짐작이 되겠는데 지방관과 결탁했든가 고관으로 지낸 과거이력을 구실로 백성의 고혈을 짜냈을 터이다. 채홍철蔡洪哲, 1262~1340도 이자현과 별반 다르지 않다. 그는 사람됨이 정교하였고 기예에 있어서도 모두 극치에 달하였으며 불교를 더욱 좋아하여 집 뒤에다 전단원栴檀園을 짓고 언제나 선승이 머물 수 있도록 했다. 이것만 보면 이상적인 권선가가 분명하다. 하지만 그는 백성들이 늘어나는 조세를 감당할 수 없어 아우성치는 상황을 외면했음은 물론 백성들의 토지를 빼앗아 직접 경작하면서 재산을 불리는 데만 몰두했다.[6]

고려시대 관료출신의 이자현, 채홍철이 돈독한 불자였던 것만은 분명하다. 하지만 재물에 대한 과욕을 다스리지 못해 원성을 들을 수밖에 없었던 이중적 자취가 드러난다. 이 점에서 이들을 금동과 같은 부류에 속한다 보아도 무방하다.[7] 그렇다고 해서 금동을 이들과 동일시하기는 어렵다. 그

---

5 위의 책 권95, 열전 권제8, 「李資玄傳」. "資玄 字眞精 容貌魁偉 性聰敏 登第爲大樂署丞 忽棄官 入春州淸平山 葺文殊院居之 蔬食布衣 以禪道自樂 (…중략…) 從容與語 命留三角山淸凉寺 再見問養性之要 對曰 莫善於寡欲 遂進心要一篇 王歎賞 待遇甚厚 旣而固請還山 乃賜茶湯 道服 以寵其行 仁宗卽位 亦傾嚮之 有疾 遣內醫診視 賜茶藥 卒年六十五 性吝 多畜財貨擧物積穀 一方厭苦之."

6 위의 책 권95, 열전 권제21, 「蔡洪哲傳」. "已而棄官 閑居凡十四年 自號中菴居士 以浮屠禪旨 琴書 劑和爲日用 (…중략…) 然新舊貢賦多不均 民不聊生 性又貪婪 喜營私 多取民田 遂致鉅富 (…중략…) 爲人 精巧於文章 技藝皆盡其能 尤好釋敎 嘗於第北 構旃檀園 常養禪僧 又施藥 國人多賴之 呼爲活人堂."

7 금동은 수행을 목적으로 금강산에 들어가 거사를 자처했으나 누구나 인정하는 부호였다. 보시용 쌀을 운반하는 말들이 금강산에서 개성까지 꼬리를 물고 이어졌다(각편1) 했으

보다는 고려 당대 물의를 일으켰던 다수의 호불유자들이 금동캐릭터 출현에 직간접으로 영향을 끼쳤다고 보는 편이 적절하다.

금동캐릭터에는 호불유자 이외에 정법을 외면한 채 혹세무민惑世誣民을 조장했던 외도, 사이비 교주들의 모습도 중첩되어있다. 고려 당대 이른바 외도나 사이비似而非 승僧의 실태를 잠깐 살펴보자. 각연覺然은 화장사의 승려로 스스로 도통했노라 떠벌렸다. 그러자 부녀들이 그에게 모여들면서 추잡한 소문이 퍼졌으며 고관들까지도 그를 따르는 현상이 나타났다. 나중에 각연의 추잡한 실상이 드러났음에도 국구國舅였던 이림李琳은 그를 변호하는 상황[8]이 벌어지기도 했다. 고성의 요민妖民 이금伊金은 미륵불彌勒佛이라 자칭하면서 석가불을 모시고 올 수 있으며 귀신들을 동원하여 왜적들을 잡아들일 수 있다고 호언장담했다. 그러자 무당을 비롯해 많은 이들이 이금을 부처님처럼 섬기면서 그에게 복을 구하는 일이 벌어지는데 그 중에는 고관들도 끼어있었다.[9] 박거사朴居士란 자도 이금과 흡사하다. 그는 신기한 술법을 가지고 능히 적을 깨뜨릴 수 있다는 등 감언이설로 민중을 현혹시키다가 체포되기에 이른다.[10] 승려 신분이었던 일엄日嚴은 교묘한 사기술로 상하계층을 현혹시켰다. 본 모습을 감추고 병고 등에 시달리는 대중들을 구원해줄 권능자인 양 행세하자 그를 신처럼 섬기는 사람들이

니 그의 재력을 가늠해 볼 만하다. 금동을 청빈 수행자로 여길 수는 없겠고 재물로 위세를 과시하기를 즐겼던 인물이라 할 터이다.

8 앞의 책 권116, 열전 권제29「李琳傳」. "琳好佛 嘗欲往慶尙道四佛山寺 禑以國舅不可輕出止之 華藏寺僧覺然 自稱得道 雖達官亦惑之 婦女坌集 醜聲流聞 憲司鞫之 素敬信者皆惜之 琳尤痛 立門外大呌曰 此僧有何罪耶."

9 위의 책 권107, 열전 권제20,「權呾傳」. "有固城妖民伊金 自稱彌勒佛惑衆云 我能致釋迦佛 (…중략…) 愚民信之 (…중략…) 又云, 吾勑遣山川神 倭賊可擒也 巫覡尤加敬信 撤城隍祠廟 事伊金如佛 祈福利."

10 위의 책 권116, 열전 권제24,「李岊傳」. "有朴居士者 自言有祕術能破賊以惑人 岊執送于京."

무리를 이루었으며 아예 그를 좇아 출가하는 자들도 생겼다. 결국 실체가 드러나지만 한때는 왕도 그를 신임해 불러들일 정도로 위세가 대단했다.[11] 이제까지 정법 수호자임을 표방했으나 기실 비행과 사기술로 지탄의 대상으로 전락한 사례들을 보았다. 금동과 이들 사이에는 외도로서 혹세무민하다가 단죄에 이르는 등 동일한 궤적이 드러난다고 해야겠다.

금동은 상기 역사인물들의 비행非行, 파행跛行을 총집해 탄생시킨 서사 인물로 파악하는 것이 좋겠다. 왜냐하면 금동은 수행자이면서 처자식과 입산하고 사사로이 절을 지었으며각편9, 15, 21, 28 외도 혹은 외도선을 정법이라 호도하면서 사람들을 끌어 모으는 등각편 1, 2, 14, 16, 18 불교신자로서의 일탈적 면모가 복합적으로 드러나기 때문이다. 그를 단지 일탈한 신자정도가 아니라 이단異端의 대명사인 파순波旬의 환생으로 보아야 한다는 주장[12]은 무리한 것이 아니다. 금동은 응징에서 면피의 여지를 찾기 어려운 캐릭터로 설정되었다.

그런데 금동전승의 전개를 보면 응징을 전제로 삽입된 지공나옹/금동 간의 대결이 구체적이지 못하다. 대신에 응징부위만이 돌출된다. 즉, 지공이나 나옹을 대리해 금동의 단죄에 나선 천상은 정법 따르기를 거부하자 금동에게 뇌성벽력과 함께 엄청난 폭우를 쏟아 붓는다. 그 때문에 금동과 그 추종자들, 그리고 금동사까지 명연鳴淵으로 일시에 사라지고 만다각편 1, 9,

---

11 위의 책 권99, 열전 권제12, 「林民庇傳」. "有僧日嚴在全州 自謂能使眇者復視 死者復生 王遣內侍琴克儀迎之 在道 冒綵氎巾 乘駁馬 以綾扇障其面 徒衆遮擁 人不得正視 (…중략…) 男女晝夜雜處 醜聲播聞 祝髮爲徒 不可勝數 時無一人諫止者 明宗漸驗僧詐 放還其鄕 初僧誑人曰 萬法唯一心 汝若勤念佛曰 我病已愈 則病隨而愈 愼勿言疾之不愈 於是 盲者言已視 聾者亦言已聞 以故 人易惑 中書侍郎文克謙 以微服致禮 民庇亦拜於樓下."

12 李夏坤, 『頭陀草』 冊十四, 雜著, 「東遊錄」. "僧傳昔有金同者習外道禪 與普濟鬪法不勝 濟仍擠之潭中 自是水常幽咽 如人哀號 (…중략…) 稱爲鳴韵潭 又名金同淵 盖濟是如來現化 而同之前身爲波旬 故如是受報云."

14, 16, 26, 28. 한데 천상을 응징의 집행자로 설정한 점이 흥미롭다. 이는 정통 / 이단을 제대로 가려 승패의 경계를 재단하는 일이 그만큼 어렵다는 인식을 엿보게 한다. 즉 지상의 선입견이나 편견을 초탈한 천상에 판정을 일임할 때 누구라도 판결에 승복할 수밖에 없게 되며 승자의 입지가 한층 공고해진다는 판단에서 나온 기능 배치라 하겠다.

사실 정법자가 누구이며 이단이 누구인지를 가려내는 일이 수월치만은 않다. 특히 금동의 경우, 거사 등으로 불릴 만큼 주변의 신망이 두터웠다. 겉으로 드러난 행적만 따지자면 금동을 타기시하는 게 의아하다. 그에게 혹독한 징벌을 가하려는 명승들이 가혹하게 보일 수 있다. 하지만 금동을 응징하겠다는 명승들의 결단은 단호하다. 한때 금강산에 머물렀던 지공이나 나옹은 금동이 이단적 행위를 자행함으로써 성신聖山이 예토화穢土化되는 것을 마냥 지켜보고만 있을 수 없었다.[13] 악인일지라도 자비심을 견지해야 마땅하지만 금동의 죄질이 중차대함으로 지공나옹은 단죄에 나설 수밖에 없었던 것이다.

각편 15, 16, 18 역시 원형담에 해당하는 각편 1과 마찬가지로 정법 대결담 형식을 갖추고 있으며 금동이 현실반영적 캐릭터임을 강하게 시사해주는 것으로 나타난다. 정법 대결담의 지향점은 바른 가르침 대신 삿된 종파를 추종하는 세력이라 할 외도 혹은 외도선 무리의 문제점을 집중 부각시키는 데 맞추어져 있다 하겠다.

---

13 김승호, 「聖의 引入과 俗의 배척 양상–聖境지향을 중심으로」, 『어문연구』 101집, 어문연구학회, 2019, 109~113쪽.

2) 조각彫刻 대결담

초기 전승담은 누가 옳게 불자의 길을 걷는지 가려보는 데 핵심을 둔 이야기였다. 그런데 시간이 흐르면서 정통正統/이단異端의 변별을 놓고 벌이는 겨루기의 양상이 달라진다. 즉, 각편 6, 8, 13, 15, 23, 29 등에 오면 누구의 조각 솜씨가 더 나은지가 관심의 대상으로 부각된다. 조각 경쟁의 첫 사례는 신익성申翊聖이 17세기 초에 채록한 각편 6이다. 각편 1보다 1세기 늦게 채록된 이 전승담은 금강산 내금강의 삼불상三佛像과 53불60불 에 초점을 맞추어 명승 / 금동의 솜씨 대결을 전하고 있다. 이외에 삼불상 대신 묘길상妙吉祥을 통해 명승들의 뛰어난 조각능력을 전하면서 한편으로 하수下手로 판명난 금동이 분함을 이기지 못하고 불상파괴에 나섰다가 퇴치되는 과정을 담고 있다.

금강산에는 불교 유적이 적지 않지만 내금강內金剛의 삼불상은 어느 것보다 유람자들의 눈길을 끌었다. 그런데 삼불상의 뒤편으로 53불60불도 새겨져 있어 두 불상을 대응시킨 흥미담을 추동하는 조건이 되기에 충분했다. 금동전승에 나타나는 조각 대결은 바로 이곳의 불상들을 초점화한 것이다. 전승자들은 조각 솜씨가 뛰어난 삼불상을 지공나옹이 새긴 것으로, 그보다 수준이 떨어지는 5060불을 금동이 새긴 것으로 규정한다. 그러면서 불상 조성시의 상황을 덧붙이게 된다각편 15, 10. 53불을 조성할 때 금동은 공력을 다 들였으나 지공의 솜씨를 따를 수 없었다. 시기와 질투심을 주체하지 못한 금동은 삼불상의 파괴에 나선다. 하지만 상대인 지공나옹이 이런 금동의 술책을 모를 리가 없었다. 당연히 명승 쪽에서 금동의 술책을 앞서 눈치 채고 금동에 대한 반격에 나서게 된다. 경우에 따라서는 명승 솜씨에 열패감을 이기지 못한 끝에 금동이 자살을 택하는 일(각편 20)도 있으나 많은 경우, 삼불상을 파괴하려드는 금동의 술책을 고발하는 한편 악행으로 인한 비참한 최후를 전하고 있다각편 7, 9, 10, 15, 16, 17, 26, 31. 한 예로 각편 31을 살펴보기로 한다.

> 동쪽에는 수충각酬忠閣이 있는데 곧 오조사五祖師의 영각影閣인데 지공指空화상이 주인이다. 영각 앞에는 삼불암이 있는데 앞 면에 큰 부처 셋이 있는데 나옹懶翁화상이 새긴 것이다. 뒷면의 53불은 금동거사가 새긴 것으로 한 쪽에 금동거사가 새겨져 있다. 불상을 조성할 때에 거사가 지공의 도가 큰 것을 시기하여 멧돼지로 변해 땅을 파서 그것을 무너뜨려 해를 끼치려 할 때에 갑자기 돌매가 허공에서 내려와 멧돼지를 낚아채 오 리 쯤 떨어진 명연에 빠뜨렸다. 때문에 못 주변에 시암이 있다. 그 아래에는 세 개의 상제석이 있으니 땅에 엎드려 애처롭게 우는 형상을 하고 있다. 돌매는 지금의 석응봉이다.[14]

지공에 대한 금동의 시기심이 급기야 삼불상의 도괴倒壞로 이어지는데 금동이 신술神術을 발휘해 멧돼지가 되어 삼불상 밑을 파내려 할 즈음 돌연 돌매가 나타나 멧돼지의 횡포를 막는다. 돌매의 정체를 두고는 두 가지를 예상해 보게 된다. 우선은 석응石鷹을 나옹의 변신으로 볼 수 있다. 혹은 누군가의 조정을 받아 돌매들이 금동의 응징에 나선 것으로 생각할 수도 있다. 조각 대결담이 정법 대결담의 구도를 바탕에 두고 파생된 이야기라고 본다면 후자로 파악하는 것이 한층 자연스럽다. 금동이 상대의 뛰어난

14 混元,『混元集』卷之二,『佛敎全書』卷11, 727쪽. "東有酬忠閣 卽五祖師影閣 而指空和尙爲主 前有三佛巖 巖面三大佛 懶翁和尙造成後 五十三佛 金東居士造成 而片面有居士願佛造成時 居士猜其道大而化爲猪 掘地顚巖 欲害之際 忽石鷹空中飛來捉猪 入五里許鳴淵 故淵邊有尸巖 下有三箇喪制石 伏地哀泣之形 石鷹今石鷹峯也."

조각 솜씨를 부러워하는 것을 넘어서 명작을 파괴하려들자 지공도 돌매로 변신해 이를 저지하는 것은 물론 멧돼지를 아예 익사시켜 버린다. 조각대결담은 자유자재로 몸을 바꿀 수 있는 능력을 지녔다고는 하나 조각뿐만 아니라 변신과 공격력에 있어서도 금동이 명승에 비해 하수下手임을 선명히 부각시킨다.

명승과 금동의 조각겨루기가 삼불상 / 53불 중심으로만 펼쳐지지는 않는다. 경우에 따라서는 명승들이 조각한 묘길상을 훼손하거나 파괴하려 드는 금동의 악행을 보여주기도 한다. 이에 속하는 각편으로 23, 24, 27을 들 수 있다. 이 중에서 각편 27을 보기로 하자.

> 스님이 말하길 '금동거사가 부처를 신봉하여 처자를 거느리고 산중에 머물었는데 나옹과 법력을 겨루었다'고 한다. 나옹이 불지암에 묘길상을 조각하자 거사가 철장으로 무너뜨리려다 여의치 않자 60불상을 백화암白華庵 아래에 새기고 그 곁에는 자신의 부부상을 새겼다. 이에 나옹이 전면에다 삼불三佛을 새겨 기세를 제압하였다. 명연은 승려들이 말하길 '뇌성벽력이 금동의 집을 깨뜨려 못을 만든 것'이라 한다. 화룡담火龍潭의 위쪽에 사자암獅子巖이 있으며 그 밑으로 작은 돌이 있어 법기봉法起峰과 마주하며 봉우리에는 작은 돌구멍이 있는데 승려가 말하길 '사자가 벼랑에서 떨어질 지경이 되어 용에게 위태로운 발밑을 받쳐달라고 애걸한 까닭에 용이 법기봉의 돌을 빼서 사자를 괴여 준 것'이라 한다.[15]

15 李象秀, 『峿堂集』, 권13 「東行山水記」. "僧言 金同居士奉佛率妻子居山中 與懶翁爭法 翁既刻妙吉祥于佛地庵 居士欲以鐵杖倒之 不得 乃刻六十于白華之下旁 作自己夫婦像 翁就其面作三佛以壓之是也 鳴淵者 僧言 雷破金同宅爲淵是也 火龍潭之上獅子巖 其足下有小石 對法起峰 峰有小石穴 僧言 獅高欲墮 乞龍支其危 龍 乃拔法起之石 揞之是也 凡此信之爲郈婆 爭

위 대결담은 묘길상과 삼불상의 기원起源과 수난과정을 전해준다. 나옹이 만든 묘길상은 금동에게 자신의 능력으로는 따라갈 수 없는 명품이라는 생각과 더불어 열등감을 촉발시킨다. 솜씨로는 나옹을 감당할 수 없다고 여긴 금동은 백화암 아래에 60불상과 더불어 자신의 부부상을 새겨 놓는다. 어떻게든 묘길상의 기를 꺾어놓자는 심사였다. 하지만 나옹이 60불상이 새겨진 바위의 앞면에 삼불상을 새겨놓음으로써 금동의 조각은 보잘 것 없는 것으로 전락해 버린다. 60불에 비해 삼불이 훨씬 정교하고도 아름답게 새겨진 때문이다. 조각 겨루기에서도 금동은 패자로 남게 된다.

조각 대결담의 등장은 정법 대결담의 전승력 약화와 맞물려 있는 것으로 여겨진다. 앞에서 살핀대로 정법 대결담에서 현실 반영적 요소가 강했던 것에 비해 조각 대결담은 민담 일반에서 흔히 보는 대로, 기예技藝의 우열을 다투는 상황을 보여준다. 이는 시대가 흐르면서 이야기 담당층의 관심 영역이 달라지고 있음을 말해주는 것이다. 정법 대결담은 불교신앙의 열기가 뜨거웠던 시기에 올바른 믿음과 그 실천이란 무엇인지를 앞세웠다고 할 것이다. 즉 불자임을 내세우면서도 세속적 관심과 욕망만은 끝내 놓지 못하다가 패망의 길에 들어선 자를 통해 불자들의 참된 믿음을 환기시킨다.

하지만 불교신앙의 열기가 약해지면서 자연스럽게 신불적 관심을 바탕에 둔 정법 대결담도 점차 전승력이 약해진다. 그 대신에 금강산 내의 명작 불상들로 서사대상이 교체되는 것을 볼 수 있다. 상기 각편 27이 대표적이다. 여기서는 삼불상, 묘길상, 그리고 60불 등이 화젯거리로 떠오르

之爲拘儒 傳焉者爲好事 記焉者爲志怪也."

는데 조각솜씨가 뛰어난 묘길상, 삼불상은 나옹, 지공이 새긴 것이라 한 반면에 수준이 떨어지는 60불은 금동이 새겼다고 했다. 그런데 작품의 미美 / 추醜를 가리는 심판이 보이지 않는다. 누가 보더라도 묘길상과 삼불상이 기교와 아름다움에서 다른 석불 조각을 압도하고 있음이 금방 드러나기 때문일 것이다. 하지만 금동이 이에 동의할 리가 없다. 오히려 그는 자신을 초라하게 만든 묘길상과 삼불상을 두고 분풀이를 계획한다.

삼불상, 묘길상은 빼어난 조각미彫刻美로 말미암아 산사의 승려들, 금강산의 유람객들의 이목을 집중시켰던 부조浮彫 불상이다. 사실과 상관없이 금동전승에서는 이들 불상을 지공 혹은 나옹이 제작한 것으로 못 박고 있고 그 명작을 도괴, 훼손하려한 인물로 금동을 내세운다. 아무리 훌륭한 불상조각이라 하더라도 시기심에 가득 찬 금동에게 이들은 열등감을 증폭시키는 바위 덩어리에 지나지 않았음을 알 수 있다. 금강산 외방객들의 발길을 사로잡는 불상이 명승에게는 부정되어야 할 대상으로 지목되기에 이른다. 이점에서 금동 / 명승 간의 대결은 불가피해질 수밖에 없었다.

정법을 다투는 경우와 달리 조각 대결담에서는 대결의 제안자, 심판자審判者의 자취를 찾을 수 없다. 명승들의 조각불상을 파괴하려는 금동의 기도企圖 자체가 명승들의 빼어난 조각 솜씨를 말해주는 셈인데 굳이 누구를 내세워 불상의 미/추를 가려내지 않더라도 우열이 명백하다는 사실과 무관치 않다. 조각대결담은 묘길상, 삼불상, 60불 등 금강산 내 제 석불의 미를 품평하면서 이들의 기원과 내력을 민담民譚의 경쟁담 형식으로 풀어내고 있다.

3) 신술神術 대결담

금동과 명승 간에 신술神術을 앞세우는 대결담은 정법이나 조각 대결담에 비해 뒤에 출현하는 것으로 나타난다. 후기에 등장하는 이들 각 편에서는 조각솜씨에서 점차 신술능력으로 대결의 초점이 바뀌게 된다. 하지만 서사 형식이나 인물 기능면에서는 아무런 변화가 없이 금동과 명승이 대립하다가 금동의 죽음으로 이야기가 종결된다.

금동캐릭터는 애초에 이상적인 불자로 출발했으나 파계적 행위를 일삼는 이단異端의 전형典型으로 자리를 잡는다. 그러다 18세기에 이르면 환술능력이 남다른 캐릭터로 변모한다. 신술을 앞세운 금동은 사람들의 이목은 아랑곳없이 제멋대로 구는 것은 물론 아예 금강산을 자신의 영역으로 구축하기 위한 야망에 사로잡힌다. 그런 중에 배점령 정상에다 암자를 짓고 위세를 부리던 금동의 눈에 몹시 거슬리는 것이 눈에 띄게 된다. 곧 명승들이 새겼다하는 묘길상妙吉祥이었다. 금동은 명승의 조각솜씨를 질투한 나머지 몸을 바꾸어 불상 밑을 파고든다. 하지만 한발 앞서 기미를 눈치챈 석사봉石獅峰이 포효하고 화룡火龍이 불을 뿜고 석마봉石馬峰이 발길질하는 바람에 금동은 물론 그곳의 승려들까지 일시에 명연鳴淵에 휩쓸려 들어가고 만다. 아무리 신술에 능한 금동일지라도 여러 봉우리와 화룡, 석마의 합심 공격에 당해낼 재간이 없었던 것이다. 그런데 여기서 석사봉, 화룡, 석마봉이 자발적으로 금동의 응징에 나선 것으로 되었으나 실은 금동 격퇴의 주체는 지공이나 나옹으로 보아야 할 것이다. 왜냐하면 앞서 등장한 각편11을 보면 금동이 지공과 비교하려들자 증오한 나머지 석사자石獅子를 시켜 포효하게 하고 용연龍淵이 불을 뿜게 하고 금동을 밀어뜨려 물속에 익사시켰기[16] 때문이다.

명승과 금동 양자의 우열 다툼에서 어느 경우나 금동이 열세에 있는 것으로 판명된다. 그러나 그는 패자임을 인정하기는 커녕 신술을 믿고 방자하게 굴다가 죽음을 자초한다. 사실 금동은 신술 대결에서 쉽사리 패퇴당할 정도로 허약한 존재가 아니었다. 그는 아찔하게 높은 배첨 꼭대기에 머물면서도 백천동百川洞의 물을 끌어다 마실 정도의 신술을 지니고 있었다.[17] 그 때문에 지공나옹을 두려워하지 않았으며 마침내 맞대결을 제안하기에 이른 것이다. 하지만 이 당돌한 제안은 지공을 발끈하게 만든 것은 물론 그를 가혹하게 응징할 수밖에 없다는 생각을 굳히게 했다.

신술 대결담은 무엇 때문에 금동과 명승이 대결의 상황에 이르렀는지 이유를 제시하지 않은 채 우열 결과만을 제시한다. 아울러 금동의 응징자로서 명승이나 천상을 떠올리던 관행을 과감하게 포기한 채 금동과 연관있는 장소나 대상들, 가령 금강산의 기묘한 바위, 봉우리 등을 금동의 단죄자로 앞세우고 있다. 이는 전승 담당층의 사고가 그만큼 천진하고 순박하다는 징표로 새길 수 있다. 하지만 달리 보면 어디에 비길 데 없이 아름다운 풍광을 지닌 금강산의 장소성場所性을 표출하고픈 의지가 반영된 것이라 할 수 있겠는데 금강산 내 각처의 지명, 지형과 관련된 유래, 연원담淵源談의 기능을 겸하는 것이다. 예를 들자면 이렇다.

> 명연이란 것은 벼락이 금동의 집을 깨부수어 만들어진 연못이다. 화룡담 위의 사자암 밑에 작은 돌이 있는데 법기봉과 마주 보고 있으며 봉우리의 작

---

16 李玄錫, 『游齋先生集』 卷之九, 「東遊錄」. "爭技相殘豈佛情 指空才借懶翁名 茫然誕跡浮雲外 頑石無聲落照橫 金同者以幻術 與指空相較 空惡之 令石獅發吼 淵龍鼓火 擠而殺之水中云."

17 洪敬謨, 『冠巖全書』 冊二十, 記, 「海嶽記」.
"又言金童居士與懶翁同時 道術靈異 居于拜岾之上 引百川洞水而飮之 其神通如是."

은 돌에 구멍이 있다. 승의 말로는 사자가 높은 데서 뛰어내릴 때 용에게 받쳐 달라고하자 용이 법기봉의 돌을 빼서 받쳐 주었다고 한다.[18]

간단한 내력담에 불과하지만 여기서 명연, 법기봉, 사자암, 화룡담이란 명칭이 어떻게 생겼는지를 가늠하게 된다. 기묘하기로 소문난 금강산의 지형, 지물들에 대해 사람들의 천진한 상상력과 순발력이 보태지면서 흥미로운 내력담으로 이행한 사례이다. 여기서는 금동이나 명승의 자취도 사라지고 현실성도 크게 약화된다.

신술 대결담 이전의 이야기들은 고려시대 불교신앙의 문제점, 혹은 금강산 내 불상의 훼손 등 현실반영적 요소가 다분했으나 신술 대결담에서는 초현실적 국면이 서사를 지배한다. 여기서도 역시 금동과 명승 간의 이원 대립항이 전제되어있으나 응징자로서 명승은 간데없고 바위, 연못, 봉우리 등이 응징을 대신하는 현상을 볼 수 있다. 이제 금동이 특정시기 문제시되던 불자라는 점을 대중은 잘 모른다. 전승 담당층은 대결의 원인을 캐묻는 단계를 지나치고 곧바로 대결 상황만을 주목한다. 그리하여 의인화를 통해 금강산의 지형, 지물을 악의 징치세력으로 끌어들이고 이들을 통해 금동의 무리를 소거掃去하게 된다. 신술 대결담은 동화적 상상력을 마음껏 발휘하여 금강산의 장소성을 부각시키는 한편 악에 대한 통쾌한 응징을 그려낸다는 점에서 민담성이 농후하다 하겠다.

초기 금동전승은 외도적 인물인 금동을 통해 고려 말 혼탁해진 불교신

---

18 李象秀, 『峿堂集』 권13, 「東行山水記」.
"鳴淵者 僧言 雷破金同宅爲淵是也 火龍潭之上獅子巖 其足下有小石 對法起峰 峰有小石穴 僧言 獅高欲墮 乞龍 支其危 龍 乃拔法起之石 搘之是也 凡此信之爲邨婆 爭之爲拘儒 傳焉者爲好事 記焉者爲志怪也."

앙의 한 단면을 보여주고자 했다. 하지만 시대가 바뀌면서 대결의 양상도 달라졌다. 신술 대결담은 불교신앙의 문제점을 진지하게 바라보던 초기 전승 담당자들의 의식세계와 상당한 편차를 드러낸다. 초기 금동전승은 현실성을 바탕에 두고 발원했으나 신술 대결담에서 보듯, 조선 후기에 이르면 흥미 본위의 서사로 성격이 바뀌었음을 확인할 수 있다.

4. 나가며

금동 전승담의 초기 각편은 이상적인 불자와 대비시켜 타락한 불자인 금동을 고발하고 그를 응징하는 과정을 담고 있다. 이런 파사현정이란 주지를 명백히 드러내기 위해 각편들이 한결같이 대결담 형식을 택하고 있다. 대결의 양상은 정법, 조각, 신술 등 세 능력을 겨루는 데 맞추어지는 것을 보게 된다. 정법대결은 누가 불교신앙인으로 정통이며 이단인지를 분별하는 것을 목적으로 삼는다. 보통 민담에서 기예와 힘을 두고 겨루는 양상을 보이는 것과 달리 정법대결은 불교신앙의 난숙기를 지나면서 속출하는 불자들의 일탈, 이단적 행태를 고발, 질책하는 데 본의를 둔다. 그런데 시대가 바뀌면서 정법 대신 조각, 신술에서 누가 우위에 있는지를 다투는 것으로 대결양상에 변화가 일어난다. 조각대결은 명승의 빼어난 조각솜씨에 열등감, 시기심을 갖고 파괴에 나섰던 금동의 비참한 말로를 전해주고 신술 대결담 역시 신술로 명승을 해코지하려다가 도리어 명승, 혹은 대리자들의 반격을 견디지 못하고 패퇴되는 내용으로 구성된다. 이는 사중寺衆의 관심이 불교 유적으로 서사적 표점이 바뀌었음을 시사해준다.

신술 대결담에는 불교서사로서의 색채가 약화된 반면 변신, 격투의 능력을 다투는 민담民譚의 특징이 농후하게 반영된다. 금동전승은 이단적 호불유자, 시기심 많은 조각가, 무모하게 명승에 맞서는 환술가 등 다양한 캐릭터를 앞세워 고려 말부터 조선 후기까지 사중, 사대부층의 이목을 사로잡았던 이야기였음을 알 수 있다.

제7장

전승담을 통해 본 무학 형상의 층위와 그 의미

1. 들어가며

여말선초의 격변시기에 활약한 무학無學대사는 전승적 대상으로 남다른 관심과 호기심을 촉발시킨 인물이다. 그만큼 관련 전승담도 풍성하게 확인되고 있다. 전승은 무학대사의 사상, 생애를 구명하는 데는 한계가 있지만 설화사, 서사미학, 민중의식 등을 살피는 데 긴요한 대상이라 하지 않을 수 없다.[1]

그동안 무학설화의 연구는 주로 풍수담 중심으로 이루어진 편이다. 여러 전승 유형 중에도 이 유형의 자료적 비중이 높다는 것과 무관치 않겠는데 민중의식, 구조, 인물기능, 변이양상 등 무학설화의 윤곽이 어느 정도 드러났다 하겠다.[2] 한데 자료가 상대적으로 풍성한 데 비해 무학대사의 전승 검토는 여전히 미흡한 상황이다. 무학전승에 나타나는 출가담, 효행

1 여기서는 설화, 전설 등 흔히 쓰이는 용어 대신 '전승', 혹은 '전승담'을 쓰기로 한다. 전승이 금석, 문헌, 구비 등 제 자료의 경계를 크게 의식하지 않고 통사적 맥락을 찾거나 복원한다는 본고의 지향점에 부합되는 용어라 보는 것이다.

2 대표적인 기 연구 성과를 들면 다음과 같다. 김일렬, 「무학대사전설의 역사적 의미」, 『설화와 역사』, 집문당, 2000, 493~509쪽; 이복규, 「서산지역의 무학대사전설」, 『문학한글』 9, 한글학회, 1995, 55~79쪽; 이지영, 「무학을 나무란 농부계 설화의 다층적 전승 양상과 그 의미-'무학이 같이 미련한 소' 모티프의 전승력 점검을 겸하여」, 『동아시아고대학』 제23집, 2010, 317~361쪽.

담, 영웅담 등 여러 유형담으로 분화되고 있으며 내용, 인물형상 등에 있어 상당한 편폭을 보이고 있어 보다 다각적이고 심층적인 논의가 요구된다고 하겠다.

본고는 출생담, 출가담, 효행담을 두루 포괄하되 특히 무학의 형상 유형과 그 인물기능을 살피는 데 집중할 생각이다. 하인, 머슴, 장사꾼, 목수, 풍수가, 신승, 문화영웅, 효자 등 다양하게 표출되는 무학의 상은 단순한 기표로 치부할 수 없다. 무학에 대한 형상은 그 이면에 전승의 주체, 지역, 시대 등 발화 조건과 전승의 지향점을 함축하는 징표로 삼아도 무방하다고 하겠다. 이런 맥락에서 무학의 형상의 대표적 사례를 추출한 후 그 형상을 추동케 전승의 제 요소를 밝히고자 한다. 이 논의는 무학전승의 개별적 성격은 물론 역사인물 전승의 보편적 특성을 밝히는 데도 나름의 의미가 있을 것으로 생각한다.

2. 무학을 보는 전기와 전승의 편차

생애 뚜렷한 자취를 남긴 위인들은 사후에도 화제의 대상이 될 가능성이 높다. 일생을 정연히 기록한 전기물이 있다 해도 전승의 대상에서 제외되지 않는다. 무학대사 역시 이런 전승적 특성을 잘 보여주는 인물이다. 그는 불교사에서 여말선초麗末鮮初의 대표적 선승으로 인식되었을 뿐만 아니라 인물전승의 대상으로도 폭넓은 관심을 끌었다. 그만큼 전승자료가 적지 않다 하겠는데 대략 문헌, 구비자료로 나누어 대표적 사례를 제시하면 다음과 같다.

【문헌자료】

鄭道傳, 『三峯集』 卷之十四, 附錄.

河崙, 『浩亭先生文集』 卷之四, 附錄.

車天輅, 『五山說林』, 草藁.

休靜, 「釋王寺記」.

洪萬宗, 『旬五志』.

李睟光, 『芝峯類說』.

李肯翊, 『燃藜室記述』.

處能, 『大覺登階集』 卷之二, 「諫廢釋敎疏」.

靜喜本, 『大東稗林』 권1 『列朝記事』.

鏡巖, 『鏡巖集』, 論無學事蹟說.

權耒, 『龍耳窩集』 卷之三, 雜著, 『遊德裕山錄』.

정명기 편, 『韓國野談資料集成』 권12, 419~420/19, 55~59/ 1, 656~65.

장지연, 『張志淵全書』 2, 『震彙續考』, 90~91/85/112~114.

소재영 외편, 『韓國野談史話集成』 권1, 320~321.

【구비자료】

한국정신문화원, 『한국구비문학대계』, 1984(권 6-4 경복궁터를 잡은 무학대사/5-2 무학의 한양터 건설/1-9 무학대사/8-5 무학대사 이야기/8-14 무학대사 전설/8-10 무학대사 일화/8-11 무학대사의 도술/7-8 무학대사와 이성계/2-3 무학대사와 이성계의 개국/8-14 무학대사와 정도전/1-2 무학의 이야기/5-4 산신령과 무학/4-4 오이먹고 잉태된 무학대사/8-14 이성계와 무학대사/2-8 이성계와 무학대사(노고소전설))

최상수 편, 『한국민간전설』, 통문관, 1984.(서울과 왕십리15/정좌릉453/이태조와 석왕사454/본궁과 이태조462)

임석재 편, 『한국구전설화』 10권, 1980, 64쪽.

상기 자료들을 대할 때 우리는 생애를 객관적으로 밝히는 전기와 일단 거리를 두어야 한다. 애초부터 무학의 사실적 궤적에 초점이 맞추어진 이야기가 아니기 때문이다. 자료 간 차이는 있지만 허구, 상상을 앞세운 이야기이거나 전래하던 것을 이기한 채록담에 들어갈 예화로 보아 어긋나지 않는다. 그렇다고 상기 자료들이 한결같이 무학의 삶과 무관한 내용으로만 채워졌다고 단정할 수는 없다. 무학대사가 역사인물이므로 사실에 즉한 전승담을 배제할 수 없겠다. 그렇다면 무학대사의 전기와 전승 사이에는 어떤 관계성이 존재하는가. 잠시 이 점을 점검하기로 한다.

불교사적 위상에 비해 무학의 전기는 부실한 편이다.[3] 그나마 변계량卞季良이 지은 「무학대사 탑명無學大師塔銘」은 무학의 역사적 자취를 돌아보는 데 요긴한 금석문이라 하겠다. 선초의 지명도 높은 변계량이 친撰한데다가 어떤 자료보다 이른 시기에 등장한 탓에 무학의 생애 변증의 기본 텍스트가 되었다.[4] 태종이 변계량에게 「탑명」을 짓도록 명한 것으로 보면 무학

3 무학의 형상적 편폭이 넓은 까닭은 역설적이지만 전기적 자료의 부족에서 찾을 수 있다고 본다. 가령 鏡巖이 「論無學事蹟說」(『鏡巖集』 卷之 下)에서 "무학의 사적은 승사에도 없고 세속에서 전하는 것도 신빙성이 없다. 당연히 비문을 사실로 삼아야 한다. 변계량이 무학의 비문을 편찬하였는데 속세의 본관과 성명을 기록하지 않았기 때문에 그릇되게 전해오는 것이 더욱 많다(無學事蹟 未有僧史 諺傳不可信也 當以碑文爲實 而卞公季良 撰無學碑 其俗本姓名則不錄 故謬襲滋多)"고 한 지적은 예사롭게 들리지 않는다. 전기적 자료가 빈약한 탓에 그것을 대신하듯 일화, 전승담이 무성하게 따라붙게 되었다고 보는 것이다. 무학의 활동시기에서 가까운 변계량의 탑명 이외 신뢰할 만한 것이 없다보니 자연스럽게 설화, 일화로 그의 생이 부연되는 현상을 보게 된다.

과 친연관계에 있었던 유자로 여겨도 좋을 듯하다. 하지만 유자로서 승려의 삶을 상세히 파악하는 데는 한계가 따른다. 과연 변계량도 찬술에 임해 무학의 제자 조림祖琳이 앞서 찬한 무학 행장의 도움을 받았음을 실토하고 있다.[5] 그런 점에서 탑명은 불가, 문도가 기억하고 있는 무학의 생, 혹은 형상이 잘 투영된 전기라 예단해보는 것이 어렵지 않을 것이다. 「탑명」을 주요 내용에 따라 단락화시켜 보면 다음과 같다.

① 유교, 불교사상의 특징과 유사성

② 변계량의 비문 찬술시 정황 고백

③ 무학 모의 태몽 소개

④ 무학의 청익請益을 향한 발자취

⑤ 나옹과 무학의 사제師弟 결연

⑥ 무학과 이성계의 정도定都지 물색

⑦ 임종臨終계와 임종몽

⑧ 무학 일생에 대한 평결評決

⑨ 비명

---

4 불경서당 훈문회, 『삼대화상 연구논문집』, 도서출판 불천, 1996, 229~312쪽.

5 변계량, 「무학대사 탑명」. "상왕께서 태조의 뜻으로 임금께 말하니, 임금이 신 계량에게 명하여 그 탑에 명하고 또한 명을 쓰라 하였다. 신 계량이 그의 제자 조림이 지은 행장을 살피니, 대사의 휘는 자초요, 호는 무학이요, 계시던 곳은 계월헌이라 하였다(上王以太祖之志言於上 上命臣季良名其塔且爲銘 臣季良 謹按其弟子祖琳所撰行狀 師諱自超 號無學 所居室曰溪月軒)."
찬자 변계량이 유자임에도 불구하고 선승적 자취가 총체적으로 수습된 셈인데 상기 찬술의 변에서 밝힌 대로 조림이 남긴 무학의 행장이 없었다면 무학의 선승적 면모를 구체적으로 복원해내지 못했을 것이다.

앞뒤 이른바 액자형 형식을 소거한다면 과거부터 불가에서 찬술해 온 승전僧傳 서술과 큰 차이가 없다. 탄생에서 시멸을 서사시간으로 삼고 있으며 득도와 각성을 향한 무학의 열정적 자취만은 누락시키지 않는다. 금석문이라는 한계에도 불구하고 무학의 선가 내 삶을 살피는 데는 부족함이 없는 기록으로 여겨진다.

찬자는 생의 흐름에 준해 전기를 구성하게 마련인데 「탑명」도 예외가 아니다. 다만 유가의 전기들이 통상 가문, 태몽, 탄생, 성장, 활약, 죽음의 순서로 생애를 구성한 것과 달리 여기서는 태몽, 출생, 출가, 청익, 오도, 시멸 등이 중요한 서술 단위로 부각되고 있다. 이같이 불교적 덕성 위주로 생이 편재됨으로써 탈속한 경지에 들어선 고승의 형상이란 애초의 목표가 무리 없이 달성될 수 있었다. 승려의 삶과 어울리지 않는 대목이 없지 않지만 「탑명」이 전하는 무학대사의 상은 선승의 테두리를 벗어나지 않는다.[6] 조림의 행장에 의거해 찬술된 탑명은 깨달음을 향한 초심, 나옹으로 부처의 전발傳鉢, 지공指空 나옹懶翁 무학無學의 3화상으로 이어지는 선맥 등 선가 내 자취에 집중적인 관심을 보일 뿐 도통한 고승이라면 따라다닐 법한 신출귀몰한 활약상 등 대중이 떠올리는 내용은 찾아보기 어렵다. 「탑명」이 공식적인 전기를 목표로 한 글임을 고려할 때, 서사성의 약화는 충분히 이해할 수 있는 일이다.

어쨌든 전기와 전승의 거리는 현격한 것으로 확인된다. 전승에서는 사실의 채기란 의무에서 벗어나 있으며 객관성 검증이란 절차에서도 자유

6 승려의 삶이 범인과 차이가 있다면 생의 목표를 자아각성에 두고 있다는 점이다. 탑명도 도를 찾기 위한 역정은 물론 지공과 나눈 선문답까지 밝힘으로써 선승적 궤적으로 일관한 무학의 생이 완연히 드러난다.

롭다. 전승은 전하는 이의 자의성을 최대한 존중하는 이야기이다. 이 같은 시각에서 보면 탑명 중 중요내용에 속하는 ①~⑤, ⑦~⑨가 전승에서 내용적 단위로 왜 수용되지 않았는지 그 의문이 풀린다 하겠다.

하지만 무학이야기에서 전기와 전승의 공유지점이 아주 없다고 말할 수는 없다. 적어도 '⑥ 무학과 이성계의 정도지 물색' 단락만은 전승에서도 주목했다 할 터인데 이는 후대 전승을 추동했다고 보아도 좋겠다. 「탑명」에서 이 부분을 따로 떼어보면 다음과 같다.

> 계유년1393에 태조가 지리를 살펴 도읍을 세우고자 하여 사에게 수가隨駕하기를 명하였다. 사가 사양하자 태조가 사에게 이르기를 "지금이나 옛날이나 서로 만나는 것은 반드시 인연이 있는 것이다. 세상 사람들이 터를 잡는 것이 도인의 안목만 하겠는가" 하였다. 계룡산과 신도를 순행할 때 사가 매번 호종하였다.[7]

이를 좀 더 부연한다면 이렇다. 왕위에 오르기 전부터 이성계는 무학의 풍수적 안목을 높이 여기고 있었다. 개성에서 왕위에 오른 이후 이성계는 천도遷都 사업에 속도를 내지 않을 수 없게 되었다. 정도지로 여러 군데가 추천되었을 터인데 이성계는 직접 계룡산 신도 순행에 나선다. 이때 무학을 대동하는데 무학의 풍수 안목을 바탕으로 결정하겠다는 태조의 심중을 읽게 된다. 결과적으로 정도지定都地는 계룡鷄龍의 신도新都가 아닌 한양

---

7 卞季良,『無學大師塔碑銘』.
"歲癸酉 太祖欲相土建都 命師隨駕 師辭 太祖謂師曰 古今相違 必有因緣 世人所卜 豈若道眼 巡幸鷄龍山及新都 師皆扈從."

으로 정해진다.[8] 이성계가 수도처 물색 시 무학을 대동하고 그의 풍수 안목을 높이 평가한 객관적 정황이 확인되는 만큼 그에게 붙어다니는 명풍名風승이란 호칭이 결코 헛된 것이 아니다.

인물 전승담을 보면 전승층의 욕망, 세계관, 상상 등을 앞세워 나름의 인물을 창조해나가는 데 거리낌이 없다. 역사인물을 이야기 한다 할지라도 실제 삶을 복원하려는 의지가 희박하다. 무학전승도 마찬가지인데 다만 전승 제재적 조건을 갖춘 부위만은 놓치지 않고 재화거리로 수용했던 것으로 보인다. 전승주체들에게 ⑥은 화재話材적 요건을 갖춘 단위로 폐기하기에는 아까운 궤적이었다. 이른바 풍수승으로서의 면모를 보여주는 이 대목은 전기적 사실이면서 전승형성의 단초 구실을 했다고 본다.

후대에 확인되는 전승들도 무학이 왕의 신임을 얻을 만큼 뛰어난 풍수 능력의 소유자였다는 점만은 잊지 않고 있다. 설사 선승, 고승으로서의 면모가 퇴색될지언정 용한 풍수가로서의 기능만은 어떻게든 부각하려 들었다. 전기와 전승은 애초부터 서사적 지향점을 달리하는 까닭에 그 공유점을 찾기가 어렵다. 하지만 무학전승이 전기적 자취를 온전히 부정했다고 보기는 어렵다. 전기에서 증언해주는 명풍적 자취가 전승담에 그대로 승계되고 있기 때문이다. 전기와 전승은 공통적으로 무학의 풍수가적 면모에 주목했음을 알 수 있다. 명풍적 면모가 언급되고 있기는 하지만 「탑명」

---

8 李瀷, 『星湖僿說』 제3권, 天地門, 漢都. "조선 창업 초기에 자초상인(自超上人) 무학이 신도를 순시하고, 조운(漕運)에 불편하다 하여 버렸는데, 실상은 판국이 좁고 역량이 장원하지 못하며, 이곳으로부터 호남의 산수가 비주하여 옹호해 주는 뜻이 없었기 때문이다(國初詔上人無學巡視 以為不便漕棄之 而其實辦局狹小 力量不遠 自此以下 湖南山水圮走 無情矣)." 위의 책 제9권, 人事門, 無學. "고려 말엽에 임금의 부름을 받고도 가지 않았는데, 마침내 임신년(1392)에 이태조와의 계우(契遇)가 있었다. 그래서 터를 가려 국도(國都)를 세우기 위하여 계룡산 신도(新都)에 다 호종(扈從)하였으며 마침내는 한양에 도읍을 정하였다(麗末召不至 卒有壬申之遇 其相土建國鷄龍新都 皆扈従 卒定漢都)."

에서 내세우는 무학의 가장 뚜렷한 상은 선승, 선사의 범주를 넘어서지 않았다. 그에 비해 전승들은 불가의 증언에 구애됨이 없이 다양한 계층, 신분을 대변하는 무학의 상을 창출해 나가게 된다.

3. 전승에서 무학의 제 형상과 기능

1) 풍수가, 터 잡기의 명성과 실추

무학이 시대를 뛰어넘는 명풍승으로 알려져 있으나 도선道詵이야말로 풍수승의 원조가 아닐 수 없다. 도선의 풍수가적 자질과 활약상을 전하는 이야기도 적지 않거니와 이는 무학전승의 형성에 직간접으로 영향을 끼쳤던 것으로 추측된다.[9] 무학의 풍수담의 형성과 변이를 살펴보기 위해서라도 도선의 풍수가적 형상과 기능적 특징을 먼저 주목할 필요가 있겠다.

도선의 풍수가로서의 명성이나 권위를 확증시켜준 이는 왕건이 아닌가 생각된다. 그가 후왕들에게 남긴 「훈요십조」 중 두 번째 항목에는 "도선이 선정한 곳 이외에 함부로 사원을 짓는 것을 경계하라"[10]라는 훈계가 들어 있다. 도선은 개인의 발복이나 도모해주는 그런 풍수가를 넘어서 있었다. 그가 남긴 풍수적 유훈은 왕건에 의해 명심해야 할 정책적 지침으로 후왕들에게 전해졌다. 처음부터 의도한 것인지는 불분명하나 결과적으로 「십요십조」는 명풍名風으로서 도선의 위상을 공식적으로 천명해준 셈이 되었다.

---

9 김승호, 『한국서사문학사론』, 국학자료원, 1997, 275쪽.

10 『高麗史』 卷二, 世家 卷第二. "其二曰 諸寺院 皆道詵推占山水順逆而開創 道詵云 吾所占定外 妄加創造 則損薄地德 祚業不永 朕念後世國王公侯后妃朝臣 各稱願堂 或增創造 則大可憂也 新羅之末 競造浮屠 衰損地德 以底於亡 可不戒哉."

이제 도선의 전승담으로 돌아가자. 이를 보면 왕건의 탄생을 꿰뚫고 있으며 고려의 창업을 돕는 등 한결같이 나라와 백성을 인도하는 구원자적 상이 선명한데 이야말로 무학의 인물기능과 구분이 안 될 정도이다. 전승담의 맥락에서 보면 그것은 우연한 일치로 볼 수 없다. 그보다는 무학전승이 도선전승을 모본으로 삼으면서 나타난 현상이 아닐까 조심스럽게 유추해본다. 상세히 양 전승담을 대조하지 않은 터라 이런 유추가 성급할 수도 있다. 하지만 전 왕조의 쇠망 시점에서 태조의 출현을 예언했으며 감여술로 왕업과 민생을 도모하고 구휼하는 내용적 공통점은 도선전승이 무학전승의 형성적 인자로 작용했음을 말해주는 근거로 삼을 수 있겠다.[11]

그렇다면 전승담에서는 풍수가로서 무학의 형상이 구체적으로 어떻게 나타나는지 헤아려 보기로 하자. 무학이 풍수가의 명성을 얻게 된 계기는 한양 천도漢陽遷都였다. 그런데 현실적 시각에서 본다면 한양 천도담은 쉽게 수긍이 가지 않는다. 무엇보다 무학에게 중차대한 기능을 부여하고 있기 때문이다. 조선의 창업과 함께 이념적 지표로 억불숭유책을 내건 상황에서 승려인 무학에게 천도지 물색의 임무를 부여하는 것은 적절한 처사로 여겨지지 않는다 하겠다. 그럼에도 불구하고 전승담들은 한결같이 무학이야말로 신도지 물색과 지정을 관장했다고 전하고 있다. 사료에서도 일부 확인되지만 이성계를 비롯한 개국세력들은 공식적으로는 반불의 기치를 내걸었으나 조선창업과 한양 천도 과정에서 무학의 혜안과 자문을 빌릴 수밖에 없었던 상황이 아니었던가 생각해보게 된다.[12]

---

11 김승호, 앞의 책, 100쪽.

12 靜喜本, 『大東稗林』 권1 列朝記事, 5쪽. “無學居安邊雲峯山下土窟中 上龍潛時 訪而問之曰 夢入破屋中負三椽而出 此何祥 無學賀曰 身負三椽乃王字也 又問夢花落鏡墜 此則何祥 卽答曰 麗終有實鐿落無聲 上大喜其地創寺.”

이성계와 그 주위의 공신들에게 조선창업은 천명의 이행이자 나라와 백성을 위한 불가피한 선택이 아닐 수 없었다. 하지만 갖가지 명분과 의의를 내세운다 해도 위화도 회군에 이은 왕조의 교체는 구왕조, 기득권 세력의 반발과 반감을 잠재우기는 역부족이었을 듯하다. 이 상황에서 새삼 개국 관련 신성담론이 요청되었던 것은 아닐까 생각해본다. 상기 해몽담도 신성담론의 범주에서 아주 멀다고 보지 않는다. 특히 무학을 해몽가로서 그리고 정도처 물색을 책임지는 풍수가로 설정하는 것은 전통적으로 고승에게 부여된 심상心象을 끌어들이려는 서사전략과 무관치 않다 하겠다.[13] 무학과 이성계의 결연과 명풍수로서 무학의 자취를 강조함으로써 조선개국이 한층 천명에 따른 대업으로 기억될 수 있었다고 본다.

그렇다면 선초 위정층은 무학을 어떻게 생각하고 있었을까. 비교적 이른 시기의 야사라 할 『오산설림五山說林』에는 무학 관련 이야기가 두 종 실려 있다. 하나는 이성계가 왕이 되기 전 선조인 환조의 묘혈墓穴 찾기에 관한 것인데 이성계가 잠저시절 환조의 묘터를 찾지 못해 애를 태우던 끝에 나옹과 무학의 예시에 따라 이른바 왕이 될 터를 점지 받았다는 내용이다. 다른 하나는 이성계의 명을 받들어 무학과 정도전이 정도지를 정하는 과정에서

이성계와 무학은 각각 장교로, 수도승으로 함북의 변방에 머물다가 인연을 맺게 된다. 무학대사가 이성계의 꿈 이야기를 들은 후 이를 왕위에 오를 기미라 해몽해줌으로써 이들은 뗄 수 없는 사이가 된다. 이성계의 해몽담은 사변적 일화로 보아서는 안 된다고 본다. 조선창업에 영험성을 부여하기 위해 해몽자로 신성 심상(神聖 心象)의 무학대사를 개입시킨 것으로 볼 여지가 다분하다.

13 조선 개국과 관련, 비사들이 한결같이 무학에게 창업의 핵심적 역할을 부여하고 있음을 주목할 필요가 있다. 僧俗 간에 성스러운 상으로 기억되는 무학을 앞세운다면 개국의 의의를 고취하는 데 수월하다고 판단하지 않았을까 생각된다. 거기다 무학이 여말선초의 인물이므로 신구 세력으로부터 조선과 이성계에 대한 호의적 시선을 끌어내는 데 적합한 인물로 보았을 것이란 추측도 가능하다.

이견 끝에 정도전鄭道傳의 주장에 따라 정도처가 정해졌음을 보여준다.[14]

문헌전승과 마찬가지로 구비전승에서도 무학을 바라보는 시각은 분열되어있다. 즉 누구도 따를 수 없는 예지력을 보이는가 하면 자질을 의심받거나 남들에게 조롱당하는 무학의 모습으로 양분되는 현상이 나타난다. 그 점에서 각편들을 〈명당을 찾아주는 무학〉과 〈명당을 볼 줄 모르는 무학〉 유형으로 나누어 살피는 게 적절하지 않을까 싶다.

앞의 유형은 무학을 영험력과 예지력이 남달랐던 존재임을 보여주는 데 무게가 실린다. 묘터, 궁터, 성터를 찾지 못해 애를 태우는 결핍의 상황에서 갑자기 나타난 무학이 발복할 땅을 일러줌으로써 사태는 순기능적인 국면으로 바뀐다.[15] 훗날 태조로 등극하는 이성계 선대의 묘혈을 일러주었을 뿐더러 한양 천도지까지 물색해줌으로써 무학의 명풍적 명성은 확고부동해진다. 풍수를 통한 시혜는 후대 전승에서도 관성적으로 수용된다.

그렇다면 무학은 어떻게 명당 감별의 능력자로 탈바꿈할 수 있었을까. 「아태조탄강우영흥我太祖誕降于永興」은 이에 대한 해명을 담고 있는 이야기에

---

14 車天輅, 『五山說林草藁』. "太祖御宇後 下敎八道方伯 物色求無學 踰年不得 (…중략…) 太祖大喜 待以師禮 仍問定都之地 無學乃卜漢陽曰 仁王山作鎭 白岳南山爲左右龍虎 鄭道傳難之曰 自古帝王皆南面而治 未聞東向也 無學曰 不從吾言 垂二百年當思吾言 太祖又問千秋萬歲後 藏弓劍之所 無學乃卜一地曰 殿下子若孫 世世皆葬于此可也 卽今建元陵也 (…중략…) 秘記所謂僧言者 乃謂無學也 所謂鄭姓人者 乃謂鄭道傳也 無學亦知我國之事 若觀火 亦可謂神僧也 鄭道傳非不知無學之言之爲是也 以其有異心 欲國之有釁而幸之也 小人不奪不厭之心 欲害于家凶于國之計如此 痛哉."

15 위의 책. "太祖生於永興外祖第 卽今濬源殿是也 桓祖之喪 太祖在咸興欲得福地而葬之 未遇卜兆之人 一日樵童往于山 見有二緇髡先在山 上下其山 而或坐或立 長者曰 下者雖應地法不過將相 稍上者當世出王侯 二人相語周章 樵僮潛於林中聞其語 走告于太祖 太祖不遑駕 驏騎立跡之 迨至十餘里 二僧者駐錫于道左 (…중략…) 太祖地拜强輓 流涕以謝 二人遂仍留之又一日 太祖再拜復請之 長者嘿然 少者曰人之厚意 豈忍負之 長者曰然則何如 曰當指示其處耳 二人遂與太祖如其山 植杖而語之曰 第一穴王侯之兆 第二穴將相之宅 擇於二者 太祖曰願就其第一 長者曰無乃過乎太祖曰凡人間事 欲卜上 僅得其下 是以云耳 二人者笑曰惟願 遂不顧而去 長者懶翁長老 少者無學上人也."

해당한다. 어려서부터 영궤한 일이 잇따르자 세상을 비관하던 끝에 무학은 마침내 출가를 결심한다. 출가 후 무학은 여러 인물의 선도를 받게되는데 방랑 중에 백두노인을 만난 게 그의 생을 바꾸는 분기점이 되었다. 즉 백두노인에게서 무학은 잉수孕數를 전수받은 덕에 명풍승名風僧이 되었음은 물론 이성계의 국사로 발탁되기까지 한다.[16]

국사에 오른 이후 무학은 이성계로부터 한양 천도와 함께 왕성 터 점지를 부탁받는다. 사방을 수소문한 끝에 무학이 왕성 터로 점찍은 곳이 왕심리枉尋里였다. 거기서 정지작업을 하던 무학은 땅속에서 '무학왕심도차無學枉尋到此'라 씌여진 『도선비기道詵祕記』를 발굴하게 된다. 그것은 오백 년 뒤를 내다본 도선이 무학이 그곳에 올 줄 알고 미리 묻어놓은 것이었다. 『비기』를 살피고 나서 무학은 직전에 택한 왕심리가 길한 터가 아니라는 것을 깨닫고 새삼 무능함을 자책한다. 그리고 그에 쓰인 대로 백액산白額山을 안신案山으로 삼고 있는 터를 찾아 나선 끝에 남산 아래를 정도지로 택하게 된다. 그곳은 『비기』에서 말해준 것과 같이 조상의 보호를 받을 만한 안정된 형세를 갖추고 있었다.[17] 이로 보면 한 왕조 앞서 쓰인 도선의 『비기』야말로 한양 천도지 획정에 있어 결정적 지표가 되었다고 할 수 있겠다.

위 각편에도 이미 조짐이 나타나지만 전승담 중에는 무학을 보잘 것 없는 풍수가로 처리하는 예도 흔하다. 이들을 '명당을 볼 줄 모르는 무학' 유형으로 테두리 지을 수 있다고 보겠는데,[18] 이 유형에서 무학은 무능한

---

16 정명기 편, 『한국야담자료집성』, 12권, 고문헌연구회, 1987, 420~421쪽. "無學本以三嘉縣文哥奴子也 生有異質 多有靈詭之事 文哥放浪 任其所之 無學發願爲僧 初思數學而有黃衫老人 乃白頭老人也 以孕數敎之 無學言下 領會終爲國師至占漢陽王城也."

17 위의 책, 421쪽. "無學初尋山脈 至枉尋里 以占國基開鑿之際 祕記出焉 乃道詵所著也 書曰無學枉尋到此 學始覺其誤 再占於南山之下 以白額山爲案 曰回龍顧祖之形也."

18 이후 각편 중 『한국구비문학대계』 수록 분은 숫자로 권차와 쪽을 밝히고자 한다. 『대

풍수장이로 그 위신이 형편없이 추락한다.

'명당을 볼 줄 모르는 무학' 유형에는 무학이 천도처를 구하기 위해 사방을 주류하는 상황이 먼저 제시된다. 이성계의 꿈 풀이를 통해 영험력을 인정받아 왕사로 책봉된 무학으로서는 본격적으로 명풍승으로서의 존재감을 발휘를 기회를 잡았다 하겠다. 하지만 무학은 궁궐, 성터를 찾지 못한 채 우왕좌왕하는 모습만 보여준다. 무학이 해결책을 못 찾아 방황할 때 궁터를 지목해준 이는 밭을 갈던 농부였다. 각 편에 따라서는 농부 대신 신 혹은 어린아이가 등장하기도 하는데 이들은 무학에게 궁, 성이 들어설 지점을 지정해주고는 홀연히 사라진다.

이는 민중층이 무학의 명성과 권위에 무관심하거나 동의하지 않음을 말해준다. 허름한 촌부가 뛰어난 택지 안목으로 무학을 인도해주면서 무학은 이름뿐인 풍수가로 전락해버리고 만다. 궁터 점지 능력을 두고 무학보다 농부를 우위에 둔 것을 두고 민중이 권력 주변에 기생하는 무학의 행태를 못마땅하게 여겼기 때문이란 해석이 있었다.[19] 그런데 부언적 설명에서 무학 앞에 출현했던 농부, 노인, 어린아이가 실은 신선, 산신, 신이었다는 사실을 밝히고 있다. 그러니 토속종교의 신격들이 무학의 무지를 타박하며 답을 일러준 셈이다.[20] 화자가 불교에 호의적인 입장이라면 인물 간 기능 배치를 이렇게 하지 않았을 것이다. 전승층이 지닌 반불적 성향, 혹

계』에서 6-4 904, 5-2 291, 8-14, 8-10, 8-14 565, 1-2, 5-4, 4-4은 〈명당을 볼 줄 모르는 무학〉 유형에 속한다.

19 김일렬, 「무학대사 전설의 역사적 의미」, 『설화와 역사』, 집문당, 2000, 493~509쪽.

20 농부, 머슴, 노인, 어린아이 등이 궁성 터 점지자로 설정된 것을 두고 무학의 민중 친화적 성향을 드러내기 위한 인물 배치로 이해할 수도 있다. 무학은 여기서 민중들 위에 군림하는 존재가 아니며 기층민의 처지, 식견, 체험까지도 수용하는 수평적 사고의 인물로 여길 수 있는 것이다. 하지만 〈명당을 볼 줄 모르는 무학〉 유형들에서 결정적 조언자가 한결같이 전통적 신격들이라는 점에서 그 같은 진단은 적절치 않다.

은 이미 깊게 뿌리 내린 반불, 반승적 사회 풍토 또한 무학의 위신을 추락시키는 요소로 작용하지 않았을까 그런 추측도 가능하다.[21]

무학의 초기 전승에서는 〈명당을 찾아주는 무학〉 유형이 상대적으로 높은 비중을 차지했던 것으로 여겨진다. 여기서 무학은 고래 고승의 심상에 걸맞게 환조의 묘혈, 한양 정도지를 점지해주는 영험한 감여가의 모습을 보여준다. 하지만 무학의 신성한 형상은 사라지고 점차 생각이 짧고 모자란 무학이 주인공으로 등장한다. 이들을 〈명당을 볼 줄 모르는 무학〉 유형으로 구분해 볼 수 있거니와 승려를 냉소적으로 바라보는 민중들의 시선, 혹은 한층 공고해진 억불책의 영향과 무관하지 않은 형상적 변화로 여겨진다.

2) 문화영웅, 초년의 고난과 왕사로의 등극

역사인물 이야기라면 객관적 시각에서 주인공에게 일어났던 일만을 보여주어야 마땅할 것이다. 하지만 전승담에서는 생애를 그대로 복원하려는 전기와는 출발점이 다르다. 대상 인물의 역사적 자취가 전승담의 바탕이 되기는 하지만 전승은 사실 검증에 대한 의무감을 하등 느끼지 않는다. 전승 담당층은 이전 인물전승담을 반복하기도 하고 있지도 않았던 일을 덧붙이기도 한다. 전기적 시각으로 보면 전승담은 무책임하기 이를 데 없는 허구일 뿐인데 무학의 전승 중에는 신화적인 구성도 눈에 띈다.

여기서는 영웅담의 주인공으로 전제하고 있는 경우를 살펴보기로 한다.

---

21 어떻든 산신, 신선 등 전래 신격들보다 무학의 풍수적 감별력을 냉소적으로 대함으로써 무학은 물론 불가의 권위까지도 크게 추락하는 결과가 되었다. 〈명당을 볼 줄 모르는 무학〉은 불교 억압의 환경이 지속되면서 승려에 대한 존숭감이나 경외의식이 희박해진 시기에 널리 퍼진 이야기로 보아 무리가 없다.

동서양을 막론하고 고대 영웅담은 일정한 형식 안에서 전개되는데 무학의 전승담에서도 영웅의 일생 구조가 여러 번 보여진다. 예컨대 『한국구비문학대계』 2-3, 1-2, 4-4는 영웅의 일대기적 구조를 바탕에 둔 무학 전승담이라 해도 좋을 듯싶다. 이제 각편 2-3의 내용을 살핀 뒤 영웅화 방식을 살펴보기로 한다.

① 처녀가 빨래하다 오이를 건져먹은 후 무학을 출산한다.
② 이를 불경하게 여긴 집안에서 무학을 눈 위에다 내다버린다.
③ 학들이 돌봐줘 무학이 무사할 수 있었지만 모자는 집에서 쫓겨난다.
④ 무학과 모가 사방을 떠돌며 어렵게 지낸다.
⑤ 무학이 시골 승의 도움으로 큰 절에 들어가 공부 끝에 큰 대사가 된다.
⑥ 해몽을 부탁하는 이성계에게 무학이 왕이 될 조짐이라 풀이해준다.
⑦ 이성계가 안변 서광사로 부처님을 옮긴 덕에 조선 왕업이 500년간 이어졌다.

①~③에는 영웅들의 일대기에 보이는 이상탄생, 기아, 이물보호, 출향黜鄕 등의 신화소神話素가 포함되어있다. 탄생이 불경스럽게 여겨지면서 아기 무학은 기아의 처지가 되고 만다. 하지만 학들이 날아와 돌봐준 덕에 결국 집으로 돌아올 수 있었다. 성장 후에도 무학에게는 시련이 계속되었으니 어머니와 무학은 집안에서 쫓겨나는 신세가 되고 만다. 영웅의 일대기를 대입시키다보니 무학에게 있어 초년은 불행만으로 점철된 것으로 나타난다.

초년기에 집중되는 신화소는 무학 또한 과거 영웅들 못지않은 존재였음을 밝히려는 화자의 인식과 분리해서 생각할 수 없다. 이야기가 진행되면서 이른바 결핍 투성이의 삶이 바뀌어지기 시작한다. 고난과 위기를 거듭 겪었던 무학이 어머니의 말에 따라 출가한 후부터 비범함을 갖춘 존재로 탈바꿈하는 것이다. ⑤, ⑥단락이 이와 관련된다. 무학은 큰 절에 들어가 공부 끝에 큰 대사가 되었고 마침내 왕과 나라를 돕는 조력에 앞장선다.

영웅의 일대기와 유사하게 진행된 삶이라고 하지만 무학은 건국담에 등장하는 주인공과는 여러 점에서 차이를 보인다. 우선 그에게는 천상의 피가 흐르지 않는다. 뿐만 아니라 나라를 세우고 전쟁에서 승리를 쟁취하는 등의 치국평천하治國平天下식의 이력도 발견되지 않는다. 영웅으로 인정하기에는 부족한 면이 있다. 하지만 남다른 예지력, 통찰력으로 왕업과 민생을 이끌고 조력했다는 점에서 문화영웅으로 불러 그리 어색하지 않다고 하겠다. 2-3, 1-2, 4-4은 왜 무학을 문화영웅으로 대할 수 있는지를 흥미롭게 밝혀주는 예화에 속한다.

3) 신승, 상좌의 진화구중鎭火救衆적 신통력

민중층이 엄연히 승려의 직분에 서 있는 무학대사를 자신들의 삶을 대변하는 존재로 끌어들이게 된 까닭은 무엇일까. 이는 무학의 실제적 자취, 즉 선초의 이름 높은 고승임을 의심하지 않았던 세대들의 기억만으로 전승이 유지되지 않았음을 말해준다 하겠는데 후대 전승층은 실제 생을 크게 의식하지 않은 채 그들의 눈높이에서 무학의 형상을 부조해냈다고 할 수 있다. 그렇다면 불가 내에서 바라본 무학의 심상은 어떤 것이었을까. 16세기 승려인 처능處能의 견해를 살펴보기로 하자. 그가 남긴 「간폐석교소諫廢釋敎疏」에 따르면 무학은 고려 초 도선과 더불어 불교사를 빛낸 신승神僧으로 규정된다. 다시 말해 삼국시대 인도, 중국으로부터 불교를 들여와 이 땅에 전한 묵호자, 순도, 마라난타와 함께 비보 능력으로 중생 구제에 나섰던 도선과 무학을 신승의 범주에 귀속시키고 있는 것이다.[22]

불교사에서 명승 반열에 오른 이들이라면 원광, 자장, 원효, 의상 등을 꼽는 관행에 비추어 처능의 신승 선별은 의아함을 불러일으키기에 충분하다. 그는 승려로서 홍법이나 교학에 헌신하는 일은 당연하다고 여긴 듯하다. 대신에 특별한 식견과 안목으로 왕업, 민생을 도모한 승려야말로 불교사에서 주목해야 마땅하다는 입장이 드러난다. 하지만 이를 처능 개인의 견해로 보기보다 무학에 대한 불가 내 전반적인 반응으로 여겨도 될 것 같다. 곧 조선 중기에 이르면서 불가 내에서도 무학을 선승보다는 신승으로 기억하는 분위기가 역력했다고 보는 것이다.

불교사적 맥락에서 무학을 신승으로 규정한 사례를 살폈지만 전승담 또한 일화, 비화를 앞세워 무학의 신승적 자취를 부각하고 있다 하겠다. 물론 그것은 대중의 호기심을 자극하는 내용을 포함할 터인데 보통사람으로는 상상하기 어려운 신통력, 예지력을 무기로 결핍, 위기, 고난에 처한 사부 대중을 구원하는 무학의 활약상을 떠올려 보는 것이 어렵지 않다. 무학의 신

---

22 처능은 무학의 불교사적 위업을 구체적으로 적시하고 그를 신승으로 매김하였다. 아는 것처럼 그는『간폐석교소』를 통해 조선시기 강고하게 펼쳐지는 불교 억압책이 얼마나 잘못된 것인지를 역사적 맥락에서 조목조목 변증해나갔다. 이중에서 무학 관련 대목을 보면 다음과 같다.
"또 승려들의 역사를 조사해 보니 제왕이 흥성할 때는 반드시 명망이 있는 고승을 방문하였으며 국사라는 호칭을 세웠습니다. 국사란 나라의 임금을 돕는 스승이라는 의미입니다. 고승의 도덕심과 명망은 가장 높아 "나라가 흥하려면 신승이 출현한다"라고 반드시 기록하였습니다. (…중략…) 해동을 예로 들어 말하겠습니다. 신라 시대의 묵호자, 고려 시대의 순도, 백제 시대의 난타, 송악의 도선, 한양의 무학 대사 등이 바로 그들입니다. 이상의 여러 승려들이 교활하고 남을 속였다면 그만이지만 그들의 불도는 넓고도 멀리 퍼졌습니다. 즉 신승이 출현함은 국가에 이익을 주었지만 나라를 다스리는 데에도 손해가 없음은 또한 분명합니다."(處能,『大覺登階集』卷之二)

술과 법력을 잘 드러내는 사례로서 『구비문학대계』 소재 8-5, 7-8, 1-2 등을 살펴보기로 한다.

7-8의 줄거리는 이렇다. 금룡사의 상좌로 있던 무학이 다른 상좌들과 더불어 개울로 나물을 씻으러 갔다. 그런데 다른 상좌들이 제때 절로 돌아왔으나 무학만은 터무니없이 늦게 돌아왔다. 이를 본 스승이 물통의 물을 무학에게 쏟아 붓는 것으로 화풀이를 했는데 무학은 쏟아지는 물을 태연하게 한 덩어리의 물로 만들면서 감쪽같이 몸을 피했다. 더욱 화가 나서 스승이 늦게 온 이유를 다그치자 해인사에 불이 나 그것을 끄느라 늦게 왔다고 했다. 나물을 씻던 중 해인사에 불이 난 것을 본 무학이 짚신에 물을 담아 해인사 쪽으로 날려 보냈고 그 덕에 해인사의 불을 끌 수가 있었다. 무학이 보여주는 천리안과 신술은 비상한 능력의 소유자로 여겨진 무학의 모습을 생생하게 보여주는 예가 아닐 수 없다.

무학이 여기서 선보이고 있는 이적은 세 가지였다. 스승이 쏟아 부은 물을 한 덩어리로 만들었으며 수백 리 밖의 화재를 감지했으며 짚신을 물그릇으로 사용하여 불길을 잡아냈던 것이다. 이렇게 자유자재로 신술을 구사하여 대중을 구함으로써 어리고 평범하게 보였던 무학은 괄목상대할 존재로 부상한다. 그는 진화구중의 이적을 현시함으로써 어린 나이의 상좌승이 아닌, 신승으로서의 명성을 얻게 된다. 상기 사례는 무학이 왜 신승인지를 해명해주는 데 초점이 맞추어져 있다.

1-2도 상기 예와 마찬가지로 이야기의 초점은 무학의 신통력을 확인해주는 데 맞추어져 있다. 일단 줄거리를 살펴보자. 남편 없이 홀로 시아버지를 모시고 사는 며느리가 있었다. 후손을 바라던 시아버지가 지성으로 백일기도를 올린 끝에 하늘에서 내려 보낸 천도 복숭아를 얻게 된다. 며느

리가 시아버지로부터 건네받은 복숭아를 먹고는 배가 불러지더니 마침내 사내아이를 낳는다. 하지만 남편 없이 아이가 태어난 것을 불경스럽게 여긴 시아버지가 아이를 길섶에 내다 버린다. 그러다 학들이 아이를 보살피는 것을 본 대사의 권유로 어머니는 아기를 거두어 들여 키운다.

이를 보면 기자祈子, 이상異常탄생, 기아棄兒 모티브를 앞세우고 있는 신화 속 주인공의 초년기와 다를 바가 없다. 영웅화를 위한 전략적 모티브들이 동원되었음이 금방 파악된다. 하지만 여기까지만 보면 신승적 형상화와는 거리가 멀다. 무학을 신승이라 부를 수 있게 된 것은 이 뒤에 이어지는 진화구중담 때문일 것이다.[23]

속세에서 일이 풀리지 않던 무학은 어머니의 권유로 출가하게 된다. 상좌승으로 있던 시절 무학은 여러 사람과 같이 개울에 나가 상추쌈을 씻게 된다. 그런데 쌈을 씻던 무학이 갑자기 쌈 잎을 떼어서 한곳을 향해 정신없이 던지는 것이었다. 먼저 올라온 상좌들에게서 이를 전해들은 스승은 뒤늦게 나타난 무학에게 노발대발 하면서 매를 치려 들었다.[24] 하지만 무

---

23 생의 각 단계에서 무학의 비범성과 예외성을 드러내고자 하는 전승집단에게 전래하던 신화, 인물전승의 모티브는 이야기를 풀어가는 아주 긴요한 단위가 된다. 고승들의 비범함과 초월적 능력을 드러내는 데 있어 진화구중 모티브는 오래 전부터 선호되었다. 가장 이른 사용례는『경주고선사서당화상탑비문』에서 찾을 수 있다.(김승호,『중세 불교인물의 해외전승』, 보고사, 2015, 123쪽) 이를 보면 어느 날 (원효가) 열심히 강설하고 있다가 갑자기 물이 가득 담긴 병을 찾아 서쪽을 향하여 뿜으면서 말하길, “내가 당나라 성선사가 불에 타고 있음을 보고 (결락) 물을 뿜어 진화하였는데 고선사 원효화상의 방 앞 자그마한 못이 바로 그것이다”라는 대목이 들어있다. 당나라 절에서 발생한 화재를 경주 땅에서 알아채고 물을 뿜어 진화했으니 원효의 신통력, 법력을 두고 더 이상 부언할 필요가 없게 된다. 진화구중 모티브는 원효에 그치지 않고 이후에도 다수의 고승담에서 핵심 화소로 등장하게 되는 바, 무학도 진화구중 행적을 드러내면서 내외에 신승임을 알릴 수 있게 된다.

24 상기 이야기에는 진화구중의 신통력 이외 무학의 기지와 순발력을 전하는 삽화도 발견된다. 무학이 상추잎을 떼어 허공에 던진 것을 알게 된 스승은 화가 잔뜩 나 회초리를 찾았다. 그리곤 무학이 가져다준 회초리 단에서 매 하나를 빼 때리려 하는데 영 하나만은 뽑혀지지가 않았다. 회초리 단 통째로 때리려 했으나 그것도 맘대로 되지 않았다. 흔히 보는

학의 혐의는 곧 풀린다. 상추를 씻던 중 해인사의 화재를 감지한 무학이 불길을 잡기 위해 그리한 것으로 드러난 것이다. 무학이 수백 리 밖에서 상추 잎을 던졌기에 팔만대장경도 화마의 위기에서도 온전히 보존될 수 있었다.

진화구중의 활약은 무학이 보통 상좌上佐들과 달리 비상한 신력의 소유자임을 사중들에게 뚜렷하게 각인시키는 계기가 되었다. 하지만 진화의 이적을 드러내기 전까지 그는 평범한 상좌일 따름이었다. 상상하기 어려운 신술을 발휘하여 팔만대장경을 지켜냈음에도 상황을 알지 못했던 스승이 무학에게 화를 내면서 매질을 하려든 것은 이상한 일이 아니었다. 하지만 곧 무학이 해인사의 불을 끈 장본인으로 밝혀졌고 이로써 스승도 그를 괄목상대하게 된다. 인명과 불보佛寶를 화마에서 지켜낸 그에게 가장 어울리는 칭호는 신승임을 상기 예화는 잘 보여준다.

초기 전승을 거쳐 후대에 이르면서 무학은 신승으로서의 모습을 보다 뚜렷하게 드러낸다. 구비 전승적 차원에서 볼 때 무학전승은 영웅의 일생담을 여러 모로 의식하고 있다. 화자들은 신화소를 동원할 때 무학의 비범성을 드러낼 수 있다고 믿었을 것이다. 하지만 영웅담의 틀을 끝까지 유지할 수는 없었다. 화자들이 최종적으로 남기고픈 상은 신승이었지 영웅이 아니었기 때문이다.

이야기 속의 신승을 두고 우리는 신술, 이적술을 펼치면서 악당을 물리치거나 위기, 고통에 빠진 사부대중을 구원해주는 승려의 활약상을 자연

대로 여기서 무학은 상전을 골려먹는 하인 유형이 아닐 수 없다. 무학의 위기 극복과 임기응변의 능력을 일러주는 일화라 할 것이다. 여하튼 이 역시 무학의 비범성을 알리는 일화에 해당된다.

스럽게 떠올려 본다. 이 기대치를 충족시킬 수 있는 것 중의 하나가 진화구중담이었다. 이 유형담은 불길로 인명과 불보가 위기에 처했을 때 신통력을 발휘해 위기를 모면케 하는 무학의 초인적 활약상을 제시함으로서 무학이 곧 신승임을 분명히 확인시킨다. 아울러 무학의 신승적 활약은 청자의 관심을 고조시키면서 자비심, 보리심으로 일관한 남다른 그의 생을 상징적으로 드러내는 효과를 발휘한다고 볼 수 있다.

4) 효자, 지역 고사로 전하는 모친봉양

무학전승 중에서 이상탄생, 기아, 이물보호 모티브의 삽입 사례를 앞에서 확인했지만 무학을 예외적 존재로 인식한 민중들은 시대에 맞지 않게 신화소마저 끌어들여 그의 초인적 행적을 부각하려 들었다. 하지만 무학의 전승담 중에는 이와 대조적인 형상도 얼마든지 발견된다는 점을 간과하지 말아야 할 것 같다. 권위와 위엄을 갖추기는커녕 범인에도 미치지 못하거나 소탈한 인물로 여항에 나서면 쉽게 마주칠 그런 모습의 무학도 전승 속에서 쉽게 발견되는 것이다. 이를 보면 민중층은 환경을 지배하고 마침내 대업을 완수하는 위인보다 오히려 청자 자신과 다를 바 없는 무학에게 보다 호감을 보였던 것이 아닌가하는 생각이 든다. 이 경우 우리는 그를 민담형 인물로 불러도 무방할 것이다.

민담형 인물로서 무학은 기본적으로 민중의 삶, 생각, 심성을 투영하는 존재로 등장하기도 한다. 그는 착한 심성과 낙관적 세계관의 소유자로 당대 이념, 도덕률을 충실히 따른다. 미천한 태생에다 빈곤하게 살아가지만 주변 사람들에 대한 관심과 애정을 늦추지 않는다. 무엇보다 홀로 계신 어머니에 대한 그의 효행은 인근에서 누구나 인정하는 터였다. 이점은 8-5,

8-11에 잘 나타난다. 우선 8-5의 내용을 대략 소개하면 다음과 같다.

무학은 합천군 대명면 용문정 근처에서 홀어머니를 모시고 살고 있었다. 집이 가난한 터라 어머니는 여러 마을을 돌며 걸식으로 연명했다. 어머니를 위해 아무것도 해줄 수 없던 무학은 용문에 돌다리를 놓아 어머니가 내를 수월히 건널 수 있도록 해 드렸다. 뿐만 아니라 어머니가 산길을 다닐 때 넘어질 것을 염려하여 산의 도꼬마리 풀, 칡덩굴을 모두 거두어 없앴다. 지금도 그 산에 도꼬마리와 칡덩굴이 보이지 않는 것은 이 때문이다.

무학의 효성을 엿보는 데는 8-11도 빼놓을 수 없다. 무학은 삼가三嘉읍내의 부잣집에서 머슴살이를 하고 있었다. 하지만 밤마다 산으로 올라가 축지법 등을 수련하다가 주인한테 발각되고 만다. 주인은 집안일을 소홀히 하고 있는 게 못마땅했지만 무학의 출중한 무술이 관에 알려지는 것이 더욱 두려웠다. 결국 주인의 눈 밖에 난 무학은 내쫓기는 신세가 된다. 집으로 돌아온 무학은 사방을 돌아다니며 걸식하는 어머니를 보고는 산으로 올라갔다. 어머니의 발길을 가로막는 칡덩굴과 골짝의 물을 없애기로 한 것이다. 고개 마루에 올라 주문을 외자 순식간에 군사들이 모여들었고 무학의 명이 떨어지기 무섭게 억새풀, 칡덩굴은 물론 골짝의 물까지 말끔히 없애버렸다. 그 후 그 산에 억새풀, 칡덩굴들이 자라지 않았으며 골짝의 물소리도 사라진 것은 이 때문이라 한다. 위 두 각편에는 무학이 빈한한 처지에서도 누구 못지않게 효성이 지극한 젊은이로 나온다. 합천 인근에서 채록된 이야기들은 어머니를 위해서라면 어떤 일도 마다하지 않는 무학의 행실만은 빠뜨리지 않고 있다.

무학의 효행담은 그의 자취가 스민 장소를 환기하는 방식으로 진행되고 있어 흥미롭다. 가령 8-5을 보자. 무학이 어머니가 사방을 돌아다니면 걸식할 때 편히 다니시라 합천군 대병면 용문정에 다리를 놓았다는 내용이다. 광포설화라면 이렇듯 구체적으로 장소를 제시하지 않을 것이다. 이는 지역 내에서 퍼진 무학의 효행담의 성격이 다분한 경우라 할 터인데 이야기의 축을 상실한 듯 용문 고사古事 쪽으로 흘러간 느낌이 강하다. 즉 그곳은 큰물이 닥칠 때 익사자들의 시체를 건져 올렸던 장소로 현재는 다리가 놓여 그런 일이 발생하지 않는다는 등 부가적 설명에 치중하고 있다. 그런데 그 같은 파생 설명도 무학과 그 지역 간의 인연을 강화하기 위한 화법으로 이해해야 할 터이다. 지역민들은 다른 곳에서는 알 수 없는 무학 관련 비사, 일화를 통해 무학을 배출한 지역적 연고성을 강화하려 들었다 하겠다.

어쨌든 8-5에서 명백히 밝히고자 했던 것은 무학의 효심이었다. 화자들은 무학이 가난 속에서도 모를 극진히 생각한 효자였다는 점을 어떻게든 상기시키려 들었는데 이는 지역민들에게 자긍심을 부축하는 고사로 받아들여졌음을 알 수가 있다.

무학이 광포설화의 주인공으로 굳어진 인물이지만 재속在俗기와 대응되는 장소를 구체적으로 명시해줌으로써 지역전설의 주인공으로 회귀하는 현상을 보았다. 대략적으로 무학의 탄생지 인근의 채록담에 등장하는 무학은 친민중적 성향이 강하다. 광포설화에서 조선창업의 예언, 한양 천도지의 획정은 무학의 명성을 드높이는 핵심적 자취가 된다. 하지만 탄생지역에 퍼진 전승은 편모슬하에다 빈한하기 짝이 없는 환경에서도 모친봉양에 정성을 다하는 착한 심성의 젊은이로 표상된다. 무학탄생 인근 지역민들은 부귀양명보다 인륜 도덕의 실천에 더 큰 가치를 두면서 빈천한 처지에도 불구하고 효행을 우선시하는 무학의 모습을 앞서 떠올린 셈이다.

4. 나가며

이제까지 무학전승에 나타난 형상적 유형과 그 이면의 의미를 짚어보았다. 전기인 「탑명」에서 볼 수 있듯 애초 무학의 상은 선승의 테두리에서 크게 벗어나지 않았던 것 같다. 하지만 전승담들은 전기를 외면한 채 풍수가, 문화영웅, 신승, 효자 등 무학의 상을 다변화시키는 데 거리낌이 없다. 풍수가로서 무학은 이성계가의 묘혈과 한양 천도지의 점지자로 나서는가 하면 길지를 찾지 못해 촌부의 도움을 받는 양면성을 보여준다. 무학의 신승적 형상화는 그의 초인력과 신통력의 소유자임을 밝히기 위한 데 있다. 무명승으로 누구의 눈길도 끌지 못했으나 신력神力으로써 절체절명의 위기에서 대중을 구해내면서 그는 한순간에 괄목상대할 존재로 부각된다. 무학은 문화영웅으로 표상되기도 한다. 신화소가 삽입된 초년기는 영웅들의 궤적과 다를 바 없다. 하지만 귀착점은 달랐다. 시련과 고초가 이어졌지만 정진수행 끝에 무학은 고승의 반열에 오르며 왕사에 등극하기까지 하는 것이다. 효자는 무학의 탄생지 인근에서 확인되는 형상이다. 지역민들은 무학의 연고가 깃든 장소를 구체적으로 열거하기를 잊지 않으며 효자 무학을 배출했다는 점에 큰 자부심을 갖는다.

전승층이 기억하는 무학대사의 주된 심상心象은 풍수가風水家이다. 유명한 스님에다가 남달리 명당을 볼 줄 아는 안목의 소유자로 사람들은 그를 지목했다. 그런데 전승이 이어지면서 무학의 인물형상은 다채롭게 변한 것으로 나타난다. 불가나 위정 층에 투영된 무학의 상은 신승, 혹은 풍수승에서 멀지 않았다. 하지만 피지배 계층은 무학을 앞세워 자신들의 다양한 상을 투영하는 쪽을 택했다. 하층민들이 마련한 무학의 형상 이면에서 우리는 전승집단의 처지, 욕망, 세계관을 고스란히 읽을 수 있다. 역사인물 가운데 무학대사는 승속 모두에게 화재로서 효용도가 퍽 높았음을 구체적으로 확인할 수 있었다.

제8장

한양 정도定都 전승담의 종교 이념적 맥락과 의미

무학無學의 심상心象과 등장인물의 기능을 중심으로

1. 들어가며

이 글은 한양 천도 전승담에 잠재된 종교, 이념적 성격을 밝히는 것을 목표로 삼는다. 선초 이루어진 한양으로의 천도는 당시는 물론 후대까지 사람들의 이목을 집중시켰을 뿐만 아니라 전승담을 촉발시키는 단초가 된다. 그렇게 출현한 정도지 물색담은 민중 간 구전으로 전해진 것이 비중이 높지만 식자층들에 의해 지어진 야담, 야사 등에도 적지 않게 올라있음이 확인된다.

기 연구를 통해서 민중 전승집단의 의식, 역사와 설화의 동이성, 전승의 시대적 흐름과 변이 양상 등 한양 정도담을 에워싼 여러 특성이 어느 정도는 밝혀졌다고 할 수 있겠다.[1] 하지만 구비자료는 물론 문헌 자료가 풍성

1 무학이야기는 출생담, 출가담, 이성계와의 결연담, 풍수담 등으로 나누어볼 수 있겠는데 한양 정도담은 정도지 물색에 나선 무학의 자취에 초점을 맞추고 있는 풍수담에 속한다. 이는 무학의 전승 중에서 자료적 비중이 가장 높으며 그동안의 논의 역시 풍수담 쪽에 쏠려 있는 편이다. 기 연구 중 이와 관련, 대표적인 성과를 들면 다음과 같다. 김일렬, 「무학전설의 형태와 의미」, 『어문론총』 제31집, 경북어문학회, 1997, 352쪽; 김일렬, 「무학대사전설의 역사적 의미」, 『설화와 역사』, 집문당, 2000, 493~509쪽; 이화영, 「이성계 설

한데 비해 한양 정도담에 대한 전승문학적 특성에 대해서는 밝혀지지 못한 부분이 적지 않다고 해야겠다. 한양정도담의 전승주체를 민중으로 고정시키고 한양 정도담을 무학의 인물 전승과 동일시하는 시각에서 탈피한다면 한양 정도담의 또 다른 성격이 드러나지 않을까 싶다.[2]

한양 정도지 탐색담은 무학설화와 병칭해 사용하더라도 무리가 없는 것으로 비쳐진다. 하지만 무학을 서사의 축으로 내세우면서도 명풍적 자취만을 고집하지 않고 있음이 쉽게 드러난다. 오히려 터 잡기에서 그의 풍수가적 면모가 실추되고 다른 종교, 이념을 대변하는 이들의 위치가 부상하는 유형이 큰 비중을 점하는 바, 무학은 물론 그를 에워싸고 있는 인물의 기능성을 주목하지 않을 수 없게 만든다. 즉 의상義湘, 도선道詵, 정도전鄭道傳, 촌로, 산신령, 신선 등은 단순한 조연에 그치지 않고 제 종교, 이념의 대변인으로서 무학에 대한 훈수 혹은 비판을 통해 그들 집단의 정체성과 존재감을 천명하는 것을 소임으로 삼고 있는 존재로 볼 여지가 크다. 따라서

화의 전승과 의미연구」, 전주대 석사논문, 2009, 44~45쪽; 이지영, 「〈무학을 나무란 농부〉 계 설화의 다층적 전승 양상과 그 의미-'무학이 같이 미련한 소' 모티프의 전승력 점검을 겸하여」, 『동아시아고대학』 제23집, 2010, 317~361쪽; 김선풍, 「문헌 설화와 구전 설화를 통해 본 삼각산」, 『강원민속학』 제27호, 강원민속학회, 2013, 27~60쪽; 장지연, 「조선 전기 한양의 지세 인식과 풍수 논란 및 설화」, 『역사문화연구』 제46호, 한국외대 역사문화연구소, 2013, 3쪽; 이종주, 「무학대사 한양 정도 설화의 의미와 서울의 상징성-왕십리 기원담, '서울 학터'담, '석왕사 해몽담'을 중심으로」, 『실천민속학연구』 제35호, 실천민속학회, 2020, 633~672쪽.

2 본 논의는 다음 자료를 중심으로 진행할 것이다. 鄭道傳, 『三峯集』 卷之十四, 附錄; 河崙, 『浩亭先生文集』 卷之四, 附錄; 車天輅, 『五山說林』 草藁; 休靜, 「釋王寺記」; 洪萬宗, 『旬五志』; 李睟光, 『芝峯類說』; 李肯翊, 『燃藜室記述』; 靜喜本, 『大東稗林』 권1 『列朝記事』; 정명기 편, 『韓國野談資料集成』 권12, 고문헌연구회, 1987, 19, 55~59, 419~420, 656~657쪽; 장지연, 『張志淵全書』 2, 『震彙續考』, 90~114쪽; 소재영 외편, 『韓國野談史話集成』 권1, 태동, 1988, 320~321쪽; 한국정신문화원, 『한국구비문학대계』, 1984, 권 1-2, 1-9, 2-3, 2-8, 4-4, 5-2, 5-4, 6-4, 8-5, 7-8, 8-10, 8-11, 8-14; 최상수 편, 『韓國民間傳說』, 통문관, 1984, 453~462쪽; 임석재 편, 『韓國口傳說話』 10권, 평민사, 1980, 64쪽.

여기서는 불교, 민속신앙, 유교를 전승의 경계로 삼고 각 층위 안에 투영된 무학의 심상과 등장인물의 기능을 통해 한양 정도담에 나타나는 전승집단의 지향성을 밝혀보고자 한다.

2. 무학의 심상적心象的 의미

개성에서 한양으로의 천도는 우선 1394년 이성계가 정도전을 비롯한 관료들에게 새 도읍터 물색을 지시하면서 일정이 시작된다. 이에 따라 여러 곳이 추천되었으며 왕도王都로서 적합성을 따지게 된다. 이 과정을 거쳐 한양으로 낙점되는데 충숙왕 때 마련한 궁궐터가 부적절하다는 진단에 따라 남쪽으로 이동한 지점을 경복궁지로 정하고 1395년 9월에 궁을 낙성한다. 그리고 이해 12월에 태조는 개성에서 한양으로 이사했으며 그 이듬해 정월부터 도성 공사에 착수한다.[3] 자료들에 따라 약간씩 다르지만 실기들이 전하는 천도遷都 전후의 상황은 여기서 크게 벗어나지 않는다. 천도사업은 이성계가 구상한 이래 설계, 건축, 토목 등 영역별로 책임자를 두어 추진해 나갔음을 알 수 있는데 정도전鄭道傳, 남은南誾, 이직李稷, 조준趙浚 등은 이때 활약한 대표적인 실무자들이라 할 수 있다.

하지만 전승담은 연대기적 기록과는 달리 무학만이 돌출되는 현상이 나타난다. 정도처의 물색은 물론 궁궐 축조까지도 무학 홀로 감당한 것으로

3 『東閣雜記』 上, 『本朝璿源寶錄』. "洪武甲戌 命鄭道傳南誾李稷等 相宅于漢陽 以前朝肅王時所營宮闕 舊址狹隘 更相其南.亥山爲主 壬坐丙向 是年十二月始役. 翌年秋九月 太廟及宮殿告成 上備法駕入御 卽景福宮也 丙子築都城 正月始役."

그려진다. 그렇다면 한양 천도담이 왜 무학 중심으로 전개될까. 우선은 무학의 실제 행적을 반영한 결과로 여길 수 있겠다. 사료에는 천도와 관련한 무학의 행적이 여러 군데 보인다.[4] 이성계는 도읍지를 결정하기 앞서 추천지역의 지리, 지형에 대해 무학에게 수시로 자문을 구했다. 그럼에도 서사의 축을 무학에게 고정시킨 채 도읍지 탐색은 물론 궁, 성의 축조까지도 무학의 공으로 돌리는 일은 이해하기 어렵다. 왜 이토록 무학을 초점화하는 것일까. 전승에서 무학을 핵심인물로 고집하는 까닭을 두고 우리는 무학이 다른 인물에게서는 찾아볼 수 없는 표상을 지녔던 때문이 아니었던가 우선 생각해보게 된다.[5]

정도의 실질적 주체들은 왕과 관료들이지만 그들에게서는 길흉화복을 헤아리는 예지력을 기대하기가 어렵다. 이에 비하면 무학은 꿈과 터를 바탕으로 개인은 물론 나라의 명운, 운세까지 꿰뚫어 볼 줄 아는 존재로 이미 회자되고 있었던 것으로 나타난다. 한양 천도를 새 국가의 창성사업으로 선양하고자 한다면 상하, 승속僧俗의 구별 없이 존숭받는 이를 이야기

4 『太祖實錄』 제3권, 2년(1393) 2월 11일. "임금의 수레가 새 도읍 한복판의 높은 언덕에 올라서자 왕이 땅의 형세를 두루 살펴보고 왕사 자초에게 물으니 자초가 대답하였다. '능히 알 수 없습니다.'"
위의 책 제6권, 3년(1394) 8월 12일. "임금이 장막 안에서 왕사 자초에게 공양하였다. 임금이 여기와서 터를 잡으려고 하자 먼저 사람을 보내 그를 맞아온 것이다."
위의 책 제6권, 3년(1394) 8월 13일. "임금이 또 왕사 자초에게 물었다. 이곳은 어떠하오? 자초가 대답하였다. '이곳은 사면이 높고 빼어나며 중앙이 평평하니 도읍을 삼을 만합니다. 그러나 여러 사람들의 의견을 따라서 결정하십시오."

5 장루이 카바네스, 소광희 역, 『문학비평과 인문과학』, 이화여대 출판부, 1995, 77쪽. 장루이는 정신구조적 역사에 대한 설명에서 집단적 표상, 주어진 환경에서 우세하게 작용하는 일반적인 사유방식을 찾아내는 것에 초점을 맞춘다고 했다. 한양 천도담에 무학을 고정시키려드는 것은 무학이 지닌 남다른 집단 표상 때문으로 여겨진다. 선초는 왕조와 이념이 교체된 시기로서 한양 천도담에서도 혼란과 파장을 잠재울 집단적 표상이 요청되었다고 할 수 있겠는데 무학은 선초 담론의 장에서 신/구왕조, 지배/피지배, 승/속의 분열대신 사회 구성원들을 결합시킬 수 있는 문화적 모델로 지목되었다 하겠다.

에 투입하는 것이 옳은 일이다.

천도사업을 천명과 대업의 수행으로 이야기해야만 하는 이유는 시대적 상황과도 무관하지 않을 것이다. 명분과 의리를 중시하는 관념이 지배적인 여말선초의 환경에서 조선창업, 한양 천도의 불가피성을 전한다하더라도 냉소적 시선으로 일관하거나 불만을 애써 감추고 있는 이들이 적지 않았던 것이 당대 현실이었다. 창업세력들로서 그런 상황은 큰 부담이 아닐 수 없었을 터이다. 위정층이 개국에 대한 미화, 신성화 작업에 나서지 않을 수 없었던 사정을 이해하기란 어려운 일이 아니다.

왕조교체기라는 특수 상황이 무학의 인물기능을 새삼 주목하지 않을 수 없게 했다고 해도 과언이 아니다.[6] 그는 확실히 유가에서는 볼 수 없는 심상과 기능을 구비하고 있었다. 즉 그는 왕사인데다 풍수風水, 점복占卜의 식견을 두루 갖춤으로써 위정층은 물론 피지배층으로부터도 존경과 신뢰를 끌어낼 수 있었다고 보는 것이다.

이성계와 무학이 친연적 관계로 발전할 수 있었던 것도 해몽과 묘혈 점지였다는 점은 여러 가지를 시사해준다.[7] 이성계가 아직 무관으로 머물

---

6 조선창업을 주도한 세력은 개국의 명분과 국가적 정통성을 각인시키는 작업을 서둘러야 했다. 조선이 천명을 받들어 들어선 나라임을 선언하고 나섰지만 민심을 한순간에 이성계 편으로 돌려놓기는 어려웠을 터이다. 일부의 시각대로 무도하게 왕권을 탈취했다는 혐의를 벗기 위해서라도 선초에는 창업의 명분과 정통성을 다지는 작업이 절실히 요구되었다. 가령 악장, 용비어천가, 신도가 등이 좋은 예가 될 터인데 이는 조선 개국에 대한 부정적 시선을 가라앉히고 새 왕조에 대한 신뢰감을 끌어내는 데 적잖은 힘을 발휘했던 것으로 여겨진다.

7 아는 것처럼 중세시기는 명운을 가늠하고 발복을 바라는 사람들의 소망에 따라 풍수, 해몽 등에 대한 믿음이 삶 속 깊숙이 들어와 있던 때이다. 점복, 풍수의 능력자는 대중들의 남다른 관심을 끌었고 그들의 언행은 주변에 큰 영향을 미쳤다. 합리적 사고를 중시하는 성리학이 도래하면서 폐습으로 공박받기도 했으나 점복, 풍수 등은 삶과 의식을 좌우하는 요소로 자리 잡았다.

때 꿈풀이로 왕위 등극을 앞서 알렸으며 그것이 그대로 구현되면서 무학은 괄목상대할 존재로 부상하게 된다. 정도지를 물색하는 단계에서 이성계가 누구보다 무학을 먼저 찾은 것이나 왕사에 등극시킨 것은 그 점에서 이상할 것이 없었다.

그런데 무학이 정도지의 물색자로 지목된 까닭을 이성계와 무학 간의 사적 관계에서만 찾는 것은 적절해 보이지 않는다. 무학이야말로 상하층 모두에게 호감, 신뢰감을 주었으며 나아가 성스러운 표상으로 인식되었음을 주목해야 한다.[8] 천도 사업이 새 국가의 상징적 사업이자 신성한 역사로 기억되기 위해서는 그에 부응하는 주인공을 투입할 필요가 있음을 전승층은 간파했을 것이다. 이는 정도지 점정, 궁, 성터 획정의 장본인으로 무학을 앞세울 때 천도가 조선 개창의 상징적 역사役事이자 미래를 도모하는 신성한 사업으로서의 의의가 확보된다는 믿음과 무관치 않다. 무학이 풍수승으로서 발군의 선별안을 갖춘 인물로 판명되면서 그가 점지한 터는 누구도 부정할 수 없는 길지로 바뀔 수 있었다. 그것은 국풍國風이 지정한 땅이기 때문이다. 이렇게 볼 때 천도담에서 무학의 투입은 불가피한 일이었다 하겠다.

---

8 한양 천도담도 선초에 활기를 띤 어용 문예적 요소가 어느 정도 잠재해 있다고 보아야 할 듯하다. 민중층을 중심으로 전파된 이 이야기는 정도지 탐색과정을 전해주되 천도사업이 갖는 역사적 의의를 부각시키고 나아가 성스러운 역사로 규정짓고자 하는 의도를 담지하고 있는 것이다. 이에 해당되는 단적인 표지가 무학의 등장 아닌가 싶은데 천도 전승담에서 무학중심으로 전개되는 구도야말로 이런 추측을 뒷받침해준다. (김승호, 「전승담을 통해 본 무학 형상의 층위와 그 의미」, 『열상고전연구』 제72집, 2020, 317쪽.)

3. 무학의 터 물색과 종교 이념적 훈수

1) 불교, 선대 명풍승의 비기전수

이성계는 천도가 국운을 결정하는 중차대한 일이라 여기면서 정도지 선정에 신중을 거듭한다.[9] 하지만 왕도지 선정이 왕과 위정자 등 지배층의 관심사로만 그치는 사항일 수는 없었다. 야사, 야담, 구비전승물 들을 보면 기층민들도 천도에 대해 큰 관심을 보였으며 나름의 시각으로 천도 시의 역사를 다양하게 증언해놓았음을 알 수가 있다. 한데 전승에 따르면 무학이 한양 천도를 주관한 것으로 전제하고 왕도의 점정에서부터 궁, 성터의 획정은 물론이요 대궐을 짓는 목수의 몫까지 무학에게 부여한다. 무학을 빼놓은 한양 천도를 생각할 수 없을 정도이다. 무학에 대한 이 같은 기능 부여는 그에 따라다니는 심상과 무관치 않다고 보았거니와 무학은 도력이 출중한데다 감여堪輿, 상천象天, 점복占卜, 잉수孕數에 있어서도 비범한 혜안을 갖추고 있었다.[10]

하지만 적잖은 전승담들이 무학의 풍수능력에 회의감을 보이고 있는 것

9 다음 기사를 통해 정도처 선정에 대한 태조의 고민을 읽을 수 있다. "서운관 관원이 무악이 수도로 좋지 않다고 하니, 다른 곳을 물색하게 하다. 임금이 도평의사사에 교유(敎諭)하였다. 무악(毋岳) 신도(新都)의 땅은 앞서 10여 재상들에게 명하여 이것을 보고 지금은 이미 결정하였는데, 서운 관원(書雲觀員) 유한우(劉旱雨)와 이양달(李陽達) 등이 말하기를, '신의 배운 바로 보아서는 도읍으로 정할 곳이 아닙니다' 하니, '나라의 큰 일이 이보다 중한 것이 없는데, 혹은 좋다 하고 혹은 좋지 않다 하니, 전일에 가 본 재상 및 서운관 관원과 더불어 그 옳고 그른 것을 논의해서 알리라.' 영삼사사 권중화(權仲和)와 우시중 김사형(金士衡)이 여러 재상들과 더불어 서운관의 말한 바를 기록하여 아뢰었다. '다 옳지 못하다 합니다.' 임금이 말하였다. '이들로 하여금 다시 좋은 곳을 물색하게 하라'하였다."(『태조실록』 6권, 태조 3년(1394) 6월 27일.)

10 李圭景, 『五洲衍文長箋散稿』, 人事篇○技藝類 算數 數原辨證說. "我太祖朝術僧無學 俗姓名朴自超 三岐郡人 通術數之學孕數, 法得於海西九月山黃杉老人云."; 張志淵, 「震彙續考」, 『장지연전서』 권2, 185쪽. "無學妙巖三嘉人 道高洞曉象緯堪輿."

도 사실이다. 예화들은 대체로 무학이 스스로 택지에 실패하다가 조력자의 등장으로 겨우 임무를 마치는 것으로 되어있다. 그렇다면 불가에서는 풍수가로서 무학을 어떻게 바라보았을까. 무학이 승려이므로 불가 내에서 무학에 대한 반응이 호의적일 것이라 예단해 보는 것은 어렵지 않겠다. 하지만 그를 불세출의 명풍名風으로 고정시키는 식의 편애는 나타나지 않는다. 좀 더 구체적인 논의를 위해 전승 속의 무학 선대 풍수승을 주목해보자.

전통적으로 불가에서는 무학의 선배 풍수승을 여럿 거론해 온 터이다. 의상, 도선, 나옹懶翁이 대표적이다. 무학의 풍수적 위상을 점검하기 위해서라도 이들의 풍수적 면모를 잠시 살피지 않을 수 없겠다. 하지만 도선이나 무학과 달리 의상의 풍수행적을 전하는 자료를 접하기란 쉽지 않다. 다행히 대덕 민지閔漬가 기록한 「금강산유점사사적기金剛山楡岾寺事蹟記」에서 우리는 의상의 풍수가적 면모를 찾아볼 수가 있다. 해당 부분은 다음과 같다.

> 신라고기「新羅古記」에 말하되, 의상법사가 처음에 오대산으로 들어갔다가 그 다음 금강산으로 들어갔는데 담무갈曇無竭보살이 나타나서 말하길 '이곳은 행行이 있으며 여러 사람이 출세할 땅이며 금강산은 행이 없이도 무수한 사람이 출세할 수 있는 땅'이라 하였다. 세상에서 '의상은 금산보개여래金剛寶蓋如來의 후신'이라 하는데 그렇다면 이 말은 헛되이 전해지는 것이 아닐 것이다.[11]

---

11 閔漬, 「金剛山楡岾寺事蹟記」, 楡岾寺宗務所, 1947, 45~46쪽. "新羅古記云 義相法師 初入五臺山 次入是山 曇無竭菩薩現身而告曰 有行有數人出世之地 次山 行無數人出世之地也 世傳云 義湘 是金山寶蓋如來後身也 若然則 必不妄傳斯語矣."

동방 화엄학의 조종이자 교학승으로 일컬어지는 의상이지만 담무갈보살의 인도를 받기 전까지 그는 금강산, 오대산의 성소적聖所的 의미를 알지 못하고 있었음이 드러난다. 이 같은 내용에 따를 때 불가풍수의 출발점을 불보살에게서 찾는 것이 합당할 것 같다. 불보살을 최초의 풍수가로 인정한다면 일단 담무갈보살→의상대사로의 풍수계보가 마련된다.[12] 신라시대는 불보살로부터 의상에게 전수된 동방의 산천 비보裨補 원리에 따라 불교 풍수가 정립되기 시작된 때라 생각할 수 있다. 흔히 도선을 불가풍수의 기원으로 말하지만 상기 대목대로라면 신라시기에 이미 불가풍수가 자리를 잡고 있었다 해야겠다. 어쨌든 후대 전승에 이르면 의상은 신라를 대표하는 풍수가로 좌정된다. 무학이 천도지를 물색하는 단계에서 풍수승으로서 의상이 자주 언급되고 있는데 특히 그가 남긴 비기는 후대 점정點定의 오류를 바로잡는 지침으로 수용되기에 이른다.

무학이 경복궁 축조의 책임을 맡아 한참 일을 진행할 때였다. 무학이 점정한 터에 나타난 정도전이 임금이 남면하는 일은 있어도 동쪽으로 향하는 법은 없다며 일방적인 공격을 퍼부었다. 정도전의 지적에 무학은 속수무책의 처지가 되고 만다. 억불책을 마련한 인물답게 정도전은 무학 앞에서 안하무인격으로 행세했다. 하지만 무학은 200년 후에는 자신의 말을 되새기게 될 것이라는 언질을 남길 뿐 정도전의 터 잡기에 더 이상의 제동을 걸려 하지 않으려 한다.

사실 무학이 잡았던 터는 의상대사가 「산수비기山水祕記」에서 이미 조선의 왕도로 지정해놓은 곳이었다. 즉 의상이 800년 전 유불儒佛 간 풍수마찰

12 물론 무명으로 덮인 땅이 아니라 불연성으로 충만한 땅을 고르는 것을 목표로 한다는 점에서 불가풍수는 속세의 명당 찾기와 다를 것이다.

이 촉발될 터임을 분명히 해놓았던 것이다. 따라서 무학은 정도전의 주장대로 일이 진행된다면 판탕지란板蕩之亂을 겪을 것이니 신중히 판단해야 한다고 경고하고 나서는데[13] 기실 이는 의상의 말을 대신한 것이었다. 「산수비기」는 엄청난 시대적 간극에도 불구하고 의상과 무학을 풍수승의 선후배로 연결시켜주는 매개가 되고 있다.

풍수승의 계보상 무학에게 가장 큰 영향을 미친 이는 아무래도 도선道詵일 것이다. 도선이 한국의 풍수의 대명사로 통할 정도의 반열에 오른 것을 두고 흔히 당승唐僧 일행一行과의 만남을 지적한다. 사실 도선이 애초부터 풍수가를 꿈꾼 것은 아니었다. 당에서 황제의 유궁을 정하지 못하고 애태우다가 몽조에 따라 어린 도선을 찾아 나선 것이 계기가 되어 당에 들어가 황제유궁을 찾아주고 일행과 조우한다. 이후 일행은 그의 영민함을 한눈에 알아보고 삼한 지세의 허실을 알려주는 등 비보의 핵심을 전해준다.[14] 당에서 돌아온 도선은 일행의 가르침에 따라 왕업과 민생을 돕는 일에 발벗고 나선다. 그는 신라의 몰락과 고려왕조의 탄생을 예고해주었을 뿐만 아니라 후인들을 위해 「옥룡자비기玉龍子祕記」, 「도선비기道詵祕記」를 남기는 배려를 아끼지 않았다.

---

13 정명기 편, 앞의 책 권19, 58쪽. "無學 乃卜漢陽曰 仁王作鎭 白岳南山爲左右龍虎 鄭道傳難之曰 自古帝王 皆南面而治 未聞東向也 無學曰 不從吾言 垂二百年 當思我言 按山水祕記云 擇都者 愼聽僧言 則稍有延存之望 鄭姓人出 而是非之 傳不五世 簒奪之禍生 二百年板蕩之亂至 愼之 祕記乃新羅義湘大師之所著 知八百年後事 若合符契 豈非神僧也."

14 "我於高麗有緣 聞高麗山川多背逆本主 故作九韓三韓內逆敵外逆賊 綿綿不絶 天地穴泳不調之病也 麗民多死疾疫饑饉刀兵者 以此也 可惜可惜 今我志願欲調山水病 使高麗爲太平地." (「高麗國師道詵傳」, 『조선사찰사료』 하, 조선총독부, 1911, 377쪽) "人若有病急 卽尋血脉或針或灸 則卽病愈 山川地病亦然 今我落點處 或建寺立佛立塔立浮圖 則如人之鍼 名曰補裨也 (…중략…) 不信補裨破佛刹 則國破民死亦必矣"(앞의 책, 377쪽) "汝高麗靑木下 有王融者據焉 須尋訪付此書曰 明年汝必生貴子 此子將爲統三韓主 必據三韓民也 不然則 事不成謹之謹之."(앞의 책, 378쪽)

「도선비기道詵祕記」는 왕씨를 계승하는 것은 이씨이며 마땅히 한양을 도읍지로 삼아야 한다는 말을 담고 있다. 아울러 이 책은 무학 이전에 벌써 한양이 남다른 터로 인식되었음을 보여준다. 고려 중엽에 윤관尹瓘과 최사추崔思諏 등이 목멱산 북쪽에 남경을 정하고 대궐을 지었던 바가 있다. 숙종이 순위 시 이곳에 오얏씨를 뿌렸는데 번성해지면 베어버려 지세를 제압했으니 이를 맡은 이를 벌리차사伐李差使라 했다. 또한 이씨 성을 가진 이를 한양 부윤에 앉히고 인왕산에다 일렬로 쇠말뚝을 묻고는 용봉장이라 불렀는데 기세를 제압하기 위함이었다. 그만큼 고려왕조에서 도선의 도참에 민감하게 반응했음을 말해준다 하겠는데 뒷날 무학이 경복궁지로 지목한 곳이 고려 때 오얏씨를 뿌린 바로 그곳이었다.[15]

무학과 도선이 시대를 격해 활동했으나 전승담들은 이들을 사제지간으로 설정하고 있다는 인상을 준다. 정확히 말하면 무학이 도선의 풍수론을 사숙했다고 할 터인데 기백 년 전에 도선은 이미 무학의 출현을 헤아리고 그를 위해 풍수적 훈계를 남겼던 것이다. 다음 자료는 이를 잘 말해준다.

> 무학이 정도지 물색에 나섰을 때이다. 사방을 돌아다니며 궁터로서 최적의 장소를 물색하던 무학에게 더없이 좋은 터가 눈에 들어왔다. 바로 왕심리枉尋里였다. 그는 서둘러 땅을 고르기 시작했다. 그러던 중 흙 속에서 "무학이 잘못 찾아 이곳에 왔다"고 쓰인 『도선비기』를 발굴하게 된다. 그것은 기백 년 전 무학이 그곳에 올 것을 내다보고 도선이 남긴 경구였으니 이를 본 무학은

15 정명기 편, 앞의 책 권19, 58쪽. "道詵祕記 以爲繼王氏者李氏 而當都漢陽 麗朝中葉 使尹瓘崔思諏等 旣創南京於木覓壤 作宮闕 肅宗 以時巡位多種李 及番茂芟伐之 以壓勝 時有伐李差使之號 又李姓人 爲漢陽府尹 列埋鐵釘於仁王山 謂之龍鳳帳 以壓氣.其後 無學所定宮城之址則麗時種李處云."

> 곧바로 자신의 실책을 인정하지 않을 수 없게 된다. 이후 다시 찾아낸 곳이 남산 아래쪽인데 백악산을 안산案山으로 삼고 있는 이른바 회룡고조回龍顧祖의 명당이었다. 하지만 새로 정한 그 터를 두고 정도전이 심하게 반발하는 바람에 무학은 자신의 생각을 접을 수밖에 없게 된다.[16]

상기 이야기는 무학의 택지 감별력에 문제가 있음을 먼저 확인시킨다.[17] 언뜻 보면 무학이 조선을 대표하는 풍수승일지는 모르나 불가의 풍수적 계보로 볼 때 도선의 추종자에서 벗어나지 못하고 있음을 강조하는 듯 보인다.[18] 하지만 핵심은 의상 이래 불가 풍수승의 계보를 확인시키는 데 있다고 해야 하겠다.

불가에서 발원한 것으로 여겨지는 한양 정도지 탐색담에는 무학의 활약상 못지않게 의상, 도선의 택지적 안목과 그들이 남긴 비기의 영향력을 부각시키고 있다. 이는 천도가 몇몇 개국 신료들의 공업으로만 치부되는 데 대한 불가 내의 불만과 반발적 심리를 반영하는 것이 아닐 수 없다. 불가

---

16 정명기 편, 앞의 책 권12, 421쪽. "無學初尋山脈 至枉尋里 以占國基開鑿之際 祕記出焉 乃道詵所著也 書曰 無學枉尋到此 無學始覺其誤 再占於南山之下 以白額山爲案曰 回龍顧祖地形也 鄭道傳駁之曰 王者正南面 而立北向 非王者之居也 白額山形如佛像 前朝 以妖僧亡國 今若目非 定于此 則妖厄不離 堪輿之大忌也 無學曰 然則君自定都 道傳乃占景福宮."

17 성터 물색에서도 무학은 제 몫을 다하지 못하는 것으로 나타난다. 도선이 써놓은 '無學誤尋到此'를 읽고는 서둘러 새로 궁궐 터를 찾았으나 외성의 경계를 정하지 못하고 있었다. 그런 차에 밤에 내린 큰 눈이 한쪽에는 그대로 쌓였고 한쪽으로는 모두 녹아 안팎이 뚜렷이 구분되는 일이 벌어졌다. 이를 예사롭지 않다고 본 이성계는 적설의 유무에 따라 성의 경계를 결정하라는 분부를 내리게 된다(정명기 편, 앞의 책 권19, 57쪽). 대궐을 축조한 뒤 외성을 쌓으려는 무학에게 하늘이 도와주듯 눈을 내려 외성의 경계지점을 선명하게 표시해줌으로 의외로 정도지 찾기는 수월하게 해결된다. 하지만 무학의 조언 대신 적설의 윤곽을 좇아 외성 터가 정해지는 바람에 무학의 풍수안목은 보잘 것 없게 되었다.

18 전승담에 보이는 명풍승의 계보로 따질 때 무학에게 의상은 祖, 도선은 父의 위치에 있다고 보아도 어색하지 않을 듯하다.

에서는 불보살-의상-도선으로 이어지는 불가풍수의 계보를 제시하는 한편 무학을 통해 그 불가풍수의 맥이 연면하게 이어지고 있음을 밝히려 들었다. 이 같은 내용 전개는 명당 탐색을 앞세워 자긍심과 존재감을 확인시키고자 하는 불가의 정서를 그대로 반영하는 것이라 하겠다.

2) 민속신앙, 산신령의 현장적 지시

무학의 명당 찾기는 정도지 물색과 궁, 성지의 물색으로 나누어지지만 구전전승들 속의 무학은 명성만큼의 능력을 보여주지 못한다. 겨우 이인의 도움을 받아 터를 찾는 초라한 행색을 벗지 못한다. 그러나 눈여겨보지 않았던 이들의 도움으로 그는 택지 임무를 완수할 수 있게 되는데 그에게 명당을 적시해준 이들이 실은 신선, 산신령, 신 등 민중이 숭배하는 신격들로 밝혀진다. 그렇다면 왜 민속신앙의 신격을 무학의 조력자로 배치했을까. 구전 풍수담에서는 미숙한 무학의 풍수 안목을 나무라며 직접 길지를 직지直指해주는 촌로이자 산신령이 등장하는 모티브가 폭넓게 자리잡고 있는 바[19] 민속신격에 대한 민중들의 존숭의식을 엿보게 하는 인물배치가 아닐 수 없다.

민중들은 무학이 감여술을 터득할 수 있게끔 길을 터준 것도 민속신격적 존재 안에서 찾는다. 권뢰權垺의 「덕유산유산록遊德裕山錄」은 무학이 어떻게 풍수의 대가가 될 수 있었는지를 가늠해 볼 수 있는 자료이다.

> 대사는 성씨가 성成이요, 이름은 사겸士謙이다. 고려조 경양위敬讓尉 익재翊齋

19 이지영, 앞의 글, 344쪽.

의 서자로 모가 임신한지 13개월 만에 태어난다. 하지만 배꼽에 '귀鬼' 자가 새겨진 것이 불경스럽게 여겨져 쫓겨나는 신세가 되고 만다. 섬으로 돌아다니며 구걸하던 무학은 강화도 사람의 호의로 집을 얻어 정착하게 된다. 17살에는 장가들어 이감里監인 김후金厚의 사위가 되었으나 칠거지악의 아내 때문에 어머니가 숨지게 된다. 이에 아내를 내쫓은 무학은 이후 모의 묘 아래에서 "이 모든 것이 몸에 '귀' 자가 새겨진 탓이니 스님이 되어 도를 닦는 것만 못하다"는 말을 남긴 뒤 길을 떠난다. 무학이 구월산 삼신단 아래에 자리를 잡고 있는데 홀연 황삼黃衫노인이 나타나 삼법문을 건네주면서 "일법一法은 상천相天, 일법은 복지卜地, 일법은 잉수孕數이니 이를 습득하면 장차 이씨의 스승이 되리라" 말하곤 사라졌다. 정각사 견성암에 은거하여 삼법문으로 신술을 터득하자 무학의 이름은 서울에까지 파다해졌다. 고려 왕이 그를 보려 초청했으나 무학은 화가 미칠 것을 두려워한 나머지 삭발한 연후에 법호를 무학, 법명을 자초라 짓고 덕유산으로 몸을 숨긴다. 태조가 왕위에 등극한 해에 제자인 묘정의 주선으로 태조와 금강산 삼인봉 아래에서 그와 만나기로 했다. 태조가 그 인물됨을 보니 큰 귀, 높은 이마, 넓은 눈썹, 네모난 입술이 범인의 형상과는 달랐다. 태조가 그를 존숭하여 왕사로 삼고는 나라의 역대 운수와 왕도로서 적합한 터를 물었으니 이로써 한양이 왕도로 정해졌다고 한다.[20]

---

20 權抹, 『龍耳窩集』 卷之三, 雜著, 「遊德裕山錄」. "大師姓成名士謙 麗朝敬讓尉翊齋庶子 三岐人.娠十三月生 臍下有鬼字 父以爲不祥 使其母子不得處室 乃轉乞於海島 江華民憐之 架屋而處之 年至十七 爲里監金厚之婿 妻有七去惡 母死因出之 遂大哭於慈母墓下 歎曰 微命之至此蹇厄 本由鬼字 不如從禪入道 掌治鬼神 入九月山三神壇下 終日端坐 忽有黃衫老人 授以三法文而言曰 一法象天 一法卜地 一法孕數 習之將爲李氏師 因忽不見 乃隱讀于正覺寺見性庵 術旣成 聲及京師 麗王欲見召之 恐禍及己 遂剛髮而號稱無學 法名自超 隱於德裕山 我太祖龍興之初 因其弟子妙淨 期會于金剛山三印峰下 見其爲人 大耳高額 廣眉方唇 非凡人相 上尊之以爲師 因問箕邦歷代之數 王都卜宅之宜 而乃至定都於漢陽云."

재속기在俗期 불행만이 거듭되던 무학에게 전운의 실마리가 되어준 것이 황삼黃衫노인과의 만남이었다. 황삼 노인은 세사에 염증을 느낀 끝에 수행자로 산중에 든 무학에게서 대기적 자질을 간파한다. 나라의 장래를 걱정하며 식견을 물려줄 수제자를 찾고 있었던 듯 그는 무학에게 천문, 풍수 등의 이치를 담은 삼법문三法文을 기꺼이 내어준다. 무학이 명풍이 되고 왕사로 등극하는 데 있어 황삼노인은 빼놓을 수 없는 존재가 아닐 수 없다.

정도지 물색담에서도 무학의 조력자로 나타나는 이들은 한결같이 노인들이다. 이제 정도지 물색담과 궁, 성지 물색담으로 나누어 그에 나타나는 노인들의 인물기능적 특성과 종교 이념적 의미를 헤아려 보기로 한다.

> 무학이 이성계의 부탁으로 사방을 떠돌며 도읍지를 물색하던 중 왕십리에 이르렀을 때였다. 근처 지세가 맘에 들어 찬찬히 살피던 무학에게 "무학같은 소, 바른 곳을 버리고 굽은 길을 찾는구나"라는 꾸지람소리가 들렸다. 금방 그게 자신을 책한다는 것을 알아챈 무학은 곧바로 그에게 매달려 명당 물색의 도움을 청한다. 간구한 끝에 무학이 알아낸 터는 거기서 서쪽으로 십 리를 더 들어간 지점으로 도읍지의 지형을 온전히 갖춘 곳이었다.[21]

전승에서는 성, 궁 터 찾기도 무학이 풀어야 할 과제로 부과된다. 그런데 여기서도 일쑤 민속신격이 무학의 조력자로 등장한다. 한 예로 『구비문학대계』 5-4 「산신령과 무학」을 살펴보기로 한다.

---

21 최상수, 앞의 책, 1984, 15쪽.

한양을 신도지로 정한 무학이 다음으로 착수한 것이 대궐 공사였다. 한데 어렵사리 지은 건물이 날이 새면 무너지곤 하는 일이 반복되기에 이른다. 원인을 도무지 알 수 없었던 무학은 죄책감에 시달리다가 삼각산으로 들어가 죽기로 결심하고 길을 떠난다. 전농동에 이르렀을 때인데 허연 영감이 논을 갈면서 "이 놈의 소가 무학이처럼 멍청하다"며 소리를 지르는 것이었다. 소가 아닌, 자신에 대한 질책으로 알아들은 무학은 당장 그 앞에 엎드려 택지의 요령을 구하게 된다. 영감은 전에 택한 대궐 터는 학의 날개에 해당하는 곳으로 거기에 무거운 짐을 얹어놓자 학이 날개를 바둥거리는 바람에 무너진 것이라는 진단과 함께 성부터 쌓아 학의 날개를 눌러 놓는 것이 우선 할 일임을 주지시킨다. 백발영감의 말에 따라 성을 먼저 쌓고 다음에 대궐을 지으니 더는 건물이 무너지지 않았다. 이때 무학에게 풍수이치를 깨우쳐준 백발 영감은 다름 아닌 삼각산의 산신령이었다.[22]

막상 한양을 정도지로 정하긴 했으나 성터의 경계를 정하지 못해 고심할 때 노인이 해결사로 나선 상황을 보여준다. 흔히 「무학을 나무라는 농부」로 불리는 이 유형은 한양 정도 이야기 중에서도 가장 큰 비중을 차지한다. 그런데 출현시점으로 볼 때, 이 유형은 다른 것보다 뒤늦게 등장한

22 한국정신문화연구원, 「산신령과 무학」, 앞의 책 권 5-4. 231~233쪽. 다음에 소개하는 8-14 「무학대사 전설」도 상기 예화와 동일한 내용을 보여준다. "한양을 천도지로 정한 이후 무학은 궁터를 잡아 대궐을 짓는 일에 매달리는데 완공했다 싶으면 곧 무너지는 일이 거듭 이어진다. 이유를 알 수 없었던 무학은 소임을 다하지 못했다는 죄책감에 도피를 결심한다. 그러다 '무학이 보다 더 미련하다'며 쟁기질 하며 소를 꾸짖는 노인을 만나게 된다. 그 노인이야말로 대궐 붕괴의 까닭을 알고 있다고 여긴 무학은 노인에게 풍수의 이치를 간구하게 된다. 노인이 내린 진단은 학 혈을 잡아 동쪽에 지은 탓에 건물이 무너질 수밖에 없었다는 것이었다. 무학이 되돌아가서 노인의 처방대로 학 날개 쪽에 행랑채를 먼저 짓고 이어 학의 몸체 쪽에 본채를 짓자 더 이상 건물은 무너지지 않았다."

것으로 여겨진다. 이렇게 보는 이유는 무학의 명풍적 면모를 찾아볼 수 없기 때문이다. 여기서 무학의 풍수가적 권위를 붕괴시키는 인물은 역설적으로 조력자라 해야 할 것이다. 사실 명풍수라 할지라도 낯선 곳의 지세를 한 눈에 파악하고 순식간에 명당을 골라내기란 쉽지 않다. 근방 지리에 밝은 이의 안목을 빌렸다 해서 큰 흠이 될 수는 없을 것이다. 하지만 촌로, 농민, 어린아이 등이 택지안내를 도맡음으로써 상대적으로 무학의 명성은 큰 손상을 입게 된다.

그렇다면 조력자로 익숙한 고사高士, 고승高僧, 불보살 등을 배제하고 농부, 노인, 심지어 어린아이같이 범속한 인물을 내세운 까닭이 무엇일까. 이 해명을 위해서는 전승집단의 의식을 들여다보는 것이 필요할 듯싶은데 유념할 일은 무학을 도와준 존재들이 원래 산신령, 신선, 신 등 민속신격이라는 점이다. 전승집단이라 할 민중층은 자신들이 무학의 인도자가 될 수는 없다고 생각하면서 민속신격이 무학을 돕도록 했고 이로써 민속신격들의 풍수적 영험력이 고승이나 불보살보다 우위에 서 있음을 밝히려 했던 것이다. 전승집단이 불가의 무학보다 민속신격을 부각하려 했다 해서 불교와 민속신앙 간 우열담으로 보는 것은 옳지 않다. 신격들은 명당 탐색에서 답을 찾지 못해 애태우는 무학의 처지를 이해한 나머지 명당을 직접 직시해주고는 곧 몸을 감추는데 이는 불교와 민속신앙 간의 친연적 관계를 말해주는 것이다.

민속신격의 우위적 배치는 정도지 선정에 유가, 불가만이 간여한다는 불만과 무관해 보이지 않는다. 친민중적 성향의 산신령, 혹은 신선은 무학에게 훈수를 두는 방식으로 자신들의 정체성과 존재감을 표출했다고 보아야 할 것이다.

3) 유교, 신진사류의 불가풍수 비판

한양 정도지 설화에서 정도전鄭道傳은 무학의 권위를 묵살하는 것으로 기능이 고정되어있다. 무학과 정도전 간의 친소親疏와 상관없이 반불의 이념, 정책을 제시한 정도전을 앞세워 풍수 안목에서도 불가보다 유가가 우위에 있음을 천명하게 된다. 그렇지만 유가에서 원래부터 무학에 대해 폄훼의 시각을 드러냈다고 보지는 않는다.

16세기 문인 차천로車天輅의 『오산설림五山說林』은 조선중기 유가에서 무학을 어떻게 바라보았는지를 읽을 수 있는 적절한 예가 될 듯하다. 이에 실린 무학전승의 각편을 보면 유자들 사이에서도 불가풍수의 전통과 풍수승의 권위를 인정하는 분위기가 조선중기까지는 유지되었던 것으로 보인다. 「환조의 묘혈구하기」에 등장하는 무학은 은거수행에 전념하는 수행승이면서 높은 경지에 오른 명풍승으로 형상화되고 있는 것이다. 잠시 줄거리를 보자.

> 이야기는 서두에서 이성계의 결핍상황을 전제해놓고 있다. 환조桓祖가 세상을 뜬 상황이지만 묘혈墓穴을 정하지 못하게 된 이성계가 용한 지관을 찾기 위해 동분서주하는 것이다. 그런 차에 나무꾼에게서 두 승이 왕후장상王侯將相의 혈穴 자리를 알고 있더란 말을 듣게 된다. 이성계가 곧바로 두 승을 찾아 사정을 털어 놓았음은 물론이다. 하지만 발복할 혈 자리를 간청해도 그들은 "빈도들은 단지 구름처럼 떠돌아다니며 놀 뿐이요, 청오금낭靑烏錦囊의 술법은 아직 들어본 적이 없다"고 냉담한 반응만 보인다. 하지만 이성계가 물러서지 않고 간청을 거듭한 끝에 왕후에 오를 혈 자리를 알아내는 데 성공한다.[23]

나옹과 무학은 그들 스스로 밝히고 있듯 세사에는 뜻이 없으며 거처 없이 떠돌며 도를 닦는 것을 업으로 삼고 있다. 그것은 전통적으로 고승에 부여된 심상心象과 일치한다. 깊은 수행 끝에 천지 만물의 이치에 달통한 이들에게 터의 길흉 선별은 별것이 아닐 수 있다. 하지만 이들은 이성계의 청에 좀처럼 응하지 않는다. 풍수가 개인의 발복이나 부축하는 그런 술법으로 전용될 수는 없다고 여긴 것은 아닐까 싶다. 하지만 무학은 강경한 태도로 일관하는 나옹과 달리 이성계의 원을 들어주기로 한다. 그는 운세가 다한 고려의 상황을 읽고 있었으며 새 왕이 등장해 미래를 설계해야 한다고 보고 스승을 설득해 이성계에게 혈 자리를 제공한다. 어쨌든 차천로가 소개하는 무학은 명풍승이자 미래사를 꿰뚫는 선지적 위상이 그대로 유지되고 있다.

하지만 『오산설림』 이후 등장한 전승에는 영험력을 갖춘 무학이 점차 자취를 감춘다. 정확히 말하면 무학 앞에 정도전이 등장함으로써 일어난 현상이라고 할 수 있다. 유불가 풍수의 대변자라 할 이들은 천도지의 지정뿐만 아니라 궁이나 성터 점정를 두고도 번번이 부딪힌다. 몇 가지 예화를 들어보자.

---

23 車天輅, 『五山說林』 草藁. “太祖生於永興外祖第 卽今濬源殿是也 桓祖之喪 太祖在咸興欲得福地而葬之 未遇卜兆之人 一日樵童往于山 見有二緇髡先在山 上下其山 而或坐或立 長者曰 下者雖應地法不過將相 稍上者當世出王侯 二人相語周章 樵僮潛於林中聞其語 走告于太祖 太祖不遑駕 驏騎立跡之 迨至十餘里 二僧者駐錫于道左 太祖下馬再拜曰 某有陋舍 願尊師暫屈 二人辭以行遠不肯 太祖叩頭再拜跪請之甚誠 二人曰 人以誠恨 可虛辱 遂許與俱歸 太祖舍之靜處 禮接之款情 留一日辭 太祖苦留之一日 太祖離席再拜曰 某今失所怙 欲卜一善地 願尊師幸指敎之 二人拂衣起曰 貧道只是雲遊而已 靑烏錦囊之術 未之聞也 太祖地拜强輓 流涕以謝 二人遂仍留之又一日 太祖再拜復請之 長者嘿然 少者曰 人之厚意 豈忍負之 長者曰 然則何如 當指示其處耳 二人遂與太祖如其山 植杖而語之曰 第一穴王侯之兆 第二穴將相之宅 擇於二者 太祖曰 願就其第一 長者曰 無乃過乎 太祖曰 凡人間事 欲卜上 僅得其下 是以云耳 二人者笑曰 惟願 遂不顧而去 長者懶翁長老 少者無學上人也.”

고심 끝에 무학이 도읍 예정지를 구한 다음의 일이다. 무학은 점정지를 두고 인왕산仁王山을 주산으로 하고, 북악산을 좌청룡左青龍으로 하고, 남산을 우백호右白虎로 한 풍수적 조건을 완벽히 갖추었다며 자신의 풍수 안목에 자부심을 갖고 있었다. 하지만 정도전은 "제왕은 모두 정남면正南面하는 것으로 북면의 터는 왕이 머물 곳이 아니라 한다. 그리고 전조에서 요승 때문에 나라가 망했는데 만약 그곳을 고집한다면 요액이 떠나지 않을 것인즉 감여에서 매우 꺼리는 곳임을 주지시키곤 자의적으로 경복궁 터를 정한다. 이를 본 무학이 주객지세를 갖춘 곳이기는 하나 청계, 관악으로 말하면 적기성賊旗星이 남쪽에 나타나 2백 년이 못되어 궁궐이 모두 불탈 것이며 수구水口가 허해서 성안 백성들이 가난해질 것이라 경고한다. 이를 듣자 정도전은 화재는 한때의 재앙일 뿐이며 수구의 허함도 동서 교외의 산들이 메워줄 것이란 논리로 응수한다. 아울러 성 밖에 30리 안에 사대부들의 묘를 허락지 않는 대신 서민들의 묘를 허락한다면 산신의 음덕으로 백성들이 복을 받을 수 있음을 밝힌다. 이에 무학은 말문이 막혀버렸으니 이렇게 도읍이 정해졌다.[24]

경복궁 입지를 두고도 정도전과 무학은 땅을 보는 시각에서 큰 편차를 드러낸다. 무학이 고심 끝에 백악산을 주산으로 하는 회룡고조回龍顧祖 형의 터를 찾았으나 정도전은 백악산의 모양이 불상과 같아서 전 왕조에서 요승이 나타나 나라가 망했는데 만약 과거의 잘못을 보고도 이곳을 정도

24 소재영 외편, 앞의 책, 321~322쪽. "無學乃卜漢陽曰 仁王作鎭白岳 南山爲左右龍虎 鄭道傳曰 王者正南面也 北向非王者可居地 而白額山如佛像 前朝以妖僧亡國 今若定鼎于此 則妖厄長不移於宮中 此則堪輿大忌也 無學曰 公自定都 乃占景福 無學曰 以主客之勢 言之此地似可 而清溪冠岳二山 以賊旗火星 見於南方 不出二百年 宮城盡入回祿 且水口頗虛 城內市井之民 貧窮不能奠居 奈何 道傳曰 回祿乃一時之災 不必深憂 水口之虛 如師言 然東西郊諸山皆片金也 城外三十里內 不許士大夫入葬 使市井之民葬之 則可賴山蔭 莫不饒足矣 無學語塞 於是乎定鼎."

처로 삼는다면 요액妖厄이 그치지 않을 것이니 풍수에서 크게 꺼리는 곳이라는 둥 산세가 불상과 흡사하다는 둥 무학의 안목을 트집 잡는다. 이에 대해 무학이 다시 남면 터를 고집하다간 궁궐이 불타고 수구가 허해서 서민들이 빈궁해질 것이라 하자 정도전은 재난은 일시적일 뿐이며 수구의 허함은 교외의 산들이 막아줄 것이라 한다. 그리고 성에서 삼십 리 밖으로 사대부들의 장시葬事를 금하는 대신 서민들에게는 장사를 허용한다면 산신의 음덕으로 백성들이 요족해질 것이라 주장한다.

무학과 정도전은 불가, 유가를 대변하는 입장이므로 풍수관점이 서로 다를 수밖에 없다. 두 사람 모두 민본民本주의적 풍수관이 확인되지만 자신들이 정한 터에 양보의 기미가 없다. 무학이 앞서 미래사를 꿰뚫은 나머지 북면을 택한 점에서 풍수 안목에서 우위를 확보하고 있는 것처럼 보인다. 하지만 정도전도 무학 못지않게 남면 터를 고집할 때 벌어질 일을 꿰뚫고 있었으며 논쟁의 막바지에서 그에 대한 방비책까지 주도면밀하게 제시함으로써 무학의 반격을 무력화시킨다. 특히 사대부보다는 서민의 삶을 앞서 챙기는 이상적인 위정자의 모습이 인상적이다. 위 예화는 풍수 안목에서 불가에 비해 유가가 우위에 있음을 잘 보여준다.

정도전은 무학의 점정지를 공박할 때마다 습관적으로 삼국 이래 불교신앙이 낳은 폐해를 거론하곤 하는데 고려 말 정치 문란의 중심인물로 신돈辛旽을 환기하면서 불상의 형상을 갖춘 백악산을 주산으로 삼는 것은 천만 부당한 일이라 반격한다. 터 잡기를 에워싸고 벌어지는 무학과의 논쟁에서 정도전이 문제 삼는 것은 풍수적 요소가 아님을 알 수 있다. 그는 터 잡기를 빌미로 역사에 끼친 불교의 과오를 들추면서 유교만이 조선의 이념적 좌표가 될 수 있음을 강변한다.[25]

정도전이 무학의 점정지에 긍정적으로 반응하리라 생각하는 것은 애초부터 무리이다. 그런데 양자의 명당 논쟁에서 정도전이 기세등등하게 나올 수 있었던 것은 태조 때문이 아닌가 생각해볼 수도 있다. 다음 예도 유가로부터 내몰리는 불가의 상황을 말해준다 하겠다.

> 세상에서들 전하기를, "한양 도성을 쌓을 때에 바위가 중이 장삼 입은 모양 같은 것이 인왕산 모퉁이에 서 있어 선암禪巖이라 불렀다" 한다. 무학은 성안으로 들여보내려 하고 정도전은 성 밖으로 내보내려 하였는데, 태조가 그 이유를 물었다. 도전이 아뢰기를, "성 안으로 들여보내면 불교가 성하고 성 밖으로 내보내면 유교가 흥합니다" 하니, 명하여 도전의 말을 좇게 하였는데, 무학이 탄식하여 말하기를, "이후로는 중들이 선비의 책보를 지고 따르게 되었다" 하였다.[26]

여기서 태조는 해몽과 풍수의 자문역으로 무학을 선택했던 때와 달리 무학을 외면해버리고 있다. 하지만 예화는 상당히 현실성을 반영하고 있는 것으로 비친다. 곧 태조가 불교의 폐단으로 말미암아 고려가 멸망했다는 점을 부각하며 새 왕조가 추구해야 할 이념으로 유교를 택한 역사를 상기한다면 터 잡기에서의 무학 대 정도전의 불화, 그리고 태조의 정도전 옹호는 창업과 동시에 억불숭유의 기치를 내건 상황을 빗댄 것임이 드러나는 것이다.

---

25 정명기 편, 앞의 책, 421쪽. "無學始覺其誤 再占於南山之下 以白額山爲案曰 回龍顧祖之形也 鄭道傳駁之曰 王者正南面而立 北向非王者之居也 白額山形如佛像 前朝以妖僧亡國 今若目非 定于此 則妖厄不離 堪輿之大忌也."

26 『新增東國輿地勝覽』 제3권, 漢城府.

정도전만이 무학과 대결을 벌이는 것은 아니다. 다음 예화는 선초 신진 사류 중 한 사람인 하륜河崙도 정도전 못지않게 무학에게 적대감을 보였음을 말해준다.

> 태조가 무학을 신인信認하여 국사로 앉히고 이미 경복궁 터를 정했다. 당시 재상들은 한결같이 지리에 아는 게 없었으나 공하륜은 성경지지를 꿰뚫고 있었다. 그래서 초석을 늘어놓은 방향을 본 후 무학을 불러 말하길 "숭불로 고려가 망한 것이 바로 전 일인데 그대는 경계할 줄도 모르고 그 잘못을 되풀이하느냐" 했다. 이에 무학이 "고려는 숭불崇佛로 500년의 역사를 누렸다" 했다. 이에 하륜이 "단군, 기자조선이 모두 1,000여 년에 이르렀는데도 그때는 불교가 없었다. 그대가 궁의 방향을 바꾸지 않으려는 데 나라에 중차대한 시기인 만큼 그대의 목을 베는 것이 마땅하다"고 했다. 무학은 평소 하륜을 두려워한 터라 큰 소리로 울면서 "이로부터 우리 도가 망했다"하면서 궁의 방향을 바꾸었다.[27]

하륜과 풍수적 마찰을 빚던 무학은 폐단으로 얼룩진 불교신앙의 역사를 인정하면서 하륜에게 굴종의 태도를 취하는 장면이 제시되어있다. 하륜과 대면하는 무학에게서 불가의 자존심이란 조금도 찾아볼 수 없다. 결과적으로 정도전, 하륜과의 풍수 경쟁에서 무학은 패배자로 남게 된다.

---

27 河崙, 앞의 책, 摭錄. "初 我太祖大王欲遷都雞龍山 公以漕運路遠 力諫止之 遂治漢城 時 公爲監役 使太祖信無學以爲國師 旣立景福大闕 伊時宰相皆疏於地理 而公於星經地誌 無不通曉 故見其列礎方向 招致其僧曰 高麗之亡 由於崇佛 覆轍在前 而汝不知爲戒 反襲其謬耶 僧曰 高麗之歷年五百 亦崇佛之致也 公曰 檀 箕享國 皆千有餘歲 其時曾無左道也 汝若不改方向 則此國家存亡之機會 當斬汝頭 僧素畏公 放聲大哭曰 吾道從此亡矣 遂改方向."

하지만 이를 명당 찾기를 두고 벌어진 풍수 다툼으로 보는 것은 본의를 제대로 짚은 것이 아닌 듯하다. 정도전, 하륜이 반불反佛의 주역이며 무학이 당대 불가를 대변하는 인물이라는 점에서 보면 불가에 대한 유가의 우월함을 대변하기 위한 의도에서 나온 이야기가 된다. 이 이야기는 풍수논쟁을 넘어 억불숭유의 이념적 정당성을 천명하는 데 초점을 맞춘다. 한양천도, 명당찾기 이야기는 유자 / 승려 간의 대결상황을 전제하면서 유자의 풍수 안목이 무학을 넘어서 있음을 드러낸 후 실제 정도지 점정은 유자들에 의해 이루어졌음을 밝힌다. 한양 천도를 에워싼 이야기들이라고 하지만 상기 사례들은 억불숭유의 이념을 정당화하고 불교가 더 이상 정신적 지주가 될 수 없음을 확인시키는 데 목적을 두고 있다.

4. 나가며

이 글에서는 한양 정도 이야기를 단순하게 명당 탐색담의 테두리로만 한정시킬 수 없다고 생각했다. 전승의 이면에서 우리는 한양점정을 통해 존재적 의미를 드러내고자 하는 집단의 욕망은 물론 풍수의 우위성을 확보하기 위한 충돌 양상을 목격하게 되는 것이다. 전승의 주체에 따라 주제지향점이 달라진다는 것은 상식일 터인데 등장인물의 분포로 볼 때 한양정도담은 불가, 유가, 민가 등으로 그 발원처가 갈래 지어지며 종교 이념적으로 서로 다른 시각들을 만나게 된다.

어느 정도담에서든 무학은 필수조건으로 여겨지는 바, 종교, 이념적 차이에도 불구하고 천도에 신성성을 부여하는 데 적합한 존재로 여기는 전승집단의 시각이 어려움 없이 포착된다. 무학은 불가의 풍수입장을 대변하는 위치에 있으나 유가의 공세에 내몰리는가 하면 민속신격에게는 도움을 얻는 등 주변 인물들은 그에 대해 상이한 반응을 보인다.

명당 찾기에 대한 불가의 관심은 의상, 도선, 무학을 통해 투영된다고 할 수 있다. 의상, 도선의 비기에는 조선의 도읍지로 한양을 지정해놓고 있으며 천도에서 무학이 핵심적 역할을 할 것임을 앞서 밝혀놓고 있다. 무학은 아직은 풍수적 안목이 부족한 존재로 의상, 도선의 비기적 유훈에 따라 터를 정하는 수동적 면모를 보이기도 하지만 불교계가 천도 역사役事에서 크게 기여했음을 대변하는 역할을 맡고 있다. 한양 정도에 대해 민중들의 관심과 반응은 밭가는 촌로를 통해 표출된다. 무학은 길지를 찾지 못해 애태우다가 친민중적 신격인 촌로의 호의로 성, 궁의 적지를 찾는다. 하지만 그 때문에 풍수가로서 무학의 위상은 손상을 입게 되고 민속 신격들의 풍수 식견이 새삼스럽게 돌출되기에 이른다. 유가의 풍수 안목은 반불의 선봉에 섰던 정도전을 앞세워 표출되는데 그로 말미암아 유불 간 풍수논쟁은 불가피해진다. 민속신격들이 무학의 조력자로 나서는 것과 달리 정도전은 무학의 점정지를 거부하면서 자의적으로 성, 궁 터를 지정함으로써 무학을 난처한 지경에 빠뜨린다. 명당 찾기를 두고 유가와 불가의 대척관계는 극명한 모습을 드러낸다. 신진사류들이 불가에 대해 공세적 태도로 나오고 끝내 자신들의 주장을 관철시키는 것은 확고부동하게 뿌리를 내린 억불숭유의 환경에 비추어 하등 이상할 것이 없다 하겠다. 한양 정도지 전승이 결코 무학에 대한 이야기만은 아니라는 점이 분명해지거니와 이야기의 이면에 한양 천도에 대해 나름의 발언권을 행사하고 존재감을 드러내고자 하는 전승집단의 욕망이 의외로 강하게 잠재되어있다.

제9장

사명四溟대사 전승에 나타난 인물기능과 현재성

1. 들어가며

사명대사1544~1610의 설화는 임란壬亂시기 활약한 역사인물의 설화 가운데 전승력이 강한 이야기의 하나로 꼽힌다. 억불숭유의 기치가 나부끼는 상황임에도 상하층 구분 없이 사명대사를 전승[1]의 대상으로 삼았던 까닭은 어디에 있을까. 이미 분별 있는 유자들이 밝혔듯이 위정층이 현실을 직시하지 못하고 있다가 국가적 재난을 맞았음에도 여전히 논설만을 앞세울 뿐 현실 극복에 대한 책무감을 보이지 못하는 중에도 불자들은 몸 바쳐 구국의 전선에 나섰던 것이니 특히 사명대사는 산문에서 내려와 장수, 협상자, 강화사로 전장, 적진, 왜국을 넘나들며 몸 바쳐 국가와 민족을 지켜내기에 안간힘을 다함으로써 괄목한 대상으로 떠올랐던 것이다.

사명대사의 설화는 전란 중의 위업은 물론 왜인들의 음모를 무화시키고 항복까지 받아내는 도해 후의 설욕적 활약상을 통해 민족적 모멸감을 씻어내고자 하는 이야기 담당층의 뜻을 선명하게 보여준다. 그러나 사명당의 이야기가 한결같이 적과 대적하는 무사로서의 상징에 주력하고 있다

1 여기서 전승이란 용어는 구비설화, 문헌설화를 아우르는 용어로서의 의미를 지니며 서사성이 희박한 담론까지도 지칭할 수 있는 포괄적인 의미를 담고 있다.

고 보아서는 곤란하다. 사명대사의 설화들은 성적 요소와 속적 요소를 두루 간직하고 있는 것으로 여겨지는 바, 활약기는 물론 사후까지 주목하면서 사명대사의 상을 다채롭게 열거해 놓고 있는 것을 본다.[2] 사명대사의 다면적 상은 출가 전－전란 중－시멸 후 등 서사 시간적 마디가 드러나거니와 각각의 시간대에 형상화된 그의 모습은 범부凡夫, 신승神僧, 수호신守護神 등으로 기능이 나누어진다고 할 수 있다.

설화가 명징한 주제의식을 내세우는 이야기는 아니지만 사명대사 설화를 통해 우리는 신분, 시대에 따라 색다르게 대사의 상을 전하는 설화 담당층의 시각을 읽을 수 있으며 이 시대에도 여전히 유효한 주제의식을 도출해 낼 수가 있다. 이 글은 사명대사의 전승을 통해 각 편에 나타난 인물 기능 분화의 특성과 현재적 주제의식을 살펴보는 데 그 뜻이 있다.

2. 설화의 범위와 전승의 층위

인물전승은 문제적 개인에게 집중해서 따라붙는 경향이 농후하다. 다시 말해 임진왜란을 체험한 이는 셀 수 없이 많으나 개별단위의 설화로 전파되지 않고 몇몇 특정인물을 중심축으로 이야기되는 경우가 대부분이라는 것이다. 물론 전승의 중심에 서는 인물은 서사 대상으로서 부합되는 조건을 갖추어야만 했다. 사명대사는 몇 가지 점에서 전승력을 강하게 유지할 수 있는 서사적 조건이 될 수 있었다. ㉮ 그는 승려이면서도 장군 못지않게

2 김승호, 「사명당설화의 발생환경과 수용양상」, 『한국서사문학사론』, 국학자료원, 1997, 237쪽.

전장에서 혁혁한 전과를 올렸다. ㉯ 왜장을 상대로 담판을 하는 중에도 전혀 기죽는 법이 없었으며 오히려 상대를 시종일관 압도했다. ㉰ 숱한 관료 대신들이 있음에도 그 홀로 화친和親 강화講和의 임무를 띠고 왜국에 들어가 협상 끝에 전쟁포로를 대동하고 돌아왔다. 이 같은 점은 대사가 한몸으로 다기능적 역할을 수행했음을 말해준다. 백척간두에 선 나라를 구하기 위해 헌신한 인물은 많으나 산사와 전장을 오가면서 자신의 존재적 자취를 선명하게 남긴 이는 발견하기 힘들다. 무엇보다 그는 당대 불교가 탄압받던 상황 하에서 승려생활을 했다는 점에서 충분히 눈길을 모으는 바 있는데 앞서 제시한 3가지 조건에서 살핀다면 그의 이야기가 지닌 강한 전승력을 이해할 수 있다. 그를 경외시하는 당대 분위기는 유자들의 기록을 통해 확연히 입증된다. 예컨대 유몽인柳夢寅, 1559~1623의 『어우야담於于野談』, 이수광李睟光, 1563~1628의 『지봉유설芝峯類說』, 조경남趙慶男, 1570~1641의 『경란록經亂錄』, 홍만종洪萬宗, 1643~1725의 『순오지旬五志』, 손기양孫起陽, 1559~1617의 『공산지公山誌』, 이희겸李喜謙, 1739년 편의 『청야만집靑野謾輯』, 심노숭沈魯崇, 1762~?의 『열조기사列朝紀事』, 이긍익李肯翊, 1736~1806의 『연려실기술燃藜室記述』, 유재건劉在建, 1793~1880의 『이향견문록異鄕見聞錄』 등은 사명대사의 일화를 수습하고 있는 기록물들이다. 비교적 이른 시기에 등장했으면서 사명당의 일화를 비교적 총체화시키고 있는 자료로는 남붕南鵬대사가 짓고 신유한申維翰이 교정, 편집하여 간행한 『분충서난록奮忠紓亂錄』이 있다.[3]

사명당 설화를 소개하고 있는 자료들은 임란 당대부터 20세기까지 출현시기가 다양하며 찬자들의 입장과 의식도 다르지만 설화의 내용적 차

---

3 유탁일, 「사명당과 분충서난록의 전승과 그 의미」, 『사명대사와 호국불교의 이념』, 사명대사연구논총간행회, 보문, 2000, 223쪽.

이는 그리 크지 않다. 이는 문헌설화가 그러하듯 앞에 등장한 전승을 그대로 등재한 때문에 나타난 결과인 것이다. 사명대사에 대한 문헌 설화 중 가장 빈번히 수습되는 설화는 유점사에서 포박된 승려를 왜군으로부터 구출하는 이야기, 적진을 거듭 드나들며 가등청정加藤清正과 담판하면서 상대의 기를 꺾는 이야기, 그리고 도일渡日한 뒤 왜인들이 온갖 음모를 꾸며 그를 죽이려 들었으나 신출귀몰한 능력으로 위해를 벗어난다는 이야기 등이다. 가등청정에 맞서 상대의 목이야말로 조선에서 원하는 보배라는 말을 그의 면전에서 일갈할 정도로 기백과 용력을 보였던 그를 왜인들은 그냥 두고 볼 수 없었다. 따라서 그를 제거할 갖가지 난제와 함정을 꾸미지만 그는 모든 것을 무위화한다. 일본에 유린당한 것이 역사적 실상이지만 이를 전혀 인정하고 싶지 않을 뿐더러 어떻게든 저들에게 복수해야 한다는 조선인의 바람이 대사를 주연으로 한 설화적 역설逆說로 진행되었다. 설화 담당층은 역사적 사실에 토대를 두면서 철저하게 자신들의 시각을 앞세워 왜인倭人을 패자로, 대사를 승자로 만들고자 했다. 일찍이 『어우야담』, 『순오지』 등에 오른 이 같은 이야기는 상층지식인과 민중의 구분 없이 강한 흡입력을 발휘하며 전국단위의 광포설화로 자리를 잡았다.[4]

명분을 중시하는 유자들이 이른 시기에 문헌에 올린 설화가 한결같이 고승, 혹은 애국자로서의 상을 투영하고 있다면 후대로 내려오면서 고일한 덕성과 충정을 상징하는 성적 인물로서의 형상이 퇴색되면서 민중들 사이에서는 속적 인물로서 충격적인 사건에 봉착한 사명당으로 형상화하는 엉뚱한 내용을 수반하게 된다. 이를 일러 가화담家禍談이라 해도 좋을 터인데 역

4 김철범, 「사명당 사적의 문헌전승과 그 의미」, 『사명대사와 호국불교의 이념』, 사명대사연구논총간행회, 보문, 2000, 265쪽.

사현실 속에서 위인적 풍모로 굳어진 사명대사의 형상 대신 범인의 모습으로 나타나고 있어 흥미롭다. 역사적 사실과 무관한 이 이야기는 밀양지역을 중심으로 널리 전승되었을 뿐만 아니라 소설의 제재로 수용되기도 한다.

고승의 전설이라면 설사 출가 전의 일화 중에서도 장차 고승이 될 조짐으로서의 태몽이라든가 남다른 근기根機를 제시하는 것이 일반적이다. 하지만 가화담은 사명대사가 평온하게 살아가던 터에 아들을 엽기적인 사건으로 잃는다는 내용이다. 그런데 그 참극에 대처하는 면모가 범인의 테두리를 조금치도 벗어나지 못한다. 그는 분별있게 진실을 파헤치려 들지 않고 근거없이 신부를 의심하고 있을 뿐 사건 해결의 대책을 세우지 못하고 있었다. 도리어 엉뚱하게 누명을 쓰게 된 신부가 주도면밀한 추적과 추궁으로 진주에 있던 범인을 체포하는 데 성공하게 된다. 가부장家父長이 그 권위만 내세울 뿐이며 큰 변고 앞에서 허둥대는 모습을 드러냄으로써 대사大師가 아닌 보통 사람으로서의 사명당을 초점화하였다. 결국 이야기의 말미에 이르러 드러나지만 여기서 가화담은 대사大師의 출가 연유를 밝히는 데 목적을 두고 있었다.

어쨌든 가화담은 민담의 테두리에 넣어도 어색하지 않다. 굳이 대사를 서사의 축으로 삼고 있는 까닭은 널리 알려진 인물을 배치하는 것이 이야기의 흥미와 호기심을 돋우는 데 보다 효과적이라는 전승 논리에 따른 것으로 보면 될 것 같다. 설화 담당층으로서 민중은 진중한 주제보다는 흥미를 끌 수 있는 내용, 인물을 선호하는 경향을 보이므로 사명대사가 주인공으로 채택된 것은 이상할 일이 아니다.

사명대사 설화는 문헌전승과 구비전승 간 내용적 편차가 선명하게 드러나는 예에 해당한다. 상층사대부들이 앞서 역사에 준한 사명당 전승을 기록에 올렸다면 이를 근거로 구비전승이 이어졌으며 엉뚱한 발상에 의해 지어진 또 다른 구비설화가 널리 퍼져나갔던 것이다. 전자로는 「유정야동국호승야惟政也東國豪僧也」[5], 「유정경지여불惟政敬之如佛」[6] 등이 있으며 후자로는 「사명당일화」[7], 「사명대사의 딸」[8], 「사명당이 꽂아 둔 지팡이」[9] 등을 지목해야 할 터이다. 상층 사대부들은 유교적 대의명분에 부합되는 전장에서의 활약상, 왜장을 상대로 한 기백 넘치는 담판 등 비교적 역사적 사실에 근접한 내용 등을 이야기 거리로 택하였다. 반면에 민중층에서는 역사 사실과 상관없이 왜인들에 대해 통쾌하게 설욕하거나 사후에도 변함없이 나라와 백성때문에 노심초사하는 사명당의 모습을 그려내고 있다. 그리하여 문헌, 구비설화를 통해서 형상화된 대사의 상은 범부, 신승, 생불, 수호신 등 다양한 모습으로 등장하되 한결같이 국난 극복의 선봉에 서 있거나 왜에 복수하는 설욕자의 면모를 보여준다.

3. 인물형상과 기능적 의미

1) 가화에 휩싸인 범부

『구비문학대계』에는 사명대사의 설화 45편이 채록되어있다. 이는 임란壬亂시 역사인물 가운데 누구보다 많은 각편에 해당되는 바, 승장 혹은 강

5 『於于野談』.
6 『大東奇聞』.
7 「사명대사 일화 1」, 앞의 책 8-7, 491쪽.
8 「사명대사 일화 3」, 앞의 책 8-7, 533쪽.
9 「사명당이 꽂아놓은 지팡이」, 앞의 책 7-9, 907쪽.

화사로서의 활약상이 이야기의 주 제재가 되는 것은 사실이지만 그쪽으로만 일화가 집중되지는 않았다. 의외로 출가하기 전 그가 겪은 가화를 중심으로 한 이야기가 대사의 출생지인 밀양密陽지역을 중심으로 폭넓게 채록되고 있는 것이다.[10] 이의 대강을 소개하면 아래와 같다.

① 진사벼슬을 하던 사명대사가 안락하게 살던 중 아내가 죽자 후처를 맞는다.
② 전처 소생 아들이 신행날 누군가에 목이 잘려 죽는다.
③ 대사는 신부가 간부 때문에 아들을 죽인 것으로 의심한다.
④ 누명을 벗기로 결심한 신부가 방물장수가 되어 진주의 한 할미와 인연을 맺는다.
⑤ 신부는 남편을 죽인 자가 집안의 종, 곧 할미의 남편임을 알아낸다.
⑥ 할미 부부를 죽이고 귀가하여 신부는 시부모에게 사건의 진상을 밝히고 신랑의 머리를 찾는다.
⑦ 사명당 대사는 재취댁과 그 사이에서 난 아이를 죽인 다음 출가를 한다.[11]

위 각편은 사명대사의 긍정적 면모나 비범함을 현시하는 이야기에 익숙한 사람들에게는 이질적인 느낌을 준다. 한마디로 여기서 대사는 제가齊家조차 제대로 하지 못하는 무능하고도 무기력한 가장일 뿐이다. 그는 별다른 증거도 없이 며느리를 의심하고 있으며 사건을 수습할 생각을 못하고

10 이른바 전처소생 살해담이라 할 수 있는 이 이야기는 『구비문학대계』에 모두 12편의 각편이 올라있다. 『구비문학대계』소재 사명대사 설화가 45편임을 감안할 때 큰 비중을 차지한다고 하겠는데 고승, 승장으로서의 면모와 극적으로 충돌하는 내용을 담고 있는 전승이 폭넓게 전파된 것은 사건의 피해자가 바로 사명대사였다는 점과 무관치 않다.

11 「사명대사의 출가와 표충사의 유래」, 『구비문학대계』 8-7, 333쪽.

허둥대는 것이 전부이다. 그에 비할 때 며느리는 대조적이다. 그녀는 논리적으로 사건의 발생을 진단하고 자발적으로 범인을 색출하기 위해 방물장수로 분해 외지를 떠돌며 범인을 밝히기 위한 노력을 아끼지 않는다. 그리고 진주晉州에 이르러 할미의 남편이자 집의 종이었던 자가 범인임을 밝히고 대사에게 이를 알린다. 이에 대사는 공범자들을 처단한 뒤 출가를 단행한다. 고승으로 사명대사의 상을 간직하고 있는 사람들에게는 적지 않게 충격을 안길 수 있는 전개이다. 도무지 이야기 속에서 사명대사의 성현적 속성을 발견할 수가 없기 때문이다. 이 민담은 인간이란 겉으로 드러난 것이 그 모습의 전부는 아니며 또 다른 이면이 얼마든지 있을 수 있음을 깨우치게 한다. 아울러 무능하면서도 남성의 권위만을 앞세워 여성을 폄하하던 과거의 세태를 우회적으로 드러내는 데도 뜻을 둔 전개라는 생각도 해보게 한다. 여러 추측을 통해 내용의 파격성을 헤아려 보지만 왜 이런 내용으로 전개되었는지는 종결부에 이르러서야 온전히 밝혀진다.

한때 대사는 고민 없이 세간世間내 삶을 향유하던 인물이다. 어릴 때 신동으로 알려졌던 것처럼 17세에 정혼한 뒤 향시에서 장원급제하였으니 누구나 부러워할 삶이었다. 하지만 행복은 그리 오래가지 않았다. 아내의 죽음은 그렇다 해도 외아들이 목이 잘린 채 죽임을 당하는 참극을 당함으로써 그는 고통과 번민의 나락으로 떨어진다. 사명대사는 비극을 경험하고서야 세상이란 고해苦海에 불과한 것임을 깨닫게 되며 그에서 벗어나는 길이 무엇인가를 골몰하다가 출가의 길에 들어선다. 결국 가화담은 대사의 출가 동기가 무엇인가를 도출하기 위한 일종의 복선으로 이해할 수 있는 것이다.

위의 이야기는 사명대사의 역사적 자취와는 무관하며 단지 대사의 명성에 유의하여 그를 주인공으로 지목했다고 보면 될 것 같다. 하지만 결말은 민담이 갖는 일회적 흥미담으로써의 기능을 넘어서는 것으로 보인다. 승려들이 왜 출세간出世間을 지향하는지 밖으로 드러나지 않았던 그 연유를 상징적으로 보여줌으로써 이야기는 위인의 이면사란 차원을 넘어 삶에 대한 불교적 성찰을 이끌어내는 예화例話로 기능하고 있다.

2) 적들이 인정한 생불

사명대사 설화는 지식인들에 의해 적극적으로 문헌에 채록되었다. 억불숭유를 앞세운 상황이 전개되는 중에서 대사에 대한 관심과 기록화는 매우 이례적인 것이 아닐 수 없겠는데 유몽인을 필두로 이수광, 홍만종, 이희겸, 이긍익, 유재건, 심노숭 등 많은 지식인들이 사명대사의 임란시 행적을 채록하여 문헌에 등재했다. 지식인들은 왜 사명대사를 주목하고 찬사를 아끼지 않았을까. 우선은 유자들이 기득권을 누리고 있음에도 그들이 제 구실을 다하지 못하고 있는 데 비해 방외方外의 처지에 있던 대사가 분골쇄신의 결의로 왜구와 맞섰던 것에 놀라지 않을 수 없었다. 그들은 "아아 돌아보니 저 유가의 관을 쓰고 유가의 옷을 입고 임금을 망각하고 국가를 저버리며 웅熊, 어魚도 구별 못하는 자는 이 두 대사의 바람을 듣는다면 어찌 이마에 땀이 나지 않으리요"[12]라며 자신들의 무능함을 탄식했다. 그들이 전하는 사명대사의 상은 몇 가지 일화에 쏠리는 현상이 나타나는 바, 보배 약탈을 위해 유점사楡岾寺에 난입했던 왜병들을 말로써 감화시킨 일화야말로 가장 널리 퍼진 것이다. 보화를 약탈하기 위해 절에 난입한

12 「嶺南密州府靈鷲山表忠寺弘濟堂記」, 『奮忠紓難錄』. "噫 顧彼冠儒服儒 而亡君負國 不卞熊魚者 聞此二師之風 豈能不泚於其額歟."

왜장에게 대사는 다음과 같이 말했다.

> 우리나라는 금, 은을 보배로 삼지 않는다. 다만 쌀과 베만 사용할 뿐이고 금, 은과 여러 보배는 온 나라를 통틀어도 드물 것인데 하물며 산속의 중은 불공만 일삼고 나물을 음식삼고 풀을 옷 삼으며 간혹 곡식이 떨어지면 솔잎을 먹기도 하고 간혹 마을에서 음식을 빌어 와 살고 있는데 어찌 금은 같은 보배를 비축했겠는가. 그리고 장군을 보니 능히 부처의 일에 육조六祖가 있는 줄을 아는데 부처의 법에 온전히 자비와 죽이지 않는 것으로 으뜸을 삼는데 이제 보니 죄 없는 어리석은 중들을 행랑 아래 묶어두고 보물을 내라 하니 저들은 지팡이 하나로 일천 산을 다니며 민간에 기식하면서 조석을 지내는 터인데 비록 몸을 쪼개고 뼈를 가루낸들 어찌 일촌의 보배인들 있겠느냐. 바라건대 장군은 살려줌이 어떠한가.[13]

사명대사는 먼저 사찰의 공간적 기능과 승려의 삶의 지향점을 환기시키고 있다. 산중에 머무는 승려는 세상에서 누구보다 검박한 삶을 살아가는 존재로 보배 같은 것과 거리가 멀 수밖에 없는데 물리적 협박을 통해 금은 보화를 내놓으라는 것은 어불성설에 해당한다고 반박했다. 아울러 왜장에게 불자로 자처하면서 자비와 살생을 금하는 부처의 가르침을 외면하는 것도 이치에 맞지 않는 짓이라 했다. 이런 논리적인 지적이 주효하여 결박되었던 20여 명의 승려가 풀려나는 것은 물론 대사의 고승적 면모를

13 『於于野談』. "政曰 我國不寶金銀 只用米布 金銀諸寶 擧一國所罕有 況山之僧 只事供佛菜食草衣 或絶粒湌松 或乞食村閭以爲生 豈有蓄金銀之寶 且觀將軍 能知佛事有六祖 不法全以慈悲不殺爲上 今觀無罪愚僧 縛在廡下 責以珍貨 彼一節千山 寄食民間 以度朝夕者 雖刲身粉骨豈有一寸寶 願將軍活之."

왜병들에게 각인시키는 기회가 되었다.

유점사에서의 왜장 설득 사건 못지않게 널리 퍼진 일화 중에는 청정과의 대면담도 있다. 대사와 마주한 자리에서 속물적 근성이 발동한 청정이 "조선에서 제일 귀한 보배가 무엇인가"하고 묻자 대사는 "우리나라에서는 보배로 삼는 것이 없다. 보배를 삼는다면 오직 장군청정의 머리 뿐"이란 말로 응수했다. 우리의 문화적 우월감을 한순간에 짓밟으며 국토를 유린한 왜군에 대한 분노감을 응축한 맞대응이라 해도 좋다. 그런데 사명대사가 대인으로 존숭될 수밖에 없었던 것은 적중에 들어간 상황에서 보여준 담대한 태도 때문이다. 그 같은 행위는 자신의 안위를 개의치 않는 장부의 기개가 없이는 불가능한 일이다. "유정惟政은 불제자라 석장 짚고 바다 건너 칼과 창의 숲에서 여유있게 담소하여 처리하니 오직 그 올빼미 마음과 돼지창자인 평행장平行長 같은 이도 엎드려 들어서 지금 2백 년 가까이 관리와 사졸이 일이 없으니"[14]라는 후인의 칭송은 당연한 반응이라고 해야겠다.

사명대사는 일신의 안전을 담보할 수 없는 극악한 조건에서도 태연하게 적장과 마주함으로써 담대한 기개와 장부적 기질의 소유자임을 내외에 보여주었다. 아울러 논리적 언변과 순발력으로 상대를 제압하였을 뿐만 아니라 포악한 마음을 감화시키는 단계에까지 나감으로써 생불生佛이란 명성을 얻었다. 이 같은 사명대사의 활약상은 유몽인의 『어우야담於于野談』, 취혜就惠의 문헌에 오르는 한편 민중들의 입에 올라 우리시대까지 전승되어온 것이다.

---

14 「嶺南密州府靈鷲山表忠寺弘濟堂記」, 『奮忠紓難錄』. "惟政佛人也 杖錫渡海 從容於刀鋌之藪 談笑而處之 惟其梟心豕腸 至有如平行長 而俯伏而聽之 至今二百年 邀吏卒無事."

3) 모해를 무위화하는 신승

사명대사 설화 가운데 전국단위로 널리 퍼진 이야기는 강화사로서 일본에 머물고 있을 때를 배경으로 한 것이 대부분이다. 왜의 침탈에 시달릴 때 사명대사는 전장에 나서 살신성인하는 승장으로, 전란 후에는 왜국으로 잡혀간 포로의 송환을 추진하는 외교관으로 온 백성의 구원자로 떠오른다. 그러나 인물전승은 있는 역사를 훨씬 벗어나 상상으로 가득한 재왜담在倭談을 창조해냈다. 각 편에 따라서는 왜倭를 상대로 복수하거나 항복을 받아내는 설욕자로 인물기능이 한층 확장된다. 역사적 사실에서 크게 벗어난 이 같은 전개는 곧 우리민족이 임란 중 얼마나 큰 시련과 고초를 겪었는지를 역설적으로 보여준다고 하겠다.

도해후 사명대사는 왜인들이 부과하는 난제들을 차례대로 극복하거나 무력화시켜버렸다. 비교적 이른 시기에 퍼진 설화라 할 『순오지』는 왜국에서 대사에게 어떤 방법을 동원하여 궁지에 몰아넣었는지 전하고 있다. 이글거리는 숯불 속에 들어가라며 윽박지르자 대사는 낯빛이 조금도 변하지 않은 채 불속에 뛰어 들어갈 기세였다. 하지만 그 순간 하늘에서 억수같이 비가 내려 불이 꺼져버렸으니 왜인들이 절을 하며 그저 감탄만 할 뿐이었다. 후대로 내려오면서 일본체류 시의 일화는 다양한 모티브를 동반한 파생담으로 번져 나갔던 것으로 여겨진다. 여기서 소개할 신이담은 세 가지이다.

첫 번째는 대사의 출중한 기억력에 대한 예화이다. 왜인들의 시가 적힌 병풍이 30여 리에 걸쳐 세워져 있는데 그 곁을 지나던 대사가 이를 모조리 외웠다가 왜의 접빈사와 시품詩品을 논하는 자리에서 그 병풍시를 모두 외웠던 것이다. 둘째는 10여 장丈에 이르는 깊은 구덩이를 판 다음 포악한 코끼리와 독사를 집어넣고 그 위에 유리를 덮고 나서 대사에게 그 위에 앉도록 했으나 놀라는 기색 없이 태연히 앉더라는 것이다. 세 번째는 왜왕이 철마를 통로에 세워두고 밑에서 숯을 피우고는 대사에게 올라타도록 했다는 데 위기의 순간에 대사가 서쪽을 향해 목도하니 청천백일靑天白日에 조선으로부터 구름이 몰려왔으며 일거에 숯불을 꺼뜨리는 비가 내렸다는 것이다. 이에 왜인들은 상하 가릴 것이 크게 놀라며 대사에게 두려움을 느꼈으며 신승, 생불로 부르기를 주저하지 않았다.

임란 중 이미 확인되었듯 왜인을 상대로 한 외교에는 승려가 유자보다 적합하다는 여론에 따라 대사를 천거하여 일본으로 파견된 것은 엄연한 역사적 사실이었다.[15] 아무리 비상한 시국이라 해도 평소에 폄하되던 승려가 구국의 임무를 띠고 왜국에 파견되자 유자들로서는 자기반성을 하지 않을 수 없는 난처한 입장에 처하고 만다. 일부 지식인은 대사에게 성원을 보내며 화친에 대한 기대감을 솔직하게 드러냈다.

> 외로운 구름 아득히 삼천리인데 / 한 치의 혀는 십만의 병사보다 훌륭하다 / 고기 먹는 비루한 꾀 우리들이 부끄럽고 / 어렵고 위험한 이 길에 그대를 보내노라李安訥[16]

> 만 리의 고래 물결 한폭의 돛대 / 하늘에 닿은 섬들은 떠도는 안개 같겠지 / 이번 가면 이웃 추장이 응당 항복하리니 / 관백關伯에게 모름지기 다시 절

15 申維翰은 『奮忠紓難錄』에서 사명대사의 渡倭와 관련된 역사기록이 남아있지 않은 점을 퍽 안타까워하고 있으나 설화 분포면에서 보면 신승으로서 대사의 면모는 왜국을 배경으로 한 위기 극복담을 통해 가장 잘 드러난다.

16 앞의 책. "孤雲杳爾三千里 / 寸舌賢於十萬兵 / 肉食鄙謀吾有愧/艱危此路送君行"(東岳李公)

하게 하리權慄[17]

사명대사에 대한 군신 간의 기대는 한낱 바람에 그치는 것이 아니었다. 왜인들도 대사大師에 대해 경외심을 보였는데 덕천가강德川家康조차도 대사를 부처같이 공경하며 신심을 표시했던 것이다. 우호적인 분위기 탓에 애초 바란대로 외교적 사안을 처리할 수 있었으니 3,500명의 남녀 포로를 이끌고 돌아오는 것으로 그의 대왜對倭 임무는 성공적으로 완수된다.[18]

하지만 설화적 전개는 강화사로 파견되어 우리 백성을 송환시키는 것을 넘어서 보다 과감한 이야기로 나아갔다. 전란이 남긴 원한과 분노가 응어리진 당대 사람들은 치욕을 씻고자 통쾌한 대일 설욕담을 지어냈다. 가령 아래에 소개하는 「일본을 항복시킨 사명당」은 그 유형에 속하는 대표적 사례일 것이다.

① 서산대사가 천기를 보니 왜가 조선을 정복할 조짐이었다.

② 서산대사의 말에 따라 임금은 사명대사를 보내 원수를 갚기로 한다.

③ 왜왕이 사명대사에게 대장경을 외우게 하고 깊은 못 위에서 쇠방석을 앉게 하고 달궈진 철방에 가두었으나 모두 통과하여 생불임을 입증한다.

④ 왜왕이 달구어진 소말을 타게 하자 사명대사가 팔만대장경을 외워 폭우를 내려 쇠말을 식혔으며 일본을 물바다로 만들었다.

⑤ 일본이 수몰될 지경이 되자 일왕은 사명대사에게 매년 인피 3백 장씩을 바치겠노라며 항복했다.

17 앞의 책. "萬里鯨波一幅帆/接天島嶼似浮嵐/此去藩酋應拱北/須敎關白更和南"(都元帥權公)
18 『奮忠紓難錄』.

⑥ 이때부터 일본은 조선에 조공을 바치게 되었다.[19]

왜인들의 모해가 거듭 이어졌으나 대사에게는 상대를 넘어서는 지략과 용기가 있었다. 재왜시 이야기는 무엇이든 왜인들이 아무리 대사를 모해하려해도 결국은 무위로 그친다는 점에서 공통적이다. 경우에 따라서는 음해 극복이야기가 아니라 설욕담으로 성격이 바뀌기도 한다. 가령 왜인들이 불에 달궈진 쇠말을 타게 하자 말을 식히기 위해 억수같은 비를 내렸는데 일본 땅마저 물에 잠길 지경에 처한다. 다급해진 왜인들은 매년 인피 3백 장을 조선에 바치라는 대사의 말에 응낙할 수밖에 없게 된다. 뿐만 아니라 임란과 같이 침략을 다시 일으킨다면 1천 부처님들이 일시에 나타나 일본 땅을 바다로 만들어버리겠다는 경고를 내린다. 대왜 설욕담은 종전 후 일본의 선린강화를 위해 대사가 왜에 파견된 자취를 설화적으로 수용하고 있다. 하지만 도일이라는 점만 빼고는 온전히 꾸며낸 이야기이다. 그럼에도 이 같은 설욕담은 상상을 통해서나마 꺾어진 민족적 자존심을 회복하자는 뜻에 부응한 결과 광포설화가 되었다. 대왜對倭 설치의 주인공으로 여러 인물을 떠올릴 수 있었음에도 설화 담당층은 신승적 면모를 유감없이 발휘하는 대사야말로 왜인에 대한 설욕의 주체로서 가장 적합하다는 판단을 내렸다고 하겠다.

4) 현존하는 수호신

설화에서 사명대사는 생존 시는 물론이고 사후에도 여전히 애국애민의

19 「일본을 항복시킨 사명당」, 『구비문학대계』 7-2, 609쪽.

상징적 인물로 부활하고 있는 것을 볼 수 있다. 임란 시기를 통해 민족 구원의 존재로 위상이 확고하게 다진 그를 후인들도 거듭 이야기할 수밖에 없게 되었으며 호국영령으로서 그의 불멸성을 의심 없이 받아들였다는 말이다. 「한추汗墜이야기」와 「지팡이 이야기」는 대사를 불멸의 수호신으로 수용하고 있는 담당층의 의식이 선명하게 드러난다. 먼저 한추담의 줄거리를 요약해 본다.

> 사명대사 영당비에는 나라에 큰일이나 위기가 닥칠 때마다 한추 현상이 일어난다. 그것은 습기가 찬 돌에 닿아 만들어진 물기하고는 다르다. 그 예를 보면 갑오농학 때 서 말 한 되, 한일합방 때 너말 엿 되, 삼일기미운동 때 닷말 일곱 되, 팔일오 해방 때 서말 여덟 되를 비롯하여 이후에도 자주 땀을 흘렸다. 지금도 그런 일이 일어나는데 습기나 비석에 대해 연구하는 분들에 따르면 이는 단순한 습기로 단정할 수 없는 것이라 한다. 이는 대사의 영험이 틀림없고 대사가 나라에 큰 일이 있을 때마다 지하에서 애를 쓰기 때문에 나는 땀이 분명하다.[20]

화자話者들에 따르면 사명대사비는 국가대사나 위기 시에 땀을 흘리는데 비교적 근래의 사건만 보더라도 갑오농민 혁명에서부터 5·16 군사혁명에 이르기까지 적잖은 시기가 거론되고 있다. 사건에 따라 땀을 흘리는 정도가 다르긴 하지만 국가의 명운을 좌우하는 위기의 순간마다 이 현상이 일어났다는 것 때문에 자연현상으로 치부할 수 없게 된다. 이야기를 들려주는 사

---

20 「사명대사 비의 땀」, 앞의 책 8-7, 517쪽.

람들이 부언해주듯 죽어서도 여전히 나라 안위를 노심초사하고 있다는 생각을 낳게 하는 것이다. 여기서 영당비는 대사의 분신이 아닐 수 없다.

사명대사의 현재적 존재성을 확인시켜주는 것으로는 영당비 외에 지팡이 나무도 지적할 만하다. 각편들 중 하나를 대략 말한다면 이러하다. 대사가 부석사에 지팡이를 꽂아놓으면서 "이 지팡이가 죽은면 내가 죽은 것이고 이 지팡이가 산다면 내가 살아있는 것"이란 말을 하고 세상을 떴다. 그것도 집안에다. 거꾸로 꽂아놓은 지팡이는 뿌리를 내리고 자라나 여태까지 잘 살아있다.[21] 사명당 지팡이 설화가 장소를 달리해서 부석사 아닌 다른 곳의 나무설화로 대체되는 것은 이상한 일이 아니니 고려시대 지어졌다는 순흥順興 삼부사에도 같은 맥락의 나무전설이 전한다.[22] 이 나무는 대사 스스로 자신의 분신으로 지목한 터이므로 나무에 거는 사람들의 영험력은 자연 높아질 수밖에 없었다. 그러기에 보호수로 철망을 쳐 뭇사람들의 접근을 막았으나 나뭇잎을 뜯어가는 일을 막기가 어려웠다. 다소 엉뚱하지만 불륜을 저질러 임신하게 된 과부들이 그 잎을 달여 먹음으로써 아이를 지우려 한 경우도 있었던 것이다. 이 나무는 한추비와 달리 개인적 소망을 들어주는 대상으로 떠올라 난처한 지경에 처한 사람들에게 나름의 시혜를 베푸는 존재로서 의미를 지닌다. 아울러 대사 사당에 자손을 비는 것에서 보는 것[23]처럼 후손을 바라는 소망을 들어주는 기자祈子 신격으로 그 기능이 바뀌기도 한다. 민중의 어려움과 희원을 경청하고 그 원을

21 「사명대사가 꽂아놓은 지팡이」, 앞의 책 7-9, 676쪽.

22 위의 책, 907쪽. "그 사명당이가 그 머 전에 그 순흥 삼부사 그 오래 절이 아이라, 그 역사적으로 고려시대 절인데 사명대사가 거와가주 지패이를 뛴 남인동 고마 까꿀로 꽉 꼽아 논 게 이남이 글 때 말로 그 두구난, 그 전설이. '이 남이 죽그던 내 죽는줄 알고 살그덜랑 내가 산줄로 알어라' 했는데 (큰소리로) 여저히 안주 살아 있그던."

23 「사명대사일화 4」, 『구비문학대계』 5-1, 433쪽.

들어주는 또 다른 수호령이 된 것이다. 그것은 위기 상황에서 나라와 백성을 위해 기꺼이 산문에서 나와 승장으로 혹은 강화사로 왜국으로 건너갔으며 포로를 송환하는 것으로 충정의 임무를 완수한 뒤에는 애초의 자리인 산문으로 돌아와 시멸 때까지 수행에 전념했던 인물이 신격화되었음을 말해준다.

시대를 내려오면서 대사를 신격으로 대하는 자세가 더 뚜렷해진 것을 알 수 있다. 국가적 대사 때마다 비석에서 한추 현상이 일어나는 것을 들어 대사가 나라를 걱정하는 모습이라 생각했으며 대사가 지팡이를 꽂아 자란 나무를 통해 그를 불멸의 존재로 받아들이면서 현재적 소망을 빌었던 것은 다 그런 징표에 속한다.

사명대사의 설화는 설화담당자들의 현재적 처지에 따라 다양하게 구원적 기능이 파생되어 나간 것을 알 수 있다. 요약하자면 전란 중에는 강토를 침탈한 왜구를 격퇴하는 승장으로서 상하층에게 두루 존숭되었는가 하면 전란의 수습기에는 도일渡日하여 포로를 대동하고 귀국하는 외교관으로서의 상을 생전에 이미 깊이 각인시켜 놓았다. 그렇게 각인된 상이 쉽게 지워질 리 없었다. 유사시마다 맺히는 비석의 땀은 자연적 현상이 아니라 생전 국가와 백성에 대한 노심초사勞心焦思의 징표로 받아들여졌던 것이다. 아울러 그의 지팡이가 뿌리내려 자랐다는 나무를 통해 그의 현재적 불멸성을 믿고 그에 소망을 빌었다. 대사의 설화는 이런 점에서 당대적 유효성을 넘어 어느 설화보다 전승력을 강하게 유지하면서 미래로까지 이어질 수 있는 조건을 구비하고 있다고 할 것이다.

4. 설화에 나타난 현재적 의미

1) 속세를 벗어나 자아찾기

사명대사는 설화적 형상에 있어 양극성을 보여준다. 구국의 영웅 아니면 가화에 휩싸인 범부로서 이원적인 형상이 바로 그것이다. 흔히 대사의 설화라면 출세간의 자취를 핵으로 삼아 임란 중의 활약상에 초점을 맞추는 것이 전부인 것처럼 보이나 세속인으로서 부귀영화 속에 살던 대사가 끔찍한 사건으로 아들을 잃은 비극적 내용을 담고 있기도 하다. 대사의 삶과 관계 없이 왜 그 같은 가화담이 이야기에 끼어들게 되었는지에 대해선 별도의 전승 갈래에 대한 타진이 필요할 것이다. 하지만 그 사건 이후 사명대사가 출가를 단행하게 된다는 이야기의 종결부위로 본다면 세속적 삶에 대한 회의적 시각을 드러내기 위한 데 목적이 있음을 알 수 있다.

사명대사의 출가담은 역사적 사실과 무관하다.[24] 하지만 가화담은 어떻게 출가를 결심하게 되었는가라는 의문을 풀어주는 데는 충분한 서사적 맥락을 갖추고 있다. 대사는 세속에서 문벌 있는 집안에서 진사 벼슬에 오르는 등 누구나 부러워할 삶을 살았다. 하지만 전처가 숨지게 되고 연이어 둘 사이에 낳은 아들이 비참하게 죽임을 당한다. 아내가 세상을 뜬 것은 어쩔 수 없다 해도 전처소생의 엽기적 죽음은 그를 충격으로 몰아넣는다. 사명대사는 근거도 없이 며느리가 간부와 공모하여 아들을 죽인 것으로 단정하고 며느리를 핍박한다. 누명에 시달리던 며느리는 스스로 범인 색출에 나선 끝에 예전 노비가 남편을 죽였음을 밝혀내고 그를 처단하기에 이른다.

---

24 申鶴祥, 『四溟堂의 生涯와 思想』, 밀양시민신문사, 1997, 34쪽.

며느리가 주도면밀한 방법으로 범인을 색출해 내는 동안 사명대사는 무기력하게 이를 지켜보는 것이 전부였다. 며느리가 기지를 발휘하여 진범眞犯을 잡아들였다고 해서 예전의 화목한 시절로 돌아갈 수는 없었다. 오히려 비극은 계속됐다. 범인을 처단한 며느리가 이전의 누명을 치욕스럽게 여기고 목숨을 끊었으며 가내의 불행이 후처 때문이라고 판단한 대사가 후처와 소생을 처단하게 된 것이다. 집안이 풍비박살 났음은 물론 상상하기 어려울 정도의 참극이 한순간에 이 집안에 몰아닥친 것을 알 수 있다.

설화 속에 그려진 가화, 그리고 이를 고스란히 겪을 수밖에 없는 대사를 통해 이야기는 무엇을 말하고자 한 것일까. 「사명당 전처소생의 죽음」은 인간사에 대해 본질적인 의문을 던지는 이야기로 보아도 무방할 것 같다. 이 설화는 인간의 삶이란 원천적으로 불안정하다는 생각을 기저에 두고 있다. 세상살이는 출렁이는 물결 위의 배와 마찬가지로 늘 평온하고 안락한 일상을 유지할 수가 없다. 한순간의 풍파로 배가 뒤집힐 수 있는 것처럼 생이 나락으로 곤두박질 칠 수 있다. 하지만 사람들은 안락함과 행복함을 담보해 놓은 듯 삶의 본질을 돌아보려 하지 않는다. 하나같이 무명無明에 눈이 가려 삶의 본질을 외면하는 것이다. 설화 속 사명대사는 우리의 모습이라고 해도 과언이 아니었다. 설화에서는 대사의 비극을 뼈저리게 체험하고서야 출가를 단행하는 범부로 설정하고 있는 바, 세속적 행불행에 연연하는 현재 우리들의 모습과 흡사한 데가 있어 의외로 울림이 커진다. 여기서 대사는 고승적 면모와 극단적 거리를 두고 있다. 그는 자기 존재적 의미를 반추할 겨를 없이 불나비처럼 세상을 살아가다가 비극을 겪고서야 삶이란 무엇인지를 다시 생각하는 것이다. 참극 뒤에 세속에서의 무상성無常性을 깨닫고 출가를 택하는 주인공의 극적 전환은 삶에 대한 보다 진지한 성찰을 촉구하는 것이 아닐 수 없다.

2) 현실참여의 적극성

임진왜란이 발발한 지 오래되지 않아 유자, 위정층의 구국의지란 보통 백성들만도 못하다는 비판이 곳곳에서 제기되었다. 평소 충과 효를 선창했으나 그들에게는 외적과 맞서 싸울 의지가 애초부터 부족한 것으로 드러났다. 그에 비할 때 피지배층의 임전태세는 생각 이상으로 비장했다. 국운을 되돌려 놓고자 창의를 외치고 깃발을 따라 의병, 의승의 무리에 가담하는가 하면 멸사봉공의 마음으로 싸움에 임했다. 이런 상황은 자연히 뜻있는 유자들의 반성과 자탄을 불러왔다.[25] 자탄의 핵심은 성리性理와 윤리倫理에 밝다고 떠들었던 이들이 실천력이 부재하며 자신들끼리 헐뜯기에 급급했던 데 있다. 마침내 유자들 사이에서 국가를 위한 충성심에 있어서도 불교도에 미치지 못한다는 자책어린 고백이 나온다. 물론 이전까지 그들은 "저들은 머리 깎고 먹물 옷 입으며 성리도 떠나고 윤강倫綱도 버리니 이교異教라 마땅히 내칠 것이고 허락하지 않아야 한다"는 반불, 반승적인 유자들의 공격에 시달려야 했다. 하지만 전후에 난중의 사정을 객관적으로 지켜본 유자 가운데는 "무릇 윤강은 임금과 스승만큼 큼이 없고 성리性理는 충성과 신의에서 벗어나지 않는 것이니 저들이 비록 머리깎고 먹물

25 「嶺南密州府靈鷲山表忠寺弘濟堂記」, 앞의 책. "그윽이 일찍 보니 세상의 이른바 선비의 관 쓰고 성현을 종지로 삼아 서로 스승 제자라고 부르는 자들이 평소 강론하고 토의할 때 스스로 성리에 밝다고 하면서 성리는 더욱 어둡고 또 윤강을 바르게 한다고 하면서 윤강은 날로 문란하여 끝내는 성취한 바가 도리어 이교 아래 있는 데 어찌된 것이냐. 저들은 그 실속 없고 한날 거친 것으로 서로 속이려 하는 것이니 이와 같음을 이상히 여길 것도 없다(竊嘗觀夫世之所謂儒冠 而宗聖賢相號爲師弟子者 平居講討 自以爲明性理 而性理愈晦 又以爲整倫綱 而倫綱日紊 畢竟所成就 乃反出異敎下 何哉 彼無其實 而徒欲以鹵莽相詐焉者 無怪乎其如此也)."

옷을 입었더라도 그 스승과 제자가 진실로 능히 신심으로 서로 주고 받음에 있어서 군신의 대의에까지 각각 그 충절을 다하였다면 이러한 자는 다른 사람이 이교도임을 병 되게 여기더라도 나는 당堂에 세우겠다"[26]며 불자를 옹호하기에 이른다. 유자들이 충성과 신의가 없다는 점을 들어 불교도를 배격했으나 불도들이야말로 위기를 극복하는 데 헌신했던 것이고 그 상징적 인물로 지목된 것이 사명대사였다.

사명대사는 무엇보다 승僧과 속俗의 구별을 지양했다. 승려로서 전장에 나선데 대해 "여래가 세상에 나온 것은 원래 중생을 구제하기 위함"이라 했으며 의승義僧군을 규합할 때는 "우리들이 먹고 입고하면서 편안하게 살아온 것은 임금의 은혜이다. 나라의 위태로움을 어찌 앉아서 보고만 있겠느냐"고 했다. 대사는 백척간두에 선 나라를 구해내는 것 이외 다른 것을 고민하지 않았다. 그리하여 유자들은 불자에 대한 선입견을 버리고 장부로서 위업을 극구 칭양하지 않을 수 없었던 것이다.[27]

유자들이 시를 통해 반성적 시각과 함께 대사를 괄목상대하는 속내를 드러냈듯 설화에서는 왜장과의 대면이라든가 적중에서의 기백 넘치는 담판 등의 일화를 통해 대사의 현실타개 능력과 실천력을 구체화했다. 사실 대사가 고승적 형상에서 무사적 영웅으로 변해갔던 까닭은 국난타개를 위한 비상한 실천의지를 분명히 확인했기 때문이다. 사명대사는 단순한

26 「嶺南密州府靈鷲山表忠寺弘濟堂記」, 앞의 책. "夫倫綱莫大於君師 而性理不外乎忠信 彼雖髡而緇 其師弟子 苟有能以信心相授受 推至於君臣大義 各盡其忠節焉 則若是者 人病其異教 而吾則欲進之吾黨也."

27 앞의 책. "출가한 이는 일이 없다고 하지마오 / 순국함이 공명을 위해서는 아니었네(休道出家無事業 / 不應殉國爲功名)."(鵝溪李公) "일찍 맑고 참됨을 씹어 도를 대통하니 / 늘그막에 훈업은 호기로운 영웅일세 / 장부의 세상 삶이 마땅히 이와 같아야 하는데 / 깊은 산에 병을 안고 얼굴만 붉힌다오(早喫淸眞道大通 / 暮年勳業擅豪雄 / 丈夫生世當如此 / 抱病窮山面發紅)."(蘆灘郭公三吉)

방략가에 그치지 않았다. 직접 전장, 적진, 왜국 어디 가릴 것 없이 달려갔으며 그때마다 적의 기선을 제압하는 데 성공하였다. 위난의 시대에 대사가 보여준 이 같은 실천력은 이 시대를 살아가는 우리에게도 소중한 전범으로 되새겨 마땅한 것이었다.

3) 호국 불교정신의 승계

한국불교는 삼국시대 이래 호국 정신을 널리 표방하였다. 특히 신라는 진흥왕 이래 그 같은 성격이 강화되기 시작하여 백고좌회百高座會, 팔관재회八關齋會 등 나라의 흥운과 안녕을 기원하는 법회가 성행하였다. 화랑 집단만 해도 불교의 국가관을 바탕에 둔 교육을 받아들였으니 원광圓光의 세속오계世俗五戒는 그 대표적 사례라고 할 수 있다.[28] 호국정신을 실천으로 옮긴 승려들이 적잖은 가운데서도 『삼국유사』는 명랑明朗, 의상義湘의 활약상을 상세히 전하고 있는데 당이나 왜의 침략으로 절체절명의 위기에 처한 나라를 위해 발분한 자취는 사명대사의 경우와 흡사한 데가 많다. 먼저 명랑明朗의 경우를 보면, 당唐에서 신라를 공격한다는 정보가 입수되자 문호왕은 신승으로 이름 높은 명랑에게 비법으로 적들을 격퇴해 달라 부탁한다. 명랑은 비단으로 절을 만들고 풀로 오방신상五方神像을 만든 다음 신인종神印宗의 비법으로 바람과 물결을 일으켜서 적선을 침몰시킨다. 이후에도 당의 침범이 있었으나 명랑의 비법을 동원하여 격퇴시킬 수 있었다.[29] 의상은 일찍이 당에 유학하던 중 당이 신라를 침공할 계획이 있음을 탐지하고 신라왕에게 이를 보고했을 뿐만 아니라 후에는 왜구를 격퇴하

28 가마타 시게오, 신현숙 역, 『한국불교사』, 1984, 55쪽.
29 『三國遺事』 卷2, 文虎王 法敏.

는 선봉에 서기도 한다. 즉 동해안에 왜구 10만 명이 집결한 채 개전 신호만을 기다리고 있었다. 그 위급한 상황에서 왕에게 의상을 앞세워 금정암金井巖에서 화엄신중華嚴神衆을 독송하라는 몽중의 계기가 따른다. 왕이 계시대로 따르자 제불諸佛, 신중 등이 천상에서 내려와 신력으로 정박 중이던 왜선을 한순간에 수장시킨다.[30] 신라가 표방한 호국사상을 반영해주는 고승의 활약담에 속한다 하겠는데 자유자재한 신통력을 앞세움으로써 의상을 주술呪術 승으로 형상화한 느낌이 강하지만 어쨌든 불교의 상징적 인물로 승려를 앞세웠음은 주목된다. 시대적 격차가 많이 나므로 신라승의 호국적 행적이 그대로 사명대사의 이야기에 전이되었다고 말하는 것은 지나치게 단순한 추측일지 모른다. 하지만 수행과 대중구원을 업으로 삼는 승려들일지라도 국가를 우선시하는 전통이 조선까지 이어졌다고 보는 것이 옳을 것이다. 다만 고승의 인물형상에 나타난 시대적 차이를 거론한다면 삼국시기 고승들에게서는 주술승으로서의 기능이 강하게 발현되고 있는 데 비해 대사는 무사, 외교관, 신승 등 다양한 상像으로 기능이 분화되고 있다는 점이다. 이렇듯 과거 호국승에 비해 실천적이고 적극적인 상으로 표출되는 것은 그가 추종한 임제선臨濟禪의 영향이 작용한 것으로도 볼 수 있다.[31] 사명대사의 출세간적 설화는 한결같이 애국 애민정신을 그 기저에 두고 있다고 해도 과언이 아니거니와 그것은 당대성을 넘어 현재의 불교도에게도 개인적 신앙 못지않게 구국적 책무를 일깨워준다고 할 수 있다.

---

30 東溪, 『梵魚寺創建事蹟』.

31 채상식, 「사명당의 불교사상과 호국관」, 『사명대사와 호국불교의 이념』, 사명대사연구논총간행회, 보문, 2000, 101쪽.

5. 나가며

사명대사 설화는 임란왜란이란 진앙 공간 속에서 가장 활발히 전파된 이야기로 꼽힌다. 통상 민중이 중심적 담당층으로 지목되는 것과 달리 사명대사 설화의 전파에는 상층 사대부들도 가세했으니 인물전승에 적극적 관심을 보이며 채록하고 문헌에 등재시키는 데 적극성을 보였다. 사명대사 설화는 임란 중의 활약상을 전하는 것이 대부분을 차지하지만 서사배경이 출가 전 혹은 사후로까지 확장되며 주인공의 기능적 형상이 다양하게 분화된다는 특징이 있다. 하지만 넓게 본다면 이야기들은 대체로 지략과 담대함을 두루 갖춘 구원자로서의 상으로 수렴된다고 하겠다.

사명대사 설화는 임진왜란이란 비상 국면에서 자연발생적으로 출현했을 것이나 그에 반영된 주제의식은 당대적 유효성을 넘어선다. 이 설화는 속세의 삶이란 무상하기 짝이 없는 것인데도 삶의 본질과 자아 찾기를 외면하는 사람들을 경책하는가 하면 전장에서 혹은 왜국에서 상대를 제압하는 활약상을 통해 불교의 현실참여 내지 애국 정신을 환기하기도 한다. 사명대사 전승이 다른 역사인물보다 강한 전승력을 지닐 수 있었던 것은 당대성을 넘어 현재성을 보다 풍성하게 담지한 때문일 것이다.

제10장

사찰풍수의 문학적 반영과 그 의미

호암산虎巖山, 호압사虎壓寺를 중심으로

1. 들어가며

조선이 성리학적 이념을 앞세워 억불적 정책을 추진한 국가이기는 하지만 적어도 조선 초까지는 사찰 건립을 비롯한 불사가 활발하게 이루어졌다고 할 수 있다. 특히 새 수도인 한양이 복된 터전으로 길이 흥한 기운이 이어지기를 바라는 소망에 편승하여 적잖은 사찰이 수도권에 자리를 잡게 되었다.

여기서 살피려는 호암산의 호압사도 비보사찰의 하나로 한양이 신도시로서 그 면모를 갖추어가던 시기에 지어진 사찰중의 하나에 속한다. 이 사찰은 금천 지역의 불교신앙적 중심처가 되었을 뿐 아니라 탐승자들의 이목을 집중시키는 곳으로 정평을 얻게 된다. 사력寺歷이 깊은 데다 기묘한 산세를 끼고 있는 지리적 특성을 갖춘 호암산 및 호압사는 신분의 고하를 막론하고 주목의 대상이 되었는데 특이한 산세와 경관을 접한 문인들은 시를 통해 이곳을 즐겨 노래했으며 사하촌민과 민중들은 호암과 호압사에 얽힌 명칭 연기나 창사담을 입에 올림으로써 사찰의 역사가 후대까지 이어질 수 있도록 하였다.

이 글에서는 호암산, 호압사 관련 설說, 시詩, 시화詩話, 전설傳說을 폭넓게 수습해 보도록 하겠다. 이후 작품 유형별로 내용과 의미를 타진해 볼 터인데 문인들의 호암산 시를 통해 자연관과 풍류의식을 살피고 사하촌과 민중들 사이에 전해지던 호압사 창건담이 지닌 설화적, 시대적, 주제적 특성을 밝히기로 한다. 문학 속에 나타나는 호암사, 호압사를 살펴보는 자리가 되겠으나 전통시대 불사와 풍수의 관련성, 유학자들의 대 불교관 등도 더불어 살필 수 있는 기회가 되리라고 본다.

2. 호암산의 풍수적 인식과 문학적 형상화

1) 습속의 거부와 계몽적 시각

태조 이성계는 민심의 동요를 막기 위해 다양한 명분과 논리로 새 왕조가 들어설 수밖에 없었던 불가피성을 전파했던 것으로 보인다. 무엇보다 위화도 회군에 이은 조선의 건국이 패덕한 짓이 아니라 하늘의 뜻에 따른 혁명이라는 쪽으로 의미를 부여하고 미화한 것이다. 뒤이어 건국의 주체세력들은 개경의 지세가 다했음을 들어 천도의 필요성을 제기하기도 했다.

개경에서 한양으로의 천도를 즉흥적 산물로 보는 것은 옳지 않다. 정도定都사업은 지리, 교역, 통신, 교통, 국방 등 다방면에 걸친 검토를 거쳐 체계적으로 진행되었다고 보는 것이 타당하다. 그렇지만 이야기 속의 정도 과정은 추진력과 예지력을 갖춘 몇 인물의 자취만 부각되고 있다. 이성계의 왕사이자 풍수에 밝았던 무학대사가 사방을 주류하면서 택지에 공을 들이고 이성계가 그의 말에 따라 한양을 수도처로 낙점했다는 이야기는

널리 통하는 야사의 하나이다.[1]

한양 천도 전설에서 두드러지게 나타나는 특징은 풍수관념이 매우 강하게 반영된다는 것이다. 한데 이는 천도전설에만 한정되지 않고 궁궐과 사찰건립담에서도 똑같이 나타나는 현상이다. 뒤에는 삼각산이 에워싸고 앞으로 한강을 마주하고 있는 배산임수背山臨水형의 한양지역은 풍수적 안목이 없이도 정도의 터로 최적의 조건을 갖춘 곳이었다. 그럼에도 술사들은 풍수적 관점을 근거로 한양 수도의 취약점을 지적하고 나섰다. 한 예로 그들은 경복궁 쪽에서 멀리 마주 보이는 관악산, 호암산 등이 화기가 넘친다거나 호환을 불러올 형국에 해당되므로 이를 제압할 방책이 필요하다는 견해를 제시하였다.[2]

태조가 풍수설에 따라 수도를 정했다는 증언은 자주 접할 수 있는데 야사, 사적에서는 호압사 건립도 태조가 주도한 것으로 되어있다. 즉 도성에서 정면에 보이는 호암산의 형세가 급하고 위태로워 분동奔動의 기운이 많다는 지적이 잇따르자 방도를 강구하기에 이른다. 먼저 한 일이 용맹무쌍하기 이를 데 없는 동물이 호랑이이지만 꼬리를 제압당하면 힘을 쓰지 못

1 적어도 전설을 놓고 볼 때, 건국의 기틀을 마련하고자 발분한 이성계와 건국의 주체들이 定都이후 도시조성사업에 풍수설을 적극 활용했다고 볼 수 있겠는데 그 과정에서 이성계의 조력자로 빠지지 않는 인물이 무학대사이다. 무학대사는 이성계에게 고비 때마다 앞일을 예견하고 방향을 제시해주는 인물로 이성계의 해몽담, 왕십리의 명칭 유래담에서 불세출의 예언가로 등장한다. 그의 인물적 기능은 한 왕조 앞서 등장하여 三韓의 地氣가 갖는 허실을 지적하면서 비보사찰의 건립지를 정해주고 왕건의 출현을 예견했던 道詵대사와 흡사한 행적을 보인다. (김승호, 「野談所載 僧의 인물기능분화」, 『불교민속학의 세계』, 집문당, 1996, 247~249쪽.)

2 관악산의 화기를 다스리기 위해 동원한 방법이 관악산 곳곳에 사찰 건립을 추진하는 것이었다. 가령 "태조는 친히 관악산을 답사한 뒤 먼저 대를 쌓고 왕조가 오백 세에 이르기를 기복하고 원각, 연주 두 사찰을 지어 남방의 14재환을 진압시켰다"(行稔, 「冠岳山戀主臺羅漢堂新建記」, 『朝鮮寺刹史料』 上, 108쪽)는 기록이 이를 말해준다.

한다는 술사들의 진단에 따라 그 꼬리 부위에 호압사를 세워 맹렬한 산의 기운을 누른 것이다. 그것으로도 마음이 놓이지 않았던지 호압사의 앞 쪽에 암자를 짓고 사자獅子로 암자의 이름을 붙여 호암의 기세를 누를 수 있도록 하였다. 또 산의 네 방위에 석구石狗를 묻고 사견우四犬隅라 명명하기도 했는데 모두 호암의 기세를 꺾기 위한 데 목적을 두고 있었다.[3]

그러나 성리학적 세계관에 길들여진 지식인들 사이에서는 지기, 지세, 지형을 좇아 호암산을 두렵게 여기는 것을 두고 한낱 속신으로 여겼고 비보裨補를 통해 흉사에 대비해야 한다는 대중의 생각에도 동의하지 않았다. 이와 관련해 주목해볼 인물이 15세기 금천衿川 현감을 지낸 윤자尹慈이다. 그는 설을 지어 호암에 대한 세간의 믿음이 얼마나 부질없는가를 설파하였는데 『동문선東文選』에 실린 「호암설虎巖說」을 소개하기로 한다.

금천 동쪽에 산이 솟아 있는데 그 형세가 북으로 달려가 마치 걸어가는 호랑이와 같고, 돌이 높이 솟아 있어 세상에서 호암이라 한다. 술사가 그것을 살펴보고, 바위 북쪽 모퉁이에 절을 세우고는 호압사라 불렀고 그 북쪽으로 7리를 가면 다리가 있는데 궁교弓橋라 했으며 또 그 북쪽 10리쯤의 암자를 사자암獅子菴이라 부르니, 이는 그 움직이는 호랑이의 형세를 제압하기 위한 것이라 한다.

---

3 「三聖山三幕寺事蹟」, 앞의 책 上, 64쪽. "이때 무학대사는 나옹의 제자로 더욱 더 지리학에 뛰어나 태조가 이를 듣고 불러 서울을 정하게 했으니 外白虎의 형세가 위험하고 달아나는 기세여서 그 위에 절을 짓고 虎壓이라 하고 이로써 산을 진압했으며 그 앞에 암자를 짓고 獅子라 하고 위력을 과시했으며 그 곁에 개를 파묻고 四犬隅라 하고 이로써 지기를 다스렸다(時有無學者 懶翁之弟子 尤先地理之學 我太祖聞以徵之 以定國都 以外白虎勢急形危多 有奔動之氣 乃立寺 其上曰 虎壓 以鎭之 創庵其前 曰獅子 以威之 埋犬其傍 曰四犬隅 以留之)."

내가 경오년1450 봄에 어사로 있다가 이 고을에 부임하니 풍속이 본래 어리석은데 나 또한 어리석긴 마찬가지였다. 사람들이 모두 말하기를, "이는 바위 때문에 그런 것인데 전에 이를 진압한 것은 어리석지 않게 하려는 까닭이다" 하였다. 내가 이르기를, "광천狂泉이 있고, 음천淫泉이 있고, 탐천貪泉이 있는 것은 무슨 까닭인가. 마신 자가 미치고 또 음란하고 탐하지 않음이 없어서 이름을 얻은데 불과한 것이니, 이 바위아래 살아서 여기에서 마시고, 여기에서 먹고, 여기에서 놀고, 여기에서 자고 일어나는 자가 어리석지 않을 수 있겠나. 이치로는 혹 그럴 것이다. 그러나 또한 알 수 없는 일이다.

옛날에 오은지吳隱之가 태수가 되어 탐천의 물을 마셨으나 끝내 탐하지 않았고, 맑은 지조를 더욱 가다듬고 인하여 시를 짓기를 '시험삼아 백이伯夷와 숙제叔齊에게 마시게 했더라도 마침내 반드시 마음을 바꾸지 않으리라' 하였다. 하물며 사람의 슬기롭고 어리석음이란 처음 태어날 때부터 타고나는 것이요, 산과 물이 옮길 수 있는 것이 아님에 있어서 이겠는가. 가령 이 고을에 사는 자가 혹 안지顔子의 어짐과 같아서, 어리석은 것 같으면서 어리석지 않은 자라 하더라도 끝내는 자세히 알지 못하는 일이다. 이로써 미루어 본다면, 나와 민속民俗의 어리석음은 바위의 탓이 아니니, 그 바위의 탓이라 이르는 자는 진실로 어리석은 자이다.

아, 슬프다. 당나라의 유자후柳子厚가 염계冉季를 사랑하여 집을 짓고 이름을 고쳐 우계愚溪라 하였는데, 이는 곧 스스로 그 자신을 어리석다는 것으로 편액한 것이니, 이는 옛날 우공愚公이 남긴 뜻이지만 어리석지 않은 점이 있는 것이다. 어리석은 것 같은 어리석음이란, 한마디 말과 한 행동, 공이나 사 어디에도 어리석지 않음이 없는 것이다. 그러기 때문에 나는 가만히 유유주柳柳州 우계의 우愚를 취하여 호암을 고쳐 우암愚巖으로 하니, 그 진실로 어리석은

것 같은 것은 어찌하겠는가. 감히 설을 지어 어리석지 않은 군자를 기다리겠노라" 하였다.[4]

호암을 의론의 대상으로 택한 윤자는 호압사의 건립이 풍수관념에서 비롯된 것임을 밝힌다. 그리고 호랑이의 형상을 지닌 바위를 두고 공포감을 느끼거나 재앙의 조짐을 읽어내려 드는 습속에 의문을 제기한다. 제대로 살펴보지도 않고 단지 호랑이 형상을 간직하고 있다고 해서 바위를 두려워하고 예를 올리며 치성하는 것을 납득하지 못했다.

물론 그는 촌민들에게 대해 본질을 보지 못한다며 직설적으로 책망하지는 않는다. 전해오는 풍습에 매달린 채 현상을 직시하려들지 않는 태도를 우중의 특징으로 꼽으며 자신도 여기서 벗어나지 못하고 있는 존재로 규정한다. 그러면서도 그는 사람들에게 다가오는 불행과 재앙 등을 바위의 탓으로 돌리는 것만큼 어리석은 일이 없다는 것을 거듭 주지시키며 속신이 지닌 허위를 고발한다.

윤자는 민간의 풍습과 술사들의 풍수설에 대해 회의감을 갖고 있던 관리로서 「호암설」을 지어 촌민들의 무지함을 지적했다. 호암에 대한 지역

---

4 尹慈, 「虎巖說」, 『東文選』 第98卷, 說. "衿之東有山峙焉 勢北馳如行虎 有石巉巖 世號 爲虎巖 術家相之 立寺於巖之北隅 曰虎押 去其 北七里有橋 曰弓橋 又其北十里有菴 曰獅子 此 所以壓其行虎之勢也 余於庚午春 自御史來守 于玆 俗固愚騃 而余亦愚者 人皆謂巖之使然 而向之鎭壓 欲其不愚故爾 余謂有狂泉 有淫泉 有貪泉者 何也 不過曰 人之飮之者 無非狂且淫貪而得名焉 則安知居是巖之下 飮於斯 食於斯遊 於斯 寢興於斯者 不爲愚乎 理或然矣 然亦未可 知也 昔吳隱之爲太守 則飮貪泉而終不貪 淸操愈勵 因作詩云 試使夷齊飮 終當不易心 况人之 智愚 稟於有生之初 非山水所能移者乎 假令居 是邑者 或如顔子之賢 如愚而不愚者 終亦未可 詳也 以此推之 余與俗之愚 非巖之故也 其曰巖 之故者 誠愚者也 嗟乎 唐之柳子厚 愛冉溪而家焉 更之爲愚溪 是乃自以其愚而扁之 盖古愚公 谷之遺意 而有不愚者存焉 如愚之愚一言一動 于公于私 無適不愚者也 故余竊取柳柳州愚溪之愚 改虎巖爲愚巖 其如誠愚者 何也敢爲之說 以竢夫不愚之君子云."

민들의 우려와 경외심이 언제부터 나타나기 시작했는지 알 수 없으나 윤자는 현감으로 부임한 후 향촌 사이에 호암에 대한 공포와 우려가 일회적인 현상을 넘어 일종의 전통으로 굳건히 자리 잡았음을 발견한다. 그는 호압사의 창건내력을 상세히 밝히지는 않고 있으나 논조로 보아 호압사의 창건을 긍정적으로 여길 인물로 보기는 어려울 것 같다. 고려 말 이래 성리학의 유입과 더불어 민가의 풍습과 속신을 적시하고 풍속의 개량에 앞섰던 지식인이 적지 않거니와 윤자도 그 같은 성리학자 중의 한 사람에 속한다고 하겠다.

성현成俔은 호암을 제재로 하여 비슷한 견해를 피력한 또 다른 인물에 속한다. 그가 지은 '금천 현감 김군 석손이 그 고을의 작은 정자에 써 주기를 청하다衿川守金君碩孫請題其縣小亭'를 읽어보기로 한다.

小亭春晩綠陰成.	작은 정자에 봄이 깊어 녹음 무성한데
單父琴閒趣更淸.	나직한 선보금 소리 정취가 더욱 맑네
滿榻輕風祛酷吏.	걸상에 가득한 산들바람 혹리를 떨쳐내고
環溪流水濯塵纓.	감도는 시냇물에 먼지 묻은 갓끈 씻지
萬畦種穀皆同穎.	만 이랑에 심은 곡식 모두가 동영이요
五袴興謠競沸聲.	오고를 칭송하는 노랫소리 울려 나누나
民物欣涵鳴鳳化.	봉황 우는 교화에 백성들 기뻐하니
虎巖前事摠虛名.	호암의 지난 일은 모두가 헛된 말이세[5]

5 成俔, 〈衿川守金君碩孫請題其縣小亭〉, 『虛白堂補集』 第3卷.

관리의 성향에 따라 삶이 달라질 수밖에 없었던 것이 중세시기 일반 백성들의 처지였다. 성현이 시에서 말하고 있는 금천수 김석손은 백성들 위에 군림하는 지배자가 아니다. 사리사욕을 앞세우고 가렴주구로 백성들을 닦달하는 탐학적 행동 대신 그가 보여주는 것은 선정을 고민하는 이상적인 목민관이다. 금천 사람들이 그 현감의 애민적 보살핌에 감동한 나머지 송덕의 노래까지 지어 부른 일은 주목할 만하다. 성현은 김석손의 선정이야말로 호암 때문에 불길한 일이 연이어 발생할 것이라는 속신이 근거 없음을 변증해주지 않느냐고 묻는다. 구체적으로 '호암의 지난 일은 모두가 헛된 이름'이라는 구절을 주목해볼 필요가 있다. 여기서 성현은 반습속적 자세를 견지할뿐더러 전형적인 성리학자로서의 면모를 보여주고 있다.

2) 산수미의 발견과 유산체험

윤자나 성현과 같이 호암산에 대한 민중의 근거 없는 믿음을 문제 삼은 인물이 있는가 하면 서경적 대상으로서 호암산을 여러 방향에서 살펴본 끝에 촘촘히 포착한 이도 있다. 다음은 조선 후기 삼절三絶로 유명한 신위申緯, 1769~1845의 「희위팔절戱爲八絶」을 보기로 한다.

> 검지산黔芝山의 두 봉우리는 청색과 비취색이 섞여 한 봉우리를 이루었는데 산꼭대기가 오목하게 패인 것이 낙타등 같이 기이한 모양이어서 장난삼아 8수의 절구를 짓는다黔芝山兩峯. 搭靑堆翠作一峯. 其頂微凹. 狀作駝峯殊奇. 戱爲八絶句.

其一

羅浮離合關風雨. 나부산이 떨어졌다 합치는 것은 비바람의 소관

不雨不風也合離. 비바람이 그치면 합쳤다 떨어진다네
一朶靈芝原兩朶. 한 떨기 영지는 원래 두 갈래인데
陰陽帥雪有誰知. 음양이 있어 비 오는 것 누가 알겠나

其二
合之宛一紫駝峯. 합치면 완연히 자색의 낙타봉
離則苔岑逈不同. 떨어지면 아주 다른 이끼 봉우리
於合之中深淺筆. 합쳐졌을 때의 깊고 얕은 붓솜씨
一峯略淡一峯濃. 한 봉우리는 담박하고 한 봉우리는 진하네

其三
我日拓窓恰妙合. 날마다 창 열면 기묘하게 합친 듯하여
我曾攜屐作然疑. 일찍이 올라 보았으나 알 수가 없네
立之偈子略知意. 게자를 세워서 아는 것 간추리자니
看是坯堚踏却離. 온통 흙더미 속에 발이 빠지네
최립의 시구이다(崔簡易句).

其四
此山離合非離合. 이 산 봉우리 붙은 건가 떨어진 건가
義諦吾嘗聞佛家. 묘한 이치 나는 일찍이 불가에서 들었지
一卽四時四卽一. 하나가 넷이며 넷이 하나이니
如來疊鉢了無差. 여래의 겹친 발우 다를 게 없네
『維摩經』에 이르기를 천왕이 부처님께 발우를 바쳤는데 부처님이 겹친 발

우를 건네주면서 말씀하시기를 "하나가 넷이고 넷이 하나이다"라 하였다(維摩經曰. 天王獻鉢于佛. 佛以手疊鉢曰. 一卽四四卽一).

其五

欲得眞形定粉本.	본 모습 보고 싶지만 밑그림은 정해졌으니
峯東平陸隱茅茨.	봉우리 동쪽 평지에 초가집 숨어있네
隔溪木葉盡刊落.	시내 건너편 나뭇잎들 모두 떨어지고
纖月一鉤斜塔時.	한 조각 초승달 탑 위에 빗겨있네

其六

始興縣舊衿川縣.	시흥현은 옛날 금천현인데
音似衿黔字義非.	衿과 黔, 음은 같지만 뜻은 다르다네
爲是黔芝南縣治.	黔芝의 남쪽에는 현치가 있으니
黔陽稱恰當淸暉.	黔陽을 청휘라 불러 합당하리

시흥현은 옛날 黔陽縣인데 黔川縣으로 바뀌었다가 다시 衿川縣으로 고쳤으니 정조때 지금의 이름으로 바꾸었다(始興古黔陽縣. 改黔川. 又改衿川. 正廟時改今名).

其七

縣名轉輾爲山訛.	縣名이 바뀌면서 산 이름도 헷갈리고
無怪山形變化多.	산 모습 자주 변해도 괴이하다마오
此義質之李道士.	이 뜻을 李道士에게 묻고자
壇邊遙禮白雲過.	축대가에서 멀리 예 올릴 때 흰 구름 지나네

其八

雲霧蒸靑變化乎. 구름과 안개기운 푸르게 바뀌는데
此山全體類於菟. 이 산 전체가 호랑이 닮아있네
古人厭禳無窮意. 옛 사람들의 염양하는 무궁한 뜻
虎壓獅菴四犬隅. 호압사, 사자암, 사견우를 마련했지

금지산의 형세가 사나운 호랑이와 비슷한 까닭에 호압사, 사자암, 사견우를 세웠는데 모두 옛날에 이 산의 기세를 제압하기 위한 것이었다(黔芝山形猙獰類虒. 故虒壓寺, 獅子庵, 四犬隅. 皆古之爲此山而壓勝者也).[6]

죽석관竹石館 서영보徐英輔의 「유자하동기遊紫霞洞記」에 보면 "관악산冠岳山과 검지호암산 사이에서 수석이 빼어난 곳이 있으니 이를 신림이라고 불렀다. 이 신림 중에서 가장 으슥하고 더욱 이채로운 곳이 있으니 이를 자하동이라 한다居冠岳黔芝之間 而有水石之勝者 曰新林 新林之邃而尤異者 曰紫霞洞"라는 대목이 보인다. 그 자하동과 관련해 누구보다 깊은 인연을 맺고 있는 이가 신위이다. 그는 현 서울대 부근에서 유년기를 보냈으며 조상 대대로 전해온 자하산장紫霞山莊을 물려받아 경영하였다. 이뿐만 아니라 1828년에 강화유수로 부임하였다가 윤상도尹尙度의 탄핵 주도로 정계에서 물러나 그가 은거한 곳도 자하동이었다. 그만큼 신위와 자하동은 인연이 각별한 셈인데 신위가 '자하紫霞'를 호로 삼은 것은 우연한 일이 아닌 것이다.

호암산 「희위팔절」은 얼른 산에 올라 순식간에 정경을 잡아내고 있는 시가 아니다. 시작에 앞서 대상에 대한 탐조의 시간이 꽤 길었음을 알 수

6 申緯, 「戱爲八絶」, 『警修堂全藁』 冊十六 九十九菴吟藁二 庚寅九月至十二月.

있다. 그의 눈에 비친 호암산은 흔히 말하는 대로 호랑이의 형상에만 머물지 않는다. 상상력이 풍부한 만큼 그는 호암산을 대하면서 신비스럽고도 기괴한 이미지를 이끌어낸다.

신위는 우선 이 산이 시간과 날씨에 따라 각양으로 변한다는 점을 주목한다. 특히 산 정상은 움푹 패여 있어 낙타의 등을 보는 착각을 불러일으키며 일기에 따라 봉우리가 한 개, 혹은 두 개로 나누어지는 그 변화상을 지켜보면서 불교적 가르침을 도출해 내고 있다. 즉 기사其四를 보면, 한 봉우리였다가 혹은 두 봉우리로 변개하는 등 호암산정의 모습을 신기해하다가 하나가 넷이며 넷이 하나라는 여래의 말씀을 환기하고 있다.

기오其五는 여느 곳과 다를 없이 가을 빛이 진한 호암산의 숲속정경이 묘사되고 있다. 기육其六, 기칠其七, 기팔其八은 다시 호암산의 명칭유래와 함께 재앙과 불운을 다스리기 위해 제를 올리고 사찰을 지으며 평안과 안녕을 도모하고자 했던 촌민들의 풍속을 그대로 보여준다. 윤자와 성현이 전부터 전해오는 지역민들의 풍습이나 사찰건립을 두고 어리석음의 소치라 비판한 것과 달리 신위는 호암산의 신비한 형상과 당시의 풍습을 그대로 보여주기만 할 뿐 자신의 판단을 앞세우지 않는다. 기팔에서 볼 수 있는 것처럼 신위를 우리는 기층민들의 세계관, 사고방식도 폭넓게 수용한 지식인으로 이해할 수 있을 듯하다.

호암이 워낙 이목을 집중시킨 탓에 호암산을 제재로 삼는 시들은 주변의 풍광을 놓치는 경우가 없지 않았다. 하지만 조두순趙斗淳, 1796~1870의 시는 좀 다르다. 「장유호압사약단구노인將遊虎壓寺. 約丹邱老人」은 고적함 속에 꽃이 향기를 토하고 녹음이 우거져가는 호압사 아랫마을의 정경을 초점화하고 있다.

平疇麥浪泛油油.	들판에 보리의 물결 윤기있게 넘실대고
雨後輕風颯颯秋.	비온 후 산들바람 서늘하기도 하네
芍藥花深薰一洞.	작약의 향내 골짝에 진동하고
葡萄葉大蔭全樓.	포도잎 넓어져 누각을 온통 덮었네
讀書竟晷誰禁住.	독서 끝났으니 누가 머무는 것 말릴까만
被醉兼旬不自由.	술 취하면 열흘을 못 움직이지
虒壓三韓傳寶刹.	호압사는 삼한의 보배 절이니
明朝筇屐與羊求.	내일 아침 친구들과 찾아 보려네[7]

시인의 눈길은 평화롭고 한정한 아랫마을에 가 있음을 어렵잖게 알 수 있다. 아름답고 고즈넉한 전원에 몸을 맡긴 채 근처를 소요하는 화자의 모습을 떠올릴 수 있다. 봄철이 끝나가지만 작약 향기가 온통 골짝에 퍼져 있고 포도 덩굴은 누대를 다 덮어 버릴 정도로 무성함을 자랑하는 초여름의 풍경이 드러나고 있다. 누대 위에서 뜻 맞는 이와 술잔을 기울이며 음풍농월하기에 좋겠다는 시인의 바람이 은근히 내비쳐 있다. 정확히 말하면 시인의 생각은 호압사 나들이에 있다. 호압사에 오르고 싶어하는 까닭은 무엇일까. 우선 보찰로서 호압사가 누리는 명성을 확인하고 싶었을 것이다. 여기에 툭 트인 곳에서 일망무제로 사방을 굽어보고 싶다는 욕구가 산행을 유혹하는 것으로 보인다.

대략 앞에서 본대로 관악산冠岳山, 삼성산三聖山, 호암산虎巖山에 사찰이 들어선 것은 도성 맞은편의 흉한 기운을 제압함으로써 왕궁과 성안의 평안

7 趙斗淳, 「將遊虎壓寺約丹邱老人」, 『心庵遺稿』卷之八, 詩.

함을 도모할 수 있다는 믿음에서 나온 것이다. 기선 진압의 방법에는 여러 가지가 있었다. 호랑이를 대적할 수 있는 사자를 염두에 두고 사자암을 건립한 것이나 근처의 다리를 궁교라 부른 것도 모두 호암의 진압과 연관된다. 하지만 비보의 핵심은 호압사의 건립이었다. 호암산의 형세를 두려워한 사람들의 방책대로 호랑이의 꼬리부분에 탑을 쌓고 몸체 부분에 호압사를 건립함으로써 호환의 공포에서 벗어날 수 있었다.[8]

전래담에는 악처나 흉지 때문에 일어나는 횡액을 방비하기 위한 다양한 대비책이 소개되고 있다. 옛 지도나 읍지에 표기된 사자암獅子庵, 사자현獅子峴, 호사虎寺, 사사獅寺, 호구虎邱, 사자승사獅子僧舍, 궁교弓橋 등은 하나같이 호랑이 바위를 견제하기 위한 비보적 차원에서 고안된 이름이다. 그런데 비보적 지명이 혼재되다보니 사람들 사이에서는 혼선과 착각마저 불러일으키는 일도 있었다. 이제 삼명三溟 강준흠姜浚欽, 1768~1833의 『삼명시집三溟詩集』에 올라있는 호압사, 사자암 명칭 관련 시화를 보기로 한다.

---

8 풍수, 비보관념은 민중의식을 이해하는 중요한 요소가 아닐 수 없다. 악지, 흉지가 액운으로 작용할 것이란 믿음은 지역과 상관없이 전통시대 사람들의 의식세계를 지배하고 있었다. 한 예로 『계산담수(鷄山談藪)』를 보면 담양(潭陽)의 비보(裨補) 사례가 다음과 같이 열거되고 있다. "담양부(潭陽府)의 남쪽에 대노(大弩), 소노(小弩) 두 고개가 있다. 전하는 말에 추월산(秋月山)이 호랑이 형상과 같아 담양부(潭陽府)에 해를 끼친다고 犢(송아지)으로 이름을 지어 물리치고 弩(큰화살)로 이름을 지어 멀리 쫓아내고자 했으니 대개 지세를 누르는 방법을 쓴 것이다. 또한 담양부 동쪽에 돌로 만든 노가 있는데 높이가 한척 정도에 크기가 한 아름 이상인데 쇠줄로 머리 부분을 묶어놓았다. 그 위에 또한 석탑이 있는데 높이가 오십여 척으로 전하기로는 처음 부가 설치될 때 이미 있었던 것이라 한다. 추월산의 지세가 가는 배의 모양이어서 돌노와 석탑을 만들어 진압하고자 했다 한다(潭陽府山之南 有大小弩二峴 俗傳秋月山如虎形 有害於府 故名之以犢 使逐而去 名之以弩 使避而遠之 盖用其壓勝之法 又府之東有石棹 高可尺餘大一圓餘 以鐵索鎖之冠 其上又有石塔 高五十餘尺 俗傳初設府時旣置者也 秋成地勢如行舟形 故置石棹石塔 使鎭壓云)." (정명기 편, 『韓國野談資料集成』 9, 고문헌연구회, 1987, 61쪽)

호압사는 사자현에 있는데 늙은 여종이 건옹蹇翁 박종민朴宗民이 사자승사에 있다고 했다. 그래서 '호압사를 말하느냐'고 했더니 그렇다고 했다. 그래 작은 손자를 시켜 호압사에 가 보라고 했는데 종아이가 돌아오질 않았다. 조금 있다가 형이 동쪽 언덕의 사자암에 갔다는 것을 알게 되었으니 여종이 나에게 잘못 일러준 것이다.[9]

赤脚度長川.	바지를 걷고 긴 내를 건너니
來致主翁語.	주인 노인의 말소리 들려오네
山秋日氣佳.	산 속의 가을 날 좋은 때
獅子寺深處.	사자암의 깊숙한 곳
願與子同賞.	그대와 같이 완상하면 좋지
僧厨黃菊煑.	절 부뚜막에는 황국차 끓고 있다네
獅寺是何寺.	사자암은 어떤 절이며
虒邱豈其所.	호랑이 언덕은 어디쯤인지
吾方理輕策.	난 지팡이 짚고 갈 테니
爾自先歸去.	그대는 앞서 가게나
老人行苦遲.	노인은 걷는 게 힘들고 더딘데
小兒趾善擧.	어린 아이는 잘도 걷네
駒在馬前行.	망아지는 어미 말을 앞질러가며
騰騰越險阻.	기세 좋게 험한 곳 넘어서네
靑驢尙無影.	푸른 노새 그림자 사라지더니

9 姜浚欽, 「和蹇翁秋日東皐作 有序」, 『三溟詩集』 七編. "虒壓寺有獅子峴 而老婢來傳翁在獅子僧舍 故問是虒寺則婢曰唯 遂使小孫往候虒寺 從者不至 今聞兄往東皐之獅子 則婢言誤我矣."

遙村已晩杵.	먼 마을에선 벌써 다듬이 소리일세
狼狽中途還.	도중에 돌아가긴 글렀는데
步步悵延佇.	느려지는 걸음걸이가 한스럽네
行雲不見跡.	가던 구름은 자취가 없고
飛鴻獨無侶.	나는 기러기는 외롭게 짝이 없네
豈知醉鄕老.	누가 술취한 시골노인 알겠는가
却向東皐墅.	그저 동쪽 언덕의 농막으로 향한다네[10]

이는 19세기 문인 강준흠과 박종민이 시우로서 어떻게 교류하며 지냈는지를 엿볼 수 있게 하는 시화와 시이다. 특히 서序는 이어지는 시의 탄생 상황을 흥미롭게 전해주는 기록이라 할 수 있다.

어느 날 강준흠은 평소 친하게 지내던 박종민을 찾으러 갔다가 자리에 없자 그 집의 여종에게 주인의 행선지를 묻는다. 그때 여종이 행선지로 일러준 곳이 사자승사였다. 강준흠이 재차 사자승사가 호압사를 가리키느냐고 묻자 여종은 그렇다고 말해준다. 그에 강준흠은 호압사로 어린 손자와 종을 보내 박종민에게 산수 간을 노닐 것을 제안한다. 하지만 심부름을 갔던 종이 돌아올 기미가 없었다. 강준흠은 오래잖아 건옹이 호압사가 아니라 사자암에 가 있다는 사실을 알아챘다.

결과적으로 늙은 여종이 박종민의 소재를 잘못 알려주어 낭패를 겪은 셈이다. 호압사가 사자현에 위치해 있어 여종은 깊은 생각 없이 사자현의 절에 갔다고 말한 것인데 강준흠은 그것을 사자암으로 받아들였을 것이

10 앞의 책.

란 추측이 가능한 상황이다. 아무튼 호압사, 사자암의 명칭 때문에 벌어진 일화를 소개한 후 강준흠은 그 후의 사건은 시로 처리하였다.

혼선을 빚는 바람에 시간을 허비했으나 강준흠은 서둘러 박종민을 찾아 나서게 된다. 청명한 데다 단풍이 고운 사자암 주변을 노닐다가 둘이 농막에 들어가 밤을 지새우고 싶었던 것이다. 시내를 건너자 기다리고 있던 건옹과 더불어 삼명은 사자암으로 발길을 옮긴다. 하지만 산길은 험하고 경사가 급했다. 끌고 간 말과 노새도 탈 수 없어 하는 수 없이 걸어갈 수밖에 없게 된 사정이 행간에 나타난다. 망아지와 아이들은 산길도 어렵지 않게 내달리는데 나이든 건옹 때문에 산행은 먼 마을에서 다듬이 소리가 들리는 저녁 무렵으로까지 이어진다. 그렇지만 그것은 결코 짜증나거나 고통스러운 이동으로 느껴지지 않는다. 좋은 일기 속에 맘에 맞는 친구와 같이 지낼 밤이 기다리고 있기 때문이다. 위 시는 삼명을 포함한 일행이 동쪽 언덕의 농막으로 향하는 과정과 함께 농막에서 건옹과 하룻밤을 즐겁게 보낼 것이라는 삼명의 기대감이 잘 드러난다.

3. 호압사 창건연기설화의 성격과 의미

호암산의 독특한 지세가 결과적으로 호압사의 창건으로 이어졌다는 이야기가 언제부터 생겨났으며 어떤 변이과정을 거쳤는지 그 통사적 맥락을 추적하기는 어려울 것 같다. 그렇지만 호압사의 창건을 비보 이외의 차원에서 찾는 사례는 발견되지 않는다.

아름답고 기이하다 뾰족뾰족 솟은 봉우리, 암석의 기기묘묘함은 천고의 몸체로다. 선악을 관장하는 일이나 신시信施를 불러일으키는 것이야말로 세상에서 크게 쓰이는 것이다. 호압사로 말하면 조선 초 건국의 바탕을 다질 때 호랑이 굴을 진압시킨 터이다.[11]

호압사 : 호암의 동쪽에 위치하며 일명 호압사라 하는데 호랑이 기세를 억누른다고 말한다.[12]

그렇지만 현재 접하는 전설은 엄밀하게 말하면 창작이 가미된 것으로 화자, 채록 시기, 채록 장소 등 설화의 세부적 정보를 확인할 수 없어 호압사 연기설화의 형성과 후대의 변이 양상을 상세히 파악하는 데 한계를 남기고 있다. 사대부 층들도 호압사 설화를 쉽게 접할 수 있었겠으나 기록할 정도로까지 의미를 부여하는 데 인색했으며 민중층은 문식력이 없어 기록으로 남기지 못함으로써 빚어진 일이다. 아쉽지만 호압사 창건연기에 대한 논의는 윤색된 자료를 바탕으로 이어갈 수밖에 없는 상황이다. 다음은 근래 전설집에 수록된 호압사 연기설화[13]의 중 하나이다. 우선 줄거리를 단락화시켜 보기로 한다.

---

11 義敏, 「京畿左道始興三聖山虎壓寺法堂新造懸板文」, 앞의 책 上, 66~67쪽. "美哉奇哉 峰巒之崔嵬 巖石之妙奇千古之體也 善惡之所關 信施之所發 人世之大用也 夫本寺也 則惟 我國初建基之時 鎭壓虎穴之處也."

12 『梵宇攷』, 衿川條, 1799. "虎巖寺 在虎巖洞 一名虎壓寺 謂鎭壓虎勢."

13 본고에서 택한 호압사 연기설화는 박영준 편, 『한국의 전설』, 한국문화도서출판사, 1972, 106~110쪽에 수록된 것이다. 편찬자의 윤색을 거친 설화로 원형담으로서의 면모를 온전히 기대하기는 무리라고 본다. 그러나 호압사의 창건과 관련된 부대 기록들이 대체로 위의 내용과 부합하고 있어 원형담으로서의 호압사 창건담과 그리 큰 차이를 보이지는 않을 것으로 판단한다.

① 조선을 건국한 태조 이성계가 한양에 도읍을 정한 뒤 만년 사직을 염두에 두고 궁궐을 짓기 시작하였다.

② 궁궐이 거의 완성될 때가 되면 이유 없이 건물이 하룻밤 사이에 허물어지는 일이 발생해 이성계가 고민에 빠졌다.

③ 나라 안 유명한 대목들을 불러들여 거듭 궁궐 공사를 계속해나갔으나 준공 직전에 건물은 여지없이 무너지고 말았다.

④ 궁궐 건물을 짓던 목수들이 호랑이 형상을 한 괴물이 사납게 날뛰며 달려드는 악몽에 시달리게 된다.

⑤ 이성계가 한밤중에 현장에 나가 거의 다 지어진 궁궐을 부수어 버리는 호랑이 모습의 괴물을 발견한다.

⑥ 이성계가 호랑이를 퇴치할 방법을 궁리했으나 여의치 않아 고민할 때 낯선 노인이 나타나 한강 남쪽의 호암산 봉우리를 가리키며 그 때문에 붕괴 사건이 끊이지 않는다 했다.

⑦ 노인은 호랑이의 형세를 제압하기 위해서는 호랑이의 꼬리 부분에 절을 지으라 일러주고 사라졌다.

⑧ 이성계가 호암산의 호랑이 꼬리 부분에 호압사를 짓게 했으며 이후로

궁궐공사가 순조롭게 진행되어 무난히 건물들을 준공할 수 있었다.

한양으로 천도 후 앞서 착수해야 할 일은 궁궐 축조가 아니었던가 생각된다. 호압사 연기설화는 태조 재위 시에 궁궐 건축 중에 벌어진 위기 상황을 앞서 전하고 있다. 즉 힘들여서 지은 궁궐 건물이 완성될 즈음에 원인 모르게 붕괴되는 일이 반복되자 조정에서는 근심에 휩싸인다. 이성계나 장인들에게 보다 당황스러운 것은 호랑이 형상의 괴물이 저지른 일임을 확인했으나 그들의 힘으로는 그 괴물을 퇴치할 능력이 없다는 것이었다. 이성계의 근심이 날로 깊어갈 수밖에 없었다.

그런 중에 한 노인이 이성계 앞에 나타나 한강 남쪽 호암산 봉우리를 가리키며 연이은 흉사가 모두 그로부터 연유한 것임을 깨우쳐 준다. 아울러 그는 호랑이의 꼬리 부분에 절을 지으라는 처방을 내린다. 노인은 그 점만 명심하면 계획한대로 궁궐공사가 순조롭게 마무리될 것이란 말을 남긴 채 사라진다. 지체 없이 이성계가 노인의 조언에 따랐음은 물론이다. 호암의 기세를 누를 터에 절을 세운 이후로는 더 이상의 건물 붕괴가 없었으며 순조롭게 궁궐공사를 마칠 수 있었다.

상기 내용을 통해 우리는 조선 초 윤자가 「호암설虎巖說」에서 "금천 동쪽에 산이 솟아 있는데 그 형세가 북으로 달려가 마치 걸어가는 호랑이와 같고 돌이 높이 솟아 있어 세상에서 이를 호암이라 부른다. 술사가 형국을 살펴보고 바위 북쪽 모퉁이에 절을 짓고는 호압사라 이름 하였고 (…중략…) 이는 그 움직이는 호랑이의 형세를 제압하기 위한 것이라 한다"[14]

14 尹慈, 앞의 책. "衿之東有山峙焉 勢北馳如行虎 有石巉巖 世號爲虎巖 術家相之 立寺於巖之北隅 曰虎押 (…중략…) 此所以壓其行虎之勢也."

는 창사의 골자를 쉽게 떠올릴 수 있다. 윤자가 말해준 줄거리에 상세하게 부언하면 바로 상기한 전설이 되는 것이다. 호압사 창사담에 이성계가 창주創主로 설정된 것은 비범한 존재를 주인공으로 내세우는 여타 사찰연기담들의 특성에서 벗어나지 않는다. 그러나 창사설화에서 발견되는 구성, 구조적 특성과는 여러모로 차이가 있다. 일반적으로 사찰연기설화는 '사지寺址의 점지자點地者 물색－사찰 건립 공간의 확정－사찰의 건립－성소의 효험'[15]이라는 흐름을 유지하는 선에서 이야기를 펼쳐 나간다. 사지의 점정點定은 좋은 터에 절을 세우기 위한 첫 작업인데 창사담에서는 절터를 누가 고르고 결정하는가를 앞서 전하는 대목이 따라오기 마련이다. 길지는 대개 고승, 이인, 이물 등 비범한 능력의 힘을 빌려야만 찾을 수 있다. 비범한 존재가 찾아준 길지인 만큼 그에 지은 절은 성소로서의 기능을 충분히 부여 받게 된다. 대중들이 바라는 바대로 용한 점정자를 거쳐 건립된 절은 준공 후에 갖가지 영험을 현시하게 되고 누구나 숭앙하고 경외하는 절로 자리를 잡게 되는 것이다.

그러나 호압사 창사설화에는 사지 점정의 과정이 보이지 않는다. 지상에 신성함을 갈무리하고 있는 지점이 따로 존재한다는 의식에 근거한 성소 찾기 과정을 중시하는 일반의 창사담과는 질적인 차이를 갖는다. 그것은 이 전설이 길지를 찾아 절을 세우는 이야기에 속하지 않기 때문이다. 도리어 사람을 공포감에 빠뜨리거나 위협하는 호암의 기세를 절의 힘을 빌려 제압하자는 발상을 두고 펼쳐지는 서사이다.

대체로 창사전설들이 길한 터를 골라 절을 지어야만 홍법의 기운이 살

15 김승호, 「성소(聖所) 만들기와 설화의 구조－유사(遺事) 소재 창사연기설화를 중심으로」, 『신라문화제학술발표논문집』 11집, 1990, 297쪽.

아나고 부처님의 가호가 미친다는 사고에 근거하여 전개되지만, 호압사 연기담은 불길한 터 때문에 발생할지 모르는 재앙과 횡액을 사전에 방비해야 한다는 민간 풍습을 바탕에 두고 있다. 한마디로 속신과 비보관념을 깔고 있는 전설이다.

하지만 단순하게 속신의 산물로 전설을 이해하는 것은 옳지 않다. 창사야말로 인간의 힘으로 감당하기 어려운 난제를 해결하는 데 큰 방편이 된다는 불교 신앙에 기초하여 형성된 전설로 보는 것이 마땅하다. 사람들을 겁박하는 대상으로 여겨지는 호암산 기세를 제압하기 위해서는 그를 능가하는 존재가 절실히 요구된다고 본 나머지 궁리한 것이 사찰의 건립인데 이는 부처님에의 귀의를 의미하는 것으로 생겨도 무방하다. 호압사 창건담은 악지, 흉지 등 인간이 불길하게 여기는 공간마저도 쉽게 무화시키는 부처님의 권능과 위력을 말해주고 있는데 민속신앙과 불교신앙이 상호 습합된 자리에서 탄생한 전설로 그 성격을 이해할 수 있겠다.

4. 나가며

이상 호암산, 호압사를 제재로 삼고 있는, 시, 시화, 전설을 살펴보는 자리를 가졌다. 호압사는 산악 형상에서 호환의 기미를 읽어내고 그 방비책을 궁리하면서 탄생한 사찰로 기묘한 지세와 풍광을 갖춘 탓에 불자들은 물론 문인, 사대부들 간에 탐승, 교류의 공간으로 인식되기도 했다. 호암산, 호압사를 제재로 한 시문이 적지 않다는 점이 이를 입증한다.

시문 속에서도 호암은 어떤 것보다 주목의 대상으로 떠올랐으며 때로

의론의 대상이 되기도 했다. 곧 조선 초 문인 윤자는 호암을 에워싼 속신을 백성들의 무지에서 나온 것이라 했으며 성현 역시 전래 풍습에 비판적 시각을 드러냈는데 성리학자로서의 책무와 무관치 않은 반응이다. 이와 달리 순수하게 산수 속에서 자연미를 찾고자 한 이들도 있었다. 즉, 신위, 조두순, 강준흠 등은 호암산과 그 주변풍광이 지닌 아름다움을 고스란히 포착하는 한편 그곳에서의 유산, 교류의 체험을 시 속에 갈무리해 놓았던 것이다.

호암산과 호압사에 대해서는 기층민들도 남다른 관심을 보였다. 그들 사이에 전해온 호압사 전설은 호암산에 얽힌 민속신앙과 속신, 호압사의 창사내력 등을 흥미롭게 전해주는 일종의 구술 연혁담에 속한다. 내용은 절의 힘으로 호암의 삿된 기운을 물리쳤다는 것으로 요약될 만큼 단순하지만 그 이면에는 풍수, 비보사상을 신봉하는 민중의식이 깔려있다. 즉 자연에 대한 경외심, 외물과 조화를 이루며 더불어 살아가려는 민중의 심성이 드러나 있는 것이다. 이와 아울러 이 전설은 인간이 감당하기 힘든 횡액 막이에 있어 창사야말로 유일한 선택임을 강조함으로써 대중들에게 사찰, 불신佛身의 존재적 의미를 다시금 돌아보도록 한다. 호압사 전설은 흥미담을 넘어 불교에의 귀의를 권면하는 이야기라 할 수 있다.

제11장

해안권海岸圈 창사연기담創寺緣起談의 일 고찰

문헌소재 석선石船설화를 중심으로

1. 들어가며

이 땅의 지리, 지형적 조건은 해상海上을 배경으로 삼는 서사의 출현을 추동推動시키는 계기로 작용하였다. 이점은 전래하는 불교설화에서도 예외가 아니다. 해안권을 중심으로 남방의 불교문화가 배편으로 유입되었음을 전하는 설화가 다수 자리 잡고 있었던 것이다. 삼면이 해안海岸으로 에워싸인 지형地形과 결부된 불교 전래담이라 말해도 좋을 이 유형담들은 대체로 석선 모티브가 삽입된다는 특징을 보여준다.[1]

사찰의 지리적 위치를 반영하듯 해안권 사찰연기담은 이역에서 유입된 불교문화를 갈무리하는 지점으로서 사찰에 초점을 맞추어 전개되며 석선이란 매우 우의적 모티브를 공통적으로 개입시킨다는 유사성을 드러낸다. 그것은 우리가 접해온 창사담과는 설화 발생적 조건이나 내용면에서 적

1 그동안 창사설화 논의는 주로『삼국유사(三國遺事)』를 대상으로 이루어져 온 까닭에『삼국유사』 소재 창사담이 곧 한국 창사연기설화의 특성과 서사미학을 대변하는 것으로 이해된 면이 적지 않았다. 하지만 사대부들의 문헌 자료에까지 시야를 넓히다보면 창사연기설화의 내용적 층위가 퍽 다양하다는 사실이 밝혀진다. 지식층이 남긴 문집을 포함, 제 문헌에 소재한 창사연기설화까지 포함한 논의가 필요하다 하겠다.

잖은 편차가 드러난다. 이에 따라 동, 남해안 인근에 전승되었던 석선 삽입 창사연기설화를 일별해 보고자 하는 바, 이로써 『삼국유사三國遺事』 소재 창사연기설화와 여러 면에서 구별되는 해안권 창사연기설화의 특성이 밝혀지리라 기대해 볼 수 있겠다.

석선 모티브를 삽입하고 있는 창사설화들은 개별 사찰의 기원起源을 넘어 초기 남방불교의 전래 과정을 보여준다. 그 점에서 고대 불교사 및 해외 교류의 현황을 점검할 단서端緖로서의 의미를 함축한다. 하지만 여기서는 주로 서사적 측면에만 논의를 국한하고자 한다. 즉 석선이란 모티브의 착상着想 배경을 점검한 후 석선설화의 전승 분포, 시대적 흐름에 따른 설화의 변이와 파급波及현상 등을 살피는 데 유의할 것이다.

2. 석선石船 모티브의 착상과 배경

창사담은 청자聽者에게 흥미로운 모티브와 성스런 존재의 개입을 통해 사찰의 연혁沿革과 성소聖所로서의 의미를 되새기도록 만든다.[2] 석선설화도 그런 목적에 부합되는 조건을 갖추었다. 줄거리를 보면, 천축天竺 등 남방南方에서 출발한 돌배가 부처, 불구 등을 싣고 불성이 깃든 곳을 찾아 헤매다가 마침내 한반도의 남부 혹은 동부해안에 정박한 뒤 인근에 불상 등을 봉안할 길지吉地를 찾아 절을 세우고 싣고 온 경상經像 등을 봉안하는 것으로

2 창사(創寺) 연기설화는 특정 사찰에 대한 기원을 전하는 이야기이다. 이는 대체로 사찰이 세워질 당시의 특별한 인연과 성스러운 유래를 앞세우게 마련인데 주 전승층은 승려, 호불자, 신자를 비롯한 사중(寺衆)이라하겠다. 그들은 창사담을 신성담론으로 여겼을 뿐만 아니라 창사담의 재화(再話)에 적극적인 자세를 보였다.

요약된다. 그런데 이는 불교가 북방에서부터 유입되었다는 설과 대치된다. 어떻게 보면 남방 불교설을 대변하는 바도 없지 않다 하겠는데 고대 불교사에 부합되는지 여부에 대한 논의가 별도로 필요할 수도 있겠다. 하지만 설화적으로는 문제될 것이 없는 전개라 하겠다.

석선의 배치로 말미암아 청자들의 호기심은 확실히 증폭된다. 그럼에도 불구하고 어떻게 해서 과거 해안권 창사담들이 물에 가라앉게 마련인 돌배를 핵심모티브로 채택했는지가 의문으로 남게 된다. 여기에는 나름의 배경이 있지 않을까 생각한다. 무엇보다 석선설화의 담당층이 승려로 한정된다는 점이 의문을 풀어주지 않을까 싶다. 돌로 된 배가 스스럼없이 대양大洋을 횡단했다는 파격적인 내용은 선적禪的 상상력에서는 얼마든지 가능한 구도이다. 깨우침의 방편으로서 선승들의 선시, 선어에서 발견되는 가장 주목되는 수사법을 꼽는다면 역설이라 하겠는데 석선의 제재화는 선가의 언어적 관습을 고려할 때 그리 낯선 것이 아니다. 논리를 넘어 역설적逆說的 제재를 저항감 없이 수용할 수 있었던 근저에 선가적 언어 관습이 자리 잡고 있다는 추론은 그런 점에서 무리가 없다.

선가에서는 일찍부터 일반의 상식, 선입견에 반하는 언어를 앞세워 오도의 경지에 이를 수 있도록 하는 전통이 있었다. 선시, 선문답, 어록, 공안 등이 바로 그에 속한다. 선문답, 혹은 공안公案의 언어적 특성을 거칠게나마 밝힌다면 "(그것은) 무척이나 기기묘묘하며 중복되는 경우가 드물며 대개는 상황이나 상태에 따라 사람들에게 제시된다. 기틀과 성품에 따라 돌발적으로 드러내는데 (…중략…) 사람들로 하여금 깨닫고 안목을 얻게 하는 것이어서 평범할 수가 없으며 강렬한 신선감을 제공"[3] 하는 것이다. 선시도 공안과 같은 지향점을 지닌다. 다음 시어들을 보자.

袖中藏日月 / 掌內握乾坤[4] 　 麝香眼石竹 / 鸚鵡啄金桃[5]

高山白浪起 / 海底紅塵颺[6] 　 三冬枯木秀 / 九夏雪花飛[7]

여기서 보듯, 선어禪語나 선시禪詩는 일상적 논리, 상식에 구애받지 않는다. 평범함을 뛰어넘어 관성적 사고로 감당하기 어려운 말까지 거리낌 없이 배치해놓았다. 그러나 이들 시어는 결코 평범할 수 없는 큰 진리를 표현한 것이며 범속凡俗을 초탈하여 오도悟道에 이르게 하는 한 계기로 작동하게 된다.[8] 선시에서 철선鐵船, 석선石船 같은 제재가 빈번히 삽입되었음을 주목할 때 석선설화 역시 선승들 안에서 발원한 이야기로 볼 여지가 크다. '돌'과 '쇠'가 선시집류에서 얼마나 빈번히 제재製材로 수용되는지를 살피는 것도 추론을 해명하는 데 도움이 될 것이다. 다음은 이른바 역설적 제재의 대표적인 예이다.

石人相耳語『허당지우화상어록虛堂智愚和尙語錄』1권, 石女夜生兒『가태보등록보정嘉泰普燈錄普灯』, 石虎叫連宵『속전등록續傳燈錄』2권, 鐵牛生石卵『속전등록續傳燈錄』8권, 鐵蛇橫古路『대혜보각선사종문무고大慧普覺禪師宗門武庫』, 鐵鈷舞之臺 『인천안목人天眼目』

---

3 "禪宗的公案千奇百怪 極少重複 絶大多數都是當下拈出 臨境示人 隨機性是非常突出的 (…중략…) 令人覺得目不暇接 有强烈的新鮮感"(張晶, 『禪與唐宋詩學』, 북경 : 人民文學出版社, 2003, 83쪽.)

4 소매에 해와 달을 넣고 손안에 하늘과 땅을 쥐었다.(『인천안목(人天眼目)』)

5 사향이 돌 대나무를 바라보고 앵무가 쇠 복숭아를 쪼고 있다.(『두시(杜詩)』)

6 높은 산에서 흰 물결이 일어나고 바다 밑에서는 붉은 먼지가 날린다.(『불과환오선사어록(佛果圜悟禪師語錄)』)

7 한 겨울 마른나무에 꽃 피고 한 여름에 눈꽃이 휘날린다.(『인천안목(人天眼目)』)

8 이종찬, 『한국 선시의 이론과 실제』, 이화문화출판사, 2001, 36쪽.

이들 시구에서 보면 무생물인 돌, 쇠붙이가 인간이나 생물로 우의寓意되는 대상으로 탈바꿈한다. 이 같은 탈상식적인 시구는 관성적 확신을 허물어뜨려 강력한 경책警策의 효과를 끌어낸다. 이런 사례는 선시구禪詩句에서 얼마든지 찾을 수 있다. 경우에 따라서는 아예 '석선石船', '철선鐵船'이 삽입된 사례가 발견되기도 한다.

> ㉮ 鐵船水上浮(쇠 배가 물 위에 떠 있네)『방거사어록(龐居士語錄)』
>
> ㉯ 神昔來時駕石船. 落帆留在碧巖前(옛적 신선이 올 때 돌배를 타고 왔으니, 돛을 내리고 벽암 앞에 있다네)『동림어록(東林語錄)』

『유점사사적기楡岾寺事蹟記』에서는 천축에서 출발한 종선鐘船이 53불을 싣고 온 것으로 적기하고 있다. 그런 점에서 ㉮는 마치 유점사 연기설화에서 종선이 한반도로 항해하는 상황을 연상하기에 부족함이 없다. ㉯는 미황사美黃寺를 비롯해 남해 인근의 사찰 창건담에 보이는 내용과 일치한다. 여러 절의 창사담에 천축에서 부처님이 경상經像 등을 싣고 남해안에 당도했는데 그 돌배가 아직도 해변가에 남아 있다는 증언과 대응된다고 해도 과언이 아니다.

동해, 남해안변 인근의 사찰들에서는 내륙과 달리 해상海上을 배경으로 한 내력담이 폭넓게 전승되어왔으며 특히 석선이 중심적인 모티브로 수용되고 있음이 확인된다. 철선, 석선이 이미 선시, 공안에서 제재화된 대상이라는 점에서 석선설화들이 불가佛家에서 발원했다 해도 무리 없이 받아들일 수 있다.[9] 승려층이 유점사, 미황사 등의 핵심 전승자로 나서면서 선시적禪詩的 모티브들이 설화적 제재로 채택되었다고 보는 것이다. 물론 창사설화가 특정 사찰의 신성한 내력을 밝히는 데 목적을 두고 있으므로 개인의 깨달음을 지향하는 선시나 공안과 담론의 지향점이 같을 수는 없다. 석선이나 종선을 삽입한 설화들은 부처의 영험력과 함께 특정 지역에 응축된 불연성을 밝히는 데 무엇보다 초점을 맞추고 있다고 볼 수 있다. 풀어 말해 해안권의 창사설화들이 석선, 철선 모티브를 동원한 것은 그것이 대중의 호기심을 증폭시키는 촉매 구실을 해줄 뿐만 아니라 범인의 안목으로 헤아릴 수 없는 불력佛力을 우의하는 데 있어 유효한 대상으로 여겼기 때문이 아닌가 한다.

3. 해안권 창사연기담에서의 석선 개입과 의미

설화연구의 대상으로는 문헌 전승담보다 구비 전승담이 더 주목받기 마련이다. 그러나 석선설화의 경우는 거개 문헌전승으로만 확인이 되고 있으며 설화 채록을 담당한 사람들도 대부분이 사대부들로 나타난다. 이들이 남긴 문집소재 석선자료를 일별해보면 동해안변에 위치한 유점사와 연관된 이야기가 큰 비중을 차지한다.[10] 애초부터 이들이 유점사 창건에 관심을 두었다 보기보다는 석선이란 생경한 제재가 불러일으키는 호기심, 남방불교南方佛敎의 신라유입이란 내용적 독특함에 이끌려 기행문에 등재

9 위에 제시한 선시류는 대체로 중국 당송(唐宋)시대에 출현하여 나려(羅麗)시대 선가에 큰 영향을 끼쳤다. 고려 말 종배, 돌배설화의 출현에 있어서도 이들 선시류의 영향력을 배제할 수 없을 것 같다.

10 유점사 연기설화의 대표적인 연구 성과물로는 판전사대(坂田沙代), 「금강산유점사(金剛山楡岾寺) 연기설화(緣起說話) 연구」, 서울대 석사논문, 2007을 들 수 있는데 자료를 총집하여 설화의 전승과 변이, 구조, 사상 등을 밝히고 있다.

시키지 않을 수 없었던 것으로 보인다.

문집소재 석선설화들을 보면 전승 범위가 동해안권, 남해안권으로 나누어진다는 사실이 드러난다. 동해안권의 석설설화의 경우는 대체로 유점사의 창건내력을 전하는 데 목적을 둔다. 금강산 유람 중에 접하게 된 유점사 창건담은 사대부들에게 강렬한 인상을 남겼으며 시문의 소재로까지 받아들여졌음을 짐작할 수 있다. 남해안권의 석선설화는 해남海南, 곡성谷城, 장흥長興, 남해南海 등 여러 지역에 걸친 전승권역을 확인하게 한다. 동해안권 석설설화가 주로 유점사 관련담으로만 일관하는 데 비해 남해안권에서 전승된 석선설화는 미황사美黃寺, 법장사法藏寺, 보리암普提庵, 대둔사大屯寺, 관음시觀音寺 등 여러 사찰의 창건 내력과 연결된다는 특징도 밝힌다. 동해안권과 남해안권의 창사담들이 공통적으로 석선 모티브를 삽입하고 있다하더라도 지역, 지형을 동반한 변별점이 확인된다. 따라서 이후 논의는 설화의 분포지역을 중심으로 동해안권 석선설화, 남해안권 석선설화로 대별하여 진행하기로 한다.

1) 동해안권 창사담에서의 석선

내륙에 위치한 사찰들의 창건담을 일별하다 보면 사지寺址 점정占定, 건물공사, 성소聖所의 확인 등으로 몇 가지의 이야기 덩어리가 합쳐져 있음이 밝혀진다. 하지만 해안 인근 사찰 창사담에서는 사지 점정에 내용적 비중이 높아지는 특징이 있다. 특히 동해안 창사담 가운데서도 채록의 사례가 많은 유점사 창사담에서 보면 절터를 찾기까지의 과정에 서사량이 집중되고 있다.

동해안권에서 유점사 창사담의 채록 자료가 많이 남은 까닭은 적잖은 사대부들이 금강산 유람기를 남겼기 때문이다. 평소 불가에서 전하는 설화와 거리를 둘 수밖에 없었으나 이들은 금강산 체험 중에 창사와 관련하여 다양한 설화가 전해온다는 사실을 확인한다. 특히 유점사 설화는 유자이면서 친불교 성향이 강했던 민지에 의해 별도로 사적寺蹟에 등재된다. 그러나 조선조에 들어서면서 다수의 유자들이 사적기의 내용을 문제 삼으며 채록자인 민지閔漬를 성토하는 일[11]이 벌어지게 되는데 무엇보다 쇠로 만든 종이 53불을 싣고 대양을 건넜다는 비논리성을 들어 망언에 불과하다는 평을 내렸다.

석선설화를 두고 유자들과 승려층들 간에는 인식 차이가 크게 벌어지는 것으로 나타난다. 유자들이 흥미소에 이끌려 설화에 대한 관심을 표명했다면 승려들은 종교담론으로서 석선설화가 지닌 신성성에 주목했던 것으로 여겨진다. 다시 말해 승려들에게 있어 유점사 연기설화는 특정 사찰의 영험한 내력담을 넘어 부처의 신령함과 동방이 원래부터 간직했던 불국토성을 담지하고 있는 경건한 담론으로 수용하기에 이른다.

어쨌든 유자들의 문집에서 우리는 석선 모티브를 동반한 유점사 창사담을 거듭 확인할 수 있다. 금강산金剛山은 예로부터 천하 절경으로 이름났던 만큼 유람객들에게 금강산의 풍광風光을 그려내는 것이 하나의 의무가 되다시피 하였다. 지식층 유람객들의 관심은 금강산의 경관에만 그치지 않았다. 답사 중에 접한 사적기 등을 소개하거나 사중들에게 전해들은 제 사

11 일부 유자들은 유점사 창사담의 비현실적 내용을 문제 삼으며 이를 터무니없는 것으로 치부하였다. 대표적인 인물이 선초 문인 남효온(南孝溫)이다. 그는 종배에 실린 53불이 어떻게 바다를 가로질러 신라 땅에 도달할 수 있느냐며 허탄한 이야기의 대표적 사례로 공박하였다. 반면에 승려를 중심으로 설화를 옹호하는 측에서는 부처님의 권능을 함축한 신성담론으로 수용했음은 물론 지리, 지형적 특성을 반영하여 설화에 대한 신뢰성을 높이려 하였다.

찰의 내력담에도 남다른 관심을 표했다. 그런데 여러 사찰 내력담 가운데에서도 유난히 유자들의 관심을 끈 것이 유점사 창건담이었다. 그 내용에는 동의하지 않는다하더라도 적잖은 유자들이 이를 이기하게 되는 바, 문헌 소재 유점사 관련 기록만 해도 80여 편에 이르고 있다.[12] 대체로 민지閔漬의 기록을 그대로 이기하는 경우는 원형담原型談에 가까우나 승려 등의 구전을 채록한 경우에는 내용적으로 큰 변이가 나타나는 것을 보게 된다. 가령, 구전이 거듭되면서 종배가 돌배로, 53불佛이 50불 혹은 55불로 둔갑하는 일이 발생하는 것이다.

유점사 창사담의 원형담이라 할 유점사기는 종선에 안치된 53불이 바다를 횡단하여 금강산 인근 안창현의 포구에 이르는 대장정이 서사의 중심축을 이룬다. 내용 중 가장 불가해한 요소는 53불과 석선石船이라 할 것이다. 53불은 천축으로부터 동국까지 항해를 주도한 존재이다. 월지국月支國에 이를 때까지 조용히 종배에 승선해 있던 이들이 그 존재감을 본격적으로 드러내는 것은 금강산에 들어선 다음부터이다. 그들은 노춘盧春 일행을 따돌리면서 산중을 헤매다 연못가 느릅나무에 종을 게시하면서 그들을 뒤따르던 노춘 일행에게 절터를 확인시켜준다. 그런데 53불상의 등장도 그렇지만 이들이 타고 온 수단을 돌배로 설정한 것은 독특한 발상이 아닐 수 없다. 유점사 창사담을 중심으로 석선 모티브가 개입된 사례들을 제시해보면 다음과 같다.

12 판전사대(坂田沙代), 앞의 글, 27쪽.

번호	중심 제재	전승처 /대상사찰	수록문헌	관련 대목	채록자
1	종선	동해안/유점사	유점사기 (楡岾寺記)	鐘旣泛海. 歷盡諸國. 來至于是山東面安昌縣浦口.	민지(閔漬) (1248~1326)
2	종선	동해안/유점사	추강선생문집 (秋江先生文集), 유금강산기 (遊金剛山記)	承文殊師尼說. 鑄成釋迦像. 盛以金鍾浮海. 任其所之. 佛至月氏. 其王作室置佛. 其室災. 佛夢於王. 欲去他邦. 王盛佛鍾中. 又浮諸海.	남효온(南孝溫) (1454~1492)
3	석선	동해안	택당집(澤堂集), 시(詩)	佛祖象渡橫石舟 永郎鶴下空瑤壇	이식(李植) (1584~1647)
4	석선	동해안	동주집(東州集), 시(詩)	天西路阻石舟橫 一夜秋霜萬壑淸	이민구(李敏求) (1589~1670)
5	석선	동해안/유점사	송월재집(松月齋集), 관동록(關東錄)	西天舍衛國鑄金佛五十三. 從月氏乘石舟. 龍負之浮海. 至高城楡岾. 佛法始通於此也.	이시선(李時善) (1625~1715)
6	선암	상동	상동	自高城南十餘里. 冉冉行過一潭而出海口. 則海濱之懸鐘巖舟巖. 俗稱五十三佛所懸所載. 無稽甚矣.	상동
7	석선	동해안/유점사	서파집(西坡集), 시(詩)○관동록(關東錄)	石船故事靈詮在. 土井遺蹤古竇存.	오도일(吳道一) (1645~1703)
8	석선	동해안	유재집(游齋集), 동유록(東遊錄) 상(上)	奕世衣冠尺五天. 銀臺前後弟兄聯. 暫辭眞帝燒香案. 同上曇禪泛石船.	이현석(李玄錫) (1647~1703)
9	석선	동해안/유점사	삼연집(三淵集), 시(詩)	三千大界仍沙界. 五十餘身卽化身. 幻力看他船是石. 慈心認爾筏于津.	김창흡(金昌翕) (1653~1722)
10	석선	동해안/유점사	기원집(杞園集), 기(記)	舊傳. 有異佛乘石船. 到泊厓下. 庵之名. 以此. 壁上. 有石罅如環大. 是其繫纜處云.	어유봉(魚有鳳) (1672~1744)
11	선암	동해안	겸재집(謙齋集), 시(詩)	龜巖向上水回淵. 又得天然一石船. 莫是當年載佛至. 祗今橫着此潭前.	조태억(趙泰億) (1675~1728)
12	석선	동해안/유점사	상동	石船古事元荒誕. 盧宰遺蹤亦杳茫. 最喜小堂便夜宿. 白雲明月卧繩床.	상동
13	석선	동해안/유점사	학암집(鶴巖集), 시(詩)	僧言諸佛自西天. 洞外分明繫石舡. 閔漬記傳欺後世. 盧春祠古設何年.	조문명(趙文命) (1680~1732)
14	석선	동해안/유점사	죽하집(竹下集), 시(詩)	僧言五十佛. 石舡渡溟渤. 白楡靈光現. 夜半龍移窟. 佛心尙淸淨. 底事事攘奪. 禪家語不經. 往跡劇怳惚	김익(金熤) (1723~1790)
15	석선	동해안/유점사	존재집(存齋集), 시(詩)	幻像眞形未可分. 西來往事訝初聞. 五十五佛自西域乘石舡來泊高城界云	박윤묵(朴允默) (1771~1849)
16	선담	동해안/유점사	서주집(西州集), 시(詩)○악해록(嶽海錄)	諸佛何年泛石船. 到時飛上大羅天. 林下繫船如繫馬. 剩敎山瀑此回旋.	조하망(曺夏望) (1682~1747)

번호	중심 제재	전승처 /대상사찰	수록문헌	관련 대목	채록자
17	석선	동해안/유점사	송호집(松湖集), 시(詩)	云自西天竺. 石船豈海浮. 金身亦火鑠. 荒哉盧太守.	유언술(兪彦述) (1703~1788)
18	석선	동해안/유점사	가암유고(家庵遺稿), 동유기(東遊記)	諸僧日本寺法堂改搆. 丹雘已新. 五十三金佛. 乘石舡而自西域泝下. 安在二層.	김구주(金龜柱) (1740~1786)
19	석선	동해안/유점사	손재집(損齋集), 금강산소기(金剛山小記)	殿中刻香梅象楡木. 安五十三佛. 卽閔漬所記自天竺國乘石船渡海來棲金剛山楡木者也.	남한조(南漢朝) (1744~1809)
20	석선	동해안/유점사	도계유고(陶溪遺稿), 시(詩)	謂言五十佛. 西來浮溟渤. 石船繫海渚. 遺芬今未沫. 異聞多吊詭. 不足煩頰舌.	윤홍규(尹弘圭) (1760~1826)
21	석선	동해안/유점사	문산집(文山集), 동유잡시(東遊雜詩)	楡岾寺 佛自西來合掌參. 石船消息杳雲嵐. 試看古寺留金像. 列坐楡根五十三.	이재의(李載毅) (1772~1839)
22	석선	동해안/보현사	수증임영지(修增臨瀛誌) (1936)	普賢寺 : 文殊普賢乘石舟越海. 而來此寺蓋與寒松寺一時竝立也.	용택성(龍澤誠)

각편各篇들을 통해 관동지방과 그 해안권에서 석선설화가 어떻게 전해왔는지를 대략 살필 수가 있다. 1은 민지閔漬가 『고기古記』의 내용을 인용하여[13] 전해준 유점사의 창사 내력담으로 동해안 지역으로 인도의 불교문화가 전파된 사정을 전해준다. 얼른 보더라도 내용, 구조면에서 『삼국유사』 등에 오른 사찰연기설화寺刹緣起說話와는 상당한 차이가 있다. 내륙內陸에 위치한 사찰의 창사담을 보면 특이한 인지태나 영험력 높은 존재나 이물의 인도에 따라 절 터를 찾게 되고 공사과정에서의 위기나 시련을 극복한 후 사찰의 완공과 더불어 성소임을 확증받는 등의 내용적 요소를 갖추기 마련

13 고려 말 문신인 민지(閔漬)(1248~1326)는 불교의 영험관에 심취한 소유자라는 점 때문에 유자들로부터 비판을 받은 바가 있다.(『고려사』 권107, 열전 제20 민지) 그러나 설화 사적으로는 여러 면에서 주목되는 인물이다. 그가 남긴 유점사(楡岾寺), 석대암(石臺庵), 오대산(五臺山) 관련 기록을 통해 나려(羅麗)시대 사찰연기설화의 편폭을 가늠해 볼 수 있게 된 점은 퍽 다행스러운 일이다. (김승호, 「설화, 역사, 그 경계 넘나들며 글쓰기 – 민지 산문의 불교설화 수용을 중심으로」, 『한국어문학연구』 제39집, 한국어문학연구학회, 2002, 175~196쪽)

이다. 그러나 해안권의 창사담에서는 천축, 신라, 해양 등 광범위한 서사 공간 안에서 종선鐘船, 혹은 석선이 자발적으로 금강산에 이르는 노정路程이 서사의 대부분을 차지한다.

불교사적 논의는 유보하고 이제 석선 모티브를 중심적으로 살펴보자. 쇠붙이, 돌로 만든 배를 매개로 불교문화가 유입되었다는 전개는 수용자들의 이해 범위를 단숨에 넘어선다. 설화가 비현실적 요소가 강하다 해도 이 경우는 좀 엉뚱하게만 보인다. 여기다 종배로 설정했다가 후대 전승이 이어지면서 돌배로 교체되는 것도 의문을 불러오는 요소에 해당한다.

도표에서 1과 2만 종배로 나오고 이후 나머지 사례들은 모두 돌배가 확인된다. 조선조에 들어오면서 돌배로 고정되다시피 하는데 3에서 22에 해당되는 각편들은 한결같이 천축에서 들어온 배를 석선으로 설정한다. 2에서 남효온南孝溫이 53불이 종배를 타고 금강산 근역近域에 당도했다고 한 것은 사적事蹟에 기반한 기록임을 말해준다. 그러나 16세기 이래 유자들은 승려들로부터 들은 대로 천축에서 출발한 부처들이 석선을 타고 동해변에 이르렀으며 그 배가 아직 바닷가에 존재하고 있음을 증언해준다.

그렇다면 왜 종배에서 돌배로 굳이 내용을 바꾸었을까. 이에 대해서는 전설의 배경이 되는 곳의 지형적地形的 특성과 결부시켜 보는 것은 어떨까 싶다. 유점사 창사담의 전승 담당자라 할 승려들에게 해안 인근에서 흔히 보이는 바위는 과거 53불이 타고 온 배를 입증할 물증으로 나무랄 데가 없는 것으로 여겨졌다고 본다. 즉 화자들 사이에서 바위란 썩거나 불타는 것이 아니므로 시간이 흘러도 얼마든지 내용을 증빙할 대상으로 삼을 수 있다는 생각이 싹텄다고 해야겠다. 따라서 어느 전승단계부터 특정 바위를 들어 과거 천축에서 흘러온 석선石船으로 지목하기에 이른 것이다. 물론 원형담대로 종배로 고정시키더라도 크게 문제될 것은 없다. 범종梵鐘이란 사바세계의 사부대중에게 부처의 말을 전하는 것으로 비유되는 만큼 불성佛性이 농축된 동국으로 향하는 배를 종선鐘船으로 처리하는 것은 불교적 주지主旨를 증폭시키는 데 유효하다. 하지만 화자話者들로서는 청자들의 의문과 호기심을 해명해주는 것이 보다 시급했던 것으로 보인다. 그러니까 조선 중기이후 종배에서 돌배로 교체되는 현상은 설화에 대한 청자들의 의구심을 가능한 누그러뜨리기 위한 물증제시 차원에서 이해할 수 있다.

후대 석선설화에 오면 돌배의 정박을 에워싸고 보다 세부적인 설명이 덧보태진다. 가령 6에서는, "고성高城에서 십 여리를 천천히 흘러 연못을 지나 해안으로 빠지는데 해안에 현종암懸鐘巖과 선암船巖이 있다. 세상에서 말하되 종을 매달고 짐을 실었던 배라 하는데 계고할 수 없음이 심하다"[14]라 했다. 그리고 11에 오면 "거북바위 위쪽으로 물이 도는 연못이 있음 또한 원래 하나의 선선이 있으니 당년에 부처를 싣고 오지는 않았으나 이 연못 앞에 비스듬히 붙어 있다"[15]라고 부연한다.

허구와 상상의 산물이긴 해도 전설은 내용에 부합되는 증거물을 확보하려 한다. 증거물의 제시야말로 청자의 관심과 호응을 기대할 수 있다고 믿은 셈인데 유점사 창사담에서 석선으로 내용을 조정한 것도 이런 측면에서 이해된다. 종선에서 석선으로의 바뀌고 나서도 석선을 둘러싸고 다양한 설명이 이어진다.

해안가에 산재散在한 바위는 석선의 정박 시 상황을 보다 구체적으로 증

---

14 "自高城南十餘里 冉冉行過一潭而出海口 則海濱之懸鐘巖舟巖 俗稱五十三佛所懸所載 無稽甚矣."(李敏求, 『松月齋集』)

15 "龜巖向上水回淵 又得天然一石船 莫是當年載佛至 祇今橫着此潭前."(趙泰億, 『謙齋集』)

언하는 단초로 작용했을 터이다. 가령 13에서는 "승려들 말에 따르면 부처가 서천축西天竺에서부터 당도한 것이니 동구 밖에 돌배를 묶어놓은 것이 분명하다"[16]라 하여 아직도 엄연히 석선이 바닷가에 머물러 있다고 본다. 16을 보면 "어느 땐가 부처님의 석선이 도착했을 때 숲 아래로 말처럼 석선이 매여 있었는데 그 자리는 폭포가 떨어져 물이 빙글빙글 돌았다"[17]로 되어있다.

이야기는 석선만을 지목하는 것으로 그치지 않는다. 석선이 유실되지 않고 여태까지 그 자리에 머물러 있을 수 있었던 것은 단단히 매어놓았기 때문인데 밧줄을 묶었던 돌구멍이 이제는 낙수落水가 합쳐지는 여울로 변했다는 풀이까지 나온다. 석선은 화재話材에만 머물지 않았다. 석선을 시재화詩材化함으로써 다음과 같은 시가 탄생하기도 했다. "승려의 말에 의하면 50불이 돌배로 바다를 건너니 흰 느릅나무 신령神靈하게 빛난다. 한밤중에 용이 돌을 옮겨가는데 부처님 마음은 오히려 맑다."[18]

이제부터 53불을 두고 일어난 혼란에 대해 궁리해보기로 한다. 사적事蹟에 엄연히 53불이 동방에 도래했다고 되어있다. 그런데 문헌 전승에서 벗어나 구비전승으로 이행하면서 내용면에서 세부적인 변화가 일어나기 시작한다. 즉 후대로 내려가면서 50불, 심지어 55불로 그 숫자가 달라지기에 이른다. 불교적 이해가 있다면 53불을 50불이나 55불로 혼동하지는 않았을 터이다.[19] 하지만 사대부들이나 민중들에게 53은 그리 의미있는

---

16 "僧言諸佛自西天 洞外分明繫石舡 閔漬記傳欺後世 盧春祠古設何年."(趙文命, 『鶴巖集』)

17 "諸佛何年泛石船 到時飛上大羅天 林下繫船如繫馬 剩教山瀑此回旋."(曺夏望, 『西州集』)

18 "僧言五十佛 石舡渡溟渤 白榆靈光現 夜半龍移窟 佛心尙淸淨 底事事攘奪 禪家語不經 往跡劇恍惚."(金熤, 『竹下集』)

19 53이란 숫자는 불교에서 특별한 의미를 갖는다. 가령 『화엄경(華嚴經)』「입법계품」에는 선재동자가 구도를 위해 문수보살의 지도에 따라 53인의 선지식을 차례로 방문하여 법을

숫자가 아니었다. 단순히 여러 부처가 석선에 승선했다는 정도로 받아들였지 53불이 무엇을 뜻하는 지에는 관심이 없었기 때문에 50불, 혹은 55불로 대충 말하게 된 것인데 불교 상식이 결여된 데서 나온 오류가 아닐 수 없다.

동해안변의 석선설화는 거의 유점사 창사담에 포괄되지만 예외가 없지는 않다. 도표 22는 석선 모티브가 들어있는 보현사普賢寺와 한송사寒松寺의 창사내력에 속한다. 하지만 자생적自生的으로 생긴 창사담으로 여길 수는 없다. 왜냐하면 문수文殊, 보현普賢 보살이 석선을 타고 바다를 건너와 두 사찰을 건립했다는 내용이 그대로 유점사 창사담과 방불하기 때문이다. 추측하건대 이는 석선설화가 널리 퍼진 조선 중기 이후 유점사 연기의 영향을 받아 출현한 것이 아닌가 한다.

2) 남해안권 창사담에서의 석선

남해안권의 석선 이야기는 설화 분포상 해남권과 남해권으로 양분되는데 해남지역에서는 미황사美黃寺, 대둔사大屯寺, 법장사法藏寺, 관음사觀音寺 등의 사찰과 관련되어있다. 남해지역에서는 보리암菩提庵, 그리고 주변의 기암괴석奇巖怪石의 명칭연기와 연관이 된다. 이를 표로 제시하면 다음과 같다.

묻고 도를 구하는 장면이 나온다. 『화엄경』에서의 53 선지식(善知識)은 보살수행의 모습이며 참된 법계(法戒)를 드러내는 것이라 하겠다. (홍사성 주편, 『불교상식백과』 상권, 불교시대사, 1993, 508~509쪽)

번호	중심 제재	전승처 /대상사찰	수록문헌	관련대목	채록자
1	석선	남해안 /법장사	두륜산대둔사사적(頭輪山大芚寺事蹟)(1637)	萬景臺 : 臺下載經石船. 來至沙岸. 牛臥處建法藏寺. 五百餘年. 經藏移入大芚寺. 又不知幾年. 經亂埋沒於土籠. 至今經函朽敗存者. 十二介也	해안(海眼)(1567~?)
2	석선	남해안 /미황사	미황사사적비명(美黃寺事迹碑銘)(1692)	碑銘(新羅景德王. 8年8月12日. 忽有一石舡來泊于山底獅子浦口.	민암(閔黯)(1636~1693)
3	석선	남해안	두타초(頭陀草), 잡저(雜著)	故曰彌勒住世時. 天風當爲諸佛說法道場. 世尊載八萬大藏經于石舡. 送之此山. 帆爲石帆峯. 指峯傍一橢石曰此乃船也.	이하곤(李夏坤)(1677~1724)
4	석선	남해안	상동	石航金人渡. 瓊函玉字傳. 青牛去不返. 春草自年年	상동
5	석선	남해안 /관음사	옥과현성덕산관음사사적(玉果縣聖德山觀音寺事蹟)(1729)	"令權人. 載石船送東國臨行. …會此石船. 無風自動. 立於渺茫中. 玉果處女稱名聖德氏. 獨立望遠. 天海雲波縹渺中. 一葉小石船"	백매자(白梅子)
6	석선	남해안	추재집(秋齋集), 시(詩)	石船無棹寓言多. 洞門自發空中樂. 嵌眼應穿太始波. 游賞縱餘桑宿債.	조수삼(趙秀三)(1762~1849)
7	석선	남해안 /보리암	석당유고(石堂遺稿), 금산관해기(錦山觀海記)	壁半有痕如沙碗淺深者三處. 僧言世尊乘石船發此. 此其撑篙遺跡也. (…중략…) 又甚平正. 可坐數十人. 卽菩提庵前庭也. 有小塔焉. 古傳世尊講道今菴地. 命迦葉置塔鎭海. 塔臺之名以此.	김상정(金相定)(1722~1788)

대략 도표의 순서에 준해 남해안권의 석선설화를 점검해 나가기로 하겠다. 조선시대에 들어와 석선설화의 자취를 앞서 보여주는 것으로는 해안海眼이 찬한 『대둔사사적기大芚寺事蹟記』를 들 수 있다. 대둔사大芚寺 경내에 있는 만경대萬景臺를 설명하면서 해안海眼은 다음과 같이 첨언해 놓았다.

> 만경대 아래로 경전을 실은 석선이 들어와 모랫벌에 정박하였다. (경을 옮기던) 소가 누운 자리에 법장사를 세웠는데 후에 경상經像을 대둔사大芚寺로 옮겼는데 어느 해인지는 알 수 없으되 경들이 흩어지고 흙 속에 매몰되어 경함이 썩고 부서져 남아있는 것은 12개이다.[20]

20 "臺下載經石船來至沙岸 牛臥處建法藏寺 五百餘年 經藏移入大芚寺 又不知其年 經亂埋沒於

이는 17세기에 남해안에 이미 석선설화가 정착해 있음을 전해준다. 만경대 근처에 있는 법장사法藏寺는 석선에 실린 경전經典들을 안치할 목적에서 지어졌음이 밝혀진다. 석선이 어느 곳에서 와서 만경대萬景臺 아래에 정박하게 되었는지 구체적인 정황이 드러나지 않은 점은 아쉽다. 그러나 축약된 이야기를 통해서나마 사지寺址 점정占定과 관련한 특이한 상황을 짚어보는 데는 지장이 없다. 즉 경함經函을 나르다가 소가 과로로 쓰러진 자리가 후에 법장사의 터로 지정되었으니 결과적으로 소가 사지 점정의 역을 도맡은 셈이 되었다. 그런데 문제는 이 사지 점정 모티브가 법장사 이외의 창건담에도 확인된다는 점이다. 가령 미황사 창건담만 하더라도 경상經像을 나르던 소가 쓰러진 자리에 절이 지어졌다는 동일한 모티브를 채택한 것이다.[21] 따라서 창건담에 대응되는 증거물이 절실해질 수밖에 없는데 애초 법장사에 옮겨졌던 경함이 이제 얼마 남지 않았음을 굳이 밝히고 있는 까닭은 이와 무관하지 않아 보인다. 그럼에도 불구하고 법장사 창사담이 미황사의 창사담에서 파생된 것이라는 점을 부정할 수 없을 것 같다.

창사담이란 대개 절의 기원을 가능한 올려 잡고 신성성을 더하는 구조를 취하려는 경향을 보인다. 따라서 건립시기가 늦은 사찰은 기존 연기담을 모방하는 일을 예상해볼 수 있다.[22] 이런 점에서 미황사 창사담에 들어

土籠 至今經函朽敗 存者十二介也."(海眼, 『大芚寺事蹟記』, 1637)

21 중국의 초기 불교사가 설화적으로 채색된 것과 유사한 경우인데 인도에서 중국으로 경전을 나르던 백마가 쓰러져 죽은 그 자리에 백마사(白馬寺)를 세운 것에서 중국 불교유입의 기원을 찾는다. 그에 비한다면 유점사 창사담은 훨씬 역동적으로 신라불교의 초전 상황을 전해준다고 하겠다. 『삼국사기(三國史記)』, 『삼국유사(三國遺事)』 등에 전혀 언급되지 않은 유점사 창건내력을 보면 종래 알려진 것과 달리 남해왕 원년(서기 3년)에 종배가 대해를 유력한 끝에 금강산에 도달함으로써 신라에 불교문화가 자리잡기 시작한 것으로 처리되었다.

22 예컨대 서산 부석사(浮石寺)의 창사담은 신라의 고찰인 영주 부석사(浮石寺)의 창건내력

있던 석선 모티브가 다른 사찰의 연혁담에 삽입될 가능성을 얼마든지 예상할 수 있다. 대둔사大芚寺 경내境內의 만경대萬景臺가 미황사와 지근至近거리에 위치해 있다고 보면 이전에 등장한 창사담에 의탁해 나름의 창사기원을 마련했다 하겠다. 후대 법장사의 사중寺衆들은 해남권에서 건립시기가 앞서 있으며 불연성佛緣性이 강한 곳으로 정평이 난 미황사의 기원담에 의거하여 사찰의 영험성을 확보하고자 한 것으로 드러난다. 이런 맥락에서 보자면, 미황사 창건이야기는 법장사 이외 근역 사찰, 암반 설화에도 일정한 영향을 미쳤다 하겠다.

이어 미황사 연기설화를 점검해보기로 한다. 내용을 요약하면, 당唐 개원開元 13년725 8월 13일에 부처가 불경, 불구, 탱화 등이 가득한 금함金函을 돌배에 싣고 달마산 아래 사자 포구에 정박하게 된다. 이에 사람들이 배에서 내린 물건들을 봉안할 장소를 수소문하기에 이른다. 그런 중에 경經을 옮기던 소가 쓰러져 일어나지 못하는 자리를 경전 봉안처奉安處로 삼으라는 몽중 계시를 좇아 미황사를 짓게 되었다는 것이다.[23]

채록자 민암閔黯은 서두序頭에서 금강산의 53불에 대한 이야기[24]를 통해

과 고스란히 일치하는 것을 보게 된다. 이는 뒤에 등장한 서산 부석사에서 신라권의 영주 부석사 창사 연기를 전용한 데서 빚어진 결과이다.

23 미황사(美黃寺) 연기를 소개해준 자료는 『미황사비명(美黃寺碑銘)』이다. 이는 『고기(古記)』의 내용을 이기한 것으로 석선설화 중에서도 이른 시기의 사례로 17세기 문인 민암(閔黯)이 고기(古記)를 인용하면서 알려진 것이다.(김승호, 「고기에 보이는 성현(聖顯)의 구축양상」, 『열상고전연구』 제48집, 열상고전연구회, 2015, 362쪽.) 『고기』의 존재를 두고는 다양한 논의가 있었으나 적어도 고려 초 익명의 승려가 찬집했다는 점에서는 이의가 없다. 그러므로 미황사 창사담도 이미 나말여초 시기 사중(寺衆) 사이에 유전된 것으로 보아야 할 것이다.

24 『고기』를 인용해 『미황사비명』을 지으면서 민암이 서두에 유점사 창사 전승을 밝힌 것은 다소 의외이다. 추측건대 세상 어느 곳보다 불연성을 농후하게 갖춘 곳이 바로 한반도였다는 사실을 힘주어 강조하기 위해 또 다른 창사담의 사례를 거론한 것으로 보인다.

금강산의 불연성을 먼저 상기하고 그에 못지않게 달마산도 불연성이 농후한 곳임을 전제해 놓고 있다. 미황사 연기가 유점사 연기와 다른 점이 있다면 소의 영험성을 부각시킨다는 사실이다. 다시 말해 사람들이 석선에 실린 불구佛具의 이동처를 고민하던 중에 검은 돌이 갈라졌고 거기서 소 한 마리가 튀어나왔으니 바다에서는 돌배가, 산중에서는 소가 불상佛像, 불구佛具를 옮기는 역할을 도맡게 된 것이다. 결과적으로 그 소가 첫 번째 쓰러진 자리에 통교사通敎寺가, 세우고 두 번째 쓰러진 자리에 미황사美黃寺가 들어서게 된다.[25] 천축에서 온 석선이 달마산 아래 포구에 안착함으로써 달마산達摩山 근역이 불성으로 농축된 곳임을 명확히 해주었다하겠다. 하지만 어차피 절터는 산중 안에서도 특정 지점으로 귀결될 수밖에 없다. 따라서 소가 불사공덕佛事功德을 행하다 쓰러진 지점을 절 터로 점지하는 흥미소興味素가 자연스럽게 끼어든 것이다. 유점사 연기설화에서 53불이 주체가 되어 직접 정좌할 터를 찾아나서는 것과 비교해 미황사의 경우, 사지 점정 과정은 간략한 편이다. 그렇지만 소의 기능에 무게가 실린 점은 눈여겨 볼만 하다. 돌함에서 튀어 나온 청흑색靑黑色의 소가 결국 절터를 확정해주었을 뿐만 아니라 죽으면서 그 터가 아름답다고 말해줌으로써 '미황美黃'이란 절 이름도 갖게 되었기 때문이다.

달마산 아래 사자포구에 돌배가 스스로 다가와 정박한 사건은 근처 사람들에게 놀라움과 함께 의문을 불러일으키기 충분했다. 그럼에도 그전까지 남해안권역 사람들은 달마산의 불성佛性을 모르고 있었던 것으로 보인다. 그러다 금인이 의조義照 화상에게 현몽現夢하여 자신은 원래 우전국

---

25 『조선금석총람』 상권, 조선총독부, 1919, 1004~1005쪽.

의 왕으로서 여러 나라를 편력遍歷 끝에 달마산 꼭대기에 1만 부처가 현응한 것을 보고는 그 산이야말로 경상을 봉안할 길지임을 알았노라 밝힌다. 이 산의 신령함이 확실히 천명된 것이다. 천축은 부처가 태어나고 불교가 발흥한 곳이므로 신성한 땅으로 전제할 수 있을 터인데 신라의 달마산達摩山도 그에 못지않게 성적聖跡이 충만한 곳임을 드러내는 데 설화의 본의를 두고 있다할 만하다.

석선 모티브를 중심으로 파악할 때 미황사, 법장사의 창사담은 동일계열에 속함을 앞에서 보았다. 그렇다면 같은 남해안 권역圈域에 위치해 있는 관음사觀音寺의 창사설화는 어떤가. 이 설화는 앞의 경우들 보다 이른 시기부터 폭넓게 주목되어온 것이 사실이다. 『심청전沈淸傳』보다 앞서 전승된 데다 『심청전』과 유사한 줄거리를 갖추고 있어 소설의 근원담根源談으로서 이목을 집중시켰던 것이다. 그렇지만 여기서는 남해권 창사담으로서의 면모, 특히 석선 모티브로 범위를 좁혀 관음사 창사담을 훑어보고자 한다.

관음사觀音寺 창사담의 배경인 성덕산聖德山이 미황사가 자리한 달마산과 같이 해남현海南縣에 속한다는 지리학적 근접성에다 미황사 창건담에 보이는 석선 모티브가 관음사 창건담에도 들어있다는 점에서 미황사와 관음사 창사담의 근친성近親性을 제기해 볼 수 있다. 『고기』에 소개된 대로 미황사 창사연기에 석선 모티브가 삽입된 사실은 남해안권 창사설화의 특성을 엿보는 데 여러 시사점을 제공한다. 적어도 미황사 설화는 후대 해남 인근에 건립된 사찰들의 기원과 관련, 원형담으로서 주변 창사담에 영향을 끼쳤다 보는 것이 타당하다. 관음사 창건담에서 석선 모티브와 관련된 부분을 인용하면 다음과 같다.

옥과군玉果郡에 사는 성덕聖德이라는 처녀가 우연히 바닷가로 나와 혼자서 서 멀리 바라보는데 (…중략…) 작은 돌배가 물건을 끌어당겨 앞으로 오게 하는 것처럼 그녀의 앞에 도달했다. 성덕은 돌배 위에 금으로 만든 관음상이 있는 것을 보고 갑자기 공경심이 생겨 몸을 굽혀 절을 올리고 스스로 관음상을 등에 업었다. 기러기 털 같아 가볍게 업었으나 고개에 이르자 태산같이 무거워져 한 걸음도 나갈 수 없었다. 그래서 즉시 쉬며 그곳에 관음상을 안치하고 크게 절을 세워 성덕산 관음사觀音寺라 했으니[26]

관음사 창건담의 결말에 속하는 이 부분은 심청전의 전개와는 다소 거리가 있다. 즉 중국의 황후가 된 홍장洪莊이 오매불망하며 부친과 고국을 그리워하다가 탑을 돌배에 실어 바다에 띄운다. 탑을 실은 돌배가 낙안樂安의 단교를 지나칠 때 마침 바닷가를 서성이던 성덕처녀가 누구보다 앞서 돌배를 발견하게 된다. 성덕이 돌배에서 금불을 내려 옮기는데 처음에는 몹시 가벼웠다. 그런데 갑자기 감당할 수 없게 무거워지는 바람에 땅에 내려놓을 수밖에 없었고 결국 그 지점에 절을 지어 금불을 봉안하게 된다. 미황사의 창사담과 대조할 만한 부분이 여러 군데 보인다. 앞에서 본대로 미황사 창건담은 돌배에서 내린 경함을 소로 옮기던 중 소가 쓰러진 지점을 절터로 삼은 것으로 되어있다. 그런데 약간의 차이가 있을 뿐 관음사 창건담에서도 운반 수단이 돌배로 설정되며 운반 중 그 무게를 견디지 못해 불상을 내려놓은 자리에 절을 세웠다고 되어있다. 관음사와 미황사 창건담이 사지점정 모티브가 동일하다는 것은 앞서 전승된 미황사 창사연

26 「聖德山觀音寺事蹟」, 『朝鮮寺刹史料』 卷上, 조선총독부, 1911, 224~248쪽.

기가 관음사 창건담의 형성을 견인했다는 추정을 낳는다.

두 이야기에는 상이점도 있다. 결정적인 차이라면 미황사 창건 이야기가 인도의 불교문화가 동국으로 전해지는 과정을 보여주는 데 비해 관음사 창건담은 중국에서 한반도로 불교문화가 유입되는 국면을 밝혀준다. 관음사 연기 설화에서 홍장은 효행의 표본이자 지극하게 불사공덕을 행하는 주체가 된다. 관음사를 세우기 전에도 벌써 그녀는 53불, 5백 성중聖衆, 16나한羅漢 등을 만들어 세 척의 석선에 실어 보내게 되는데 개성의 경천사, 충청도 대흥현의 홍법사 등에 불상과 탑이 조성될 수 있었던 것도 홍장 황후의 덕택이었다. 이후에도 홍장의 불사공덕은 그치지 않는다. 즉 부친에 정성을 표하는 방법으로 관음불을 조성하여 동국東國에 보낸 것이다. 이때도 불상은 돌배에 실려 바다에 띄워진다. 그런데 관음사 창건에 있어서는 홍장 못지않게 성덕처녀의 역할이 큰 것으로 그려진다. 그녀는 우연히 돌배에서 금불을 발견하고는 이를 옮겼을 뿐만 아니라 터를 잡아 절을 짓고 불상을 안치하기 때문이다. 성덕이 출현하는 대목부터는 미황사 창사담과 여러 점에서 대응된다고 할 것이다. 금인金人, 혹은 홍장洪莊의 발원으로 불상, 경전 등이 돌배에 실려 동국에 전해지고 소, 혹은 성덕처녀가 불상, 경전 등을 옮기다가 멈춘 지점에 절을 지었다는 것으로 요약된다. 관음사 창건담은 홍장 황후가 고국의 여러 지점에 불상, 불탑을 거듭 조성함으로써 동국의 불국토화佛國土化란 과제를 완벽하게 수행하고 있음을 보여준다.

미황사, 관음사의 창사와 연관된 석선石船설화가 있는가 하면 남해南海의 금산錦山 인근으로는 부처님의 위력을 보여주는 석선설화가 다수 전해졌음을 보여준다.[27] 이하곤李夏坤의 기행문에는 "그러므로 말하길, 미륵이 세상에 계실 때, 여러 부처의 설법 도량에 천풍이 불었는데 석존께서 돌배에

팔만대장경八萬大藏經을 실어서 이 산에 보냈으니 돛은 석범봉石帆峰이 되었다. 봉우리 곁의 길쭉한 돌이 그 당시의 배이다"란 대목이 있다. 이른바 석선 혹은 석범봉의 내력을 밝히는 명칭연기에 속한다. 아울러 김상정金相定은 "금산錦山 아래 바닷가의 암벽 절반에 얕고 깊은 사기그릇의 흔적이 3군데 보이는데 승려들에 따르면 세존이 돌배를 타고 여기서 출발할 때 상앗대를 저었던 자국"이라 풀이하는가 하면 근처 바위를 두고는 "매우 평평하여 수십 명이 앉을 수 있는데 이는 바로 보리암普提庵의 뜰에 있으며 암자의 작은 탑은 예부터 말하길 세존世尊이 도를 강설하던 자리이니 지금의 암자자리로 가섭迦葉으로 하여금 탑을 안치하여 바다를 진호시켰는데 탑대의 이름은 여기에서 유래한다"[28]고 말하기도 했다.

이는 남해 금산의 지형적 특성을 반영한 전승담이다. 이외 보리암과 결부된 전승담도 있는데 금산 기슭에 위치한 이 절은 3개의 관음 성지 중의 하나로 꼽힐 정도로 명성이 높거니와 그 아래로 펼쳐진 바다, 그리고 해안가의 바위들은 석선설화의 발화처로서 적절한 조건을 구비하고 있었다. 그곳을 발화처로 하는 석선설화의 예를 들면 다음과 같다.

> 바위를 지나쳐 7, 8보 올라가면 무지개 문이 있는데 큰 바위의 가운데가 뻥 뚫려 있으며 그 위에 작은 구멍이 나 있다. 겨우 한 사람이 아래로 내려갈 수 있는데 굴의 중간에서 꺾어져 아래로 향하니 서로 통하는 것이 성문城門 같았으며 30명이 머물 만한 넓이였다. 노승이 말하길 '세존이 만든 돌배가 이곳을 뚫

---

27 "石船無棹寓言多 洞門自發空中樂 嵌眼應穿太始波 游賞縱餘桑宿債"(趙秀三, 「詩」, 『秋齋集』)

28 "壁半有痕如沙碗淺深者三處 僧言世尊乘石船發此 此其撑篙遺跡也 (…중략…) 甚平正 可坐數十人 卽菩提庵前庭也 有小塔焉 古傳世尊講道今菴地 命迦葉置塔鎭海 塔臺之名以此."(金相定, 「錦山觀海記」, 『石堂遺稿』)

고 곧바로 해도海島에 이르렀다'라고 했는데 그 말이 매우 황탄荒誕했다. 그리고 한 섬을 가리키는데 또한 구멍이 뚫린 것을 두고는 세존도世尊島라 불렀다.[29]

이 전승은 금산錦山 인근의 구멍 난 바위 때문에 생긴 것으로 여겨진다. 바위가 지닌 특유의 형상이 설화적 상상을 자극한 것으로 보이는데 한 가운데에 구멍이 난 바위의 명칭연기名稱緣起에다 가야의 불교역사까지 결부되고 있다. 가야 불교설화에서 누구보다 부각되는 인물이 수로왕首露王과 허황후許皇后이었다. 인근의 전승자들은 가야의 불교문화를 꽃피운 장본인으로 이들을 지목하는 데[30] 망설임이 없었던 것이다. 『삼국유사』에는 수로왕의 8대손으로 불교적 믿음이 도타웠던 김지왕金至王이 허황후의 명복을 빌기 위해 수로왕과 황후가 결혼한 장소에 절을 세웠으며 그 절 이름을 왕후사王后寺라 했다는 기록도 보인다. 그런데 어느 시기부터 허황후의 도래담渡來談에도 석선이 삽입되는 상황으로 바뀐다.

성 서쪽의 숭선전崇善殿은 수로왕과 허황후를 송축頌祝하는 곳이다. 능은 그 뒤에 있으며 수로왕이 묻힌 곳이다. 북으로 몇 리를 오르면 또한 허황후의 능이 있는데 능당의 석탑을 진풍鎭風이라 부른다. 전하는 말로는 허황후가 배를 타고 동쪽으로 올 때 돌배에 그 탑을 싣고 왔다고 한다. 본래는 6층이었는데

---

29 "轉右上七八步 爲虹門 大巖中空谽谺 上有小穴 僅下一人 自穴中屈折而降 則雙通如闉 廣可出數三十人 老僧言 世尊佛築石舟 穿此而出 直抵海島 說極荒誕 而指示一島 亦有穿穴 與此相對 稱世尊島."(宋秉璿, 「錦山記」, 『淵齋集』)

30 『삼국유사』에도 천축(天竺)에서부터 해로를 통해 불교문화가 가야에 유입되었음을 여러 곳에서 밝히고 있다. 『삼국유사』 제3권 제4 탑상(塔像)편 금관성파사석탑(金官城婆娑石塔) 조를 보면, 처음에 허황후가 동쪽으로 가려고 했으나 수신의 노여움 때문에 뜻을 이루지 못하게 되었는데 부왕의 말에 따라 탑을 싣고 감으로써 마침내 금관국의 남쪽 해안가에 이르게 된다. 다만 여기서는 석선 모티브가 개입되지 않았음을 알 수 있다.

나머지는 무너지고 3층만 남았다. 좌측으로 꺾어 구지봉에 오르면 우뚝한 반석이 있는데 이는 수로왕이 탄생한 곳이라 한다.[31]

이는 관음사 창사담과 아주 흡사한 전개가 아닐 수 없다. 같은 남해안 권역에서 전승된 이야기이다 보니 석선 모티브가 상호 공유되는 현상이 일어난 것이라 하겠다. 그렇지만 남해지역의 석선설화는 해남권의 설화와 대비되는 점도 눈에 띈다. 암반巖盤으로 이루어진 금산錦山, 그리고 해안가의 바위, 근접한 돌섬의 형상에 따라 파생담이 다양하게 나타난 것이다. 석선의 도래를 창사創寺와 대응시키기보다 바위 형상과 연관된 명칭연기名稱緣起 위주의 전승이 많은 것도 이곳의 특징이라 할 수 있다. 아울러 석선 모티브가 개입되었으되 옛 가야권에 속한 해안으로는 신라에 앞서 흥법興法에 진력한 수로왕과 허황후를 기리는 이야기가 널리 유전流轉되어 온 것도 해남권과 구별되는 점이다.

4. 나가며

이제까지의 논의를 요약하는 것으로 맺음말을 대신하고자 한다.

첫째, 동해안, 남해안의 주변의 사찰 창건담에 석선 모티브가 폭넓게 개입된 까닭을 두고 선가禪家의 언어관이 적지 않게 영향을 미쳤다고 보았다.

31 "城西有崇善殿 祀首露王及許后 納陵在其後 是首露所藏也 北上數里 又有許后陵 陵前石塔名曰鎭風 傳言許后浮海東來 載塔於石舟也 本爲六層 殘缺餘三層 左折而上龜旨峯 巓有盤石是首露誕生處云"(宋秉璿, 앞의 책.)

철선鐵船, 석선石船 등 비논리적 제재에 익숙한 불승들이 전승자를 자처하면서 석선의 서사적 제재화가 촉발된 것으로 파악했다.

둘째, 증거물을 제시하면서 청자의 신뢰성을 확보해가는 석선설화의 변이양상을 주목한 바, 원래 종선鐘船에서 석선石船으로 바꾸고 해안가의 정박停泊 상황을 증빙할 증거물을 부연함으로써 서사내적 논리를 확보하려 했음을 알 수 있다.

셋째, 동해안권의 석선설화가 유점사楡岾寺를 중심으로 하여 전승된 반면에 남해안권의 석선설화는 미황사美黃寺, 법장사法藏寺, 대둔사大屯寺, 관음사觀音寺, 보리암普提庵 등을 축으로 하여 전개된다는 특징이 보인다. 아울러 중국과의 통로라 할 서해안권으로는 상대적으로 석선 관련 창사담이 드문 것도 특이하다 하겠다.

넷째, 석선설화의 주제 지향점이 이 땅의 불국토성佛國土性과 함께 해안권 사찰의 성소성聖所性을 밝히는 데 놓여 있음이 확인된다. 부처나 보살이 물에 뜰 수 없는 돌배에 승선乘船하여 사해를 유력遊歷한 끝에 동방에 도달하고 마침내 사지寺址를 확증하기까지의 노정路程을 여러 사찰이 공유하고 있다는 점이 이를 말해준다.

다섯째, 석선설화의 전승자들은 불교가 북방에서 유입되었다는 공식적인 견해에 반하는 입장을 취한다. 아득한 과거에 이미 천축과 긴밀하게 소통하고 중국을 거치지 않고 직접 불교문화를 받아 들였다는 전개는 전승자들의 탈중화주의적脫中華主義的 시각을 보여준 것이라 하겠다.

제12장

금강산의 사찰전승에서 성聖의 인입引入과 속俗의 배척양상

성경聖境 지향성을 중심으로

1. 들어가며

본고는 종교서사로서 불교설화가 추구하는 담론적 본질이 무엇인지를 밝히는 데 뜻이 있다. 이 같은 논지 설정은 불교설화에 대한 논의가 적지 않게 이루어졌으면서도 종교담론적 시각에서의 점검은 드물다는 사실 때문이다. 불교설화 연구에서 불교사상의 검토는 당연한 일이다. 하지만 불교설화가 종교담론에 속하는 만큼 그것이 내재한 종교서사로서의 지향점을 밝히는 일도 소홀히 할 수 없다. 서로 다른 종교일지라도 의례나 신화에는 이질적 요소 못지않게 상호 공통적 요소가 많다는 비교종교학적 시각을 주목할 필요가 있다고 본다. 특히 종교 담론들은 한결같이 성스러움을 핵심으로 삶을 구조화한 산물이라고 보는 바[1] 불교설화 역시 여기서 벗어나지 않는다고 생각한다. 이 점에 유의하여 여기서는 사찰을 에워싼

1 윌리엄 페이든, 이진구 역, 『종교의 세계』, 청년사, 2004, 9쪽. "모든 종교적 표현은 다른 종교적 표현과 구별되지만 동시에 이질적인 것들과 공통점을 지니고 있다. 종교적 세계는 성스러움을 축으로 하여 삶을 구체화하는 세계이다. (…중략…) 종교라는 용어는 성스러움의 관점으로 세계를 조직하는 언어와 실천의 체계라는 의미로 사용하는 경향이 있다."

전승담을 중심으로 금강산의 성경 지향적 특성을 살피고자 한다.

금강산은 빼어난 풍광에 못지않게 많은 설화의 발원처로도 널리 알려졌다. 산내山內에 위치한 사찰, 암자, 불적들에 부연된 명칭연기, 유래담 등이 한 둘이 아니지만[2] 유점사楡岾寺, 영원암靈源庵, 보덕굴普德窟, 금동사金同寺의 전승담은 종교서사의 특성이라 할 성스러움의 추구현상을 확인하기에 적절한 대상이라고 하겠다. 그러니까 본 논의는 종교담론적 특성으로서 성을 인입하는 한편 속을 배척하는 양상이 금강산 설화에 어떻게 나타나는지를 점검하는 데 비중을 둘 것이다.

2. 성의 인입과 환기 양상

1) 불경 속 금강산의 이식

금강산의 사찰에 부연된 설화들은 종교적 인식과 세계관을 표방하는 종교서사의 테두리에서 살필 때 그 고유의 변별성이 잘 드러난다고 하겠다. 내용이 다를지라도 현전 금강산 관련 설화들은 한결같이 금강산을 균질성을 벗어난 예외적 공간으로 형상화한다. 금강산을 신화적 공간으로 상념하고 있다고 보아도 될 터인데 모든 점들의 가치가 동등한 기하학적 공간을 가리키는 것이 아니라 동질성을 넘어서는 공간임을 확인시키려 드

2 '금강산 설화'는 구체적으로 말하면 금강산 내 위치한 제 사찰에 연관된 전승담을 가리킨다. 금강산 관련 설화는 다양하며 구비자료도 적지 않으나 전승사적 흐름과 함께 聖境의식을 점검하는 데 있어 4 사암의 전승담은 적절한 조건을 구비하고 있다. 여타 금강산 관련 설화에도 성현적 특징이 발견되지만 이들을 통해서 우리는 종교담론으로서의 성격과 본질을 한층 분명히 확인할 수 있을 것이다.

는 것이다.[3] 이 과정에서 사람들이 택한 것이 불경에의 의탁이었다. 즉, 불경의 금강산과 국내의 금강산을 동일한 것으로 바라보는 것이었다. 그렇다면 불경에서는 금강산에 대해 어떻게 말하고 있는가. 불경 소재 금강산 관련 대목을 대략 제시해본다.

바다 가운데 금강산이 있으니 옛적부터 보살들이 거기 있었으며, 지금은 법기보살法起菩薩이 그의 권속 일천 이백 보살과 함께 그 가운데 있으면서 법을 연설하느니라.[4]

이렇게 차례로 수미산 티끌 수 같은 풍륜이 있는데 맨 위에 있는 풍륜은 이름이 훌륭한 창고니 그것은 모든 향수 바다를 받쳤고 그 향수 바다 가운데에는 향기로운 당기의 광명장엄光明莊嚴이라는 연꽃이 있으니 그것은 이 화장장엄 세계 바다를 받쳤으며, 이 세계 바닷가에는 금강산이 둘러 있습니다.[5]

그 때 동방에 정취正趣라는 보살이 있었는데, 그는 이 국토에 와서 금강산 꼭대기에 머무르다가 이 산에 왔다. 그때 그는 이 사바세계를 여섯 가지로 진동시키고 온갖 보배로 장엄하고 큰 광명을 놓아 해와 달과 제석천·범천·용 등 팔부의 광명을 압도하여 마치 먹덩이와 같게 하고, 또 지옥·아귀·축생·염라왕이 있는 곳 등을 두루 비추어 중생들의 고통을 멸하되 번뇌와 온갖 병의 고통을 모두 끊어 없애었다.[6]

---

3 L. K. 뒤프레, 권수경 역, 『종교에서의 상징과 신화』, 서광사, 1996, 180쪽.
4 동국역경원, 한글대장경 『대방광불화엄경』 80권본, 1983, 1198쪽.
5 동국역경원, 한글대장경 『대방광불화엄경』 60권본, 1983, 99쪽.
6 위의 책, 1530쪽.

불경의 설명에 따라 금강산의 위치, 지형, 기능을 가늠해볼 수 있다. 금강산은 수미산의 맨 위 풍륜이 받치고 있는 바닷가에 위치하고 있다. 금강산에 머무는 법기보살은 사바세계를 진동시키고 시방세계의 모든 중생들의 고통, 번뇌, 그리고 온갖 병을 끊거나 없애버린다. 하지만 그곳은 범속한 이들의 영역이 아닌, 불보살과 그 권속들의 영역이다. 현세의 경계를 넘어서 환상적, 초월적 공간으로만 사람들에게 새겨질 뿐이다. 그러나 신라시대 이래 사중寺衆들은 불경 내용과 연계시켜 금강산이 얼마나 성스러운 곳인지 변증하는 일에 매달렸다. 특히 불경에서 '아름답기 그지없으며 장엄하며 바닷가에 위치한다'라는 풀이는 곧 이 땅의 금강산에 해당되는 것이라 보았다.

금강산의 성경화에 가장 앞장 선 이들은 아무래도 승려, 사중이라 할 것이다. 하지만 고려 말 활동한 민지閔漬는 유자이면서도 누구보다 금강산의 성경성을 변증, 천착하는 데 앞장섰다. 그는 「청량소淸凉疏」를 인용하여 "금강이란 그 체體를 말한 것이고 지달枳怛은 그 상狀을 말한 것이며 금강산의 다른 이름인 지달은 산의 형상이 우뚝 솟아 있어 용출한 때문에 그렇게 불렀다"[7]고 풀이한다. 그러면서 불경에서와 달리 우리의 금강산이 바다가 아닌, 육지에 있기는 하지만 백두산에서 시작된 금강산 줄기가 바다로 들어가서 가늘고 오이나 등나무처럼 얽혀서 삼한을 이루었기 때문에 바다 가운데 솟았다는 말도 잘못된 것이 아니라 했다. 아울러 중화의 여러 나라도 우리나라를 보고 바다 가운데에 있다고 했으므로 경전에서 말하는 금강산은 곧 우리 땅의 금강산을 가리킨다고 보았다.[8] 민지의 금강산 연원천착은 여

7 閔漬, 『金剛山楡岾寺事蹟記』(유점사본, 1297). "淸凉疏云 金剛言其體 枳怛言其狀 言金剛者 其山之體如洗 削立白金成一體故云 言枳怛者 梵語此云湧出 其山之狀 屹然湧出故云."

기서 끝나지 않는다. 그는 의상이 오대산으로부터 금강산에 들어왔다가 담무갈曇無竭보살로부터 "오대산은 유행有行이며 유수有數한 사람이 출세하는 땅이고 이산은 무행無行이며 무수無數한 사람이 출세하는 땅"[9]이라는 말을 전해 들었다는 일화도 소개하고 있다. 민지는 그곳에 상주하고 있는 담무갈보살과 금강보개여래金剛寶蓋如來의 후손인 의상義湘 간의 조우, 그리고 그들 간의 대화를 통해 금강산의 영경성靈境性을 입증하고자 했다.

금강산을 성스럽게 보는 시각은 고려시대는 물론이고 조선시대에도 변함없이 이어진다. 세조世祖는 일본에 보내는 서신 속에서 우리 땅 안의 금강산이 바로 불경의 금강산이라는 주장을 펼치기도 했다.[10] 금강산이 영역靈域이라면 그에 걸맞는 영험한 일이 발생했다고 보겠는데 정양사正陽寺, 장안사長安寺에서 일하는 노비들, 그리고 인근의 백성들이 임종 시에 하나같이 열반의 세계에 이르렀다는 증언도 있다.[11] 물론 금강산 내 특정 지점의 영험성에 초점을 맞추는 일도 많았다. 한 예로 중향성衆香城을 두고 "그곳은 금강산 내 제일가는 승경을 가졌을 뿐만 아니라 돌로 이루어진 까닭에 풀이나 나무가 자랄 수 없다. 승려의 말로는 금세의 석가불이 불교를 천명한 까닭에 한 겁이 지난 후에는 미륵불이 마땅히 불법을 계승할 것이며 이때 용수龍樹가 이 땅에 태어나니 세 가지의 꽃이 세상을 덮고 담무갈

---

8 閔漬(1297), 앞의 책. "又山實在陸 經云海中者 可以理知耳 何也 山本出於白頭山 在肅愼舊界女眞之地 其山一脉 來入海中 初莖微細 若瓜藤 盤結而成三韓之地故 非獨天竺爲然耳 中夏諸國 亦指我邦以爲海中 則亦無疑矣."

9 閔漬(1297), 앞의 책. "五臺山有行有數人出世之地 此山無行無數人出世之地也."

10 "우리나라에는 금강산이라는 명산이 있어 동쪽으로 큰 바다에 임했습니다. 깎아지른 듯이 솟은 흰 봉우리가 구름 밖에서 번쩍거리는 게 그 높이와 넓이가 얼마나 되는지 알 수 없습니다. 화엄경에서 담무갈보살이 1만 2천 명의 보살들과 함께 상주하여 불법을 설교하였다는 곳이 바로 이 산입니다"(김동주 편역, 『금강산유람기』, 전통문화연구회, 1999, 85쪽.)

11 閔漬, 앞의 책. "果今山下 有正陽長淵兩寺之臧穫 與夫近地蒼氓 不論老少男女勤怠賢愚 臨終率皆肅然坐脫 其非目前之驗也."

이 만 이천 권속과 더불어 이곳에서 설법하였으므로 만 이천 봉우리가 생겨났다"[12]는 설명이 붙기도 한다. 어쨌든 승려들이 중심을 이루는 전승의 주체들은 『화엄경華嚴經』 등에 제시된 금강산이 곧 이 땅 동해가의 금강산임을 설파하는 데 힘을 기울였다. 허구 공간의 터무니없는 이식에 불과하다는 비판에 직면하기도 했지만[13] 불경 소재 금강산은 국내 금강산의 영성을 마련하는 바탕으로 작용하였다.

2) 친불 행각과 성경의 재인식

사중寺衆을 중심으로 경전 내 공간과 현실 공간을 동일시하는 인식이 굳어지면서 금강산의 성경적 의미는 한층 다져질 수 있었는데 한편에서는 불경의 의탁이 아닌, 서사를 통한 성소화 작업을 게을리 하지 않았다. 대표적인 예가 유점사 창사담이다. 서축西竺에서 문수보살이 띄운 종배가 세상을 유력한 끝에 53불이 원하는 터를 발견했다는 것이 핵심내용이지만 금강산의 성소화를 염두에 둔 서사전개로 볼 여지가 많다. 무엇보다 종배에 승선한 53불이 시종 성현聖顯의 안착지 탐색에 매달리는데 마침내 유점사 터를 불상 봉안처로 점지함으로써 금강산은 한층 성현이 농후한 터로 바뀐다.[14] 유점사 창사담을 사찰연혁담으로만 볼 수 없는 이유이다. 「금강

---

12 洪敬謨, 『冠巖全書』 冊二十, 「海嶽記[二]」. "而非徒金剛之內第一名勝 抑爲天下之所罕有也 自巓至趾 無片土而純石 故艸木元不附着 僧言今世是釋迦佛闡敎之時 而換劫之後 彌勒佛當爲繼開 伊時有龍樹生於玆山 三枝生花 遍覆世界 曇無竭與萬二千眷屬 說法於此 故玆山爲萬二千峯."

13 心鋅, 『松泉筆談』(정명기 편, 『韓國野談資料集成』 18권, 계명문화사, 1887, 111~112쪽). "然則佛經釋典 稱說世界者多矣 無一言言及於朝鮮 其曰金剛 在海中億萬曇無竭 率其眷屬 往往爲言 是必釋徒之傳會寓言 强名駭聽者也 或言佛眼遙見之 尤爲說荒誕."

14 유점사연기에 대한 대표적인 연구성과로는 판전사대, 「금강산 유점사연기 설화의 연구」, 서울대 석사논문, 2007, 1~140쪽을 들 수 있겠는데 이 책에서는 유점사 연기담을 포함해

산유점사사적기」는 유점사의 기원을 증언하는 동시에 금강산의 성소성을 핵심으로 내세우면서 종교서사의 성격을 드러내는 것이다. 금강산 설화 가운데 성경 지향성을 담지한 사례는 이외에도 적지 않다. 예컨대 보덕굴 연기담은 유점사 창사담 못지않게 성소로써 금강산의 의미를 천명하고 있다. 여기서는 「보덕굴연혁普德窟沿革」에 나타나는 금강산의 성경화 양상을 살피도록 하겠다. 먼저 내용을 상기해보자.

고려 18대 의종 4년 경오 5월 그믐 회정懷正대사가 수행을 위해 송라암松蘿庵에 들어간다. 그곳에서 관음친견을 3년 동안 발원한 끝에 계유 2월 19일 밤 꿈속의 백의노파로부터 "양구楊口 방산方山에 몰골옹, 해명방이 있으니 가서 만나보라"는 말을 듣는다. 노파의 계시에 따라 회정은 산속을 헤매다가 산가에서 노끈으로 관冠을 만들면서 연신 눈물을 흘리는 몰골옹을 만난다. 몰골옹沒骨翁은 나름 잡곡밥과 마늘반찬을 차려 회정을 대접했으나 냄새가 역겨운 탓에 통 먹질 못한다. 결국 그는 다음날 서둘러 그곳을 빠져나오게 된다. 이후 해명방海明方 집을 찾게 되고 그곳에서 빨래를 널고 있는 동녀童女를 만난다. 그녀는 회정에게 해명방이 부친이긴 하나 포악한 사람이니 시키는 대로 순종하라는 다짐을 준다. 회정은 수모를 당하면서도 굳게 참는데 해명방의 명령에 따라 그 딸과 동거하기도 하고 설법을 듣기도 한다. 하지만 해명방의 정체를 미심쩍어하다가 몰골옹에게 다시 돌아간다. 자신을 찾아온 회정에게 몰골옹은 직전에 헤어진 부녀가 보현, 관음보살이라는 사실을 들려준다. 후회막급해서 회정이 해명방을 찾아 나섰지만 옛집은 텅 비어 있고 부녀는 사라지

서 그동안 논의가 없었던 보덕암, 영원암, 금동사 연기담을 중심으로 금강산의 성경화 양상을 살필 것이다.

고 없었다. 다시 몰골옹에게 돌아갈 수밖에 없었는데 문수의 화신이었던 그 역시 자취를 알 수 없었다. 회정은 몽중에 나타난 노파의 계시대로 원래의 수행처인 금강산 송라암으로 돌아가게 되고 거기서 자신이 보덕비구의 후신임을 알게 된다. 하지만 만폭동에 나타난 해명방의 딸을 보는 순간 애연에 휩싸여 그녀의 뒤를 쫓기 시작한다. 가까스로 보덕굴 입구에 다다른 회정은 그녀로부터 이제까지의 전말을 듣게 된다. 처녀는 해명방의 딸이 아닌 원래 문수의 화신이라 밝히면서 여전히 애욕을 버리지 못하는 회정을 책망한다. 아울러 그녀는 몰골옹은 문수文殊의 화신, 해명방은 보현普賢의 화신, 회정은 보덕普德의 후신, 그리고 자신은 관음觀音의 현신임을 회정에서 밝히게 된다.[15]

내용을 일별하다 보면 몽중 노파의 계시에 따라 양구의 방산에 들어가 보살들을 찾아 나섰던 회정의 자취가 계기적으로 드러난다. 회정은 수행승으로 관음보살의 친견을 갈망하다가 금강산을 떠나게 된다. 어렵사리

15 晦明日昇(1931), 「普德窟沿革」.(楡岾寺, 『楡岾寺本末寺誌』, 460~462쪽). "高麗十八世 毅宗四年 庚午正月晦日 懷正大師入金剛山松蘿庵 二月十九日觀音聖誕爲始 大悲呪恨精進者 願見大悲顔矣 滿三年癸酉二月十九日中夜 白衣老婆夢諭曰 楊口方山 有沒骨翁 海明方者 應往彼見 覺來顯現其名 彼處尋覓中 忽於山家 逢一老翁 繩網爲冠 涕流霑襟者 正師揖問 沒骨翁或相識否 曰我也 粟米蒜菜 葷穢非潔 辭之不得 翌日指其海明方家 往訪則年可二八童女 曝衣掛竿曰 何處巨之 何事來耶 曰海明方在否 曰吾父不久將還 然若不聽命 命難支保 凡所逆順 忍而受之 我而一僧身長九尺 擔柴而入 何杖驅逐 至於數面 然念其童女之言 還入其房 僧曰 此漢膽大 仍以語曰 汝旣至此 將作吾壻否 正師固辭 僧瞋目厲聲 師思童女之囑 俛仰從之 僧七日爲說法要 卒聞難知 童女每爲重演 正師共枕 都無女根 弄脚相笑 已過四七日 正師忽發省親之心 力辭歸鄕 方瞋曰 無賴文殊漢 指我住處 正師還到沒骨翁家 翁曰 捨彼普賢觀音 欲之何處 正師始覺而還到海明方處 無蹤無痕 巖畔藜花 但依舊水聲而已 又到沒骨翁家 亦如掃塵滅迹也 始覺聖化難測 恨未終身侍側 還入松蘿庵 依舊觀行 白衣老婆又夢諭曰 汝之前身 則普德比丘也 修道萬瀑洞上 古基常存 何不訪見耶 故則入萬瀑洞 忽然海明方家童女 洗巾於溪邊 忘却聖境而但有凡夫之舊情 喜躍欲語 童女翩翩然不顧而去 渡橋沒痕力趁而坐盤石 發未達聖境之嘆 俯首淚下 潭底宛然有童女之影與窟門也 望見則有窟門 正如潭影故 攀藤而上 童女自窟內出迎曰 抱我方山 一枕上四七日之緣 百劫千生 再難得遇則珍重勿煩 向之沒骨翁 文殊化身也 海明方普賢化身也 尊師是普德後身也 余則觀音現身 常住是窟 有緣則種種現身 言訖而沒."

몰골옹, 해명방, 해명방의 딸과 조우했으나 상대를 간파하는 능력이 그에게는 없었다. 겉으로 드러난 성격, 행색, 행동거지만을 눈여겨보다가 회정은 진체임을 알지 못한 채 지나치고 만다. 회정은 시행착오를 거듭하고서야 접촉한 인물들이 다름 아닌 불보살이었음을 간파하게 되는데 그것도 조력자의 도움이 없었으면 불가능한 일이었다.

보덕굴연기담은 일반적으로 창주, 창건시기 등 창사 정보를 앞세우는 사적기와 여러 면에서 차이를 보인다. 보덕암의 연원을 밝히기는 하지만 이야기는 시종일관 심불尋佛을 향한 회정의 자취를 계기적으로 추적하고 있다. 회정은 마치 『화엄경』 입법품계에 등장하는 선재동자善財童子를 연상시킨다. 아는 것처럼 선재동자는 53명의 지식인을 찾아서 세상을 유력한 끝에 보현보살을 만나서 십대원을 전해 듣게 되고 그 공덕으로 아미타불 정토에 왕생한 인물이다. 반면 회정은 관음보살을 찾아 길을 떠났다가 관음보살을 만나 자신의 전생과 함께 과업을 자각했다고 볼 수 있다.

보덕굴연기담은 견성의 경지에 오르지 못한 회정이 방황 끝에 미망未忘을 벗고 진체를 직시할 안목을 갖추게 되는 역정을 중심에 두고 전개된다. 하지만 내용을 떠나 회정의 이동자취에 주목할 경우, 금강산의 신성성과 불연성을 밝히는 것이야말로 서사의 또 다른 과제가 아니었던가 생각된다. 송라암에서 수행하던 회정이 담무갈법기보살을 찾아 금강산 권역을 벗어났다가 결국 본래 지점으로 귀환하기까지 공간은 금강산송라암－방산－금강산송라암으로 순환된다. 아울러 그것은 '성－속－성'으로 공간의미가 바뀌었음을 말해준다. 이야기의 대부분이 방산 내 사건들로 채워지지만 시종일관 화자는 금강산의 성스러움을 부각하려는 태도를 견지했다고 하겠다.

그렇다면 방산이 지닌 공간적 의미는 무엇인가. 그곳은 회정의 미망을 걷어내기 위해 대응시킨 공간으로 이해하면 무리가 없겠다. 다시 말해 꿈속에서 백의白衣노파가 회정에게 방산행을 권했지만 실은 회정의 분별 안을 점검해보기 위해 그를 방산에 투입시켰다 보는 게 맞다. 그런데 회정은 성속을 분별하는 데 실패한다. 고식적 안목을 벗지 못한 회정이 성현적 대상들을 알아보지 못한 것은 당연한 일이었다. 회정은 친불에 연연하고 있을 뿐 과연 진정한 불보살이란 누구인지를 생각한 적이 없다. 때문에 방산에서 만난 몰골옹을 촌가의 불쌍한 늙은이로 여기고, 그에게 막무가내로 대하는 승을 무뢰배와 다를 것이 없다는 판단을 내린다. 그러나 회정이 금강산으로 귀환하면서 자신이 얼마나 분별안을 갖추지 못한 존재였는지를 절감하게 된다.

보덕굴연기담은 진체를 찾아가는 구도자의 자취를 추적하면서 한편으로는 금강산과 방산, 두 공간을 성속으로 대응시켜 주제를 끌어내는 수법을 보여주고 있다. 회정은 송라암을 수행처로 삼아 정진했으나 금강산의 성스러움을 알지 못한 채 법기보살을 뵙기 위해 길을 나섰다. 하지만 회정은 방산에서 시행착오만 연발할 뿐 불보살을 알아채지 못했다. 그런 점에서 방산은 회정의 험난하고도 먼 진리탐구의 여정에 속한다. 진세의 전형을 보여주고 있는 방산은 그곳을 거쳐야 진리에 이를 수 있다는 점을 암시해준다. 대신 금강산은 구도의 방황을 끝내고 자아를 찾는 각성의 공간으로 표상된다. 즉 회정은 금강산으로 복귀해 오매불망 잊지 못하던 해명방의 딸을 만나 자신의 전생을 알게 되고 불교적 인간으로서 행해야 할 과업이 무엇인지를 자각하기에 이른다. 보덕굴연기는 공간의 성속성을 앞세워 진체를 볼 줄 아는 안목을 강조하는 바, 이 과정에서 비속함으로 상징되는 방산과 대비되어 금강산의 성스러움이 다시 한번 환기된다.

3. 속의 배척과 정화 양상

1) 승속 대결을 통한 이단의 축출

금강산 설화 중에서도 금동金同 이야기는 풍부하게 채록된 사례이다. 금강산 내 사중寺衆, 그리고 인근의 민중 사이에서 전하던 금동 이야기가 그곳을 찾은 문인, 사대부들에 의해 기록되면서 적잖은 자료가 축적될 수 있었다.[16] 하지만 이에 대한 본격적인 논의는 없었다. 구비자료가 아닌 문헌자료라는 점이 연구의 걸림돌로 작용했을 수도 있겠다. 하지만 금동전승은 종교서사로서의 성격, 곧 신성한 공간을 새삼스럽게 환기하는 예로 보인다. 고승과의 대결 끝에 금동이 패배하고 죽음에 이르는 전개를 파사현정破邪顯正의 차원에서만 볼 필요는 없다. 금동전승은 오히려 금강산을 성경화하려는 의식의 산물이라 할 터인데 금강산에 성성을 부여하고 속성을 배척하는 양상을 보다 구체화할 필요가 있겠다.

채록의 시기가 다르고 구술자가 제각각인 탓에 금동 이야기의 정형화된

---

16 금동전승은 금강산 유람에 나섰던 문인들의 채록으로 그 면모가 드러난다. 조선 초 南孝溫의 「유금강산기」를 필두로 문인의 기행문, 기행시 27편에서 금동전승을 소개하고 있는데 대략 출현시기에 따라 이를 제시해보면 다음과 같다. 1.南孝溫, 『秋江集』, 「遊金剛山記」 / 2.李胄, 『忘軒遺稿』, 「金骨山錄」 / 3.裵龍吉, 『琴易堂集』, 「金剛山記」 / 4.柳夢寅, 『於于集』, 「贈涅槃山奇奇菴沙彌敬允序」 / 5.許穡, 『水色集』, 「火龍潭傳說」 / 6.申翊聖, 『樂全堂集』, 「遊金剛內外山諸記」 / 7.李玄錫, 『游齋集』, 「東遊錄下」 / 8.李萬敷, 『息山集』, 「金剛山記」 / 9.魚有鳳, 『杞園集』, 「遊金剛山記」 / 10.李夏坤, 『頭陀草』, 「東遊錄」 / 11. 申光洙, 『石北集』, 「送李星叟入楓嶽」 / 12.申佐模, 『澹人集』, 「詩海嶽遊賞」 / 13. 李震相, 『寒洲集』, 「詩地藏庵」 / 14. 許薰, 『舫山集』, 「東遊錄」 / 15. 宋秉璿, 『淵齋集』, 「東遊記」 / 16. 郭鍾錫, 『俛宇集』, 「詩 東遊錄」 / 17. 申楫, 『河陰集』, 「關東錄下」 / 18. 洪敬謨, 『冠巖全書』, 「海嶽記」 / 19. 崔有海, 『嘿守堂集』, 「嶺東山水記」 / 20. 李世龜, 『養窩集』, 「東遊錄」 / 21. 金楺, 『儉齋集』, 「游楓嶽記」 / 22. 朴泰茂, 『西溪集』, 「詩 遊金剛山記行」 / 23. 金龜柱, 『可庵遺稿』, 「東遊記」 / 24. 徐有本, 『左蘇山人文集』, 「詩 金剛一萬二千峯應製」 / 25. 柳徽文, 『好古窩集』, 「北遊錄上」 / 26. 李源祚, 『凝窩集』, 「詩 續金剛錄」 / 27. 世煥, 『混元集』, 「金剛錄」.

내용을 기대하기는 어렵다. 하지만 간단히 말한다면 부자인데다 부처님을 깊이 믿었던 금동이 진정한 불자임을 자처하며 함부로 굴다가 나옹지공과 대결 끝에 패배한 후 천벌을 받아 죽는다[17]는 내용이다.

그런데 각편이 다양함에도 금동이 과연 어떤 사람이었는지 그 정체를 분명히 보여주지는 않는다. 그를 두고 장로長老, 장자長者, 거사居士 로 부르는 것을 보면, 지역 내에서 명망있던 인물로 여겨도 무방할 것이다. 금동전승의 첫 기록물인 「유금강산기遊金剛山記」에는 그를 고려시대 금강산에 살던 부유한 불자라 했다. 이만부李萬敷의 「금강산기金剛山記」에서는 그를 신라 때 인물로 재물이 많은 데다 불교를 좋아한 장자라 했다. 이외의 각편에서도 금동을 부자이자 호불자로 소개하고 있다. 금동전승 중 가장 앞선 시기에 해당되는 남효온南孝溫의 채록에서는 금동이 보시한 쌀을 실은 말들이 금강산에서 개성까지 연이어졌다는 대목이 등장한다. 이를 보면 금동이 승려들에게 보시를 아끼지 않는 단월이었다 해도 좋을 듯한데 승려들에게 그는 더없이 고마운 존재였을 터이다.

그렇지만 이야기는 대체로 금동이 나옹지공과 대결 끝에 패배한 뒤에 금동사金同寺, 그리고 그곳 승려들과 울연鬱淵에 휩쓸려 사라져 버린 것으로 종결된다. 결말 부위만 주목한다면 금동 이야기는 금동사金同寺, 울연명연 등의 명칭연기에 부합된다. 급한 경사를 타고 흘러내리던 물줄기가 웅덩이로 떨어지면서 산중으로 퍼졌는데 물소리를 사람들이 금동의 흐느낌이라 하여 물웅덩이에 울연명연이란 이름이 붙은 것이다.

하지만 금동 이야기의 전개부분을 주목한다면 명칭연기라고만 할 수 없

17 南孝溫, 『秋江先生文集』 卷之五, 「遊金剛山記」.

을 듯한 데 금동이 왜 죽음에 이르렀는가를 따져볼 필요가 있겠다. 서두에 제시된 정보만으로는 금동이 울연에 빠져 죽게 된 까닭이 가늠되지 않는다. 금동이 부유한 장자로 인심까지 후했다는 서두대로라면 호종으로 처리해야 마땅한 경우이다.

그런데 지공이나 나옹은 단번에 금동을 외도外道로 지목한다.[18] 외도란 불교이외 유교, 도교道交, 무교를 추종하는 사람이나 무리를 일컫기도 하고 삿된 가르침을 추종하거나 정법에서 빗나간 불자를 총칭하는 말에 해당한다.[19] 명승들이 금동을 외도라 한 까닭을 두고는 여러 가지 이유를 댈 만하다. 우선 금동은 재물을 과시하듯 불상과 불기를 모아 금강산 밖에 제 멋대로 절을 지으려 듦으로써 승단과 대척관계에 서게 된다. 그의 무도함은 명승이 조성한 석불을 파괴하는 데까지 미친다. 즉, 금동이 질투심에 무학無學, 나옹懶翁, 지공指空 삼화상이 만든 묘길상妙吉祥을 파괴하려 들었는데 석사봉이 포효하며 찌푸리고 화룡봉은 불을 뿜어 천지가 어두워지고 석마봉이 금동을 덮쳐 암자와 함께 명연으로 쓸어넣는 일이 벌어진다.[20] 하여간 권선가처럼 보였던 금동이 실상은 불가와 고승에게 해를 끼치는 인물로 판명된다.

그런데 지공과 나옹이 금동을 못마땅하게 여긴 가장 큰 이유는 그가 정법正法 대신 외도를 추종하는 데 있었다. 그에 대한 평 가운데 '신라 때 사람으로 거만금의 재물을 지닌 장자로서 소승小乘을 믿은 자'[21] 혹은 '외도

18 외도는 정법(正法)을 신앙하고 수호하지 않는 불자를 가리킨다. 일반적으로 종교담론에서 쓰이는 다른 용어로 바꾼다면 이단(異端)이 될 것이다.

19 『불교용어사전』 下, 경인문화사, 1998, 1222쪽.

20 金龜柱, 『可庵遺稿』 卷之十七, 「東遊記」. "古有金同居士者結庵 而以詐法欲仆妙吉像 妙吉像卽無學 懶翁 指公三和尙之願佛也 石獅峯咆頰 火龍峯生火 天地晦暝 而石馬 (…중략…) 峯踶蹴金同 並與庵而納于此潭 潭日夜鳴 仍號鳴淵."

선外道禪에 심취해 보제지공와 불법을 겨루다가 패배한 자'[22]로 규정한 점은 눈여겨 볼 필요가 있다. 눈썰미 있는 고승들은 삿된 가르침을 추종하며 세과시에 열을 올리는 자라는 점을 놓치지 않은 것이다. 금동에 대한 부정적 인식은 그를 전생의 파순波旬,[23] 곧 이단으로 규정한데서 절정을 이루거니와 그를 정법을 해쳐 지혜, 진선근을 망각케 한 파순과 다를 게 없다고 본 것이다.[24]

명승 / 금동의 대결과 축출로의 진행은 민담 형식의 전형성을 보여준다. 성 / 속, 정통 / 이단의 대결구도는 나옹지공 / 금동의 대응조합으로 나타난다. 나옹지공 / 금동이 무엇을 놓고 경쟁을 벌였는지는 각 편마다 차이가 있다. 믿음을 근거로 정통과 이단을 다투는 설정이 일반적이기는 하지만 명승과 금동이 조각솜씨를 놓고 능력을 겨루는 사례도 적지 않다. 그러나 이 경우는 정법-외도를 문제 삼지 않고 있다는 점에서 민중 사이에서 전승된 경쟁담이라 하겠다.[25]

금동 대對 명승의 대치는 곧 불교의 정통성을 에워싼 종파간의 갈등을 시사하는 것일 수도 있다. 금동의 힘이 축척되면서 대결 국면으로까지 이어졌는데 금동이 겨루기에 동의했음은 그가 약한 상대가 아님을 말해준

---

21 李萬敷, 『息山先生別集』 卷之三, 「金剛山記」. "山中古事曰金同者 新羅時人 財累巨萬爲長者 又好緣業 西僧指空 斥以小乘 同不服 已而 大雷雨擊同 與同寺同財入深淵 其名曰鬱淵."

22 李夏坤, 『頭陀草』 冊十四, 「東遊錄」. "僧傳昔有金同者習外道禪 與普濟鬪法不勝 濟仍擠之潭中 自是水常幽咽 如人哀號 (…중략…) 稱爲鳴韵潭."

23 파순(波旬)은 악마의 하나로 정법(正法)을 부정하고 지혜와 선근을 잃어버리게 하는 마왕만큼이나 위험한 인물이자 외도(外道), 이단(異端)의 대명사로 불려왔다(『불교용어사전』 下, 경인문화사, 1998, 317쪽).

24 李夏坤, 『頭陀草』 冊十四, 「東遊錄」. "又名金同淵 盖濟是如來現化 而同之前身爲波旬 故如是受報云."

25 郭鍾錫, 『俛宇先生文集』, 卷之四, 「詩 東遊錄」. "三佛巖 巖刻三佛及五十三佛 僧云懶翁與金同居士較刻先後 居士被輸 因此轉起開端云."

다. 환술에 뛰어난 그를 제압하기 위해서는 신라의 고승들, 가령 원효, 의상, 도선 같은 고승을 앞세우는 것이 낫다. 그럼에도 금동과 맞선 이는 고려 말 고승인 나옹 혹은 지공이다. 대중에게 인지도가 높은 신라의 고승대신 고려의 지공이나 나옹을 앞세운 까닭은 이들이 누구보다 금강산과 인연이 두텁기 때문이다. 금강산에는 지공 혹은 나옹이 만든 삼불이 있고 나옹, 휴정, 의침, 웅기 등의 부도도 있다 했으니[26] 지공, 나옹은 금강산과 특별한 관계에 있다 할 수 있다.

과거부터 사람들은 금강산과 인연이 깊은 인물로 담무갈, 노춘, 금동, 53불 등을 꼽아왔다.[27] 담무갈은 일만 이천 권속과 더불어 금강산에 상주한 보살, 53불은 문수가 천축에서 보내준 불상, 노춘은 53불의 안주처를 마련한 관인이다. 이들로 말미암아 금강산은 불교의 성산으로 자리 잡을 수가 있었다. 한데 금동은 금강산을 성스럽게 하기는커녕 그 산을 더럽힌 장본인으로 떠오른다. 부를 과시하면서 맘대로 자신의 절을 지으려 했으며 명승들이 조각한 불상을 파괴하는 악행까지 서슴지 않았다. 불보살들의 주처住處이며 동시에 명승들의 부도와 불적이 산재해 있는 금강산이 금동으로 말미암아 예토로 전락할 위기에 봉착하게 된 것이다. 하지만 사태를 먼저 안 천상에 의해 금동은 울연으로 익사한다. 금동의 응징현장을 보면 금동은 물론 금동사의 불구, 불상, 승려들까지 모조리 울연에 휩쓸려 들어간 것으로 되어있다. 징치자는 금동의 잔재조차 허여할 수 없다는 듯 혹독한 응징을 가한다. 징벌의 주재자는 천상이지만 금강산의 신성성을

---

26 金楺, 『儉齋集』 卷之二十, 「記 游楓嶽記」. "菴後有懶翁及休靜 義諶 應機等浮屠 各立碑記其跡 其南路旁巨巖面 刻佛像三軀 言懶翁所爲."

27 申光洙, 『石北先生文集』 卷之五, 「詩 驪江錄[上] 並序」. "一往一徠 莫知其處些 怋怛之山 主人無竭些 金同盧春 五十三佛些 善哉一時."

수호하려는 명승, 대중의 뜻이 반영된 종결부위이다. 금동 이야기에는 금동과 그가 남긴 잔재까지 온전히 지울 때만 금강산이 정화될 수 있으며 신성공간으로서의 본성이 회복된다는 생각이 깔려 있다.

2) 속에 대한 경고와 천벌

전승담에 나타난 금강산의 성산화 과정을 지켜보았지만 성스러움과 거룩함을 유지하기란 쉬운 일이 아니다. 아무리 성스러움을 함축한 대상이 있다 해도 비속한 자의 눈에는 그것이 보이지 않는다. 비속한 자는 성체聖體를 무시하고 부정하려고 든다. 사람들의 유흥이나 일탈로 말미암아 성소가 지닌 본성이 한 순간에 사라질 수도 있다. 성스런 터로 남을 것이냐 아니면 비속한 터로 변질될 것이냐 이는 그곳을 대하는 사람들에 달려 있다 하겠는데 신성한 장소는 나름의 출입 조건을 내세운다.

> 만일 암자에 있는 사람 중에 마음이 깨끗하지 못한 자가 있으면 신령이 반드시 무섭게 하여 머물러 살 수가 없게 한다. 만일 마음이 참되고 깨끗하면 반드시 별과 달이 품안에 들어오는 것을 느끼고 혹 금종 소리가 바위 골짝에 울리는 것도 들을 수 있어서 무릇 정을 닦고 혜를 익히는 자는 반드시 그 소원을 성취하게 된다.[28]

이 대목은 사암寺庵이 지닌 공간적 의미를 되새기게 한다. 암자나 사찰은 일단 불교적 성소로 공식화되어있는 곳이라 해도 과언이 아니다. 하지만

---

28 「支提山事蹟」. "若住玆庵之人 心不淨者 神必慴之 使不得住 若其心眞淨者 必感聖月 入於襟中 或聞金鐘 響于巖谷 凡修定習慧者 必果其願矣."

모든 암자, 절을 성스러운 공간이라고 말할 수는 없다. 흔히 청정도량淸淨道場이라 하지만 결국 그곳을 들고 나는 사람에 의해 성스러운 터, 혹은 천박한 터가 되기도 한다. 성소는 원래부터 존재한 곳이라기보다는 깨끗한 마음의 소유자들이나 불교적 진리를 갈구하는 자들이 머묾으로써 탄생한다. 어디 암자뿐이겠나. 이는 성산에도 그대로 적용된다. 금강산 설화에서 주인공들은 성스런 땅이 어느 곳을 가리키는지 알지 못하다가 조력자의 인도로 성스러운 터, 영험한 공간을 인지하게 된다. 물론 주인공은 성스런 존재와 조우하기를 갈구하던 터였기에 신령한 존재가 때맞춰 출현했다고도 볼 수 있다. 그렇다면 성현을 부정하고 합리적 시각을 앞세우거나 자의적 판단을 앞세우는 자에게는 어떤 일이 일어날까. 이야기들은 성산, 진체 등을 불신하거나 외면할 경우, 신령의 엄중한 경고나 응징을 피해갈 수 없었다고 전한다.[29]

이제 금강산의 성성을 훼손함으로써 어떤 현상이 발생했는지 우선 유점사 창사담을 통해 살펴보기로 한다. 아는 것처럼 유점사 창사담은 서축의 53불이 금강산에 당도하기까지의 유력 과정이 서사의 중심을 이룬다. 하지만 금강산이 지닌 성경적 의미는 창사이후의 후일담에서 잘 드러난다. 다음 인용문은 유점사가 창건된 이후에도 영이한 사건이 끊이지 않았음을 보여준다.

29 보개산(寶蓋山)의 영험함을 불신하다가 어떤 고관이 산중에서 추방당한 이야기는 성산에 대한 오염이 어떤 결과를 불러오는지를 잘 보여준다. 금강산, 묘향산과 더불어 철원의 보개산은 삼악(三惡)에서 벗어날 수 있는 곳으로 명성이 높았다. 특히 지장보살이 상주하는 곳으로 여겨졌는데 고려 재상인 羅公만은 이를 불신하면서 진위를 가려보자는 주장을 굽히지 않았다. 그러자 그의 꿈속에 한 신인(神人)이 나타나 "이 산은 네가 머물 곳이 아니니 속히 산을 내려가라" 호통을 쳤다. 혼비백산한 나공은 한밤중에 산을 내려와 심원사에서 밤을 지새울 수밖에 없었다.(閔漬, 「寶蓋山石臺庵事蹟記」, 『조선사찰사료』 下, 1911, 114쪽.)

후에 어떤 승려가 불상을 하나를 발견하고는 그에 향화를 바치는 등 치성을 바친다. 그러나 세월이 흘러 불상이 그을음에 덮여 시꺼멓게 변해버렸다. 이를 안타깝게 여긴 향화승이 횟가루를 끓여 때를 씻어내는데 갑자기 천둥번개와 비가 내려치고 주위는 다섯 색깔의 구름으로 뒤덮였다. 뿐만 아니라 50불이 튕겨나가 들보에 도열하고 3불은 아예 허공으로 사라졌다. 지켜보던 중은 발광 끝에 죽게 된다. 그 후에 주지 연충淵沖이 불상 가운데 몇 개가 빠진 것을 발견하고 불상 3개를 따로 주조해 대체하려 했다. 그러자 원래 있던 불상들이 이를 거부하는 것은 물론 그날 밤 주지의 꿈에 이인이 나타나 "다른 상으로 바꾸어 놓지 말라." 고 당부했다. 얼마 후 실종된 3불이 어디에 있는지가 밝혀진다. 구룡연의 만인석 위에서 2불이 발견되었는데 하나는 아래로 옮길 수 있었으나 다른 하나는 손길이 미치지 못해 그냥 둘 수밖에 없었다. 수정사 북쪽 절벽 위에서 발견된 나머지 불상 하나는 사다리를 타고 올라간 승들에 의해 밑으로 옮겨 절에 봉안하였다.[30]

여기서 쉽게 이해되지 않는 부분은 우연히 존상尊像을 발견하고는 이를 지성으로 모신 승이 비극적 죽음을 맞았다는 점이다. 그런데 53불과 유점사의 내력을 헤아린다면 왜 그런 결과로 이어졌는지 헤아릴 수 있다. 53불은 성현의 중심체이고 유점사는 그 같은 존재만이 머물러야 할 곳이다. 내력을 알 수 없는 불상에 대해 향화香火를 바치는 일은 이미 안좌해 있는

30 위의 책. "後有一僧 見其尊像 久爲香火所熏而黑 庶乎洗露金容 沸灰湯而洗之 忽雷雨暴作 五雲籠塞 其五十三尊 皆飛騰樑上而列焉 於中三佛 騰空而去 莫知所之 其僧忽發狂疾而終 厥後主社者者淵沖 歎佛數之欠缺 特鑄三像而補焉 舊佛皆斥而不容 其夕 告于沖師之夢曰 莫以他像 間于此坐 後乃知向之所失三佛所在之處 其二 在九淵洞萬仞石壁上 人力可及者 下以還之 其不可及者 至今存焉 其一 在水精寺北絶壁上 寺僧連梯而下之 奉安于其寺 後又移住船岩 越二十四年丁亥 襄州守裵裕 奉安于舊列焉."

53불의 성현을 외면한 처사가 아닐 수 없다. 나아가 그것은 성현이 애초에 선택한 금강산을 욕되게 하는 일이기도 하다. 53불이 안주처를 이탈한 것이나 천상에서 폭우로 승려를 폭사시킨 것 모두 함부로 성체, 성소를 대체한 데 따른 천상의 응징이라 보면 될 것이다. 이후에 다른 승이 제자리로 돌아오지 못한 3불을 대신해서 새 불상을 앉히려다 실패한 사건도 같은 맥락으로 이해가 된다.

유점사창사 후일담에는 성적 존재는 대체가 불가능할 뿐더러 있던 자리를 이탈하면 성적 속성이 상실된다는 인식이 깔려 있다. 좀 더 시각을 넓혀볼 때 승려의 폭사나 53불의 봉안처 이탈은 성경으로서 금강산의 속화에 대한 거부이자 반발의 표시로 보아도 무방하다. 신성한 구역으로 선포한다고 해서 금강산의 성성이 담보되지는 않는다. 이미 신성 공간으로 선포되었다 하더라도 대상이 내재하고 있는 숭고함, 우월함, 마력 등은 물론이고 영적 의지를 발견할 때 성성이 유지된다.[31]

금강산 내 사찰 연기 중에서도 영원암 연기담은 불교적 감계를 끌어내는 서사성 높은 예화로 조명된 바가 있다.[32] 세속적 욕망을 다스리지 못한 채 재물 모으기에 혈안이 되었던 명학동지明學同知, 그리고 그 스승을 반면교사로 삼아 수행에 전념했던 영원靈源조사를 대비시켜 인간이 추구할 길이 무엇인지를 수준 높게 형상화한다. 한데 논지와 연관 지어 우리의 이목을 집중시키는 것은 영원암 연기 이후에 부언된 일탈逸脫승 이야기이다.

또한 주지는 계율은 아랑곳없이 한결같이 난잡한 행동을 일삼았다. 그러

31 루돌프 옷토, 길희성 역, 『성스러움의 의미』, 분도출판사, 1987, 134~135쪽.

32 김승호, 「사찰연기설화의 소설적 조명」, 『고소설연구』 13권, 한국고소설학회, 2002, 214쪽.

다 엉망으로 취해서 코를 골며 배를 드러내놓고 잠자고 있던 중에 꿈을 꾼다. 꿈속에서 갑옷 차림에 칼을 쥔 거인이 나타나 "맑고 정갈한 땅을 어찌 그리 더럽히느냐. 당장 사라지지 않으면 널 태워버리겠다"고 호통을 쳤다. 그제야 승은 정신을 차리게 되었고 송구스러움에 휩싸여 허겁지겁 그곳을 빠져나온다. 그런데 바로 그때 갑자기 불덩어리가 공중에서 내려와 부엌의 들보에 옮겨 붙더니 암자가 불길에 휩싸였다. 승은 허겁지겁 절로 달려가 이를 알렸다. 절의 승들이 가보니 암자는 전과 다름없었지만 들보 위에는 불덩이가 꺼지지 않은 채로 있었다. 사람들이 물을 끼얹어 그 불을 끌 수 있었다. 지금도 들보 위에는 불탄 자국이 보인다.[33]

채록자 혼원混元은 말미에다 "이 영이로움을 본다면 누가 감히 감복하지 않겠는가"라는 자탄을 터뜨리며 일화의 소개를 마친다. 이야기에 등장하는 주지는 성직자로서의 직분하고는 상관없이 처신하고 있다. 누군가 나서 그를 응징해야 마땅한 정황이다. 결국 신인이 나서서 난행을 고발하고 징벌을 가하게 되는데 정토淨土를 더럽혔음을 죄목으로 삼고 있어 흥미롭다. 청정무구淸淨無垢한 산이 파계를 일삼는 주지 때문에 예토穢土로 바꾸어지는 현상을 신인神人은 지켜만 보고 있을 수 없었다. 신인은 주지에게 서둘러 산에서 내려가라 채근하고 있으며 이를 따르지 않을 때에는 불태워버리겠다며 엄중하게 경고한다. 천상의 경고를 두려워하며 서둘러 출산出山함으로써 주지는 목숨만은 부지한다. 하지만 신인은 불덩이를 내려 암자

33 混元世煥, 『混元集』 卷之二(『韓國佛敎全書』 11권, 728쪽). "又主僧無戒亂行 被酒昏酣 鼾鼻露腹矣 俄然夢中一長人衣甲杖釼 叱之曰 淸緣淨地 汝何汚穢耶 卽爲出去 否則以火滅汝居 然覺悟 心甚悚懼 出去未遑 忽有一火聚 自空中以來 着於廚宊 庵成火炎 蒼黃出走告寺 寺僧來看則庵若依然宊上火聚 姑不滅 揚水滅之 至今宊上有火着處."

를 불태워버림으로써 속적 흔적을 온전히 불식하려 든다. 신인에 의한 주승의 추방과 배척은 신성공간으로서 금강산의 오염을 막기 위한 결단이라 할 수 있다. 그것은 결코 가혹한 처사가 아니다. 상기 사례는 영원암 말사末寺의 일화를 넘어서는 의미를 함축하고 있다. 무엇보다 신성구역으로서 금강산의 본성을 환기하고 있다 하겠는데 금강산의 신성성을 유지하기 위해서는 속성에 대한 경계와 함께 오염에 대한 정화가 필요하다는 점을 깨우쳐 준다.

4. 나가며

이제까지 거론된 설화들은 금강산의 성스러움을 공간적 측면에서 천착하고 있다하겠다. 다시 말해 화자 자신만의 확신을 넘어 대중에게 성경으로서 금강산의 의미를 다양한 방식으로 고취시켜 나간다. 금강산의 성경화를 위해 사중들은 이른 시기부터 불경에 의탁하는 방법을 택했다. 불경내 금강산과 국내 금강산의 동일함을 앞세운 주장은 금강산의 성경화를 추동하는 한 근거가 되었다. 다른 한편으로는 서사를 통해 금강산의 거룩함이 부각된 것으로 나타난다. 구체적으로 말하면 유점사, 보덕굴연기담은 금강산에 성을 인입하는 구도이며 금동 이야기, 영원암 말사담, 유점사 후일담 등은 속을 배척하는 구도를 취하고 있다. 53불이 유점사에 안착하는 궤적은 곧 서축 성현의 인입에 해당된다. 보덕굴연기담은 회정懷正이 금강산의 신성성을 자각하는 것으로 요약되는 바, 그에게 방산이 미망에 싸여 심불에 실패하는 공간이라면 금강산은 자아를 찾고 보덕굴의 창주로서 재탄생하는 공간이다.

금동 이야기, 유점사·영원암 후일담은 금강산의 속화와 정화의 문제를 다루고 있다. 금동은 외도를 추종하는가 하면 고승과 불가에 반하는 언행을 보이다 명승과의 대결 끝에 금강산에서 축출되고 만다. 금동이 금강산을 더럽히는 오염원이라면 나옹, 지공, 천상은 금강산의 정화자라 할 수 있다. 유점사 후일담은 서축西竺의 성현이 깃든 성상의 존재를 무시했던 승의 말로를 보여주며 영원암 말사담은 파계를 일삼는 주지를 추방하고 그에 의해 더럽혀진 암자마저 소각하는 천상의 응징에 초점을 맞춘다. 이 두 이야기는 공통적으로 속성의 오염으로부터 금강산의 신성성을 어떻게 지켜낼 수 있었는지를 전해준다. 이제까지 살핀 설화들은 성 / 속의 이원 대립항을 설정하고 속의 저항과 오염에도 불구하고 금강산의 신성성을 유지할 수 있었던 까닭을 흥미 있게 해명해준다.

제13장

조선 후기 야담에 나타난 승僧의 형상과 그 의미

1. 들어가며

이 글은 조선 후기 야담에 나타나는 승의 기능과 그 형상적 특성을 살펴보는 데 무게를 둔다. 어떤 계층, 신분에 속한 인물이라도 서사적 기능과 형상에 대한 논의를 펼칠 수 있겠으나 형상화 과정에서 승만큼 다양함과 편차 심한 평을 보여주는 계층은 달리 어렵다는 점 때문에 이들을 논의의 대상으로 택한 것이다.

전통적 이야기들이 대체로 인물 파악에 있어 선과 악으로 이원화 되어 있는 것이 일반적인데, 그것은 사회문화적 관념과 도덕률에 기초한 이야기로 흘러갔음을 반영하는 대목이다. 예컨대 살인자, 강도, 강간범, 모해꾼, 음모자, 납치범 등을 악인惡人형으로 분류하는 것은 어느 시대나 통하는 서사적 관행으로 이해된다. 그러나 승은 그 행위와 형상화가 일치하지 않았다. 시대마다 각기 다른 잣대를 적용했다고 생각할 정도로 이들을 바라보는 시선은 달라졌는데 삼국 고려시기에는 성승聖僧, 고승高僧, 이승異僧으로의 형상이 큰 비중을 점하고 있는 데 비해 조선에 들어와서는 이승, 속승俗僧, 악승惡僧이 승의 전형적인 상으로 부각된다. 같은 행위를 두고도 시대에 따라 승의 형상形像과 평이 얼마든지 변할 수 있음을 시사하는 것으로 승담의 분석에서 사회문화적 맥락을 고려해야만 하는 당위적 과제를 던져준다고 하겠다. 따라서 이 글은 우선 승상僧像의 통사적 특성을 거시적으로 조망한 후 조선 후기에 이르러 특히 두드러지게 나타나는 승상의 전복 현상과 함께 그 의미를 짚어내는 데 초점을 맞출 생각이다.

야담野談이 어느 문헌보다 승담을 폭넓게 수렴하고 있으나[1] 그 담당층이 유자, 사대부 위주로 되어있어 민중이 바라본 승, 그리고 승 자신들이 마련한 승상을 파악하는 데는 적잖은 한계를 드러낸다. 그러나 문학사회학적 논의를 끌어내는 데는 나름의 의미를 지니는 대상이라 할 것이다. 이런 판단에서 이 글에서는 야담 소재 승僧에 초점을 맞추어 특정 집단, 신분에 대한 전형화가 시대, 담당층과 어떤 상관, 길항성拮抗性을 맺고 있는지 보다 구체적으로 살펴보려고 한다.

2. 승상의 유형類型과 시대적 변이

불교문화사에서 보아 불타의 일대기가 회화, 조각, 문학의 소재원으로 확장된 것은 주지하고 있는 사실이며 후대에 이르러서는 삶의 궤적이 불교적 종지에 부합하는 인물을 골라 승전으로 만들고 이를 통해 그들의 삶을 기리고 찬양하는 또 다른 전통이 마련되기에 이른다. 신라 김대문의 『고승전高僧傳』이 이른 시기의 사례이며 고려시대의 『균여전』, 『해동고승

1 이 글은 서대석 편, 『조선조문헌설화집요』, 집문당, 1992의 1, 2권에 줄거리가 단락별로 소개된 『어우야담』, 『계서야담』, 『청구야담』, 『동야휘집』, 『천예록』, 『금계필담』, 『동패잡록』, 『청야담수』에서 고른 승(僧)관련 예화 157편을 중심으로 논의될 것이다.

전』, 『삼국유사』 등 위대한 승의 일대기를 남기는 전통이 자리 잡는 것이다. 그런데 승전이 한 인물에 대한 포폄을 목적으로 찬술되었으나 입전된 승려들을 대하는 지은이들의 입장은 한결같이 존숭과 찬양으로 일관하고 있다고 해도 과언이 아니다. 적어도 삼국, 고려시대 승전들은 대상의 삶에서 불교적 인간의 범례적 자취를 서사적으로 구성하고 구조화하는 데 많은 열의를 보였다. 물론 『삼국유사』 소재 승려담 같은 것은 예외적으로 비칠 수도 있다. 일연은 여기에서 성과 속, 미와 추 등의 이원적 시각을 적용하여 승의 이상적 본보기를 제시한다. 그렇다고 하더라도 주조는 승에 대한 비판이 아니라 성적聖跡의 추수에 기울어져 있다고 할 것이다.

승전의 찬술 목적이 애당초 석가모니의 일대기와 지향점이 흡사하다는 점에서 보면 이후 등장하는 모든 승전들에서 대상을 긍정적으로 바라볼 수밖에 없는 것은 당연하다. 한편 우리는 승을 이상적 인물로서 정형화하게끔 하는 또 다른 요소가 사회 문화적 현상임을 직시해야 한다. 단적으로 신라 법흥왕法興王은 왕위를 내놓고 출가했으며, 왕비와 공주는 사찰의 노비가 되었으며, 고려 문종文宗의 셋째 아들 의천義天은 출가하여 고려를 대표하는 승려가 되었다. 왕족의 혈통에다 높은 지식을 겸비한 승려는 성직자이면서 동시에 귀족의 테두리에서 벗어나지 않았다. 출가는 지극히 영광스러운 행위로서 국가적으로 권장되었으므로 승을 바라보는 주위 시선 역시 경외의 대상으로 변할 수밖에 없었다.

숭불적 분위기로 말미암아 고려시대 산문에는 유자와 불승 간의 스스럼없는 교류를 발견하기 어렵지 않으며 유불儒佛 간 신분적 거리감이나 큰 갈등 양상도 발견하기 어려운 것이 사실이다. 이런 현상은 유자 중에는 호불자가 적지 않다는 점, 불자라도 유년기부터 사서 등을 읽고 이해하는 유교적 소양을 갖추고 있었다는 점 등이 작용했을 것이며 무엇보다 사회 문화적으로 삼교三敎를 아우르는 풍토의 영향도 무시할 수 없겠다.

하지만 조선에 접어들며 정치 이데올로기의 재편 과정에서 불교는 전날의 영광스러움을 한 순간에 잃어버리는 국면을 맞는다. 왕조의 교체로 여러 부면에 변화와 충격이 가해졌다 해도 불교계가 맞이한 고난과 역경에 견줄 수는 없었다. 승들은 정권교체의 최대의 희생양이 되고 말았다. 조선초부터 시작된 불교 억압정책은 왕의 교체와 상관없이 지속적으로 이루어져 그 동안 흔들림 없이 유지되어왔던 성스러운 승상은 회복하기 어려울 정도로 손상을 입기 시작하였다. 통사적 시각에서 그것은 성聖에서 이異로, 이異에서 속俗으로, 속俗에서 악惡으로 단순화할 수 있다.

물론 조선에 들어와서도 특정 고승의 신성담이 여전히 전승력을 잃지 않았고 그들의 자취가 건국의 일화 속에 편입된 것이 사실이지만 승상에 대한 훼손이 훨씬 큰 비중으로 나타났다. 거국적으로 이루어진 불교탄압책은 외형적으로 사찰의 격감, 천민으로 내몰린 승려, 사찰의 쇠퇴 및 불학의 퇴조 등 이전에 보지 못한 암울한 풍경을 펼쳐놓았다. 이에 더하여 지배 계층에서는 더 이상 출가를 영광스럽게 여기지 않았으며, 과거시기 자연스럽게 여겨지던 유자와 승려들과의 교류 역시 점차 식어가는 분위기로 바뀌었다.[2]

조선의 건국 이후 유자들은 기득권층으로 남아 있는 대신 승은 성직자로서 최소한의 존엄성과 예외성조차 인정받지 못하고 점차 하천민으로 강등당하는 처지에 놓인다. 조선 후기 야담은 유불 간 신분적 간격이 얼마

2 김영태, 『한국불교사』, 경서원, 1986, 237쪽.

나 크게 벌어졌는지를 수많은 사례를 통해 생동감 있게 보여주는데 여기서 주목할 것은 승의 모습이 현실 이상으로 악의적 형상을 띠고 있다는 것이다. 신성한 자취를 수습하고 전형화 하는 대신 야담은 파괴, 간첩間諜, 외설猥褻, 폭력, 색탐色貪 등과 관련한 승의 행위에 주목함으로써 과거 서사속의 승상에 길들여진 이들을 충격과 혼란에 빠뜨린다. 이를 승상의 전복 현상으로 보아도 될 것이다.

성적聖跡 자취를 앞서 선보였던 과거와 달리 조선 후기 야담들은 이제까지 꺼리던 승상僧像을 다양하게 제시한다. 야담에서 우선 폭넓게 안치되는 것이 이승이다. 『고승전』이 널리 알려진 명승의 역사적 자취를 추적하는 데 비해 야담은 낯선 이승의 비범함을 단편적으로 제시한다. 이승담은 구체적 인물과 역사적 배경을 배제한 채 위기에 처한 상황에서 등장인물들을 구원해주는 조력과 예지의 기능을 이승에게 부여해주고는 있으나 어디까지나 보조자적 역할에 머물 뿐이다. 이승은 등장인물들을 위기나 위험에서 구원해준다는 점에서 일견 과거 성승의 역할과 흡사한 바가 있기는 해도 평범하기 이를 데 없는 차림으로 여항에 나타나 위기와 고난에 처한 자를 구원하는 특징을 보인다.

그는 대체로 역사인물과 무관한 허구적 인물일 뿐이며 서사 내 체류시간도 지극히 제한적이다. 이승은 흔히 현실 세계를 초월하여 전혀 다른 세계와 소통하는 능력을 지니고 있으며 때로는 선한 인물에게 발복할 땅을 찾아주는 명풍名風의 역할을 해주는가 하면 미래사를 한 눈에 꿰뚫고 있는 비범한 자질의 소유자로 밝혀진다. 적어도 이승은 속승이나 악승과는 전혀 다른 위치에서 한동안 잊고 있었던 고승의 기능적 역할을 부분적으로나마 실현시켜준다고 할 수 있다. 그러나 도덕적 기능이 이승으로 한정되는 것은 아니라는 점을 주목한다면 그들을 성승과 같은 부류로 보기는 어렵다. 추측하건대 폭넓게 전승되어 왔던 고승담이 억불의 시대적 환경을 맞이하여 변이되어 나타난 사례로 보는 것이 옳을 듯한데, 진인眞人, 이인異人, 명풍으로 대체한다고 해도 기능상 전혀 구별이 서지 않을 정도로 승의 모습은 상당 부분 퇴색되어있다.

속과 악의 전형을 보여주는 승상이야말로 조선 후기에 집중적으로 돌출하는 서사적 특징이다. 이는 불교와 승려를 억압하는 이데올로기적 시각과 맞물려 이른바 가치 있고 존숭을 받아야 할 승려들이 파격적 형상으로 수습되고 전파된 결과이다.

야담에서 속승, 악승 이야기는 구체적인 악행을 통해 현실적 상황이 매우 상세하게 부연된다는 특징을 지닌다. 나약한 유자와 대결한 끝에 패배하는 이야기를 비롯해서 유불 간 대결을 통해 이기고 지는 이야기가 적잖은데, 승을 격퇴시키고 유자들이 자기 우월감을 성취하는 내용으로 종결된다. 승이 위협, 협박, 완력 등을 동원해 비행을 일삼는다는 충격적 사건은 사실 불의에 대한 유자들의 의협적 행위를 돌출시키는 데 본뜻이 있는 것처럼 비쳐지기도 한다. 승에 대한 이 같은 형상은 반불성反佛性을 높이는 것은 물론 흔히 나타나던 성승을 찾아보기 어렵게 만들었다.

3. 성승 – 신성의 발현

조선 시기가 억불숭유 정책으로 일관했다 해도 천여 년 지속된 전통적 승상의 자취가 어떤 시점을 경계로 한 순간에 증발되어 버렸다고 보는 것은 서사적 관성력을 무시한 진단일 터이다. 특정 신분에 대해 부여된 전형은 오랜 세월 속에서 누적된 결과이므로 그것이 온전히 퇴색되기까지는 아무래도 적잖은 시간이 또한 필요하다는 점을 감안하지 않으면 안 된다.

삼국, 고려시대 서사물에서 승의 기능은 대체로 신성성을 기반으로 하는 역할과 관련되어있다. 신이나 영웅을 내세워 초월적인 활약상을 보이는 경우조차 찾아보기 어렵지 않다.[3] 다만 불세출의 능력을 창세, 건국 등에 소진하는 것이 아니라 불교 전파나 대중 구원을 위해 발휘한다는 점에서 주목된다. 고승에게 부여되는 혜안과 통찰력은 자연스럽게 성스러운 형상으로 미화, 수용될 수 있었으며 고려는 물론 조선시대 건국담에 이르러서도 지워지지 않는 흔적으로 남는다.

이런 예로 적절한 승려가 도선과 무학일 것이다. 도선은 세조에게 태조 왕건이 태어날 집터를 잡아준 장본인이다. 뒷날 위숙왕후가 태조를 잉태한 것은 세조가 도선의 조언을 따랐기 때문이다.[4] 일국을 건설할 인물을 점지하는 도선의 예지력은 조선 건국담에 이르면 그대로 무학에게로 옮겨진다. 곧 함경도 북방에서 무관으로 활약하던 이성계가 기이한 꿈을 얻은 후 용한 해몽자를 수소문한 끝에 토굴에서 수행하던 무학을 찾았다가 뜻밖에도 장차 왕위에 오를 몸이니 천기누설하지 말고 때를 기다리라는

3 한 예로 범어사 창건설화를 들 수 있겠다. 여기서 의상(義湘)은 갑작스럽게 들이닥쳐 신라 강토를 유린하려 드는 왜구에 맞서는 선봉장으로 등장한다. 제석천의 명으로 하강한 신중을 거느리고 해변으로 나간 그는 천인들의 신출귀몰한 활약에 힘입어 왜군과 선박을 바닷물에 수장시킴으로써 고승이면서 동시에 무사적 영웅임을 유감없이 보여준다. (東溪, 「梵魚寺創建事蹟」.)

4 『高麗史』 卷首. “時 桐裏山祖師道詵 入唐得一行地理法而還 登白頭山 至鵠嶺 見世祖新構第 曰種穄之地 何種麻耶 言訖而去 夫人聞而以告 世祖倒屣追之 及見 如舊識 遂與登鵠嶺 究山水之脈 觀天文 下察時數 曰此地脈 自壬方白頭山水母木幹 來落馬頭明堂 君又水命 (…중략…) 明年必生聖子 宜名曰王建 因作實樹 世祖從其言 築室以居 是月威肅有娠 生太祖.”

말을 듣게 된다. 이후 이성계는 그의 말대로 왕위에 오른다.[5]

사건 흐름의 맥락에서 보면 도선과 무학이 등장하는 지점을 기점으로 사건이 급격하게 선회하는 구조로 이루어졌음을 알 수 있다. 고승은 사건 진행에 직접적으로 관여하는 대신 그들은 주로 주인공, 등장인물에게 예언이나 계시를 전함으로써 도무지 앞날을 가늠하지 못해 불안해하거나 전전긍긍하던 이들에게 돌파구를 마련해준다.

위에서 보듯 고려, 조선 건국담에는 신력과 예지력을 갖춘 승이 절정의 순간에 등장하여 전후 사단을 헤아리지 못하는 이들에게 천기누설에 해당하는 조언을 아끼지 않는 것을 본다. 승전류에서 특정 승이 주인공으로 나서 구중구원이란 명제를 여하히 구현하는 가를 찬찬하게 밝혀주는 것과 차이가 매우 크다.[6] 건국이야기 속의 승이란 한시적으로 등장할 뿐인 조연자로 여겨지지만 사건전개에 절대적 영향을 미치는 인물임을 알 수 있다. 만약 불교가 삼국 이전에 전래했다면 삼국 전의 이야기에도 승이 조력적 예언자로 나섰을 것으로 충분히 예상할 수 있다.

건국신화는 신성성을 바탕에 두고 있기에 조연 인물인 승도 당연히 성현의 범주 안에 있다. 더군다나 승을 미래의 예시자로 등장시킨 것으로 보아 그에게 특별한 신성을 부과했다고도 볼 수 있다. 곧 도선과 무학은 불교적 테두리를 벗어난 신화적 영웅, 초월자, 계시자로서 이해해도 좋은 것이다.

---

5 靜喜本, 『大東稗林』 卷1,列朝記事. "僧無學居安邊雲峰山下土屈中 上龍潛時訪而問之曰 夢入破屋中 負三椽以出此何祥 無學賀曰 身負三椽乃王字也 又問夢花落鏡墜 此則何祥 卽答曰 麗終有寶鏡落豈無聲 上大喜卽其地創寺 因以釋王名之 舊有上親筆而失於兵火 只刻版存焉."

6 여기서 말하는 차이는 서사 전개상의 문제로 국한된다. 오히려 고려이전의 승전적 자료들에서는 신성성을 간직한 승의 영웅적이고 초월적 면모를 강조하고 있어 마치 신화의 주인공과 방불하다는 느낌조차 갖게한다. (김승호, 「신화소의 전기문학적 수용양태」, 『한국승전문학의 연구』, 민족사, 1992, 249쪽)

그러나 통사적으로 그들의 신성한 면모는 조선 초를 기점으로 증발되기에 이르고 야담으로 이어지지 못한다. 사회 문화적 변화를 반영하는 것이 서사담론인 만큼 전시대 전통대로 긍정적이고 순기능적 역할만을 담당했던 승에 대한 시각에 결정적 변화가 일어났음을 보여주는 것이다. 물론 전통적 승상을 그대로 승계하는 승이 없는 것이 아니다. 가령 서산이나 유정은 특이한 시대적 역사적 상황 아래서 민중 간에는 물론 유자들 사이에서도 영웅적 자취를 남긴 승으로 각인될 수 있었다. 하지만 그렇다고 하더라도 전지전능한 예지자, 감여가 혹은 위정자로서의 초월적 기능을 과시하던 과거의 승상에는 미치지 못한다 할 것이며 역사적 사실을 토대로 하되 그 위에 약간의 존경심과 상상이 부여된 승상으로 보는 게 옳겠다.

4. 이승 – 성현의 잔영

조선 후기 야담소재 승 이야기에서 그 형상으로 가장 빈번히 나타나는 것을 꼽으라면 이승일 것이다. '이異'란 수식어는 '예외적' '비규범적' '상식적' 등의 다양한 뜻을 함의함과 동시에 결코 평범하지 않은 비범한 능력이나 혜안을 갖춘 자를 수식하는 등 그 외연이 넓다.

그런데 이승이 성승의 형상을 온전하게 탈색해 버렸다고 하는 것은 옳지 않다. 실제 성승이 고승으로서 역사적 인물이었다는 차이에도 불구하고 이승은 허구적 상상 속에서 형상화된 정체 불명의 승으로서 여전히 비범한 면모를 드러내며 사부대중과 대면한다. 그가 승전류에 등장하는 승들과 같이 결말에 이르기까지 시종여일 개입하며 고승과 달리 잠시 등장했다가 홀연히 사라진다 해도 그가 내린 지침에 따라 사태는 긍정적인 방향으로 돌아선다. 예지력과 통찰력을 구비한 승과 비교할 때 작중 내 인물의 비중은 턱없이 좁은 데 비해 그는 사건의 흐름을 좌우하는 핵심적 조력자인 셈이다. 그는 사건진행에 직접 관여하는 대신 주인공과 그 주변인들에게 예언이나 계시를 전하는 것을 소임으로 삼고 있으며 그 인물적 기능을 앞서 감지한 주변인들은 그가 어떤 말을 하더라도 전적으로 믿고 따르는 양상을 보인다.

그렇다면 조선시기 후기 야담에서 유독 이승의 형상이 크게 증가하는 이유는 무엇일까. 시대가 바뀌면서 승의 지위는 물론 승을 대하는 주변의 시선 역시 비판적이거나 비하적으로 변해갔다고 할 때 조선 후기의 이야기에서 승상이 한결 부정적으로 나타난다고 하더라도 이상하게 여길 일은 아니라고 본다. 외부환경에 편승해 일어나는 서사 내용의 불가피한 변화일 터인데 다만 한 가지 놓치지 말아야 할 것은 그것이 사회 현실적 상황과 병행하여 즉발적으로 서사문학에 반영되지는 않는다는 점이다.

이야기의 담당층이 식자층으로 한정되는 야담의 경우 반승적 태도가 구비설화보다 한결 강하게 드러날 것으로 여겨지기는 하지만 이들이 수습한 승담에서도 자의적으로 승을 폄하하거나 부정하는 식의 재량권을 남발하고 있지는 않다. 이야기는 관성의 원리에 의해 작동하는 것이라는 점을 되새겨봐야 한다. 호불好佛유자, 사대부들의 호의적 시선이 낳은 결과일 수도 있겠으나 한편으로는 이야기의 수용적 측면도 고려하여 승상의 변이를 살피는 것이 필요하다. 시대가 바뀌었으나 전부터 전해오던 긍정적 형상으로서의 승이 구비문학 속에 풍성하게 남아있는 시점에서 일방적으로 승을 부정적으로만 처리하는 것은 과거 이야기에 익숙한 생산자나 수용자 모두에게 꺼려지는 부분으로 작용했을 것이란 점을 간과해서는 안 된다. 따라서 야담의 담당자들이 이 같은 국면에서 승상을 두고 성승이나 악한 그 둘 가운데 어느 것 하나만을 고수하기도 어렵다. 결국 이야기 담당층은 무리 없는 승상을 택할 가능이 높아진다. 이런 조건하에서 선호된 것이 이승이 아닐까 싶다. 이승은 승 형상의 두 극단적 모습에서 절충적 대안으로 제시한 상이라고 보아 큰 무리가 없다고 생각한다.

확실히 조선 후기 야담에서 가장 빈번히 접할 수 있는 승은 성승도 아니고 그렇다고 속승도 아닌 이승이라고 본다.[7] 이승의 인물적 특징에 대해서는 다음과 같이 정리가 가능하다.

첫째, 이야기에서 승은 주동인물로 나서지 않고 보조적 혹은 조연의 역할에 그치는 경우가 대부분이다.

둘째, 이승은 익명으로 처리되며 등장시점은 사건 전개상 위기나 절정 등으로 사건과 상황을 한 순간에 순기능적으로 바꿔어 놓는 데 결정적 기여를 하게 된다.

셋째, 이승이 상황을 전복시킬 정도로 큰 기능을 발휘할 수 있게 된 것은 예지력이나 감여술 등의 비범한 능력 때문인데 이를 바탕으로 그는 인물들의 길흉화복을 진단하고 미래사에 대한 조언을 전한다.

---

7 조선 후기 야담의 줄거리와 서사의 하위 갈래를 구분해놓은 『조선조문헌설화집요』를 바탕을 근거로 하면 고승담이 11편, 이승담이 34편으로 나타난다. 이는 조선 후기 승의 형상에서 찬자들이 승을 어떤 시각으로 형상화하고 있는 지를 대략 유추하게 한다. 경우에 따라 악승의 이야기도 적지 않으나 대체로 조선 후기 설화 속의 승은 성스런 자취를 위주로 한 비범함을 현시하던 관행에서 멀어지고 있다. 다시 말해 불교적 인간으로서의 상이 퇴색하는 대신 정치 사회시적 분위기에 편승하여 승을 기생자(寄生者), 피의자(被疑者)로 형상화하는 것마저도 거리낌이 없을 정도가 된다. 그러나 서사적 관성에서 보아 오로지 부정적으로 그릴 수 없다고 판단하여 일단 긍정적 형상의 이승을 부각시킨다.

넷째, 그들은 속세인간들과 인연을 맺고 사회현실에도 관심을 보이고 있으나 정처가 없이 떠도는 것으로 보이며 정체를 속 시원히 드러내지 않은 채 결정적 언질을 남긴 뒤에는 홀연히 사라져 남아있는 사람들에게는 더욱더 신비한 존재로 기억된다.

이승이 보여주는 행적에서 보면 명풍, 이인, 진인, 신인 등의 기능과 다를 것이 없어 방외方外집단에 속한다는 생각을 높여주며 동시에 정말 그가 승인가 하는 의문을 불러오기도 한다. 어쨌든 이승에 대한 사람들의 믿음과 의존성은 매우 강렬한 것이어서 삶의 고비마다 그의 조언을 집요하게 구하고 나설 정도가 된다.[8]

이승이란 구체적으로 어떤 형상을 지니는가, 그 개별적 사례를 볼 겸 6편의 야담집에 동시에 올라있는 '교아동해인승위시敎衙童海印僧爲師'의 줄거리를 살펴보자.

① 합천수陜川守에게 늦게 얻은 아들이 있었으나 13살이 되도록 글을 깨우치지 못했다.

② 합천수가 해인사 대사에게 자식을 맡아 공부시켜 달라며 모든 권한을 대사에게 위임했다.

③ 절에 간 아이가 방자하게 굴자 대사가 송곳을 달구어 아이의 종아리를 찌르는 등 매우 엄히 가르쳤다.

④ 아이는 등과하면 반드시 대사에게 보복하리라 다짐하며 열심히 공부했다.

8 金起東 편, 『韓國文獻說話全集』, 동국대 한국문학연구소, 1991, 487쪽.

⑤ 아이가 3년 후 과거에 급제하고 또 몇 년 뒤에는 영백으로 부임하여 대사를 죽이러 왔다가 막상 대사를 대하자 마음이 누그러졌다.

⑥ 대사가 기성箕城에 가면 상좌와 같이 자라고 충고했다.

⑦ 상좌가 기성에 와서 순사巡使와 같이 자다가 관노와 내통한 폐기嬖妓한테 죽임을 당한다.

⑧ 대사는 그 후로도 제자의 앞날을 예견해주었는데 모든 게 그대로 되었다.

위에서 이승은 아낌없이 합천수의 아들에게 모든 것을 다 베푸는 이타적 인물로서 시종일관하게 합천수의 아들을 훈육하여 마침내 부의 원을 성취하게 한다. 그에 반해 철없는 아이는 대사의 엄격한 가르침에 악의를 품고 등과한 후에도 보복을 다짐하다가 뒷날 영백嶺伯이 되어 그를 찾아온다. 상대의 마음을 모를 리 없는 대사는 따뜻하게 맞아들이며 제자를 축하해줄 뿐이었다. 시종여일하게 자신을 위하는 스승 앞에서 제자는 비로소 뉘우치면서 한동안 보복의 마음을 풀지 못하던 자신을 책하게 된다. 전기적 속성이 가셔지고 매우 현실적인 이야기로서 대사를 이승의 전형典型이라고 말하기는 어려우나 오로지 상대를 위해 헌신하는 이승의 이타적 성향을 확인시켜주는 내용이다.

이승이라 하더라도 보조자의 선을 크게 넘어서지 못하고 있는 경우가 대부분이다. 특히 한문단편 속의 승은 성스런 자취 위주로 형상화된 『삼국유사』를 비롯한 삼국 고려시대의 승담과는 인물형상에서 적잖은 거리감이 존재한다. 수용적 측면과 관련지어 승 인물의 변화양상을 지적한 바 있으나 한문으로 기록된 야담문학에서 부정적 형상을 지니면서 악한승보다 빈번하게 이승이 등장하는 일은 기본적으로 이들 이야기가 민중 안에서 수용되었음을 시사해 주는 대목으로 받아들여도 좋을 것이다.

구비전승 속에 폭넓게 수용되고 있는 이승의 형상은 그대로 야담으로 이행하는 것이 사실이다. 설사 야담 담당층이 반불, 반승의식에 사로잡혀 있다 해도 성승의 면모가 탈색된 이승조차 부정할 수는 없었을 터이다. 이것이 바로 야담에 이승이 그만큼 빈번히 등장하게 된 까닭이 아닐까 싶다. 야담 담당층이 불교에 반감을 지녔다 해도 실제 야담의 문면에는 승이 그나마 긍정적 기능의 인물로 등장하게 된 데는 사회문화적 조건보다 서사 수용적 요인이 크게 작용했다고 보아야 할 것이다.

주지하다시피 승의 본분은 자기 수행과 대중교화로 좁혀진다. 하지만 야담에 그려진 이승은 그 같은 가르침을 수행하기보다 특이한 재주나 장기를 앞세워 사람들을 현혹하는 데 능란한 것처럼 보인다. 다분히 대중의 흥미를 끌어낼만한 형상이 승에게 투영되었다고 보는 편이 합당할 정도로 승려의 보편적 상은 간데없고 마치 이인을 대하는 듯한 착각을 불러일으킨다. 그러나 이승이 비범한 자질과 남다른 통찰력과 혜안을 갖춘 소유자임을 증거하고자 하는 의도만은 분명해 보이며 이른바 '겨루기 모티브'의 삽입이 이를 보여준다고 하겠다. 가령 명유名儒로 당대 명성이 자자했던 서경덕徐敬德 앞에 홀연히 나타난 이승은 서경덕이 누리고 있던 세간의 명성을 보잘 것 없는 것으로 만들어 버린다. 이런 줄거리를 지니고 있는 '화담살태백산노호모자花譚殺太白山老狐母子'를 보면 다음과 같다.

① 화담花潭 서경덕이 12세에 산사에 들어가 어떤 승을 모시고 공부했다.

② 승이 귀가하면 어떤 승이 찾아 올 것이니 잘 대접한 뒤 보내라 일렀다.

③ 승의 말처럼 그가 집에 와서 기다리고 있자니 태백太白산인이란 승이 청의

靑衣동자 둘을 데리고 나타났다.

④ 이승이 화담에게 육경六經, 천문天文, 지리地理, 의복醫卜, 비선술飛仙術 등을 가르쳤는데 화담은 어려운 기색 없이 이를 수월하게 받아들였다.

⑤ 산사로 돌아오니 면벽 수행 중인 승이 그를 겨드랑이 끼고 낯선 곳으로 데리고 갔다.

⑥ 이계에서 악말화수樂末和水를 마시자 화담은 기분이 좋아졌음은 물론 굶주림과 추위를 몰랐다.

⑦ 같이 갔던 승이 이계에서 가져온 나무 조각을 꺼내니 오색 옷의 동자가 나타났다.

⑧ 동자들이 밖에서 싸웠는데 팔색동자가 와서 자신이 이겼다고 말했다.

⑨ 승이 전날 화담을 방문한 객이 바로 여우라는 사실과 함께 화담을 죽이려다 신명의 보호로 뜻을 이루지 못하고 훗날을 기약한 것이라 했다. 그래서 승이 신이한 나뭇조각으로 오방신장을 만들어 여우를 물리쳤다.

⑩ 승은 화담이 잠들자 어디론지 사라져 버렸다.[9]

「화담살태백산노호모자」에서 서경덕은 우연히 만나 인연을 맺은 소년과 어미가 실은 천 년이 된 여우의 모자母子임을 한눈에 알아보고 재앙이 미치기 전에 그들을 잡아 없앴음을 밝힌다. 하지만 서경덕조차도 자신을 죽이러온 태백산인의 정체를 알지 못하고 있다가 커다란 위기에 처할 뻔했다. 때 맞춰 나타난 이승이 아니었다면 분명 죽음을 맞았을 터이니 인물적 비중은 오히려 이승에게 맞춰져 있는 것으로 보아도 좋을 것이다. 일반

---

9 성낙기 편, 『한국야담자료집성』, 계명문화사, 1987, 259~260쪽.

적으로 서경덕 일화들이 명유로서의 위대함을 알리는 게 일차적 목표였는데 여기서는 서경덕보다 비범한 능력의 소유자인 이승을 등장시켜 유儒보다 불佛이 앞서고 있음을 은연중 드러낸다. 유교와 불교 간의 갈등과 마찰을 서사적 축으로 하는 사건은 얼마든지 나열이 가능할 수 있거니와 인물간의 갈등과 마찰을 서사의 핵심으로 이해한다면 유불간의 사상 철학적 갈등을 전하는 이야기 역시 유자, 불승간의 대결 구도로 엮어질 가능성이 농후하다.

유불 간 대결은 의론만으로 진행되는 것이 아니다. 이야기를 통해서도 얼마든지 이루어질 수 있었을 터인데 이 경우 명유名儒, 도학자의 상대로 갑자기 나타난 이승이 감추어진 비범함을 통해 상대를 제압하는 것이 하나의 유형담을 이루며 야담에 오르게 된다.

앞서 예화에서 이승의 비범함이 명유의 능력을 넘어선다고 했으나 조선 후기 야담에서는 역사인물로서의 고승보다 이처럼 비범한 자질을 갖춘 이승의 등장이 한층 일반적이다. 이름 없는 이승이 기실 유자로 높은 명성을 날렸던 서경덕의 구원자로 나서는 것으로 처리함으로써 읽은 이들은 한층 더한 흥미와 함께 반전의 즐거움을 맛볼 수 있었다.

'하엽유시증보묵荷葉留詩贈寶墨'의 일화도 앞서 예와 같이 유불대립이란 날카로운 명제를 이면에 감춘 채 이승에 의한 불교 우위의 의미를 환기하고 있는 것으로 보인다. 줄거리는 아래와 같다.

① 택당澤堂 이식李植은 덕수德水 인물로 어려서 지평砥平에 살았는데 용문사龍門寺에 들어가 주역을 읽으면서 연구하였다.

② 허름한 승으로부터 헛수고만 한다는 핀잔을 들은 이식이 그에게 청하여

주역을 배웠다.

③ 다음해 승이 서울로 이식을 찾아와 병자년에 병화가 닥칠 것이니 영춘永春 땅으로 피신하라고 이른다.

④ 이식이 서부西部 땅을 다녀오다가 묘향산에서 승이 예고했던 대로 그 승을 만난다.

유자와 불자는 상대의 정신세계에 대해 견제, 백안시 한다는 점에서 겨루기 담의 대응상대들로 수용하기에 적합한데 무엇보다 이승이 지닌 예지력이 승부의 관건이 되다시피 한다. 이식은 허름한 차림이지만 이승이 주역의 이치를 꿰뚫고 있음을 간파하고는 곧 그에게 매달리는 모습을 보이고 있어 흔히 보는 유불 경쟁담과 다름을 알 수 있다. 이승이 유자보다 우위에 서 있음은 장차 병화가 일어날 것이니 서둘러 영춘으로 대피하라는 등 자상한 조언에서 드러난다. 이 말을 따르지 않았다면 이식은 재앙에서 벗어나지 못했을 터다.

환술, 변신, 감여 등 대중의 이목을 집중하는 특기가 이승들의 장기의 전부라고 한정 지어서는 곤란하다. 고려 말 패관문학에서 시작된 시승담의 전통은 조선 후기 한문단편으로 이어진다. 『청야담수青野談藪』에 수록된 〈인유음선미성 동주승선성구호人有吟蟬未成 同舟僧先成口號〉 삽화도 그중의 하나이다. 이를 보면 한 유생이 배 안에서 매미를 시제로 시를 짓는 중이었으나 시상이 떠오르지 않아 쩔쩔매고 있을 때 갑자기 이승이 나타나 앞 구를 먼저 지어 선비의 작시를 돕는다. 그렇게 해서 어렵게 선비가 한 구를 지었는데 이를 읽은 이승은 그 솜씨를 타박하며 자리를 박차고 일어선다. 시 짓기를 업으로 산다시피 하는 유자가 낯선 이승 앞에서 시제를 감당하지 못해 당황한 모습이며 겨우 지은 시구 역시 수준에 미달된다는 면박을 받아야 하는 유자와의 대비적 설정은 저절로 승의 존재와 그 비범성을 전해준다.

이승이 범인과 달리 비범함을 갖추고 있었다면 이를 불가에 대한 일반적 시선으로 보아도 될까. 오히려 조선 후기 이승들의 그 특별한 자취는 신승적 자취와 통할지는 모르나 깨우침을 통한 대중구원의 모습과는 매우 큰 거리감이 발생한다. 그러나 유달리 강하게 자리 잡고 있는 명당의식과 관련하여 승에게 감여능력을 부과하고 있음은 일단 승에 대한 긍정적 시각을 토대로 이루어졌음을 말해준다. 풍수신앙을 기반으로 형상화된 명풍은 대중들로부터 숭앙심과 친화력을 높여주는 데 이바지했을 터인데 땅에 대한 뛰어난 감식안을 지니고 있으면서도 이승은 자기과시의 명분으로 그 능력을 전용하는 법이 없었다. 절체절명의 위기, 혹은 소외되고 힘없어 스스로는 갱생하기 어려운 자들 앞에 나타난 그는 상대방의 선한 행동에 감동한 나머지 명당을 점지해 곧 닥칠 위기에서 벗어나게 해주거나 후세 발복하도록 해주는 것을 소임으로 삼는다. 이승은 무명승으로 등장하는 경우가 대부분이며 사태를 해결해주고는 홀연히 자취를 감추어 버림으로써 더욱 신비스러운 인물로 남는다.[10]

이밖에도 이승이 보여주는 재주 가운데는 바둑, 무예, 완력, 환술, 변신, 축지 등 다양한데 허름한 행색으로 눈에 띄지 않던 이승이 감추고 있던 장기를 내보이는 순간 그는 괄목상대할 인물로 바뀌게 된다. 그러나 남다른

---

10 名風僧은 승담(僧談) 가운데서도 가장 빈번히 등장하는 인물이다. 아래 그런 대표적 사례를 들어본다. 「占名穴童婢慧識」(『靑邱野談』, 東國大 韓國文學硏究所 편, 『韓國文獻說話全集』 권2, 155쪽) 「占吉地魚遊石函」.(위의 책 권2, 456쪽.)

장기와 혜안을 통해 자신의 존재를 천명하거나 속인들의 환심을 사기위해 이를 무기로 삼는 일은 찾아보기 힘들다. 설사 고승과 같이 내면으로 침잠하여 불교적 인간으로서의 숙성함을 드러내는 형상으로까지 나아가지는 않더라도 이타적이고 시혜적인 관점에서 각박한 삶에 한순간 덕복을 베푸는 매개적 역할에 스스로 흡족해 하는 인물이다.

불교적 종지를 구현하는 인물과 달리 기이한 언행과 현란한 장기를 내세우면서 이승은 확실히 대중의 집중적인 주목을 받기에 충분한 조건을 갖추고 있다. 그러나 그들의 외형적 재주나 특기에만 눈을 돌려서는 그 인물적 기능을 제대로 파악했다 할 수 없다. 이승은 성적聖跡을 담보하지 못하는 시대에 들어와 세속적 흔적을 그나마 탈색시키고 긍정적 측면을 부각하려는 찬자의 호의로 신비감과 함께 구조자로서의 흔적을 간직한 인물로 형상화된 승상의 하나에 속한다.

5. 속승 – 본업의 일탈

성과 속은 미학에서 대조되는 용어이다. 성승이 아닌 속승이라는 말은 따라서 비하의 뜻을 농후하게 담고 있다. 그러나 '속俗'이란 수식어가 갖는 의미역은 그 이상을 차지하게 마련이다. 다시 말해 이를 수식어로 삼을 때는 불교적 본질을 추구하기보다는 범속한 세인과 경계가 분명치 않은 승을 일컫는 것이 될 터이다. 불승적 특성을 찾기 어려운 대신 속인으로서의 면모를 강하게 드러내는 인물이 속승이므로 애초부터 서사의 대상으로는 그리 높은 흡입력을 기대하기 어렵다. 이야기 속 등장인물은 특징 없이 무미한 인물을 대입해서는 서사의 본래 목적을 실현할 수 없다. 그 점에서 애초부터 뚜렷한 성격을 갖춘 인물에 매달리게 마련인데 성승 아닌 이승 정도라면 몰라도 속승은 서사적 적합성에 비추어 수용하기 어려운 인물이다.

성승, 고승은 삶과 세계에 대한 근본적 물음을 풀고자 몸부림치며 끝내는 세계로부터의 일탈을 감행하는 것은 물론 다양한 사건과 상황 속에서 문제적 존재로서 나름의 반향을 남기게 된다. 하지만 속승은 성직자로서의 직분을 인식하는 법이 없으며 설사 어떤 자취를 남기더라도 속인과 그 경계가 뚜렷하지 않아 오히려 주변인들에게 의아함을 먼저 불러일으키기 십상이다. 그런 점에서 서사적 효용도가 의심되는 인물이라 할 수 있다.

그러나 이야기가 미학적 조건에 따라 움직이는 것만은 아니다. 곧 속승은 서사만을 염두에 두었을 때에는 필요한 대상이 될 수 없으나 삶 속에서 그런 존재와 일쑤 마주 하는 것이 또한 엄연한 현실인 만큼 우연한 기회에 이야기에 개입될 수 있는 인물군이다. 당대 현실을 반영한다는 의도를 굳이 강조하지 않더라도, 그리고 서사상 필수불가결의 성격으로 중시되지 않더라도 그는 어느 결에 야담에 틈입해 있음을 우리는 여러 사례들을 통해 엿보게 된다.

저자가 보기에 ①'김제유일노승金堤有一老僧', ②'전라도보성군유라군지全羅道寶城郡有羅君池', ③'동해유소어전백東海有小魚全白', ④'삼연김선생창흡三淵金先生昌翕' 등은 성승, 이승 어느 쪽에도 포괄하기가 쉽지 않고 승의 기능과 어울리지 않는 행태를 드러낼 뿐이어서 굳이 승상을 갈래짓자면 속승으로 분류하는 것이 어떨까 싶은데 ①에는 호랑이를 키우고 애완하는 승, ②에서는 뱀을 아무렇지도 않게 잡아 퇴치하는 승, ③에서는 고기를 채소로 알고 태연히 먹는 승, ④에서는 범에게 물려죽은 승의 이야기를 전하고 있다. 어느 것도 불승의 직분이나 성격과는 어울리지 않을 뿐더러 도리어 승의 체통을 잃게 하는 예화로 어울린다. 물론 호랑이들을 마음대로 사육하고 순종하게 만드는 재주로 보면 특별하다고 말할 수 있을지 모르나 그것이 불승에게 무슨 의미가 있는지 알 수 없으며 특이한 기담 이상의 의미를 발견하기 어렵다. 아울러 전달자의 진의를 알아채기 힘들 뿐더러 주제를 찾기도 어려운, 그야말로 이야기의 정체성을 타진하기 힘들다. 위의 예화들에 등장하는 승 역시 야담들이 그려낸 승상 가운데 가장 개성 없고 무미건조한 인물형상으로 보아도 될 것 같다.

별달리 개별성을 발견하기 어려운 속승을 이야기에 편입시킨 이유는 어디에 있을까. 이 점에 있어서도 채록자나 찬술자들의 의식세계 혹은 그들의 성향이 승의 형상에 영향을 미친 것으로 보인다. 그들에게 속승은 긍정적인 인물형상도 아니고 부정적인 형상화도 아닌 어정쩡한 시각에서 포착된 유형으로 생각된다. 한마디로 가치 평가를 유보하고 있는 유형인 셈이다. 불승, 혹은 승단을 바라보는 시각에 어떤 예각을 드리우지 않은 담당층이 이 같은 이야기를 수습했다고 생각되거니와 이런 단계를 지나치면 악한과 다름없는 또 다른 승상이 등장한다.

6. 악승 – 과장된 악행

특정 집단, 계층에게 부여되는 이미지는 시대상황과 밀접하게 연결된다고 본다. 그렇다면 승의 경우 불교 탄압의 정도가 점차 고조되고 그 절정에 이른 조선 초중기를 벗어나 불교 탄압의 강도가 점차 수그러지기 시작하는 조선 후기에 이르러 승에 대한 부정적 형상이 높게 나타난다는 점은 어떻게 이해해야 할까. 이 점은 이야기문학이 현실 반영적 담론으로서 성격이 강하다는 것을 보여줌과 동시에 현실과 반드시 일치해서 형상화가 이루어질 수 없음을 주지시켜 주는 현상으로 이해할 수 있겠다.

야담에 올라 있는 승의 기행 혹은 파계적 일화는 평소 승에 대한 유자들의 부정적 인식을 반영해주는 징표로 삼더라도 무리가 없으며, 이를 통해 유자들의 대불교관 내지 반승의식의 저변을 헤아려 볼 수 있지 않을까 한다. 속승으로 형상화하는 단계까지는 아직 담당층의 심중이 잘 드러나지 않는다. 그러나 악한의 장본인으로 승을 내세우면서 야담 담당층의 속내가 드러나게 된다.

기실 우리는 현실적으로 그런 사건이 일어났으므로 사관의 시각으로 그대로 증언했을 뿐이라고 생각하기 쉬우나 다른 부류, 신분층, 특히 양반사대부 층과 비교할 때 승에 대한 부정적 형상은 도를 지나치고 있음에 의문을 품지 않을 수 없다. 이에 대해서는 유자, 사대부들에게 승은 비판적으로 대해야 할 부류로 학습되어왔으며 어느 새 그런 시각을 바탕으로 이야기를 짓고 전파했으리라는 진단을 내릴 수 있다고 본다.

정책적 차원의 억불숭유책이 간단없이 펼쳐지는 동시에 사회 전반에 걸쳐 자리 잡은 반불, 반승적 풍조는 이야기문학에 있어서도 승의 기능과 역할을 비하하거나 부정하거나 혹은 폄하하면서 이른바 악행의 주범으로서 전형을 만드는 데 촉진적 역할을 했다. 억불숭유책은 정치적 차원에서만 운위될 성질의 것이 아니었다. 야담이 시시비비를 가리는 토론, 의론의 장으로 효용성을 발휘하는데 최적의 담론은 못될지라도 인물, 사건, 상황이란 이야기 요소를 변주함으로써 담당자들의 생각대로 승을 비판하고 공박하는 담론으로서 얼마든지 탈바꿈할 수 있었다.

승의 비도덕적 행위나 추한 행위의 수습과 현시를 자연발생적인 것으로 여길 수 없다. 조선은 승의 신분, 지위가 추락하여 서민, 천인과 다를 바 없는 처지에 서 있으면서도 내내 엄한 도덕률을 요구받았으며 그들을 에워싼 날카로운 감시의 눈길에서 벗어날 수 없었다. 특수한 신분인 만큼 비행을 엄폐하기도 어렵고 결코 그것을 용서 받기도 힘든 상황은 이들에게 누구보다 심한 시련과 고통을 안겨주었다.

승은 과거부터 본질적으로 계를 지키고 수행에 전념하는 것 이외 다른 무엇에 눈을 돌리고 본래의 자리를 일탈해서는 안 된다는 묵계가 있었지만 그와 상관없이 승의 일탈행위는 어느 시대나 존재했다. 보통 사람들의 욕구, 습성, 문화 따위와 거리를 둔 채 오로지 지계持戒의 삶만을 추구하기란 쉬운 일이 아닌데 그에 대해 조선시대만큼 적의적 반응을 보인 시대는 없다. 야담의 몇몇 각 편은 이야기의 주체들이 날카로운 시선으로 그들을 감시하고 고발하는 데 소진하고 있다는 점을 여실히 보여주는 데 지계의 목록에서 일탈된 행위가 적발될 때마다 그 전말이 야담에 오른 것처럼 보일 정도이다.

야담 속 모든 승담이 모두 사실담에 의거해 지어진 것은 아닐 것이다. 그런데 악승담惡僧談은 보다 특별한 의도에서 애초의 이야기를 왜곡, 과장하여 승을 공박, 비판, 기롱하는 증거물로서의 의미를 지닌 것으로 보인다. 악승 이야기가 구비문학과 야담에 두루 보이기는 하나 전자가 골계와 익살을 동원하며 보다 익명적으로 처리하는 데 비해 후자에서는 사건이 아주 구체적이며 죄과에 대한 적대감이 한결 심한 것도 흥미롭다.[11] 이 현상은 각각의 담당 주체가 민중과 사대부였다는 점과 무관치 않아 보인다.

확실히 야담에서 승의 일탈과 비행은 속인들이 저질렀더라도 결코 죄를 면죄받을 수 없을 정도로 극악한 행위들로 채워져 있다. 언뜻 보면 선과 악의 대결을 전제하고 종국에는 선의 승리를 이끌어내는 고소설의 이원적 구조와 흡사한 전개양상을 보이지만 그 악의 자리에 승을 설정한다는 점은 이전의 일화들에서는 흔치 않았다.

그런데 악승의 형상은 어느 날 갑자기 시작된 것이라고 보지 않는다. 눈에 선명히 포착되지는 않으나 점진적인 서사내적 흐름이 있었다고 보아야 한다. 즉 성승과 이승, 그리고 속승의 형상을 넘어서 승에 대한 긍정적 시각이 완전히 소거된 지점에서 최소한의 인간성마저 상실하여 축생도畜生圖, 혹은 지옥地獄에 떨어져 마땅한 악승이 사대부들의 필력을 통해 탄생한 것이겠다. 어느 사회건 악인은 있게 마련이다. 그러나 야담에서 승을 악한의 전형으로 집요하게 안치시키려 드는 데는 승에 대한 부정과 비판의 시각을 포기할 수 없다는 야담 담당층의 반승적 의식이 직접적 영향을 끼친 것으로 보인다.

야담에 나타나는 악행은 몇 가지로 유형화가 가능하다. 첫째, 색탐色貪을 억누르지 못하는 승의 비행을 그려내는 경우가 있다. 승에게 부여된 계율 가운데 색色을 멀리하라는 것만큼 강조되는 것도 없을 터인데 색광色狂 이야기에서 흔히 보는 예화에 따르면 색욕을 억제하지 못한 승이 자기 욕망

11 승의 비행과 파계행위가 절을 망하게 했다는 전형담으로 민중 간에 널리 퍼진 것 중의 하나가 빈대절터 이야기이다. 이 유형담은 야담에서 전혀 발견되지 않는데 야담에서 악승의 징치자로 유자가 등장하는 것과 달리 빈대절터 담에서는 벼룩이 들끓어 이를 견디지 못한 승이 달아나고 머물던 절이 망하는 것으로 끝난다. 물론 승을 치죄하거나 죽음으로 응징하는 예도 아주 드물다.

을 채우고는 상대한 여인을 죽이거나 자결에 이르도록 했다가 죄상이 밝혀져 죽임을 당한다. 이 같은 승의 패역 행위는 곧바로 주변인들의 반감과 적개심을 불러오는 것은 물론 사필귀정적인 결말을 위해 누가 그를 징치할 지가 자못 궁금한 점으로 떠오른다. 색광승이 대체로 전과자인데다 무술에 능한 경우가 태반임을 감안하면 출중한 능력의 무인이나 장사가 그 징치자로 나서야 마땅할 것이나 사실은 백면서생이나 과거를 준비하는 선비가 현장을 목도하고 그와 대결을 벌이게 된다. 따라서 아무리 의협심이 남다르더라도 악승을 퇴치하리라 장담하기가 어려운 것이 이야기 속의 정황이다. 오히려 유자가 상대를 감당하지 못하고 죽음에 이를 수도 있다. 하지만 겉모습과는 달리 유생이나 선비는 단번에 악승을 물리치고 그를 죽여 모든 주위 사람들의 공분을 풀어주는 것으로 매듭된다.[12] 야담의 담당층은 승을 악행의 근원으로, 유생이나 선비는 악을 제거하여 파사현정의 명제를 수호하는 인물로 이원화한 뒤에 악승을 응징했다. 이것은 애초부터 이미 설계된 구도에 따라 이야기가 진행되었다는 점을 보여준다.

무인, 장사 등이 등장하여 완승頑僧과 겨루고 그를 제거하는 전개방식이 훨씬 논리에 부합될 터이나 이야기에서는 굳이 나약한 유자들을 동원하여 서사내적 논리를 상실하고 있음은 어떻게 보아야 할까. 물론 무술이나 환술을 능란하게 구사하는 징치자를 등장시키는 이야기가 없지는 않으나 그렇게 해서는 악승을 처단하는 효과이외 다른 또 하나의 의도를 수행하기가 어렵다는 생각을 했던 것은 아닐까. 야담의 담당자들은 불교에 대한 반감을 굳이 천명할 필요 없이 유교가 갖는 우위성을 유생을 앞세워 확인

12 김승호, 「승의 인물기능 분화」, 『불교민속학의 세계』, 집문당, 1996, 258~259쪽.

시키는 것이 서사방법상 적절하다고 믿었음에 틀림없다. 그리하여 백면서생의 유자가 완력으로 다져진 승을 격퇴하는 것은 물론 죽임을 당하게 함으로써 유불 대립에서 유가 완전한 우위를 점하도록 했다. 악승담이 못된 승에 대한 증오심만을 표출하는 것으로 그치지 않는 이유이다. 악행의 징치는 마땅한 것이지만 악행의 주역으로 승을 등장시킴으로써 그것은 단순히 징치담 이상의 서사적 동인이 자리했음을 보여준다.

양반, 사대부가 대부분인 야담의 수용층을 의식한다면 보다 속성俗性이 강하고 무책임하고 문제적인 승의 상을 총집하는 작업에 매달리는 것이 효과적이라고 말할 수 있다. 다시 말하면 공맹孔孟의 유가사상과 달리 허무虛無와 공空의 교리만을 추수하려 드는 승들을 못마땅하게 여긴 끝에 승의 속된 자취와 파계적破戒的 면모를 집중 부각하는 것이야말로 승의 형상화 방식으로는 제격이라 여겼을 법하다. 야담에서 악승담이 일종의 유형화 현상을 보여주고 있음이 드러나거니와 성聖이나 이異로의 형상마저 거부한 일부 담당층은 여러 악승의 사례를 채록, 이야기에 편입시키는 데 대단한 열성을 보였다고 하겠다.

7. 나가며

야담은 승의 다양한 면모를 확인해 볼 수 있는 더없이 좋은 대상이다. 이제까지 거론한 야담소재 승려의 상을 요약한다면 다음과 같다. 첫째, 성승으로 형상화된 경우가 있다. 이는 삼국, 고려시기에 굳어졌던 승상을 그대로 계승한 경우이다. 그러나 억불숭유의 기치를 내건 조선시대 출현한 야담에서 이 같은 승상은 아주 드물게만 발견될 뿐이다. 둘째, 이승으로의 형상을 보게 된다. 이는 승에 대해 아직은 긍정적인 시선을 거두려 하지 않는 민중들에게서 출발한 것으로 보인다. 사대부들로서는 당연히 수용하길 꺼리는 상이었으나 서사적 흐름을 거역하지 못하고 야담에 수용되기에 이른다. 셋째, 속승의 등장을 볼 수 있다. 속승은 성직자의 자격을 일탈하여 세속인과 다를 바 없는 승을 말한다. 더 이상 고일함과 덕성을 기대할 수 없게 된 현실 속에서 자신의 본분을 망각한 승이다. 넷째, 악승을 지적할 수 있다. 민중보다는 양반 사대부들이 지어낸 승상으로 받아들여야 될 것이다. 그는 계율을 외면할 뿐만 아니라 비인간적 행위를 함부로 자행하다 끝내 유자들로부터 엄한 징계를 받는 것이 특징이다. 이런 서사적 전개는 유자들의 반불적 시각이 표출된 것으로 실제 사실과는 상관없이 승을 강하게 부정하고자 하는 의도를 반영한다.

이상 조선 후기 야담에서 승이 다양한 형상을 포착할 수 있었거니와 한편으로는 담당층의 입장에 따라 대상의 형상이 얼마든지 왜곡, 과장될 수 있다는 것을 확인해보는 자리가 되었다.

제4부

불교소설

제1장

불교전기소설의 유형 설정과 그 전개 양상

1. 들어가며

저자가 전기소설의 연구물을 접하면서 의아스럽게 여긴 것 중의 하나는 전기소설傳奇小說의 하위유형으로 지목한 애정전기소설에 대해서는 논의가 매우 풍성한 데 반해 기타 유형은 설정조차 하지 않거나 그에 대한 연구적 성과가 몹시 미미하다는 점이다. 전기소설의 편폭이 넓기 때문에 애정전기소설이란 하위 유형화가 필요했다면, 아울러 또 다른 작은 유형[1]을 염두에 둔 설정이었다면, 전기소설의 영역 및 테두리를 온전히 갖추기 위해서라도 이 부분은 점검 내지 보완이 마땅하다. 만약 애정전기소설에서 전기소설의 하위갈래로 의미 없이 '애정'을 붙인 것이 아닐진대, 전기소설 전반을 재점검하는 차원에서라도 불교전기 및 불교전기소설의 유형설정과 조명은 당위적 과제로 남겨질 수밖에 없다. 본고는 이런 시각을 그 기

1 여기서 '유형'이란 장르 이론에서 쓰는 류(類)나 종(種)적 가름을 의미하는 것이 아니다. '분류' 혹은 '나누기' 정도로 용어를 대체해도 무방할 것이다. 전기소설을 큰 유형으로 삼을 때 흔히 관습적으로 쓰고 있는 애정전기소설(愛情傳奇小說)은 작은 유형에 속함은 불문가지이다. 그러나 전기소설(傳奇小說)이란 큰 유형 아래 애정전기소설만 귀속되어있다고 할 정도로 연구적 관심이 아직 미치지 못한 점을 직시, 전기소설의 하위 유형으로 애정전기소설뿐만 아니라 불교전기소설(佛教傳奇小說)이란 하위유형 설정이 필요함을 밝히고 이후 이 양식의 테두리 및 그 유형적 특색을 모색하려는 것이다.

저에 두고 출발한다.

성급한 추론일지는 알 수 없으나, 고려 이전 전기류 중에서 가장 큰 비중을 점하고 있는 것은 불교전기 혹은 불교전기소설佛敎傳奇小說[2]이라고 보는 편이다. 이 같은 담론의 성행은 그 하부를 형성하는 사회 문화적 풍토에서 이미 조건 지워진 것이라고 보아도 과언이 아니다. 위로는 왕에서부터 아래로는 미천한 신분의 피지배자에 이르기까지 모두가 열렬한 불교신자였다는 점만 보더라도 나려羅麗시대 서사물들이 불교적 색채를 강하게 지닐 수밖에 없음을 인정하게 될 터이다. 나려시기 서사담론들은 경전에 바탕을 둔 포교적 성격의 것은 물론 유불儒佛 혹은 무불巫佛 습합을 기저에 둔 신비담, 영험담, 성도담 등 내용적 층위는 있으나 넓게는 불교서사로 귀일될 이야기들이 유달리 높게 나타난다는 점은 결코 무망한 추측이 아닐 것이다. 가령 『삼국유사』 하나만을 주목하더라도 삼국시대를 포함, 통일신라시기에 출현한 불교전기류가 한둘로 그치는 것이 아님을 확인하게 되며 신라, 고려는 물론 조선 후기까지도 불교담론적 잔재가 확인되는 것이다.

따라서 이 글에서는 삼국, 통일신라, 고려시기를 거치는 동안 풍성하게

2 불교전기소설(佛敎傳奇小說)의 개념규정에 있어 '불교소설(佛敎小說)'과의 층위관계가 야기될 수밖에 없다. 물론 '불교전기소설'은 '불교소설'의 하위 갈래로 그에 예속시켜야 마땅할 터인데 그렇다면 불교소설이란 무엇인가 하는 원론적 의문이 다시 제기된다. 거칠게 선을 그어 '불교사상을 기저에 두고 역사적 혹은 허구적 서사를 통해 인간과 삶의 본질을 형상화하는 일련의 언어 구조물' 정도로 개념화할 수 있지 않을까 필자는 생각한다. 위에서 차순을 바꾸어 불쑥 불교전기소설의 논의를 제안했으나 불교소설의 하위갈래로는 불교전기소설 이외에도 불교경전소설, 불교습합소설 등을 설정할 수 있다고 보는 편인데 어떤 잣대로 그런 분류가 가능한지에 대해서는 논의가 별도로 요청되겠는 바, 여기서는 특히 「대장경인유」 등을 축으로 한 나려시기 형성기 소설사를 복원하는 데 초점을 두고 있는 만큼 우선 불교전기소설의 특징과 역사적 의의를 밝히는 데만 집중할 생각이다.

발화한 불교전기 및 불교전기소설의 사례를 섭렵하면서 불교전기소설의 유형적 가름의 필요성과 함께 고려시기 불교전기소설의 활착 상황을 파악하고자 한다. 조선시기의 불교전기소설의 통사적 양상에 대해서는 주로 사상·세계관의 변모와 관련지어 이 유형의 쇠퇴에 관련한 제 문제를 검토해볼 것이다. 결국 불교전기소설의 유형 설정은 개념적 정립은 물론 아직도 각양의 논의가 진행 중인 형성기 소설사 및 전기소설의 실상을 좀 더 선명히 드러내보고자 하는 의도와 별개의 것이 아닌 셈이다.

2. 불교전기소설 유형화와 그 긴실성

전기소설이란 무엇인가를 궁리한 연후에야 불교전기소설의 작은 갈래 설정과 관련한 논의가 가능해진다. 그런데 중국에서조차 합의된 정의가 없다는 점은 퍽 당황스럽다. 가장 단순한 풀이는 어의를 따라 "산문으로 적되 그 내용은 주로 이문異聞, 기담奇談을 기술해 놓은 것" 정도일 터이다. 그러나 당대唐代 소설 전체를 지칭하는 말로 쓰이는가 하면 송대宋代에서는 희곡을 지칭하는 것으로 어의가 변하기도 하는 바, 시대와 인식의 변화에 따라 '전기傳奇'의 어의는 편차가 크게 나타나기도 한 것이다. 역시 전기소설의 본질적 의미는 '상상 혹은 환상적 여지가 허여되는 변화무쌍하고 기이한 이야기' 정도로 범주화가 가능할지 모른다.[3] 하지만 '기이한 이야기'란 얼마나 많은 제재와 소재를 포괄하는 추상적 말이 될지 감당하기 어렵다. 중국에

3 정범진, 『당대소설연구』, 성균관대 출판부, 1982, 18쪽.

서 전기소설의 유형화를 시도한 예만 보더라도 이 점은 입증된다. 가령 전기소설을 ① 신괴神怪류, ② 환상幻想류, ③ 애정愛情류, ④ 의협義俠류, ⑤ 종교宗教류, ⑥ 회고懷古류 등 여섯 가지로 상정한 경우가 있는가 하면[4] 적게 나누는 경우라 하더라도 세 가지로 분류하는 것을 볼 수 있다.[5] 하지만 우리의 경우, 당唐의 전기소설을 이식한 것으로 믿어지나 당의 문학적 전통과 일치해서 전개되었다고 보기는 힘들다. 중국의 문화 문명의 영향력을 감안한다면, 동아시아적인 문학양식의 공유화를 예상하는 것은 이상하지 않으나 이 땅의 독특한 문화 전통 관습에 의해 나름의 전기적 전통이 별도로 형성되었다고 보아야 한다. 신라, 통일신라, 그리고 나말여초에 이르기까지 우리나라에서는 특히 애정전기류가 주류를 이루고 있는 것으로 파악하고 있다. 이는 다양한 모티브와 제재로 말미암아 의협류, 회고류, 역사류 등 하위유형을 여럿 설정해야 하는 중국과 눈에 띄게 다른 점이다.[6]

애정전기소설은 재능은 있으나 불우낙척한 남자와 양가의 여인이 등장하여 외로운 처지에서 서로 사랑을 확인하지만 한쪽이 이승을 하직하게 되면서 한없는 슬픔에 싸였다가 양계兩界를 초월하여 못다 한 사랑을 나누나 그것 역시 한시적으로 끝난다는 비극적 정조에 기초한다. 현실계와 이계를 넘나드는 공간의 광범위함, 그리고 인간과 영혼간의 스스럼없는 만남 등은 전기의 대표적 표징이 아닐 수 없는데, 중세인들의 유한한 삶에 대한 아쉬움과 슬픔, 그리고 생전의 인연과 사랑을 저승까지 이어가고픈 욕구와 보편적 바람이 이처럼 아름답고도 슬픈 허구를 탄생시켰을 것이

---

4 위의 책, 15~17쪽.

5 김현룡, 『한중소설설화비교연구』, 일지사, 1976, 29쪽. 여기서 필자는 당대소설을 괴이류(神怪類), 애정류(戀愛類), 협의류(豪俠類) 등 3대분하고 있다.

6 박희병, 『한국전기소설의 미학』, 돌베개, 1997, 35쪽.

다. 「최치원전」에서 발원한 이 애정전기소설은 『금오신화』의 「이생규장전」, 「만복사저포기」 등으로 안착할 뿐만 아니라 그 이후에도 그 유형적 생명력을 확고하게 이어나갔으니 이는 한국소설사에서 특기할 현상이라 하지 않을 수 없다.

현재까지 진행된 전기소설의 연구는 이 땅에 수용된 전기소설이 어떻게 고유성을 확보하고 착목해 나갔는가를 문제의 핵심으로 삼았다. 전기소설이 새삼 조명의 대상으로 주목된 데는 자체의 양식적 특성이나 미학을 캐기 위함도 있으나 최초의 소설로 인정되는 「최치원전」이 이 유형에 속할뿐더러 17세기까지 그 유형적 전통이 간취된다는 점도 외면할 수 없었던 것이다.[7]

그런데 전기소설의 전체상을 밝히기 위해서는 애정전기소설에 한정된 조명만으로는 부족하다. 다시 말해 애정전기소설의 내재적 미학으로 고독감, 내면성, 현실성, 소극성, 그리고 화려한 문식 등[8]을 추출하여 이것이 다른 유형의 소설들과 변별되는바 성격의 규명에 큰 진전을 이루었다 해도 나말여초 이래 전기소설을 개념할 규정적 요소들이 아닐 뿐더러 이로써 감쌀 수 없는 전기적 담론이 상당수 존재한다는 점을 묵과하기 어렵

---

7 「최치원전」에 대한 논의는 실상 애정전기소설의 분석적 대상의 테두리를 훨씬 벗어나 그 범위가 소설의 개념, 한국소설의 기원, 그 이후의 영향사에 이르기까지 다양하게 펼쳐졌다. 대표적 논저를 든다면 아래와 같다. 조동일, 『한국문학통사』 1, 지식산업사, 1982, 196쪽; 지준모, 「전기소설의 효시는 신라에 있다」, 『어문학』 25, 1975; 조수학, 「「최치원전」의 소설성」, 『영남어문학』 2, 1975; 이헌홍, 「「최치원전」의 전기소설구조」, 『수련어문논집』 9, 1982; 김중렬, 「한국소설의 발생고」, 『어문논집』 22, 고려대국문학과, 1981; 김종철, 「서사문학사에서 본 초기소설의 성립문제」, 『다곡이수봉선생회갑기념논총』, 1988; 박희병, 「나려시대 전기소설연구」, 『대동문화연구』 30집, 1995; 소인호, 『고소설사의 전개와 서사문학』, 아세아문화사, 2001, 15~65쪽.

8 박희병, 위의 글, 36~74쪽.

다. 이의 극복을 위해서는 여타 작은 유형의 설정가능성을 타진하고 분류에 따른 각각의 특성을 점검하는 일이 요청된다고 본다. 한 양식에 대한 공감된 개념화를 위해서는 현상 및 대상에 대한 찬찬한 살핌을 넘어 통찰력 있는 해석적 시각이 담지되지 않으면 안 될 터인데, 전기소설도 이에서 벗어나는 사안이 아니다. 애정전기소설에 대한 집중적 조명과 이해는 절실한 것이라 해도 이것이 전기소설을 도포하는 개념적 테두리로 전용되어서는 곤란하다는 문제인식부터가 절실한 것이다.

서사문학사상의 큰 맥으로 볼 때 삼국, 통일신라, 고려시대는 불교전기 혹은 불교전기소설이 태동할 호조건을 갖추고 있었다. 이는 당唐의 경우와 비견할 만한데, 빅터 메어Victor H Mair는 『중국문학의 서사혁명』에서 인도로부터 불교가 전파되기까지 아예 중국에는 허구담이 존재하지 않았다고 단언한다. 이에 덧붙여 그는 "당대에 이르러서야 중국소설에 중대한 발전이 생겨난 것도 그때서야 불교가 진정으로 중국에 동화되었기 때문"[9]이라며 당의 전기에 불교 서사물의 지대한 영향력을 역설한다. 당 전기소설에 인과응보의 이야기가 널리 씌어지게 된 원인으로는 당시 귀족계급 모임에서 진기한 이야기를 말하거나 풍조가 있었던 것과 방술이나 불교가 점차 성행하여 방사, 승려가 각각의 가르침을 선전하기[10] 위함에서 찾는다. 이와 아울러 당 전기에 벌써 불교사상이나 용어가 출현했을 뿐만 아니라 심지어 불경의 내용을 살짝 바꾸어 전기소설로 창작하는 일까지 빈번했다는[11] 연구사적 검토는 불교전기류의 서사상 의의를 조명하고자 하

9 김진곤 편역, 『이야기 · 소설 · 노벨』, 예문서원, 2001, 164쪽.
10 前野直彬, 김양수 · 최순미 역, 『중국문학서설』, 창, 1992, 125쪽.
11 중국소설사연구회 편, 『중국소설사의 이해』, 학고방, 1998, 59쪽.

는 현 시점에서 여러 가지를 시사해준다.

삼국시대의 불교문학의 양상은 『삼국유사』를 통해 그 윤곽이 드러난다. 불교세가 두드러졌던 고려시기에는 신라 통일신라의 구비적 전통에다 한문에 능숙한 지식인들의 증가로 전기의 경계를 벗어나는 작품도 나타난 것으로 보인다. 이 시기 불교서사의 문학사적 의미에 대해서는 벌써 김태준金台俊,[12] 권상로權相老[13] 등의 지남적 제시가 있었는가 하면 구체적 작품을 통한 사재동,[14] 김승호,[15] 소인호[16] 등의 변증적 논의들이 이어졌는데 후자의 경우 『삼국유사』 중의 일부 문학성 높은 전기와 「최치원전」, 「왕랑반혼전」이 특히 주목되었다. 시각은 고르지 않더라도 고려시기에 이미 소설이 출현할 충분한 문학적 바탕을 이루고 있었고 특히 불교소설 내지 그에 버금가는 작품을 탄생시킬 정도로 역량을 갖춘 시기였다는데 동의하고 있다.

당으로부터 문화수입과 더불어 특히 불교세가 대단했던 삼국 이후 고려시기까지 불교전기류의 출현과 이의 성행은 전혀 이상한 현상이 아니었다. 초월적 배경과 귀족적 인간의 등장, 부처, 보살의 권화勸化를 포용하고 있는 불교전기는 교단 혹은 사중寺衆들이 교리를 전파하고 무지한 민중을 깨우치기 위한 방편으로 아주 적절한 대상이었던 것이다. 물론 당시 전기 중에는 불교적 목적성과 무관한 여타의 전기류들도 얼마든지 예상해볼 수 있겠으나 불교전기만큼 내용상 큰 비중을 차지하는 것은 달리 없었던 것

---

12 김태준, 『조선소설사』, 학예사, 1933, 32~35쪽.

13 권상로, 『조선문학사』, 1949, 169~175쪽.

14 사재동, 「왕랑반혼전의 실상」, 『불교계 국문소설의 연구』, 중앙문화사, 1994.

15 김승호, 「사찰연기소설의 소설적 조명」, 『고소설연구』 13집, 한국고소설학회, 2002, 199~224쪽.

16 소인호, 앞의 책, 15~65쪽.

이다. 다음 장에서는 중국적 분류방식을 원용, 참조하여 일단 불교전기류의 하위유형을 설정한 뒤에 그를 준거로 작품을 간략하게나마 분석하되, 최종적으로는 전기소설 형성의 근거를 제시하는 데 초점을 두고자 한다.

3. 불교전기류의 성행과 소설의 출현배경

삼국, 통일신라가 당으로부터 이식된 불교전기류의 적극적 수용기라면 고려는 불교전기와 병행하여 불교전기소설을 잉태하는 시기에 해당될 것이다. 문학양식이 일인의 의지대로 창안되고 한순간 폐기되는 대상이 아니듯 불교전기소설을 두고도 전사와 후사를 아울러 감안할 필요가 있거니와 불교전기소설의 출현 전까지 그를 배태한 시공간으로서 불교전기류 시대가 지속되었음을 염두에 두어야 한다.

여기서 잠깐 불교전기와 불교전기소설의 정의적 테두리를 확인하고 넘어가야 할 것 같다. 당의 경우, 전기와 전기소설의 경계에 집착하지 않고 동일 개념으로 혼용하고 있는 것이 특징이다.[17] 불교적 교리와 부처의 말씀대로 인도하되, 초월적이고 낭만적 배경에 이인들이 등장인물로 나타

17 무작정 중국식으로 전기와 전기소설의 경계를 무시하는 것은 용어의 혼란을 부추길 가능성이 높다. 전기나 전기소설이나 내용, 제재, 세계관적 태도에서 유사성을 보이더라도 역시 중요한 것은 서사량, 서사기법, 서사문법, 창작정신 등 이른바 소설성이 상당한 정도로 간취되는 경우에만 전기소설로 인정해야 한다고 본다. 이에 대해서는 상당히 고구된 만큼 췌언이 필요 없다고 본다. 가령 『수이전』 소재 많은 일화 중 「최치원전」만이 전기소설의 범주에 귀속되는 까닭은 단순히 구비설화의 기록에 머무는 것을 넘어 앞서 밝힌 대로 소설적 특성이 설화 특성을 한층 압도하고 있기 때문이다. 이는 불교담론의 총집에 해당하는 『삼국유사』 각 편에서 불교전기와, 불교전기소설을 가늠하는 데도 그대로 적용될 수 있는 안목이 될 터이다.

나는 괴담, 기언 정도의 윤곽에 그치기 일쑤였다. 그렇다면 불교전기소설과의 차이는 무엇인가. 범박하게 말해 앞서 불교전기의 정의와 크게 다를 바 없을 듯하다. 다만 '불교적 깨달음을 주제로 포괄하되, 사건과 상황에서 논리성과 통일성을 갖추고 작가의식 및 창작의식이 전기성을 능가하는 허구물' 정도로 경계선이 그어질 수 있을 것이다. 빈약한 개념정리이지만 일단 이를 토대로 나말시대를 통괄하여 불교전기 및 불교전기소설의 면모에 접근해 보기로 하는 바, 무엇보다 작품에 즉하여 살펴보는 것이 바람직할 것이다. 따라서 여기서는 보응報應, 홍법弘法, 왕생往生, 환생還生 등의 내용중심으로 유형을 정하고 그에 귀속되는 작품들을 간략하게나마 살펴가기로 한다. 물론 이는 불교전기 전부를 유형화하기 위해서가 아니라 불교전기소설의 발아 및 그 성격과 미학을 추출하는 정지작업의 성격이 강하다.

보응이란 선과 악이 인과에 따라 갚음을 받는 것을 일컫는데 인과응보나 업보라는 말로 대체하더라도 무방한 말이다. 삼생유전설三生流轉說을 중심에 두고 내세의 상像은 현생에서 지은 업業에 달려있다는 사고는 불교 교리를 떠나 소설의 구성적 장치로도 널리 차용되는 것이었다. 이를 잘 반영해주는 것 중의 하나로 명학동지明學同知 환생담이 있다. 주동 인물로 등장하는 영원靈源조사와 명학동지는 처음엔 사제 간이었다가 나중에는 위치가 정반대로 바뀐다. 명학동지가 범어사로 출가했으나 재물탐이 지나치게 많던 속가의 버릇을 버리지 못한 채 사판승으로 굴다가 한 순간 급사한다. 죽어 염왕에게 불려간 그는 생전의 악업에 따라 금사보를 받아 늘 배고픔에 허덕대는 뱀으로 환생한다. 상좌로서 그를 모셨던 제자 영원조사가 안쓰럽게 여긴 나머지 참회의 방법으로 자진自盡을 권했고, 그 덕에 다음 생은 삼척三陟의 촌부村夫인 전씨全氏의 아이로 태어날 수 있게 된다. 여전히 스승의 유전을 꿰뚫고 있던 영원조사가 아이를 자신의 상좌로 받아들이고는 불굴의 투지로 수행을 시키니 결국은 활연히 오도의 경지에 들게 된다.[18] 구조상 환생 모티브도 개재되어 있으며 보응의 법칙이 시간적 순서에 아주 정확하게 대입된 구성물이다. 명학동지는 속세의 탐심을 회개하기는커녕 승으로서 죄악을 되풀이하다가 돌연히 축생도에 떨어졌던 것인데 상좌의 회향回向공덕으로 뱀에서 다시 촌가 아이로의 순환적 환생이 가능했다. 선각자 영원조사는 어느 순간이든 회개하고 참회하고 정근으로 공덕을 쌓는다면 얼마든지 생이 바뀔 수 있고 활오한 경지에까지 이를 수 있다는 격려와 함께 이를 그대로 증명해주었다. 주제현시나 서사적 진행수법으로 보아 전형적 인과응보담에 속하지만 서사유형적으로는 소설의 영역에 넣어도 무방할 정도이다. 정보적 단위의 허술함, 삽입적 구성, 대화의 부재 및 설명중심의 결과담 등 설화적 요소가 상당부분 남아있는 것이 흠일 터인데 그렇다 해도 전기 일반의 그것과는 구분하여 소설적 친연성이 높은 쪽으로 가름해야 마땅한 경우이다. 생전 악업이 내세 축생도로 떨어질 조건이 된다는 깨우침은 「당신라국흥륜사승변작사신사唐新羅國興輪寺僧變作蛇身事」[19] 천주사의 독경천천사담讀經遷薦蛇談, 낙파洛波화상의 포사발심怖蛇發心[20]에서도 발견되는 바, 『삼국유사』 소재 「욱면비염불서승郁面婢念

---

18 混元集,『金剛錄』.

19 懷信(唐),『釋門自警錄』卷 上. "新羅興輪寺第一老僧 厥名道安 自小出家卽住玆寺 又薄解經論 爲少長所宗 然於飯食偏好揀擇 一味乖心杖楚交至 朝夕汲汲略無寧舍 衆雖患之莫能救止 後因抱疾更劇由來 罵詈打揮擲器物 內外親隣不敗覘視 經數日遂變作蛇身 長百餘尺 號吼出房徑赴林野 道俗見聞 莫不傷心 而誡矣 彼又有一尼 性亦多瞋 死後數日現形 告師云 生惡處作毒蛇身 居在城南 泣涕辭去 後果於城南數里有一蛇 頭大如頭 身長三丈 行卽婉轉逢人必逐 遇之多死稀有免者 人畜往來深以爲誡矣."

20 김대은,「사(蛇)와 불교(佛敎)에 관한 설화」,『불교』 55, 1929, 83쪽.

佛西昇」[21]에서 주인공의 삼생, 즉 '스님現生 - 일소畜生圖 - 여종現生 - 왕생'의 전개와 혹사하거나 부분적으로 닮은 데가 적지 않아 신라시기 이미 불교 전기의 폭넓은 유통을 짐작하게 한다.

다음은 홍법에 귀속되는 전기류를 살피기로 하자. 불교전기 중에서 가장 주목되는 인물은 역시 고승들이라 할 터인데 이적과 공덕, 그리고 권선을 통해 홍법에 진력하는 기능을 담당한다. 그렇지만 흔히 상상하듯 용맹정진으로 자신의 수행에 진력하는 은둔자의 모습과는 오히려 딴판으로 형상화되는 경우가 더 흔하다. 시공간을 자유자재로 매개하고 유영함으로써 이른바 불교적 영웅으로서의 자취를 빈번히 돌출시키는 것이다. 불교적 영이와 상상의 여지가 이런 결과를 낳게 했겠으나 홍법을 위한 개척자, 구원자의 모습을 현현하기 위함일 터이다. 용수龍樹가 『화엄경』을 가져오기 위해 용궁에 들었다면, 현광玄光[22] · 연광緣光[23] · 명랑明朗[24] · 보양寶壤[25] 등 나려시기의 고승들은 불법의 시혜를 누리지 못하는 용궁의 이물들에게 설법을 강할 목적에서 수부水府를 범상히 출입하고 있다.[26] 등장인물들의 행동뿐 아니라 상상으로 치부되던 용궁의 상세한 묘사 및 설명을 첨언함은 물론 해중海中 출입 시의 신이한 현장 등을 삽입해 호기심과 흥미를 고조시키는 데 이바지한다. 하지만 서사목적은 흥미를 넘어선다. 즉 이계의 미물조차 부처의 가르침을 갈구하는 마당에 아직도 불법의 이치를 증득

21 『삼국유사』 卷3, 郁面婢念佛西昇.
22 『宋高僧傳』 卷18, 感通, 唐新羅國玄光傳.
23 『弘贊法華傳』 卷3, 釋緣光傳.
24 『삼국유사』 卷5, 神呪, 明朗神印.
25 위의 책 卷4, 義解, 寶讓梨木.
26 김승호, 「구법(求法)여행과 그 부대(附帶)설화의 일 고찰」, 『한국승전문학의 연구』, 민족사, 1992, 273~301쪽.

하지 못하고 있는 사부대중들이 불해佛海의 세계로 서둘러 편입되기를 고취하는 데 서사적 지향점을 두고 있다.

왕생往生은 이 세상을 떠나 정토에 태어나는 것을 의미하는데 정토신앙[27]이 폭넓게 수용된 신라 이래 전기에 흔히 등장하는 모티브가 되고 있다. 이중 건봉사乾鳳寺 창건담에 관련된 전기를 보면 이렇다. 신라 법흥왕 6년 창건된 건봉사에 발징發徵법사가 주석하면서 미타만일회彌陀萬日會를 설치한다. 만일을 기한으로 정진수행을 마친 날 대폭우 속에 반야선을 타고 나타난 아미타불과 대세지 두 보살이 사부대중을 인도하여 백련화 세계의 상상품上上品으로 왕생시킨다. 마침 양무아간良茂阿干의 집에 머물다 왕생의 기회를 놓친 발징은 남은 908인 중에서 우선 18인을 왕생시키고 자신은 모든 사람을 서방에 보낸 후 등천하리라 선언한다. 그러나 부처님의 청이 워낙 강고했으므로 일부 도반을 남기고 부처님과 함께 하는 수 없이 서방정토로 향한다.[28] 널리 알려진 『삼국유사』의 노힐부득 달달박박, 관기, 도성 등의 성도담에서도 주인공이 수행정진 끝에 육신등화하는 것으로 결말을 맺는데, 등장인물의 범위, 사건의 복잡성 등은 단순하고 짧은 전기적 테두리를 벗어나 소설적 친연성마저 강하게 드러나는 예로 편입이 가능한 것들이다. 이외에 발징은 자신의 성불 혹은 왕생을 마다하며 이 땅의 사람들을 모두 서방으로 인도할 때까지 자신의 왕생을 미루겠노라 다짐한다. 그 자비희생은 재차 그를 인도하러온 부처에 의해 거듭 검증되었고 불교적 각자란 어떤 인물인지를 보살행원의 실천을 통해 밝힌다. 이야기에서 가장 전기적 국면은 무어니 해도 두 부처가 세 번씩이나 등장하여 숱

27 안계현, 『신라정토사상사연구』, 현음사, 1987, 352~370쪽.
28 한용운 편저, 『乾鳳寺及 本末史蹟』, 1928, 39~40쪽.

한 사부대중과 더불어 반야선에 올라 서천으로 등공하는 장엄상일 것이다. 신라 이래 민중들에게 대단한 호응을 받았던 정토신앙의 역사가 있었으므로 우선은 교화나 전교의 방법으로 그 의미를 새길 수 있겠다. 하지만 조선 이후까지 왕생담이 줄기차게 등장하는 것으로 보면 순수한 독서물로서의 기능 또한 크게 발휘되었던 것으로 여겨도 좋을 듯하다.

마지막으로 환생을 내용 혹은 모티브로 삼고 있는 경우가 있다. 널리 알려진 대로 『삼국유사』의 선율善律 환생담[29]을 쉽게 예거할 수 있으나 여기서는 「해인사유진팔만대장경개간인유문海印寺留鎭八萬大藏經開刊因由文」[30]을 통해 살펴보자. 980여 자에 이르는 이 문건은 제명대로 해인사海印寺 사간대장경私刊大藏經의 내력을 전하는 것이지만 이거인李居仁을 주인공으로 삼아 그의 특별한 체험, 곧 이승과 명부를 교통하며 삼목왕三目王, 염왕閻王과의 인연과 결부된 경판 조성경위를 전하고 있어 '이거인전李居仁傳'으로 불러도 무방하다. 공식적 역사물로서의 기능과 색다르게 인정 기술적 연대기적 전개를 탈피하고 한 인물에 시각을 고정한 채 초월적 공간을 거듭 주입하고 있는 데다 정보적 단위가 퍽 핍진한 점 때문에 단순한 전기를 넘어 소설로 진입한 것으로 인정해도 무리가 따르지 않는다. 내용을 잠깐 보자. 합천陜川에 사는 이서吏胥 이

29 『삼국유사』 卷5, 感通, 善律還生.

30 이 자료는 『朝鮮寺刹史料』 上 (496~499쪽)에 실려 있으나 서지적 정보는 알려진 것이 없었다. 그러다 1936년 崔凡述이 해인사 寺刊藏經을 조사하는 중에 이 자료가 경판으로 전해진 것을 발견한다. 그가 확인한 것은 同治板(同治13年 2月 下浣 刊)으로 필자는 212년 앞서 간행된 또 다른 『해인사고적』(동국대 소장)을 확인했으며 그 안에 합철된 康熙板(康熙 3年 壬寅2月) 「大藏經因由」를 살펴볼 수 있었다. 동치판과 강희판은 대동소이하지만 강희판의 발견으로 「因由」의 서사적 의미를 보다 구체적으로 밝힐 수 있게 되었다. 무엇보다 「인유」의 창작시점이 문제인데 강희판이나 동치판 모두 『伽倻山海印寺古籍』과 함께 합철된 점, 특히 동치판에서 崔致遠의 찬술물을 소개한 뒤 「인유」가 첨부된 것으로 미루어 「인유」도 寺刊藏經이 조성되었다고 보는 신라 말 혹은 고려 초 정도에 찬술된 것으로 유추해볼 수 있다.

거인이 노상에서 만난 삼목三目의 개를 지성으로 살펴주었는데 죽은 다음에 명부에서 삼목왕으로 변해있는 그와 해후한다. 이전의 은혜를 잊지 못한 삼목왕이 거인에게 염왕과 대면한 자리에서 생전 대장경 개판의 원을 지녔었노라 고백하게 함으로써 거인은 재생의 은전을 받는다. 이승에 되돌아온 거인은 염왕에게 약조한대로 대장경 개간을 위해 힘쓰고 두 공주를 치유해주는 등 공덕을 쌓으니, 나라가 태평해지고 이거인 역시 아내와 더불어 고수강령을 누리다가 서방정토에 이르게 된다.[31]

역사적 사실 그대로는 아니고, 허구라고도 볼 수 없는[32] 그 경계의 기록

---

31 『海印寺古籍』, 「海印寺留鎭八萬大藏經開刊因由」. "李居仁陜州人也 身雖薄寒 性度溫良 恒以里胥爲己任者 鄕人目爲仁胥焉 有唐大中壬戌年秋 催王租於聚落 暮歸還家 乃於路上 得一狗也 盖三目也 率眷家中其爲狗也 迥出庸格形如獅 性若賢人 日惟一食事 主甚勤出從五里拜送 入迎五里隨侍以歸 由斯 愛而念之 撫而恤之及至三年 甲子 秋 狗子無疾而坐視日而死 居仁庀棺以埋具奠以祭 如喪家豚也 越丙寅冬十月 居仁亦死 初到門觀有一王面開 三目眼 頭冠五峰 手擎寶笏 身着緋衣 唇如激丹 齒如齊貝 高距牙床 左右從官 皆烏冠朱服者 牛頭惡卒馬面羅刹森衛 嚴列如世國王行公之狀也 得見居仁 王卽下堂而執手曰 嗟嗟 主人何至於此也 吾頃適被冥論 衣毛帶尻居謫 三霜賴主人之遇 善善來復職 感不自抑矣 今忽相看敢忘其德耶 扶引上堦 居仁始悟其由 乃拭淚曰 賤子素是不學無知者 將何以控辭 奉招於冥府乎 伏願大王示敎利喜 王曰 善哉 仁者諦聽吾說 以供冥聖 居仁俯首聽命 而後隨使入冥府 則閻王問曰 汝在人間作何因緣 答曰 居仁自少爲官使無暇攝善矣 將欲作大事因緣 承命夭歸永慨子懷也 王曰使來眼前 居仁趨進座下 王曰 汝欲何事而未遂 以直言之 居仁曰 賤子伏聞法寶之至貴 將欲刊板宣布而未能焉 徒有志願終無事實以此悶懼 大王卽庭揖曰 願須登殿 小歇一時居仁固辭 大王卽命判官名除鬼籙 與僚佐步至門外慰而拜送焉 居仁退至三目王 所王預令設席 以待使之登坐 雍容敍話載叮載囑曰 主人萬萬 莫以事大爲慮 還家貿之 就於文房寫成勸䟽題曰八萬大藏經 板勸功悳說云云 納官踏印置之君家 佇待我歸則我將以巡撫於人間也 於是居仁唯唯 而退欠申而覺 乃一夢也 依並勸文打印待之 及丁卯之春三月旣望 新羅國公主姉妹同時行疫 臥痛在床曰父王急詔大藏經化主來 若不爾者 女等從此永訣 王卽宣旨國中陜州太守 已知其事 召居仁傳乘上京都直 赴門下謁者 入通 公主曰 善來化主近無餘患否 我是三目鬼王也 與君有約 故來此也 又語國王曰 此人頃入冥府 冥府勸送陽界刻經流傳者 願國王作大檀越助成大事爲何如 若爾則 非徒公主無患 國祚永固 王亦享壽矣 王拜命曰 可 而後 又與居仁有惜別之態 現身而去焉 公主等還得本心 卽起而拜白於父王母后曰 冥界尙做善事 況陽界仁國乎 父母其毋忽哉 王曰諾 於是大化主甚善盡傾私儲 以施之 申命內外集諸良工 巨濟島繡經於梓莊金 而塗柒運鎭于伽倻山之海印寺 設十二慶讚之會焉 此皆 冥府之使然 實非鬼王之私意者也 居仁之夫婦 考壽康寧 俱登樂邦 云 噫 佛法之爲寶也 無處不寶也明矣 何則冥王寶之 而善治陰界 人主寶之 而擧得民情 天主寶之 而長年快樂 覺皇寶之 而垂仁萬品云云 說明載於大藏後跋."

일지 싶다. 서사공간으로 보면, 거인이 명부에 들어가 삼목귀三目鬼, 염왕과 대면하는 것은 몽중담이고 명부의 지시대로 대장경 판각의 준비에 전념하는 것은 재생 이후 현실 속의 일이다. 몽중임을 주지하지 않다가 결말에 이르러 몽담임을 밝히는 것하며, 입몽 각몽의 경계를 선명히 드러내지 않는 세련된 형태의 몽유처리가 「조신전調信傳」의 수법과 혹사하다. 고려시기 몽유록의 사례로 「조신전」만을 꼽고 있으나 구성방식, 몽유기법도 조명이 따라야 할 것이다.

한편 출현시기가 언제인가에 따라 이 자료가 갖는 서사적 의의는 크게 달라질 것이다. 내용 중 이거인이 명부에 들어가 신비체험을 한 때는 '당唐 대중大中 임술년壬戌年 추추'라 되어 있지만 대중연간에 임술년은 없거니와 이거인이 사간장경을 조성한 때를 '정묘지추삼월기망丁卯之春三月旣望', 즉 문성왕 9년 정묘847로 적시했으나 실제 장경의 역사는 이보다 훨씬 후라는 것이 정설인 만큼 의역사적 처리일 뿐이다. 사간장경이 국간 대장경판보다 수백 년 앞선 신라 말 고려 초에 등장했으리라는 추측에 따르면, 이 작품도 역시 출현 시기를 그 즈음에 둘 수 있을 터이고 그렇다면 애정전기소설의 남상인 「최치원전」과 거의 같은 시대에 등장했다는 결론에 이르게 된다.

나려시대의 불교적 전기를 일일이 예거하는 것 자체가 쉽지 않은 일이며 『삼국유사』의 것을 제외하더라도 얼마든지 매개가 가능하다고 본다. 특히 문학성이 높으면서도 앞서 거론하지 못한 의상義湘과 선묘善妙의 비련

32 한찬석, 『합천해인사지』, 1947, 17쪽. "해인사는 고래로 이거인의 영정을 봉안하고 봉사부절하니 그 사실에 있어서 팔만대장경을 해인사에 진안하고 12회나 경찬대회를 설했다는 것도 결국은 명부에서 이거인으로 하여금 그렇게 시킨 것과 다름이 없다."

담, 범어사梵魚寺·유점사楡岾寺·기림사祇林寺 창건담과 소위「보덕각시전普德閣氏傳」,『법화영험전』 등은 불교전기소설과 관련하여 재조명되어야 할 작품들이다. 내용과 등장인물의 기능에 따라 나려시기 불교전기 등은 서사적 층위가 퍽 다르지만 보응, 홍법, 왕생, 환생 등의 모티브에 의거해 분류될 수 있음을 대략 살폈다. 나려시기 불교의 흥성을 바탕으로 출현한 이들 전기류는 패관문학[33]이나 소설의 발생 및 발전과도 밀접한 연관성을 지닐 뿐만 아니라 후대 불교전기소설의 전사적 토대를 마련했다는 점에서 그 의의를 간과할 수 없다.

4. 불교전기소설의 발생과 계통적 흐름

나려시대 성행한 불교전기가 불교전기소설을 촉발시키고 그 후대까지 지속적인 영향을 미쳤음을 예증할 사례가 적지 않음을 살폈다. 하지만 불교수입 이래 튼실히 온축된 불교전기류에 비해 소설로 탈바꿈한 작품은 생각처럼 많지 않은 것으로 여겨졌다. 아니, 그쪽에 관심과 연구가 과연 있었던가 묻지 않을 수 없겠는데 자료의 폭넓은 섭렵을 전제하지 않는 한 이런 관행은 바뀌지 않을 것으로 본다. 하지만 고려 초의「대장경인유大藏

33 『破閑集』,『補閑集』,『櫟翁稗說』 등 이른바 패관문학에도 불교적 영이담이나 신비체험의 채록이 적지 않으므로 이들을 판별하고 성격을 타진하는 작업도 절실하다. 가령『보한집』 소재 '邊山 虎僧의 怪談'은 민간설화에 의해 불교적 취의가 일부 퇴색되긴 했으나 단순한 민가의 전설에 귀속시키기 보다는 윤회전생의 불교적 주지를 내포하는 불교전기 내지 소설의 시각에서 검토되어야 한다. 전개양상이 퍽 흡사한『삼국유사』의「김현감호」는 전기소설 영역에서 이미 주목받은 데 비해 패설소재 불교전기에 대한 논의가 영성한 것은 문제가 아닌가 싶다.

經因由」, 고려 중기의 『삼국유사』 소재 불교전기소설, 고려 말의 『왕랑반혼전』 출현과 함께 선초 『설공찬전薛公瓚傳』 등을 예로 삼을 때 삼국, 고려, 조선을 관통하며 전개된 불교전기 혹은 불교전기소설의 존재적 의의가 새삼 드러날 것이다. 추론이 허용되는 범위 내에서 불교전기 및 불교전기소설의 통사적 흐름을 제시하면 이렇다.

삼국, 통일신라시기불교전기류의 흥성 → 고려 초대장경인유 → 고려 중기조신전, 남백월이성성도기, 김현감호 → 고려 말왕랑반혼전 → 조선 초설공찬전 → 조선 중기부설전

고려 초를 불교전기소설의 발생시기로 전제해 놓았는데 앞서 본 대로 환생還生 유형에 속하는 「해인사유진팔만대장경개간인유」는 이를 증거할 주목되는 자료이다. 이 작품은 생의 유전을 보이면서 불교적 공덕을 위해 발분하는 한 화주化主의 각판刻板 불사의 자취를 영험적으로 그리고 있을 뿐더러 명부체험을 몽중에 대응시킴으로써 수준 높은 몽유록의 하나로 지목하더라도 나무랄 데가 없다. 『삼국유사』 중 「조신전」, 「남백월이성성도기」 및 『왕랑반혼전』은 기존 연구를 수렴하여 각각 고려 중, 후기를 대표하는 불교전기소설로 수용하고자 했다. 『설공찬전』에 대해서는 불교소설이 아니라는 진단이 있어 잠깐이나마 그 서사적 성격을 타진할 필요가 있다. 우선 줄거리를 간취하고 논의를 계속하자. 설충란의 남매가 이른 나이에 죽은 것까지는 어쩔 수 없다 해도 딸이 귀신이 되어 충수의 아들 공침에게 몸에 들어가 병을 일으키니 낭패였다. 방술사를 불러 간신히 물리치자 오라비인 공찬이 다시 공침에게 드는 등 기이한 일이 거듭된다. 충수가 귀신 씌워 생긴 병으로 보고 방술사를 부르자 공찬은 공침을 몹시 괴롭

혔다. 결국 충수가 불찰임을 빌고 나서야 공침은 원래의 모습으로 돌아올 수 있었다. 공찬은 이와 함께 사촌동생 설위와 윤자신에게 저승의 기이한 소식을 전해주기도 한다. 줄거리만으로 불교적 색채를 찾기란 쉽지가 않다. 영혼, 귀신의 등장과 이승, 저승의 교통이 등장한다고 해도 불교 담론의 징표일 수 없고 일부만 전하는 국문번역 부분에도 특별히 불교적 내용이라고 단정할 점이 없다. 이 소설의 해제와 함께 연구를 진행한 이복규도 좁은 의미로 볼 때는 불교소설로 보기 어렵다는 입장을 취했다.[34] 그러나 작품 전체의 일별이 불가능한 상황에서 일부 내용을 토대로 불교소설이 아니라고 단정하는 것은 성급하다고 본다. 사헌부에서 올린 글에 '기사개윤회화복지설其事皆輪回禍福之說'[35]이라고 한 것이나 중종이 『설공찬전』을 가리키며 '윤회화복지설'[36]로 공히 규정했음을 어떻게 볼 것인가. 이는 이 소설에 불교적 색채가 강하게 반영되었음을 증언해주는 핵심어로 채택하지 않을 수 없게 한다. 물론 작자 채수蔡壽를 파직시킨 근본적 까닭을 당시 정치적 당쟁의 결과로 볼 수도 있지만 그런 추론보다 실록의 기록에 의거하여 소설적 성격을 진단하는 것이 이치에 맞는다. 결국 고관으로서 억불숭유적 처신은 못할망정 불교의 윤회사상과 인과응보사상을 축으로 혹세무민했다는 점 때문에 조야간 논쟁을 불러오고 징계에 처해진 것이다. 전시대 명부를 배경으로 한 혼백의 왕래담은 빈번하게 나타났던 터였으나

34 이복규, 『설공찬전-주석과 관련자료』, 시인사, 1997, 37쪽.

35 『朝鮮王朝實錄』, 中宗6년 9月2日 己酉. "蔡壽가 薛公瓚傳을 지었는데 그 사실이 모두 輪廻禍福之說로 심히 요망한 데, 내외간에 현혹되어 믿거나 한문으로 베끼거나 언문으로 번역하여 전파하니 대중을 미혹케 합니다.(蔡壽作薛公瓚傳 其事皆輪廻禍福之說 甚爲妖妄 中外惑信 或飜以文字 或譯以諺語 傳播惑衆)"

36 위의 책, 中宗 6年 9月 20日. "왕이 말하기를 '薛公瓚傳은 輪廻禍福의 이야기를 만들어 이로써 우민을 현혹케 하였으니, 채수의 죄가 없는 게 아니나 교수형은 지나치다.'(上曰 薛公瓚傳爲輪回禍福之說 以惑愚民 壽非無罪 然絞則過矣)"

이미 억불숭유 시대에 편입된 때에 고관으로서 이 같은 작품을 지었다는 것만으로도 배척의 대상이 될 수 있었고 역설적이게도 대중적 호기심이 증폭됐다고 본다.

그렇다면 『설공찬전』의 출현과 전대 불교전기소설과의 상관적 관계에 대한 의문이 자연히 생긴다. 고려이전에 등장했던 「명학동지환생담」, 「대장경인유」, 『왕랑반혼전』 등은 이승과 저승의 넘나듦을 예사로 하고 명부세계로 인도된 사자에게 염라왕이 과보를 판결하는 서사적 구도를 갖추고 있다. 염왕은 그야말로 부처의 가르침에 따라 사자의 다음 생을 재단하는 역을 하는데 이승에서 지은 업에 따라 극락 아니면 지옥으로 내세를 가르거나 인간 혹은 축생으로 또 다른 생을 재결한다. 생과 사를 별개로 보지 않고 인과응보의 원리를 설하도록 짜여진 고려시기 불교전기소설의 구조는 후대에도 크게 선호되었음을 확인하거니와 특히 「대장경인유」에서 공주가 공수자로 나서듯 『설공찬전』에는 공찬이 저승의 세계를 증언해주고 있는 점은 아주 혹사하다. 채수는 자신이 목도한 일을 가감없이 기술[37]했다고 하나 명부체험 및 영혼과의 교류를 주 내용으로 삼는 『설공찬전』은 상기한 불교전기소설의 통사적 흐름에 놓인다고 해도 무리가 없다.

「부설전浮雪傳」은 이제 16세기 승 영허暎虛대사의 『영허집暎虛集』에 실려 있다. 작자가 밝혀진 드문 예에 속하는 이 작품은 우선 불교설화, 혹은 불교전기적 요소가 매우 탈색되고 있음을 보여준다. 이 작품처럼 삼국이래 지속적으로 선호되던 불교전기류에서 곡진하게 세계와 삶을 반영하는 이

---

37 徐居正, 『稗官雜記』 卷2. "공찬이 남의 몸을 빌려 몇 달을 머물며 능히 자신의 원한과 명부에서의 들은 것을 매우 상세히 말했다. 하여금 말한 바와 쓴 바를 따라 쓰게 하고 한자도 바꾸지 않았는데 믿음을 전하기 위해서이다(未云 公瓚借人之身 淹留數月 能言己怨及冥聞事甚詳 令一從所言及所書書之 不易一字者 欲其傳信耳)."

야기로 담론적 성격이 전환되고 있음을 잘 증명하는 작품은 없다. 용궁, 명부 등 초월적 공간에 집착하지 않는 것과 함께 「최치원전」 이후 애정전기소설에 나타나는 바, 아름답고 화려한 문체에다 오도시의 빈번한 삽입이 오히려 애정전기소설과의 친연성마저 의심해 볼 정도이다. 그렇다고 불교전기소설로서 「부설전」의 위상을 부정할 수는 없다. 과거 불교전기소설이 충격적 배경과 영이한 사건 상황의 설정으로 범상한 인간의 불교적 자각에 초점을 두었다면, 「부설전」은 상투적으로 개입하는 전기적 요소를 선별하여 최소화했다는 점에 유의해야 한다. 그것은 시대적 추세라기보다 작자 영허의 문학적 안목이 낳은 결과일 가능성이 크다. 확실히 「부설전」은 설화, 전기적 흔적이 거의 퇴색하고 전기소설로서 일신된 면모를 구축한 대표적 사례이다. 고승이 아닌 재가불자가 세속적 삶을 초극하고 서방정토에 이르는 장엄상을 이처럼 절실하게 부조한 경우는 이전은 물론 이후에도 찾기가 어렵다.

5. 불교전기소설의 소설사적 위상

당에서 발흥한 전기 가운데 특히 불교전기류가 우리나라에서 크게 성행한 것은 두 왕조에 걸친 불교신앙의 열기에 힘입은 바가 절대적이었다. 그러나 삼국·통일신라·고려시기를 거치는 동안 이 땅에 출현한 불교전기가 온전히 당의 그것을 뒤쫓는 식으로 전개된 것만은 아니었다. 당에서 전기류가 다양한 제재 소재를 바탕으로 내용적 편차를 보이는 데 비해 우리의 초기 전기문학사에서는 불교전기류가 차지하는 비중이 매우 높은 것으로 나타난다. 『삼국유사』보다 이를 잘 보여주는 자료는 없다. 그렇다면 왜 불교담론에서 전기류가 그렇게 선호되었는가. 먼저 생각할 것이 전기를 방편적 기능으로 바라보는 당대인들의 인식과 무관하지 않다고 하겠는데, 홍법, 전교의 목적을 강조하는 교단이나 사중들의 이해와 맞아 떨어졌음을 보여준다. 전기류가 지닌 대중적 흡입력은 대단했던 것으로 보인다. 즉, 불교적 교화 및 깨달음으로의 인도는 이면에 숨고 전기가 갖는 흥미성이나 기발한 상상이 먼저 독서 대중을 사로잡았겠는데 이는 교화의 방편 혹은 흥미를 촉발할 독서물로서의 두 기능을 무리 없이 소화했다고 말할 수 있다.

그런데 지난 시기 출현한 양식적 검토에 있어 단지 『삼국유사』에만 의지한다는 것은 설득력 있는 이해를 끌어내는 데 여러 가지 한계를 노정시킨다. 따라서 불교전기 및 불교전기소설이란 양식을 별도로 설정할 필요가 있음을 전제하고 가능한 『삼국유사』 이외 자료에까지 눈을 돌려 이로써 귀납적 결과를 끌어내야 한다고 여기게 되었다.

나말 시기 출현한 「최치원전」은 불교전기 이외 애정전기류도 꽤 이른 시기에 등장했음을 밝혀주는 데 불교전기류가 방편적 목적에 치중했다면, 이 경우는 시대와 공간을 넘어 누구나 고민거리로 삼는 남녀 간의 사랑, 고독, 죽음, 신분 등을 내용적 축으로 삼은 탓에 종교 사상 등 외풍에 크게 좌우되지 않으면서 오랜 동안 양식적 생명을 유지할 수 있었다. 「최치원전」이 출현한 5백여 년이란 큰 공백기가 있긴 하나 오히려 선초 이래 『금오신화』, 『기재기이』 등을 거쳐 조선 중기 이후로 갈수록 어느 유형보다 애정전기소설이 차지하는 비중이 높아진다는 점에서 이 유형에 대한 소설사적 의의는 결코 부정할 수 없는 것으로 남는다.

그러나 나려시기를 마치 애정전기소설만이 득세한 시기로 도식화하는 것은 실상에 어긋나는 것이라 하겠고 오히려 『삼국유사』 소재 전기류에서 보듯 이 양식 못지않게 불교전기 내지 불교전기소설이 크게 발흥한 시기임을 외면할 수 없다. 그럼에도 불교전기소설에 포괄될 작품마저 이 양식에 편입시켜 다루어왔으며 이에 동조하는 주장 역시 어렵잖게 보게 된다. 즉 「조신전」이나 「남백월이성성도기」가 주제적 중심을 불교적 깨달음 혹은 성불에 놓고 있음은 누구라도 알 수 있는데 이를 애정전기소설의 논의적 대상으로만 한정짓는 것은 서사적 취의와 어긋나는 일이 아닐 수 없다. 특히 각각의 말미에 이르면 창사의 유래보다는 인간이 불교적 깨달음에 이르는 과정에 초점을 둔 것으로 밝혀지고 있으니, 불교전기 내지 불교전기소설 범위에서 운위하는 것이 오히려 바람직스럽다고 본다. 「최치원전」 이후 소설사의 승계적 착점을 고려 공간에서 확보해야 한다는 강박관념이 『금오신화』 소재 전기물을 굳이 애정전기류 쪽으로 규정짓게 했는지 알 수 없으되, 앞서 예거한 나려시기의 풍성한 불교설화 및 전기가 밑바탕이 되어 출현한 불교전기소설로 보는 데 이의를 달기는 어렵다 하겠다. 적어도 나려 시기는 애정전기소설보다 불교전기소설이 한층 득세한 시기임이 분명해진다.

하지만 나려공간에서 그 작품적 대응이 활발했던 불교전기류는 조선시기에 들어서면서 애정전기소설류에 주도권을 내주고야 마는 사태를 맞고 만다. 불교전기소설의 퇴장에 맞추어 이제 애정전기소설이 개화기를 맞이하는 것인데, 『금오신화』, 『기재기이』를 필두로 『주생전』, 『최척전』, 『운영전』, 『영영전』, 『위경천전』 등 초기 애정전기소설을 승계하는 작품이 뒤를 잇는 반면, 불교전기소설은 고려 말 『왕랑반혼전』 이후 『설공찬전』, 『부설전』 등으로 명맥을 유지하다가 아예 전승사적 맥을 찾기 어려운 지경으로 빠지고 만다. 이 같은 쇠퇴를 두고서는 불교문예의 창작과 수용을 지탱해주었던 정신사상적 기반으로서의 불교세의 약화가 결정적인 요인이 되었다고 보면 무리가 없을 듯하다. 억불숭유의 환경 아래에서는 홍법이나 전교적 의미의 목적성 높은 담론이 허여되기 어려웠으며 특히나 전기의 생산에 주축이 되는 유식층이 주자朱子의 계승자임을 자처하면서 불교전기, 소설의 창작적 기반이 와해되어 갔다고 보는 것이다. 물론 선초라는 한 시기만 주목한다면 전혀 의외의 풍경이 목도되는 것도 사실이다. 전에 없이 많이 등장한 불경계佛經系 소설에다 『석보상절』, 『월인천강지곡』 등의 출현을 두고 하는 말인데, 불교적 이념에서 신유학으로 이념적 전향이 이루어졌는지를 의심케 하는 문학적 사건으로 꼽을 정도이다. 그러나 한 때의 특기 사항은 될지언정 조선시대 전체를 표징하는 흐름으로 파악하기는 어려운 노릇이다. 선초 불교문예의 갑작스런 돌출은 오히려 훈민정음 창제 이후 한글의 시험적 운용의 대상으로 불교서사물을 채택한 것이 직접적인 까닭으로 보이며 게다가 세조世祖같이 호불적 군주가 등장하면서 나타난 일시적 현상으로 볼 수밖에 없다.

그렇다면 조선 중기 이후 불교전기소설은 완전히 사라져갔는가. 그렇지는 않다고 본다. 조선 중기를 지나서도 설화 혹은 전기는 포교적 방편으로 항간에 여전히 유포되고 있었다 하겠다. 아울러 설화, 전기 등이 소설적 소재로 채택되었으며 선초부터 조선 후기까지 윤회, 환생의 적용은 고소설의 주요한 내용으로 나타나고 있기도 하다.[38] 다만 여기서 유념해야 할

38 인권환, 「고소설의 사상」, 『한국고전소설론』, 새문사, 1990, 60~61쪽.

것은 불교에만 오로지 의존하는 그런 식의 사상 편향적 소설, 불교전기중심의 소설은 점차 사라지는 대신 불교 사상적 자취는 내면으로 숨어들거나 유선儒仙의 습합 형태로 바뀌어 나간다는 점이다. 조선중기 이후는 어쨌든 불교담론에 가해지는 비판적 예봉을 피하면서 퇴색했으나마 불교전기소설의 맥을 유지하는 것이 시급한 과제로 떠오른 시기였고 실제 담론도 그 같은 점을 잘 보여주고 있는 것으로 보인다.

6. 나가며

이제까지의 논의를 간략하게 제시하면 다음과 같다.

첫째, 그동안 전기소설의 연구에서 흔히 범한 오류의 하나는 전기소설을 애정전기소설과 동일시하는 시각이었던 바, 나말여초 이래 서사문학의 실상 파악과 함께 전기소설의 전체상을 밝히기 위해서라도 하위갈래로서 불교전기소설의 유형적 설정이 긴요하다.

둘째, 불교전기는 중국 전기소설의 영향과 함께 불교적 세계관으로 무장한 승려, 호불자들의 체험에 바탕을 두고 형성되었는데 그 주제적 범위는 보응, 환생, 왕생, 홍교 등으로 가름이 가능하며 『수이전』, 『해인사고적』, 『균여전』, 『해동고승전』, 『삼국유사』, 『법화영험전』, 『보한집』, 『금강록』 등의 국내불서는 물론 『고승전』, 『송고승전』, 『석문자경록』 등 중국불서에서도 적지 않게 산견된다.

셋째, 나려공간에서 출현한 불교설화와 전기 중의 일부는 세련된 서사기법과 개인적 창작의식이 가미되어 불교전기소설로 발전할 수 있었는데

「대장경인유」를 비롯하여 「김현감호」, 「남백월이성성도기」, 「건봉사창건설화」, 『왕랑반혼전』 등이 나말여초 이래 고려시대 등장한 소설적 담론이라면 『설공찬전』, 『부설전』, 『옹고집전』, 『당태종전』, 『저승전』 등은 조선시대 불교전기소설의 대표적 사례들로 꼽을 수 있다.

넷째, 불교전기소설의 전성기는 나말여초 이래 조선 초에 이르는 시기이며 억불숭유정책이 강화되면서 애정전기소설에 밀려 간신히 명맥만을 유지하는 상황으로 빠져든다. 조선 중후기 불교전기소설이 본래의 특성을 잃고 유교 혹은 도교사상과의 습합현상이 두드러지게 반영되는 것도 그런 소설사적 상황과 무관하지 않다.

제2장

남백월이성의 창작 저변과 서사적 의의

선행 서사와의 비교를 중심으로

1. 들어가며

『삼국유사』에 수록된 많은 각 편 중에서도 「남백월이성南白白月二聖」조는 「김현감호金現感虎」와 더불어 가장 큰 관심을 끌어온 불교서사라 할 수 있다. 소설의 전사시기에 등장한 것임에도 불구하고 소설에 견줄 수 있는 작품으로 진단되는 등[1] 『삼국유사』 소재 여타 각 편에 비해 변별성이 뚜렷한 것으로 파악되었다. 이외에도 불교사상,[2] 시문체,[3] 전승양상,[4] 서술방식[5] 등에 걸쳐서 거듭 논의가 잇따랐는데 시각을 달리할 때마다 작품의 특성이 새롭게 부각되었으니 그 문학적 성취에 대해서는 이의를 달기가

1 권상로, 『조선문학사』, 1949, 169쪽; 박희병, 「한국고전소설의 발생 및 발전 단계를 둘러싼 몇몇 문제에 대하여」, 『관악어문연구 17집』, 1992.

2 김영태, 「신라 백월산 이성설화의 연구」, 『효성조명기박사화갑기념 불교사논총』, 1965; 김영재, 「『삼국유사』남백월이성조의 화엄경 보현행원사상」, 『한국사상과 문화』 19집, 2003, 280~305쪽.

3 최귀묵, 「『삼국유사』 소재 「남백월이성」 조에 나타난 일연의 문학비평」, 『한국시가연구』 12집, 55~77쪽.

4 하은하, 「남백월이성 노힐부득 달달박박을 통해 본 신립 오성이야기의 구조적 특성과 문제의식」, 『국어교육』 100호, 1999, 481~486쪽.

5 강진옥, 「삼국유사 남백월이성의 서술방식을 통해본 깨달음의 형상」, 『한국민속학』 43집, 2006, 5~42쪽; 윤혜영, 「삼국유사 신성친견적 연구」, 서강대 석사논문, 2001.

어렵다고 할 것이다.

그렇지만 많은 연구성과가 있었음에도 남백월이성의 서사적 정체가 온전히 드러난 것 같지는 않다. 무엇보다 이 작품이 구비문학시대의 산물이므로 그에 앞서는 근원담을 살펴야 마땅한데도 이에 대해서는 어떤 논의도 없었으며 주로 『삼국유사』 소재 다른 성불담과의 비교검토, 나대羅代 이후 설화에 끼친 영향력 등 국내자료를 중심으로 한 논의에 머물렀던 것이다.

남백월이성이 출현하기 전에 일종의 근원담이 중국 불교문헌에서 확인되는 만큼 이들 선행서사를 포함한 보다 넓은 시각에서 남백월이성의 전승사적 궤적을 추적할 필요가 있겠다. 설사 국외 자료일지라도 남백월이성과 유사성을 지니고 있다면 적극 끌어들여 동이성을 밝히고 각각의 특성을 드러내는 작업이 요청되는 것이다. 이점에서 이 글에서는 우선 중국 불교서사 안에서 남월백이성의 근원서사로 인정되는 사례들을 찾는 한편 주로 인물요소란 측면[6]에서 선행서사와 남백월이성의 공유점 및 변별점을 밝히고자 한다. 이는 「남백월이성」에 대한 전승사적 실상과 객관적 위상을 공고히 하는 데 나름의 의미가 있을 것으로 본다.

---

6 소설성의 유무와 상관없이 남백월이성의 플롯, 인물, 배경 등을 살피는 작업은 이 작품의 서사성을 밝히는 데 필요하다고 보거니와 특히 인물요소를 앞서 주목할 필요가 있다고 본다. 헨리 제임스는 『소설과 기술』에서 "인물이란 사건의 결정이 아니고 무엇이란 말인가. 혹은 사건이란 인물에 대한 예시가 아니고 무엇이란 말인가"라는 의문을 던지며 인물요소의 중요성을 강조했다.(르네웰렉 오스틴 워렌, 이경수 역, 『문학의 이론』, 문예출판사, 1989, 320쪽)

2. 혜외전慧嵬傳과 담익전曇翼傳의 거리

남백월이성은 3가지 이야기 뭉치가 합성된 서사이다. 서두에는 「백월산양성성도기白月山兩聖成道記」에서 발췌한 영산설화를 소개하면서 백월산이 국내를 넘어 중국에서조차 영험하게 여겨졌던 산임을 예증하며[7] 두 번째 서사 뭉치는 노힐부득과 달달박박의 수행에서 시작하여 성불에 이르는 과정과 남백월사의 창건 유래를 전하고, 세 번째 뭉치에서는 게송, 찬시를 통해 앞의 내용을 압축, 환기하면서 서사를 종결짓는다.

이 중 남백월이성담에서 핵심서사는 두 번째 서사 뭉치라 할 것이다. 노힐부득과 달달박박의 성불화 과정과 사찰창건의 내력을 전하는 이 부분은 중국 성도담과 내용, 구조면에서 상당한 유사성을 보이고 있어 그 대비적 검토가 요청된다. 우선 『삼국유사』 소재 남백월이성과 유사한 부분을 중국문헌에서 발췌, 제시해본다.

자료	원문	출처
ⓐ 高僧傳 (519)	그 후 어느 날 날씨가 매우 춥고 눈이 내리는데 한 여자가 찾아와 기숙하기를 요구했다. 그 여자는 모습과 얼굴이 단정하고 의복도 선명하였으며 자태가 사랑스럽고 부드러우며 우아하였는데 자칭 천녀라 하면서 말했다. "상인이 덕이 있어 하늘이 나를 보내 서로 위유하게 하였습니다." 권유해서 그의 생각을 흔들리게 하고자 이렇게 이야기했다. 그러나 혜외(慧嵬)의 지조는 곧고 확고하여 조금도 마음에 흔들림이 없었다. 그는 곧 그 여자에게 말하였다. "내 마음은 불	慧皎, 『고승전』, 卷第11, 習禪, 慧嵬傳 (新修大藏經 50권, 322쪽).

7 영산설화는 백월산의 성소성을 드러내기 위한 데 목적이 있는 데 이후에 이어지는 여인의 수행승 유혹담과 유기적으로 맥락을 유지하지 못하는 것처럼 보인다. 하지만 이성의 성불에 영험한 지기가 작용했음을 드러내기 위해 의도적으로 영산설화를 배치했을 것이란 풀이가 있다. (강진옥, 앞의 글, 6쪽.)

자료	원문	출처
	꺼진 재와 같다. 가죽 주머니로 시험해보고자 하지 말아라." 여자는 마침내 구름을 뚫고 떠나면서 되돌아보며 찬탄하였다. "바닷물은 마를 수 있고 수미산도 기울 수 있으나 저 상인의 지조는 곧고도 곧구나"하였다.(後又 時天甚寒雪 有一女子來求寄宿 形貌端正 衣服鮮明 姿媚柔雅 自稱天女 以上人有德 天遣我來 以相慰喻 談說欲言 勸動其意 嵬執志貞確 一心無擾 乃謂女曰 吾心若死灰 無以革囊見試 女遂陵雲而逝 顧而嘆曰 海水可竭 須彌可傾 彼上人者 秉志堅貞)	
ⓑ 法苑珠林 (668)	그 후 춥고 눈이 내리는 겨울날 한 여자가 찾아와 기숙하기를 원했다. 그 여자는 모습과 얼굴이 단정하고 의복도 선명하였으며 자태가 사랑스럽고 부드러우며 우아하였는데 자칭 천녀라 하면서 말했다. "상인이 덕이 있어 하늘이 나를 보내 서로 위유하게 하였습니다." 권유해서 그의 생각을 흔들리게 하고자 이렇게 이야기했다. 그러나 혜외(慧嵬)의 지조는 곧고 확고하여 조금도 마음에 흔들림이 없었다. 그는 곧 그 여자에게 말하였다. "내 마음은 불 꺼진 재와 같다. 가죽 주머니로 시험해보고자 하지 말아라." 여자는 마침내 구름을 뚫고 떠나면서 되돌아보면 찬탄하였다. "바닷물은 마를 수 있고 수미산도 기울 수 있으나 저 상인의 지조는 곧고도 곧구나"하였다.(後冬時天甚寒雪 有一女子來求寄宿 形貌端正 衣服鮮明 姿媚柔雅 自稱天女 以上人有德 天遣我來 以相慰喻 廣談欲言 勸動其意 嵬執志貞確 一心無擾 乃謂女曰 吾心若死灰 無以革囊見試 女遂凌雲而逝 顧而歎曰 海水可竭 須彌可傾 彼上人者 秉志堅貞)	道世, 『法苑珠林』卷第5 (新修大藏經 53권, 269쪽).
ⓒ 法華經現應錄 (1198)	어느 날 저물 무렵에 비단 옷을 입고 손에는 흰 돼지 한 마리와 마늘 두 뿌리가 든 바구니를 들고 한 여인이 선사 앞에서 울며 말했다. "저는 산 앞에 사는 모씨의 딸로 산에서 고사리를 캐다가 무서운 호랑이를 만나 이리로 도망해 왔는데 날이 이미 저물어 수풀이 음침하고 시랑이가 날뛰고 있어 방도가 없으니 하룻밤 기숙하고자 합니다" 했다. 선사가 안 된다며 허락하지 않자 여인은 양 눈에 눈물을 떨구며 애처롭게 흐느꼈다. 선사는 부득이 짚 풀로 된 자리를 내주고는 삼경에 이르도록 경전을 읽었다. 그런데 여인이 비명을 지르며 복통을 호소하였다. 선사가 살펴보고 약을 주었는데 여인의 통증은 더 심해져서 비명을 그치지 않으면서 "선사께서 저를 위해 배꼽 부위를 문질러 주실 수 있는지요. 그러면 조금 나을 것 같습니다. 그렇게 하지 않으면 곧 죽을 것 같습니다. 불법이란 자비방편으로서 본분을 삼는 것이니 선사께서는 보고만 계시지 말고 한 손을 내밀어 구해주실 수 없습니까." 선사가 말하길 "나는 대계승으로서 어떻게 사녀를 안마해줄 수 있겠는가." 그래도 여인이 간절히 원한 즉 지팡이 머리를 수건으로 감싼 뒤 그렇게 안마를 해주었으니 이 일을 상세히 밝힐 필요는 없다. 다음날 아침 여인이 밖으로 나서자 비단 옷은 구름으로 변했으며 돼지는 흰 코끼리로, 마늘은 한 쌍의 연꽃으로 변했다. 여	宗曉, 『法華經顯應錄』 卷上, 天衣飛雲大師 (日本續藏經 78권, 33쪽).

자료	원문	출처
	인이 연꽃을 밟고 코끼리 타고 구름에 오른 뒤 선사에게 말하길, "나는 보현보살이다. 너는 오래지 않아 우리 무리로 돌아올 것이니 특별히 여기와 시험해 본 것이다. 너의 마음을 보니 마치 물속의 달과 같아 더럽힐 수 없음을 알았다." 말을 마치고는 홀연히 사라졌다. 이때에 하늘에서 꽃비가 내리고 땅이 진동하였다. 향인들이 이를 보고는 감탄하지 않는 이가 없었다. 이날 태수인 맹의가 새벽에 일어나 이를 보았는데 홀연 남쪽으로 상운이 용솟음치며 뜰로 빛을 비추었는데 구름 아래로 악기소리가 은은히 퍼졌다. 맹기는 그곳을 방문하여 선사에게 보현보살이 나투었음을 알았다. 마침내 아울러 선사의 도행이 조정에까지 알려졌으며 칙명대로 받들어 사찰을 짓고 법화사라 하였다.(一日將曛 有一女子 身披彩服 手携筠籠 內有白豕一隻 大蒜兩根 立於師前 泣以言曰 妾山前某氏女入山採薇 路逢猛虎奔遁至此 日已夕 草木陰翳 豺狼縱橫 歸無生理 敢託一宿可乎 師稱嫌疑 堅卻不從 女則兩淚哀鳴 師不得已 讓以草牀 卽蒙頂誦經 至于三更 呼號疾作 稱腹疼痛 覬師視之 師投以藥 女子痛益甚叫不絶聲曰 儻得師爲我按摩臍腹間庶得少安 不然卽死 佛法以慈悲方便爲本 師忍坐觀不一引手見求耶 師曰 吾大戒僧 摩沙女身 此何理也 懇求之切 卽以巾布裹錫杖頭 遙以按摩 斯須告云 已不必矣 翌晨 女出庭際 以彩服化祥雲 豕變白象 蒜化雙蓮 女子足躡蓮花 跨象乘雲而謂師曰 我普賢菩薩也 以汝不久 當歸我衆 特來相試觀汝水中月 不可汙染 言訖縹緲而去 爾時天上雨華 地皆震動 鄉人聞見 莫不稱歎 是日太守孟公顗 方晨起視事 忽見南方祥雲 氣기기 光射庭際 而雲下隱隱有金石絲竹之音 訪問得師普賢示化狀 遂併師之道行聞于朝廷 卽奉勅建寺 額號法華)	
ⓓ 佛祖統紀 (1269)	고운 옷차림에다 바구니를 든 여인이 있었는데 바구니에는 흰 돼지와 두 뿌리의 마늘이 들어있었다. 여인이 선사 앞에 와서는 "산에서 고사리를 캐다가 날이 저문 데다 시랑이 들끓어 집에 갈 수 없어 감히 하룻밤을 기숙하고자 합니다" 했다. 선사는 극구 이를 거부하였는데 여인이 애처롭게 울기를 그치지 않았으므로 짚풀자리에 머물도록 했다. 밤중에 여인이 복통을 호소하면서 선사에게 문질러 달라했다. 선사는 지팡이에 수건을 감싸 멀리서 배를 문질러 해주었다. 이튿날 아침 여인의 비단옷이 상운으로, 돼지는 흰 코끼리로, 마늘은 연꽃으로 변하더니 허공으로 솟아올랐다. 여인은 선사에게 "나는 보현보살인데 너도 곧 우리에게 올 것이라 특별히 시험해보았다. 너의 마음을 보니 물속의 달 같아 더럽힐 수가 없구나"라고 말했다. 여인이 천상으로 사라지자 꽃비가 내리고 땅이 진동했다. 이를 본 향인들은 감탄하지 않는 이가 없었다. 이날 태수 맹기가 새벽에 일어나 이 를 보았는데 홀연 남쪽으로 상운 속에 빛이 정원에 비추었으며 음악소리가 은은히 들렸다. 그곳을 찾아가 보고는 보현보살이 나투신 것을 알았다. 드디어 선사의 행적이 조정에 전해지고 칙명으로 절을	志磐, 『佛祖統紀』卷36, 曇翼傳 (新修大藏經 49권, 34쪽).

자료	원문	출처
	짓고 법화사라 했다.(有女子 身披彩服 手携筠籠 盛一白豕兩根大蒜 至師前曰 妾入山采薇 日已夕矣 豺狼當道歸無生理 敢託一宿 師却之甚堅 女哀鳴不已 遂讓以草床居之 夜半呼號腹疼 告師案摩 師乃以布裹錫杖 遙爲案之 翌旦女以彩服化祥雲 豕變白象 蒜化雙蓮 凌空而上 謂師曰 我普賢菩薩也 以汝不久當歸我衆 特來相試 觀汝心中如水中月不可染汚 旣而天上雨華 地皆震動 鄕人聞見莫不稱歎 是日太守孟公顗 方晨起視事 忽見南方祥雲光射 庭際隱然有金石絲竹之音 訪知普賢示化 遂以師道行上聞於朝 勅建法華寺)	

ⓐ『고승전』을 비롯하여 중국문헌에 오른 4가지 이야기는 미녀와 수행승의 만남이란 사건을 공통적으로 삽입하고 있다. ⓐ, ⓑ는 혜외의 수행담이며 ⓒ, ⓓ는 담익 수행담인데 동일한 모티브를 채택하고 있어 전승적 연관성의 검토가 필요하다는 생각이다. 먼저 ⓐ『고승전』 소재 혜외담慧嵬談의 줄거리를 요약하면 아래와 같다.

① 천녀가 혜외의 수도를 방해하고 여색으로 유혹하기 위해 하늘에서 내려왔다.

② 혜외는 지조가 확고하여 천녀의 유혹에 조금도 동요하지 않았다.

③ 혜외의 지조가 곧음을 확인한 천녀는 감탄하면서 구름 속으로 사라졌다.

이른 시기에 등장한 자료답게 내용이 간략하다. 혜외전을 수록한『고승전』은 승려들의 덕성을 기준으로 10과의 체제를 갖추고 각 덕성을 실현하고 있는 승을 선별해 그들의 생애를 정리해놓은 집전集傳적 승전이다. 혜외가 습선習禪편에 수록된 것을 보면 그를 수행의 본보기가 된다는 점을 강조하기 위한 일화임을 알 수 있다. 서두에는 두 귀신이 출현하여 혜외의 마음을 떠보는 장면[8]도 있으나 서사의 핵심은 역시 천녀가 등장하여 혜외의 수행여부를 검증하는 데 있으며 선정을 방해하는 천녀의 유혹에 어떻게 대응하는가에 놓여있다. 그런데 혜외 앞에 등장한 여인이 유혹녀라고 하기에는 행동이 어설프기만 하다. 스스로 "상인의 덕이 있어 하늘이 나를 위유하게 했다"고 찾아온 이유를 그대로 발설해 버려 혜외의 평상시 모습을 엿볼 수 있는 기회를 스스로 놓친다. 유혹의 과정이 생략된 것도 이야기의 흥미를 저상하게 하는 결정적 요인이다. 발단이 흥미롭게 전제되었음에도 불구하고 그 층위에 맞도록 전개 부분이 뒷받침되지 못하고 곧 혜외의 수행의지가 확고부동했음을 단정지어 버림으로써 결함있는 이야기가 되고 말았는데 혜외를 습선의 전형으로 재단하려는 조급함에서 빚어진 일로 보인다. 서사체로서 한계가 분명한 전승이지만 일단 도세道世가 찬한 『법원주림法苑珠林』에는 그대로 이월된다. 이 경우 한두 군데의 자구 변화만 발견될 뿐이어서 전승사적 의미를 부여하기는 어렵다.

『고승전』의 혜외 이야기가 1세기 이상 지나 『법원주림』에 다시 고스란히 수록되었으나 수용층의 관심을 끌만한 서사체가 되지 못한다는 점은 분명했다. 강한 전승력을 유지하기 위해서는 상당한 정도로 정비가 이루어지지 않으면 안 되었다. 과연 문헌전승에서 자취를 감추었던 여인의 수행승 유혹담은 시대를 한참 내려와 경원慶元 무오년1198 종효宗曉가 찬한 『법화경현응록法華經顯應錄』[9]에 상당히 확장된 형태로 수록되기에 이른다. Ⓒ의 내용을 요약해 보면 다음과 같다.

---

8 慧皎, 『高僧傳』 卷11, 習禪, 慧嵬傳. "有一無頭鬼來 鬼神色無變 乃謂鬼曰 汝既無頭 便無頭痛之患 一何快哉 鬼便隱形 復作無腹鬼來 但有手足 嵬又曰 汝既無腹 便無五臟之憂 一何樂哉 須臾復作異形 嵬皆隨言遣之."

9 이하 『현응록』으로 줄인다.

① 저물녘에 고운 차림의 여인이 흰 돼지 한 마리, 마늘 두 뿌리가 든 바구니를 들고 나타나 선사에게 암자에서 재워줄 것을 청한다.

② 선사는 수행 중임을 말하며 거절하는데 여인이 흐느끼며 애걸하므로 마지못해 기숙을 허락한다.

③ 삼경에 이르자 여인이 복통을 호소하면서 선사에게 배를 문질러 달라 부탁한다.

④ 선사는 거절하다가 청을 이기지 못하고 수건으로 감싼 지팡이로 여인의 배를 문질러 준다.

⑤ 다음날 아침 선사가 여인의 고운 옷은 구름으로, 돼지는 흰 코끼리로, 마늘 두 통은 두 송이 연꽃으로 바뀌는 것을 본다.

⑥ 여인을 태운 코끼리가 구름을 타고 허공에 오르는데 여인은 자신이 보현보살임을 밝히면서 선사를 시험해 보고자 왔던 것이라고 말하며 사라진다.

⑦ 태수인 맹의가 현응처를 찾아와 보현보살이 나타났음을 확인하고는 이 일을 조정에 보고한다.

⑧ 조정에서는 칙령으로 절을 짓도록 하고 법화사란 액호를 내린다.

일단 ⓐ, ⓑ에 들어있던 여인의 수행승 유혹 모티브가 ⓒ에 이르러서도 서사적 중심축으로 작용하고 있음을 알 수가 있다. 그렇다면 왜 미녀의 수행승 유혹 모티브만은 탈락되지 않고 후대에도 거듭해서 나타나는 것일까. 아무래도 미녀–수행승이라는 대립적 구도, 그리고 유혹과 이의 방어라는 두 사람의 기능적 대비가 서사적 흡입력을 이끌어내고 있다는 점에 주목한 것으로 여겨진다. 여기에 고승들의 득도나 생숙의 정도를 밝히는 데 있어서 이만한 구조도 달리 없다는 인식도 크게 작용했을 것이다. 그리하여 관습적 서사가 갖는 상투성에도 불구하고 여인의 수행승 유혹담은 6세기 『고승전』에 삽입된 이래 간단없이 이어져 온 것으로 유추해 볼 수가 있다.

그렇지만 전대 서사의 모티브는 받아들이되 서사적 변개를 마다하지 않는 것이 『현응록』의 특징이다. 그것은 배경, 인물, 사건 등 이야기의 제 요소에 걸쳐 쉽게 지적할 수 있는 사항이다. 이야기의 계절적 배경만 보더라도 ⓐ, ⓑ가 춥고 눈이 내리는 때를 배경으로 펼쳐진다면 ⓒ에서는 고사리가 싹을 틔우는 봄날을 배경으로 삼는다. 여인의 정체를 두고도 ⓐ, ⓑ와 ⓒ는 사뭇 다르다. ⓐ, ⓑ에서는 여인이 천사天使의 자격으로 혜외를 찾아왔다고 밝힌 것으로 보아 도선道仙설화에 등장하는 선녀로 여길 만하다. 게다가 그녀에게 하강을 명한 존재가 불보살이 아닌 하늘天이라고 밝힌 것을 보면 도선적 서사에서 흔히 보듯 옥황상제의 명을 받아 지상에 내려온 선녀로 받아들여도 좋을 듯하다. ⓐ, ⓑ에 등장한 천녀의 정체가 이렇듯 모호하게 처리된 것과 달리 ⓒ는 종결부위에 이르러 원래 자신이 보현보살이었음을 직접 밝히는 것이다.

Ⓒ『현응록』에 오면 앞서 지적한 서사성의 결핍은 물론이고 등장 여인의 성격, 기능이 한층 선명해진다. 선행서사들은 여인을 천인으로 규정하고 있으나 『현응록』에서는 속가의 여인으로 짐작게 하는 외양을 고스란히 보여준다.[10] 미색을 갖추었다고 하나 그녀가 들고 온 바구니에 흰 돼지

10 불교 응현담에는 곧잘 이와 같이 기물을 소지한 촌부, 촌로, 거지, 아녀자가 등장하는데 그것은 불보살이 진면목을 감춘 채 상대가 지닌 견성의 정도를 시험한다는 내용으로 전개되는 것이 일반적이다. 가령 『삼국유사』의 자장정률(慈藏定律) 조(條)에 등장하는 거사가 이런 경우이다. 삼태기에 죽은 강아지를 담아 메고 정암사에 온 그를 보고 시종들은 자장과의 면담을 주선해주기는커녕 절 밖으로 쫓아낸다. 하지만 거사가 문수보살로, 강아지가 사자보좌로 바뀌어 등천하는 장면을 목도하고 나서야 불보살이 응현했었음을 깨닫게 된다.

와 마늘이 들어 있어서 민녀임을 한 눈에 알아볼 수 있도록 했다.[11] 거기다 여인의 입을 통해 수행승이 초막을 찾은 이유까지 시말을 상세히 전해주기도 한다. ⓐ, ⓑ에서는 여인과 수행승이 만나 대화를 나누는 단일장면만으로 이야기가 종결됨으로써 사실 서사가 확장될 여지가 부족했다. 반면에 ⓒ에서는 한순간의 대면이 아니라 하룻밤으로 서사시간을 확장해 놓음으로써 담익에 대한 여인의 유혹의 장면을 세밀하게 묘사할 수 있게 되었으며 상호 밀고 당기는 내면 심리까지 드러낼 수 있게 되었다.

한편 여인이 원래대로 보현보살로 다시 탈바꿈하여 코끼리를 타고 승천하는 장엄상이 사방에 전해지면서 상부에서 법화사法華寺를 짓는 데 앞장섰다는 일종의 사찰연기설화가 종결부에 부연되고 있는 것도 주목할 만하다. 이는 담익의 덕성을 강조하는 것에 그치지 않고 법화사의 창건내력까지 아울러 전하는 복합적 서사로서의 기능을 수행하고 있음을 말해준다.

3. 담익전과 남백월이성의 인물 형상화 방식

중국 내에서는 『고승전』519, 『법원주림』668, 『현응록』1198, 『불조통기佛祖統紀』1269 등의 순서로 여인의 수행승 유혹담이 정착된 것으로 나타나는 바,

---

11 여인이 흰 돼지와 마늘을 소지하고 있었던 까닭에 수행승은 그녀가 사하촌의 민녀임을 의심없이 받아들이게 된다. 그러나 종결부위에 이르러 여인이 보현보살로 전변됨과 동시에 흰 돼지는 코끼리, 마늘은 연꽃으로 바뀌어져 버리는 또 다른 기이상이 목격된다. 여인이 소지했던 것들이 왜 코끼리, 연꽃으로 바뀌는지 의아해질 수도 있다. 하지만 원래 보현보살이 흰 코끼리를 타고 연화대에 정좌한 형상으로 인식되었던 것을 생각한다면 코끼리, 연꽃으로의 전변은 당연한 것이라고 할 것이다(홍사성 주편, 『불교상식백과』, 불교시대사, 1993, 59쪽).

전승적 흐름이 중국내로 한정된 것은 아니었다고 본다. 남백월이성은 그 증거로 꼽을 만하거니와 여러 면에서 선행서사와 유사점을 지니고 있으며 한편으로는 그 나름의 고유성을 갖추고 있다 할 것이다. 그렇다면 남백월이성만의 서사적 개별성이란 무엇인가. 남백월이성과 가장 비슷한 시기에 찬술된 자료가 『불조통기』이기는 하지만 남백월이성과 친연성이 가장 높은 것은 『현응록』 소재 담익전이다. 양자에서 우리는 인물형상, 내용, 구성 등 다양한 측면에서의 유사성을 엿볼 수 있다. 따라서 노힐부득 이야기와 담익 이야기를 대상으로 양자 간의 공통적 요소와 함께 상이점을 타진해나가는 것을 앞서 과제로 삼을 예정이다. 일단 남백월이성의 줄거리를 상기해 보기로 한다.

① 경룡景龍 3년 기유己酉709 4월 8일 저물녘 한 미녀가 북암에 나타나 기숙을 청했다.
② 달달박박은 수행 중임을 들어 미녀의 청을 들어주지 않았다.
③ 미녀는 남암의 노힐부득을 찾아 보리를 이룰 수 있도록 돕기 위해 왔노라 밝혔다.
④ 노힐부득은 수순중생을 환기하면서 여인을 암자에 묵도록 했다.
⑤ 새벽에 미녀가 산기가 일어나자 노힐부득은 여인의 출산을 돕고 목욕을 시켜주었다.
⑥ 미녀의 청을 못 이겨 노힐부득도 목욕을 하는데 다음 순간 금빛의 미륵불로 변했다.
⑦ 미녀는 스스로 관음보살이라 하면서 노힐부득의 성불을 돕기 위해 왔었다고 말했다.

⑧ 달달박박도 노힐부득이 시키는 대로 남은 물에 목욕을 하고는 무량수불로 변했다.

⑨ 성불한 노힐부득과 달달박박이 군중에게 불법의 요체를 전한 뒤 구름을 타고 천상으로 비등했다.

⑩ 경덕왕이 이성二聖의 성불 사실을 전해 듣고는 백월산남사를 짓고 미륵존상과 아미타불상을 봉안토록 했다.

남백월이성의 서두는 한 미녀가 저물녘에 수행승의 암자를 찾는 것으로 시작된다. 산녀와는 어울리지 않는 우아한 차림의 여인이 향내마저 풍기며 등장하는 상황제시는 용맹정진중인 수행자에게 아주 난감한 국면을 부과한 것이나 다름없다. 노힐부득은 수행 중임을 들어 거부의사를 보이는가 싶더니 마음을 바꾸어 기숙을 허락한다. 단순히 외진 곳에서 젊은 여인과 동숙하는 상황을 떠올린다면 응낙할 수 없는 일이었으나 여인이 자신의 처지를 애원조로 밝히자 자리적自利的인 입장을 거두어들인 것이다. 수행을 앞세우기보다 수순중생隨順衆生하는 것이야말로 먼저 상기할 일이라고 보았던 것인데 문제는 여인의 청이 하룻밤의 숙박으로 끝나지 않는다는 점이다. 『현응록』에서 담익도 배를 문질러 달라는 여인의 부탁에 따라 지팡이를 이용해 그에 응한 것으로 되어 있으나 노힐부득에게 나타난 여인의 청은 그 정도가 지나치다.[12] 그녀는 삼경에 이르자 산기를 호소하더니 급기야 해산 바라지를 요구하기에 이른다. 예상치 못한 상황 앞에서 부득은 부끄

12 『현응록』에서 여인은 딱한 처지를 지켜보고도 도와주기를 주저하는 담익에게 수순중생의 실천을 다그치지만 남백월이성에서 노힐부득은 스스로 보살행을 자각하고 조력자로 적극 나선다. 즉 "중생의 뜻에 따르는 것도 또한 보살행의 하나인데 더구나 깊은 산골짜기에서 밤이 어두우니 소홀히 대접할 수 있겠소"라고 말하며 여인의 입실을 허용하는 것이다.

러움과 두려움에 쩔쩔매기도 했으나 상대에 대한 측은지심이 발동하여 군말없이 해산을 돕고 목욕까지 시켜준다. 그리고 남은 물에 목욕하라는 여인의 권유도 마다하지 않고 받아들인 결과,[13] 미륵불로 화한다. 그에 맞추어 여인은 자신이 실은 관음보살로서 노힐부득을 대보리로 인도해주기 위해 왔었노라 밝히며 사라진다.

『현응록』 소재 담익전이 법화영험을 증험해주고[14] 남백월이성이 백월산남사의 창건내력을 전하는 데 목적을 두고 있다[15]해도 배경, 인물기능, 주제에 이르기까지 두 이야기는 상통하는 요소가 적지 않다. 이 점 때문에 남백월이성이 담익전을 추종한 이야기라는 추론마저 가능해지는 것이다.

그런데 남백월이성의 선행담 추종에 대해서는 무책임하다는 비판이 얼마든지 제기될 수 있을 것 같다. 무엇보다 서사의 대상으로서 인물이 각기 다른데 동일한 일화가 부연되는 것은 이치에 맞지 않기 때문이다. 그러나 서사 핵심이 삶의 실제 궤적을 있는 그대로 추적하는 데 있는 것이 아니라

---

13 이런 일련의 보시적 행동으로 보아 노힐부득은 보살의 인물기능을 수행하고 있다고 해도 부족함이 없겠는데 기신론(起信論)에서 "만약에 재앙, 공포, 위급한 사태에 빠져 있는 사람을 보았을 때는 제가 감당할 범위 안에서 힘을 다해 구해줌으로써 두려움에서 벗어나도록 해 주어야 한다"(한용운, 이원섭 역, 『불교대전』, 현암사, 1980, 818쪽)라는 가르침과 상통한다.

14 찬자 종효(宗曉)가 쓴 서(序)를 보면 『현응록』의 서사적 초점이 전기(傳記)가 아닌 영험의 수습에 있었음을 알 수 있다. "『법화경』은 실로 제불이 강령한 큰 본분, 중생들의 도에 이른 연원, 아성(亞聖)과 대사(大士)가 권발한 바, 상수의 제천이 호지한 바를 담고 있어 지금에 이르러 출가자든 재가자든 정성을 기울여 극진한 뜻과 마음 닦음을 잃는 일이 없다. 만약 신비로운 공덕과 위대한 자취가 책에 오르지 못한다면 이전의 언행은 장차 세상에 알려지지 않을 것이니 또한 어떻게 믿음이 바른지를 알 수 있겠는가(法華至典 實諸佛降靈之大本 群生達道之淵源 亞聖大士之所勸發 上首諸天之所護持 當今若出家若在家 無不傾誠 讀誦極意修治 儻神功偉蹟 不登簡籍之中 則前言往生將不於世 又何以爲勸信端哉"(宗曉篇, 『法華經顯應錄』 卷上 竝書)."

15 남백월이성 노힐부득 달달박박 조가 『삼국유사』 第3卷, 第4塔像에 배치되어 있음을 보면 이성(二聖)의 영험보다는 백월산남사의 창건내력을 전하는 것에 더 큰 목적을 두었다고 할 것이다.

대상의 덕성, 다시 말해 외부의 온갖 유혹에도 불구하고 인욕하면서 계율을 지켜나가는 행적을 알리기 위해서라면 이야기는 달라질 수 있다. 삶의 궤적이 아니라 덕성의 강조만을 위한 것이라면 전에 등장했던 관습 서사에 편승하는 일을 두고 무조건 무책임하다고 매도하기는 어렵다. 아직 개인적 창발성이란 의식이 없는데다 선행서사에 편승하는 것이 대상의 덕성을 전하는 데 효과적이란 인식이 작용해 선행서사를 수용한 것일 수도 있다. 무엇보다 미녀의 수행승 유혹 모티브를 중심으로 전개되는 『현응록』은 노힐부득의 지계와 견성의 상을 고스란히 전해줄 수 있는 일화로 채택하더라도 부족함이 없다.

미녀의 수행승 유혹담은 깨달음 혹은 수계의 정도를 간파해 보려는 미녀[16]와 수행승간의 대립구도로 되어있다. 『현응록』의 담익 이야기가 『고승전』의 틀을 바꾸지 않은 채 서사적 편폭을 확장시킨 예가 된다면 남백월이성은 주로 『현응록』의 담익 이야기를 전거로 삼아 편폭을 크게 확장한 예에 속한다. 남백월이성과 선행서사의 유사성은 대화에서도 찾아볼 수가 있다.

ⓐ 혜외 : "내 마음은 불 꺼진 재와 같아서 같다. 가죽 주머니로 나를 시험하지 말라."『고승전』

박박 : "나는 모든 잡념이 사라졌으니 피의 주머니로 나를 시험하지 말라."

16 종결부에 이르면 여인의 이전 행동들이 모두 보살행이었음이 드러난다. 『대방광불화엄경(大放光佛華嚴經)』의 십행품(十行品)에는 보살행에 대해 이렇게 밝혔다. "내가 만일 일체 중생으로 하여금 위없는 해탈도에 머물게 하지 못하고 내가 먼저 아뇩다라삼약삼보리를 이룬다면 이것은 나의 본래의 소원에 어기는 것이니 마땅하지 못한 일이다. 그러므로 반드시 먼저 일체 중생들로 하여금 위 없는 보리와 무여열반을 얻게 한 뒤에 성불할 것이니라."(동국역경원 역, 『대방광불화엄경』 제19권, 1985, 427쪽.)

남백월이성

ⓑ 여인 : "저는 산 앞에 사는 모씨의 딸로 산에서 고사리를 캐다가 무서운 호랑이를 만나 이리로 도망해 왔는데 날이 이미 저물어 수풀이 음침하고 시랑이 날뛰고 있어 방도가 없으니 하룻밤 기숙하고자 합니다."『현응록』

여인 : "날 저문 산속에서 갈길 아득하고, 길 없고 인가가 먼데 어찌하겠습니까. 오늘 밤은 이곳에서 자려하오니 자비하신 스님은 노하지 마오."남백월이성

ⓒ 여인 : "선사께서 저를 위하여 내 배꼽부위를 안마해 주실 수 있는지요."『현응록』

여인 : "내가 불행히도 산기가 있으니 스님께서는 자리를 준비해주십시오.(낭자는 또 목욕해주기를 청했다)"남백월이성

ⓓ 담익 : "나는 대계승으로 어찌 사녀를 문질러 줄 수 있겠는가."『현응록』

박박 : "사찰은 깨끗해야 하니 그대가 가까이 올 곳이 아니오. 이곳에서 지체하지 마오."남백월이성

ⓐ를 보면 혜외전의 '혁낭革囊'이, 남백월이성에 오면 '혈낭血囊'로 단어만 바뀌었을 뿐 혜외와 달달박박의 대화에는 전혀 차이가 없다. ⓑ는 여인들이 각기 암자를 찾게 된 까닭을 설명하는 부분으로 『현응록』이 남백월이성보다 여인이 처한 정황이 구체적이긴 하지만 전체적으로 대차가 없다. ⓒ에서 여인은 신체 접촉을 기피하는 승의 입장은 안중에 없이 자신의 요구만 내놓는다. ⓓ는 공히 돌발적으로 나타난 여인이 과한 청을 내놓았을

때의 반응들로 외진 산골에서 정진중인 승으로서는 당연한 태도에 해당한다. 도리어 그것은 여색의 유혹에도 스스로를 굳건히 지켜내는 수행자의 참모습을 상징하게 된다. ⓐ, ⓑ, ⓒ, ⓓ를 보면 인물 간 대화에서 약간의 차이가 드러나기는 하지만 남백월이성과 『현응록』과의 근친성을 확인시켜주는 대목들이라 할 수 있다.

중국의 선행서사에서 여인은 미색을 앞세워 수도승을 파계로 이끌어 결과적으로 계戒·정定·혜慧, 그 어느 것도 이룰 수 없게 훼방한다.[17] 그렇다면 여인의 유혹을 방어하는 위치에 있는 담익과 노힐부득 사이에 기능적 차이는 없는가. 두 사람은 보통사람에 비길 수 없는 계행의 소유자들이다. 그들은 미녀가 적극 접근해왔음에도 아무렇지 않은 듯 대하며 지계의 끈을 놓지 않고 선정을 계속하게 된다. 아울러 수도를 방해하며 정욕을 충동하는 술책에 말려들지 않고 진정어린 자애심으로 상대를 돕는다는 점도 닮았다. 하지만 상대를 이해하는 공감능력이나 베풂의 정도에 있어서는 차이가 드러난다.

『현응록』에는 도움을 청하는 여인과 이를 거부하는 담익의 입장이 대화 속에 잘 녹아있다. 여기서 여인은 담익을 향해 "불법이란 자비방편으로서 본분을 삼는 것이니 선사께서는 보고만 계시지 말고 한 손을 내밀어 구해주실 수 없습니까"라고 자신의 청에 소극적인 담익을 책망한다.[18] 이에 담익은 "나는 대계승으로 어떻게 사녀를 안마해줄 수 있겠는가"라고 응수하다가 마음을 돌려 여인의 청에 응하기는 하는데 이는 중생이 원하는 대로

17 慧皎, 앞의 책. "권유해서 그의 생각을 흔들리게 하고자 이렇게 이야기했다(談說欲言 勸動其意)."

18 宗曉, 앞의 책. "불법이란 자비방편으로서 본분을 삼는 것이니 선사께서는 보고만 계시지 말고 한 손을 내밀어 구해주실 수 없습니까(佛法以慈悲方便爲本 師忍坐觀不一引手見求耶)."

모든 것을 베풀라는 경전적 가르침에 그대로 부합된다고 보기는 어려운 행동이다.

그에 비해 노힐부득은 처음부터 자리적 태도를 버리고 상대의 뜻에 따라 무엇이든 도와주려는 태도를 취한다. 낯선 여인이 일박을 청했을 때 노힐부득도 "이곳은 부녀와 함께 있을 곳이 아니오"라며 거부했다. 하지만 뒤에 이어지는 행동을 보면 보살이 따로 없을 정도이다. 그는 잠자리를 양보하는 것은 물론 지성으로 해산바라지에 빈틈이 없었으며 여인을 목욕시켜주고 여인의 권유에 따라 여인 앞에서 부끄러움을 무릅쓰고 목욕까지 한다. 노힐부득이 이토록 타자중심으로 행동할 수 있었던 원동력은 아무래도 수순중생의 사고에 있다. 그는 여색에 경사되는 법이 없이 상대의 요구를 마다하지 않고 다 들어주었다. 지계를 고수하고자 하는 집착 같은 것은 찾아보기 어려울 뿐더러 상대의 입장을 헤아려 수계受戒적 과제는 뒤로 미루어 놓기로 한다. 결과적으로 노힐부득은 석가의 원을 지닌 인물이었다고 할 수 있다.[19] 그는 대승 보살을 지향한 인물로 보이며 작중에서 불교적 인물의 전형[20]으로 부조해 놓은 것이라 해도 과언이 아니다.

이에 비해 담익은 여인에게서 "불법이란 자비방편으로 본분을 삼는 것이니 선사께서는 보고만 계시지 말고 손을 내밀어 청을 들어주실 수 없습니까"라는 질타를 들을 정도로[21] 마지못해서 도와주는 것처럼 비춰지기도

---

19 "부파시대에는 석가보살의 길을 따라 보살의 길을 가려는 수도자는 없었다. (…중략…) 그러나 대승의 보살은 성불을 목표로 한다. 자신도 석가보살의 길을 따르기 위해 수도하고 육바라밀을 따라 간다."(정병조, 『문수보살의 연구』, 한국불교연구원, 1988, 64쪽)

20 "이야기의 인물창조는 인간의 전형을 가능한 완벽하게 만들어내는 일이며 그러한 전형을 만들어내는 일이 작가의 핵심적 작업이라고 할 수 있다."(송면, 『소설미학』, 문학과지성사, 1985, 192~193쪽)

21 사실 고승에게 출현한 여인은 여러 부탁을 통해 상대를 곤혹스럽게 만들기는 하지만 자신의 출현 의미와 기능에 대해 앞서 암시해주기도 한다. 하지만 수행승은 이를 믿지 않거

한다. 하지만 여인의 청원을 곧이곧대로 들어서는 곤란하다. 그것은 남성 수행자의 욕망을 건드려 어떻게든 파계로 이끌어 가려는 유인책에 불과한 것일 수도 있기 때문이다. 어떻든 담익은 여인에 함몰되지 않고 끝까지 금녀라는 계율을 지켜내고 여인으로부터 견성의 인가를 받게 된다.

그러나 노힐부득과 비교할 때 담익의 행동을 보살행으로 볼 것인지에 대해서는 쉽게 판단이 서지 않는다.[22] 아무래도 불교적 인간의 전형을 꼽으라면 혜외, 담익보다는 노힐부득을 택할 수밖에 없다. 그는 지계持戒에 급급하기보다 절로 우러나오는 자비심과 애휼감을 억누르지 못하고 곤경에 빠진 타자에게 보살도를 행함으로써 해탈에 이른 인물이기 때문이다. 지계를 문제삼는 『현응록顯應錄』과 달리 남백월이성은 보살행 및 성불화의 길을 문제 삼는다. 노힐부득이 끝내 성불에 이를 수 있었던 것은 단순히 지계의 실천이 아니라 보살행의 단계까지 나아갔기 때문에 가능한 일이었음[23]을 남백월이성은 잘 보여주거니와 남성 수행자에게 조산하는 파격적인 역할까지 부여하고 있었다. 주인공의 성불에 목적을 둔만큼 남백월이성에서는 지계승의 면모를 넘어서 자기희생적 보살행의 자취를 가능한 한 폭넓게 비추어줄 필요가 있었던 것이다.

나 홀려듣고 만다. 수행승들이 그녀의 본래 기능이 수행의 정도를 헤아려보고 고승들을 대보리로 이끄는 데 있었다는 점을 분명히 깨닫는 것은 종결부위에 이르러서이다.

22 노힐부득은 다음과 같은 보살에 해당할 것이다. "보살은 깨끗한 계율을 수호하여 가지며 빛과 소리와 냄새와 맛과 촉에 대하여 집착하지 아니하며 (…중략…) 몸매를 구하지도 않고 (…중략…) 청정한 계율을 견고하게 가지면서 (…중략…) 온갖 얽힘과 속박과 탐심과 시끄러움과 모든 재난의 핍박과 훼방과 탁란함을 버리고 부처님께서 찬탄하시는 평등한 정법을 얻는다."(동국역경원 역, 『대방광화엄경』 제19권, 1985, 412쪽)

23 "계를 지키는 공덕 때문에 성불할 수 있다."(한용운, 앞의 책, 442쪽)

4. 남백월이성의 독자적 서사구축 양상

혜외, 담익, 남백월이성의 이야기를 한 자리에 놓고 보면 간 텍스트적 요소가 쉽게 드러난다. 혜외전이 후대로 내려오면서 내용, 형식이 보완되고 다양한 변이담으로 나타난 것이다. 남백월이성은 어느 경우보다 긴 분량으로 이야기가 확장되며 인물성격을 부조함으로써 유사담 중 대승 보살정신의 현창이란 주제를 잘 구현한 작품이다. 이는 선행서사의 아류에 머물지 않고 환골탈태한 작품으로 승화되었음을 보여주는바 나름으로 서사적 자생성을 확보했다는 뜻이 될 것이다. 남백월이성이 갖춘 참신성은 인물, 구성, 문체 등 다양한 측면에서 드러나는 것이다.

『고승전』 소재 혜외전의 서술방식은 보고적 요약의 테두리를 넘어서지 못하고 있음을 확인하였다. 천녀와 해외가 나누는 몇 마디의 대화만 드러날 뿐 주변배경, 현장의 묘사 같은 것은 찾아볼 수 없으며 혜외의 견성과 지계를 찬양, 요약하는 데 그치고 있어 서사성[24]을 기대하기가 어렵다. 그에 비해 『현응록』과 남백월이성에서는 혜외전의 한계로 지적되던 내용적 단조로움과 현장성의 부재라는 측면이 대대적으로 보완된다. 수행승의 생숙生熟을 검증하고 그에 따라 성불여부를 따진다는 주지가 얼마나 잘 구현될 수 있는가 하는 점과 서사성의 확장이란 측면은 결코 다른 문제가 아니다. 그러기에 두 작품이 암자에 든 승려의 결개함에 대응되는 유혹녀,

---

24 "사건들의 개별성이나 특징성이나 확실성이 동일하다고 해서 그 사건들의 서사적 정도가 동일하지는 않다. 행동이나 상태를 시간순에 의해 배열하는 것만으로는 고도의 서사성이 생겨나지 않는다. 서사성은 사건들의 통합이나 분해에서도 생겨나고 구성이나 해체에서도 생겨나고 합일과 분화에서도 생겨난다." (제랄드 프랭스, 최상규 역, 『서사학』, 문학과지성사, 1988, 222~227쪽)

그리고 복통이나 출산 등 돌발적이고도 생소한 상황, 사건이 필요했다고 볼 수 있겠는데 적어도 『현응록』과 남백월이성은 이 같은 구성조건을 감안한 선에서 이야기가 엮어진다. 다만 현장 묘사, 극적 상황의 연출, 구성의 완결성이란 측면에서는 『현응록』보다 남백월이성이 한층 앞선다고 할 터인데 이후 논의는 이에 초점을 맞출 것이다.

담익에게 부과된 시험이 약한 수준에 머물렀다면 부득에게 부여된 시험은 한층 난이도가 높다. 노힐부득에게 부과된 시험, 육체적 접촉을 금기시하는 계율의 엄정함보다는 불쌍한 중생을 앞서 생각하는 보살정신에 입각하여 행동함으로써 노힐부득은 여인이 부과한 입사의례를 통과하는 데 이를 수 있었다. 또한 이런 내용적 요소 때문에 남백월이성이 흥미와 긴장을 유지하면서 독자를 사로잡을 수 있었던 것이라 해도 좋다.

중국의 선행서사나 남백월이성에 등장하는 주인공들은 대체로 평면적 인물에 귀속시키더라도 무리가 없다. 그들은 견인력을 지닌 인물들로 애초부터 탈속적 성향이 강한 터라 어떤 감언이설과 육체적 유혹이 따르더라도 이를 극복하리라는 믿음을 심어준다. 노힐부득만 하더라도 상대 여인이 아무리 교태를 지어내며 유혹한다 하더라도 정각 상태를 끝까지 유지할 인물로 설정되어있다. 한마디로 그는 평면적이며 고정적인 상으로 그려진다.[25] 한데 이런 인물로는 독자적 흡입력을 확보하기 어려우며 서

25 담익전과 남백월이성에는 한결같이 미녀가 수행승에게 접근해서 파계를 유도한다. 쉽사리 상대의 심지를 흔들 수 없다고 여긴 미녀는 육체적 접촉을 시도하게 되며 담익은 지팡이를 이용해 어떻게든 신체적 접촉을 피한다. 하지만 노힐부득은 산파역은 물론 여인과 같이 목욕까지 감수하게 된다. 두 여인이 똑같이 남성 수행자를 유혹하고 있으나 보다 난처한 국면으로 이끌고 가는 인물은 노힐부득 앞에 나타난 여인이다. 그녀는 남성 수행자로서 감당하기 어려운 난제를 제시한다. 하지만 노힐부득은 남 / 여라는 성적 분별에 구애받지 않았으며 오로지 상대의 처지만을 가긍하게 여길 따름이었다. 그에게 여인은 궁휼하게 여겨 적극 도와줄 대상이 될지언정 추호도 정념의 대상으로 받아들여지지 않는다.

사의 생동감을 끌어내기가 힘들다. 청자에 대한 유인력이란 낯선 인물배치, 상황제시 등에서 촉발되는 것이라 할 때 완전한 불성의 소유자가 아닌 불완전한 범인을 투입하는 것이 도리어 세련된 인물배치가 된다. 그러니까 범부의 태를 벗지 못하고 있는 달달박박의 투입은 적절한 선택이라고 말해야 할 것이다. 이제 달달박박이란 인물의 성격과 기능을 타진해보기로 한다.

달달박박은 수행자로서의 본분을 부득에 비해 더 엄격하게 고수하는 인물이었다. 낯선 여인이 다가오자 경계심부터 보이는가 하면 구원의 요구에도 귀를 기울이지 않을 정도로 그의 관심은 온통 성불이라는 한 목적에만 기울어져 있다. 타자의 입장이나 처지를 외면해 버리는데 그에게 여색女色만큼 금기의 대상으로 비추어지는 것은 없다. 물론 노힐부득도 같은 상황에 처하자 "이곳은 부녀와 함께 있을 곳이 아니오" 라면서 여인에게 냉담한 반응을 보인 적이 있기는 하다. 하지만 이후로 노힐부득은 여인의 부탁이라면 무엇이든 적극적으로 들어주었다.[26] 그에 비해 달달박박은 여인의 간청에도 불구하고 수행 중임을 강조하면서 구휼의 의지가 없음을 즉각 밝힌다. 그에게 성도, 성불의 길은 얼마나 지계持戒의 행으로 일관하느냐와 다르지 않다. 달달박박으로서는 평소 우유부단한 성향의 노힐부득이 여간 염려되는 것이 아니었다. 그는 필경 노힐부득이 '수행자의 본분을 잊고 여인을 암자에 들임으로써 성불은커녕 파계를 하고 말았'을 것으로 넘겨짚는다. 그리고 "부득이 오늘 밤에 반드시 계를 더럽혔을 것이

26 "보살이 보살행을 빨리 만족하려면 중생을 버리지 않고 여러 보살을 여래와 같이 생각하고 불법을 비방하지 말고 보살들이 매우 좋아하는 열 가지 법을 닦아야 하고."(한글대장경 『화엄경』 1, 동국역경원, 1980, 15쪽)

니 내가 가서 비웃어 주리라"며 의기양양해서 부득의 암자를 찾는다. 이는 여색을 그 어느 것보다 멀리 하라는 불가의 가르침에서 보면 충분히 예상이 가능한 광경이다.[27] 하지만 달달이 목격한 것은 파계한 친구가 아니라 연좌대에 앉아있는 미륵불彌勒佛이었으니 지계의 안목에만 갇혀 보살행을 거부했던 달달박박으로서는 엄청난 충격이었다. 타자에게 보살행을 보이고 시방세계 모두가 복전을 누리길 염원했던 노힐부득은 성불에 대한 집착을 내려놓은 채 그저 여인의 시종을 드는 데만 전념했을 뿐이었는데 어느 결에 성불에 이르렀다. 노힐부득은 말이 아닌 실천으로 달달박박의 미숙함을 깨우쳐 주었다.

달달박박을 이야기에 투입시키면서 노힐부득의 인물기능도 달라진 점을 살펴보는 것도 흥미롭겠다. 노힐부득은 기본적으로 깨달음과 지계의 전형으로서 아직 성불에 이르지 못한 달달박박을 그대로 방기하고 홀로 부처가 될 사람이 아니었다. 이는 달달박박이 "나는 마음에 장애가 겹쳐서 다행히 부처님을 만나보고도 만나지 못하게 되었습니다. 대덕지인께서는 나보다 먼저 뜻을 이루었으니 부디 옛날의 교분을 잊지 마시고 함께 도와주셔야겠습니다"며 매달릴 때 주저 없이 남은 물에 목욕하도록 하고 끝내 도반의 성불을 돕는 데서 분명히 드러난다. 전체적으로 산모로 돌변한 여인이 노힐부득을 성불의 세계로 이끌어주었다면 노힐부득은 도반이었던 달달박박을 성불의 세계로 인도한 셈인데 주목할 일은 달달박박은 관음보살이 아니라 도반道伴의 인도로 성불했다는 점이다.

---

27 "여색이란 칼이나 차고나 같은 것이니 범부가 연정을 지니면 스스로 헤어날 수 없다. 여색이란 세상의 큰 걱정거리이니 범부가 고달프고 노곤하여 죽음을 면할 수 없다. 여색이란 쇠하게 하는 재앙이니 무릇 범부가 그것을 만나면 그 화는 이르지 않는 곳이 없다." (『佛說四十二章經』 第23章)

남백월이성이 단조롭고도 평면적인 사건 전개를 벗어나 독자적 호기심을 증폭시키는 발판을 마련한 이면에는 달달박박이란 인물의 설정이 크게 작용하였다. 달달박박의 등장은 사부대중조차 부처가 될 수 있다는 믿음을 주기에 족한데 그로 말미암아 일인성도담에서 한 걸음 나아가 동반성도담同伴成道談이란 새 유형이 탄생할 수 있었다.[28] 달달박박이 등장하면서 남백월이성 이야기는 중국서사의 울을 벗어나 독자적인 성도이야기로 탈바꿈하게 된다. 한 인물의 성도적 궤적에서 벗어나 두 인물의 성도화 과정을 대비적으로 제시함으로써 남백월이성은 서사성의 확충과 더불어 대승보살사상을 체득시키는 데 한층 효과를 발휘할 수 있었다.

5. 나가며

이 글은 남백월이성의 창작적 저변을 살핌으로써 이 작품이 지닌 서사적 의의와 위상을 보다 선명히 드러내는 것을 목표로 삼았다. 남백월이성에서 핵심 서사라 할 여인의 수행승 유혹담은 6세기 『고승전』 소재 혜외전에 발견되며 『법원주림』, 『현응록』, 『불조통기』, 『삼국유사』 등의 순으로 전승, 정착되고 있음이 확인되는데 남백월이성이 지닌 전승사적 실상과 의미를 구체화하기 위해서는 선행 서사를 포함한 비교 검토가 필요하다고 보았다. 이 글에서는 서사에서 가장 핵심적 요소가 인물이라고 보고

28 이런 측면에서 황패강이 남백월이성을 "소승적(小乘的)인 자리의 수행과 대승적(大乘的)인 자리이타(自利利他)의 수행을 대비시켜 견성성불(見性成佛)의 참다운 길을 제시한" 서사로 본 것은 적절한 지적이라고 할 수 있다.(황패강, 『신라불교설화의 연구』, 일지사, 1986, 67쪽.)

중국 선행서사와 남백월이성 사이의 인물요소를 중점적으로 밝혀보기로 하였다.

선행서사들의 주인공이 수행을 최종목표로 삼는 지계형 인물이라고 한다면 남백월이성의 주인공 노힐부득은 자기중심적 시각을 넘어서 타자를 향하는 보살형 인간으로 그 성격이 변화한다. 불교적 인간의 전형으로 남백월이성에서 내세운 상은 자기 안에 갇혀 지계만을 고수하는 인간에서 벗어나 철저히 타자를 향해 있는 보살형 인간이다. 아울러 남백월이성에서는 입체적 인물이라 할 달달박박을 창조해내고 있다. 완벽한 인물인 노힐부득에 비해 자기중심적 사고와 지계 중심의 처신에 머물러 있는 그는 여러 가지 면에서 미성숙한 면모를 드러내고 성불에 있어서도 노힐부득에게 뒤진다. 하지만 그 같은 불완전한 인물의 설정으로 말미암아 남백월이성은 대중의 호기심을 불러일으키고 서사적 단조로움을 극복할 수 있게 되었다. 뿐만 아니라 달달박박의 보완으로 관습서사라 할 일인성도담의 테두리를 넘어 동반성도담이란 새 유형이 출현할 수 있었다. 남백월이성에서 유혹녀는 기본적으로 선행서사 속 여인과 동일한 기능을 갖는다. 하지만 현실감 있는 상황제시와 함께 파격적인 일화를 제시함으로써 유혹녀이면서 동시에 성불을 조력하는 보살로서의 이중적 상이 뚜렷하게 부조될 수 있었다. 남백월이성에서 평면적 인물, 지계적 인물에 머물지 않고 입체적 인물, 보살적 인물까지 과감하게 서사에 투입시킨 것이야말로 선행서사의 답습을 벗어나 환골탈태한 유형담으로 자리 잡게 한 원동력으로 작용한 셈이다.

제3장

불교 서사에 나타난 종교 마찰과 외도형外道型 인물

호귀, 주술승, 금동, 옹고집을 중심으로

1. 들어가며

불교 서사는 개성적 인물을 앞세워 불교적 감화와 가르침을 이끌어낸다는 취지를 중심에 둔 담론이라 하겠다. 보통 서사체와 마찬가지로 캐릭터의 창조는 불교 서사의 문학성을 결정짓는 핵심체라 해도 무방할 터인데,[1] 특히 여기서 주목하고자 하는 것은 외도형 인물[2]이다. 그동안 불보살, 고승 등 순기능적 인물의 형상 및 캐릭터 성격에 대한 논의는 다수 이루어졌다고 할 수 있다. 하지만 외도형 인물에 대한 서사문학적 논의는 일천했

1 픽션에서 인물이 차지하는 비중과 의미를 천명한 이론가들의 견해는 왜 불교서사 내 외도형 인물에 대한 논의가 필요한지를 우회적으로 환기시켜준다 하겠다. 헨리 제임스는 플롯, 인물, 배경, 시점 등을 서사체의 부속품으로 대해온 방법론을 비난하면서 인물이란 사건의 결정체이면서 인물의 예시라 했으며 토마체프스키는 인물이란 모티브들의 집약된 덩어리를 풀 수 있게 하는 안내 단서로 규정했다. 바르트 역시 인물이야말로 행위를 능가하는 지배력을 갖는 요소라면서 인물이 서사체를 좌우하는 결정소라 하겠다.(윌리스 마틴, 김문헌 역, 『소설이론의 역사』, 현대소설사, 1991, 166~167쪽) 이들이 픽션을 바탕으로 둔 견해들인 것은 사실이지만 불교서사에 적용하더라도 무리가 따르지 않는다고 본다.

2 '이단'이 종교담론에서 흔히 쓰이기는 하지만 불교에서는 고래로 유교, 도교 등을 '외도'로 칭하고 있어 여기서도 주로 이 용어를 사용할 것이다.

다.[3] 서사체 연구에서 먼저 살필 요소가 인물이라고 할 때[4] 외도형 인물에 대한 고찰은 미룰 수 없다고 본다.

종교 담론의 테두리에 속하는 불교서사에서 우리는 종교, 종파적 입장을 달리하는 인물들이 정도正道 / 사도邪道의 가름을 놓고 벌이는 등 종교간 대립, 긴장의 국면을 자주 마주한다. 불교의 신앙적 정통을 확인시키듯 결말에 이르면 불교 수호자라 할 주인공에 의해 외도형 인물이 축출되거나 패자로 남게 된다. 불교의 신앙적 정통성을 사수한 주인공은 청자, 독자들의 열광적인 환호 속에 새삼 존재적 의미를 드러내는 반면 외도형 인물은 순식간에 망각되고 만다. 내용상 정통, 외도에 대한 반향은 극적으로 갈린다. 하지만 인물의 창조와 기능면에서 볼 때 외도형 인물이 차지하는 비중이나 위치는 주인공에 못지않다고 보아야 한다. 반동적 인물을 어떻게 창조하느냐가 서사성을 좌우한다는 말은 결코 무리가 아닌 것이다. 논의전의 예상이기는 하지만 「원광법사전圓光法師傳」, 「금동전승金同傳承」, 『옹고집전雍固執傳』 소재 외도형 인물을 주목한다면 캐릭터 창조 방식, 인물기능, 인

---

3 외도, 혹은 이단에 대한 종교학적, 철학적 논의는 다양한 편이다.(김수아, 「불교에서 비판하는 외도와 인도철학사상」, 『종교와 문화』, Vol.15., 2008; 리영자, 「불교(佛敎)의 포용성(包容性)과 다원종교(多元宗敎)」, 『불교대학원 논총』 Vol.5, 1998; 유성욱, 「인도 종교의 이단(異端)과 외도(外道) 논쟁에 대한 고찰」, 『동서철학연구』 Vol.86., 2017; 이상훈 외, 『한국문화와 종교적 다양성』, 한국정신문화연구원, 2003, 20쪽) 하지만 불교에 반하는 이단, 외도 인물에 대한 서사문학적 논의는 본격적으로 진행되지 않았다. 불교설화, 소설에 등장하는 인물 구성적 특성, 특히 외도형 인물을 통시적 맥락에서 살펴보려하거니와 이 작업을 통해 불교서사에 내재된 서사적 전통, 인물 형상적 변별성이 간취될 것이다.

4 서사체의 분석에서 감안해야 할 요소는 플롯, 인물, 배경, 시점 등 퍽 다양하지만 인물이야말로 서사를 이루는 핵심이라 하겠다. 제임스는 "인물이란 사건의 결정체가 아니고 무엇이며 사건이란 인물의 제시가 아니고 무엇이란 말인가"라 했으며 프로프, 토마체프스키, 바르트 역시 기능과 인물들을 분리할 수 없다는 견해를 앞세우며 인물의 중요성을 강조했다.(윌리스 마틴, 앞의 책, 1991, 167쪽) 이 같은 견해들은 불교서사의 논의에서도 인물 캐릭터 중심의 논의가 앞서 필요하다는 점을 환기시킨다.

물의 시대적 변이상 등 불교서사의 고유한 특성이 보다 구체적으로 밝혀지리라 생각한다.

2. 종교 간 마찰과 외도형 인물의 미분화

불교서사에서는 종교적 정통을 자처하는 존재로 흔히 불보살, 고승을 주인공으로 앞세운다. 그리고 이들과 대립각을 보이는 인물을 배치하는데 대개 무교, 사이비 불교, 유교 등의 범주 안에서 찾는다. 다시 말해 불교-유교, 불교-무교, 불교-도교 등으로 종교적 대립상을 보이는 서사가 적지 않거니와 일별하는 일도 결코 수월치 만은 않다. 따라서 범례적 대상으로 「원광법사전」의 신·호귀·주술승, 「금동전승」의 금동, 『옹고집전』의 옹고집을 택해 외도형 인물의 특성을 밝히는 것으로 논의폭을 좁히기로 한다. 상기 작품에서 주인공과 대립하고 있는 이들은 개별적 존재가 아니다. 즉 무속, 사이비 불교, 유교 등을 표방하는 존재들로 단순한 대조가 아닌, 불교사적 정황을 동반한 상징체에 해당한다.[5] 이 유형의 인물이 서사에 등장하게 된 때는 아무래도 불교 유입기 이후일 것이다. 그렇다면 초기 서사에 투영된 외도형 인물의 면모는 어떠했을까. 잠시 몇 예화를 살

5 불교서사는 불교의 교리, 철학은 물론이고 불교를 에워싸고 있는 사회, 현실적 상황을 굴절시키는 다층적 산물이다. 직접적 진술이나 설명 대신 나름의 내용과 플롯을 갖춘 담론이다. 다른 서사체와 마찬가지로 불교서사에서도 인물은 가장 핵심적 요소가 될 터이다. 인물은 잠재된 이야기이며 삶의 이야기이며 새로운 플롯이라는 견해는 주목할 만하다.(츠베탕 토도로프, 신동욱 역, 『산문의 시학』, 문예출판사, 1992, 81쪽.) 플롯을 문학 표현의 대상이 되는 세계를 이데올로기적으로 굴절된 삶을 드러내기 위한 정식(定式)(미하일 바흐찐, 이득재 역, 『문예학의 형식적 방법』, 문예출판사, 1991, 32쪽)으로 부를 수 있을 터인데 그것조차도 인물로부터 출발한다는 것을 유념해야 한다.(위의 책, 172쪽)

펴보기로 한다.

토속신앙만이 존재하던 때 불교의 유입은 토착 신앙 세력에 긴장과 불안을 촉발했을 것이다. 하지만 고구려나 백제에서 보듯 불교 유입으로 인한 갈등과 마찰은 생각만큼 표출되지 않았다. 이를 두고 세를 과시하거나 교리적 우월성을 내세우기보다 기존 종교와의 융화, 상생을 모색했던 불교의 특유의 접근법에서 찾는 게 일반적이다.[6] 그렇다고 불교에 대한 제 종교, 사상적 반발이 없었다고 보기는 어렵다. 불교야말로 기존 신앙체계를 뒤흔드는 불온한 종교라는 생각은 토속 신앙인들은 물론 지배층에서도 발견된다. 이 같은 현상은 삼국 중 신라에서 심했거니와 이차돈異次頓의 순교담[7]은 불교 유입 전후 상층의 의식세계를 가늠해볼 수 있게 한다.

이차돈의 순교담은 어떻게든 흥법의 계기를 만들고자 하는 법흥왕法興王과 이차돈의 입장을 긍정하는 시각에서 전개된다. 흥법의 기틀을 마련하고자 하는 왕과 이차돈, 그리고 이들과 정반대의 입장을 고수하는 근신들, 누구도 자기 주장에 양보의 의사가 없었다. 불교공인에 관한 한 신하들은 왕명조차 무시하는 거센 반발로 일관했다. 이에 따라 국면전환의 계기를 조성할 필요가 있는 바, 왕으로서는 난관을 돌파할 조력자가 무엇보다 절실해진다. 이때 난제 해결을 위해 자발적으로 나선 인물이 이차돈이었다. 그는 불교 공인을 고민하는 왕에게 반불세력의 생각을 바꾸고 불교수용의 상황을 조성하기 위해 희생양으로 삼기를 자청하기에 이른다. 결국 유

6 한국종교연구회, 『한국종교문화사강의』, 청년사, 1998, 53~54쪽. “신라는 고구려와 달리 토착신앙과 격렬한 갈등과정을 겪었다. (…중략…) 불교전래가 늦은 요인으로 지리적 고립을 지적하지만 동시에 신라 내에 토착세력이 존재했고 이들이 토착신앙을 강력하게 옹호하고 있었던 것도 주요 요인으로 지적해야 할 것이다.”

7 『三國遺事』卷 第三, 興法 第三, 原宗興法 厭髑滅身.

언대로 처형 현장에서 백혈白血분수噴水의 이적을 현시함으로써 극렬히 저항하던 반불 세력들의 기세가 꺾였고 그에 따라 법흥왕은 불교공인이란 숙원을 달성한다.[8]

『삼국유사』 소재 원종흥법 염촉멸신은 신라 불교사에서 가장 극적인 상황을 전하는 사화史話이다. 역사의 한 단면에 속하지만 원종흥법은 정통正統 / 이단異端을 축으로 삼는 종교적 경쟁담으로서의 성격마저 농후하게 간직하고 있다. 이 이야기는 불교 공인 직전 호불, 반불 세력 간의 갈등과 반목을 드러내다가 어떻게 불교 공인의 과제를 달성할 수 있었는지 그 전말을 밝히고 있다. 그런데 친불 / 반불 세력을 양립시키고 있음에도 반불 세력에 대해서는 별다른 언질을 주지 않는다. 즉 긍정적 인물이라 할 이차돈과 법흥왕에 대해서는 그들의 심리상태, 내면 등에 걸쳐 상세한 묘사, 설명이 이어지는 데 비해 반불 세력들에 대해서는 단편적 진술 이외 달리 부언해 주는 것이 없다.

원종흥법元宗興法에 보이는 극적 긴박감과 서사적 생동감을 불러오는 인물은 긍정적 인물이라 할 이차돈과 법흥왕이다. 그들은 신분의 차이가 무색하게도 수시로 밀회하면서 무리없는 불교 공인의 비책을 세우기에 동분서주한다. 이차돈의 순교 장면 역시 원종흥법 조가 단순한 기사에 그치지 않음을 보여준다 하겠는데 죽기 전 언약대로 백혈분수를 시현함으로써 반대파들의 극렬한 저항을 순간에 무력화시키는 결과를 낳는다. 정통파의 기능, 면모, 내면세계를 상세히 풀어내주는 것과 비교할 때 이른바 외도형 인물인 근신들에 대한 서사적 배려는 소홀한 것으로 보인다. 왜 불

8 위의 책 卷第三, 興法 第三, 原宗興法 厭髑滅身.

교를 반대하는지, 왕과 이차돈의 동조에 어떻게 대응하는지, 이들에 초점을 맞춘 묘사나 설명이 보이지 않는다는 것이다. 물론 이를 두고 서사 담당층이 서사성보다는 역사, 현실을 밝히는 증언으로서 몫을 고수한 탓이라 이해해볼 수 있을 것이다. 하지만 문학적 시각으로 볼 때 원종흥법 조는 외도형 인물이 지닌 서사적 의미를 제대로 자각하지 못한 사례로 파악할 수밖에 없다 하겠다.

불교가 정착한 이후에도 불교와 여타 종교 간의 갈등과 마찰은 불가피했다고 본다. 가령 『송고승전』 의상전에서 전하는 부석사 창건설화를 들여다보자. 의상이 당에서 귀국한 후 부석사 지을 곳을 점지했으나 그 터는 이미 권종이부權宗異部가 웅거하고 있었다. 명성 높은 의상義湘의 청에도 선점하고 있던 무리들은 도무지 양보의 기미가 없었다. 이때 선묘善妙가 몸을 거석으로 바꾸어 그들의 머리 위에 떠서 공포감을 증폭했음은 물론 저항 무리를 혼비백산케 함으로써 사지寺址의 확보에 성공하게 된다.[9]

그렇다면 여기서 권종이부의 정체는 무엇일까. 추측하자면 의상에 앞서 명당을 선점하고 있던 다른 종파의 승려들이거나 무교도巫敎徒 정도로 보아 무리가 없을 듯하다. 하지만 그들의 면모나 기질 따위는 함구하고 있어

---

9 贊寧, 『宋高僧傳』 卷第4, 唐新羅國義湘傳. "의상이 귀국한 이후 산천을 편력하다가 고구려와 백제의 사람들이 미치지 않는 곳에 이르러 말하길 '이곳 한가운데는 땅이 신령스럽고 산이 빼어나 참으로 법륜을 굴릴만한 곳인데 어찌 권종이부들이 5백 명이나 모여 있단 말인가'라 했다. 의상은 조용히 큰 화엄의 가르침은 복선의 땅이 아니면 일으킬 수 없다고 생각했다. 이때에 선묘룡이 항상 따라다니면서 보호하다가 의상의 마음을 알아채고 공중에서 크게 변신하니 종횡으로 1리의 거석이 절 지붕을 뒤덮은 채 떨어질 듯 말듯하였다. 승려들이 깜짝 놀라 어찌할 바를 모르다가 사방으로 달아났다.(湘入國之後遍歷山川 於駒塵百濟風馬牛不相及地 曰此中地靈山秀 真轉法輪之所 無何權宗異部聚徒可半千衆矣 湘默作是念 大華嚴教非福善之地不可興焉 時善妙龍恒隨作護 潛知此念 乃現大神變於虛空中 化成巨石 縱廣一里蓋于伽藍之頂 作將墮不墮之狀 群僧驚駭罔知攸趣 四面奔散)"

아쉬움이 적지 않다. 다시 말해 권종이부에게도 순기능적 인물인 선묘가 차지하는 정도의 서사적 기능과 역할을 부여할 필요가 있었다고 보는 데 이 점이 간과되고 있다.

이차돈의 순교담이나 선묘의 이교도 퇴치담에서는 아쉽게도 호불 / 반불인물들에 대한 등가等價적 캐릭터 의식이 발견되지 않는다. 그렇다면 이단인물을 캐릭터화한 불교서사의 사례는 없을까. 이후의 논의에서는 호귀, 주술승, 금동, 옹고집에 초점을 맞추고 반불 캐릭터의 특성을 살펴보고자 한다. 굳이 이렇게 범위를 좁힌 까닭은 논의상 불가피한 면도 있으나 이들만으로도 삼국, 고려, 조선시대의 반불 캐릭터의 면모와 성격, 그리고 반불 캐릭터의 층위를 엿볼 수 있다는 생각 때문이다.

3. 외도형 인물의 시대별 형상과 층위

1) 호귀, 주술승

불교가 전래되기 전에 이 땅에는 일월신日月神 · 산신山神 등을 섬기는 원시신앙과 점술占術이 자리 잡고 있었던 것으로 보고 있다. 하지만 합리적인 사고능력이 증대되고 불교가 유입되는 환경으로 바뀌면서 전래 신앙의 입지는 줄어들 수밖에 없었던 것으로 보인다. 「원광법사전」은 불교유입 초기 종교 간의 갈등과 마찰을 잘 보여준다. 『수이전』에 실린 이 이야기는 원광圓光의 생을 재구하는 데 본의를 두고 있다. 하지만 원광에게 표점이 맞추어져 있으나 종교를 달리하는 세 인물 간 갈등이 흥미롭게 펼쳐진다. 여기서 원광, 호귀신, 주술승 세 인물은 평범한 개인이 아니다. 그들은 불교, 무교, 외도를 옹호, 대변하는 위치에 있다. 이야기의 전개상 불교의 기세가 아직은 제 종교를 압도할 정도에 이르지 못한 시기의 인물 설정이라 할 터인데 원광, 호귀, 주술승을 일정거리의 삼각 지점에 배치하고 있다. 그러다 시간이 흐르면서 주술승이 먼저 축출되고 원광과 호귀가 상생을 지속하다가 원광만이 홀로 남는 것으로 이야기가 종결된다.

사실 원광은 여러 면에서 불완전한 인물이 아닐 수 없다. 일례로 호귀신의 요청대로 주술승에게 그곳에서 떠나지 않으면 재앙이 닥칠 것이란 언질을 주지만 호귀에게는 주술승이 거절하더란 말을 전하지 못한다. 그만큼 원광은 소심하다. 반면에 호귀는 무소불위의 능력자임을 번번이 과시한다. 신술을 통해 호귀가 주술승을 압살시키면서 원광의 위신은 더욱 위축된다. 호귀가 원광에게 "나는 나이 3,000년에 가깝고 신술도 가장 잘합니다. 이것은 작은 일인데 무슨 놀랄 거리나 되겠습니까? 특히 장래의 일도 알지 못하는 것이 없고 천하의 일도 통달하지 못한 것이 없습니다"[10] 라 한 것은 허장성세가 아니었다. 다행스럽게도 호귀는 원광을 자신의 맞수로 여기지 않는다. 도리어 원광의 곁에서 자상한 조언을 아끼지 않는다. 특히 은일자중한 수행도 좋지만 중국의 불법을 배우고 돌아와 혼미한 중생들을 제도하는 것이야말로 원광의 과업임을 확고히 주지하게 하는데 이 때문에 원광은 당 유학을 단행하게 된다. 이후 원광, 호귀는 11년이나 떨어져 있었으나 귀국 후에도 이들의 친교는 변함이 없었다. 하지만 원광은 귀국 후에도 호귀의 얼굴을 제대로 본적이 없었다. 호귀에 대한 정체는 임종에 이르러서야 밝혀지는데 호귀가 일러준 장소에서 원광은 숨이 넘

10 『삼국유사』 卷 第四, 義解第五, 圓光西學. "神曰 我歲幾於三千年神術最壮 此是小事何足爲驚 但復将来之事無所不知 天下之事無所不達."

어가는 한 마리의 늙은 여우를 발견하게 된다. 이전에 주술승이 말해준대로 신은 한 마리의 호귀였음이 비로소 밝혀진다.[11]

「원광법사전」은 원광의 일생과 더불어 외래 종교로서 불교의 적응과 안착과정을 말해준다. 이 이야기는 선 / 악의 이원적 인물 배치와 달리 삼각 갈등에 해당되는 인물 구도를 보여준다. 원광이 불교, 주술승은 사이비 불교, 신은 토착 종교의 입장을 대변하고 있는 것이다. 불교가 전래했지만 제 종교 간의 갈등이 지속되었으리라는 예상에서 본다면 이 이야기는 삼각관계의 단순한 일화로 대할 수가 없게 된다.

그런데 「원광법사전」은 예상과 달리 원광과 주술승이 친연적으로 그려지고 무속巫俗을 상징하는 호귀가 이들에게 배척당하는 내용이 중심축을 이룬다. 원광이 도력을 높여가고 있는 중이므로 이전부터 기득권을 누려온 신과 대립하거나 쟁투를 벌일 것이란 추측이 자연스러운데 신호귀이 도리어 원광을 돕는 충실한 조력자를 자처하는 상황이 펼쳐진다. 신은 원광의 주위에 머물며 그를 도와주는 것은 물론 고식적 안목에 사로잡혀 있는 원광에게 과업을 지정해주기까지 한다. 원광의 수행은 고작 자기 구원의 범주를 넘어서지 못하고 있다는 것이 신의 생각이었다.

원광이 유학하기 전까지 신은 원광에 비해 모든 면에서 성숙한 면모를 보여준다. 그렇다면 신통력, 예지력을 갖춘 호귀가 원광의 조력자로 나선 까닭은 무엇일까.

종교서사에서 외도형 인물은 상대 종교에 대한 공격을 일삼게 마련인데 종교적 정통성의 다툼이 이단의 탄생으로 이어지는 계기가 된다. 이에 따

---

11 위의 책. "神曰 雖有此身不免無常之害 故吾無月日捨身其嶺 法師来送長逝之魂待約曰往看有一老狐黒如桼 但吸吸無息俄然而死."

를 때 「원광법사전」의 호귀와 주술승은 불교와 제 종교 간의 각축角逐 환경에서 창출된 캐릭터에 해당한다. 하지만 기능만을 따질 때 호귀를 이단으로 보기는 어려울 것 같다. 토착 종교를 대변한다고 하지만 호귀는 원광과 원만한 관계를 유지하며 상대에 대해 전혀 반감을 지니고 있지 않기 때문이다. 그가 적개심을 보이는 쪽은 원광이 아니라 주술승이었다. 주술승은 원광과 호귀신 두 사람과 불화를 겪다가 신으로부터 죽임을 당한다. 호귀는 주술승을 두고 수행은 뒷전으로 미루고 요란하게 소리 내며 주술呪術 닦기에만 전념한다고 비난했다.[12] 주술승은 여기서 부처님의 가르침을 앞세우면서도 정법을 좇기보다 주술에 현혹된 사이비 승려라 하겠다.

원광과 호귀는 의기가 투합하여 주술승을 축출한다. 토착 신격인 호귀가 예상과 달리 원광이 아닌, 주술승을 증오의 대상으로 지목하고 있음은 분명 주목되는 점이다. 이는 외래종교인 불교와 토착신앙 간의 갈등 정도보다 정통 불교를 제외한 토착, 사이비 종교 사이에 갈등이 더 컸음을 시사해주는 대목이다. 여하튼 불교 쪽에서는 여타 종교의 지분을 뺏기보다는 그들과의 친연적 관계를 유지하고자 했음을 알 수 있다. 호귀는 토속종교를 대변하지만 아직 원숙한 경지에 오르지 못한 원광의 조력자로 나서는가 하면 원광과 주술승 사이에 위치하여 정통 / 이단을 판정하는 기능을 수행한다. 호귀를 원광과 주술승의 중간에 위치시키고 그에게 정통 / 외도의 판정 기능을 부여한 점에서 우리는 무속을 친화적으로 바라보았던 초기 불교담당층의 시각을 읽어내는 것이 어렵지 않다.

---

12 『삼국유사』 卷第四, 義解第五, 圓光西學. "善哉善哉 汝之修行 凡修者雖衆如法者稀有 今見隣有比丘径修呪術而無所 得喧聲惱他静念 住處礙我行路每有去来幾發惡心 法師爲我語告而使移遷 若久住者恐我忽作罪業."

호귀가 무당 등 전통신앙의 담당자라면 그를 반불 캐릭터로 규정하는 것은 이상한 일이 아니었다. 하지만 호귀가 신흥종교라 할 불교에 친연적 태도를 보인다는 점에서 그는 무불巫佛융합적 캐릭터로 보는 것은 적절하다 하겠다. 서두에 잠깐 등장하는 것으로 그치지만 서사 기능상 「원광법사전」에서 반불 캐릭터에 해당하는 인물을 찾는다면 주술승이 될 것이다.

2) 금동

금동전승은 금강산 내 제 유적과 결부된 이야기를 적지 않게 포함함으로써 금동사金同寺, 울연鬱淵, 명연·읍연, 삼불상三佛像, 53불상 등의 명칭연기名稱緣起에 해당된다는 인상을 갖게 한다. 하지만 명칭연기적 요소는 부분에 그칠 뿐 서사적 비중이 온통 금동에게 기울어져 있어 불가적 인물 전승담으로 보는 것이 적절하다. 따라서 여기서는 금동의 인물적 특성, 특히 반불 캐릭터로서 금동의 서사적 성격, 기능, 시대적 변이에 주목해 보고자 한다.[13]

「금동전승」은 불교서사의 일반적인 사례와 여러 점에서 차이를 보인다. 즉 부처, 보살, 고승 등을 주인공으로 포진시키는 것은 물론 그들의 활약상과 불교적 가르침의 정당성을 확인시키는 불교서사 전통에서 벗어나 있다. 요약컨대 긍정적 인물보다는 이단적 인물인 금동을 다양한 각도에서 그려낸다고 하겠다.

---

13 금동전설의 구비적 사례는 찾아보기 어려우나 문헌에 소재하는 금동 전승담은 30여 편을 상회한다. 이는 금강산 답사에 나섰던 문인, 사대부가 그곳의 승려들에게 채록한 것으로 기행문, 기행시에서 거듭 제재로 활용되었음을 보게 된다.(김승호, 「「금동전승」의 시대성과 대결유형 고찰」, 『한국문학연구』 61집, 한국문학연구소, 2019, 147쪽) 조선 초기부터 채록 사례가 나타나는 것으로 보아 이 전승담의 발원 시기는 고려 말이라 할 터인데 배경이나 내용 전개도 당대의 불교사적 맥락과 일치한다.

그런데 각편이 적지 않음에도 금동의 구체적인 상을 마련하고 있는 경우는 보이지 않는다. 차선으로 각편들의 내용을 조합해볼 수밖에 없겠는데 고려시대 불교에 심취했던 전직 관료를 떠올려볼 수 있다. 장자長者, 장로長老, 거사居士로 불린 것을 보면 그가 주변에서 존경을 받았던 존재임을 유추할 수 있다. 가장 이른 시기에 등장한 각편을 보면 그를 두고 고려 때 금강산에 살았으며 부처를 망녕되게 믿는 자라 했다.[14] 다른 각편에서는 금동을 신라 때 사람으로 재물이 많았으며 불교에 심취되었던 장자로 소개되기도 한다.[15] 여러 각편을 종합할 때 금동은 정계에서 물러난 뒤 산중에 은거하여 수행에 전념했던 어느 퇴관退官을 바탕에 두고 탄생한 캐릭터로 보아 무리가 없을 듯하다.[16]

애초 긍정적인 인물로 여겨졌던 금동은 이야기가 진행될수록 부정적 형상으로 변한다. 마침내 그는 고려 말 명승인 지공나옹에 의해 악인으로 지목된다. 반불적 인물로 실체가 드러난 금동은 명승의 훈계에도 불구하고 이를 묵살했음은 물론 명승과의 정법대결을 우습게 알다가 패가망신을 면하지 못한다. 금동은 스스로 신실한 불자임을 자부했으나 그가 추종한 것은 외도선外道禪이었다.[17] 한마디로 외도라 할 터인데 금강산을 외도의

---

14 南孝溫, 『秋江集』, 記 遊金剛山記. "辛巳 發松蘿經故城基 南下一洞 左歷二峯 右歷四峯至安養庵 庵後有羅漢殿 開明可坐 余坐其上書日課 庵前有深淵 名曰鬱淵 金同所陷也 金同者 麗時富人 平生佞佛."

15 李萬敷, 『息山集』, 金剛山記. "山中古事曰金同者 新羅時人 財累巨萬爲長者 又好緣業 西僧指空 斥以小乘 同不服."

16 『高麗史』 列傳에는 관직에서 물러난 뒤 산중은거를 택한 다수의 유자들이 소개되고 있다. 한 예로 이승휴의 경우를 소개해본다. "自號動安居士 頃之 徵拜殿中侍史 條陳十事 又上疏極論利害 忤旨罷歸龜洞舊隱 別構容安堂 看佛書 著帝王韻記內典錄 居十年 (…중략…) 二十六年卒 年七十七 性正直 無求於世 酷好浮屠法."(『高麗史』 列傳 권105, 권제 18 李承休傳)

17 李夏坤, 『頭陀草」,東遊錄. "僧傳昔有金同者習外道禪 與普濟鬪法不勝 濟仍擠之潭中 自是水常幽咽 여인애호 (…중점…) 稱爲鳴韻潭 又名金同淵 盖濟是如來現化 而同之前身爲波旬 故

소굴로 변질시킬 만큼 막강한 위세를 떨친다. 그의 능란한 선동에 휘말려 대중들은 분별력을 상실하고 그를 추종하기에 바빴으며 어느 새 기성 교단도 그를 의식하지 않을 수 없는 상황으로 바뀌어 간다.[18]

그러나 금동의 음험한 기도企圖는 명승들의 날카로운 눈길을 피할 갈 수가 없게 된다. 명승들의 눈에 금동은 신실한 불자이기는커녕 정통 불교를 위협하는 사이비 교주敎主와 다를 것이 없었다. 이들은 금동의 반성을 끌어내려했으나 도리어 금동이 적반하장의 반응을 보일 뿐이었다. 이에 명승들이 맞대결을 제안했으니 축출의 명분을 쌓기 위한 것이었다. 진정한 불자를 겨루는 일이므로 승자가 될 수는 없음에도 금동은 이에 동의했고 예상대로 그는 경쟁에서 지고 만다. 이뿐만 아니라 천상의 처단으로 죽음을 맞는다.[19] 금동의 추방을 벼르고 있던 이는 명승들이었다. 하지만 양자 대결에서 심판과 함께 패자에 대한 응징을 담당하는 존재를 천상으로 설정하고 있어 주목된다. 이는 악한일지라도 승려가 직접 나서 생명을 앗을 수 없다는 불교적 가르침을 반영한 구도임을 말해준다.

금동은 겉으로는 나무랄 데 없는 불자 혹은 단월檀越로 비쳐졌으나 정법

如是受報云."

18 "종교단체는 카리스마를 갖고 있는 인물과 그의 제자의 서클로써 창시된다. (…중략…) 카리스마적 인물이 사라지거나 죽게 되면 지속의 위기가 조성된다."(토마스 F. 오데아, 박원기 역, 『종교사회학』, 이화여대 출판부, 1989, 62쪽) 불가에서는 부처님의 바른 가르침을 의미하는 정법을 따라야 한다고 강조하지만 민중들은 불가에서 말하는 소승, 외도, 외도선 등 이른바 종교적 경계에 둔감했다. 이에 따라 권위와 카리스마를 앞세운 금동의 선동에 호응하는 무리가 늘어났으며 더불어 교주로서 금동의 위세가 높아졌다고 하겠다.

19 南孝溫, 『秋江集』, 遊金剛山記. "庵前有深淵 名曰鬱淵 金同所陷也 金同者 麗時富人 平生佞佛 作庵鬱淵上 諸巖面皆刻佛像 供佛齋僧 米馱連屬開京 指空入此山 以同爲外道 同不服 指空作誓曰 汝是我非則今日我蒙天禍 我是汝非則今日汝受天禍 同曰然 空入宿摩訶衍 夜雷雨果作 金同寺爲水石所亂擊 同與寺佛寺鍾寺僧等同時陷入鬱淵云 鬱淵上里許 有金同寺基 過安養 東轉山腰也 躑躅綿竹 青紅滿徑 赴彌勒庵 庵後有七峯列立 庵前有水 乃鬱淵下流也."

을 외면하고 지계持戒적 삶 대신 대처帶妻를 숨기고 사사로이 절을 지어 외도선을 퍼뜨리려 했다. 불가적 시선에서 그는 외도가 아닐 수 없었다. 외도란 불교이외 유교, 도교, 무교를 추종하는 사람이나 무리, 혹은 삿된 가르침을 추종하는 자를 일컫는 것이니 금동이야말로 이에 귀속된다는 것이 명승들의 공통된 판단이었다.

전승적 차원에서 보면 금동은 호기심을 유발할 캐릭터가 분명하다. 반승반속半僧半俗적 면모가 문인, 사대부들의 눈길을 끄는 요소가 되지 않았을까 싶다.[20] 아울러 금동이 가공의 인물이긴 하지만 현실성이 높게 반영되었다는 점이 이 전승에 대한 관심을 높였다고 본다. 즉, 「금동전승」은 명칭연기의 범주를 넘어서 고려 당대 문란해진 불교신앙의 한 단면을 전하는 증언담으로서 종교적 정통성 문제, 사이비간 견제와 긴장 관계가 함축되어 있는 것이다.

「금동전승」은 금동 / 명승 간의 대결담으로 이해해도 무리가 없다. 여기서 금동은 악惡, 명승名僧은 선善으로 이분된다. 다시 말해 금동은 외도이고 명승은 정통인 셈이다. 금동이 외도로 규정된 까닭으로는 여러 가지를 들 수 있다. 지공이나 나옹의 눈에 비친 금동은 결코 불자의 기준에 부합하지 않았다. 수행을 결심한 자 답지 않게 아내와 함께 산중에 들어왔으며 부를 과시하며 제 절 짓기에 거리낌이 없었다. 그뿐만 아니라 시기심에서 고승들이 어렵게 완성한 묘길상妙吉祥을 무너뜨릴 계책을 세우고 있었다. 금동의 행위들은 한결같이 정법 수호에 반하는 것들이었는데 특히 사이비 종

20 조선 후기까지 30여 명의 문인, 승려가 거듭해서 「금동전승」을 채록했다. 현재 금동에 대한 구비전승은 사라졌으나 문인들의 채록으로 조선 초부터 후기까지 「금동전승」의 통사적 맥락과 변이양상을 살필 수 있게 되었다.

교 안으로 유인하여 그들 위에 군림할 계책까지 세우고 있었다. 금강산에서 금동은 점차 무소불위의 존재로 변해갔다. 설사 그의 흉계를 간파하더라도 사람들이 그를 제어하기란 불가능했다. 따라서 그의 비행을 꿰뚫고 있는데다 출중한 신통력을 자랑하는 지공指空, 나옹懶翁이 금동의 응징자로 나서게 되는 것이다.

금동은 외도형 인물로 전제되었으나 시대마다 그 형상에서 차이를 보인다. 이른바 고려 말 사이비 종교의 횡행, 호불유자의 이중성 등 현실문제를 투영시키고 있는 것이 초기 금동전승의 특징이라면 시대가 바뀌면서 금동전승은 불교 신앙문제에서 금강산중의 불교 유적으로 화재話財의 변화가 일어난다. 대결 구도는 변하지 않으나 정법대결이 아닌 조각 대결로 경쟁 내용이 달라지는 것이다. 즉, 누가 불상을 빨리 축조하며 누구의 솜씨가 더 나은가를 겨루는 식인데 나옹이 새긴 삼불상이 금동이 새긴 53불보다 한층 기교가 뛰어남은 물론 아름답다는 칭송을 얻게 된다. 이렇게 되자 시기심과 질투심이 남달랐던 금동이 열등감을 이기지 못하고 울연鬱淵에 몸을 던진다.[21]

이같이 「금동전승」에서는 명승과 금동이 솜씨 대결을 통해 승패를 결정하는가 하면 명승들을 대신해서 천신 혹은 산신들이 나서서 승부를 가려주거나 처단에 나선다. 금동에게 바른 길로 가기를 권했으나 이에 저항하자 지공은 두 사람 중에 누가 정통에 서 있는지를 가려보자는 제안을 내놓는다. 그러자 하룻밤 사이에 뇌성벽력과 함께 폭우가 쏟아져 금동과 금동사金同寺

21 申翊聖, 『樂全堂集』, 遊金剛內外山諸記. “溪下數里渡溪水 有巨巖 一面鑱三佛像甚偉 懶翁所刻 一面有五十三佛 高麗人金同者捨施刻石 其下鳴淵卽萬瀑之下流 而水勢蓋駛 聲甚厲 穴望峯一肢爲望高臺 陡絶欹危 垂鐵鎖三處 面勢不甚寬豁 其南有上雲菴 今廢.”

가 일거에 휩쓸려 사라지고 만다. 보이지 않는 힘에 의한 파사현정의 실현이자 지공의 법이 바른 것임을 보여주는 사건이 아닐 수 없다. 각편에 따라서는 금동이 무학, 나옹, 지공 3화상이 만든 묘길상을 도괴하려는 장면이 나온다. 하지만 금강산 여러 봉우리들이 이를 알아채고 합동해 그에 대한 공격을 가하기에 이르는데 석사봉, 화룡봉, 석마봉이 저마다 신술을 발휘하고 금동 퇴치에 힘을 합침으로써 신출귀몰의 소유자인 금동도 별수 없이 금강산에서 축출되는 신세로 전락하고 만다. 전승 중에는 아예 금동을 전생의 파순波旬으로 단정짓는 경우도 보인다.[22] 그를 지혜智慧와 선근善根 대신 삿된 길로 몰아가는 장본인으로 규정한 것이다. 겉으로는 호불자이자 자선가로 행세했으나 외도를 추종하며 세 확장의 야망에 사로잡힌 금동은 금강산에서 발원한 고려시대 대표적인 반불 캐릭터라 하겠다.

3) 옹고집

『옹고집전』에 삽입된 학승虐僧 모티브는 이 서사의 성격을 말해주는 일차 지표일 것이다. 옹고집은 근면과 자립으로 재산을 축적한 서민의 하나로 상정되지만 주변 사람을 모질게 대하는 인물로 형상화된다.[23] 누구에게나 인색하게 굴며 아랫사람들을 닦달하고 거칠게 대하는 그는 향촌 내 모두가 기피하는 인물로 꼽힌다. 그 점에서 옹고집은 놀부와 상당히 유사하다 할 수 있다. 다른 점이 있다면 놀부와 달리 옹고집에게는 반불, 반승

---

22 "파순(波旬)은 악마의 하나로 정법(正法)을 부정하고 지혜와 선근을 잃어버리게 하는 마왕만큼이나 위험한 인물이자 외도(外道), 이단(異端)의 대명사로 불려왔다." (『불교용어사전』 下, 경인문화사, 1998, 317쪽)

23 "즁을 보면 미워ᄒᆞ고 즁이 오면 동양도 아니쥬고 두 귀의 말둑박고 ᄃᆡ고리의 ᄃᆡ테 메고 볼기 치고 호 령이 분간 읍더라." (서유석 외, 『옹고집전 · 배비장전의 작품세계』, 보고사, 2013, 30쪽)

적 기질이 강하다는 점이다. 그가 왜 반불주의자가 되었는지는 탁발승托鉢僧인 학대사를 힐난하는 대목을 보면 알 수 있다. 학대사가 수륙재水陸齋의 재원을 청할 때 옹고집은 다음과 같이 반응했다.

> 가소롭다. 네 말이여, 천생만민天生萬民 마련할 제 부귀빈천富貴貧賤 유무자손有無子孫 복불복福不福을 분별하여 내었거든. 네 말대로 하려기면 가난할 이 뉘 있으며 무자할 이 뉘 있으리. 진속眞俗에 일렀으되 인중말人中末은 중이라 너의 마음 고약하여 부모 은혜 배반하고 삭발위승 부처의 제자 되어 아미타불 거짓공부 어른 보면 동냥 달라. 아해 보면 가자 하고 불충불효 너의 행실 내 이미 알았으나 동냥주어 무엇하리.[24]

옹고집의 말은 그가 왜 반불적 인물이 되었는지를 들려준다. 옹고집은 어려운 일에 봉착한 이들에게 발복을 구실로 시주를 권하는 탁발托鉢을 혹세무민의 차원에서 해석하면서 적대감을 표출한다. 아울러 출가는 반인륜적 행위로서 부모와의 인연을 끊게 한다며 패덕하고 불충불효한 짓이라 단정한다. 『옹고집전』의 작가는 선초부터 이어진 억불책, 반승 풍조에 대한 반발심을 옹고집을 내세워 표출한 것이 아닌가 하는 생각마저 드는데 그에 대한 응징은 역시 불승들의 몫이 될 수밖에 없었다.[25] 불승에 대한 폄하와 반감을 노골적으로 드러낸 그를 어떻게 응징할 것인가. 옹고집의 징치를 골몰하다가 학대사가 떠올린 것이 가짜 옹고집을 통한 진짜 옹

24 김기동 편, 『조선해학소설선』, 정음사, 1975, 242~243쪽.
25 "이 쇼문이 ᄌᆞᄌᆞᄒᆞ여 팡도의 글입즁이 용싱원을 두려원 영남을 가지 모ᄒᆞᄂᆞᆫ 도ᄉᆞ이 이 쇼문을 듯—르치리라 그 놈을 그져 두면 졀간도 ᄒᆡ가 되고 촌간의도 ᄒᆡ가 무슈할 거시니 그 놈 법을 —고 셰상 고상을 시키고 셰상의 젹거ᄒᆞ리라 ᄒᆞ고."(서유석 외, 앞의 책, 30쪽)

고집의 축출이었다.

종교적 규범이 아니라도 세상에는 누구나 지켜야 할 인륜 도덕이 있다. 옹고집이 노모를 박대하고 가난한 이에게 인색하게 굴었다고 해서 불가만이 나서 흥분할 일은 아니다. 그는 모든 사람들로부터 기피, 증오의 대상으로 자리잡은 지 오래였으므로 불가에만 해악을 끼친다 할 수 없다.[26] 그럼에도 불가에서 그를 응징하려 나선 것은 유독 반불적 인식에 사로 잡혀있는 외골수의 성향을 보여주었기 때문이었다. 그는 불가의 존립자체를 부정하듯 승려들에게 거칠고도 몰인정하게 대했다.

옹고집이 학승 행위에 일말의 죄책감도 느끼지 못함은 물론이다. 월출봉 취암사의 도사가 학대사에게 하명하기를 "옹당촌에 옹좌수라 하는 놈이 불도를 능멸하고 중을 보면 원수같이 한다하니 그 놈의 집에 가서 책망하고 돌아오라"[27]라는 말은 불가에서 왜 옹고집을 증오의 대상으로 지목하는지를 잘 보여준다. 유자라 할지라도 불가에 냉소적인 반응을 보이며 승려에 대한 학대를 일삼는 그를 이해할 수는 없을 것이라 본다. 특히 승려에 대한 횡포의 사례를 살핀다면 공동선을 위해서라도 공동체에서 그를 배제시키는 데 동의할 것이다. 이제 『범망경』의 십중계十重戒를 바탕으로 옹고집이 얼마나 반불적 인물인지 살펴보자.

① 물질적으로나 정신적으로나 빈곤한 사람이 찾아와 무엇을 얻으려고 할 때 보살은 그 소원에 따라 자기 것을 아낌없이 다 주어야 하거늘, 오히려 업신

26 재물이 넘쳐나지만 옹고집은 주위 사람에게도 시혜를 베풀거나 도와준 일이 없다. 옹고집은 "積善之惡에 必有餘惡이요 積善之家에 必有餘慶"라는 훈계 따위는 아랑곳없이 삶으로써 누구도 위기에 처한 그를 도와주지 않는다.

27 김기동편, 『조선해학소설선』, 정음사, 1975, 243쪽.

여기고 화를 내고 욕설을 퍼붓기를 자기 스스로 하거나 또는 그렇게 남에게 시켜서는 안 된다.

(…중략…)

② 보살은 마땅히 자비심을 가지고 서로 시비가 없어야 하거늘, 전의 잘못을 뉘우치고 사과하여 찾아오는 사람을 미워하고 끝까지 화를 내며 스스로 용서하지 않거나 또는 그렇게 하도록 가르쳐서는 안 된다.

(…중략…)

③ 자기 스스로 불·법·승 3보를 비방하거나 또는 남에게 그렇게 하도록 가르쳐서는 안 된다.[28]

옹고집의 행태는 십중계 중에서도 상기 항목과 정면으로 대치된다. ①, ②, ③의 가르침대로라면 불사를 위해 동냥에 나선 학대사에게 얼마간의 시주를 하는 것이 인정에 맞는 일이다. 하지만 옹고집은 모욕할 기회를 엿보고 있었다. 그러다 동냥을 구하러 온 학대사의 바랑에 쇠똥을 퍼붓는 만행을 저지른다. 옹고집의 단죄는 불교도에게 당위적 과제로 떠오르지 않을 수 없게 된다. 그를 방치할 때 불가가 어떤 위기에 봉착할지 전전긍긍하는 상황으로 바뀌는 것이다. 그렇다면 누군가는 그의 단죄에 나서야 한다. 학대사는 이를 두고 중승들의 다양한 의견들을 경청하지만 정작 상좌上座들의 묘안을 밀치고 결과적으로 스스로의 묘책을 들고 나온다. 이른바 가옹假雍을 등장시켜 실옹實雍을 퇴치하자는 것인데 실옹을 무화시키자는 발상이었다.

28 https://terms.naver.com/entry.nhn?docId=567134&cid=46648&categoryId=46648

옹고집은 큰 부자이면서도 동시에 권세가에 속한다. 기득권층과 연緣을 맺고 있는 그는 무소불위의 존재가 되었으며 이를 제어할 수단이 달리 없었다. 이야기는 옹고집이 놀부처럼 만인에게 원성을 사고 있지만 막상 향촌 내에서 그에게 죄를 묻고 응징을 가하기란 쉽지 않음을 넌지시 보여준다.[29] 결국 학대사가 옹고집에 대한 단죄에 나설 수밖에 없게 되는데 반불주의자 옹고집은 가옹에게 추방당하는 등 온갖 수모와 설움을 당한 끝에 개과천선한다.

『옹고집전』은 대단원大團圓에 이르러 악인일지라도 참회한다면 용서할 수 있다는 포용력을 보여줌으로써 불교적 주제의식이 한층 선명해졌다. 그러나 사회 현실적으로 조선시대는 어느 시기가 되었든 억불숭유의 기제가 작동하고 있었고 승가, 승려들은 유가의 압박과 멸시에 속수무책으로 시달려야만 했다. 그러니까 옹고집은 그 같은 환경과 상황을 고스란히 투영해주는 반불 캐릭터라 할 수 있을 것이다.

4. 나가며

불교서사라 할 불교설화, 소설, 전승담 등은 신앙체로서 불교가 지닌 의미와 가치를 드러내기 위해 이상적인 인물은 물론 반동적 인물을 다양하게 발굴, 배치한다. 본고는 이 점을 주목하여 통사적 맥락에서 세 편의 불교서

29 옹고집과 놀부는 재력가이자 권력층들과 끈끈한 관계를 유지하고 있는 토호세력인 탓에 타인에게 횡포를 부리고 멋대로 굴더라도 현실적인 방식으로 그 악행을 제어하기는 사실상 힘들었다. 현실적인 방법을 벗어나서 신술에 의한 가옹을 앞세워 그를 징치할 수밖에 없었던 이유를 여기서 찾을 수 있다.

사를 바탕으로 그에 등장하는 외도형 인물의 속성과 개별성을 밝히고자 하였다. 종교 담론들은 대체로 종교적 정체성과 내재한 가치를 앞세우게 마련인데 불교서사의 경우, 정도와 외도의 이원적 대립항을 설정하고 정도에 의한 외도의 구축 과정을 포함하는 일이 흔하다. 정도의 무리가 고승, 명승으로 고정되어 있는 반면에 반불 인물들은 불교사적 상황 속에서 다양한 형상으로 그 모습을 드러낸다. 불교 전래 직후의 상황을 전해주는 「원광법사전」에서는 신과 주술승이 우선 반불 인물로 지목된다. 신은 무교, 주술승은 외도를 대변하기 때문이다. 하지만 원광 / 신, 주술승으로 구도가 아닌, 원광, 신 / 주술승의 구도로 친소親疏 관계가 이루어진다. 불교에 의해 외도세력의 축출이란 구도로 전개되지도 않는다. 이는 불교의 공인 이후에는 무불巫佛간 갈등이나 마찰이 크지 않았음을 우회적으로 보여준다고 하겠는데 대결의식보다는 토착 종교와의 조화를 추구했던 초기 불교계의 동향을 반영한 것이겠다. 고려시대에 창출된 이단 캐릭터로는 금동이 대표적이다. 그는 고관으로 지내다가 금강산으로 은거해 수행에 전념하는 인물로 비춰지지만 실은 외도를 추종하며 자기 세력을 불리는 데 몰두할 뿐이었다. 거기다 재물탐이 많았으며 사사롭게 절을 짓는 등 금강산을 예토穢土로 변질시킨다. 그러다 참다못한 명승과 천상에 의해 죽음을 맞게 된다. 이교도로서 교단과 맞대응할 만큼 위세가 대단했던 금동이었으나 명승의 위력을 감당할 수 없었다. 금동은 고려 말 정법正法에서 이탈한 사이비, 외도선 무리의 등장과 맞물려 이해되는 캐릭터이다. 조선시대 창출된 반불 캐릭터로는 옹고집이 주목된다. 그는 유교주의자로서 학승을 자행하다가 학대사로부터 단죄 당하게 된다. 즉, 철저히 유교의식으로 무장한 옹고집이 학승을 일삼자 참다못한 학대사가 가짜 옹고집을 내세워 진짜 옹고집을 가정과 사회 밖으로 추방한다. 하지만 옹고집은 이전의 반불 행위를 참회함으로써 예전의 위치를 회복하는 시혜를 누리게 된다.

외도형 인물은 불교가 핵심적인 신앙으로 여겨졌음에도 제 종교로부터의 견제와 저항이 만만치 않았음을 일러주는 현실적 지표가 될 뿐더러 정통 종교임을 표방하며 자만과 우월감에 사로잡힌 불교 교단에 각성과 쇄신을 촉구하는 기능적 존재로 이해할 수가 있겠다. 전통적으로 불교서사 속의 외도 캐릭터들은 교설 주입적 담론으로 이행하는 것을 막아주었으며 독자적 호기심과 함께 불교의 정체성을 추동하는 데 결정적인 요소로 작용했음이 드러난다.

제4장

구운몽에 나타난 삼교융합三教融合과 이면적 의미

1. 들어가며

『구운몽九雲夢』은 이제까지 연구성과를 거론하기 벅찰 만큼 큰 관심을 불러온 고소설의 대표적 작품이다. 연구적 시각이 인물, 비교연구, 기법, 구조 등에 걸쳐 다양한 가운데서도 특히 사상 배경에 대한 연구가 가장 활발히 이루어졌다고 할 수 있을 것이다. 소설에서 사상적 기반이나 정신사적 배경은 그것이 주제정신 및 미학과 직결됨으로써 어느 작품에서든 우선적으로 주목되어 마땅한 요소일 터인데 유교가 지배적 사상으로 군림하고 있던 17세기 공간에서 불교나 도교사상까지 포괄하고 있다는 점이 독자, 연구자들의 이목을 집중시켰다 말해도 좋을 것이다.

문면을 통해 쉽게 파악되는 것처럼 초기연구자들은 유불선儒佛仙 삼교三教를 이 소설의 사상적 배경이라고 파악했고 이는 별 무리 없이 받아들여졌다. 그러나 시간이 지나면서 삼교 사상설에 대한 회의가 일기 시작했고 구체적으로 유교나 도교는 불교에 비해 비중이 미약하다고 평했다. 유교 도교적 사상이 반영되어있다 해도 지엽적인 것일 뿐 핵심은 불교사상의 고취에 있다는 주장에 공감하는 분위기로 바뀌게 된 것이다. 하지만 『구운몽』의 사상적 배경이 불교 교리 일반이 아니라 『금강경』의 공空사상에 대응한 소설적 전개라는 주장이 제시된다. 하지만 이에 대한 반론이 곧이어 나타난다. 즉 『금강경』을 중심한 공사상에 기초하여 소설이 지어졌다는 것은 이 작품이 다른 불경이나 일반적 불교 교리와 큰 거리감을 갖고 있는 것으로 이해될 우려가 있다는 지적이었다. 게다가 공사상도 불교사상의 하나로 포괄될 수 있는 것이라면, 굳이 엄격하게 한 경전에 의거한 사상체계로 『구운몽』의 주제적 바탕을 좁힐 필요가 있는가 하는 의문이 증폭된 것이다. 그 결과 『구운몽』은 불교의 일반적 사상을 반영한 것이라는, 과거의 주장으로 선회하는 일이 벌어진다. 무엇보다 소설이란 특정 경전이나 교리의 대응적 담론을 지향하기에 앞서 영구불변한 보편적 주제를 지향한다는 입장이 이런 결과를 낳은 것으로 보인다.

주제적 기반을 두고 '삼교습합 →불교→불교의 공사상→불교의 보편적 사상' 등으로 거론되었으니, 불교의 일반적 가르침을 소설화한 것이라는 종래의 설을 중심에 두고 유교, 도교적 사상의 개입여부를 어느 선까지 인정하느냐가 핵심으로 지목되었던 것인데, 앞의 이견이 계속되다보니 맨 처음의 주장으로 돌아간 듯한 느낌마저 없지 않았다. 본고에서는 『구운몽』의 유불선儒佛仙적 취의와 관련된 몇 가지 의문을 던지고 이의 해명방식을 통해 『구운몽』의 사상배경에 대한 나름의 견해를 밝히려 한다.

– 『구운몽』의 삼교사상 수용을 김만중金萬重의 사적 취의로 한정해서 보기보다 조선 초기 이래의 사상사적 흐름과 관련시키는 등 시각을 확장할 필요가 있지 않은가.
– 유교와 도교는 사상적으로 외피에 불과할 뿐 기실 핵심은 불교사상을 드

러내기 위한 데 있는 것이 아니었을까. 다시 말해 유교와 도교는 불교의 지나친 돌출을 엄폐하기 위한 일종의 보호색으로 대입시킨 것으로 파악할 여지는 없는가.

- 유불선 습합의 소설적 적용을 사상적 관점에서만 볼 것이 아니라 『구운몽』을 읽는 독자들과의 관계망, 즉 수용미학적 관점과 결부시켜 파악해 볼 필요가 있지 않겠는가.

이렇게 세 가지 정도로 해명할 전제를 상기해보는 것은 작품 생산에 개입된 다른 다양한 요인들처럼 3교 융합 역시 당대 현실, 독자층위, 서사미학 등과 결부되면서 나름의 미학을 형성하는 핵심적 요소로 작품에 반영된다고 보기 때문이다. 하지만 이런 의문이 기논문들에서 제기한 삼교융화적 주장에 대한 변호, 혹은 어느 한 설에 동조하기 위해 그리한 것이 아님을 먼저 밝혀야겠다. 쉽게 보면 『구운몽』은 삼교사상이 조화롭게 융합되어 있는 것으로 비춰진다. 하지만 그렇게 심상하게만 볼 것이 아니라 제 사상의 적용이 갖는 이면적 의미를 좀 찬찬히 뜯어볼 필요가 있다고 보아 자의적이나마 물음을 던지고 그에서 궁리 거리를 찾아나서기로 한 것이다. 이로써 『구운몽』의 주제의식과 배경에 관한 숨은 뜻이 드러나고 아직도 거듭되고 있는 『구운몽』의 주제사상의 해명에 일조할 수 있다면 다행이겠다.

2. 삼교융합의 전통과 소설적 승계

주자朱子에 의해 새롭게 정립된 신유교가 성리학이란 이름으로 고려 말 이 땅에 도입된 이래 조선왕조의 정치사상이자 이데올로기로 채택된 것은 주지하는 대로이다. 반불의식이 남달랐던 신흥사대부들이 새 왕조의 기반을 닦으면서 성리학은 국가적 이념, 이데올로기로서 뿐만이 아니라 동시에 개인의 삶을 좌우하는 지표로서 시간이 지날수록 점점 큰 위력을 발휘했던 것이다. 가장 큰 타격을 입은 것은 불교였다. 세조 재위 연간과 같이 호불적 분위기로 반전된 때가 없지 않으나, 불교는 점점 암흑기로 빠져 들어갔다. 억불의 상징적 사건으로는 사찰 혁파나 승려신분의 추락 등을 들 수 있겠는데, 고등종교로서 불교가 갖던 기득권은 부정되고 부녀자 민중 등 기껏 소외층들의 믿음으로써 명맥을 이어나가는 참담한 지경에 처한다.

이런 국면을 타개하기 위한 불교계 지성들의 노력이 없었던 것이 아니다. 일부 승려들은 나름의 논리에 입각해 터무니없는 반불론에 대응하여 어떻게든 분위기를 반전시키고자 애썼던 것으로 보인다. 태생적으로 불교에 반감을 지닌 유자들을 상대로 한 가장 유효한 대응법 내지 설득법은 유학사상과 불교사상간의 동질성을 찾아 이를 밝혀주는 것이었다. 불교 지성들은 불교가 패륜적, 이단적 신앙이라는 것은 기실 선입견일 뿐, 유교와 비교할 때 궁극의 가르침은 하나로 통한다는 점을 주지시키는 데 힘을 기울였다.

고려에서 조선으로의 정권 교체기에 활동했던 기화己和, 1376~1433는 위기에 처한 불교를 논리적으로 대변해나간 첫 번째 인물로 꼽아도 좋을 듯하다. 유불에 통달한 그는 「현정론顯正論」에서 유儒와 불佛은 서로 모순되는 것이 아니라 제휴하고 협력하면서 정치 교화가 밝고 나라가 더 융성하고 백성이 번영하게 된다는 것을 역설하였다. 그는 "삼교의 도가 다 마음에 근본하니 유는 드러난 마음을, 불은 그 진眞을 추궁하는데, 노씨老氏는 그 두 가지 가운데 걸쳐 있다. 유는 형이후形以後의 마음이니 사물에서 그 마음을 찾아 들어가고, 불은 마음의 본원을 바로 밝힌다. 곧 형이상자形而上者의 성性이라"[1] 하며 유불儒佛의 심성을 변론하였다. 아울러 십장문十章文이란 글을 지어 유교, 불교, 도교 어느 한 입장에 치우침이 없이 독자적인 이론을 전개하였다. 가령 중국역사상 돈독한 신불군주로 꼽히는 양나라 무제의 사례를 들어 정각에 귀의하여 자비로써 세상을 구하는 것이야말로 성군의 갈 일이라고 강조하면서 사심捨心, 사신捨身, 사재捨財의 삼사三捨를 강조하기도 했다.[2]

역시 조선 초기인물이었던 김시습金時習도 불교와 유교의 사상적 차이를 사려 깊게 천착한 것으로 여겨진다. 그는 다음과 같이 말한다.

> 공자의 말씀은 바르므로 군자가 따르기 쉽고 석가의 말씀은 허황하여 소인이 믿기 어렵지만 극에 달하면 모두 군자와 소인으로 하여금 바른 도리에 돌아가게 하는 것이지 세상을 미혹시키고 백성을 속여 나쁜 도리로 그르치게 하는 것은 아니다.[3]

---

1 이종익, 「조선의 배불정책과 불교회통사상」, 『한국사상의 심층연구』, 우석, 1986, 158쪽.
2 이기영, 「한국의 불교」, 세종대왕기념사업회, 1993, 169쪽.
3 金時習, 『梅月堂集』 21권, 上柳自漢書.

일견 범인들이 인식하고 있는 불교의 단점을 지적하는 듯하나, 그는 궁극적으로 유불이 한 가지 바른 도리에 이르게 한다며 동일한 것으로 파악한다. 그의 사상체계는 인도주의에 기저에 두되, 불법이 갖는 안민제중安民濟衆의 기능에 더 주목한 것으로 보인다. 그가 불교의 교리를 빌린 유교 정치사상의 체계화를 목적으로 했다면 유불융합 시각에 있어서 새로운 시점을 확보했다고 해도 무리는 아니라는 생각을 해보게 한다.[4] 김시습은 유교 불교뿐만이 아니라 도교에 대해서도 "도교에는 체體는 있으나 용用이 없다"고 했고 개인이 도덕적 체험에도 불구하고 사회를 교화하는 데 이바지 할 수 없다며 한계를 지적하기도 했던 바, 어디까지나 불교와 도교란 인간 중심적으로 현실주의적 실천적 측면에서 성리학의 심화 확대를 돕는 데서 그 의미가 있다고 보았다.

16세기 들어와서도 여전히 유불 간 귀일점을 강조하거나 유불선 습합에 의미를 부여하는 불승들이 거듭 등장한다. 대표적으로 영관靈觀, 1485~1571과 휴정休靜, 1520~1604이 이에 해당한다. 시간이 흐르면서 더욱 강고하게 조여오는 탄압 아래 불교계로서는 취할 수 있는 대응방식으로써 유학에 대한 직접적 성토나 비판 대신 조화와 융합의 정신을 앞세워 유불간의 동일점에 초점을 맞추려 했던 것이 이들의 관점이었다. 특히 휴정은 『선가귀감禪家龜鑑』, 『유가귀감儒家龜鑑』, 『도가귀감道家龜鑑』 등 삼가 귀감을 통해 유교나 도교도 근본은 인간의 마음을 가장 중시하는 불가의 사상과 동궤임을 증명하여 삼교회통의 논거로 삼고자 했다.[5]

유불선 습합 내지 회통會通을 강조한 기화, 김시습, 보우, 영관, 휴정 등

4 정병욱, 「김시습연구」, 『한국고전의 재인식』, 홍성사, 1979, 80쪽.
5 이기영, 앞의 글, 184쪽.

도 유교, 불교, 도교가 서로 다른 사상 체계이면서 지향점에서는 귀일된다고 주장했으니, 유불 간 동질성 제시는 물론 단순 논리에 빠진 유교를 경계하기 위한 우회적 성격이 없지 않았다고 하겠다. 하지만 삼교회통에 대해서 유가 쪽은 애써 외면하거나 부정적 시선으로 일관함으로써 사상간 활발한 논쟁은 이루어지지 못한 것으로 보인다.

이런 분위기에 견주어 볼 때, 17세기 사대부로서 김만중의 처신은 특이한 사례로 꼽아 부족함이 없다. 그는 사상 종교에 대한 개방적 시선을 갖추고 있었고 편협하게 어느 쪽에 경사되지 않은 인물이었다. 무엇보다 그의 행적이 주목의 대상이 된 것은 유자로서 기득권을 누린 인물임에도 남다르게 불교에 호의적 시각을 보였다는 점 때문일 것이다. 그는 과거를 통해 정계에 진출한 이래 여러 관직을 전전한 인물임에도 삼교에 대한 폭넓은 관심은 물론 불교의 폄하 혹은 억압적 분위기에 휩쓸리지 않고 나름의 논리로 유교와 불교의 사상적 특징을 제시하고자 했다. 불승의 입장에서가 아니라 이미 유자로서 기득권을 누린 입장에서 유불선 습합이나 유교사상에 대해 회의의 시선을 거두지 못하고 있는 것부터가 이목을 끌기에 부족함이 없었다. 그의 유교에 대한 비판적 인식 및 불교에 대한 옹호의식이 외부의 영향 없이 절로 형성된 것인지는 확신할 수 없다. 시기적으로 중국을 비롯하여 우리나라에서 앞서 제기된 유불儒佛 회통사상으로부터 시사 받았을 수도 있으나 당대에 그처럼 불교를 대놓고 논의한 유자는 달리 찾기 어렵다. 물론 그의 이 같은 처신을 이해 당사자인 불승들의 입장과 같은 시선에 놓고 보기는 어려울 것이다. 김만중은 유교 이데올로기 체제의 수혜자이면서도 유교의 한계를 적시하는가 하면 불교의 사상적 우월성을 공공연히 표출시킨 인물이다. 그의 주장 가운데 몇 대목을 우선 보기로 한다.

송나라의 사대부들은 선학禪學을 숭상하는 사람이 있었으므로 부녀자들도 왕왕 지혜로운 자가 있었다. 정자의 집안에도 지혜로운 여자가 많이 있었는데 아마 선문禪門에서 터득함이 있는 자이리라. 주자는 2 정程씨가 먼저는 병이 들었다가 뒤에 나았는데 생각건대 병이 들었을 때는 대개 선禪을 말했던 것이라 하였다.[6]

정문程門의 여러 사람들은 선학에 감염되지 않음이 없는데 주자는 여여숙呂與叔을 가장 인정하였지만 역시 그도 일찍이 선을 배웠다고 의심하였으니 나머지는 알만하다. 유광평游廣平은 스스로 말하기를 '만년에 불학하여 비로소 소득이 있었다' 하였으니 바로 이정二程에게서 배운 것이 지극하지 못했음을 말함이다.[7]

이씨(석가, 노자)의 설이 행하여지자 우리 유자들은 이들을 같이 채용하여 성性을 말하고 심心을 말하여 섞여져서 하나가 되었다. (…중략…) 오유청吳幼淸은 선학의 찌꺼기를 주워 모아 우뚝하니 잘난 체하면서 학습이 철저하지 못하고 행동이 명찰하지 못하다고 하여 제갈량諸葛亮과 사마광司馬光을 성학聖學에 소득이 없다고 비방하였다.[8]

조선이 유자가 스스로 속한 세계를 비판하고 불법을 맘껏 논할 만큼 자

6 金萬重, 『西浦漫筆』 上. "程子家中 多亦慧女 蓋有得於禪門者也 (朱子謂兩程先病後廖 想其廖時 大家說禪)."

7 위의 책. "程門諸公無不染禪 朱子最許呂與叔 亦疑其嘗學禪 餘可知也 游廣平自言 晩於不學始有所得 乃知學於二程子 爲未至云."

8 위의 책. "自二氏之說行 吾儒旁採而兼用之 談性說心 混爲一途 (…중략…) 吳幼淸掇拾禪餘 昂然自大 以習不着行不察譏貶葛馬 謂之無得所於聖學."

유가 허여된 시대가 아니었음을 환기한다면, 위와 같은 발언이 얼마나 직설적이고 불순한 것으로 여겨질 수 있을지 추론하기 어렵지 않다. 그의 비판적 대상이 성리학 성립의 주역인 정씨程氏와 주자朱子에 뻗히고 있다는 것은 비판의 정도가 생각보다 훨씬 날카롭게 전개되고 있음을 말해준다. 정문에 든 사람들이 모두 선학에 감염되어있다거나 불학에 든 사람이 모두 선학에 감염되어있다거나, 유광평의 말처럼 불학은 소득이 있는데 반해 이정程顥, 程伊川에게서 배운 것은 없다고 토로하고 있다. 그렇지만 기본적으로 그가 유교를 부정하는 선을 넘어섰다고 말할 수는 없다. 그가 어떤 사상으로 경사되고 있는지를 가름하기 위해서는 그의 말을 더 경청해보아야 할 것 같다.

> 불서가 비록 번다하지만 그 요점은 진공묘유眞空妙有 네 글자에서 벗어나지 않는 것이다. 규봉圭峰 종밀宗密이 이르기를 '진공'이라는 것은 차 있는 것이 비어있다는 말과 다름이 없고 '묘妙'란 것은 비어 있는 것이 차 있다는 것과 다름이 없다 하였다. 이 말은 주렴계周濂溪의 '무극이태극無極而太極'이란 말과 아주 비슷하다. 주자가 정성서定性書의 '성性'자는 사용함에 차이가 있다함은 아마 성性은 정定하여서 말할 수 없다 함이다.[9]

위와 같은 유불일치론儒佛一致論조차도 기본적으로는 유교사상에 대해서 불교가 지닌 사상적 우월성을 전제하는 것이 아닌가 의구심이 먼저 앞선다. 『서포만필西浦漫筆』에 자주 등장하는 불가, 도가에 대한 언급마저도 현

9 위의 책. "佛書雖煩 其要不出於眞空妙有四字 圭峰宗密謂眞空者 不違有之空也 妙有者 不違空之有也 此語頻與濂溪周子 無極而太極 相似朱子謂定性書之性字 用得差異 盖性不可以定言也."

실에서 유가적 세계관을 구현하기 위한 눈돌림이라 생각할 수 있다. 찬찬히 그의 발언을 살피다보면, 불교에의 경사가 대단한 지경에 이르고 있다. 다시 말해 그는 한 걸음 불교 쪽에 가까이 다가가 그 종교 사상적 장점을 변론해주고자 하는 열의로 가득 차 있는 듯하다.

> 학곡鶴谷은 시재가 비록 높지만 재료를 취함에 넓지 못하여 (…중략…) 뒤에 그 화보를 보니 바로 선재가 관세음을 예참하는 그림이었다. 공은 아마 관음觀音을 선자仙子로 앵무를 청조로 오인했던 것이다. 선배들이 외가 잡서를 보지 아니했다 함을 알만하다.[10]

유자들이 자신의 세계 이외에는 눈을 돌리지 않는 것을 들어 유자들의 편협한 시각과 관념을 공박하고 있다. 사상적 공유나 이해를 갖추는 당대적 분위가 유지되었다면 유불선에 대한 비교적 관점의 논리를 거론할 필요가 없다는 점을 밝히고자 한 것은 아니었을까. 한편 드물지만 김만중은 도교에 대해서도 입장을 밝힌다.

> 주자는 일찍이 도사들이 자기네 노장老莊설은 이해하지 못하고 도리어 불가의 껍질을 주워 모았다고 비웃었다. 이것은 정말 그렇다. (…중략…) 이런 기술은 모두가 불씨의 방계나 외도로서 불법과 더불어 같이 중국에 들어왔고 장도릉 등이 이를 따라 전수하여 면목을 바꾸어 스스로 한 종파로 삼았고 노담老聃은 명망이 중시되었고 그의 책에 곡신불사谷神不死 등의 말이 있으므로

10 위의 책 下. "鶴谷詩才雖高 取材不博 (…중략…) 後見畵譜 乃善財參觀世音圖 公盖誤認觀音爲仙子 鸚鵡爲靑鳥耳 前輩之不看外家雜書可知."

> 이를 끌어들여 중요시하고 또 삼청의 설을 집어넣어 꾸며서 널리 경전을 만들어 불가와 자웅을 다투었다. 후세에 이른바 도사라는 것은 실은 구담의 서자요, 노자의 문적에 의탁한 것으로 불가설을 주워 모은 것이 바로 그들의 본색이니 어찌 또 이상한 것이 있겠는가.[11]

도교란 공개적으로 비판하고 한계를 적시하더라도 크게 거리낄 것 없는 대상으로 지목되어 이렇듯 노골적으로 비판할 수 있었던 것은 아닌지 모르겠다. 아무튼 도교란 불가설을 주워 모은 것이라는 등 혹독한 폄하가 가해지고 있다. 철저한 사유체계의 확립 없이 불가와 민중 신앙적 요소를 적당히 혼효시켜 만든 것에 불과하다는 평까지 한 것을 보건대, 도교에 대해 비판적 시선을 전제한 것이 분명하다. 다시 말해 그는 노자가 주창한 무위자연 중심의 도교사상과 그 후의 신선사상은 구분지어 보고자 한 것처럼 보인다. 다른 글에서는 공자, 석가, 노자를 앞세운 후 이들 간의 차이점보다는 석가와 노자의 언행에 주목하여 도가와 불가 사이의 동질적 요소를 확인해주고 있다. 사상적으로 유불과 견주어 도교의 특성을 따지기도 하지만 그를 부정하는 단계까지는 나가지 않는 것도 주목되는 점이다.

> 노자의 학은 내 생각으로는 합벽闔闢의 체용體用이 완전하고 거대하여 양주가 터득한 것은 단지 그 일단에 불과하다. 장자莊子나 열자列子의 책에 비록 양주를 언급하고는 있으나 역시 그를 존중한 적은 없다. 설령 맹자孟子가 양씨楊氏

---

11 위의 책. "朱子嘗笑道士不解渠家老莊說 却拾佛家糟粕 此固然矣…此等術皆佛氏之旁門外乘 與佛法東入於中國 張道陵輩從而傳授 改頭換面 自立爲宗 以老聃名重而 其書有谷神不死等語 故引而爲重 又粧粉三淸 廣作經敎 與佛爭雄 後世所謂道士者 實瞿曇之孼 而冒玄元之藉者 掇拾佛說 乃其本色 又安足怪哉."

> 에게 성토를 하여 시장바닥에다가 벌려 놓았다 하더라도 어찌 일찍이 용의 한 털만큼이라도 손상을 주겠는가. 나는 노담이 어떤 모습을 하였기에 공자 같은 성인도 그를 스승으로 여겼고 맹자 같은 호변가도 감히 입을 열지 못했는가 알 수 없다. 아, 이상하다.[12]

억불의 상황이 지속되는 상황이긴 했으나 유자 안에서도 유불, 유불선 회통에 관심이 일기 시작했던 것으로 여겨지며 김만중의 『구운몽』은 그 같은 경향성 위에서 바라볼 수 있겠다. 한데 동시대의 일반적 흐름에서 벗어나 사상적 회통에 왜 그토록 관심을 보였던 것일까, 이에 대해서는 좀 더 숙고할 필요가 있다. 흔히 김만중의 사상적 경향성을 삶의 조건과 결부하는 일이 있다. 유복자로서 부친에 대한 그리움을 간직하고 성장했음은 물론 현달과 더불어 부침을 거듭한 이력이 생의 무상함을 일깨워 주었을 것이라 예상해본다. 이렇다면 그에게 유교란 부정하기 힘든 것이면서 모순과 한계를 노정한 사상으로 여겨졌을 가능성이 큰데 당시 그에게 사상적 대안이 되어줄 수 있었던 것이 불교가 아니었던가 싶다.

하지만 앞서 언급들이 말해주듯 그의 관심이 온통 불교에만 집중된 것은 아니었다. 『구운몽』을 놓고 보면 일단 김만중의 관심은 삼교에 두루 미친다. 단순화하면 '유교, 불교, 도교 → 유교, 불교 → 불교' 의 사상적 편력을 드러낸다는 것이다.

『서포집西浦集』이나 『서포만필西浦漫筆』과 같은 직설적 발언을 통해서도 확

12 위의 책. "老氏之學 窃算闔闢體全用鉅 楊朱所得 特其一端 莊列之書 雖言楊朱 亦未嘗尊之也 設令孟子致討於楊氏 肆諸市朝 何嘗損猶龍者之一毛乎 吾不知老聃作何狀 以孔子之聖 而嚴師之 孟子之好辯 而不敢開喙 吁亦異哉."

인되지만 『구운몽』은 보다 우회적, 상징적 형상으로써 김만중이 지니고 있었던 삼교사상을 포괄하고 있다고 해도 지나침이 없다. 김만중은 『서포집』이나 『서포만필』에서 밝힌 사고의 편향성을 『구운몽』을 통해 구현했다고 보는 것이 저자의 입장이다. 요컨대 삼교습합 및, 융화 사상은 앞선 시대 여러 지식인들이 거듭 주목한 것이로되, 17세기 김만중에 이르러 생경한 사상의 설법이 아닌, 성진 양소유라는 한 몸이면서 서로 다른 세계를 살아가는 인물의 궤적을 통해 생생하게 구현화된 것으로 볼 수 있다는 것이다.

3. 삼교융합의 수용미학적 의미

이미 사상 정치 사회적으로 성리학이 조선사회의 핵심으로 자리 잡으면서 일부 지식인사이에 답답함을 견딜 수 없어하는 분위기가 조성되었는데 유교에 대한 비판, 불평을 넘어 이를 공론화시키고자 한 이도 있었다. 하지만 사대부로서 자신들의 기반이나 마찬가지인 유교에 대한 직설적 성토가 허여되는 시기가 아니었다. 그런 언행은 당연히 금기시되었고 따라서 돌출행동의 사례는 그리 많지 않았다. 아무리 유교에 대한 비판적 견해를 가졌다고 하더라도 그가 속한 사회로부터의 매장을 감수하면서까지 반유교적 입장을 천명하기란 퍽이나 어려운 일이었다.

김만중은 삼교를 바탕으로 한 소통적 담론에 충분한 이해력을 갖추고 삼교의 당대적 의미를 간파하고 있던 예외적 인물처럼 보인다. 17세기 공간에서의 사상의 소설화, 다시 말해 복합적 사상을 소설적 주제정신으로 승화시키고자 한 이는 그 말고는 쉽게 떠오르는 이가 없기 때문이다. 17세기에 들어와 소설창작이 활기를 띠고 소설을 통해 자신의 소신을 펼쳐 보일 수 있게 되었다고 하지만 지식인이 소설 창작에 나서는 일은 큰 용기를 필요로 했을 것이다.[13]

물론 그의 창작동기가 사상이나 소신의 피력을 위한 집착 때문이 아니라 홀로 계신 모친의 심심파적에 놓여 있었음은 널리 알려진 대로이다.[14] 지극한 효성이 일차적 창작동기라면 평소 유교세계와 그것이 지닌 모순과 한계의 설파는 주제정신을 가름하는 제재로서 구실했다고 보아도 좋다. 정치 사회 풍속 예절 제도 사상에 대한 전인적 지식, 소설의 효용성까지 꿰뚫고 있었던 개방된 식견은 유불선적 주제를 기반으로 한 이야기로서 새로운 장편소설의 탄생을 낳게 할 바탕이 되기에 부족함이 없었다.

소설은 한 작가가 일방적으로 세계에 대해 펼치는 담론의 현장 같지만 독자와의 소통을 염두에 둔 다성적 담론이라는 점에서 일방통행적 이야기와는 판연히 구별되는 조건을 갖춘 서사물이다. 『구운몽』 창작에 즈음하여 김만중도 마땅히 독서층의 분포를 주목하고 내용 요소를 어떻게 갖추어야 할 것인지를 고민했을 것이다. 소설의 효용성을 분명히 인식하고 있던 그가 사적소설에 머물기를 원치 않았을 것이라는 진단[15]은 충분히

13 소설사에서 김만중이 돋보이는 것은 물론 지식인 작가라는 사실 때문만은 아니다. 작가로서 그가 주목되는 것은 기득권층의 사상적 토대인 유교 일변도의 편향된 사고에 갇혀 있지 않다는 점 때문이라고 본다. 구체적으로 말해 당시 누구보다 앞서서 장편소설을 구상하고 그를 통해 유불선의 회통을 모색하고 나아가 불교사상의 초점화를 시도했던 것이다.

14 『西浦年譜』, 丁卯府君五十一歲. "旣到配 値尹夫人生朝 有詩曰 遙想北堂思子淚 半緣死別半生離 又著書寄送(부군께서 귀양지에 도착한 다음 윤부인의 생신을 맞아 시를 지었다. '멀리 어머님께서 아들 생각에 눈물 흘리실 걸 생각하니 반은 사별이요, 반은 생이별이라.' 그리고 글을 지어 보내서 소일거리로 삼으시게 하였다.)"

15 사재동, 「구운몽 연구서설」, 『불교계 국문소설의 연구』, 중앙문화사, 1994, 376쪽.

수긍할 수 있거니와, 모친을 포함한 여성들은 물론 기득권을 누리는 사대부, 그리고 신분의 격상과 함께 부귀영화를 꿈꾸는 평민층도 수용적 관점에서 의식하지 않을 수 없었을 것이다. 김만중이 소설 향유층을 의식한 작가였다는 점은 이재李縡, 1680~1746의 증언으로도 확인된다.[16]

독자층위에 대한 고민과 마찬가지로 작가가 깊이 고려해야 할 것이 주제의식의 표출이다. 그런데 필자는 『구운몽』이 여성 혹은 여항의 평민까지 독서층으로 상정함으로써 유교일변도의 주제를 포기하게 만들지 않았을까 추정해본다. 『구운몽』의 주제정신과 삼교습합과는 별개의 문제가 아니라고 보는 것이다. 여성은 물론이요, 소외된 계층일수록 기득권자의 사상으로 군림하는 유교보다는 불교에 더 큰 관심과 친연성을 보였으리라 생각된다. 아울러 고등한 사상에서 벗어나 민중 신앙적 성격을 폭넓게 수렴하고 있는 신선사상 역시 여성 및 하층민을 사로잡을 사상적 배경으로 주목되었을 것이다. 『구운몽』에서 유교 일변도가 아닌, 삼교를 소설의 사상적 배경으로 깔고 있음은 이런 독자적 층위와 무관치 않다고 생각할 수 있다.

『구운몽』은 불교, 도교사상을 적극 수용함으로써 확실히 여성 독자층을 확보하는 데 유리했다고 본다. 『구운몽』에 나타난 사상간 회통 내지 융합

16 李縡, 『三官記』. "패설에 『구운몽』이라는 것이 있으니 서포가 지은 것이다. 대체적인 뜻은 부귀공명을 일장춘몽에 돌린 것인데 대부인의 근심을 풀어드리고자 한 것이다. 그 책이 부녀자들 간에 성행하여 내가 어렸을 적에 흔히 그 이야기를 들었는데 대체로 석가모니의 우언으로 되어 있으며 그 가운데 초사 이소가 남긴 뜻이 많이 들어있다. (稗說類九雲夢者 卽西浦所作 大旨以功名富貴歸之於一場春夢 要以慰釋大夫人憂思 其書盛行閨閤間 余兒時 慣聞其說 蓋以釋迦寓言 而中多楚騷遺意云)" 이재가 전하는 이 같은 증언은 『구운몽』이 설정하고 있는 독서대상은 여성들이었으며 그 의도가 주효했음을 확인시켜 준다. 한데 『구운몽』에 대한 관심과 독서 열기는 여성들에만 머물지 않고 여항간의 모든 사람들에게 미쳤음을 아울러 짐작하게 된다.

은 성별, 계층 간 종적질서를 당연시하고 남성적 권위를 앞세운 채 유교적 양명의식, 삼강 오륜적 질서만을 강조하는 이전의 소설과 큰 거리감이 있음을 보여주었다. 유교의 공명주의를 내세워 『구운몽』의 주인공인 양소유로 하여금 노모에 대한 효성과 군주에 대한 충성을 다하게 해서 부귀와 공명을 일세에 누리도록 했으며 도교의 향락주의를 내세워 양소유가 2처 6첩의 여인을 거느리고 영화를 누리다가 말미에서 불교적인 내세주의를 내세워 극락세계로 돌아가는 구도를 취했다.[17] 『구운몽』의 삼교사상 수용은 여성독자를 포함, 독자층의 관심과 흥미를 불러일으키는 데 있어 사상적 기반의 의미 또한 배려되었음을 충분히 암시받을 수 있는 것이다. 김만중의 평소 언행과 연관 지을 때 유교 일변도의 사상적 폐쇄성에 대한 문학적 대응으로 『구운몽』의 성격을 진단할 수 있으며 당대 그 누구보다도 나름의 작가정신을 갖고 창작에 임했다고 할 것이다. 작가는 어느 특정시대를 살아간 역사적 존재로서 그가 처한 상황과 함께 자신의 이야기를 구상화하는 자일진대, 외교外敎로 여겨지는 불교와 도교에의 관심을 넘어 이를 소설적 사상으로 수용하기까지는 일종의 용기가 필요하지 않았나 싶다.

작가가 형상화한 세계는 그의 체험과 처한 상황을 기초로 한 개별적 담론의 세계로 창조된다. 김만중은 소설창작을 제 사상과 자기 입장을 펼치는 장場으로 만들기를 주저하지 않은 것으로 볼 수 있다. 그는 당대 사회가 꺼리고 금기시하는 유교 이외의 종교, 사상에 대한 관심을 드러내는데 소설은 적절한 담론이 된다고 보았을 것이다. 직설적인 반유反儒 발언이 금기시되는 상황에서 김만중은 소설이야말로 유교뿐 아니라 불교나 도교

17 김기동, 『한국고전소설의 연구』, 교학사, 1984, 489쪽.

등 외도까지도 두루 배경사상으로 삼을 수 있는 융통성 강한 수용체라고 확신했던 것이다. 『구운몽』은 그런 확신의 산물에 다름 아니다.

4. 삼교융합과 서사적 층위

『구운몽』은 몽유夢遊형식의 장회章回소설이다. 17세기를 장편소설의 이행기로 보거니와, 대표적 작품으로 『구운몽』을 지목하는 게 일반적이다. 장편소설의 등장은 변화된 소설적 정황을 함의한다. 독자의 안목이 높아져 단편적 서사에 만족하지 못하게 소설수용적 환경 아래에서 주제정신은 물론이고, 배경, 인물, 기법 등 새로운 소설 미학을 위해 소설의 제요소는 변화가 불가피해졌을 것이다.

입몽, 몽중, 각몽으로의 순차적 전개는 이미 아득하게 그 서사적 전통이 소급되는데 17세기 정도에 이르면 퍽 친숙한 서사장치로 인식되기에 이른다. 『구운몽』에서 현실과 꿈의 경계조차도 분명히 보여주지 않는 것은 독자가 몽유방식에 퍽 익숙해졌다는 증거로 삼을 수 있겠다. 그런데 『구운몽』에서 시공간의 꿈 이전, 꿈 속, 꿈 이후라는 3층위를 기법적 차원으로만 국한할 일이 아니다. 세 층위에 걸친 시공의 변이는 유불선적 주제부여와 밀접하게 연관되어 있는 것이 『구운몽』의 특징이다. 주인공이 성진, 양소유, 성진으로 전변되고 각 층위에 인간관 및 세계관의 변이가 뒤따르는 바, 서두와 결미는 전적으로 현실을 지배하는 유교적 세계의 표출이라면 작품의 태반을 차지하는 중간부분은 불교와 더불어 유선儒仙적 요소가 근본 세팅에 얽혀 있다고 할 수 있다.[18]

하지만 층위에 따라 배경사상이 파편처럼 흩어져 있다면 미숙한 작품의 징표에 다름이 없을 것이다. 모름지기 이야기는 주제구현, 인물설정, 배경 등의 차원에서 상호 제 요소가 조화를 이루고 유기성을 발휘해야 함은 말할 것도 없다. 다행스럽게도 『구운몽』은 세 사상을 배면에 깔고 있으면서도 사상간 상충이 첨예화되지는 않고 있다.

지론을 담고 있다 할 『서포만필』에서는 유교에 대한 비판이나 조롱처럼 들리는 작자의 발언이 빈번하지만 실제 『구운몽』은 이와 다르다. 주제정신을 두고도 유불선 습합, 불교, 공사상, 불교의 일반 사상 등 다양한 주장들이 제기되었거니와, 주제의 혼란상으로 비춰질 여지가 있는 것은 사실이지만 이는 해독의 오류에 불과한 것이었다.

소설은 작가의 상상과 체험에 바탕을 두면서, 한편으로는 작가가 처한 시대의 서사적 관습에 매일 수밖에 없는 담론이다. 그렇지만 김만중은 주제사상과 등장인물에 있어 일대 변화를 꾀하고자하는 의지가 대단해 보인다. 가령 길고 긴 우회적 형상화는 삼교습합과 아울러 성진이 출장입상에 오르는 과정과 함께 8선녀와의 인연에 서사전개의 축을 놓음으로써 사상, 인물배치에서 전통적 소설 쓰기와 일정한 거리를 두고 있음을 입증한다. 생경한 철학과 사상을 용해시키기란 쉬운 일이 아닐진대, 김만중은 삼교습합과 아울러 주인공의 변전하는 생을 앞세워 우회적인 깨달음을 지양한 것이다. 『구운몽』을 이상소설로 유형화해도 될 만큼 당시 남성들의 소망이라고 할 수 있는 입신출세 과정이 순탄하게 펼쳐지고 그 지위에 맞는 미인들과의 혼사가 장애 없이 성취된다. 적어도 양소유의 생은 우리가

18 문상득, 「『구운몽』 소고」, 『피천득선생화갑기념논총』, 1971.

상상할 수 있는 가장 이상적인 것으로 형상화된 셈이다. 여성독자를 포함해 『구운몽』에 그려진 등장인물들은 우리가 동경하는 인물들이고 자신의 삶과 대응시키고픈 환상적 삶으로 점철되어 독자를 설레게 만든다.

『구운몽』에서 양소유의 출세와 결혼은 의식, 무의식적으로 젊은 청춘 남녀가 일반적으로 지니게 마련인 욕망의 완벽한 구현인 셈인데 『구운몽』이 각 계층의 폭넓은 호응을 받으며 읽혀질 수 있었던 것은 이처럼 인간적 욕구를 완벽하게 실현해준 탓이 아니었을까 생각해보게 한다. 독자의 꿈을 양소유란 비범한 인물을 통해 간접적으로 나마 투사해 보임으로써 독서적 흡입력이 상승할 수 있었다는 것이다. 양소유가 남성들이 꿈꾸는 분신이라면 8선녀는 여성들의 분신으로 독자를 대리만족시킨다. 김태준金台俊이 일부다처주의의 합리화로 『구운몽』의 특질을 지적[19]하기도 했으나 모두 빼어난 미모에다 고귀한 신분의 여덟 여인들로 인물이 배열된 것으로 보아 여성독자들을 크게 의식한 인물 설정임을 부정할 수 없게 한다. 아름다운 여인들과 한 영웅적 남성과의 기이한 만남 및 혼사는 적어도 그런 세계를 동경하는 여성들을 흡입하는 전개로서 나무랄 데가 없는 듯 보인다.

도교적 세계의 선향仙鄕을 인세에 재현한 듯 진채봉, 계섬월, 적경홍, 정소저, 가춘운, 낭양공주, 심부연, 백릉파 8선녀가 한 사내를 놓고 질투는 커녕 상대를 먼저 생각하는 아량의 미덕을 갖춘 소유자란 점은 양소유가 적강한 뒤에도 여전히 환몽적 세계에 머물러 있다는 착각을 불러일으킨다. 환몽적 세계는 곧 실패나 절망보다는 욕망의 실현을 그만큼 수월하게 만든다. 또한 상상의 비등을 보다 자유롭게 하는 장점으로 작용한다. 등장

19 김태준, 『증보 조선소설사』, 학예사, 1939, 116쪽.

여성들이 한결같이 성숙한 정신세계를 보이고 있음도 양소유와 8선녀의 인연 가능성을 높이는 요소가 되겠는데 처나 첩으로 인연이 맺어지고 부귀영화를 누리게끔 형상화되는 것이다. 남성의 소망은 물론 당대 여성들이 바라는 삶을 구현시키는 구도로 보아 몽중세계는 세속적 세계관을 고스란히 투영한 것이라 할 것이다.

그러나 양소유의 출사出仕와 8선녀와의 혼사는 그것이 인간으로서는 너무 순탄한 삶이라는 데서 오히려 환상의 지속으로 보일 정도이다. 갈등구조의 미미한 적용과 함께 권선징악적 주제정신의 틀을 고수하지 않고 있음도 주목할 점으로 지적된다. 선과 악의 대결을 조장하고 주인공이 악인을 퇴치하고 화려한 승리로 결말을 이루는 것이 고소설의 일반적 전개라면 『구운몽』의 인물설정이나 전개는 이와 상당한 차이가 있다고 하겠다. 양소유를 에워싸고 있는 미녀들은 질시와 갈등의 기미를 볼 수 없으며 쟁총爭寵과는 거리가 먼 덕성의 소유자들이다. 몽중세계의 인물형상이라고 하지만 갈등 대신에 화해, 독선보다는 상생을 강조하는 작자의 의도를 이로써 읽을 수 있다.

사상적 배경이란 면에서 양소유가 적강한 이후 지상적 삶이 유교적 세계관의 구현으로 비쳐지는 것이 사실이지만 8선녀와 더불어 상생相生적 삶을 소중히 여기는 불교적 가르침을 구현하고 있다 해도 무방하다. 이는 서두와 말미에서 불교적 세계를 공고히 다지고 진정한 불승으로서 거듭나는 성진의 모습과 함께 애초 의도대로 불교를 초점화하는 데 기여한다. 유교와 도교사상을 주입하고 있지만 어떤 면에서 그것은 불교 사상만 돌출되는 것을 막기 위한 배려라 할 것이다.

5. 삼교융합과 불교사상의 초점화

『구운몽』의 주제미학을 에워싼 논의 중 유불선 습합은 처음부터 폭넓게 공감을 받던 주장이었다. 그러나 이후 논의 전개과정을 개괄하면, 특정 주장에 공감대가 형성되었다기보다 순환론적으로 진행되어왔다고 보는 편이 옳다. 『구운몽』 연구의 선편에 해당하는 김태준[20]을 비롯하여 주왕산[21] 이명구[22] 박성의 [23] 문상득[24] 등은 『구운몽』이 유불선 사상을 습합했다고 보았고 이후 김기동[25] 정주동[26] 사재동[27] 조동일[28] 등에 오면 불교사상에 특히 초점을 둔 작품으로 풀이한다. 불경만하더라도 헤아리기 어려울 정도이므로 구체적으로 어떤 경전의 종지를 따르는지 분별하기가 어렵거니와, 보편적으로 수용하고 있는 불교사상으로서 제행무상諸行無常, 진공묘유眞空妙有의 깨달음, 혹은 윤회를 끊고 극락에 도달하는 성불적 가르침을 포괄했다고 보는 입장인 것이다. 한편 정규복이 일반적인 불교사상의 접목이 아니라 『금강경』의 공사상을 핵심으로 한 주제현시라는 점을 주장 [29]한 이래 논거의 차이는 있으나 설성경[30] 유병환[31]이 공空사상설에 동조하

---

20 김태준, 위의 책.
21 주왕산, 『조선고대소설사』, 1950.
22 이명구, 「구운몽 해제」, 『한국을 움직인 고전백선』, 1978.
23 박성의, 「김만중론」, 『구운몽.사씨남정기』, 정음사, 1983.
24 문상득, 앞의 책.
25 김기동, 「국문학상의 불교사상연구」, 『불교학보』 2, 1964.
26 정주동, 「구운몽의 불교적 고찰」, 『동양문화』 6·7 합병호, 영남대 동양문화연구원, 1968.
27 사재동, 앞의 책.
28 조동일, 「구운몽과 금강경, 무엇이 문제인가」, 『김만중연구』, 새문사, 1983.
29 정규복, 「『구운몽』의 도원사상고」, 『아세아연구』 28호, 1967.
30 설성경, 「몽의 통합적 층위와 계열상」, 『김만중연구』, 1983.
31 유병환, 「『구운몽』 연구」, 동국대 박사논문, 1990.

게 되었다. 그러나 특정 교리나 종지를 소설 속에서 캐내려하는 것은 도리어 지나친 집착으로 규정하면서 일반적인 불교사상을 형상화한 작품으로 보는 것이 타당하다는 견해가 제기되기에 이르렀다. 공 사상설에 대한 비판적 시각이자 이미 제기된 불교 중심설에 대한 옹호의 시각이라고 보겠는데, 어쨌든 이제까지의 흐름으로 보아 배경 사상에 대한 논의가 다시 원점으로 선회한 느낌이 없지 않다.

필자는 『구운몽』의 주제정신이 근본적으로 불교사상과 밀착되어있다는데 의심치 않는다. 잠깐이나마 불교사상을 경사하게 된 까닭을 해명하자면 다음과 같다. 공사상설과 관련, 『금강경』과의 치밀한 비교와 검증에서 우리는 『구운몽』과 『금강경金剛經』간의 관계를 반박할 여지가 없음을 알게 된다. 그러면서도 『구운몽』에 녹아든 사상을 『금강경』의 공사상에만 대응시킬 수 있는 것인지에 대해서는 의문이 따른다. 대체적으로 『금강경』의 핵심은 "凡所有相 皆是虛妄 若見諸相 非相 卽見如來(무릇 있는 바, 상은 다 허망한 것이다. 만약에 모든 상을 상 아닌 것으로 볼 것 같으면 곧 여래를 볼 수 있느니라)"라는 말에 있다고 한다. 이는 일체의 것에 집착함이 없이 그 마음을 운용하라는 것, 제법개공諸法皆空, 즉 모든 것이 다 공하기 때문에 집착하지 말 것이며 그런 마음의 상태로 마음의 작용을 하라는 가르침으로 새긴다.[32] 이 구절은 다른 경전에 나오지 않고 『금강경』만에 보이는 것이라 해도 이것이 함의한 바가 불교의 전통적인 원리인 삼법인三法印, 즉 제법무아諸法無我, 제행무상諸行無常, 일체개고一切皆苦에서 크게 벗어나는 사상이 아니다.[33]

32 이재창, 『불교경전의 이해』, 경학사, 1998, 156~157쪽.

33 간혹 이 셋에 '열반이 지복이다(涅槃寂靜)'라는 원리가 첨가된다. 이들을 흔히 삼법인(三法印) 또는 사법인(四法印)이라 하는데 이로써 불교를 다른 종교나 사상과 구별한다. (다카쿠스 준지로, 정승석 역, 『불교철학의 정수』, 민족사, 1989, 257쪽)

수많은 불경들이 내포하는 대로 윤회, 제행무상 등의 종지를 벗어나는 것이 아니라면 『구운몽』의 주된 사상배경을 『금강경』의 공空사상으로 단정짓는 것은 좁은 안목이라고 말할 수 있다. 그것은 문학적 주제를 염두에 둔 것이라기보다는 교리 혹은 경전 중심의 시각을 우선시한 결과라 할 것이다.

『구운몽』이 특정 교리를 형상화한 작품임을 강조하기보다 문학 작품이란 가능한 주제적 테두리를 넓게 잡고자하는 다성多聲적 담론임을 상기할 필요가 있지 않을까 싶다. 만약 김만중이 공사상을 일깨워줄 요량을 서사의 제일 목표로 삼았다면, 소설담론을 선택한 것부터가 요령부득이 아니었을까. 왜냐하면 문학을 통한 사상의 전달은 필시 애매함이나 기껏해야 포괄적 메시지를 전하는 데 그칠 공산이 크기 때문이다. 따라서 필자는 『구운몽』의 사상적 배경을 공사상으로 좁고 깊게 두기보다 공사상을 포함한 불교의 일반적 철리를 작품 속에 용해시키고 있는 것으로 보고자 한다.

소설이 인간의 상상과 체험에 즉한 우회적 글쓰기라면, 특정 경전을 바탕한 설법적 차원으로 작가 정신, 혹은 주제정신을 좁혀보는 데 동의하기란 쉽지 않을 것이다. 무엇보다 작가정신이나 작품의 깊이를 지나치게 제한하는 것이 염려된다. 같은 맥락에서 『구운몽』에 대한 문면적 해석보다는 작가의 전기를 좇고 주제적 지향점을 이로부터 추출하려는 데에도 공감할 수 없다. 김만중이 벌열 출신으로 출세지향적으로 과거에 응시해 출사의 길에 올라선 전력은 전형적인 유가적 삶을 떠올리게 하며 『서포집』이나 『서포만필』에는 유가적 세계관을 견지하는 대목이 산견되는 것도 사실이다. 하지만 『구운몽』의 주제배경에 대한 논의가 초점인 만큼 여타의 자료와는 일단 거리를 둘 필요가 있다. 『구운몽』 이외의 자료는 해석의 보완적 자료는 될지언정 그것이 온전히 작품의 주제정신과 통하는 것으로 전제 삼아서는 올바른 주제사상을 분별하기가 힘들어질 것임을 직시해야 한다.[34] 그렇다고 해서 초기 연구에서 폭넓게 제기된 유불선 습합사상의 소설적 고취라는 식으로 사상을 병립화시키는 것도 문제는 있다. 그 점에서 필자는 주제정신의 기저를 이루는 사상적 체계화라는 결코 가볍지 않은 문제에 봉착해 김만중은 일종의 절충적 방법을 택했다고 여긴다. 부언한다면, 『구운몽』에서는 외피와 중핵의 두 층위로 나누어 소설적 주제 사상을 달리 적용하고 있는 것으로 보고 싶다는 것이다. 양소유가 양명의식에서 출발하여 출장입상에 이르는 것이나 8선녀와 처첩의 관계를 맺는 것이나 유교사상, 혹은 민중적이고 향락적인 도선사상의 영향으로 볼 여지가 크다. 하지만 부귀영화를 누리는 지상적 삶도 끝내는 일장춘몽에 불과한 것이고 행복함도 윤회의 한 자락을 넘어서지 못한 것으로 구도화한 것이나 양소유를 수도승이었던 과거로 복귀시킨 전개는 이 작품의 사상적 기저가 불교에 있음을 말해준다. 특히 주제를 응축하고 있는 결말에 이르면 유교, 도교는 외피에 불과한 것이고 중핵은 불교사상에 있었음이 분명해진다.

---

34 홍인표는 역자서문(역주 『서포만필』, 일지사, 1987, 3~4쪽)에서 "그가 친불적인 입장에서 있었다기보다는 신유학의 존숭자로서 불교나 그 밖의 어떤 사상이라도 과거의 전통적 맥락과 현실의 합리적인 상황에 따라서 대국적인 태도를 취하여 널리 수용하였던 것이다"라 하였으며 정병욱은 「서포의 생애와 인물」(『고전 작가의 재인식』, 홍성사, 1979, 108쪽)에서 "서포는 불교에 깊은 관심을 가졌으되 언제나 儒主佛從의 자리에서 비교 연구하는 태도를 견지하였던 것으로 보인다. 뿐만 아니라 궁극에 가서는 '仙佛之爲異端匹也'라 하여 불교를 이단시한 것은 그만큼 그의 유교 사상이 확고한 체계를 지니고 있음을 뜻한다고 하겠다"며 궁극적으로 그가 유교적 세계관에 철저한 인간이었음을 강조하고 있다. 그러나 이는 『서포만필』이나 『서포집』 등에 나타난 몇 대목에 의거한 진단이어서 이를 『구운몽』에 구현된 주제 정신에 그대로 대응시키는 데는 무리가 따른다고 할 것이다.

『구운몽』에서 이면적 의도는 불교사상의 상대적 돌출에 있었던 것으로 필자는 파악하고자 한다. 성진에서 양소유로의 환생은 적강, 곧 천인의 지상세계로의 귀양처럼 그려지지만, 이른바 부처의 권능을 대리하는 육관이 성진의 치죄와 함께 "마음이 좋지 못하면 비록 산중에 있더라도 도를 이루기 어렵고 근본을 잊지 아니하면, 홍진紅塵에 가서도 돌아올 길이 있으니 만일 오고자 하면 내 손수 데려올 것이니 의심 말고 행할지어다"[35]라고 한 말은 성진의 내세와 이 소설의 이면적 의미를 되새기게 하는 실마리이다. 그러니까. 양소유에게 있어 업에 따라 끝없이 윤회해야 하는 삶의 고단함을 깨우치는 것이야말로 핵심인 셈이다. 설사 지상에서 호사를 극한 자취라 할지라도 결국 윤회의 한 자락에 불과함을 깨닫게 하기 위한 한시적 체험으로 적강謫降이 투입되었던 것으로 이해할 수 있는 것이다. 애매하고 혼란스럽도록 서사량이 증폭되어도 핵심은 지상적 삶의 공허함을 깨우치고 영원한 일을 다시 찾아 나서길 주문하는 데 있다고 할 수 있다. 이는 엄숙한 분위기로 변한 당대적 이데올로기이자 사상 기반으로서 유교사상에 대한 회의와 비판이라는 측면과 결코 무관한 형상화가 아니다. 하지만 김만중은 그의 생장과 출세를 포함해 그가 딛고 있던 유교적 세계관을 온전히 부정할 수 있는 입장은 못 되었다. 더구나 실제 잡저 등에서는 주유종불主儒從佛적 발언이 목도되기도 한다.

> 한창려韓昌黎가 주공周公 공자孔子에게서 터득한 바가 어찌 동파東坡만 같지 못하겠는가마는 조주에서의 애처로운 호소가 크게 사람들을 불만시킨 것은

---

35 정병욱, 이승욱 역주, 앞의 책, 19쪽.

생각건대 불교에 대한 학식이 없었기 때문이다. 비록 그렇지만 이상 여러 분들이 어찌 불학에만 치우쳐 공부했는가. 대체로 다들 유학을 위주로 하고 이에 불학을 보조로 한 것이다.[36]

위와 같은 발언이 『구운몽』의 사상적 방향 가름에 혼선을 야기할 수도 있을 것이다. 그러나 『구운몽』의 경우, 유교사상의 개입은 오히려 불교의 돌출을 가리기 위한, 일종의 엄폐적 의도에서 나온 것이 아닌가 생각된다. 수미상관적 구조 속에서 육관六觀의 연출에 좌우되고 있는 주인공이 성진, 양소유, 성진으로 생이 전변되는 바, 지상적 삶, 현세적 삶이 아무리 긴 사단을 갖고 있다하더라도 양소유의 삶이란 기껏 일장춘몽일 뿐임을 각성케 하는 서사적 표점을 놓쳐서는 안 된다고 본다. 불교적 각성에 이르기까지 유가적, 도가적인 인간상이 장황하게 제시되었다 하더라도 결국 작품의 사상적 기조는 불교사상에 놓여있다고 보아야 한다는 것이다.

김만중이 삼교사상을 배면에 깔았던 것은 퍽이나 치밀한 주제정신을 전제한 결과였다. 그는 당대 모든 독서층, 서사적 층위와 결부시켜 유불선의 사상성을 교묘하게 배합하되 결과적으로는 유교나 도교적 세계관을 초극하고 부지불식간에 불교적 세계로 돌아갈 수 있도록 했다. 다른 까닭도 있겠으나 이런 주제사상의 능란한 처리 및 변주야말로 그를 탁월한 작가로 자리매김케 하는 징표가 된다 하겠다.

---

36 金萬重, 『西浦漫筆』 下. "韓昌黎所得於周公 豈不如坡公 而潮州哀鳴 大不滿人 意者以無佛學故也 雖然以上諸公 豈其偏治佛學哉 盖皆以儒爲主 助之以佛."

제5장

조선 후기 소설에 나타난 여성의 신불信佛과 사암寺庵

1. 들어가며

조선의 건국과 함께 시작된 억불숭유책으로 말미암아 조선 후기에 이르도록 불교는 신앙적 개방성을 누리지 못한 채 핍박과 배척의 대상으로 머물러야 했다. 그러나 제 국왕들에 의해 대대로 진행된 억불책 속에서도 믿음의 대상으로 불교가 지닌 의의는 결코 부정될 수 없었던 것이 엄연한 사실인데 여기에는 여성 신자들의 힘이 절대적이었다.[1] 그들은 불교신앙의 실질적 주체로 남아 남성들이 반불 반승의 기치를 내걸 때에도 여전히 산사를 찾고 승려들에 시주하며 집안의 발복과 내세의 평안함을 기원하는 신앙인의 입장을 고수했던 것이다.

그렇다면 고소설에는 여성 불교신앙이 어떻게 반영, 투영되고 있는가. 이 물음을 던지며 본고에서는 17세기 이래 여성 불교신앙을 사암寺庵의 존재의미와 결부하여 살펴보고자 한다. 무엇보다 사암이란 불교와 여성의 삶을 보

1 "불교는 이미 1천여 년에 걸쳐 한반도에 정착, 수용되었기 때문에 서민과 부녀자들 사이에는 불교가 깊게 침투하고 있었다. (…중략…) 도리어 깊은 불교 신앙은 서민 생활 속에 토착화되어 갔다고 보지 않으면 안 된다."(가마타 시게오, 신현숙 역, 『한국불교사』, 민족사, 1988, 191쪽)

여주는 현실적인 공간이자 서사 구조적으로도 빈번하게 수용되는 공간이기에 이를 주목하기로 한 것이다. 소설을 통해 여성 불교신앙의 일단을 드러내는 작업인 만큼 거칠게나마 사암과 관련한 불교 억압의 자취를 먼저 밝힌 다음 사암의 기능적 형상화를 훑어보는 순서로 진행할 것이다.

2. 조선시대 여성의 삶과 사암

조선 후기 소설에 빈번히 투입되는 사암은 불교신앙의 한 징표이자 여성의 삶에 불교가 얼마나 지대한 영향을 끼치고 있었는지를 밝히는 공간적 지표로 삼을 수 있다. 여성들이 불교에 큰 호기심과 관심을 보인 것은 민속신앙과 달리 개유불성皆有佛性의 관념 혹은 사해四海 평등주의平等主義적 사고를 신앙적 기저에 깔고 있다는 점과 무관하지 않을 것이다.[2] 군자君子를 제외한 모든 이를 소인으로 치부하는 남성적 권위주의 아래 양성兩性의 평등을 요구할 수 없던 환경 그 자체가 불교에 대한 여성들의 관심과 신앙심을 촉발하는 계기로 작용하였던 것으로 보인다. 그리하여 사회, 가정, 남성들로부터 소외되고 억압당하는 여성들이 사암으로 몰려들었고 어느 사이 그곳은 제2의 가정, 정신적 안락을 누릴 수 있는 곳으로 여겨지기에 이른다. 하지만 이 같은 현상이 조선시대에 들어와 갑자기 일어난 일은 아닌 것 같다. 아래 기사는 백제시대 여성과 사암의 관계를 흥미롭게 증언한다.

---

2 "일단 불문에 들어가면 이전에 속했던 사성(四姓)의 계급, 이름 모두를 잃어버리고 똑같은 불교신도가 되었다. (…중략…) 불교에서는 모든 사람들을 동등하게 보아 불타의 복음을 그들 모두에게 전함으로써 인간 일체를 평화롭고 행복하게 하는 것을 염원한다." (水野弘元, 김현 역, 『원시불교』, 지학사, 1985, 180쪽)

백제 침류왕 때 인도 중 마라난타가 진나라에서 들어오자 왕이 영접하여 궁에 머물도록 하고 경건하게 예를 갖추기를 다하였는데 마라난타가 왕에게 권하여 남녀사男女寺를 세웠으니 남편을 잃었거나 결혼하기를 꺼리는 여자들이 불법을 받드는 승려가 되었으니 절을 바치거나 헌금을 내었다. 이로써 끝내 열녀의 지조를 지켰으니 절을 수열암樹烈庵이라 하였다. 그 후에 세속에서 숭상하여 풍습으로 변하였으니 의자왕 7년에 이르러 군신과 사민의 여자들이 서로 절에 들기를 원하여 지아비를 죽이고 중이 되는 일까지 일어났으며 혹 시집가지 않고 삭발하고 중이 되는 경우도 있었다.[3]

군신과 사민士民 출신의 여성들마저 승려가 되기를 간절히 바랐다는 것인데 일부러 남편을 죽이거나 결혼을 포기하는 일 등 충격적인 사건을 획책할 정도로 니승尼僧되기는 백제 여성들의 간절한 꿈이었음을 알 수가 있다. 조선시대 들어와서도 이런 불교신앙의 열기와 니승에 대한 시각은 변하지 않는다. 막상 남편이 죽거나 소박을 맞아 오갈 데 없는 처지로 전락하더라도 맞아줄 데가 없었던 상황에서 여성들이 일차적으로 떠올리는 것이 사암에 의지한 삶의 보전이었다. 그 같은 생각은 돌발적으로 일어난 것이라고 보기는 힘들다. 다시 말해 위기적 상황에서 사암을 귀의처로 떠올렸다는 것은 평소 그곳을 열심히 드나들었던 연조와 무관치 않다는 게 현실적인 유추이다. 사암이 여인들에게 삶의 의지처로 작용한 것은 경향 간 차이가 없었다. 세조의 의숙懿淑공주가 요절하자 세웠다는 백련사白蓮寺

3 『海東人物叢話』. "百濟枕流王時 胡僧摩羅難陀自晉至 王迎置宮內 敬禮甚勤 胡僧勸王 建男女寺 盡收喪夫女不欲改嫁者 奉法爲僧 納寺賜祿 以終烈志而名其寺曰樹烈庵 其後俗尙風成 君凡至義慈 一七世君臣士民女子 爭相慕尙 至有弑夫爲僧 或有不嫁而削髮者矣."

의 경우, 지리적 이점 때문이기도 하겠으나 억불숭유의 기치가 나부끼는 상황과 전혀 다른 풍경이 연출되었다. 성 안과 성 밖의 남녀노소들이 불사 공덕, 혹은 유람처로 삼아 부산하게 드나들었음을 아래의 기록에서 확인해 볼 수 있는 것이다.

> 대체로 절이 한양의 북쪽에 있었는데 양천의 북쪽에 경각과 승지가 매우 깊고 추녀가 높았다. 한양의 사대부가 여인들이 짐을 지고 광주리를 들고 끊임없이 드나들었는데 성과의 거리는 한 유순由旬에 미치지 못했으며 들보와 기둥이 대단하여 이를 보려는 사람들이 성황을 이루었는데 어디에도 비길 데가 없었다.[4]

불교신앙의 축이란 깊은 산 고찰에 한정되지 않으며 상층 신분의 여인들 역시 불교신앙을 통해 정신적 위무를 얻으며 발복을 누릴 수 있다는 생각에는 변함이 없었음을 알 수 있다. 절에 드나들며 현세적 삶에서 오는 고통과 시련을 발원, 기도로 해소하는 이들 중에는 물론 평민층이 더 많았을 것이다. 사암에서 가장 흔하게 접할 수 있는 것은 정기적으로 사암을 출입하며 현세의 삶을 지탱하게 해주고 평안한 내세를 맞게 해달라는 기원의 모습일 터이나 사암이 단지 발원의 장소로 그친 것은 아니었다. 여기에는 뿌리 뽑힌 삶들이 딱히 머물 공간이 별로 없었던 현실이 가로 놓여있었다. 특히 집을 나온 여성이 머물 장소는 찾기 어려울 정도였다. 그런 악조건에서 그들을 맞아준 곳이 사암이었다. 그곳은 복덕을 비는 신앙적 공

---

4 李益鉦,『重修白蓮社記』. "盖寺在漢京之西 陽湖之北經閣僧寮 宏邃軒敞 洛之士女 負笈携筐 往來絡繹 距干城未由旬 棟樑之鉅 遊觀之盛 無踰於此者."

간이자 떠도는 자를 거두어 먹이고 재우는 구휼적 공간이 되기도 했다.

결혼 후 평민여성의 고단한 삶을 노래하고 있는 시집살이요에는 핍박을 견디지 못하고 끝내 출가하게 되는 도정이 고스란히 담겨있다. 이 노래는 시집간 여인이 겪는 비인간적 처사와 멸시의 사례를 낱낱이 보여줌으로써 특히 여성청자들에게 한없는 동정심과 연민을 고조한다.[5] 구박 현장의 구체적 제시는 가출의 명분을 단단히 다져놓은 것이 아닐 수 없다.[6] 몇 가지 장면으로 엮어진 노래는 시댁식구들이 주인공을 밭매기에 내모는 광경부터 제시한다. 힘들게 김매고 들어온 그녀에게 보인 시댁 식구들의 반응이란 밥도 제대로 주지 않은 채 모멸적인 언사로 그녀를 궁지로 몰아넣는 것이었다. 그곳에서는 모든 사람이 한결같이 억압적 존재로 비칠 뿐이다. 유일하게 그녀에게 동정심을 보이는 남편이 가출을 만류하지만 집을 나가기로 결심한 그녀의 마음을 되돌려 놓을 수는 없었다.

---

5 시집살이요 중 적잖은 작품에서 시댁으로부터 갖가지 억압과 모멸을 당한 끝에 가출한 여성이 출가를 택하는 것으로 전개된다. 이정아, 『시집살이구연에 나타난 말하기 방식과 여성의식에 관한 연구』, 이화여대 박사논문, 2006, 15~16쪽에 따르면 322편의 시집살이요 중 46편이 그런 경우에 속한다. 물론 상투적인 가사 처리로 여길 수도 있겠으나 충분히 현실성을 반영하여 나타난 노랫말이라는 점을 도외시할 수도 없다.

6 시집가든 사흘만에 호망자리 둘러메고 밭매로야 가라칸다 / (…중략…) 집에 돌아노니 시아버지 하는 말이 / 번개가티 뛰나오매 그게라상 일이라고 점심 찾아 벌써오나 / 쪼바리 같은 시어마님 쪼불시가 기나오매 / 그게라상 일이라고 점심 찾어 벌써오나 / 흔들흔들 맞동세는 실렁실렁 나오메야 / 고게라상 일이라고 점심 찾어 벌써오나 / (…중략…) 농문으로 열어치고 우리 아배 떠온 처매 우리 어매 눈공처매 / 한폭따여 고깔 짓고 두폭 따여 행전 짓고 시 폭 따여 바랑 짓고 / 오랑망태 둘러메고 시금시금 시어마님 나는 가네 / 시금시금 시어어마님 시집살이 몬해가주 / 나는 가네 나는 가네 가그덩 가고 말그덩 말고 / (…중략…) 동해사 절로 가서 한 대문을 열어 치고 두 대문을 열어치니 / 늙은 중캉 젊은 중캉 동미중 캉 앉었구나 / (…중략…) 한 귀때기 깎고 나니 눈물이 진동하고 / 두 귀때기 깎고 나니 팔월이라 원두밭 돌 수박이 되었구나 / (…중략…) 바랑망태 짊어지고 친구 중아 벗이 중아 / 친정 골에 시주 가자 친정골을 시주 가자 / 친정에 삽지끝에 들어서여 / 시주왔소 동냥왔소 이 댁에 시주 왔소 / 어마시가 하는 말이 문을 열고 내바더보매 / 삽지끝에 저 대사는 우리 딸이 건성하다. (임형택, 고미숙 편, 『한국고전시가선』, 창작과비평사, 1997, 251~252쪽)

주목되는 바는 가출 이후 그녀의 발길이 사찰로 향했다는 점이다. 곧 그녀는 가출家出 이후 출가出家를 위해 동해사東海寺를 찾았던 것이다. 그 절에 들어서자마자 그녀는 친구 집에 들른 것처럼 "동미 중아 벗이 중아 이내 말쌈 들어봐라 내 머리를 깎어 도고", "동미 중아 머리 깎어 친정 골에 시주가자 이내 머리 깎어 도고"라며 머뭇거림 없이 삭발을 청한다. 그렇게 말할 수 있었던 까닭은 오래 전부터 다져온 신자로서의 인연 때문이었다고 해야 옳을 것이다. 절은 그녀에게 범접하기 어려운 거리에 있는 생소한 장소이라기보다는 세상에서 내쳐진 여인을 받아주고 보살펴주는 포용적 공간으로 인식된다.

조선시대 사암에 대한 현실, 역사적 조건은 결코 호의적으로 전개되지 않았다. 사암을 바라보는 여성들의 시각과는 너무나 달랐다. 문학에서 사암은 여성에게 있어야만 하는 당위적 공간이라면 왕이나 위정자들에게 사암은 존재해서는 곤란한 공간, 서둘러 없애버려야 할 공간으로 지목되고 있었던 것이다. 태종의 경우, 억불숭유책을 선창하는 유생들의 말을 수용하는 식으로 사찰혁파를 추진하여 전국적으로 242개의 절만 남기도록 했으며 절에 귀속된 토지와 노비는 모두 국가 몰수하도록 조치를 내렸다.[7] 이후에도 사암철거는 유생들의 단골 상소거리가 되다시피 했으며 왕들은 그런 지지 세력을 등에 업고 사찰을 혁파하는 데 속도를 낼 수 있었다.

여성의 불교신앙과 관련하여 눈에 띄는 바는 소수에 불과한 니사 역시 철거의 대상에서 자유로울 수 없었다는 점이다. 1708년 7월 6일 사간원

7 『太宗實錄』, 6년 6월 9일조. "其三 辛丑年前事 屢下禁令 則各司屬公奴婢與佛宇神祠施納奴婢 雖其使孫無爭望之理 況世代悠久 係屬難明 詐冒宗派 續續爭望 而京外官司 但以無有對辨者 不揀是非 一皆決折者 往往有之 若金海府之龜巖寺 東萊 蔚州之神堂及各處施納奴婢 乞皆推考屬公."

의 이정제李廷濟가 올린 상소문에는 이런 대목이 보인다.

> 선조께서 니사를 철거했던 것은 대개 불도를 금하는 계책에서 한 일입니다. 근년 이래로는 소위 니사尼舍가 서울 가까운 곳에 있는 게 2, 3군데만이 아니라서 시가를 오가는 승려들이 번잡하다고 합니다. 뿐만 아니라 여염에 드나들며 속이며 현혹하는 짓을 자행하고 있다고 하니 부디 한성부로 하여금 적간摘奸하게 하고 모든 곳의 니사도 일체 철거하여 승려들이 성시에 드나드는 것을 일체 금단하시기 바랍니다.[8]

이미 승려의 신분이 천민으로 격하된 상황의 전개, 한양 근교에 니사가 적지 않았던 18세기의 사정을 두루 엿볼 수 있게 한다. 그런데 니사가 미풍양속을 저해하는 본거지가 되고 있다는 유자들의 거듭된 문제제기에 따라 숙종도 더 이상 견디지 못하고 8월 11일 이정제의 건의를 기화로 한양에서 가장 가까운 니사는 철거하라는 명을 내린다. 물론 이보다 앞서 인조 1년1623에 한양 성중의 자수慈壽, 인수仁壽 두 절이 철거되었으며 여기서 취한 목재는 반수당泮水堂의 재齋를 짓는 목재로 재활용하도록 한다. 니사 철거는 반불의식은 물론 반여성주의적 시각과 그대로 호응한다. 여성들의 불교신앙을 견인하는 니사를 철거 대상으로 지목하는 데 있어 유자들은 사특한 것을 배척하고 정도를 존중하기 위해서 서둘러 그런 장소를 없애야 한다는 명분[9]을 내세우곤 하였다. 그러나 한양 근교의 니사에는 평

---

8 『肅宗實錄』, 35년 7월 6일조. "先朝撤毁尼舍 蓋出防禁左道之計 近年以來 所謂尼舍 在於京城咫尺之地者 非止數三處 而尼徒往來街市 不啻紛紜 出入閭閻 恣行誑惑 請令漢城府 一一摘奸 諸處尼舍 竝卽毁破 尼徒之出入城市者 一切禁斷."

9 『肅宗實錄』, 35년(1709) 8월 11일조. "전언 李廷濟가 앞으로 나아가 앞서 아뢴 니사에 관

민출신의 여성들보다는 오히려 사대부가 여인 혹은 왕족이 주를 이루었다고 해야겠는데 기실 궁궐 내 여인들은 사암의 가장 큰 후원자이기도 했다. 숙종이 니사 철거를 부르짖는 군신들의 건의를 두고 "저 신하들이 니덕尼德들이 철거 방지를 이해 궁속과 결탁한다는 혐의는 지나치다"는 평[10]을 내린 것 역시 역설적으로 니사와 궁내 여인들의 관계가 상당히 돈독했음을 시사하는 것이겠다. 어찌되었든 숙종 이후 니사는 철저하게 몰락의 길을 걷는다. 실록에는 궁속과의 결연 등을 통해 그 존재 의의를 인정받던 예외 사암을 거론하고 있기는 하지만 적잖은 사암이 철폐 대상에서 벗어나지 못한 것이 사실이다.

여성들에게 구원처로서 인식되던 니사의 철거 방침이 나왔으나 그에 따른 반발적 기운은 거의 없었다 해도 과언이 아니다. 그러나 묘하게도 조선 후기로 갈수록 사암은 서사적 공간으로 빈번하게 수용되는 현상이 나타난다. 저자는 이에 대해 사암의 존재적 의미를 여전히 인정하고픈 여성독자들의 의중을 반영하는 것이자 불교신앙의 끈을 부여잡고 있는 다중의 바람이 그런 배경설정으로 이어진 것이란 진단을 내리고 싶다.

한 일을 거듭 아뢰었으나 임금이 또한 들어주지 않았다. 이정제가 다시 아뢰었다. '지금 성상께서 太學에 親臨하시어 先靈을 尊師하시고 八方의 많은 선비들이 우러러 보지 않는 사람이 없습니다. 이번에 니사에 관하여 아뢰게 된 것도 사특한 것을 배척하고 정도를 존중하자는 뜻에서 아뢴 것인데 아직 윤허를 받지 못하고 있습니다. 듣는 사람들에게 訝惑을 끼치게 하지 않겠습니까'라고 하였다."

10 『肅宗實錄』, 34년 8월 20일조.

3. 소설에 투영된 사암의 기능

초기부터 진행되어온 불교 억압책은 조선 후기에 이르러서도 여전히 계속되었다. 그 상징적 사건으로는 승려의 천민화에 따른 성내 출입금지, 그리고 사찰 혁파를 들 수 있다. 특히 니사의 혁파는 불교의 주 신앙층인 여성들에게 종교적 박탈감을 안겨 주었을 뿐더러 버림받아 오갈 데 없게 된 여성들에게 구원처를 빼앗는 것이나 다름없었다. 그러나 현실이 그렇게 전개된 것과는 무관하게 소설 내 사암은 더 빈번히 등장했으며 대부분은 긍정적 공간으로 처리되었다.[11] 신앙의 진앙지로서의 의미는 물론 피란避亂, 은둔隱遁, 위승爲僧과 결부되어 다양한 의미역을 지닌 장소로 형상화되기에 이른다. 뿐만 아니라 공간적 이동으로 표징되는 주인공, 등장인물의 삶 속에서 갈등과 위기를 해소하거나 소강상태로 바꾸어놓는 국면 전환의 지점이 되기도 한다. 그런 점에서 사암은 서사 내적 효용성이 퍽 다양했다고 하겠다. 그것은 현실을 반영하는 것이면서 동시에 위기 극복이나 국면 전환을 이끌어내는 공간적 지표로서 소설에 수용되었음을 말해주는 것이다. 이후 논의에서는 사암의 서사 내적 기능을 몇 가지로 구분해 볼 것이다.

1) 발원, 치성의 공간

사찰이 지닌 본령은 말할 것도 없이 불교신앙을 전파하고 불사를 봉행하는 종교적 장소라는 데 있다. 그러나 불자가 아닌 제 3자에게 사암은

---

11 심혜경은 여성과 사암을 거론하면서 절을 억압된 세계로부터의 도피 이후 뜻밖의 손길을 뻗치는 곳과 같다했으며 본래 세계로의 재진입을 염원하며 자비평등을 누리면서 의지할 수 있는 곳으로 그 공간적 성격을 풀이했다.(심혜경, 「조선 후기 소설에 나타나는 여성과 불교적 공간」, 『불교어문론집』 8집, 2003, 47쪽.)

기원처로서의 역할이 우선시되었다. 주인공의 신성성을 강조하는 소설일수록 비범 탄생모티브를 끌어들여 연로한 부부가 후손이 없어 애를 태우다 명산대찰을 찾아 소원을 빌었으며 그 결과 후사를 얻었다는 삽화를 상투적으로 대입하곤 하였다. 『심청전』과 『목시룡전』의 서두 한 대목씩을 보자.

> 우리 년당 사십의 실하의 일졈혈육 엽셔 조종힝화를 일노조차 끈케 되니 죽어 지ᄒᆞ에 간들 무삼 면목으로 조상을 ᄃᆡ면ᄒᆞ며 우리 양주 신세 생각ᄒᆞ면 초상장사 소대기며 년년이 오난 기일의 밥 ᄒᆞᆫ 그릇 물 ᄒᆞᆫ 모금 게 뉘라셔 밧들잇가 명산ᄃᆡ찰의 신공이나 듸려보와 다힝이 눈먼 자식이라도 남녀간의 나어보면 평생 ᄒᆞᆫ을 풀 것이니 지셩으로 빌러보오 (…중략…) 품파라 모든 ᄌᆡ물 윈갓공 다 들인다 명산ᄃᆡ찰 영신당과 고뫼충사 셩황사며 졔불보살 미ᄅᆡᆨ님과 칠셩불공 나ᄒᆞᆫ불공 졔셕불공 신중마지 노구마지 탁의 시주 인등시주 창오시주 갓갓지로 다 지ᄂᆡ고 (…중략…) ᄐᆡ힝산 노군과 후토부인 졔불보살 셔가여ᄅᆡ님이 귀ᄃᆡᆨ으로 지시ᄒᆞ옵기여 왓사오니 어엽비 여기옵소셔[12]

> 목엽이ᄃᆡ 왈 인ᄉᆡᆼ 사깁에 일졈 혈육 업셔 부부 ᄆᆡ일 한탄이로소이다. ᄒᆞ고 예단을 갓초와 주거날 여승이 밧고 왈 자식을 엇지 임으로 ᄒᆞ리요 그러나 정셩을 다ᄒᆞ여 축원ᄒᆞ오이다. ᄒᆞ고 관세음 화ᄉᆞᆼ을 뫼시고 황요사의 도라가 목엽을 위ᄒᆞ야 구자를 졈지ᄒᆞ기로 불젼의 ᄆᆡ일 발원ᄒᆞ니라. 각셜 목엽부부 무자ᄒᆞ말 셜워ᄒᆞ여 눈물 흘여 자탄ᄒᆞ다가 월ᄉᆡᆨ을 탐ᄒᆞ여 춘풍이 호졉을 안도ᄒᆞ

---

12 〈심청전〉, 『원본영인 고대국문소설선』, 대제각, 1975, 120~121쪽.

난 닷 부부월식을 히롱ᄒᆞ더니 비몽간의 뇌셩 ᄃᆡ작ᄒᆞ며 쳥용이 여의주을 히롱ᄒᆞ고 목부인의 품으로 드러오더니 ᄯᅩᄒᆞᆫ 이윽ᄒᆞ여 ᄃᆡ풍이 이러나며 ᄃᆡ호 입을 벌니고 목엽의 품으로 들거날 놀ᄂᆡ여 ᄭᆡ다로니 남가일몽이라 부부 서로 몽사를 의논ᄒᆞ고 ᄒᆞᆼ여나 자식 잇기를 축수ᄒᆞ더니 과연 그달부터 ᄐᆡ기 잇셔 십삭이 차ᄆᆡ 일일른 예업든 향ᄂᆡ 집안 가득ᄒᆞ고 구람도 끼고 바람 불고 지반이 요랑ᄒᆞ더니 쌍ᄋᆞ를 나어난지라[13]

『심청전』이나 『목시룡전』에 등장하는 부부들은 한결같이 사십이 넘도록 자식이 없어 전전긍긍하다가 절을 찾아 신공과 축원을 드리고 길몽을 얻고 곧 잉태에 이르는 것으로 그려졌다. 다만 『심청전』에는 불사를 찾아 발원하는 것 이외 다양한 민속신앙에 의지하는 모습이 드러나는 반면 『목시룡전』에서는 불교신앙에 의한 후사점지에 초점을 맞추고 있다. 아울러 『목시룡전』에서는 정형화된 기자 모티브를 탈피하여 개별담론에 속하는 이야기를 개입시키는 바, 목룡 스스로 자식을 기원하기도 했겠으나 그에게서 관세음보살상을 전해 받은 황용사의 여승이 부처님에게 지성으로 기원해준 덕분에 후사를 갖는 것으로 처리했다. 그 기원의 대상이 관세음보살임을 분명하게 적시한 것으로 보아 조선 후기 민중들에게 널리 퍼진 관음신앙을 엿볼 수 있기도 하다. 사찰은 일반 민중들에게 삭발 이후 구족계를 받고 불사를 봉행하는 의례적 성소로 여겨지기보다는 후시後嗣, 결혼結婚, 안택安宅, 치병治病, 치부致富, 장수長壽 따위를 포함하여 인간의 뜻대로 되지 않은 염원을 간직하고 찾아가 빌었던 공간이며 소설은 그런 발원의

13 『목시룡전』; 『김광순소장 한글필사본 고소설 자료총서』 16권.

공간으로서 사암을 모두에 흔히 주입하고 있는 것이다.

그렇다고 소설에서 사암만이 발원처로 설정되는 것은 아니다. 『심청전』의 다음 대목을 유의해보자. "품파라 모든 직물 왼갓 공 다 들인다 명산대찰 영신당과 고뫼충사 셩황사며 졔불보살 미럭임과 칠셩불공 나혼불공 졔석불공 신중마지 노구마지 탁의 시주 인등시주 창오시주 갓갓지로 다 지니고" 이를 보면 민중들은 다양한 형태의 민속신앙에 기울어져 있음을 알 수 있거니와 가신신앙, 동신신앙, 무속신앙, 독경신앙, 자연물 신앙, 풍수신앙 등 각자의 신앙적 대상에 대해 후사를 빌고 혹은 집안의 번성을 염원하는 데 온갖 치성을 다 바쳤다. 그런데 기자 치성시 사람들에게 사찰은 특별한 공간으로 다가온다. 이는 명산대찰을 찾아 후손을 염원하는 단락을 상투적으로 소설의 서두에 안치하는 것에서 잘 드러난다. 사암기원을 절실하게 바라는 쪽은 아내들로 심청의 모처럼 경비조달을 위해 갖가지 노고마저 마다하지 않았는데 늦은 나이에도 불구하고 그토록 기다리던 자식을 얻게 된 것은 사암을 찾아 발원한 덕택이라는 믿음을 자연스레 굳혔다.

부처에게 발원하여 원을 이루었다는 삽화는 종교의 신성성을 높여준다. 하지만 사암을 찾는 일은 경제적 부담을 불러오는 것이 현실이었다. 조선 후기 장편소설들일수록 부처에 대해 합장과 절을 올리는 것에 그치지 않고 승려들에게 얼마의 금전을 제공했다는 등 시주 규모까지 상세하게 밝히고 있어 변화하는 사암신앙의 세태를 읽을 수 있다. 즉 『김인향전』에서는 보명사 화주승에게 삼만 냥을 시주하고서 부부가 원하는 아들을 점지받았으며[14] 『소대성전』에서는 천룡사의 한 노승에게 청금 오백 냥과 백금 천 냥을 준 덕에 아들을 점지 받는다.[15] 주인공의 능력과 자질을 비범하게 처리하기 위한 복선으로서 기자 모티브를 삽입한 경우도 있겠으나 금전적으로 후하게 시주할수록 영험성이 높아진다는 생각이 점차 늘어갔다고 해야겠다.

계층과 남녀 구분을 떠나 난처한 일에 봉착하면 절을 찾아 소원을 비는 것은 유구하게 이어진 불교신앙이 삶에 깊숙이 침투되었다는 증좌이다. 소설에 투영된 그런 장면은 적강 모티브와 결합하여 태어날 주인공의 비범성은 물론 그가 어떤 위기를 당하더라도 끝내 이를 극복하리라는 기대치를 높여주기에 이른다. 워낙 많은 고소설이 모두에 사암 발원담을 부연시키고 있어 종합적으로 그 면모를 확인할 겨를이 없으나 불교신앙과 조선시대 여인들의 삶은 밀착되어 있었다고 보아야 할 것이다.

2) 피화, 회복의 공간

소설이 현실의 삶을 상당 부분 투사한다 하더라도, 흥미와 긴장감을 조성하기 위해 현실을 과장하거나 극적으로 처리하는 쪽으로 흘러가는 것이 일반적이었다. 고소설에서 사암寺庵은 불교 신앙처로서의 의미보다는 주인공 혹은 긍정적 인물이 적대자에게 쫓겨 궁지에 빠지거나 갖가지 재난에 의해 자립할 수 없는 시점에서 해결이나 소강상태를 위해 주입된 공간임을 예상할 수 있다. 그것은 신앙적 공간과 성격을 달리한다. 사암이 배경으로 등장하기에 앞서 위기에 처한 인간이 앞서 나타난다. 세계는 급박한 그를 구원해주기는 커녕 악조건 속으로 그를 내치고 만다. 가출했거나 어렵게 감옥을 탈출했거나 혹은 외란을 만났거나 아무튼 한결같이 궁

---

14 조희웅, 『고전소설 줄거리집성』 1, 집문당, 2002, 181쪽.
15 위의 책, 663쪽.

지에 빠진 그들은 그 세계를 피해 일단 다른 곳으로 이동해야만 한다. 바로 그 절체절명의 고비에서 그들이 은거지 혹은 거주지로 택하는 것이 사암이다.

17세기 소설사에서 사암의 구원적 의미를 잘 보여주는 작품으로는 『사씨남정기』를 우선 꼽지 않을 수 없다. 이 작품은 사찰 혁파가 정책적으로 한창 진행되던 시기에 출현한 탓에 당대 여성 불교 신앙과 사암의 상황을 엿볼 수 있을 것이란 기대감을 높여준다. 앞 줄거리를 간략히 보면 유연수와 사정옥은 묘혜의 중매로 이상적인 결혼 생활을 시작한다. 하지만 재자와 가인으로 만난 이들에게 시간이 지날수록 점차 위기 상황이 다가온다. 결혼한 지 10년에 이르도록 이들에게 후사가 생기지 않는 것이 문제였다. 후처로 맞아들인 교채란의 모함과 투기가 끊임없이 이어지더니 사씨가 인아를 낳은 후로는 교 씨와 동청이 결탁하여 유연수로 하여금 사씨를 죄인으로 몰아 결국 집에서 쫓아낸다. 이런 중에도 사 씨는 시부모의 시묘살이를 자청하는데 집안을 차지한 교 씨가 냉진과 공모하여 사씨의 정절을 유린하려 들자 사 씨는 이곳저곳을 전전하다가 의탁할 곳을 찾지 못한 채 강물에 몸을 던지기로 한다. 이때 묘혜가 사씨 앞에 나타난다. 그는 수월암의 여승으로서 사씨에게 무모함을 책하며 암자로 데려가 때를 기다리도록 한다. 사실 묘혜는 유연수와 사정옥을 중매한 적도 있었던 만큼 사씨의 삶에 있어 결정적인 안내자이자 구원자의 역할을 누구보다 충실히 수행할 인물이었다.[16] 사씨가 얼마나 불교에 깊은 믿음을 지녔는지를 언급

16 사재동은 묘혜를 사씨의 관음화, 관음행을 인도하는 안내승이자 관음상을 모시고 다니면서 관음응현을 실천하는 관음보살로 보더라도 부족함이 없는 인물이라고 했다. (사재동, 「사씨남정기의 몇 가지 문제」, 『한국고전소설론』, 한국고전소설편찬위원회, 새문사, 1990, 257쪽)

하는 대목은 보이지 않는다. 그러나 묘혜가 그처럼 적극적으로 그녀를 보살펴 준 것으로 보아 평소 지극한 마음으로 절을 찾고 불사공덕을 들였던 것으로 파악된다. 그녀가 신앙의 의지처로 삼았던 곳은 수월암이었으며 그 곳 여승 묘혜로부터 불교의 이치와 가르침을 충실히 체득했을 것이다. 사정옥에게 있어서 묘혜가 생의 인도자이면서 구원자였다면 수월암은 피난처이자 재봉처로서의 기능을 담당하는 장소가 된다.[17] 자살의 위기를 벗어난 후 사씨가 수월암에서 상황이 호전되기를 고대하는 동안 남편 유연수는 동청이 엄승에게 무고하여 북방의 행주 지방으로 귀양 가게 되었으나 태자 책봉 건으로 방면되면서 다시 복권할 기회를 얻는다. 그러나 이후에도 유연수는 악당들의 시달림에서 벗어나지 못하다가 결국 묘혜의 안내로 수월암에서 부인과 상봉하기에 이른다. 이들의 상봉을 기점으로 국면이 화해롭게 종결되는 것은 아니다. 다만 수월암에서 부부가 상봉한 것을 기점으로 이야기는 더 이상 하강국면으로 빠져들지 않고 원만하게 이어지다가 마침내 행복한 대단원으로 매듭된다.

『사씨남정기』에서 사정옥의 자취는 가정幸 – 방랑不幸 – 수월암체류幸 – 가정복귀幸로 단순화되며 그것은 행 – 불행 – 행의 서사적 흐름으로 축약된다. 이로 보아 사암은 여성 등장인물에게 긍정적이며 친숙한 공간으로 대응되며 그 공간을 주재하는 인물 또한 동성인 여승으로 배치하여 섬세한 조력적 기능과 잘 부합되고 있음을 보여준다. 『사씨남정기』는 창작시점이나 서사구조로 보아 중국 소설로부터의 의존성을 떨쳐 버리기 어렵다.[18] 하지만

---

17 김탁환, 「사씨남정기계 소설 연구」, 서울대 석사논문, 1993, 50~52쪽.

18 중국소설의 영향하에 창작된 장편 혹은 번안 소설일수록 사찰을 주요한 서사공간으로 지목하는 예를 흔하게 볼 수 있다. 반면에 우리나라를 배경으로 삼는 소설들은 상대적으로 사찰의 개입이 약한데 서사량이 짧은 탓에 등장인물의 폭넓은 설정이나 광범위한 배경이

평소 여성에 대한 높은 관심이 조력인물로서 여승인 묘혜를 택하고 그에 대응되는 니사인 수월암을 개입시켰다고 생각된다. 보다 구체적으로 말해 그가 어머니를 일차적인 독자로 상정함으로써 이런 인물, 공간이 배치될 수 있었다고 보는 것이다. 아는 것처럼 김만중의 어머니는 일찍이 남편을 잃고 자식들의 학문과 출세를 위해 모든 희생을 마다하지 않은 강인한 조선 여인이었다.[19] 그렇지만 스스로의 존재적 의미를 확인할 겨를이 없었던 여인이기도 했다. 사대부가 출신이었으나 운명적으로 그녀는 여항간의 여인들과 다를 바 없는 삶을 살아야만 했다. 김만중은 어머니를 포함한 여성들을 위해 가정 혹은 궁궐 이외에 정신적, 육체적 쉼터의 기능을 하고 있는 사암을 의도적으로 주입시켰던 것으로 보인다.[20] 수월암은 그런 의미에서 단순한 공간적 대입이라고 할 수 없다.

『사씨남정기』 계열에 속하는 『김황후전』은 최상층의 여인까지도 사암이 위무와 구원의 공간이었음을 밝히는 사례이다. 『사씨남정기』가 가정 내 적자 자리를 두고 벌어진 처첩 간의 갈등을 다루는 데 비해 『김황후전』은 궁궐 내 김황후와 후궁 최씨 간의 쟁총을 주 사건으로 삼는다. 여주인공 김 황후에게 닥쳐온 암담한 상황은 사정옥과 판에 박은 듯 일치한다고 하겠는데 후궁 최씨가 장차 위신에 불안을 느낀 나머지 제춘을 사주하여 간부서를 조작함으로써 김황후는 조주 땅으로 쫓겨나는 신세로 전락

그리 요청되지 않는 것과 관련이 있을 것이다.

19 우쾌제, 『한국가정소설사』, 고대민족문화연구소, 1988, 210쪽.

20 모친에 대한 김만중의 효성에 대해서는 여러 사람이 증언하고 있거니와 낳고 길러주신 은혜를 넘어 어머니로 대표되는 여성의 소망, 내면심리까지 헤아리는 단계로까지 나아간 것은 아닐까 생각된다. 그렇게 본다면 『사씨남정기』에 주입된 호불적 여성들은 물론 배경으로서 사암을 설정한 것 등은 애초 불교 지향성이 강한 여성들의 입장을 배려한 결과로 이해된다.

한다. 연고 없는 타향에서 김황후는 갖은 고초를 겪다가 결국 수월암을 발견한다. 다음 대목에 그때의 상황이 잘 나타난다.

말근 바람간의 은은ᄒᆞᆫ 셕경소ᄅᆡ 구름 박긔 들이거날 마음의 ᄉᆡᆼ각ᄒᆞ되 이 산즁의 분명 졀이 잇ᄂᆞᆫ가 ᄒᆞ야 박비 올나간이 슈간초암이 구름속이 잠겨난ᄃᆡ 청산 녹슈ᄂᆞᆫ 좌우을 둘이잇고 난봉공작은 션후의 왕ᄂᆡ ᄒᆞ난ᄃᆡ 암ᄌᆞ 일홈은 슈월암이라 ᄒᆞ엿시며 금탑의 삼불이 안졋거날 분힝ᄌᆡᄇᆡᄒᆞ고 물너신이 불상이 황후을 보시고 웃ᄂᆞᆫ 듯 ᄒᆞ더라 이윽고 늘근 여승이 나와 황후ᄭᅴ ᄌᆡᄇᆡᄒᆞ고 문왈 부인 긔상을 본이 황후ᄃᆡ가의 부인인가 십푸오ᄃᆡ 엇지 이 깁푼 산즁의 드려오신잇가 홍후 딥왈 병난의 가군을 일삽고 두로 단이다가 션경을 귀경코져 ᄒᆞ여 왓ᄂᆞᆫ이 존사ᄂᆞᆫ 미쳔ᄒᆞᆫ ᄉᆞ람을 보옵고 그ᄃᆡ지 관ᄃᆡᄒᆞ신이 도로혀 감격ᄒᆞ와 몸둘곳슬 모로ᄂᆞᆫ이라 ᄒᆞᆫᄃᆡ 노승이 왈 빈승도 경셩의 사옵던이 가군이 간인의 참소을 입여 이고ᄃᆡ 왓던이 불힝이 가군이 셰상을 바리시ᄆᆡ 다시 고향을 도로 갈길이 업셔 셜운 마음을 억졔ᄒᆞ와 이 산즁의셔 삭발위승ᄒᆞ여 붓쳬임을 뫼시고 셰월을 보ᄂᆡ난이다 부인도 임의 이 산즁의 겨시려 ᄒᆞ시면 속인으로난 ᄂᆞᆫ쳐ᄒᆞ온이 ᄉᆡᆼ각이 엇더ᄒᆞ신잇가 ᄒᆞᆫᄃᆡ 부인이 왈 나난 ᄂᆡ의 평ᄉᆡᆼ 소원이온이 존사의 상좌 되기을 바ᄅᆡ난이다 노승이 직시 부인을 욕실의 모욕ᄒᆞ여 머리 ᄭᅡᆨ가 상좌을 삼고 승명은 쳥연이라 ᄒᆞ고 시비 일ᄆᆡ는 쳥연의 상좌을 삼아 한가지로 불젼의 나아가 분힝 ᄌᆡᄇᆡᄒᆞᆫ이라 이려구려 무졍ᄒᆞᆫ 셰월으 산즁의셔 보ᄂᆡ더라[21]

21 필사본 『김황후전』(국립중앙도서관 소장).

수월암은 단순히 숙식을 제공하는 공간 이상의 의미를 지닌다. 들어설 때 불상이 웃음으로 맞이하는 듯했다는 황후의 말을 보더라도 수월암이 얼마나 포근한 공간인지를 읽을 수 있다. 거기다 여승은 그곳에 온 연유를 상세히 물으며 삭발위승하겠다는 청을 군말 없이 들어주었다. 수월암은 추격과 도피의 공포에서 온전히 벗어나 있는 자리이다. 그야말로 위기의 여인들이 모여살 수 있는 이상적 공동체이다. 그것은 황후에게 갖가지 편의를 제공하던 여승 역시 상부喪夫하고 이곳에 와 승려로 머무르고 있다는 증언에서 보다 확실해진다.

용궁이나 천상의 세계까지 소설은 어렵지 않게 수용하지만 조선 후기에 이르러서까지 그런 초월적 공간을 상투적으로 대입할 수는 없었다. 그런 점에서 사암이야말로 여성들에게 가장 어울리는 공간이라고 할 수 있겠다. 억불의 시대에도 여성들은 신분과 관계없이 가장 충직한 불자였으며 불사의 후원자였다는 점을 되새겨 볼 필요가 있다.

소설에서 사암이 빈번하게 등장하는 것은 매우 현실적인 투영이라 할 수 있다. 하지만 소설 속 사암은 여성들의 신앙을 직접적으로 조영해주는 공간으로만 그치지 않는다는 사실도 드러났다. 『사씨남정기』 이후 소설에 편입된 사암은 서사 구조적 필요성 때문에 채택된 것으로 보는 것이 마땅하다. 긍정적 인물이 재난이나 위기에 처했을 때 스스로를 엄폐시키고 힘을 충전하는 장소로 사암을 택하는 것은 『사씨남정기』에서 시작하여 이후 소설에 나타나는 일반적인 구도가 되다시피 했던 것이다. 작품마다 일일이 구체적으로 그 면모를 밝히기가 번거로워 다음과 같이 도표로 단순화시켜 보았는데 이는 수많은 사암 개입 소설 중 범례[22]에 그치는 정도이다.

작품	여성 인물	사암체류 전	사암체류 중	사암체류 후
사씨남정기 (v1, 468~472)	사씨 부인	두부인을 만나지 못하자 자살시도.	묘혜의 주선으로 水月庵에 머묾.	사씨, 유연수와 상봉하고 유연수의 복권과 함께 악당들 숙청됨.
설저전 (v1, 603)	설소저	최훈의 겁탈을 피해 여환과 집을 나섬.	靑巖寺에서 병서와 무예를 익힘.	무과에 급제하고 최훈을 징치하도록 함.
강릉추월전 (v1, 25)	조부인	도둑의 소굴에 갇혔다가 탈출하는데 여승이 산속으로 가라 일러줌.	조부인이 白雲庵에서 운학을 낳음.	생사를 모르던 운학과 조부인 상봉함.
구래공전 (v1, 67)	정소저	구영이 모함을 좇아 정소저를 친정에 보내여 징치하려함.	정소저 유화산 봉영사에 은신함.	차현이 절을 습격하여 죽이려 하자 승려가 도와줌.
금강취우기 (v1, 115)	소부인	소부인이 투신자살을 시도했으나 괴물이 구해 주었으며 선녀가 미래를 예언해줌.	시녀 운향과 望雲寺에 들어가 삭발하고 중이 됨.	아들을 찾아달라는 소원이 받아들여져 상봉하게 됨.
김부인열행록 (v1, 162)	김소저	약혼자 곽랑이 사소한 일로 살인을 하고 옥에 갇힘.	곽랑이 탈옥한 후 김소저가 시킨대로 절로 피신함.	대신 옥에 갇힌 김소저의 부덕에 임금이 탄상하고 방면됨.
김윤전 (v1, 174)	연화	연화가 원철강의 副室을 거부하다 고초를 겪다가 달아났고 몽중의 한 노인이 갈길을 일러줌.	절강땅 금학산 月出庵에 머물게 됨.	남편 김윤이 유모와 같이 절에 갔다가 연화와 상봉함.
김진옥전 (v1, 183~184)	여부인	남편이 행방불명되자 아들 진옥을 여부인이 운산 화수암으로 보냄.	여부인이 도망하다가 佛侍庵에 가서 花源이란 중이 되어 가족과의 상봉을 기원.	진옥이 과거에 장원급제하고 황제가 진옥과 유소저가 혼인하도록 허락함.
벽성선전 (v1, 398)	벽성선 (기녀)	벽성선이 질투심 많은 황소저와 위 씨에게 쫓겨남.	강주로 가던 중 산화암에 들어갔다가 궁녀 가씨와 만남.	춘월이 자신의 동생 우격으로 하여금 벽성선을 겁탈하도록 했으나 마달이 구해줌.
부장양문열효록 (v1, 429~431)	장소저	남장한 장소저가 여공에 전념하는 대신 사방을 떠돎.	청계산 태운사에 들어가 글씨를 써주며 연명함.	장소저가 장원급제를 하고 임금의 총애를 입게됨.
소운전 (v1, 644~645)	정씨	아내 정 씨가 남편 부임지에서 서룡에게 감금되었다가 탈출함.	여승의 도움으로 當塗縣 慈湖庵에 머물다가 그곳에서 아이를 해산함.	아이를 서룡이 양자로 데려감.
김황후전	김황후	후궁이 제춘을 사주하여 간부서를 작성하고 이로해서 황비가 조주로 정배됨.	시비 일매와 방황하던 황비가 수월암에 들어가 중이 됨.	조문직이 조주어사로 와서 정문을 올려 황비를 신설해줄 것을 황제에게 요청.

위에 열거한 작품은 사암 개입 모티브를 수용한 소설 가운데 일부만을 제시한 것으로 사암이 여성 인물들과 불가분의 관계를 맺는다는 점을 강

22 『김황후전』을 제외한 소설의 줄거리는 조희웅, 앞의 책을 참고하여 정리한 것임을 밝힌다.

조하기 위한 예시는 아니다. 남성 인물들도 추격, 왜란, 모함 등을 피해 사암을 찾거나 원기를 회복하는 공간으로 채택되는 것을 어렵지 않게 확인할 수가 있다. 그러나 비율 면에서 사암은 여성들에게 보다 친근성을 발휘하고 있다. 그곳은 여인들에게 은신처, 피란처로 기능할 뿐더러 『강릉추월전』이나 『소운전』에서 보듯 아이를 출산하는 세속적 삶의 현장으로 탈바꿈하기도 한다.

사암 삽입 이야기의 흐름을 '유인－제시부－분규－클라이맥스－역전－카타스트로프－최후의 긴장'으로 파악해 볼 때[23] 사암 개입 시점은 클라이맥스가 막 지난 지점에 해당된다고 해야 할 것 같다. 사암의 공간적 기능은 절대적 위기를 해소하거나 적어도 앞서의 위기, 갈등보다는 정도가 낮은 긍정적 분위기로의 전환과 맞물려 있다. 사암이 여성에게 미래지향적인 공간으로까지 인식됨은 그곳이 단순히 은둔의 공간을 넘어 무언가 예비하는 곳임을 말해주는 것이다. 악당에게 쫓기거나 약자로서의 한계를 지닌 채 절에 든 여인들은 경우에 따라서는 설소저와 같이 무예武藝와 병법兵法을 익혀 훗날을 대비하거나 그를 내친 세계와 당당하게 겨루기 위해 내실을 다지는 곳으로도 그려진다.

아울러 여성들에게 닥친 위기가 일단은 사암 체류를 기점으로 소강상태로 바뀐다는 점도 눈여겨볼 만하다. 궁극적으로 사암은 헤어졌던 남편, 자식 등과 해후하거나 해원하는 공간이 되기도 하는데 장편 소설의 경우에는 사암 투입 자체가 곧바로 긍정적 국면으로 이행되지는 않는다. 그렇지만 사암에 체류하는 시간은 곧 다가올 행복한 대단원을 견인하는 복선의

---

23 제럴드 프린스, 이기우 외역, 『서사론사전』, 1992, 105쪽.

기간으로 보더라도 어색하지 않다. 다시 말해 조선 후기 소설에서 사암은 머물러야 할 공간이자 가정으로부터 유리遊離된 여성인물을 원래의 자리로 되돌려 보내는 회귀의 공간에 가깝다. 현실적으로 사암은 가출 여성이 출가하여 비구니로 다시 태어나게 하는 종교적 공간이지만 서사적으로 형상화된 사암은 그런 신앙적 실상과는 상당한 차이를 드러내는 것이 분명하다.

조선 후기 여성들의 신앙이 투영되어 사암이 그토록 빈번히 수용되었다고 할 수 있겠으나, 서사 구조적 필요성과도 연관이 있다고 해야 할 것이다. 세계와 철저하게 격리돼 있음으로써 이제 갖가지의 시련과 위기에서 벗어나 여성들이 새로운 세계로 이행해가는 중간 기착지가 서사 구조상 요구된다는 점에서 사암의 개입을 바라보아야 한다. 사암이란 위기적 국면으로 치닫던 사건 상황을 화해, 반전시키는 장소가 되며 매개, 중개지로서 갈등을 풀어내기에 더없이 적절하다는 생각에서 상투적이라 할 정도로 작가들이 그 공간에 집착한 것은 아닐까 싶다.

사암이 긍정적이고 귀환을 예비하는 장소로 각인된 데에는 조력자들의 역할도 빼 놓을 수 없을 것이다. 대체로 몽중의 도인, 노승, 집안 조상 그리고 평소 안면이 있던 승려 등이 조력자로서 등장하는 것을 볼 수 있다. 위기의 국면에 출현하여 이들은 특정 사암을 지목해 주거나 화를 피할 수 있는 요령들을 전해줌으로써 이후 사건이 긍정적으로 변할 수 있도록 만들어준다. 『금강취우기』에서의 어떤 선녀, 『김윤전』의 한 노인, 『미인도』에서 윤사간, 『낙송비룡』에서 걸식하는 노옹, 『남궁선생전』에서의 산신 등은 사암으로 주인공을 인도하는 사람들로, 특정 계층만이 사암인도나 계시자의 역을 맡는 것이 아니다. 그러나 인도해주는 공간이 사암이며 도움을 구하는 사람이 여성인만큼 조력자를 여승으로 대응시키는 편이 자연스럽다하겠다. 우선 『사씨남정기』의 여승 묘혜, 『강릉추월전』에서의 여승 등은 대표적인 조력자로 지목할 수가 있다. 이외에 여승을 조력자로 설정한 또 다른 작품으로는 『명주보월빙』, 『목시룡전』, 『부용전』 등을 거론할 수 있겠는데 여성의 처지를 그 누구보다 잘 헤아리고 있는 이들의 세심한 배려에 힘입어 사암은 한결 더 구원, 재생처로서의 의미를 강화할 수가 있었다.

이밖에 불교와 거리가 있는 인물들이라 할 선녀『금강취우기』나 노옹이 사암을 안내를 맡는 경우도 있어 흥미를 끈다. 특히 『김홍전』, 『남궁선생전』, 『김학공전』, 『봉래신선전』의 경우는 백발의 노인이 조력자를 자처하고 있어 영 어울리지 않는다는 선입견을 불러일으키기도 한다. 그러나 이전 설화 등에서 노옹을 관용과, 구원자로서 곧잘 대입했던 만큼 아주 엉뚱한 설정이라고 예단할 것만은 아니라고 본다. 그것은 소설적 조건에 의거한 설정이라기보다는 구비 서사의 전통을 그대로 승계하면서 나타난 결과로 보아야 마땅하지 않을까 싶다.

3) 비리, 악행의 공간

앞에서 긍정적 상황과 결부된 사암의 배경과 서사 구조적 특성을 살펴보았으나 사암이 늘 긍정적 공간으로 수용되는 것은 아니다. 많은 경우는 아니라 하더라도 사암이 쫓기고 있는 긍정적 인물의 앞길에 더욱 더 암운을 드리우는 공간으로 변질되는 것을 볼 수 있다. 승려에 대한 부정적 인식과 사암의 부정적 형상은 동전의 앞뒤처럼 밀접한 관계를 갖는다고 할 때 작가가 불교신앙에 부정적 인식을 가질수록 사암 역시 부정적 공간으로서 처리될 가능성이 높아진다.

문헌설화에서는 승려를 색욕, 재물욕을 지닌 데다 완력을 행사하는 인물로 묘사하는 것은 물론 실수와 비행을 일삼는 전형으로 지목하는 경우가 적지 않다.[24] 조선 초 성현成俔은 일찍이 그 같은 선례를 한문단편으로 남겼다. 즉 『용재총화慵齋叢話』를 보면 종교적 엄숙성 대신 속물적 면모를 지닌 승려의 행태가 집중적으로 소개되는데[25] 야담, 설화에서는 이후에도 망신과 일탈을 일삼는 승려가 하나의 인물유형으로 자리 잡을 정도이다.

중생의 구원과 자기수행을 방기하는 순간 승려는 징치의 대상으로 전락하고 말 것이며 그가 머무는 사암 역시 불순한 심상에서 벗어나지 못하게 된다. 억불정책과 관련하여 대대적으로 진행된 것이 사찰 혁파革罷라면 그의 설화적 대응은 폐사廢寺 이야기로 이행되어갔다고 할 수 있겠다. 그런데 민중들의 설화에 폐사 이야기가 적잖은 것을 들어 그들의 반불, 반승의식을 재단해보는 것은 적절하지 않다. 불교에 대한 반감이나 저항감을 키운 것은 오히려 사대부들이었다는 점을 유념하고 설화의 성격을 밝히는 것이 필요하다. 그럴 때 빈대절터 이야기는 희화적 수법으로 폐사의 당위성을 밝히는 이야기로 바뀐다. 곧 사방을 떠돌며 엉뚱한 일에 골몰하다가 오랜만에 절에 들어온 승려가 법당이며 요사채가 빈대로 뒤덮여 있음을 보고는 아연실색하다가 불을 지르고 줄행랑쳤다는 식의 이야기가 폭넓게 전승되어왔던 것이다.[26] 과장된 허구이기는 하나 그 밑바탕에는 사대부들

---

24 승려의 부정적 형상이 가장 잘 드러나는 것은 야담이다. 이에 등장하는 승려의 인물적 형상과 의미에 대해서는 김승호, 「조선 후기 승의 인물기능 분화」, 『불교민속학의 세계』, 집문당, 1996; 박상란, 「조선 후기 문헌설화에 나타난 완승의 의미」, 『불교어문론집』 9집, 2004; 김승호, 「조선 후기 야담에 나타난 승의 유형과 그 의미」, 『한국어문학연구』 48집, 2007에서 상세히 밝히고 있다.

25 장덕순, 『한국수필문학사』, 새문사, 1985, 107~115쪽.

로터 이월된 민중들의 반불의식이 자리 잡고 있음을 쉽게 알 수 있다.

소설의 경우 승려를 악인형으로 설정하든가 혹은 사암을 음모와 비행의 소굴로 형상화하는 전례로서 우리는 우선 『홍길동전』을 들지 않을 수 없을 것 같다. 첩의 자식으로 태어났으나 비범한 재주와 능력을 갖추고 있던 홍길동, 그러나 과인한 능력은 비천한 출신의 그에게 불행의 전조일 뿐이었다. 홍재상의 본부인과 큰아들이 모의하여 위기에 몰리게 된 길동이 특재를 죽이고 산속으로 숨어들어가 도적의 무리가 되는 것까지는 그렇다 해도 그가 조정이나 위정자들과 대결을 포기하고 합천 해인사를 강탈하는 것은 서사적 논리를 어그러뜨리면서까지 승단을 응징하겠다는 작가의 태도를 적나라하게 반영하는 것이 아닐 수 없다. 이본에 따라서는 해인사 탈취 이전에 길동이 서울 양반집 자제처럼 행세하며 승려들의 환심을 사는데 쌀 20석을 보내 잔치 준비를 먼저 시키는 것으로 되어있다. 이에 대해 승려들은 한양의 고관대작과 인연을 맺으면 시주는 물론 부역을 면할 수 있다는 생각에 아주 호의적인 반응을 보인다. 이후 길동은 승려들이 차린 음식에 돌이 섞였다는 불평을 터뜨리며 중들을 결박하고 절의 재물을 탈취하기에 이른다. 해인사는 권력층과 연계되어 있으며 무고한 백성들의 시주를 탐내는 수탈의 현장이면서 동시에 탈취를 당하는 공간으로 그려지고 있다.[27]

반불 반승의식과 연결시켜 사대부들은 사찰을 악의 소굴, 적대 세력들

---

26 김승호, 『한국사찰연기설화의 연구』, 동국대 출판부, 2005, 186쪽.

27 『홍길동전』의 이본을 두루 감안해야 겠지만 줄거리(조희웅, 앞의 책 2, 1650쪽)를 바탕으로 할 때 길동의 해인사 약탈 사건은 정부의 사찰혁파 명분과는 거리가 있다. 즉 조정에서는 조역을 피해 달아나는 폐단을 시정하고 유민을 거쳐 도둑으로 변한 무리들의 집결처를 없애버린다는 명목하에 사찰 혁파에 나서고 있기 때문이다.(『肅宗實錄』, 21년 5월 18일 조 참조)

의 은신처, 사태를 악화시키는 근거지로 보는 것이 일반적이었다. 이 같은 시각은 『낙천등운』에서도 찾아볼 수가 있다. 왕도와 양 씨가 늦게 얻은 아들 석각은 어린 나이에 고아가 된다. 아버지의 친구 양계성의 도움을 받고자 하였으나 그 역시 간신배에 쫓겨 귀양을 가게 되고 만다. 이후 위기에 빠진 석각은 간신히 유모의 도움을 받아 탈옥하고 선주인 후선을 따라다니며 큰돈을 번 다음 동소저와 결혼하며 후선의 권유로 하선을 첩으로 삼는다. 후선의 누이 후파가 자신들의 비리가 드러날 것을 염려하여 왕도를 죽이려한다는 것을 알게 된 하선이 왕도를 탈출시킨다. 동소저의 부친의 배소配所로 가서 인사를 올린 후 왕도가 찾은 곳이 산사이다. 그곳 사람들은 왕도의 인물이 비범하다고 여기고 유혹의 손길을 보내지만 왕도가 이를 거절한다. 이에 앙심을 품은 여승은 왕도가 절의 보물을 훔쳐갔다며 죄를 뒤집어씌우고 관가에 고발한다. 대단원까지는 아직 줄거리가 복잡하지만 이 정도만 보더라도 악의 소굴로서 사암의 또 다른 형상화를 읽을 수 있다.

이외에 『금향정기』에서는 종공이 간신배의 모함으로 죽을 고비에 처했다가 곽국 부인의 도움으로 굴원으로 가던 중 연경사에 숙박한다. 하지만 간악한 중의 흉계를 당해 더 큰 위기에 봉착하게 되며 『미인도』에서의 춘영도 사찰에서 곤액을 당한다. 곧 황 소사의 사위제안을 물리치고 남장으로 유마사에 숨어있는데 그곳 화승의 그림을 얻지 못하게 된 박병사가 춘영이 절에 숨어든 것을 알고는 병졸을 풀어 체포하러 오는 것이다. 『양소저전』에서는 일점이 부의 첩인 연선의 살인시도를 눈치 채고 남장차림으로 달아났으나 곧 점장이로부터 봉욕 당하는 위기를 맞고 만다. 이후 간신히 절로 피했으나 그곳에서는 중과 불목하니가 겁탈하려 드는 위기를 겪게 된다. 그에 충격 받은 그녀는 자살을 시도하는 단계에 이른다.

위에 제시한 몇 작품은 사암이 위기 해소 혹은 이상적인 해결의 장소로 수용되는 이야기들과는 상당히 이질적으로 전개되었다 할 수 있다. 사암을 악행의 근거지로 형상화하기까지는 창작의 바탕에 반불적 사고가 전제되어 있었다고 본다. 그리하여 상기 소설에서 우리는 문헌 설화소재 악승과 방불한 사중寺衆을 등장시키고 이들의 색욕色慾, 재물탐財物貪, 완악頑惡함 등 부정적 면모를 폭로함으로써 자연히 사암은 악인형 인간이 득세하는 소굴로 바뀌는 현상을 볼 수 있다.

그러나 사암을 악행이나 비리의 온상으로 처리하는 경우는 전체 소설 중 일부에 그치는 것으로 나타난다. 특히 여성 독자를 겨냥한 소설이라면 사암을 긍정적으로 형상화하는 쪽을 택하게 마련이었는데 소외되고 억압된 자를 수용하는 공간으로서 여성들에게 깊이 심상화된 것이 사암이었음을 말해준다.

4. 나가며

이제까지 조선 후기 소설에 삽입된 사암이 단순히 불사봉행의 처소를 넘어 여성들의 삶과 신앙, 그리고 한편으로는 서사미학적 공간으로 어떤 의미를 지니는지를 살폈다. 소설에 투영된 사암의 현실태는 역시 후손을 빌고 집안의 발복을 기원하는 장소로 그려지는 것이 일반적이다. 그러나 여성들에게 사암이 보다 절실한 공간으로 다가오는 것은 세상으로부터 버림받거나 위기에 처해 있을 때이다. 현실적으로도 그랬겠지만 특히 소설에서는 위기에 빠진 여성들을 구원하는 처소로서의 기능을 강조한다. 아울러 서사 구조적으로는 화해, 회복, 회귀를 예비하는 공간으로서의 성격이 분명하게 드러나는 바, 이곳에 체류했던 여성들은 오래잖아 안온한 가정이나 궁궐로 복귀하는 것으로 상황이 전환된다. 그러나 드물게는 악인형 인물이 득세하는 비리, 악행의 공간으로 그려지기도 하는데 이는 문헌설화의 전통을 계승한 예외적 형상화에 속한다 하겠다.

역사적으로 반불의 상황이 이어지고 사찰혁파가 진행되던 상황 속에도 사암이 배경으로 설정되고 긍정적인 공간으로 처리될 수 있었던 것은 돈독한 불자이자 동시에 소설독자이기도 했던 여성들이 있었기에 가능했던 것으로 보인다. 현실이 사암을 부정하는 것과 대조적으로 소설에서 대체로 사암을 긍정적 공간으로 처리한 까닭을 헤아리는 데 있어 우리는 우선 독자로서 중세 시기 여성들의 처지와 의식 세계를 고려해야 할 것이다.

제6장

「진허가허」를 통해 본 『옹고집전』의 형성과 서사미학

1. 들어가며

판소리계 소설은 서사영역에만 한정시켜 보아서는 곤란한 양식이다. 판소리의 연행과의 관련성까지 두루 살필 때 그 미학성이 잘 드러난다는 점은 널리 알려진 것이다. 하지만 일부 판소리계 소설은 연행성을 밝혀내기가 수월하지 않다. 그중의 하나가 『옹고집전雍固執傳』이다. 『옹고집전』은 전하지만 옹고집타령이 망실됨으로써 연행적 특성을 엿보기가 어렵다. 근원설화와 관련해서는 일찍부터 다양한 해석과 검토가 이루어졌다할 수 있겠는데 연창演唱적 상황이 모호한 때문에 이에 대한 관심이 더 증폭된 면도 없지 않다. 옹고집타령이 전해지지 않는 상태에서 그 발원처가 되는 근원설화는 옹고집타령, 『옹고집전』의 서사적 특성을 점검하는 데 중요한 근거로 삼을 수 있다는 점에서 그 점검이 반드시 필요한 것이다. 그런데 『옹고집전』의 근원설화를 두고 다양한 논의가 있었지만 공감할 결과가 도출되었다고 말할 수 없는 것이 현 상황이다.

이 글에서는 일단 18세기 전승된 것으로 보이는 「진허가허眞許假許」를 『옹고집전』의 근원설화로 유추해보기로 한다. 이는 19세기 연행된 옹고집타령에 앞서 전승된 데다가 학승虐僧, 진가쟁주眞假爭主 화소를 삽입하고 있어 이른바 『옹고집전』의 서사조건에 상당히 부합된다고 믿어지기 때문이다. 거기다 『옹고집전』의 주제 특성이라 할 배불排佛에 대한 저항과 현실 비판적 시각이 드러난다는 점은 「진허가허」를 『옹고집전』 형성의 한 근거로 논의해 볼 수 있도록 하는 것이다. 논의 순서를 말하자면 「진허가허」의 야담적 특성과 독자 수용적 측면을 살피는 작업이 앞서 이루어질 것이다. 이어 「진허가허」와 초기 『옹고집전』 간의 상호 대비를 통하여 야담에서 판소리 사설, 혹은 소설로 이행하는 양상을 살필 것이다. 화소의 개입, 문체, 수용층 변화에 따른 제 양상은 물론 판소리계소설 중에서 『옹고집전』이 담지하고 있는 주제적 변별성 등도 덧붙여 검토함으로써 궁극적으로는 초기 『옹고집전』의 서사미학적 기반과 그 특성을 밝히고자 하는 것이 이 글의 목표이다.

2. 「진허가허」의 근원설화적 검토

그간 여러 연구자들에 의해 『옹고집전』의 근원설화를 두고 다양한 논의가 있었다. 그중에서 최래옥, 장덕순, 김현룡, 인권환의 논의는 대표적 사례로 꼽을 만하다. 『옹고집전』의 근원설화에 맨 처음 관심을 보였던 최래옥은 장자못 전설에 학승 모티브가 삽입되었음을 주목하고 이로부터 옹고집타령이 출현한 것으로 이해하였다.[1] 장덕순은 국내설화에 한정시키

1 최래옥, 「옹고집전의 제문제 연구」, 『동양학』 19, 단국대 동양학연구소, 1989, 188쪽.

지 않고 외래설화까지 근원설화의 범주에 넣었다. 한국형 둔갑설화인 쥐설화, 김경쟁주金慶爭主뿐만 아니라 인도 둔갑설화인 이리이샤 이야기에 들어있는 진가쟁주 화소를 주목하였던 것이다. 이어 불경설화인 '이리이샤'가 쥐설화, 김경쟁주 설화로 파생되어나갔으며 『옹고집전』은 이들 설화의 영향 하에 출현했다고 보았다.[2] 그런데 인도 설화가 국내에 유입되어 김경쟁주를 탄생시켰다는 진단은 경청할 만하지만 김경쟁주를 『옹고집전』의 형성적 기반으로 보기 위해서는 신중한 검토가 필요하다. 현재로서는 김경쟁주가 『옹고집전』에 앞서 전승되었음을 입증할 단서를 찾기 어렵다. 김경쟁주를 채기하고 있는 『실사총담實事叢談』이 1918년 간행되었으므로 김경쟁주가 옹고집사설보다 앞선 설화라고 말하는 것은 무리이다.[3] 김현룡은 여타 연구자와 달리 소설인 『유연전柳淵傳』을 주목하고 그 내용요소가 『옹고집전』과 흡사한 점을 들어 이를 『옹고집전』의 근원담으로 파악하였다.[4] 하지만 『옹고집전』이 실사實事를 바탕으로 한 『유연전』과 달리 발랄하고 기발한 상상을 바탕으로 삼는 허구이라는 점에서 양자 간의 연관성을 타진하기는 적절치 않다. 인권환은 기 근원설화 논의가 갖는 한계점을 지적하면서 우선 근원설화를 화소별로 유형화하였다. 즉 ① 학승설화류 ② 진가쟁주설화류 ③ ①과 ②의 결합 등으로 3분류한 다음 ③ 영역

2 장덕순, 「옹고집전과 둔갑설화」, 『한국설화문학연구』, 서울대출판부, 1970, 207쪽.

3 김경쟁주담은 최영년이 1918년 편찬한 『실사총담』 권2, 154쪽에 '화복무비자기소(禍福無非自己召)'란 제목으로 실려 있다. 인권환은 이를 「진허가허」와 더불어 초기 『옹고집전』을 형성하는 데 있어 직접적인 근거라고 보고 있다.(인권환, 「『옹고집전』의 불교적 고찰-근원설화의 주제를 중심으로」, 『민족문화연구』 28집, 고려대 민족문화연구소, 1995, 177쪽.) 그런데 김경쟁주는 근대기에 채록된 이야기로 이전의 전승적 궤적이 모호하다. 김경쟁주의 채기시점이 20세기 초인 데 비해 『옹고집전』의 출현 시점은 19세기 중후반이므로 이를 근원설화로 추정하기는 무리가 따른다.

4 김현룡, 「옹고집전의 근원설화연구」, 『국어국문학』 62·63호, 1973, 81~96쪽.

에 들어가는 것을 근원설화로 인정해야 한다는 입장을 취했다. 그는 ① 구두쇠 이리이샤 이야기인도설화 ② 본생경 일리샤 장로 본생담 ③ 김경쟁주설화 ④「진허가허」등을 거론하면서 ③, ④는 ①, ②에서 유래한 것으로 추론하였다.[5] 인권환은『옹고집전』의 핵심화소를 학승과 진가쟁주로 정하고 이를 포함하는 설화로 근원설화의 테두리를 마련하는 한편 근원설화를 불경에 소급시킴으로써『옹고집전』이 불교소설에 귀속될 수밖에 없음을 밝혔다.[6]

여러 연구 중에서도『옹고집전』의 근원설화를 폭넓은 시각에서 통시적으로 검증해나가는 인권환의 논의는 특정 설화위주의 검토에 비해 총체성과 계통성을 갖춘 게 사실이다. 하지만 화소만으로 선행서사를 추적했다는 한계를 넘어서지 못하고 있다. 불경에서부터 조선 후기 문헌설화에 이르기까지 학승, 진가쟁주 중 하나라도 포함한다면 근원설화에 귀속시키다보니 근원설화의 실체가 모호해진 면이 없지 않다. ①, ②, ③, ④가『옹고집전』과 내용적 맥락이 같으며 특히 배불에 대한 비판적 시각을 공

---

5 위의 글, 177쪽.

6 『옹고집전』의 근원설화를 인도의 불교설화에서 찾은 인권환은 배불자의 징치가 이본간 차이에도 불구하고 변함없이 적용되는 핵심적 요소가 된다면서『옹고집전』을 비불교적 서사로 보는 시각을 반박하고 있다. 그런데『옹고집전』의 불교소설적 특성이 이본에 따라 달라지거나 탈색되는 것도 인정해야 한다고 생각된다. 인권환은『옹고집전』이 10여종에 불과한데다 이본간의 주제적 차이가 미미하다고 보고 있으나(위의 글, 188쪽) 초기『옹고집전』과 그 후『옹고집전』사이에는 주제지향적 차이가 엄연히 존재하는 것으로 보이기 때문이다. 한 예로 초기『옹고집전』에는 학승 모티브만 삽입되고 있으며 배불자에 대한 상좌들의 적개심이 과잉 표출되지만 이후 이본들에서는 장모, 모노 학대 등으로 모티브가 복합적으로 수용되고 있을 뿐만 아니라 배불에 저항하는 상좌의 인물기능도 미미하거나 생략된다. 이본의 확대와 더불어 반불 저항적 성격이 약화되어갔다고 말할 수 있는 것이다. 이본에 따른 서사지향성과 내용요소를 구체화할 필요가 있겠거니와 여기서는「진허가허」와 더불어 초기『옹고집전』으로 인정되는 박순호 20장본『용승원전』과 김종철 18장본『옹고집전』을 검토하는 것으로 논의를 한정하기로 한다.

유하고 있음은 인정되나 『옹고집전』의 출현시점으로 보아 ①, ②를 『옹고집전』의 근원담으로 삼기에는 전승시점이 지나치게 앞선다. 인도의 불경설화가 지역과 시대를 뛰어넘어 조선 후기 『옹고집전』으로 연결되었다는 것은 전승사적 추론으로는 무리가 있다. ③, ④로 근원설화를 좁히더라도 문제는 남는다. 앞서 지적한 대로 ③은 전승시기가 모호해 『옹고집전』의 근원담으로 논의하기에 부적합하다. 결국 현재로서는 ④가 근원설화적 논의대상으로 가장 적절하다고 할 수 있다. 무엇보다 『옹고집전』에 앞서, 혹은 동시대에 전승된 설화로 여겨진다는 점과 함께 학승, 진가쟁주 모티브를 갖추고 있다는 점은 ④를 주목하지 않을 수 없게 한다. 거기다 평결형식을 갖추고 있어 초기 『옹고집전』과의 관계성을 타진할 만하다. 따라서 「진허가허」를 『옹고집전』의 근원설화적 논의 대상으로 삼아 인물, 사건, 형식면에 걸쳐 이 작품을 상세히 점검해보도록 하겠다.

「진허가허眞許假許」는 야담집인 『파수록破睡錄』에 실려 있다. 『파수록』은 김연金淵이 1682년에 찬집한 것이라는 견해[7]가 있는가 하면 1742년[8], 혹은 1802년에 등장한 것으로 추측되기도 했다. 여러 논의 중에서도 『천예록』 소재 작품과 이평량자李平凉者가 활동한 시기를 단서로 『파수록』이 1742년 혹은 1802년에 찬술되었다는 주장[9]이 주목되거니와 이에 따를 때 「진허가허」는 18세기중반에서 19세기 초반에 전승된 설화에 속한다. 곧 「진허가허」는 19세기 초에 연행된 옹고집타령에 앞서 등장했거나 적어도 동시대에 전승되면서 옹고집사설의 형성에 직간접인 영향을 미쳤다 볼 여

7 정용수, 「파수록 연구」, 『한국한문학연구』 18집, 1995, 288쪽; 정희정, 「파수록에 나타난 여성 삶의 표상화」, 『한국고전여성문학』 4집, 2002, 153쪽.

8 김영준 역, 『파수록, 진담록』, 보고사, 2010, 5쪽.

9 김준형, 『한국패설연구』, 보고사, 2004, 148~150쪽.

지가 큰 것이다. 「진허가허」는 고금소총본, 천리대본, 서울대본, 규장각본, 이재영본 등 5종이 전한다. 그럼에도 이본 간 내용상 차이는 없다. 그 줄거리를 소개해 보면 아래와 같다.[10]

① 허가許哥가 종들을 데리고 퇴비를 나르고 있는데 노승이 나타나 시주를 청했다.

② 허가가 밥 대신 두엄을 부어주자 노승이 이를 받아 사라졌다.

③ 양가梁哥가 노승을 측은하게 여기고 발우를 씻고 밥을 주었다.

④ 양가의 호의에 보답하겠다며 노승이 볏짚으로 재물과 돈을 만들어 주었다.

⑤ 다음해 노승이 다시 나타나자 허가가 노승에게 재물을 만들어 달라고 부탁했다.

⑥ 노승이 재물대신 짚풀로 가짜 허가를 만든다.

⑦ 노승이 만든 가허假許가 진허眞許집에 들어와 주인행세를 하면서 두 사람이 다투게 된다.

⑧ 허가의 아내, 자식, 며느리, 원님 들이 진허와 가허를 구별하려 들지만 모두 실패하고 진허의 재산이 탕진된다.

⑨ 노승이 허가의 잘못을 꾸짖은 뒤 가허를 원래대로 짚단으로 되돌려 놓는다.

⑩ 부묵지副墨子의 평 : 선을 쌓으면 이름을 날리고 악을 쌓으면 죽음을 당한다.

「진허가허」에 등장하는 노승, 허가, 양가, 종, 자식, 아내, 원님 가운데 핵심인물은 진허, 가허, 노승이다. 허가와 양가는 극적대비를 이루고 있으

10 이 글에서는 김기동 편, 『한국문헌설화전집』 7권, 태학사, 1991, 48~50쪽에 수록된 서울대본 「진허가허」를 텍스트로 삼는다.

며 그 사이에 노승이 위치한다. 노승은 학대와 시혜를 동시에 경험하지만 악인인 허가, 선인인 양가에게 각각 상벌을 내리는 판관의 역할을 수행하게 된다.

허가는 유가적 가르침 아래에서 성장한 인물로 보인다. 그럼에도 행동거지는 그와 딴판이다. 청빈낙도는커녕 그는 재물의 축적을 삶의 목표로 삼고 있어 놀부와 비견해 볼 수 있다. 그가 부를 축적한 이유는 서두에서 실마리를 찾을 수 있다. 농사철이 되자 직접 종들을 독려하면서 일에 몰두하고 있는 것부터가 부자가 된 이유를 일러주는 것이다. 허가가 가장 증오하는 것은 스스로 일하지 않고 남에게 의지하며 사는 행태이다.[11] 일에 열중하고 있는 터에 갑자기 노승이 나타나 시주를 청할 때 그가 어떤 반응을 보일지는 충분히 예견되는 일이다. 과연 그는 노승에게 곡식대신 두엄을 퍼부어주는 패덕한 행위를 서슴없이 저지른다. 그러나 그게 얼마나 반인륜적인 행동인지 깨닫지 못하고 양가梁哥가 노승의 덕으로 부자가 된 것을 알고는 자신에게도 재산을 늘려 달라 애걸한다. 결과적으로 이 표리부동한 행태는 노승에게 응징을 더욱 다지게 하는 계기로 작용한다.

양가는 전형적인 선인이다. 그는 허가에게 봉변을 당한 후 자신을 찾아온 노승을 동정과 함께 시주하기를 주저하지 않음으로써 의도와 상관없이 순식간에 부자로 변신한다. 구조면에서 보면 양가는 허가의 행위가 얼마나 패륜적인 것인지를 대비적으로 드러내기 위해 설정된 인물이라고

11 다음 대목은 허가가 왜 반승적(反僧的) 태도를 취하는지가 잘 드러난다. "내가 평소에 가장 싫어하는 것이 남자 중과 여자 중이다. 농사를 짓나 길쌈을 하나 하고 많은 날 놀고 먹으면서 백성들이나 뜯어먹는 무리이니 네가 어찌 감히 우리 집에 와서 밥을 달라고 하느냐(吾平生 所憎者 僧尼之不耕不織遊衣遊食 爲民蟊蠹耳 汝何敢求食於吾家乎)."(김기동 편, 위의 책, 48쪽)

해야 할 것이다.

노승은 허가와 양가를 오가며 학대와 시혜를 경험하는 인물이지만 비범한 능력을 애써 감추고 있었다. 그는 선과 악을 상징하는 두 인물을 직접 대한 후에야 각각의 행실에 따라 상벌을 내린다. 노승의 존재적 의미가 부각되는 것은 아무래도 허가의 징치 때문이다. 죄의식 없이 악행을 저지르면서도 허가가 누구한테도 견제나 징치를 당하지 않았던 상황에서 노승이 등장한다. 악행을 몸소 체험하고 난 노승은 스스로 허가를 공동체 내에서 추방하고자 한다. 그것도 누구도 상상할 수 없는 방법으로 말이다. 그런데 불교서사의 전통 안에서 이는 낯선 구도가 아니다. 즉 송사 건에 연루되었던 원효元曉가 몸을 백 그루의 소나무로 만드는가 하면 한 몸으로 여러 곳에 동시에 모습을 드러낸 적이 있었다.[12] 신중삼매神衆三昧를 얻은 도승이 그를 죽이려 수십 명의 왕사王士들이 포위하자 원효가 마음을 고요히 하고 눈을 감은 채 주문을 외우자 귀신군사 수만 명이 산골짝에 출현하여 왕사들이 도리어 혼비백산하여 도망쳤다는 이적담도 전해지는 것이다.[13] 특유의 신술로 악당을 제압하거나 위기상황을 극복하는 고승상이 「진허가허」에 이입되었을 것이라는 추측을 가능케 하는 사례들이다.

「진허가허」에서 노승은 짚풀에 주술을 가해 가짜 허가를 만든 뒤 자신은 뒤로 물러나고 가짜 허가를 앞세워 허가의 정체성을 모호하게 만들어 버린다. 많은 이들이 가세하여 진허와 가허를 가려내보려 하지만 혼란만 가중되고 그 와중에 허가의 재물만 축난다. 누구와도 비교되지 않을 정도

---

12 일연, 『삼국유사』 권4, 元曉不羈. "又嘗因訟 分軀於百松 故皆謂位階初地矣" 贊寧, 『宋高僧傳』 권4, 元曉傳. "初曉示跡無恒 化人不定 或擲盤而救衆 或噴水而撲焚 或數處現形."

13 『東國輿地勝覽』 21卷, 慶州古蹟條, 朱巖寺. "忽至此巖 見有丹痕留在巖戶 而衲衣老僧 宴坐其內 王怒其妖惑 見猛士數十人 欲兵之 僧冥心閉目 一念神呪 陰兵數萬 連亘山谷 若世所畵神衆者."

로 재물에 탐닉하는 허가에게 가산의 탕진만큼 끔찍한 보복은 없다는 점을 노승은 꿰뚫고 있었다.

「진허가허」는 진가쟁주 화소를 통해 흥미를 제공하며 권선징악이란 주제를 구현하고 있는 설화에 속한다. 좁히자면 민담이라 할 터인데 내용의 단순화, 대비 · 양극성, 개연성이 부재한 논리[14] 등의 특징을 「진허가허」에서 찾을 수 있는 것이다. 하지만 이 작품을 두고 민담성만 거론하는 것은 작가의식을 제대로 파악한 것이라 할 수 없다. 다시 말해 학승은 우연히 채택된 모티브가 아님에 유의할 필요가 있겠는데 학승은 불교배척을 당연시하던 조선의 현실과 접맥시켜 보아야 한다.[15] 그것은 특정한 배불자의 일탈적 행위에 머무는 것으로 해석하기보다 사회적 차원에서 불가에게 가한 억압을 상징하는 것으로 받아들여야 마땅하다.

알려진 것처럼 조선 초기에 선포한 억불숭유 정책은 후기까지 변함없이 이어진다. 한 예로 승려들의 시주 요구는 선초부터 금기시되었다.[16] 화주승化主僧의 행각이 조정에서 자주 거론 된 것으로 볼 때[17] 불교, 승려를 경원시하고 타기시하는 시각은 오히려 나라에서 조장했다고 해야 할 것이다. 허가가 불승배척의 논리로 내세우고 있는 것은 당시 사대부들이 건듯하면 입에 올리던 것과 동일하다.[18] 사대부들에 의한 학승 사건은 비일비

---

14 카트린 푀게 알더, 이문기 역, 『민담, 그 이론과 해석』, 유로, 2009, 376~377쪽.

15 이완영, 「『옹고집전』의 징치구조와 방어기제적 성격」, 『한국어문학연구』 59집, 2012, 347쪽.

16 『조선왕조실록』, 세종31년(1449) 5월 20일. "화주승(化主僧)들이 종친의 증명서를 받아가지고 여러 고을에 횡행하여 민폐가 적지 않사오니 청하옵건대 종친으로 하여금 증명서를 내리지 말게 할 것이며 지금 안양 등의 절을 새로 창건하여 불사를 벌이는데 비록 국가의 경비에는 관계되지 않더라도 역시 백성의 고혈이오니 청하옵건대 금지하소서."

17 『조선왕조실록』, 문종1년 신미(1451) 4월 13일. "大慈庵의 化主僧 洪造가 면포 수백 단을 가지고 洪州 등지에서 곡식을 사들이는데 (…중략…) 백성이 몹시 괴로워합니다. 또 거둔 것을 함부로 써서 술을 빚어 실컷 마시고 민폐를 많이 일으키므로 가두어서 국문하여 정상이 드러났으되 승복하지 않으니 청컨대 고신(拷訊)하도록 하소서."

재 했으며[19] 그들은 그에 별다른 죄책감도 없었다.

「진허가허」에서 노승이 허가의 징치에 나서는 것은 배불자들에 대한 인내심이 이제 한계에 달했음을 말해준다.[20] 불승들을 동정하고 옹호해주는 세력이 있었다면 노승은 직접 허가를 징치하는 일에 나설 필요가 없었다. 「진허가허」는 서사문학에서 드물게 억압의 역사를 견뎌온 불가의 속내를 드러내고 있는 작품이다. 그러나 불교배척에 대한 저항과 반발적 징후를 적극적으로 표출하는 데까지는 나아가지 못하고 그 부당성을 넌지시 제기한 정도에 머문 것 같다. 아울러 노승이 신출귀몰한 신술을 동원하여 허가의 재산을 탕진하는 것만 확인시킬 뿐 불교적 인간으로서의 재탄생 등 불교서사의 유형적 특성을 갖추지 못하고 있다. 그렇다고 해서 민담과 소설 그 중간의 어정쩡한 서사로 의미를 축소하여 볼 일은 아니라고 본다. 무엇보다 승려를 앞세워 불자를 억압하거나 희롱하는 유자를 외부의 도움 없이 징치한다는 전개가 서사적 관례를 넘어서는 특이한 경우에 속하기 때문이다.

---

18 『조선왕조실록』, 숙종 20년(1694) 5월 15일. "승도들이 손을 놀리면서 밥을 먹으므로 다만 양민들이 생산한 곡식만 축내고 있으니 손해가 이보다 심한 것이 없다."

19 『조선왕조실록』, 영조 4년(1728) 6월 17일. "상주(尙州)의 사대부들이 사승(寺僧)을 못 살게 학대하여 승려들이 장차 이산할 조짐이 있습니다."

20 이는 수도암(修道庵)의 연기담에서 말하는 정수도(鄭修道)의 행위와 비교하면 허가의 처사가 얼마나 악독했는지 밝혀진다. 조선초 인물인 정수도는 무위도식한다는 이유로 시주승이 대문 앞에 얼씬도 못하게 했다. 그럼에도 불구하고 치악산의 화주승이 찾아 와 시주를 청하자 하루 안에 수백 석의 곡식을 실어가 보라했다. 대신 이를 이행하지 못할 시에는 백성들을 속이고 재물을 빼앗은 죄를 들어 엄중히 다스리겠다는 단서를 달았다. 하지만 노승은 다음날 백여 마리의 말을 끌고 와 이를 실어가 버리게 되니 애초의 의도와 달리 많은 곡식을 꼼짝없이 내주고 말았다. (장지연, 『진휘속고』, 『장지연전서』 3, 단국대 출판부, 1979, 106쪽)

3. 「진허가허」와 『옹고집전』의 서사적 동일성

이제부터는 「진허가허」의 서사적 특징을 바탕으로 초기 『옹고집전』과의 동이점을 살피기로 하겠다. 「진허가허」가 초기 『옹고집전』과 가장 쉽게 드러나는 공통점은 학승, 진가쟁주 화소를 삽입하고 있으며 결말부위에 평결 형식을 갖추고 있다는 것이다. 거기다 진행적 순차가 동일하다. 단락화 시켜보면 「진허가허」는 ① 인색하고 불칙한 허가의 심성, ② 노승의 구걸과 두엄 시주, ③ 양가의 자비심과 시주, ④ 양가에 대한 노승의 보은, ⑤ 허가의 재물탐과 노승의 보복, ⑥ 허가의 출현과 주인 다툼, ⑦ 진허와 가허의 다툼, ⑧ 진허의 패가망신, ⑨ 부묵자의 평결 순으로 엮인 것을 보게 된다. 이에 비해 초기 『옹고집전』 20장본은 ① 옹고집의 불칙함, ② 도승의 시주청과 봉변, ③ 옹고집에 대한 불가의 징치모의, ④ 허수아비 제작과 진옹과 가옹의 다툼, ⑤ 가옹의 주인 행세, ⑥ 진옹의 추방과 패가망신, ⑦ 도승의 훈계와 진옹의 개과천선, ⑧ 작자의 평결로 짜여진다. 「진허가허」에서 ③, ④만 탈락시키면 초기 『옹고집전』의 서사 구성과 거의 일치한다고 해도 과언이 아니다. 이외에도 두 작품 간에는 장르, 문체, 인물, 사건, 화소, 주제 등 상호 비교, 대조할 사항이 적잖은데 이는 「진허가허」의 초기 『옹고집전』으로의 이행양상, 그리고 그들 간의 미학적 차이 등을 밝히는 데 도움이 될 것이다. 「진허가허」와 주로 대응시켜 볼 작품으로는 여기서는 17종으로 밝혀진 이본[21] 가운데 박순호 20장본을 택했는데 초기 『옹고집전』[22]으로서 이 이본만큼 「진허가허」와의 관계성을 잘 예

21 최혜진, 「『옹고집전』의 이본과 변모양상 연구」, 『판소리연구』 36집, 2013, 597쪽.
22 박순호 20장본이 『옹고집전』 이본 중 가장 이른 시기에 출현한 것임은 연구자들이 밝힌

증해주는 작품이 없다는 생각 때문이다.

1) 양식과 문체

「진허가허」는 민담이 전승되다가 야담으로 정착하면서 기록문학적 속성을 구비하게 된 것으로 보인다. 그 서두를 보자. "때는 바야흐로 밭 갈철이 되어 허가가 종들을 데리고 소에 두엄을 싣고 있었다"[23]에서 우리는 소설과 다를 바 없이 상당히 구체적으로 시간과 현장이 제시되고 있는 것을 보게 된다. 그뿐만 아니라 민중 전승담보다 한층 적극적으로 고사, 전고를 삽입시켰다. 허가가 발우에 두엄을 부었는데도 그것을 그대로 받은 채 나타난 노승에게 양가는 다음과 같이 말했다. "성인께서 거친 한 소쿠리의 밥과 된장국 한 그릇을 먹으면 살고 없으면 죽는다 해도 악다구니를 쓰면서 주면 길 가던 사람도 받지 않고 발로 차면서 주면 거지라도 좋아하지 않는다 하셨소."[24] 이 대목은 『맹자孟子』의 고자告子 장구章句 상上의 "일단식일두갱 득지칙생 부득칙사 호이이여지 행도지 인불수 축이이여지 걸인불설一簞食一豆羹 得之則生 不得則死 嘑爾而與之 行道之 人弗受 蹴爾而與之 乞人不屑"을 인용한 것이다. 이외에 가허를 등장시켜 진허를 패가망신시킨 후 노승이 "부정한 방법으로 들어온 돈은 부정한 방법으로 나가는 법, 그대는 일생동인 불인不仁도 부끄러워하지 안하고 불의不義도 두려워하지 않은 채 수만금을 벌어들였다"고 꾸짖는 대목 역시 『주역周易』 계사繫辭하下에 보이는 "자왈 소인

바 있다. (정충권, 「『옹고집전』 이본의 변이양상과 그 의미」, 『판소리연구』 4집, 1993, 330쪽; 김종철, 「『옹고집전』연구」, 『한국학보』 75, 1994, 117쪽; 최혜진, 앞의 글, 603쪽) 이 글에서는 이 작품과 더불어 김종철 18장본 『옹고집전』을 논의 대상으로 삼는다.

23 김기동 편, 앞의 책, 48쪽. "時指揮僮僕牛載朽止之 茶蓼 適留老僧 敝衲芒鞋 到門乞飯."

24 위의 책, 48쪽. "聖人猶云 一簞食一豆羹 得則生不得則死 嘑爾 而與之行道之人弗受 蹴爾而與之乞人不屑."

불치불인 불외불의 불견리불권 불위불징 소징이대계 차소인지복야子曰 小人不恥不仁 不畏不義 不見利不勸 不威不懲 小懲而大戒 此小人之福也"를 옮긴 것이다.

화주승에 대한 패륜적 행동을 서두에서 제시한 점으로 미루어 「진허가허」의 작가는 불교계에 동정심을 간직한 유자였을 가능성이 높다. 그는 불교에 호의적이긴 하지만 그렇다고 앞장서 억불숭유책을 비판하는 정도로 호불적 의지를 드러내는 데까지는 나아가지는 않았다. 그 인물기능은 불교배척의 정도가 심한 상황을 고발할 뿐 여전히 유가적 가르침 내에서 당대 상황을 진단하는 정도에 서 있는 것처럼 보인다. 문면에서 훈계의 전거로 동원되고 있는 『맹자』, 『주역』의 구절을 보더라도 이 작가의 정신적 기저가 여전히 유교에 있음을 말해주는 것이다.

야담이 지식인을 위한 문헌전승물이라지만 「진허가허」가 불교배척에 대한 저항감, 부요층에 대한 반감 등을 드러내고 있어 판소리 사설로 변용하기에 적절하다. 하지만 「진허가허」를 그대로 사설로 삼을 수는 없었다. 이의 판소리 전환을 위해서는 문체 등에 걸쳐 갖가지 변개가 불가피했을 것이다.[25] 한문의 식견을 갖춘 독자를 겨냥하고 있는 야담이 독서 대상물에 속한다면 판소리 사설은 이른바 청문예聽文藝에 해당한다는 점에서 기능적으로 차이가 있다. 후자는 공연적 조건에 부합해야 한다. 우선 묵독위주의 한문체에서 창, 구연조로 바꾸어야 한다. 박순호 20장본[26]의 서두

25 김동욱은 판소리의 민담적 요소에 어떤 테마가 부연되어 하나의 설창으로 이동한 것을 판소리 사설로 보았다.(김동욱, 「판소리사 연구의 제문제」, 『판소리의 이해』, 창작과비평사, 1978, 79쪽) 살핀 대로 『옹고집전』은 야담이었던 「진허가허」가 불만을 품었던 호불적인 지식층에 의해 쓰여졌다는 것은 무리없는 추정이 된다. 이후 이를 바탕으로 판소리 사설이 되었을 터인데 「진허가허」는 창(唱)에 적합한 구비 서사물로서의 조건을 갖추는 작업이 따랐을 것이다.

26 여기서 인용하는 박순호 20장본, 김종철 18장본은 서유석 외, 『옹고집전 · 배비장전의 작품세계』, 보고사, 2013을 출처로 삼고 인용시에는 쪽수만을 밝힌다.

를 보자. "경샹도 ᄯᅩᆼ골 ᄉᆞᄂᆞᆫ 용ᄉᆡᆼ원이 심ᄉᆞ가 불칙ᄒᆞ여 남을 ᄒᆡ코자 ᄒᆞᄂᆞᆫ 지라 남의 송아지 ᄊᆞᆯ리 ᄊᆡ기 호박의 말둑굴기 쵸샹ᄂᆞᆫ ᄃᆡ 춤츄기며 화ᄌᆡᄂᆞᆫ ᄃᆡ 치질ᄒᆞ기"와 같이 4·4조를 기본으로 하는 음수율을 갖추어 청감각적 서사로 이행되었음을 보여준다.

「진허가허」는 한문단편이 그러하듯 발단－전개－종결에 걸쳐 계기적이며 논리적인 구성요건을 잘 갖춘 독서물로서 핵심 사건과 상황이 통일감 있게 제시되고 있을 뿐만 아니라 결과 중심으로 서술하여 내용 파악에 별 혼란을 일으키지 않는다. 거기다 서사의 맥락과 주제를 찾는 데 도움을 받게끔 종결부위에 찬술자의 평결을 덧붙이는 것도 이 서사가 가진 특징이다. 우선 「진허가허」의 평결을 보자.

> 부묵자는 말한다. 슬프다. 『역경易經』에 이르기를 '형틀에 매어 귀가 잘린 것과 같으니 불길하다'고 하였다. 공자가 설명하시기를 '선을 쌓지 않으면 이름을 날리지 못하고 악을 쌓지 않으면 죽임을 당하지 않는 법이다' 하였으니 참으로 옳은 말이요, 만세의 격언이라 하겠다.[27]

야담 중에는 평결 형식을 갖추고 있는 작품이 적지 않다. 흥미 못지않게 독자에 대한 교화를 앞세우고자 하는 의도가 평결을 고수하게 된 원인이라 볼수 있겠는데 부묵자도 야담의 훈계적 기능을 중시하고 있다. 그런데 불교배척의 상징적 사건을 서두에 배치하고 비범한 능력의 소유자인 노승을 통해 허가를 징치하고 있는 것과 달리 「진허가허」의 평결은 '적선지

27 김기동 편, 앞의 책, 50쪽. "副墨子曰 噫易云 何校滅耳 凶 夫子繫之曰 善不積不足以成名 惡不積不足以滅身 旨乎 是哉 實萬世之格言."

가필유여경, 적불선지가 필유여앙積善之家必有餘慶, 積不善之家 必有餘殃'의 격언을 상기시키고 있어 불교적인 주지를 적극적으로 밝힐 의지가 없었던 것으로 여겨진다. 이 대목에서 더불어 주목할 것은 소설인 박순호 20장본에서도 「진허가허」식의 평결이 발견된다는 것이다. 그 부분을 보자.

> ᄇᆡᆨ발이 원슈로다 유슈광음 ᄒᆞᆫ간이라 효로ᄌᆞᆫᄉᆡᆼ이 공ᄉᆞᆫᄀᆡᆨ 되어시니 슬푸고 가련ᄒᆞ다 셰상 ᄉᆞᄅᆞᆷ니 졔 본심을 가져 남의게 몹쓸 일 아니ᄒᆞ면 이런 환을 면ᄒᆞ나니라[28]

초기 『옹고집전』에 속하는 박순호 20장본에 평결 형식이 구비되어있다는 점은 야담의 영향 아래 작품이 형성되었음을 시사해주는 증거의 하나로 삼을 만하다.[29] 소설로서는 결함에 해당되는 주석적 서술을 굳이 부연한 까닭은 무엇일까. 아는 것처럼 평결은 독자에게 앞의 이야기가 지닌 주제를 환기하는 데 효과적이다. 하지만 「진허가허」와 같이 상기 평결은 앞 내용과는 거리가 있어 보인다. 박순호 20장본은 기본적으로 불교 배척자에 대한 응징에 중심축을 둔 이야기이다. 그럼에도 평결에서는 '사람은 착한 심성을 지니고 살아야 한다'는 점을 강조하고 있어 내용과 밀접성이 약하다. 물론 평결 안에 '승려에게 못된 짓을 하면 안 된다'는 주지도 들어 있다고 할 수 있겠으나 지나치게 상식적인 훈계로 돌아서고 있다. 그렇게 된 것은 「진허가허」 찬술자의 입장까지 그대로 승계한 결과가 아닐까 싶

28 박순호 20장본(45).
29 초기 본인 박순호 20장본 외에도 김삼불 교주본이나 김동욱 20장본에도 찬술자의 평결이 발견되는데 이 또한 야담으로부터 소설로의 이행, 혹은 초기 『옹고집전』의 영향을 시사해주는 징표로 삼을 수 있지 않을까 한다.

다. 다시 말해 작가가 불가의 입장을 대변한다는 비판을 피하기 위해 특이할 것이 없는 격언을 앞세운 것일 수 있는 것이다. 이렇게 본다면 초기 『옹고집전』은 「진허가허」의 평결 형식을 따랐음은 물론 반불反佛에 반발하는 예민한 내용을 애써 덮고 일반적인 격언으로 대체한 것까지 답습했다고 하겠다.

2) 등장인물

허가와 옹고집은 비슷한 논리를 갖고 승려에 반감을 보이는 인물들이다. 거기다 재물탐이 유별나다는 점도 닮았다. 두 사람은 재산을 증식하는 데는 수단, 방법을 가리지 않았다. 그들의 시각은 오로지 부의 축적에만 맞춰 있다. 그들에게 무위도식하는 것으로 여겨지는 승려만큼 반감을 불러오는 집단은 없다.[30] 허가와 달리 옹고집의 못된 언행은 다양하게 열거된다. 옹고집의 면모를 두고는 "성경이 고약ᄒᆞ고 고집이 유명하더라"[31], "심ᄉᆞ가 불칙ᄒᆞ여 남을 ᄒᆡ코자"[32]했다는 설명이 따라붙는다. 옹고집의 성정이 얼마나 고약한가는 다음 대목을 통해 구체화된다. "즁을 보면 미워ᄒᆞ고 즁이 오면 동양도 아니쥬고 두 귀에 말뚝박고 ᄃᆡ고리의 ᄃᆞ테 메고 별ᄆᆞ로 호령이 분간 읍더라"[33]라며 불식한 행동을 설명해주고 있다. 그러나

30 허가는 "내가 평소 제일 싫어하는 게 중놈들과 중년들이다. 농사를 짓나, 길쌈질을 하나, 한날 먹으면서 백성들이나 뜯어먹는 것들이니, 네가 어찌 감히 우리 집에 와서 밥을 달라고 하느냐(許怒曰 平生所憎者 僧尼 不耕不織 遊依遊食 爲民蟊蠹 汝何敢求食於吾家)"며 시주를 요구하는 노승에게 행패를 부리며 옹고집은 "부쳐님 제ᄌᆞ되야 산문을 직키고 쥬야로 염불 공부할제 숑엽일죵 달게먹고 팔만ᄃᆡ장경 쥬야로 일거 부쳐님의 도을 ᄇᆡ오미 올거든 네 방ᄌᆞ이 도승이라 일컫고 쇽가의 단이면셔 목탁을 드달이고"(박순호 20장본)라면서 시주 대신 매를 때려 쫓아낸다.

31 김종철 18장본.

32 김종철 18장본.

33 박순호 20장본.

양 작품은 공통적으로 주인공의 악행으로 학승행위를 들고 그것이 이후 징치의 빌미를 제공한 것으로 그리고 있다.

두 작품에는 서로 중첩되지 않는 인물들도 보인다. 양가는 「진허가허」에만, 그리고 상좌들은 『옹고집전』에만 등장한다. 양가는 허가의 옆 동네에 살고 있던 가난한 농부였다. 집은 가난했으나 그는 남을 동정하고 도와주려는 심성을 지닌 인물로 밝혀진다. 양가는 노승이 허가에게 부당한 일을 당하고도 항의하거나 저항하지 못하고 그를 찾아온 것을 이해하지 못한다. 그는 부당한 대우를 받은 노승을 안쓰럽게 여기며 두엄으로 더렵혀진 발우를 씻어 밥을 퍼준다. 양가의 선행으로 말미암아 허가의 악행은 더욱 돌출되기에 이르는 데 노승이 서둘러 양가에게 보은을 내리는 것이다. 그런데 허가에게 봉변을 당하고도 노승이 그를 단죄하지 않고 앞서 양가에게 보은한 데는 이유가 있었다. 양가가 노승의 도움으로 큰 부자가 되었다는 사실을 퍼뜨려 그를 유인하고자 했던 것이다. 과연 다음해 노승이 양가집에 나타나자 허가가 달려와 자신도 신술로 부자가 되게 해달라고 매달리는데 이후 노승은 가짜 허가를 내세워 그를 패가망신시키는 것이다. 『옹고집전』에 오면 양가와 같은 선인형 인물이 어떤 이본에도 보이지 않는다. 그것은 소설화 과정에서 선악대비를 철저히 적용하던 민담적 특성을 지우면서 나타난 결과로 여길 수 있겠는데 악행의 전범으로 부각되었던 옹고집일지라도 얼마든지 선인으로 탈바꿈할 수 있다는 종결부의 주지를 고려한 인물의 배제라 하겠다.

『옹고집전』의 상좌들은 도승에게는 일종의 응원군이나 마찬가지이다. 그런데 그들의 생각은 신중하게 처신하는 도승과 여러 모에서 차이를 보인다. 스승이 옹고집으로부터 심각하게 학대를 당했음을 전해 듣자마자 그들은 최대한 잔인하게 옹고집을 응징할 것을 제안한다. 그들이 내놓는 징치방식은 수행자들의 생각이라고 할 수 없을 정도로 잔혹했다. 그런데 이는 그들이 얼마나 피억압적 상황에 처해 있었는지를 역설적으로 반증해준다. 상좌들을 등장시킴으로써 『옹고집전』은 사회 담론적 성격마저 지니게 되었다. 다시 말해 옹고집으로 대표되는 바깥세계에 대한 상좌들의 강력한 성토는 『옹고집전』이 홍미소를 앞세운 민담에서 벗어나 당대 불교계가 얼마나 암울한 상황에 처해 있었는 지를 돌아보게 하는, 사회 비판담론으로 옮겨갔음을 말해주는 것이다.[34] 「진허가허」와 『옹고집전』에는 공통적으로 아내, 며느리, 자식, 종, 원님 등이 등장하지만 양자 간 등장인물의 역할, 기능적 차이는 크지 않은 것으로 보인다.

3) 향수방식과 서사적 대응

판소리 사설이 지닌 특성에 대해서는 내용의 유기성보다는 대목 별로 이야기를 분화, 독립시키는 쪽으로 구조화된 것이라는 견해가 제시된 바 있다. 판소리 창자는 주어진 이야기 속의 각 부분이나 상황을 창과 몸짓으로 드러낼 수 있는 서사물에 의지하여 연행에 참여한다. 연행은 독서에 부합되는 서사와 다른 창본에 따라 주제와 정서를 강화하거나 확장해나간다.[35] 따라서 묵독 대상인 야담을 창본으로 변환하기 위해서는 내용적 요

34 『옹고집전』을 사회담론의 측면에서 살핀 사례로는 설중환, 「옹고집전의 구조적 의미와 불교」, 『고대문리대논집』 3, 1985와 이재영, 「옹고집전의 이데올로기 재현 전략과 길들이기」, 『국제어문』 40집, 2007이 있다. 전자는 쇄국정책으로 일관한 조선 후기 사회상을 옹고집을 통해 상징화하고 있다고 했으며 후자는 옹고집으로 대변되는 반공동체적 이데올로기가 어떻게 안정화를 찾아가는 가를 보여주는 이야기로 진단하였다. 그러나 문면에 대한 치밀한 검토에 앞서 지나치게 역사, 이념의 시각을 전제하고 있다는 한계가 있다.

35 김홍규, 「판소리의 서사적 구조」, 『판소리의 이해』, 창작과비평사, 1978, 115쪽.

소보다도 창과 구연에 부합되도록 문체, 서사구성에 대한 전반적인 조정이 따라야 한다.

초기 『옹고집전』은 서사의 내적 맥락보다 창을 염두에 둔 단락이 끼어들게 된다. 가령 산천경개사설[36]이 그런 예이다. 도승이 옹고집의 불칙함을 확인하기 위해 그를 찾아가는 장면에 이 사설이 개입되는데 이는 판소리, 잡가 등에서도 흔히 삽입되는 상투적 사설로 내용 맥락면에서 그리 요구되는 부분이 아니다. 이밖에도 그런 사례가 많다. 김종철 18장본에는 다음과 같은 집안치례가 보인다. "집안 치례 볼작시면 볼즉시며 각장 장판 소라반ᄌᆞ 청능화시지 도빅의 황능화 씌 씌고 벽삽을 둘너본이 왼갓 그림 다 붓쳐다 엇든 그림 부쳣던고 부츈ᄉᆞᆫ 염출능은 간의ᄃᆡ부 마다ᄒᆞ고 빅구로 벼슬삼아 추동강 칠이탄의 낙시쥴 더진 경을 역역키 그려 잇고…"[37] 옹고집이 얼마나 집안을 호화롭게 꾸미고 사는지를 벽에 걸린 그림 등의 내용을 설명해가며 상세히 전하고 있는 부분이다. 「진허가허」에서 "그는 불법적인 방법으로 돈벌이를 하여 수만금의 재산을 끌어 모았다(유허성자 탐다무득전사불법 가자귀거만有許姓者 貪多務得專事不法 家貲貴鉅萬)"며 간략한 설명으로 주인공의 부요함을 밝히는 것과 퍽 대조적이다.

내용상의 필요와 상관없이 창과 연희를 위한 사설을 지향하면서 서사적 균형이 깨어지거나 유기적 맥락이 손상되는 예를 들자면 한 둘이 아니다. 부자임에도 옹고집이 베풀기를 꺼리고 갖가지로 사람들을 괴롭히는 행태

36 박순호 20장본. "도승이 영남을 차자갈 제 웃지웃지 가더고 칠포장삼 둘러 입고 자지 바랑 둘너 미고 세ᄃᆡ 삭갓 눌너 씨고 육한장 글더집고 목탁을 숀의 쥐고 영남으로 나려갈 (…중략…) ᄐᆡᆨᄉᆞᆫ은 첩첩 천봉이 되고 녹슈 잔잔 벽계도 이골 물 져골 물 열의 열골 물 합슈되여 이리 둘너 져리노 둘너 감둘너 둘너 좌둘너 풍풍 뒤질너."

37 김종철 18장본.

를 열거하거나 옹고집의 재물의 목록을 나열하기도 하는데 전답, 종, 기물, 곡식, 농사 규모 등이 지루하다싶을 정도로 낱낱이 거론된다.[38] 이는 서사진행을 가로막는 군더더기로 비쳐질 만하다. 반면에 「진허가허」는 요약형의 서술로 일관한다. 즉 "탐욕스럽고 재산을 늘리는 데 물불을 가리지 않아 수만금의 재산을 모았다"는 식으로 사건과 상황의 핵심을 전할 뿐 더 이상 부연적 설명을 달지 않는 것이다. 이렇게 결과위주의 진술로 일관하고 있어 「진허가허」는 현장감이나 극적 상황을 떠올리기 힘들다. 가령 "허씨의 처자식들이 깜짝 놀라 자세히 살펴보니 얼굴과 행동이 전혀 차이가 없었다. 진허·가허는 서로 주인이네 객이네 하면서 상투를 잡고 싸웠다. 처자식들이 어찌할 바를 몰라 무당에게 물었더니 모른다고 했고, 관가에서도 진짜와 가짜를 구별하지 못했다."[39] 『옹고집전』에서 서사적 비중이 가장 높게 반영된 이른바 진가쟁주의 서사단락인데 「진허가허」에서는 위와 같은 설명이 전부이다.

그러나 『옹고집전』에 오면 같은 내용일지라도 판소리 연행에 적합한 사설을 통해 주인다툼의 전모가 극적, 현장적으로 형상화된다. 진옹眞雍·가옹假雍의 구별 장면만 해도, 도승이 도술로 짚단에 혼백을 불어넣어 가옹을 만들이 옹고집의 집에 들여보냄으로써 진옹·가옹 사이의 주인다툼이 벌어지고 진짜, 가짜를 구별하느라 주변사람들이 법석을 떤다. 진옹·가옹의 분별이란 과제를 두고 아내, 딸, 며느리, 형방, 원님, 친구 등 숱한 사람이 동원되며 각각의 검증상황이 장황하게 제시된다.

---

38 김종철 18장본에서 1－앞뒤 12－뒤 13－앞 13-뒤 14－앞 14－뒤 등은 모두 옹고집의 재산사항을 말해주고 있다.

39 김기동 편, 앞의 책, 49쪽. "許之妻子驚怪詳見 則面目機發言動 擧止毫髮 不爽眞許假許."

『옹고집전』에서는 독자를 염두에 두는 야담과 다른 화법과 문체를 동원하게 되는데 여기서 수용자는 특정 공간에 모인 청중들이라 할 수 있다. 대체로 서민 신분인 그들은 내용맥락을 이해하기보다 보고 듣는 것에 관심을 집중하는 공연관객이라 할 수 있다. 초기 『옹고집전』이 창을 위한 대본으로서의 성격이 두드러지는 것은 연행을 전제로 한 서사이기 때문이다. 문체의 개조는 일차적인 작업이 되었을 것이다. 여타 판소리와 같이 『옹고집전』은 4·4조의 음수율을 기본으로 삼거나 한문체에서 보기 어려운 의성, 의태어, 지시어, 감탄사 등을 풍부하게 주입하고 있는 것도 연행을 염두에 둔 것이다. 거기다 이른바 대목화 작업이 뒤따른다. 단락간의 경계 없이 서사가 균질감 있게 처리된 것이 야담이라면 사설에서는 장면 단위의 대목으로 서사가 구성되는 것이다.

『옹고집전』 20장본을 전개과정에 따라 단락 구성을 살펴본다면 '옹생원의 심술치레－산천경개 사설－옹고집의 관상풀이－노승의 봉변－옹고집에 대한 치죄모의－진옹과 가옹의 주인 다툼－집안사람들의 진옹, 가옹 구분－원님의 진옹, 가옹 판결－진옹의 유리 방랑－진옹의 사죄와 도승의 훈계 등으로 나타난다. 이 같은 서사단락 중에서도 ① 도술상좌의 치죄 모의, ② 집안사람들의 진옹, 가옹의 구별, ③ 원님의 진옹, 가옹 판결, 이 세 부분이 상대적으로 내용이 복잡하고 장황하다. 이 가운데 ① 도술상좌의 치죄 모의는 「진허가허」에는 나타나지 않는다. 『옹고집전』에서 새롭게 첨가된 부분일 터인데 불교배척에 대한 불가의 저항과 분노를 반영하는 이 부분이 개입됨으로써 억불숭유의 사회상을 한층 환기하는 효과를 가져올 수 있었다. 도승에 대한 옹고집의 행패는 조선 후기까지 지속된 불교배척의 현실과 무관하지 않을 터인데 특히 학대의 당사자인 도승보다 상좌들이 한층 잔악한 방법으로 옹고집을 징치하려든다는 점을 주목해야 할 것이다. ②, ③은 진옹, 가옹을 가리는 과정들을 포함하고 있다. 「진허가허」에서는 아내, 자식, 무당, 원님 그 누구도 진위를 가리지 못한다. 반면에 『옹고집전』에서는 집안사람들과 원님이 진옹과 가옹을 어떻게 구별해나가는지를 낱낱이 제시함으로써 진가쟁주 화소를 중심으로 서사의 확장이 크게 이루어진다. 진위 판별과정은 현실성을 결여한 황당한 설정이기는 하지만 이 대목은 희극성을 풍족시키면서 관객의 흥미를 유발하는 데 무엇보다 효과적이었다. 이면적으로 보아 진가쟁주 대목은 가족 공동체인 처자식마저 진옹, 가옹을 알아낼 수 없었다는 아이러니한 상황 설정을 통해 현상만을 본질이라 여기는 중생들의 무명을 꼬집는, 일종의 불교적 풍자로 이해할 수도 있다.

「진허가허」도 진가쟁주 화소를 수용하고 있기는 하지만 초현실적 상상과 엉뚱함을 통해 웃음과 풍자를 만끽할 수 있도록 한 것은 역시 『옹고집전』이다. 『옹고집전』에서 진가쟁주 대목을 확장하고 이에 초점을 맞추는 데는 이유가 있겠는데 원님의 진위 구별 대목도 가벼이 넘길 수 없다고 본다. 이 대목은 앞에 앞서 등장한 종과 구성원들의 분별력과는 다른 차원에서 보아야 할 것 같다. 즉, 백성들이 의지하고 따라야 하는 관리조차도 믿을 수 없는 것으로 처리한 것은 지배층에 대한 하층민들의 조롱과 야유와 통하는 바가 있다하겠다. 설명적 진술을 앞세우는 야담에서 창본으로 이행하는 과정에서 대목 중심으로 일종의 서사적 블록이 생겨나지만 작가의식을 집약하고 있는 대목이 별도로 존재하고 있음도 발견하게 된다. 무엇보다 학승, 재물치레, 진가쟁주 대목은 『옹고집전』에서 가장 주목해야 할 부분들이 아닌가 싶다.

4. 초기 『옹고집전』의 담론적 성격

『옹고집전』에서 사승과 제자만큼 옹고집의 응징을 바라는 이들은 없다. 스승이 옹고집에게 크게 봉변을 겪었다는 사실을 알게 된 제자들은 고통스럽고 잔인하게 옹고집을 징계할 것을 요구하기에 이르는데[40] 그것은 불교를 억압하는 바깥세력[41]을 더 이상 좌시하고 있을 수 없다는 반응에 해당한다. 상좌들이 스승이 당한 것 이상으로 옹고집을 잔인하게 죽이고자 결의를 다지는 것은 그동안 그들이 당한 상실감, 박탈감의 정도를 말해준다.[42] 그럼에도 피해 당사자인 도승은 미온적인 방법을 내세우는데 이 역시 당대 상황 안에서 파악해야 할 것 같다. 옹고집타령이 연행되던 19세기 초반은 불가에서 유가나 기득권층의 횡포에 맞서 대응한다는 것 자체를 상정하기가 어려웠던 시기였다.[43] 도승은 그 같은 상황판단에서 기득

---

40 2상좌가 등장하여 옹고집을 잔혹하게 징치하기를 제안한다. 1상좌는 부처의 힘으로 해동청 보라매가 되어 두 눈을 뽑거나 묵은 구미호 미인이 되어 그를 내내 유인해 다니다가 지쳐죽게 하자고 했으며 2상좌는 금강산의 맹호가 되어 집안으로 뛰어 들어가 물어 죽이게 하자고 제안한다. (박순호 20장본)

41 박순호 20장본에 보이는 "아모마을 거ᄒᆞᄂᆞᆫ **유학의** 용숭원 양주늘 부쳐님 훌연 구버보고"라는 대목을 유의할 필요가 있다.

42 조선시기 내내 지속되었던 억불숭유적 환경에 대해 승려들이 불만을 품고 있다는 사실에 대해서는 위정(爲政) 기득권층에서도 인지하고 있었다. "오호 우리 유가에서는 승려들을 배척하고 그들을 멀리하고 그들의 책을 불태우려 한다. 승려가 된 자들이 비록 우리 유가를 드러내놓고 헐뜯지는 못한다 해도 그들의 마음이 편치 않을 것이니 어찌 우리 유가가 불가를 대하는 것과는 입장이 다르다는 것을 알지 못하는가(嗚呼 吾儒斥佛氏 欲人其人火其書 爲佛氏徒者 雖不敢顯訾吾儒 其心之不相能 安知 不如吾儒之於渠家)." (蔡濟恭(1720~1799), 「霜月大師碑銘」, 『樊巖先生集』卷之 57.)

43 다음에 전하는 송치규(1759~1838)의 글에서 옹고집타령이 불리어지던 19세기 초의 상황을 엿볼 수 있다. "혹은 부도가 있거나 혹은 일주문이 있어 절이라는 것을 알게 하지만 신라, 고려의 고찰과 비교하면 백에 하나 천에 열 정도만 남았으니 어찌 북장사만 그렇겠는가. 세상의 도가 사라진 것이다. 불교가 쇠해지면서 승려들이 의지할 곳이 없어졌으므로 사람들이 승려를 능멸하고 탐욕스러운 자들이 재물 빼앗기에 싫증내지 않고 세도가들이 갈취하기를 그치지 않게 되었으니 그 폐해가 이러하다(或有浮屠 或有華表 認是佛氏道

권 세력의 반발을 사지 않으면서 옹고집을 징치할 묘안을 궁리한 것으로 보아야 한다. 둔갑술에 의한 옹고집의 징치방법은 초현실적이지만 당대 사정을 고려한다면 고민 끝에 나온 것이라 말할 수 있다. 세상 물정에 밝은 도승은 상좌들과 달리 직접적인 저항이나 반발을 불러오지 않으면서 최대의 효과를 얻어낼 수 있는 방법으로는 둔갑술만한 것이 없다고 본 것이다.

여기서는 초기『옹고집전』의 주제지향이 갖는 문학사적 의의를 점검해 보기로 하겠다.「진허가허」, 박순호 20장본은 전체적으로 서사단락과 내용 요소가 일치한다. 두 작품은 불승을 학대하는 자를 통쾌하게 징벌하는 데 초점을 두고 있다. 옹고집의 악행은 한둘이 아니지만 그중에서도 반승反僧적 경향을 부각시키고[44] 이를 통해 징치의 명분을 삼는 서사적 주지主旨가 초기『옹고집전』에 이르러 한층 선명해진다. 옹고집은 도승과 만나기 전부터 이미 화주승들이 경계해야 할 인물로 지목되었다. 하지만 도승은 직접 확인하겠다며 그를 찾아 나섰다가 시주를 받기는커녕 크게 봉변을 당하고 만다. 몸소 상대의 횡포를 경험하고 난후 도승은 "그놈을 그려 두면 졀간도 ᄒᆡ가 되고 촌간의도 ᄒᆡ가 무슈할 거시니 그놈 법을 ○○셰상 고ᄉᆼ을 시키고 셰상의 젹거ᄒᆞ리라"[45]며 징치를 결심한다.

초기『옹고집전』에서는 호불, 친불적 시각을 한층 강화하는 방향으로 인물과 사건이 구성되었다. 승려를 학대하는 옹고집의 반응뿐 아니라 불

場也 較之羅麗古刹 存十一於千百 豈但北長寺爲然哉 且可爲世道弔者也 佛教衰 僧徒無所賴也 故 人皆凌侮之 貪饕者 誅求無厭 豪强者 攘奪不已 此其弊也)."(송치규,「북장사사적발(北長寺事蹟跋)」)

44 "삼ᄉᆞ가 이러ᄒᆞᆫ 즁의 즁을 보면 미워ᄒᆞ고 즁이 오면 동양도 아니쥬고 두 귀의 말둑박고 ᄃᆡ고리의 ᄃᆡ테 메고 별ᄆᆡ로 볼기 치고 호령이 분간 읍더라" (박순호 20장본)

45 박순호 20장본.

교 공동체[46]의 불만과 저항감으로 가득 찬 상좌승의 반응을 적극 주입하고 있음을 간과해서는 곤란하다. 도승이 학대를 당한 채 돌아오자 그들은 기다렸다는 듯 다양한 방법을 제시하며 옹고집의 처단을 독촉한다. 해동청 보라매, 천년 묵은 구미호, 금강산 맹호 등을 통해 가능한 잔혹하게 옹고집을 죽여야 한다고 주장한다. 하지만 도승은 보라매는 그물에 걸려 죽을 수 있으며 구미호는 옹생원집의 개에 물려 죽을 수 있으며 호랑이는 옹고집의 총에 맞아 속절없이 죽을 수 있다며 제자들의 제안을 한결같이 물리친다.[47] 불교계가 당한 억압과 배척의 현실을 생각한다면 오히려 제자들의 권유에 따라야 마땅하다고 볼 수 있다. 그러나 정작 학대를 당한 당사자인 도승은 상좌들의 제안을 물리치고 온건한 징치 방법을 택하게 되는데 극단적 대응이 자칫 불가에 더 심한 탄압을 초래할 것이란 우려를 지우지 못하고 있는 것이다. 어떻게 보든 도승의 학대에 이어 다수의 상좌들을 등장시킴으로써 초기 『옹고집전』에 저항적 성격이 한층 강화된 것만은 분명하다.

「진허가허」는 허가의 승려 학대 부분 이후에는 곧바로 양가의 이야기로 전환하여 선인에게는 보은이, 악인에게는 응징이 따른다는 평범한 이치를 드러낼 뿐 불교계가 처한 상황 인식은 드러나지 않는다. 「진허가허」에서 『옹고집전』으로 이동하면서 억불세력에 대한 반발적 징후를 엿볼 수 있다. 이는 『옹고집전』을 불교소설의 하나로 지목하게 만드는 핵심적 요

46 초기 『옹고집전』이 유가를 향한 불교공동체의 저항적 의지를 담고 있음은 어휘 사용면에서도 살필 수 있다. 곧, 박순호 20장본에는 "그놈을 그대로 두면 **우리** 불도도", "그러 ᄒᆞ오면 **우리** 승불써 비러" "**우리** 불도에 웃지 무식ᄒᆞᆫ" 등에서 보듯 옹고집의 징치는 개인적 차원이 아닌, 불교계 전체의 문제로 연결된다.

47 박순호 20장본.

소로 보아야 할 터인데 결말 부위에서 이제까지 악인으로 행세한 옹고집이 개과천선하고 새로운 인간으로 다시 태어나는 것으로 그림으로써 그 유형적 특성이 분명해진다. 그런데 가옹에 밀려 추방과 고투를 경험했으나 옹고집은 쉽게 자기의 과오를 수용하고 참회하는 기색을 보이지 않는 것으로 그려지고 있어 주목된다. 심지어 패가망신한 처지를 비관은 하되 과오를 인정하거나 참회하는 태도를 보이지 않아[48] 공분을 불러온다. 그렇지만 도승은 끝까지 자비와 인내로 대하며 그가 변화되기를 바라며 극단적인 징치를 유보한다. 옹고집에게 쑥뜸을 뜬 것도 한낱 겁을 주기 위한 것이었지 그를 죽이려는 의도가 아니었다. 도사는 "ᄂᆡ 너을 쥭길 거시로되 우리 불도에 웃지 무식ᄒᆞᆫ 쇽인을 ᄒᆡ할리오 이거시다 경계ᄒᆞᄂᆞᆫ 슐법이라 엇지 ᄉᆞ름을 써셔 쥭지 ᄋᆞ니ᄒᆞ리요"[49] 하면서 허옹의 술법을 풀어주는데 그제야 옹고집은 백배 사죄한다.

18장본은 종결부에서 옹고집이 다시 도승이 머무는 암자를 찾는 것으로 되어있다. 그곳 스님들이 옹가에 대한 응징을 요청하지만 도승은 "져놈을 듁기고ᄌᆞ ᄒᆞ올지ᄃᆡ 쳐음의 쥭일계여날 지금가지 살여둠은 인명을 악김이라 ᄉᆞ름을 엇지 님으도 듁일숀"[50]이라면서 더 이상의 징치를 가하지 않는다. 불가와 사회에 해악을 끼치는 인물일지라도 죄를 깨닫고 참회할 때까지 기다리자는 것이 도승의 의도이다. 하지만 진옹이 애걸복걸한 후에도 절 안의 상좌들은 옹가를 죽이지 않으면 세상의 승려들이 존재할

48 "과연 도승이 잇거날 옹가 문 박에 복지ᄒᆞ여 ᄃᆡ죄ᄒᆞ니 도승 왈 네 죄을 아ᄂᆞᆫ다 옹가 왈 과연 모로오니 덕분의 ᄉᆞ라지이다 도승 왈 ᄂᆡ가 인간의 나갓쓸ᄶᅵ 네 ᄒᆞᆫ 죄을 모로ᄂᆞᆫ야 옹가 왈 죄ᄉᆞ무셕이오니 ᄉᆞ라디이다 ᄒᆞᆫᄃᆡ"(박순호 20장본)

49 박순호 20장본.

50 김종철 18장본.

자리가 없으며 타산지석으로 삼기 위해서라도 잔혹하게 죽여야 된다는 입장을 고수한다. 초기 『옹고집전』에서는 이처럼 학승이란 옹고집의 원죄를 철저히 묻고자하는 상좌들이 서두와 결말에 동시에 등장한다. 그것은 불교 배척에 대한 불가의 저항과 비판이야말로 초기 『옹고집전』에서 앞세우고 있는 주지라는 사실을 한층 선명히 확인시킨다.

5. 나가며

이 글에서는 『옹고집전』의 근원설화를 재론하면서 『옹고집전』의 형성단계를 살펴보고 초기 『옹고집전』의 주제, 서사미학적 특성을 드러내는데 목적을 두었다. 기 논의에서 『옹고집전』의 근원설화를 두고 여러 작품이 거론되었으나 「진허가허」가 『옹고집전』과 가장 높은 상관성을 보이는 것으로 추정했다. 학승, 진가쟁주 모티브와 아울러 평결 형식을 작품이 공유하고 있음은 「진허가허」가 『옹고집전』으로 이행했음을 시사해주는 징표라 여긴 것이다. 전반적으로 「진허가허」는 『옹고집전』과 인물, 사건, 배경 면에서 큰 차이가 없다. 다만 「진허가허」에는 양가 같은 선인형 인물이 등장하지 않는데 이는 옹고집이 개과천선하여 선량한 인물로 다시 태어난다는 구도를 감안한, 인물 조정이었다 하겠다.

18세기 전승되던 민담이 야담으로 정착되었다 할 「진허가허」가 창본적 서사물인 옹고집 사설로 이행하는 과정은 곧 연행적 조건을 충족하는 작업으로 규정된다. 문체, 음률, 어휘 등에 걸쳐 독서물이 아닌 연행물에 부응하는 변화가 따르는데 특히 극적, 장면위주로 서사를 변환하여 관객으로 하여금 직접 보고 들을 수 있도록 한 결과물이 초기 『옹고집전』이라 하겠다. 양 작품이 도승의 둔갑술을 앞세워 불교를 배척하는 세력에 저항심을 드러낸다는 점에서 사회비판적 담론의 성격이 드러나는 바, 문학사적으로 적잖은 의미를 내재하고 있다 하겠다. 다만 그 형상화 정도에 있어 차이는 있다. 즉, 「진허가허」가 억불 환경에 대한 문제점을 조심스럽게 제기하는 데 그친 반면 『옹고집전』에 오면 상좌들을 등장시키는 등 반발의 강도를 높임과 동시에 관용과 자비로 악인을 구원한다는 주지를 드러내는 데까지 나아가고 있다. 이본에 따라 배불에 대한 저항성이 퇴색되기도 하지만 초기 『옹고집전』은 전례 없이 불승에 의한 유자의 징치라는 구도를 채택해 불가의 입장을 강하게 대변하고 있음을 알 수 있다.

제7장

『주왕전』에 나타난 합성적 서사구조와 그 의미

1. 들어가며

『주왕전周王傳』이 고소설 목록에조차 오르지 못했던 까닭은 이본을 형성할 만큼 널리 읽혀진 것이 아니었을 뿐더러 내용과 무관하게 대전사大典寺의 내력담으로만 귀속시키려다보니 일어난 결과로 보인다.[1] 이 작품은 『대전도군유적大典道君遺蹟』으로 불리기도 하는데 2697자 가운데 몇 군데 결락이 나타나지만 전체 내용을 파악하는 데 어려움은 따르지 않는다. 작자로 전하는 눌옹訥翁은 고려조에서 상주국上柱國을 지낸 왕호王護란 인물로 75세에 임금에게 직간을 했다가 밉보이는 바람에 금강산으로 피신했다가 수련과 득도에 뜻을 두게 되었고 마침 명망 높던 선인仙人 대전의 문하에서 수련한 것으로 전한다.[2] 따라서 『주왕전』은 눌옹이 스승의 삶을 소설화한 것이겠는데 이는 어디까지나 전설일 뿐 작가, 출현 시기에 대해서는 더 이상의 기록이 없다.

---

1 분석대상으로 삼고 있는 텍스트는 권상로 편, 『한국사찰전서』 上, 동국대 출판부, 1979, 291~294쪽, 대전사 조에 올라있는 『주왕전』(일명 대전도군유적)이다. 원문을 직접 수기한 권상로는 대전사의 창사(創寺)와 관련기록으로 보고 수록했으나 실제 작품에는 대전사에 대한 언급이 없고 대전이 둔적암을 창건했다는 점만 잠깐 밝히고 있을 뿐이다.

2 위의 책, 291쪽. "訥翁誰也 高麗柱相國王護年七十五直諫忤旨 亡入金剛 修煉得道 聞大典道德 來到願爲弟子學道者."

『주왕전』은 무사적武士的 영웅인 주왕의 비극적 생과 이에 회의를 느낀 나머지 신선세계를 지향하는 아들 대전의 생을 동시에 보여주고 있는, 일종의 합성소설이라 할만하다. 물론 조선 후기로 올수록 '합성'은 소설에서 흔히 지적되는 사항이긴 하나 이처럼 그 성향이 강하게 나타나는 작품도 흔치 않다고 본다. 따라서 『주왕전』에 대한 종합적 논의는 일단 미루고 본고에서는 제 소설 유형의 합성적合成的 성격性格[3] 및 인물전승의 채택 방식, 그리고 종교, 사상의 복합적 수용이 갖는 의미를 새겨보는 데 뜻을 두고자 한다.

2. 시공의 초월과 이야기 범위

『주왕전』의 소설적 특성을 무엇이라 해야 할까. 이 물음을 풀어가는 방법의 하나로 필자가 택한 것이 담론적 구성, 구조화의 문제이다. 담론의 전체상을 먼저 확인하는 것도 좋으나 좀 더 다가가 담론을 해체해 본다면 원래 설계된 교직 방식이 드러날 것이며 이로써 『주왕전』 나름의 소설적 특성을 보다 쉽게 간취할 수 있지 않을까 싶다. 우선 줄거리를 보기로 하자.

---

3 朝鮮後期 小說에 나타나는 제 유형의 복합적 성격에 대한 논의는 드문 것이 아니다. 이 중 제 小說類型의 複合的 수용을 가리켜 '合成'이란 용어를 사용하고 있는 논저로는 이성권(1998), 『한국가정소설사 연구』, 국학자료원, 78쪽을 들 수 있다. 본고에서는 "둘 이상의 미니멀 스토리(minimal story) 혹은 미니멀 내러티브(narrative story)가 연결, 끼어넣기, 交替에 의해서 결합된 이야기"로 정의내리고 있는 제럴드 프린스의 견해를 따르는 바.(프린스, 이기우·김용재 역, 『서사학사전』, 민지사, 46~48쪽) 합성적 요소가 『주왕전』에서만 확인되는 것은 아니다. 그럼에도 불구하고 『주왕전』의 초점을 맞추는 것은 『주왕전』이야말로 類型,形式,思想의 측면에 걸쳐 주변 서사물을 복합적으로 수용한 대표적 사례로 여겨지기 때문이다.

① 동진東晋의 주기周覬의 7대손 동衕과 그 아내 위씨魏氏는 나이 40에 이르도록 자식이 없자 옥정산玉井山에 들어가 기도한 후 태몽을 얻고 당唐 대종代宗 황제 영태永泰 11년 인월寅月 인일寅日 인시寅時에 도鍍를 낳는다.

② 도鍍는 12달 만에 사람들의 말을 알아들었으며 5, 6세에 시서백가서를 외우고 11세에 천문지리를 명약관화하게 꿰뚫는 등 초인적 비범성을 보인다.

③ 활달한 기개와 함께 세상에 인물이 없음을 한탄하던 주도周鍍는 우선 장사 백여 인과 웅이산熊耳山에 들어가 동조하는 무리 만여 명을 규합하고 스스로 후주천왕後周天王이라 칭한 다음 덕종德宗 황제가 있는 장안長安을 공격한다.

④ 곽자의郭子儀에 의해 패퇴 당한 주도가 요동을 건너 고려 땅으로 탈출하여 고려 땅 병산屛山에 숨어들게 되고 당 황제는 고려왕에게 주도를 토벌하라는 명을 내린다.

⑤ 고려왕의 토벌장군 마일성馬一聲과 적대적이던 염세청廉世淸이 고려왕과 마일성이 모의하여 역으로 장안을 공략하려 한다고 당 황제에게 참소하는 바람에 고려왕까지 위기에 빠진다.

⑥ 당 황제가 고려왕까지 죽이려 들자 곽자의가 당과 고려 간의 전통적 우호관계를 환기하며 명분 없는 짓임을 역설해 고려왕의 징벌은 면할 수 있게 된다. 하지만 이로써 당 측의 주왕 토벌에 대한 독촉은 점점 심해진다.

⑦ 고려왕에게서 대전의 토벌권을 위임받은 마일성은 자신의 네 아우와 더불어 병산으로 파병되어 주왕 무리를 압박한다.

⑧ 주왕의 서자 희曦는 4살부터 모母인 기씨箕氏에게 충효의 의미를 묻는 한편 성경현전聖經賢傳을 섭렵하고 8, 9세에 천지역수天地曆數에 통달하여 부父에 못지않은 과인한 면모를 과시한다.

⑨ 희는 당에 반란을 일으키는 것이 순리에 어긋나는 짓이라며 부에게 당에

항복하고 돌아가 여생이라도 보전하자고 설득하지만 주왕은 받아들이지 않는다.

⑩ 희는 사대事大의 예禮도 중하지만 부자간의 골육지은骨肉之恩이 앞서는 일이라고 생각하여 중국을 탈출하는 부와 더불어 고려 땅의 관동關東 외진 병산으로 숨어든다.

⑪ 효행과 이치에 밝은 희는 대전도군으로 불리게 되고 이후 그는 주왕의 무리의 선봉에 나서 마일성 형제로 구성된 고려군과 병산 일대에서 전투를 벌인다.

⑫ 마씨 형제에 비해 중과부적인 주왕과 대전의 무리는 점점 세가 위축되는 중에 마사성馬四聲이 을미 3월 갑자일甲子日에 주왕군의 주둔지를 발견하고 총공세를 가해 주왕을 궁지에 몰아넣는데 대전이 나타나 바위에 굴을 파고 주왕 무리를 피신시킨다.

⑬ 마오성馬五聲이 주왕과 군사를 찾지 못하고 철수하려 하자 사성이 갈구리로 굴속의 주왕과 군사를 차례로 생포하는 데 성공한다. 이때 간신히 대전만이 허공에 몸을 날려 탈출한다.

⑭ 주왕의 시신을 실은 배가 요동遙東을 건널 때 대전이 일진광풍을 일으켜 부의 시신을 병산으로 옮긴 다음 예를 다해 장사를 지낸다. 대전은 일부러 봉분을 만들지 않아 뒷날의 훼손을 피하고자 한다.

⑮ 부친의 죽음 뒤 대전은 삭발위승하게 되고 둔적암遯寂庵을 짓는다. 중국에서 동방의 기운을 통해 이를 알아챈 일행이 찾아와 도반으로서 천문天文 지리地理 풍수風水의 이치를 상호 터득하게 된다.

⑯ 협소한 터를 옮겨 병산 30리 밖에 암자를 지으려는 대전 일행에게 그 터에 있던 9마리의 사자가 극렬하게 저항했으나 이들을 물리치고 암자를 지은

뒤 대전은 30년 동안 일행과 동거 수련한다.

⑰ 60년 후에 일행의 전신인 나옹이 중국에서 대전을 찾아오고 또한 무학도 대전을 찾아 스승으로 모신다. 도선도 대전과 더불어 세 권의 책을 쓰고 더불어 천축에 돌아가기를 권하지만 그는 부의 시묘侍墓를 위해 이를 고사한다.

⑱ 대전은 조선개국을 예견하고 나옹에게 이태조를 돕도록 권한다. 한편 무학은 정도전과 더불어 삼각산 아래에 궁터를 정하지만 대전은 이를 거부하고 도술을 통해 눈 내리게 한 뒤 그 곳을 궁터로 삼도록 한다.

⑲ 나옹이 동국의 산천이 부조화하여 난신적자亂臣賊子며 음부음부淫夫淫婦가 자주 나타난다고 걱정하자 흑시黑獅장군과 혜명慧明이 대전의 명을 받들어 산천의 기운을 바로 잡아 국태민안을 도모한다.

⑳ 대전은 무학과 나옹, 혜명이 선학수련을 마치고 선부에 들어가게 되었음을 기뻐하면서도 자신은 이에 동행하기를 거부하며 천년 후에 다시 선계에서 조우하자며 후일을 약속한다.

㉑ 대전이 제자들을 서방의 선부에 보낸 50년 후 가야산 선인인 최치원이 그를 찾게 되고 이들 두 사람은 선학仙學을 강講하며 병산과 가야산을 상호 내왕하며 지낸다.

㉒ 대전은 도군道君으로 4년을 보내고 승려로 백여 년을 지냈는데 선학자仙學者로서는 얼마를 살았는지 알 수 없다.

줄거리만의 제시이긴 하나 인물, 사건, 배경의 측면에서 이 담론이 소설에 속한다는 것을 부정할 수는 없다. 다만 소설의 요소로서 현실성의 약화를 지적하지 않을 수 없겠는데 그 같은 인상은 광대하게 펼쳐진 공간의 제시에서 먼저 생긴다. 당唐나라 시대 인물인 주왕 부자父子의 행적은 원元, 고려, 조선 전기에 이르는 역사적 공간을 관통하고 있으며 구체적으로는 남양부南陽府, 여남汝南, 장안長安, 요동遙東, 관동關東, 진성眞城, 병산屛山 일대松坪, 馬戰坪, 馬胄田, 三危洞 古羅洞, 冠巖峰, 玉井山, 猝獅洞, 紫芝峴, 石麇峰, 洞門, 가야산伽倻山 등을 포괄하고 있다. 이 같은 시공간의 광범위성이나 역사인물의 작의적 대입은 사건 상황에 대한 핍진성을 확보하는 데 도움이 되지 않을 뿐더러 한낱 환상적 서사, 그 이상의 의미를 찾기 어렵게 한다. 그런데 현실적 요소와 상충하는 시간과 공간의 무작위적 수용이 일반 소설의 차원을 넘어 선맥仙脈의 제시에 중심적 의도를 두고 있다면 작품의 뜻은 달라질 수 있다. 고래로 선도仙道 자체가 초월적이고 신비적인 사고의 소산이라 해도 중세기의 문화 관습을 토대로 원근법적으로 본다면『주왕전』이 황탄한 담론으로만 외면할 수 없게 되며 경우에 따라서는 시대적 환경을 벗어나 대리만족감을 부여하는 이야기로 그 의미가 확장될 수 있다고 본다.

공간의 광범위한 적용은 당연히 수많은 인물을 등장시키지 않을 수 없게 만든다.『주왕전』은 진나라 이래 조선 초기 역사 연표에서 발견되는 인물을 포함, 허구적 인물까지 폭넓게 수용하여 인물사전적 성격까지도 드러내는 것이다. 그것은 역사를 부정한다기보다 의역사적擬歷史的 내용을 수반한 서사를 염두에 두고 있는 눌옹訥翁의 의중을 읽을 수 있게 한다. 소설에 등장하는 인물을 나열하면 주왕, 대전을 비롯하여 덕종 황제, 곽자의, 염세청, 고려왕, 일행, 최치원, 도선, 무학, 나옹, 혜명, 정도전, 단수필, 석중철, 마일성, 흑사장군 등으로 이 땅의 인물들이 훨씬 큰 비중을 차지하고 있다. 주왕의 가문과 출생을 서사단위로 삼는 서두에서는 주로 당나라가 서사적 공간으로 나타나다가 주왕의 반란시점부터는 대전의 일생에 초점이 맞춰지는 동시에 줄곧 한반도가 서사의 주무대로 설정된다. 특히 병산을 원점으로 한 축이 형성된다. 발단 전개 부분에서는 중국을 그 서사 공간으로 설정했다가 핵심적인 서사 부위에 이르면서 이 땅이 배경으로 바뀌는 것은 의미심장한 서사적 처리가 아닐 수 없다. 그것은 주왕과 대전, 두 주인공이 이 땅에 귀화함과 동시에 중화관념의 불식을 상징하는 것으로 얼마든지 풀이가 가능하다.

세속사람이 아닌 대전을 주인공으로 삼은 것하며 의역사를 넘어 역사를 뒤집었다고 할 정도로 자유분방하게 짜여진 내용은 환상적이며 초역사적인 영역을 구축한다. 그런데 이야기의 바탕은 지나간 과거의 인물전승과 무관하지 않다. 작자는 작은 일화조차도 거대 서사를 위한 구성요소로 끌어들여 모자이크하는 데 능란한 듯하다. 모자이크 과정에서 유별나게 주목되는 것은 인물전승을 그대로 안치하기를 거부한다는 점이다. 작자의 멋대로 다시 설화적 역사는 뒤틀어지고 그것이 재조합되어 『주왕전』을 형성한다. 하지만 이를 온전한 역사의 왜곡이나 전도에 탐닉한 결과로 보아서는 곤란하다고 하겠다. 설사 반발을 부를 만큼 시공간이 혼재되어 있고 사실이 뒤틀려 있다 해도 인간의 욕망과 좌절에 대한 이야기라는 담론적 의미는 내면에 숨어 눈썰미 있는 독자의 해독을 기다리고 있기 때문이다. 작가 눌옹은 신선을 지향한 끝에 꿈을 이룬 인물이다.[4] 따라서 그의 글쓰기는 자신의 현실 부정적 인식을 대변하는 것이며 동시에 세계로부터의 일탈을 원하는 이들에 대한 인도적 기능도 아울러 수행하고 있는 것으로 보인다.

---

4 권상로 편, 앞의 책, 294쪽. "又至百十年 毛髮三變 爲童子顔面 創建周王庵大典寺而居 羽化去伽倻山 問候於先生 爲孤雲仙所命 作八空山西北山靈 受先生訓敎 記書實跡 棄于石廩峰西麓 山靈護之而以待其人."

『주왕전』이 오로지 눌옹 자신의 자유분방한 역사 속 유영의 결과라 해도 이전의 서사적 전통에 많은 것을 의지한다는 점만은 어렵지 않게 지적된다. 이후 논의를 통해 작품의 복합적인 서사구조의 양상과 그 합성의 구체성을 밝히고 나아가 작자가 의도한 바 본질적 의미가 어디에 놓이는 지를 살피고자 한다.

3. 제 소설 유형과 대응적 조명

『주왕전』의 서두는 주왕과 대전 두 인물의 출현에 주목하여 영웅소설의 흔적이 강하게 부각된다. 주왕은 40세 넘은 여남공 부부가 고민 끝에 옥정산을 찾아 기도해 얻은 인물로 기자 모티브[5]의 주인공인 셈이다. 그는 12달 만에 말을 하고 5, 6세에 이미 제자백가諸子百家 서를 깨우치는 등 그 비범함을 과시한다. 하지만 성장하면서 세상에 대한 불만과 불화를 견디지 못하다 백여 명의 동지를 규합한다. 곧 만여 명으로 불어난 무리는 웅이산에서 나와 주왕의 선창에 따라 수도 장안을 향해 진격하기에 이른다. 앞서 전형적으로 구축된 대전의 영웅적 형상이 탈각되고 반도의 괴수로 상이 뒤바뀌는 시점이다.[6] 기자祈子 모티브는 물론 13달 만에 태어나는 이

---

5 위의 책, 291쪽. "東晋尚書僕射周覬之七世孫衕之妻魏氏 年至四十 無子女矣 夫妻禱子于玉井山 唐代宗皇帝永泰十二載寅月寅時 夢得氏星落于懷中 孕十三月 生一子."

6 그동안 영웅소설을 에워싼 논의는 활발히 전개된 편이다. 대체로 신화에서 발원한 영웅의 일생 단위를 서사적으로 구조화한 소설을 이 범주에 넣어 생각하는 데는 큰 이의가 없는 것으로 보인다. 그 점에서 『주왕전』이 영웅소설로 규정될 수 없음은 분명해지는데 다만 주왕의 탄생과 성장, 반란과정까지는 영웅소설의 전형성을 확연하게 드러내고 있다고 하겠다. (임성래, 『영웅소설의 유형연구』, 태학사, 1990, 9·34쪽; 박일용, 『영웅소설의 소설사적 변주』, 월인, 2003, 17쪽)

상탄생, 백호의 지인지감,[7] 생이지지적 영특함을 전제했음에도 주인공을 반란의 주동자로 형상화하면서 그를 더 이상 전형적 영웅상을 기대할 수 없게 한다. 여기에 실제 역사 사실이 개입되어 영웅적 일생이 퇴색되는 면도 없지 않다. 가령 주왕의 반란 같은 경우가 그렇다. 즉 주왕으로부터 우리는 당 현종의 총애를 받다가 양충국楊忠國과의 대립 끝에 755년 낙양에서 반란을 일으키고 대연황제大燕皇帝라 자칭한 안록산安祿山의 모습과 방불한 면을 보게 된다. 주왕 역시 스스로 후주後周천왕이라 칭했거니와 안록산이 곽자의郭子儀에게 토벌되었듯이 주왕도 곽자의에게 패퇴 당하는 것으로 그려져 있어 『주왕전』이 부분적으로 역사 사실을 다채롭게 변용시켰음이 밝혀진다. 물론 주왕은 부조리한 세계의 혁신을 기치로 내건 만큼 안록산의 경우와 큰 거리가 있으나 역사적 사실에 의한 패러디라는 점은 쉽게 간취되는 것이다. 이후 줄거리도 역시 고려 말 우리 역사를 비의했을 가능성이 퍽 높다. 곽자의에게 패배 당해 주왕이 고려 땅으로 달아나자 그렇지 않아도 시달리던 고려의 입장이 아주 난처해진다. 중국의 황제는 강압적으로 고려왕에게 주왕의 토벌을 명한 상황인데 그 와중에서 염세청廉世清이 고려왕, 주왕, 마일성 간의 협착 및 장안 역공의 음모를 상소함으로써 고려왕 또한 절대위기에 빠지고 만다. 식견 있는 충신 곽자의가 중간에서 황제에게 고려왕의 단죄가 부당함을 간하면서 고려왕이 목숨은 부지하지만 이를 기점으로 주왕의 체포는 고려로서 지상과제가 되다시피 한다. 이를 통해 종속국으로 수모를 겪었던 고려 말 정치적 현상을 빗대고 있다는 점을 유추해보는 것은 어렵지 않은 일이라 하겠다.

---

7 권상로 편, 앞의 책, 291쪽. "寅末 有白額虎 自玉弁山 供一猪而去 擧家異之."

도주처에서 다시 절대 위기에 빠지는 주왕에게 한때나마 잔명을 가능하게 해주는 인물은 다름 아닌 아들 대전이다. 대전은 출생과 성장과정에서 부에 못지않은 전형적인 영웅상을 현시한다. 4살에 벌써 어머니 기箕씨에게 충효의 의미를 묻고 8, 9세에 이르러서는 천지, 역술에 통달할 만큼 조숙성을 드러내 보였던 것이다. 따라서 부가 반란을 일으켰을 때 동조하기보다 신중하게 충효의 의미를 반추하는 것이 그에게는 어울리는 일일 터인데 과연 그는 자신을 낳아주고 길러준 나라에 반기를 든다는 것은 곧 군신지의를 뒤엎는 행위로 용납할 수 없다는 점을 환기하며 부를 설득한다. 또 사대의 도리를 거스르는 대신 늦게나마 항복하여 남은 생이라도 보전하는 것이 옳은 판단이라며 현실적 논리를 펴지만 애초 체제 전복을 꿈꾼 주왕으로서 이에 동의하기는 어려웠다. 냉담한 반응에 대전은 통곡할 수밖에 없었다. 그러나 이 사건이 부를 부정하는 것으로 작용하지는 않는다. 오히려 충보다 효를 우선시하기로 작정한 대전은 주왕의 유일무이한 조력자로서 요동遼東을 넘어 병산屛山에 은거할 때까지 부를 호위한다. 『주왕전』의 서두에는 주인공과 세계와의 대결 양상이 퍽 심각한 것이 사실이나 민중적 시각에 의한 반란 사건이 투사되면서 주인공은 영웅의 전형적인 모습과 멀어진다. 이는 주왕뿐만 아니라 대전에게도 똑같이 해당되는 모습이다.

대전이 충에 무게를 두게 되면서 더군다나 주왕을 토벌하려는 마일성 무리와의 접전은 피할 수 없는 상황을 맞고 만다. 초인적 능력을 갖춘 두 영웅 대 고려 정부의 특명을 받은 마일성 사단의 싸움은 한 동안 호각지세를 이룬다. 넓게는 중국에서 고려로, 좁게는 병산 일대로 싸움의 공간이 이동되면서 『주왕전』은 서두의 영웅소설적 기운이 가시고 군담소설과 같이 전장의 현장감, 긴장감이 높아지거니와 주왕보다 대전의 영웅적 면모가 무엇보다 강조된다. 그런데 병산 일대의 전투적 형상을 보면 주왕의 명에 따라 은수필段秀弼과 석중철石重鐵이 차례로 마일성 형제 무리와 팽팽한 접전을 벌이는데 수적 열세에도 불구하고 처음에는 대등한 판세를 이룬다. 그러나 상호 지루한 대결 국면에서 마침내 주왕과 대전은 마일성 무리에게 밀리기 시작한다. 중과부적한 주왕의 무리로서는 어쩔 수 없는 일이었다. 대전은 천문관측으로 목숨을 이어가던 주왕과 군사들이 마침내 최후를 맞게 된다는 점을 알아챈다. 병산 용추의 용들조차 세 번씩이나 울음을 터뜨리며 주왕과 대전에게 최후의 날이 왔음을 알려주기에 이른다. 이에 따라 대전은 바위에 굴을 파서 주왕과 군사를 숨게 하는 등 포위망을 벗어나려 안간힘을 다하지만 주왕과 그 군사들은 한 사람씩 마사성의 갈구리에 걸려 생포되고 대전만이 간신히 몸을 날려 남쪽으로 달아나는 데 성공할 뿐이다.

조선 후기의 군담소설에서처럼 현장이 상세하게 형상화되어있다고 하기는 어렵지만 양측 간 일진일퇴의 대결양상과 함께 지략과 신력을 동원한 치열한 싸움은 군담軍談의 속성을 다분히 구비하고 있는 것으로 보인다.[8] 다만 차이가 있다면 싸움의 목적이 다르다는 것이다. 대전이 정부군과 싸우는 것은 부인 주왕을 지켜내기 위한 것이지 인민이나 나라를 지키기 위한 데 있지 않았다. 그의 효행은 주왕이 생포되고 그의 시신이 요동을 건너는 순간 일진 광풍을 일으켜 결국 부의 시신을 병산으로 옮겨놓은

8 군담소설은 개인의 일생기를 기술한 작품으로 서사전개에 있어 등장인물들 간의 싸움에 무엇보다 서사적 비중을 크게 두고 있는 작품을 가리킨다.(서대석, 『군담소설의 구조와 배경』, 이화여대 출판부, 1985, 14쪽)

장면으로 잘 형상화되고 있다. 주인공의 동적인 활약상에 초점을 맞추어 생각한다면, 이런 경우는 도술소설[9]의 서사적 방식을 답습하고 있다고 하겠다. 특히 주왕과 함께 체포될 찰나에 허공으로 날아 탈출한다든지 도강 중인 배에 광풍을 일으켜 시신을 탈취하는 장면 등에서 우리는 도술, 신술을 자유자재로 구사하여 어느새 협객, 도사로 변해 버린 대전의 또 다른 상을 발견할 수 있는 것이다.

그러나 주왕의 죽음을 기점으로 소설은 완연히 신선소설[10]의 특성으로 기울어진다고 해도 과언이 아니다. 앞의 부분에서 영웅의 동적 활약상에 초점을 두었다면 후반부는 고려 말 조선 초에 활약한 고승인 나옹, 무학은 물론 그보다 500여 년을 소급하여 일행, 도선, 최치원, 혜명 등 나말여초의 인물까지 등장시켜 대전과 사제지간을 맺거나 도담을 나누게 한다. 서사가 아니라 의론議論과 현담玄談을 주입하고자 하는 의도 때문에 시공간의 구분도 무의미해져 버리는 현상이 나타나는 것이다. 이에 따라 서사성은 약화되며 추상적인 도의 세계를 우선시한 낯선 말이 이야기에 가득 들어 있어[11] 앞부분에서 보인 여타 소설의 복합적 특성과 연결시키기는 벽차

---

9 도술소설이란 용어를 맨 처음 사용한 이는 김기동으로 "주인공에게 초인간적인 행동을 할 수 있다는 도술을 부여하여 주인공의 도술적인 행각을 표현한 작품"으로 이 유형을 풀이하고 있다.(김기동, 『이조시대 소설론』, 정연사, 1959, 176쪽) 그러나 영웅소설, 군담소설, 신선소설 등에도 도술담이 흔히 개입하고 있어 혼란이 없지 않은데 필자는 도술 그 자체에 의미를 부여하고자하는 작가의 의지가 분명히 드러나는 사례만이 이에 포함된다고 본다.

10 신선류 소설이란 명칭을 쓰는 최창록은 신선소설은 "기본구조는 단순하여 전반에 고난, 갈등, 패배를 맛보지만 후반에서는 득도, 울분의 해소, 양명(揚名) 그리고 비정자(秕政者)에 대한 보복으로 상승 곡선을 그린다"고 보았다. (최창록, 『한국신선소설연구』, 형설출판사, 1984, 26쪽) 『주왕전』은 득도 과정까지는 신선소설과 유사성을 보이지만 양명이나 비정자에 대한 보복 등은 보이지 않으므로 부분적으로만 그 특징을 드러낸다고 할 것이다.

11 권상로 편. 앞의 책, 294쪽. "一日 無學 懦翁 問於法師曰 天有消長之理 地有闔闢之理 日月

다. 다시 말해 후반부로 갈수록 사건인물 간의 역사적, 논리적, 인과적 태도가 희박해지고 대전을 중심으로 하되, 나말여초에서부터 여말선초 시기 인물들이 대거 등장하는 것이다. 그들은 신선이 되는 과정으로서 풍수, 천문, 선도, 수련 등에 대한 현담과 토론을 나누는 것으로 소일하며 하늘로 날아오를 날만을 고대한다. 대전이 제자를 통해 조선개국을 돕고 직접 왕 터를 점치게 하는 등 역사 현실에 대한 남다른 관심이 표명되기도 하지만 기본적으로 지상선地上仙[12]인 대전의 생을 비추어주거나 시공을 초월하여 선부仙府에 들고자 하는 도인들의 성선成仙과정이 핵심 이야기가 되고 있다. 불교에 빗댄다면 공안公案과 흡사한 대목도 나타나는데 추상적 언설의 삽입은 단순히 흥미나 신이성을 넘어선 것이 될 터이다. 그러나 이런 담론적 특성 때문에 신선소설적 성격은 보다 분명해진다고 할 수 있다. 눌옹이 동경의 대상으로 꼽은 인물은 대전과 최치원崔致遠 같은 지상선地上仙이었다. 따라서 대전을 중심으로 한 신선들이 다수 등장하는 후반부에 올수록 서사성의 약화가 두드러지게 나타난다. 다시 말해 대전과 최치원의 가르침과 덕성을 전하기 위해서는 생경하게나마 현학적 담론 그대로를 제시할 수밖에 없었던 것이다. 설사 『주왕전』이 제 소설 유형을 합성적으로

晝夜之理 星辰有晨昏之理 歲月有代謝之理 五行有往相之理 八卦有否泰之理 山川有陰陽之理 鬼神有變化之理 人有死生之理 道有授受之理 推此觀之 萬物一理 學曹(稱弟子也)西歸之後 先師(稱先生也)之道 誰傳誰授(堪輿圖 地理訣)法師曰 天開地闢 人生人死 彼往此來 或合或分 先覺後覺 河淸海晏 自有其時 或百世之前 或百世之後 假生奇才 相傳相授 生生一理 無往不熄 學吾道 行吾道者 間間有鳴於東國矣 又曰吾一以傳二 以二傳一(俗也 僧也) 然 以古視今 以今視古 古今懸殊 大小分明 圖訣久遠 才藝減損 所傳所受 可謂萬分之一矣 心常慨然也."

12 "선계(仙界)는 신선들의 세계를 말한다. 성선(成仙)한 신선이 하늘로 올라가면 천선이 되거니와 한편으로는 현세의 승경(勝景)에서 소요(逍遙)하고 있는 신선들이 있다. 이른바 지상선이다."(이종은, 「한국소설상의 도교사상 연구, 『도교와 한국사상』, 한국도교사상연구회 편, 범양출판사. 1987, 313쪽)

수용하고 있는 것처럼 비친다 해도 담론의 궁극적 목적은 신선소설에 맞춰져 있다고 할 것이다.

4. 인물전승의 변용과 재조합

설화를 적극 수용하고 있으되, 기존 것을 따르기 보다 변용하거나 비틀어 새롭게 이야기를 구성하는 것이야말로 『주왕전』에서 먼저 발견되는 서사법으로 파악되는데 인물전승은 작은 삽화를 이루는 부속적 구성물의 역할을 하게 된다. 주왕의 죽음과 함께 병산으로 숨어들어 수련의 길을 택한 대전의 자취가 변형된 전대의 전설을 통해 구체화되었다고 하겠다. 『주왕전』에 수용된 인물 혹은 배경과 관련하여 일반적으로 민간에 널리 퍼진 인물전승 가운데 몇 가지를 요약 소개하면 다음과 같다.

① 주왕이 도적을 피해 주왕산에 들어와 성을 쌓았으며 성 밖으로 흘려보냈는데 성 밖의 도적들이 이를 마시고 몰사하는 바람에 쉽게 적들을 물리칠 수 있었다.[13]

② 주왕산이란 명칭은 신라왕자 김주원金周元이 이 산에 들어와 공부했다 하여 붙여진 것이며 주방산, 대축산大遯山이라고도 한다.[14]

③ 도선이 감여술을 배우기 위해 당에 들어갔다가 일행에게 발탁되어 제자가 될

---

13 李養吾, 『磻溪集』(규장각 소장). "昔周王避賊入山 爲城以守之 又浸灰上流 賊至城外飮水多斃 以此獲捷."

14 建設部國立地理院, 『韓國地名要覽』, 1982, 274쪽.

수 있었으며 풍수의 이치를 배워 돌아온 다음에는 이 땅의 비보에 힘썼다.[15]

④ 한양의 터는 이태조가 왕위에 오르기 전 해몽을 통해 장차 이태조가 왕위에 오를 것을 예견해준 무학대사의 가르침에 따라 정해졌다.[16]

⑤ 혜명慧明은 고려 전기의 조각승으로 968년 논산 반야산般若山에 거석이 돌출하자 한 것을 기회로 거대한 미륵석상을 조성하는 데 주도적 역할을 하였다.[17]

①, ②는 주왕산의 명칭연기에 해당되는 것이며 광포설화의 범주에 드는 것들이다. 하지만 『주왕전』은 내용적으로 이와 정반대로 풀이하고 있다. ①은 『주왕전』과 달리 주왕이 외적에 시달리는 인물로 보고 있는 듯한데 그가 기지를 발휘해 성 밖의 적들을 물리쳤다고 했으니 반란군으로 산에 숨어든 『주왕전』의 내용과 크게 상치된다. ②는 '주周'자를 통한 명칭연기로서 신라시기 인물인 김주원金周元의 '주周'자와 연결 지어 생겨난 민간어원적 이야기로 보인다. 『주왕전』이 설화의 소설화를 보여주는 사례가 되는 것은 분명하다 하겠는데 특히 주목되는 것은 ③, ④, ⑤와 같이 전형성을 유지하며 널리 퍼진 설화의 내용과 전혀 달리 전개된다는 점이다. ③이 도선 이야기라면 흔한 내용으로 "그 때에 동리산의 조사인 도선이 당에 들어가 일행의 지도법을 배워 돌아와 백두산에 올라갔다가 곡령에 이르러"[18] 등으로 정사인 『고려사』조차도 이를 기록하는 데 인색함을 보이지 않는다. 그러나 『주왕전』에는 "중국의 일행이 동방에서 일어나고 있

15 朝鮮總督府 編, 『朝鮮寺刹史料』 上, 1911, 205쪽.

16 韓國精神文化硏究院, 『韓國口碑文學大系』, 1985, 6-4, 904쪽 · 6-8, 329쪽 · 7-8, 308쪽 · 8-5, 358쪽.

17 李孤雲, 朴雪山, 『명산고찰을 따라』, 운주사, 1982, 332쪽.

18 『高麗史』 卷首. "時 桐裏山祖師道詵 入唐得一行地理法而還 登白頭山 至鵠嶺."

는 기운을 목도하고 금방 대전이 불행한 처지에 빠진 것을 한탄하며 스스로 대전을 찾아와 3년을 같이 지내며 우러러 천문을 논하고 굽혀 지리를 관찰하며 소요[19]한 것으로 처리한다. 전승담들에서 당나라 일행이야말로 감여堪輿의 대가이자 개척자로 설정되며 동방 풍수의 원조상인 도선道詵조차 그에게서 전수받았다는 전래담과 큰 격차가 확인된다. 소설에서는 도리어 일행이 대전의 성스런 자질을 발견하고 먼저 알고 찾아온 것이다. 일행은 대전과 도를 닦으면서도 늘 주위에 대전의 위대함을 밝히곤 하였다. 이는 암자 건립에 훼방을 놓으며 저항하는 사자들을 향해 일행이 질타하는 대목—"사자 너희들은 대전도군을 모르느냐 나는 서역승인 일행이다"[20]—이나 일행의 전신이었던 나옹懦翁이 다시 전세인연을 밝히며 대전을 다시 찾아오는 것에서 더욱 구체화된다. 그런데 이것을 단순하게 대전의 위대함을 현시하자는 것으로만 받아들여서는 곤란할 듯하며 나름의 의도가 감지된다고 할 것이다. 문면에서 일행이 동방의 대전을 찾아 30여 년을 수련의 동반자로 택하여 수련을 하는 것으로 처리했듯 병산에 숨어 사는 이인의 위대함을 통해 소국의 사대관념을 불식하려는 취지에서 나온 것으로 보는 것이 옳다.

④ 역시 전국적 분포를 보이는 광포설화이자 인물전승인데 『주왕전』에서는 이에 이의를 제기하고 있다. 무학과 태조 이성계의 인연은 함경도에서 무관으로 있던 이성계가 수행 중인 무학에게 해몽을 부탁하면서 맺어졌다. 무학의 해몽대로 훗날 왕위에 오른 이성계는 그를 왕사로 모시고 정

19 권상로 편, 앞의 책, 293쪽. "一行望氣來到曰 道君之不幸乃中國之不幸也 共處三年 仰論天文 俯察地理 以此逍遙."

20 위의 책, 293쪽. "一行大咀曰 獅汝不識大典道君乎 我則西僧一行也 二獅俯首頓足 若將屈伏."

사와 관련해서도 여러 조언을 청했다. 무학은 이씨왕조와 함께 나라의 발복을 위해 환조桓祖의 묘 터를 잡아주는가 하면[21] 천도처를 물색해달라는 태조의 청에 대해서도 조언을 아끼지 않는데 "인왕산仁王山을 진산으로 삼고 백악白岳과 남산을 청룡靑龍백호白虎로 삼으라"며 구체적으로 지형도를 작성해 한양 천도에 결정적인 기여를 했던 것이다.[22] 그리고 『주왕전』에서도 정도전鄭道傳과 더불어 삼각산三角山 아래에다 왕궁 터를 정해준 적이 있다고 밝히고 있다. 그러나 대전은 이를 수용하지 않았다 한다. 결국 터는 대전이 눈 '雪'자를 크게 써서 허공으로 날린 뒤 눈이 둥그렇게 내린 곳으로 정해졌다[23]는 것이 『주왕전』의 설명이다. 무학과 정도전은 이태조의 신임 아래 개국의 기초를 닦은 역사인물들인데 대전에 의해 이들의 권위가 여지없이 추락하는 것이다. 무학은 종국에는 우화등선의 경지에 오르지만 인물적 기능이 눌옹의 도통함을 현시해주는 조연적 기능에서 벗어나지 않는다. ⑤의 혜명慧明은 역사인물인지부터가 오리무중이다. 그에 대한 정보란 고작 은진미륵상을 건립한 고려 초의 조각승이라는 정도인데 그것도 전해오는 이야기에 불과하여 역사적 인물로 포함할 수 있을지 의문이다. 그런데 『주왕전』에서는 일행의 전신이라고 하는 당나라 승 나옹의 제자로 설정해놓기도 하는 바 역사는 물론 전해오는 설화조차 의식하지 않은 채 자의적인 설명을 덧붙인다. 여기서 혜명은 나옹, 무학을 보필하며 선부에 들기를 염원하는 인물이면서 한편으로는 이 땅의 혈과 수맥을 치정治定하는 일을 맡는다. 즉 대전이 역패한 무리와 난신적자의 출

21 정명기 편, 『한국야담자료집성』 권1, 1999, 236쪽, 「我太祖降誕于永興」.

22 車天輅, 『大東野乘』 卷5, 「五山說林論草藁」.

23 권상로 편, 앞의 책, 293쪽. "顧謂懦翁曰 眞主登極 勸送懦翁 無學與鄭道傳相議 定鼎于三角山下 法師度其枉尋眞址 大書一雪字西向擲空 是夜雨雪如環 因爲城址."

현이 조선의 산맥山脈과 수원水源이 잘못된 때문이라고 지적함에 따라 흑사黑獅장군과 함께 조선 산천을 조화롭게 바꾸어 놓는 인물이다.

눌옹은 기본적으로 이야기를 전개하는 데 인물전승의 쓰임새를 누구보다 잘 간파했던 인물이다. 하지만 설화의 합성에 앞서 각 편의 내용을 완전 개조하거나 비틀어 서사적 질료로 채택함으로써 이전 설화와 매우 큰 내용적 편차를 드러내게 되었다. 이미 역사적 사실을 완전히 벗어나 엉뚱하고 황당하게 설화 각 편을 개조한 뒤 이를 담론의 하위 부속물로 다채롭게 재질화하고 있음을 여러 곳에서 확인한 터이다. 이 같은 서사전략을 구사한 까닭은 무엇일까. 무엇보다 눌옹 자신이 대전을 흠모한 나머지 그 문하에 들었다는 전설상의 인물[24]이고 보면 인물전승을 새롭게 변형 탈색시켜서라도 대전을 성스럽게 만들고자 했던 그의 의도를 이해하기 어렵지 않다. 아울러 작자는 주왕과 대전에 대한 미화로 그치지 않고 자연스럽게 사대주의적 인식에 대한 반감과 함께 주왕산의 성소화에 이바지하는 결과로 이어진다는 점을 충분히 감안했던 것으로 보인다. 선계지향성이 두드러지게 반영되는 후반부만 보면 『주왕전』은 신선소설의 한 사례로 손색이 없다. 하지만 인물전승조차 전도시키고 현실성을 가능하면 거세하려는 태도를 주목할 때, 당대적 현실상황에 대한 작가의 우회적 불만표출 방식이라 하겠으며 탈중국적 인식 내지 역사의 중심을 점하고 있는 기득권 세력을 비웃고 무시하는 전략적 차원의 이야기로 이해할 수도 있다.

---

24 위의 책, 294쪽. "訥翁誰也 高麗柱相國王護年七十五直諫忤旨 亡入金剛 修煉得道 聞大典道德 來到願爲弟子學道者."

5. 유불선 및 민간신앙의 복합적 수용

『주왕전』은 좌절한 부자 두 영웅의 이야기로 출발한다. 따라서 종교 사상과 무관한 듯싶지만 영웅의 비극적 삶을 보여주는 중에 어떤 소설에 못지않게 종교, 사상의 합성을 기도한다. 특히 주왕의 아들인 대전은 부父 못지않은 초인적 역량을 지녔음에도 부의 죽음과 함께 삭발하고 승이 되어 세속과 등지고 도사, 법사를 지향하는 것으로 형상화되고 있다. 대전도군이란 별칭을 얻은 까닭이 출천出天한 효자였기 때문이라는 설명[25]이 있지만 그는 부의 죽음 이후 밀려오는 무상감을 견디지 못하고 암자를 짓는 등 이를 기점으로 그의 생은 종교적 인간으로 행로가 달라진다. 그렇다고 그를 불승으로 한정시켜 보는 것은 성급하다. 그가 출가 후에 접선하는 인물은 고승이지만 오히려 신선세계를 추종하는 인물뿐이며 시공을 초월하여 이들과 교류를 맺으며 세상의 이치와 도를 구한다. 여기에다 대전은 천문, 지리, 풍수, 역술에도 통달한 인물로 형상화되며 이런 점은 대전의 영웅성과 함께 세속을 초탈하여 영구불멸의 존재인 지상선으로 인식하게 하는 징표로 작용한다.

다양한 종교 사상에 통달해 있는 주인공을 소설 자체의 사상 및 주제와 연결시키는 것은 위험하다. 하지만 줄거리를 통해 볼 때 눌옹이란 인물은 다양한 사상 종교에 심취해 있었던 인물임을 알 수 있으며 『주왕전』을 통해 이를 유감없이 표출하고 있는 것이다. 이제 서사적 흐름에 따라 『주왕전』에 수용된 유불선, 그리고 민간 신앙적 흔적을 추출해보기로 한다.

---

25 위의 책. 292쪽. "諸僚號之曰 大典(道君) 大典之義 器局至大 孝行宜典 而道君二字 古人稱達理之別號也."

동양사회에 가장 큰 영향력을 발휘한 사상은 무어니 해도 유교라 할 터인데 『주왕전』도 그 가르침에 순종하는 주인공의 자취를 집중적으로 부각시키고 있다. 대전은 부의 반란 이후 토벌군에게 밀려 조선으로 탈출하는 단계에서 충효 중 어느 하나를 선택해야 하는 갈림길에 서게 된다. 구체적으로 말한다면 오륜五倫에 해당하는 군신유의君臣有義와 부자유친父子有親 가운데 어디에 비중을 두고 처신해야 할지 난처한 지경에 처하는 것이다. 양자택일이 그처럼 큰 번민을 안긴 것은 모반을 획책한 인물이 다름 아닌 자신의 부이기 때문인데 부이므로 무조건 자식의 도리를 다해야 하는가 하는 회의를 떨칠 수 없었기 때문이다. 사실 부자관계와 군신관계는 중세시기 사람들에게 양립적 과제이자 선후를 따질 수 없는 문제였다.

> 아버님께서도 어렸을 때 천존지비天尊地卑 4자의 뜻을 물으셨다고 들었습니다. 하늘이 높고 땅이 낮은 것은 임금과 신하의 분수처럼 가히 범할 수 없는 것입니다. 진씨晉氏가 멸망한 후 이미 백여 년이 지난 즉 천명을 바꾸고 안 바꾸는 일은 성인과 현자로서도 어쩔 수 없는 일입니다. 하물며 당 나라에서 태어나고 당의 세상에 살며 당의 옷을 입고 당의 음식을 먹고 지냈는데 어찌 당에 대해 의리를 배반할 수 있겠습니까. 하늘을 거역한 자는 도리어 그 재앙을 받는다고 합니다. 엎드려 빌건대 생각을 돌리십시오.[26]

마지막까지 군신유의 덕목을 내세워 부를 설득하고 충효 모두를 실현하

26 위의 책, 292쪽. "父主幼時 問天尊地卑四字云 天尊地卑 君臣之分 不可犯矣 晉氏之滅 已過百年則天命之改與不改 聖賢無奈 況生於唐氏之國 生於唐氏之世 衣唐氏之衣 食唐氏之食 何有背唐氏之義乎 逆天者反受其殃 伏乞回慮焉."

기 위해 안간힘을 다하는 대전의 모습이 보인다. 하지만 부는 이에 동의하지 않았고 대전은 결국 효를 택한다. 아울러 중국을 탈출하려 관동關東 근역에 숨어든 부를 위해 모든 지략과 술수를 동원하여 마일성馬一聲 무리와 대치함으로써 결코 명성만의 효자가 아님을 잘 보여준다. 또한 주왕이 마사성馬四聲에게 죽임당한 뒤 중국으로 시신이 송환되는 시점에서는 일진광풍을 일으켜 시신을 되찾아오고 예를 다해 병산에 장사를 지낸다. 이때 대전은 장차 아버지 묘의 훼손을 염려하여 봉분封墳 없이 매장하는 치밀함을 보이기까지 한다. 선학仙學을 쌓아 충분히 선부의 세계에 들어갈 수 있음에도 대전은 시묘를 내세워 천상에 오르기를 거부하기에 이르는데 서두에서 전제했듯 그는 유교적 큰 덕목의 하나인 효를 지상과제로 삼았던 인물이다.

하지만 부의 죽음과 때맞춰 그의 사상적 축은 불교로 급선회한다. 부의 죽음 후 그가 머리를 깎고 둔적암을 짓고 그곳에 머물기로 작정하는 것은 그 상징적 사건이다. 우리는 여기서 영웅 아닌 출가승이 된 대전의 모습을 보게 된다. 그는 속세에 있을 때는 유교적 가르침을 온몸으로 실천했으며 부의 죽음에서 비롯된 허무감을 감당할 수 없어 불문에 들기로 한 것이다. 한데, 논리적으로 진행되던 이야기가 어느 부분에 다시 설화적 담론으로 대체되고 있어 이채롭다. 예로 둔적암 창사내력을 전하는 대목을 들 수 있다. 대전이 머물던 암자가 협소하여 졸사동에 새 절을 짓고자 하는데 그곳에 있던 9마리의 사자가 격렬하게 저항했던 것이다. 그러나 대전과 일행 앞에 이들은 굴복하고 살아남은 두 마리의 사자는 진정으로 참회하는 모습을 보이기에 이른다.[27] 명당을 점하고 있던 반불적 존재들, 가령 용들로 곧잘 상정되는데 이들도 결국에는 부처, 보살, 고승의 법력에 굴복할뿐더러 그 참된 제자가 되어 수도정진한다는 식의 설화를 변형한 것으로 보인다. 불교인물 설화의 합성적 양태는 원효, 도선, 무학, 나옹, 일행과 같은 고승, 신승을 폭넓게 배치하는 것으로 대변되지만 이런 점을 들어 불교사상을 기저에 둔 작품으로 직결시켜 보는 일은 적절하지 않다. 오히려 30년 간 동행 수행·정진하던 일행이 시멸한 후 나옹이 일행의 전신임을 상기시키며 대전 앞에 출현하는 것이야말로 윤회인식의 서사적 처리에 해당되는 것으로 볼 수 있다. 여기에 정토행의 현장처럼 무학, 나옹, 혜명의 서방 등신騰身의 현시도 눈길을 끄는데 『주왕전』이 불교전기, 설화를 두루 포괄하고 있음을 반증하는 것이라 해야겠다.

유불선을 비교적 균형 있게 기저에 깔고 있는 중에도 후반부로 갈수록 도교적 색채가 보다 진하게 나타나는 것 역시 흥미로운 구성이다. 앞서 역사인물이면서 동시에 불교적 인간에 귀속되는 무학, 나옹, 혜명 등이 등장하고 있으나 소설에서 그들은 더 이상 불승의 범주에 예속되지 않는다. 대전과 마찬가지로 도군, 법사, 도사 어느 명칭에도 구애되지 않을 정도로 유불선에 도통한 존재들로 그려지고 있고 마침내 서방세계로 돌아가는 존재들이기 때문이다. 이들 세 제자는 선부에 오르는 때를 맞이하여 그동안 도법을 전수해준 대전에게 동행하기를 간청한다. 하지만 스승은 부의 묘가 지상에 있기에 선문에 들 수 없다며 거절한다. 이후 대전은 먹지 않고도 배가 고프지 않았으며 모발은 60세의 노인과 같이 한결같았다[28]고

27 위의 책, 293쪽. "乃移庵于箤獅洞 自屛山 南距三十里外石廩峰西麓也 至洞門則九獅拒之 與一行攻擊殺七獅 二獅大吼 (…중략…) 二獅俯首頓足 若將屈伏 遂構小庵而居" 이 대목에 나타나는 새 절이 현재의 대전사로 보이는데 『주왕전』에는 '대전사'를 전혀 언급하지 않고 있다.

28 위의 책, 294쪽. "欲與俱去天竺 法師以親墓在此 不忍舍去 固辭固辭 自後法師 不食不飢 毛髮常如六十翁."

했으니 신선의 경지에 든 것이 틀림없었다. 그런데도 끝내 그는 제자들과 달리 선계 대신 지상에 남기로 결심한다. 한마디로 그는 지상선이 된 것인데 불교적 인간으로 비유하자면 보현보살과 흡사한 바가 없지 않다. 대전도 지상의 마지막 중생까지 모두 신선으로 인도하기 위해 선부로의 편입을 거부하는 것으로 비추어지기 때문이다. 하지만 그 세월은 얼마나 걸릴지 알 수 없다. "숙연宿緣은 이미 끝났고 갈 길은 멀다. 탄식한들 무슨 소용인가. 천여 년 후에 다시 선계에서 만나는 것이 옳을 것이다."[29] 대전은 그렇게 미래에 만나기를 기약하며 도반들과 이별한다. 그는 이미 영원불사의 신선세계에 편입된 존재이지만 이후에도 수련을 멈추지 않는다. 말미에서는 선부로 떠난 무학, 나옹, 혜명 등의 빈자리를 메우듯 나말의 인물인 최치원이 다시금 대전의 동반자가 되고 상호 이물 없이 병산과 가야산伽倻山을 오간다. 인간적 한계를 떨치고 지상적 관념마저 초탈하여 자유롭게 시공간을 유영할 수 있는 존재들이라는 점에서 두 사람은 더 없이 잘 어울린다. 그런데 왜 시간을 거슬러 올라가 나말여초의 인물인 최치원을 삽입시키고 있는지가 의문이다. 그것은 신선적 시간으로 가름된 구성이기 때문에 가능한 일이라고 보는데 대전과 최치원은 신선으로 이미 변한 만큼 과거 미래의 시공을 넘어 천상과 지상을 마음대로 오갈 수 있는 능력의 소유자들임을 강조하는 데 효과적인 처리인 것이다.

대전이 지상의 갈등과 번민의 경계를 넘어 선인으로 완성되는 종결부에 이르면 『주왕전』이 사상적으로 유불선을 얼마나 균형 있게 틈입시켜 줄거리를 구조화하고 있는지를 비로소 깨닫게 된다. 하지만 엄밀히 말해 삼

29 위의 책, 294쪽. "乃曰 宿緣已盡 歸路且遠 深歎無益 後千載之下 更逢於丹臺之會."

교 간의 완벽한 균형을 이루고 있다고 하기는 어렵다. 종결 부위에서 대전의 신선적 풍모를 유달리 강조하고 있는 것이나 대전의 일생을 두고 "선생은 도군으로 4년을 보내고 승려로 백여 년을 지내고 선학자로서는 얼마를 지냈는지 알 수 없다"[30]는 작자의 평결評決을 따른다면 그의 일생은 도군에서 승려를 거쳐 신선으로 화했다고 할 것이다.

서사적 흐름에 편승하여 『주왕전』이 대전의 삶을 통해 유불선 사상이 차례대로 대응되도록 구조화된 이외에도 작품에는 민간신앙[31]에 대한 관심을 서사적으로 수용하고 있는 점도 주목된다. 가령 대전이 별의 관측을 통해 주왕의 운명을 헤아리고 전투 중의 승패를 점치는가 하면 일행과 더불어 지리, 비결의 이치를 터득하여 이 땅의 재앙과 패역자를 없애려고 갖은 노력을 다한다. 아울러 점복占卜, 풍수風水사상과 더불어 기자祈子, 택일擇日, 주문呪文, 그리고 잡술을 포함하는 민간신앙적 요소가 부단히 개입한다. 법사, 신선들의 공통적 특징이라 할 도술의 현시까지 잡다하게 대입되는데 신술로 눈을 내리게 한 뒤 도읍지를 정한다든지 삼엄한 포위망에서 탈출한 다음 일진광풍을 일으켜 적의 수중에 든 부의 시신을 감쪽같이 옮기는 대전의 이적담이 그런 예들이다.

『주왕전』에서 종교 사상적 관심이 집중적으로 표출되고 있는 부분은 대전의 일대기이다. 주왕 역시 11세에 벌써 천문, 지리, 육도六韜, 삼략三略을

30 위의 책, 294쪽. "先生爲道君者四年 被緇者百餘年 仙學者不知其幾許年矣."

31 고소설에서 민간신앙의 수용에 적극적인 것은 그것이 사회를 유지시켜주는 기능을 하며 또 혼란기에 처해 사회가 흔들릴 때는 민중들에게 안식처 노릇을 해왔기 때문이다. (박대복, 『고소설과 민간신앙』, 계명문화사, 1995, 14쪽) 유불선 사상에는 미치지 못하지만 『주왕전』 역시 민간신앙의 하위분류에 들어가는 도참(圖讖), 점복(占卜), 주력(呪力), 택일(擇日), 기자(祈子) 등의 화소를 적극 삽입하고 있어 민중들의 의식세계를 형상화하려 한 일면을 읽을 수 있다.

손바닥 위에서 놓고 보듯 명약관화하게 알았다[32]는 등 세상 이치에 대한 생이지지한 면을 제시하고 있으나 그는 주로 무사적, 비극적 영웅으로서의 모습을 보여주는 데 머물고 만다. 반면에 대전은 무사적 영웅에서 출발했다가 종교적 인간으로 이행한다. 대전은 이미 유년기에 성경현전聖經賢傳을 비롯, 천지역수天地曆數까지 관통하였으며[33] 삼교는 물론 민간신앙 및 잡술에 이르기까지 다양한 범위에 걸쳐 심오한 능력을 갖추고 있는 것으로 나타난다. 결국 대전은 천지개벽의 꿈보다 스스로 신선의 경지에 오르는 것을 일생의 과업으로 삼았다. 눌옹은 자신의 이상적 상을 대전에게서 찾았음이 분명하다. 이럴 경우 눌옹은 기록대로 고려 초의 인물이라기보다 제 종교, 사상에 관심이 팽배했던 조선 중기 이후의 방외方外적 지식인으로 보는 게 자연스럽다.

6. 나가며

앞으로 『주왕전』의 종합적 검토를 염두에 두고 이 글에서는 유형, 구성, 사상에 걸쳐 그 합성적 성격을 살펴보고자 했다. 우선 17세기 이후 등장한 것으로 유추되는 『주왕전』은 서두부에서 영웅소설적 성격을 강하게 나타내는가 하면 순차적으로 군담 및 도술담으로 전개되다가 후반부에 이르면 대전의 신선되는 과정에 치중함으로써 신선소설의 모습을 드러낸

32 權相老編, 앞의 책, 291쪽. “至十一歲 天文地理 六韜 三略 運之掌上 明若觀火.”

33 위의 책, 292쪽. “乃掩卷而跪曰 人而有忠孝之行 更求何書 聖經賢傳 暇日涉獵可也 年及八九歲 天地曆數 一一貫通.”

다. 거시적으로 보아 서두부의 주왕담이 영웅소설의 범주에 든다면 중후반부 대전담은 신선소설에 귀속된다고 할 것이다. 또한 『주왕전』은 허구담이면서도 역사인물에 높은 관심을 갖고 이들의 편입에 적극적인데 이채롭다면 인물 전승담을 왜곡하거나 전복시켜 서사 재료로 채택한다는 점이다. 작자는 인물전승의 왜곡이나 의역사담의 대입을 통해 사대주의적 시각을 거부하는 한편 우리 역사의 정체성에 대한 의문을 제기한다고 볼 수 있다. 『주왕전』은 사상, 종교적인 측면에서 유불선은 물론 민간신앙을 복합적으로 수용하고자 했음도 밝혀졌다. 주왕보다 대전을 초점화하는 후반부에서 이 점이 한층 분명해지는데 생애의 궤적에 따라 유교, 불교, 도교적 인간으로의 대전의 면모가 단계적으로 형상화되고 있는 것이다.

그러나 이 소설의 창작목적이 역사, 종교, 사상에 이르는 늘옹의 해박한 지식을 과시하는 데 있다고는 보기 어렵다. 전체적으로 대전의 신선화 궤적에 초점을 두고 있는 듯하나 현실에 대한 작자의 비판적 시각 혹은 당대인들의 소망도 간취되고 있기 때문이다. 결론적으로 『주왕전』을 두고 세속적 삶을 벗어나 초월적 세계를 상상하고 영원불사를 동경하는 인간의 소망과 함께 외세 의존적 역사에 대한 비판적 시각을 보여주는 작품으로 정리해볼 수 있겠다.

제8장

상좌上佐의 기능과 형상의 다면화

이야기 담당주체의 시각을 중심으로

1. 들어가며

상좌는 전통 서사에서 폭넓게 발견되는 독특한 성격과 기능의 캐릭터에 속한다. 그럼에도 불구하고 상좌의 서사내적 특성에 대한 진지한 검토가 미치지 못한 것이 사실이다.[1] 현실 속에서 상좌는 불가 구성원의 하나로 흔히 속가俗家에서 출가한 지 얼마 되지 않은 어린 승려를 가리키는 것이다. 하지만 설화를 비롯한 제 서사에서 상좌란 종속적 위치에 머물지 않고 사건, 상황을 추동하는 핵심적 인물로 나선다. 어린 나이에다 지위가 낮은데도 불구하고 윗사람의 비위, 모순, 비리 등을 고발, 공박한다는 점에서 상좌는 방자, 말뚝형 인물과 연결짓는 것이 어렵지 않다.[2] 방자형, 말뚝이

1 물론 다음에 보듯 상좌 캐릭터에 대한 논의가 전무했던 것은 아니다. 조동일, 「가면극 연극 노트 5－양주별산대 상좌 · 옴 · 목중 · 연잎과장」, 『연극평론』 12, 1975, 5~17쪽; 최윤영, 「양주별산대놀이를 중심으로 한 승과장의 등장인물과 역사적 전개에 관한 소고」, 『한국극예술연구』 30집, 2009, 13~47쪽; 정형호, 「탈놀이의 팔 먹중과 불교의 팔 부중 신장의 관련성 고찰」, 『한국민속학』 38, 2003, 465쪽; 강경희, 「송파 산대놀이에 나타난 춤사위의 유형연구－상좌 · 옴중 · 먹중 · 노장춤을 중심으로」, 『한국민속학』 19, 한국민속학회, 1986, 381~418쪽. 하지만 기존 논의는 주로 탈춤에 등장하는 제 승려를 살펴보는 가운데 지엽적으로 상좌를 다루었을 뿐 구비, 기록물을 포함한 서사 내에서의 상좌의 기능, 성격까지 살펴보지는 못했다.

형 인물이 신분적 위계가 엄격하게 적용되던 사회에서 양반, 지식층을 대상으로 하층민들의 저항과 불만을 우회적으로 드러내는 캐릭터라면 상좌는 낮은 불가의 위계에도 불구하고 사승師僧의 일탈을 감시, 폭로하는가 하면 위신을 추락시키는 캐릭터라 할 것이다.

그렇지만 상좌의 형상화가 한쪽으로 고정된다고 보아서는 곤란하다. 즉 반권위적이고 저항적인 성격이외에도 그는 서사에서 현실 순응적이며 미성숙한 인물로서 부각되는가 하면 불교적 가르침에 따라 견성에 이른 인물로 형상화되기도 한다. 상좌를 섣불리 특정 인물형으로 규정할 수 없는 까닭이 여기에 있다. 본고는 구비, 문헌자료를 포함하여 상좌 이야기의 분포를 먼저 확인할 것이다. 그런 후 담당주체를 기준으로 상좌 이야기를 유형화지어 보겠다. 이는 서사 담당주체가 이야기를 나누는 적절한 기준점이 될 수 있다는 판단에 따른 것인데 세 층위로 상좌 이야기를 대별하고 각각에 나타난 상좌의 인물적 특성을 찾는데 이 글의 의도가 있다.

2. 상좌등장 이야기의 범위와 접근방법

상좌가 불교인물이라 해서 불교서사에만 등장하는 것은 아니다. 한시, 민담, 실록, 연기설화, 소설 등 그동안 눈여겨보지 않았을 뿐 상좌를 수용

---

2 다음은 방자, 말뚝이에 대한 인물적 특성을 밝힌 대표적 논의들에 속한다. 권두환·서종문, 「방자형 인물고」, 『한국소설의 탐구』, 일조각, 1979; 김성룡, 「말뚝이의 형상화 방식을 통해서 본 탈춤의 서사미학」, 『호서어문연구』 1, 1993; 김흥규, 「방자와 말뚝이, 두 전형의 비교」, 『한국학논집』 5, 계명대 한국학연구소, 1978; 이상일, 「말뚝이 상의 어릿광대론과 코스몰로지」, 『외국문학』 가을호, 1985; 서종문, 「말뚝이형 인물의 형성」, 『한국국어교육연구』 37집, 국어교육학회, 2005.

하고 있는 영역이 광범위하다. 먼저 민담수용적 사례로서는 한국정신문화연구원의 『한국구비문학대계』와 임석재의 『한국구전설화』에 수록된 상좌 이야기를 우선 거론할 수 있다. 앞의 자료에는 '스님과 상좌의 행각'4-2, 243;4-6, 611, '상좌가 건드린 주모'6-2, 149, '상좌와 색을 좋아하는 스님'7-7, 669, '도둑이 상좌되어 득천한 이야기'6-6, 131, '상좌와 처녀가 된 동삼'8-7, 645, '소가 된 상좌'8-12, 578, '도를 깨친 상좌승'8-9, 1051 등이 들어있으며 후자에는 '중과 상좌'9, 163, '중과 상좌와 주막쟁이'9, 165, '중과 상좌'8, 353, '중과 상좌'11, 132 등이 들어있다. 이외 상좌가 등장하는 기록문학적 대상으로는 『용재총화』, 『도선국사실록』, 『명학동지전』, 『옹고집전』 등을 거론할 수가 있다. 서사물에 속하지는 않으나 산사시山寺詩 등도 상좌의 성격과 기능을 살펴보는 데 도움이 되는 방계적 자료가 된다.

위에 제시한 자료들은 구비전승과 문헌기록으로 일단 구분이 된다. 구비 전승담을 집적해놓은 『한국구비문학대계』, 『한국구전설화』 소재 상좌 이야기와 『도선국사실록』, 『명학동지전』, 『옹고집전』 등 문자로 정착된 기록물 소재 상좌 이야기를 상호 대조해 볼 때 상좌의 인물형상에 매우 큰 편차가 나타나는 것을 알 수 있다. 얼핏 그것은 구전, 문헌 간의 차이에서 발생한 것으로 보이지만 결과적으로 상좌 이야기 간의 편차는 담당주체의 차이에서 연유한 것임을 주목할 필요가 있다. 상좌 이야기에서 가장 편폭이 넓고 강한 전승력을 지녔던 것은 말할 것도 없이 민중이 주체로 나선 구비 전승담으로 여기서 상좌는 불가 내 지위와 상관없이 기성세대, 기존 질서를 상징하는 사승을 풍자하고 농락하는 일을 거리낌이 없이 행한다. 그렇다면 상좌의 현실적 모습을 읽을 수 있는 자료는 없는가. 서사물에 속하지는 않으나 유가 지식인들의 산사체험을 바탕으로 한 한시, 혹은 시가에는 승과 속의 어느 곳에도 안주하지 못하는 미숙한 인물로서의 상좌가 등장한다. 여기서 그는 철저하게 종속적 존재로서 그려질 뿐이다. 그런데 사중들이 담당 주체가 되는 문헌 서사를 보면 상좌의 상은 또 달라진다. 문식력이 있는 승려, 불교신자 등의 사중이 서사의 주체로 나선 영험담, 사지 속에 그려진 상좌는 앞서 각성한 선지자이자 대자, 대타인식을 갖추고 있는 이상적인 불교인물로 승화되기까지 하는 것이다.

상좌의 인물 형상이 이처럼 다양하게 나타날 수 있었던 것은 이야기를 담당하는 주체가 한 부류가 아닌, 여러 부류로 나누어진 데서 기인한 것이라 보아야 한다. 따라서 여기서는 상좌 이야기의 주체를 유가 지식인, 민중, 사중寺衆으로 삼분하기로 한다. 이처럼 세 담당주체에 준하여 상좌 이야기를 갈래짓고 논의에 임한다면 상좌의 다면적 기능 및 형상화가 지닌 의미를 드러내는 데 훨씬 수월하리란 것이 저자의 생각이다.

3. 유가 지식인의 상좌 수용과 형상화

상좌上佐란 보통 정식으로 구족계具足戒를 받지 못한 어린 출가자를 가리킨다. '상좌上座'와 혼용해 쓰기도 하는데 경우에 따라서는 출가한 지 오래되어 수행력이 몸에 밴 승려를 지칭하기도 한다. 서사에 등장하는 상좌는 물론 전자를 가리킨다.[3] 수행을 위해 산문에 들어왔으나 아직은 속가의

3 상좌와 비슷한 의미를 가진 것으로 행자, 사미, 사미승 등의 말이 있으나 이 책에서는 상좌로 통일해 쓰고자 한다. 그 이유는 의미의 차이에도 불구하고 서사내적 기능은 상호 동일하다고 할 수 있기 때문이다.

문화나 관습을 고스란히 간직하고 있는 것이 상좌이다. 때문에 유자에 비친 상좌는 산중 생활에 미숙한 이질적인 존재로 투영될 수밖에 없다.

㉮ 사미가 동구에 나와 스승 오기를 기다리는데沙彌出洞望師來
사흘 동안 서촌에 머물다 저녁이 되어서야 돌아갔네三日西村抵暮回[4]

㉯ 종이 이불에 찬 기운이 생기고 부처등은 어두운데紙被生寒佛燈暗
사미는 한밤 내내 종을 치지 않는다沙彌一夜不鳴鐘[5]

㉰ 사미는 산나물 담박한 맛을 모르고서沙彌不解蔬餐淡
산 차를 와서 따르며 날더러 맛보라네來點山茶勸我嘗[6]

㉱ 사미에게 알리노니 괴이하게 여기지 말라爲報沙彌莫驚怪
오묘한 도리는 그것과 무관한 것이란다次中消息不關伊[7]

시가 속에서 그는 사찰공간에서 양면성을 지닌 인물로 형상화된다. 유자들에 비친 그는 세속성과 천진성을 아울러 간직하고 있는 이중적 위치에 놓여 있다. ㉮에서 사미는 촌가에 내려간 뒤 아무 소식도 없는 사승을 무작정 기다린다. 사승은 상좌를 생각하지 않으나 상좌는 마치 부모를 대하듯 애틋한 심정으로 그가 돌아오기만을 고대하고 있는 것이다. ㉯에는

4 朴世堂, 『西溪集』제4권, 「石泉錄」下.
5 李齊賢, 「山中雪夜」, 『동문선』, 제21권.
6 釋圓鑑, 「病中言志」, 『동문선』 제14권.
7 李穡, 「戲弄詩」, 『牧隱詩稿』 제5권.

아직은 소년티가 가득한 상좌의 모습이 포착된다. 상좌는 일상의 고단함 때문인지 산사의 한기 때문인지 기상하지 못한 채 여전히 잠에 취해 정작 해야 할 일을 놓쳐버린다. 수행자의 직분을 탓한다기보다 화자는 어린 나이에 출가해 산사의 일상이 벅찰 수밖에 없음을 기성인의 관점에서 보여주는 듯하다. ㉰에서는 화자의 우월감과 함께 차를 음미할 줄 모르는 상좌를 안타까워하는 것을 볼 수 있는데 몸에 밴대로 차를 끓여 접빈객接賓客할 줄은 알지만 정작 자신은 차 맛을 모르고 있으며 산에 살면서도 산나물의 담백함을 모르고 있는 상좌를 타박하고 있다. 이는 산중에서 고담준론을 기대했던 유자의 실망감일 수도 있고 앞으로 행자行者 생활에 더 정진하라는 주문일 수도 있다. ㉰가 구체적 장면을 통해 깨달음의 세계에 들어서지 못한 상좌의 미숙함을 지적하고 있다면 ㉱의 시는 무외無畏대사가 홍규洪奎를 위해 아침부터 피리를 불었다는 사연에서 나온 시이다. 화자인 이색은 사승이 피리를 분다 해서 이상하게 여기지 말라고 사미에게 충고하고 있다. 이색에게 사미는 진실을 보지 못한 채 겉으로 드러난 행위만을 문제삼는, 불완전한 존재로 비치고 있다. 전체적으로 유자들의 시에 형상화된 상좌, 사미沙彌는 도반으로서의 의미를 부여받지 못하고 있다. 이는 정신적으로 미성숙한 상태라는 선입견과 무관하지 않다. 그리하여 한시에 투영된 상좌는 윗사람의 명에 따라 수동적으로 행동하는, 세속의 소년과 다를 바 없는 존재로 형상화되는 것이 대부분이다.

하지만 그가 지닌 장점이 아주 없는 것은 아니다. 그는 세속에 물들을 만한 나이가 아니며 득도에 대한 열정과 각오를 어떤 승려보다 새롭게 다지고 있는 존재라 할 수 있다. 불가 내 구성원들은 그보다 다 긴 경륜을 갖추었다고 하지만 어쩌면 애초의 결심이 무뎌져 일상을 나태하게 보내거나 관성적인 일과에 몸을 맡기는 데 익숙해져 있을 수도 있다. 수행과 정진을 거쳐 노숙한 경지에 오르는 것은 아직 요원하지만 기성 승려들에게서 찾을 수 없는 천진함과 솔직함을 간직한 인물로 상좌를 지목하는 일은 가능한 것이다. 「쌍화점雙花店」의 다음 대목은 육욕적 관심에 빠진 사승과 대비되어 여전히 천진함을 간직하고 있는 상좌의 모습을 떠올리게 한다.

> 삼장사 등불 켜러 갔더니만 / 그 절 스님이 내 손목을 잡았어요 / 이 소문이 절 밖에 나가기만 하면 / 상좌야 네가 퍼뜨린 말이라고 할게다.[8]

상좌를 계도해야 할 사승이 파계적인 행동을 한 후 소문이 두려워 상좌를 윽박지르고 있는 장면이 어렵지 않게 잡힌다. 교학상장教學相長이란 말을 도무지 떠올릴 수 없는 현장이다. 부처의 가르침을 앞장서 보여주어야 할 사승이 속인 이상으로 부도덕하게 굴다가 그 치부가 드러날까 초조해하는 심정을 드러낸다 할까. 사승은 그의 비행을 목격한 이가 상좌일 것으로 단정하고 있다. 따라서 사승은 소문이 퍼져 나가기 전에 상좌에게 우격다짐을 하면서 추문이 새어나가지 않도록 방비하고 있는 것이다. 시가다 보니 장황하게 사건과 상황을 상세하게 펼칠 수 없는 한계가 있다. 어떻든 사승이 사적공간에서는 비행을 일삼으면서도 밖에서는 한껏 위의를 갖추고 대중의 우러름을 받고자 하는 위선적인 인물임을 유추할 수 있다.

한시나 시가에 등장하는 상좌는 대체로 현실 속의 상좌와 거의 부합되는 것으로 그려진다. 현실에서 그는 승僧과 속俗의 경계지점에 서 있는 셈

---

8 『樂章歌詞』, 歌詞 上.

이다. 출가했다고 하나 아직은 어설프기만 한 입사자로서의 모습을 감출 수가 없다. 그가 먼저 해결해야 할 과제는 시급히 사내寺內의 삶에 적응해야 한다는 점이다. 유가 지식인들에 그는 철저하게 수동적 위치에 있는 인물로 그려졌을 뿐이며 수행자로서의 주체적 면모를 기대하기에는 앞으로 숱한 자기 성찰의 시간이 많이 요구되는 존재로 이해된다.

4. 민중의 상좌 수용과 형상화

민담 속에는 우둔한 상전과 영리한 하인의 이야기가 적지 않다. 상좌 이야기도 대체로 이런 인물구도로 짜여 있음을 볼 수 있다. 다시 말해 상좌 이야기 중에서 가장 일반적인 것은 사승-상좌를 핵심인물로 배치한 후 아랫사람인 상좌가 윗사람인 사승을 조롱하거나 비판하는 식의 내용을 포함하고 있다는 것이다. 그런데 이들 유형담의 발원처는 민중이라고 해야 할 것 같다. 반불적 시각을 드러내는 일련의 유형담이 민중 안에서 어렵지 않게 채록된다는 점이 이런 추측을 뒷받침해준다. 그런데 민중이 사승을 반감어린 시선으로 바라보면서 그를 징치하는 역할을 상좌에게 맡긴다는 사실이 흥미롭다. 사승의 징치자로 상좌를 앞세운다는 것은 현실을 철저하게 전도시킨 구도가 아닐 수 없다 하겠는데 사승의 일거수일투족을 파악하고 있는 이가 상좌임을 상기한다면 파격적인 인물배치라고 하기는 어렵다.

현실 안에서 사승은 수행력이 남다르고 대중구원이란 과제를 앞장서 실천하는 이상적인 불교인물로 전형화되어있다고 해도 과언이 아니다. 하지만 민담 안에서는 바로 곁에 있던 상좌에 의해 세속적 욕망에 갇혀버린, 한낱 속인에 불과한 민낯이 여지없이 폭로되기에 이른다. 사승이 체통을 상실하게 된 원인은 전적으로 그가 지은 허물에 기인한다. 사승은 본업이 무엇인지를 망각하고 자기 욕구를 채울 궁리에 골몰하는데 이는 누구한테나 반발을 초래하게 된다. 이같이 사승에 비해 상좌가 우위의 위치를 점하는 이야기는 조선 초기에 이미 널리 전승되고 있었다.[9]

『용재총화』 소재 '상좌무사승上座誣師僧'[10]과 '유승모과부왕취지석有僧謀寡婦往娶之夕'[11]은 이른 시기의 사승 망신담에 속한다. 앞의 것은 어리석기 이를 데 없는 사승을 상좌가 익살스럽게 골려주고 있는데 사승의 음행이 상좌의 익살과 장난기를 통해 고스란히 드러난다. 뒤의 것은 여전히 소화의 부류에 들어가는 망신담이긴 해도 사승을 대하는 상좌의 태도가 한층 신랄하다. 이는 사승이 불가에서는 매우 금기시하는 호색한적 추태를 여지없이 드러냈기 때문이다. 여색을 금하라는 계율에도 불구하고 제멋대로 굴

9 成俔, 『慵齋叢話』 卷之五. "上座誣師僧 自古然矣."

10 위의 책. "上座誣師僧 自古然矣 昔有上座 謂僧曰 有鵲含銀筯 上門前刺楡 僧信之 攀緣上樹 上座大呼曰 吾師探鵲兒欲炙而食之 僧狼狽而下 芒刺盡傷其身 僧怒撻之 上座乘夜懸大鼎於僧所出入門戶 大呼曰火起矣 僧驚遽而起 爲鼎所打頭 眩仆地 良久而出 則無火矣僧怒責之 上座曰 遠山有火 故告之耳 僧曰自今只告近火不必告遠火."

11 위의 책. "有僧謀寡婦往娶之夕 上座誣之曰 粉蘗生豆和水而飮之 則大有利於陽道 僧信而飮之 至婦家 腹脹滿 艱關匍匐而入 垂帳而坐 以足撐穀道 不得俯仰 俄而婦入 僧危坐不動 婦曰 何如是作木偶狀 以手推之 僧仆地滑矢瀉出 臭氣滿室 其家杖而黜之 夜半獨行迷路 有白氣橫道 僧意以爲川水 褰裳而入 乃秋麥花也 僧憤怒 又見曰白氣橫道 曰麥田旣誤我 復有麥田耶 不攝衣裳而入 乃水也 衣服盡濕 過一橋 有婦數人 淘米溪畔 僧曰酸哉酸哉 蓋言狼狽受苦之形也 婦人不知其由 群來遮之曰 淘酒米之時 何發酸哉之語乎 盡裂衣服而毆之 日高不得食 枵腹不耐苦 掘薯蕷而啖之 俄有呵唱之聲 乃守令行也 僧伏橋下避之 乃默計曰 薯蕷甚美 若以此進呈 則有得飯之理 守令至橋 僧翻然突出 守令馬驚墜地 大怒棒之而去 困臥橋傍 有巡官數人過橋 視之曰 下有死僧 可與習棒矣 爭持杖相繼棒之 僧恐怖不得喘息 有一人 抽刃而進曰 死僧陽根 宜入於藥 可割而用之 僧大叫而走 黃昏到寺 門閉不得入 高聲呼上座曰 出開門 上座曰 吾師往婦家 汝是何人乘夜來耶 不出視之 僧由狗竇而入 上座曰 何家狗歟 前夜盡舐佛油 今又來歟 遂以杖棒之 至今言遭狼狽辛苦之狀者 必曰渡水僧云."

었으므로 그에 걸맞은 징계나 위신추락이 뒤따라야 마땅한 일이다. 그리하여 상좌가 사승의 욕망과 본성을 들추어 보이는 것은 물론 기롱하며 징벌을 주관하는 주체로 나서게 되는 것이다. 겉으로는 엄격한 사승관계가 유지되고 있을지는 모르나 사승이 암암리에 추태를 일삼는다는 점을 밖으로 터뜨리는데 상좌만큼 어울리는 인물은 달리 없다. 그는 누구보다 사승에 대한 풍자와 조롱의 정도를 고조시킬 수 있는 인물이다. 민중들은 상전 / 하인 이야기형을 따라 상전을 사승으로, 하인을 상좌로 바꾸어 놓았다. 상좌의 처신은 하극상으로 비칠 수 있으나 금도의 선을 지키면서 사승의 참회를 이끌어내고 있어 긍정적 인물로 파악해야 옳다.

『용재총화』에서 이미 확인되는 상좌우위의 이야기는 후대에 전승력을 상실하기는커녕 오히려 다양하게 파생되면서 상좌의 상을 보다 다채롭게 구축해 놓았다고 하겠다. 가령 『구비문학대계』의 '상좌가 건드린 주모'6-2, 149-151, '상좌와 색을 좋아하는 스님'7-7, 566-571, 『한국구전설화』의 '중과 상좌'9, 163-165, '중과 상좌와 주막쟁이'9, 165-166, '중과 상좌'8, 353-356, '중과 상좌'11, 132-133에 등장하는 상좌는 감시자이자 폭로자에 해당한다. 그가 모시던 사승은 수계의 수범을 보이기는커녕 음욕을 다스리지 못하다가 그 치부가 상좌에 의해 고스란히 드러나고 만다. 이들 사승에게 공통적으로 나타나는 것이 색욕이다.

'상좌와 색을 좋아하는 스님'7-7, 566-571을 보면 어려서 절에 들어온 상좌에게 사승이 홀로 사는 속가의 어머니를 만나게 해달라고 청한다. 사승의 음탕한 속내를 간파한 상좌와 어머니는 각본을 짜고는 사승을 속가 집으로 불러들인다. 과부와의 동침이 성사되었다며 사승이 옷을 벗은 채로 기다리고 있는데 과부 대신 할미가 나타나서 그를 내쫓는다. 사승은 간신히 몸은 피했으나 벌거벗은 몸이라 다른 곳에서도 거듭 수모를 당하게 된다. 『용재총화』의 '유승모과부왕취지석'과 다를 바 없이 사승의 음행을 신랄하게 조롱하고 있다.

사승의 호색적 행태를 두고는 누구도 용납하려 들지 않았을 것이다. 수행과 정진으로 살아가야 함에도 욕망을 다스리지 못했다는 점에서 그는 응징을 받아 마땅한 일이다. 그런데 누가 이를 담당하느냐는 문제가 남는다. 이야기에서는 비행을 저지른 사승을 가장 잘 골탕 먹일 수 있는 인물로 사내에서 어리고 승력僧歷이 짧은 상좌를 지목한다. 기우와 달리 그는 통쾌하게 사승의 위신을 추락시킨다. 사실 『용재총화』에 등장하는 상좌들은 한결같이 지모가 뛰어난 것으로 되어있다. 여타 이야기들에서도 상좌는 현실적 기능태와 달리 어린 나이에도 불구하고 감시자, 고발자, 징벌자로서의 역할을 빈틈없이 수행함으로써 굳게 다져졌던 사승의 권위를 일거에 허물어뜨린다. 민중들은 가장 낮은 위치에 있는 상좌를 앞세워 윗사람을 마음껏 골탕 먹이면서 역설적 전복에서 오는 희열을 만끽했을 터이다. 사승은 지배층의 모습과 상당부분 일치한다고 보겠는데 사제관계를 전복시키는 인물구도를 통해 사승의 파계적 행위를 들추어내는 이 유형담의 핵심은 풍자에서 찾아야 한다.

전통서사 안에는 민중들에게 친근감 있게 다가오는 캐릭터가 적지 않다.[12] 상좌도 그중의 하나임이 분명하다. 그는 사승이 그 본분을 외면한 채 속물적 근성을 드러내자 조롱과 희화적인 방법을 동원하여 스승의 위선과 속내를 여지없이 폭로하는 데 앞장선다. 그렇지만 웃음과 해학이 과

12 서대석, 『우리고전 캐릭터의 모든 것』 2, 휴머니스트, 2008; 설중환 외, 『고전서사 캐릭터 열전』, 월인, 2013.

잉되게 표출되고 있는 것처럼 보이지만 스승의 타락을 안타까워하는 제자의 본의가 온통 망각하고 있는 것은 아니다.

상좌 이야기들이 상좌의 바람직한 모습만을 보여주는 것만은 아니다. 순진무구함이라고는 찾아볼 수 없으며 스승을 마음대로 농락하면서 자신의 욕심을 채우는 부정적 유형의 상좌도 발견된다. 예컨대 '상좌가 건드린 주모'『구비문학대계』 6-2, 149[13]에 등장하는 상좌가 바로 그런 경우이다. 이 예화의 전체적인 줄거리는 음욕을 채우려는 사승을 곁에서 도와주는 척하던 상좌가 기지를 발휘하여 사승을 물리치고 자신이 여인을 차지하는 것으로 요약된다. 내용을 조금 더 살펴보자. 시주하러 다니다가 술집 여자에게 반한 사승이 상좌와 더불어 여인과 은밀한 관계를 맺기 위해 각본을 짜고 서로 입을 맞춘다. 사승이 여인 앞에서 자신의 코와 볼기가 크다고 자랑하면 여자가 혹할 몸이라며 맞장구를 쳐 주기로 한 것이다. 하지만 정작 여인과 더불어 세 사람이 있는 자리에서 상좌는 코가 크면 냄새를 잘 맡고 볼기가 크면 곤장을 잘 맞는다고 엉뚱한 소리를 내뱉어 여인의 환심을 사려던 사승을 궁지에 빠뜨린다. 사승에 이끌려 절로 돌아가는 길에 감쪽같이 사라진 상좌는 그길로 다시 술집 여인에게 가서 막무가내로 운다. 여인이 측은해하면서 왜 그런지를 묻자 사승이 오줌 싸는 것을 보다가 성기가 크다며 때렸다고 말했다. 이 말을 들은 여인은 날도 어두우니 자고가라면 상좌를 방으로 끌어들였다.

상좌는 사승과 여인의 접선을 거들어 주는 척하다가 훼방을 놓고 말았다. 여기까지는 파계행위를 고발하고 이를 응징하고자 하는 상좌의 바른

13 한국정신문화원, 『한국구비문학대계』 6-2, 1980, 149쪽.

생각을 엿볼 수 있다. 하지만 시간이 지나면서 그의 엉큼한 속내가 드러나게 된다. 사승과 여인의 만남을 망쳐놓고는 사승 몰래 자신이 여인에 다가가 욕구를 채운 것이다. 신랄하게 사승을 비웃고 망신 주는 상황이 적나라하게 나타난 것은 아니더라도 『용재총화』 소재 '유승모과부왕취지석'을 승계한 이야기임을 쉽게 간파할 수 있다. 즉 어리숙한 사승, 영리한 상좌로 인물이 대응되고 있으며 상좌 우위의 결과로 끝을 맺는 것이다. 하지만 그것으로 이야기가 종결되지 않으며 결과적으로 상좌가 여인과 동침하기에 이른다. 상좌는 지모가 뛰어나다 못해 영악스럽기까지 하다. 사승의 호색함을 폭로할 때만 해도 그의 순수성을 의심하기 어려웠다. 하지만 사승과 귀가하던 중 몰래 빠져 나와 여인에게 다가가 교묘하게 말을 붙이면서 그의 교활함이 드러난다. 결국 그는 사승이 마음을 두었던 여인을 가로채 사통하는 데 성공한다. 처음과 달리 상좌는 지모와 영악함으로 사승을 물리치고 자신의 욕구를 채우는 속물적인 인물로 전락한 것이다.

이 유형에서는 소화담의 특징이라 할 기성세대의 위선적 행위를 고발하는 데서 오는 건강한 웃음, 예상을 뛰어넘는 결말 등을 살펴볼 수 있다. 하지만 상좌의 행동으로 볼 때 이제까지 형상화된 상좌 가운데 냉소적인 요소가 가장 강한 편이다. 사승의 행동은 어느 경우든 상좌에게 반면교사가 된다는 주지가 드러나거니와 사승의 호색한적 비행과 더불어 상좌의 탈선까지 지적했다는 것은 그만큼 불가에 대한 민중들의 시선이 부정적이었음을 말해준다.

위와 같이 사승 / 상좌의 대립적 관계를 축으로 한 이야기가 다수를 점하기는 하지만 전통적인 사제지간의 모습을 투영하는 예도 적지 않다고 해야겠다. 상좌로서 사승은 언제나 추종의 대상이며 사승의 일거수일투족이 그대로 깨우침의 방편으로 작용한다는 식의 내용을 포함하는 이야기도 눈에 띄는 것이다. 이런 경우, 사승은 도력과 권위를 충분히 갖추고 있는 인물로 전제된다. 그리고 상좌는 그로부터 깊은 감화를 받아 어려움 없이 수행하는 지극히 순종적인 심성의 소유자로 설정된다. 『구비문학대계』 4-2[245-247]의 '스님과 상좌의 행각'은 엉뚱한 면이 적지 않으나 상좌를 대상으로 전생의 업이 후생에 어떤 결과를 낳는지를 실감 있게 보여준다. 상좌에게는 하극상적인 생각이나 저항적인 태도를 발견할 수 없으며 스승의 가르침을 경청하고 숙지하기를 게을리 하지 않는 모습뿐이다. 사승과 상좌가 길을 가던 중 몹시 목이 말랐는데 참외장수를 만나게 된다. 기갈에 시달리던 터라 그에게 참외를 달라했으나 참외장수는 껍질마저 줄 수 없다며 냉정하게 대했다. 사승은 겨우 얻은 참외 씨를 심는다. 그러자 덩굴이 뻗어나고 열매가 가득 맺혀 둘은 기갈을 해결할 수 있게 된다. 다시 길을 가다가 이들은 새참을 이고 가는 여인을 만나 배고픔을 해결한다. 하지만 스님은 인색한 참외장수에게는 오래 살라고 하더니 여인에게는 벼락 맞아죽으라 말하고 길을 떠난다. 그러다 이들은 삼현육각 소리가 요란하게 울리는 원님의 행차를 만나는데 알고 보니 수레를 타고 가는 사람은 두 사람에게 밥을 먹여준 뒤 죽은 전생의 그 여인이었다. 그녀는 사승의 말에 따라 죽었으나 환생하여 원님이 된 것이었다.

여기서 사승은 비범한 능력을 갖춘 인물로 상대의 전생과 후생을 아울러 간파할뿐더러 생사를 재단하는 능력까지 겸비했다. 참외장수에게서 간신히 얻은 참외 씨를 심어 순식간에 열매를 맺게 한 것, 인색한 참외장수가 고생하면서 오래 살도록 한 것, 여인이 환생還生하여 원님으로서 복을 누리며 살도록 해준 것 모두 사승의 신통력 때문에 가능했다. 사승은 몇 가지 일화의 제시를 통해 불교적 업관業觀과 윤회의 원리가 무엇인지를 상좌가 성찰할 수 있게 해주는데 상좌는 어떤 이의도 달지 않고 순종하는 자세를 보인다. 이 이야기는 최종 귀착점은 말할 것도 없이 민중이라 할 터인데 불교에서 말하는 업의 이치를 사승이 나서 민중적 시선에서 풀이해준 것이라 할 수 있다. 그렇다보니 민중들 사이에 구전된 여타 상좌 이야기와 상좌의 존재적 의미는 몹시 위축되는 대신 사승의 그 각자로서의 권위가 크게 부각되는 결과가 나타나게 되었다. 여기서 사승은 뛰어난 통찰력과 예지력을 예비하고 있는 인물로 상좌를 포함하여 누구라도 우러르고 따르지 않을 수 없는 불교적 인간으로 형상화되어있다. 이를 보건대 민중들은 수행자로서의 수범을 드러내지 못하는 사승의 행태를 들어 반불적 시각을 드러내면서도 한편으로는 도력과 수행력이 남다른 사승의 출현을 고대하고 있었음을 알 수 있다.

5. 사중의 상좌수용과 형상화

민중들에 비친 상좌는 위에서 보았듯 기성질서와 권위에 반발하는가 하면 풍자와 해학을 주도하는 인물로 형상화된다. 승려층에 속하고 있음에도 그를 불교적 인간에 귀속시키기란 꺼려지게 마련인데 그가 민중들의 욕망, 세계관을 대변할 뿐 불교적 인간으로서의 모습을 보여주지 못하고 있다 하겠다. 그렇다면 불교적 인간관에 부합되는 상좌의 상은 찾을 수 없는가. 저자는 사중寺衆[14]들이 쓴 영험담, 사지, 소설 속에서 민중들의 상좌 이야기에서 보지 못했던 매우 이질적인 다른 모습의 상좌를 찾을 수 있다고 본다. 이제 사중이 기록했거나 창작한 것으로 보이는 「명학동지전」, 초기 『옹고집전』, 『도선국사실록』에 나타난 상좌의 인물적 특성을 살펴보기로 한다.

「명학동지전」의 내용을 요약하면 다음과 같다. 영원靈源조사가 어려서 명학동지明學同知의 상좌 노릇을 했다. 스승으로부터 가르침을 간절하게 구했으나 명학은 스승의 본보기를 전혀 보여주지 못했다. 영원조사는 특히 스승이 속인과 다를 바 없이 재물탐에 찌들어있음을 보고 환멸을 느낀다. 청정심을 회복하라 간청했음에도 스승이 건성으로 받아들이자 영원조사는 그 곁을 떠난다. 금강산 암자에 몸을 맡기고 수행에 전념하던 영원조사가 사승이 갑자기 죽어 저승에서 치죄 당하는 장면을 선정 중에 목도하고는 서둘러 본사로 돌아온다. 본사에서 영원조사가 마주 친 것은 이미 뱀이 되어 사람을 피해 달아나는 사승이었다. 사람들은 제자이면서 뒤늦게 나타난 영원조사에게 험담을 할 뿐 사승에게 어떤 업보가 씌어졌는지를 알아채지 못했다. 사승이 응보를 받았음을 안 이는 오로지 영원조사뿐이었다. 한때 상좌였던 그는 사승에게 죄를 통절하게 참회하도록 요구한다. 뱀이 제자의 말대로 한 결과, 다음 생에는 어느 집의 아들로 태어나게 되는데 후생에서는 사제관계가 역전되어 명학동지가 영원조사를 모시고 상좌 생활을 하게 된다. 새롭게 맺어진 사제관계 속에서 영원조사는 명학동지에게 갖가지 공안을 내리며 모질게 수행 정진의 길로 몰아세운다. 그에 따

---

14 사중(寺衆)이 문학용어로서 사용된 사례는 많지 않다. 하지만 필자는 불교문학의 담당층을 포괄하는 데 있어 이 용어가 나름의 장점을 지닌다고 본다. 불교사상적 요소가 강한 문학일수록 그 담당층을 보면 문식력을 갖춘 승려, 혹은 신불자임이 드러나는데, 사중은 이와 같은 창작층을 가리키는 데 적합한 것이다. 여기서는 속가의 유가 지식인, 민중과 대비되는 불가의 문학 담당층을 두루 지칭하고자 했다.

라 명학동지는 오래지 않아 대오각성하는 것은 물론 선적 깨달음의 희열을 맛보게 된다.[15]

불교서사라면 승려로서 최소한의 도리마저 저버린 명학동지에게 그 후에 어떤 악업이 씌워지는지를 밝혀주는 것이 마땅하다. 과연 그는 폭사와 함께 축생도畜生圖에 떨어져 뱀의 몸을 받는 극악한 형벌을 받게 된다. 하지만 악업으로 인해 황사보黃蛇報를 받은 스승의 전변을 꿰뚫고 있는 이는 영원조사뿐이었다. 그는 전생에서 맺은 사제의 인연을 저버리지 않고 이후 명학동지의 삶이 선업으로 이어지도록 이끌어주는 장본인으로 나선다. 명학동지와 영원조사는 한때 스승과 상좌의 관계였지만 다음 생에서는 위치가 역전된 것이다. 민담적 전개를 예상한다면 애초 영원조사는 기지와 지략을 앞세워 명학동지의 물욕성을 철저하게 폭로하고 그 스승의 권위를 여지없이 추락시키는 쪽으로 전개되었을 것이다.

하지만 「명학동지전」은 소화笑話적 전개와는 거리가 멀다. 영원조사는 지략을 무기로 사승을 골탕 먹이는 차원을 넘어서 진정으로 승려가 가야 할 길을 이른바 삼생 윤회과정을 통해 낱낱이 보여준 것이다. 여기서 사승과 상좌란 사내의 위계적 징표에 불과한 것일 뿐 중요한 것은 인간적 애욕

---

15 混元, 「金剛錄」, 『韓國佛敎全書』 11권, 728쪽. "靈源祖師 嘗爲明學同知之上佐 而其師富饒財寶溢庫 錢穀腐敗 心甚樂着 告師入名山修善道 師許而從之 不忍捨着 還言曰 汝先去修道 則吾從此治產而去 仍欲還本 至懇不許 故獨入此庵 明心悟道矣 一日非夢間 忽聞治罪之聲 自十王峯來 卽于閻王問之 則人間有明學同知 徒貪無善 多造衆惡 今捉來治罪 愕然驚悟 卽去本寺 師已逝矣 哀號流涕 老少諸衲 同聲責之曰 汝爲人上佐 何處奔走 而十年不來 今始歸來 其意在財 卽欲逐出 萬端謝罪 先以湯粥一器 設壇庫前 虛懷請魂 有一大蟒 自庫中出 垂淚食粥 仍告之曰 哀哀師乎 四大虛假 非可愛惜 願自盡脫殼蟒 打頭自盡 觀者大驚也 引魂與人家曰 明年必生貴子 愛以養之 與吾爲僧 答曰若如師言 必如約其年 果然生男 容貌端正 其人異之愛育 十年與師 師使兒穿窻窺牛 兒常如言 晝宵端坐 期至數月 悟前生事 曰我則汝師 汝則吾佐也 經曰騎牛更覔牛 非外牛而乃心牛也 以靈源薦師之地 故庵號靈源."

과 탐심에 빠지지 않고 진면목을 가려낼 줄 아는 혜안의 소유자가 누구냐는 점이다. 사실 삶의 본질을 꿰뚫어 보는데 사승, 혹은 상좌란 구분은 무의미할 수도 있다. 여하튼 이 이야기에서 영원조사는 축생도에 떨어진 사승까지 구원해줌으로써 조력적 기능을 완벽하게 구현하는 기능태로 형상화된다.

상좌담이라면 사승과 상좌가 일종의 짝을 이루는 구도를 연상하게 마련이다. 하지만 사승-상좌의 관계망을 벗어나 상좌의 독단적이고도 개별적인 면모를 드러내는 사례가 특히 기록문학에서는 어렵지 않게 발견된다. 이후 살필 작품은 박순호 20장본 『용싱원전』과 『도선국사실록』이다.

박순호 20장본 『옹고집전』에서 핵심적 인물로는 도승道僧, 진옹眞雍, 가옹假雍을 꼽을 수 있다. 그런데 이들 외에 상좌도 충분히 주목할 인물이라 본다. 한두 장면에만 등장하고 있어 간과하기가 쉽지만 상좌는 불가 공동체의 속마음을 가장 솔직하게 드러내는 창구의 기능을 갖는다. 상좌들은 옹고집으로부터 도승이 학대당한 것에 몹시 분격해하며 최대한 잔혹한 방법으로 옹고집을 징치할 것을 스승에게 요구한다.[16] 큰 틀에서 보면 도승과 상좌의 시각이 같다고 할 수도 있겠으나 상좌 쪽이 반불세력에 대해 훨씬 큰 저항감을 갖고 있는 것이다.

옹고집에 대한 불가의 징치는 곧 반불세력에 대한 불가의 공세라 할 수 있다. 사승과 상좌가 국가공동체를 이루는 일원임에도 존재적 의미를 상

---

16 사승에게 무례하기 이를 데 없이 대하는 옹고집은 경제력을 갖추고 있는 지주층으로서 향촌민들 사이에서 원성을 듣는 놀부를 연상시킨다. 놀부와 다른 점은 불승에 대해 깊은 반감을 드러낸다는 점이다. 그는 유자를 축으로 하는 불교 탄압세력을 대변한다고 이해하더라도 무리가 없겠는데 불가가 당한 억압과 수모를 상기한다면 옹고집을 잔혹하게 벌해야 한다는 상좌들의 주장은 충분히 이해가 간다. 하지만 도승은 가옹에 의한 진옹 축출 정도로 징벌의 수위를 낮추어 버림으로써 상좌들에게 아쉬움을 남긴다.

실하고 있었던 것이 조선 후기까지의 실상이었다. 사승에 대한 옹고집의 학대는 반불적 역사를 상기시키는 사건이자 불가 공동체의 구성원인 상좌들이 울분을 토로하며 바깥세계를 성토하게 만든 계기로 작용하였다.

상좌들이 옹고집을 잔혹하게 벌주고자 하는 것[17]은 그동안의 피해의식이 크게 작용했다. 물론 모든 『옹고집전』에서 상좌의 인물이 부각되는 것은 아니지만 초기 작품에서는 상좌들이 옹고집의 악업에 비추어 진옹을 추방하는 것으로는 충분한 응징이 되지 못한다고 보고 거듭 가혹한 처벌을 요구하는 것[18]을 볼 수가 있다. 이를 보면 여타 서사에 등장하는 상좌와는 그 기능이 확연히 다르다 하겠다. 간단히 말하면 이본에서는 불가의 신진세대라 할 상좌들이 기성세대인 도승에게 반발하고 있는 것이다. 기성세대인 도승은 이른바 불교적 포용력 안에서 옹고집을 벌주는 데 그치려 든다. 아울러 도승은 진옹이 가옹에게 가족공동체에서 축출당하지만 반성의 기미를 확인하는 순간 곧 가정으로 복귀시키기를 주저하지 않았다. 도승이 가옹을 등장시킨 것도 옹고집의 개과천선을 위한 것이었지 징벌을 염두에 둔 것이 아니었다.[19] 상좌들의 반발에도 불구하고 도승이 옹

17 박순호 20장본, 『용ᄉᆡᆼ원전』. "샹ᄌᆞ 엿ᄌᆞ오되 그러ᄒᆞ오면 ᄒᆞ릴읍ᄉᆞ오니 우리 승붒거 비러 ᄒᆡ청변만화 지슐노 ᄂᆡ 몸이 화ᄒᆞ여 ᄒᆡ동창 보라ᄆᆡ 되야 청쳔의 놉피쇼셔 가마케 동고락게 등덩실 놉피 쇼사 살ᄑᆡ갓치 드러가셔 스승님 몰나보ᄂᆞᆫ 두 눈을 쏙쏙 쌔바 우리 셜치ᄒᆞᄉᆞ이다 .(…중략…) 상ᄌᆞ 다시 엿ᄌᆞ오되 그러ᄒᆞ면 쳔연무근 구미호 되야 압발 모아 머리의 언고 뒤발노 거름 거러 쳔연미ᄉᆡᆨ 되어 일비일희 고흔ᄐᆡ도 단슌호치 반ᄀᆡᄒᆞ고 청산 가튼 두 눈셥을 쓰긔ᄂᆞᆫ 듯 구름갓튼 싼머리예 가만가만 드러가셔 용고집을 흘여다 젹막ᄉᆞᆫ촌 깁푼 골여 쥴여죽게 ᄒᆞᄉᆞ이다 (…중략…) 상ᄌᆞ 엿ᄌᆞ오되 금강ᄉᆞᆫ의 ᄆᆡᆼ호되여 월침침 야삼경의 모진ᄅᆞᆷ 입의 ᄂᆡ여 장원을 쒸여 넘어 용ᄉᆡᆼ원을 ᄉᆞᆫ ᄎᆡ로 덥셥 무러다가 무항고륙ᄒᆞᄉᆞ이다."

18 상좌의 인물 기능을 가장 확대시키고 있는 이본이 김종철 18장본이다. 다른 이본과 달리 서두부뿐만 아니라 종결부에도 상좌가 등장하고 있어 주목된다. 진옹이 사방을 유리걸식하다 도승이 머물고 있는 금강산의 암자를 찾았으나 상좌들은 거듭 이전의 학승(虐僧)행위를 상기시키며 그를 처단해야 한다는 입장을 굽힐 줄 모른다.

19 이런 사정은 도승의 다음과 같은 말에서 잘 드러난다. "도승이 ᄉᆞᆼ지 불너 쑥 ᄒᆞᆫ 짐 져다가

고집을 엄하게 징치하지 않은 것은 이런데 연유하는 것이다. 가급적 바깥 세계와의 날선 대립을 피하고 온건한 방법으로 반불자의 반성을 유도하는 도승에게서 우리는 기성세대 특유의 신중함을 읽을 수 있다.

하지만 상좌들은 끝까지 반불세력들이 행한 억압과 학대를 직시하고 그에 걸맞은 징벌을 요구한다. 학대당한 당사자가 아님에도 상좌들이 공격적 자세를 굽히지 않는 것으로 볼 때 정작 이들에게 분노의 대상은 불가에 횡포를 일삼는 바깥세계라 해야 할 것이다. 불교를 에워싸고 있는 당대 상황에 비추어본다면 도승의 대처방식이 보다 현실적이라는 생각이 드는 것도 사실이다.[20] 하지만 그것을 상좌들은 못마땅하게 여긴다. 상좌들은 옹고집이 도승에게 가한 학대를 불가를 부정하는 유가의 횡포로 여겼던 것이다. 박순호 20장본 『용싱원전』에 형상화된 상좌는 주어진 조건을 운명적으로 수용하기보다 자신들을 억압하는 세계에 맞서고자 하는 자존적 인물에 해당한다.

상좌의 인물기능은 사찰 공간을 넘어서 나라를 대표하는 인물기능으로 확장되고 경우에 따라서는 조선을 대표하는 인물로까지 기능적 범주가 넓혀진다. 정치 현실적 상황을 도리어 전복시켰다고 할 정도로 사대, 모화 사상에서 탈피한 내용으로 전개되는 것이다. 특히 그 역을 어린 상좌가 도맡고 있어 흥미를 불러일으키기도 한다. 여기서는 중국을 배경으로 도선의 초월적 능력을 전해주는 『도선국사실록』을 살펴보기로 한다.

증먹콤 부비어 옷셜 벅기고 볼기을 ᄉᆞᆷ천ᄌᆞᆼ 위ᄒᆞ고 쓰니 용가 반만 죽거날 도ᄉᆞ 보고 십부 경계ᄒᆞ여 왈 ᄂᆡ 너을 죽길 거시로되 우리 불도에 읏지 무식ᄒᆞᆫ 쇽인을 ᄒᆡ할리오 이거시 다 경계ᄒᆞᄂᆞᆫ 슐법이라."(박순호 20장본, 『용싱원전』)

20 김승호, 「「진허가허」를 통해 본 옹고집전의 형성과 서사미학」, 『국제어문』 63집, 2014, 191쪽.

구전의 도선전승이 기아 모티브를 중심으로 도선의 이상탄생에 초점을 둔 반면 『도선국사실록』은 중국내 도선의 활약상에 큰 비중을 두고 있다. 내용을 보면 이렇다. 평민가의 한 여인이 겨울날 개울가로 빨래를 하러 나왔다가 떠내려 오는 오이를 건져먹은 뒤 도선을 잉태하게 되었다는 것이다. 하지만 아비 없이 태어난 아이라며 주위에서 불경하게 여기자 아기는 버려지는 신세가 되고 마는데 학을 비롯하여 이물들이 도리어 아이를 보살피는 기이한 일을 접하면서 어렵사리 모의 품으로 돌아와 양육된다.[21] 도선은 성장하면서 출가의 인연을 수시로 드러내다가 끝내 출가한다. 그러다 수륙재 행사에서 시저를 관리하다가 도선은 영문도 모른 채 중국 사신들의 인도로 황제와 만나게 된다. 바로 전 당 황제가 몽중에서 금인으로부터 대행大行의 유궁幽宮을 점지할 사람은 다름 아닌, 조선 땅 낭주의 도선이라는 말을 전해들은 것이 빌미가 되어 벌어진 일이었다. 하여간 도선은 이인이 일러주는 대로 병든 말을 타고가다 말이 두 번째 쓰러지는 지점을 유궁 터로 점지해줌으로써 사람들로부터 진신인眞神人이란 말을 듣는가 하면 왕과 귀인들로부터 칭찬과 상을 받는다.[22] 여기다 일행으로부터 감여술을 전수받기까지 한다.[23]

---

21 嘉善楚文, 『도선국사실록』, (『조선사찰사료』 上, 1919), 202~203쪽. "母崔氏 嘗冬月浣紗於槽巖 有靑瓜一顆 浮水而下 呑之有娠 彌月不近葷腥 以持經念佛爲事 及期而生男 時則新羅眞德王之末季也 以爲無人道 而生棄之於叢薄間盤石上 有羣鳩來集覆翼之 數日得無死 以爲神 遂收而養."

22 위의 책, 204쪽. "時日官相師之來集者以千數 及師之來 見其眇少一沙彌 莫不曰 童子何知 師自得竈下之戒 甚自負 若有物陰助之 騎白馬尋龍脉 一如其戒 至一處 馬若趑趄不肯前 師按轡周視曰 此地可用 而未甚善 更前數十步 馬竟蹶而不起 師下馬步占顧視良久曰 此最善 允合天子幽宮 隨而後者 咸嘖嘖稱歎曰 所見果高明 眞神人也 禮部淮奏 竟安弓劒 因山甫畢 特拜國師禮遇備至 寵賜隆重 出御衣 使使持節就加其身 因令留待詔命 王貴人競來推賞 惟恐或後."

23 위의 책. "時唐帝夢有金人 授大行幽宮之兆曰 此乃東國朗州眞人 道詵所占 覺而異之 使使東來 物色求之 泊舟于朗州德津橋 訪到月巖寺."

고작 13살에 불과한 조선의 사미승인 도선이 천자 유궁의 물색을 맡아 거뜬히 그 역을 수행했다는 내용이다. 일면식도 없는 도선을 불러들인 사람이 다름 아닌 황제라는 점을 강조함으로써 중국을 우위에 놓는 사람들의 인식을 한순간에 뒤집어 놓는 것을 보게 된다. 상좌 이야기에서 상투적으로 대입되던 사승이 보이지 않는 점도 이채롭다. 도선의 초인력을 드러내는 데는 비교 대상이 필요할 수는 있어도 그를 가르치고 제도할 사승은 더 이상 필요하지가 않다. 애초부터 『도선국사실록』은 조선의 인재로서 도선을 드러낼 의도에서 중국 인물들과 그를 대조하는 방법을 택하고 있다. 도선이 중국에 들어가기 전에 이미 황제유궁을 찾기 위한 노력이 있었으나 모두 수포로 돌아갔다. 내외 고민이 깊어가는 중에 황제가 꿈에서 금인金人을 만나 대행大行스님에게 능묘를 어디에 쓸지 점치라고 명했다. 이에 '이는 곧 동국 낭주朗州 진인眞人 도선道詵이 점칠 것'이라고 대답한다. 그리하여 중국 사신들이 낭주에 이르러 도선을 데리고 중국으로 들어가 난제를 해결할 수 있음을 알게 되었던 것이다. 도선은 이후 조력자의 조언을 받아 수월하게 유궁 터를 찾아내 순식간에 그 명성이 높아진다.

도선은 두 가지 면에서 평범한 상좌가 아님을 내외에 알렸다. 우선 그의 인물됨은 초월자에 의해 황제의 몽을 통해 앞서 현시되었다는 점이다. 그리고 중국인들이 해결하지 못하는 난제를 소년에 불과한 상좌가 일순간에 해결하기도 했다. 물론 상좌의 비범함을 전하는 이야기는 숱하게 전해진다. 한데 대부분의 이야기들은 사승의 어리석음과 대비되는 상좌의 영리함, 순발력을 보여주며 끝내 어리석음, 색욕, 물욕 때문에 패가망신하는 사승에 초점을 맞춘다. 하지만 도선이 마주하고 있는 상대는 한 개인이 아니다. 그는 거대한 중국을 상대로 지혜, 식견을 다툰다고 할 수 있다. 천하에는 승려가 많으나 하필 어린 사미승인 도선이 간택되고 결과적으로 중국 사람들이 해결하지 못했던 난제를 그가 풀어냈다는 점에서 상좌의 인물기능이 국가적 차원으로 확장된 것이라 하겠다. 도선실록 이야기는 스승의 우매함을 기롱하거나 수계적 삶으로 돌아가기를 채근하는 영리한 상좌의 활약상을 넘어 이른바 민족의식, 자타自他의식을 환기시킨 것으로 이해하더라도 무리가 없다. 어린 상좌와 황제, 그리고 중국과 조선을 상호 대응시키고 결론적으로 대국의 난제를 해결해내는 도선의 활약상을 부각함으로써 작자는 대국 종속적인 인식에 반기를 들고 있다.

위 세 자료에 나타나는 상좌는 승려로서의 본분을 충분히 자각하며 불교적 구원자로서의 면모를 보이는가 하면 그를 억압하는 세계에 저항감을 보이는 것은 물론 중화의식에서 벗어나 동국의 기개를 떨치는 주체적 인물로 부각되고 있다. 사중들을 통해 상좌는 미성숙한 불가 구성원의 위치에서 벗어나 불교적 인간의 한 전범으로 그 존재적 의미가 새롭게 확장된다.

6. 나가며

이 글은 상좌 이야기의 담당주체에 따라 인물적 성격과 기능의 편폭이 어떻게 달라지는 지를 살피는 데 초점을 두었다. 유가 지식인들이 포착한 상좌의 모습은 현실태에서 크게 벗어나지 않는다 하겠는데 상좌는 사승에게 수동적 존재 이상의 의미를 부여받지 못하고 있다. 당연히 상좌는 사승에게 존경심을 보일 뿐만 아니라 나름으로 승가僧家에 적응하고자 애쓰는 모습을 보인다. 민중들에게 상좌는 그들의 의식, 욕망을 대리 실현하는 인물로서의 의미를 지닌다. 그는 스승을 조롱, 희화, 징치의 대상으로 삼고 있으며 지모와 술수를 앞세워 사승의 위신을 추락시키는 데 특기를 발휘한다. 이외 지모가 남다른 상좌가 등장해 사승의 비행을 고발하는 선에서 한층 더 나아가는 경우도 있다. 이 상좌는 올바른 시각에서 스승의 비행을 고발하고자 출발하지만 도리어 스승의 비행을 모방함으로써 부정적 인물로 추락하게 된다. 승려, 불교신자 등 사중이 담당자라 할 수 있는 사지, 실기, 소설 등에 등장하는 상좌는 앞의 사례와 또 다른 형상의 상좌가 등장한다. 거기다 작품에서 상좌가 대면하고 있는 것은 인간, 사회, 국가와 연결되는 난해한 문제들이다. 그러나 『명학동지전』의 상좌는 악업 끝에 황사보가 씌워진 스승을 구원해 줄 뿐더러 열반의 세계로까지 인도하는 역을 자임한다. 『옹고집전』의 상좌들, 그리고 상좌 도선도 그에 못지않은 문제의식의 소유자들이라 할 수 있다. 전자가 불교를 억압하는 바깥세계에 대해 강렬하게 성토한다면, 후자는 중국 황제의 유궁의 터를 수월히 찾아 중국인들의 묵은 문제를 일거에 해결해준다. 무엇보다 도선은 모화주의를 거부하면서 조선인의 자존감을 드러내는 상징적 인물로 새겨지고 있다.

상좌 이야기의 담당주체가 누구인가에 따라 상좌의 형상이 달라지고 있음을 구비, 기록물을 통해 확인해볼 수 있는 자리가 되었다. 상좌 이야기의 담당주체들은 상좌를 고정시켜 바라보지 않았다. 도리어 상좌에 자신들만의 사고, 욕망, 인식을 투사하면서 상좌의 다양한 형상화를 꾀한 것으로 나타난다. 이제까지 살핀 것만으로도 전통서사에서 상좌 이야기가 차지하는 위상을 어느 정도 헤아릴 수 있게 되었는데 상좌 캐릭터에 대한 보다 심화된 논의를 기대해 본다.

참고문헌

자료

권상로, 『한국사찰전서』, 동국대 출판부, 1979.

김기동 편, 『한국문헌설화전집』, 동국대 한국문학연구소, 1991.

金富軾, 『三國史記』.

김영배 편역, 『석보상절』 상 · 하, 동국대불전간행위원회, 1986.

김탄월 편, 『유점사본말사지』, 유점사종무소, 1942.

曇噩, 『新修科分六學僧傳』(『卍續藏』, 第2編 乙).

道宣, 『續高僧傳』(『大正新修大藏經』 第50卷).

道世, 『法苑珠林』(『大正新修大藏經』 第53卷).

道原, 『景德傳燈錄』(『大正新修大藏經』 第51卷).

동국대 한국불교전서편찬위원회, 『한국불교전서』 제7 · 10 · 11권, 1986.

동국역경원 역, 『大放光佛華嚴經』 제19권, 1985.

閔黯, 『美黃寺事迹碑銘』.

閔漬, 『金剛山楡岾寺事蹟記』.

____, 「寶蓋山石臺庵事蹟記」.

박영준 편, 『한국의 전설』, 한국문화도서출판사, 1972.

박용식 · 소재영 편, 『한국야담사화집성』 1권, 태동, 1984.

白梅子, 『玉果縣聖德寺觀音寺事蹟』.

師錬, 『元亨釋書』(『日本佛教全書』 第101冊).

師蠻, 『本朝高僧傳』(『日本佛教全書』 第101冊).

徐居正, 『東文選』.

서대석 편, 『조선조문헌설화집요』 1 · 2, 집문당, 1992.

徐昌治, 『高僧摘要』(『卍續藏』 第2編 乙).

釋子非濁, 『三寶感應要略錄』(『大正新修大藏經』, 第51卷).

成俔, 『慵齋叢話』.

『世宗實錄地理誌』.

僧詳, 『法華傳記』(『大正新修大藏經』 第51卷).

安鼎福, 『東史綱目』.

永祐,『帝王編年記』(新訂增補『日本國史大系』第12卷).
了圓,『法華靈驗傳』.
雲默,『釋迦如來行蹟頌』.
陸杲,『觀世音應驗記』.
凝然,『三國佛法傳通緣起』(『日本佛敎全書』第101冊).
義敏,「京畿左道始興三聖山虎壓寺法堂新造懸板文」,『朝鮮寺刹史料』上.
義淨,『大唐西域求法高僧傳』.
義天,『大覺國師文集』,『한국불교전서』v4, 동국대 출판부, 1990.
이가원 교주,『구운몽』, 덕기출판사, 1955.
이동림,『주해 석보상절』, 동국대 출판부, 1959.
李養吾,『皤溪集』(서울대 규장각 소장).
李鈺,「浮穆漢傳」.
李重煥,『擇里志』.
이지관,『역주역대고승비문』신라 고려편, 가산문고, 1994.
李荇 외,『新增東國輿地勝覽』.
一然,『三國遺事』.
임기중,『불교가사원전연구』, 동국대 출판부, 2000.
임석재,『한국구전설화』1~11, 평민사, 1990.
慈運,『善光寺緣起』(『日本佛敎全書』第120冊).
傳燈寺,『傳燈寺本末寺誌』, 1932.
全羅南道,『全南의 寺刹』1, 1990.
靜·筠,『祖堂集』(海印寺소장 영인본).
정명기 편,『한국야담자료집성』, 계명문화사, 1987.
鄭麟趾 외,『龍飛御天歌』.
제등충 편,『고려사원사료집성』, 대정대 출판부(일본), 1993.
조희웅,『고전소설줄거리 집성』1, 집문당, 2002.
宗曉,『法華經顯應錄』(『日本續藏經』78권).
中文大辭典編纂委員會,『中文大辭典』, 1973.
志磬,『佛祖統紀』(『大正新修大藏經』第49卷).
贊寧,『宋高僧傳』(『大正新修大藏經』第50卷).

天頙, 『湖山錄』, 『한국불교전서』 v12, 동국대 출판부, 1997.

최상수 편, 『한국민간전설집』, 통문관, 1984.

崔惟淸, 「白溪山玉龍寺贈諡先覺國師碑銘幷書」.

崔致遠, 『法藏和尙傳』.

______, 『四山碑銘』.

湯用彤, 『隨唐佛敎史話』, 中華書局, 1982.

필사본 『김황후전』(국립중앙도서관소장).

한국불교어문학회, 『불교어문론집』 1~12호.

한국정신문화연구원, 『한국구비문학대계』 1-8・2-7・5-1・6-4・7-2・7-3・7-9・7-10・7-11・7-14・8-3・8-7・8-8・8-11, 1984.

한국종교사회연구소 편, 『한국종교문화사전』, 집문당, 1991.

한국종교연구회, 『한국종교문화사강의』, 청년사, 1998.

한용운 편, 『건봉사본말사적』, 건봉사종무소, 1928.

______, 이원섭 역, 『佛敎大典』, 현암사, 1980.

海眼, 『大屯寺事蹟記』.

行稔, 「冠岳山戀主臺羅漢堂新建記」(『朝鮮寺刹史料』 上).

허흥식 편, 『韓國金石全文』 상・중・하, 아세아문화사, 1984.

慧皎, 『高僧傳』(『大正新修大藏經』 第50卷).

惠祥, 『弘贊法華傳』(『大正新修大藏經』 第51卷).

혜초, 이석호 역, 『왕오천축국전』, 을유문화사, 1970.

混元, 『混元集』.

홍사성 주편, 『불교상식백과』, 불교시대사, 1993.

홍인표 역주, 『서포만필』, 일지사, 1987.

華亭念常, 『佛祖歷代通載』(『大正新修大藏經』, 第49卷).

晦明日昇, 『普德窟沿革』.

懷信, 『釋門自鏡錄』(『大正新修大藏經』, 第51卷).

휴정, 박경훈 역, 『청허당집』, 동국대 역경원, 1987.

休靜, 『三老行蹟』(용복사장본).

申景濬, 『가람고』.

『高麗史』.

『金堤郡史』.

『大東奇聞』.

『大東野乘』.

東溪, 『梵魚寺創建事蹟』.

『梵宇攷』.

『扶桑略記』(新訂增補 『日本國史大系』 第12卷).

申維翰, 『奮忠紓難錄』.

『불교용어사전』 하, 경인문화사, 1998.

『佛法傳來次第』(『日本佛教全書』 第111冊).

『불본행집경』, 동국대부설 역경원, 1990.

『佛說四十二章經』.

『三論祖師傳』(『日本佛教全書』 第111冊).

『續傳燈錄』.

『僧綱補任抄出』(『日本佛教全書』 第111冊).

『神僧傳』(『大正新修大藏經』 第50卷).

『歷代法寶記』(『大正新修大藏經』 第51卷).

『옹고집전』(김종철 18장본).

『용승원전』(박순호 20장본)

『日本書紀』(『日本古典文學大系』).

李裕元, 『林下筆記』.

『조선금석총람』 上(조선총독부편), 1919.

『조선사찰사료』 上・下(조선총독부편), 1912.

『弘贊法華傳』(『大正新修大藏經』 第51冊).

『興福寺緣起』(『日本佛教全書』 第119冊).

「三聖山三幕寺事蹟」(『朝鮮寺刹史料』 上).

「聖德山觀音寺事蹟」(『朝鮮寺刹史料』 上).

「支提山事蹟」.

『海印寺留鎭八萬大藏經開刊因由』.

崔滋, 『補閑集』.

『王郞返魂傳』.

『海印寺古籍』.

강유문 편, 『경북오본산고금기요』, 1937.

건설부 국립지리원, 『한국지명요람』, 1982.

京畿道, 『畿內寺院誌』, 1988.

경기도지편찬위원회, 『경기도지』 하권, 1957.

高辨, 『華嚴祖師繪傳』(일본京都 高山寺소장).

저서

D. M. 라스무센, 장석만 역, 『상징과 해석』, 서광사, 1991.

가마타 시게오, 신현숙 역, 『한국불교사』, 민족사, 1988.

가와이 코오조오, 심경호 역, 『중국의 자전문학』, 소명출판, 2002.

고석훈, 「진표·진묵문학의 특질과 전승양상」, 동국대 석사논문, 2001.

고유섭, 『송도의 고적』, 열화당, 1988.

고익진, 『한국고대불교사상사』, 동국대 출판부, 1989.

기빈, 『혜교 고승전연구』, 상해고적출판사(중국), 2009.

김진곤 편역, 『이야기, 소설, 노벨』, 예문서원, 2001.

김광순, 『한국의인소설연구』, 새문사, 1987.

김기동, 『국문학상의 불교사상연구』, 아세아문화사, 1973.

김기종, 『불교와 한글』, 동국대 출판부, 2015.

김동주 편역, 『금강산유람기』, 전통문화연구회, 1999.

김명선, 『진묵설화 연구』, 보고사, 2007.

김무조, 『서포소설연구』, 형설출판사, 1974.

김상현, 『한국불교사 산책』, 우리출판사, 1995.

______ 외, 『한국의 사찰』 1~18권, 한국불교연구원, 1976.

김성배, 『한국불교가요의 연구』, 아세아문화사, 1973.

김승호, 『절따라 전설따라』, 대원정사, 1999.

______, 『중세불교인물의 해외전승』, 보고사, 2015.

______, 『한국서사문학사론』, 국학자료원, 1997.

______, 『한국사찰연기설화의 연구』, 동국대 출판부, 2005.

______, 『한국승전문학의 연구』, 민족사, 1992.

김승호, 현욱 편, 『부설전의 미학과 사상』, 보고사, 2018.
김영준 역, 『파수록, 진담록』, 보고사, 2010.
김영태, 『삼국시대 불교신앙 연구』, 불광출판사, 1990.
김용기, 『고소설 출생담의 연원과 변모양상』, 책사랑, 2015.
김용덕, 『한국전기문학론』, 민족문화사, 1987.
김운학, 『불교문학의 이론』, 일지사, 1981.
김준형, 『한국패설연구』, 보고사, 2004.
김진영, 『불교담론과 고전서사』, 보고사, 2012.
김태곤, 『한국민간신앙연구』, 집문당, 1983.
김태준·김승호 외, 『우리역사 인물전승』, 집문당, 1994.
김현룡, 『한국고설화론』, 새문사, 1984.
동국대 한국문학연구소 편, 『불교문학과 불교언어』, 이회문화사, 2002.
__________________ 편, 『한국불교문학연구』 상 · 하, 1988.
뒤프레저, 권수경 역, 『종교에서의 상징과 신화』, 서광사, 1996.
남길부, 『隋代佛教史述論』, 臺灣商務印書館, 1998.
로버트 시걸, 이용주 역, 『신화란 무엇인가』, 아카넷, 2017.
로저 파울러, 김정신 역, 『언어학과 소설』, 문학과지성사, 1985.
루돌프 옷토, 길희성 역, 『성스러움의 의미』, 분도출판사, 1987.
르네웰렉 오스틴 워렌, 이경수 역, 『문학의 이론』, 문예출판사, 1989.
마스타니 후미오, 이원섭 역, 『불교개론』, 현암사, 1991.
막스 뤼티, 김경연 역, 『옛날 옛적에－민담의 본질에 대하여』, 천둥거인, 2008.
멀치아 엘리아데, 이동하 역, 『성과 속』, 학민사, 1983.
______________, 심재중 역, 『영원회귀의 신화』, 이학사, 2009.
박대복, 『고소설과 민간신앙』, 계명문화사, 1995.
박병동, 『불경 전래설화의 소설적 변모 양상』, 역락, 2003.
박상란, 『조선시대 문헌설화의 승상』, 한국학자료실, 2009.
박상률 편, 『불교문학평론선』, 민족사, 1990.
불경서당 훈문회, 『삼대화상 연구논문－지공 나옹 무학화상』, 불천, 1996.
블라디미르 프로프, 유영대 역, 『민담형태론』, 새문사, 1987.
사재동, 『불교계 국문소설의 형성과정 연구』, 아세아문화사, 1977.

사재동 외, 『한국서사문학사의 연구』 1~5, 중앙인문사, 1995.
서유석 외, 『옹고집전 · 배비장전의 작품세계』, 보고사, 2013.
서철원, 『삼국유사 속 시공과 세상』, 지식과 교양, 2022.
수야홍원, 김현 역, 『원시불교』, 지학사, 1985.
스티브스 톰슨, 윤승준 · 최광식 역, 『설화학원론』, 계명문화사, 1992.
신학상, 『四溟堂의 生涯와 思想』, 밀양시민신문사, 1997.
안계현, 『한국불교사상사연구』, 동국대 출판부, 1983.
알렌 셀스톤, 이경식 역, 『전기문학』, 서울대 출판부, 1979.
오대혁, 『원효설화의 미학』, 불교춘추사, 1999.
오쿠보 료준 외편, 김환기 역, 『일본 불교문학의 이해』, 동국대 출판부, 2006.
왕지원 편, 『중국 불교문학』, 금일중국출판사(중국), 1989.
우에다 요시부미, 박태원 역, 『대승불교의 사상』, 민족사, 1989.
유한근, 『현대불교문학이론』, 종로서적, 1984.
유호선, 『조선 후기 경화사족의 불교인식과 불교문학』, 태학사, 2006.
윌리스 마틴, 김문헌 역, 『소설이론의 역사』, 현대소설사, 1991.
윌리엄 페이든, 이진구 역, 『종교의 세계』, 청년사, 2004.
이검국 · 최환, 『신라수이전 편교와 역주』, 영남대 출판부, 1998.
이고운 · 박설산, 『명산고찰을 찾아서』, 운주사, 1982.
이기영, 『한국의 불교』, 세종대왕기념사업회, 1993.
이능화, 『조선불교통사』, 경희출판사, 1968.
이복규 편저, 『설공찬전』, 시인사, 1997.
이상보 외, 『불교문학연구입문』(율문, 언어편), 동화출판공사, 1991.
이상훈 외, 『한국문화와 종교적 다양성』, 한국정신문화연구원, 2003.
이은봉, 『한국고대종교사상』, 집문당, 1984.
이종찬, 『한국 선시의 이론과 실제』, 이화문화출판사, 2001.
이진오, 『한국 불교문학의 연구』, 민족사, 1997.
홍기삼 외, 『불교문학이란 무엇인가』, 동화출판공사, 1991.
인권환, 『한국불교문학연구』, 고려대 출판부, 1999.
장루이 카바네스, 소광희 역, 『문학비평과 인문과학』, 이화여대 출판부, 1995.
장정, 『禪與唐宋詩學』, 북경 : 인민문학출판사, 2003.

장휘옥, 『해동고승전의 연구』, 민족사, 1991.
전야직빈, 김양수 외역, 『중국소설사의 이해』, 학고방, 1998.
전인초 외, 『중국신화의 이해』, 아카넷, 2002.
정규복, 『구운몽 연구』, 고려대 출판부, 1974.
_____ 외편, 『김만중 연구』, 새문사, 1983.
정범진, 『당대소설연구』, 성균대 출판부, 1982.
정병조, 『문수보살의 연구』, 한국불교연구원, 1988.
제럴드 프린스, 최상규 역, 『서사학』, 문학과지성사, 1988.
조동일, 『인물전설의 의미와 기능』, 영남대 출판부, 1979.
조수학, 『한국의 가전과 탁전』, 영남대 출판부, 1987.
조현설 외, 『한국 서사문학과 불교적 시각』, 집문당, 2005.
죠셉 켐벨, 박경일 역, 『불타시대의 인도』, 동국대 역경원, 1993.
________, 이윤기 역, 『세계의 영웅신화』, 대원사, 1989.
진윤길, 일지 역, 『중국문학과 선』, 민족사, 1992.
최창록, 『한국신선소설연구』, 형설출판사, 1984.
최창조, 『한국의 풍수사상』, 민음사, 1984.
겸전무웅, 『中國佛教史』, 岩波書店, 1979.
카트린 푀게 알더, 이문기 역, 『민담, 그 이론과 해석』, 유로, 2009.
토마스 오데아·자네트 오데아 아비아드, 박원기 역, 『종교사회학』, 이대출판부, 1989.
폴 헤르나디, 김준오 역, 『장르론』, 문장, 1983.
필립 르죈, 윤진 역, 『자서전의 규약』, 문학과지성사, 1998.
한찬석, 『합천해인사지』, 창인사, 1949.
허흥식, 『진정국사와 호산록』, 민족사, 1995.
홍윤식 외, 『불교문학연구입문』(산문, 민속편), 동화출판공사, 1991.
황인규, 『고려말 조선전기 불교계와 고승연구』, 혜안, 2005.
황패강, 『신라불교설화연구』, 일지사, 1975.

논문

강석근, 「무학전승의 특징과 그 의미」, 『불교어문론집』 4, 한국불교어문학회, 2001.
강중탁, 「도선설화의 연구」, 『임동권박사 송수기념논문집』, 1986.

강진옥, 「삼국유사 南白月二聖의 서술방식을 통해본 깨달음의 형상」, 『한국민속학』 43집, 2006.
경일남, 「부설전의 인물대립 의미와 작가의식」, 『어문연구』 34, 어문연구학회, 2000.
고석훈, 「진표·진묵문학의 특질과 전승양상」, 동국대 석사논문, 2001.
고영섭, 「일연의 보편학－연기 패러다임을 통한 보편적 인간학의 탐색」, 『동국사상』 27·28합집, 동국대 불교대학, 1997.
권두환·서종문, 「방자형 인물고」, 『한국소설의 탐구』, 일조각, 1979.
권정희, 「풍수설화연구」, 이화여대 석사논문, 1987.
김남윤, 「진표의 전기 자료성격 검토」, 『국사관논총』 78, 국사편찬위원회, 1997.
김동욱, 「판소리사 연구의 제문제」, 『판소리의 이해』, 창작과비평사, 1978.
김병국, 「구운몽의 연구의 현황과 문제점」, 『한국학보』 5, 일지사, 1976.
김상영, 「일연의 저술과 불교사상」, 『불교사연구』 제2집, 중앙승가대 불교사학연구회, 1998.
김선풍, 「설화를 통해 본 김유신장군」, 『강원민속학』 20집, 2006.
김성룡, 「말뚝이의 형상화 방식을 통해서 본 탈춤의 서사미학」, 『호서어문연구』 1, 1993.
김순덕, 「부산지역 해양사찰설화 연구」, 부산대 석사논문, 2016.
김승호, 「불가문집의 번역과 불교문학의 재인식」, 『불교전서 출간의 의의와 전망』, 동국대 불교학술원, 2021.
김열규, 「무속적 영웅고－金庾信傳을 중심으로」, 『진단학보』 제43집, 진단학회, 1977.
김영태, 「신라 백월산 이성설화의 연구」, 『효성조명기박사화갑기념 불교사논총』, 1965.
김일렬, 「무학전설의 형태와 의미」, 『어문론총』 제31집, 경북어문학회, 1997.
김일환, 「'獨步'캐릭터의 탄생과 변모과정」, 『영주어문』 43, 2019.
김종철, 「옹고집전연구」, 『한국학보』 75, 1994.
김진영, 「문헌소재 金庾信설화고」, 『한국소설문학의 연구』, 일조각, 1978.
김철범, 「사명당 사적의 문헌전승과 그 의미」, 『사명대사와 호국불교의 이념』, 사명대사연구논총간행회, 보문, 2000.
김흥규, 「방자와 말뚝이, 두 전형의 비교」, 『한국학논집』 5, 계명대 한국학연구소, 1978.
남동신, 「삼국유사속의 삼국유사－전후소장사리조」, 『신라문화재학술논문집』37, 2016.
민긍기, 「구운몽의 형식규명을 위한 예비적 고찰」, 『열상고전연구』 3, 열상고전연구회, 1990.
박광연, 「진표의 점찰법회와 미륵신앙」, 『한국사상사학』 26, 한국사상사학회, 2006.
박상란, 「조선 후기 문헌설화에 나타난 완승의 의미」, 『불교어문론집』 9집, 2004.
박성의, 「구운몽의 사상적 배경」, 『아세아연구』 36, 1969.

박일용, 「조선 후기 애정소설의 서술시각과 서사세계」, 서울대 박사논문, 1988.
박희병, 「고려후기-선초인물전의 정신사적 검토」, 『한국고전인물연구』, 1992.
배도식, 「우렁각시 설화의 구조와 의미」, 『동남어문논집』 23집, 2007.
사재동, 「사씨남정기의 몇가지 문제」, 『한국고전소설론』, 새문사, 1990.
______, 「왕랑반혼전의 실상」, 『불교계 국문소설의 연구』, 중앙문화사, 1994.
서경수, 「도선-불교와 풍수지리의 가교」, 『고려조선의 고승11인』, 신구문화사, 1976.
서윤길, 「도선과 그의 보비사상」, 『한국불교학』 1, 1975.
서종문, 「말뚝이형 인물의 형성」, 『한국국어교육연구』 37집, 국어교육학회, 2005.
서철원, 「진표 전기의 설화적 화소와 聖者의 형상」, 『시민인문학』 16호, 2009.
설중환, 「옹고집전의 구조적 의미와 불교」, 『고대문리대논문집』 3, 1985.
성현경, 「구운몽과 김만중의 삶의식」, 『김만중연구』, 새문사, 1983.
소립원선수, 「藍谷沙門慧詳に就いて」, 『龍谷學報』 第315號, 1936.
손정희, 「풍수설화의 연구」, 부산대 박사논문, 1992.
신태수, 「삼국유사의 용왕과 용궁 형상」, 『한민족어문학』 74집, 2016.
심재열, 「대각국사」, 『한국불교인물사상사』, 민족사, 1990.
심혜경, 「조선 후기 소설에 나타나는 여성과 불교적 공간」, 『불교어문론집』 8집, 2003.
여성구, 「신라 중대의 입당구법승 연구」, 국민대 박사논문, 1997.
여증동, 「최졸옹과 예산은자전고」, 『행정 이상헌선생 회갑기념논문집』, 진주교대, 1968.
오대혁, 「안락국태자경과 이공본풀이의 전승관계」, 『불교어문론집』 6, 한국불교어문학회, 2001.
유병환, 「구운몽에 대한 반성적 연구1-배경의 암시망을 통한 조망과 두 개의 업 파악하기」, 동국대, 『한국문학연구』 9, 1986.
유정일, 「월인석보의 문학적 연구」, 연세대 석사논문, 1997.
유탁일, 「사명당과 분충서난록의 전승과 그 의미」, 『사명대사와 호국불교의 이념』, 사명대사연구논총간행회, 보문, 2000.
윤영옥, 「삼국사기 열전-金庾信고」, 『동양문화』 14·15집, 영남대 동양문화연구소, 1974.
윤혜영, 「삼국유사 신성친견적 연구」, 서강대 석사논문, 2001.
이강옥, 「삼국유사 출가득도담 및 출가 성불담의 초세속 지향 양상」, 『일연과 삼국유사』, 신서원, 2007.
이기백, 「김대문과 金長淸」, 『한국사 시민강좌』 2집, 1988.
이만, 「고려시대의 관음신앙」, 『한국 관음신앙 연구』, 동국대 출판부, 1988.

이대형, 「경암 응윤과 그 전 연구」, 『한국선학』,27집, 한국선학회.

이용범, 「풍수지리설」, 『한국사』 6, 국사편찬위원회, 1975.

이은식, 「고려시대 자서전 연구」, 경상대 박사논문, 1997.

이재영, 「옹고집전의 이데올로기 재현 전략과 길들이기」, 『국제어문』 40집, 2007.

이종은, 「한국소설상의 도교사상연구」, 『도교와 한국사상』, 범양출판사, 1987.

이종익, 「조선의 배불정책과 불교회통사상」, 『한국사상의 심층적 연구』, 우석, 1986.

이종주, 「무학대사(無學大師) 한양(漢陽) 정도(定都) 설화의 의미와 서울의 상징성-왕십리 기원담, '서울 학터'담, '석왕사 해몽담'을 중심으로」, 『실천민속학연구』 제35호, 실천민속학회, 2020.

이준곤, 「용신창사설화의 형성과 의미」, 『구비문학연구』 3집, 1996.

이지영, 「무학을 나무란 농부계 설화의 다층적 전승 양상과 그 의미-'무학이 같이 미련한 소' 모티프의 전승력 점검을 겸하여」, 『동아시아고대학』 제23집, 2010.

이태진, 「한양 천도와 풍수설의 패퇴」, 『한국사 시민강좌』 14, 일조각, 1994.

이헌홍, 「최치원전의 전기소설구조」, 『수련어문논집』 9, 1982.

이현수, 「균여전의 설화문학적 성격」, 『김기동박사회갑기념논문집』, 1986.

인권환, 「옹고집전의 불교적 고찰-근원설화의 주제를 중심으로」, 『민족문화연구』 28집, 고려대 민족문화연구소, 1995.

임형택, 「나말여초의 전기문학」, 『한국문학사의 시각』, 창작과비평사, 1984.

장덕순, 「옹고집전과 둔갑설화」, 『한국설화문학연구』, 서울대 출판부, 1970.

장장식, 「한국의 풍수설화연구」, 경희대 박사논문, 1992.

전선영, 「대장경인유를 통해 본 죽음서사」, 『불교문화연구』 10집, 불교문화학회, 2011.

정병삼, 「18세기 승려문집의 성격」, 『한국어문연구』 48집, 2007.

정천구, 「삼국유사와 중일 불교전기문학의 비교연구」, 서울대 박사논문, 2000.

정충권, 「옹고집전 이본의 변이양상과 그 의미」, 『판소리연구』 4집, 1993.

정하영, 「승전의 전통과 소설적 수용」, 『동양학』 31집, 2001.

정환국, 「불교 영험서사와 지괴」, 『민족문학사연구』 53, 민족문학사연구회, 2013.

조동일, 「영웅의 일생, 그 문학사적 전개」, 『동아문화』 10집, 서울대 동아문화연구소, 1971.

조석래, 「삼국유사소재 용설화와 용의 호불」, 『논문집』 21, 진주교대, 1980.

주명희, 「전의 양식적 특성과 소설로의 수용양상」, 서울대 박사논문, 1990.

주어동, 「弘贊法華傳持經感應研究」, 雲林科技大學漢學資料整理研究所碩士班畢業論文, 2008.

채상식, 「사명당의 불교사상과 호국관」, 『사명대사와 호국불교의 이념』, 사명대사연구논총간행회, 보문, 2000.
최귀묵, 「삼국유사 南白月二聖조에 나타난 일연의 문학비평」, 『한국시가연구』 12집, 2002.
최래옥, 「옹고집전의 제 문제 연구」, 『동양학』 19, 단국대 동양학연구소, 1989.
최병헌, 「도선의 생애와 나말여초의 풍수지리설」, 『한국사연구』 11, 1975.
최혜진, 「옹고집전의 이본과 변모양상 연구」, 『판소리연구』 36집, 2013.
최호석, 「경덕왕 설화 연구-삼국유사의 서술방식과 역사 인식을 중심으로」, 『한국민속학』30, 민속학회, 1998.
판전사대, 「금강산유점사 연기설화 연구」, 서울대 석사논문, 2007.
하은하, 「남백월이성 노힐부득 달달박박을 통해 본 신립 오성이야기의 구조적 특성과 문제의식」, 『국어교육』 100호, 1999.
한보광, 「만일염불결사의 성립과 그 역할」, 『정토학연구』 창간호, 대각회, 1998.
황미숙, 「삼국시대 불교설화에 등장하는 승려상」, 『이화어문론집』27, 2009.
황인덕, 「불교계 한국민담 연구」, 충남대 박사논문, 1988.

기타

ㄱ

ㄴ

ㅁ

ㅂ

ㅅ

ㅇ

ㅊ

작품 · 단행본 · 노래